Ildefonso Falcones

Die Pfeiler des Glaubens

Roman

Deutsch
von Stefanie Karg

GOLDMANN

Die Originalausgabe erschien 2009 unter dem Titel
»La Mano de Fátima« bei Grijalbo,
Random House Mondadori, S.A., Barcelona.

Cervantes wird zitiert nach:
Miguel de Cervantes Saavedra,
Der geistvolle Hidalgo Don Quijote von der Mancha.
Herausgegeben und übersetzt von Susanne Lange.

MIX
Papier aus verantwortungsvollen Quellen
FSC® C014496
FSC
www.fsc.org

Verlagsgruppe Random House FSC-DEU-0100
Das FSC®-zertifizierte Papier *München Super* für dieses Buch
liefert Arctic Paper Mochenwangen GmbH.

1. Auflage
Taschenbuchausgabe September 2012
Wilhelm Goldmann Verlag, München,
in der Verlagsgruppe Random House GmbH

Übersetzt von der Originalausgabe
von Random House Mondadori, Barcelona, 2009

Gestaltung des Umschlags und der Umschlaginnenseiten:
UNO Werbeagentur, München unter Verwendung
der Umschlaggestaltung
der Agentur R•M•E, Roland Eschlbeck/Rosemarie Kreuzer
Motiv des Umschlags und der Umschlaginnenseiten:
Getty Images/Toyohiro Yamada
Map of Andalusia on Mediterranean Sea:
© Hemera Technologies/Jupiter/AbleStock/Getty Images
Bearbeitung von C. Bertelsmann
An · Herstellung: Str.
Druck und Bindung: GGP Media GmbH, Pößneck
Printed in Germany
ISBN 978-3-442-47775-3

www.goldmann-verlag.de

Für meine Söhne:
Ildefonso, Alejandro, José María und Guillermo

ANDA LUZIÆ NOVA DESCRIPT.
I. Hondius
1606
Medius Meridianus est 15. reliqui ad hunc inclinantur pro ratione tregesimi sexti et tregesimi noni Parallelorū
PORTUGAL
ESTRE
ANDALUZIA
Hispalensis Conventus
El Condado
Condado.
OCCIDENS
EMERITA Merida
PAX AUGUSTA Badajos
Olivenca
Guadiana Rio. olim Anas fluv.
Anas fluvius
Sevilla, olim HISPALI
Guadalquivir Rio.
BETURIA.
Baetis flu.
Las Arenas gordas
Aestuarium vulgo la Maresma
S. Lucar de Barameda
Chipiona
El puerto de S. Maria
Gaditani Diœcesis
TURDETANIA Straboni
Cadiz opp. olim Gades
Puerto Real
Medina Sidonia
Ronda
Conil
Cabo Trafalgar
MELLARIA Tariffa
Algezira
FRETUM HERCULEUM SIVE GA
nunc Estrecho de Gibraltar
C. Spartel
Tanger
AFRIC
Ayamonte
Castro mari
Faraon
Palos
Moguer
Niebla
Gibraleon
Aracena
Almaden
Xabugo
Cumbres majores
Utrera
Lebrixa
Arcos
Villa Martin
Guadalete fluvius
Los Palacios
Las Cabeças
Alcanterilla
Los Molares
Trebuxena
12
13
14
39
38
37
36

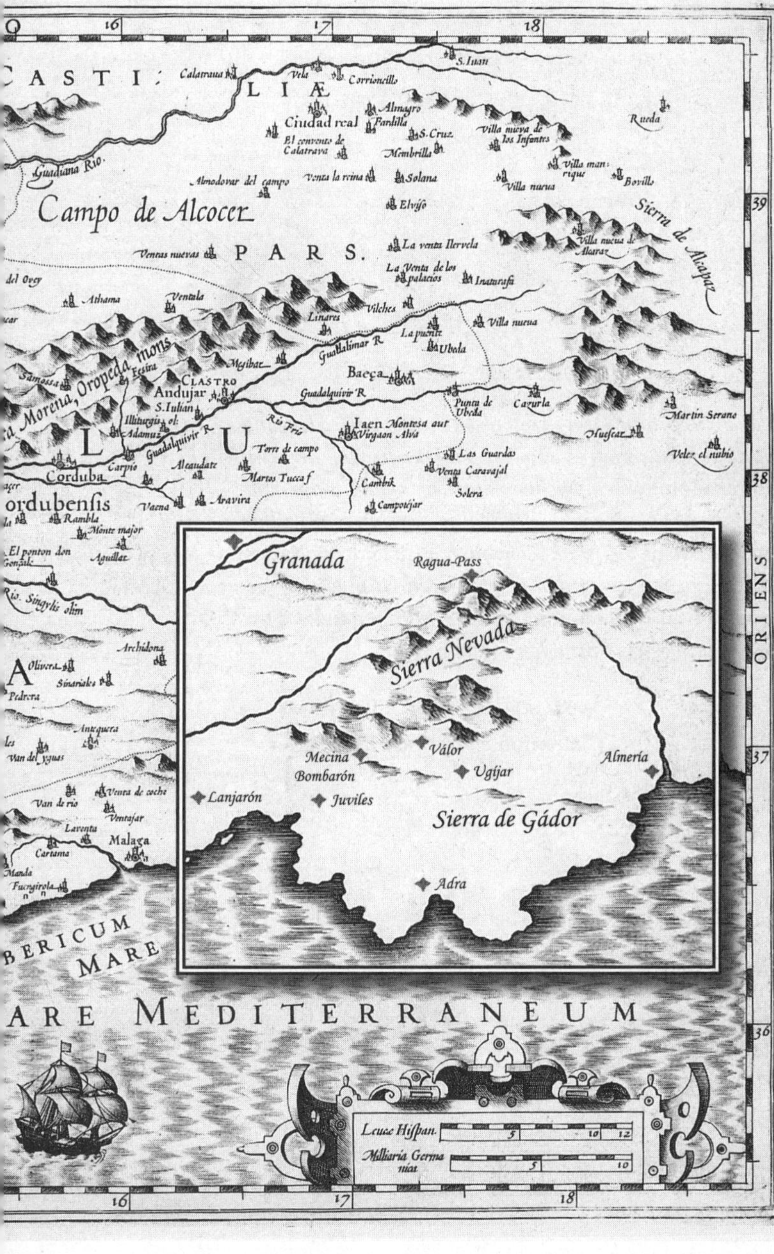
CASTI LIÆ
PARS.
Campo de Alcocer
Ciudad real
Almagro
Calatraua
S. Iuan
Rueda
Guadiana Rio
Sierra de Alcaraz
Villa nueva
Baeça
Vbeda
Andujar
Guadalquivir R.
Iaen
Cordubensis
Corduba
Archidona
Antequera
Malaga
Granada
Ragua-Pass
Sierra Nevada
Mecina
Bombarón
Válor
Ugíjar
Almería
Lanjarón
Juviles
Sierra de Gádor
Adra
IBERICUM MARE
MARE MEDITERRANEUM
ORIENS
Leucæ Hispan.
Milliaria Germaniat

Wenn ein Muslim kämpft oder sich im Gebiet der Ungläubigen aufhält, muss er sein Verhalten beizeiten an seine Umgebung anpassen. Nicht aufzufallen, kann für ihn dann von Vorteil oder sogar eine Pflicht sein, wenn sein Verhalten dem Wohle des Islam dient oder einen anderen Nutzen mit sich bringt – wie den Ungläubigen zu predigen, Geheimnisse zu erfahren und diese an Muslime weiterzugeben oder allgemein Schaden abzuwenden.

AHMAD IBN TAYMIYA (1263–1328)
Berühmter arabischer Gelehrter

I

In Allahs Namen

... Also kämpften wir Tag für Tag gegen den Feind, die Kälte, die Hitze, den Hunger, gegen den Mangel an Munition und Zaumzeug, gegen neue Kriegsschäden und Todesfälle, bis wir schließlich erleben durften, dass die Feinde – diese kampflustigen und stark bewaffneten Männer, die sich auf ihre vorteilhafte Lage und die Unterstützung durch die Türken und Barbaren verlassen hatten – besiegt waren und sich ergaben. Sie wurden von ihrem Land vertrieben und enteignet. Sie waren Gefangene, Männer und Frauen in Fesseln. Ihre Kinder wurden verkauft oder verschleppt, um weit weg von hier zu leben ... Ein zweifelhafter Sieg, und manchmal stellte sich die Frage, ob Gott uns oder den Feind bestrafen wollte.

DIEGO HURTADO DE MENDOZA
Der Krieg von Granada, Erstes Buch

1

Juviles, Alpujarras, Königreich Granada
Sonntag, 12. Dezember 1568

Das morgendliche Läuten der Kirchenglocken durchdrang die eisige Kälte in dem kleinen Dorf am Fuße der Sierra Nevada. Das metallische Echo brach sich in den felsigen Schluchten des Südhanges, erfüllte das fruchtbare Tal mit seinen Flüssen Guadelfo, Adra und Andarax, die sich aus den zahllosen Gebirgsbächen der verschneiten Gipfel speisten, und wurde schließlich von den steilen Hängen der Sierra Contraviesa zurückgeworfen. Jenseits davon erstreckten sich die steilen Täler der Alpujarras bis hin zum Mittelmeer. Etwa zweihundert Männer, Frauen und Kinder schleppten sich in der fahlen Wintersonne zur Kirche und versammelten sich schweigend am Hauptportal.

Vor dem schlichten ockerfarbenen Gotteshaus mit seinem wuchtigen Glockenturm lag ein weitläufiger Vorplatz, von dem aus sich ein Gewirr aus engen Gassen über den Hang ausbreitete. Die vielen kleinen Gebäude waren nur grob verputzt: ein- oder zweistöckige weiß getünchte Wohnhäuser mit winzigen Türen und Fenstern, Flachdächern und runden Kaminen. Auf den Flachdächern lagen Feigen, Paprika und Weintrauben zum Trocknen ausgebreitet. Die Dächer der weiter unten am Hang errichteten Häuser reichten meist gerade so an die Fundamente der weiter oben gelegenen heran, dass es von Weitem so wirkte, als wären sie aufeinandergebaut.

Auf dem verschneiten Kirchplatz standen bereits einige Kinder und etwa zwanzig Altchristen des Dorfes. Sie beobachteten eine alte Frau mit arabischen Gesichtszügen, die auf der obersten Sprosse einer an die Hauptfassade der Kirche gelehnten Leiter stand und die Winterkälte seit den frühen Morgenstunden ohne Mantel ertragen musste. Sie zitterte am ganzen Leib und klapperte mit den wenigen ihr noch verbliebenen Zähnen. Die eintreffenden Dorfbewohner waren allesamt Morisken, die muslimischen Nachfahren der in Spanien einst so mächtigen Mauren, vom König zur Taufe und zum öffentlichen Bekenntnis zum Christentum gezwungen. Diese Neuchristen gingen langsam auf die Kirche zu, ohne dabei den Blick von der alten Moriskin abzuwenden, die verzweifelt versuchte, das Gleichgewicht zu halten. Das Gelächter der Altchristen brach das Schweigen.

»Hexe!«

Mehrere Steine trafen die alte Frau, und die unterste Sprosse war bald mit Spucke bedeckt.

Das Läuten der Glocken verebbte, und die letzten Dorfbewohner eilten in die Kirche. Im unbeheizten Inneren kniete nur wenige Schritte vom Altar entfernt ein imposanter dunkelhaariger Mann mit sonnengegerbtem Gesicht auf dem eisigen Steinboden. Er hatte einen Strick um den Hals und die Arme wie ein Gekreuzigter von sich gestreckt. In jeder Hand hielt er eine brennende Kerze.

Vor einigen Tagen hatte dieser Mann der alten Frau auf der Leiter das Hemd seiner kranken Ehefrau gegeben, damit sie es in einer Quelle wusch, deren Wasser als heilkräftig galt. In dieser zwischen den schroffen Felsen und der üppigen Vegetation der Sierra Nevada versteckten Quelle wurde normalerweise keine Wäsche gewaschen. Als der Dorfpfarrer Don Martín die alte Frau dabei überraschte, wie sie das Hemd ins Wasser tauchte, war er sofort davon überzeugt, dass dies Hexenwerk sei – die Strafe ließ nicht lange auf sich warten: Sie musste den Sonntagmorgen auf der Leiter zubringen, dem öffentlichen Spott ausgesetzt. Doch auch der Moriske, der sie zur Hexerei angestiftet hatte, musste büßen und dem Gottesdienst kniend beiwohnen.

Kaum hatten die Dorfbewohner die Kirche betreten, trennten sich die Männer von den Frauen, die sich mit ihren Töchtern in die vorderen Bankreihen setzten. Der kniende Büßer starrte ihnen mit leerem Blick entgegen. Alle Anwesenden kannten ihn: Er war ein rechtschaffener Mann, der friedlich sein Land bestellte und sein Vieh versorgte. Er hatte doch nur seiner kranken Frau helfen wollen! Sobald alle Platz genommen hatten, begaben sich der Pfarrer Don Martín, der Pfründenbesitzer Don Salvador und der junge Sakristan Andrés zum Altar. Don Martín, ein stolzer Mann mit blassem Gesicht und rosigen Wangen, trug ein goldbesticktes Priestergewand aus Seide und machte es sich mit Blick zu den Gläubigen in einem thronartigen Sessel bequem, flankiert vom Pfründenbesitzer und dem jungen Sakristan. Die Kirchentür wurde geschlossen, und die Flammen der Kerzen hörten auf zu flackern. Die bunte Mudéjar-Holzkassettendecke der Kirche strahlte über dem so nüchternen wie tragischen Altarbild und den düsteren Gemälden der Seitenwände.

Der hagere, dunkelhäutige Sakristan schlug ein Buch auf und hüstelte.

»Francisco Alguacil«, las er laut vor.

»Hier.«

Andrés überprüfte, woher die Antwort kam, und trug etwas in das Buch ein.

»José Almer.«

»Hier.«

»Milagros Garvía. María Ambroz …« Je weiter Andrés in der Liste kam, desto knarrender wurde seine Stimme.

»Marcos Núñez.«

»Hier.«

»Du hast letzten Sonntag gefehlt«, stellte der Sakristan fest.

»Ich war …«, setzte der Mann zu einer Erklärung an, fand aber nicht die richtigen Worte und beendete den Satz auf Arabisch, während er aufgeregt ein Dokument hervorholte.

»Komm her«, befahl Andrés.

»Ich war in Ugíjar«, stieß er endlich hervor und brachte dem Sakristan das Dokument.

Andrés überflog das Schreiben und reichte es dem Pfarrer, der den

Inhalt sorgfältig prüfte und kurz nickte. Der Prior der Stiftskirche von Ugíjar bestätigte, dass der Neuchrist Marcos Núñez aus Juviles am Sonntag, dem 5. Dezember, beim Hauptamt in jener Stadt gewesen war.

Über das Gesicht des Sakristans huschte ein sanftes Lächeln. Jeden Sonntag und an allen hohen Feiertagen musste er die Anwesenheit der Neuchristen überprüfen. Einige Aufrufe blieben unbeantwortet, was sorgfältig vermerkt wurde. Im Gegensatz zu Marcos Núñez konnten zwei Frauen ihr Fortbleiben am vorigen Sonntag nicht rechtfertigen und begannen hastig sich zu entschuldigen. Andrés blickte zum Pfarrer. Eine der Frauen gab ihren Versuch abrupt auf, als Don Martín ihr mit einer herrischen Geste bedeutete zu schweigen, die andere Frau behauptete, sie sei am letzten Sonntag krank gewesen.

»So fragt doch meinen Mann!«, rief sie und sah sich verzweifelt nach ihrem Ehemann um, der in einer der hinteren Reihen saß. »Er wird euch …«

»Sei still, du Teufelsanbeterin!« Don Martíns Brüllen brachte die Moriskin zum Schweigen, und der junge Sakristan notierte die Namen der beiden Frauen und die zu entrichtende Strafe: Sie sollten jeweils einen halben Real bezahlen.

Nachdem Andrés die Anwesenden gezählt hatte, begann Don Martín mit der Messe – nicht jedoch ohne den Sakristan vorher darauf hinzuweisen, dass der Büßer die Kerzen höher halten solle.

»Im Namen des Vaters, des Sohnes und des Heiligen Geistes …«

Nur wenige verstanden die Worte aus der Heiligen Schrift, und die meisten konnten der Zeremonie und den zahlreichen Wutausbrüchen des Priesters während der Predigt kaum folgen.

»Glaubt ihr etwa, das Wasser irgendeiner Quelle könne euch von einer Krankheit heilen?« Don Martín deutete auf den knienden Mann. Er drohte ihm mit dem Zeigefinger, und sein Gesicht war angespannt. »Kehrt um und tut Buße. Christus allein kann euch von Sorge und Leid erlösen, mit denen der Herr eure Zügellosigkeit, eure Blasphemie und eure Ketzerei bestraft!«

Viele Morisken verstanden kein Spanisch und verständigten sich mit den Christen durch eine Mischung aus Arabisch und Spanisch. Aber alle mussten das Vaterunser, das Ave-Maria, das Glaubensbekenntnis, das Salve-Regina und die Zehn Gebote aufsagen können, sonst wurden sie bestraft oder durften nicht heiraten. Die Männer und Frauen mussten deshalb den Katechismusunterricht besuchen. Erst wenn sie die Gebete auswendig aufsagen konnten, wurden sie vom Unterricht befreit.

Beim Gottesdienst sprachen alle die Gebete mit. Die Kinder schrien dabei so laut, dass die Eltern den Priester täuschen und heimlich »Allahu akbar«, »Allah ist groß«, dazwischenrufen konnten.

»O Erhabener! Führe mich mit deiner Macht…«, rief ein junger Moriske im Tumult des Vaterunser-Geschreis der Kinder.

Der Pfründenbesitzer Don Salvador drehte sich wütend zu ihnen und lauschte angestrengt.

Ein anderer Moriske nutzte die Gelegenheit und flehte: »O Stifter des Friedens…«

Don Salvador wurde rot vor Zorn.

Erst am Ende des Gebetes konnte man wieder die schroffe Stimme des Priesters heraushören.

»Lob sei Gott!«, wagte jetzt noch jemand in einer der hinteren Reihen zu rufen.

Die meisten Morisken erstarrten, einige richteten den Blick auf Don Salvador. Wer hatte es gewagt, Allah so offen zu preisen? Der Pfründenbesitzer drängte sich durch die Reihen und stieß dabei einige Männer zur Seite, konnte den Gotteslästerer aber nicht ausmachen.

Als die erste Hälfte des Gottesdienstes vorbei war, nahmen der Sakristan und der Pfründenbesitzer unter dem wachsamen Auge des Priesters die Gaben der Gemeinde entgegen: Münzen, Brot, Eier, Leinenstoff… Nur die Armen waren von der milden Gabe ausgenommen. Wenn hingegen die reichsten Gemeindemitglieder an drei Sonntagen hintereinander nichts abgaben, wurden sie bestraft. Andrés notierte sorgfältig, wer etwas und was jemand gab.

Als die »Todesglocke« erklang, wie die Morisken das helle Glöckchen nannten, das bei der Wandlung geläutet wurde, knieten sie missmutig zwischen den frommen Altchristen nieder. Das Glöckchen klingelte in dem Moment, in dem der Priester mit dem Rücken zur Gemeinde die Hostie hochhielt. Es ertönte wieder, als er den Kelch anhob. Don Martín wollte gerade die Einsetzungsworte sprechen, als er sich wegen der allgemeinen Unruhe in der Kirche plötzlich wutentbrannt umdrehte.

»Hunde!«, schrie er. »Haltet den Mund, ihr Häretiker! Kniet euch so hin, wie es sich gehört, um Christus, den einzig wahren Gott, zu empfangen! Du da!« Er deutete mit dem dünnen Zeigefinger auf einen alten Mann in der dritten Reihe. »Du wirst hier nicht deinem falschen Gott huldigen. Und ihr sollt euren Blick heben, wenn ihr das heilige Sakrament empfangt!«

Sein vernichtender Blick bohrte sich in zwei Morisken, ehe er mit dem Gottesdienst fortfuhr. Dann gingen die Männer und Frauen schweigend zu ihm. Die Altchristen empfingen den Segen mit Ehrfurcht, die meisten Neuchristen scherzten hingegen heimlich über diesen heiligen »Kuchen« und bekreuzigten sich verkehrt herum. Nach dem Friedenssegen verließ die Gemeinde die Kirche. Die Morisken eilten nach Haus, um den »Kuchen« wieder auszuspeien.

Die wenigen Altchristen des Dorfes standen noch immer vor der Kirchentür, um miteinander zu schwatzen. Sie achteten nicht darauf, dass ihre Kinder die alte Frau beschimpften, die inzwischen völlig entkräftet von der Leiter gefallen war und nun reglos und schwer atmend am Boden lag. In der Kirche warfen der Priester und seine beiden Gefährten dem Büßer unaufhörlich sein Vergehen vor, während sie die liturgischen Gegenstände vom Altar einsammelten und in die Sakristei brachten.

2

Die Morisken haben die Revolte begonnen, das ist wahr, doch es sind die Altchristen mit ihrer Arroganz, ihren Plünderungen und ihrer Rohheit, mit der sie die Frauen nehmen, die sie zur Verzweiflung treiben. Selbst die Geistlichen verhalten sich schändlich. Eine ganze Moriskengemeinde beschwerte sich unlängst beim Erzbischof über ihren Pfarrer. Er solle versetzt werden, bat die Gemeinde... Oder man solle ihn zumindest verheiraten, denn »alle unsere Kinder kommen mit seinen blauen Augen zur Welt«.

FRANCÉS DE ÁLAVA, Spaniens Gesandter
in Frankreich an Philipp II., 1568

Juviles war das größte von etwa zwei Dutzend Dörfern, die über die südlichen Ausläufer der Sierra Nevada verstreut lagen. Nur ein Viertel des felsigen Gebietes wurde bewässert und mit Weizen und Gerste bebaut. Der größere Teil war mit Weinstöcken, Olivenhainen, Feigen-, Esskastanien-, Walnuss- und vor allem unzähligen Maulbeerbäumen für die Seidenraupenzucht bepflanzt. Auch wenn die Seide aus Juviles nicht ganz so geschätzt wurde wie die aus anderen Gegenden der Alpujarras, war sie doch die wichtigste Einnahmequelle der Region.

Die Morisken bewirtschafteten auch noch das steilste Stück Land bis zu den hohen Gipfeln. Jeder fruchtbare Winkel wurde durch eines der unzähligen Terrassenfelder nutzbar gemacht.

Eines Tages, als die Sonne schon im Zenit stand, kehrte Hernando Ruiz von einem dieser Felder nach Juviles zurück. Der Junge war etwas über vierzehn Jahre alt, schlank und sehr flink. Er hatte dunkelbraunes Haar, und unter seinen buschigen Augenbrauen leuchteten große, auffallend blaue Augen.

Es war kalt, aber die Mittagssonne milderte die eisige Winterluft aus der Sierra Nevada. Hernando hatte gerade die letzten Früchte eines alten, knorrigen Olivenbaums geerntet, die beim Schütteln nicht herabgefallen waren. Er war zwischen den krumm gewachsenen Ästen hinaufgeklettert und hatte die noch unreifen Oliven von Hand gepflückt. Am liebsten wäre er dort geblieben, hätte Unkraut gejätet und wäre anschließend zu einem anderen Terrassenfeld gegangen, wo der alte Hamid vermutlich gerade seinen bescheidenen Landbesitz bearbeitete. Nur wenn die beiden allein waren, auf dem Feld arbeiteten oder in den Bergen Heilkräuter suchten, nannte Hernando ihn »Hamid« und nicht »Francisco« – denn das war sein christlicher Name, auf den er getauft worden war. Fast alle Morisken hatten zwei Namen: einen christlichen und einen muslimischen. Nur Hernando war einfach »Hernando« – im Dorf machte man sich deshalb oft über ihn lustig und verspottete ihn als den »Nazarener«.

Beim Gedanken daran verlangsamte der Junge seinen Schritt. Er war kein Nazarener! Er fegte mit dem Fuß einige Steine vom Weg und ging dann weiter in Richtung seines Zuhauses, das außerhalb des eigentlichen Dorfes lag. Dort hatte seine Familie genügend Platz gefunden, um eine zusätzliche Hütte zu bauen, die als Stall für die sechs Maultiere diente, mit denen sein Stiefvater durch die Alpujarras zog – sowie für das siebte, Hernandos Lieblingstier: die gute Alte.

Vor etwa einem Jahr hatte seine Mutter ihm den Grund für den verhassten Spitznamen erklärt. Er hatte seinem Stiefvater Ibrahim – »José« für die Christen – eines Morgens bei Sonnenaufgang geholfen, die Maultiere aufzuzäumen. Nach getaner Arbeit, als er sich mit einem sanften Klaps von der Alten verabschiedet hatte, warf ihn plötzlich eine heftige Ohrfeige zu Boden.

»Du Christenhund!«, schrie Ibrahim zornig. Der Junge schüttelte sich, um wieder zu sich zu kommen. Er glaubte hinter dem Stiefvater seine Mutter zu erkennen, wie sie mit gesenktem Haupt im Haus verschwand. »Du hast dem Tier den Sattelgurt falsch angelegt!«, brüllte Ibrahim. »Soll es sich unterwegs etwa wund reiben und dann nicht mehr arbeiten können? Du bist wirklich ein nutzloser Nazarener.« Ibrahim spuckte auf den Boden. »Du bist und bleibst ein Christenbastard.«

Hernando floh vor seinem Stiefvater und versteckte sich in einer Ecke des Stalls. Sobald das Hufklappern der Lasttierkolonne Ibrahims Aufbruch verkündete, erschien seine Mutter Aischa in der Hütte und brachte ihm einen Becher mit Limonade.

»Tut's noch weh?«, fragte sie, kniete vor ihm nieder und fuhr ihm zärtlich durchs Haar.

»Warum sagen alle ›Nazarener‹ zu mir?«, schluchzte Hernando. Aischa schloss angesichts der Tränen ihres Sohns kurz die Augen und versuchte dann liebevoll, sein Gesicht zu trocknen. Hernando sah sie an. »Warum?«

»Einverstanden, du bist jetzt alt genug.« Aischa nickte kurz, setzte sich neben ihn auf den Boden und holte tief Luft. »Weißt du, vor etwas mehr als vierzehn Jahren hat sich der Pfarrer meines Heimatdorfes in Almería an mir vergangen …« Hernando sprang auf und starrte sie entsetzt an. »Ja, mein Junge. Ich schrie und wehrte mich, so wie es unsere Gesetze vorschreiben. Aber der Priester war so kräftig. Er hat mich weit außerhalb des Dorfes angesprochen, mitten auf dem Feld, am späten Vormittag. Es war ein sonniger Tag …«, erinnerte sie sich. »Dann …«, ihre Miene verfinsterte sich. »Ich war doch vollkommen hilflos!«, brach es aus ihr heraus. »Er hat meine Kleider mit einer einzigen Handbewegung zerrissen. Dann hat er mich auf den Boden gedrückt und …«

Aischa kehrte schwer atmend in die Gegenwart zurück und begegnete dem Blick ihres Sohnes.

»Du bist das Ergebnis dieser Schändung«, flüsterte sie. »Sie nennen dich den Nazarener, weil dein Vater ein christlicher Prediger ist. Es ist alles meine Schuld …«

Hernando brach erneut in Tränen aus. Auch Aischa kämpfte gegen den Strom der eigenen Tränen. Der Becher mit Limonade glitt ihr aus der Hand, als sie ihrem Sohn in die Arme fiel.

Die junge Aischa hatte mit den Hilfeschreien damals zwar ihre Ehre gerettet, aber als ihre Schwangerschaft offensichtlich wurde, suchte ihr Vater, ein einfacher Maultiertreiber, nach einem Weg, die Schande nicht fortwährend ansehen zu müssen. Die Lösung fand er in Ibrahim, einem jungen, gut aussehenden Maultiertreiber aus Juviles, dem er unterwegs des Öfteren begegnet war. Er bot ihm die Hand seiner Tochter und zwei Mulis als Mitgift an: ein Tier für das Mädchen und das andere für das ungeborene Kind. Ibrahim zögerte, aber er war jung, arm und konnte die Tiere gut brauchen. Außerdem, wer sagte denn, dass dieses Wesen jemals das Licht der Welt erblicken würde? Oder vielleicht würde es nicht einmal die ersten Monate überstehen … In dieser Gegend starben viele Kinder kurz nach der Geburt.

Ibrahim widerte die Vorstellung zwar an, dass ein Priester Aischa geschändet hatte, aber er ließ sich auf den Handel ein und nahm sie mit zu sich nach Juviles.

Doch Hernando kam als kräftiger Säugling zur Welt, noch dazu mit den blauen Augen des Priesters. Die Umstände seiner Zeugung kamen schnell ans Licht, und die Dorfbewohner hatten zwar Mitleid mit der jungen Frau, nicht aber mit dem Kind. Ihre Verachtung wurde noch größer, als sie merkten, wie sehr sich Don Martín und Andrés um den Jungen bemühten – so als wollten sie den Bastard des Priesters vor Mohammeds Anhängern retten.

Als Hernando seiner Mutter später die frisch geernteten Oliven gab, konnte sein Lächeln Aischa nicht täuschen. Sie fuhr ihm zärtlich durchs Haar, wie immer, wenn sie ihn traurig erlebte, und er ließ es trotz der anwesenden vier Stiefgeschwister zu. Seine Mutter konnte ihm nur äußerst selten ihre Liebe zeigen – nur dann, wenn sein Stiefvater nicht da war. Ibrahims Hass gegen den Nazarener mit den blauen Augen, den Lieblingsschüler der christlichen Geistlichen, war mit der

Geburt seiner eigenen vier Kinder nur noch größer geworden. Mit neun Jahren wurde Hernando in den Stall verbannt und durfte nur noch dann im Wohnhaus essen, wenn sein Stiefvater unterwegs war. An diesem Tag stand das Essen bereits auf dem Tisch, und Hernandos vier Stiefgeschwister warteten auf ihn. Selbst der Jüngste, der vierjährige Musa, zog in seiner Anwesenheit ein mürrisches Gesicht.

»Im Namen des barmherzigen und gnädigen Gottes«, sagte Hernando, ehe er sich auf den Boden setzte.

Der kleine Musa und sein siebenjähriger Bruder Aquil taten es ihm gleich und griffen mit den Fingern nach dem Essen: Lamm und Artischocken, mit Minze, Koriander und Safran in Essig und Öl gekocht. Raissa und Zahara, seine beiden Stiefschwestern, warteten darauf, dass die männlichen Familienmitglieder mit dem Essen fertig waren, damit sie selbst beginnen konnten.

Nach dem Lammgericht brachte die elfjährige Zahara noch ein Tablett mit Rosinen, aber Hernando blieb keine Zeit: Er hörte ein dumpfes Klappern in der Ferne und hob den Kopf. Seine Stiefbrüder bemerkten seine Unruhe und hörten auf zu essen. Keiner konnte die Ankunft der Maultiere so früh hören wie Hernando.

»Die Alte kommt!«, rief der kleine Musa.

Ibrahim kehrte nach Hause zurück.

»Lob sei Gott«, beendete Hernando die Mahlzeit und stand schnell auf.

Draußen wartete die ausgezehrte Alte geduldig auf ihn, sie trug kein Zaumzeug und war mit Sattelwunden übersät.

»Komm, Alte«, sagte Hernando und führte sie in den Stall.

Das ungleichmäßige Klappern der Hufe begleitete sie. Im Stall legte er ihr etwas Stroh hin und strich ihr über den Hals.

»Wie war die Reise?«, flüsterte er und untersuchte eine Wunde, die sie vorher noch nicht gehabt hatte.

Er sah ihr kurz beim Fressen zu, dann lief er schnell los – den Berghang hinauf. Sein Stiefvater erwartete ihn bestimmt schon im Versteck etwas abseits des Weges nach Ugíjar. Hernando lief einige Zeit querfeldein und achtete darauf, keinem Altchristen zu begegnen. Er umging die eingesäten Terrassenfelder und alle anderen Stellen, an denen zu dieser Tageszeit womöglich noch gearbeitet wurde. Ein wenig außer Atem gelangte er an eine nur schwer zugängliche Stelle, von der aus man auf die steile Felswand blicken konnte, wo Ibrahim bereits auf einem Vorsprung auf ihn wartete. Hinter dem Morisken standen die sechs schwer beladenen Maultiere, und im Fels konnte man viele Öffnungen erkennen, die in kleine Höhlen führten.

Ibrahim war ein großer, kräftiger Mann mit Vollbart. Er trug einen grünen Hut mit breiter Krempe und einen halblangen blauen Umhang, unter dem ein kurzer plissierter Rock hervorragte, der die Oberschenkel vor der Kälte schützte. Die Unterschenkel waren nackt, und an den Füßen trug er Lederschuhe mit Riemen. Zum Jahreswechsel würden die neuen Gesetze in Kraft treten. Dann musste Ibrahim wie alle Morisken im Königreich Granada seine Volkstracht gegen die übliche Kleidung der Christen eintauschen. Im Gürtel glänzte – obwohl dies schon jetzt verboten war – ein Krummdolch.

Als er seinen Stiefvater in der Ferne erblickte, verlangsamte Hernando seinen Schritt. Die Furcht, die ihn in dessen Nähe immer überkam, bedrückte ihn. Wie würde er ihn diesmal empfangen? Beim letzten Mal hatte er ihm eine Ohrfeige verpasst, weil er sich angeblich verspätet hatte, dabei war er ohne Umwege zu ihrem Treffpunkt gerannt. Auf den letzten Schritten zu Ibrahim beeilte er sich wieder.

»Warum kommst du so spät?«, fuhr ihn sein Stiefvater an.

Als Hernando sich an seinem Stiefvater vorbeizwängte, ging er in Deckung. Dennoch traf ihn ein heftiger Schlag am Kopf. Er stolperte auf das erste Maultier zu und schlüpfte dann geschickt an den übrigen Tieren vorbei in eine der Felshöhlen hinein. Ohne ein weiteres Wort zu verlieren, begann er die Waren, die sein Stiefvater von den Tieren ablud, in das sichere Versteck zu bringen.

»Das Öl hier ist für Juan«, sagte Ibrahim und reichte ihm einen bauchigen Tonkrug. Angesichts des fragenden Blicks seines Stiefsohns fügte er noch den muslimischen Namen hinzu: »Ich meine Aisar. Und der hier ist für Faris.« Hernando verstaute die Waren in der Höhle und versuchte sich die Namen der jeweiligen Besitzer zu merken.

Als die Maultiere von der Hälfte ihrer Last befreit waren, brach Ibrahim nach Juviles auf. Hernando blieb am Höhleneingang zurück und ließ seinen Blick über die weite Landschaft bis zur Sierra Contraviesa schweifen. Aber er hielt sich nicht lange damit auf, da er diesen Ausblick in- und auswendig kannte. Er ging in die Höhle und betrachtete neugierig die Gegenstände, die sie soeben abgeladen hatten, und die vielen anderen, die dort bereits seit Längerem lagerten. Hunderte ähnliche Höhlen dienten den Morisken in den Alpujarras inzwischen als Versteck für ihren Besitz. Kurz vor Einbruch der Dunkelheit würden die Männer kommen und die Dinge mitnehmen, die sie brauchten. Jeder Transport lief gleich ab. Von wo auch immer der Stiefvater aufgebrochen war, bevor er Juviles erreichte, band er die Alte los und schickte sie nach Hause. »Sie kennt die Alpujarras besser als jeder von uns. Ich habe mein ganzes Leben auf diesen Wegen verbracht, und trotzdem hat mir das Maultier schon einige Male das Leben gerettet«, erzählte der Treiber immer wieder. Wenn Ibrahim sie losließ, trottete die Alte allein nach Hause, und Hernando lief sofort zu den Höhlen, um seinen Stiefvater zu treffen. Dort luden sie die Hälfte der Handelswaren ab, um so die hohen Steuern zu halbieren, die sein Stiefvater zu entrichten hatte. Die vielen Pachtherren, die den Zehnt oder die Erstlingsabgabe erhielten, und die zahllosen Büttel, die die Geldstrafen einzogen, hatten es sich angewöhnt, in die Häuser der Morisken einzudringen und alles mitzunehmen oder zu pfänden, was ihnen in die Hände fiel, selbst wenn der Wert der Gegenstände die eigentlichen Schulden überstieg. Später notierten sie nicht einmal den Erlös aus der Versteigerung, und die Morisken verloren auf diese Weise langsam, aber sicher ihren Besitz. Sie hatten bereits viele Klagen beim Richter von Ugíjar, beim Bischof und sogar beim Corregidor von Granada, dem Vertreter der Krone, vorgebracht, aber sie stießen nur auf taube Ohren, und die christlichen Steuereintreiber beuteten sie weiterhin ungestraft aus. Deshalb taten es alle Ibrahim gleich.

Hernando lehnte an der kalten Höhlenwand. Nun lag zwar eine lange Wartezeit vor ihm, aber er verstand die Notwendigkeit dieses Betruges. Anderenfalls würden die Christen sie noch ruinieren. Er half auch dabei, den Zehnt der Rinder, Ziegen und Schafe zu umgehen. Obwohl ihn seine Glaubensbrüder ansonsten mieden, hatte man ihn hierfür zum Mithelfer bestimmt. Es war wichtig, gut mit Zahlen umgehen zu können, wenn man den Steuereintreiber im Frühjahr um den Zehnt betrügen wollte. Zuerst wurden die Tiere auf einer ebenen Fläche zusammengetrieben. Dann wurde aus Ästen ein enger Gang gebildet, durch den ein Tier nach dem anderen getrieben wurde. Jedes zehnte Tier gehörte der Kirche. Aber die Morisken wussten, dass kleine Herden von dreißig oder weniger Tieren nicht der Zehntzahlung unterlagen und dass sie für solche Herden nur wenige Maravedíes bezahlen mussten. Wenn es wieder einmal so weit war, teilten sie deshalb in allgemeiner Übereinkunft die Herden in kleinere Gruppen. Dieser Kniff verlangte später sehr gute Rechenkünste, damit die ursprünglichen Herden wieder richtig zusammengestellt werden konnten.

Doch Hernandos Beteiligung an dieser List kam ihn teuer zu stehen. Der Junge blickte wütend in Richtung Höhlenwand und erinnerte sich an den Nachmittag, an dem man ihn für diese besondere Aufgabe ausgewählt hatte.

»Viele von uns können zählen, aber alle haben selbst Ziegen und Schafe, und das könnte zu Misstrauen führen«, hatte ein alter Moriske angeführt, der Hernando für die Aufgabe vorgeschlagen hatte. »Ibrahim und der Junge dagegen haben kein Interesse an den Tieren.«

»Was ist, wenn er uns verrät?«, wandte ein anderer Moriske ein. »Er verbringt zu viel Zeit bei den Pfaffen.«

Plötzlich schwiegen die anwesenden Männer.

»Keine Sorge. Ich kümmere mich darum«, versicherte Ibrahim ruhig.

An diesem Abend kam er zu seinem Stiefsohn in den Stall, als der gerade die Tiere versorgte.

»Frau«, brüllte der Maultiertreiber.

Hernando war erstaunt. Was hatte er denn nun schon wieder falsch gemacht? Und warum rief Ibrahim nach seiner Mutter? Aischa eilte zu den beiden. Aber noch ehe sie eine Frage stellen konnte, versetzte

Ibrahim ihr mit dem Handrücken einen heftigen Schlag ins Gesicht. Aischa taumelte, Blut rann aus ihrem Mundwinkel.

»Sieh dir das gut an!«, knurrte Ibrahim. »Wenn du den Pfaffen auch nur ein Wort von den Höhlen oder den Tieren erzählst, verpasse ich deiner Mutter hundert davon. Verstanden?«

Hernando verbrachte den ganzen Nachmittag in der Höhle, bis kurz vor Einbruch der Dunkelheit der letzte Moriske gekommen war. Erst dann stieg er wieder ins Dorf hinab. Er kümmerte sich um die Maultiere, versorgte ihre Wunden und prüfte ihre körperliche Verfassung. An seinem Schlafplatz, in einer Ecke des Stalls, entdeckte er eine Schale mit Mehlbrei und einen Becher Limonade. Hungrig schlang er sein Abendessen herunter und verließ eilig die Hütte. Als er an der kleinen Tür des Wohnhauses vorbeikam, spuckte er aus. Im Haus lachten seine Stiefgeschwister, und aus dem Stimmengewirr war deutlich die raue Stimme seines Stiefvaters herauszuhören. Raissa entdeckte Hernando durch das Fenster und lächelte ihm flüchtig zu: Als einzige der Geschwister hatte sie manchmal Mitleid mit ihm, auch wenn ihre seltenen Liebesbekundungen – wie die von Aischa – nur hinter Ibrahims Rücken geschehen durften. Hernando ging eilig weiter und rannte dann schließlich zu dem Haus, in dem der alte Hamid wohnte.

Der hagere Moriske mit dem faltigen Gesicht war Witwer und zog sein linkes Bein beim Gehen leicht nach. Hernando wusste nicht genau, wie alt er war, aber er hielt ihn für einen der Ältesten im Dorf. Hamid lebte in einem armseligen Haus, das man bereits tausende Male nachgebessert hatte – ohne sichtlichen Erfolg. Die Tür stand leicht offen, aber Hernando klopfte dennoch dreimal an.

»Salam aleikum«, antwortete Hamid auf das dritte Klopfen. »Ich habe Ibrahim heute ins Dorf gehen sehen«, sagte er noch, als Hernando über die Schwelle trat.

Eine rauchende Öllampe brachte etwas Licht in den kleinen Raum. Von den Wänden bröckelte der Putz, und an der Decke gab es Wasserflecken, aber insgesamt wirkte es sauber und ordentlich. Im Kamin brannte kein Feuer, und das einzige Fenster hatte man verblendet, damit es nicht in sich zusammenfiel.

»Hast du schon gebetet?«

Hernando hatte mit dieser Frage gerechnet. Er wusste auch, was nun folgen würde: »Das Nachtgebet ist das einzige Gebet, das wir in Sicherheit verrichten können, weil die Christen dann schlafen.«

Der Sakristan hatte sich bemüht, Hernando nicht nur das Lesen, Schreiben und Rechnen beizubringen, sondern auch die christlichen Gebete. Der alte Hamid, der von den zwangsbekehrten Muslimen im Dorf als Alfaquí – als Gelehrter – geachtet wurde, tat das Gleiche mit dem Islam. Nachdem die Morisken im Dorf Hernando verstoßen hatten, hatte Hamid diese Aufgabe mit einem Eifer verfolgt, als stünde er nicht nur mit dem Sakristan, sondern mit der gesamten Gemeinde im Wettstreit. Draußen auf den Terrassenfeldern ließ er Hernando vor neugierigen Blicken geschützt beten, oder sie rezitierten gemeinsam die Suren, wenn sie allein in der Sierra Heilkräuter suchten.

Noch bevor Hernando antworten konnte, stand Hamid auf und verriegelte die Tür. Das Wasser stand bereits in sauberen Krügen bereit. Sie entkleideten sich schweigend und nahmen die Richtung der Qibla ein, gen Mekka.

»Ach, Gott, mein Herr«, betete Hamid, während er mit den Händen in den Tonkrug fuhr und sich dreimal wusch. Hernando tat es ihm gleich. »Mit deiner Hilfe hüte ich mich vor der Unreinheit und der Bosheit des zu steinigenden Satans!«

Dann wuschen sie sich, so wie es Vorschrift war: den Schambereich, die Hände, die Nase und das Gesicht, den rechten und den linken Arm von den Fingerspitzen bis zum Ellbogen, den Kopf, die Ohren und die Füße bis zu den Knöcheln. Jede Waschung begleiteten sie mit den entsprechenden Formeln. Manchmal war Hamids Stimme nur noch ein kaum hörbares Flüstern. Das war das Zeichen des Alfaquí, dass Hernando die Führung übernehmen sollte. Der Junge lächelte, und die beiden setzten das Ritual fort.

»... am Tag des Gerichts ...«, betete der Junge laut.

Hamid hielt die Augen halb geschlossen, er nickte zufrieden und stimmte wieder mit ein.

»...dem sein Buch in die Rechte gegeben wird, der wird einer leichten Rechenschaft unterzogen sein und wird fröhlich zu seinen Angehörigen …«

Nach den Waschungen begannen sie mit dem Nachtgebet. Dafür verbeugten sie sich zweimal und berührten mit den Händen die Knie.

»Lob sei Gott«, begannen sie einstimmig.

Gerade als sie auf Hamids einziger Decke knieten, mit Stirn und Nase den Stoff berührten, klopfte es an der Tür.

Die beiden erstarrten.

Es klopfte noch einmal, diesmal lauter.

Hamid schaute besorgt zu Hernando, der seinen Blick erwiderte. Seine blauen Augen funkelten im Licht der Öllampe. Er war ein alter Mann, aber Hernando …

»Hamid, mach auf!«

Hamid? Kein Christ hätte ihn bei diesem Namen gerufen. Der Alfaquí stand auf und öffnete die Tür.

»Salam aleikum.«

»Aleikum salam«, grüßte der Fremde zurück. Ein kleiner Mann mit dunkler, ledriger Haut, der erheblich jünger war als Hamid, betrat den nur schwach erleuchteten Raum.

»Das ist Hernando«, sagte Hamid ruhig. »Hernando, das ist Ali. Er kommt aus Órgiva und ist der Mann meiner Schwester. Was führt dich so spät noch zu mir? Du bist weit weg von zu Hause.« Statt einer Antwort deutete Ali mit dem Kinn fragend auf Hernando. »Dem Jungen können wir vertrauen«, versicherte Hamid.

Ali beobachtete Hernando, der aufstand und nickte. Hamid bat seinen Schwager, auf der Decke Platz zu nehmen. Er selbst setzte sich auf ein verschlissenes Kissen.

»Bring frisches Wasser und ein paar Rosinen«, bat er Hernando.

»Zum Jahreswechsel wird es eine neue Welt geben«, prophezeite Ali feierlich.

Die kaum zwanzig Rosinen in der Schale, die Hernando zwischen die beiden Männer stellte, waren Almosen der Dorfbevölkerung für den Alfaquí.

Hamid begleitete die Worte seines Schwagers mit einem wissenden Nicken. »Das habe ich gehört.«

Hernando beobachtete die beiden Männer neugierig. Er wusste nicht, dass Hamid Verwandte hatte, aber diesen Satz hörte er nicht zum ersten Mal. Sein Stiefvater sagte ihn immer wieder, vor allem wenn er von seinen Reisen aus Granada zurückkehrte. Der Sakristan hatte ihm erklärt, es gehe um die neue königliche Verordnung, die die Morisken zwang, sich wie Christen zu kleiden und nicht mehr Arabisch zu sprechen.

»In der Karwoche der Christen ist der Versuch dieses Jahr doch schon einmal gescheitert«, sagte Hamid weiter. »Warum sollte es dieses Mal anders sein?«

Hernando war verwirrt. Wovon sprach Hamid? Was für einen gescheiterten Versuch meinte er?

»Dieses Mal wird der Aufstand gelingen«, versicherte Ali. »Beim letzten Mal wussten alle in den Alpujarras von den Plänen. Deshalb hat auch der Marquis von Mondéjar in Granada davon erfahren, und unsere Glaubensbrüder im Albaicín-Viertel trauten sich nicht aus ihren Häusern.«

Hamid bat ihn weiterzusprechen. Hernando erstarrte, als er das Wort »Aufstand« hörte.

»Diesmal wurde entschieden, dass die Leute in den Alpujarras erst dann etwas erfahren, wenn die Eroberung von Granada kurz bevorsteht. Unsere Leute im Albaicín haben genaue Anweisungen, und es gab geheime Versammlungen mit den Männern aus der Vega von Granada, aus dem Lecrín-Tal und aus Órgiva. Die verheirateten Männer haben die verheirateten Männer angeworben, die Junggesellen die Junggesellen und die Witwer die Witwer. Mehr als achttausend Mann stehen für den Angriff auf die Alhambra bereit. Wir rechnen damit, dass die ganze Region hunderttausend Mann bewaffnen kann.«

»Wer steht diesmal hinter dem Aufstand?«

»Die Treffen finden im Haus eines Wachsziehers im Albaicín statt, er heißt Adelet. An den Versammlungen beteiligen sich auch Hernando El Zaguer, der Büttel von Cádiar, Diego López aus Mecina de Bombarón,

Miguel de Rojas aus Ugíjar und Farax ibn Farax, Tagari, Mofarrix, Alatar …«

»Ich traue diesen Monfíes nicht«, unterbrach ihn Hamid.

Ali zuckte mit den Schultern.

»Du weißt«, setzte er zu ihrer Verteidigung an, »dass vielen von uns nichts anderes übrig bleibt, als in die Berge zu flüchten. Uns tun die Monfíes nichts! Du selbst wärst einer von ihnen, wenn du nicht …« Ali vermied, auf Hamids lahmes Bein zu schauen. »Die meisten von ihnen wurden Monfíes, weil ihnen das gleiche Unrecht zugefügt wurde wie dir.«

Ali sprach nicht weiter. Er wartete die Reaktion seines Schwagers ab. Hamid gab sich einige Sekunden seinen Erinnerungen hin und stimmte dann zu.

»Was für ein Unrecht …«, begann Hernando, aber angesichts der abweisenden Handbewegung, mit der Hamid auf seine Frage reagierte, sprach er nicht weiter.

»Wer nimmt noch an den Treffen teil?«

»Partal aus Narila, Nacoz aus Nigüeles, Seniz aus Bérchul.« Hamid hörte nachdenklich zu. Ali erklärte weiter: »Alles ist abgemacht. In Granada stehen die Männer aus dem Albaicín am Neujahrstag bereit. Sobald der Aufstand beginnt, klettern die anderen achttausend Mann … klettern *wir* über den Generalife-Palast in die Alhambra. Wir haben siebzehn Strickleitern, die gerade in Ugíjar und in Quéntar angefertigt werden. Ich habe sie selbst gesehen: Sie sind aus kräftigen Hanfstricken gemacht, und die Sprossen sind aus so festem Holz, dass drei Männer gleichzeitig hochklettern können. Und wir müssen uns wie Türken verkleiden, damit die Christen denken, wir hätten Hilfe von den Barbaresken oder vom Sultan erhalten. Die Frauen bereiten die Gewänder vor. Wir werden Granada genau an dem Tag zurückerobern, an dem es sich einst den kastilischen Königen ergeben hat.«

»Was geschieht, wenn die Stadt erst einmal eingenommen ist?«

»Dann wird uns Algier helfen. Der Groß-Türke wird uns helfen. Das haben sie versprochen. Spanien verkraftet keinen weiteren Krieg, seine

Soldaten kämpfen schon in Flandern, in Amerika und gegen die Barbaresken und Türken.« Bei diesen Worten blickte Hamid zur Decke. »Lob sei Gott!«, flüsterte er.

»Die Prophezeiungen erfüllen sich, Hamid!«, rief Ali. »Es ist soweit!«

Dann herrschte Schweigen, nur noch Hernandos aufgeregter Atem war zu hören. Der Junge zitterte ein wenig und sah immer wieder von einem Mann zum anderen.

»Und was soll ich machen? Was kann ich schon ausrichten?«, fragte Hamid plötzlich. »Ich hinke …«

»Als direkter Nachfahre der Nasriden musst du bei der Eroberung von Granada dabei sein. Du bist ein Vertreter des Volkes, dem die Stadt immer gehört hat und dem sie wieder gehören wird. Deine Schwester begleitet dich gerne.«

Bevor Hernando eine Frage stellen konnte, drehte sich Hamid zu ihm um, nickte und mahnte ihn zur Geduld. Der Junge ließ sich wieder auf der Decke nieder, aber er konnte seine großen blauen Augen nicht von dem auf den ersten Blick so unscheinbaren Alfaquí abwenden. Hamid war ein Nachfahre der Nasriden-Dynastie, der Könige von Granada!

3

Hamid bot Ali an, die Nacht bei ihm zu verbringen, aber er lehnte die Einladung ab: Er wusste, dass Hamid nur ein einziges Bett besaß, und um seinen Gastgeber nicht zu beleidigen, behauptete er, er wolle noch einige Dinge mit einem anderen Bewohner von Juviles besprechen, der bereits auf ihn warte. Hamid gab sich damit zufrieden und begleitete ihn zur Tür. Hernando sah zu, wie sich die beiden Männer mit allen Förmlichkeiten voneinander verabschiedeten. Der Alfaquí blickte seinem Schwager nach, bis dieser vollends in der Dunkelheit verschwunden war, und verriegelte dann die Tür. Er wandte sich dem Jungen zu, sein faltiges Gesicht wirkte angespannt, und seine ansonsten so friedlichen Augen leuchteten.

Hamid blieb noch einen Augenblick an der Tür stehen und überlegte. Schließlich setzte er sich zu Hernando und lächelte ihn an. Aber die tausend Fragen, die dem Jungen durch den Kopf schossen – Nasriden? Welcher Aufstand? Was beabsichtigte der Groß-Türke? Was war mit den Algeriern? Warum sollte Hamid eigentlich auch ein Monfí sein? Gab es in den Alpujarras Barbaresken? –, bündelten sich in einer einzigen Frage:

»Wie kann es sein, dass du so arm bist, wenn du ein Nachfahre …«

Die Gesichtszüge des Alfaquí verdüsterten sich.

»Sie haben mir alles genommen«, antwortete er trocken.

Der Junge blickte zur Seite.

»Tut mir leid«, stieß Hernando hervor.

»Vor nicht allzu langer Zeit«, begann Hamid, »du warst schon längst auf der Welt, da gab es eine entscheidende Veränderung in Granada.

Bis dahin waren wir Muslime nur vom Marquis von Mondéjar abhängig, dem Generalkapitän und somit Vertreter des Königs. Aber die vielen Beamten und gerissenen Juristen des Königlichen Obergerichts von Granada forderten – übrigens gegen den Willen des Marquis – die Hoheit über uns, und der König gab ihren Forderungen nach. Dann haben die Amtsschreiber und Juristen damit begonnen, alte Gerichtsverfahren gegen Muslime wieder aufzurollen. Sie ignorierten das Gewohnheitsrecht, das denjenigen von uns, die sich einem Lehnsherrn unterstellten, Straffreiheit für frühere Vergehen zusicherte. Davon hatten beide Seiten lange Zeit profitiert: Die Muslime siedelten sich friedlich in den Alpujarras an, und der König hatte Arbeiter, die ihm viel höhere Steuern zahlten als die Christen. Nur das Obergericht zog keinen Nutzen aus dieser Übereinkunft.« Hamid griff nach einer Rosine. »Nimm dir doch auch eine«, forderte er seinen Schüler auf.

Hernando wurde ungeduldig. Nein, er wollte nichts essen … Er wollte eine Antwort auf seine Frage hören. Er wollte, dass Hamid weitererzählte! Aber er fügte sich, nahm eine Rosine und kaute darauf herum.

»Also«, fuhr Hamid fort, »unter dem Vorwand, die aufständischen Muslime in den Bergen verfolgen zu wollen, bildeten die Amtsschreiber Söldnertruppen, die in Wirklichkeit nur aus ihren eigenen Dienern und Verwandten bestanden. Sie zahlten ihnen einen Sold, wie er im königlichen Heer noch nie bezahlt worden war. Er war sogar höher als der bei den Tercios in Flandern. Doch anstatt mit dem Schwert in den Kampf gegen die Monfíes zu ziehen, begannen die Amtsschreiber einen Papierkrieg gegen die friedfertigen Muslime, die den Boden ihrer Lehnsherren bestellten. Die Familien, denen man die alten Verfahren anhängte, zahlten dafür einen hohen Preis. Viele mussten ihre Häuser über Nacht verlassen und sich den Monfíes anschließen. Aber die Habgier der Beamten war damit noch lange nicht befriedigt: Sie begannen mit Nachforschungen zu jeglichem Landbesitz der Muslime, und die Familien, die keine Dokumente über ihren Besitz hatten, wurden gezwungen, erneut Abgaben an den König zu zahlen – oder ihr Land zu verlassen. Und viele von uns hatten nicht genug Geld.«

»Hattest du auch keine Dokumente?«, fragte Hernando.

»Nein«, antwortete Hamid betrübt. »Ich bin ein Nachfahre der Nasriden, des letzten Herrschergeschlechts von Granada. Meine … Familie«, und bei diesen Worten klang Hamids Stimme so erhaben, dass Hernando erschauderte, »gehörte zu den edelsten und vornehmsten Familien von Granada … Und dann kommt so ein bösartiger Schreiberling und nimmt mir mein Land und meine Reichtümer.«

Hernando war erschüttert. Hamid verharrte einen Moment in seinen schmerzhaften Erinnerungen. Doch dann hatte er sich wieder gefasst und sprach weiter.

»Die Spanier gaben dem Sultan von Granada Bu Abdillah, den die Christen Boabdil nennen, als Ausgleich für die Kapitulation die Alpujarras als Lehen, in die er sich mit seinem Hofstaat zurückzog. Zu diesem Hofstaat gehörte auch sein Cousin, mein Vater, ein angesehener Alfaquí. Aber das reichte diesen elenden Spaniern nicht: Ohne dass der Sultan davon erfuhr, kauften sie hinter seinem Rücken genau die Ländereien wieder zurück, die sie ihm soeben überlassen hatten – und vertrieben ihn. Zusammen mit dem Sultan verließen fast alle muslimischen Adligen und Notabeln Spanien. Aber mein Vater entschied, bei unseren Leuten zu bleiben, die seinen Rat als Alfaquí benötigten. Später verstieß Kardinal Cisneros auch noch gegen den Kapitulationsvertrag von Granada, der den Muslimen ein friedliches Dasein und die Glaubensfreiheit zugesichert hatte. Er überzeugte die Könige davon, alle Muslime zu vertreiben, die sich nicht zum Christentum bekehren ließen. Fast alle wurden zwangsbekehrt! Wir wollten unser Land nicht aufgeben. Das Land, auf dem wir einst zur Welt gekommen waren und auf dem unsere eigenen Kinder aufwuchsen. Die Christen veranstalteten mit Hunderten von uns Massentaufen, bei denen wir mit Weihwasser besprengt wurden. Viele von uns kamen aus den Kirchen und sagten, kein einziger Tropfen davon habe ihre Haut berührt, und deshalb seien sie nach wie vor Muslime. Als ich vor fünfzig Jahren auf die Welt kam …« Hernando beugte sich überrascht vor. »Du hast gedacht, ich sei älter?« Der Junge senkte den Kopf. »Es gibt Dinge, die lassen dich schneller altern als der Lauf der Jahre … Also, wir lebten damals friedlich auf den Ländereien, die uns Sultan Boabdil mündlich zugesprochen hatte. Niemand stellte unseren Besitz infrage, bis sich das Heer aus Beamten und Winkeladvokaten in Bewegung setzte. Dann …«

Hamid hielt inne.

»Dann haben sie dir alles genommen«, beendete Hernando den Satz mit bebender Stimme.

»Fast alles.« Der Alfaquí nahm eine weitere Rosine aus der Schale. »Fast alles«, wiederholte Hamid mit der Rosine im Mund. »Unseren Glauben konnten sie uns nicht nehmen, dabei war das für sie das Wichtigste. Und außerdem konnten sie mir nicht …«

Hamid stand schwerfällig auf und ging zu einer der Wände seiner Behausung. Dort scharrte er mit dem rechten Fuß im Erdboden, bis er auf eine längliche Holzbohle stieß. Er hob sie an einem Ende an und bückte sich, um einen in Stoff gehüllten Gegenstand darunter hervorzuholen. Hernando erriet aufgrund der länglichen, leicht gekrümmten Form, was es war.

Hamid wickelte den im schwachen Schein der Öllampe schimmernden Krummsäbel langsam aus und zeigte ihn dem Jungen.

»Das hier. Das hier konnten sie mir nicht nehmen. Auch wenn die Notare, Büttel und Sekretäre alle Seidengewänder, Edelsteine, Tiere und die ganze Getreideernte an sich rissen, gelang es mir, den wertvollsten Besitz meiner Familie vor ihnen zu verstecken. Diese Waffe hat schon der Prophet in seinen Händen gehalten … Friede und Gottes Segen mögen ihn begleiten«, fügte er andächtig hinzu. »Mein Großvater erzählte meinem Vater, dass dieser Säbel eine der Waffen ist, die Mohammed als Lösegeld von den Quraisch erhalten hatte, die er bei der Einnahme von Mekka gefangen nahm.«

An der kostbaren Scheide des Krummsäbels funkelten Metallplättchen mit arabischen Inschriften. »Eine Waffe aus dem Besitz des Propheten!« Hamid zog die glänzende Klinge aus der Scheide.

»Du wirst die Wiedereroberung der Stadt miterleben, die niemals hätte fallen dürfen«, sagte er feierlich und blickte auf die Waffe in seinen Händen. »Du wirst mit eigenen Augen sehen, wie sich die Prophezeiungen erfüllen und in al-Andalus wieder die Gläubigen herrschen werden.«

4

Juviles, Freitag, 24. Dezember 1568

Die Gerüchte im Dorf wurden schließlich von einem Trupp Monfíes bestätigt, der auf dem Weg nach Ugíjar durch Juviles zog.

»Alle Männer der Alpujarras im kriegsfähigen Alter müssen sich in Ugíjar einfinden«, befahlen sie den Bewohnern von Juviles. »Der Aufstand hat begonnen. Wir werden unser Land zurückerobern! In Granada wird wieder der Islam herrschen!«

Trotz der Geheimhaltung, mit der die Morisken des Albaicín-Viertels den Aufstand in Granada behandelten, verbreitete sich die Losung »Zum Jahreswechsel wird es eine neue Welt geben« in den Bergen wie ein Lauffeuer. Doch die Monfíes und die Bewohner der Alpujarras wollten den Neujahrstag nicht mehr abwarten. Sie überfielen einige Beamte, die auf dem Weg nach Granada waren und unterwegs die Bergdörfer gnadenlos und ohne Angst vor Strafen ausraubten. Die Monfíes brachten diese Beamten auf bestialische Weise um. Andere Aufständische legten sich mit einem Trupp Soldaten an, und auch die Morisken in Cádiar erhoben sich in großer Zahl: Sie plünderten die Dorfkirche und die Häuser der Christen und richteten unter den Bewohnern ein Blutbad an.

Als die berittenen Monfíes weitergezogen waren und sich die Christen in ihren Häusern verschanzten, schloss sich auch die muslimische Bevölkerung von Juviles dem Aufstand an: Die Männer bewaffneten sich mit Dolchen, Stichmessern, sogar mit dem ein oder anderen alten

Schwert oder einer ausgedienten Arkebuse, die sie vor den christlichen Bütteln hatten verstecken können. Die Frauen holten ihre Schleier hervor und ihre farbenfrohen, mit Gold- und Silberstickereien verzierten Gewänder aus Seide, Leinen oder Wolle. Sie schmückten ihre Hände und Füße mit Henna und staffierten sich mit ihren traditionellen Gewändern aus, die sich so sehr von der christlichen Kleidung unterschieden. Einige trugen ihre hüftlangen Marlotas, andere lange hemdartige Gewänder, die am Rücken spitz zuliefen. Wadenlange, plissierte Pluderhosen wölbten sich über grobe Strümpfe. Die Füße steckten meist in Holzschuhen, die mit Lederriemen festgeschnürt waren. Das ganze Dorf war eine einzige Farbexplosion, überall leuchteten die verschiedensten Grün-, Blau- und Gelbtöne … aber alle Frauen bedeckten ihr Haupt: einige nur das Haar, die meisten aber das ganze Gesicht.

Hernando half Andrés seit den frühen Morgenstunden in der Kirche. Sie bereiteten die Christmette vor. Der junge Sakristan überprüfte gerade ein wertvolles Priestergewand, als die verriegelte Tür des Gotteshauses mit brachialer Gewalt aufgestoßen wurde und ein Pulk Morisken unter lautem Geschrei hereinstürmte. In der Menschenmenge befanden sich auch der Pfarrer und der Pfründenbesitzer, die man aus ihren Häusern gezerrt und hierher geschleppt hatte. Sie konnten sich kaum noch aufrecht halten, aber sobald sie zu Boden fielen, wurden sie mit Fußtritten wieder auf die Beine geholt.

»Was soll das?«, rief Andrés entsetzt. Aber schon verpassten die Morisken ihm ein paar Fausthiebe und warfen ihn zu Boden. Der Sakristan fiel Don Martín und Don Salvador vor die Füße.

Hernando wollte Andrés zunächst helfen, war aber wie erstarrt und beobachtete entsetzt das Geschehen. Die aufgebrachte Menge drang nun in die Sakristei ein. Die Männer brüllten und geiferten und traten alles zur Seite, was ihnen in den Weg kam. Sie rissen die Schränke auf und warfen den Inhalt auf den Boden. Plötzlich wurde Hernando grob am Kragen gepackt und neben den Pfarrer und seine Gefährten zu Boden geschleudert. Bei dem Aufprall schlug er sich das Gesicht auf.

Inzwischen trafen weitere Aufständische ein, die die christlichen Familien des Dorfes vor sich hertrieben. Diese Christen wurden brutal zu Hernando und den drei Würdenträgern vor den Altar gestoßen. Ganz Juviles war mittlerweile in der Kirche versammelt. Die Moriskenfrauen tanzten um die Christen herum und stießen mit schnellen Zungenbewegungen spitze Freudenschreie aus. Hernando beobachtete vom Boden aus die gesamte Szenerie: Ein Mann urinierte auf den Altar, ein anderer schnitt das Hanfseil der Kirchenglocke durch, um sie für immer zum Schweigen zu bringen, wieder andere hieben mit Beilen auf Heiligenbilder ein.

Vor dem Pfarrer und den übrigen Christen häuften sie Wertgegenstände auf: Kelche, Hostienteller, Kerzenleuchter, Priestergewänder … Alles unter dem ohrenbetäubenden Gebrüll der Männer und dem gellenden Freudengeschrei der Frauen. Hernando beobachtete, wie zwei kräftige Männer die vergoldete Tür des Tabernakels zertrümmern wollten. Aber plötzlich schien der Lärm zu verstummen, und Hernandos Sinne konzentrierten sich nur noch auf den Anblick seiner Mutter: Aischas entblößte Brüste wippten im Takt eines delirischen Tanzes, ihre langen schwarzen Haare fielen ihr über die Schultern, und ihre Zunge zuckte frenetisch im kreischenden Mund.

»Mutter«, flüsterte Hernando. Was tat sie da? Das war doch eine Kirche! Und außerdem … Wie konnte sie sich vor allen Männern so zur Schau stellen?

Als hätte sie sein Flüstern gehört, blickte sie zu ihrem Sohn. Hernando kam es wie eine Ewigkeit vor, aber plötzlich stand Aischa vor ihm.

»Lasst ihn los«, forderte sie keuchend die umstehenden Morisken auf. »Das ist mein Sohn. Er ist Muslim.«

Hernando konnte seinen Blick nicht von den entblößten Brüsten seiner Mutter abwenden, die nun schlaff herunterhingen.

»Das ist der Nazarener!«, hörte er einen Mann hinter sich rufen.

Die Erwähnung seines Spitznamens rief ihn schlagartig in die Wirklichkeit zurück. Hernando drehte sich um. Er kannte den Morisken: Es war ein überaus hässlicher Schmied, mit dem sein Stiefvater immer wieder in Streit geriet. Aischa packte ihren Sohn am Arm und wollte ihn mit sich zerren, aber der Mann verpasste ihr einen Schlag.

»Warte, bis dein Mann mit den Maultieren zurückkommt«, sagte er höhnisch. »Er soll entscheiden.«

Mutter und Sohn tauschten verzweifelte Blicke aus. Aischas Augen verengten sich zu Schlitzen, ihre zusammengekniffenen Lippen bebten. Plötzlich drehte sie sich um und rannte davon. Der Sakristan saß neben Hernando und wollte ihm einen Arm um die Schulter legen, aber der Junge riss sich erschrocken los und sah seiner Mutter nach, die hastig die Kirche verließ. Sobald Aischas schwarze Mähne verschwunden war, nahm er das gewaltige Getöse um sich herum wieder wahr.

Ganz Juviles war ein einziges Fest. Die Morisken sangen und tanzten zum Klang der Tamburine, Trommelschellen, Schalmeien, Kesselpauken und Flöten durch die Straßen. Ibrahim kehrte stolz auf dem Rücken eines hellen, kräftigen Pferdes in das Dorf zurück und führte einen Trupp bewaffneter Morisken an. Seine Männer konnten sich nur mit Mühe einen Weg durch den Tumult auf den Straßen bahnen.

Ibrahim hatte sich dem Aufstand in Cádiar angeschlossen, wo er unterwegs mit seinen Tieren davon überrascht worden war. Dort hatte er Seite an Seite mit Partal und dessen Monfíes gegen eine Kompanie von fünfzig Arkebusenschützen gekämpft, die sie besiegt und getötet hatten.

Nun fragte Ibrahim nach den Christen im Dorf, und einige Dorfbewohner zeigten zwischen Rufen und Freudensprüngen auf die Kirche. Er lenkte seinen kräftigen Falben zum Eingang und wollte gerade in die Kirche hineinreiten, als das Pferd unruhig schnaubte und an der Tür stehen blieb. Der Tumult im Inneren kam einen Augenblick zur Ruhe, und man konnte Don Martíns Protest vernehmen.

»Gotteslä s…!«

Aber sofort wurde der Pfarrer mit Fausthieben und Fußtritten zum Schweigen gebracht. Ibrahim spornte seinen Falben an und ritt über die am Boden verstreuten Bruchstücke der Kreuze und Heiligenbilder. Die Morisken stießen bei diesem Anblick ein erneutes Freudengeheul aus. Shihab, der Büttel des Dorfes, grüßte ihn aus der Ecke vor dem Altar, wo die Christen versammelt waren. Ibrahim ritt langsam auf sie zu.

»Die ganzen Alpujarras stehen in Waffen!«, sagte er, ohne vom Pferd abzusteigen, als er bei Shihab angekommen war. »Partal will, dass ich die Frauen, Kinder und die kampfunfähigen alten Männer hierher bringe, damit sie in der Burg von Juviles in Sicherheit sind. Dorthin habe ich auch die Beute aus Cádiar gebracht.«

Die Burg von Juviles lag ein wenig östlich vom Dorf. Das schwer zugängliche Bauwerk stammte aus dem 10. Jahrhundert. Die alten Mauern standen noch, wie auch einige der ursprünglich neun Türme. Der Burghof war groß genug, um die Morisken aus Cádiar aufzunehmen.

»In Cádiar hat kein einziger Christ überlebt!«, rief Ibrahim.

»Und was sollen wir mit denen hier machen?«, fragte ihn der Büttel und zeigte auf die Christen vor dem Altar.

Ibrahim wollte gerade zu einer Antwort ansetzen, als ihm eine zweite Frage zuvorkam.

»Und der hier? Was sollen wir mit dem hier machen?« Der Schmied zerrte Hernando zwischen den Christen hervor.

Ein grausames Lächeln glitt über Ibrahims Gesicht, als er seinen Stiefsohn entdeckte. Diese verdammten blauen Augen! Am liebsten würde er sie dem Christenbastard …

»Du hast doch immer gesagt, dass er ein verdammter Christenhund ist«, fluchte der Schmied.

Das stimmte, das hatte er tausende Male gesagt … Aber jetzt brauchte er den Jungen. Der Monfí-Anführer hatte ihm das eindeutig gesagt, als Ibrahim von ihm seinen Sold gefordert hatte: das Schwert, die Arkebuse und den Falben des Hauptmanns Herrera, dem Anführer der Soldaten von Cádiar.

»Du arbeitest weiter als Maultiertreiber«, hatte Partal befohlen. »Wir brauchen dich. Wir müssen alles, was wir unseren Feinden abnehmen, in die Barbareskenstaaten bringen und dort gegen Waffen eintauschen. Was hilft dir ein Pferd, wenn du die Lasttiere mit der Beute zu Fuß begleiten musst?«

Aber Ibrahim wollte dieses Pferd unbedingt haben. Er glühte vor Verlangen danach, mit dem Schwert und der Arkebuse des Hauptmanns und noch dazu beritten gegen die verhassten Christen zu kämpfen.

»Mein Stiefsohn Hernando wird die Lasttiere führen«, hatte er Partal geantwortet. »Er kennt sich aus: Er kann die Tiere beschlagen und heilen, und sie folgen ihm. Ich werde die Männer anführen, die du mir zuteilst, um die Beute zu verteidigen.«

Partal strich sich über seinen Bart. El Zaguer, der Ibrahim gut kannte und alles mitbekommen hatte, setzte sich für ihn ein.

»Ibrahim gibt einen besseren Soldaten als einen Maultiertreiber ab«, stellte er fest. »Er ist mutig und geschickt. Und ich kenne seinen Sohn: Hernando kann sehr gut mit den Tieren umgehen.«

»Einverstanden«, gab Partal nach kurzem Überlegen nach. »Bring die Leute nach Juviles, und pass auf unsere Beute auf. Du und dein Sohn, ihr haftet dafür mit eurem Leben.«

Und jetzt wollten die Leute in Juviles Hernando gefangen nehmen, weil sie ihn für einen Christen hielten. Ibrahim blieb auf dem Falben sitzen und stammelte ein paar unverständliche Worte.

»Dein Stiefsohn ist ein Christ!«, brüllte der Schmied. »Das hast du selbst immer behauptet!«

»Ja, beweise es ihnen, Hernando!«, forderte Andrés den Jungen hoffnungsvoll auf. Einer der Morisken wollte sich schon auf den Sakristan stürzen, aber der Büttel hinderte ihn daran. »Bekenne dich zu deinem Glauben, Hernando«, flehte der Sakristan.

»Ja, mein Sohn. Bete zu Gott«, sagte Don Martín mit blutverschmiertem Gesicht und gesenktem Haupt. »Empfiehl dich dem wahrhaften …« Aber ein Fausthieb streckte ihn nieder.

Hernando ließ den Blick über die anwesenden Muslime und Christen schweifen. Was war er eigentlich? Andrés hatte sich mehr um seine Bildung als um die der anderen Dorfjungen gekümmert. Der Sakristan hatte ihn immer besser behandelt als sein eigener Stiefvater. Aber auch der alte Hamid hatte ihn als Freund und Schüler angenommen und ihm geduldig die Gebete und die Lehren der Muslime beigebracht, den

Glauben seines Volkes. In Cádiar hat kein einziger Christ überlebt! Das hatte zumindest Ibrahim behauptet. Kalter Schweiß stand Hernando auf der Stirn: Wenn sie ihn als Christen ansahen, war sein Schicksal besiegelt…

Ibrahims Pferd tänzelte auf dem Kirchenboden. Ja, der Bastard war ein Christ! Er war der Sohn eines Priesters! Er kannte den Katechismus besser als jeder andere Muslim! Partal kannte seine Söhne nicht. Er könnte ihm ja sagen, Aquil sei…

»Du musst dich endlich entscheiden!«, forderte der Schmied. Die Menge wurde unruhig.

Ibrahim atmete tief durch, und in seinem Gesicht erschien ein boshaftes Lächeln.

»Ach, wisst ihr…«

»Was gibt es da zu entscheiden? Wer soll etwas wissen?«

Hamids Stimme brachte die aufgebrachte Menge in der Kirche zum Schweigen. Der Alfaquí trug eine einfache lange Tunika, über der die kostbare Scheide des Krummsäbels glänzte, die statt an einem Gürtel an einem einfachen Strick befestigt war. Er versuchte so aufrecht zu gehen, wie es sein steifes Bein zuließ. Das helle Klirren der Metallplättchen an der Säbelscheide war deutlich zu hören.

»Was gibt es da zu entscheiden?«, fragte Hamid noch einmal.

Hinter ihm konnte man Aischa keuchen hören. Sie war bis zu Hamids Hütte gelaufen, denn sie wusste von seiner Verbundenheit mit ihrem Sohn und von der Ehrfurcht, die ihm die Dorfbewohner als Alfaquí entgegenbrachten. Nur er konnte Hernando retten!

Hamid hatte in seiner Hütte angesichts Aischas üppiger Brüste, die nur notdürftig von ihrem unordentlichen Gewand verdeckt waren, den Blick abgewandt. »Bedecke dich«, hatte er sie aufgefordert, ebenso verwirrt wie sie selbst. Dann hatte er versucht, die Worte der Frau zu verstehen. Er hatte sie beruhigt und sie gebeten, langsamer zu sprechen. Aischa konnte schließlich alles erklären, und der Gelehrte zögerte nicht eine Sekunde. Beide eilten zur Kirche.

»Der Junge ist ein Christ!«, wiederholte der Schmied und stieß Hernando in die Seite.

Hamid runzelte die Stirn.

»Hör mal, Jusuf«, sagte er zum Schmied. »Sprich bitte das Glaubensbekenntnis.«

Der Schmied zuckte zusammen.

»Was hat denn das mit dem Glaubensbekenntnis zu tun?«, beschwerte sich Ibrahim.

»Halt den Mund!«, befahl ihm Hamid schroff.

»Sprich!«, forderte er den Schmied nochmals auf.

»Ich bezeuge, dass es keinen Gott außer Gott gibt, und ich bezeuge, dass Mohammed der Gesandte Gottes ist«, begann Jusuf.

»Weiter.«

»Das ist doch das Glaubensbekenntnis. Das reicht doch«, entschuldigte sich der Schmied.

»Nein. Das ist es nicht. In al-Andalus ist es das nicht. Jetzt sag das Glaubensbekenntnis unserer Vorfahren so auf, wie es sich gehört. Es sind schließlich unsere Vorfahren, die du mit deiner Tat rächen willst.«

Jusuf hielt dem Blick des Gelehrten einige Sekunden lang stand, aber dann sah auch er wie viele der anwesenden Morisken zu Boden.

»Sprich nun das Bekenntnis, das du deinen Kindern beibringen sollst, das du aber vergessen hast«, sagte Hamid. »Kann einer von euch die Eigenschaften Gottes aufsagen, wie es bei uns Sitte ist?«

Der Alfaquí ließ seinen Blick über die Morisken schweifen. Kein Einziger meldete sich zu Wort.

»Dann mach du es, Hernando«, bat Hamid den Jungen.

Hernando löste sich aus der bedrohlichen Umklammerung des Schmieds und griff zu einem der prachtvollen Priestergewänder. Er zögerte einige Augenblicke, bevor er sich nach der Qibla ausrichtete, das Seidengewand am Boden ausbreitete und darauf kniete.

»Nein!«, rief Andrés entsetzt. Aber die Morisken ließen ihn nicht weiterreden und prügelten auf ihn ein. Der Sakristan hielt sich die Hände schützend vor das Gesicht und begann zu schluchzen, als sein Schüler ihn verriet, indem er mit dem Bekenntnis der Muslime begann.

»Ich bezeuge, dass es keinen Gott außer Gott gibt, und ich bezeuge, dass Mohammed der Gesandte Gottes ist. Er weiß, dass jeder Mensch wissen muss, dass es keinen Gott außer Gott gibt. Er schuf alle Dinge, die es auf der Welt gibt, das Große und das Kleine, den Thron und den Schemel, den Himmel und die Erde, das, was es dort gibt, und das, was es zwischen ihnen gibt.« Hernando hatte zunächst mit zittriger Stimme begonnen, aber bald wurde sein Tonfall immer kräftiger. »Alle Wesen sind von seiner Macht geschaffen, nichts bewegt sich ohne seine Erlaubnis.«

Selbst der Falbe hielt während des Gebets still. Hamid lauschte mit halb geschlossenen Augen den Worten seines Schülers. Aischa massierte nervös ihre Hände, so als wollte sie die einzelnen Worte aus dem Mund ihres Sohnes herauspressen.

»Er ist es, der über das, was verborgen und was allgemein bekannt ist, Bescheid weiß, er ist mächtig und weise«, endete der Junge.

Alle schwiegen. Dann ergriff Hamid das Wort.

»Wer wagt es jetzt noch zu behaupten, der Junge sei ein Christ?«

5

Die Christen in Juviles wurden mit Hamid als Aufseher in der Kirche eingeschlossen. Der Alfaquí sollte dafür sorgen, dass sie von ihrem christlichen Glauben abließen und sich zum Islam bekannten.

Ibrahim brach nun nach Norden in die Berge auf. Partal hatte ihm befohlen, auf seinem Weg durch die Bergdörfer die Bewohner aufzufordern, sich dem Aufstand anzuschließen. Ibrahim wurde dabei von einem bewaffneten Trupp aus sechs Männern begleitet. Einige hatten sich mit den Vorderladern der Arkebusenkompanie aus Cádiar bewaffnet, andere nur mit Stöcken und Schleudern aus Espartogras. Hernando sollte den Trupp begleiten und die Maultierkolonne beaufsichtigen, die die Beute aus Cádiar transportierte.

In der Kirche hatte es niemand gewagt, dem Gelehrten zu widersprechen. Also hatte Ibrahim seinem Pferd die Sporen gegeben, war aus dem Gotteshaus geritten und hatte seinem Stiefsohn zugerufen, er solle ihm folgen. Hernando konnte sich nicht einmal mehr von Hamid oder seiner Mutter verabschieden. Er lächelte ihnen nur kurz zu, als er an ihnen vorbeihastete. Draußen vor der Kirche erwarteten ihn bereits die Männer und die Maultiere.

»Wenn du auch nur ein einziges Tier oder einen Teil der Beute verlierst, reiße ich dir die Augen aus.«

Mit diesen Worten seines Stiefvaters im Ohr machte Hernando sich auf den Weg.

Die Hauptsorge des Jungen galt nun den Lasttieren. Die Mulis aus Juviles waren folgsam, aber die sechs in Cádiar erbeuteten Tiere machten, was sie wollten: Das größte von ihnen versuchte Hernando sogar zu beißen, als er es wieder in die Reihe der anderen Tiere zurückschicken wollte. Hernando sprang gerade noch rechtzeitig zur Seite und konnte dem Biss ausweichen.

»Dich kriege ich noch«, flüsterte er wütend.

Das Tier machte weiter wie bisher, und Hernando blickte sich suchend um. Ich brauche einen Stock, dachte er. Die Maultiere waren nicht bösartig, aber dieses hier hatte eine Lektion bitter nötig. Er konnte es einfach nicht riskieren, dass ihm die Tiere nicht gehorchten, noch dazu wenn sein Stiefvater in der Nähe war. Am Ende war er es, der die Prügel bezog. Schließlich griff er nach einem großen Stein und näherte sich dem Tier von hinten. Sobald es den Jungen bemerkte, wollte es wieder zubeißen, aber Hernando verpasste ihm mit dem Stein einen kräftigen Hieb auf die Nüstern. Das Tier gab einen markerschütternden Schrei von sich. Hernando trieb es nun sachte an, und das Maultier reihte sich gehorsam zwischen die übrigen Lasttiere ein. Als Hernando aufsah, traf sein Blick den seines Stiefvaters. Ibrahim hatte sich auf seinem Pferd umgedreht und ihn aufmerksam beobachtet. Wie immer wartete er nur darauf, dass Hernando einen Fehler machte, um ihn bestrafen zu können.

Sie nahmen den Weg hinauf in Richtung Alcútar. Auf dem schmalen Bergpfad konnten sie nur hintereinander gehen, und sie hatten Juviles gerade hinter sich gelassen, als ein Ruf über den Schluchten und Gipfeln erklang. Hernando blieb stehen. Ein Schauder lief ihm den Rücken hinab. Wie oft hatte ihm der alte Alfaquí davon erzählt! Trotz der Entfernung konnte der Junge Hamids Stimme erkennen. Sie klang klar und stolz, freudig und lebendig, zufrieden – wie an dem Tag, als ihm der Gelehrte den Krummsäbel des Propheten gezeigt hatte.

»Auf zum Gebet!« Das waren Hamids Worte, die er vermutlich von der Höhe des Kirchturms aus in die Landschaft rief.

Der Ruf glitt über die steilen Hänge, brach sich an den Felswänden und erfüllte das gesamte Tal, von der Sierra Nevada bis zur Sierra Contraviesa, bevor die Worte in den Himmel emporstiegen. Seit sechzig Jahren war der Ruf des Muezzins hier nicht mehr erklungen!

Die Männer hielten inne. Hernando machte den Stand der Sonne aus: Es war die richtige Zeit.

»Es gibt keine Kraft und auch keine Macht, außer bei Gott, dem Erhabenen und Großartigen«, flüsterte er im Gebet mit den anderen Männern. Das war die Antwort auf den Ruf, die sie jeden Tag, sei es beim Nachtgebet oder beim Mittagsgebet, unter größter Geheimhaltung in ihren Häusern rezitierten.

»Allah ist groß!«, rief Ibrahim. Er stellte sich in die Steigbügel und schwenkte die Arkebuse über seinem Kopf.

Hernando erschrak angesichts der übermächtigen Gestalt seines Stiefvaters und dessen erbarmungslosen Gesichtsausdrucks.

Doch sein Gebet vermischte sich sofort wieder mit dem der übrigen Männer. Ibrahim bedeutete ihnen mit seiner Arkebuse aufzubrechen. Einer der Männer fuhr sich mit dem Handrücken über die Augen, bevor er weiterging. Hernando hörte, wie er die Nase hochzog und mehrfach hüstelte. Mit Hamids Ruf in den Ohren trieb er die Maultiere weiter.

In Alcútar wurden sie mit den gleichen Festen, Gesängen und Tänzen empfangen wie in Juviles. Sie erfuhren bald, dass Partal und seine Männer sich zunächst im Dorf bewaffnet hatten und dann ins nah gelegene Narila – Partals Geburtsort – weitergezogen waren, ohne Ibrahims Ankunft abzuwarten.

Wie alle Dörfer der höher gelegenen Alpujarras bestand auch Alcútar aus kleinen weiß getünchten Häusern mit Flachdächern und einem Gewirr enger Gassen, die sich über den steilen Hang erstreckten. Ibrahim steuerte auf die Kirche zu.

Vor dem Portal war eine Gruppe von etwa zwei Duzend Altchristen versammelt, die von Morisken bewacht wurden. Diese waren mit Stöcken bewaffnet und traktierten ihre Gefangenen mit Rufen und Schlägen. Hernandos Blick fiel auf ein junges Mädchen, das mit seinen hellblonden Locken aus der Gruppe der Christen hervorstach und verschüchtert zu Boden sah. Neben der Kirche lag die Leiche des örtlichen Pfründenbesitzers und war dem Spott der Morisken ausgeliefert, die den leblosen Körper anspuckten und mit Füßen traten. Neben der Leiche kniete ein junger Mann, der verzweifelt versuchte, die Blutung an seinem Armstumpf zu stillen, die ihm den sicheren Tod bringen würde. Das warme Blut bahnte sich bereits seinen Weg durch den Schnee am Boden. Einige Schritt weiter spielte ein Hund mit der abgehackten Hand des jungen Mannes und biss vor den Augen einiger Moriskenkinder immer wieder aufgeregt hinein.

»Fangt an, die Beute aufzuladen!«

Ibrahims Befehl kam just in dem Moment, als ein Kind dem Hund das makabre Spielzeug wegnahm und dem Verstümmelten vor die Füße warf. Der Hund lief hinterher, aber noch ehe er den Invaliden erreichte, brach eine Frau in Gelächter aus und spuckte dem jungen Mann ins Gesicht, als dieser flehend seinen Armstumpf hochhielt. Sie trampelte auf der Hand herum und warf sie dem Hund erneut zum Fraß vor.

Hernando schüttelte den Kopf und folgte den Männern in die Kirche. Erst jetzt sah er, dass das Christenmädchen mit dem hellen Haar, das vom Schneeregen völlig durchnässt war, nicht einfach zu Boden blickte, sondern den Leichnam des Pfründenbesitzers keinen Moment aus den Augen ließ.

Wenig später trug der Junge einige goldbestickte Seidengewänder aus der Kirche und legte sie auf den Haufen mit den erbeuteten Sachen vor die Kirchentür. Dann nahm er sich zum Schutz gegen die Kälte einen Mantel aus der Beute, die aus den geplünderten Häusern der Christen stammte. Ibrahim, immer noch hoch zu Ross, verzog das Gesicht.

»Soll ich etwa erfrieren?«, verteidigte sich Hernando. Als die Sonne unterging und sich über den Gipfeln der Alpujarras ein rotes Band am Himmel abzeichnete, waren die Quersäcke der Maultiere voll bepackt. Der leblose Körper des verstümmelten Mannes lag über dem Leichnam des Pfründenbesitzers, daneben die Reste der abgehackten Hand, von denen der Hund irgendwann abgelassen hatte. Die Christen standen noch immer zusammengedrängt vor der Kirche und wurden langsam unruhig. Da ertönte der kraftvolle Ruf des Muezzins. Die Morisken breiteten die Seiden- und Leinengewänder auf dem eisigen Lehmboden aus und knieten nieder.

Das leuchtende Abendrot wich bald einem tiefschwarzen Himmel, und gerade als das Abendgebet beendet war, kehrten Partal und seine Monfíes nach Alcútar zurück. Die Gruppe war etwa dreißig Mann stark. Einige von ihnen waren beritten, andere gingen zu Fuß, aber alle waren mit Schwertern, Armbrüsten oder Arkebusen bewaffnet, trugen warme Kleidung und den allgegenwärtigen Dolch am Gürtel. In Narila hatten sich dem Monfíes-Anführer weitere Männer angeschlossen, die nun die dort gefangenen und nach Alcútar verschleppten Christen bewachten. Den Monfíes schien weder die Kälte noch der Schneeregen etwas auszumachen: Sie plauderten und lachten unbeschwert. Hernando beobachtete, wie hinter den Männern die gefangenen Christen und schließlich die Maultier-kolonne mit der Beute hinterhertrottete.

Die neu hinzugekommenen Christen vergrößerten die bereits stattliche Ansammlung von Gefangenen vor der Kirche. Die Morisken reagierten auf jegliches Gespräch unter ihnen sofort mit Schlägen, und bald herrschte in der Gruppe wieder Schweigen. Die Kinder liefen zwischen den Monfíes hin und her, sie zeigten auf ihre Dolche und auf ihre Pferde, und sie zogen mit stolzgeschwellter Brust von dannen, wenn ihnen ein Monfí das Haar zerzaust hatte. Ibrahim und der Büttel von Alcútar hießen Partal willkommen und stellten sich etwas abseits, um sich mit ihm zu besprechen. Hernando beobachtete, wie sein Stiefvater erst auf ihn und dann auf die beladenen Maultiere deutete und wie Partal daraufhin zustimmend nickte. Danach zeigte Partal auf die Tiere mit der Kriegsbeute aus Narila, und er machte Anstalten, ihren Treiber herbeizurufen, was Ibrahim aber offensichtlich missfiel. Trotz der Entfernung und der Dunkelheit, die durch das Licht einiger weniger Fackeln erhellt wurde, bemerkte Hernando, dass die beiden Männer miteinander stritten. Ibrahim unterstrich seine Worte mit wütenden Handbewegungen und schüttelte energisch den Kopf: Offensichtlich sprachen sie über den anderen Maultiertreiber. Partal schien Ibrahim besänftigen und von seiner Meinung überzeugen zu wollen. Schließlich wurden sie sich doch einig, und der Monfí-Anführer rief den neu angekommenen Maultiertreiber zu sich, um ihm seine Anweisungen zu erteilen. Der Mann aus Narila reichte Ibrahim die Hand, aber dieser schlug sie aus und schaute ihn misstrauisch an.

»Hast du verstanden, was ich dir gesagt habe?«, fragte ihn Ibrahim von oben herab und behielt Partal dabei im Auge. Der Maultiertreiber aus Narila nickte. »Du hast einen schlechten Ruf. Und deshalb will ich dir eines sagen: Es wird hier keine Probleme geben, weder mit dir noch mit deinen Tieren, noch damit, wie du mit ihnen umgehst. Und ich habe keine Lust, dich daran erinnern zu müssen«, fügte er abschließend hinzu.

Der Mann hieß eigentlich Cecilio, aber hier war er für alle Ubaid aus Narila. So stellte er sich auch Hernando mit stolzgeschwellter Brust vor, nachdem er auf Ibrahims Anweisung seine Lasttiere zu Hernandos Tieren geführt hatte.

»Ich heiße Hernando«, sagte der Junge.

Ubaid wartete einen Augenblick.

»Hernando?«, fragte er, als er merkte, dass der Junge dem nichts mehr hinzufügen wollte.

»Ja, nur Hernando«, antwortete dieser mit fester Stimme.

Ubaid, der einige Jahre älter war und bereits Erfahrung als Maultiertreiber hatte, stieß ein höhnisches Lachen aus, drehte dem Jungen den Rücken zu und kümmerte sich um seine Tiere.

Hoffentlich erfuhr er niemals seinen Spitznamen, dachte Hernando und spürte, wie sich sein Magen verkrampfte. Vielleicht sollte er sich auch einen muslimischen Namen zulegen?

In der Nacht wurden das Getreide und die anderen erbeuteten Nahrungsmittel aufgebraucht, um den Sieg gebührend zu feiern. Alle Ortschaften, in denen Morisken lebten, hatten sich dem Aufstand angeschlossen, verkündete Partal überschwänglich. Jetzt fehlte nur noch Granada!

Die Honoratioren des Dorfes bewirteten die Monfíes wie Könige. Die Christen hatte man in die Kirche gesperrt. Wie Hamid in Juviles sollte auch der hiesige Alfaquí sie dazu bringen, sich von ihrem Glauben loszusagen. Hernando und Ubaid blieben bei den Tieren und bewachten die Beute. Doch die Frauen in Alcútar hatten die beiden nicht vergessen und brachten ihnen reichlich zu essen und vor allem zu trinken. Hernando aß sich satt, ebenso Ubaid, aber nachdem dieser seinen Magen zufriedengestellt hatte, wollte er auch seine Triebe befriedigen, und Hernando beobachtete, wie er begann, einige der Frauen zu umwerben. Hernando wandte den Blick ab und setzte sich etwas abseits.

»Was ist denn mit dir los? Hast du vielleicht Angst vor ihnen?«, fragte sein Gefährte. Das üppige Festmahl und die weibliche Gesellschaft hatten seine Laune erheblich verbessert. »Du musst doch keine Angst haben. Sie tun dir schon nichts, oder?«, sagte er spöttisch und ging langsam auf eine der Frauen zu.

Die Frau lachte, als Hernando bei Ubaids Worten rot wurde. Der Maultiertreiber aus Narila sah ihn arglistig an.

»Oder hast du etwa Angst vor dem, was dein Stiefvater sagen könnte?«, legte er nach. »Sieht nicht so aus, als würdet ihr euch besonders gut …«

Hernando ging nicht darauf ein.

»Ja, mich überrascht das nicht«, sagte Ubaid noch. Er setzte ein verschwörerisches Lächeln auf, das sein ohnehin derbes Gesicht noch unansehnlicher machte. »Nur keine Angst, Kleiner, im Moment macht er sich bei den anderen wichtig. Dabei geht es hier bei uns beiden gerade um die wirklich wichtigen Dinge im Leben. Oder?«

In dem Moment forderte die Frau, die Ubaid die ganze Zeit umgarnt hatte, seine volle Aufmerksamkeit. Sie warf Hernando einen vielsagenden Blick zu, den der Junge aber nicht zu deuten wusste, und versenkte Ubaids Kopf zwischen ihren Brüsten.

Spät in der Nacht verschwand Ubaid mit der Frau. Als Hernando allein war, erinnerte er sich an die Kommentare des jungen Sakristans aus Juviles. Andrés hatte sich bei ihren vielen Sitzungen zum Katechismusunterricht in der Sakristei über das Liebesleben der Neuchristinnen ausgelassen.

»Die Moriskinnen ergötzen sich an den Liebesspielen mit ihren Ehemännern. Sie kennen keinerlei Maß, und sie treiben es auch mit anderen Männern! Denn eine muslimische Ehe ist eigentlich gar keine: Sie ist nur ein einfacher Vertrag, so wie der Kauf einer Kuh.« Der Sakristan sprach zu Hernando, als wäre er ein Altchrist, als wäre er ein Nachfahre frommer Christen und nicht der Sohn einer wollüstigen Moriskin. »Männer wie Frauen geben sich hemmungslos der Fleischeslust hin, und das missfällt unserem Herrn Jesus. Deshalb sind sie alle so fett und so dunkelhäutig, denn ihr einziger Lebensinhalt besteht darin, ihren Männern Lust zu bereiten. Sie treiben es mit ihnen, als wären sie läufige Hündinnen, und wenn ihre Männer nicht da sind, begehen sie Ehebruch und sündigen mit Völlerei und Trägheit. Sie plaudern den ganzen Tag miteinander, und wenn ihre Männer wiederkommen, empfangen sie sie mit offenen Armen.«

Es gibt doch auch dicke Christinnen, hätte Hernando am liebsten eingewandt. Und die Haut von einigen Christinnen ist noch viel dunkler als die der Moriskinnen. Aber er hatte geschwiegen, wie immer, wenn sie so miteinander sprachen.

Der Weihnachtstagsmorgen in der Sierra Nevada war sonnig und eiskalt.

»Sie sind stur, sie halten an ihrem Glauben fest«, berichtete der Alfaquí von Alcútar den Monfíes, die sich vor der Kirche eingefunden hatten. »Wenn ich ihnen vom wahrhaften Gott und dem Propheten erzähle, dann fangen sie plötzlich alle mit ihren eigenen Gebeten an. Wenn ich ihnen Schläge androhe, flehen sie Christus an. Wir haben ihnen Prügel verabreicht, aber je mehr wir auf sie einschlagen, desto inbrünstiger rufen sie nach ihrem Gott. Wir haben ihnen ihre Ketten und Kreuze vom Hals gerissen, aber sie machen sich nur über uns lustig und bekreuzigen sich.«

»Sie werden schon noch nachgeben«, murmelte Partal vor sich hin. »Die Bewohner von Cuxurio de Bérchules haben sich gestern Nacht dem Aufstand angeschlossen. Seniz und einige andere Anführer warten dort bereits auf uns. Los, packt die Beute zusammen. Die Christen nehmen wir mit nach Cuxurio. Schafft sie aus der Kirche.«

Die Monfíes trieben die knapp achtzig Christen unter Rufen, Schlägen und Tritten vor die Kirche. Die Frauen und Kinder weinten, viele blickten Hilfe suchend zum Himmel und bekreuzigten sich, als sie draußen auf die Morisken stießen.

Partal wartete einen Moment, bis die Gruppe zum Stillstand gekommen war, und ging auf sie zu.

»Möge der Herr dir …!«

Der Monfí-Anführer versetzte dem Christen, der zu einer Drohung angesetzt hatte, einen kräftigen Hieb mit dem Kolben seiner Arkebuse. Der Mann sackte in die Knie, Blut rann aus seiner gebrochenen Nase. Eine Christin, vermutlich seine Ehefrau, eilte ihm zu Hilfe, aber Partal streckte auch sie mit einem Schlag ins Gesicht nieder. Dann kniff er die Augen zusammen, sodass seine dichten Augenbrauen eine einzige, bedrohliche Linie bildeten. Alle Morisken von Alcútar hatten ihm zugesehen. Die Christen schwiegen.

»Zieht euch aus!«, befahl Partal schroff. »Alle Männer und Jungen, die älter als zehn Jahre sind, sollen ihre Kleider ausziehen!«

Die Christen sahen einander zweifelnd an. Sollten sie sich wirklich bei diesen eisigen Temperaturen und vor den Augen ihrer Frauen, Nachbarinnen und Töchter entblößen? Aus der Mitte der Gruppe kamen einige Proteste.

»Ausziehen!«, fuhr Partal einen alten Mann mit schütterem Bart an, der vor ihm stand und einen Kopf kleiner war als er. Der Alte bekreuzigte sich als Antwort. Daraufhin zog der Monfí langsam sein langes, schweres Schwert aus der Scheide und schnitt mit dessen scharfer Spitze in die Haut am Kehlkopf des Christen, sodass ein wenig Blut floss. »Tu, was ich dir sage!«

Der Alte sah Partal trotzig an. Der stieß, ohne zu zögern, sein Schwert tief in den Hals des Mannes.

»Ausziehen!«, befahl er dem nächsten Christen. Dieser erblasste beim Anblick der blutigen Klinge und begann zögerlich sein Hemd aufzuknöpfen, während der Alte neben ihm im Schnee mit dem Tod rang. »Alle! Sofort!«, befahl Partal.

Die meisten Frauen senkten den Blick, andere hielten ihren Töchtern die Augen zu. Die anwesenden Morisken lachten und tobten.

Ubaid hatte sich das Schauspiel nicht entgehen lassen und begab sich nun sichtlich erheitert zu den Tieren. Hernando folgte ihm, sie mussten schließlich ihren Aufbruch vorbereiten.

»Die armen Tiere sind ganz schön bepackt!«, sagte der Maultiertreiber aus Narila bedeutungsvoll. »Und niemand weiß genau, was sie tragen. Ein Glück für uns arme Treiber: Sollte zufälligerweise irgendwas verloren gehen, würde es niemand bemerken.«

Hernando drehte sich abrupt um. Was meinte Ubaid damit? Aber der war schon wieder in seine Arbeit mit dem Gepäck vertieft, so als wären seine Worte völlig belanglos. Hernando hörte sich, ohne darüber nachzudenken, mit entschiedener Stimme sagen:

»Hier geht nichts verloren! Verstanden? Das ist die Kriegsbeute unseres Volkes!«

Keiner der beiden sagte noch etwas.

Schließlich verließen sie Alcútar: Ibrahim führte mit Partal und seinen Monfíes den Zug an. Hinter ihnen gingen die Christen, mehr als vierzig nackte Männer mit auf dem Rücken gefesselten Händen, barfuß und starr vor Kälte. Hinter den Männern kamen die Frauen und Kinder. Die etwa zwanzig mit der Beute geladenen Lasttiere bildeten unter Hernandos und Ubaids Aufsicht die Nachhut. Über den ganzen Zug verteilt, marschierten die neu angeworbenen Morisken, die sich dem Aufstand angeschlossen hatten. Sie beschimpften die Christen und drohten ihnen tausend schreckliche Folterqualen an, wenn sie nicht von ihrem Glauben abfielen und sich bekehren ließen.

Das Dorf Cuxurio de Bérchules lag zwar nur etwa eine Meile von Alcútar entfernt, aber der felsige Bergpfad machte den nackten Füßen der Christen schwer zu schaffen, und Hernando konnte auf den Steinen bald Blutflecken erkennen. Plötzlich fiel jemand zu Boden: Den dünnen Beinen und der fehlenden Körperbehaarung nach zu urteilen, war es ein Junge. Die Männer waren gefesselt, also konnte ihm keiner helfen. Die Frauen versuchten es zwar, aber einige Morisken hinderten sie daran und traten nach dem Jungen. Da sah Hernando, wie sich das Mädchen mit dem hellblonden Haar schützend über den Jungen warf.

»Lasst ihn! Bitte!«, schluchzte sie.

»Ha! Bitte doch deinen Gott um Hilfe!«, höhnte ein Moriske.

»Gebt euren Glauben auf!«, forderte ein anderer.

Der gestürzte Junge, das Mädchen und die vier Morisken sorgten dafür, dass das Leittier der Maultierkarawane stehen blieb.

»Was ist hier los?« Hernando konnte Ubaids Stimme dicht hinter sich hören. »Bringt sie um, wenn sie nicht weitergehen!«

Hernando konnte zwischen den Beinen der Männer den kauernden Jungen erkennen, und auch sein angespanntes Gesicht und die zugekniffenen Augen. Ohne nachzudenken sagte er:

»Wenn ihr sie umbringt, könnt ihr sie nicht … Dann können wir sie nicht zum wahren Glauben bekehren.«

Die vier Männer drehten sich auf der Stelle um. Sie waren alle um einiges älter als Hernando.

»Hast du hier was zu sagen?«

»Was gibt euch das Recht, sie umzubringen?«, fragte Hernando zurück.

»Kümmere du dich lieber um deine Tiere, Kleiner, sonst …«

Hernando spuckte auf den Boden. »Warum fragt ihr den denn nicht, was ihr machen sollt?«, schlug er vor und zeigte auf den breitschultrigen Partal. »Wenn er es gewollt hätte, hätte er sie doch gleich in Alcútar umgebracht, oder?«

Die vier jungen Männer tauschten kurze Blicke aus und schlossen sich dann wieder dem Zug an, nicht ohne vorher dem am Boden kauernden Jungen noch ein paar Fußtritte zu versetzen. Hernando zog den Jungen mithilfe des hellblonden Mädchens an den Wegrand und trieb die Tiere weiter. Er wartete auf die Alte. Hernando und das Mädchen legten die Arme des Jungen über ihre Schultern und hoben ihn an. Nun hing er erschöpft zwischen den beiden und schnappte nach Luft. Ubaid beobachtete Hernando, ohne ein Wort zu verlieren. Schließlich gelang es Hernando und dem Mädchen, den kleinen Jungen auf die Alte zu hieven.

»Warum machst du das?«, fragte Hernando. »Sie hätten dich umbringen können.«

»Er ist mein Bruder«, antwortete das Mädchen mit tränenüberströmtem Gesicht. »Er ist mein einziger Bruder. Er ist ein guter Mensch«, sagte sie noch, als bäte sie um Gnade.

»Ich heiße Isabel«, sagte das Mädchen später, als sie neben der Alten herging und dabei ihren Bruder – er hieß Gonzalico – stützte. Sie sprachen nur wenig, aber Hernando entging nicht die tiefe Zuneigung der Geschwister zueinander.

In Cuxurio de Bérchules bot sich ihnen das gleiche Bild wie in allen anderen aufständischen Dörfern der Alpujarras: Die Kirche war geplündert und entweiht, die Morisken feierten im Freudentaumel, und die Christen waren gefangen genommen worden. Im Ort wurde Partal bereits von einem weiteren Trupp Monfíes und deren Anführer Lope El Seniz erwartet. Man hatte beschlossen, den Christen noch eine letzte Chance zu geben. Aber nach den jüngsten Erfahrungen in Alcútar gaben sie den Gelehrten diesmal die Anweisung, den Christen die Schändung und den Tod ihrer Frauen anzudrohen, wenn sie sich nicht zum Islam bekannten.

»Er weiß so viel wie ein kleiner Alfaquí«, brüstete sich Ibrahim vor Partal und Seniz angesichts des merkwürdigen Anblicks seines Stiefsohns und der Alten, auf der ein blasser Christenjunge saß, flankiert von der hellblonden Isabel. »Kennt ihr Hamid aus Juviles?« Beide nickten. Wer in den Alpujarras kannte nicht den alten Hamid? »Hernando ist sein Schützling. Hamid hat ihn im wahren Glauben unterwiesen.«

Partal kniff die Augen zusammen. Die Bekehrung eines so kleinen Jungen, dachte er bei sich, könnte den Widerstand dieser sturen Christen vielleicht schneller brechen als alle Drohungen.

»Komm her!«, befahl er. »Wenn das stimmt, was dein Stiefvater behauptet, bleibst du heute Nacht bei dem kleinen Christen und bringst ihn dazu, seinen Glauben aufzugeben.«

Während die Morisken in Cuxurio de Bérchules auf der Zwangsbekehrung der Christen beharrten, erfuhr die Rebellion in den Alpujarras ihren ersten entscheidenden Rückschlag. Am Weihnachtsabend hatten sich in Granada weder die Morisken des Albaicín-Viertels noch die in der Vega dem Aufstand angeschlossen. Farax, der reiche Färber, zog mit seinen hundertachtzig als Türken verkleideten Männern durch den Albaicín von Granada. Sie sollten die Bewohner zum Aufstand anstacheln. Doch als sie durch die engen Gassen des alten Moriskenviertels liefen, blieben die Türen der Bewohner verschlossen, und die christlichen Truppen verließen nicht wie geplant ihr Quartier in der Alhambra.

»Wie viele seid ihr überhaupt?«, konnte man durch einen Fensterspalt hören.

»Sechstausend«, log Farax.

»Ihr seid zu wenige, und ihr habt es zu eilig.«

Dann wurde das Fenster wieder geschlossen.

6

Gonzalico begann sofort zu zittern, als man ihm die Decken wegnahm, die ihn die Nacht über gewärmt hatten.

»Ist er bekehrt?«, bellte einer von Seniz' Männern im frühen Morgengrauen.

Hernando und Gonzalico hatten die Nacht an einem Lagerfeuer verbracht. Neben ihnen ruhten die Maultiere. Die beiden hockten schweigend da und starrten in die Glut, als der Monfí sie mit der Frage überrumpelte. Sich bekehren lassen? Der kleine Christ hatte mit der Stimme eines Kindes und der Hartnäckigkeit eines Mannes an seinem Glauben festgehalten. Er hatte sogar zu seinem Gott gebetet! Er hatte seine Seele dem Herrn der Christen anvertraut!

Hernando schüttelte erschöpft den Kopf. Ohne weitere Umstände packte der Monfí Gonzalico am Arm und riss ihn fort.

Sollte er ihnen folgen? Und wenn er sich doch noch von seinem Glauben lossagte? Hernando sah, wie die Glut erlosch. Genau wie das Leben des kleinen Christen, dachte er. Er war doch nur ein Kind! Gonzalico versuchte, mit dem Mann Schritt zu halten, dabei stolperte er immer wieder, fiel zu Boden und wurde einfach weitergeschleift. Hernando stiegen Tränen in die Augen. Er stand auf und folgte den beiden.

»Eure Könige haben uns gezwungen, unseren Glauben aufzugeben«, hatte Hernando dem Jungen in der Nacht erklärt. »Und das haben wir gemacht. Sie haben uns getauft.« Gonzalico sah ihn mit seinen großen graubraunen Augen an. »Und da wir jetzt herrschen werden …«

»Aber ihr werdet niemals im Himmel herrschen«, unterbrach ihn Gonzalico.

»Und selbst wenn es so wäre«, hatte er ihm geantwortet, ohne weiter auf die dahinterstehende Frage einzugehen, »was hindert dich daran, hier auf Erden deinen Glauben aufzugeben?«

Der Junge fuhr erschrocken zusammen.

»Ich soll Jesus leugnen?«, fragte er mit kaum vernehmbarer Stimme.

Wie dumm waren diese Christen denn eigentlich? Also erzählte Hernando ihm von dem Fatwa, das der Mufti von Oran bei der Zwangsbekehrung der spanischen Muslime ausgesprochen hatte. »Wenn man euch zwingt, Wein zu trinken, so trinkt ihn, allerdings nicht mit der Absicht, ihn zu genießen«, zitierte er. »Und wenn sie euch den Verzehr von Schweinefleisch auferlegen, dann esst es, auch wenn ihr es in euren Herzen verabscheut und so an seinem Verbot festhaltet.« Er versuchte den Jungen zu überzeugen. »Gonzalico, das bedeutet, wenn du dazu gezwungen wirst, gibst du in Wirklichkeit deinen Glauben nicht auf. Du bleibst dann deinem Gott immer noch treu.«

»Du bist also ein Ketzer«, stellte Gonzalico fest.

Hernando seufzte und sah zur Alten hinüber, die immer in seiner Nähe war.

»Sie werden dich umbringen«, sagte er nach einer Pause.

»Ich werde für Christus sterben«, antwortete der Junge mit einer Ergriffenheit, die weder das Dunkel noch die schützenden Decken verbergen konnten.

Die beiden schwiegen. Hernando konnte hören, wie Gonzalico versuchte, sein Weinen zu unterdrücken. »Ich werde für Christus sterben.« Er war doch nur ein Kind! Hernando griff nach einer weiteren Decke und legte sie dem Jungen um.

»Danke«, sagte Gonzalico mit belegter Stimme.

Danke? Da spürte Hernando, wie der Junge zwischen den Decken nach seiner Hand suchte und sie schließlich umklammerte. Er ließ es zu. Das Schluchzen des kleinen Christen ließ langsam nach und ging allmählich in ein regelmäßiges Atmen über. Die übrige Nacht verbrachte Hernando neben dem schlafenden Jungen. Aus Angst, er könnte aufwachen, wagte Hernando nicht, die Hand loszulassen.

Als sie am nächsten Morgen aufwachten, lächelte Gonzalico ihm zu.

Hernando wollte zurücklächeln, aber ihm gelang nur eine Grimasse. Wie konnte Gonzalico unter diesen Umständen lächeln? Die Nacht, ihr Gespräch, die Gefahr, die verschiedenen Götter, all das lag nun hinter ihnen. Ein neuer Tag begann, und die Sonne sandte wie immer ihre ersten Strahlen aus.

Sie hatten nichts zu essen.

»Dann essen wir eben später«, tröstete sich Gonzalico mit kindlicher Stimme.

Später! Hernando zwang sich zu einem Nicken.

Kein einziger der gefangenen Christen hatte sich von seinem Glauben losgesagt. »Ich werde für Christus sterben.« Hernando musste wieder an Gonzalicos Versprechen denken, als sie am Kirchenvorplatz von Cuxurio ankamen und er sah, wie der Monfí den Jungen zu seinen Glaubensbrüdern stieß, die sich nackt neben der Kirche drängten. Die ohrenbetäubenden Freudenrufe der Moriskinnen mischten sich mit dem Wehgeschrei der Christinnen, die ihre Väter, Ehemänner oder Söhne aus einer gewissen Entfernung betrachten mussten. Wenn eine von ihnen den Blick senkte, wurde sie so lange geschlagen, bis sie die Augen wieder auf die Männer richtete. Man hatte alle Christen aus Alcútar, Narila und Cuxurio de Bérchules hier versammelt, mehr als achtzig Männer und Jungen. Seniz und Partal diskutierten wild gestikulierend mit dem Alfaquí, der die Nacht bei den Christen verbracht hatte. Seniz machte den Anfang: Schweigend ging er zu den Christen. Er blieb direkt vor ihnen stehen, entzündete die Lunte seiner alten, mit goldenen Einlegearbeiten verzierten Arkebuse und befestigte sie im Luntenschloss.

Das ganze Dorf schwieg. Alle Blicke waren gebannt auf den in Salpeter getauchten Leinenzopf gerichtet, der langsam abbrannte und kleine Funken sprühte.

Seniz stellte den Kolben der Waffe auf die Erde, gab Pulver in die Mündung und drückte mithilfe des Ladestocks einen Stoffpropfen in den Lauf. Er hatte nur noch Augen für seine kostbare Arkebuse. Zuletzt schob er eine Bleikugel in den Lauf. Dann legte er an und zielte.

Ein Aufschrei ging durch die Christen. Eine Frau fiel auf die Knie, sie flehte mit gefalteten Händen um Gnade, aber ein Moriske zog sie an den Haaren wieder hoch und zwang sie hinzusehen. Seniz verzog keine Miene und schoss ohne zu zögern einem Christen mitten in die Brust.

»Allahu akbar!«, rief er. Der Widerhall des Schusses donnerte durch die Luft. »Bringt sie um! Bringt sie alle um!«

Monfíes und einfache Männer stürzten sich mit Arkebusen, Lanzen, Schwertern, Dolchen oder simplen Ackergeräten auf die Christen. Die Moriskinnen und einige Männer hielten die Christinnen fest und zwangen sie, das Blutbad mit anzusehen. Ihre Männer und Söhne waren völlig nackt und der aufgebrachten Menschenmenge ausgeliefert. Einige knieten und bekreuzigten sich, andere legten schützend die Arme um ihre Söhne. Hernando stand neben einigen Christinnen und beobachtete das blutige Schauspiel. Eine gedrungene Moriskin gab ihm einen Dolch und schubste ihn nach vorn, damit er sich an dem Gemetzel beteiligte. Die Dolchklinge glänzte in seiner Hand, und die Frau stieß ihn wieder an. Hernando ging auf die Christen zu. Was sollte er denn machen? Wie sollte er jemanden umbringen? Inzwischen hatte sich Gonzalicos Schwester losgerissen, sie lief zu ihm und umklammerte seine Hand.

»Rette ihn«, flehte Isabel.

Gonzalico retten? Er sollte ihn doch umbringen! Die rundliche Moriskin hatte ihn fest im Blick und …

Er packte Isabel am Arm, stellte sich hinter sie und setzte den Dolch bedrohlich an ihre Kehle. Nun zwang auch er Isabel, die Gräuel mit anzusehen. Die Moriskin schien sich damit zufriedenzugeben.

»Rette ihn«, forderte Isabel schluchzend. Sie machte keine Anstalten zu fliehen.

Ihre flehende Stimme zerriss ihm das Herz.

Aber er zwang sie hinzusehen, und er tat es ihr gleich: Jetzt ging Ubaid zu Gonzalico. Einen Augenblick lang sah Ubaid zu Hernando und Isabel herüber, dann packte er den Jungen am Schopf und drehte seinen Kopf so, dass er dessen Kehle vor sich hatte. Der Junge leistete keinen Widerstand. Ubaid schnitt ihm die Kehle durch und beendete so das Gebet, das von seinen Lippen klang. Isabel verstummte, sie hielt – wie Hernando – den Atem an. Ubaid ließ Gonzalicos Körper nach vorn fallen. Er kniete nieder, rammte seinen Dolch in den Rücken des Kindes und wühlte darin herum, bis er das blutige Herz herausriss und es unter Triumphgeheul hochhielt. Schließlich ging er damit zu Hernando und Isabel und warf es ihnen vor die Füße.

Hernando übte keinerlei Gewalt über das Mädchen aus, aber dennoch wich Isabel nicht von seiner Seite. Keiner der beiden schaute auf das Herz. Das Gemetzel ging weiter. Ein Moriske stach dem Pfründenbesitzer mit seinem Faustdolch ein Auge aus, ehe einige andere Männer ihre Wut mit Messern an ihm ausließen. Zwei Geistliche starben den Märtyrertod, indem man sie mit Pfeilen durchbohrte, andere wurden langsam gevierteilt. Ein Mann hieb unermüdlich mit seiner Hacke auf etwas ein, das nur noch eine undeutliche, blutige Masse war, er konnte offenbar nicht davon ablassen. Ein anderer Mann hatte einen abgetrennten Kopf auf seine Pike gespießt, stellte sich vor die Christinnen und wirbelte damit vor ihren Gesichtern herum. Schließlich gingen die wilden Schreie in Freudengesänge über, mit denen die Morisken das blutige Ende der Christen feierten. »Ich werde für Christus sterben.« Hernando betrachtete Gonzalicos aufgeschlitzte Leiche: Sein lebloser Körper war nur einer von vielen, die neben der Kirche in einer riesigen Blutlache lagen. Hernando hatte große Mühe, die Tränen zu unterdrücken. Einige Monfíes trampelten über die Leichname und suchten nach Überlebenden, denen sie den Todesstoß versetzen konnten. Die meisten lachten und schwatzten dabei. Dann griff jemand zur Schalmei, und die Männer und Frauen im Dorf tanzten zur Musik. Niemand achtete im allgemeinen Freudentaumel mehr auf die gefangenen Christinnen. Aber die Moriskin, die Hernando den Dolch gegeben hatte, riss Isabel von seiner Seite und schubste sie zu den übrigen Christinnen. Dann forderte sie von Hernando die Waffe zurück.

Hernando hielt den Dolch fest in der Hand, er konnte seine Augen einfach nicht von der Leichenansammlung abwenden.

»Gib mir den Dolch zurück«, fuhr ihn die Frau an.

Hernando rührte sich nicht.

Die Frau schüttelte ihn.

»Dolch her!« Hernando gab ihr wie in Trance die Waffe. »Wie heißt du?«

Die Frau konnte mit seinem Gestammel nichts anfangen und schüttelte ihn wieder.

»Wie heißt du?«

»Hamid«, antwortete Hernando, als er wieder zu sich kam, »ibn Hamid.«

Am Tag des Gemetzels in Cuxurio de Bérchules erhielten Seniz und Partal von Farax – dem Färber aus dem Albaicín und Anführer des Aufstandes – den Befehl, die Beute und die gefangenen Christinnen in die Burg von Juviles zu bringen. Sie erfuhren zudem, dass die Morisken in Béznar – einer Stadt am westlichen Zugang der Alpujarras – Don Fernando de Válor zum König von Granada und Córdoba ausgerufen hatten.

Wie Hamid gehörte auch der neue König einer muslimischen Adelsfamilie aus Granada an. Aber im Gegensatz zum Alfaquí aus Juviles behauptete er, dass seine Familie mit den cordobesischen Kalifen der Umayyaden-Dynastie verschwägert sei. Seine Familie hatte sich, im Gegensatz zu Hamids Familie, nach der Einnahme von Granada in die christliche Gemeinde integriert. Sein Vater wurde sogar zum Veinticuatro – zum adeligen Ratsmitglied der Stadt – ernannt, kurz darauf jedoch aufgrund eines Verbrechens zur Galeere verurteilt. Das Veinticuatro-Amt erbte sein Sohn, der unter dem Verdacht stand, den Verräter seines Vaters sowie weitere Zeugen des Verbrechens ermordet zu haben.

Am 24. Dezember 1568 flüchtete Don Fernando de Válor, der neue König von Granada und Córdoba, nach Granada, um sich mit den Menschen zu vereinen, die er für sein Volk hielt – ohne politisches Amt und ohne Geld, dafür aber mit einer Geliebten und einem schwarzen Sklaven als Hofstaat.

Dieser König von Granada und Córdoba war zweiundzwanzig Jahre alt. Dank seiner vornehmen Erscheinung und seines erwiesenermaßen edlen Blutes konnte er auf die Wertschätzung und den Respekt aller Morisken zählen. Mit Unterstützung seiner Familie wurde er in Béznar im Beisein zahlreicher Morisken unter einem Olivenbaum zum König gekrönt. Farax' heftiger Widerstand, der als Anführer des Aufstandes die Krone für sich einforderte, wurde schnell gebrochen, indem man ihn zum Oberbüttel ernannte. Am Ende schwor der neue König, für sein Königreich sowie für das Gesetz und den Glauben Mohammeds mit seinem Leben einzustehen. Bei der Krönungszeremonie bekam Don Fernando unter dem Jubel der Anwesenden eine Silberkrone aufgesetzt, die man einer Marienfigur abgenommen hatte, und erhielt den Namen Muhammad ibn Umayya. Die Christen machten daraus »Aben Humeya«.

7

König Aben Humeyas erste Amtshandlung war, Farax mit dreihundert Männern in die Alpujarras zu schicken, um den Kriegsschatz zu holen, den er später bei den Barbaresken gegen Waffen tauschen wollte. Deshalb sollte Hernando seine Maultierherde von Cuxurio zurück zur Burg von Juviles treiben. Die Spannung zwischen ihm und Ubaid hatte sich zugespitzt: Hernando konnte den wilden Gesichtsausdruck des Maultiertreibers während des Gemetzels nicht vergessen, und er dachte über die Andeutungen nach, die Ubaid über die Beute gemacht hatte.

»Ich kümmere mich um die Alte. Sie fällt immer ein bisschen zurück«, sagte er zu Ubaid, um sich an das Ende ihres Zuges zu begeben. Er wollte Ubaid lieber nicht im Rücken haben.

»Ein altes Maultier frisst so viel wie ein junges Tier«, beschwerte sich Ubaid. »Schlachte doch endlich die Alte.« Hernando gab keine Antwort. »Oder soll ich dir das abnehmen?«, legte der Treiber nach und führte die Hand zu dem Dolch in seinem Gürtel.

»Das Maultier kennt die Alpujarras besser als du«, gab Hernando zurück.

Ubaids Augen glühten vor Hass. Er murmelte etwas vor sich hin, schreckte aber auf, als Ibrahim nach ihnen rief. Die gefangenen Christen hatten sich bereits in Bewegung gesetzt, doch die Maultiere hinter den Frauen rührten sich nicht vom Fleck. Ubaid runzelte die Stirn und rief Ibrahim etwas zu, dann schloss er sich dem Zug an, nicht ohne zuvor Hernando mit einem hasserfüllten Blick zu durchbohren.

In diesem Augenblick wusste Ubaid, dass er den Jungen loswerden musste: Hernando gehörte zu Ibrahim aus Juviles, einem der vielen Maultiertreiber, mit denen er sich unterwegs in den Alpujarras schon tausende Male angelegt hatte. Außerdem hatten das Gold und die anderen Schätze in den Packsäcken eine große Gier in dem Mann aus Narila geweckt. Wer würde es bemerken, wenn etwas fehlte? Niemand überprüfte die Lasten der Tiere. Ja, der Kampf seines Volkes war von großer Bedeutung, aber irgendwann würde der Krieg zu Ende sein, und dann? Sollte er dann wieder als einfacher Maultiertreiber für einen Hungerlohn durch die verschneiten Berge ziehen? Ubaid war hierzu nicht bereit. Es würde den Sieg seiner Glaubensbrüder schon nicht schmälern, wenn ein bisschen von dem großen Kriegsschatz fehlte. Er hatte sich um Hernandos Hilfe bemüht, er hatte versucht, ihn auf seine Seite zu ziehen, indem er immer wieder über Ibrahim sprach und darüber, wie wenig auch er ihn ausstehen könne. Aber dieser Dummkopf war auf sein Angebot nicht eingegangen. Also gut, sein Pech! Jetzt war die Gelegenheit günstig, der Aufstand lag noch in den Anfängen, die Männer waren noch nicht richtig organisiert. Später … Wer wusste denn schon, wie viele Maultiertreiber später hinzukommen würden oder welche Anordnungen der neue König noch treffen würde. Außerdem konnte er davon ausgehen, dass niemand, nicht einmal sein Stiefvater Ibrahim, den Nazarener sonderlich vermissen würde.

Ubaid kannte sich auf dieser Strecke bestens aus. Er entschied sich für die Kehre einer steilen Serpentine, die über die Flanke eines der Berge führte. Die Felsvorsprünge versperrten einem an jeder Wegkehre bis auf wenige Schritte die Sicht, und niemand konnte in der Enge wenden, niemand würde ihn überraschen können. Die Maultiere gingen am Ende des Zuges vor Hernando. Es würde ganz einfach sein: Er würde sich hinter die Kehre stellen, dem Jungen die Gurgel durchschneiden, ihn auf ein schwer beladenes Lasttier legen und es dann zusammen mit der Leiche in einer Höhle an dieser Strecke verstecken, ohne auch nur haltzumachen. Alle würden dann denken, Hernando sei mit einem Teil der Beute geflohen. Und Ibrahim bekäme die Schuld, weil er einem Christenbastard vertraut hatte. Er müsste dann nur noch in der Nacht zu der Stelle zurückgehen und seinen Anteil an der Beute bis zum Kriegsende gut verstecken.

Ubaid trieb die Lasttiere an, und sie gingen wie gewohnt ihren Weg. Er griff zum Messer, als die ersten Maultiere von Hernando um die Ecke kamen. Er zählte sie, es waren zwölf. Die Tiere streiften ihn, und Ubaid trieb sie wortlos mit der freien Hand an, damit sie weiterzogen. Beim zwölften Tier stieg Ubaids Aufregung: Gleich danach musste Hernando kommen.

Aber die Alte machte halt. Hernando sprach ihr gut zu, doch das Tier blieb störrisch: Es witterte einen Menschen hinter der Biegung.

»Was ist denn los?«, fragte Hernando. Er hatte die Spitzkehre fast erreicht, als die Alte zurückwich. Der Junge blieb auf der Stelle stehen. Und da zeigte sich auch schon Ubaid auf dem engen Pfad und bedrohte ihn mit dem Messer. Hernando stand hinter der Alten und wollte instinktiv fliehen, überlegte es sich dann jedoch anders. Er griff in eine Quertasche und zog einen fünfarmigen Silberleuchter hervor.

Damit bedrohte er Ubaid. Rechts neben ihm tat sich ein gähnender Abgrund auf. Ubaid sah in die Tiefe: Ein Schlag mit dem Leuchter, und er …

»Na, trau dich doch!«, forderte Hernando ihn mit bebender Stimme heraus.

Ubaid hielt kurz inne und befestigte den Faustdolch wieder an seinem Gürtel.

»Ich dachte schon, die Christen sind hinter dir her«, war seine spöttische Ausrede, bevor er Hernando wieder den Rücken zuwandte.

Hernando packte den massiven Leuchter wieder in den Quersack. Erst jetzt wurde ihm dessen tatsächliches Gewicht bewusst. Er zitterte nun fast noch mehr als in der bedrohlichen Situation zuvor und hatte Mühe, seine Hände unter Kontrolle zu halten. Schließlich stützte er sich auf die Kruppe der Alten und gab ihr einen dankbaren Klaps auf die Flanke. Dann ging er weiter, achtete aber darauf, dass sein Maultier jede Spitzkehre vor ihm nahm.

Sie kamen am späten Nachmittag des Stephanstages in Juviles an. Die Kinder in den Gassen begrüßten sie begeistert. Dann nahmen sie den steilen Anstieg hoch zur Burg. Hernando ließ Ubaid nicht aus den Augen und sorgte dafür, dass er immer vor ihm ging. Je näher sie kamen, desto deutlicher drangen Musik und Essensdüfte aus dem Burghof zu ihnen. Innerhalb der Festungsmauer hielten sich vor allem die Frauen und alten Männer aus Cádiar auf, aber auch Frauen aus anderen Dörfern der Alpujarras, deren Väter oder Ehemänner sich den Aufständischen angeschlossen hatten, fanden hier Zuflucht. Im Inneren der ausgedehnten Anlage herrschte reger Betrieb: Es gab Dutzende Zelte und kleine Hütten, in denen die Leute ihr Hab und Gut untergebracht hatten, an jeder freien Stelle prasselte ein Feuer, und die Frauen in ihren farbenfrohen Trachten kümmerten sich an Kochstellen um das Essen, in der Luft lag der Duft von Olivenöl, Koriander, Minze, Thymian, Nelke und Anis. In diesem bunten Treiben fiel endlich die Anspannung von Hernando ab. Auf ihrem Weg durch diese kleine Zeltstadt wurden sie mit Hochrufen empfangen. Eine Frau reichte Hernando noch warme Honigmandeln, eine andere etwas Gebäck mit Marmelade und Zuckerguss. Überall erklangen Tamburine, Schalmeien und Pauken, Flöten und Hirtengeigen. Schließlich erreichte die Maultierkolonne die Überreste der alten Maurenfestung, der Alcazaba, wo die Beute aus Cádiar lagerte. Die gefangenen Christinnen wurden von den Moriskinnen bedrängt, die ihnen ihre wenigen Habseligkeiten abnahmen und ihnen sofort Arbeiten zuwiesen.

Mithilfe der Männer, die in Ibrahims Auftrag die Beute aus Cádiar bewacht hatten, begannen Hernando und Ubaid die unterwegs erbeuteten Schätze von den Maultieren zu laden. Die beiden Männer waren angespannt und ließen sich gegenseitig nicht aus den Augen. Plötzlich verebbten der Freudentaumel und das Geschrei, und alle konnten Hamids Stimme hören, die vom Kirchturm in Juviles, den man inzwischen zum Minarett umfunktioniert hatte, zum Gebet rief. Die Morisken vollzogen daraufhin mit dem in den zwei gewaltigen Zisternen der Burg gesammelten Quellwasser aus den Bergen ihre rituellen Waschungen und verrichteten ihr Gebet, danach kehrten sie zu ihrer Arbeit zurück. Inzwischen hatten sie in der Alcazaba einen beträchtlichen Schatz an Wertgegenständen, Schmuck und Geld angehäuft.

Hernando ließ die Augen über das Gold und Silber schweifen. Dabei war er so in Gedanken versunken, dass er Ubaids Nähe nicht wahrnahm. Nach dem Nachtgebet erhellten nur wenige Fackeln das Dunkel in der Festung. Ibrahim unterhielt sich am Eingang mit den Wachsoldaten.

Ubaid versetzte ihm einen Stoß.

»Beim nächsten Mal hast du nicht mehr so ein Glück!«, flüsterte er.

Beim nächsten Mal, dachte Hernando für sich. Er sah den Treiber an. Dieser Mann aus Narila war doch nur ein Dieb und Mörder! Er überlegte einige Sekunden. Und wenn er …?

»Du verdammter Hund!«, beleidigte er Ubaid und ging auf ihn los. Die Ohrfeige, die ihm Ubaid daraufhin verpasste, brachte Hernando aus dem Gleichgewicht. Er taumelte etwas mehr als nötig und ließ sich auf den Schatz fallen. Ibrahim und die Soldaten waren durch den Streit auf sie aufmerksam geworden.

»Was?«, begann Ibrahim, der mit großen Schritten in die Alcazaba gestürmt kam. »Was hast du da auf der Beute zu suchen?«

»Ich bin gestürzt. Ich bin nur gestolpert«, stammelte Hernando und klopfte seine Kleidung aus, während er in der rechten Hand ein kleines goldenes Kreuz aus dem Schatz verbarg.

Ubaid war verwundert. Warum hatte ihn Hernando so plötzlich angegriffen?

»Tölpel«, schimpfte Ibrahim und prüfte, ob etwas von dem Schatz zu Bruch gegangen war.

»Ich gehe lieber zurück ins Dorf«, sagte Hernando.

»Nein, du bleibst hier«, befahl Ibrahim.

»Wieso soll ich hierbleiben?«, sagte Hernando mit kräftiger Stimme und unterstrich seine Worte mit ein paar übertriebenen Handbewegungen. Dabei steckte er das Schmuckstück in die Tasche des wärmenden Mantels, den er in Alcútar an sich genommen hatte. »Komm! Sieh dir die Tiere selbst an! Ich brauche einige Dinge, um sie zu versorgen.«

Hernando ging unverzüglich aus der Festung zu der Maultierherde. Ibrahim folgte ihm verwirrt.

»Bei dem hier ist das Hufeisen locker.« Hernando hob den Vorderhuf von einem der Maultiere und bewegte das lose Eisen hin und her. »Und bei dem hier wird sich die Druckstelle vom Sattelzeug bald entzünden.« Um zu dem Lasttier mit der Scheuerstelle zu gelangen, schlüpfte der Junge zwischen Ubaids Tieren hindurch. »Nein. Nicht dieses hier«, sagte er, als er hinter einem von Ubaids Maultieren stand.

Er stellte sich auf die Zehenspitzen und tat, als würde er nach dem Tier mit der Wunde suchen. Währenddessen versteckte er das Kreuz zwischen den Gurten von Ubaids Maultier.

»Ja, es war dieses hier.« Er ging zu dem Tier und hob das Sattelzeug. Seine Hände zitterten und schwitzten, doch die kleine Druckstelle, die ihm schon unterwegs aufgefallen war, konnte auch sein Stiefvater erkennen. »Und dem hier fehlt wohl irgendetwas im Maul, es hat nichts fressen wollen«, log er. »Aber ich habe alle meine Werkzeuge und Salben im Dorf!«

Ibrahim warf einen kurzen Blick auf die Tiere.

»Einverstanden«, stimmte er schließlich zu. »Geh mit den Tieren nach Juviles, aber halte dich bereit und komme sofort wieder, wenn ich dich rufen lasse.«

Hernando lächelte Ubaid zu, der das Gespräch vom Festungstor aus verfolgt hatte. Der Maultiertreiber runzelte die Stirn und kniff die Augen zusammen, ehe er sich zu den Zelten aufmachte, in denen die Frauen das Abendessen reichten. Ibrahim wollte Ubaid zum Essen folgen.

»Willst du nichts überprüfen?«, fragte sein Stiefsohn und hielt ihn an.

»Überprüfen? Was soll ich denn überprüfen?«

»Ich will keinen Ärger wegen der Beute haben«, unterbrach ihn Hernando ernsthaft. »Denn wenn etwas fehlt …«

»Dann würde ich dich auf der Stelle umbringen.« Ibrahim beugte sich zu dem Jungen hinunter, seine Augen waren zwei bedrohlich funkelnde Schlitze.

»Gerade deshalb.« Hernando hatte Mühe, das Zittern in seiner Stimme zu unterdrücken. »Es ist schließlich die Kriegsbeute unseres

Volkes. Es ist der Beweis für unseren Sieg. Ich will keinen Ärger haben. Bitte, kontrolliere meine Tiere!«

Ibrahim tat ihm den Gefallen. Er vergewisserte sich, dass die Lastsäcke leer waren, er sah zwischen die Riemen des Zaumzeugs, und er verlangte von dem Jungen sogar, den Mantel auszuziehen, ehe er die Burg verlassen durfte.

Als Hernando schließlich gehen konnte, bahnte er sich mit seinen Maultieren den Weg durch die Zelte. Er sah zurück: Ibrahim filzte gerade Ubaids Muli.

»Los!«, drängte Hernando die Tiere.

Er kam erst nachts im Dorf an. Das Klappern der Hufe auf dem Kopfsteinpflaster durchbrach die Stille. Einige Moriskinnen lehnten sich aus den Fenstern, um noch mehr über den Aufstand zu erfahren, aber sie zogen die Köpfe wieder ein, als sie feststellten, dass es nur der junge Nazarener mit seinen Tieren war. Aischa erwartete ihn bereits an der Haustür: Wie immer hatte er die Alte vorausgehen lassen. Er trieb die anderen Tiere in den Stall und ging dann zu seiner Mutter. Das flackernde Kerzenlicht aus dem Haus umspielte ihr Gesicht.

»Was ist mit Ibrahim?«, fragte sie.

»Er ist oben in der Burg geblieben.«

Aischa breitete die Arme aus. Hernando lächelte und ließ sich von ihr umarmen.

Jetzt erst spürte er, wie müde er war. Er konnte sich kaum noch auf den Beinen halten. Aischa schloss ihre Arme noch enger um ihn und summte ein Lied. Sie wiegte ihn im Takt dazu. Wie oft hatte er als Kind dieses Lied gehört! Danach … Danach hatte sie Ibrahims Kinder geboren und er …

»Hast du schon gegessen?«, fragte sie plötzlich und wollte die Umarmung lösen. Hernando hielt sie fest. Ihm war die Zärtlichkeit seiner Mutter viel wichtiger. »Du musst doch etwas essen!«, sagte sie. »Ich mache dir gleich etwas.«

Entschlossen ging sie ins Haus. Hernando blieb noch einen Moment stehen und sog den Duft der Kleidung und des Körpers ein, dem er nur so selten nahe sein durfte.

»Beeil dich!«, rief die Mutter. »Es gibt noch viel zu tun, und es ist schon spät.«

Hernando ging in den Stall, schirrte die Tiere ab und warf ihnen Gerste in die Futterkrippe. Aischa brachte ihm eine ordentliche Portion gebratene Brotkrumen mit Eiern und einen Becher Limonade. Während die Tiere die Gerste fraßen, genoss Hernando schweigend sein Abendessen. Aischa saß neben ihrem Sohn und streichelte seinen Kopf. Schließlich berichtete er über die Ereignisse seit seinem Weggang aus Juviles. Als er ihr mit belegter Stimme von Gonzalicos Märtyrertod erzählte, küsste sie ihn behutsam auf die Stirn.

»Er wollte es so«, versuchte sie ihn zu trösten. »Du hast es doch versucht. Das ist ein Krieg, mein Junge. Es ist ein Krieg gegen die Christen. Und wir leiden alle darunter, das kannst du mir glauben.«

Hernando war mit dem Abendessen fertig, und Aischa zog sich wieder ins Wohnhaus zurück. Jetzt machte er sich an die Versorgung der Maultiere. Zuerst überprüfte er ihren Zustand: Alle, auch die neuen Tiere, waren satt gefressen und ruhten mit gesenktem Kopf und hängenden Ohren. Von Erschöpfung übermannt, schloss Hernando für einen Moment die Augen, zwang sich dann aber weiterzuarbeiten – Ibrahim konnte ihn jeden Augenblick rufen lassen. Er beschlug das Tier mit dem lockeren Hufeisen, dann überprüfte er die Hufeisen der übrigen Tiere und begann schließlich mit der Versorgung der Wunden. Er hatte seine Mutter gebeten, ihm ein Feuer anzuzünden, ehe sie ins Bett ging. Er lief ins Haus, ohne sich weiter um seine vier Stiefgeschwister zu kümmern, die in dem engen Raum schliefen: Bald würden sie wieder in ihre Zimmer im oberen Stockwerk ziehen, denn bald würden die fast zweitausend Seidenkokons geerntet, die dort im Moment ordentlich aufgereiht an der Wand hingen. Aber bis dahin mussten seine Stiefgeschwister auf ihre Zimmer verzichten. Er stellte Wasser aufs Feuer und kochte Honig mit Wolfsmilchkraut. Er ließ die Medizin köcheln und reinigte in der Zwischenzeit die Wunde des Maultieres mit etwas warmem Wasser. Als die dickflüssige Medizin fertig war, trug er sie auf. Sosehr es Ibrahim auch missfallen würde, dieses Tier konnte die nächsten Tage nicht arbeiten. Er atmete die kalte Nachtluft tief ein und ließ den Blick zufrieden über die Berge um Juviles schweifen: Alle Gipfel lagen im Dunkeln, nur der Burgberg war vom Licht der Lagerfeuer im Burghof erhellt. Was sie wohl mit Ubaid angestellt haben? Schließlich machte er sich zum Stall auf, um die wenigen verbliebenen Nachtstunden zu schlafen.

8

Am nächsten Tag stand Hernando im Morgengrauen auf. Er vollzog seine Waschungen und folgte Hamids Ruf zum ersten Gebet des Tages. Er verbeugte sich zweimal und sprach die erste Sure des Korans sowie ein Bittgebet. Dann machte er mit dem Glaubensbekenntnis weiter und stimmte schließlich den Friedensgruß an. Seine Stiefgeschwister versuchten es ihm gleichzutun, aber sie kannten die Gebete nur ansatzweise. Anschließend versorgte Hernando noch einmal die Wunden des Maultieres und begab sich nach dem Frühstück zu Hamid. Es gab so viel zu berichten! Es gab so viele offene Fragen! Die Christen von Juviles waren immer noch bei Wasser und Brot in der Kirche eingesperrt. Hamid ließ nicht von seinem Vorhaben ab, sie zu bekehren. Doch als Hernando in die Nähe der Kirche kam, waren dort Frauen, Kinder und alte Männer in Aufruhr. Er ging zu der Gruppe, die sich um die Überreste der zerstörten Kirchenglocke versammelt hatte.

»Hamid kennt unsere Gesetze sehr gut«, sagte einer der Alten.

»Seit Jahren schon«, flüsterte ein anderer, »hat man keinen Muslim mehr nach unseren Gesetzen verurteilt. In Ugíjar …«

»In Ugíjar haben wir niemals Gerechtigkeit erfahren!«, unterbrach ihn der Alte.

Allgemeine Zustimmung erfasste die Menge. Die Frauen mit ihren Kindern und die alten Männer, die sich nicht am Aufstand beteiligt hatten, gingen nun zur Burg hoch. Auch Aischa war unter ihnen.

»Was ist los, Mutter?«, fragte Hernando, als er zu ihr aufgeschlossen hatte.

»Dein Vater hat Hamid in die Burg gerufen«, antwortete Aischa und ging weiter. »Sie werden den Maultiertreiber aus Narila verurteilen. Er hat ein Schmuckstück gestohlen.«

»Was werden sie mit ihm machen?«

»Die einen sagen, dass man ihn auspeitschen wird. Andere denken, dass man ihm die rechte Hand abhacken wird, und wieder andere glauben sogar, dass sie ihn umbringen werden. Ich weiß es nicht, Hernando. Wie auch immer seine Strafe ausfallen wird«, hörte er seine Mutter sagen, »er hat sie verdient. Dein Stiefvater hat mir immer wieder von ihm erzählt: Er hat oft Lasten gestohlen, die man ihm anvertraut hat. Er hatte reichlich Ärger und Verfahren am Hals, aber der Richter von Ugíjar hat ihn immer verteidigt. So eine Schande! Eine Sache ist es, den Christen etwas wegzunehmen, aber das eigene Volk zu bestehlen! Man sagt, er sei ein Freund von …!«

Während seine Mutter weiterredete, versuchte Hernando, sich an den Streit zwischen seinem Stiefvater und Partal zu erinnern, und an die Blicke, die die beiden Maultiertreiber ausgetauscht hatten, nachdem Ibrahim sich geweigert hatte, ihn zu begrüßen. Ibrahim war zu vielem fähig, aber er hätte nie einen Glaubensbruder bestohlen! Aischa setzte mit den anderen Frauen ihren Weg fort. Sie hatten kein anderes Thema als den Diebstahl und unterstrichen ihre Meinungen mit lebhaften Gesten und Kopfschütteln.

Hernando blieb stehen. Er wollte bei der Verhandlung nicht dabei sein. Bestimmt … Bestimmt würde der Maultiertreiber aus Narila ihm die Schuld geben.

»Ich muss mich um die Tiere kümmern«, sagte er, als ihn gerade einige Kinder überholten.

Ein Schauder erfasste den Jungen. Ubaid umbringen! Warum eigentlich nicht? Hatte er nicht versucht, ihn zu töten? Wenn ihn die Alte nicht gewittert hätte … Und was war mit Gonzalico? Ubaid hatte das Kind grausam massakriert … Allerdings verhielt er sich nur genauso brutal wie die meisten anderen Morisken. Hernando versuchte nicht weiter darüber nachzudenken. Hamid würde die Entscheidung treffen, genau: Hamid würde das richtige Urteil fällen.

Die Verhandlung wurde nach dem Mittagsgebet eröffnet und zog sich über den gesamten Nachmittag hin. Ubaid leugnete nicht nur, das Kreuz gestohlen zu haben, er zog sogar Hamids Berechtigung in Zweifel, ihn verurteilen zu dürfen.

»Sicher«, gab Hamid ihm recht, der das goldene Kreuz in Händen hielt, das Ibrahim in den Gurten von Ubaids Maultier gefunden hatte. »Ich bin kein Richter, selbst nach so vielen Jahren bin ich eigentlich nicht einmal ein richtiger Alfaquí. Soll ich lieber nicht über dich urteilen?«

Der Maultiertreiber bemerkte, wie einige Männer den alten Mann umringten, sie waren mit Dolchen und Schwertern bewaffnet und machten Anstalten, sich auf ihn zu stürzen. In diesem Augenblick erkannte Ubaid sofort Hamids Autorität an. Er fand keinen einzigen Zeugen, der sich für ihn verwendete: Nicht ein Moriske erwies sich bei Hamids Fragen im Verhör als ein Fürsprecher von Ubaid.

»Kannst du bezeugen, dass Ubaid, der Maultiertreiber aus Narila, ein Mann ist, der das Recht befolgt, und dass nichts gegen ihn vorliegt, dass er sich zu seinem Glauben bekennt und regelmäßig seine Waschungen vornimmt und dass er Mohammeds Gesetze befolgt? Kannst du bezeugen, dass er gut im Nehmen und im Geben ist?«

Alle berichteten von den zahlreichen Problemen, die der Maultiertreiber mit seinen Glaubensbrüdern hatte. Dann meldeten sich zwei Frauen zu Wort, die gar nicht in den Zeugenstand gerufen worden waren. Sie sagten, sie hätten ihn in der vergangenen Nacht beim Ehebruch gesehen.

Hamid stellte sich taub, als Ubaid verzweifelt Hernando des Diebstahls bezichtigte. Sein Urteil lautete, dass dem Dieb die rechte Hand abzuschlagen sei. Da für die Anklage wegen Ehebruchs nicht vier Zeugen ausgesagt hatten, wie es das Gesetz vorsah, ordnete er zudem an, dass die beiden Frauen die nach islamischem Recht vorgesehene Strafe von achtzig Stockhieben erhalten sollten.

Bevor er sich mit dem Maultiertreiber befasste, machte sich Ibrahim daran, die Bestrafung der beiden Frauen auszuführen. Er hatte sich einen dünnen Stock besorgt und warf Hamid einen fragenden Blick zu, als man ihm die verurteilten Frauen vorführte.

Der Alfaquí fragte, ob sie schwanger seien. Nachdem beide dies verneint hatten, wandte er sich an Ibrahim.

»Schlag sie nur leicht, beherrsche deine Kraft«, befahl er. »So verlangt es das Gesetz.«

Die beiden Frauen atmeten erleichtert auf.

»Zieh ihnen die Marlotas und ihre Fellmäntel aus, aber sie sollen nicht völlig nackt sein. Du brauchst ihnen auch nicht die Füße oder die Hände zu fesseln ... Es sei denn, sie versuchen zu fliehen.«

Ibrahim bemühte sich, Hamids Anweisungen auszuführen. Aber auch die achtzig leichten Hiebe hinterließen bei den Frauen blutige Striemen, und bald tropfte das Blut von ihren Rücken in den weißen Schnee.

Noch vor der Abenddämmerung schlug Ibrahim vor Hunderten Morisken dem Maultiertreiber aus Narila mit einem einzigen Hieb mit dem Krummsäbel die Hand ab. Ubaid würdigte ihn keines Blickes: Er kniete, und jemand hielt seinen ausgestreckten Unterarm auf dem Baumstumpf fest, der als Richtklotz diente. Er schrie nicht, als seine Hand vom Handgelenk abgetrennt wurde, und auch nicht, als man ihm die Aderpresse auf die Blutung setzte. Aber als sie seinen Armstumpf in einen Kessel mit Essig und aufgelöstem Salz tauchten, brüllte er vor Schmerz.

All dies erfuhr Hernando beim Abendessen von seiner Mutter, die ihm alles bis ins kleinste Detail berichtete.

»Zum Schluss hat er noch behauptet, du hättest das goldene Kreuz gestohlen. Das sagte er immer wieder. Er schrie die ganze Zeit und beschimpfte dich als Nazarener. Warum hat dich dieser Halunke beschuldigt?«, fragte Aischa.

Hernando kaute mit vollem Mund und starrte auf den Teller. Dann zuckte er mit den Schultern.

»Er ist einfach ein Lügner!«, gab er zur Antwort, ohne seiner Mutter in die Augen zu sehen. Dann steckte er sich den nächsten großen Bissen in den Mund.

In der Nacht fand er keinen Schlaf, wagte aber auch nicht, zu Hamid zu gehen. Was hielt der Alfaquí wohl von den Anschuldigungen des Maultiertreibers? Immerhin hat er ihn verurteilt, ihm die Hand abgeschlagen! Der Maultiertreiber würde die Angelegenheit sicherlich nicht auf sich beruhen lassen. Ubaid wusste genau, dass er es gewesen war. Bestimmt. Aber jetzt … Jetzt fehlte ihm die rechte Hand, die Hand, die das Messer gehalten hatte. Trotzdem sollte er lieber auf der Hut sein. Hernando wälzte sich im Stroh hin und her. Was war mit Ibrahim? Sein Stiefvater hatte sich gewundert, als er ihn aufgefordert hatte, die Maultiere zu überprüfen. Und was war mit den anderen Dorfbewohnern? Und dieser verdammte Spitzname! Bis jetzt war er nur für die Leute in Juviles der »Nazarener« gewesen, nun würde er es für die Bewohner der gesamten Alpujarras sein.

Auch am nächsten Morgen konnte er sich nicht dazu entschließen, Hamid zu besuchen, doch gegen Mittag ließ ihn der Alfaquí zu sich rufen. Hernando traf ihn neben der Kirche bei den Resten der zerstörten Glocke. Der Gelehrte saß in der Wintersonne auf einem Stein, der Krummsäbel des Propheten lag zu seinen Füßen. Vor ihm saß eine Schar Kinder auf dem Boden, sie stammten aus Juviles oder waren von der Burg heruntergelaufen. Einige der Frauen und der alten Männer beobachteten sie. Hamid bedeutete ihm, näher zu kommen.

»Salam aleikum, Hernando«, sagte er zum Gruß.

»Ibn Hamid«, verbesserte ihn der Junge. »Ich habe diesen Namen angenommen … wenn du nichts dagegen hast«, stotterte er.

»Salam aleikum, Ibn Hamid.«

Der Alfaquí fixierte Hernandos blaue Augen, in denen er sofort die Wahrheit erkennen konnte. Hernando sah schnell zu Boden. Hamid seufzte und blickte zum Himmel.

Die beiden entfernten sich ein paar Schritte von den Kindern, nachdem der Gelehrte einen der Jungen aufgefordert hatte, seinen wertvollen Krummsäbel zu bewachen.

Hamid schwieg einige Zeit.

»Bereust du deine Tat, oder hast du Angst?«, fragte er dann ruhig.

Hernando hatte eigentlich mit einem vorwurfsvollen Tonfall gerechnet.

»Er wollte mich dazu bringen, den Schatz zu stehlen. Dann hat er sogar versucht, mich umzubringen, und er hat mir damit gedroht, es wieder zu versuchen.«

»Vielleicht macht er das auch«, stellte Hamid fest. »Damit wirst du leben müssen. Hältst du das aus, oder willst du lieber fliehen?«

Hernando betrachtete den Alfaquí, er schien seine geheimsten Gedanken lesen zu können.

»Er ist stärker als ich. Selbst mit einer Hand.«

»Aber du bist klüger. Benutze deinen Verstand.«

Die beiden sahen sich schweigend an. Hernando wollte etwas sagen, er wollte wissen, warum Hamid ihn schützte. Er zögerte. Hamid rührte sich nicht.

»Unsere Sitte verlangt, dass ein Richter niemals Unrecht walten lässt«, sagte der Gelehrte schließlich. »Wenn er die Wahrheit unterdrückt, dann nur, um nützlich zu sein. Und ich bin davon überzeugt, dass ich meinem Volk nützlich gewesen bin. Denk darüber nach. Ich vertraue dir, Ibn Hamid«, flüsterte er.

Hernando setzte zu einer Antwort an, aber der alte Mann kam ihm zuvor.

»Ich habe viel zu tun«, sagte er, »ich muss all diesen Kindern den Koran beibringen. Wir müssen die vielen verlorenen Jahre nachholen.«

Er wandte sich an die Kinderschar, die in der Zwischenzeit ungeduldig geworden war.

»Wer von euch kennt die erste Sure, die al-Fatiha?«, fragte er mit lauter Stimme, während er zu den Kindern zurückhinkte.

Viele hoben die Hand. Hamid zeigte auf einen älteren Jungen und forderte ihn auf, die Sure aufzusagen. Der Junge stand auf.

»Bi-smi llahi r-rahmani r-rahim. Im Namen des barmherzigen und gnädigen Gottes ...«

»Nein, nein«, unterbrach ihn Hamid. »Langsamer, mit mehr ...«

Der Junge begann verunsichert noch einmal.

»Bi-smi llahi ...«

»Nein, nein, nein«, unterbrach ihn der Alfaquí geduldig. »Hört zu. Ibn Hamid, sprich bitte die erste Sure.«

Hernando folgte seiner Bitte, er begann und wiegte sich im Rhythmus seiner Worte.

»Bi-smi llahi …«

Der junge Mann rezitierte die Sure bis zum Ende. Hamid hielt beide Hände geöffnet und bewegte sie zu Hernandos Worten, als wäre dieses Gebet Musik. Die Kinder konnten den Blick nicht von seinen Händen lassen, die die Luft zu streicheln schienen.

»Ihr müsst wissen«, erklärte er, »dass Arabisch die gemeinsame Sprache der islamischen Welt ist. Sie ist unser Bindeglied, ganz gleich, woher wir kommen oder wo wir gerade leben. Durch den Koran ist Arabisch zu einer göttlichen, heiligen und erhabenen Sprache geworden. Ihr müsst lernen, die Suren im richtigen Rhythmus aufzusagen, damit sie in euch und in euren Zuhörern klingen. Ich will, dass die Christen dort drinnen«, und bei diesen Worten zeigte er auf die Kirche, »diese himmlische Musik aus euren Mündern hören und sich davon überzeugen lassen, dass es keinen Gott außer Gott gibt und dass Mohammed der Gesandte Gottes ist. Zeige ihnen, wie es geht«, sagte er dann zu Hernando.

In den nächsten Tagen ergab sich für Hernando keine Gelegenheit mehr, mit Hamid unter vier Augen zu sprechen. Er erwartete Ibrahims Anweisungen, versorgte pflichtgemäß die Maultiere und arbeitete auf dem Feld, aber die meiste Zeit half er Hamid beim Unterricht.

Am 30. Dezember kamen Farax und seine Monfí-Truppe in Juviles an. Ehe er mit der Kriegsbeute weiterzog, ordnete er auf Anweisung des Königs die sofortige Hinrichtung der in der Kirche gefangenen Christen an. Nur die Frauen und Kinder sollten verschont bleiben. Die Leichen der Männer sollten nicht begraben werden, sondern für die Aasfresser an Ort und Stelle liegen bleiben. Zudem verbot er den Dorfbewohnern unter Androhung der Todesstrafe, einem Christen Unterschlupf zu gewähren.

Hernando und die Schüler seiner improvisierten Schule wurden Zeugen, wie die Christen aus der Kirche getrieben wurden: Sie waren nackt, einige hinkten, viele waren krank, und alle hatten die Hände auf dem Rücken gefesselt. Der junge Sakristan schien um Jahre gealtert. Er schleppte sich erschöpft neben dem Pfarrer und dem Pfründenbesitzer an ihnen vorbei. Hernandos Blick traf Andrés' müde Augen. Er beobachtete, wie ein Moriske den Sakristan mit einem Arkebusenkolben zusammenschlug, und zuckte mit jedem Schlag zusammen, als hätte er ihn selbst abbekommen. Andrés ist doch kein schlechter Mensch, dachte er bei sich. Der Sakristan hatte sich immer um ihn gekümmert… Die Dorfbewohner folgten den Christen auf ihrem Weg, sie schrien und tanzten um sie herum. Hernando und die Kinder blieben am Boden sitzen, bis ein markerschütternder Schrei alle aufspringen ließ. Hernando sah, wie plötzlich alle in Richtung Felder liefen.

»Komm!«, forderte ihn jemand auf.

Hernando drehte sich um und sah Hamid vor sich stehen.

»Ich will nicht zusehen, wenn sie sterben«, gab er zu. »Warum müssen sie sterben? Wir haben hier doch so lange in Frieden zusammengelebt.«

»Mir gefällt das auch nicht. Aber wir müssen mitgehen. Sie haben uns damals gezwungen, Christen zu werden. Und jetzt wollten sie den einzigen Gott nicht anerkennen. Sie haben sich für den Tod entschieden. Komm«, forderte Hamid ihn noch einmal auf. Hernando zögerte. »Pass lieber auf, Ibn Hamid. Du könntest der Nächste sein.«

Die Morisken stachen wild auf den Pfründenbesitzer und den Pfarrer ein. Hernando erschrak, als er seine Mutter entdeckte, die langsam auf den sterbenden Don Martín zuging. Was hatte sie vor? Er bemerkte, wie Hamids Hände seine Schulter umfassten. Die Moriskinnen zogen ihre aufgebrachten Männer von dem Geistlichen fort. Ein Mann reichte Aischa in fast andächtiger Stille einen Faustdolch. Hernando konnte sehen, wie sie sich neben dem bereits stark blutenden Pfarrer kniete, die Waffe über ihren Kopf hob und dem Geistlichen dann mit aller Kraft ins Herz stieß. Die Moriskinnen ließen wie von Sinnen ihre begeisterten Freudenrufe hören. Hamid drückte mitfühlend Hernandos Schulter, während seine Mutter ihre Wut an der Leiche des Pfarrers ausließ. Wenig später war der Körper des Geistlichen nur noch eine undefinierbare blutige Masse. Doch seine Mutter kniete immer noch vor ihm und stach wie im Rausch wieder und wieder mit dem Messer zu, so als wollte sie sich Stoß um Stoß für das Schicksal rächen, zu dem ein anderer Geistlicher sie einst verurteilt hatte. Dann kamen die übrigen Frauen näher, fassten sie unter den Schultern und zogen sie von der Leiche weg. Hernando konnte ihr verzerrtes Gesicht sehen, es war blutverschmiert und tränenüberströmt. Aischa riss sich von den Frauen los, ließ die Waffe fallen, reckte die Arme zum Himmel und rief aus voller Kraft: »Allahu akbar!«

Doch bevor noch weitere Christen umgebracht werden konnten – unter ihnen war auch der Sakristan –, erschien El Zaguer, der Büttel aus Cádiar, mit seinen Männern im Dorf und beendete das Blutbad. Hernando konnte nur ahnen, worum es im Gespräch zwischen El Zaguers Männern und den blutrünstigen Morisken ging. Sein Blick suchte seine Mutter, die nun am ganzen Körper zitternd mit angezogenen Beinen auf der gefrorenen Erde saß und den Kopf zwischen den Knien versteckte. Und Andrés, der als Nächster an der Reihe gewesen wäre.

»Geh zu ihr«, forderte Hamid ihn auf. »Das hat sie für dich getan«, sagte er noch, als er Hernandos Widerwillen bemerkte. »Sie hat es für dich getan. Deine Mutter hat sich an einem christlichen Geistlichen gerächt, und damit hat sie auch für dich Rache geübt.«

Hernando machte schließlich einige Schritte auf sie zu, blieb dann aber stehen. Schließlich stand Aischa auf.

»Lass uns gehen«, sagte sie nur und machte sich schweigend auf den Heimweg.

Dort ging Aischa wie gewohnt ihren alltäglichen Arbeiten nach. Sie wechselte nicht einmal die Kleidung, so als wären die Blutflecken etwas Selbstverständliches. Hernando hingegen konnte sich nicht auf seine Aufgaben konzentrieren: Bestimmt wartete Ubaid bereits in der Burg auf ihn, wenn er nicht sogar zu ihm ins Dorf kam. Er sah sich im Stall um. Er musste auf der Hut sein. Hamid wusste, dass er dem Maultiertreiber eine Falle gestellt hatte. »Ich vertraue dir«, hatte er zu ihm gesagt. Aber was hielt er von ihm? »Ein Richter lässt niemals Unrecht walten. Wenn er die Wahrheit unterdrückt, dann nur, um nützlich zu sein.« Und der Alfaquí hatte bekräftigt, dass er davon überzeugt war. Der Junge sah sich noch einmal vor dem Stall um, er achtete auf jedes Geräusch.

In der Nacht schlief er schlecht, und selbst den Kindern fiel am nächsten Tag seine Unaufmerksamkeit auf, als er den Koran rezitierte. Es war der erste Tag im Jahr des christlichen Kalenders. An dem Tag gab es keinen Unterricht. Wie üblich waren die Frauen aus ihren Häusern gekommen, um unter den Maulbeerbäumen Seide zu spinnen. Sie hatten mit Henna Muster auf ihre Hände gezeichnet und die Haustüren bemalt, sie hatten Fladenteig zubereitet und gingen damit vor das Dorf, wo man aus Ziegeln und Lehm Öfen errichtet hatte. In Kupferkesseln kochten sie dort bereits die Kokons, um die Seidenraupen zu töten. Immer wieder wendeten sie die Kokons mit einem Thymianreisig im Kessel und wickelten die Seidenfäden dann auf grobe Haspeln, die sie unter den Maulbeerbäumen aufstellten.

Hernando fragte sich, was sie wohl dieses Jahr mit der Seide anstellen würden. Wie sollten sie die Seide nach Granada bringen und in der Alcaicería verkaufen? Die Kundschafter berichteten, dass der Marquis von Mondéjar dort bereits Truppen zusammenzog, um in die Alpujarras einzumarschieren.

»Der Marquis von Los Vélez hat König Philipp angeboten, den Aufstand in Almería niederzuschlagen«, erzählten einige Männer auf dem Dorfplatz, ganz in der Nähe der improvisierten Koranschule.

Hernando bedeutete dem Jungen, der gerade die Suren rezitierte, weiterzumachen und ging zu den Männern.

»Des Teufels Eisenhaupt«, hörte er einen alten Mann ängstlich flüstern. Diesen Spitznamen hatten die Morisken dem grausamen und blutrünstigen Marquis verpasst. »Es heißt«, erzählte der alte Mann weiter, »dass seine eigenen Pferde vor Schreck zu pinkeln anfangen, wenn er in den Sattel steigt.«

»Zwischen den beiden Marquis werden wir noch aufgerieben«, fürchtete ein anderer Mann.

»Wenn sich in Granada die Bewohner des Albaicín und der Vega dem Aufstand angeschlossen hätten, wäre es gar nicht erst so weit gekommen«, meinte ein dritter Mann. »Der Marquis von Mondéjar hätte jetzt Probleme in seiner eigenen Stadt und könnte deshalb nicht in die Alpujarras kommen.«

Die Männer schwiegen und nickten wissend.

»Die Bewohner des Albaicín bezahlen bereits für ihren Verrat«, meinte der Alte, der zuerst gesprochen hatte. Er spuckte verächtlich auf den Boden. »Jetzt zeigen einige von ihnen Reue und flüchten in die Berge.«

»Man sagt, dass in Granada mehr als hundert Muslime aus den vornehmsten und reichsten Familien der Stadt verhaftet wurden«, sagte ein anderer Mann.

Der Alte nickte.

Dann herrschte wieder Schweigen.

»Wir werden siegen!«, rief plötzlich einer der Männer. Der Junge, der die Suren rezitierte, hielt inne. »Gott wird uns beistehen! Wir werden siegen!«, rief der Mann noch einmal. Und schließlich stimmten auch die Kinder in die Rufe ein. »Wir werden siegen!«

Am 3. Januar 1569 befahl Ibrahim seinem Stiefsohn, in die Burg zu kommen. Die Aufständischen machten sich auf, um sich dem Heer des Marquis von Mondéjar entgegenzustellen, das in Richtung Alpujarras marschierte.

Hernando konnte vor Aufregung kaum das erste Maultier aufzäumen. Das Sattelzeug glitt über die Flanke und fiel zu Boden, während er verängstigt auf seine zitternden Hände sah. Was war mit Ubaid? Er würde ihn umbringen. Er würde ihn erwarten und… Nein. Was sollte ein verstümmelter Maultiertreiber schon vor den Augen aller ausrichten? Wie sollte er mit nur einer Hand die Tiere versorgen? Kalter Schweiß trat ihm auf die Stirn. Bestimmt hatte er ihm bereits eine Falle gestellt. Aber nicht auf dem Burggelände. Nein, das nicht. Dort konnte er nicht… Hernando verabschiedete sich von seiner Mutter und machte sich auf den Weg. Und wenn er selbst flüchtete? Er könnte … Er könnte ja zu den Christen gehen, aber … Er würde gar nicht erst durch die Alpujarras kommen! Man würde ihn festnehmen. Ibrahim würde nach ihm suchen lassen, wenn er nicht käme, und dann wüsste er, dass Ubaid die Wahrheit gesagt hatte. Er erinnerte sich an Hamids Rat und das Vertrauen des Gelehrten. Er durfte den Alfaquí nicht enttäuschen.

Er zwang die Maultiere, zu seinem Schutz dicht bei ihm zu bleiben. Auf dem Weg zur Burg achtete er auf jede Bewegung. Aber von Ubaid fehlte jede Spur. In der Festung herrschte geschäftiges Treiben. Alle waren mit den Vorbereitungen für den Marsch nach Pampaneira beschäftigt, wo König Aben Humeya sie mit seinem Heer erwartete. Hernando hielt Ausschau nach Ibrahim und entdeckte ihn in der Alcazaba im Gespräch mit den Monfí-Anführern.

»Wir ziehen weiter«, verkündete sein Stiefvater. »Mach mein Pferd fertig … und auch die Tiere vom Treiber aus Narila«, sagte er noch und zeigte auf Ubaid.

Dieser trug am rechten Arm einen verschmutzten Verband, seine Kleidung war verschlissen, und sein Gesicht wirkte beängstigend ausgezehrt. Ubaid versuchte – erfolglos – seinen Maultieren das Packzeug anzulegen.

»Aber …«, wollte Hernando einwenden.

»Da siehst du die Strafe für sein Vergehen«, unterbrach ihn Ibrahim und betonte dabei die beiden letzten Worte.

Auch sein Stiefvater wusste also Bescheid! Und dennoch hatte er selbst Ubaid die Hand abgehackt. Ibrahim beobachtete, wie sein Stiefsohn zu Ubaids Tieren ging. Angesichts der Streitigkeiten zwischen den jungen Männern lächelte er zufrieden: Er hasste beide von ganzem Herzen.

»Dann zäume ich jetzt deine Tiere auf«, sagte Hernando zu dem anderen. Dabei konnte er kaum den Blick von der blutverschmierten Binde abwenden, die den rechten Armstumpf bedeckte.

Ubaid spuckte in Richtung des Jungen, der sich an seinen Stiefvater wandte.

»Mach die Tiere endlich fertig!«, schrie Ibrahim. Das Lächeln war von seinem Gesicht verschwunden.

»Geh weg!«, befahl Hernando. »Ich kümmere mich um deine Tiere, ob es dir nun gefällt oder nicht, aber ich will dich nicht in meiner Nähe haben.« Er hob einen langen Stock auf und bedrohte Ubaid damit. »Hau endlich ab!«, schrie er. »Wenn du dich noch einmal in meine Nähe wagst, bringe ich dich um.«

»Nein, zuerst bringe ich dich um«, murmelte Ubaid in sich hinein.

Hernando bohrte das stumpfe Stockende in Ubaids Brust, aber der griff sofort mit seiner linken Hand danach und hielt dagegen. Hernando hatte ihm in seinem Zustand nicht so viel Kraft zugetraut. Ibrahim schien die Auseinandersetzung zu genießen. Hernando suchte nach einem Ausweg. Benutze deinen Verstand! Hamids Worte fielen ihm wieder ein. Schnell löste er die rechte Hand vom Stock und hielt sie Ubaid provozierend entgegen. Der reagierte sofort auf die Geste und hielt seinerseits den Stumpf nach oben. Als er statt seiner Faust den blutigen Armstumpf vor Augen hatte, zögerte der Maultiertreiber. Hernando nutzte die Gelegenheit und rammte ihm mit der linken Hand den Stock in die Magengrube. Der Treiber geriet ins Schwanken und fiel mit schmerzverzerrtem Gesicht zu Boden.

»Komm mir ja nicht zu nahe!«, herrschte Hernando ihn an und drohte ihm noch einmal mit dem Stock.

Ubaid suchte gekrümmt vor Schmerz das Weite.

Der Moriskenkönig Aben Humeya bestimmte die kleine Burg von Poqueira zur Basis für seine militärischen Aktionen. Sie lag auf einer felsigen Anhöhe, von der aus man die Sangre-Schlucht, die Schlucht von Poqueira sowie die Ufer des Guadalfeo überblicken konnte. Hernando war mit fast eintausend anderen Morisken dorthin unterwegs. Einige waren schwer bewaffnet, die meisten hatten jedoch nur einfache Ackergeräte bei sich, aber alle waren fest entschlossen, auf Leben und Tod gegen die Truppen des Marquis zu kämpfen. Ubaid hielt stets Abstand zu Hernando und bewältigte den Weg, indem er sich immer wieder auf die Maultiere stützte, denn er war nicht in der Lage, auf einem der Tiere zu reiten. Die Morisken aus Juviles waren nicht die Einzigen, die dem Aufruf des Königs von Granada und Córdoba gefolgt waren. Die kleine Burganlage konnte die eintreffenden Kämpfer schon längst nicht mehr aufnehmen, und bald hatten auch die Bewohner der kleinen Ortschaft Pampaneira für niemanden mehr Platz in ihren Häusern. Diejenigen, die in den Viehschuppen zwischen den Häusern Zuflucht gefunden hatten, konnten sich noch glücklich schätzen.

Die Männer aus Juviles kamen mitten in der Nacht in Pampaneira an. Kurz zuvor war dort eine weitere erschöpfte Moriskentruppe eingetroffen, die im Kampf zweihundert Männer verloren hatte. Sogleich begann Hernandos Arbeit: Einige Pferde hatten Verletzungen, und Ibrahim bot an, dass sein Stiefsohn ihre Wunden versorgte.

Bis zu dem Aufstand besaßen nur wenige Morisken Pferde, denn ihnen war der Besitz von eigenen Pferden verboten. Selbst wenn ein Eselhengst für die Zucht der Maultiere eine Pferdestute decken sollte, benötigten sie Sondergenehmigungen. Deshalb hatten sie auch keine eigenen Tierärzte, die sich mit Pferden auskannten. Im Licht der Fackeln verschaffte sich Hernando einen ersten Überblick über den Zustand der Tiere. Aber die Wunden der Pferde ähnelten denen der Maultiere kaum. Wie hatten es einige der Tiere überhaupt lebend bis hierher geschafft? Zwei Pferde wälzten sich im Todeskampf auf der eisigen Erde. Die Arkebusenkugeln, Schwerter, Lanzen und Hellebarden der christlichen Soldaten hatten ihnen tiefe Wunden gerissen. In der Kälte stob der Atem als dampfende Wolken aus ihren Nüstern. Hernando untersuchte jedes einzelne Pferd. Ubaid hielt immer einige Schritte Abstand zu ihm.

»Jetzt fang endlich mit der Arbeit an!« Der Befehl ertönte hinter seinem Rücken. Hernando drehte sich um und sah Ibrahim vor sich. »Was schleichst du hier herum? Du sollst die verletzten Tiere versorgen!«

Versorgen? Er wollte seinem Stiefvater gerade eine passende Antwort geben, da fiel sein Blick auf einen der Monfíes, die Ibrahim begleiteten: Es war ein Riese. Der Kolben seiner Arkebuse war mit goldenen Arabesken verziert, und ihr Lauf war fast doppelt so lang wie gewöhnlich. Der Riese zeigte mit seiner Waffe auf ein verhältnismäßig kleines Pferd. Dabei hielt er die schwere Waffe mit nur einer Hand, so als wäre sie ein dünnes Stöckchen.

»Der Fuchs hier gehört mir. Ich brauche ihn so schnell wie möglich wieder«, sagte der imposante Monfí, dem sie den Spitznamen »Gironcillo« verpasst hatten.

Hernando sah zu dem Fuchs. Wie konnte dieses arme Pferd nur eine so schwere Last ertragen? Allein die Waffe musste ein ungeheures Gewicht haben, und erst der Reiter…

»Jetzt mach schon!«, fuhr Ibrahim ihn an.

Warum nicht? Mit einem der Tiere musste Hernando ja anfangen.

»Du schaust dir so lange diese beiden Pferde an«, sagte er zu Ubaid und zeigte auf die beiden schwer verletzten Tiere. Er selbst begab sich zu Gironcillos Fuchs und vergewisserte sich aus dem Augenwinkel, dass Ubaid seinen Befehl ausführte.

Um seine Fesseln lagen zwar Metallringe, aber das Pferd tat dennoch einige ungelenke Schritte nach hinten, als Hernando sich ihm näherte. Eine große, blutende Wunde zog sich von der Kruppe des Tieres über die gesamte rechte Flanke. Hernando nahm etwas Heu und bot es dem Tier mit der ausgestreckten Hand an. Er flüsterte dabei leise vor sich hin. Doch der Fuchs riss unruhig den Kopf nach oben.

Hernando sprach ruhig weiter, er rezitierte die erste Sure in einem gleichmäßigen Rhythmus.

»Jetzt geh endlich hin und pack es beim Halfter«, befahl Ibrahim, der plötzlich hinter Hernando stand.

»Halt den Mund«, murmelte Hernando ohne sich umzudrehen. Seine respektlose Bemerkung war für die umstehenden Monfíes deutlich zu hören.

Ibrahim wollte sich auf ihn stürzen, aber Gironcillo hielt ihn zurück. Hernando wartete angespannt und begann schließlich wieder mit seinem Singsang. Nach einer Weile reckte ihm der Fuchs vorsichtig den Kopf entgegen. Hernando streckte den Arm etwas weiter aus, aber das Pferd interessierte sich nicht für das angebotene Heu. Es vergingen noch einige schier endlose Momente, in denen Hernando sämtliche Suren rezitierte, die er kannte. Als sich das Pferd schließlich beruhigt hatte und regelmäßig durch die Nüstern atmete, ging Hernando langsam zu ihm und griff es sanft am Halfter.

»Wie geht es den anderen beiden Pferden?«, fragte er Ubaid ruhig.

»Die sterben«, rief ihm dieser zu. »Bei einem hängen schon die Eingeweide heraus, bei dem anderen ist der Brustkorb aufgeschlitzt.«

»Lass uns gehen«, sagte Gironcillo zu Ibrahim und klopfte ihm auf die Schulter. »Offensichtlich kommt dein Sohn hier allein zurecht.«

»Tötet die beiden Pferde«, bat Hernando die beiden Männer und zeigte auf die am Boden liegenden Tiere. »Dann müssen sie nicht mehr leiden.«

»Mach es doch selbst«, gab ihm Ibrahim zur Antwort. »Eigentlich solltest du in deinem Alter schon längst Christen umbringen.« Unter höhnischem Lachen warf er ihm ein Messer zu und ging zu den anderen Aufständischen.

9

Brücke über den Tablate, der Zugang in die Alpujarras
Montag, 10. Januar 1569

Hernando war auf dem Weg von Pampaneira in Richtung Tablate-Brücke. Wie die übrigen dreitausendfünfhundert Morisken ging auch er zu Fuß. König Aben Humeya hatte durch Signalfeuer, die seine Späher auf den höchsten Gipfeln entzündet hatten, von den Truppenbewegungen des Marquis von Mondéjar erfahren, und er gab den Befehl, den Christen den Weg über die Brücke – den wichtigsten Zugang in die Alpujarras – zu versperren.

Vor ihrem Aufbruch hatte Gironcillo die Nähte aus Seidenfäden überprüft, mit denen Hernando die klaffende Wunde des Fuchses geschlossen hatte. Er hatte zufrieden genickt und seinen massigen Leib auf das kleine Pferd gehievt.

»Du bleibst ab sofort in meiner Nähe«, befahl er. »Ich will dich an meiner Seite haben, falls du dich wieder um mein Pferd kümmern musst.«

Also marschierte Hernando neben dem Fuchs her und behielt dessen Flanke im Auge. Dabei lauschte er der Unterhaltung zwischen Gironcillo und den anderen Monfí-Anführern.

»Sie sollen nicht einmal zweitausend Fußsoldaten haben«, sagte einer der Männer.

»Und nur hundert Berittene«, meinte ein anderer.

»Wir sind zwar in der Überzahl, aber sie haben bessere Waffen.«

»Und wir haben Gott!«, platzte Gironcillo heraus.

Hernando schaute sich in der kleinen Kavallerie nach den anderen drei Pferden um, die er in der Nacht behandelt hatte, aber er konnte sie nicht entdecken. Dann sah er an sich hinunter: Seine Kleidung war in Blut getränkt – in Pferdeblut, das inzwischen getrocknet war.

Sobald Ibrahim und die Monfíes gegangen waren, hatte Hernando entschieden, dem Leiden der Tiere ein Ende zu machen. Er war mit dem Messer in der Hand auf das erste Pferd zugegangen: das Tier mit der offenen Lanzenverletzung am Bauch.

»Ich bin jetzt ein Mann«, hatte er sich selbst Mut zugesprochen. Viele Morisken waren in seinem Alter bereits verheiratet und hatten Kinder. Da sollte er doch wohl in der Lage sein, ein Tier zu töten. Er näherte sich dem Pferd, das inzwischen reglos am Boden lag. Mit angezogenen Beinen ruhte es auf dem Raureif, die eisige Kälte linderte seinen Schmerz. Hernando hatte im Ort oft genug zugesehen, wie Rinder geschlachtet wurden. Die christlichen Schlachter setzten das Messer immer so an, dass der Kehlkopf des Tieres mit Luft- und Speiseröhre verbunden blieb. Den Muslimen war ihr Schlachtritus verboten worden. Heimlich richteten sie die Tiere außerhalb des Dorfes nach der Qibla aus und durchschnitten den Hals unterhalb des Kehlkopfes.

Hernando stellte sich hinter das Pferd und griff mit der linken Hand in die Mähne, während er mit der rechten Hand das Messer an den Hals des Tieres führte. Sollte er nun oberhalb oder unterhalb des Kehlkopfes ansetzen? Er tauschte einen Blick mit Ubaid, der ihn aus einiger Entfernung mit zugekniffenen Augen beobachtete. Er schloss die Augen und stieß mit aller Kraft zu. Sobald die Klinge ins Fleisch des Tieres fuhr, warf es den Hals zurück und richtete sich kläglich wiehernd auf. Es war nicht gefesselt und galoppierte wild über das Feld, dabei spritzte das Blut in pulsierenden Strömen aus der Halsschlagader, und die Eingeweide schoben sich aus der offenen Bauchwunde. Es starb nicht sofort, sondern rang noch eine ganze Weile mit dem Tod. Hernando beobachtete, wie das Tier litt, er spürte Wut in sich aufsteigen, und trotzdem … Diese Kraft – ein Ringen bis zum letzten Atemzug! Er drehte sich zu Ubaid um. Dem rachsüchtigen Treiber aus Narila fehlte zwar eine Hand, aber darauf durfte er sich nicht verlassen.

Bevor er sich das zweite Pferd vornahm, suchte er nach einem Strick und band die Hufe zusammen. Dem Tode so nahe, ließ es ihn gewähren. Dann setzte er das Messer erneut an und stach zu. Geschickt wich er dem zurückschnellenden Pferdekopf aus und fuhr mit dem Messer immer tiefer in den Hals des Tieres, bis ihn das warme Blut von oben bis unten durchtränkt hatte. Dieses Tier war auf der Stelle tot.

Mit dem süßlichen Blutgeruch des zweiten Pferdes in der Nase konzentrierte sich Hernando nun wieder auf das Gespräch der Monfíes.

»Der Marquis wollte nicht auf Verstärkung warten«, sagte einer der Männer. »Die Christen in Órgiva haben sich seit knapp zwei Wochen im Kirchturm verbarrikadiert. Er muss auf jeden Fall in die Alpujarras kommen, um ihnen zu helfen.«

»Also müssen wir uns bei den Christen von Órgiva bedanken«, höhnte ein Monfí, der zu der Gruppe gestoßen war.

Die Nacht verbrachten sie oberhalb der Tablate-Brücke, die über eine imposante wie tiefe Schlucht ins Lecrín-Tal führte. Gironcillo bedankte sich bei Hernando mit einem breiten Grinsen, als er abstieg und feststellte, dass die Seidennähte den Ritt überstanden hatten. Hernando versorgte noch in der Nacht die Tiere und kümmerte sich um ihre nur langsam verheilenden Wunden.

Im Morgengrauen verkündeten Späher die bevorstehende Ankunft des christlichen Heeres, und König Aben Humeya befahl, die Brücke einzureißen. Hernando sah zu, wie ein Trupp Morisken den Hang hinabstieg, und bald stand nur noch das massive Bogengerüst mit einigen losen Planken, über die die Männer zu ihrem Heer zurückkehrten. Dabei stürzten drei von ihnen in die Tiefe, ihre verzweifelten Schreie verhallten, als die Schlucht ihre Leiber verschlang.

»Weiter«, sagte Gironcillo zu Hernando und zwang ihn, den Blick von der Erdspalte abzuwenden. »Wir nehmen jetzt unsere Stellungen ein, damit wir diese verdammten Christen gebührend empfangen können.«

»Aber …« Hernando zeigte auf die Pferde.

»Darum kümmern sich jetzt die Jungen. Dein Stiefvater hat recht: Du bist alt genug für den Krieg. Außerdem will ich dich an meiner Seite haben. Ich glaube, du bringst mir Glück.«

Also stieg Hernando zusammen mit seinen Glaubensbrüdern zur Brücke hinab. Fast dreitausend Männer verteilten sich über den Abhang und erwarteten das christliche Heer.

Jemand stimmte ein Lied an, und gleich darauf ertönte eine Pauke. Ein anderer Mitstreiter erklomm die Anhöhe und ließ eine gewaltige Fahne im Wind flattern, und auf einmal war dahinter noch eine, und dort noch eine… Hernando spürte, wie er eine Gänsehaut bekam: Dreitausend Mann sangen mit einer Stimme zum Donnern der Pauken, und der Hang verwandelte sich in ein weiß-rot wogendes Fahnenmeer.

Dies war ihr gebührender Empfang für das nun eintreffende Heer des Marquis von Mondéjar, Generalkapitän des Königreichs Granada. Hernando ließ sich von der allgemeinen Begeisterung mitreißen, und gemeinsam mit dem imposanten Gironcillo stimmte er in die herausfordernden Rufe mit ein.

Der Marquis befehligte seine Truppen in einer glänzenden Rüstung. Die Infanterie postierte er auf dem gegenüberliegenden Abhang, die Kavallerie bildete die Nachhut. Dann befahl er den Arkebusenschützen, die Waffen zu laden, und die Schlacht begann.

Die Morisken beantworteten das feindliche Feuer mit Schüssen aus ihren wenigen Arkebusen und Armbrüsten. Und dank ihrer zahlreichen Schleudern ließen sie einen anhaltenden Steinregen auf die Feinde niederprasseln. Hernando atmete den Pulvergeruch ein, den Gironcillos Arkebuse verströmte. Da er selbst keine Schleuder besaß, warf er die Steine gekonnt mit der Hand. Er brachte einen Fußsoldaten zu Fall, und das ermutigte ihn, mit jedem Wurf mehr zu wagen. Übermütig setzte er sich dem feindlichen Feuer aus.

»Pass auf!« Der Monfí packte ihn am Arm und riss ihn mit einem Ruck zu Boden. Dann machte er sich wieder mit dem Ladestock an seiner Waffe zu schaffen. Hernando wollte erneut einen Stein werfen, aber Gironcillo ließ es nicht zu. »Sie wollen mich treffen. Wegen meiner Arkebuse bin ich ihr Hauptziel.« Er legte eine Bleikugel in den Lauf und betätigte mit aller Kraft den Ladestock. »Ich will nicht, dass sie dich meinetwegen umbringen. Wirf deine Steine, aber bleib in Deckung!«

Der Schusswechsel dauerte nicht lange: Die Morisken hatten der Überlegenheit der feindlichen Waffen nicht genug entgegenzusetzen. Die Christen luden und schossen unaufhörlich und bescherten ihren Gegnern zahlreiche Verluste. Schließlich befahl Gironcillo den Rückzug in höher gelegene Stellungen, außerhalb der Reichweite der Christen.

»Über die Brücke werden sie nicht kommen!«, riefen die Aufständischen, während sie geordnet den Rückzug antraten.

Der Marquis befahl, das Feuer einzustellen, da die Schüsse vorerst sinnlos waren. Die Morisken reizten ihren Feind mit Kriegsgesängen und Schlachtrufen. Hernando und die anderen beobachteten, wie der Marquis mit dem Helm in der Hand neben seinen uniformierten Hauptleuten die zerstörte Brücke betrachtete. Über diese Brücke konnte unmöglich ein ganzes Heer marschieren!

Und so sahen sie schließlich, wie der Marquis den Kopf schüttelte – und die Morisken explodierten schier vor Begeisterung und ließen ihre Fahnen wehen. Auch Hernando stieß Freudenrufe aus und reckte die Faust gen Himmel. Der Marquis wollte sich gerade geschlagen geben und den Rückzug antreten, als ein Mönch – dem Habit nach ein Franziskaner – mit einem Kreuz in der Hand auf die Überreste der Brücke zusteuerte. Er sah den Marquis dabei nicht einmal an. Die Freudenrufe verstummten. Der Marquis befahl, dem Geistlichen Feuerschutz zu geben. Alle beobachteten gebannt den Mönch, der die einsturzgefährdete Brücke betrat und den Muslimen stolz das Kreuz entgegenhielt.

Noch ehe der Mönch auf der anderen Seite angekommen war, wagten sich zwei weitere Infanteristen auf die Brücke. Einer der beiden machte einen falschen Schritt und stürzte in die Tiefe. Doch noch bevor sein Körper an den Felsen der Klamm zerschellte, war aus der Reihe der christlichen Infanterie ein Ruf zu vernehmen, so als sollte sein Tod die Gefährten nur umso mehr anstacheln: »Santiago!«

Der christliche Schlachtruf ertönte wieder und wieder, als weitere Soldaten zum Brückenkopf marschierten. Der Mönch war inzwischen auf der anderen Seite angelangt. Die Offiziere befahlen den Arkebusenschützen, ihre Waffen zu laden und zu schießen, damit die Morisken nicht von der Anhöhe heruntersteigen und die Christen auf der Brücke angreifen konnten. Viele Morisken versuchten es dennoch, und der Beschuss durch das christliche Heer forderte zahlreiche Todesopfer. Kurz darauf hatte ein Infanterieverband auf der anderen Seite der Brücke Stellung bezogen. Bei den christlichen Soldaten stand auch der Mönch, der das Kreuz herausfordernd gen Himmel hielt und laut betete.

König Aben Humeya ordnete den Rückzug an. Einhundertfünfzig seiner Männer hatten am Tablate ihr Leben gelassen.

»Steig auf«, sagte Gironcillo zu Hernando und deutete auf ein herrenloses Pferd. »Sein Reiter ist tot. Wir überlassen den Christen doch nicht unsere Pferde. Halte dich am Hals fest und lass dich einfach davontragen«, war sein letzter Rat, ehe er losgaloppierte.

10

Aben Humeya floh mit seinen Männern in Richtung Juviles. Der Marquis von Mondéjar setzte ihnen nach und eroberte alle Orte zwischen dem Tablate und Juviles. Die christlichen Soldaten plünderten die Häuser, raubten die Frauen und Kinder, um sie zu versklaven, und konnten reiche Beute machen. In der Burg von Juviles besprachen die Morisken ihre Lage. Einige befürworteten die Kapitulation. Die Monfíes waren dagegen, sie wussten, dass sie nicht mit Gnade rechnen konnten. Andere schlugen vor, in die Berge zu fliehen.

Aber als die Späher berichteten, dass das christliche Heer nur noch einen Tagesmarsch vor Juviles stand, entschieden sie sich in der Not für eine Zwischenlösung: Die Krieger sollten mitsamt der Beute flüchten, aber zuvor sollten die mehr als vierhundert gefangenen Christinnen als Zeichen des guten Willens freigelassen werden. Diese Geste sollte den Weg für Friedensverhandlungen ebnen, die einige Anführer bereits eingeleitet hatten. Derweil sahen sich die Moriskenfrauen gezwungen, sich von ihren Ehemännern zu verabschieden und die Ankunft des christlichen Heeres abzuwarten.

»Sollen meine Kinder jetzt auch noch sterben?«, schrie Ibrahim von seinem Falben herab, als Aischa anbot, ihn auf der Flucht aus Juviles zu begleiten. »Es ist Winter! Die Kleinen werden in den Bergen umkommen!«

Aischa senkte den Blick. Raissa und Zahara schluchzten, die Jungen bewunderten ihren Vater. Hernando sollte also die mit der Kriegsbeute beladene Maultierkolonne anführen. Er spürte, wie sich sein Magen zusammenzog.

»Wir könnten vielleicht…«, versuchte er einzulenken.

»Halt den Mund!«, herrschte ihn sein Stiefvater an. »Aischa, du bleibst bei den Kindern!«

Ibrahim gab dem Pferd die Sporen, und die Maultiere setzten sich in Bewegung, selbst Ubaid ging unaufgefordert nach vorn, während Hernando weiter seine Mutter ansah. Schließlich blickte Aischa entschlossen auf.

»Bald wird Frieden herrschen. Mach dir keine Sorgen um uns.« Hernando spürte, dass ihm Tränen in die Augen stiegen. Er wollte zu ihr gehen und sie trösten, aber Aischa wies ihn zurück. »Deine Tiere sind schon aufgebrochen. Geh mit ihnen!« Sie richtete sich auf und ordnete beiläufig ihr Haar, als wollte sie dem Abschied seine Bedeutung nehmen. Als sie den leidvollen Gesichtsausdruck ihres Sohnes sah, sagte sie sanft: »Jetzt geh endlich, mein Junge!«

Im Burgtor traf Hernando auf Hamid, der die Kämpfer verabschiedete. Er ermunterte sie und versicherte ihnen, dass Gott sie nicht im Stich lassen werde.

»Beeil dich!«, sagte Hernando zum Alfaquí. »Was stehst du hier noch herum?«

»Mein Abenteuer ist zu Ende, mein Sohn«, erwiderte Hamid.

Mein Sohn! Das hatte er noch nie zu ihm gesagt.

»Du musst mit uns kommen!«, rief Hernando.

»Nein. Ich muss bei den Frauen, Kindern und Alten bleiben. Mein Platz ist hier. Außerdem… Was soll ich denn mit meinem Hinkebein in den Bergen?« Der Gelehrte zwang sich zu einem Lächeln. »Ich wäre nur eine Last.«

Seine Mutter, Hamid… Vielleicht sollte auch er in Juviles bleiben? Der Alfaquí schien seine Gedanken zu lesen.

»Kämpfe für mich mit, Ibn Hamid, und nimm das an dich.« Hamid löste den edlen Krummsäbel vom Leinengurt und reichte ihn Hernando. »Denke immer daran: Diese Waffe gehörte einst dem Propheten.«

Hernando nahm den kostbaren Säbel sichtlich bewegt entgegen.

»Du darfst niemals zulassen, dass diese Waffe den Christen in die

Hände fällt. Und jetzt hör auf zu weinen, mein Sohn.« Anders als seine Mutter ließ sich der Alfaquí von Hernando zum Abschied umarmen. »Das ist unser Schicksal. Unser Volk und unser Glaube sind größer als wir. Möge der Prophet dich leiten und beschützen.«

Das christliche Heer marschierte unter dem Jubel der fast vierhundert befreiten Christinnen in Juviles ein.

»Bringt diese Ketzer um!«, forderten sie die Soldaten auf.

»Sie haben unsere Männer und Söhne ermordet«, rief eine Christin mit einem Säugling im Arm.

»Sie haben die Kirche entweiht«, jammerte eine dritte Frau.

Die Soldaten lauschten erschüttert den Berichten über grausame Blutbäder und Massenhinrichtungen. Die meisten Gräueltaten hatte Farax persönlich angeordnet.

»Sie haben sich am Foltern richtig ergötzt«, erzählte eine Frau. »Den Pfründenbesitzer haben sie den Kirchturm hochgezogen. Sie haben ihn mit ausgestreckten Armen an einen Balken gefesselt und sich über die Kreuzigung des Herrn lustig gemacht. Dann haben sie das Seil losgelassen, und der arme Mann stürzte auf das harte Pflaster. Das haben sie viermal gemacht! Und jedes Mal haben sie gekreischt und gelacht. Er hat sich alle Knochen gebrochen, aber er hat noch gelebt.«

Die Soldaten schworen Rache für die Grausamkeiten. Eine junge Frau aus Laroles erzählte, dass die Morisken die Füße der Geistlichen in Öl und Pech tauchten und sie dann auf glühende Kohlen legten, bevor sie sie vierteilten. Eine andere Frau aus Canjáyar berichtete, wie die Morisken den Sakristan gezwungen hatten, nackt am Altar zu stehen und die Anwesenheitsliste durchzugehen, und jeder Moriske, der seinen Namen hörte, war zum Altar gegangen und hatte mit einem Dolch, einem Stein oder mit bloßen Händen seine Wut an dem Geistlichen ausgelassen.

Zur gleichen Zeit sprach eine Gesandtschaft von sechzehn muslimischen Bütteln aus den Hauptorten der Alpujarras beim Marquis von Mondéjar vor. Die Büttel flehten im Namen aller Männer aus den Dörfern, die sich ergeben hatten, um Gnade für die begangenen Gräueltaten. Der Marquis ließ Milde walten und versprach all jenen Männern Vergebung, die die Waffen niederlegten. Dann befahl er dem Heer, in die Burg einzumarschieren.

Die Nachricht von der Kapitulation machte unter den christlichen Truppen schnell die Runde. Nach allem, was sie gesehen und gehört hatten, nach den Klagen und dem Wehgeschrei der Christinnen, nach den Dutzenden Meilen, die sie ohne Sold für die Rückeroberung der Alpujarras zurückgelegt hatten, konnten die Soldaten diesen Straferlass nicht einfach akzeptieren. Die Morisken sollten büßen, und ihr Hab und Gut musste unter den Soldaten aufgeteilt werden! Auf dem Weg zur Burg trafen die Christen auf Hamid und zwei alte Männer. Sie hielten eine weiße Fahne hoch und wollten sich ergeben. Sie baten für die zweitausend Frauen, Kinder und kampfunfähigen Männer um Gnade, die sich in der Festung von Juviles aufhielten.

Der Marquis erließ eine Amnestie für die Männer und versprach, dass die Frauen und Kindern verschont blieben. Die Moriskinnen sollten mit ihren Kindern in die Kirche gesperrt werden, doch es waren zu viele, und die Kirche war schnell überfüllt, sodass ein Großteil auf dem Dorfplatz festgehalten werden musste. Um aber die zunehmend verbitterten Soldaten zu besänftigen, gestattete der Marquis seinen Männern, die Burg und das Dorf zu plündern – und alle erbeuteten Schätze unter sich aufzuteilen.

Die Gnade des Marquis und der Ärger der christlichen Soldaten kamen den Männern aus Juviles zu Ohren, die noch immer auf der Flucht in Richtung Ugíjar waren. Hernando lächelte drei alte Männer hoffnungsvoll an.

»Den Frauen wird nichts geschehen!«, rief er freudig.

Aber die alten Männer erwiderten nichts.

»Was ist los?«, fragte er. »Habt ihr nicht gehört, dass der Marquis alle begnadigt hat, die zurückgeblieben sind?«

»Das Wort eines Mannes und ein wütendes Heer«, antwortete der älteste der drei Männer, ohne ihn anzusehen. »Das verheißt nichts Gutes. Die Gier der Christen ist stärker als jeder Befehl.«

»Was willst du damit sagen?«

»Der Marquis hat ein persönliches Interesse an unserer Begnadigung. Er verdient schließlich sehr gut an uns. Aber seine Soldaten … Die haben noch keinen Sold gesehen. Dabei sind sie nur losgezogen, um reich zu werden. Kein Befehl oder Erlass wird die Söldner daran hindern …« Hernandos Gesicht wurde ernst. »… sich ihren Sold zu holen.«

Hernando rannte los. Zurück nach Juviles! Ibrahim bemerkte die von seinem Stiefsohn verursachte Unruhe und zwang den Falben kehrtzumachen.

»Wohin will er?«, fragte Ibrahim einen der alten Männer.

»Er ist dabei, das zu tun, was alle Muslime jetzt tun sollten: Er wird kämpfen. Er wird sich für sein Volk, seine Familie und für seinen Glauben opfern.«

Ibrahim runzelte die Stirn.

»Aber das tun wir doch alle.«

Der alte Moriske nickte.

»Aber nicht mit so viel Mut«, flüsterte er leise.

Hernando erreichte Juviles nach Einbruch der Dunkelheit und schlich über die Terrassenfelder zur Kirche. Überall waren Christen. Bald erhellten nur noch die Lagerfeuer der Soldaten die absolute Dunkelheit. Hernando überquerte gerade das Terrassenfeld, auf dem seine Mutter den Pfarrer erstochen hatte, als er endlich die Kirche vor sich erkennen konnte. Er hörte die Soldaten: Sie unterhielten sich, und manchmal unterbrach Gelächter oder lautes Fluchen ihr Gespräch.

Er versuchte gerade ein paar Gesprächsfetzen aufzuschnappen, als ihn plötzlich jemand von hinten packte. Er konnte noch nicht einmal schreien, denn eine kräftige Hand hielt ihm den Mund zu. Dann spürte er eine Messerklinge an seiner Kehle.

»Warte! Bring ihn nicht gleich um«, zischte jemand auf Arabisch.

Offenbar waren es mehrere Männer. »Ich glaube, ich habe da etwas funkeln sehen. Schaut euch mal den Säbel an.«

Hernando bemerkte, wie jemand an der Waffe herumnestelte. Das Klirren der Metallplättchen ließ alle erstarren – doch die Christen unterhielten sich weiter, als wäre nichts geschehen.

»Er ist einer von uns«, stellte einer der Männer erstaunt fest.

»Wer bist du?«, flüsterte der Mann, der ihn festhielt. Er nahm zwar die Hand von Hernandos Mund, drückte gleichzeitig aber die Klinge fester an seine Kehle. »Wie heißt du?«

»Ibn Hamid.«

»Was macht du hier?«, fragte ein Dritter.

»Ich bin gekommen, um meine Mutter zu retten«, antwortete Hernando.

»Woher sollen wir wissen, dass er uns nicht anlügt?«

»Immerhin spricht er Arabisch.«

»Es gibt auch Christen, die Arabisch sprechen. Würdest du etwa einen Kundschafter losschicken, der …«

»Warum sollten die Christen einen Kundschafter hierherschicken?«

»Bring ihn endlich um.«

Hernando schloss die Augen.

»Es gib keinen Gott außer Gott, und Mohammed ist der Gesandte Gottes«, begann er. Dann sprach er das Glaubensbekenntnis der Morisken, und der Druck an seiner Kehle ließ nach.

Schließlich stellte sich heraus, dass die drei Morisken aus Cádiar gekommen waren, um ihre Frauen und Kinder zu befreien.

»Aber wir müssen bis zum Morgengrauen warten«, sagte einer von ihnen.

»Was wollen wir denn bei Tageslicht?«, fragte Hernando überrascht.

»Hier können wir jedenfalls nicht bleiben«, erwiderte einer der Männer, als plötzlich der spitze Schrei einer Frau zu hören war.

Dann hörten sie noch einen Schrei, wieder von einer Frau, und dann noch einen.

»Halt! Wer da?«, rief ein Soldat, der vom Lagerfeuer aufgestanden war.

»Bei den Frauen sind bewaffnete Mauren«, rief ein anderer Soldat.

Die Männer sahen sich fragend an. Bewaffnete Mauren? Da donnerte auch schon der erste Arkebusenschuss, und gleich darauf hörten sie weitere Schüsse. Und noch mehr Schreie.

Hernando sprang auf und rannte zum Dorfplatz. Er zückte den Krummsäbel und hielt ihn mit beiden Händen in die Höhe. Die drei Männer aus Cádiar folgten ihm. Verzweifelt versuchten die Frauen, den christlichen Soldaten auszuweichen, die mit ihren Schwertern und Hellebarden wild auf die Menge einprügelten.

»Hier sind Mauren!«, rief jemand.

»Wir werden angegriffen!«, schrien die christlichen Soldaten und feuerten blindlings in die schwarze Nacht. Hernando stolperte über einen reglosen Körper und fiel beinahe hin. Ganz in seiner Nähe blitzte ein Schuss auf, gleich darauf war die Stelle in eine dichte Rauchwolke gehüllt. Er wirbelte mit dem Krummsäbel herum und spürte, wie seine Waffe in einen Körper fuhr. Gleich darauf hörte er einen Todesschrei.

Aber in der Dunkelheit und dem allgemeinen Chaos konnte er nichts erkennen.

»Mutter! Mutter!«, rief Hernando immer wieder.

Er stolperte über die am Boden liegenden Frauen und Kinder. Das Blut floss in Strömen. Die Kirchentüren waren verschlossen. Ob Aischa dort drinnen in Sicherheit war? Die Christen schossen ohne Unterlass, obwohl ihre Hauptleute den Befehl gaben, das Feuer einzustellen. Aber niemand konnte dem Blutbad noch Einhalt gebieten.

Wie sollte er nur seine Mutter finden? Oder war sie schon eine der zahllosen Leichen auf dem blutgetränkten Dorfplatz?

»Mutter …«, stöhnte er und ließ seine Waffe sinken.

»Hernando? Bist du es? Hernando!«

Er riss den Krummsäbel wieder in die Höhe. Wo war sie?

»Mutter!«

»Hernando!« Ein Schatten schnellte auf ihn zu. Er wollte schon zum Schlag ausholen. »Hernando!« Aischa fiel ihm um den Hals.

»Mutter! Lob sei Gott! Komm. Wir müssen weg«, rief er und zerrte sie am Arm – doch wohin?

»Deine Schwestern! Raissa und Zahara fehlen!«, drängte Aischa. »Musa und Aquil sind hier bei mir.«

Zwei Schüsse schlugen dicht neben ihnen ein. Links von Hernando sackte eine junge Frau leblos zusammen.

»Hier ist ein Maure!«, rief ein christlicher Soldat.

Im Blitzgewitter der Arkebusen nahm Hernando einen kleinen Schatten neben sich wahr. Raissa? Er meinte, seine Schwester erkannt zu haben. Er packte die Kleine und zog sie hinter sich her.

»Raissa ist hier«, rief er seiner Mutter zu.

»Und Zahara?«

Jetzt leuchteten als Antwort drei Pulverblitze auf. Hernando stieß seine Mutter weiter und zerrte das Mädchen hinter sich her.

»Wir müssen los!«

Sie rannten zum Terrassenfeld und dann hinunter in die Schlucht.

Sie hielten erst an, als die Schüsse nur noch ein entferntes Donnern waren. Aischa brach zusammen. Musa und Aquil begannen zu weinen. Nur Hernando und das Mädchen schwiegen. Sie versuchten wieder zu Atem zu kommen.

»Danke, mein Sohn«, sagte Aischa, als sie wieder aufstehen konnte. »Wir müssen weiter. Hier ist es zu gefährlich und wir … Raissa?« Aischa trat zu dem Mädchen und lüftete ihren Gesichtsschleier! »Aber … du bist nicht Raissa!«

»Ich heiße Fatima«, keuchte das Mädchen, noch immer außer Atem. »Und das hier«, bei diesen Worten blickte sie auf den Säugling, den sie schützend an ihre Brust schmiegte, »ist Salvador … Ich meine: Humam.«

In der Dunkelheit konnte Hernando Fatimas große mandelförmige schwarze Augen zwar nur schwer erkennen, aber er nahm durchaus das Funkeln in ihrem Blick wahr, das die tiefe Nacht erhellte.

Auf dem Kirchplatz von Juviles starben zahllose Frauen und Kinder. Nur diejenigen, die sich in die Kirche geflüchtet hatten, überlebten hinter verschlossenen Türen. Der Platz war am nächsten Morgen mit Leichen übersät und in Blut getränkt. Neben den gefallenen Soldaten, die im allgemeinen Tumult aus Versehen erschossen worden waren, fand sich unter den Toten nur ein einziger Moriske. Der Marquis von Mondéjar ließ daraufhin drei Soldaten hinrichten: Sie hatten im Schutz der Dunkelheit versucht, eine Moriskin zu vergewaltigen. Ihre Schreie, mit denen sie ihre Ehre retten wollte, hatten die Verwirrung ausgelöst, die dann zu dem schrecklichen Blutbad führte.

11

Sie war dreizehn Jahre alt, stammte aus Terque, einem Ort im Osten der Alpujarras und hatte keine Ahnung, wo sich ihr Mann derzeit aufhielt. Das erzählte Fatima Hernando auf dem Weg nach Ugíjar. Humams Vater hatte sich einer Gruppe von Aufständischen angeschlossen, die im äußersten Westen der Alpujarras gegen den Marquis von Los Vélez kämpfen wollten. Sie selbst war von den Christen gefangen genommen und wie so viele andere Moriskinnen nach Juviles gebracht worden.

Aus ihren schwarzen Augen sprach großer Kummer, aber auch feste Entschlossenheit. Hinter ihnen ging Aischa. Seitdem sie erkannt hatten, dass Raissa in Juviles zurückgeblieben war, hatte sie kein einziges Wort mehr gesprochen. Hernandos Stiefbrüder waren erschöpft und klagten bei jedem Schritt.

Ein neuer Tag brach an, als wäre nichts geschehen. Die eisige Kälte und der Schnee ließen alles so rein erscheinen, dass ihnen das Blutbad von Juviles nur mehr wie ein böser Traum vorkam.

Aber es war geschehen, und Hernando hatte sein Ziel erreicht: Seine Mutter war gerettet. Nur seine Stiefschwestern … Und Hamid? Was war wohl aus ihm geworden?

Hernando nutzte die ersten Sonnenstrahlen, um seine neue Begleiterin verstohlen von der Seite zu betrachten: Das lockige schwarze Haar fiel ihr über die Schultern, sie hatte einen dunklen, olivfarbenen Teint und fein geschnittene Gesichtszüge. Trotz ihrer Erschöpfung bewegte sie sich geschmeidig und zugleich würdevoll. Fatima spürte seinen Blick und erwiderte ihn. Dabei lächelte sie ein wenig, und ihre wunderschönen dunklen Augen strahlten ihn an. Hernando spürte, wie ihn plötzlich eine warme Welle durchströmte, die ihm bis in die Wangen stieg. Da begann Humam zu schreien.

»Lasst uns anhalten, damit sie das Kind stillen kann«, schlug Aischa vor.

Fatima nickte, und alle verließen den Pfad.

»Mutter, es tut mir so leid«, sagte Hernando, während Fatima sich hinsetzte, um Humam zu stillen. Aischa gab keine Antwort. »Ich dachte … Ich dachte wirklich, sie wäre Raissa.«

»Hernando, mein Sohn, du hast mir das Leben gerettet«, bedankte sich seine Mutter. »Mir und deinen beiden Brüdern. Du musst dich nicht entschuldigen … Ich trauere um deine Schwestern – das wirst du verstehen –, aber ich danke dir.«

Fatima beobachtete die beiden mit ernstem Gesichtsausdruck. Als Hernando zu ihr herüberblickte, entdeckte er auf ihrer nackten Brust einen goldenen Anhänger, der an einer Halskette hing: die Hamsa, die Hand der Fatima. Die Christen hatten ihnen verboten, dieses Amulett zu tragen.

Hernando und seine kleine Schar brauchten fast den ganzen Vormittag für die drei Meilen von Juviles nach Ugíjar. Die Stadt in den Alpujarras war seit einem brutalen Gemetzel, das Farax angeordnet hatte, wieder fest in der Hand der Morisken. Aben Humeya hatte sein Heerlager bereits aufgeschlagen, als Hernando ankam, und es herrschte ein einziges Kommen und Gehen.

Der frisch gekrönte König von Granada richtete sich in einem herrschaftlichen Haus ein, das zuvor Don Pedro López, dem Notar der Alpujarras, gehört hatte. Zu dem weitläufigen Herrenhaus gehörte einer der drei Wehrtürme von Ugíjar.

Ein Großteil des Heeres lagerte in den Gassen der Stadt. Hernando fand seine Maultierherde vor dem Turm der Stiftskirche wieder, und in einiger Entfernung konnte er Ubaid ausmachen, der den Falben seines Stiefvaters bewachte. Hernando hatte seine Furcht vor dem Maultiertreiber überwunden, er fühlte sich mittlerweile stark genug, ihn anzusprechen.

»Wo ist Ibrahim?«

Ubaid zuckte nur mit den Schultern, zugleich konnte er seinen Blick nicht von Fatima lösen. Musa und Aquil wollten sich den Maultieren nähern, die mit der Kriegsbeute beladen waren, aber die wachhabenden Soldaten verboten es ihnen. Ubaid wandte den zunehmend lüsternen Blick nicht einmal dann von Fatima ab, als ihm der kleine Musa vor die Füße fiel. Einer der Soldaten hatte ihn brutal zur Seite gestoßen. Das Mädchen versteckte sich verschüchtert hinter Hernando.

»Was gibt es da zu glotzen?«, herrschte er den Maultiertreiber an.

Ubaid zuckte wieder nur mit der Schulter und ließ seinen Blick ein letztes Mal über Fatimas mädchenhaften Körper gleiten.

Hernando fragte einen Soldaten nach dem Aufenthaltsort seines Stiefvaters und führte seine kleine Schar dann zu dem Haus des Notars, das ihm der Moriske gewiesen hatte. Sie trafen Ibrahim im Hauseingang. Er war mit einigen Monfí-Anführern und zahlreichen Aufständischen in ein Gespräch verwickelt. Aben Humeya besprach sich im Haus mit seinen Räten.

»Was soll das? Was macht …«, rief sein Stiefvater aus, als er Aischa und seine beiden Söhne sah, aber Gironcillo ließ ihn nicht ausreden.

»Hernando, sei willkommen!«, rief er erfreut. »Ich glaube, wir können deine Dienste hier sehr gut brauchen. Es gibt viele verletzte Tiere.«

Gleich darauf erklärte Gironcillo den übrigen Monfíes überschwänglich, wie Hernando seinen Fuchs geheilt hatte. Ibrahim konnte seine Wut nur mit Mühe unterdrücken.

»Aber du hast die Maultiere im Stich gelassen!«, platzte er heraus, als Gironcillo sein Loblied auf Hernando endlich beendet hatte. »Und warum hast du meine Söhne mitgebracht? Ich habe dir doch schon einmal gesagt …«

»Ich weiß nicht, ob wir hier sterben werden oder ob deinen Söhnen woanders etwas zustoßen wird«, fiel Aischa zur Überraschung ihres Mannes mit lauter Stimme ein. »Aber Hernando hat ihnen vorerst das Leben gerettet.«

»Die Christen«, sagte Hernando, »haben in Juviles vor der Kirche Hunderte Frauen und Kinder umgebracht.«

Sofort war er von Monfíes umringt, denen er von den Ereignissen in Juviles berichten musste.

»Komm«, bedeutete ihm Gironcillo, noch ehe er seinen Bericht beendet hatte, »das musst du unbedingt Ibn Umayya erzählen.«

Die wachhabenden Soldaten ließen Hernando und Gironcillo ungehindert passieren. Nur Ibrahim wollten sie aufhalten, aber er konnte sie davon überzeugen, dass er seinen Stiefsohn begleiten musste.

Sobald sie die Wachposten hinter sich gelassen hatten, nahm Hernando einen eigenartigen Geruch wahr. Der Soldat, der sie zu Aben Humeya führte, klopfte an eine der massiven Holztüren. Als er sie öffnete, drangen aus dem großzügigen Raum ein starker, betörender Moschusduft und der liebliche Klang eines Oud. Der junge König saß bequem in einem Holzsessel mit rotem Seidenpolster, umgeben von seinen vier Frauen. Seine attraktive Gestalt überragte die übrigen Anwesenden, die es sich am Boden auf gold- und silberbestickten Seidenkissen oder auf reich verzierten Lederpolstern bequem gemacht hatten.

Die drei Männer blieben an der Türschwelle stehen: Ibrahim glotzte die Tänzerin an, Gironcillo und Hernando waren von der Raumausstattung und dem Schauspiel geblendet. Schließlich klatschte Aben Humeya in die Hände, um Tanz und Musik zu beenden, und bedeutete ihnen einzutreten. Miguel de Rojas, der Vater seiner ersten Frau, einige Notablen aus Ugíjar und hochrangige Monfí-Anführer wie Partal, Seniz oder Gorri starrten die beiden Männer und den Jungen an.

»Was wollt ihr?«, fragte Aben Humeya geradeheraus.

»Der Junge hier bringt Nachrichten aus Juviles«, erwiderte Gironcillo mit kräftiger Stimme.

»Dann sprich!«, forderte ihn der König auf.

Hernando wagte es kaum, den König anzusehen. Sein neu gewonnenes Selbstvertrauen schien wie weggefegt. Er setzte stotternd an, aber als Aben Humeya ihm ermutigend zulächelte, konnte er seinen Bericht selbstsicher fortsetzen.

»Mörder!«, rief Partal, als Hernando fertig war.

»Jetzt bringen diese Feiglinge schon unsere Frauen und Kinder um!«, empörte sich Seniz.

»Ich habe euch doch gesagt, dass wir zurückmüssen«, platzte Miguel de Rojas heraus. »Wir müssen kämpfen und unsere Familien beschützen.«

»Nein! Dort können wir die Streitkräfte des Marquis nicht mehr aufhalten«, erwiderte Partal.

Mit einer Handbewegung brachte Aben Humeya die Männer zum Schweigen.

»Ich habe euch gesagt, dass wir in Ugíjar bleiben«, wies der König die unzufriedenen Monfíes zurecht. »Aber dich«, sagte er zu Hernando, »beglückwünsche ich zu deiner Tat. Was machst du, wenn du nicht gerade deine Tapferkeit beweist?«

»Ich bin Maultiertreiber. Also, ich führe die Kolonne mit den Lasttieren meines Stiefvaters«, erklärte Hernando und zeigte zu Ibrahim. Aben Humeya schien ihn wiederzuerkennen. »Im Moment befördere ich Eure Kriegsbeute.«

»Außerdem ist er ein hervorragender Tierarzt«, stellte Gironcillo fest. Der König überlegte eine Weile, ehe er weitersprach.

»Passt du auf den Schatz unseres Volkes genauso gut auf wie auf deine Mutter?« Hernando nickte. »Dann wirst du mich von jetzt an begleiten und nur noch auf die Tiere aufpassen, die das Gold tragen.«

Ibrahim wurde langsam unruhig.

»Ich habe Ulugh Ali, den Beylerbey von Algier um Hilfe gebeten«, sprach Aben Humeya weiter, »und dem Sultan Lehnspflicht zugesagt. Außerdem weiß ich, dass in Algier Waffen für unser Königreich gesammelt werden. Sobald die Schiffe in See stechen können, werden wir diese Waffen bekommen … die wir natürlich bezahlen müssen.«

Der König schwieg eine geraume Weile.

»Wir brauchen Arkebusen und Artillerie. Die meisten unserer Männer haben nur einfache Schleudern und Ackergeräte. Sie haben nicht einmal Hellebarden oder Schwerter … Aber du hast hier einen ordentlichen Krummsäbel!« Der König deutete auf die Waffe an Hernandos Gürtel.

Hernando zog den Säbel aus der Scheide und zeigte ihn dem König. Da fielen ihm plötzlich die Hiebe wieder ein, die Schnitte in die Leiber der Christen, die er im Dunkeln spüren, aber nicht sehen konnte. Bislang hatte er keine Gelegenheit gehabt, darüber nachzudenken. Er betrachtete die Klinge und das getrocknete schwarze Blut daran.

»Wie ich sehe, hast du es benutzt«, sagte Aben Humeya. »Ich vertraue darauf, dass du mit dieser Waffe auch in Zukunft noch viele Christen töten wirst.«

»Hamid hat mir den Krummsäbel gegeben. Er ist der Alfaquí von Juviles«, erklärte Hernando. Dass die Waffe dem Propheten gehört hatte, verriet er nicht. Schließlich hatte er Hamid versprochen, auf die wertvolle Waffe aufzupassen. Der König nickte bei Hamids Namen, offensichtlich kannte er ihn. »Hamid ist bei den alten Männern im Dorf geblieben«, sagte Hernando traurig.

Er sprach nicht weiter, und auch Aben Humeya schloss sich dem ehrfürchtigen Schweigen an. Einer der Monfíes wollte den Krummsäbel genauer betrachten, aber der König hatte den begehrlichen Blick richtig gedeutet.

»Du wirst auf den Säbel aufpassen, bis du ihn dem ehrenwerten Hamid zurückgeben kannst. Das verfüge ich, Aben Humeya, König von Granada und Córdoba. Und ich bin sicher, dass es eines Tages dazu kommen wird, Hernando«, sagte er laut und lächelte zuversichtlich. »Sobald uns die Janitscharen und die Barbaresken zu Hilfe kommen, werden wir in al-Andalus regieren.«

Sie verließen das Herrenhaus und bekamen im Ort zu essen. Die Männer setzten sich auf die Erde und ließen sich ein Lammgericht schmecken.

»Wer ist das Mädchen?«, brummte Ibrahim und zeigte auf Fatima.

»Sie ist mit uns aus Juviles geflohen«, erklärte Aischa, ehe Hernando antworten konnte.

Ibrahim kniff die Augen zusammen und starrte das Mädchen an, das neben Aischa stand. Humam schlummerte in einem Flechtkorb zwischen den beiden Frauen. Mit einem Stück Lammfleisch in der Hand musterte Ibrahim Fatima von oben bis unten, ihre Brüste und ihr hübsches Gesicht mit den tiefschwarzen Augen. Fatima senkte den Blick.

Der Maultiertreiber schnalzte mit der Zunge und biss genüsslich in das Lammfleisch.

»Was ist mit den Töchtern?«, fragte er mit vollem Mund.

»Ich weiß es nicht«, antwortete Aischa mit belegter Stimme. »Es war mitten in der Nacht … Da waren so viele Menschen … Ich konnte nichts sehen … Ich konnte die beiden Mädchen einfach nicht finden. Aber ich habe auf die Jungen aufgepasst!«

Ibrahim betrachtete seine beiden Söhne und nickte.

»Du da«, rief er Fatima zu. »Bring mir Wasser!«

Der Maultiertreiber hielt seinen Becher dicht an seinen Körper, damit das Mädchen ihm beim Einschenken möglichst nah kommen musste.

Hernando hielt den Atem an. Was beabsichtigte sein Stiefvater? Er konnte aus den Augenwinkeln beobachten, wie Aischa mit einem Fuß das Körbchen anstieß. Humam fing sofort an zu weinen.

»Ich muss ihn stillen«, entschuldigte sich Fatima besorgt.

Der Maultiertreiber starrte ihr lüstern nach. Allein beim Anblick dieser Mädchenbrüste, die prall vor Milch waren, zitterte er.

»Hernando!«, rief Fatima, als sie ihren Sohn versorgt hatte und dieser in ihren Armen schlief.

»Ibn Hamid«, verbesserte er sie.

Fatima nickte.

»Ibn Hamid, hilfst du mir, etwas über meinen Mann zu erfahren? Ich muss wissen, was aus ihm geworden ist.« Fatima blickte zu Ibrahim.

Sie gaben Humam in Aischas Obhut und irrten auf der Suche nach

Nachrichten über die Männer aus Marchena zwischen den vielen Menschen und den notdürftigen Unterkünften des Lagers umher. Die meisten Männer hatten vor Kurzem gemeinsam mit den Monfíes gegen den Marquis von Los Vélez gekämpft, den Statthalter des Königreichs Murcia und Generalkapitän von Cartagena. Der Marquis von Los Vélez, ein grausamer Soldat, der gnadenlos gegen die Morisken vorging, war – noch ehe er den entsprechenden königlichen Auftrag erhalten hatte – in den Kampf gezogen. Er hatte an der Ostküste des alten Königreichs, im Süden und im Osten der Alpujarras begonnen, wo er dem Marquis von Mondéjar nicht in die Quere kam. Bald erfuhren Hernando und Fatima die Neuigkeiten, nach denen sie suchten. Ein Trupp Männer, die unter dem Monfí-Anführer Gorri gegen den Marquis von Los Vélez gekämpft hatten, erzählten ihnen ihre Erlebnisse in allen Einzelheiten.

»Aber mein Mann war gar keiner von Gorris Männern«, wandte Fatima ein. »Er hat sich Futey angeschlossen, seinem Cousin.«

Der Soldat, der ihnen so viel erzählt hatte, atmete tief durch. Fatima klammerte sich an Hernandos Arm: Sie ahnte die schlechten Nachrichten. Zwei Männer, die zu derselben Gruppe gehörten, wichen Fatimas fragendem Blick aus. Schließlich ergriff ein dritter Soldat das Wort.

»Ich war dabei. Futey fiel bei der Schlacht von Félix. Er hatte zwar Tezi und Portocarrero bei sich, aber sie waren trotzdem nicht genügend Männer – also haben sie auch die Frauen als Soldaten verkleidet. Wir haben den Christen zuerst eine Schlacht auf dem freien Feld geliefert und später im Ort. Schließlich mussten wir uns auf einen Berg vor Félix zurückziehen, aber die Infanterie des Marquis hat uns gnadenlos verfolgt.«

Der Mann legte eine Pause ein, die Hernando unendlich lang vorkam, und er spürte, wie sich Fatimas Fingernägel langsam in seinen Unterarm bohrten.

»Bei der Schlacht sind siebenhundert Männer und Frauen gestorben. Einige von uns konnten in die Berge flüchten … Aber viele haben es nicht geschafft. Ich habe mit eigenen Augen gesehen, wie sich

Frauen nur mit einem Faustdolch bewaffnet auf die Pferde der Feinde stürzten! Das bedeutete ihren sicheren Tod! Sie waren genauso mutig wie ihre Männer.« Der Soldat sah Fatima an. »Wenn dein Mann nicht hier ist… Der Marquis von Los Vélez ist anders als der Marquis von Mondéjar, er macht keine Gefangenen, und er begnadigt auch niemanden. Die Frauen und Kinder, die die Schlacht überlebt haben, wurden versklavt. Viele Söldnertrupps sind nach der Schlacht desertiert und haben sie mitgenommen, als sie Richtung Murcia zogen.«

Hernando hörte sich mit Fatima weiter in der ganzen Stadt um. Viele Morisken bestätigten ihnen das soeben Gehörte.

»Ein Mann aus Terque?«, mischte sich plötzlich ein Soldat ein. »Meinst du Salvador aus Terque?« Das Mädchen nickte. »Den Seiler?« Fatima nickte abermals, sie rang die Hände und presste sie an die Brust. »Es tut mir leid. Salvador ist tot. Der Seiler starb an Futeys Seite.«

Hernando konnte sie gerade noch auffangen. Sie schien nichts zu wiegen, sie war federleicht. Hernando spürte, wie ihre Tränen seine Wange benetzten.

»Warum heulst du, Mädchen?«, fragte Ibrahim beim Abendessen. Sie saßen um eines der vielen Lagerfeuer mitten im Ort.

»Ihr Mann… Er soll verletzt sein, sagt man. Er ist in den Bergen«, log Hernando.

Aischa, die bereits zuvor vom Tod von Humams Vater gehört hatte, widersprach ihrem Sohn nicht. Fatima auch nicht. Ibrahim hielt die Tatsache, dass ihr Mann angeblich noch lebte, aber nicht davon ab, Fatima weiterhin mit lüsternem Blick zu begaffen.

In der Nacht konnte Hernando nicht schlafen. Er lag neben Fatima, deren unterdrückte Seufzer lauter waren als die Musik und die Gesänge der Soldaten im Lager.

»Es tut mir so leid«, flüsterte er ihr immer wieder zu.

Fatima schluchzte eine unverständliche Antwort.

»Du hast ihn sehr geliebt.« Hernandos Tonfall konnte eine Frage oder eine bloße Feststellung bedeuten.

Fatima antwortete erst nach einer gewissen Zeit.

»Wir sind zusammen aufgewachsen. Ich kannte Salvador von klein auf. Er lernte bei meinem Vater. Er war nur ein paar Jahre älter als ich. Unsere Heirat schien allen …« Das Mädchen suchte lange nach den passenden Worten. »Unsere Heirat war naheliegend. Er war immer bei uns.«

Aus ihrem Schluchzen wurde ein verzweifeltes Wimmern.

»Jetzt sind Humam und ich ganz allein«, brachte sie noch heraus. »Was sollen wir nur tun? Wir haben doch niemanden.«

»Du hast mich«, flüsterte Hernando. Ohne nachzudenken, streckte er seine Hand nach dem Mädchen aus, aber er berührte sie nicht.

Fatima schwieg. Hernando hörte ihren stockenden Atem, der sich mit den Geräuschen aus dem Feldlager vermischte. Aber zwischen der Musik und dem Gesang konnte er noch hören, wie Fatima ein Wort flüsterte:

»Danke.«

Der Marquis von Mondéjar gönnte dem feindlichen Heer, das in Ugíjar lagerte, eine mehrtägige Erholungspause. In dieser Zeit empfing er die führenden Familien aus jenen Dörfern, die sich ergeben wollten, er schickte kleine Trupps aus, die in den Höhlen nach versteckten Morisken suchen sollten, und machte schließlich einen Umweg über Cádiar, ehe er nach Ugíjar aufbrach.

Den muslimischen Kundschaftern in Granada reichten diese Tage, um ihre Neuigkeiten nach Ugíjar zu bringen. Hernando ging neugierig zu einer Menschenmenge, die sich um einen der Kundschafter drängte.

»Sie haben alle Glaubensbrüder eingesperrt und im Gefängnis des Obergerichts ermordet«, konnte Hernando hören. Um ihn herum standen so viele Männer, dass er den Sprecher nicht sehen konnte. Der Mann schwieg, während die Umstehenden seinen Bericht mit Flüchen und Racheschwüren kommentierten. Dann sprach er weiter: »Keiner der Kerkermeister hat auch nur einen Finger gerührt, als dieses Soldatenpack das Gefängnis stürmte und unsere Brüder wie Hunde ermordete. Sie saßen im Kerker und konnten sich nicht wehren. Es waren mehr als hundert Muslime! Die reichsten Männer von Granada! Und dann haben diese Bastarde ihr gesamtes Hab und Gut beschlagnahmt.«

»Die Christen haben es nur auf unseren Besitz abgesehen!«, rief ein Mann wütend.

»Beide, der Marquis von Mondéjar und der Marquis von Los Vélez, haben mit ihren Heeren ernsthafte Probleme. Sobald die Soldaten einen Sklaven oder etwas von der Kriegsbeute ergattern, desertieren sie. Der Marquis von Mondéjar hat, seit er über die Tablate-Brücke in die Alpujarras eingedrungen ist, einen Großteil seiner Männer auf diese Weise verloren. Aber es kommen immer wieder neue Soldaten, die Leute sind gierig nach unseren Schätzen.«

»Und was ist aus den alten Männern und den Frauen und Kindern in Juviles geworden?«, fragte jemand.

Mehr als zweitausend Morisken hatten ihre Familien in der Burg zurückgelassen, und Hernandos Bericht sorgte für Unruhe.

»Fast eintausend Frauen und Kinder wurden auf der Plaza de Bib-Rambla in Granada als Sklaven …« Dem Kundschafter versagte die Stimme.

»Sprich lauter!«, riefen die Männer, die etwas abseits standen.

»Sie haben unsere Frauen und Kinder versteigert!« Der Mann strengte sich an, laut zu sprechen. »Sie wurden der Öffentlichkeit in Lumpen vorgeführt und erniedrigt. Die christlichen Händler begrapschten sie und behaupteten dann, nur ihren körperlichen Zustand überprüfen zu wollen, während die Bewohner von Granada sie beleidigten, mit Steinen bewarfen und bespuckten. Das viele Geld ist in die Truhen des christlichen Herrschers gewandert!«

»Was ist mit den Kindern?«, fragte jemand. »Haben sie unsere Kinder wirklich als Sklaven verkauft?«

»Auf der Plaza de Bib-Rambla haben sie nur die Jungen über zehn und die Mädchen über elf Jahre verkauft. Das war der Befehl des spanischen Königs.«

»Was ist mit den Jüngeren passiert?«

»Die Jüngeren haben diese Bastarde auch verkauft. Aber nicht bei den öffentlichen Versteigerungen, sondern hinter dem Rücken des Königs. Ich habe es mit eigenen Augen gesehen. Die Christen haben die Kleinen mit Brandzeichen im Gesicht gekennzeichnet … Dabei sind es doch nur Kinder … Dann schickten sie sie sofort weiter nach Kastilien und … ja, bis nach Italien.«

Hernando sah, wie ein Mann in sich zusammensackte und zu Boden stürzte. Niemand sagte ein Wort.

»Und was ist mit den alten und kranken Männern aus Juviles geschehen?«, fragte jemand verzweifelt. »Es waren doch mehr als vierhundert in der Burg.«

Hernando spitzte die Ohren. Hamid war einer von ihnen!

»Die Deserteure des Marquis von Mondéjar haben auch sie als Sklaven verkauft.«

Hamid war ein Sklave! Hernando merkte gerade noch rechtzeitig, wie ihm die Knie wegsackten, und stützte sich auf einen Mann neben ihm.

Aber eine Frage war noch offen! Die Frage, die keiner der Anwesenden zu stellen wagte. In all den Tagen in Ugíjar war Hernando von den Morisken förmlich bestürmt worden, sie wollten aus seinem Mund das Gerücht bestätigt haben, das im Lager umging. Alle hatten Frauen und Kinder in Juviles, und Hernando berichtete ihnen wieder und wieder von dem schrecklichen Blutbad. »Aber es war doch tief in der Nacht, als du vom Dorfplatz geflohen bist, oder?« Einige wollten den Bericht über so viele Tote nicht glauben. »Da hast du doch gar nicht richtig sehen können, wie viele Frauen und Kinder wirklich gestorben sind.« Hernando nickte dann nur. Er war in jener Nacht über zahllose Leichen gestolpert, und er hatte den Hass und den Wahn der christlichen Truppe nicht nur hören, sondern auch spüren können. Aber warum sollte er die Ehemänner und Väter hier in noch tiefere Verzweiflung stürzen?

»Alle, die nicht in der Kirche von Juviles waren, sind gestorben! Alle!«, beantwortete der Kundschafter die unausgesprochene Frage der Männer. »Es waren mehr als eintausend Frauen und Kinder! Niemand hat überlebt.«

Kurz darauf verkündeten Signalfeuer auf den Hügeln und Bergen den Morisken, dass der Marquis von Mondéjar sein Heer nach Ugíjar bewegte. König Aben Humeya ließ sich von den Monfíes davon überzeugen, dass sein Schwiegervater Miguel de Rojas einen Pakt mit dem Marquis von Mondéjar geschlossen habe, der ihm und seiner Familie persönliche Freiheit sowie die Kriegsbeute garantierte, wenn er dem Generalkapitän im Gegenzug den Kopf des Moriskenkönigs brachte. Also ließ Aben Humeya seinen Schwiegervater sowie viele Mitglieder der Großfamilie Rojas ermorden und verstieß seine erste Ehefrau.

Der Moriskenkönig und sein Heer brachen in Richtung Paterna del Río auf, einen Ort am Rand der Sierra Nevada. Oberhalb des Dorfes gab es nur noch Felsen, Schluchten, Berge und Schnee. Hernando befand sich an der Spitze der Kolonne in der Nähe des Königs und des Generalstabs. Seine Maultiere waren mit den Gold- und Silbermünzen, Juwelen und kostbaren Gewändern beladen, während die anderen Tiere mit dem Rest der Beute wie üblich weiter hinten im Tross gingen.

Immer wenn es der kurvenreiche Bergpfad zuließ, wandte sich Hernando um. Dann konnte er das Ende der sechstausend Mann starken Kolonne erkennen, wo Aischa, seine Stiefbrüder und Fatima mit ihrem Kleinen gingen. Die mandelförmigen schwarzen Augen des Mädchens gingen Hernando nicht mehr aus dem Kopf, wie sie aufblitzten, wie sie sich mit Tränen füllten oder Schrecken und Angst in ihnen aufflackerten.

»Los! Los!«, trieb er die Lasttiere an, um sich abzulenken.

Sie erreichten Paterna, und der Moriskenkönig brachte seine Männer eine gute Meile vor dem nahezu uneinnehmbaren Bergdorf auf einem Abhang in Stellung. Er selbst begab sich mit dem Marschgepäck und den kampfunfähigen Leuten ins Dorf.

Um nicht mit Ubaid zusammenzutreffen, wollte Hernando außerhalb des Ortes einen Stall für seine Tiere suchen. Die kleinen Gemüsegärten der Häuser im Ortskern hätten seine Herde ohnehin nicht aufnehmen können. Zu Ibrahims Leidwesen, der seine eigene Position geschwächt sah, zeigte Aben Humeya sein Vertrauen in Hernando in aller Öffentlichkeit.

»Macht, was der Junge euch sagt«, befahl er den Soldaten, die das Gold bewachten. »Er ist der Hüter des Schatzes, der uns den Sieg bringen wird.«

Hernando musste sich also für seine Entscheidungen noch nicht einmal rechtfertigen. Während Aben Humeya sich in einem der Herrenhäuser in Paterna einschloss, wartete Hernando auf Aischa und Fatima. Er sah, wie sie sich nur unter Mühen vorwärtsquälten und in Tränen aufgelöst waren: Aischa weinte um ihre wahrscheinlich toten Töchter, auch sie hatte sich in der schwachen Hoffnung auf bessere Nachrichten an den Kundschafter gewandt, Fatima trauerte um ihren toten Ehemann und hatte Angst vor ihrer unsicheren Zukunft mit Humam. Nur Aquil und Musa spielten vergnügt Krieg. Als alle versammelt waren, begleiteten die Soldaten sie auf der Suche nach einem geeigneten Stall. Während Hernando noch die Tiere versorgte, kehrten die Männer ins Dorf zurück und warteten auf das Eintreffen der Streitkräfte des Marquis.

Es begann zu schneien.

Aben Humeya hatte die Lage falsch eingeschätzt. Die christlichen Soldaten ignorierten die Anweisungen des Marquis, begannen ohne Befehl mit dem Angriff und hatten die Moriskentruppen, die den Zugang zum Bergdorf verteidigen sollten, bald aufgerieben. Der Begnadigungen überdrüssig, nahmen die blutrünstigen und geldgierigen Soldaten Paterna brutal ein.

Chaos brach aus. Die Morisken flohen aus dem Dorf, die Frauen und Kinder suchten verzweifelt nach ihren Männern, und die freigelassenen Christinnen empfingen ihre Retter unter Jubelrufen. Doch die Soldaten des Marquis hatten es vor allem auf den Kriegsschatz abgesehen. Sie fanden die Beute unbewacht auf Dutzenden Maultieren neben der Kirche, die wie so viele andere in den Alpujarras auf einer ehemaligen Moschee errichtet worden war. Die reiche Beute entfachte unter den christlichen Soldaten sofort Habgier und Streit.

Im allgemeinen Aufruhr und im Schneetreiben fiel niemandem auf, dass das Gold fehlte: Vor der Kirche waren so viele Maultiere, dass die Soldaten, die kein Gold vorfanden, davon ausgingen, die anderen Lasttiere seien damit beladen.

Mit der Sierra Nevada im Rücken stand Hernando vor dem Stall und sah durch das immer stärker werdende Schneegestöber, wie sich das Moriskenheer aufzulösen begann und in die Berge flüchtete. Gut eine Meile vor dem Dorf konnte er Hunderte kleine dunkle Punkte im Schnee ausmachen: Es waren Männer, die versuchten den Hang hinaufzugelangen. Viele rutschten aus oder stürzten über die steilen Felsen, andere bewegten sich plötzlich nicht mehr. Hernando konnte zwar den Lärm der Arkebusen nicht hören, aber er sah die Mündungsfeuer und die dichten Rauchwolken aus den Waffen der Christen.

»Wir müssen hier sofort weg!«, rief er Aischa und Fatima zu.

Die beiden Frauen verharrten sprachlos angesichts der Flucht ihres Heeres.

»Helft mir!«, drängte Hernando.

Als er schließlich die Herde aufgezäumt hatte, sah er, wie Aben Humeya im gestreckten Galopp davonjagte, gefolgt von Ibrahim und anderen Reitern. Die Schüsse und Santiago-Rufe ihrer Verfolger waren deutlich zu hören.

»Was machen wir jetzt?«, fragte Fatima hinter ihm. Das Schneetreiben wurde immer heftiger.

»Wir steigen zum Ragua-Pass auf!«, antwortete er und zeigte in eine entgegengesetzte Richtung als die, in die der König und seine Männer vor den Christen flüchteten.

Fatima wollte etwas sagen, aber sie brachte nur ein paar unverständliche Worte hervor, während sie Humam an sich drückte. Aischa stand der Schreck ins Gesicht geschrieben. Weit und breit war kein Pfad zu sehen! Nur Felsen und Schnee!

»Los, vorwärts!« Hernando packte sein Lieblingsmaultier am Führstrick und ließ es die Karawane anführen. »Du musst für uns einen Weg zum Gipfel finden«, flüsterte er und klopfte der Alten auf den Hals.

Sie kamen zwar nur langsam voran, doch der heftige Schneefall verbarg sie vor den Augen der Christen.

12

Der hohe Ragua-Pass führte geradewegs über die felsige Sierra Nevada in Richtung Granada. Hernando kannte sich in der Gegend aus. In der Hochebene gab es einige saftige Frühjahrsweideplätze. Vermutlich waren die Morisken dorthin geflohen, denn ansonsten gab es kaum Orte, an denen sie sich verstecken und neu sammeln konnten.

Hernando ging seiner kleinen Gruppe im unwegsamen Gelände voraus, dicht an die Alte gepresst, um nicht plötzlich ins Leere zu treten. Er trieb sie beharrlich an. Mit Raureif im Haar und an den Augenbrauen drehte er sich im Schneetreiben immer wieder um, um die Lasttierkolonne im Blick zu behalten. Er trug seiner Mutter und Fatima auf, sich am Schweif eines Tieres festzuhalten oder sich an den Hufspuren zu orientieren, die unter dem Neuschnee allerdings schnell wieder verschwanden. Sein jüngerer Stiefbruder Musa hielt sich dicht bei Aischa, Aquil stapfte allein durch den Schnee. Die Maultiere folgten der Alten, und die ganze Kolonne bewegte sich langsam vorwärts. Bald würde die Sonne untergehen, und selbst die Alte würde sich in der Dunkelheit nicht mehr zurechtfinden können. Ein falscher Schritt, und sie würden alle den steilen Abhang hinabstürzen.

Sie brauchten unbedingt einen Unterschlupf. Hernando hatte versucht, die Gebiete zu umgehen, in denen er Christen vermutete, aber jetzt mussten sie möglichst schnell den Weg zum Pass finden. Bald wurde ihm jedoch klar, dass dies vor Sonnenuntergang nicht mehr möglich war. Hernando glaubte, im Schneesturm eine Felsformation erkennen zu können, und trieb die Alte dorthin.

Es gab dort zwar keine Höhlen, aber die Felsvorsprünge konnten ihnen während des Unwetters zumindest etwas Schutz bieten. Hinter der Tierkolonne kamen die anderen zum Vorschein: Sie waren entkräftet, ihre Lippen waren blau gefroren, und ihre steifen Finger umklammerten die Schweife der Lasttiere. Fatima nahm dafür nur eine Hand, mit der anderen presste sie Humam an ihren Körper.

Hernando verschaffte sich einen ersten Überblick über ihre Lage: Sein Feuerstein war ihm im Schnee keine Hilfe, außerdem brauchte er für ein Feuer dünne Zweige oder trockenes Laub. Hier oben gab es aber weit und breit nur Felsen, Eis und Schnee! Vielleicht wären sie doch besser den Christen in die Hände gefallen, überlegte Hernando verzweifelt, als das letzte Tageslicht der Dunkelheit wich.

»Wie geht es dem Kleinen?«, fragte er. Fatima gab keine Antwort. Sie fuhr immer wieder sanft über den kleinen Körper des Säuglings. »Bewegt er sich noch? Lebt er noch?« Die letzte Frage blieb ihm fast in der Kehle stecken.

Warum nur waren sie geflohen? Hernando wandte sich seiner Mutter zu und umarmte dann seine Stiefbrüder. Aquil zitterte am ganzen Leib, sein Zähneklappern war trotz des Schneesturms nicht zu überhören. Der vierjährige Musa schien stocksteif gefroren. Warum hatte er sie bloß zu diesem Irrsinn gezwungen? Die Nacht brach über sie herein.

Hernando nahm eine Handvoll Schnee und wusch sich damit sorgsam Gesicht, Haar und Nacken. Dann kniete er auf der dichten Schneedecke nieder und fing laut an zu beten. Er flehte den Barmherzigen an, für den sie kämpften und für den sie ihr Leben aufs Spiel setzten. Er möge sie … Plötzlich unterbrach er sein Gebet und sprang auf. Die Beute! Zum Kriegsschatz gehörten ja auch die Stoffe! Da waren unzählige seidene Priestergewänder. Was hatte ihr Volk von den kostbaren Messgewändern der Christen, wenn sie hier starben? Hernando wühlte in den Quertaschen der Maultiere und konnte schon bald alle in die kostbaren, wärmenden Kleidungsstücke hüllen … und das Zaumzeug konnte er ebenfalls gut gebrauchen! Hernando verstaute alles Gold in einem großen Quersack aus Espartogras und stapelte den Inhalt der anderen auf einen Haufen. Er breitete die leeren Säcke und das Sattelzeug wie einen Teppich neben der Felswand auf dem Schnee aus.

»Bleibt nah bei den Felsen!«, forderte er die anderen auf. »Setzt euch und passt auf, dass ihr nachts nicht mit dem Schnee in Berührung kommt. Ihr dürfte nicht nass werden.« Er selbst zog sich nun auch einige Schichten Kleider übereinander an. Dann stellte er die Maultiere dicht neben die Frauen und die Jungen und band die Tiere so eng aneinander, dass sie sich nicht mehr bewegen konnten. Schließlich warf er den Halfterstrick des letzten Tieres zur Felswand und schlüpfte zwischen den Beinen der Maultiere hindurch. Nur mit Mühe konnte er sich zwischen Fatima und Aischa quetschen. Die Alte stand ganz dicht bei ihnen und sah Hernando an.

»Alte«, sagte er, »morgen hast du noch einmal viel Arbeit vor dir. Danach wird alles gut. Das schwöre ich dir.« Er zog fest an dem Strick, den er über die Tiere geworfen hatte, und hielt ihn straff gespannt: Sie durften sich keinesfalls bewegen. Der Hang war steil und … »Allahu akbar«, seufzte er, als er ihr notdürftiges Nachtlager betrachtete.

Der Wind peitschte den Schnee durch die eisige Nacht, dennoch konnte Hernando ein wenig vor sich hin dämmern, nachdem er zufrieden festgestellt hatte, dass sie zwischen der Felswand und den Tieren sicher eingekeilt und vor Wind, Kälte und Schnee geschützt waren.

Der Tag brach an, sonnig und still. Sie wurden vom gleißenden Licht auf dem glitzernden Schnee geweckt.

»Mutter?«, fragte Hernando.

Aischa schob die Stoffe zur Seite und sah ihn an. Auch Fatima zeigte ihm aus dem Schutz der Gewänder ihr Gesicht. Sie lächelte.

»Wie geht es Humam?«, fragte er.

»Ich habe ihn gerade gestillt.«

Da konnte auch Hernando erleichtert lächeln.

»Was ist mit … mit meinen Brüdern?«

Er merkte seiner Mutter an, wie sehr es ihr gefiel, dass er die Jungen als seine Brüder bezeichnete.

»Keine Sorge. Die beiden sind wohlauf«, beruhigte sie ihn.

Das konnte man von den Maultieren leider nicht behaupten. Als Hernando zwischen der Herde hindurchschlüpfte, musste er feststellen, dass zwei der Tiere, die dem Sturm direkt ausgesetzt waren, erfroren waren. Die steifen, schneebedeckten Maultiere gehörten zu den neuen Tieren, die Ibrahim aus Cádiar mitgebracht hatte, aber dennoch … Ihm fiel wieder ein, wie er eines der Tiere zu Beginn mit dem Stein zurechtgewiesen hatte, jetzt tätschelte er ihm dankbar den Hals. Die Eiskruste fiel in tausenden glitzernden Kristallen auf die Schneedecke.

Nachdem er die übrigen Tiere losgebunden hatte, stieß er die beiden Eisskulpturen nur leicht an. Sie stürzten den Abhang unterhalb der Felsen hinab, die ihnen über Nacht Schutz geboten hatten. Die übrigen Tiere waren noch recht steif und unbeweglich. Hernando zäumte sie in aller Ruhe auf und wartete geduldig ab, bis jedes einen Huf vor den anderen setzen konnte. Dann ging er zur Alten und rieb ihr kräftig über den Rücken. Die Kriegsbeute hatte er in der Nacht unvorsichtigerweise nicht in Sicherheit gebracht. Sie lag nun unter dem Schnee begraben.

Er ordnete das Sattelzeug und die Quersäcke der Tiere, seine Stiefbrüder suchten unterdessen im Schnee nach dem Schatz ihres Volkes, nur die Münzen lagen sicher verpackt in einem Sack. Für Musa und Aquil war es ein Spiel, und trotz des Hungers und der Müdigkeit wühlten sie vergnügt im Schnee. Bei ihrem Lachen trafen sich Fatimas und Hernandos Blicke. Sie sahen einander nur an – kein Wort, kein Lächeln – dennoch lief Hernando ein süßer Schauder über den Rücken.

»Ich glaube, heute bekommt nur der Kleine etwas zu essen«, sagte Hernando.

»Aber wenn die Mutter nicht isst«, warnte ihn Aischa, »bekommt der Säugling auch nichts.«

Hernando betrachtete seine kleine Schar: Alle waren starr und klamm und konnten sich nur langsam und unter Mühen vorwärtsbewegen. Er blickte zum Himmel.

»Heute gibt es kein Unwetter«, versicherte er. »Gegen Mittag werden wir die Hochebene erreichen. Dort sind bestimmt unsere Glaubensbrüder versammelt und können uns etwas zu essen geben.«

Die Alte fand schließlich den Weg zum Ragua-Pass und führte sie langsam, aber sicher voran. Die edlen Gewänder glänzten in der Wintersonne. Vor ihrem Aufbruch hatte Hernando noch ehrfurchtsvoll gebetet. Er dankte Allah tausendfach, dass sie überlebt hatten, und dachte an Hamid … Wie recht hatte Alfaquí doch mit seinen Gebeten gehabt! Was wohl aus Ubaid geworden war? Er schüttelte den Kopf und versuchte den verstümmelten Maultiertreiber aus Narila zu vergessen.

Auf dem Weg über die Passhöhe trafen sie auf einige Morisken. Die meisten waren so kraftlos und niedergeschlagen, dass sie sich nicht einmal nach der Gruppe in den kostbaren Seidengewändern umdrehten. Doch nicht alle waren auf der Flucht, auch einige Plünderer waren unterwegs.

»Das ist die Kriegsbeute des Königs«, sagte Hernando entschieden, als er die begehrlichen Blicke bemerkte.

Ein Mann wollte sich selbst davon überzeugen und näherte sich den Quersäcken, aber Hernando zückte den Krummsäbel, und der neugierige Moriske hielt wieder Abstand. Nachdem sie Hernandos Worte vernommen hatten, liefen einige Morisken los, um ihrem König die gute Nachricht zu überbringen.

Als sie schließlich auf die Passhöhe kamen, auf der das inzwischen erheblich dezimierte Moriskenheer ein einfaches Feldlager errichtet hatte, wurden sie von Aben Humeya und den Monfí-Anführern bereits erwartet. Hinter ihnen standen die Soldaten, Frauen und Kinder, denen die Flucht gelungen war. Etwas abseits des Königs konnte Hernando seinen Stiefvater ausmachen.

Aben Humeya war überraschend prunkvoll gekleidet. Stolz stand er an der Spitze seines Volkes und beobachtete die Neuankömmlinge. Niemand kam Hernando entgegen. Er führte seine kleine Schar weiter, und als sie nahe genug waren, sahen die Soldaten, dass die Gerüchte stimmten: Der Junge führte tatsächlich den Kriegsschatz der Muslime mit sich. Der König applaudierte, und gleich darauf brachen alle Morisken in Jubel aus.

Hernando wandte sich zu Aischa und Fatima um, die ihm mit Handzeichen bedeuteten, vorweg zu gehen.

»Hernando, das ist dein Triumph, genieß ihn«, rief ihm seine Mutter zu.

Als er im Lager ankam, musste er plötzlich loslachen, er konnte nicht anders. Die Leute jubelten ihm zu! Die Leute, die ihn sonst immer nur als Nazarener beschimpft hatten, jubelten ihm jetzt zu! Wenn Hamid das miterleben könnte… Er berührte andächtig den Krummsäbel an seinem Gürtel.

König Aben Humeya wies ihnen eines der vielen behelfsmäßigen Zelte zu, die sie mit Ästen und Planen errichtet hatten. Sofort kam Ibrahim zu ihnen. Der König belohnte den Jungen mit zehn Dukaten in silbernen Acht-Reales-Münzen aus dem Kriegsschatz, die sein Stiefvater gierig anstarrte, und lud ihn zum Abendessen in sein Zelt ein. Zudem erhielt Hernando einen prächtigen Turban sowie eine fahlgelbe Marlota, die mit dunkelvioletten Blumen und Rubinen bestickt war. Reichlich ungeschickt versuchte er das neue Gewand anzuziehen. Fatima saß auf einem der Ledersäcke und sah ihm belustigt dabei zu. Nach dem Abendgebet nahm Aischa den kleinen Humam auf den Arm und verließ mit ihren beiden Söhnen ohne weitere Erklärung die einfache Behausung. Hernando war der verschwörerische Blickwechsel zwischen den beiden Frauen entgangen: Aischa, die Fatima ermutigte, und Fatima, die einwilligte.

»Das hier ist mir einfach zu groß«, jammerte Hernando und zupfte an den überlangen Ärmeln der Marlota.

»Sie steht dir hervorragend«, log Fatima. Sie stand auf und rückte das Gewand an seinen Schultern zurecht. »Du siehst aus wie ein Fürst.«

Hernando konnte Fatimas Hände selbst durch die reiche Edelsteinstickerei hindurch auf seinen Schultern spüren und sog ihren süßen Duft ein. Er wollte… Er hätte sie gern berührt und ihre schlanke Taille umfasst, aber er wagte es nicht. Fatima spielte noch einige Augenblicke mit gesenktem Blick an der Marlota herum, drehte sich dann um und hob den kostbaren Turban vorsichtig auf. Der Kopfschmuck war aus mit edlen Goldstickereien durchwirkter roter Seide und mit Federn geschmückt. Der Federschaft war mit Smaragden und kleinen Perlen verziert, die eine alte Weisheit formten.

»Was steht da?«, fragte Fatima.

»Tod verheißt ewige Hoffnung«, las Hernando.

Fatima stand jetzt nah vor ihm, stellte sich auf die Zehenspitzen und krönte ihn mit dem Turban. Er spürte den sanften Druck ihrer weichen Brüste an seinem Körper und erstarrte. Ein heißer Schauer lief ihm über den Rücken, als Fatimas Hände über seine Wangen zum Hals glitten und dort innehielten.

»Ich habe einen Tod beweint«, flüsterte sie ihm ins Ohr. »Lass mich wieder Hoffnung finden. Du hast mich schon zweimal gerettet.« Hernando war verwirrt, er konnte sich nicht rühren. »Dieser Krieg … Vielleicht schenkt Gott mir einen Neubeginn«, hauchte sie und legte ihren Kopf an seine Schulter.

Hernando nahm all seinen Mut zusammen und schloss sie in die Arme, da blickte Fatima auf und küsste ihn auf die Wange. Ihre Lippen berührten sanft sein Gesicht, immer wieder, bis sie schließlich die seinen fanden. Hernando schloss die Augen und zog Fatima fester an sich, als sich ihr beider Atem beschleunigte. Sie küssten sich leidenschaftlich, und Fatima strich ihm zärtlich über den Rücken – zunächst über der Marlota, dann spürte er ihre Hand auf seiner nackten Haut.

»Du … Du musst zum König«, flüsterte sie plötzlich und löste sich aus seiner Umarmung. »Ich werde auf dich warten.«

Ich werde auf dich warten. Erst bei diesem Versprechen öffnete Hernando wieder die Augen. Ihre großen schwarzen Mandelaugen zeigten keine Spur von Scham.

»Ich werde auf dich warten«, versprach sie noch einmal.

13

Aben Humeyas Feldlager war ein Sammelpunkt für all jene Morisken, die noch an den Aufstand glaubten. Die anderen, die die Hoffnung bereits aufgegeben hatten, waren desertiert und somit dem Aufruf des Marquis von Mondéjar gefolgt: Der Generalkapitän begnadigte sie und stellte ihnen Geleitbriefe aus, damit sie wieder in ihren Dörfern leben konnten. Das große Zelt des Königs bot zwar nicht den Prunk des Herrenhauses in Ugíjar, war aber verhältnismäßig gut mit Lebensmitteln bestückt. Hernando, der sich in den prächtigen Gewändern und mit dem Lederbeutel voller Reales unbehaglich fühlte, wurde mit allen Ehren empfangen. Er übergab seinen Säbel einer Frau, dann wies man ihm einen Platz zwischen Partal und Gironcillo zu, der ihn freundlich anlächelte. Zu seiner Überraschung konnte Hernando seinen Stiefvater nicht unter den Anwesenden ausmachen.

»Friede sei mit unserem Bruder, der die Schätze unseres Volkes gerettet hat«, sagte Aben Humeya zum Gruß.

Ein Raunen der Zustimmung ging durch das Zelt, und Hernando kam sich zwischen den stattlichen Monfí-Anführern noch kleiner vor.

»Genieß den Augenblick!«, rief ihm Gironcillo zu und klopfte ihm auf die Schulter. »Das Fest hier wird zu deinen Ehren ausgerichtet!«

Musik setzte ein. Einige junge Frauen brachten Schüsseln mit Rosinen und Krüge mit Limonade, der sie eine Paste zusetzten. Sie stellten die Krüge auf die Teppiche vor die im Kreis sitzenden Männer. Die bedienten sich und sahen den Tänzerinnen in der Mitte zu: Manchmal tanzten sie allein, manchmal mit einem Monfí-Anführer. Selbst der behäbige Gironcillo ließ sich von einer jungen Frau dazu verführen. Er sang sogar!

»Im Tanz bei einer maurischen Zambra«, grölte er und versuchte linkisch ihren Schritten zu folgen, »und endlich frei von Krieg und Gefecht, vereint mit dem schönen Geschlecht, in dir, du geliebte Alhambra!«

Die Alhambra! Hernando hatte sofort die rote Festung von Granada vor den verschneiten Gipfeln der Sierra Nevada vor Augen. Alle priesen dieses wunderbare Bauwerk! Er stellte sich vor, wie er mit Fatima in den Gärten des Generalife-Palastes tanzen würde, er dachte an ihren Körper und an den goldenen Anhänger über ihrer Brust… Auch die Tänzerin, die ihn in diesem Moment aufforderte, trug eine Fatimahand um den Hals. Er hörte Applaus und Anfeuerungsrufe, während die Tänzerin versuchte, ihn im Takt zu führen. Um ihn herum drehte sich alles. Seine Füße bewegten sich zur Musik, sie hatten sich völlig verselbstständigt. Die junge Frau lachte und zog ihn an sich, er spürte ihre Nähe, so wie kurz zuvor bei Fatima.

Während sie tanzten, brachte eine andere Frau noch mehr Krüge. Sie gab etwas von der Paste in die Limonade.

Gironcillo stieß mit Partal an und genehmigte sich einen ausgiebigen Schluck.

»Haschisch!« Er seufzte. »Aber heute brauchen wir das nicht, um gegen die Christen zu kämpfen.« Partal nickte wissend und ließ sich das Getränk schmecken. Er sah sich um. »Also, lasst uns in unserer Alhambra tanzen!«, rief er und hob seinen Becher.

Hernando nahm seinen Platz nicht wieder ein. Die Lauten und Trommelschellen hörten auf zu spielen, und die Frau, die sich an ihren jugendlichen Tänzer schmiegte, sah fragend zu Aben Humeya hinüber. Der König verstand ihren Blick und lächelte ihr billigend zu. Daraufhin wurde Hernando von der Tänzerin vor das Zelt zu einer Art Verschlag geführt, in der sich auch die anderen Frauen aufhielten, die den König bedienten. Sie bemühte sich gar nicht erst um eine intime Atmosphäre. Sie stürzte sich ohne Vorwarnung auf Hernando, und alle anderen sahen dabei zu. In Windeseile entkleidete sie ihn, der nicht mehr in der Lage war, noch Widerstand zu leisten. Dann löste sie ihre Pluderhose und ihre Strümpfe. In dem Moment rief eine Frau: »Er ist nicht beschnitten!«

Sofort waren sie alle bei Hernando, und einige wollten sogar sein steifes Glied berühren. Aber die Tänzerin, die sich mittlerweile ausgezogen hatte, warf ihren Gefährtinnen einen drohenden Blick zu und legte eine Hand schützend um seinen Penis.

»Raus hier!«, rief sie und schlug mit der freien Hand um sich. »Ihr könnt euch später mit ihm vergnügen!«

Hernando wachte auf. Sein Mund war ausgetrocknet, und er hatte heftige Kopfschmerzen. Wo war er? Das Licht der Morgendämmerung drang fahl in die Hütte, und er erinnerte sich verschwommen an die Nacht und das Fest… und dann? Warum konnte er nicht aufstehen? Wo war er? Er hatte das Gefühl, sein Kopf werde gleich zerspringen. Was…? Er sah fleischige Arme, die ihn umklammert hielten. Da erst nahm er die Berührung wahr. Sein nackter Körper lag auf einer Decke neben… Er richtete sich auf. Die Frau neben ihm rührte sich nicht, grunzte nur kurz und schlief weiter. Wer war sie? Hernando sah nur riesige Brüste und einen gewaltigen Bauch. Was hatte er getan? Der Oberschenkel der Frau neben ihm war kräftiger als seine beiden Beine zusammen. Da stieg plötzlich ein Brechreiz in ihm auf, und ihn fröstelte. Er sah sich in der Hütte um. Sie waren allein. Er stand auf und hielt nach seiner Kleidung Ausschau. Sie lag quer über den Boden verstreut. Er musste sich etwas gegen die Kälte anziehen. Was war nur passiert?, fragte er sich immer wieder, während er sich mühsam anzog. Sein Schritt schmerzte höllisch, als er mit seiner Kleidung in Berührung kam. Er blickte an sich herunter: Sein Glied war ganz wund gerieben. Brust, Arme und Beine waren voller Schrammen. Wie sah wohl erst sein Gesicht aus? Er fand ein Stück von einem zerbrochenen Spiegel und betrachtete sich darin: Sein Gesicht war zerkratzt, und sein Hals und seine Wangen waren mit dunklen Flecken übersät. Allmählich erinnerte er sich wieder bruchstückhaft an die letze Nacht… Das Fest…

Der Tanz … Die Tänzerin … Der lüsterne Blick … Die junge Frau, die rittlings auf ihm saß und seine Hände zu ihren Brüsten führte … Die Tänzerin, die auf ihre Unterlippe biss und vor Lust schrie … Die anderen Frauen, die sich auf ihn stürzten und ihm zu trinken gaben … Fatima! Sie hatte versprochen, auf ihn zu warten! Er suchte vergeblich nach seiner kostbaren Marlota. Er griff zum Gürtel, den er soeben angelegt hatte … Auch der Beutel mit den Reales und der Turban waren verschwunden … Und Hamids Krummsäbel war unauffindbar!

Er rüttelte die Frau wach.

»Wo ist mein Säbel?« Die Dicke murmelte im Schlaf. Hernando schüttelte sie noch kräftiger. »Wo ist mein Geld?«

»Komm zu mir«, forderte ihn die Moriskin auf, als sie die Augen geöffnet hatte. »Du bist so stark.«

»Wo ist der Rest meiner Kleidung?«

Endlich schien die Frau aufzuwachen.

»Die brauchst du doch nicht. Ich weiß, wie dir gleich wieder warm wird«, flüsterte sie und räkelte sich wollüstig. Hernando wandte seinen Blick angewidert von dem völlig enthaarten, fetten Leib.

»Hündin!«, schimpfte er und sah sich noch einmal in der Hütte um. Noch nie zuvor hatte er ein weibliches Wesen beleidigt. »Diese Hündin!«, rief er noch einmal, als er feststellte, dass wirklich alles verschwunden war.

Er ging zum Vorhang, der den Eingang des Verschlages verhängte, aber er konnte sich vor Schmerzen kaum bewegen. Es brannte so fürchterlich, dass er breitbeinig gehen musste.

Obwohl es bereits hell war, lag über dem gesamten Feldlager eine befremdliche Stille. Er sah den Monfí, der bei Aben Humeyas Zelt Wache hielt.

»Die Tänzerinnen haben mich ausgeraubt«, klagte Hernando ohne jeden Gruß.

»Ich sehe, dass du deinen Spaß mit ihnen hattest«, erwiderte der Wachposten ungerührt.

»Sie haben mir alles genommen«, jammerte Hernando. »Die zehn Dukaten, die Marlota, den kostbaren Turban …«

»Heute Nacht sind fast alle Soldaten desertiert«, unterbrach ihn der Wachposten unwirsch.

Hernando ließ seinen Blick über das leere Feldlager schweifen.

»Wo ist mein Säbel?«, flüsterte er. »Wozu brauchen sie Waffen, wenn sie sich ohnehin ergeben wollen?«

»Du suchst deinen Krummsäbel?«, fragte der Monfí. Hernando nickte. »Warte.« Der Mann ging ins Zelt und kam kurz darauf mit der glänzenden Waffe zurück. »Den hast du gestern abgelegt, als du zum Fest gekommen bist. Man sitzt damit so unbequem.«

Hernando nahm Hamids Säbel ergriffen an sich. Aber: Was war mit Fatima?

Das Lager lag fast menschenleer vor Hernando. Er ging durch die Kälte zur Hütte, in der sich Ibrahim, Aischa, Fatima und die Jungen aufhielten, versteckte sich aber hastig in einiger Entfernung, als er Fatima mit Humam auf dem Arm aus ihrer Behausung kommen sah. Er beobachtete, wie sie ernst in den klaren Winterhimmel und dann Richtung Lager sah. Was sollte er ihr sagen? Sollte er ihr gestehen, dass er alles verloren hatte? Dass ihn mehrere Tänzerinnen verführt hatten und er in den Armen einer enthaarten Matrone aufgewacht war? Mit dem zerkratzten Gesicht und den Flecken am Hals konnte er sich wohl kaum bei ihr blicken lassen. Vielleicht … Er könnte sie ja anlügen und behaupten, der König habe ihn genötigt, die ganze Nacht in seinem Zelt zu verbringen. Ja, aber wenn … Was war, wenn sie sich ihm hingeben wollte, so wie sie es ihm versprochen hatte? Sie durfte keineswegs sein geschundenes Glied zu sehen bekommen. Er hatte bislang nicht einmal gewagt, die Wunden genauer zu untersuchen, die ihm weiterhin stark zusetzten. Wie sollte er ihr das alles nur erklären? Hernando sah, wie sie Humam zärtlich umarmte, als suchte sie bei dem Kind Halt, und wie sie es wiegte, sanft und wehmütig den kleinen Kopf küsste und schließlich wieder in der Hütte verschwand.

Er hatte sie enttäuscht! Er fühlte sich unendlich schuldig und beschämt und suchte das Weite. Er lief ziellos durch das Lager, aber als er an dem Zelt von Aben Humeya vorbeikam, hielt ihn der Wachposten an.

»Der König will dich sprechen.«

Hernando betrat das Zelt.

»Das Heer …«, stammelte Hernando und zeigte in Richtung Feldlager. »Die Männer …« Aben Humeya ging schweigend auf Hernando zu und begutachtete die Flecken an seinem Hals. »Die Männer sind geflohen!«

»Ich weiß«, antwortete der König ernst, konnte sich jedoch den Anflug eines Grinsens angesichts Hernandos Zustands nicht verkneifen. »Und ich kann es ihnen nicht einmal verübeln.« In dem Moment kam ein großer, kräftiger Monfí ins Zelt. »Wir haben keine Waffen, und wir verlieren überall an Boden. So wie Paterna haben sich auch viele andere Dörfer dem Marquis von Mondéjar ergeben, denn er zeigt sich großzügig und lässt Gnade walten. Deshalb flüchten die Männer, und aus diesem Grund habe ich dich rufen lassen.« Hernando war überrascht, aber Aben Humeya lächelte ihm aufmunternd zu. »Die Männer kommen wieder, Ibn Hamid. Ich bin mir sicher. Vor zwei Monaten, kurz nach meiner Krönung, habe ich meinen jüngeren Bruder Abdallah zum Bey von Algier geschickt und ihn um Hilfe gebeten. Doch bislang habe ich noch nichts von ihm gehört. Dann konnte ich ihm nur noch ein Schreiben zukommen lassen … Aber was sind schon Worte!«, schnaubte der König und ballte die Faust. »Jetzt haben wir reiche Beute gemacht, und damit können wir uns seine Gunst kaufen. Ja, meine Männer flüchten, und die versprochene Hilfe ist noch nicht eingetroffen. Deshalb wirst du jetzt sofort mit dem Gold nach Adra reisen. Und al-Hashum wird dich begleiten.« Aben Humeya zeigte auf den Mann, der ins Zelt gekommen war. »Er wird von dort aus zusammen mit dem Gold zu unseren Glaubensbrüdern in den Barbareskenstaaten aufbrechen. Dann kommst du wieder zurück und erstattest mir Bericht. Der Weg dorthin ist zwar gefährlich, aber ihr müsst um jeden Preis an die Küste kommen und eine leichte, wendige Fuste für die Überfahrt finden. Mit dem Gold, das ihr bei euch führt, und mit der Hilfe unserer Glaubensbrüder vor Ort werdet ihr in Adra mühelos ein kleines Schiff und alles beschaffen können, was ihr für die Überfahrt braucht. Ist alles bereit?«, fragte er den Monfí.

»Das Maultier ist schon beladen«, antwortete al-Hashum.

»Der Prophet möge mit euch sein und euch geleiten«, wünschte ihnen der König zum Abschied.

Hernando folgte al-Hashum. Sie sollten nach Adra aufbrechen! Der Weg bis an die Küste war weit. Was würde Fatima wohl dazu sagen? Sie hatte so traurig ausgesehen … Aber Befehl ist Befehl. Jetzt sofort, hatte der König angeordnet, also konnte er sich nicht einmal verabschieden. Und was war mit seiner Mutter? Die beiden Männer umrundeten das Zelt, auf der Rückseite erwartete sie Ibrahim mit einem der Maultiere. Sein Stiefvater musterte ihn von oben bis unten und verdrehte angesichts der Flecken an Hals und Gesicht abschätzig die Augen.

»Wo sind die Geschenke des Königs?«, sagte der Maultiertreiber.

Hernando zitterte wie so oft, wenn er mit Ibrahim zu tun hatte.

»Die brauche ich nicht für die Reise«, erwiderte er und gab vor, das Zaumzeug der Maultiere zu überprüfen. »Ich verabschiede mich noch von meiner Mutter.«

»Nein, wir müssen sofort aufbrechen«, wandte al-Hashum ein.

Ibrahims Augen begannen zu leuchten.

»Das ist ein Befehl des Königs. Du musst ihm gehorchen«, sagte er listig. »Für Tränen ist jetzt wirklich keine Zeit. Keine Sorge, ich werde Aischa alles berichten.«

Hernando musste ihm zu seinem Leidwesen zustimmen. Die beiden Männer machten sich mit dem Maultier auf den Weg, und Ibrahim sah ihnen nach. Dieses Mal freute er sich durchaus über das Vertrauen, das der König seinem Stiefsohn entgegenbrachte. Beim Gedanken an Fatimas sinnlichen Körper verzog sich sein Mund zu einem breiten Grinsen.

14

Das Land wurde flach. Unter normalen Bedingungen hätten sie den Weg in etwa drei oder vier Tagen zurückgelegt, aber Hernando und sein Gefährte mussten sich meist querfeldein durch unwegsames Gelände vorwärtskämpfen, um nicht von den marodierenden christlichen Soldaten entdeckt zu werden, die in der Gegend Angst und Schrecken verbreiteten. Die Christen plünderten und töteten die Bewohner der Dörfer, nahmen deren Frauen als Gefangene und vergewaltigten sie. Die meist zwanzig Mann starken Einheiten waren gierig und gewalttätig und übten unter dem Deckmantel ihres christlichen Gottes Rache an den Morisken.

Als Hernando und al-Hashum in der Nähe des Dorfes Turón hinter einem Gestrüpp Deckung gefunden und ihr Maultier angebunden hatten, wollten sie eigentlich nur abwarten, bis eine Horde Christen ihren Raubzug beendet hatte. Doch plötzlich löste sich einer der Männer aus der Gruppe und ging geradewegs auf ihr Versteck zu. Dabei schleifte er ein etwa zehnjähriges Mädchen am Schopf hinter sich her, das unentwegt schrie und verzweifelt um sich schlug. Hernando und der Monfí griffen sofort zu ihren Waffen. Genau vor ihnen, auf der anderen Seite einer dichten Hecke, ohrfeigte der Mann das Mädchen, bis es zu Boden fiel. Dann öffnete er seine Hose. Durch die Zweige konnten die beiden sein breites Grinsen und seine verfaulten Zähne erkennen. Hernando zückte den Krummsäbel und wartete darauf, dass der Soldat ihm den Rücken zuwandte, sobald er sich über das Mädchen hermachte. Aber dann spürte er den Druck von al-Hashums Hand auf seinem Unterarm. Sein Weggefährte schüttelte den Kopf. Hernando befolgte den unausgesprochenen Befehl und schob den Säbel langsam zurück in die Scheide. Der kräftige al-Hashum, der sonst so hart im Nehmen war, sah zu Boden und begann lautlos zu weinen. Hernando war dazu nicht in der Lage. Als die verzweifelten Schreie des Mädchens zu einem leisen Wimmern wurden, umklammerte er immer noch den ehrwürdigen Säbel des Alfaquí.

In Hernandos Wahrnehmung vermischte sich das Leiden des Mädchens mit seiner Erinnerung an Fatima. Feigling! Fatima hatte ihm von ihrer Angst erzählt, dass sie nun mit Humam allein auf der Welt sei, und Hernando hatte ihr gesagt, dass sie auf ihn zählen könne. Bestimmt hatten Fatima und seine Mutter inzwischen von dem Auftrag des Königs erfahren, Ibrahim hatte ihnen sicherlich davon erzählt, aber dennoch … Und was, wenn die Christen sich zu den unwirtlichen Gipfeln hochwagten und genau in diesem Moment Fatima schändeten?

Schließlich bedeutete ihm al-Hashum, der sich verstohlen die Tränen aus dem Gesicht wischte, mit einer Handbewegung, dass sie sich wieder auf den Weg machen sollten.

Über trockene, sandige Felder erreichten sie endlich das Meer. Al-Hashum schien sich in Adra auszukennen, und sie warteten bis zum Einbruch der Dunkelheit in der Nähe des Strandes. Der Monfí war ein sehr zurückhaltender Mensch, das hatte Hernando unterwegs feststellen können. Aber er war nicht mürrisch oder unfreundlich, sondern ließ einen überraschend gutmütigen Charakter erkennen, was Hernando von einem Räuber aus den Bergen nicht erwartet hatte. Die beiden saßen auf einer kleinen Anhöhe und sahen aufs Meer hinaus, das mit der untergehenden Sonne die Farbe wechselte. An diesem Abend war der Monfí nicht so wortkarg wie an den vorausgegangenen Tagen.

»Adra wird von Christen beherrscht.« Der Monfí versuchte trotz seiner tiefen, recht kräftigen Stimme zu flüstern. »Zu Beginn des Aufstandes wurden genau hier Aben Daud und andere Mitstreiter aus dem Albaicín-Viertel verraten, die die Barbaresken um Hilfe bitten wollten. Sie besorgten sich einen wendigen Zweimaster, aber der Mann, der ihnen das Schiff vermittelt hatte – einer von uns! Gott möge ihn zur Hölle verdammen! –, durchbohrte den Boden und verstopfte die Löcher mit Wachs. Kaum hatten sie sich von der Küste entfernt, lief das Schiff voll Wasser. Die Christen warteten bereits am Strand, um Daud und seine Leute festzunehmen.«

»Aber kennst du denn jemanden, dem wir vertrauen können?«, fragte Hernando.

»Ja, ich glaube schon.« Inzwischen war das Meer noch dunkler geworden. »Wie ich sehe, kannst du dich schon wieder etwas freier bewegen. Ohne Schmerzen«, scherzte al-Hashum.

Hernando hoffte, dass al-Hashum in der Dämmerung nicht bemerkte, wie er errötete. Aber der Monfí ließ nicht locker, und so kamen sie während der Geschichte von Hernandos nächtlichen Bekanntschaften, die seine Wunden verursacht hatten, auf al-Hashums Familie zu sprechen. Er hatte Frau und Kinder in Juviles zurückgelassen und wusste nicht, wo sie sich in der Blutnacht aufgehalten hatten.

»Entweder sind sie tot, oder sie sind versklavt«, flüsterte er jetzt mit einer für seine Verhältnisse brüchigen Stimme. »Ich frage dich: Welches Schicksal ist schlimmer?«

Sie unterhielten sich weiter, während die Nacht immer schwärzer wurde, und Hernando erzählte ihm von Fatima und von seiner Mutter.

Sie fanden Unterschlupf im Haus eines Ehepaares, das beim Beginn des Aufstandes in Adra bereits zu alt war, um in die Berge zu fliehen. Es hatte außerhalb des Ortes einen Gemüsegarten und einige Obstbäume. Zahir, der Mann, forderte sie auf, das Maultier unbedingt ins Haus zu bringen.

»Wir selbst haben keine Tiere«, war seine Begründung. »Wenn nun ein Maultier bei uns im Garten steht, könnte man Verdacht schöpfen.«

Zahirs Frau stimmte ihrem Mann zu, obwohl sie das Haus sonst sehr sauber und ordentlich hielt. Sie banden das Lasttier in dem Zimmer an, das sonst ihre Söhne bewohnten. Die jungen Männer kämpften derzeit, so berichtete das Ehepaar stolz, für den einzigen Gott.

Sie hielten sich einige Tage in ihrem Versteck auf, ohne das Haus zu verlassen. Zahir nahm indessen diskret Verhandlungen wegen eines kleinen, wendigen Schiffes auf. Hernando und al-Hashum hatten das Gefühl, dass sie ihren Gastgebern vertrauen konnten. Aber was war mit den Männern, mit denen der alte Mann verhandelte?

»Doch, auf die ist Verlass!«, entkräftete Zahir ihre Zweifel. »Das sind auch Muslime! Ich treffe sie oft beim Gebet, im Ort oder am Strand. Sie selbst greifen nicht zu den Waffen, sondern arbeiten mit unseren jungen Leuten zusammen. Alle wissen, wie wichtig es ist, dass das Gold zu den Barbaresken gebracht wird. Die Nachrichten, die wir aus den Alpujarras bekommen, sind nicht gerade ermutigend. Wir brauchen unbedingt die Hilfe unserer türkischen Glaubensbrüder und der Barbaresken!«

Die Nachrichten! Jeden Abend, wenn die alten Leute ihre wenigen Lebensmittel mit ihnen teilten, verschlangen sie begierig die Neuigkeiten über den Krieg, die ihnen Zahir überbrachte.

»Die Dörfer ergeben sich, eines nach dem anderen«, berichtete ihnen der alte Mann an einem Abend. »Es heißt, König Ibn Umayya streift ohne Waffen und ohne Vorräte durch die Berge. Nur einige treue Soldaten sind noch bei ihm, nicht einmal hundert Mann.«

Hernando schauderte bei der Vorstellung, dass Fatima und Aischa sich ohne den Schutz eines Heeres auf den Pässen der Sierra Nevada aufhielten. Der Monfí biss sich auf die Lippen, als er den Schmerz des jungen Mannes bemerkte.

»Wie können sie sich nur ergeben?«, rief al-Hashum schließlich.

Zahir schüttelte nur hilflos den Kopf.

»Sie haben Angst. Niemand bleibt bei Ibn Umayya. Und die Aufständischen in den Alpujarras, die noch Widerstand leisten wollen, werden immer weniger. Der Marquis von Los Vélez hat sich erst kürzlich mit unseren Brüdern in Ohánez ein blutiges Gefecht geliefert. Er hat dort mehr als eintausend Männer umgebracht und fast zweitausend Frauen und Kinder gefangen genommen.«

»Aber der Marquis von Mondéjar wollte sie doch begnadigen«, flüsterte Hernando. Er musste die ganze Zeit daran denken, was aus Fatima würde, wenn die Christen sie gefangen nähmen.

»Ja. Die beiden Adligen handeln völlig unterschiedlich. Mondéjar geht davon aus, dass die Lage sich entspannt hat. Das hat er dem Marquis von Los Vélez auch schriftlich mitgeteilt. Er hat ihn aufgefordert, seine Angriffe auf die Morisken einzustellen und diejenigen, die sich ergeben, straffrei ausgehen zu lassen.«

»Und dann?«, fragte al-Hashum.

»Der Marquis von Los Vélez hat geschworen, unser Volk weiter zu verfolgen, hinzurichten oder zu versklaven. Anscheinend erreichte ihn das Schreiben von Mondéjar erst nach der Schlacht von Ohánez. Als er in das Dorf kam, fand er auf der obersten Stufe der Kirchentreppe die Köpfe von zwanzig christlichen Jungfrauen ordentlich nebeneinander aufgereiht. Es heißt, dass man die Racheschwüre noch auf den höchsten Gipfeln der Sierra hören konnte.«

Die drei Männer, die auf dem Fußboden saßen, und Zahirs Frau, die etwas abseits stand, schwiegen eine geraume Weile.

»Du musst das Gold unbedingt zu den Barbaresken bringen!«, sagte Hernando ernst.

Hernando erfuhr, dass sich Aben Humeya derzeit in Mecina Bombarón aufhielt, einem Dorf an den südlichen Ausläufern der Alpujarras. Der König war zunächst heimlich von der Passhöhe nach Válor zurückgekehrt – zu seinem Volk und seinem Lehen. Er hatte dort Zerstreuung und Komfort gesucht, und wurde dann zu einer muslimischen Hochzeit im nahe gelegenen Mecina Bombarón eingeladen. Mecina war einer der vielen Orte, die sich dem Marquis ergeben hatten, da jedoch alle Christen geflohen waren, herrschte dort vorübergehend Ruhe. Aben Humeya, der selbst unter den widrigsten Umständen keine Feier ausließ, wollte sich diese Hochzeit nicht entgehen lassen.

Hernando war von Adra aus mit dem Maultier in Richtung Mecina aufgebrochen, um dem König Bericht zu erstatten. Nachdem die kleine Fuste, die Zahir für sie besorgt hatte, auf dem nachtdunklen Meer verschunden war – ohne christliche Verfolger und heimtückische Löcher, die sie zum Kentern bringen könnte –, hatte Hernando gemeinsam mit dem alten Mann und einigen Fischern noch am Strand gebetet. Sie hatten Gott um ein glückliches Ende für al-Hashums Mission gebeten. Schließlich hatte Hernando sich entgegen Zahirs Warnungen noch in derselben Nacht auf den Weg gemacht. Er hatte es eilig: Er wollte Fatima so schnell wie möglich wiedersehen.

Weder Hernando noch al-Hashum oder Aben Humeya konnten zu diesem Zeitpunkt jedoch ahnen, dass sowohl Ulugh Ali – der Beylerbey von Algier – als auch der Sultan des Osmanischen Reichs eigene Pläne hatten. Sobald die ersten Nachrichten vom Moriskenaufstand Algier erreicht hatten, rief der Beylerbey sein Volk auf, den Glaubensbrüdern in al-Andalus zu Hilfe zu eilen. Seinem Aufruf folgten aber gleich so viele kriegsbereite Männer, dass der Beylerbey entschied, sie lieber für seine eigenen Zwecke zu nutzen. Schon lange wollte er Tunis erobern, das sich in den Händen von Mulay Hamida befand. Da er seine Glaubensbrüder auf der anderen Seite der Meerenge aber nicht vollkommen im Stich lassen wollte, verfügte er einen Erlass, der allen Freiwilligen die Fahrt nach Spanien gestattete und zugleich allen Verbrechern Straffreiheit zusicherte, die sich für den Krieg in al-Andalus anwerben ließen. Zudem ließ er in einer Moschee Waffen sammeln, die er seinen spanischen Brüdern für ihre Revolte schenken wollte – und das waren viele. Aber am Ende verkaufte der Beylerbey ihnen die Waffen lieber. Ähnlich war es mit dem Sultan in Konstantinopel: Der Moriskenaufstand bedeutete für den König von Spanien eine weitere Kriegsfront, und dem Sultan erschien der Zeitpunkt für die Eroberung Zyperns mehr als günstig. Nachdem er seinem Beylerbey in Algier befohlen hatte, als Zeichen des guten Willens zweihundert türkische Janitscharen nach al-Andalus zu schicken, bereitete er sich auf dieses vielversprechende Unternehmen vor.

Hernando konnte schon von Weitem die Klänge der Lauten und Schalmeien hören, als er sich Mecina Bombarón näherte. Wie in den meisten Dörfern der Alpujarras standen auch dort die kleinen weißen Häuser dicht gedrängt beieinander. Aber es gab auch das ein oder andere weitläufige Anwesen, wie das von Aben Aboo, einem Cousin von Aben

Humeya, in dem der Moriskenkönig Zuflucht gefunden hatte. Es war schon dunkel, als Hernando das Dorf betrat. Das Hochzeitsfest war bereits in vollem Gange, doch er konnte nur noch an Fatima denken, die er bald wiedersehen würde und die sich vermutlich noch im Feldlager auf der Passhöhe aufhielt. Aber was sollte er ihr sagen? Wie konnte er sich nur bei ihr entschuldigen?

Genau in dem Augenblick wurde die junge Braut von ihren Verwandten zum Haus des Bräutigams getragen. Sie war in ein hemdartiges, langes Gewand gehüllt, und ihr Körper war mit traditioneller Henna-Bemalung verziert. Mit geschlossenen Augen achtete sie darauf, dass ihre Füße den Boden nicht berührten. Die sie begleitenden Frauen stießen Freudenschreie aus. Niemand in ganz Mecina konnte nunmehr leugnen, diese Verbindung sei nicht öffentlich gewesen, und Hernando schloss sich dem fröhlichen Treiben gern an. Die Braut erreichte die schmale Tür des zweigeschossigen Wohnhauses ihres Bräutigams, vor dem sich bereits eine Menschenmenge in der engen Gasse drängte. Jemand reichte ihr einen Holzhammer und einen Nagel, den sie in die Tür trieb. Dann betrat sie mit dem rechten Fuß zuerst ihr neues Zuhause.

Alle Frauen, die sich in das kleine Haus drängen konnten, begleiteten die Braut zum Brautgemach im oberen Stockwerk. Dort ließ sie sich mit einem weißen Bettlaken zudecken und wartete, während ihr die Frauen Geschenke brachten. Sie betraten das Haus mit verschleiertem Gesicht, um es erst in der vertrauten Atmosphäre des Hochzeitszimmers und in Abwesenheit der Männer wieder zu enthüllen.

Hernando konnte sich nur unter Mühen bis zur Haustür vorkämpfen. Viel zu viele Menschen wollten den Bräutigam in die Räume im Erdgeschoss begleiten.

»Aber ich muss den König sprechen«, sagte er zu einem alten Mann, der ihm mit seinem breiten Rücken den Weg versperrte.

Der Mann drehte sich um und starrte ihn bösartig an. Dann entdeckte er den Krummsäbel an Hernandos Gürtel. Niemand in Mecina trug Waffen.

»Hier gibt es keinen König!«, sagte er. Doch er ließ ihn vorbei und forderte auch die Umstehenden dazu auf. »Junge, denk dran«, sagte er eindringlich, »hier gibt es keinen König!«

Hernando gelangte schließlich in den kleinen Raum, in dem sich die Männer um den Bräutigam scharten. Er konnte Aben Humeya nicht sofort entdecken. Dafür sah er schon von Weitem Ibrahim, der Zuckergebäck aß und mit einigen Monfíes plauderte, die Hernando noch aus dem Feldlager kannte. Ibrahim wirkte zufrieden, dachte er in dem Augenblick, als sich ihre Blicke kreuzten. Er wich dem Blick seines Stiefvaters aus und sah zu Aben Humeya hinüber, der ihn sofort wiedererkannte. Diesmal trug der Monarch schlichte Kleidung, wie ein einfacher Moriske aus Mecina. Der König kam auf Hernando zu.

»Salam aleikum, Ibn Hamid«, sagte er zum Gruß. »Hast du gute Nachrichten für mich?«

Hernando erzählte von seiner Reise.

»Schön«, unterbrach Aben Humeya den Bericht mit einer Handbewegung, als der junge Mann ihm bestätigte, dass al-Hashum mit Gottes Hilfe bereits in den Barbareskenstaaten gelandet sein müsste. »Du bist sehr jung, und du bist ein treuer Diener deines Volkes. Das hast du hiermit erneut unter Beweis gestellt. Ich bin dir zu Dank verpflichtet, und ich werde dich für deine Tat belohnen, doch jetzt wollen wir feiern. Komm, begleite mich!«

Die Männer begaben sich in das erste Stockwerk, wo sie von den inzwischen wieder verschleierten Frauen bereits erwartet wurden. Die meisten von ihnen – bis auf Hernando – brachten Geschenke: Essen, Münzen, edle Stoffe … Die beiden Zeremonienmeisterinnen, die zu beiden Seiten am Kopfende des Bettes standen, nahmen die Präsente entgegen. Aber nur die engsten Verwandten durften die Braut unter dem weißen Laken betrachten. Auch dem König wurde dieses Privileg zuteil, der die Braut mit einer Goldmünze beschenkte.

»Lass uns jetzt etwas essen!«, sagte der König, nachdem er der Braut seine Ehre erwiesen hatte.

Angesichts der Enge im Haus des Brautpaares verlagerte sich das Hochzeitsfest bald auf die Straße und in die angrenzenden Wohnhäuser. Schließlich waren alle Gaben beim Brautpaar angekommen, und die beiden sperrten sich für die vorgeschriebenen acht Tage ein, in denen sie nur von ihren Familienangehörigen Speisen gebracht bekamen.

Aben Humeya und Hernando begaben sich anschließend zum Anwesen von Aben Aboo. Dort wurde im Garten zum Klang von Lauten und Pauken ein Lamm zubereitet. Es war ein herrschaftliches Haus mit massiven Holzmöbeln und edlen Teppichen. Angenehme Düfte drangen aus den Räumen, in denen Bedienstete eilfertig zwischen den Gästen hin und her liefen. Unter ihnen entdeckte Hernando auch Ibrahim, der offensichtlich bereits vor ihnen eingetroffen war. Ehe sich die Frauen in einen anderen Raum begaben, hielt Hernando noch schnell nach seiner Mutter Ausschau. Er wusste nicht, ob sie mit seinem Stiefvater ins Dorf gekommen war. Doch alle Frauen trugen ihr Gesicht verschleiert, und viele hatten eine ähnliche Statur wie Aischa. Ibrahim war bester Dinge, er saß mit einigen Männern unter einem imposanten Maulbeerbaum in einer Ecke des Gartens und unterhielt sich angeregt. Sein sonnengegerbtes Gesicht schien eigenartig jung. Hernando hatte ihn noch nie so ausgelassen erlebt. Er ging auf seinen Stiefvater zu.

»Salam aleikum«, sagte er zum Gruß. Alle drehten sich zu ihm um. »Ibrahim, wo ist meine Mutter?«

Sein Stiefvater hatte hier anscheinend nicht mit ihm gerechnet.

»Sie ist noch in den Bergen«, antwortete er und machte Anstalten, sich wieder seinem Gegenüber zuzuwenden. »Sie kümmert sich um deine Brüder und um Fatimas Säugling.«

Hernandos Knie wurden weich. War Fatima etwas zugestoßen?

»Aber warum versorgt sie Fatimas Sohn? Was ist …«, stammelte er.

Ibrahim ließ sich zu keiner Antwort herab, aber einer der Männer wandte sich an Hernando.

»Du hast bald einen neuen Bruder«, sagte er, bevor er in schallendes Gelächter ausbrach und dem jungen Maultiertreiber einen kräftigen Schlag auf die Schulter versetzte.

»Wie … Wie bitte?«, fragte der Junge mit bebender Stimme.

Ibrahim drehte sich wieder zu ihm um und strahlte vor Zufriedenheit.

»Dein Stiefvater«, begann ein anderer Mann aus der Gruppe, »hat beim König um die Hand des Mädchens angehalten.« Hernandos Gesichtsausdruck spiegelte sein Entsetzen wider. »Es wurde bekannt, dass ihr Mann in Félix umgekommen ist, und da sie keine weiteren Familienangehörigen hat, hat dein Vater beim König um ihre Hand angehalten. Freu dich doch, Hernando! Schließlich bekommst du so auch eine neue Mutter.«

Hernando spürte, wie ihm plötzlich übel wurde, und rannte zum anderen Ende des Gartens. Er musste sich zwar nicht übergeben, aber die heftigen Brechreizattacken quälten ihn. Fatima! Seine Fatima sollte Ibrahims Frau werden!

»Was ist mir dir, Ibn Hamid? Fehlt dir etwas?«

Der Monarch war besorgt, als er Hernando sah. Hernando fuhr sich übers schweißnasse Gesicht und atmete tief durch, bevor er antwortete. Warum sollte er dem König seine Sorgen nicht erzählen?

»Hoheit, Ihr habt gesagt, dass Ihr mir zu Dank verpflichtet seid …«

»Ja, das habe ich gesagt.«

»Ich möchte Euch um einen Gefallen bitten«, begann Hernando.

Aben Humeya begann zu lächeln, noch ehe Hernando seine Geschichte beendet hatte. In Liebesdingen kannte er sich trefflich aus. Kurz entschlossen packte er Hernando am Arm und steuerte auf die Gruppe der scherzenden und plaudernden Männer zu.

»Ibrahim!«, rief er. Der Maultiertreiber drehte sich lachend um, aber seine Heiterkeit war wie weggewischt, als er den König mit seinem Stiefsohn vor sich sah. »Ich habe beschlossen, dir das Mädchen doch nicht zur Frau zu geben. Hier ist jemand, der unserem Volk einen großen Dienst erwiesen hat, und er hat auch um ihre Hand angehalten. Es ist dein Sohn, und Fatima ist sein.«

Der Maultiertreiber ballte die Fäuste, um den in ihm aufsteigenden Zorn zu unterdrücken, jeder Muskel seines Körpers war plötzlich angespannt. Immerhin hatte der König gesprochen! Die anderen Männer hatten ihr Gespräch unterbrochen und sahen zu Hernando.

»Und jetzt«, sagte Aben Humeya, »wollen wir die Gastfreundschaft meines geschätzten Cousins Ibn Abbuh genießen. Kommt, es gibt reichlich zu essen und zu trinken!«

Hernando wankte hinter Aben Humeya her, der nur wenige Schritte weiter anhielt, um mit einem der Monfí-Anführer zu sprechen. Er konnte nur noch aus den Augenwinkeln sehen, wie Ibrahim wutentbrannt davonstürmte.

Aber Hernando bekam Fatima nicht zu Gesicht. Während des Festessens blieben die Frauen unter sich. Hernando weigerte sich, etwas anderes als frisches, klares Wasser zu trinken, und überprüfte, ob es womöglich von Haschischpaste trüb war. Er hing seinen Gedanken nach. Es war Nacht geworden, und allmählich verließen die Gäste das Festmahl. Hernando fühlte den Zeitpunkt näher rücken, sich Fatima erklären zu müssen. Aben Humeya hatte gesagt, dass er um ihre Hand angehalten habe und dass sie sein sei. Bedeutete das, dass er sie heiraten musste? Er wollte doch nur … Er wollte doch nur, dass Ibrahim sie nicht heiratete! Viele starrten ihn an dem Abend an und tuschelten hinter seinem Rücken über ihn, manche zeigten sogar mit den Fingern auf ihn. Alle Gäste wussten Bescheid! Wie sollte er Fatima erklären, dass …? Und was war mit Ibrahim? Was würde sein Stiefvater nun machen? Ja, der König hielt zu ihm, aber …

Schließlich waren nur noch ein Dutzend Männer bei Aben Aboo – darunter Aben Humeya, El Zaguer sowie Dalay, der Büttel von Mecina – als ein Moriskensoldat hereinstürmte.

»Wir sind umzingelt! Die Christen!«, keuchte er, als er vor dem König stand. »Eine Einheit ist in Richtung Válor unterwegs. Eine andere steht schon vor Mecina«, berichtete er völlig außer Atem. »Sie kommen direkt hierher!«

Aben Humeya brauchte keinerlei Befehle zu erteilen. Alle, die sonst nicht in Mecina wohnten und die keinen Geleitbrief des Marquis mit sich führten, sprangen über die Gartenmauer und liefen in Richtung Berge.

Plötzlich stand Hernando mit Aben Aboo allein im Garten.

»Du musst fliehen«, drängte er und zeigte zur Mauer.

Die Frauen, die sich im Haus aufgehalten hatten, rannten verängstigt heraus, sie hatten in der Eile nicht einmal ihre Gesichter verschleiert.

»Fatima!«, rief Hernando.

Das Mädchen blieb stehen. Hernando sah ihre Augen im Schein einer Fackel aufleuchten. In dem Moment stürmte eine Gruppe Christen in den Garten, und es gab ein heilloses Durcheinander. Während die Christen die kreischenden Moriskinnen zur Seite drängten, nutzte Hernando die kostbaren Sekunden und rannte zu Fatima, fasste sie am Arm und zog sie schnell ins Haus. Dort konnten sie die Schreie der Soldaten hören.

»Wo ist Fernando de Válor y de Córdoba, der sich fälschlicherweise König von Granada nennt?«

Das waren die letzten Worte, die Hernando hörte, ehe er mit Fatima durch ein kleines Fenster auf die Straße schlüpfte.

Nein, das waren keine gewöhnlichen Soldaten. Das Heer des Marquis von Mondéjar hatte sich schon aufgelöst, nachdem es die Beute aus Las Guájaras unter sich aufgeteilt hatte. Die meisten Männer, die in der Nacht das christliche Feldlager verlassen hatten, um Aben Humeya zu umzingeln, waren nichts anderes als skrupellose Plünderer. Die bislang gemachte Beute hatte ihre Gier nur noch stärker angefacht.

Auch Válor wurde von ihnen heimgesucht. Die Dorfbewohner waren aus ihren Haustüren gekommen, um die Christen mit Speis und Trank willkommen zu heißen, aber diese brachten sie auf der Stelle um und stürmten mit aller Brutalität das Dorf. Mecina erging es nicht anders. Die Plünderer ermordeten die Männer, raubten die Häuser aus und nahmen Frauen und Kinder gefangen, um sie auf Sklavenmärkten zu Geld zu machen.

Nachdem sie bei Aben Aboo vergeblich nach Aben Humeya gesucht hatten, stand ein Trupp zusammen mit dem Hausherrn im Garten.

»Wo ist Fernando de Válor?«, fragte einer der Männer wieder und wieder und schlug Aben Aboo dabei unaufhörlich mit dem Kolben seiner Arkebuse ins Gesicht. Der Moriske sagte kein Wort.

»Du wirst schon noch reden, du verdammter Ketzer!«, murmelte ein Gefreiter mit dichtem Bart und schwarzen Zähnen. »Zieht ihn aus und fesselt seine Hände auf dem Rücken!«

Dann trieb er ihn mit seiner Arkebuse nackt und gefesselt bis zum Maulbeerbaum. Er fand ein dünnes, festes Seil und warf es über einen Ast, sodass das Ende auf Aben Aboos Kopf fiel. Der Soldat nahm es und knotete gekonnt eine Schlinge.

Da spuckte ihm Aben Aboo mitten ins Gesicht. Der Gefreite ging nicht auf diese Beleidigung ein, sondern hielt die Schlinge einen Moment lang ruhig in der Hand.

»Nein, so leicht kommt du uns nicht davon«, versicherte er ihm.

Dann kniete er sich auf den Boden, legte die Schlinge um den Hodensack des nackten Morisken und zog sie mit einem heftigen Ruck zu. Aben Aboo unterdrückte einen Schmerzensschrei.

»Du wirst dir noch wünschen, dass ich dich an deiner dreckigen Gurgel aufgehängt hätte«, murmelte er.

Der Mann begann am anderen Ende des Stricks zu ziehen. Aben Aboo stellte sich bald auf die Zehenspitzen. Ein heftiger Schmerz schoss durch seinen Hodensack, als sich das Seil immer straffer über den Ast spannte, und er drohte jeden Moment das Gleichgewicht zu verlieren. Der Soldat hielt inne und übergab einem anderen Soldaten den Strick, damit er ihn am Baumstamm des Maulbeerbaums festband.

»Sprich, du verdammter Mohammedaner! Sag, dass dein Prophet gelogen hat!«, brüllte ihn der Soldat an. »Irgendwann wirst du dein Maul schon aufmachen und deinen Allah verraten, diesen lächerlichen Gott, diesen riesigen Haufen Dreck, diesen Abschaum …«

Da trat Aben Aboo mit dem rechten Fuß fest in die Hoden des Soldaten, der zusammensackte und sich vor Schmerz am Boden krümmte. Gleich darauf verlor Aben Aboo das Gleichgewicht und kippte nach vorne.

Sein Hodensack wurde sofort durchtrennt, die Hoden fielen zu Boden, und alle Umstehenden wurden mit Blut bespritzt.

»Du bist ein Schwein, also sollst du auch ausbluten wie ein Schwein«, rief der Soldat unter Schmerzen.

»Möge Allah dafür sorgen, dass Ibn Umayya lebt, auch wenn ich sterben muss«, konnte Aben Aboo noch sagen, bevor er das Bewusstsein verlor.

Nachdem Ibrahim das Fest verlassen hatte, war er auf der Suche nach Haschisch und einer willigen Frau zwischen den feiernden Morisken im Dorf umhergestreift. Und er fand beides. Er musste unbedingt die Abfuhr des Königs verdrängen. Doch als er mitbekam, wie die Christen ins Dorf einfielen, hielt er den allgemeinen Tumult für eine günstige Gelegenheit, um sich an Hernando zu rächen. Er kehrte zum Haus von Aben Aboo zurück und kam genau in dem Moment an, als die Soldaten mit ihrer Beute das Anwesen verließen. Ibrahim ging hinein und fand den stark blutenden Cousin des Königs im Garten.

»Lass mich sterben«, flehte Aben Aboo.

Ibrahim gewährte ihm diesen Wunsch nicht. Er brachte ihn ins Haus und legte ihn in ein Bett. Dann eilte er los, um Hilfe zu holen.

15

Grausam sind unsere Feinde, so wir ihnen in die Hände fallen. Denn wir haben sie gekränkt. Lasst uns unsere Schritte beschleunigen, und lasst uns mutig angreifen, den ehrenhaften Tod immer vor Augen. Wir müssen unsere Frauen und Kinder schützen, und wir müssen tun, wozu wir verpflichtet sind, um Leben und Ehre zu verteidigen, so wie es in unserer Natur liegt.

LUIS DE MÁRMOL, *Geschichte der Rebellion und der Bestrafung der Morisken im Königreich Granada*

Hernando und Fatima verließen Mecina und flüchteten zusammen in die Berge. Erst als der Lärm der Plünderer kaum mehr zu hören war, hielten sie am Rand einer Schlucht an, um ein wenig zu Atem zu kommen. Hernando wollte etwas sagen, doch Fatima kam ihm zuvor.

»Tod verheißt ewige Hoffnung«, sagte sie kühl. »Kannst du dich daran erinnern?«

»Ich …«, setzte Hernando zu seiner Entschuldigung an.

»Dein Stiefvater hat beim König um meine Hand angehalten«, unterbrach sie ihn, »und …«

»Und dann hat der König es sich anders überlegt.«

Hernando wünschte, er könnte im Mondlicht Fatimas schwarze Augen funkeln sehen. Aber ihre Miene schien wie versteinert.

»Der König hat mir deine Hand versprochen.«

Beide schwiegen.

»Also gehöre ich jetzt wohl dir.« Fatimas Worte durchschnitten die kalte Nachtluft wie eisige Klingen. »Du hast mir das Leben gerettet … immer wieder. Du kannst mich haben, aber …«

»Hör auf!«

»Du kannst mich haben, aber mein Herz wird dir nicht gehören.«

»Nein!« Hernando wandte sich mit schmerzerfüllter Miene ab und entfernte sich einige Schritte. Wie konnte er sich nur für sein Verhalten in jener Nacht und vor allem für sein plötzliches Verschwinden entschuldigen? Er hatte sie im Stich gelassen.

»Achte darauf, dass du meinen Schritten und Fußspuren folgst.« Er zwang sich, mit kräftiger Stimme zu sprechen – sich seinen Schmerz nicht anmerken zu lassen. Dann setzten sie ihren Weg fort. »Die Schlucht ist tief, also pass bitte auf, dass du nicht stürzt.«

Während des Monats, in dem Hernando nach Adra gereist war, hatte Ibrahim – zusammen mit Aben Humeya und seinen letzten treuen Anhängern – Unterschlupf in einer der vielen Höhlen oberhalb von Válor und Mecina gefunden. Dorthin waren Hernando und Fatima jetzt unterwegs.

Zwischen den Gipfeln, auf denen noch der letzte Februarschnee lag, führte das Mädchen Hernando schließlich zur Höhle seiner Familie. Im Mondschein konnte Hernando die Maultierherde in der Nähe des Eingangs erkennen. Er wollte eintreten, aber Fatima zögerte.

»Ibrahim, bist du das?« Eine dunkle Gestalt erschien am Eingang der Höhle. Es war Aischa.

»Nein. Ich bin es, Fatima. Ich bin mit Ibn Hamid gekommen. Was ist mit Ibrahim? Ist er schon zurück?«

»Nein.«

Fatima verschwand in die Höhle.

»Warte, ich …!« Hernando wollte sie zurückhalten, doch das Mädchen war schon nicht mehr zu sehen.

Aischa blieb bei ihrem Sohn.

»Es tut mir leid, Mutter«, flüsterte er. »Ich musste einfach sofort aufbrechen. Es war ein Befehl des Königs. Hat Ibrahim denn nichts davon erzählt?«

Aischa schloss ihn in die Arme und weinte. Dann trocknete sie ihre Tränen, schüttelte immer wieder traurig den Kopf und löste sich aus der Umarmung. Schließlich folgte sie Fatima in die dunkle Höhle. Hernando blieb verunsichert zurück. Sein Blick fiel auf die Maultiere. Als er in der Herde die Alte ausmachen konnte, huschte ein Lächeln über sein Gesicht.

Ibrahim erschien erst zwei Wochen später. Er war keine Sekunde von Aben Aboos Seite gewichen, der inzwischen wieder genesen war. Hernando hielt sich in diesen Tagen nicht in der Höhle der Familie auf. Er schlief im Freien, und abgesehen von einem kurzen Gespräch am ersten Morgen, als Aischa ihm Frühstück gebracht hatte, sprachen weder sie noch Fatima ein einziges Wort mit ihm.

»Du bist einfach so verschwunden«, hatte ihm seine Mutter vorgeworfen. Hernando setzte zu einer Entschuldigung an, aber Aischa schnitt ihm mit einer Handbewegung das Wort ab. »Du bist einfach abgehauen. Und die Wollust deines Vaters … Du weißt, wie er ist. Fatima war deinem Stiefvater schutzlos ausgeliefert. Wie ein Feigling hast du sie im Stich gelassen … Und mich.«

»Ich bin nicht abgehauen! Der König hat mir einen wichtigen Auftrag erteilt. Ibrahim wusste Bescheid, und er hat mir versprochen, es dir auszurichten!«, erklärte Hernando. »Und was Fatima angeht … Das habe ich geklärt. Der König hat sein Wort zurückgenommen: Fatima muss Ibrahim nicht heiraten.«

Aischa schüttelte langsam den Kopf, sie presste die Lippen fest zusammen, und ihr Kinn bebte, als sich ihre Augen mit Tränen füllten.

Hernando schwieg. Damit hatte er nicht gerechnet.

»Du weißt doch gar nicht, wovon du sprichst!«, jammerte Aischa.

Als Ibrahim kurz darauf heftig auf sie einprügelte, weinte Aischa nicht mehr. Es war das Erste, was Ibrahim nach seiner Rückkehr tat – noch dazu im Beisein von Fatima, der Jungen und einiger Morisken, die sich mit ihnen die wenigen Lebensmittel teilten. Hernando sah, wie seine Mutter hinfiel, zückte den Krummsäbel und lief auf seinen Stiefvater zu.

»Nein, Hernando! Er ist mein Ehemann!«, rief Aischa.

Ibrahim und sein Stiefsohn starrten sich lange an. Schließlich sah Hernando beschämt zu Boden. Genau dieses Verhalten erinnerte ihn an seine Kindheit, und zu seinem Leidwesen fühlte er sich angesichts der Wut seines Stiefvaters so ohnmächtig wie damals. Der kräftige Maultiertreiber nutzte den Moment und versetzte ihm einen heftigen Faustschlag. Dann stürzte er sich auf Hernando und prügelte wie von Sinnen auf ihn ein. Hernando wehrte sich nicht. Besser, er bekam Ibrahims Wut zu spüren als seine Mutter.

»Komm Fatima bloß nicht zu nahe!«, zischte ihm Ibrahim hasserfüllt zu. »Sonst kriegt deine Mutter meine Fäuste erst richtig zu spüren. Hast du verstanden? Der König mag deine Dienste zu schätzen wissen, du verfluchter Christenbastard, aber kein Mensch wird es wagen, mir zu sagen, wie ich meine eigene Frau zu behandeln habe. Und ich sage dir ein für alle Mal: Ich will dich hier nicht sehen.«

Fest stand, dass Aben Humeya eine gewisse Zuneigung für den jungen Maultiertreiber entwickelt hatte. Nach dem Überfall der Christen auf Mecina hatte sich der König nach Hernando erkundigt. Er hatte ihn zu sich kommen lassen und war erfreut, dass er die Flucht aus Mecina gut überstanden hatte. Er hatte ihn auch nach Fatima gefragt – worauf Hernando eine unverständliche Antwort nuschelte, die Aben Humeya aber mit Schüchternheit verwechselte. Danach beauftragte er ihn, die Tiere zu versorgen.

»Wir brauchen dein Wissen jetzt mehr denn je«, sagte der König. »Habe ich dir nicht gesagt, dass unsere Männer wiederkommen werden. Erinnerst du dich?«

Und so war es. Hernando konnte feststellen, dass immer mehr Pferde hinzukamen. Die Morisken kehrten zu ihrem König in die Berge zurück und schworen ihm Treue bis in den Tod.

»Der Marquis von Mondéjar ist als Generalkapitän des Königreichs abgesetzt worden. Man hat ihn an den Hof gerufen«, erklärte ihm Gironcillo eines Tages. Hernando beschlug gerade seinen Fuchs. »Die Amtsschreiber und Juristen haben also doch noch gewonnen. Sie sind es, die uns unser Land weggenommen und sich beim König über die Milde des Marquis beschwert haben. Sie wollen uns jetzt endgültig vernichten!«

Hernando bat Gironcillo, ihm das Hufeisen zu reichen.

»Wer befehligt die christlichen Truppen jetzt eigentlich?«, fragte er, während er das Hufeisen mit nur wenigen Schlägen aufnagelte.

Gironcillo beobachtete schweigend die geschickten Bewegungen des jungen Mannes.

»Don Juan de Austria«, antwortete Gironcillo, nachdem Hernando fertig war. »Er ist ein Sohn Kaiser Karls, also ein Halbbruder von König Philipp. Ein tapferer, aber auch sehr hochmütiger Mann. Und es heißt, dass die Tercios und die Galeeren aus Neapel nach Spanien verlegt werden. Es wird also ernst.«

Hernando legte das Werkzeug beiseite und stellte sich zu dem Monfí. Trotz der eisigen Kälte stand ihm der Schweiß auf der Stirn.

»Aber wenn es ernst wird, warum kehren unsere Männer dann gerade jetzt zurück? Vielleicht wäre es besser, die Unterwerfung einfach zu akzeptieren, oder?«

Ein Sattler, der soeben aus der Sierra kam und die Reiter mit Trensen, Zaumzeug und Sättel versorgte, hatte Gironcillos Worte gehört und beantwortete Hernandos Frage.

»Aber das haben wir doch schon gemacht«, rief er, nur wenige Schritte von ihnen entfernt. Hernando und Gironcillo drehten sich überrascht zu ihm um. »Einige von uns haben die Kapitulation längst angenommen. Und was haben sie davon? Die Christen rauben uns aus, bringen uns um und versklaven unsere Frauen und Kinder. Die Geleitbriefe des Marquis von Mondéjar sind wertlos. Ich sterbe lieber im Kampf, als dass ich verraten werde und mich umbringen lasse.«

»Don Juan de Austria und die neuen Truppen werden nicht so bald in Granada eintreffen«, sagte Gironcillo. »Momentan haben die Christen keinen Befehlshaber. Der Marquis von Mondéjar ist fort, und die meisten Soldaten des Marquis von Los Vélez sind längst desertiert. Tausende Soldaten ziehen jetzt ohne Kommando durch die Alpujarras. Sie plündern, sie nehmen unsere Brüder und Schwestern gefangen oder bringen sie einfach um. Sie haben es nur auf die Beute abgesehen und wollen nach Hause, bevor Juan de Austria hier ist.«

Was als Aufstand begonnen hatte, bei dem es um die Rechte und Kultur der Muslime gegangen war, entwickelte sich nun also zu einer echten Rebellion: zu einem Kampf um das Überleben und die Freiheit eines ganzen Volkes. Die Kapitulation hatte bisher nur zu Tod und Versklavung geführt, und so kamen die Morisken jetzt scharenweise in die Sierra Nevada zu ihrem König.

Fatima wollte Aischa nicht allein zurücklassen, obwohl diese sie immer wieder dazu aufgefordert hatte. Ibrahim erniedrigte seine Frau Tag für Tag und richtete es immer so ein, dass das Mädchen alles mitbekam – so als wollte er Fatima daran erinnern, dass sie die Ursache für Aischas Unglück war. Der siebenjährige Aquil tat es seinem Vater gleich und verhielt sich seiner Mutter gegenüber plötzlich ebenfalls grausam und rücksichtslos.

Hernando musste Ibrahims Wutausbrüche immer wieder mit ansehen, doch Aischa ließ nicht zu, dass er einschritt. Auch wenn Fatima sich ihm gegenüber weiterhin abweisend verhielt, wollte er die beiden einzigen Menschen, die er am meisten liebte, nicht noch einmal im Stich lassen. Also blieb er immer in ihrer Nähe. Fatima hatte seit ihrer Ankunft kein einziges Wort mehr mit ihm gesprochen. Es war Aischa, die ihm jeden Abend wortlos das Essen brachte.

Eines Nachts rief Hernando nach dem Abendgebet sogar die Heilige Jungfrau der Christen an. Andrés hatte ihm damals in Juviles versichert, dass Maria sich bei Gott für die Menschen einsetzte. Er betete zu ihr und dachte daran, was er von Hamid gelernt hatte:

»Auch wir Muslime verehren Maryam, und wir glauben an ihre Reinheit und Jungfräulichkeit.« Angesichts des fragenden Blicks seines Schülers fuhr der Alfaquí fort. »Hör nicht auf die, die ihre Makellosigkeit beleidigen. Das machen sie nur, weil sie unsere Lehren vergessen haben … und um dem Glauben der Christen die Würde zu nehmen. Doch sie irren sich: Maryam ist eines der vier vollkommenen Vorbilder für die Musliminnen. Denn sie hat Isa – den die Christen Jesus nennen – geboren, ohne ihre Jungfräulichkeit zu verlieren. Isa konnte bereits kurz nach der Geburt sprechen und verteidigte fortan die Keuschheit seiner Mutter.« Trotz seines blinden Vertrauens in den alten Mann zweifelte Hernando stark an Hamids Worten und verdrehte die Augen. Und wie konnten sie als Muslime nur die Mutter des christlichen Gottes verteidigen? »Hör mir zu«, begann Hamid, um ihn zu überzeugen. »Als der Prophet Mekka einnahm und siegreich um die Kaaba zog, befahl er, dass alle Götzen zerstört werden sollten: Hubal, Wadd, Suwa, Yaghuth, Ya'uq, Nasr und viele andere. Außerdem wurden in der Kaaba die Bilder von den Wänden entfernt. Mit einer einzigen Ausnahme: ein Wandgemalde, das Maryam mit ihrem Sohn darstellte. Du musst wissen, dass Maryam ihre Reinheit bewahrte. So steht es im Koran und in der Sunna.«

Doch trotz seines inständigen Flehens zu Maryam kamen weder der Gott der Christen noch der Gott der Muslime Aischa zu Hilfe … und auch nicht Fatima oder ihm.

Die Tage verstrichen. Aben Humeya nutzte die Unentschlossenheit seiner Feinde und die bedingungslose Loyalität seiner Männer, um sich neu zu organisieren und mit Waffen zu versorgen. Er ernannte Gouverneure und führte ein eigenes Steuersystem ein. Endlich kamen auch die sehnsüchtig erwarteten Soldaten des Osmanischen Reichs, die Korsaren und die Janitscharen ihren Brüdern in al-Andalus zu Hilfe.

Der König von Granada und Córdoba errang wichtige Siege über die christlichen Truppen von Juan de Austria und des Marquis von Los Vélez, und die Pferdeherden, die Hernando zu versorgen hatte, wurden immer größer.

»Du musst unbedingt reiten lernen«, sagte der König eines Tages zu ihm. »Denn nur so lernst du die Pferde richtig kennen. Außerdem …«, Aben Humeya lächelte ihm zu, »… die Männer meines Vertrauens müssen mich zu Pferde begleiten.«

Hernando sah zu den Tieren auf der Weide. Bis jetzt war er nur ein einziges Mal geritten, damals mit Gironcillo bei ihrer Flucht von der Tablate-Brücke, aber …

Aben Humeya lächelte immer noch.

Der König überließ ihm die Wahl, und Hernando entschied sich für einen Rotschwarzen, den er für das sanfteste und zahmste Pferd der Herde hielt. Als er den Sattelgurt anlegte, sah er das schwarze Fell in der Sonne der Sierra Nevada rötlich schimmern. Er zögerte einen Moment. Reiter und Pferd waren sichtlich aufgeregt. Hernando wandte sich zum König, aber dieser bedeutete ihm mit einer Handbewegung, er solle aufsitzen. Er stellte seinen linken Fuß in den Steigbügel und stemmte sich nach oben, aber als er aufsitzen wollte, wieherte das Pferd plötzlich laut, buckelte und warf ihn ab. Aben Humeya wollte ihm aufhelfen, doch Hernando stand schon wieder, ehe ihm der König die Hand reichen konnte.

»Erste Lektion«, sagte Aben Humeya, »du musst immer beachten, dass Pferde keine dummen Maultiere oder Esel sind.« Hernando hörte zu und fixierte den Rotschwarzen. Das Pferd knabberte in einiger Entfernung friedlich an einer der Hecken! »Versuch es noch einmal«, ermunterte ihn der König. »Wenn es notwendig ist, musst du Härte zeigen, aber du musst immer auch klug und einfühlsam sein. Nur so wirst du diese Tiere bändigen können.«

Hernando wollte gerade wieder zu dem Rotschwarzen gehen, als der König weitersprach.

»Ibn Hamid, du hast dir ein Pferd mit schwarzem Fell ausgesucht. Denk daran, die Fellfarben der Pferde entsprechen den vier Elementen: Luft, Feuer, Wasser und Erde. Die Rotschwarzen haben die Farbe der Erde. Vielleicht kommen sie dir ruhig vor, aber sie sind auch niederträchtig, und deshalb hat dich dieses so sanft scheinende Pferd abgeworfen.«

Mit diesen Worten ließ der König ihn mit den Pferden und der

Frage allein, welche Fellfarben den anderen Elementen entsprachen und welche Stärken und Schwächen sich daraus ergaben.

Tag für Tag kehrte er mit Schmerzen von seinen Reitübungen zurück. Mal zog er ein Bein nach, mal konnte er nur mit einer Hand essen. Aber ob es nun Glück war oder an seiner Jugend lag, bei keinem der Stürze zog er sich eine schwere Verletzung zu.

Gelegentlich ritt der König sogar persönlich mit ihm aus und gab ihm Unterricht. Schließlich erklärte er Hernando auch die übrigen Fellfarben: Weiß entsprach dem Element Wasser – Pferde mit weißem Fell galten als phlegmatisch, schwach und träge. Braun stand für die Luft – die Tiere waren heiter und flink. Rot entsprach dem Feuer – Füchse galten als cholerisch, feurig und schnell.

»Das Pferd, das alle Farben in seinem Fell vereint, ist das Beste«, sagte der König eines Morgens zu ihm.

Aben Humeya ritt gelassen auf einem Braunfuchs. Hernando kämpfte wieder einmal mit dem Rotschwarzen, den ihm der König inzwischen geschenkt hatte.

Alle Morisken, die in den umliegenden Höhlen Unterschlupf gefunden hatten, waren auf den Nazarener neidisch. Sie hatten sich alle längst auf Ibrahims Seite geschlagen, und auch Fatima ließ ihn während der ersten Tage ihre Verachtung und Enttäuschung spüren. Damals in der Nacht auf der Passhöhe hatte sie auf ihn gewartet und von seinen Liebkosungen geträumt. Aber Hernando hatte sich nicht blicken lassen! Ihre Sehnsucht schlug bald in Verachtung um: Sie stellte sich vor, wie sie ihm bei ihrer nächsten Begegnung vor die Füße spuckte, wie sie ihm den Rücken zuwandte, ihn anschrie … Sie hätte ihn sogar geschlagen! Und dann der alte Ibrahim mit seinen Blicken, seinen Berührungen und Anspielungen … Als sie erfuhr, dass er vom Tod ihres Mannes wusste und beim König um ihre Hand angehalten hatte, verfluchte sie Hernando unter Tränen. Als er sie in der Nacht aus Mecina gerettet und ihr vom neuen Entschluss des Königs berichtet hatte, war sie erleichtert und zugleich verletzt: Sie musste Ibrahim nicht heiraten … Aber Hernando … Warum konnten er und der König einfach über ihre und Humams Zukunft entscheiden? Sie war Witwe, keine Sklavin!

Aber die Tage verstrichen, und Hernando hielt sich immer in der Nähe der Höhle auf. Mal ging er aufrecht, mal hinkte er. Er nahm ihre Verachtung still hin, war aber stets an ihrer Seite. Hinter seinem Rücken nannten ihn hier oben alle nur den »Nazarener«. Aischa hatte ihr inzwischen den Grund dafür erzählt, und zum ersten Mal seit Hernandos Rückkehr spürte Fatima, wie sich ihr die Kehle zusammenschnürte.

Eines Abends, als Aischa ihrem Sohn das Abendessen bringen wollte, bat Fatima sie um die Schüssel mit dem Essen. Diesmal wollte sie zu Hernando gehen. Als er sie kommen sah, stand er überrascht auf.

»Salam aleikum, Ibn Hamid«, sagte Fatima leise und reichte ihm das Essen.

»Da, du Miststück!«, donnerte plötzlich Ibrahims Stimme.

Dem Mädchen fiel die Schüssel aus den zitternden Händen.

Fatima drehte sich um und sah im Schein des Feuers, wie Ibrahim seine Frau brutal ohrfeigte. Hernando machte einen Schritt auf sie zu, blieb dann aber stehen. Ibrahim ließ von Aischa ab und blickte wütend zu ihnen herüber. Da verstand Fatima: Sobald sie sich Hernando näherte, würde Aischa den Preis dafür zahlen. Ibrahim holte noch einmal weit aus und versetzte seiner Frau einen heftigen Schlag ins Gesicht. Fatima eilte zurück in die Höhle.

16

Im April 1569 brach das wiedererstarkte Moriskenheer nach Ugíjar auf. Vorneweg ritt Aben Humeya mit seinen engsten Vertrauten, zu denen auch Hernando gehörte. Die sich daran anschließende Kolonne wurde von der Arkebusengarde angeführt, die die scharlachrote Standarte von Aben Humeya vor sich hertrug. Darauf folgten Kavallerie und Infanterie. Die prächtigen Fahnen und kunstvoll gefertigten Banner der einzelnen Kompanien waren während der langen Wartezeit in den Höhlen genäht worden und wehten jetzt hoffnungsvoll im Wind. Den Abschluss bildete wie üblich der Tross: die Lasttiere mit dem Marschgepäck, Frauen, Kinder, Kranke und Alte.

Hernando saß aufrecht auf seinem Rotschwarzen, den er unentwegt zügeln musste, damit er nicht zu der Reitergruppe mit Ibrahim aufschloss. Der war zu einem ständigen Begleiter von Aben Aboo geworden, dem man den Sattel wegen seiner Narben mit weichem Lammfell ausgelegt hatte. Aben Aboo ritt neben seinem Cousin, König Aben Humeya, und Ibrahim ritt dicht hinter den beiden Männern.

Hernando konnte wegen der kräftigen Monfí-Anführer hinter sich den Tross nicht sehen. Dort waren Aischa und Fatima sowie die Maultiere unter der Führung von Aquil und einem kleinen aufgeweckten Jungen – Jusuf. Hernando hatte ihn bei den Höhlen kennengelernt und gebeten, seinem Stiefbruder zu helfen.

Ugíjar feierte ihre Ankunft mit einem großen maurischen Fest. Die Stadt war nicht wiederzuerkennen. Die Kirche wurde zu einer Moschee umgebaut. Die Straßen, die die drei Wehrtürme der Stadt miteinander verbanden, hatten sich in einen großen bunten Suk verwandelt, in dem die Morisken ihre Waren anboten. Außerdem gab es einen stetigen Zustrom an Neuankömmlingen: Barbaresken, Korsaren und muslimische Händler von der anderen Seite der Meerenge. Die meisten waren ähnlich wie die Morisken gekleidet, nur einige trugen Dschellabas, jene weiten Gewänder der Wüstenvölker. Am meisten überraschte Hernando aber das Äußere vieler Männer: Einige waren groß, hatten blondes Haar und eine helle Haut. Andere waren rothaarig und hatten grüne Augen. Außerdem sah er Männer mit tiefschwarzer Hautfarbe, die die dunkelhäutigen Berber mit einer Selbstverständlichkeit begleiteten, als wären sie ihre Stammesbrüder.

»Das sind christliche Renegaten«, erklärte ihm Gironcillo, als Hernando, völlig fasziniert von einem riesigen Albino, beinahe mit ihm zusammengestoßen wäre.

Der Albino lächelte ihn an, so als ob … Hernando sah verwirrt zu Gironcillo.

»Pass bloß auf«, warnte ihn der Monfí, sobald der Albino weiterging. »Sie vergnügen sich gern mit jungen Männern wie dir. Die Renegaten sind die Herren von Algier, uns verachten sie nur. Tetuan ist in muslimischer Hand, ebenso Salé, La Mámora und Vélez, aber Algier …«

»Sind sie keine Türken?«, unterbrach Hernando ihn.

»Nein.«

»Aber wer sind sie?«

»In Algier leben die Renegaten mit den Janitscharen zusammen, die der Sultan geschickt hat.« Gironcillo stellte sich in die Steigbügel und hielt im Suk nach ihnen Ausschau. »Nein. Anscheinend sind keine da. Du erkennst sie sofort, wenn du sie siehst. Sie folgen nur dem Sultan, und ihre Befehle erhalten sie über die Aghas, ihre Anführer. Vor etwa vierzig Jahren erkannte der Korsar Khair ad-Din die Oberhoheit des Sultans an, der uns bei unserem Kampf gegen die Christen helfen soll … Aber lass dich nicht täuschen: Vor den Renegaten muss man auf der Hut sein, vor allem wenn man ein so hübscher Junge ist wie du.« Er lachte.

Inzwischen war Aben Humeya abgestiegen und suchte sie, denn

Hernando musste die Pferde versorgen. Der versuchte immer noch, Fatima und Aischa zu entdecken, aber sie hatten die Stadt wohl noch nicht erreicht. Er musste sich ohnehin zuerst um die Pferde kümmern.

Aben Humeya stellte Hernando einige Arkebusenschützen als Wachen zur Seite. Schließlich fand der junge Mann etwas abseits der überfüllten Straßen ein schönes, großes Haus, das an die Felder grenzte. Zweifellos hatte es früher einer christlichen Familie gehört, die während des Aufstandes ermordet worden war. Es verfügte über zwei Stockwerke, ausreichend Grund, und es war sowohl von der Straße als auch von den umliegenden Feldern aus zugänglich. Es bot sich geradezu an, die Pferde des Königs und der Monfí-Anführer dort unterzubringen.

»Verschwindet von hier«, schrie einer der Soldaten der Moriskenfamilie zu, die bei ihrer Ankunft aus dem Haus gestürmt kam.

Es war ein Ehepaar mittleren Alters: Sie war rundlich, er sogar noch dicker, und um sie herum schwirrten sieben Kinder.

Vielleicht … Vielleicht sollte Hernando sich von der freundlichen Atmosphäre dieser Familie mit ihren vielen Kindern anstecken lassen.

»Kennst du dich mit Tieren aus?«, fragte Hernando den Mann in der Hoffnung auf eine positive Antwort. »Dann kannst du mir mit den Pferden des Königs helfen. Und wir teilen uns das Haus.«

Hernando zäumte schnell die zwölf Pferde ab, für die er die Verantwortung übernommen hatte. Dann verließ er das Haus. Er würde den Tieren später zu fressen geben. Zuerst musste er Aischa und Fatima finden.

Als er durch das schmiedeeiserne Tor auf die inzwischen überfüllte Gasse trat, musste er sich durch den Menschenstrom kämpfen, um in die Ortsmitte zu gelangen. Wie sollte er in diesem Durcheinander die beiden Frauen finden? Hernando stieß plötzlich mit einem Mann zusammen.

»Cornuti!«

Da traf ihn schon ein heftiger Schlag, der ihn gegen eine entgegenkommende Gruppe warf, die ihn ihrerseits wieder zur Seite stieß. Der Zustrom der Männer und Frauen kam ins Stocken.

»Signori …«

Hernando drehte sich verblüfft zu dem Mann um, der ihm den Stoß versetzt hatte. Was sagte der Mann?

»Ich bringe dich um!« Ja, diese Drohung hatte er verstanden. Der Mann mit den blonden Locken und dem Vollbart packte seinen kostbaren, mit Edelsteinen besetzten Dolch und starrte Hernando feindselig an. Dann gab er wieder einen unverständlichen Wortschwall von sich. Das war weder Spanisch noch Arabisch.

Aber er hatte keine Zeit. Wenn Ibrahim die Frauen vor ihm fand, brachte er sie vielleicht in ein anderes Haus, und dann … Er versuchte zu entwischen und weiterzulaufen, aber er stieß gegen einige Männer, die den Streit mitverfolgt hatten. Jemand schubste ihn wieder zu dem blonden Mann, um den sich inzwischen ein Kreis gebildet hatte. Die Schaulustigen reckten neugierig ihre Köpfe. Hernando zückte den Krummsäbel.

»Allahu akbar!«, sagte der Blonde feierlich und sah Hernando tief in die blauen Augen. Hatte er ihm gerade zugezwinkert?

»Bello! Che bello!«, rief er plötzlich. Hernando starrte den Blonden weiter an. Ein Mann fing an zu lachen, und andere stimmten in das Gelächter mit ein oder pfiffen.

»Bel-lissimo!« Der Blonde steckte seinen Dolch wieder ein und verwickelte seine Begleiter in ein angeregtes, völlig unverständliches Gespräch. Hernando stand immer noch mit dem gezückten Krummsäbel da. Er war wütend … Aber er konnte ja wohl kaum einen Mann angreifen, der keine Waffe in der Hand hielt und der ihn nicht einmal mehr beachtete. Da sah der Blonde noch einmal zu ihm, er strahlte über das ganze Gesicht und zwinkerte ihm erneut zu, ehe er sich umdrehte und sich seinen Weg durch die Menschenmenge bahnte.

Blut schoss ihm ins Gesicht, und die Umstehenden brachen in Gelächter aus. Ohne sie eines Blickes zu würdigen, steckte er den Krummsäbel wieder in die Scheide.

»Na, mein Hübscher!«, rief einer der Schaulustigen und grinste, als Hernando ihn zur Seite stieß. Dann kniff ihn auch noch jemand in den Hintern.

Hernando fand die beiden Frauen bei den Maultieren. Sie hatten am Ortseingang haltgemacht, weil sie nicht wussten, wohin sie gehen sollten. Die beiden Jungen versuchten die Tiere davon abzuhalten, den vorbeiströmenden Menschenmassen hinterherzutrotten. Weder Aischa und Fatima noch seine Stiefbrüder konnten ihre Erleichterung verhehlen, als Hernando zu ihnen stieß. Selbst die Maultiere schienen sich über die bekannte Stimme zu freuen, die sie nun antrieb. Niemand wusste etwas über den Verbleib von Ibrahim.

Im Haus empfing Salah, das dicke Oberhaupt der Familie, sie mit einer an Unterwürfigkeit grenzenden Höflichkeit. Der Kaufmann zog mit seiner Familie ins Erdgeschoss und überließ den Neuankömmlingen das obere Stockwerk. Dort stand in einem der Zimmer ein riesiges Bett. Salah erklärte, dass er die übrigen Möbel verkauft hatte, nicht ohne zuvor – das wiederholte er nachdrücklich – alle Wandbehänge und Gemälde mit christlichen Darstellungen zerstört zu haben.

Es wurde dunkel, und Aischa bereitete zusammen mit Salahs Frau das Abendessen zu. Fatima brachte den Männern Limonade. Sie war nicht verschleiert und lächelte Hernando an, als sie ihm einen Becher reichte. Der junge Mann spürte einen Stich im Herzen. Hatte sie ihm verziehen? Seine Mutter schwatzte und lachte mit Salahs Frau und den Kindern in der Küche. Ibrahim war noch immer nicht aufgetaucht. Beim Wachwechsel wies Hernando einen der Soldaten an, etwas über den Verbleib seines Stiefvaters herauszufinden.

»Ibrahim ist bei Ibn Abbuh«, berichtete der Arkebusenschütze, er hatte einen der Hauptleute des Königs gefragt.

Bevor sie sich wieder in die Küche zurückzog, blickte Fatima zu Hernando herüber und schenkte ihm schon wieder ihr Lächeln! Er atmete tief ein.

»Du hast eine gute Ehefrau.« Salahs sachliche Feststellung holte Hernando in die Wirklichkeit zurück. »Sie ist so ruhig.«

Hernando atmete wieder aus und führte den Becher zum Mund, um den Händler aus den Augenwinkeln zu betrachten. Trotz der kalten Nacht schwitzte Salah. Warum war er so nervös?

»Allah hat euch einen Sohn geschenkt. Meine ersten beiden Kinder waren Mädchen«, sprach Salah weiter.

Die Neugier des Händlers störte Hernando. Eigentlich könnte er ihn ja mit seiner Familie vor die Tür setzen … Aber dann hörte er wieder, wie Aischa fröhlich in der Küche plauderte. Wie lange hatte er seine Mutter nicht mehr lachen gehört?

»Und dann hat er dir vier Söhne geschenkt«, sagte Hernando schließlich.

Salah wollte gerade antworten, als ihn der Ruf des Muezzins unterbrach. Sie beteten und aßen danach gemeinsam zu Abend. Die Speisekammer des Händlers war gut bestückt. Nach dem Essen sah Hernando sowohl bei den Pferden als auch bei Jusuf und den Maultieren vorbei. Die Tiere hatten den Gemüsegarten verwüstet. Salahs Frau hatte ihrem Mann einen flehenden Blick zugeworfen.

»Es sind die Pferde des Königs«, war seine Antwort gewesen, begleitet von einem vielsagenden Blick zu den wachhabenden Arkebusenschützen.

Sie brauchen mehr Gerste und Heu, dachte Hernando. Der König hatte angeordnet, dass er die Pferde immer bereithalten solle, also konnte er sie nicht zum Grasen auf andere Koppeln außerhalb von Ugíjar bringen. Es war spät geworden. Hernando legte im Freisitz Decken für die Nacht bereit.

»Ich bleibe hier bei den Tieren – den Pferden des Königs«, kam er Salah zuvor, der verwundert zur Kenntnis nahm, dass der junge Mann nicht bei seiner Frau schlief.

Jusuf leistete ihm Gesellschaft und lauschte aufmerksam seinen Erzählungen, bis beide einschliefen. Obwohl er im Freisitz nur von einem Dach geschützt war, konnte Hernando zum ersten Mal seit Tagen wieder gut schlafen: Fatima hatte ihn angelächelt!

Am frühen Morgen sah er nach den Tieren und entschied, zum König zu gehen. Er brauchte Geld, um Heu zu kaufen. Aber Aben Humeya konnte ihn nicht empfangen. Der König hatte sich wieder im Herrenhaus des Notars eingerichtet und empfing dort die Anführer einer Janitscharen-Kompanie, die eben aus Algier eingetroffen war.

Hernando beobachtete diese Janitscharen neugierig. Gironcillo hatte nicht zu viel versprochen. Sie trugen hohe, spitz zulaufende Turbane, Pluderhosen, lange Marlotas und einfache Pantoffeln. Viele hatten imposante Schnurrbärte. Beeindruckend war auch die Unmenge an Waffen, die sie bei sich führten: Arkebusen mit langen Läufen, Dolche und die nur leicht gekrümmten Jatagane.

Zweihundert Mann waren unter dem Kommando des Ayabachí Dalí an der Küste gelandet, der in Begleitung von zwei weiteren Janitscharen-Offizieren gerade an der Sitzung mit Aben Humeya teilnahm.

Die Janitscharen bildeten eine Eliteeinheit, die nur dem Sultan unterstand, und galten als äußert loyal und unbezwingbar. Sie erhielten eine lebenslange Bezahlung und genossen im Vergleich zur übrigen Bevölkerung besondere Privilegien. Sie hatten sogar eine eigene Rechtsprechung: Ein Bey durfte keinen Janitscharen verurteilen oder bestrafen, sie waren ausschließlich ihrem Agha verpflichtet, und Urteile wurden stets in Geheimverfahren gefällt. Diese Eliteeinheit war eine privilegierte Kaste für sich. Sie gingen gnadenlos gegen die Bevölkerung vor, raubten, was ihnen zwischen die Finger kam, und vergingen sich an Kindern und Frauen – ungestraft, denn ein Janitschar war selbst für einen Bey unantastbar!

Diese Männer, die der Bey von Algier auf Geheiß des Sultans geschickt hatte, waren nun in al-Andalus angekommen. Aber das bedeutete keineswegs den Verlust ihrer Privilegien. Hernando wurde selbst Zeuge ihrer Überheblichkeit, während er vor den Türen des Herrenhauses auf die Antwort des Königs wartete.

Er versuchte seine Neugierde zu unterdrücken und vermied es, zu den Janitscharen hinüberzusehen, die vor dem Gebäude herumlungerten.

»Hast du etwas von Ibrahim gehört, dem Maultiertreiber?«, fragte er beiläufig einen der Wachposten an der Tür. »Er ist mein Stiefvater.«

»Aus Juviles?«, die Wache verzog das Gesicht. »Er ist gestern mit Ibn Abbuh und einer Kompanie nach Poqueira aufgebrochen. Der König hat seinen Cousin zum Büttel von Poqueira ernannt, und Ibn Abbuh wiederum hat deinen Stiefvater zu seinem Stellvertreter gemacht.«

»Wie lange werden sie in Poqueira bleiben?«, fragte Hernando.

Der Arkebusenschütze zuckte mit den Schultern.

Ibrahim war nicht in der Stadt! Hernando versuchte ein Lachen zu unterdrücken, als ein Rosinenverkäufer mit einem Korb unterm Arm an ihm vorbeieilte. Einer der Janitscharen passte ihn ab und nahm sich eine Handvoll Rosinen. Der Verkäufer drehte sich um und versetzte dem Mann, der ihn gerade beraubt hatte, einen Schlag.

Dann ging alles sehr schnell. Ohne ein Wort zu verlieren packten die Janitscharen den Mann, hielten seinen Arm fest, und der, der den Schlag abbekommen hatte, trennte mit einem einzigen Hieb seines Jatagans die Hand des Verkäufers ab. Diese fiel in den Korb mit den Rosinen, und der Verkäufer wurde unter Fußtritten davongejagt, bevor sich die Janitscharen wieder ihrem Gespräch zuwandten, als wäre nichts geschehen. Das war die Strafe für jemanden, der es wagte, einen Streiter des Sultans zu berühren.

Hernando verharrte an seinem Platz und starrte auf die Blutspur, die der Rosinenverkäufer hinterließ, bevor er nur wenige Schritte weiter ohnmächtig zusammenbrach. Hernando war so gebannt von der Szene, dass ihn der Wachsoldat des Königs mehrfach ansprechen musste.

»Komm«, forderte er ihn auf.

Hernando wurde nicht wie letztes Mal zu Aben Humeya, sondern vor ein Zimmer am Ende des ersten Stockwerks geführt, dessen massive Holztür von zwei Arkebusenschützen bewacht wurde. Angesichts dieser Vorsichtsmaßnahmen vermutete Hernando, dass hier der Teil des Kriegsschatzes aufbewahrt wurde, den der König nicht nach Algier hatte bringen lassen.

»Ibn Hamid?«, fragte jemand hinter ihm. Hernando drehte sich um und sah einen gut gekleideten Mann vor sich. »Der König hat mir von dir erzählt.« Der Mann reichte ihm die Hand. »Mein Name ist Mustafa Calderón, ich wohne in Ugíjar und bin ein Berater des Königs.«

Mustafa sperrte die Tür auf und forderte ihn mit einer Handbewegung auf hineinzugehen.

Wo sollte hier Viehfutter sein? Das war doch kein Speicherraum! Und außerdem … Hernando blieb erstaunt neben Mustafa im Türrahmen stehen.

Durch einen schmalen Fensterschlitz drang etwas Licht in den Raum. Etwa fünfzehn Mädchen und junge Frauen kauerten in einer Ecke dicht beieinander und sahen erschrocken zu Hernando herüber.

»Such dir eine aus und biete sie auf dem Markt an. Mit dem Geld kannst du dann kaufen, was du für die Pferde brauchst. Aber komm einmal im Monat zum Abrechnen zu mir. Ich hätte es anders gemacht, aber der König hat darauf bestanden. Außerdem sollst du dir für die Ausritte mit ihm angemessene Kleidung besorgen.«

»Aber … Aber ich kann sie doch nicht …«

»Sie werden sie dir aus den Händen reißen«, entgegnete ihm der Moriske. »Christinnen erzielen in Algier hohe Preise. Die Stadt wird von Türken und christlichen Renegaten beherrscht, und die wollen keine Musliminnen.«

»Aber«, setzte Hernando an, während er beobachtete, wie sich die Mädchen bei ihrem Gespräch noch enger aneinanderpressten.

»Such dir eine aus. Mach schon!«, drängte ihn Mustafa. »Wir sind gerade mit den Türken in Verhandlungen. Ich kann nicht noch mehr Zeit verlieren.«

Wie sollte er ein Mädchen auf dem Markt verkaufen?

»Ich …«, begann Hernando, als vor ihm plötzlich das hellblonde Haar eines zitternden blassen Mädchens aufschimmerte. Eines der älteren Mädchen hatte sie einfach nach vorn gestoßen.

»Ich nehme die da!«, hörte er sich sagen.

»Gesagt, getan!«, stellte Mustafa mit Genugtuung fest. »Fesselt sie und gebt sie ihm!«, befahl er den Wachposten und eilte davon. »Und denk daran: Ich erwarte dich in einem Monat zur Abrechnung«, rief er ihm über die Schulter zu.

Hernando bekam die Worte nicht mehr mit. Er hatte nur noch Augen für seine Gefangene. Es war Isabel, Gonzalicos Schwester. Plötzlich hatte er wieder das grausame Bild vor Augen, wie der Maultiertreiber aus Narila das Herz des Jungen triumphierend in die Höhe reckte, bevor er es dem Mädchen vor die Füße warf. Was wohl aus Ubaid geworden war?

Kurz darauf fand er sich auf der Straße wieder, von den Janitscharen aufmerksam beobachtet. In den Händen hielt er den Strick, mit dem die Wachen Isabel gefesselt hatten. Er blieb stehen. Alles verwirrte ihn. Was war hier eigentlich los?

»Junge, was hast du mit dem schönen Mädchen vor?«, fragte eine höhnische Stimme.

Hernando gab keine Antwort. Warum musste er diesen Handel mitmachen? Was sollte er mit Isabel anstellen? Die Erinnerung an das Blutbad in Cuxurio und Isabels Flehen vermischten sich mit den Farben und Gerüchen des Markttreibens vor ihm. Er konnte sie doch nicht einfach … Sie hatte schon so viel erlitten! Der Strick spannte sich, und Hernando sah zu Isabel: Ein Janitschar kam direkt auf sie zu, und sie war entsetzt zurückgewichen.

Ihm fiel die abgetrennte Hand des Rosinenverkäufers wieder ein. Isabel schluchzte, wankte und stieß mit dem Rücken gegen die Arkebusenschützen, die ihr den Weg versperrten. Der Janitschar tätschelte ihr goldschimmerndes Haar.

»Finger weg!«, rief Hernando. Er ließ den Strick los und zückte den Krummsäbel.

Da zog der Janitschar in atemberaubender Geschwindigkeit seinen im Sonnenlicht nur kurz aufblitzenden Jatagan. Ehe Hernando wusste, wie ihm geschah, flog sein Krummsäbel durch die Luft, und er stand plötzlich mit leeren Händen da. Die anderen Türken brachen in schallendes Gelächter aus.

»Lass das Mädchen in Frieden!«, rief er zornig.

Der Janitschar sah Hernando herausfordernd an. Er führte seine Hand an Isabels jugendliche Brust.

»Ich will mir nur die Ware genau ansehen«, erwiderte der Janitschar langsam.

»Und … ich will … erst dein Geld sehen«, stammelte er. »Ohne Geld keine Prüfung der Ware!«

Einige Janitscharen applaudierten Hernando, als wäre alles nur ein Spiel.

»Gut geantwortet!«, riefen sie und prusteten los. »Los. Zeig ihm dein Geld!«

In dem Moment flüsterte derselbe Arkebusenschütze, der Isabel den Weg versperrte und der zuvor Hernando in das Haus geführt hatte, dem Janitscharen etwas ins Ohr. Der Türke hörte zu und verzog das Gesicht.

»Sie ist keinen einzigen Dukaten wert!«, knurrte er und schubste Isabel weiter.

»He, Junge, dreihundert Dukaten! Was sagst du?«, rief ein anderer Janitschar.

Hernando nahm den Strick wieder in die Hand und ging zu der Stelle, an der Hamids Krummsäbel gelandet war. Während die Janitscharen sich über ihn lustig machten, zog er Isabel hinter sich her.

»Dein alter Krummsäbel wird dir nichts nützen!«, hörte er, als er sich zu seiner Waffe bückte. »Du hast nicht genug Kraft, um ihn richtig zu führen.«

Hernando steckte den Krummsäbel wieder ein und stand auf. Was sollte er nur mit dem Mädchen anfangen? Da sah er schon, wie die ersten Händler auf ihn zustürmten.

17

»Du bist frei. Da kannst gehen.«

Hernando hatte es geschafft, den gesamten Suk hinter sich zu lassen, ohne auf die zahllosen Angebote einzugehen. »Sie ist schon verkauft!«, rief er immer wieder, wenn sich jemand Isabel näherte oder ihnen hinterherlief. »Finger weg!«

Als sie die Stadt schließlich hinter sich gelassen hatten, versteckten sie sich hinter einer niedrigen Mauer in der Nähe eines Olivenhains.

»Los, lauf!«, flüsterte er ihr zu, als er den Knoten gelöst hatte.

Das Mädchen zitterte ebenso wie Hernando. Ließ er tatsächlich gerade die Sklavin frei, die ihm Aben Humeya überlassen hatte, um mit ihrem Erlös die Pferde des Königs versorgen zu können?

»Geh endlich!«, drängte er das Mädchen, aus dessen Augen die nackte Angst sprach. »Geh schon!«

Er schob sie von sich, doch Isabel kauerte sich nur noch dichter an die Steinmauer. Da stand er auf.

»Wohin gehst du?«, fragte Isabel mit dünner Stimme.

»Also …« Hernando betrachtete die Stadt und das Bergpanorama im Hintergrund. Hier und da brannten die Lagerfeuer der Soldaten und der geflohenen Morisken, die in Ugíjar keine Aufnahme mehr gefunden hatten: Sie alle gehörten zum großen Heer von Aben Humeya. »Ich weiß es nicht! Ich habe schon genug Probleme!«, klagte er. »Ich sollte dich verkaufen und mit dem Geld Futter für die Pferde des Königs kaufen.«

Sie gab keine Antwort, sondern sah ihn nur verzweifelt an. Hernando ging in die Hocke und gab Isabel ein Zeichen, still zu sein, als er einige Männer kommen sah. Sie warteten, bis sie vorübergingen. Was sollte er nur tun? Was würde aus ihm, wenn der König hiervon erfuhr?

»Jetzt geh endlich! Verschwinde!«, entfuhr es ihm, als die Stimmen hinter der Mauer verstummt waren. Wie hätte er Gonzalicos Schwester auf dem Sklavenmarkt verkaufen können? Hernando konnte sich noch gut daran erinnern, wie der Junge in der Nacht vor seinem Tod ruhig an seiner Seite geschlafen und seine Hand gehalten hatte. »Jetzt hau endlich ab!«

Hernando stand auf und ging wieder Richtung Ugíjar. Eigentlich wollte er sich nicht umsehen, aber nach ein paar Schritten überkam ihn ein eigenartiges Gefühl... Tatsächlich, sie folgte ihm! Die zerlumpte, barfüßige Isabel trottete weinend hinter ihm her, ihr zerzaustes helles Haar glänzte in der Mittagssonne. Hernando sah sie wütend an und zeigte in die entgegengesetzte Richtung, aber Isabel blieb einfach nur stehen.

Hernando ging zu ihr zurück.

»Dann bringe ich dich eben auf den Markt!«, knurrte er und führte sie vom Weg zurück an die Mauer. »Wenn du mir noch einmal nachläufst, verkaufe ich dich. Du hast es ja selbst gesehen: Alle wollen dich!«

Isabel weinte. Hernando wartete, dass sie damit aufhörte, aber sie beruhigte sich nicht.

»Du musst fliehen«, schlug er vor. »Du wartest am besten die Dunkelheit ab.«

»Und dann?«, unterbrach ihn Isabel schluchzend. »Wohin soll ich dann gehen?«

Ja, die Alpujarras waren fest in der Hand der Muslime. Es gab weit und breit keine Christen. Was würde aus ihr, wenn seine Glaubensbrüder sie gefangen nahmen? Dann würde auch bekannt, dass er sie freigelassen hatte. Erst jetzt wurde ihm die Tragweite seiner Tat bewusst. Er rang nach Luft.

Schließlich nahm er sie mit zu Salahs Haus. Sie gingen um die Stadt herum, um sich nicht noch einmal dem Markttreiben aussetzen zu müssen. Für den Fall, dass ihnen jemand begegnete, hatte er Isabel wieder gefesselt und zog sie am Strick hinter sich her. Sollte er sie vielleicht als Muslimin ausgeben? Aber mit dieser auffälligen Haarfarbe konnten sich alle in Ugíjar an sie erinnern.

Endlich gelangten sie zur Mauer des Grundstücks.

»Versteck dich!«, sagte er zu Isabel, bevor er sie losband. Das Mädchen sah sich um. »Leg dich in die Felder, da hast du ein wenig Deckung. Mach, was du willst, aber duck dich endlich. Wenn sie dich finden … Du weißt ja, was dann mit dir geschieht … Und mit mir«, fügte er leiser hinzu. »Ich komme wieder. Ich weiß nur noch nicht, wann. Und ich weiß auch nicht, was wir dann machen.« Er schüttelte den Kopf. »Aber ich komme wieder. Keine Angst.«

Er ging mit ernster Miene zum Haupteingang des Hauses, ohne sich noch einmal zu Isabel umzudrehen. Er brauchte immer noch Gerste und Heu! Warum hatte er sich ausgerechnet für Isabel entschieden und nicht für eines der anderen Mädchen? Zum Beispiel für das Mädchen, das Isabel nach vorn gestoßen hatte? Vielleicht hätte er diese Verräterin ohne Gewissensbisse auf den Markt gebracht.

Seit jeher konnten die Korsaren aus den Barbareskenstaaten bei ihren Raubzügen vor der spanischen Mittelmeerküste mit der Hilfe der dort lebenden Morisken rechnen. Viele Korsaren, vor allem die Männer aus Tetuan und Algier, waren selbst Morisken. Sie waren in al-Andalus geboren und machten jetzt auf ihren Fahrten Gefangene, die sie mit der Unterstützung ihrer Familien und Freunde später als Sklaven verkauften. Das hatte ihm Hamid einmal erzählt. Er konnte sich gut vorstellen, was die Korsaren oder auch die Janitscharen mit den Gefangenen anstellten. Er strich über den Knauf seines Krummsäbels, wie immer, wenn er an den Alfaquí denken musste.

Völlig in Gedanken versunken, trat er durch das Eisentor in den Patio, den für die spanischen Stadthäuser so typischen Innenhof. Was war denn hier los? Mehr als ein Dutzend Barbareskensoldaten saßen gut gelaunt bei ihren aufgezäumten Pferden und beladenen Maultieren und plauderten miteinander. Hernando spürte, wie sich sein Magen verkrampfte.

Ein Soldat von der Arkebusenwache kam auf ihn zu. Hernando wich unwillkürlich einen Schritt zurück. Der Mann zeigte sich überrascht.

»Ibn Hamid…«, setzte er an.

Wussten sie alles? Wollten sie ihn festnehmen? Ubaid! Hinter einem der Tiere konnte er den Maultiertreiber aus Narila erkennen.

»Was hat der hier verloren?«, fragte er laut und deutete auf Ubaid.

Der Wachsoldat zuckte mit den Schultern. Ubaid runzelte die Stirn.

»Der Maultiertreiber?«, fragte der Soldat zurück. »Keine Ahnung. Er ist mit den Männern hier gekommen. Das wollte ich dir gerade berichten. Inzwischen ist ein Korsarenkapitän mit seinen Leuten zu uns gestoßen…« Hernando versuchte, seinen Worten zu folgen, aber er konnte sich nur mehr auf Ubaid konzentrieren, der ihn hochmütig anstarrte. »Der König hat ihm gestattet, seine Tiere hier unterzubringen, da es bei uns genügend Futter für alle gibt.«

»Hier?«, entfuhr es Hernando.

»Ja, das hat der König gesagt«, erwiderte der Wachposten.

Hernando spürte, wie seine Knie weich wurden. Einen Moment lang war er versucht zu flüchten oder zumindest zu Isabel zurückzulaufen. Er könnte sie fesseln und doch noch verkaufen.

»Aber es gibt ein Problem«, sagte der Soldat. Hernando schloss verzweifelt die Augen. »Der Korsar sagt, er wolle hier mit seinen Soldaten sein Lager aufschlagen. In ganz Ugíjar gibt es kein einziges freies Haus mehr, und wir haben hier genug Platz. Er sagt, er sei nicht über die Meerenge gekommen, um dann im Freien zu schlafen.«

»Nein«, versuchte Hernando abzuwehren. Noch mehr Leute! Und noch dazu Ubaid und eine versteckte Christin und kein Körnchen Gerste für die vielen zusätzlichen Tiere. Das war zu viel! »Nein, das geht nicht.«

»Er hat mit dem Händler eine Vereinbarung getroffen. Er zieht mit seinen Männern ins Erdgeschoss. Salah und sein Familie nehmen den Freisitz.«

»Was für eine Vereinbarung?«

»Der Händler überlässt ihnen das Erdgeschoss, und der Korsar schneidet ihm dafür nicht Nase und Ohren ab und nagelt sie an das Hecksegel seines Schiffes.«

»Was für ein Hecksegel?«

»Das hat er zumindest gesagt«, antwortete der Wachsoldat und zuckte wieder mit den Schultern.

Warum fragte er überhaupt? Was gingen ihn Salahs Ohren und das Hecksegel des Korsarenkapitäns an?

»Nehmt den Mann dort fest«, befahl er plötzlich und deutete auf Ubaid. Der Soldat schaute überrascht. »Nehmt ihn fest! Denn ... Denn er darf nicht in der Nähe der Pferde des Königs sein«, fügte Hernando noch hinzu.

Der Arkebusenschütze war zwar verwirrt, aber etwas an Hernandos Tonfall trieb ihn an, seine Gefährten zu rufen. Als sie Ubaid festnehmen wollten, stellten sich ihnen die Barbaresken in den Weg. Sie waren wie die Morisken aus Granada gekleidet, hatten aber eine hellere Hautfarbe. Bestimmt waren sie christliche Renegaten. Die beiden Gruppen standen einander direkt gegenüber. Ubaid hielt sich hinter den Barbaresken versteckt und starrte Hernando wütend an.

»Wo ist der Korsar?«, fragte Hernando. Der Soldat zeigte zum Wohnhaus.

Hernando fand den Korsarenanführer im Esszimmer. Er war ein großer, kräftiger Mann mit ernstem Gesichtsausdruck, und er begrüßte Hernando mit dem gleichen eigenartigen Akzent wie der blonde Mann, der ihn im Suk mit dem Dolch herausgefordert hatte. Noch so ein christlicher Renegat!

Hernando war nicht imstande, den Gruß zu erwidern. Der Riese lag auf einem Berg Seidenkissen und streichelte mit seiner rechten Hand den Kopf eines jungen Mannes, der in kostbaren rubinroten Gewändern zu seinen Füßen saß.

»Und, gefällt dir mein Junge?«, fragte der Korsar, als er Hernandos verblüfften Blick bemerkte.

»Wie?«, fragte Hernando, als er seine erste Überraschung überwunden hatte. »Nein!« Seine Ablehnung entfuhr ihm etwas forscher als beabsichtigt.

Der Korsar lächelte ihn an und ließ seinen Blick mit unverhohlener Wollust über Hernandos Körper gleiten. Was war nur mit diesen Männern los? Da erschien ein zweiter, etwas älterer Junge in Begleitung von Salah. Er war ebenfalls äußerst verschwenderisch gekleidet: Seine hellgelbe Dschellaba fiel elegant über die kostbare Pluderhose, und an den Füßen trug er hauchdünne Seidenpantoffeln.

Der Junge überreichte dem Anführer ein Glas Limonade und schmiegte sich dann zärtlich an ihn.

»Und, was ist mit diesem hier? Besser?«, fragte der Korsar, bevor er das Glas an die vollen Lippen führte.

Hernando sah Hilfe suchend zu Salah, aber der Händler starrte noch immer das aufreizende Trio an.

»Nein. Außerdem will ich dich nicht hierhaben«, schnauzte er den Korsar an, um das Gespräch ein für alle Mal zu beenden. Die drei männlichen Gestalten vor ihm schienen ihn mit ihren Blicken auszuziehen.

»Ich heiße übrigens Barrax«, antwortete der Korsar freundlich.

»Salam aleikum, Barrax. Aber du kannst nicht bleiben.«

»Mein Schiff ist das *Fliegende Pferd*. Es ist eines der schnellsten Schiffe in ganz Algier. Ein kleiner Ausflug würde dir sicherlich gefallen.«

»Mag schon sein, aber …«

»Und, wie heißt du?«

»Ich heiße Hamid ibn Hamid.«

Der Kapitän stand gemächlich auf: Er war mindestens zwei Köpfe größer als die übrigen Anwesenden und trug eine einfache weiße Leinentunika. Hernando musste sich beherrschen, nicht wie Salah einen Schritt zurückzuweichen. Der Korsar lächelte ihn unverwandt an.

»Du bist mutig, Ibn Hamid«, sagte er sanft. »Aber jetzt hör mir mal gut zu. Ich bleibe hier, in diesem Haus, bis sich euer König mit seinem Heer in Bewegung setzt. Daran wird mich kein dahergelaufener Pferdehüter hindern, und wenn er noch so sehr unter dem Schutz von Ibn Umayya steht.«

»Aber wir erwarten hier auch noch meinen Stiefvater. Und Ibn

Abbuh!«, stotterte Hernando. »Er ist der Cousin des Königs, er ist der Büttel von Poqueira. Wenn sie wieder hier sind, ist kein Platz mehr …«

»Dann werden die Frauen und Kinder aus dem Obergeschoss ausziehen, damit der edle und tapfere Ibn Abbuh mit deinem Stiefvater einziehen kann.«

»Aber …«

»Keine Sorge, lieber Ibn Hamid. Wenn du willst, kannst du gern bei uns schlafen.«

Nach diesen Worten machte der Korsar Anstalten, mit seinen Geliebten in ihren schimmernden Gewändern den Raum zu verlassen.

»Aber euer Maultiertreiber muss gehen«, platzte Hernando heraus. Der Anführer blieb stehen und öffnete verständnislos die Arme. »Ich will, dass er von hier verschwindet«, war Hernandos einzige Erklärung.

»Wer versorgt dann meine Pferde und Maultiere?«

»Mach dir wegen der Tiere keine Sorgen. Darum kümmern wir uns.«

»Einverstanden«, gab der Korsar nach. Plötzlich umspielte ein listiges Lächeln seine Lippen, und er fügte mit zuckersüßer Stimme hinzu: »Aber du weißt, damit tue ich einem so mutigen jungen Mann einen großen Gefallen, Ibn Hamid. Du stehst nun in meiner Schuld.«

An der Küste von al-Andalus landeten immer mehr Korsaren, Barbaresken und Türken. Sie wussten, dass bald die Galeeren aus Neapel eintreffen und die Bewegungsfreiheit ihrer Schiffe stark einschränken würden. Zudem würde die Ankunft der Armada des Großkomturs von Kastilien ihre Kaperfahrten vor der spanischen Küste erheblich erschweren. Deshalb suchten viele Korsarenkapitäne ihr Heil nun an Land: im Krieg oder im Handel mit den Morisken. Barrax brauchte Pferde und Maultiere für sein Gepäck, vor allem für die Kleidung und den persönlichen Besitz seiner Gespielen. Deshalb hatte Barrax Ubaid in seine Dienste genommen. Hernando erfuhr von Salah, dass sich der Maultiertreiber Barrax in Adra angeschlossen hatte, wohin er nach der Einnahme von Paterna durch die Truppen des Marquis von Mondéjar geflohen war. Trotz seiner Behinderung konnte er gut mit den Maultieren umgehen und war zudem ein Kenner der Alpujarras. Salah übermittelte Hernando außerdem Ubaids Forderung: Bevor man ihn des Hauses verwies, hatte er noch Futter für die Tiere verlangt.

»Das ist meine Sache«, brummte Hernando übellaunig. Er wollte nicht darüber sprechen.

Wie sollte er nur Futter herbeischaffen, fragte er sich zum wiederholten Male, als der verschwitzte Händler ging.

Es war Mittag, und die Frauen bereiteten das Essen zu. Doch mit der Ankunft von Barrax und seinen Männern war die Vertrautheit und angenehme Stimmung des Vortags dahin: Aischa, Fatima und Salahs Frau hielten nun wegen der vielen Fremden im Haus Kopf und Gesicht verhüllt. Fatima versuchte ihr Lächeln vom Vortag zwar durch lange, warme Blicke zu ersetzen, aber genau wie Aischa spürte sie bald, dass etwas nicht stimmte.

»Was bedrückt dich, mein Sohn?«, fragte Aischa, als niemand sie hören konnte. Hernando schüttelte nur den Kopf. »Um uns brauchst du dir keine Sorgen zu machen. Anscheinend liegt dem Korsaren nicht viel an Frauen …«

Hernando hörte ihr nicht weiter zu. Wie sollte er ihr nur erklären, dass er ein Christenmädchen hinter der Mauer versteckt hielt, das vermutlich ausgehungert und verängstigt und durchaus imstande war … Was, wenn sie ihr Versteck verlassen und man sie festgenommen hatte? Dann würden die Soldaten bald zu ihm kommen. Wie sollte er ihnen dann erklären, dass er kein Futter für die Tiere hatte? Konnte er seiner Mutter anvertrauen, dass er die Befehle des Königs missachtete? Wenn sie dem Maultiertreiber aus Narila schon wegen eines kleinen Goldkreuzes die Hand abgehackt hatten …

»Warum zitterst du denn so?«, fragte ihn seine Mutter und befühlte seine Stirn. »Bist du krank?«

»Nein … Nein, Mutter. Mach dir bitte keine Sorgen.«

»Was …?«

»Mach dir keine Sorgen!«, herrschte er sie an.

Am Nachmittag kümmerte er sich um die Tiere und versuchte dabei, sich wie zufällig an dem Teil der Mauer aufzuhalten, hinter dem sich Isabel versteckt hielt. Aber er schaffte es nicht einmal, über die Mauer hinweg mit ihr zu reden. Jusuf wich ihm keine Sekunde von der Seite. Er zeigte sich äußerst wissbegierig und wollte alles über die Tiere und ihre Pflege lernen.

Schließlich ergab sich für Hernando eine Gelegenheit, als sie ganz in der Nähe von Isabel waren. Hernando zeigte Jusuf die Erdkrumen auf den Unterlippen der Pferde.

»Weißt du, warum sie Erde im Maul haben?«, fragte er den Kleinen.

»Weil sie in der Erde nach Wurzeln suchen?«, antwortete der Junge verwirrt. Wie konnte ihm Hernando nur eine so einfache Frage stellen?

»Nein. Weil es kein Futter gibt!«, sagte Hernando etwas zu laut und tat so, als schaute er auf die Felder hinter der Mauer. »Erst morgen gibt es wieder Futter! Morgen!«

»Sie hat schon gegessen«, flüsterte Jusuf. Hernando tat einen Satz zur Seite.

»Was?«

»Ich habe ein Wimmern gehört. Da habe ich nachgesehen«, erklärte der Junge. »Ich habe ihr ein Stück Brot gegeben. Keine Angst«, sagte er noch schnell, als er Hernandos Panik bemerkte: »Ich verrate dich nicht.«

Hernando strich dem kleinen Jusuf über den Kopf und sah zum bleigrauen Himmel hinauf, der die Sierra Nevada verhüllte. Aber was war morgen?

In dieser Nacht sprach Fatima Hernando an. Die besorgte Aischa hatte sie dazu angestiftet. Sie sprach sanft auf ihn ein, und Hernando meinte, ihr besorgtes Gesicht durch den Schleier hindurch zu erkennen. Er führte die Finger seiner rechten Hand zum Schleier, um ihn zu lüften, aber plötzlich war Fatima verschwunden.

»Was ist eigentlich mit dem Futter?«, fragte Salah hinter seinem Rücken.

Der Händler hatte Fatima aufgeschreckt. Trotz seiner enormen Körperfülle war es ihm gelungen, unbemerkt in den Raum zu schlüpfen, in dem sie Hernando angesprochen hatte. Es war der Vorraum, von dem aus die Treppen in die Kellerräume führten, in denen Salah seine Waren eingeschlossen hatte. Fatima versuchte hastig, an dem dicken Mann vorbeizukommen, ohne ihn zu berühren, aber dieser rieb sich einen Augenblick an dem Mädchen, sichtlich erfreut über den Kontakt.

»Lass sie ihn Frieden!«, rief Hernando. »Was habt ihr alle nur immer mit eurem Futter?«, murrte er unwirsch, nachdem sich Fatima an Salah vorbeigezwängt hatte und ins Obergeschoss verschwunden war.

»Weil es kein Futter geben wird.« Salahs kleine Augen funkelten im schwachen Licht der Laterne, die über der ersten Treppenstufe an der Decke hing. »Der ganze Markt redet über einen jungen Morisken mit einem Krummsäbel, der ein wunderschönes Christenmädchen hinter sich herschleifte, das ihm der König überlassen hat, um Futter zu kaufen.«

»Ja, und?«

»Das Mädchen ist nicht hier, und du hast sie auch nicht zu Geld gemacht. Niemand in Ugíjar hat sie dir abgekauft. Das weiß ich.« Das hatte Hernando nicht bedacht und dennoch … Auf einmal war er ganz ruhig. Das war die Lösung! Die Angst, die ihn die ganze Zeit bedrückt hatte, war plötzlich verschwunden.

»Du Dieb! Was hast du mit ihr angestellt? Hast du sie geschändet und getötet? Hast du sie für dich behalten? Sie ist viel wert … Gib sie mir, und ich verrate dich nicht oder …« Der Händler war nicht zu bremsen. »Genau, das werde ich tun. Ich gehe zum König und erzähle ihm alles. Und dann werden sie dich töten.«

»Du irrst dich. Ich habe sie verkauft«, sagte Hernando gelassen.

»Lügner.«

»Ich habe sie dem einzigen Händler verkauft, den ich in Ugíjar kenne … Ich dachte, durch ihn könnte ich einen besseren Preis für sie bekommen, aber …«

»Wem hast du …?«, begann Salah, aber er hielt inne, als er sah, wie der junge Mann die Hand zum Säbel führte.

»Und dieser fette, gierige Händler hat mir das Geld nicht gegeben«, sagte Hernando kalt. »Jetzt habe ich weder die Christin noch das Geld, und die Pferde des Königs müssen hungern.«

Er zückte die Waffe und führte sie an Salahs runden Bauch. Hernando hielt den Griff fest umklammert, alle Muskeln waren angespannt: Diesmal würde er sich nicht entwaffnen lassen.

»Wer soll das glauben?«, stammelte Salah, als er Hernandos List durchschaut hatte. »Dein Wort steht gegen meines, und du wirst niemals beweisen können, dass du sie mir überlassen hast.«

»Welches Wort?« Hernando runzelte die Stirn. »Dein Wort? Niemand wird dich hören!«

Gerade als er zustechen wollte, fiel Salah vor ihm auf die Knie.

»Nein!«, flehte Salah plötzlich. Hernando hielt die Spitze der Waffe jetzt an seine Kehle. »Ich mache alles, was du willst, aber lass mir mein Leben. Ich werde dich bezahlen! Ich zahle dir, was du willst!«

Dann begann er zu weinen.

»Gib mir dreihundert Dukaten«, forderte Hernando.

»Ja, ja. Selbstverständlich. Dreihundert Dukaten. Was du willst. Ja, natürlich.«

Salah hörte auf zu weinen. Hernando drückte die Spitze seines Säbels gegen den Adamsapfel des Händlers.

»Wenn du mich täuschst, wirst du es bereuen.« Salah schüttelte vorsichtig den Kopf. »Steh auf und zeig mir dein Lager. Wir holen jetzt das Geld.«

Sie stiegen gemeinsam die Treppe zum Keller hinab, und Hernando drückte den Krummsäbel mit einer Hand an den Nacken des Händlers. Salah brauchte eine Weile, bis er die beiden Schlösser aufgesperrt hatte, die den Zugang zum Lagerraum sicherten. Sein breiter Rücken verhinderte, dass die Laterne, die der junge Mann in der Hand hielt, ausreichend Licht spendete.

»Auf die Knie!«, forderte Hernando, als die Tür aufging und Salah eintreten wollte. »Auf den Boden!« Der Händler gehorchte und bewegte sich auf allen vieren vorwärts. Hernando schlug die Tür mit einem Fußtritt hinter sich zu. Dann versuchte er, sich einen ersten Überblick zu verschaffen, während Salah angsterfüllt keuchte. »Leg dich auf den Bauch! Wenn ich auch nur die kleinste Bewegung sehe, bringe ich dich um. Gibt es noch eine Lampe?«

Es war zu dunkel, als dass man die hier unten gelagerten Gegenstände richtig sehen konnte.

»Auf der großen Truhe vor dir!« Salah hustete. Beim Sprechen hatte er Staub aufgewirbelt.

Hernando sah die Lampe, stellte die Laterne ab und zündete den Docht an. Sogleich wurde es etwas heller.

»Ungläubiger!«, stieß er überrascht hervor, als sich seine Augen an das Dämmerlicht gewöhnt hatten. »Dein Wort ist nichts mehr wert!« Neben Fässern, Lebensmitteln, Kleiderhaufen und anderen Handelswaren türmten sich Marienfiguren, Kruzifixe und kostbare Messgewänder. Hernando konnte sogar einen kleinen Altar ausmachen.

»Das ist viel wert«, sagte der Händler zu seiner Verteidigung.

Hernando schwieg und begutachtete alles genauer. Schließlich strich er sanft über eine Marienfigur mit Jesuskind.

»Wo sind die Dukaten?«, fragte er.

»Sie sind in der kleinen Truhe, gleich neben der Lampe.«

»Setz dich«, befahl er dem Händler, als er sie entdeckt hatte. »Langsam, und halte die Beine breit und ausgestreckt«, sagte er noch, als der Händler begann, sich schwerfällig aufzurichten. Hernando reichte ihm die kleine Truhe. »Zähl dreihundert Dukaten ab, und steck sie in einen Beutel.«

Salah gehorchte, und Hernando stellte die kleine Truhe samt dem Beutel auf die große Truhe.

»Willst du das Geld hierlassen?«, fragte Salah verwundert.

»Ja. Ich glaube, es gibt keinen besseren Ort für das Geld des Königs.«

Dann versperrten sie die Lagertür so, wie sie sie geöffnet hatten: mit Hernandos Krummsäbel am Nacken des Händlers.

»Gib mir einen der beiden Schlüssel, den da, den großen«, forderte er Salah auf, nachdem dieser die Schlösser wieder angebracht hatte. »Gut«, sagte er, als er den Schlüssel in der Hand hielt. »Und jetzt begleitest du mich zum Befehlshaber der Arkebusenwache. Ich weiß nicht, ob sie mir so einfach glauben werden. Wenn sie allerdings erst einmal sehen, was du dort unten versteckt hältst … Ich bin sicher, sie werden dich auf der Stelle umbringen.«

Salah stand im Patio und schwieg, während sich Hernando mit dem Befehlshaber besprach und anordnete, immer einen seiner Männer vor der Tür zu den Kellerräumen zu postieren.

»Dort liegt das Geld des Königs«, erklärte er. »Wir haben nur gemeinsam Zugang, Salah und ich. Falls mir etwas zustoßen sollte, müsst ihr die Tür aufbrechen und das mitnehmen, was dem König gehört.«

»Bete zum Barmherzigen«, sagte er später zu Salah, als sie wieder im Wohnhaus waren, »dass mir nichts zustößt.«

Am nächsten Morgen öffneten sie unter dem wachsamen Auge des Postens jeweils ein Schloss. Als sie im Kellerraum waren, wollte Salah die Tür sofort hinter sich schließen, aber Hernando hielt sie weit geöffnet, damit der Händler jedes Geräusch auf der Treppe hören konnte und gleichzeitig Gefahr lief, dass jemand einen Blick auf sein Warenlager werfen konnte. Hernando nahm ein paar Dukaten aus dem Beutel und gab sie Salah.

»Geh und kauf Gerste und Heu«, sagte er zu ihm. »Kauf genug Futter für mehrere Tage. Ich will, dass alles noch heute hier bei den Tieren ist. Übrigens, ich brauche auch noch gute Kleidung …«

»Aber …«

»Das ist ein Befehl des Königs. Außerdem brauche ich noch schwarze Kleider, nein … weiße Gewänder, für ein Mädchen.« Er lächelte. »Und einen Schleier, vor allem brauche ich einen Schleier und zwar sofort. Ich bin mir sicher, dass du hier das Richtige findest«, sagte er und deutete auf den Kleiderhaufen.

Kurz darauf verließ Hernando den Keller in einem prächtigen Aufzug: Über grünen Kleidern trug er eine Marlota aus silberrotem Taft, darüber einen Umhang aus dunkelviolettem, golddurchwirktem Stoff mit Perlenstickerei, und auf dem Kopf hatte er ein Barett mit einem kleinen Smaragd auf der Vorderseite. Hamids Krummsäbel steckte im Gürtel. Die Kleider für Isabel hielt er in der Hand, und im Rücken fühlte er Salahs hasserfüllten Blick. In der Nacht hatte er einige mögliche Szenarien in Gedanken durchgespielt, wie er Isabel aus Ugíjar bringen konnte, aber eines nach dem anderen verworfen, bis… Warum eigentlich nicht? Die Idee mit der Futterbeschaffung war doch hervorragend! Im Empfangszimmer traf er auf Barrax mit seinen Begleitern: Der Korsarenanführer trat lächelnd beiseite und machte eine Verbeugung. Hernando schritt zwischen ihnen hindurch und grüßte sie.

»Ich möchte dich mit tausend Saphiren von der Schönheit deiner Augen schmücken, wenn du nur mit mir kommen würdest«, rief der Kapitän bei seinem Anblick.

Hernando stolperte verwirrt, war aber sofort wieder Herr der Lage. Er ging zum Freisitz und bat Jusuf, ihm seinen Rotschwarzen aufzuzäumen.

»Ich muss im Auftrag des Königs ausreiten.« Mit diesen Worten verabschiedete er sich von Fatima und seiner Mutter, die angesichts seiner prunkvollen Kleider ihre Bewunderung nicht verbergen konnten.

Er saß auf, gab dem Pferd die Sporen und galoppierte zu Isabels Versteck.

»Zieh dir schnell die Sachen an.« Isabel hatte sich seit dem Vortag nicht von der Stelle gerührt. Sie hob langsam den Kopf. »Mach schon!«, befahl er ihr, als sie zögerte. »Ihr da, was gibt es hier zu glotzen?«, rief er einer Gruppe Soldaten zu, die sich ihnen näherten.

Hernando zückte den Krummsäbel und hetzte sein Pferd wütend gegen die Morisken, sein violett-goldener Umhang wehte über der Kruppe des Pferdes. Die Männer flohen.

»Beeil dich!«, herrschte er Isabel an, als er wieder bei ihr war.

Das Mädchen sah ihn mit großen Augen an und zog sich dann verschämt aus. Hernando wandte den Blick ab, aber die Zeit drängte. Jeden Augenblick konnten weitere Soldaten vorbeikommen.

»Bist du fertig?« Er drehte sich um, als er keine Antwort erhielt, und sah ihre kleinen nackten Brüste. »Mach schon, schnell!« Isabel wusste nicht, wie sie diese fremden Kleidungsstücke anlegen sollte. Schließlich saß Hernando ab und half ihr beim Anziehen. »Der Schleier, los, mach schon. Es fehlt nur noch der Schleier. Er wird dich schützen!«

Sobald sie fertig angezogen war, setzte er sie rittlings vor sich auf das Pferd und preschte los. Er musste sich zwischen Órgiva und Berja entscheiden: In Berja hielt sich des Teufels Eisenhaupt auf, aber auf der Strecke nach Órgiva waren viele Morisken unterwegs. Aben Aboo, Ibrahim und ihre Leute machten die Gegend um Válor unsicher, und seinem Stiefvater wollte er unter keinen Umständen begegnen. Den Weg nach Berja kannte er: Er hatte ihn ja erst vor ein paar Monaten zurückgelegt, als er nach Adra unterwegs war. Um nach Berja zu gelangen, brauchte er nur kurz vor der Küste nach Osten reiten, in Richtung der Sierra de Gádor. Als sie Ugíjar ein gutes Stück hinter sich gelassen hatten, hielt Hernando seinen Rotschwarzen an, der vom Galopp ins Schwitzen gekommen war.

»Wohin bringst du mich?«, fragte Isabel.

»Ich bringe dich zu deinen Leuten.«

Sie ritten im Trab weiter, als das Mädchen noch eine Frage stellte: »Warum tust du das?«

Hernando wusste keine Antwort. Warum er das tat? Wegen Gonzalico? Wegen der Wärme, die Gonzalicos Hände vor seinem Märtyrertod verströmt hatten? Wegen des Augenblicks, der ihn mit Isabel verband, als sie beide mit ansehen mussten, wie Ubaid ihren Bruder umbrachte? Oder wollte er einfach nicht, dass sie einem Barbaresken oder Renegaten in die Hände fiel? Er selbst hatte sich die Frage noch nie gestellt. Er hatte immer nur gehandelt … Er hatte sich nur von seinen Gefühlen leiten lassen! Aber die Frage war berechtigt. Anscheinend war er einfach immer auf der Suche nach Schwierigkeiten. Er gab dem Pferd die Sporen und hielt Isabel an der Taille fest, damit sie nicht fiel. Sie war federleicht. Ein unschuldiges Mädchen, das seine Hilfe brauchte. Das war der Grund, wurde ihm plötzlich klar, als ihm der Wind ins Gesicht peitschte. Er tat es, weil sie unschuldig war!

Unterwegs versuchte kein Moriske sie aufzuhalten. Sie traten nur zur Seite und bewunderten erstaunt dieses merkwürdige Paar zu Pferde: Eine weibliche Gestalt in weißen Gewändern mit verhülltem Gesicht, die ein hochmütiger, prächtig gekleideter Reiter festhielt, dessen Krummsäbel gegen die Flanke eines Rotschwarzen peitschte.

Noch vor Mittag hatten sie ihr Ziel fast erreicht. Den letzten Teil des Weges legten sie im Schritt zurück, um dem Pferd etwas Ruhe zu gönnen. Da erst wurde ihm die Berührung mit Isabels Körper bewusst. Das Mädchen hatte sich vertrauensvoll an ihn geschmiegt, und ihr Gesicht ruhte an seiner Brust. Hernando fühlte ihren sich hebenden und senkenden Oberkörper an seinem, ihre Kleidung war vom Schweiß durchnässt.

Als sie schließlich die Silhouette von Berja vor Augen hatten, verdrängte er diese Gedanken. Berja war eine wunderschöne Stadt, jedes Haus hatte einen eigenen Garten, und Verteidigungstürme ragten über die Hausdächer hinaus. Vor der Stadt waren Bewohner mit der Feldarbeit beschäftigt, einige christliche Soldaten ruhten sich aus, andere besorgten Futter für die Pferde. Aber bei Hernandos Anblick hielten sie alle plötzlich inne. Die Sonne stand im Zenit. Hernando zügelte den Rotschwarzen, der die Anspannung seines Reiters spürte und schnaubend auf der Stelle tänzelte: Sein Fell schimmerte in der hellen Mittagssonne mit Hernandos Umhang um die Wette – und mit den Rüstungen des Marquis von Los Vélez und dessen Sohn Don Diego Fajardo, die beide vor dem Eingang zur Stadt standen.

Als Hernando Isabel vom Pferd half, stürmte schon eine Gruppe Soldaten mit gezückten Waffen auf sie zu. Schnell riss er dem Mädchen den Schleier vom Kopf, und ihr hellblondes Haar leuchtete in der Mittagssonne. Dann zog er den Krummsäbel aus der Scheide und hielt ihn dem Mädchen an den Hinterkopf. Einige Soldaten stolperten, als die erste Reihe fünfzig Schritte vor den beiden plötzlich haltmachte.

»Mädchen, lauf! Komm zu uns!«, rief ein Soldat und lud seine Arkebuse.

Aber Isabel blieb ruhig stehen.

Hernando suchte den Blick des Marquis von Los Vélez. Des Teufels

Eisenhaupt schien Hernando zu verstehen. Mit einer Handbewegung befahl er seinen Männern den Rückzug.

»Friede sei mit dir, Isabel«, wünschte Hernando ihr zum Abschied, als die christlichen Soldaten den Anweisungen ihres Befehlshabers gefolgt waren.

Dann machte er kehrt und ritt im gestreckten Galopp davon. Dabei wirbelte er mit dem Krummsäbel durch die Luft und stieß die Kriegsrufe der Morisken aus.

18

Wir haben erfahren, dass uns zweiundzwanzigtausend schwer bewaffnete Mauren überfallen werden. Wir sind zweitausend Mann. Ich für meinen Teil werde mit zweitausend Feinden fertig, und mein Pferd mit einigen anderen. Und was sind schon neuntausend Mauren für die tapfere Infanterie unseres Lagers? Die anderen neuntausend sind für euch, meine erlauchten Ritter, die ihr schon früher großen Mut und viel Kraft bewiesen habt. Noch fehlt uns der Kriegslärm unserer Trompeten. Allein ihr angsteinflößender Klang lässt zehntausend Morisken in Ohnmacht fallen.

GINÉS PÉREZ DE HITA, *Bürgerkrieg in Granada,*
Truppenansprache des Marquis von Los Vélez

Ob Isabel dank seiner Fürsorge auch wirklich in Sicherheit war, hatte sich Hernando oft gefragt, seit er das Mädchen dem Marquis von Los Vélez überlassen hatte. Jetzt, einen Monat später, stand er wieder vor dem schönen Berja. Hielt sich Isabel noch in der Stadt auf? Dann würden sie sie wahrscheinlich wieder gefangen nehmen … Vielleicht würden sie dann auch entdecken, dass er sie damals nicht verkauft hatte.

König Aben Humeya hatte entschieden, Berja anzugreifen. Das war sein Zugeständnis an die Morisken im Albaicín. Die Glaubensbrüder aus Granada forderten die Niederlage des blutrünstigen Marquis de Los Vélez, wenn sie sich der Rebellion anschließen sollten. Der Moment schien günstig: Die vielen Desertionen hatten die Truppen des Marquis stark dezimiert. Alle warteten auf die Verstärkung aus Neapel, die zusammen mit der königlichen Flotte soeben an der andalusischen Küste gelandet war.

Die Muslime hatten nicht den geringsten Zweifel, dass sie das Heer des Marquis vernichtend schlagen würden. Der König wollte im Schutz der Dunkelheit angreifen, und nun brach allmählich die Nacht herein. Alle Männer im riesigen Feldlager bereiteten sich auf den Angriff vor: Sie bewaffneten sich, sie stimmten ihre Schlachtrufe und Kriegsgesänge an, und sie empfahlen sich Gott. Doch im allgemeinen Aufruhr zogen vor allem etwa fünfhundert Soldaten, die abseits der anderen lagerten, die Aufmerksamkeit der Männer auf sich.

Es waren Mudschahidin. Diese Türken und Barbaresken trugen ähnlich wie die spanischen Tercios weiße Hemden über ihrer Kleidung, um sich bei ihren nächtlichen Angriffen von der Dunkelheit abzuheben. Sie waren so von ihrem bevorstehenden Sieg überzeugt, dass sie ihre Köpfe bereits jetzt mit Blumenkränzen geschmückt hatten. Diesen Soldaten Allahs, die geschworen hatten, ihr Leben für Gott zu geben, und denen Haschisch in Hülle und Fülle zur Verfügung stand, hatten vom König den ehrenvollen Auftrag erhalten, den Angriff auf die Stadt anzuführen.

Sobald Aben Humeya den Befehl zum Angriff gegeben hatte, konnte Hernando beobachten, wie sie ohne zu zögern gegen die Stadt stürmten. Diese Männer mussten einfach siegen. Schlachtrufe und Kriegsgeheul, Arkebusenschüsse, das Donnern der Pauken und der Klang der Schalmeien umfingen den jungen Mann. Was hatte Isabel angesichts dieser Märtyrer schon für eine Bedeutung? Wie fast alle Soldaten hinter den Mudschahidin lief auch Hernando ein kalter Schauder über den Rücken. Begeistert stimmte er in die Kriegsgesänge mit ein, als sie die Christen, die den Zugang zur Stadt verteidigten, einfach überrollten. Dann befahl Aben Humeya dem ganzen Heer, sich am Sturm auf die Stadt zu beteiligen.

Die berittenen Monfíes brüllten und spornten ihre Pferde an, um die letzte Strecke zur Stadt schnell zurückzulegen. Hernando zog den

Krummsäbel aus der Scheide und schloss sich dem frenetischen Galopp an. Auch er schrie wie im Wahn.

Eine Übermacht muslimischer Soldaten stürmte auf Pferden in die Stadt und drängte durch die engen Gassen von Berja. Doch Hernando fand keinen einzigen Christen, auf den er sich hätte stürzen können. Alle Männer um ihn herum waren seine Glaubensbrüder! Die Christen hatten sich in ihren Häusern verschanzt oder lauerten auf den Flachdächern, von wo aus sie ununterbrochen Schüsse abfeuerten. Sie mussten noch nicht einmal zielen! Überall fielen muslimische Soldaten tot oder verletzt zu Boden. Der Geruch von Pulver und Salpeter lag über den verwinkelten Gassen, und in den Rauchwolken konnte man bald nichts mehr erkennen. Hernando bekam plötzlich Angst, große Angst. Ihm wurde schlagartig klar, dass er auf seinem Pferd die Fußsoldaten überragte und ein leichtes Ziel für die Christen war. Den Morisken wiederum war er nur im Weg, wenn sie mit ihren Arkebusen und Pfeilen von der Straße aus auf die Flachdächer zielten. Er gab seinem Rotschwarzen die Sporen, um dieser Falle zu entgehen, aber das Pferd konnte sich einfach keinen Weg durch die dicht gedrängte Menschenmasse bahnen. Eine Bleikugel sauste direkt an seinem Kopf vorbei. Hernando begann zu beten und klammerte sich an die Mähne seines Pferdes. Plötzlich spürte er einen stechenden Schmerz im rechten Oberschenkel. Ein Pfeil steckte in seinem Bein. Der Schmerz war unerträglich. Da setzte das muslimische Heer zum Rückzug an. Sein Pferd wäre von der Menschenmenge, die durch die Gassen stürmte, beinahe umgerissen worden. Hernando war außerstande, es zu lenken, aber wie durch ein Wunder machte das Pferd von selbst kehrt und ließ sich von der Menschenflut aus der Stadt spülen.

Aben Humeya setzte die ganze Nacht über die Angriffe fort. Im Feldlager bekam Hernando einen Becher Wasser mit Haschisch gegen seine Schmerzen zu trinken, bevor ein Bader seine Wunde versorgte. Er schnitt das Fleisch um die Wunde herum auf, zog den Pfeil heraus und vernähte fachmännisch die Wunde. Hernando fiel für kurze Zeit in Ohnmacht.

Im Morgengrauen ordnete Aben Humeya den endgültigen Rückzug

an. Des Teufels Eisenhaupt hatte die ganze Nacht über seinen strategischen Vorteil geschickt genutzt und die Morisken in Schach gehalten. Hernando ritt im Gefolge des Königs im wilden Galopp, sein rechtes Bein hing kraftlos herab. Er biss die Zähne zusammen und strengte sich an, nicht abgeworfen zu werden. Sie ließen fast eintausendfünfhundert Tote zurück.

»Mögen der Prophet und der Sieg dich begleiten.« Mit diesen Worten hatte sich Fatima von Hernando verabschiedet, bevor er nach Berja aufgebrochen war.

Das Heer des Marquis von Los Vélez setzte ihnen nicht nach – es wäre verrückt gewesen, ins offene Gelände zu gehen. Doch die Morisken zogen sich entmutigt und übel zugerichtet in die Berge zurück. Hernando vertraute seinem Rotschwarzen, der sich der rasenden Geschwindigkeit der übrigen Pferde anpasste, und flüchtete sich in Erinnerungen an Fatima. Er musste unbedingt die erniedrigende Niederlage und den pochenden Schmerz im rechten Bein vergessen.

Fatima und er hatten in den Tagen nach Isabels Befreiung und vor Aben Humeyas Sturm auf Berja wieder mehr Zeit miteinander verbracht. Fatimas Groll und die Angst waren verschwunden. Aischa kümmerte sich unterdessen um Humam und ihre eigenen Söhne. Ibrahim, der sich immer noch bei Aben Aboo in Válor aufhielt, war einmal kurz bei ihnen in Ugíjar aufgetaucht, nur um dann gleich wieder zu verschwinden. Fatima und Hernando genossen die gemeinsamen Augenblicke. Tag und Nacht suchten sie Momente der Zweisamkeit. Sie plauderten, gingen spazieren und erinnerten sich an die Ereignisse der letzten Monate. Und sie genossen die gelegentlichen zärtlichen Berührungen. Auf einem der Spaziergänge fasste sich Fatima ein Herz und erzählte Hernando von ihrem Ehemann, dem Lehrling ihres Vaters, den sie eher als Bruder denn als Liebhaber gesehen hatte.

»Er war immer bei uns, seit ich ein kleines Mädchen war. Mein Vater hatte ihn gern … und ich auch.« Fatima sah zu Hernando, als wollte sie sehen, wie er diese Worte aufnahm. Hernando schwieg, und sie erzählte weiter. »Er war aufmerksam und sanft … Er war ein guter Ehemann, und er liebte Humam.«

Sie holte tief Luft. Hernando wartete, dass sie weitersprach.

»Als ich von seinem Tod erfuhr, habe ich um ihn geweint. So wie ich beim Tod meines Vaters geweint habe. Aber …« Fatima sah plötzlich zu Hernando, der Blick ihrer schwarzen Augen schien durchdringender denn je. »Aber jetzt weiß ich, dass es noch andere Gefühle gibt.«

Sie beugte sich zu ihm und besiegelte ihre Worte mit einem zärtlichen Kuss. Danach gingen sie stumm und von einer unvermuteten Schüchternheit befangen zurück ins Haus. Lange hatten sie Ibrahim und seine Drohungen vergessen, aber plötzlich klang das Echo seiner Zornausbrüche in ihren Ohren. Was würde nur aus Aischa, wenn …?

An dem Tag, an dem der Abzug des Heeres nach Berja verkündet wurde, brachte Fatima Hernando eine frische Limonade. Er hielt sich schon am frühen Morgen bei den Pferden auf, und eine gespannte Vorfreude auf das bevorstehende Gefecht lag in der Luft. Hernando setzte sie aus Spaß auf seinen Rotschwarzen und bemerkte ihr Beben, als er dabei ihre Taille umfasste. Er half ihr auch beim Absitzen, und Fatima ließ sich lachend in seine Arme fallen. Als sie sich an ihn schmiegte, überraschte sie ihn mit einem langen Kuss. Jusuf schlich davon, aber aus den Augenwinkeln beobachtete er sie weiterhin. Hernando schloss sie in die Arme und erwiderte ihre Zärtlichkeit leidenschaftlich, er zog sie fester an sich und spürte ihren Körper, ihre Brüste, ihr Becken. Er begehrte sie, und er spürte ihre Begierde.

Später war er so mit den Vorbereitungen für den Abmarsch beschäftigt, dass ihm nicht weiter auffiel, dass sowohl das Mädchen als auch seine Mutter für den Rest des Tages verschwunden waren.

In dieser Nacht überließ Aischa ihnen das Zimmer mit dem großen Bett und schlief bei den Kindern. Den Tag hatte sie damit zugebracht, sich Kleider und Schmuck für Fatima zu leihen, deren anfänglichen Widerstand sie nicht weiter beachtete. Sie kaufte ein wenig Parfum und verbrachte den Nachmittag damit, Fatima zurechtzumachen: Sie badete sie und wusch ihr schwarzes Haar mit einer Mischung aus Henna und Olivenöl, bis jede einzelne Locke rötlich schimmerte. Danach parfümierte sie sie mit Orangenblütenwasser. Schließlich zeichnete sie mit Henna kleine Ornamente auf ihre Hände und Füße. Fatima ließ sie gewähren, manchmal kicherte sie belustigt, manchmal sah sie verlegen zur Seite. Aischa zog ihr eine weiße Seidentunika an und gab ihr den geliehenen Goldschmuck: Ohrringe und Armbänder sowie Reifen um die Fesseln. Nur als Aischa ihr die Kette mit dem Fatimahand-Amulett abnehmen wollte, wehrte sich das Mädchen. Aischa strich über den kleinen Anhänger und gab nach. Sie legte Kerzen und Kissen bereit. Sie füllte sauberes Wasser in eine Schüssel und stellte Limonade, Rosinen, Dörrobst und Honiggebäck auf den Boden.

»Achte immer darauf, dass du dich nicht zu viel bewegst«, bat sie Fatima, als sie ihr bei den Vorbereitungen helfen wollte. Ein kaum wahrnehmbarer, trauriger Schatten huschte über Fatimas Gesicht.

»Was ist los?«, fragte Aischa besorgt. »Willst du doch nicht?«

Fatima senkte den Blick.

»Doch, schon«, sagte sie schließlich. »Ich liebe ihn. Aber ich weiß nicht …«

»Raus damit!«

Fatima blickte wieder auf und vertraute sich Aischa an.

»Mein verstorbener Mann war gern mit mir … zusammen. Und ich habe alles gemacht, was er wollte, aber …« Aischa wartete geduldig. »Aber ich habe nichts gefühlt. Er war wie ein Bruder!«

»Das wird dir mit Hernando nicht passieren«, beruhigte Aischa sie. Fatima hätte ihr gern geglaubt, aber sie warf ihr einen fragenden Blick zu. »Du wirst schon sehen. Wenn dein Körper vor Begierde bebt, ist Hernando alles andere als ein Bruder für dich.«

Nach dem Nachtgebet ging Aischa zu Hernando und forderte ihn ohne weitere Erklärungen auf, ihr ins Obergeschoss zu folgen. Salah und seine Familie beobachteten sie neugierig. Dann kamen sie an Barrax und seinen zwei Gefährten vorbei, als sie durch das Esszimmer gingen. Der Korsarenanführer seufzte.

»Sie hat versprochen, auf dich zu warten«, sagte Aischa zu Hernando vor der Schlafzimmertür. Er wollte etwas erwidern, aber ihm gelang nur eine linkische Bewegung. »Ich werde nicht zulassen, dass ihr meinetwegen eure Liebe aufgebt. Und es wäre ohnehin sinnlos… Geh hinein.« Sie nahm seine Hand und öffnete die Schlafzimmertür. »Sie ist eine gute Frau… Und sie wird eine gute Mutter sein.«

Aber Hernando blieb an der Türschwelle stehen. Fatima erwartete ihn. Sie stand neben den Kissen, die Aischa um die Speisen drapiert hatte.

»Geh schon!«, flüsterte seine Mutter noch einmal. Sie stieß ihn sanft vorwärts und zog die Tür leise hinter ihm zu.

Hernando erstarrte. Der Schein der Kerzenflammen spielte mit Fatimas weiblichen Rundungen, die sich durch die Tunika abzeichneten. Ihr schwarzes Haar schimmerte in geheimnisvollen Farben, die feinen Henna-Ornamente an Füßen und Händen leuchteten, der Goldschmuck glänzte mit ihren Augen um die Wette, und über allem lag der sanfte Duft von Orangenblüten.

Fatima ging langsam auf ihn zu und reichte ihm die Wasserschüssel. Hernando bedankte sich nervös und wusch sich kurz. Dann bat sie ihn, Platz zu nehmen. Hernando versuchte, nicht auf ihre schönen, runden Brüste zu starren, die unter dem Seidengewand zu erahnen waren. Aber er wagte auch nicht, in ihre großen schwarzen Augen zu sehen. Schließlich setzte er sich und aß und trank. Aber er war aufgeregt, sein Herz raste, seine Hände zitterten, seine Atmung ging unruhig.

Nach einer Weile war die Schüssel mit den Rosinen leer. Dann die mit dem Dörrobst. Und bald auch der Krug mit Limonade. Hernando griff gerade nach einem weiteren Honiggebäck, als sich Fatima zu ihm herüberbeugte und ihre Lippen plötzlich sein Ohr berührten.

»Ibn Hamid.«

Dann stand sie langsam auf, drehte sich zu ihm und ließ die Tunika zu Boden gleiten. Hernando stockte angesichts der Schönheit ihres Körpers der Atem. Ihre großen, festen Brüste wiegten sich im Rhythmus der Begierde, die das Mädchen nicht länger verhehlen konnte.

»Komm«, flüsterte sie ihm zu, nachdem eine Weile nur der aufgeregte Atmen der beiden zu hören war.

Hernando stand auf und ging auf sie zu. Fatima nahm eine seiner

Hände und führte sie langsam zu ihren Brüsten. Hernando streichelte die weiche Haut und berührte sanft eine der harten Brustwarzen. Etwas Milch schoss heraus, Fatima stöhnte. Hernando ließ nicht von ihren Brüsten ab, senkte den Kopf und saugte diesen Nektar. Zugleich glitten seine Hände über ihren Rücken und umschlossen ihr festes Gesäß. Da zog ihn das Mädchen langsam aus und glitt mit ihren heißen Lippen über seinen Körper. Als sie sein steifes Glied berührte, ergriff ihn ein Schauder bis ins Mark. Fatima führte ihn zum Bett. Hernando legte sich auf sie, und sie versuchte die Lust zu spüren, die sie mit ihrem Ehemann nie erlebt hatte. Da erinnerte sie sich an den Rat von Scheich Nefzawi aus Tunis, den die Frauen unter sich weitergaben. Sie flüsterte ihm ins Ohr, während Hernando immer noch versuchte, in sie einzudringen.

»Ich werde dich erst lieben, wenn du meinen Fußschmuck mit meinen Ohrringen zusammenführst.«

Hernando richtete sich auf und befreite sie von seinem Gewicht. Was sagte sie da? Er warf Fatima einen fragenden Blick zu, sie lächelte zurück und hob die Beine. Da konnte er weich in sie eindringen und ihrem Stöhnen lauschen: »Langsam … Ich liebe dich … Langsam … Liebe mich.« Als ihre Körper endlich zu einem einzigen verschmolzen, stieß Fatima einen Schrei aus, der den Bann brach und Hernando die Nackenhaare aufstellte. Nun erfüllten sie sich zwischen Seufzen und Keuchen gegenseitig ihre Wünsche. Hernando gab sich völlig dem Rhythmus hin, den Fatima mit ihrem lustvollen Stöhnen vorgab. Sie erreichten gleichzeitig den Höhepunkt, und auch nach ihrer Ekstase blieben sie vereint. Hernando öffnete die Augen und betrachtete Fatimas Gesicht.

»Ich liebe dich«, flüsterte er.

Ihre wunderbaren schwarzen Augen waren geschlossen, aber ihre Lippen umspielte ein Lächeln.

»Sag es noch einmal«, flüsterte sie.

»Ich liebe dich.«

Die Nacht flog zwischen Lachen, Zärtlichkeiten und Versprechen dahin. Sie liebten sich immer wieder, und Fatima entdeckte endlich den Sinn der uralten Gesetze der Lust. Ihr Körper reagierte auf die leichteste Berührung, ihr Geist gab sich völlig dem Sinnesgenuss hin. Hernando ging diesen Weg mit ihr, er entdeckte die gewaltige Welt der Leidenschaft, die sich nur durch die Bewegungen und die Spasmen der Ekstase befriedigen lassen. Und jedes Mal schworen sie sich gegenseitig, sich das gesamte Universum zu schenken.

Die Niederlage von Berja änderte nichts an der Gesamtsituation. Der Marquis von Los Vélez zog sich in Erwartung der Truppenverstärkungen an die Küste zurück. Don Juan de Austria beschränkte sich darauf, die Einquartierungen in weiter abgelegenen Orten zu verstärken: Óriga, Guadix und Adra – insofern herrschte Aben Humeya nach wie vor über die Alpujarras. Der König von Granada eroberte Purchena, wo er prunkvolle Spiele für die Morisken abhielt. Es gab farbenprächtige Tanzwettbewerbe, einen großen Wettstreit in Gesang und Dichtkunst, spannende Ringkämpfe, einige Wettkämpfe in Ringen, Gewichtheben, Weitwurf sowie im Schießen mit Arkebuse, Armbrust und Schleuder. Die Morisken von al-Andalus, Türken und Barbaresken beteiligten sich begeistert an diesen Spielen. Immerhin ging es um die Gunst der schönen Frauen und um ansehnliche Preise, die der König den Siegern versprach: schnelle Pferde, edle Gewänder, kostbare Waffen, Lorbeerkränze und Dutzende Escudo-Münzen und Golddukaten.

In der Zeit, in der diese Spiele abgehalten wurden, verlängerte Hernando seinen Genesungsaufenthalt in Ugíjar, um seine Liebe zu Fatima auszukosten. Aischa und Fatima waren dem Heer nicht gefolgt, sie blieben bei Salah und seiner Familie. Obwohl der König nicht in der Stadt war, beauftragte Hernando den Büttel von Ugíjar, dafür zu sorgen, dass die Kellertreppe immer bewacht wurde: Das übrige Geld des Königs befand sich dort, er könne jeden Moment in die Stadt kommen und es benötigen. Jusuf war mit dem Heer weitergezogen, versorgte die Maultiere und ließ ihm zuweilen Nachrichten übermitteln. Hernando genoss seinen Aufenthalt im Haus. Alle Beteiligten lebten ohne Ibrahim glücklich zusammen: Aischa konnte ihm bedingungslos ihre mütterliche Zuneigung beweisen, und Fatima umsorgte ihn ständig. Nach ihrer ersten gemeinsamen Liebesnacht hatten sie ihre Beziehung auf sehnsüchtige Blicke und flüchtige Zärtlichkeiten beschränken müssen.

Aischa hatte die beiden angesprochen, sobald ihr Sohn aus Berja zurückgekehrt war. Als Frau kannte sie sich mit den Vorschriften aus.

»Ihr müsst heiraten«, sagte sie zu ihnen und versuchte dabei die Folgen dieser Eheschließung für ihre eigene Zukunft außer Acht zu lassen.

Die beiden stimmten ihr zu, aber dann verzog Hernando das Gesicht.

»Ich habe kein Geld für die Brautgabe«, begann er. Doch dann fielen ihm Aben Humeyas Dukaten ein, und er sah zu seiner Mutter. Aischa hatte seine Gedanken erraten.

»Die Dukaten gehören dem König. Da müsst ihr den König um Erlaubnis bitten. Du musst selbst dafür aufkommen, denn auf deinen Stiefvater darfst du nicht zählen.« Dann wandte sie sich an Fatima: »Du bist eine freie Frau. Du hast nach dem Tod deines Mannes unsere Vorschriften beachtet und dich an die vier Monate und zehn Tage der Wartezeit gehalten«, sagte sie noch, ehe Fatima selbst das Verstreichen der Wartezeit nach der letzten Regel nachrechnen wollte. »Allerdings hast du dich nicht an die Vorschrift gehalten, während der Wartezeit im Haus deines Mannes zu bleiben. Aber mit den Truppen des Marquis in Terque war das auch nicht möglich. Was die Brautgabe angeht«, sprach sie an Hernando gerichtet weiter, »du hast drei Monate, um sie zu beschaffen. Ihr habt Beischlaf gehalten, ohne verheiratet zu sein, deshalb könnt ihr erst heiraten, wenn Fatima dreimal die Regel hatte, es sei denn… Wenn sie in Umständen sein sollte, könnt ihr erst nach der Geburt heiraten. Und in dieser Zeit dürft ihr euch auch nicht lieben. Das verbietet unser Gesetz. Denk daran, mein Sohn: Du hast drei Monate.«

Ihre Liebesnacht hatte also zur Folge, dass sie ihre Heirat hinauszögern mussten. Die erste Blutung beruhigte sie zwar, aber ihre Entscheidung verlangte ihnen ein gewaltiges Opfer ab: Sie mussten drei Monate enthaltsam leben. Hernando wollte sich an den König wenden, sobald sein Bein geheilt wäre. Wenn er von jemandem Hilfe erwarten konnte, dann von Aben Humeya. Hatte er ihm nicht in der Vergangenheit immer wieder öffentlich seine Wertschätzung gezeigt? Allerdings musste er sich leider auch eingestehen, dass er inzwischen Zweifel hegte. Die Gerüchte über den moralischen Verfall des jungen Königs waren bis in den letzten Winkel seines Reichs gedrungen.

Die Gerüchte entsprachen der Wahrheit: Seine uneingeschränkte Macht und die massenhaft erbeuteten Reichtümer hatten aus dem König einen Tyrannen gemacht. Aben Humeya war von einer maßlosen Gier beherrscht, die selbst vor den Häusern der Morisken nicht mehr haltmachte. Er gab seiner Wollust völlig ungeniert nach, war immer von Frauen umgeben und schlief mit ihnen nach Lust und Laune. Als Adliger aus Granada misstraute er den Türken und den Barbaresken. Er log und betrog, wo er nur konnte, und seine Untergebenen behandelte er immer grausamer. Inzwischen hatte ihm sein Verhalten die öffentlich geäußerte Feindschaft einiger seiner besten Hauptleute eingebracht: Nacoz in Baza, Maleque in Almuñécar, Gironcillo in Vélez, Garral in Mojácar, Portocarrero in Almanzora und selbstverständlich auch Farax, sein großer Widersacher im Kampf um die Krone.

Letzten Endes war es aber eine Frau, derentwegen sein dekadentes Leben endete. Aben Humeya hatte sich in die Witwe von Vicente de Rojas verliebt – dem Bruder seines Schwiegervaters Miguel de Rojas, den er damals in Ugíjar nach der Verstoßung seiner ersten Frau umgebracht hatte. Diese Witwe war eine ausgesprochene Schönheit, eine ausgezeichnete Tänzerin und eine Meisterin des Lautenspiels. Gemäß der Tradition hatte nach dem Tod ihres Mannes dessen Cousin Diego Alguacil aus der Großfamilie Rojas – ebenfalls ein Feind des Königs – um ihre Hand angehalten. Aben Humeya hielt sich den unliebsamen Bräutigam Diego Alguacil mit Aufträgen und Reisen durch die Alpujarras vom Leibe. Als dieser eines Tages wiederkam, musste er feststellen, dass sich der König an der schönen Witwe vergangen hatte und sie inzwischen wie eine gewöhnliche Hure aushielt.

Diego Alguacil nahm diese Erniedrigung nicht tatenlos hin, er schmiedete einen Plan: Er wollte Aben Humeya in Laujar de Andarax töten.

Der König konnte nicht schreiben und ließ alle Befehle für seine Hauptleute von einem Neffen des Diego Alguacil – der mit der Familie Rojas verschwägert war – in seinem königlichen Namen aufsetzen und sogar unterzeichnen.

Zu der Zeit hatte Aben Humeya sich gerade die ihm inzwischen lästig gewordenen hochmütigen Türken und Barbaresken vom Hals geschafft, indem er sie mit Aben Aboo und dem Heer in die Gegend von Órgiva geschickt hatte. Diego Alguacil erfuhr durch seinen Neffen von einem Schreiben des Königs an Aben Aboo. Er fing die Nachricht ab und brachte den Boten um. Dann ließ er seinen Neffen einen anderen Befehl aufsetzen, in dem der König Aben Aboo befahl, mithilfe der Morisken alle Türken und Barbaresken in seinen Truppen zu köpfen.

Diego Alguacil überbrachte Aben Aboo persönlich das Schreiben, das den Zorn der Türken, vor allem von Hosseni, Caracax und Barrax entfachte. Aben Aboo, Ibrahim, Diego Alguacil, die Türken und Korsarenanführer eilten nach Laujar de Andarax, wo sie Aben Humeya in der Posada del Cotón antrafen.

Kein einziger der dreihundert Leibwächter des Königs verwehrte Aben Aboo den Zugang zum Gasthaus. Die vierundzwanzig im Haus postierten Arkebusenschützen ließen zu, dass die Türken die Schlafzimmertür des Königs eintraten – Aben Humeya war selbst bei seinem engsten Gefolge mehr als verhasst.

Zusammen mit den Türken und den Barbaresken überraschte Aben Aboo den König mit zwei Frauen im Bett, eine von ihnen war die Witwe aus der Familie Rojas.

Aben Humeya leugnete den Inhalt des Schreibens, doch sein Schicksal war besiegelt. Aben Aboo und Diego Alguacil wickelten ein Seil um seinen Hals, zogen jeder fest an einem Ende, und der König wurde stranguliert. Kurz vor seinem Tod fiel Fernando de Válor, König von

Granada und Córdoba, von der Offenbarung des Propheten ab und schrie, er sterbe als gläubiger Christ.

Nach seinem Tod teilten seine Mörder die beiden Frauen im Bett und die vielen anderen Frauen des toten Monarchen unter sich auf, ebenso wie die zahlreichen Wertgegenstände aus dem persönlichen Besitz des Königs.

19

Mehr konnte ich mir nicht wünschen, aber mit weniger konnte ich mich nicht zufriedengeben.« Diesen Leitspruch führte Aben Aboo, der neue König von al-Andalus, von nun an in seiner Standarte. Der neue Monarch präsentierte sich seinem Volk wie sein Vorgänger in karmesinroten Gewändern, das Schwert in der rechten, die rote Standarte in der linken Hand. Mit Ausnahme von Portocarrero schworen alle Hauptleute, die mit Aben Humeya verfeindet gewesen waren, dem neuen König die Treue, und die Türken bekamen von ihm die höchsten Ehrenränge in seinem Heer. Aben Humeyas Schatz – haufenweise Geld sowie zahlreiche gefangene Christinnen – wurde unverzüglich nach Algier verschifft. Dort wurden Waffen gekauft, die Aben Aboo unter den Morisken verteilte, bis er ein Heer mit sechstausend Arkebusenschützen zusammengestellt hatte. Zusätzlich zur üblichen Aufteilung der Kriegsbeute führte er für die Türken und die Barbaresken einen monatlichen Sold von acht Dukaten ein, sowie freies Essen für die Morisken. Er ernannte nicht nur neue Hauptleute, sondern auch Büttel, die er auf das gesamte Gebiet der Alpujarras verteilte. Er befahl ihnen, die Wachtürme ohne Unterbrechung besetzt zu halten, damit sie tagsüber mit Rauchzeichen und nachts mit Feuern jeden Vorfall melden konnten. Der entmannte Aben Aboo war entschlossen, das Ziel zu erreichen, das seinem lasterhaften Vorgänger nicht vergönnt war.

Auch Hernando erreichte die Nachricht von Aben Humeyas Hinrichtung. Als er den Namen des neuen Königs erfuhr, wurden seine Knie weich, und kalter Schweiß trat ihm auf die Stirn. Er schloss die Augen und dachte über die Folgen dieses Machtwechsels für sein eigenes Schicksal nach.

Hernando suchte Aischa und Fatima auf, die in der Küche mit Essensvorbereitungen beschäftigt waren.

»Los, wir verschwinden!«, rief er ihnen zu. »Wir müssen fliehen!«

Aischa und Fatima sahen sich überrascht an.

»Ibn Umayya wurde ermordet«, sagte er knapp. »Ibn Abbuh ist der neue König und Ibrahim sein Stellvertreter! Er wird uns suchen lassen! Bestimmt will er jetzt Fatima haben! Er genießt schließlich das Vertrauen des neuen Königs.«

»Ibrahim ist mein Ehemann«, murmelte Aischa. Dann sah sie zu Fatima und zu ihrem Sohn und lehnte sich wie gelähmt an die Wand. »Ich bleibe hier. Aber ihr müsst fliehen.«

»Aber wenn wir fliehen«, fiel Fatima ein, »dann wird Ibrahim dich umbringen!«

»Mutter, komm mit uns!« Aischa schüttelte den Kopf, Tränen traten in ihre Augen. »Mutter«, bat Hernando sie nochmals sanft und ging zu ihr.

»Ich weiß nicht, ob Ibrahim mich umbringen wird, wenn ihr nicht mehr bei mir seid«, flüsterte Aischa mit erstickter Stimme. »Aber ich werde lebendigen Leibes sterben, wenn ihr es nicht tut. Ich würde es nicht ertragen … Bitte, ich flehe euch an, flieht. Geht nach Sevilla oder nach Valencia … Oder nach Aragonien! Lasst diesen ganzen Irrsinn hier hinter euch. Ich habe noch mehr Söhne, und sie sind Ibrahims Söhne. Vielleicht … Vielleicht verprügelt er mich nur. Er kann mich doch nicht umbringen! Ich habe doch nichts Böses getan! Das Gesetz verbietet es ihm. Er kann mich wohl kaum für eure Tat bestrafen.«

Hernando wollte sie umarmen. Aischa richtete sich auf und wehrte ihn ab. Ihre Stimme hatte sich wieder gefestigt.

»Du kannst nicht von mir verlangen, dass ich deine Brüder im Stich lasse. Sie sind klein. Sie brauchen mich.«

Hernando wurde allein bei der Vorstellung, was der zornige Ibrahim seiner Mutter antun könnte, ganz elend zumute. Aischa sah Hilfe suchend zu Fatima.

»Komm, wir gehen«, sagte Fatima entschieden. Sie stieß Hernando aus der Küche, aber bevor sie ging, drehte sie sich noch einmal um und sah zu Aischa, die sich um ein aufmunterndes Lächeln bemühte. »Bereite du schon alles vor!«, drängte sie Hernando. »Schnell!« Sie musste ihn förmlich wachrütteln, er konnte seinen Blick einfach nicht von Aischa lösen. »Ich kümmere mich um Humam.«

Alles vorbereiten? Er sah, wie Fatima Humam in den Arm nahm. Was sollte er vorbereiten? Wie sollten sie bis nach Aragonien kommen? Und was würde aus seiner Mutter?

»Hast du nicht gehört?«, bestürmte ihn nun Aischa. »Verschwinde! Verstehst du denn nicht? Zuerst wird er dich umbringen. Mein Sohn, wenn du eines Tages selbst Kinder hast, wirst du meine Entscheidung verstehen. Jetzt geh endlich!«

»Mehr konnte ich mir nicht wünschen, aber mit weniger konnte ich mich nicht zufriedengeben.« Ibrahim gefiel der Leitspruch des neuen Königs, den er vor dem sicheren Tod bewahrt hatte und der ihn nun im Gegenzug zu einem mächtigen Mann machte. Vor allem aber freute er sich darüber, was der Spruch für ihn selbst bedeutete.

Hernando nahm gerade im schwachen Schein der Laterne das Geld im Kellerraum an sich, das von den dreihundert Dukaten des Händlers übrig geblieben war. Er brauchte es jetzt dringender als der tote Aben Humeya. Plötzlich hörten er und Salah die Schreie von Soldaten, die ins Haus eindrangen. Hernando und Salah rührten sich nicht von der Stelle. Oben herrschte einige Augenblicke lang Stille, dann hörten sie die Schritte der Männer, wie sie die Treppe zur Schatzkammer herunterpolterten.

Die leicht geöffnete Tür wurde aufgestoßen, und fünf Männer stürmten mit gezückten Schwertern in den Kellerraum. Ihr Anführer wollte gerade etwas sagen, als es ihm angesichts des Berges aus sakralen Gegenständen die Sprache verschlug.

Nun lagen die Kruzifixe, die kostbaren Priestergewänder und die Marienfigur zusammen mit all den anderen wertvollen Gegenständen vor Aben Aboo auf dem Boden. Daneben saßen Hernando und Salah – beide waren gefesselt –, hinter ihnen Fatima und Aischa. Im Gegensatz zu Aben Humeya hielt sich der neue König an keine protokollarischen Vorschriften: Er ließ sich von Ibrahim gleich vor Ort alle Einzelheiten berichten, mitten in Laujar de Andarax, umgeben von einem Trupp Türken und einigen Hauptleuten.

Salah jammerte und suchte nach einer Entschuldigung. Ibrahim versetzte ihm einen heftigen Schlag mit dem Kolben seiner Arkebuse. Hernando sah Aben Aboo tief in die Augen, der seit dem Hochzeitsfest in Mecina noch mehr in die Breite gegangen war. In den Fenstern und Balkonen der weiß getünchten Häuser lehnten neugierige Frauen und Kinder.

»Ist das die Frau, von der du so viel gesprochen hast?«, fragte der König und zeigte auf Fatima. Ibrahim nickte. »Sie ist dein.«

»Ich werde sie heiraten«, rief Hernando verzweifelt. »Ibn Umayya …« Eigentlich erwartete er einen Schlag, aber sie ließen ihn ungestraft ausreden: »Ibn Umayya hat mir ihre Hand versprochen, und wir werden heiraten.«

Alle Augen waren auf ihn gerichtet.

»Das Gesetz sagt … Das Gesetz sagt, dass sie als Witwe bei einer Heirat selbst ihre Zustimmung geben muss«, fügte Hernando noch hinzu.

»Aber das hat sie doch«, behauptete Aben Aboo höhnisch. »Ich habe es selbst gehört. Das haben wir doch alle, nicht wahr?«

Die Menschenmenge bejahte mit Gesten und Worten die Frage des Königs.

Hernando drehte sich entsetzt zu Fatima um, aber genau in diesem Moment verpasste Ibrahim ihm eine Ohrfeige, und Fatimas Gesicht war nur noch eine flüchtige Vision.

»Hast du vielleicht Zweifel an den Worten deines Königs?«, fragte Aben Aboo erwartungsvoll.

Hernando sagte nichts, auf diese Frage gab es keine Antwort. Der König stieß angewidert mit dem Fuß gegen die Marienfigur.

»Was soll der Kram hier?«, fragte er mit Blick auf die sakralen Gegenstände am Boden. Fatimas Zukunft war eine beschlossene Sache. Ibrahim berichtete dem König von dem Fund der Soldaten in Salahs Keller.

»Dein Stiefvater«, begann Aben Aboo nach einer Weile an Hernando gerichtet, »sagt immer, du bist ein Christ. Du bist doch der Nazarener, oder? Jetzt verstehe ich auch, warum du ein Schützling von Ibn Umayya gewesen bist. Dieses Schwein rief kurz vor seinem Tod den Gott der Päpste an. Und was dich angeht...« Bei diesen Worten zeigte er auf Salah. »Bringt die beiden Christen um! Spießt sie am Dorfplatz auf, und lasst sie über einem großen Feuer braten.«

Salah fiel auf die Knie und heulte, flehte um Gnade. Ibrahim versetzte ihm eine Ohrfeige. Hernando hingegen hatte gar nicht weiter auf das Urteil geachtet. Er war mit den Gedanken bei Fatima! Lieber starb er, ehe er sie in Ibrahims Armen sah. Was bedeutete sein Leben schon, wenn Fatima...?

»Ich kaufe dir den Knaben ab!«

Das Angebot riss ihn aus seinen Gedanken. Er drehte sich um und sah Barrax vor sich, der einen Schritt vorgetreten war. Viele der Anwesenden grinsten unverhohlen.

Aben Aboo dachte kurz nach. Eigentlich hatte der Nazarener den Tod verdient. Er kannte den ausdrücklichen Wunsch seines Stellvertreters, aber ihm war auch bewusst, dass die Unzufriedenheit der Türken und der Korsarenanführer eine der Ursachen für Aben Humeyas grausames Ende gewesen war. Diesen Fehler wollte er nicht begehen.

»Einverstanden«, sagte er. »Aber du musst mit Ibrahim den Preis besprechen. Der Christ gehört ihm.«

So wie er damals Isabel hinter sich hergezogen hatte, so wurde jetzt Hernando durch die Gassen von Laujar zum Lager des Korsarenanführers geschleift. Hernando verlor einen Schuh, aber bemerkte es nicht einmal. Die Vorstellung, wie Ibrahim sich über Fatima hermachte, ging ihm nicht aus dem Sinn. Er schloss die Augen und blieb stehen. Was würde sie machen? Sie konnte sich nicht wehren! Aber falls sie doch Widerstand leistete? Ein kräftiger Zug am Strick, mit dem seine Hände gefesselt waren, zwang ihn weiterzugehen. Er stolperte. Jemand spuckte ihm ins Gesicht und beschimpfte ihn. Er sah sich nach dem Mann um, doch dessen Gesicht sagte ihm genauso wenig wie das des nächsten, der ihn einige Schritte weiter mit »Christenhund« beschimpfte. An einer Kreuzung verhöhnten ihn einige Morisken, die dort im Gespräch zusammenstanden. Einer von ihnen gab seinem etwa fünfjährigen Sohn einen Stein, damit er ihn auf den Nazarener warf. Der Stein traf ihn mit aller Wucht an der Hüfte, und die Schaulustigen feuerten den Jungen weiter an. Nun waren seine Gedanken an Fatima verflogen, er stürzte hasserfüllt auf die Männer zu. Der Strick entglitt dem überraschten Barbaresken, und Hernando warf sich auf den nächstbesten Morisken, der plötzlich nicht mehr höhnisch lachte, sondern nur noch Angstschreie ausstieß, ehe er zu Boden ging. So gut er mit den gefesselten Händen konnte, versuchte Hernando harte Schläge auszuteilen. Der Mann rang mit ihm, schließlich biss Hernando in seiner unbezwingbaren Wut auf ihn ein. Barrax' Gefolgsleute zogen ihn ohne weitere Umschweife wieder auf die Füße. Blut lief ihm aus dem Mund, und er blickte schwer atmend zu den Schaulustigen. Zu seiner Überraschung bezog er von den Barbaresken für den Ausbruch keine Schläge, sie verteidigten ihn sogar gegen seine Angreifer. Plötzlich standen die beiden Gruppen mit ihren Krummsäbeln und Dolchen einander gegenüber.

»Wenn es irgendeinen Grund zur Beschwerde gibt«, rief ein Barbareske, »dann wendet euch an Barrax. Der Mann hier ist sein Sklave.«

Sobald sie diesen Namen hörten, steckten die Morisken ihre Waffen wieder ein, und Hernando spuckte ihnen vor die Füße.

Nach diesem Vorfall trugen ihn die Barbaresken schnell davon, als wäre er eine kostbare – wenn auch widerspenstige – Ware. Vier Männer versuchten seine Fußtritte, Schreie und Bisse zu unterbinden.

In Barrax' Lager angekommen, banden sie ihn an einen Baum. Hernando schrie immer noch und bedachte alle mit Beleidigungen. Er verstummte erst, als Ubaid zu ihm kam und sich vor ihm aufbaute. Der Maultiertreiber aus Narila strich über seinen Armstumpf.

»Lass ihn in Frieden, Einarmiger«, warnte ihn ein Soldat. Seit Hernando Barrax in Ugíjar gebeten hatte, dass Ubaid das Haus verlassen sollte, wusste jeder von ihrem Zwist. »Dieser Junge ist unantastbar.«

Hernando konnte von Ubaids Lippen vier Worte ablesen: Ich werde dich töten.

»Dann mache es doch!«, reizte ihn Hernando.

»Verschwinde endlich!«, schrie nun der Soldat und stieß den Maultiertreiber zur Seite.

Das Hochzeitsfest und die Brautgabe – das war der Preis, den Barrax mit Ibrahim für den Kauf seines Stiefsohns ausgehandelt hatte. Der Korsarenanführer forderte zudem, dass Hamids Krummsäbel in die Vereinbarung aufgenommen wurde. Er hatte immer wieder festgestellt, wie sehr Hernando an dieser Waffe hing. Er wollte sie ihm schenken, sobald der junge Mann sich ihm hingegeben hatte – Barrax würde von diesem Vorhaben nicht ablassen. Alle wurden irgendwann gefügig! Zahllose junge Christen führten in Algier ein angenehmes Leben als Gespielen der Türken und Barbaresken, nachdem sie vom Christentum abgefallen waren und sich zum wahren Glauben bekehrt hatten.

»Dann nimm ihn doch«, war Ibrahims Antwort. »Behalte seinen Plunder! Nimm alles, was ihm gehört. Ich will nichts haben, was mich an ihn erinnert. Mir reicht schon der Anblick seiner Mutter.« Ibrahim schloss die Augen und dachte nach. Seine Tage als Maultiertreiber waren gezählt: Er war nun der Stellvertreter des Königs von al-Andalus und besaß mittlerweile einen ordentlichen Batzen Gold. »Ich brauche ein weißes Maultier für die Braut, das schönste Tier der Alpujarras. Ich tausche meine ganze Karawane gegen ein einziges weißes Maultier. Du machst ein gutes Geschäft«, sagte er dem Anführer, als dieser noch überlegte. »Du findest in den Dörfern der Alpujarras bestimmt ein weißes Maultier. Vielleicht sogar hier. Aber ich habe keine Zeit, mich selbst darum zu kümmern.«

Nur wenige Tage nachdem er auf Ibrahims Vorschlag eingegangen war, kam Barrax zu dem Baum, an dem Hernando festgebunden war. Auf Geheiß des Korsaren wurde Hernando immer noch in Fesseln und nur bei Wasser und Brot festgehalten. Er zeigte ihm ein wunderschönes weißes Maultier, das Ubaid in einem Nachbarort erstanden hatte.

»Darauf wird deine Geliebte reiten, wenn sie zu deinem Stiefvater geht«, sagte Barrax und klopfte dem Maultier auf den Hals. Hernando betrachtete das Tier aus seinen eingesunkenen und geröteten Augen. Das strahlende Blau seiner Iris war erloschen. »Sag dich endlich von deinem Glauben los, und gib dich mir hin!«, drängte Barrax ihn noch einmal.

Der junge Mann bekreuzigte sich. Es war absurd! Der alte Hamid musste die Bewohner von Juviles davon überzeugen, dass er ein echter Muslim war, und jetzt … Jetzt musste er so tun, als wäre er ein Christ, um Barrax nicht in die Hände zu fallen … Oder war er vielleicht doch ein Christ? Aber ihm stand nicht der Sinn nach Glaubensfragen. Jetzt ging es nur darum, so zu tun, als wäre er ein Christ. Der riesige Korsar sprach weiter sanft auf Hernando ein.

»Ibn Hamid, du hast alles verloren: die Gunst des Königs, deine Geliebte … und sogar deine Freiheit. Ich biete dir ein neues Leben an. Wenn du einer meiner Knaben wirst, liegt dir ganz Algier zu Füßen. Ich weiß es, ich spüre es. Du kannst ein herrliches Leben führen, es wird dir an nichts fehlen, und eines Tages wirst du ein so bedeutender Korsar sein wie ich. Vielleicht wirst du sogar noch mächtiger sein, nein, bestimmt. Ich werde dir dabei helfen. Pascha Khair ad-Din ernannte Hasan Agá zum Siegelbewahrer, und Dragut wurde Beylerbey, beide waren Geliebte von Khair ad-Din. Und ihm folgte unser großartiger Ulugh Ali, einer von Draguts Geliebten. Und ich selbst … Willst du es denn nicht verstehen? Ich biete dir alles, dabei hast du selbst nichts.« Hernando bekreuzigte sich noch einmal. »Ibn Hamid, du bist mein Sklave. Alle halten dich für einen Christen. Ich sage dir eines: Wenn du nicht nachgibst, gehst du als Galeerensträfling auf eines meiner Schiffe. Dann wirst du deine Entscheidung noch bereuen. Ich kann warten, aber denk daran: Die Zeit verrinnt, und ohne deine Jugend … Ich werde mich nicht an dir vergehen, ich kann mich nach Lust und

Laune vergnügen, mit Männern oder mit Frauen. Aber ich möchte dich an meiner Seite haben, ich will, dass du zu allem bereit bist. Denk noch einmal darüber nach, Ibn Hamid. Bindet ihn vom Baum los!«, befahl er plötzlich seinen Leuten. Er ließ seine Augen nicht von Hernandos blassem Gesicht und seinem ausgezehrten Körper. »Gebt ihm Fußfesseln und schickt ihn arbeiten. Wenn er zu essen bekommt, dann soll er es sich auch verdienen. He, du da!« Er wandte sich an Ubaid. »Du bist mit deinem Leben dafür verantwortlich, dass ihm nichts geschieht. Und ich sage dir eines: Dein Tod wird langsamer und schmerzhafter sein als der, den du ihm beibringen kannst. Ibn Hamid, sieh dir dieses prächtige Maultier an«, sagte er schließlich und ging zu dem weißen Tier. »Es bedeutet das Ende all deiner Hoffnungen und Wünsche in al-Andalus.«

Aischa machte Fatima in dem Gasthof für die Hochzeit zurecht, in dem Ibrahim und Aben Aboo logierten. Ibrahim führte sie in das Zimmer, das ihnen ein türkischer Hauptmann überlassen hatte.

»Weib«, fuhr er Aischa an und zog zugleich Fatima mit seinem Blick aus, »ich will, dass du die schönste Braut aus ihr machst, die al-Andalus jemals gesehen hat. Und was dich angeht, Fatima: Du bist Witwe, und du hast keine Verwandten mehr, deshalb wird der König dein Heiratsvormund sein. Bist du damit einverstanden?«

Fatima gab keine Antwort.

»Mädchen, du gehörst mir – entweder als meine zweite Frau oder als Dienerin. Du wusstest genau, was im Keller des Händlers versteckt war! Und die christlichen Umtriebe des Nazareners hast du auch verheimlicht! Vielleicht hast du dich mit deinem Sohn ja sogar daran beteiligt!« Fatima zitterte. »Bevollmächtigst du den König?« Fatima nickte. »Jetzt hör mir genau zu: Wenn du nicht zustimmst, wenn ich um deine Hand anhalte, oder wenn du dich dem Alfaquí widersetzt, werden dein Kind und der Nazarener genauso sterben wie der Händler. Das ist meine Vereinbarung mit Barrax. Wenn du nicht zustimmst, bekomme ich den räudigen Nazarener zurück, und ich selbst werde ihn dann auf dem Dorfplatz neben deinem Kind aufspießen.«

Ibrahim hatte Fatima dazu gezwungen, Salahs Tod mit anzusehen: Der Händler hatte geschrien wie ein Schwein. Dick und nackt hatte er auf allen vieren am Boden gekniet und vor Schmerzen gebrüllt, als ihm einige kräftige Morisken eine Lanze in den After rammten. Das Volk jubelte, und aus seinen Angstschreien wurde bald Wehklagen. Die Klagelaute wurden immer leiser, je tiefer sich die Lanze in Salahs Körper bohrte, und sie verebbten schließlich ganz, als die blutige Spitze im Mund des toten Händlers wieder zum Vorschein kam. Anschließend hatten sie den aufgespießten Leib vor den Augen der neugierigen Kinder über der Glut gedreht. Der widerwärtige Gestank nach verkohltem Menschenfleisch hatte den ganzen Tag in den Gassen um den Dorfplatz von Laujar gehangen.

Ibrahim grinste und ließ die beiden Frauen allein.

Aber Fatima wollte sich nicht waschen.

»Er würde es ja nicht einmal bemerken«, sagte sie mit dünner Stimme zu Aischa, die auf den rituellen Waschungen bestand. »Ich will unrein in diese Ehe gehen.«

Aischa begann keinen Streit mit dem Mädchen, sie wusste, Fatima opferte sich für Hernando.

Fatima verbot ihr zunächst auch, die traditionellen Henna-Ornamente aufzumalen und sie mit Orangenblütenöl einzureiben. Aischa verließ den Gasthof und erstand stattdessen Jasminöl. Anschließend bemalte sie zumindest Fatimas Füße mit Henna. Dann legte sie ihr den Schmuck an, den Ibrahim ihr gegeben hatte – allerdings mit dem ausdrücklichen Hinweis, dass er nur für die Hochzeitsfeier gedacht und kein Bestandteil der Brautgabe war. Aischa reichte ihr eine Kette, und das Mädchen wollte sich gerade den goldenen Anhänger vom Hals reißen, als Aischa ihre Hand schützend auf das Schmuckstück legte.

»Gib die Hoffnung nicht auf«, sagte sie.

Nun brach Fatima zum ersten Mal in Tränen aus.

»Welche Hoffnung? Nur der Tod verheißt Hoffnung …«

Das offizielle Werben fand in einem kleinen, kühlen Innengarten des Gasthofs statt. Der König übernahm das Amt des Wali. Der Generalkapitän der Türken und Hosseni waren als Zeugen der Hochzeit erschienen. Dann bat Ibrahim Aben Aboo um Fatimas Hand, die dieser ihm gewährte. Schließlich sprach ein alter Alfaquí aus Laujar die rituellen Hochzeitsformeln. Fatima musste sie als Witwe selbst beantworten und schwor, dass es keinen Gott außer Gott gibt und dass sie dem Koran entsprechend alle Fragen wahrheitsgemäß beantwortete: Sie wollte in Ehren und gemäß der Sunna verheiratet sein.

»Wenn ihr recht schwört«, endete der Alfaquí, »ist Allah euer Zeuge, und er wird euch Gnade gewähren. Aber wenn ihr falsch schwört, wird Allah euch zerstören und euch seine Gnade entziehen.« Bevor der König mit der Lesung der sechsunddreißigsten Sure begann, sah Fatima zum Himmel: Möge Allah uns zerstören.

Fatima saß auf dem Rücken des weißen Maultieres, das von einem schwarzen Sklaven am Halfterstrick geführt wurde. Sie war in eine weiße Tunika gehüllt, und die Henna-Zeichnungen an den Füßen waren das Einzige, was von ihrem Körper zu sehen war. Zahlreiche Morisken bejubelten sie auf ihrem Weg durch den Ort. Zurück im Gasthof, wurde Fatima in Ibrahims Zimmer gebracht und auf dem Bett mit einem weißen Laken zugedeckt, unter dem sie mit geschlossenen Augen still daliegen sollte. Das Tuch wurde nur ein einziges Mal gelüftet.

»Jetzt verstehe ich deine Begierde«, hörte sie Aben Aboo seufzen, der etwas länger als angebracht unter das Laken blickte. »Genieße sie, mein Freund. Möge Allah dich mit vielen Söhnen segnen.«

Nach dem Besuch der Gäste setzte sich Fatima auf eines der Kissen am Boden. Sie verschloss sich innerlich vor der bevorstehenden Begegnung mit Ibrahim und achtete nicht weiter auf die schamlosen und hartnäckigen Ratschläge der Frauen, die bei ihr geblieben waren. Sie wollte nichts essen. Aischas Anblick tröstete sie keineswegs: Sie saß ihr starr und abwesend gegenüber. Ihre Gedanken waren bei dem soeben versklavten Sohn. Da klammerte sich Fatima an das Einzige, was ihr noch Kraft bringen konnte: das Gebet. Sie betete still, rezitierte die Bittgebete, die sie kannte, und wandelte ihre schlimmsten Befürchtungen in Gebete um. Ihr Flehen war Ausdruck eines verzweifelten Glaubens, aber ihre Kraft wuchs mit jedem Wort, mit jedem Anruf.

Nach Mitternacht kündigte die plötzliche Unruhe der Frauen an, dass Ibrahim auf dem Weg ins Schlafzimmer war. Eine Frau ordnete Fatima noch schnell das Haar und schob ihr die Tunika über die Schultern. Sie weigerte sich, zur Tür zu sehen, durch die die Frauen leise hinauseilten.

»Tod verheißt ewige Hoffnung«, flüsterte sie mit geschlossenen Augen vor sich hin.

»Zeig dich deinem Mann!« Die Stimme des Maultiertreibers ließ sie zusammenzucken.

Beim Versuch aufzustehen versagten ihr fast die Knie. Es gelang ihr dennoch, sich aufzurichten.

»Los. Zieh dich aus, meine Schöne«, sagte er und ging auf sie zu.

Fatima taumelte, sie bekam kaum Luft. Sie roch die üblen Ausdünstungen des Maultiertreibers. Ibrahim deutete mit seinem schmierigen Kinnbart ungeduldig auf die Tunika. Fatimas zitternde Finger kämpften mit den Knoten, bis die Tunika zu Boden glitt und sie nackt vor ihm stand. Ibrahim glitt mit seinem lüsternen Blick über diesen jungen Körper, der keine vierzehn Jahre alt war. Eine schwielige Hand griff nach den festen, runden Brüsten. Fatima schloss die Augen. Sie spürte, wie er mit seinen trockenen, rauen Händen über ihre zarte Haut fuhr. Dann drehte er eine Brustwarze zwischen seinen krummen Fingern hin und her. Mit fest geschlossenen Lidern empfahl sie sich Gott, dem Propheten und allen Engeln. Aus ihrer Brustwarze tropfte Milch auf Ibrahims Finger. Mit einer Hand bearbeitete er weiter ihre Brüste, die andere Hand führte er an die Scheide des Mädchens, warf sie dann auf die Kissen und drang brutal in sie ein.

Gesänge und Musik, Hochzeitsrufe und Lachen auf den Straßen von Laujar begleiteten Fatima in dieser endlosen Nacht. Ibrahim befriedigte seine Begierde immer wieder an ihr. Fatima ließ es über sich ergehen, gehorchte ihm, unterwarf sich schweigend. Sie weinte an diesem Tag ein zweites und letztes Mal, als Ibrahim an ihren Brüsten saugte.

20

Ende Oktober griff Aben Aboo mit zehntausend Mann Órgiva an, den strategisch wichtigsten Ort in den Alpujarras. Nach den ersten Angriffswellen, denen sich die Christen erfolgreich widersetzten, verfügte der König, den Ort durch eine Belagerung auszuhungern und so zur Kapitulation zu zwingen.

Hernando war zusammen mit der Moriskenarmee nach Órgiva gekommen, diesmal allerdings bei den Frauen, Kindern und kampfunfähigen Männern am Ende des Trosses: Er saß mit Fußfesseln im Damensitz auf der ausgemergelten Alten, klammerte sich an die Rippen des Tieres und war dem andauernden Spott der anderen Morisken ausgesetzt. Nur Jusuf erwies sich als treuer Gefährte und verscheuchte die Kinder, wenn Ubaid gerade nicht achtgab. Hernando hielt ununterbrochen, wenn auch erfolglos, in der Menschenmenge nach Fatima und seiner Mutter Ausschau.

»Ihr müsst ihn erniedrigen«, befahl Barrax seinen Gespielen. »Sobald Kapitäne, Janitscharen, Soldaten oder diese Fatima in der Nähe sind, müsst ihr ihn demütigen. Er muss seinen Stolz und seine Ehre verlieren.«

Im Lager steckten die beiden Jünglinge Hernando unter Gelächter in eine hauchdünne Tunika aus grüner Seide und eine mit Edelsteinen bestickte Pluderhose. Hernando wollte sich wehren, aber gegen die Kraft der zu Hilfe eilenden Barbaresken, die ihn amüsiert auszogen und neu einkleideten, war er machtlos. Er wollte sich die lächerlichen

Kleider wieder vom Leib reißen, doch die beiden Gespielen fesselten ihm die Hände und begannen gut gelaunt mit ihrem Rundgang durchs Lager.

Kaum hatten sie ein paar Schritte zurückgelegt, ließ Hernando sich auf die Erde fallen. Der Ältere hieb mehrfach mit einem dünnen Stöckchen auf seinen Kopf ein, aber Hernando blieb stur liegen. Soldaten, Frauen und Kinder beobachteten das Spektakel.

»Warte!«, sagte der Jüngere und zwinkerte schelmisch.

Dann kniete er sich neben Hernando hin und fuhr ihm mit der Zunge langsam über die Wange. Hernando bebte vor Zorn. Zuerst herrschte Ruhe, doch dann klatschten und kreischten einige der Schaulustigen, andere pfiffen empört. Der Ältere lachte höhnisch, während der andere mit seiner Zunge Hernandos Hals entlangglitt und ihn dabei zwischen den Beinen streichelte. Hernando raste innerlich vor Wut, aber er war ihnen hilflos ausgeliefert.

»Aufhören!«, schrie Hernando. »Es reicht!«

Da packten ihn die jungen Männer unter den Achseln, halfen ihm auf die Beine und setzten ihren Rundgang fort. Plötzlich standen sie vor Aischa und Fatima, deren Gesichter verschleiert waren. Es war keine zufällige Begegnung: Barrax hatte den jungen Männern ausdrücklich befohlen, ihn in dieser lächerlichen Aufmachung zu Ibrahims Zelt zu führen.

Hernando blickte beschämt zu Boden. Auch Fatima senkte den Blick, und Aischa brach in Tränen aus.

»Seht ihn euch genau an, Frauen!« Die laute Stimme des Stiefvaters, der plötzlich im Eingang des Zeltes stand, ließ Hernando instinktiv zusammenzucken. »Seht ihr? Der dreckige Nazarener hat genau das bekommen, was er verdient!« Als Hernando nicht mehr anders konnte und zu Fatima und Aischa hinübersah, erschrak er über die leeren Blicke der Frauen.

»Er wird versuchen zu fliehen«, warnte Barrax den Anführer der Wachen und seine Geliebten noch am selben Abend. »Vielleicht versucht er es heute Nacht, vielleicht morgen, vielleicht erst später. Aber er wird es versuchen. Ihr dürft ihn nicht aus den Augen lassen, und wenn es so weit ist, schreitet ihr nicht ein, sondern ruft mich.«

Nach drei Tagen war es so weit. Tief in der mondscheinlosen Nacht kroch Hernando, an Händen und Füßen gefesselt, unter den Maultieren hindurch zu einer kleinen Schlucht in der Nähe des Lagers. Ohne zu zögern ließ er sich den steilen Abhang hinabrollen. Sein Körper prallte dabei gegen Steine, Büsche und Äste, aber Hernando spürte keinen Schmerz. Er spürte überhaupt nichts mehr. Dann folgte er auf Ellbogen und Knien kriechend dem Verlauf der Schlucht. Je weiter sich die Lagergeräusche entfernten, umso schneller schleppte er sich vorwärts. Schließlich lachte er nervös auf. Ja, er würde es schaffen!

Doch plötzlich stieß sein Kopf gegen Männerbeine. Vor ihm stand der Korsarenanführer, der sich langsam zu ihm herabbeugte.

»Mein Schiff heißt nicht umsonst *Fliegendes Pferd*«, flüsterte Barrax. Hernando ließ sein Gesicht auf den felsigen Boden sinken. »Nur wenige, sehr wenige spanische Schiffe sind mir je entwischt. Mach dir lieber keine Hoffnungen, mein Kleiner.«

Das Heer des Herzogs von Sesa, der zur Verteidigung von Órgiva herbeigeeilt war, wurde von Aben Aboos Männern vernichtend geschlagen. Nach diesem triumphalen Sieg waren die Alpujarras nun gänzlich unter der Kontrolle der Morisken, und die Christen befürchteten, die Rebellion könne sich jetzt auf das angrenzende Königreich Valencia ausbreiten.

Angesichts dieser Gefahr befahl König Philipp II. nicht nur die Vertreibung aller Morisken aus dem Albaicín, sondern erklärte ihnen nun den Krieg – auf Leben und Tod. Er ließ den Soldaten, die sich unter seiner Standarte am Kampf beteiligten, freie Hand und gestattete ihnen, den Feinden alle Reichtümer, Tiere und Sklaven abzunehmen.

Im Dezember gestattete König Philipp II. seinem Halbbruder Don Juan de Austria, Monate nach dessen Ernennung zum Generalkapitän der Meere, sich an den Kämpfen zu beteiligen. Letzterer stellte daraufhin zwei mächtige Heere auf, die die Morisken in die Zange nehmen sollten: Er wollte das Heer befehligen, das vom Almanzora-Ufer im Osten kommen sollte, das andere würde vom Westen – also von den Alpujarras aus – unter dem Befehl des Herzogs von Sesa angreifen. Der Marquis von Los Vélez sollte als dritte Streitmacht seine kleineren Truppen auf eigene Faust befehligen.

Nach der Kapitulation von Órgiva griff Aben Aboo die Orte Almuñécar und Salobreña an, wo sein Heer vernichtend geschlagen wurde. Danach verteilte er seine Truppen strategisch über das gesamte Gebiet der Alpujarras, damit sie sich mit dem Feind kleinere Scharmützel lieferten, während sie auf die Hilfe der Osmanen warteten. Doch diese Hilfe kam nicht, und der Herzog von Sesa marschierte mit seinem Heer in die Alpujarras ein und eroberte ein Dorf nach dem anderen, während Don Juan mit seinen Streitkräften die muslimische Bevölkerung im Westen des Landes gnadenlos auslöschte.

Die hohen Verluste, die zunehmende Hungersnot und die Kälte in den mittlerweile wieder verschneiten Bergen raubte vielen Morisken und ihren Verbündeten von der anderen Seite der Meerenge den Mut.

Hernando spürte bei der Niederlage von Salobreña eine gewisse Genugtuung. Als der Burgvogt Don Diego Ramírez de Haro ihren Angriff abwehrte, flüchteten die Morisken in die Berge. Der König, Ibrahim, Barrax und die übrigen Anführer waren nur noch auf ihre eigene Flucht bedacht, und Hernando nutzte die allgemeine Verwirrung, um mit Jusufs Hilfe durch die Menschenmenge zu seinem Maultier zu gelangen. Neben der Alten stand zu seiner Überraschung das Maultier, das mit den Kleidern und den Luxusgütern der Liebhaber des Korsarenanführers beladen war. Es herrschte ein einziges Stoßen und Kreischen, niemand sah sich um, niemand gab auf ihn acht. Er könnte es versuchen. Warum nicht? Er sah die beiden jungen Männer in ihren leuchtenden Seidengewändern in dem Gedränge hin und her irren: Sie suchten ihr Lasttier. Was würden sie wohl machen, wenn …?

Hernando bedeutete Jusuf aufzupassen. Während die Jünglinge keuchend und völlig aufgelöst auf sie zukamen, lockerte er bei dem Lasttier der beiden die Gurte der Packtaschen und löste den Brustriemen. Als Ubaid das Zeichen zum Aufbruch gab und die Maultierkolonne sich in Bewegung setzte, glitten die schwer beladenen Taschen vom Rücken des Tieres und kippten zur Seite. All der niedliche Zierrat fiel nach und nach auf den Boden, und die Gespielen begannen verzweifelt, ihre Habseligkeiten wieder einzusammeln. Sie hatten bald ihre hübschen Pantoffeln verloren, die einige vorwitzige Jungen lachend aufhoben, um mit ihnen zu spielen, und je weiter sie in der Kolonne zurückfielen, desto mehr Frauen und Kinder interessierten sich für die kostbaren Kleider und den schimmernden Tand am Boden. Wie Leuchtfeuer huschten die beiden in ihren flatternden Gewändern immer schneller zwischen den Flüchtenden hin und her und flehten Ubaid an, auf sie zu warten. Der bemerkte den Vorfall zwar, hielt die Kolonne aber nicht an. Immerhin flüchtete das gesamte Moriskenheer gerade vor den Christen in Richtung Berge.

Jusuf sah zwischen Hernando, der gefesselt, aber zufrieden auf der Alten thronte, und den panischen Jünglingen hin und her – und grinste.

Niemand half ihnen.

Als Hernando einen letzten Blick auf die Gespielen des Korsarenanführers werfen konnte, hatten sie den Anschluss an den Tross längst verloren: Dreckig und barfuß standen sie in Tränen aufgelöst im Niemandsland zwischen der Nachhut des Moriskenheeres und der Vorhut der christlichen Streitkräfte.

»Sie sind geflohen«, erklärte Ubaid dem aufgebrachten Barrax, als sie Ugíjar erreicht hatten. Einige Schritte entfernt verfolgten Hernando und Jusuf ihr Gespräch. Barrax packte den Maultiertreiber aus Narila und riss ihn brutal in die Höhe. Er knurrte und fletschte seine Zähne gefährlich nah vor dessen Nase.

»Es stimmt: Sie sind geflohen«, sagte Hernando. Barrax drehte sich ruckartig zu ihm um, ohne jedoch den Maultiertreiber loszulassen. »Wundert dich das, alter Mann?«

Barrax sah von einem zum anderen und stieß Ubaid schließlich wütend von sich.

Aben Aboo schlug sein Feldlager in der Nähe von Ugíjar auf. Er wollte die über die Alpujarras verstreuten Truppen von hier aus befehligen.

Barrax machte sich mit seinen Männern auf, um sich mit Don Juan de Austria ein Gefecht in Serón zu liefern. Zuerst sah es nach einem Sieg der Muslime aus: Der Generalkapitän konnte seine geldgierigen Soldaten nicht daran hindern, den Ort so undiszipliniert anzugreifen, dass sie sich zunächst geschlagen geben mussten. Aber Don Juan stellte seine Truppen erneut auf und nahm den Ort schließlich doch noch ein.

Nach der Rückkehr der Männer ins letzte Bollwerk der Morisken wurde Hernando in das Zelt des Korsarenanführers gerufen.

»Du musst ihn heilen«, befahl ihm Barrax, sobald er das Zelt betreten hatte. »Der Einarmige hat mir gesagt, dass du das kannst.«

Hernando betrachtete den etwa fünfundzwanzigjährigen Mann, der Barrax zu Füßen lag: Mitten auf seinem schweißdurchtränkten Wams breitete sich auf Höhe des Herzens ein großer Blutfleck immer weiter aus, seine Atmung ging unregelmäßig, alle Muskeln waren verkrampft, und das Gesicht mit dem schwarzen Vollbart war schmerzverzerrt. Hernando betrachtete die glänzende, kostbare Rüstung, die neben dem verwundeten Christen am Boden lag.

»Diese Rüstung wurde in Mailand angefertigt«, bemerkte Barrax. Er hob den Helm auf. »Ganz in der Nähe meines Geburtsortes, vermutlich in der Werkstatt der Familie Negroli«, fügte er mit Blick auf den Helm hinzu. »Ein Ritter, der eine so teure Rüstung trägt, dürfte uns ein hübsches Sümmchen an Lösegeld einbringen. Allerdings sehe ich auf der Rüstung keine Inschriften oder Wappen. Wir müssen also noch herausfinden, wer dieser Adlige ist.«

»Aber bisher habe ich doch nur Tiere …!«

»Dann wirst du mit diesem Christenhund ja keine Probleme haben. Nicht wahr? Aber eines sage ich dir, mein lieber Nazarener: Wenn dein

Glaubensbruder hier stirbt, gehst du mit ihm ins Grab, und wenn er überlebt, ruderst du zur Strafe auf meinem Schiff. Das ist mein letztes Wort.«

Dann ließ Barrax ihn mit dem verwundeten Christen allein.

Der Mann hatte versucht, beim Sturm auf Serón seinen Soldaten Deckung zu geben, und war dabei von Barrax verletzt worden.

Hernando kniete neben ihm und begutachtete die Wunde. Was sollte er nur tun? Er versuchte vorsichtig, ihm das nasse, schmutzige Wams aufzureißen. Bis jetzt hatte er noch nie einen Menschen verarztet …

»Er hat dich ›Nazarener‹ genannt.« Der Christ brachte diesen Satz nur unter großen Schmerzen hervor.

»Du verstehst Arabisch?«, fragte Hernando auf Spanisch.

»Außerdem hat er gesagt, ich sei dein Glaubensbruder.« Er atmete schwer und versuchte sich aufzurichten. Bei der Bewegung tropfte Blut aus seiner Wunde auf Hernandos Finger.

»Nein, halt still. Du musst … Du wirst überleben.«

»Denn Barrax wird sein Wort halten«, flüsterte er zu sich selbst.

Hernando starrte den jungen Mann an.

»Bei Gott und der Heiligen Jungfrau«, stieß der Ritter mühsam hervor. »Bei den Nägeln des Kreuzes Christi, wenn du wirklich ein Christ bist, dann befreie mich.«

War er ein Christ?

»Du kannst keine zwei Schritte machen. Außerdem sind wir hier im Feldlager von Tausenden Morisken umgeben. Wohin willst du denn fliehen? Jetzt halt still, ich muss dich untersuchen.«

Die klaffende Wunde war tiefer, als Hernando gedacht hatte. War auch die Lunge betroffen? Aber was verstand er schon davon! Er untersuchte die Verletzung genauer. Dann betrachtete er das Gesicht des Adligen. Er hatte wenigstens noch kein Blut gespuckt. Aber was hieß das schon? Seine einzige Gewissheit war, dass der Tod dieses Christen auch seinen eigenen Tod bedeutete. Barrax meinte es ernst. Seitdem er ihm nicht mehr den Hof machte, behandelte er ihn mit der gleichen rauen Art wie Ubaid und seine anderen Männer. Und wenn der Christ überlebte … Sollte Hernando dann sein Leben lang auf dem *Fliegenden Pferd* rudern? Niemand würde auch nur einen Maravedí Lösegeld für einen Nazarener bezahlen, der in Wirklichkeit ein Muslim war. Hernando legte seine Hand auf die Stirn des Adligen: Er glühte, also hatte sich die Wunde entzündet. Ja, zumindest das war wie bei seinen Maultieren. Er musste die Entzündung hemmen und das Blut stillen. Und was die möglichen inneren Verletzungen anging …

Er benötigte Horn. Hernando rief Jusuf herbei.

»Sag Barrax, dass ich Horn brauche, am besten Hirschhorn. Und bring mir einen Stößel und einen Topf. Außerdem brauche ich etwas zum Feuermachen.«

»Wie soll ich denn an Horn kommen?«, fragte ihn der Junge.

»Geh zu den Arkebusenschützen. Viele führen das Schießpulver in Hörnern bei sich. Außerdem brauche ich dünnes Kupferblech, Verbandszeug, frisches Wasser und Tücher. Los, lauf schon!«

Kurz darauf bearbeitete Hernando die Spitze eines Hirschhorns mit dem Stößel.

»Barrax hat gesagt, ich soll bei dir bleiben und helfen«, berichtete der Junge, als Hernando ihn fragend ansah.

»Gut, dann mach mit dem Horn weiter. Es muss fein wie Staub werden.«

Jusuf machte sich an die Arbeit, und Hernando entkleidete den fast bewusstlosen Adligen. Er reinigte die Wunde und legte ihm feuchte Tücher auf die Stirn. Nachdem Jusuf die Geweihspitzen zermahlen hatte, verbrannte er das Pulver in dem Topf und bedeckte die Wunde mit der Asche. Der Christ stöhnte laut auf. Auf die Asche kam das dünne Kupferblech, danach legte er einen Verband an.

Und zu welchem Gott sollte er nun beten?

Ibrahim war völlig vernarrt in Fatima. Sie durfte den Holzverschlag nicht verlassen, den er nur für sie im Feldlager hatte errichten lassen, und er vernachlässigte sogar seine Pflichten gegenüber dem König, um mit ihr zusammen zu sein. Aischa, seine Söhne und Humam hatten unter einigen Ästen und Zweigen neben ihrer Hütte Unterschlupf gefunden. Fatima ignorierte Ibrahim, wenn er zu ihr kam. Der Maultiertreiber schlug dann wütend auf sie ein, bis sie nachgab. Er zwang sie, ihn zu befriedigen, und sie tat ihre Pflicht, bis Ibrahim den Höhepunkt erreicht hatte, aber aus ihren großen schwarzen Mandelaugen sprach Verachtung. Sie gehorchte. Sie ließ ihn gewähren, und jedes Mal, wenn der Maultiertreiber sich nur mit ihrem apathischen Körper zufriedengeben musste, verspürte die junge Frau zumindest eine gewisse Genugtuung, die aber allmählich abnahm.

Eines Nachts tauchte Ibrahim mit dem kreischenden Humam bei ihr auf.

»Wenn du dich nicht besserst, bringe ich ihn um«, drohte er.

Seit dieser Nacht schlief Ibrahim nur noch im Beisein von Humam mit Fatima – damit sie niemals vergaß, was passieren würde, wenn sie ihren Ehemann nicht lustvoll befriedigte. Von nun an gab sich Fatima Mühe und versuchte sich an die Berührungen zu erinnern, die ihrem Ehemann am besten gefallen hatten, und an die Bemerkungen der anderen Moriskinnen darüber, wie sie ihre Männer befriedigten. Sie täuschte Ibrahim jene Begierde vor, die sie ihm bislang verwehrt hatte. Danach ließ er sie in Ruhe und brachte Humam zu Aischa. Die meiste Zeit verbrachte Fatima allein, im Gebet, oder sie beobachtete Aischa und ihren Sohn durch die Ritzen des Verschlages. Sie weinte viel und strich über die Fatimahand an ihrer Halskette. Sie sehnte die Momente herbei, in denen sie den Kleinen stillen durfte, die einzigen, die sie mit ihrem Sohn verbringen konnte. Der eifersüchtige Ibrahim hielt sie von allem fern, sogar von ihrem eigenen Kind.

Unterdessen kämpfte Hernando am anderen Ende des Lagers um das Leben des Christen – und um sein eigenes. Seit einigen Tagen schwebte der Adlige nun schon in Lebensgefahr. In den wenigen wachen Momenten – die Hernando nutzte, um ihm Brühe einzuflößen – betete er und empfahl sich Christus und der Heiligen Jungfrau. Einmal jedoch fixierte er Hernandos blaue Augen.

»Du hast die Augen eines Christen«, stellte er fest. »Lass mich frei. Du wirst es nicht bereuen.«

Doch selbst wenn er es täte, wohin wollte der Christ denn gehen?

»Ich … Wie heißt du eigentlich?«

Der Adlige blickte wieder tief in Hernandos blaue Augen.

»Ich werde weder die Ehre meiner Familie damit beflecken, im Zelt eines Piraten zu sterben, noch werde ich meinen Befehlshaber mit der Sorge um meine Gefangenschaft behelligen.«

»Wenn du nicht sagst, wer du bist, können sie dich nicht auslösen.«

»Wenn ich am Leben bleibe, bleibt dafür Zeit genug. Ich weiß, dass ich viel Gold wert bin. Aber wenn ich hier sterbe, möchte ich, dass meine Leute nichts davon erfahren.«

Hernando studierte die Inschrift auf dem Langschwert des Gefangenen. Die schwere Waffe hing neben Hamids Krummsäbel am Zelteingang, wo immer ein Soldat Wache hielt. Seit Barrax den verwundeten Christen gefangen genommen hatte, musste auch Hernando im Zelt des Korsarenanführers schlafen. In der ersten Nacht betrachtete der Korsar Hamids Waffe argwöhnisch. Er ging zum Krummsäbel, hob ihn auf und hängte ihn neben das Schwert des Ritters. Der Wachposten sah wortlos zu.

»Wenn du sterben willst«, warnte Barrax Hernando, »musst du nur zu einer der beiden Waffen greifen.«

Seither galt Barrax' erster Blick immer dem Holzpfahl neben dem Eingang.

»Greife nicht ohne Grund nach mir, und verwende mich nur in Ehren«, lautete die Inschrift. Hernando betrachtete das Gesicht des schlafenden Christen.

21

ERLASS ZUGUNSTEN DERER, DIE SICH UNTERWERFEN

Der König, mein Herr, hat verstanden, dass sich ein Großteil der Morisken im Königreich Granada nicht aus eigenem Willen gegen ihn erhoben hat. Viele von ihnen wurden genötigt und gedrängt, nicht zuletzt betrogen, von einigen hauptsächlichen Urhebern und Anstiftern, Anführern und Caudillos. Diese haben aus eigenem Interesse gehandelt, um sich am Besitz der einfachen Leute zu bereichern, statt ihren Brüdern Nutzen zu bringen, und sie haben dafür gesorgt, dass sich diese gegen die spanische Krone erheben, worauf nun der König befahl, eine tapfere Kriegerschar zusammenzustellen, um sie zu bestrafen und ihnen das Land wegzunehmen, das sie im Gebiet des Almanzora, in der Sierra de Filabres und in den Alpujarras besaßen, was vielen von ihnen den Tod oder die Gefangenschaft einbrachte oder sie zwang, durch die Berge zu ziehen und wie wilde Tiere in Grotten und Höhlen und in der Wildnis zu hausen und äußerste Not zu leiden.

Im Willen, Barmherzigkeit walten zu lassen, und eingedenk der Wahrheit, dass auch sie seine Untertanen und Vasallen sind, und gerührt vom Wissen über die Grausamkeiten, die Notzucht mit Frauen, das Blutvergießen, die Plünderungen und andere große Gräuel, die die Krieger mit den Morisken anstellen, ohne dass es dafür eine Entschuldigung gibt, erteilte der König uns den Auftrag, dass wir in Seinem Namen Seine königliche Milde walten lassen und folgenden königlichen Befehl anwenden.

Hiermit wird allen Morisken versprochen, Männern wie Frauen, jeglicher Eigenschaft, Stellung und Zugehörigkeit: Wenn sie innerhalb von zwanzig Tagen, gezählt ab dem Datum der Abfassung dieses Edikts, sich ergeben und sich in die Hände Seiner Majestät und des Herrn Don Juan de Austria in Seinem Namen begeben, werden sie begnadigt und ihre Leben geschont. Außerdem werden diejenigen angehört, die die Grausamkeiten und Unterdrückungen beweisen wollen, die sie erdulden mussten, um sich zu erheben. Der König gewährt ihnen Milde, und so auch denjenigen, die nicht nur kommen, um sich zu ergeben, sondern ihm darüber hinaus noch einen besonderen Dienst erweisen, indem sie jene türkischen Gefangenen oder maurischen Barbaresken enthaupten oder herbeischaffen, die mit den Rebellen zusammen sind, sowie auch jene Untertanen des Königreichs, die Hauptleute und Anführer der Rebellion waren oder auf der Rebellion beharren und nicht die Gnade und Güte erfahren möchten, die ihnen Seine Majestät zugesteht.

Außerdem: Allen, die älter als fünfzehn Jahre und jünger als fünfzig Jahre sind und sich innerhalb der Frist ergeben und zudem der Streitmacht Seiner Majestät ein Gewehr oder eine Armbrust mit Munition überlassen, wird das Leben geschenkt, und es wird verfügt, dass sie nicht als Sklaven genommen werden und dass sie außerdem zwei Personen mit sich bringen können, die ebenfalls frei sind, wie Vater und Mutter, Kind und Frau, Bruder und Schwester. Auch diese bleiben von der Sklaverei verschont und erhalten die Freiheit und ihren Willen.

Es erfolgt die Warnung an all jene, die sich dieser Gnade und Güte nicht erfreuen möchten, dass kein Mann, der älter als vierzehn Jahre ist, in keinem Bezirk zugelassen sein wird. Ihnen soll der strenge Tod widerfahren, ohne Mitleid oder Barmherzigkeit.

Dieser Erlass von Don Juan de Austria machte im April 1570 in den Alpujarras die Runde. Die Christen ließen ihn ins Arabische übersetzen und die Abschriften von Kundschaftern und Händlern verbreiten. Mal trugen ihn die Morisken, die lesen konnten, ihren Glaubensbrüdern hinter dem Rücken der Aufständischen vor, mal wurde er öffentlich ausgerufen. Don Juan de Austria drohte den Christen mit harten

Strafen, sollten sie es wagen, einen Morisken, der sich ergeben wollte, wie bisher einfach festzunehmen, zu berauben oder zu misshandeln.

Beide Kriegsparteien befanden sich in einer schwierigen Lage: Die Preise für Weizen und Gerste hatten sich in den Alpujarras verzehnfacht. Die Soldaten und ihre Familien mussten hungern. Bald sah Aben Aboo keinen Ausweg mehr, und nach einem intensiven Briefwechsel mit Alonso de Granada Venegas, der bei den Morisken hohes Ansehen genoss, beauftragte er seinen Vertrauten El Habaquí mit Kapitulationsverhandlungen.

Aber bereits die ersten Unterredungen hatten für die Morisken fatale Auswirkungen: Zur gleichen Zeit landeten drei algerische Galeeren mit Lebensmitteln, Waffen und Munition am Strand von Dalías. Als die Besatzung jedoch von Aben Aboos neuen Plänen hörte, kehrte sie umgehend und vollbeladen nach Algier zurück. Ähnlich reagierte Hosseni, der Bruder von Carax. Er war zunächst mit sieben Galeeren, vierhundert Janitscharen und zahlreichen Waffen an Land gegangen, kehrte aber sofort in die Korsarenstadt zurück, als er von den Friedensverhandlungen erfuhr.

Bei den Christen gestaltete sich die Lage noch schwieriger: Aben Aboos neue Kriegstaktik machte, abgesehen von einzelnen Erfolgen bei eher sporadischen Gefechten in anderen Gebieten der Alpujarras, einen endgültigen Sieg praktisch unmöglich. Zugleich war das nahe gelegene Sevilla vom Aufstand betroffen: Auch dort hatten zehntausend moriskische Vasallen des Herzogs von Medina Sidonia und des Herzogs von Arcos gegen ihre Unterdrückung rebelliert. Philipp II. bekam die Situation zwar in den Griff, indem er den beiden Herzögen auftrug, die Konflikte vor Ort gemeinsam zu lösen, doch alle befürchteten, der Aufstand könne sich jederzeit auf die Königreiche Murcia, Valencia oder Aragonien ausbreiten, in denen ebenfalls zahlreiche Morisken lebten.

Aber den Hauptgrund für König Philipp II., seinen Halbbruder Don Juan die Bedingungen für die Kapitulation verkünden zu lassen, lieferte der osmanische Sultan: Die Türken griffen im Februar die Stadt Zara im venezianischen Dalmatien an und wollten im Juli mit ihrer

Flotte auf Zypern landen. Im März 1570 wohnte Philipp II. in Córdoba der Ständeversammlung bei, um in der Nähe des Kriegsgeschehens zu sein. Dort empfing er einen Gesandten von Papst Pius V., der ihn im Namen der gesamten Christenheit zu einem neuen Kreuzzug aufforderte. Der Papst schlug die Gründung einer Heiligen Liga vor, um gegen die drohende Gefahr der Heiden vorzugehen, die sich wegen der Aufmerksamkeit, die Spanien seinen inneren Angelegenheiten widmete, plötzlich stark fühlten. Der fromme spanische Monarch wollte dieser Aufforderung Seiner Heiligkeit zwar umgehend folgen, musste zunächst aber das Moriskenproblem in den Alpujarras lösen, um für dieses Vorhaben genügend Streitkräfte mobilisieren zu können.

Nach der öffentlichen Bekanntmachung des Edikts strömten viele Morisken zu Don Juans Feldlager in Padul und ergaben sich. Die christlichen Soldaten wiederum desertierten scharenweise, da sie sich nicht mehr wie gewohnt bei Plünderungen bereichern konnten. Von den zehntausend Mann, mit denen der Herzog von Sesa in die Alpujarras einmarschiert war, blieben am Ende nur noch viertausend.

»Los, Männer! Wir kehren nach Algier zurück!«, rief Barrax seinen Männern zu. »Morgen früh geht es los.« Dann betrat er das Zelt. »Hast du verstanden, Nazarener?«, zischte er und zeigte auf den Gefangenen. »Bereite ihn für die Überfahrt vor!«

»Er wird sterben!«, sagte Hernando, ohne nachzudenken. Er betrachtete den Christen: Nun, es ging ihm etwas besser, aber …

Barrax gab keine Antwort und zog die Stirn in tiefe Falten. Hernando hielt den Atem an, während der Korsarenanführer ihm fest in die Augen sah. Dann machte Barrax kehrt, verließ das Zelt und strich dabei mit der rechten Hand über seinen Dolch.

Sein Schicksal war besiegelt: Entweder erwartete ihn der Tod, oder aber er verbrachte den Rest seines Lebens auf einer Galeere. Hernando saß auf dem Boden und betrachtete seine Fußfesseln. Er konnte nicht weglaufen. Er war nur ein Sklave in Ketten! Und Fatima … Er führte die Hände zum Gesicht, weil er die Tränen nicht mehr zurückhalten konnte.

»Männer weinen nur, wenn ihre Mutter stirbt oder wenn sie schwer verwundet sind.«

Hernando sah zu dem Christen, holte tief Luft und trocknete die Tränen mit dem Ärmel.

»Wir werden sterben«, war seine einzige Antwort.

»Ich werde für Christus sterben«, flüsterte der Gefangene.

Er hatte diese Worte schon einmal gehört, von Gonzalico. Aus ihnen sprach die gleiche Demut, die gleiche Hingabe. Und was war mit dem Islam? Bedeutete Islam nicht Demut und Hingabe? Und …

»Aber wir werden nur sterben, wenn Gott es so bestimmt hat. Wir sind freie Menschen, wir können kämpfen«, unterbrach der Christ Hernandos Gedanken.

Hernando verzog das Gesicht.

»Ein Verletzter und ein Mann in Ketten?« Hernando deutete bei seinen Worten auf das geschäftige Treiben vor dem Zelt.

»Nimm du deinen Tod hin, aber lass mich um mein Leben kämpfen«, erwiderte der Adlige.

»Was wirst du tun, wenn ich dich freilasse?«, fragte Hernando und sah wieder auf seine Füße.

»Ich werde fliehen und mein Leben retten.«

»Du kannst doch nicht einmal aufstehen.«

»Ich werde es schaffen. Sieh her!« Doch beim Aufrichten verzog er vor Schmerz das Gesicht und stöhnte.

»Da draußen sind Tausende Muslime. Sie werden dich …«

»Umbringen?« Plötzlich bemerkte Hernando einen neuen Glanz in den Augen des Adligen.

Da erklang der Ruf des Muezzins, und die Gläubigen unterbrachen ihre Reisevorbereitungen. Es dämmerte bereits.

»Jetzt oder nie!«, sagte der Adlige und zeigte zu der Zeltseite, hinter der die Maultiere ruhten.

Hernando hatte seit Langem nicht mehr gebetet. Er betete auch jetzt nicht, aber er dachte an den Alfaquí. Was würde Hamid sagen, wenn er einem Christen die Freiheit schenkte? Er sah zum Pfosten am Zelteingang. Dort hing sein Krummsäbel, die Waffe des Propheten! Durch die Planen hindurch konnte er erkennen, wie sich die Soldaten nach der Qibla ausrichteten und sich auf das Abendgebet vorbereiteten. Ein Barbareske hielt wie immer Wache. Hernando erinnerte sich an Barrax' Warnung: Wenn du sterben willst, musst du nur zu einer der beiden Waffen greifen. Sterben. Tod verheißt ewige Hoffnung! Es war, als ob Fatima bei ihm wäre. Plötzlich hatte er das Bild ihrer Mandelaugen vor sich. Welche Bedeutung hatte das alles schon? Christen, Muslime, Kriege, Opfer … Tote.

»Stell dich tot«, befahl er dem Gefangenen. »Schließ die Augen und halt den Atem an.«

»Was?«

»Mach einfach!«

Da setzte das Raunen der andächtig betenden Morisken ein. Hernando lauschte einen Augenblick dem Klang der Stimmen und spähte durch die Planen.

»He, du da, hilf mir«, bedrängte er den Wachposten. »Der Christ stirbt.«

Der Mann eilte ins Zelt, kniete sich neben den Verwundeten und befühlte dessen Gesicht. Hernando nutzte die Ablenkung und zückte den Krummsäbel. Beim Klirren des Metalls drehte sich der Barbareske ruckartig um. Zu spät. Ohne zu zögern, schwang Hernando den Säbel und hieb dem überraschten Morisken tief in den Hals, der sofort tot war und auf den Adligen kippte.

Dieser stöhnte kurz auf und schob den leblosen Körper zur Seite.

»Gib mir mein Schwert«, bat er und versuchte unter Schmerzen aufzustehen. Hernando fragte sich, was der Mann in seinem Zustand mit dem gewaltigen Langschwert anfangen wollte. »Bitte!«, flehte der Ritter.

Hernando reichte ihm seine Waffe und ging zu der Zeltseite, vor der die Maultierkolonne stand. Der Adlige folgte ihm und zog sein Schwert hinter sich her. Angesichts der langsamen und ungelenken Bewegungen des geschwächten und vor Schmerz gebeugten Mannes überfielen

Hernando erneut Zweifel. Es war Selbstmord! Der andere schien seinen Zweifel zu spüren und lächelte ihn an. Hernando ging nahe der Plane in die Hocke und versuchte, sich im Halbdunkel zurechtzufinden. Da riss der Christ kurz entschlossen die Plane auf und schlüpfte durch das entstandene Loch an Hernando vorbei nach draußen. Seine Wunde begann augenblicklich zu bluten, und der Verband färbte sich rot. Hernando folgte ihm auf allen vieren, den Blick immer auf den Krummsäbel gerichtet, schließlich rechnete er jeden Moment damit, auf einen Wachposten zu treffen. Aber sie hatten Glück, und nur wenige Sekunden später krochen sie zwischen den Beinen der Maultiere hindurch. Der rhythmische Klang der Gebete der Glaubensbrüder vermischte sich mit seinem rasenden Herzschlag. Der Christ lächelte ihn triumphierend an, als wären sie bereits in Freiheit. Und jetzt? Der Adlige würde nicht weit kommen, er würde unterwegs verbluten.

Auch der Himmel über den Bergen färbte sich dunkelrot. Wie oft hatte er die Abenddämmerung über der Sierra Nevada betrachtet, als er noch in… in Juviles! Die Alte! Ja, das war die Lösung. Er sagte nichts, sondern begutachtete die Hufe der Maultiere. Die Alte würde er sofort wiedererkennen. Sobald er sie entdeckt hatte, gab er dem Christen ein Zeichen, ihm zu folgen. Sein Maultier war bereits für den Abmarsch gezäumt. Entschlossen stand Hernando auf, er überprüfte nicht einmal, ob sie beobachtet wurden. Das gesamte Feldlager schien ins Gebet vertieft. Wenige Schritte links von ihm führte ein Weg eine der zahllosen Schluchten der Alpujarras hinab.

»Steh auf«, trieb er den Edelmann an. Hernando half ihm auf das Maultier. »Halt dich fest!«, flüsterte er und überprüfte den Sattelgurt. Als er ihm das Schwert abnehmen wollte, weigerte sich der Christ und hielt sich mit nur einer Hand fest.

Hernando führte das Maultier bis zur Schlucht. Mit den Fußfesseln kam er nur in kleinen Schritten voran, außerdem versuchte er möglichst leise zu sein. Er hätte sich am liebsten dem vertrauten Singsang im Feldlager angeschlossen. Erst als er am Rand der Schlucht stand, blickte er zurück und genoss einige Sekunden den Anblick: Tausende Menschen beteten im Licht der Abendsonne gen Osten – mit dem Rücken zur Schlucht. Niemand hatte ihre Flucht bemerkt. Der Christ wurde unruhig. Hernando setzte sich zu ihm auf das Maultier und klammerte sich an den Sattelgurt.

»Alte, es geht nach Juviles! Bring uns nach Juviles!«

Sie ließen das Lager und die Schlucht hinter sich. Während das erfahrene Maultier die steilen Abhänge problemlos meisterte und dabei Felsbrocken und Bäumen geschickt auswich, drohten die beiden Reiter immer wieder herunterzufallen. Ihre Gesichter und Arme waren von Dornbüschen und Zweigen zerkratzt, als sie schließlich an einen größeren Bach gelangten, dessen Quelle sich weit oben in der Sierra Nevada befand. Als sie ihn überquerten, vermittelte ihnen das eiskalte Wasser plötzlich das Gefühl von Freiheit. Die Alte blieb in der Mitte stehen und bewegte ihren Hals wild hin und her. Stolz schüttelte sie unzählige Wassertropfen von sich, als wäre sie sich ihrer Heldentat bewusst.

Hernando ließ sich in den Gebirgsbach fallen. Unter Wasser schrie er vor Freude, und die Luftblasen kitzelten in seinem Gesicht. Sie hatten es geschafft! Sie hatten es tatsächlich geschafft! Auch der Ritter stieg ab und stützte sich auf die Flanken des Maultieres. Er war blass und blutete nach wie vor, aber als er plötzlich mit aller Kraft das wuchtige Langschwert mit der rechten Hand hochhielt, war er trotz des simplen, blutgetränkten Wamses eine beeindruckende Erscheinung.

Hernando watete zum anderen Ufer und setzte sich. Glücklich.

»Siehst du?«, sagte der Adlige. »Gott wollte nicht, dass wir sterben.«

Hernando lachte kurz auf.

»Man muss kämpfen, nicht verzweifeln. Du bist weder schwer verwundet, noch ist deine Mutter gestorben. Bei Jesus und der Heiligen Jungfrau …«

Der Christ sprach weiter, aber Hernando hörte ihm nicht mehr zu. Was war mit seiner Mutter? Und mit Fatima?

»Wir ziehen jetzt weiter«, beendete der Adlige seine lange Rede.

Weiterziehen? Ja, das war der Sinn der ganzen Flucht gewesen. Aber er war schon einmal aufgebrochen, damals nach Adra, und hatte Fatima und seine Mutter allein gelassen.

»Warte.«

»Nein, sie werden uns nachsetzen. Sobald sie unsere Flucht bemerken, werden sie uns folgen.«

»Warte«, sagte Hernando noch einmal. »Die Nacht wird sie hindern und …«

»Was?«, unterbrach ihn der Christ.

»Vor ein paar Monaten«, begann Hernando und stand auf. Er blickte traurig auf Hamids Krummsäbel. »Vor ein paar Monaten bin ich nach Juviles zurückgekehrt, um meine Mutter zu retten.« Hatte es überhaupt Sinn, dem Mann das Blutbad in seinem Dorf vorzuwerfen? Aber dann tat er es doch. »Ihr habt dort mehr als eintausend Frauen und Kinder umgebracht!«

»Ich habe …«

»Sei still. Das wart ihr Christen. Und dann habt ihr die Frauen und Kinder, die überlebt haben, auch noch zu Sklaven gemacht.«

»Und ihr habt …!«

»Was soll's«, unterbrach ihn der junge Moriske. »Ich bin damals nach Juviles gegangen, um meine Mutter zu retten, und ich habe es geschafft. Ich konnte auch Fatima retten, meine … Das Mädchen, das meine Frau sein sollte! Danach … Wir haben schwere Zeiten durchgemacht.« Hernando dachte an den Schneesturm auf ihrem Weg zum Ragua-Pass, an das Hochzeitsfest in Mecina, ihre Flucht vor den Christen … Und, was war dabei herausgekommen? »Ich werde sie nicht ihrem Schicksal überlassen.«

Er sah den Christen herausfordernd an. Der Adlige blutete noch immer und war geschwächt, strahlte aber dennoch eine unheimliche Stärke aus. Hernando hatte Fatima und Aischa in seiner Zeit als Sklave aus seiner Erinnerung getilgt, er hatte sie aus seinen Gedanken verbannt, als gäbe es sie nicht, aber jetzt … Jetzt war er wieder frei! Welch ungeahnte Kraft verlieh einem doch die Freiheit! Sein Stiefvater würde nicht aufgeben, das wusste er plötzlich. Aber wenn er jetzt mit Fatima und seiner Mutter floh und sie sich zusammen ergaben, könnten sie diesen Albtraum vielleicht beenden.

»Ich brauche deine Hilfe«, sagte der Adlige.

»In der Dunkelheit bin ich ohnehin keine große Hilfe für dich. Du brauchst nur die Alte. Ich muss jetzt meine Mutter suchen … und die Frau, die ich liebe! Verstehst du? Ich kann nicht zulassen, dass ihr sie umbringt oder zu Sklavinnen macht.«

Von diesem Entschluss angetrieben, wollte er durch den Bach waten, aber er stolperte und fiel ins Wasser. Er hatte seine Fußfesseln vollkommen vergessen.

»Dein Entschluss ehrt dich«, sagte der Christ anerkennend und deutete zum Ufer. »Komm!«

»Was hast du vor?«

»Meine Stahlklinge aus Toledo hat bislang noch jedes maurische Eisen durchschlagen«, antwortete der Ritter und bedeutete Hernando, die Kette seiner Fußfesseln auf einen kleinen Felsen zu legen.

Hernando sah, wie er mit beiden Händen den Griff des Schwertes umfasste. Selbst im Dämmerlicht konnte er das schmerzverzerrte Gesicht erkennen, als der Mann ausholte.

»Bei den Nägeln des Kreuzes Christi!«, rief der Adlige.

Kleine Funken stoben beim Schlag gegen die Eisenfessel und den Felsen auf, und Hernandos Füße waren frei. Doch das metallische Geräusch vermengte sich mit dem Stimmengewirr über ihren Köpfen. Man hatte ihre Flucht entdeckt! Der Christ stützte sich schwer atmend auf sein Schwert.

»Flieh!«, keuchte Hernando erschrocken. Der andere gab keine Antwort. Hernando schob einen Arm unter seine Achseln und zerrte ihn zur Alten. Er legte ihn quer über das Maultier, löste einen Riemen und band den Ritter damit fest.

»Du musst ihr vertrauen«, flüsterte er ihm ins Ohr. »Wenn du merkst, dass sie anhält, sag ihr, dass sie nach Juviles gehen soll.« Die Alte spitzte die Ohren. »Denk daran, nach Juviles. Alte, es geht nach Juviles! Nach Juviles!« Er trieb sie mit einem Stoß in die Flanke an. Dann sah er ihr einen Moment hinterher, wie sie den Bach hinabtrottete.

Hernando versteckte sich zwischen dichtem Buschwerk, während Barrax' Männer ihn ohne allzu großen Eifer suchten. Sie leuchteten mit ihren Fackeln mal hierhin, mal dorthin. Über ihnen dröhnte die Stimme des Korsarenanführers. Mehrere Barbaresken wateten im Bachbett umher, kehrten aber bald wieder zurück. Am nächsten Tag würden sie ohnehin nach Algier aufbrechen. Sie hatten seit ihrer Landung an der Küste von al-Andalus reiche Beute gemacht. Was kümmerte es sie also, ob Barrax seinen Gefangenen verloren hatte …

Hernando harrte die Hälfte der Nacht in seinem Versteck aus. Dann erst entschied er, dem Trampelpfad zu folgen, den die Barbaresken bei ihrer Suche gebahnt hatten. Mit den Riemen band er die losen Enden der Ketten oberhalb der Fußfesseln fest. Sie scheuerten, und bestimmt würden sie ihm bald die Knöchel aufschürfen.

Während er durch die Schlucht zurück zum Lager schlich, konnte er bald die Musik des Abschiedsfests hören. Viele Korsaren und Barbaresken hatten sich wie Barrax zur Heimkehr entschieden und feierten ihre letzte Nacht in al-Andalus. Die Morisken ihrerseits würden sich morgen Don Juan de Austria ergeben. Manche flüsterten es heimlich, andere sprachen darüber vor den Augen der muslimischen Soldaten. Selbst der kleine Jusuf hatte Hernando sein Vorhaben gestanden. Er hatte sich eine ausgediente Armbrust besorgt, mit der er – wie in Don Juans Erlass gefordert – zu dessen Feldlager gehen wollte. Er war zwar noch keine vierzehn Jahre alt, aber er musste dort trotzdem wie ein Soldat auftreten, hatte er stolz gesagt.

Hernando konnte sich bei diesen Worten ein Lächeln nicht verkneifen.

»Ich …«, stammelte Jusuf, der nicht wagte, Hernando ins Gesicht zu sehen, »ich …«

»Sag schon.«

»Findest du das richtig? Kann ich das machen?«

Da wandte Hernando seinen Blick ab. Ihm versagte die Stimme, und er musste sich mehrmals räuspern, ehe er antworten konnte.

»Du musst mich nicht um Erlaubnis bitten, du …«, sagte er noch und musste sich wieder räuspern, »du bist frei, und du bist mir wirklich nichts schuldig. Ich bin derjenige, der dir zu Dank verpflichtet ist.«

»Aber …«

»Möge Allah dir beistehen, Jusuf. Geh in Frieden.«

Jusuf war auf Hernando zugegangen, um ihm die Hand zu reichen, hatte sich ihm am Ende aber doch in die Arme geworfen. Selbst jetzt noch, hier in der Schlucht, meinte Hernando den aufgeregten Herzschlag des Jungen an seiner Brust zu spüren.

Hernando erreichte das Feldlager, wo er zu Barrax' Zelt ging. Er musste keine sonderlichen Vorsichtsmaßnahmen treffen: Nur ein einziger Barbareske hielt Wache und versuchte vergeblich, sich mit Schlägen an den Kopf wach zu halten. Die übrigen Männer schliefen sich nach dem rauschenden Fest neben den Lagerfeuern aus. Wo sollte er Fatima und seine Mutter suchen? Er ließ den Blick über das Gelände schweifen und sah … Nein! Ein Schmerz durchzuckte seinen Körper. Er sackte zusammen und fiel auf die Knie, dann musste er sich übergeben. Gleich darauf überwältigte ihn der Brechreiz noch einmal und danach noch ein drittes und viertes Mal. Schließlich sah er wieder zu Barrax' Zelt: Auf dem Pfosten am Eingang, an dem die beiden Waffen gehangen hatten, steckte jetzt Jusufs Kopf. Nase und Ohren waren abgerissen und unter den Kopf genagelt. Zuerst ein Ohr, dann das andere und schließlich das, was von Jusufs Nase übrig war. Hernando wurde erneut vom Brechreiz erfasst, aber er konnte den Blick einfach nicht abwenden. Wie oft hatte Barrax damit gedroht! Natürlich hatten sie dem Jungen die Schuld für seine Flucht gegeben. Zudem fehlte ja auch noch die Alte … Jusuf hatte schließlich die Maultiere versorgt. Hernando hielt nach Ubaid Ausschau, konnte ihn aber nirgends entdecken. Bestimmt war der Maultiertreiber so schlau gewesen und war geflohen. Er sah noch einmal zu den Überresten von Jusuf. Dann stand er langsam auf und zog den Krummsäbel.

Mit äußerster Vorsicht schlich er am Rand der Schlucht entlang, bis er sich hinter den einzigen wachhabenden Barbaresken stellen konnte.

»Dein alter Krummsäbel wird dir nichts nützen! Du hast nicht genug Kraft, um ihn richtig zu führen«, hatte der Janitschar damals in Ugíjar gesagt.

Wenn er jetzt versagte, fiel er Barrax erneut in die Hände. Hernando umklammerte konzentriert den Griff und spannte alle Muskeln an, dann schlug er dem wachhabenden Soldaten mit aller Kraft den Krummsäbel in den Nacken. Der Mann sackte zu Boden. Dann ging Hernando zwischen den Zelten und Verschlägen hindurch, ohne die schlafenden Barbaresken weiter zu beachten. Mit verkniffenem Gesicht, angespannten Muskeln und starrem Blick steuerte er geradewegs auf das Zelt des Korsarenanführers zu. Er schob die Plane zur Seite und ging hinein. Barrax schlief auf einem Strohsack. Hernando ließ seinen Augen Zeit, sich an das Zwielicht zu gewöhnen, und trat dann zu ihm. Er hob den Krummsäbel über den Kopf. Seine Finger schmerzten, die Muskeln an Armen und Rücken waren zum Zerreißen gespannt. Da lag er! Völlig wehrlos! Barrax' Hals war noch dicker als der des Wachpostens, den er nicht vollständig hatte durchtrennen können. Er wollte gerade zum Schlag ausholen, als ihm etwas einfiel. Warum eigentlich nicht? Der Korsar sollte sehen, wer seinem Leben ein Ende bereitete! Das war er Jusuf schuldig! Er stieß Barrax mit einer Fußspitze hart in die Rippen. Der Korsarenanführer murmelte etwas, drehte sich um und schlief weiter. Daraufhin versetzte Hernando ihm einen heftigen Fußtritt in die Seite. Barrax richtete sich verwirrt auf, und Hernando gewährte ihm einige Augenblicke, um sich zu orientieren. Genügend Zeit, um ihn zu erkennen, genügend Zeit, um den Krummsäbel zu sehen. Der Korsar wollte gerade losschreien, als der Säbel auf seinen Hals zuschnellte. Mit einem einzigen Hieb war Barrax enthauptet.

Hernando lief nun als Türke verkleidet durchs Lager. Er hatte sich die Sachen angezogen, die er im Zelt vorfand: einen Turban, der sein Gesicht zur Hälfte verdeckte, eine weite Pluderhose und eine Marlota, die bis zu den Knöcheln reichte. Die Eisenfesseln hatte er mit Seidentüchern umwickelt und unter dem Hosensaum verborgen. Am Gürtel trug er neben Hamids Waffe einige Dolche und eine kleine Arkebuse. In der rechten Hand hielt er einen Beutel – darin lag der abgetrennte Kopf des Korsarenanführers. Hernando fragte sich zu Ibrahims Zelt durch, zückte den Krummsäbel und trat ohne zu zögern ein. Diesmal würde ihn Aischas Flehen nicht davon abhalten, seinen Stiefvater zu … Aber die Unterkunft war vollkommen leer. Er ließ die Waffe gerade sinken, als ihn ein Geräusch hinter sich zusammenzucken ließ.

»Was hast du hier zu suchen?«, fragte Aischa.

Im Eingang stand seine Mutter. Hernando schob den Turban zur Seite.

»Mein Sohn!« Aischa machte einige Schritte auf ihn zu, aber zum ersten Mal wich Hernando ihrer Umarmung aus.

»Wo ist Ibrahim?«, fragte er kalt. »Und Fatima?«

»Junge … Du lebst … Und bist frei?«, stammelte seine Mutter unter Tränen.

»Mutter, wo ist Fatima?«, fragte er noch einmal, diesmal etwas sanfter, und nahm sie in die Arme.

»Sie sind geflohen. Sie wollen sich den Christen ergeben. Noch heute, bei Sonnenuntergang«, schluchzte sie. Hernando konnte seine Enttäuschung nicht verbergen, und Aischa sprach sofort weiter. »Dein Stiefvater hatte immer wieder Streit mit dem König. Er hat am Ende nicht mal mehr an den Beratungen und Kämpfen teilgenommen, weil er …« Aischa zögerte einen Moment. »Er wollte lieber mit Fatima zusammen sein. Und die Christen geben nur zwei weiteren Menschen die Freiheit, wenn jemand sich ergibt. Also hat er Fatima und Aquil mitgenommen. Fatima hat gesagt, sie könne Humam nicht zurücklassen, und vielleicht kommt es ja auf ein so kleines Kind nicht an.«

»Fatima … Fatima ist mit ihm geflohen?«

»Sie muss ihm doch gehorchen, weil Ibrahim …«

»Und was ist mit Musa?«, unterbrach Hernando seine Mutter. Er wollte sich die Einzelheiten ersparen.

»Er ist nebenan. Hier …«

»Wir müssen sie einholen«, unterbrach er sie erneut.

Es wurde Tag. Nur wenige Schritte von Ibrahims Unterkunft entfernt standen einige Maultiere, und Hernando entschied, eines der Tiere zu nehmen, damit seine Mutter darauf reiten konnte. Der Treiber der Kolonne, ein alter Moriske, wurde durch die Unruhe bei seinen

Tieren wach, und Hernando hielt ihm den Krummsäbel vors Gesicht. Er brachte ihn nicht um, sondern zwang ihn nur, sie gerade so weit zu begleiten, bis er keine Gelegenheit mehr haben würde, ihre Flucht zu verraten. Dann ließ er ihn frei.

22

Hernando, Aischa und der kleine Musa brauchten zwei Tage für die Strecke zum Feldlager von Don Juan de Austria in Padul. Unterwegs schlossen sie sich den Hunderten Morisken an, die sich ebenfalls ergeben wollten. Die Männer, Frauen und Kinder schleppten sich schweigend voran, sie waren niedergeschlagen, erschöpft, hungrig und krank. Der Sieg ihrer Kultur – und ihres Gottes – und die Rückeroberung ihres Landes war nur noch eine blasse Illusion. Sie wussten, was mit ihnen geschehen würde: Wie den Morisken aus dem Albaicín-Viertel und der Vega von Granada stand ihnen die Deportation in ein anderes Gebiete der spanischen Krone bevor – weit weg von Granada.

Bei Einbruch der Dunkelheit machten einige von ihnen halt, und viele andere stießen zu ihnen. So verbrachten sie die Nacht in der Gegend von Lanjarón. Niemandem war mehr nach Musik und Tanz zumute, und nur wenige Morisken entfachten ein Lagerfeuer gegen die Kälte. Die Lebensmittel waren knapp, und sie besaßen nur mehr das, was sie bei ihrem Aufbruch hatten mitnehmen können. Kein Muezzin rief zum Gebet.

Hernando kaute auf einer Brotkante. Sein Blick fiel auf einen Grabstichel, der einige Schritt entfernt in der Erde steckte. Er stand auf, nahm ihn und verabschiedete sich von seiner Mutter.

»Wohin gehst du?«

»Keine Sorge, Mutter. Ich komme wieder«, versuchte er sie zu beruhigen.

Er setzte sich auf das Maultier und ritt zum alten Kastell von Lanjarón, das etwas südlich vom Dorf auf einer felsigen Anhöhe thronte. Drei der vier Seiten der beeindruckenden Festung ragten direkt über dem Abgrund auf. Zur Zeit der Nasriden erbaut, war das Kastell beim ersten Aufstand in den Alpujarras im Jahr 1500 schwer beschädigt worden. Damals hatten die Morisken gegen die harte Hand von Kardinal Cisneros rebelliert, was schließlich zum Bruch des Friedensvertrags von Granada durch die Katholischen Könige geführt hatte. Hernando hielt unterwegs zwischen den lagernden Morisken nach Ibrahim und Fatima Ausschau. Vergeblich. Vielleicht waren sie doch schon zum Tablate weitergezogen.

Den Weg zur Festung legte er im silbern schimmernden Mondlicht zurück. Das Maultier erwies sich als erfahren, es bewegte sich vorsichtig und suchte immer nach einem festen Tritt … wie seine Alte. Was wohl aus ihr geworden ist? Und aus dem verwundeten Ritter? Hatte er überlebt? Vermutlich wäre er ohne den Freiheitsdrang des Adligen nicht geflohen und müsste nun auf Barrax' *Fliegendem Pferd* rudern … oder wäre tot, wie Jusuf. Beim Gedanken an den Jungen spürte er einen brennenden Schmerz in seiner Brust. Er sah zu der erhabenen Ruine hinauf und seufzte. Nach all den Monaten ergaben sich die Morisken nun also. Schon wieder.

Er ritt den steilen Weg zum verfallenen Kastell hinauf. Oben angekommen, stieg er langsam ab und wartete, bis sich seine Augen an die Dunkelheit gewöhnt hatten. Dann steuerte er auf die Bastion im Südteil der Festung zu – einer der wenigen noch erhaltenen Gebäudeteile.

Hernando sah zum Himmel und versuchte die Richtung nach Mekka zu bestimmen, dann nahm er Sand vom Boden auf und wusch sich damit. Sein Blick war inzwischen ein anderer, seit er damals Hamids Krummsäbel zum ersten Mal betrachtet hatte. Der kindliche Glanz in seinen großen blauen Augen war verschwunden und einem trüben Blick aus Kummer und Schmerz gewichen.

»Es gibt keinen Gott außer Gott, und Mohammed ist der Gesandte Gottes.«

Hernando sprach leise.

»Hamid, ich lebe noch«, flüsterte er und lauschte in die Stille. »Ich lebe noch!«, rief er plötzlich. Sein Ruf wurde von den steilen Abhängen und felsigen Schluchten hart zurückgeworfen. Nach einer Weile holte er tief Luft und brüllte: »Allahu akbar!« Doch die verschneiten Gipfel gaben ihm keine Antwort. »Ich habe versprochen, dass diese Waffe keinem Christen in die Hände fällt«, flüsterte er. Dann hüllte er den Säbel des Propheten in einige Stoffe und vergrub ihn mithilfe des Grabstichels etwas unterhalb der Bastion. Schließlich betete er noch einmal, und plötzlich hatte er das Gefühl, als stünde der alte Hamid an seiner Seite, wie damals in Juviles. Dann bearbeitete er seine Fußfesseln mit einem Stein und dem Grabstichel so lange, bis sie aufsprangen und seine wund geschürften Knöchel freigaben.

Die Sonne hatte den Zenit längst überschritten, als Hernando und die anderen beim Feldlager des Don Juan vor Padul ankamen. Sie hatten ihr vorläufiges Ziel in der Vega von Granada endlich erreicht. Die Frauen hatten ihre Kopfbedeckungen und Schleier abgelegt und die verbotenen Schmuckstücke zwischen ihren Gewändern verborgen. In der weitläufigen Ebene wurden die Moriskenscharen von einigen Kompanien in Empfang genommen.

»Legt eure Waffen nieder«, riefen die Soldaten den Morisken zu und zwangen sie, sich in mehreren Reihen aufzustellen. »Wer zu einer Waffe greift, ist auf der Stelle tot!«

Am Anfang jeder Warteschlange saßen mitten im Feld die Schreiber an ihren Tischen. Sie registrierten Namen und Herkunft der Morisken sowie Anzahl und Art der Waffen, die sie abgaben. Die Beamten arbeiteten so gemächlich und lustlos, dass die Warteschlangen kaum kürzer wurden. Geistliche liefen zwischen den wartenden Morisken umher und nötigten sie, mit ihnen zu beten, sich zu bekreuzigen oder vor den mitgeführten Kruzifixen zu knien. Aus den Reihen klang ein gelangweiltes und unverständliches Murmeln, wie früher in den Kirchen der Alpujarras, wenn die Morisken den Aufforderungen der Pfarrer folgten.

»Was hast du da?« Ein Fußsoldat mit einem roten Andreaskreuz auf der Uniform zeigte auf den Sack, den Hernando in seiner rechten Hand hielt.

»Das ist keine …«, setzte Hernando an. Er griff langsam in den Beutel.

»Santiago!«, rief der Soldat und zückte sein Schwert.

Auf seinen Kriegsruf hin kamen sofort einige Soldaten angerannt. Die wartenden Morisken rückten von Hernando, Aischa und Musa ab, die bald von bewaffneten Männern umzingelt waren.

»Ich habe keine Waffe versteckt«, versuchte er die Soldaten zu beruhigen. Gemächlich holte er den Kopf des Korsarenkapitäns hervor. »Das ist alles, was vom großen Barrax noch übrig ist!«, rief er triumphierend und hielt den Kopf in die Höhe. »Das ist das Haupt des Korsarenanführers!«

Ein Raunen ging durch die Menge. Ein altgedienter Soldat befahl einem Rekruten, nach einem Unteroffizier oder dem Feldwebel zu suchen. Inzwischen drängten sich die übrigen Soldaten und Geistlichen neugierig um den jungen Mann und seine Angehörigen. Alle wussten, wer Barrax war.

»Wie heißt du?«, fragte ihn der Unteroffizier, der sich durch die Menschenmenge schob und sich am Anblick des Korsarenhauptes ergötzte.

»Hernando Ruiz!«, rief eine Stimme in der Menschenmenge, noch ehe der junge Mann selbst antworten konnte.

Hernando drehte sich überrascht um. Diese Stimme … Ja, es war Andrés, der Sakristan aus Juviles!

Der Sakristan kam in Begleitung von zwei Geistlichen auf sie zu. Ohne weitere Umschweife verpasste er Aischa eine heftige Ohrfeige. Hernando ließ das Haupt fallen und wollte sich zwischen den aufgebrachten Andrés und seine Mutter stellen, wurde aber von Soldaten daran gehindert.

»Was sollte das?«, fragte der Unteroffizier verwundert.

»Diese Moriskin hat Don Martín umgebracht, den Pfarrer von Juviles«, rief der Sakristan. Er war blass und hatte blutunterlaufene Augen. Er drehte sich wieder zu Aischa und wollte sie erneut schlagen.

Hernando sackten die Beine weg, als er daran dachte, wie seine Mutter mit dem Faustdolch auf den Dorfpfarrer eingestochen hatte. Er hätte es nie für möglich gehalten, dass sie noch einmal jemandem aus Juviles begegnen würden, und schon gar nicht Andrés. Der Unteroffizier hielt den Sakristan am Arm fest.

»Wie kannst du es wagen …?«, verteidigte ein Geistlicher den Sakristan.

Die Anweisungen des Oberbefehlshabers waren eindeutig: Alles, was die Morisken zu einer neuen Rebellion anstacheln könnte, war tunlichst zu unterlassen.

»Don Juan«, erläuterte der Soldat, »hat allen Morisken Gnade zugesichert, die sich ergeben. Und niemand wird sich über seine Entscheidung hinwegsetzen. Dieser junge Mann hier ist gekommen, um seine Waffen abzugeben. Außerdem bringt er uns das Haupt eines Korsarenanführers.«

»Aber sie hat einen Diener Gottes getötet!«, empörte sich ein anderer Geistlicher und schüttelte Aischa am Arm.

»Aber offenbar haben sie auch einen blutrünstigen Feind des Königs umgebracht. Gehört diese Frau zu dir?«, fragte der Soldat Hernando.

»Ja, sie ist meine Mutter.«

»Ha!«, platzte Andrés hervor. »Dein Ehemann wollte dich wohl nicht mehr, oder? Als ich ihn mit seiner anderen Frau in der Warteschlange getroffen habe, hat er geschworen, dass du tot bist. Jetzt muss also dein Sohn herhalten, mit dem Korsarenhaupt als Trumpf. Sonst …«

»Ich verbiete euch«, warnte der Unteroffizier die Geistlichen, »irgendetwas gegen diese Frau zu unternehmen. Wenn ihr eine Aussage machen wollt oder Grund zur Klage habt, wendet euch an Don Juan de Austria.«

»Das werden wir!«, rief der Geistliche, der zuerst gesprochen hatte. »Wir werden gegen sie und gegen ihren Mann Beschwerde einlegen, schließlich hat er uns belogen.« Der Soldat zuckte mit den Schultern. »Los, hilf uns, ihren Mann zu finden«, forderte der Geistliche ihn auf.

»Ich habe zu tun«, entschuldigte sich der Soldat und hob das Haupt vom Boden auf. »Geht mit ihnen«, befahl er zwei weiteren Soldaten. »Und passt auf, dass die Anweisungen des Oberbefehlshabers ausgeführt werden.«

Sie suchten Ibrahim … und damit auch Fatima!

»Da ist er!«, rief der Sakristan aufgeregt, deutete zu einem der Tische und bahnte sich den Weg durch die Morisken. »José Ruiz, du hast geschworen, dass deine Frau tot ist!«

Der Beamte, vor dessen Tisch Ibrahim gerade stand, legte die Feder zur Seite und sah die Gruppe aus müden Augen fragend an. Ibrahim wurde blass, als er seinen Stiefsohn mit Aischa und Musa sowie den beiden Soldaten, den Geistlichen und dem aufgebrachten Sakristan aus Juviles auf sich zukommen sah. Hernando starrte seinen Stiefvater hasserfüllt an, verlor aber schnell das Interesse an ihm, als er Fatima erblickte, deren wunderschöne Mandelaugen kalt und leer waren.

»Was ist hier los? Was soll der ganze Aufruhr?« Der dürre Schreiber mit dem schütteren Bart und dem blassen Gesicht fühlte sich sichtlich gestört. Der Sakristan stürzte sich wütend auf Ibrahim, doch ein Soldat zog ihn zur Seite.

»Der Mann hat mich belogen!«, keuchte Andrés. »Er hat geschworen, dass seine Frau tot ist, dabei wollte er nur die Mörderin eines Pfarrers decken!«

»Seine Frau? Also mir hat er eben gesagt«, begann der Schreiber verwirrt, »dass er mit dieser Frau hier verheiratet ist.« Er deutete auf Fatima.

»Verdammter Bigamist!«, zischte einer der Geistlichen.

»Ketzer!«, schrie der andere. »Wir müssen ihn bei der Inquisition anklagen. Für Sünden ist Don Juan de Austria nicht zuständig, ein Urteil darüber steht nur der Kirche zu.«

Der Schreiber ließ die Feder auf sein Buch sinken und trocknete sich mit einem Taschentuch die Stirn. Nach Tagen der Arbeit, in denen er Hunderte Männer und Frauen registriert hatte, die kaum Spanisch sprachen, war so ein Vorfall einfach zu viel für ihn.

»Wo sind die Gerichtsdiener der Inquisition?«, fragte Andrés aufgeregt. Er sah sich um und forderte dann die Soldaten auf, sie herbeizurufen.

Hernando beobachtete, wie Ibrahim zitterte und immer blasser wurde. Er wusste, was sein Stiefvater dachte. Wenn sie ihn festnahmen und herausfanden, dass er mit zwei Frauen verheiratet war, würde ihn die Inquisition verurteilen, und er …

»Nein … Also … Das ist nicht meine Frau«, stammelte Ibrahim auf einmal.

»Aber hier steht: María aus Terque, Gattin des José Ruiz aus Juviles«, las der Schreiber vor. »Das ist das, was du mir gerade gesagt hast.«

»Nein! Du hast mich falsch verstanden! Sie ist die Frau des Hernando Ruiz aus Juviles.« Ibrahim versuchte sich mit Händen und Füßen und einigen arabischen Worten verständlich zu machen. »Hernando Ruiz, mein Sohn, nicht José Ruiz. María aus Terque ist die Frau meines Sohnes!«, schrie er für alle hörbar.

Hernando hielt den Atem an. Fatima blickte plötzlich auf.

»Aber du hast ganz sicher …«, begann der Beamte wieder.

Ibrahim gab eine Suada auf Arabisch von sich. Er redete auf den Schreiber ein, aber dieser unterbrach seinen Wortschwall mit einer verächtlichen Handbewegung.

»Zeigt mir Euer Buch!«, befahl Andrés.

Der Schreiber umklammerte mit beiden Händen das Buch und schüttelte stur den Kopf. Er blickte entnervt zu der langen Warteschlange der Morisken, die alle noch registriert werden mussten.

»Wie sollen wir unsere Arbeit denn ordentlich machen, wenn diese Morisken nicht einmal unsere Sprache verstehen?«, beklagte er sich. Dass er in einen Inquisitionsprozess verwickelt werden könnte – und sei es nur als Zeuge –, hatte ihm gerade noch gefehlt. Er hatte schon einmal schlechte Erfahrungen mit der Inquisition gemacht, und jeder, der mit ihr zu tun hatte … Er griff wieder zur Schreibfeder, tauchte sie ins Tintenfass und korrigierte seinen Eintrag, den er mit lauter Stimme verlas: »María aus Terque, Gattin des Hernando Ruiz aus Juviles. Erledigt. Problem gelöst. Und du gibst jetzt deine Waffen ab«, sagte er zu Hernando. »Ich brauche jetzt die Angaben über dich sowie über die Personen, die dich begleiten.«

»Aber …«, setzte der Sakristan verzweifelt an.

»Für weitere Reklamationen ist das Obergericht von Granada zuständig«, beschied ihm der Schreiber, ohne von seinem Buch aufzublicken.

»Aber Ihr könnt doch nicht einfach …«

»Und wie ich kann!«, kam ihm der Beamte zuvor und schrieb weiter.

Leise machte Hernando Angaben zu seiner Mutter und zu Musa und sah aus dem Augenwinkel zu Fatima. Die junge Frau ließ sich von dem Tumult nicht beeindrucken, sie hatte nur Augen für Humam, den sie nun sanft wiegte.

»So geht das nicht! Das ist Betrug!«, rief Andrés.

»Nein!« Diese erneute Einmischung des Geistlichen war für den Schreiber endgültig zu viel. »Niemand betrügt hier! Mir ist eben wieder eingefallen, dass er Hernando Ruiz gesagt hat, nicht José Ruiz«, log der Beamte. »Wo wollt ihr leben, bis Don Juan de Austria über eure Umsiedlung bestimmt?«, fragte er die Gruppe.

»In Juviles«, antwortete Ibrahim.

»Nein. Ihr müsst ins flache Land ziehen, weit weg von den Bergen und weit weg von der Küste«, erklärte der Schreiber nicht zum ersten Mal an diesem langen Arbeitstag.

»Dann gehen wir in die Vega von Granada«, entschied Ibrahim.

»Aber …«, versuchte der Sakristan einzugreifen.

»Der Nächste«, rief der Beamte verärgert und bedeutete ihnen, endlich weiterzugehen.

»Du rührst Fatima nicht an, sonst …«

Hernando blieb stehen. Er war kein Korsarensklave mehr! Vor nur zwei Tagen hatte er seine Freiheit und sein Leben aufs Spiel gesetzt, um Fatima und seine Mutter zu retten. Dafür hatte er sogar drei Männer umbringen müssen! Außer dem Turban, den er unterwegs abgelegt hatte, trug er immer noch die Gewänder eines Türken.

»Sonst was?«, schrie er seinem Stiefvater ins Gesicht.

Ibrahim baute sich vor ihm auf. Der Maultiertreiber und sein Stiefsohn warfen sich hasserfüllte Blicke zu. Schließlich setzte Ibrahim ein bösartiges Lächeln auf, dann packte er Aischa brutal am Arm. Aischa hielt den Druck einen Augenblick lang aus, bevor sie das Gesicht vor Schmerzen verzog. Dennoch machte sie keine Anstalten, sich ihrem Mann zu widersetzen.

»Mutter!«, rief Hernando und griff ohne zu überlegen dorthin, wo bis vor Kurzem sein Krummsäbel gewesen war. Aischa wich Hernandos Blick aus. »Aber dieser verdammte Hurensohn hat dich in Ugíjar im Stich gelassen!«

Ibrahim übte noch mehr Druck auf Aischas Arm aus. Fatima erwachte aus ihrer Teilnahmslosigkeit und presste Humam mit einer Inbrunst an sich, als ginge es um Leben und Tod.

Hernando hielt dem Blick seines Stiefvaters stand. Seine blauen Augen funkelten vor Hass. Er bebte vor Zorn. Seine gesamte Verbitterung explodierte in einem einzigen lauten Wutschrei. Ibrahim lächelte und verdrehte seiner ersten Frau mit einem so heftigen Ruck den Arm, dass sie nur noch verzweifelt aufstöhnen konnte.

»Du hast die Wahl, Nazarener. Möchtest du sehen, wie ich deiner Mutter den Arm breche?«

Aischa schluchzte.

»Es reicht«, sagte Fatima und sah Hernando an. »Ibn Hamid, bitte …«

Hernando trat einen Schritt zurück. Er atmete tief ein und schloss die Augen, um sein pochendes Herz zu beruhigen.

Dann atmete er aus und erinnerte sich an den Rat des Gelehrten. Benutze deinen Verstand, hatte Hamid ihm einst geraten. Er durfte sich jetzt nicht von seinen Gefühlen leiten lassen … Hernando sagte kein einziges Wort mehr, ging und unterdrückte seine Rachegelüste.

23

Mai 1570

Barmherzigkeit, mein Herr. Möge uns Eure Hoheit im Namen Seiner Majestät Barmherzigkeit gewähren und Gnade walten lassen für unsere Vergehen. Wir wissen, sie waren schwer.« Mit diesen Worten erklärte El Habaquí die Kapitulation, während er vor Don Juan de Austria kniete. »Im Namen von Aben Aboo und allen Aufständischen, die mich mit Vollmachten ausgestattet haben, überreiche ich diese Waffen und dieses Banner Seiner Majestät«, beendete er seine Ansprache. Im selben Moment warf Don Juan das Banner des Moriskenkönigs auf den Boden.

Bevor El Habaquí in das Zelt des christlichen Oberbefehlshabers gekommen war, hatte er Aben Aboos rote Standarte mit dem Leitspruch »Mehr konnte ich mir nicht wünschen, aber mit weniger konnte ich mich nicht zufriedengeben« den Kompanien der Infanterie und der Kavallerie übergeben, die sich anlässlich der Kapitulation in Stellung gebracht hatten. Der laute Donnerhall der Arkebusensalve begleitete die begeisterten Rufe der Soldaten, ehe die Geistlichen zum Gebet riefen.

El Habaquí hatte erreicht, dass der spanische König auch bei den Türken und Barbaresken Gnade walten ließ. Sie behielten ihre Freiheit, um in ihre Heimatländer zurückzukehren. Philipp II. gab nach, um den Konflikt möglichst rasch zu beenden, da er die Vormacht in der Heiligen Liga von Pius V. übernehmen sollte – zudem befürchtete er, dass sich die Morisken im Frühjahr wieder mit Nahrungsmitteln versorgen und einen weiteren Aufstand anzetteln könnten.

Don Juan ernannte Kommissare und schickte sie in die abgelegenen Weiler der Alpujarras, um die Kapitulation aller Morisken im Königreich Granada sicherzustellen, und El Habaquí bereitete alles für die Ausschiffung der Türken und Barbaresken vor. Hierfür hatte der Oberbefehlshaber bestimmte Häfen festgelegt, und Philipp II. stellte seinerseits ausreichend Schiffe zur Verfügung. Als Tag des endgültigen Friedens wurde der Johannistag 1570 festgelegt, dann mussten alle Türken und Barbaresken das Königreich Granada verlassen haben.

Bis zum 15. Juni 1570 hatten sich dreißigtausend Morisken ergeben. El Habaquí gelang es, fast alle Türken und Korsaren zur Abreise nach Algier zu bewegen. Die meisten Barbaresken wollten den Kampf jedoch fortsetzen, woraufhin Aben Aboo seine Meinung änderte und die Kapitulation widerrief: Er ließ El Habaquí umbringen und übernahm den Befehl über dreitausend kampfbereite Männer in den Bergen.

> *Heute sind die Letzten losgezogen, und zwar unter dem größten Mitleid der Leute. Denn bei ihrem Aufbruch gab es so viel Regen, Wind und Schnee, dass sie sich beschwerten, die Tochter bei ihrer Mutter, der Mann bei seiner Frau, das Kind bei der Witwe und so weiter. Man kann nicht bestreiten, dass die Entvölkerung eines Reiches das größte Leid darstellt, das man sich vorstellen kann. Aber, mein Herr, es ist vollbracht.*
>
> Schreiben von Don Juan de Austria an Rui Gómez de Silva, einen Vertrauten von Philipp II., 5. November 1570

Philipp II. befahl im November 1570 die Umsiedlung aller Morisken aus dem Königreich Granada in andere Reiche der spanischen Krone. Die Morisken, die sich ergeben hatten und in die Vega von Granada gekommen waren, unterstanden Don Francisco de Zapata de Cisneros, dem Corregidor von Córdoba. Der Adlige sollte sie zunächst nach Córdoba überführen, um sie später in Kastilien und in Galicien anzusiedeln.

Die Vega von Granada war eine fruchtbare Tiefebene im Westen der

Stadt mit zahlreichen Gehöften. In den Häusern der Morisken, die früher dort gelebt hatten, wohnten nun christliche Familien, und die Morisken aus den Alpujarras verbrachten die ersten sieben Monate ihrer Vertreibung mehr oder weniger unter freiem Himmel. Sie hausten zu Hunderten auf kleinen weniger fruchtbaren Parzellen, die nicht bestellt wurden, und warteten auf die Deportation. Ihre Kleider hingen ihnen bald in Fetzen vom Leib, und das wenige, das ihnen geblieben war, teilten sie untereinander auf.

Unter den entwurzelten Morisken befanden sich auch Hernando und Fatima, die den Anweisungen von Don Juan bald nach ihrer Ankunft in Padul Folge leisten und heiraten sollten. Am Vortag der Hochzeit unterzogen Andrés und die beiden Geistlichen, die sie bei ihrer Ankunft bedrängt hatten, die Brautleute einer strengen Prüfung zur christlichen Lehre.

Hernando meisterte alle Fragen mühelos.

»Nun zu dir«, wandte sich einer der Priester an Fatima. »Sprich das Vaterunser.«

Die junge Frau reagierte nicht. Die beiden Geistlichen und der Sakristan wurden ungeduldig.

Fatima schien wie betäubt. Noch in der Nacht ihrer Ankunft hatte sich Ibrahim vor den Augen von Hernando, Aischa und den übrigen Morisken in der Massenunterkunft über sie hergemacht. Er wollte allen beweisen, dass sie nach wie vor sein Eigentum war, und Hernando hatte bei dem Luststöhnen seines Stiefvaters wutentbrannt das Weite gesucht.

»Das Vaterunser, los!«, fuhr Andrés sie an.

Hernando berührte Fatima sanft am Unterarm. Endlich begann sie mit dem Gebet. Auch das Ave-Maria konnte sie aufsagen, aber das Glaubensbekenntnis, das Salve-Regina und die Zehn Gebote brachte sie nicht mehr zusammen.

Einer der beiden Priester trug ihr auf, drei Jahre lang jeden Freitag zum Katechismusunterricht in die Pfarrei zu kommen, und vermerkte dies auch in ihren Dokumenten. Danach zwangen die Geistlichen sie zur Beichte.

»Soll das etwa alles sein?«, zischte der Priester im Beichtstuhl, nachdem Fatima fertig war. »Don Juan de Austria mag eure Eheschließung angeordnet haben, aber ich kann euch beide trotzdem nicht trauen, wenn du nicht beichtest. Was ist mit Ehebruch? Und mit dem Aufstand? Und den Gotteslästerungen? Und den Morden, die du begangen hast?«

Fatima zitterte.

»Ich kann leider weder Reue noch Bußfertigkeit erkennen.«

Fatima konnte das hämische Grinsen des Priesters nicht sehen, doch Hernando nahm sehr wohl den spöttischen Gesichtsausdruck des anderen Geistlichen wahr. Was hatte dieses bösartige Lächeln zu bedeuten? Er blickte Hilfe suchend zu Andrés – doch der schüttelte nur leicht den Kopf. Wenn sie nicht Mann und Frau … Die Inquisition! Sie lebten in Sünde. Gegen die Tribunale des Inquisitionsrates konnte selbst ein Don Juan de Austria nichts ausrichten.

»Ich bekenne!«, sagte Hernando laut und kniete nieder. »Ich bekenne, dass ich in Sünde gelebt habe, und ich bereue meine Tat. Ich bekenne …«

Fatima wiederholte Hernandos Worte mechanisch. Gemeinsam bekannten sie sich zu tausend Sünden, bereuten ihre Vergehen und gelobten, sich fortan an die christlichen Tugenden zu halten. Solange die Geistlichen nur zufrieden waren. Die Nacht mussten sie in der Kirche verbringen: Hernando betete laut, damit nicht auffiel, dass Fatima schwieg.

Am nächsten Morgen traten sie vor den Altar, im Beisein eines übel gelaunten Ibrahim und einiger Altchristen als Trauzeugen. Als sie das Abendmahl empfingen, ließ Hernando zu, dass sich die Hostie allmählich in seinem Mund auflöste. Fatima würde bald seine Frau sein. Er blickte zu Ibrahim, der immer unruhiger wurde. Alles, was nach der Zeremonie geschehen würde, war unwichtig. Dann war es so weit, der Pfarrer erklärte sie zu Mann und Frau, und Hernando bat insgeheim auch Allah um sein Geleit.

Die Heirat hatte sie das Maultier gekostet. Hernando hatte sich zunächst gegen den hohen Preis gewehrt. Immerhin betrug der übliche Preis für Eheschließungen zwei Reales für den Pfarrer, einen halben Real für den Sakristan sowie eine milde Gabe. Aber er hatte kein Geld, sein einziger Besitz war dieses Tier. Bevor sie das Gotteshaus verließen, erhielten die frisch vermählten Eheleute noch die Auflage, in den nächsten vierzig Tagen keinen Beischlaf zu halten.

Sobald sie die Kirche verlassen hatten, beanspruchte Ibrahim Fatima wieder für sich und wachte die ganze Zeit darüber, dass Hernando niemals mit ihr allein war. Falls es dennoch aus irgendeinem Grund dazu kam, wich Fatima ihrem christlich angetrauten Mann aus.

»Lass sie«, riet ihm eines Tages seine Mutter. »Sie macht es wegen Humam … und wegen mir. Ibrahim hat damit gedroht, den Kleinen umzubringen, wenn sie mit dir spricht. Es tut mir so leid.«

Doch Hernando spürte noch immer die Verbindung, die er mit Fatima in der Kirche von Padul erlebt hatte. In diesem Moment war er ihr Ehemann geworden. Ja, ausgerechnet in einem christlichen Gotteshaus.

Die Morisken in der Vega warteten. Wohin würde man sie verbannen? Wovon sollten sie leben? Allein die Vorstellung an ein Leben fernab ihrer Heimat und noch dazu unter der Herrschaft der hasserfüllten Christen war eine andauernde Qual. Einige schöpften zwar noch Hoffnung aus der wiederentfachten Rebellion von Aben Aboo, aber was sie darüber hörten, klang nicht sonderlich ermutigend: Der Großkomtur von Kastilien und der Herzog von Arcos kämpften offensichtlich sehr erfolgreich gegen die versprengten Truppen des Königs von al-Andalus.

Am 1. November befahl Don Juan die endgültige Verbannung, und dreitausendfünfhundert Morisken verließen Granada unter strenger Bewachung in Richtung Córdoba, darunter auch die Familie Ruiz aus Juviles. Nur mehr in Lumpen gekleidet, ausgehungert und krank legten sie die Strecke in sieben Tagen zurück.

Der erste Tag führte sie nach Pinos. Während Don Francisco de Zapata dort für sich und seine Leute eine geeignete Unterkunft fand, mussten die Morisken die eisige, regnerische Nacht im Freien verbringen. Am frühen Morgen zogen sie weiter nach Moclín, wo eine eindrucksvolle Festung seit Jahrhunderten den Zugang zur Vega und zur Stadt Granada bewachte. Die Strecke war steil und anstrengend, zudem setzte sich die Kälte aus den Bergen in ihren durchnässten Kleidern und in ihren Knochen fest. Da kein einziger Moriske unterwegs verloren gehen durfte, wurden die kräftigen Männer gezwungen, die Schwachen und Toten zum nächsten Nachtlager zu tragen. Karren oder Maultiere standen ihnen dafür nicht zur Verfügung. Auch Hernando trug einen alten, kranken Mann die Anhöhe hoch, während Ibrahim mit Aischa, Fatima und den Jungen weit voranging. Der Kranke konnte sich nicht mehr auf den Beinen halten, sein Husten wurde immer heftiger und dröhnte Hernando in den Ohren. Am Ende war er einer der siebzig Morisken, die diese Nacht nicht überlebten. Der einzige Trost für die Vertriebenen war, dass sie die Leichname ihrer Glaubensbrüder aus Mangel an Särgen der Tradition entsprechend in jungfräulicher Erde bestatten konnten.

Einige Morisken versuchten in ihrer Verzweiflung zu fliehen. Aber Don Juan hatte verfügt, dass jeder Soldat, der einen Entflohenen aufgriff, ihn als Leibeigenen behalten durfte. Wenn ein Moriske fehlte, machten sich die Soldaten sofort begierig auf die Suche nach dem Vermissten, und sobald sie ihn gefasst hatten, verpassten sie ihrem neuen Sklaven ein Brandzeichen auf die Stirn oder die Wange. Die Schmerzensschreie erschütterten die gesamte Kolonne der Vertriebenen.

Von Moclín aus führte sie ihr Weg über die Berge nach Alcalá la Real, wo auf den Fundamenten der dortigen Moschee gerade eine monumentale Abteikirche gebaut wurde. Diesmal musste Hernando mithilfe eines anderen jungen Mannes eine alte Frau tragen. In der Nacht zuvor war ihm aufgefallen, dass Fatima große Angst um Humam hatte. Der Kleine hatte fürchterlich gehustet.

In Alcalá la Real kam Aischa auf Hernando zu und erzählte ihm unter Tränen von Humams Tod: Wie bei dem alten Mann war aus dem trockenen Husten ein pfeifender Atem geworden, und der Kleine hatte ununterbrochen gezittert. Fatima hatte die Christen auf Knien angefleht, eine Pause machen zu dürfen, um dem Kleinen etwas Heißes zubereiten zu können, aber das Flehen der erschöpften Mutter traf nur auf taube Ohren und Verachtung. Insgeheim hatten die Soldaten wohl darauf gehofft, dass diese junge, selbst im Leid noch wunderschöne Frau mit ihrem Sohn fliehen würde. Auf dem Markt von Córdoba hätte sich bestimmt ein guter Preis für sie erzielen lassen.

»Kein einziger Christ hat uns geholfen«, schluchzte Aischa und berichtete von den mitfühlenden Blicken der anderen Morisken.

Etwa eine Meile vor Alcalá la Real hatte Humam plötzlich aufgehört zu zittern, und Aischa musste der verzweifelten Fatima den leblosen Körper des Kleinen aus den starren Armen reißen.

Da Hernando bei den Christen als Ehemann der jungen Mutter galt, musste er zu den Amtsschreibern gehen, die den Todesfall vermerkten und das Ableben des kleinen Humam bestätigten. Fatima sagte kein Wort. In der Dämmerung versammelten sich Hernando, Ibrahim, Aischa und Fatima wie so viele andere Moriskenfamilien etwas abseits des Lagers und bestatteten den Kleinen – unter dem strengen Blick der Soldaten des Corregidors. Aischa wusch die Leiche des Kindes mit dem eiskalten Wasser aus einem der Bewässerungskanäle und entdeckte zwischen Humams Kleidung die Fatimahand, das Amulett seiner Mutter. Aischa summte weiter die alten Wiegenlieder und nahm das Schmuckstück heimlich an sich. Dann hob Ibrahim ein Loch aus, und sie beerdigten Humam – ohne einen Alfaquí, ohne Gebete und ohne Leichentuch. Fatima stand blass und wie versteinert da. Sie hatte keine Tränen mehr.

Nach Alcalá la Real wurden die Tagesstrecken länger. Sie stiegen bis in die Felder vor Jaén hinab. Jeglicher Überlebenswille schien seit der letzten Nacht aus Fatima gewichen zu sein. Sie sprach mit niemandem, fiel immer mehr zurück und musste von Ibrahim schließlich zum Weitergehen gezwungen werden. Sie war gebrochen. Hernando fühlte Verzweiflung in sich aufsteigen, wenn er ihren wehrlosen Körper dicht neben dem seines Stiefvaters sah.

Nach drei weiteren gnadenlosen Etappen erreichten sie schließlich Córdoba. In zerrissenen Kleidern, ohne Schuhe und mit vollkommen erschöpften Kindern oder Kranken auf dem Rücken betraten sie die Stadt in Fünferreihen – von Hellebardenkompanien eskortiert.

Von den dreitausendfünfhundert Morisken, die die Vega von Granada verlassen hatten, waren nur dreitausend in Córdoba angekommen. Fünfhundert Glaubensbrüder hatten sie unterwegs verloren.

Es war der 12. November 1570.

II

Im Namen der Liebe

Ich wusste es nicht. Hätte ich es gewusst, hätte ich niemals erlaubt, dass jemand Hand an dieses uralte Bauwerk legt. Ihr habt etwas erschaffen, was es andernorts bereits gibt, und dafür etwas zerstört, was einmalig auf der Welt war.

Das sind die Worte, die Kaiser Karl V. bei seinem Besuch der neuen Kathedrale im Inneren der alten Moschee von Córdoba 1526 zugeschrieben werden.
Der Kaiser hatte die Bauarbeiten persönlich genehmigt, um einen Streit zwischen dem Rat der Stadt und dem Domkapitel zu beenden.

24

Sie ließen die Calahorra-Festung hinter sich, überquerten die alte römische Brücke und gelangten durch die Puerta del Puente zur Rückseite der riesigen Kathedrale. Von den Soldaten streng bewacht und von den Stadtbewohnern sensationslüstern begafft, betrachteten Hernando und die anderen Morisken die Kathedrale ehrfurchtsvoll, denn sie wussten, was sie nun vor sich hatten: die Mezquita, die große Hauptmoschee aus der Kalifenzeit. Die einfachen Bewohner der Alpujarras hatten sie noch nie mit eigenen Augen gesehen, aber sie hatten schon viel von diesem einzigartigen Bauwerk gehört. Hinter diesen jahrhundertealten Mauern befand sich der Mihrab, vor dem schon der Kalif gebetet hatte. Ein leises Raunen ging durch die Menge der Deportierten. Ein Mann, der einen kleinen Jungen auf den Schultern trug, zeigte auf die Moschee.

»Verdammte Ketzer!«, schimpften einige Schaulustige, als wollten sie die Kirche mit ihren Beleidigungen vor den heidnischen Blicken schützen.

»Elende Gotteslästerer! Mörder!«

Doch als ein alter Mann einen Stein nach den Morisken werfen wollte, griffen die Soldaten endlich ein und trieben die Kolonne weiter. Hinter der Kathedrale wurden die Gassen immer enger, und die Soldaten schoben die Gaffer beiseite. Nur die Bewohner der weiß getünchten zweistöckigen Häuser konnten den Zug der Vertriebenen von ihren Balkonen aus beobachten. Durch das Straßengewirr gelangten die Morisken schließlich auf die Plaza del Potro, einen kleinen, von Gebäuden gesäumten Platz, der dem gesamten Stadtviertel seinen Namen gab. Corregidor Zapata hatte ihn als Auffanglager für die Morisken ausgewählt, die den Marsch überstanden hatten. Ein Großteil der dreitausend Männer, Frauen und Kinder musste aber in die angrenzenden Gassen ausweichen. Der Corregidor richtete daraufhin in dem Viertel Zugangskontrollen ein, und die Morisken warteten erneut auf Anordnungen des spanischen Königs über ihr endgültiges Ziel.

Erst am Abend konnten viele ihren Durst aus großen, bauchigen Tonkrügen stillen. Als die Familie Ruiz an der Reihe war und Ibrahim den Wasserstrahl mit den Händen auffing, hatte Hernando endlich Gelegenheit, Fatima aus der Nähe zu beobachten: Ihr Haar war verfilzt und hing zerzaust über die eingefallenen Wangen. Sie zitterte zu sehr, als dass sie ihre Hände zu einer Trinkschale hätte formen und zum Mund führen können. Das kostbare Wasser floss ihr durch die Finger. Wie sollte es mit ihr weitergehen? Einen neuerlichen Marsch würde sie nicht überstehen.

Die Straßenkontrollen betrafen nur die Morisken, die leicht an ihrer zerschlissenen Kleidung und den ausgezehrten Körpern zu erkennen waren. Gewöhnliche Reisende sowie die Ladenbesitzer, Viehhändler und Handwerker, die in dem Stadtviertel lebten und arbeiteten, beäugten die Vertriebenen genauso hochmütig wie die vielen Geistlichen und die zahllosen Bettler und Abenteurer, die Tag für Tag ins Potro-Viertel strömten.

Was den Morisken aber besonders zu schaffen machte, war der immer größer werdende Hunger. Da tauchten plötzlich Christen mit riesigen Kesseln auf, die ihnen auf Kosten des Rates der Stadt Essen brachten: Gemüsesuppe … mit Schweineinnereien! Und Geistliche kontrollierten, dass die Morisken das Essen nicht verweigerten, das ihnen ihre Religion verbot.

»Warum isst sie nichts?«, fragte einer der Priester und deutete auf Fatima, die mit dem Rücken an einer Hauswand lehnte und vor sich ins Leere starrte. Ibrahim löffelte um das Fleischstück in seiner Schüssel herum und gab keine Antwort. Auch Aischa schwieg.

»Sie ist sehr krank«, entschuldigte Hernando hastig Fatimas Verhalten.

»Dann wird ihr die Suppe sicherlich guttun«, behauptete der Priester und forderte sie mit einer Geste auf zu essen.

Fatima rührte sich nicht. Hernando kniete vor ihr nieder, nahm ihren Löffel, füllte ihn mit etwas Suppe … und mit einem kleinen Stück Schweineinnerei.

»Bitte!«, flüsterte er.

Fatima öffnete den Mund, und Hernando flößte ihr etwas Suppe ein. Sie schluckte, nur das fettige Fleischstück glitt über ihr Kinn. Dann beugte sie sich plötzlich vor, zuckte kurz und spie dem Geistlichen vor die Füße. Der Mann sprang entsetzt zurück.

»Verdammte Maurenhündin!«

Die Neugierde der umstehenden Morisken war schlagartig geweckt, und sie bildeten einen Kreis um Fatima. Hernando kniete noch immer vor ihr.

»Sie ist krank!«, rief er dem Priester zu. »Seht!« Er hob das Stück Schweineinnerei vom Boden auf und schob es sich in den Mund. »Bitte. Sie … Sie ist meine Frau. Sie ist nur krank. Seht her!« Er nahm die Schale, schob alle Innereien auf den Löffel und aß sie. »Sie kann nur nichts essen, weil sie krank ist«, stammelte er mit vollem Mund.

Der Pfarrer sah zu, wie Hernando das Schweinefleisch kaute und hinunterschluckte und wie er den Löffel immer wieder in den Mund schob. Schließlich gab er sich zufrieden.

»Aber ich komme wieder«, warnte er Hernando und wandte sich dem nächsten Morisken zu. »Ich hoffe, deine Frau hat sich bis dahin erholt und weiß die Speisen zu schätzen, die euch die Stadt Córdoba so großherzig spendet.«

Sie saßen in einer Sackgasse, die von kleinen, heruntergekommenen Häusern und Läden gesäumt war, aus denen einige Frauen neugierig die Köpfe reckten – da sie in ihrer aufreizenden Kleidung nicht vor die Tür durften. Die enge Bordellgasse, in der kaum zwei Männer nebeneinander gehen konnten, war durch ein Holztor vom Rest des Potro-Viertels getrennt. Dort stand der bewaffnete Aufseher, schwatzte mit den Freiern und schaute immer wieder besorgt zu der heruntergekommenen Moriskenfamilie herüber. Zwischen ihnen stand ein alter Mann und versuchte unauffällig, einen Blick auf den jungen Morisken mit seiner kranken Frau zu erhaschen.

Hatte er das Mädchen gerade als seine Frau bezeichnet? Der alte Mann lächelte, und das große »S«, das in seine Wange gebrannt war, verzog sich leicht. Hernando! Waren tatsächlich erst zwei Jahre verstrichen, seit sie sich in der Burg von Juviles voneinander verabschiedet hatten? Er war überglücklich, dass Hernando noch lebte, und stolz stellte er fest, dass er inzwischen ein richtiger junger Mann geworden war. Wie alt war Hernando jetzt? Vielleicht sechzehn.

»Francisco!«, schrie der Aufseher, als er den Alten am Tor bemerkte. »Los! Geh arbeiten!«

Hamid wurde aus seinen Gedanken gerissen und humpelte die Sackgasse entlang. Er musste sich beherrschen. Wie viele Morisken aus Juviles waren wohl noch in Córdoba? Er selbst hatte noch keinen gesehen, aber er hatte gehört, dass sich einige Sklavinnen aus Juviles in der Stadt aufhielten. Man hatte sie vor dem Gnadenerlass des Don Juan de Austria gefangen genommen. Im Stillen dankte er Allah, dem Barmherzigen, dass er Hernando das Leben und die Freiheit geschenkt hatte. Hamid hielt vor einer kleinen Bude und lauschte. Innen waren keine Stimmen zu hören, er klopfte an.

»Du musst essen.« Hernando sackte neben Fatima auf den Boden. Sofort blickte Ibrahim wütend von seiner Suppenschale auf.

»Lass sie«, schimpfte er. »Ich habe dir gesagt, dass du ihr nicht zu nahe kommen sollst, sonst …«

»Halt doch endlich den Mund! Was bist du nur für ein Mensch? Soll sie etwa sterben? Willst du das? Erst lässt du sie krepieren, und dann bringst du wahrscheinlich auch noch meine Mutter um, weil ich versuche, sie zu retten. Stimmt doch, oder?«

Ibrahim betrachtete Fatima mit ernster Miene: Sie hockte zusammengekauert am Boden und zitterte am ganzen Leib.

»Kümmere du dich darum, dass sie nicht stirbt«, befahl er Aischa, die ihren Löffel mit geschlossenen Augen zum Mund führte.

»Du musst etwas essen. Bitte!«, flüsterte Hernando. Sie zeigte keinerlei Reaktion. »Ich weiß, du trauerst um Humam. Wir sind alle sehr traurig.«

»Lass mich mit ihr reden«, bat Aischa sanft.

Aber auch Aischa gelang es nicht, zu Fatima durchzudringen und sie aus ihrer Verzweiflung zu holen. Daraufhin zwang sie ihr etwas Suppe auf, in der kein Schweinefleisch war. Aber sobald sie Fatima etwas Brühe oder ein Stück Gemüse eingeflößt hatte, erbrach das Mädchen alles wieder. Hernando hockte neben ihnen und bewunderte die Geduld seiner Mutter. Er hielt jedes Mal den Atem an, sobald Fatima etwas bei sich zu behalten schien, und rieb jedes Mal verzweifelt die Fingerknöchel am Boden, wenn sie sich wieder übergeben musste.

Es wurde Nacht, und die Morisken versuchten zu schlafen. Sie lagen eng beieinander und wärmten sich gegenseitig. Nur Hernando war noch hellwach, ging verzweifelt auf und ab und ließ Fatima nicht aus den Augen. Ibrahim schlief zwischen Musa und Aquil, während Aischa Fatimas Haar streichelte und über sie wachte, als … als ob sie mit ihrem Tod rechnete.

Am frühen Morgen hörte Hernando das Tor knarren, das die Sackgasse abriegelte. Er richtete sich ruckartig auf und sah eine junge blonde Frau geradewegs auf ihn zugehen. Was wollte diese Frau nur von ihm? Und wer war der alte Mann, der … Hamid! Der Alfaquí führte seinen rechten Zeigefinger an die Lippen und hinkte zu ihm.

Hernando warf sich in seine Arme. In diesem Augenblick wusste er, wie sehr er das vertraute Gesicht vermisst hatte, das Gesicht des Mannes, der sein größter Trost während seiner traurigen Kindheit gewesen war.

»Komm, schnell. Wir haben keine Zeit«, drängte Hamid und löste sich aus der Umarmung. »Das ist das Mädchen«, bedeutete er der jungen Frau an seiner Seite. »Hilf ihr. Schnell, mach schon.«

Hernando musste unentwegt das Brandzeichen auf der Wange des Gelehrten anstarren.

»Was hast du vor?«, fragte er verwirrt.

Inzwischen war Aischa erwacht und half der blonden Frau, Fatima aufzuheben und die Gasse entlangzuschleifen.

»Ich versuche, deine Frau zu retten«, antwortete Hamid. »Ich kümmere mich um sie.«

Hernando war wie gelähmt. Seine Frau? Ja, vor den Christen war sie das, aber Hamid … Und was war mit Ibrahim? Was würde Ibrahim sagen, wenn er Fatimas Fehlen bemerkte? Vielleicht würde ihn die Tatsache besänftigen, dass der Alfaquí dem Mädchen half.

»Morgen gehe ich einkaufen«, sagte er noch, bevor er das Tor zur Bordellgasse wieder schloss. »Dann können wir reden. Denkt daran, ich bin hier nur ein Sklave, aber ich weiß, wie wir … Vergesst nicht, ihr müsst mich mit meinem christlichen Namen anreden. Francisco.«

25

Am 30. November 1570 brachen die dreitausend Morisken zu ihren endgültigen Zielen auf: nach Mérida, Cáceres, Plasencia... Die Straßen rund um die Plaza del Potro würden bald wieder vom geschäftigen Treiben der Handwerker und Händler bestimmt, und auch im übrigen Córdoba würde eine gewisse Ruhe einkehren. Von der Martos-Mühle am Guadalquivir aus konnte Hernando am frühen Morgen sehen, wie die Morisken in ordentlichen Reihen über die alte römische Brücke gingen – so wie er vor fast drei Wochen aus der entgegengesetzten Richtung in die Stadt gekommen war.

Angesichts der Männer, Frauen und Kinder, die sich ihrem Schicksal still ergeben mussten, erschienen ihm die stinkenden, blutigen Tierhäute auf seinen Schultern noch erdrückender. Er hatte sie den langen Weg um die Stadtmauern herum vom Schlachthof bis zur Calle de Badanas getragen, wo in Ufernähe die Gerberei von Vicente Segura lag. Hernando beobachtete die Kolonne der Geächteten, deren Leid nicht zu übersehen war. Er spürte, wie ihm das Rinderblut den Rücken hinabrann, und hatte den unangenehmen Geruch der frisch abgezogenen Häute in der Nase. Was würde aus seinen Glaubensbrüdern werden? Was würden sie tun? Eine Christin ging an ihm vorbei und betrachtete ihn argwöhnisch, Hernando reagierte sofort und lief eilig davon: Der Meister duldete keine Verspätungen.

Seine neue Situation als Handlanger in der Gerberei verdankte Hernando dem Alfaquí und der Hure, die Fatima aufgenommen hatte: Ana María hatte sie im Obergeschoss ihres kleinen Hauses in der Bordellgasse versteckt gehalten und sie mit Hamids Hilfe versorgt. Hernando lächelte beim Gedanken an Fatima: Sie hatte dem Tod die Stirn geboten.

Sobald der König den Befehl erteilt hatte, dass alle Morisken Córdoba verlassen sollten, beschäftigten sich die städtischen Beamten wieder mit den Vertriebenen: Sie registrierten sie erneut und verteilten sie auf verschiedene Ziele. Fatima musste das Haus der Hure wieder verlassen, und Hernando konnte feststellen, dass die Berichte stimmten, die ihnen der Alfaquí Tag für Tag hatte zukommen lassen: Man sah Fatima zwar die tiefe Trauer noch an, aber sie hatte wieder zugenommen und wirkte insgesamt ein wenig erholter.

Kurz nachdem die Christen Juviles erobert hatten, war Hamid zum Sklaven geworden. Der Gnadenerlass des Marquis von Mondéjar hatte ihn nicht mehr retten können. In den Wirren des Gemetzels auf dem Kirchplatz hatten sich einige Soldaten der in Juviles zurückgebliebenen Männer bemächtigt und waren anschließend mit ihnen desertiert. Es dauerte nicht lange, bis Hamid sein Brandzeichen bekam und billig an einen der vielen Händler verkauft wurde, die mit den Christen unterwegs waren. Als ihn das Schicksal schließlich nach Córdoba führte, kaufte ihn der Aufseher der Bordellgasse: Gab es für ein Freudenhaus einen besseren Sklaven als einen schwachen, hinkenden Alten?

»Wir kaufen dich frei!«, rief Hernando entrüstet.

Hamid lächelte ihm resigniert zu.

»Was ist mit dem Säbel?«, fragte er plötzlich.

»Ich musste ihn im Kastell von Lanjarón vergraben …«

Hamid bedeutete ihm, nicht weiterzusprechen.

»Wenn jemand dazu berufen ist, ihn zu finden, wird es geschehen.«

Hernando dachte über Hamids Worte nach, dann sprach er wieder über einen möglichen Freikauf des Alten.

»Was soll ich denn als freier Mann? Ich kenne mich doch nur mit der Feldarbeit aus. Und wer will schon einen lahmen, alten Mann auf seinem Feld arbeiten lassen? Von den Gläubigen kann ich auch kein

Almosen erwarten. Hier in Córdoba wäre ich sofort tot, wenn ich öffentlich als Alfaquí …«

»Heißt das, du bist für die Morisken hier immer noch ein …«

Der alte Mann führte den Zeigefinger an seine Lippen und sah sich misstrauisch um.

»Lass uns später darüber reden«, flüsterte er. »Ich fürchte, wir haben noch sehr viel Zeit für solche Gespräche.«

Hamid hatte Ana María erst davon überzeugen müssen, dass seine Heilkünste nichts mit Hexerei zu tun hatten. Kurz nachdem er als Sklave in die Bordellgasse gekommen war, hatte er sie einmal weinend und vollkommen verzweifelt in ihrem Zimmer entdeckt. Er fragte besorgt, was mit ihr los sei. Am Anfang schwieg Ana María hartnäckig und gab keine Antwort: Immerhin gehörte Hamid dem Aufseher … Woher sollte sie wissen, dass er sie nicht ausspionierte? Aber schließlich offenbarte sie sich dem Alfaquí doch. Sie hatte ein kleines, schmerzloses Geschwür an der Vagina, das untrügliche Zeichen für die Syphilis. Der Arzt, der auf Anweisung der Stadtverwaltung alle zwei Wochen die Gesundheit und Hygiene der Mädchen kontrollierte, hatte das kleine Geschwür bisher übersehen. Bei seinem nächsten Kontrollbesuch in zwölf Tagen würde er es aber sicherlich entdecken. Das Mädchen brach in Tränen aus.

»Er wird mich ins Hospital de la Lámpara schicken«, weinte Ana María. »Und dort werde ich zwischen all den anderen Kranken sterben.«

Hamid hatte schon einmal von diesem Siechenhaus gehört. Allein die Vorstellung, eines der zahlreichen Hospitäler der Stadt auch nur zu betreten, versetzte die Bewohner von Córdoba in nackte Angst. Nur die größte Not bringt einen Armen dazu, dorthin zu gehen, sagten die Leute. Auch über das Hospital de la Lámpara wurde von den Prostituierten nur in panischem Tonfall gesprochen. Der Aufenthalt dort bedeutete normalerweise einen langsamen, schmerzhaften Kampf gegen den Tod – den man immer verlor.

»Ich könnte dir …«, begann Hamid. »Ich kenne …«

Ana María blickte ihn mit ihren grünen Augen flehend an. War da ein Funken Hoffnung?

»Es gibt ein altes Rezept der Muslime, vielleicht …« In den Alpujarras hatte er noch nie jemanden gegen die Syphilis behandeln müssen! Und wenn sein Heilmittel nicht anschlug? Aber da kniete das Mädchen schon vor ihm und umklammerte seine Beine.

In dieser Nacht säuberte er Ana Marías Schamlippen zuerst mit Honig und gab danach die Asche von Schilfrohr zusammen mit einem Brei aus Gerstenmehl, Honig und Salz auf das Geschwür.

»Gott, steh ihr bei!«, betete er Nacht um Nacht, wenn er die Behandlung wiederholte. Beim nächsten Kontrollbesuch des Arztes war nichts mehr zu sehen.

»Aber sag es nicht weiter«, bat Hamid die überglückliche Ana María, als sie ihm dankbar um den Hals fiel. »Wenn jemand davon erfährt … Der Aufseher oder die Inquisition würden mir den Prozess wegen Hexerei machen. Und dir noch dazu, weil ich dich verhext habe … Was … Was soll das?«, fragte der alte Mann überrascht, als Ana María begann sich auszuziehen.

»Ich besitze doch nur meinen Körper«, war ihre Antwort. Sie öffnete ihre Bluse. Hamid starrte gebannt auf die festen hellen Brüste und die dunkelbraunen Warzenhöfe. Wie lange war er nicht mehr bei einer Frau gewesen?

»Deine Freundschaft reicht mir vollkommen«, sagte er schnell. »Jetzt zieh dich bitte wieder an.«

Seither begegneten alle Frauen in der Bordellgasse Hamid mit größter Hochachtung. Selbst der Aufseher verhielt sich seinem Sklaven gegenüber weniger schroff. Was hatte Ana María ihnen bloß erzählt? Der alte Alfaquí wollte es lieber gar nicht erst wissen.

»Ich habe es geschafft: Ihr könnt in Córdoba bleiben«, hatte Hamid Hernando eines Morgens auf der Plaza del Potro ins Ohr geflüstert. Der Alfaquí atmete tief durch, bevor er weitersprach. »Du bist meine

Familie … Ibn Hamid, und ich habe dich gern in meiner Nähe. Außerdem … Deine Frau wird einen weiteren Marsch nicht überleben.«

»Sie ist nicht meine Frau«, gestand Hernando endlich.

Hamid sah ihn fragend an, und der junge Mann erzählte ihm die ganze Geschichte. Da erst begriff der Gelehrte, warum Ibrahim ihn bei ihrer ersten Begegnung so wütend angestarrt hatte.

Ana María kannte einen Jurado der Stadt Córdoba: Der Mann war ganz verrückt nach ihr und nahm regelmäßig ihre Dienste in Anspruch. Im Rat der Stadt bildeten die Jurados ein Gegengewicht zu den adeligen Veinticuatros, die dieses Amt erbten. Die Jurados waren zunächst Männer aus dem Volk, die ursprünglich von den Bewohnern gewählt wurden. Doch mit der Zeit wurde auch das Jurado-Amt erblich, und die jeweiligen Monarchen belohnten damit bestimmte Dienste oder bereicherten sich am Verkauf des Amtes. Die Wahl war inzwischen zu einer reinen Formsache verkommen, und die Jurados versuchten sich den Gepflogenheiten der Adligen und besonders der adeligen Veinticuatros anzupassen. Als Ana María ihrem Jurado von Hamid und ihrem Wunsch erzählte, sah der darin vor allem eine Gelegenheit, ihr seine Stärke auch außerhalb des Bettes unter Beweis zu stellen. In einem Anfall von Eitelkeit versprach er ihr, dafür zu sorgen, dass diese tapferen Morisken in Córdoba bleiben konnten.

»Sie sind Familienangehörige des alten Hinkebeins«, erklärte Ana María dem Jurado, als er befriedigt neben ihr im Bett lag. »Eine der Frauen der Familie ist sehr krank. Kannst du sie retten?«

»Zweifelst du etwa an mir?«, war seine Antwort. Ana Maria streichelte dem Mann zärtlich über die Brust.

»Wenn du das schaffst«, hauchte sie verführerisch, »werden wir immer die edelsten und saubersten Leinentücher bekommen.«

Für die Aufenthaltserlaubnis mussten die Männer der Familie Ruiz lediglich eine Beschäftigung vorweisen. Der Jurado besorgte Ibrahim Arbeit auf einem der vielen Felder vor den Toren der Stadt. Hernando vermittelte er eine Stelle als Handlanger in der Gerberei von Vicente Segura.

So kam es, dass Hernando an jenem 30. November 1570 am Guadalquivir-Ufer zur Calle de Badanas unterwegs war und den Auszug der letzten Morisken beobachten konnte. Die Vertriebenen hatten die einstige Stadt der Kalifen bereits hinter sich gelassen und waren inzwischen auf der Höhe der Calahorra-Festung angelangt.

Die Calle de Badanas begann am Fluss an der Kirche San Nicolás de la Ajerquía und führte in einer Kurve auf die Calle del Potro, ganz in der Nähe des gleichnamigen Platzes. Hier befanden sich die meisten Gerbereien, denn sie benötigten reichlich Wasser aus dem Guadalquivir. Ein scharfer, beißender Geruch hing in der Luft, der von den zahlreichen chemischen Prozessen herrührte, die die Felle und Häute durchlaufen mussten, ehe sie zu Sohlen, Schuhen und Riemen aus dem berühmten Korduanleder oder den mit Prägungen verzierten Guadamecí-Lederarbeiten wurden.

Hernando betrat die Gerberei von Vicente Segura, und wie in den letzten drei Tagen legte er die Häute in einer Ecke des weitläufigen Innenhofs ab, der vom Guadalquivir bis zur Calle de Badanas reichte. Einer der Gesellen, ein stämmiger Kahlkopf, prüfte den Zustand der Lieferung, ohne Hernando auch nur eines Blickes zu würdigen. Die Gesellen, Lehrlinge und einige Sklaven, die sauberes Wasser vom Fluss herbeischafften, arbeiteten ohne Unterlass. Sobald die Häute in die Gerberei kamen, wurden sie in Bottichen mit frischem Wasser eingeweicht. Anschließend legte man sie in eine Mischung aus Kalk und Wasser, um sie für das Enthaaren und Entfleischen vorzubereiten. Einige Häute lagen bereits auf Holzbrettern und warteten darauf, dass die Arbeiter sie mit Spezialmessern abschabten und von allem Fleisch, Blut oder sonstigem Schmutz befreiten. Danach wurden die gesäuberten Häute zum Entkälken in Bottiche mit frischem Wasser gelegt. Hernando konnte sehen, wie die Lehrlinge die Häute wieder herausholten und sie an Stöcken befestigten, wo sie zum Trocknen an der Luft hingen, bevor sie erneut in die Bottiche kamen. Der ganze Vorgang konnte je nach Jahreszeit zwei bis drei Monate in Anspruch nehmen. Erst wenn der Meister eine Haut für ausreichend bearbeitet befand, erfolgte das eigentliche Gerben in den Lohgruben, die mit Steinen oder

Ziegeln zugedeckt waren. Die Häute wurden in die Gerberlohe gelegt, ein Gemisch aus Wasser und gemahlener Eichenrinde. Der Meister beobachtete den Gerbvorgang in den Gruben sehr genau und kontrollierte regelmäßig die Arbeit der Gesellen. Hernando blickte zu einem der Gesellen, der gerade von der Hüfte an nackt in einer der Gruben steckte und die Ziegenhäute bearbeitete, aus denen einmal schwarzes Korduanleder werden sollte. Meistens beanspruchte allein dieser Vorgang, bei dem die Gesellen die Ziegenhäute unaufhörlich traten, wendeten und eintauchten, acht Stunden.

»Was glotzt du so? Hast du nichts zu tun?« Hernando fuhr überrascht herum. Der kahlköpfige Geselle gab ihm eine Haut in einem besonders schlechten Zustand. »Die hier ist für dich«, wies er ihn an. »Und trödle nicht rum!«

Hernando sah zum hintersten Winkel des Innenhofs. Etwas abgelegen befand sich dort eine tiefe Mistgrube im Boden, aus der an diesem kalten Novembertag eine Säule warmer, stinkender Luft aufstieg. Wenn er sich da hineinbegab, folgte die Luftsäule seinen Bewegungen und umfing ihn mit Wärme und Gestank. Der Meister hatte entschieden, dass mangelhafte Häute – wie die, die ihm der Geselle gerade gegeben hatte – nicht in den Kälkbottich, sondern in die Mistgrube kamen. Dieses Verfahren dauerte nicht die üblichen zwei Monate, außerdem war es sehr viel preiswerter. Diese Häute wurden später für Schuhsohlen verwendet.

Hernando ging an den trocknenden Häuten und den Fässern, Bottichen und langen Brettern vorbei und trottete weiter in Richtung Mistgrube. Einige der jungen Lehrlinge sahen sich erleichtert an: Es gab keine unangenehmere Aufgabe in der Gerberei, aber seit der Moriske hier arbeitete, musste keiner von ihnen mehr in die Mistgrube. Vicente, der neben der Lohgrube stand, in der das Ziegenleder getreten wurde, schalt sie für ihr Verhalten, und sofort verschwand das Lächeln von den Gesichtern, und sie machten sich wieder an ihre Arbeit. Hernando stand mittlerweile vor der stinkenden Grube.

An seinem ersten Arbeitstag wäre er beinahe ohnmächtig geworden. Er hatte nach Luft gerungen, als der beißende Gestank in seine

Lungen gedrungen war. Fast hätte er sich übergeben, aber der Geselle, dem er an dem Tag zuarbeitete, warnte ihn, bloß nicht auf die Häute zu kotzen. Also hatte er den Mund geschlossen und den Brechreiz unterdrückt.

Hernando starrte auf den Mist. Er zog Schuhe und Kleider aus und ließ sich in die Grube gleiten. Er dachte an die Sierra Nevada mit ihrer frischen Luft und den tiefen Schluchten, durch die klare Bäche das reine Quellwasser aus den verschneiten Gipfeln mit sich führten. Er hielt den Atem an. Inzwischen hatte er gelernt, dass er nur so diese Aufgabe ertrug.

Hernando wühlte im Mist, bis er die erste Haut in der Hand hielt. Er schüttelte sie und schaffte es tatsächlich, sie aus der Grube zu holen, ehe ihm die Luft wegblieb. Dann watete er an den Rand und schnappte nach Luft. Die erste Haut bekam er noch einfach heraus, aber je tiefer er in die dreckige Grube greifen musste, desto schwieriger wurde es. Mit dieser Aufgabe brachte er zwei Stunden zu. Danach überprüfte ein Geselle seine Arbeit und nahm einige große Rinderhäute an sich, die ihm ausreichend gegerbt schienen. Er wies Hernando an, den ganzen Mist aus der Grube zu schaufeln und sie dann wieder mit den restlichen Häuten zu befüllen: immer abwechselnd eine Schicht Mist und eine Haut, bis alles bedeckt war.

26

Im Jahr 1570 zählte die Stadt Córdoba etwa fünfzigtausend Einwohner. Im Norden lag die Sierra Morena, und südlich des Guadalquivir erstreckten sich fruchtbare Getreidefelder. Doch Córdoba war längst nicht mehr die Stadt, die sie im 10. Jahrhundert gewesen war. Das maurische Córdoba hatte gerade den höchsten Grad seiner Unabhängigkeit vom Orient erreicht, und der damalige Emir Ab dar-Rahman III. nahm den Titel des Kalifen an. Córdoba war damals nicht nur die größte Stadt in ganz Europa, sie konnte sich zudem ohne Weiteres mit den bedeutendsten Städten des Orients messen: Es gab mehr als eintausend Moscheen, unzählige Wohnhäuser und Ladengeschäfte sowie etwa dreihundert öffentliche Bäder. Die Stadt war außerdem das geistige Zentrum der Wissenschaften, der bildenden Künste und der Literatur.

Doch nur drei Jahrhunderte später eroberte König Ferdinand III., genannt der Heilige, nach einer sechsmonatigen Belagerung zuerst die Ajerquía und anschließend auch die Medina – die beiden Teile der Stadt – und Córdoba war wieder ganz in christlicher Hand.

Sonntags arbeiteten die Christen nicht, und Hernando nutzte seinen ersten freien Tag, um aus dem heruntergekommenen Gebäude zu flüchten, in dem er zusammen mit sechs anderen Moriskenfamilien in sechs kleinen Zimmern hauste.

»Es gibt sogar Häuser mit vierzehn oder sechzehn Familien«, hatte Hamid erklärt, als er ihnen das Haus als Unterkunft vorschlug. »Der

König«, fuhr er angesichts ihrer fragenden Blicke fort, »hat ursprünglich angeordnet, dass Morisken mit Altchristen unter einem Dach leben müssen, damit diese uns besser kontrollieren können. Aber der Rat der Stadt weiß, dass kein Christ mit einem Morisken zusammenleben will, und verfügte, dass Morisken auch ohne christliche Mitbewohner in einem Haus zusammenleben dürfen, wenn dieses Gebäude zwischen zwei Häusern liegt, in denen Christen wohnen. Dieser Entschluss ist den Veinticuatros von Córdoba bestimmt nicht schwergefallen, schließlich verdienen sie gutes Geld mit uns: Alle Häuser gehören entweder der Kirche oder den Adligen, und sie können von uns Morisken viel höhere Mieten verlangen als von den Christen. Versteht ihr? Zuerst bezahlen sie uns schlecht für unsere Arbeit, und dann bekommen sie unseren kargen Lohn als Miete für ihre Häuser wieder zurück. Und ihr dürft nicht vergessen: Mittlerweile sind wir wohl an die viertausend Morisken in der Stadt.«

Die Familie Ruiz musste sich ihr Zimmer mit einem jungen Ehepaar teilen, das gerade einen Sohn bekommen hatte. Der Anblick des Säuglings brach Fatima erneut das Herz. Die junge Frau verfiel wieder in ihr apathisches Schweigen, das sie nur brach, um Aischas Anweisungen zu befolgen oder zu beten. Manchmal, wenn der Kleine anfing zu weinen, leuchteten ihre Augen kurz auf, verdunkelten sich dann aber schnell wieder oder füllten sich mit Tränen. Doch auch Aischa fühlte beim Anblick des Neugeborenen Wehmut in sich aufsteigen. Bei der amtlichen Registrierung hatten ihr die Beamten ihre beiden Söhne Aquil und Musa weggenommen und bei christlichen Familien in Córdoba untergebracht, die sie von nun an erziehen und zum christlichen Glauben bekehren sollten. Aischa und Ibrahim hatten machtlos mit ansehen müssen, wie ihre weinenden und kreischenden Söhne von den Fremden mitgenommen wurden – ein Schicksal, das alle Kinder von Vertriebenen ereilte.

Dem Maultiertreiber aus den Alpujarras stand der blinde Hass ins Gesicht geschrieben: Seine männlichen Nachkommen waren der einzige Stolz, der ihm geblieben war!

Doch Hernando hatte einen anderen Grund, sich an jenem Sonntag frühmorgens aus dem überfüllten Haus zu schleichen. In der Nacht hatte Ibrahim in dem engen Raum zum ersten Mal seit Langem Aischa aufgesucht, und sie hatte sich ihm so hingegeben, wie es sich für seine erste Frau gehörte. Hernando hatte angespannt auf seinem Strohsack gelegen, während seine Mutter direkt neben ihm stöhnte und keuchte.

Er wollte seine Mutter einfach nicht mehr sehen. Er wollte Ibrahim nicht sehen. Und Fatima wollte er erst recht nicht sehen! Er wollte niemanden mehr sehen. Es war einfach zu viel.

Er schlenderte im ersten Sonnenlicht durch die erwachenden Straßen von Córdoba, doch das beklemmende Gefühl in seiner Brust ließ nicht nach. Zuerst wollte er zur Kathedrale. Er musste dieses mächtige Bauwerk endlich aus der Nähe sehen, das alle anderen Gebäude in Córdoba überragte: die Mezquita, die ehemalige Hauptmoschee der Kalifen von Córdoba. König Ferdinand hatte befohlen, auf den Grundmauern der Moscheen neue Kirchen zu errichten, und man hatte daraufhin vierzehn muslimische Gotteshäuser überbaut – die restlichen wurden abgerissen. Auch die Mezquita existierte nicht mehr als solche, war jetzt eine christliche Kathedrale, aber es hieß, man könne noch die Arabesken und den gewaltigen maurischen Säulenwald in der alten Gebethalle mit den doppelten Hufeisenbogen sehen, die sie zu einem so einzigartigen Bauwerk machten. Die Leute sagten auch, wenn man sich nur anstrenge, könne man sogar das leise Echo der Gebete der Gläubigen hören.

Als sich Hernando jedoch an die Beleidigungen der Christen bei ihrer Ankunft in Córdoba erinnerte und an die misstrauischen Blicke der Leute dachte, wenn sie ihn mit Mist beladen in der Nähe der Moschee sahen, verwarf Hernando sein Vorhaben. Er ließ sich einfach durch die Straßen der Ajerquía und der Medina treiben.

Bei seinem Spaziergang fiel ihm auf, dass die Stadt eigentlich ein einziger riesiger Tempel der Christenheit war. Neben den vierzehn Gotteshäusern gab es noch die Kirchen der etwa vierzig Hospitäler und Heime sowie Klöster mit großzügigem Grundbesitz. Auch die zahlreichen Nonnenklöster – zu denen das Santa Cruz an der Calle de Mucho Trigo gehörte, wo Hernando wohnte – hatten jeweils ihre eigene

Kirche. Darüber hinaus gab es an allen Ecken und Enden der Stadt Gemälde und Skulpturen mit christlichen Motiven, und die unzähligen Altäre, auf denen zu jeder Tages- und Nachtzeit Kerzen brannten, waren oftmals die einzigen Lichtquellen der Stadt. Überall gab es Konvente und Klausen mit Mönchen, und auf Schritt und Tritt begegnete man Mönchen oder Mitgliedern von Bruderschaften, die um eine milde Gabe baten.

Wie sollte ihr Glaube in diesem gewaltigen Christentempel nur überleben? Hernando war vor der Kirche Santa Marina in der Nähe des Schlachthofs angekommen. Seine Schritte hatten ihn in den Norden der Stadt geführt.

Da stand er nun. Der üble Geruch nach verrottendem Mist haftete an ihm, und er fühlte sich unrein. Trotz seiner widerwärtigen Arbeit wusch sich Hernando immer erst dann, wenn der Gestank wirklich unerträglich wurde.

»Komm bloß nicht auf die Idee, dich zu baden«, hatte Hamid ihn gewarnt. »Sich waschen ist für die Christen etwas Besonderes, es ist ein Zeichen von Hexerei.«

»Aber …«

»Denk immer daran, dass sie es auch nicht tun«, entgegnete der Alfaquí sofort. »Manchmal waschen sie sich die Füße, aber die meisten baden nur einmal im Jahr, an ihrem Namenstag. Die Spitzenbesätze ihrer Hemden sind die reinsten Brutstätten für Läuse und Flöhe. Ich sehe das Tag für Tag. Du weißt doch, ich muss für die Mädchen immer die Tücher wechseln.«

Während er sich noch über seine aufgezwungene Unsauberkeit ärgerte, ging er am Arroyo de San Andrés entlang zur Kirche San Nicolás de la Ajerquía – schließlich war es Sonntag, und er musste mit Fatima und den übrigen Morisken zum Gottesdienst.

Das Innere der Kirche überraschte Hernando. Jedes Mal, wenn er vom Schlachthof zur Gerberei zurückgekehrt war, hatte er den niedrigen Bau von außen betrachtet, der sich von den übrigen so viel höheren und größeren Kirchen unterschied. Zwar war auch San Nicolás auf einer alten Moschee errichtet, doch anders als sonst waren hier – wie in der Mezquita – im Inneren noch die für muslimische Gotteshäuser so charakteristischen Säulengänge erhalten. Dieser flüchtige Zauber war jedoch sofort dahin, als der Sakristan damit begann, die anwesenden Morisken anhand seiner Liste zu kontrollieren. In dem Pfarrbezirk waren zweihundert Morisken registriert, anders als in Juviles befanden sie sich hier gegenüber den zweitausend Altchristen in der Minderheit. Die meisten Altchristen waren Handwerker, Kaufleute und Tagelöhner – der Adel wohnte in anderen Stadtteilen.

Nach dem Gottesdienst verließ Hernando zusammen mit Ibrahim und Hamid die Kirche, und während sie auf die Frauen warteten, kam ein vornehm gekleideter Mann auf sie zu.

»Ihr gehört doch zu dieser Moriskenfamilie, die erst seit Kurzem in der Calle de Mucho Trigo lebt, nicht wahr?«, fragte er hochmütig. Er reichte ihnen nicht einmal die Hand zum Gruß. Hernando und Ibrahim bejahten die Frage, und der Fremde musterte Hamid abschätzig, den er an seinem Brandzeichen zu erkennen schien: »Und was hast du mit ihnen zu schaffen?«

»Exzellenz, wir stammen alle aus demselben Dorf«, antwortete Hamid demütig.

»Ich bin Richter Pedro Valdés«, stellte der Mann sich vor. »Ich weiß nicht, ob euch die Nachbarn bereits von mir erzählt haben, aber meine Aufgabe ist es, euch alle zwei Wochen zu besuchen, um nachzusehen, wie ihr lebt und ob ihr euch an die Gesetze haltet. Ich gehe davon aus, dass ihr mir keine Probleme bereiten werdet, nicht wahr?« In dem Moment kamen Aischa und Fatima aus der Kirche, hielten allerdings ein paar Schritte Abstand zu ihnen. »Sind das eure Frauen?«, fragte der Beamte. Er wartete gar nicht erst die Antwort ab, sondern begutachtete Fatima, die neben Aischa noch winziger wirkte. »Das dürre Weib sieht ja ganz verhungert aus. Ist sie krank? Dann müsste ich sie in ein Hospital bringen.« Hernando und Ibrahim zögerten, sie hofften, der erfahrene Gelehrte werde für sie antworten. »Ist sie nun krank oder nicht?«

»Nein … Exzellenz«, stotterte Hernando. »Der lange Weg … Der lange Weg hat ihr zugesetzt, aber sie hat sich schon ein wenig erholt.«

»Das ist auch besser für sie. Denn in den Hospitälern der Stadt gibt es kaum noch freie Betten. Geh mit ihr in der Stadt spazieren. Die Sonne und die frische Luft werden ihr guttun. Erfreut euch am Tag des Herrn, und dankt ihm für seine Gnade. Der Sonntag ist ein Tag der Freude: An diesem Tag ist Unser Herr von den Toten auferstanden. Geh mit ihr spazieren«, forderte er Hernando noch einmal auf, ehe er weiterging. »Du bist doch der Sklave aus der Freudengasse, nicht wahr?«, fragte er Hamid noch im Weggehen.

Der Alfaquí nickte, und der Richter schien sich auch dieses Detail im Geiste zu notieren. Dann eilte er zu einer Gruppe wohlhabender Händler und ihrer Frauen, die offensichtlich auf ihn wartete.

»Los, nach Hause!«, zischte Ibrahim wütend, sobald der Mann außer Hörweite war.

»Manchmal kommen seine Besuche ganz überraschend«, warnte ihn Hamid. »Es bereitet ihm offenbar ein besonderes Vergnügen …«

»Meine Frau wird nicht mit dem dreckigen Nazarener durch die Stadt spazieren. Verstanden?«, polterte Ibrahim, ohne Hernando auch nur anzusehen.

»Darum geht es doch nicht«, beschwichtigte ihn Hamid. »Wir müssen nun einmal so leben, wie sie es wollen. Nur wenn wir sie täuschen, können wir unseren Glauben bewahren.«

Ibrahim überlegte eine Weile.

»Sie geht mit dem Nazarener nicht vor die Tür«, sagte er mit einem scharfen Unterton.

»Aber für die Christen ist er ihr Ehemann.«

»Was willst du damit sagen, Hamid?«

»Nenn mich Francisco«, sagte der Alfaquí entschieden. »Ich will gar nichts damit sagen – José.« Hamid hob die Stimme, um Ibrahims christlichen Namen deutlich auszusprechen. »So ist es nun einmal. Es war nicht meine Entscheidung. Bitte, bereite deinen Leuten nicht noch mehr Schwierigkeiten, José. Und du, Hernando«, sagte er an den jungen Mann gewandt, »denk daran, unserem Gesetz nach ist Fatima nicht deine Frau. Sie ist die Frau deines Vaters. Also verhalte dich auch so. Und jetzt macht endlich, was euch der Richter aufgetragen hat.«

»Aber …«, begann Ibrahim erneut.

»Ich will keinen Ärger mit dir, José. Wir haben es schon schwer genug. Jetzt geht«, forderte er Hernando und Fatima auf.

Hernando spazierte also erneut durch die Straßen von Córdoba, diesmal allerdings in Begleitung einer schweigenden, niedergeschlagenen Fatima.

»Ich vermisse den Kleinen auch«, sagte er einige Straßen weiter. Fatima gab keine Antwort. »Aber wie lange willst du so weitermachen? Du bist jung! Du kannst noch mehr Kinder bekommen!«

Im selben Moment bemerkte er seinen Fehler. Fatima wurde augenblicklich noch langsamer.

»Es … Es tut mir leid«, entschuldigte sich Hernando. »Alles tut mir so leid! Es tut mir leid, dass ich als Muslim auf die Welt gekommen bin. Der Aufstand tut mir leid, und der Krieg. Es tut mir leid, dass ich mich jemals nach Freiheit gesehnt habe. Es tut mir leid …«

Hernando hielt inne. Ihr Spaziergang hatte sie in das Viertel Santa María in der Medina geführt, ein verschlungenes Gewirr aus Gassen und Sackgassen. Eine Gruppe Männer kam ihnen entgegengelaufen. Einige hielten kurz an und sahen sich verängstigt um, bevor sie weiterrannten.

»Ein Stier!«, hörte er eine Frau rufen.

»Sie kommen!«, kreischte ein Mann.

Ein Stier? Mitten in Córdoba? Da kamen auch schon fünf festlich gekleidete Edelleute angeritten. Sie zerrten einen gewaltigen Stier an Stricken hinter sich her: Er brüllte, aber die Männer zogen das Tier jedes Mal weiter, wenn es stehen bleiben wollte.

»Lauf!«, rief Hernando.

Aber Fatima blieb einfach mitten auf der engen Gasse stehen. Die beiden ersten Reiter waren nur noch wenige Schritte von ihnen entfernt. Da sah Hernando, dass Fatima plötzlich die Fäuste ballte. Sie wollte sterben! Er warf sich genau in dem Moment auf sie, in dem der erste Reiter sie umgeritten hätte. Sie prallten gegen eine Hauswand und stürzten zu Boden. Hernando presste Fatima gegen die Mauer. Ein anderes Pferd trabte knapp an ihnen vorbei, und der Stier versuchte vergeblich, sie auf die Hörner zu nehmen – über ihnen bröckelte der Putz von der Hauswand. Schließlich preschte auch der letzte Reiter an ihnen vorbei, diesmal wurde Hernando von einem Pferdehuf an der Wade erwischt. Als das Getöse nur noch ein fernes Echo war, hörte er Fatima schwer atmen.

»Alles in Ordnung?«, fragte Hernando, und als er aufstand, spürte er einen stechenden Schmerz im linken Bein. Er reichte ihr die Hand.

»Warum musst du mir nur immer das Leben retten?«, schimpfte Fatima. Sie zitterte, aber ihre Augen … Bildete er es sich nur ein, oder funkelten ihre schwarzen Augen wieder, nachdem sie den Tod gesehen hatten? Hernando beugte sich zu ihr hinunter und wollte ihre Schultern umfassen, aber sie wich ihm aus. »Warum? Warum!«, schrie Fatima.

»Weil ich dich liebe«, sagte er ruhig, die Hände immer noch nach ihr ausgestreckt. »Ja. Weil ich dich von ganzem Herzen liebe«, wiederholte er mit bebender Stimme.

Fatima sah ihn lange an. Plötzlich lief ihr eine Träne über die Wange, und kurz darauf folgten alle Tränen, die sie seit ihrer Hochzeitsnacht mit Ibrahim unterdrückt hatte. Sie lehnte ihre Stirn an Hernandos Schulter und ließ ihrem Kummer freien Lauf, während er sie in seine Arme schloss.

In einiger Entfernung stand eine in Schwarz gekleidete junge Adlige auf dem Balkon eines kleinen Palastes und beobachtete das Spektakel unter sich: Die fünf jungen Edelleute machten ihr den Hof, indem sie dem Stier tödliche Stöße versetzten, während das einfache Volk im Schutz der angrenzenden Sackgassen vor Begeisterung tobte und applaudierte.

27

Weihnachten 1571

Der Rat der Stadt hatte drei Festtage ausgerufen, um den großen Sieg von Don Juan de Austria und der Armada der Heiligen Liga über die Türken in der Seeschlacht von Lepanto gebührend zu feiern.

Mit dem Sieg der Christen über die muslimischen Streitkräfte steigerte sich die Frömmigkeit in Córdoba ins Unermessliche. Geistliche Würdenträger führten allerorts beeindruckende Prozessionen an, und in der ganzen Stadt erklangen die Te-Deum-Lobgesänge der dankbaren Christen. Für die Morisken war es in diesen Tagen gefährlich, durch die Straßen zu schlendern und sich dem explosiven Übermut des Volkes auszusetzen. Zudem war nur wenige Monate zuvor die Nachricht über die endgültige Niederlage des Königs von al-Andalus eingetroffen: Aben Aboo war von Seniz verraten und ermordet worden. Seinen Leichnam hatte man nach Granada überführt, und das abgetrennte Haupt des Moriskenkönigs hing immer noch in einem Eisenkäfig über dem Bogen der Puerta del Rastro – dem Stadttor, durch das man Granada betrat, wenn man von den Alpujarras kam. Hernando erlebte die Feierlichkeiten zusammen mit Hamid an der Plaza de la Corredera. Mitten auf diesem großen Platz hatte man eine Burg nachgebaut, in der eine Schlacht zwischen Mauren und Christen nachgestellt werden sollte, bislang floss jedoch lediglich kostenlos Wein aus dem Schnabel einer überlebensgroßen Pelikanfigur, während sich die alkoholisierte Menge um diesen seltsamen Brunnen drängelte.

Zwischendurch veranstaltete der Rat der Stadt verschiedene Wettbewerbe, bei denen insgesamt elf Bahnen Samt, Damast und Silberbrokat als Preise angekündigt waren: zwei Bahnen für die beiden Sieger der Pferderennen, vier für die elegantesten Männer der Stadt, drei für die erfolgreichsten Infanteriekompanien sowie zwei für die Frauen aus dem Bordell, die sich am aufwendigsten herausputzten!

»Manchmal verstehe ich die Christen einfach nicht«, sagte Hernando zu Hamid. Ana María tänzelte kokett vor ihrem Publikum hin und her, das begeistert jubelte. »Im Beisein ihrer Ehefrauen und Töchter belohnen sie jene Frauen, die mit ihnen gegen Geld …«

»Die Frauen wissen, dass ihre Männer ins Freudenhaus gehen«, unterbrach ihn Hamid, ohne weiter auf das Thema einzugehen. Er beobachtete gebannt die anmutigen Drehungen und aufreizenden Bewegungen der wunderschönen Ana María, während Hernando die Büttel beobachtete, wie sie einige Betrunkene daran hinderten, sich auf die junge Frau zu stürzen.

»Die Christen suchen die Lust nicht bei ihren eigenen Frauen«, flüsterte der Alfaquí, als eine füllige schwarzhaarige Frau Ana María ablöste. »Lust ist für sie eine Sünde, genauso wie Berührungen und Zärtlichkeiten. Selbst eine ungewöhnliche Stellung beim Akt ist Sünde. Man darf keine Sinnlichkeit suchen …«

»… denn sie ist Sünde!«, vervollständigte Hernando den angefangenen Satz und lächelte.

»Genau«, bestätigte ihn Hamid und hielt den Zeigefinger an die Lippen. »Deshalb gestehen die Christinnen ihren Männern zu, Sinnlichkeit und Lust im Freudenhaus zu suchen. Und: Mit Dirnen gibt es keine Bastarde oder Erbschaftsstreitigkeiten wie mit Konkubinen oder Kurtisanen. Und sie haben die Kirche dabei ganz auf ihrer Seite.«

»Heuchler!«

»Sogar bei uns in der Bordellgasse gehören einige Zimmer dem Domkapitel«, berichtete Hamid, als sie ohne Ziel in der Menschenmenge rund um die Plaza de la Corredera flanierten.

»Und …«, begann Hernando nach einer Weile nachdenklich. »Und die Frauen suchen ihrerseits dann die Lust bei anderen Männern. Nicht wahr?«

Hamid sah Hernando neugierig an. Der junge Mann schüttelte verächtlich den Kopf.

Mittlerweile war etwas mehr als ein Jahr vergangen, seit Fatima in der engen Gasse dem Tod ins Gesicht gesehen hatte und anschließend in Hernandos Umarmung gesunken war.

»Ich bin nach wie vor seine zweite Frau«, hatte Fatima geflüstert.

»Aber diese Ehe bedeutet hier nichts!«, wandte Hernando ein.

Fatimas Gesichtsausdruck verfinsterte sich, und Hernando zögerte. Wie konnte er nur davon ausgehen, dass …

»Wenn wir unsere Gesetze aufgeben«, kam ihm Fatima zuvor, »und unseren Glauben, dann … Ich muss meine Ehe mit Ibrahim achten: Für unser Volk ist er mein Mann. Ich kann das nicht ändern, sosehr ich es mir auch wünsche und sosehr ich ihn auch hasse.«

»Nein. Ich wollte ja nicht sagen, dass …«

»Dann wären wir gar nichts mehr! Und genau das wollen die Christen: Sie wollen uns niedermachen, bis wir irgendwann ganz verschwunden sind. Niemand will uns hierhaben. Die einfachen Leute hassen uns, und die Adligen beuten uns aus. Viele sind gestorben, um den wahren Glauben zu verteidigen: mein Mann und sogar mein Kind! Keiner der verdammten Christen hat sich um meinen kranken, hilflosen Jungen gekümmert! Zur Hölle mit ihnen! Du selbst hast ihn begraben … die Zukunft unseres Volkes.« Fatimas Stimme war bei den letzten Worten kaum mehr zu hören, schließlich konnte sie nur noch schluchzen. Hernando zog sie sanft an sich und umarmte sie.

»Es ist unsere Pflicht!«, schluchzte sie.

»Wir finden eine Lösung«, versuchte Hernando sie zu trösten.

»Unsere Religion ist die wahre Religion! Verdammte Christen!«, Fatimas Stimme klang wieder kräftiger.

»Wir werden eine Lösung finden.«

»Diese Christenhunde …« Bevor sie weitersprechen konnte, zog Hernando ihr Gesicht an seine Schulter, um sie zum Schweigen zu bringen. »Ich werde für den Propheten sterben, wenn es sein muss. Lob sei Mohammed!«, flüsterte sie noch.

»Und ich werde mit dir sterben.«

Fatima hatte bei ihrem Versprechen genau so entschlossen geklungen wie damals Gonzalico, bevor ihm der Einarmige die Kehle durchgeschnitten hatte. An jenem Sonntag waren sie nach dem Vorfall mit dem Stier zusammen bis zum Guadalquivir spaziert, an der Moschee vorbei, wo sie Hand in Hand an all den Priestern und Kaplänen vorbeischlenderten. Mit Blick auf das große Albolafia-Wasserrad und die anderen Mühlen saßen sie am Ufer und ließen die Stunden verstreichen. Hernando hatte kein Geld. Er bekam nur lächerliche zwei Reales im Monat, also weniger als ein Dienstmädchen mit Anrecht auf Kost und Logis. Aber selbst das wenige Geld gab er immer sofort Aischa, die mit seinem und Ibrahims Lohn die Miete und den Unterhalt der ganzen Familie bestritt. Hernando und Fatima teilten sich einen kalten Hefefladen – das Geschenk eines Morisken, der in den Straßen sein Gebäck verkaufte und dem das junge Paar aufgefallen war.

Die Zeit des Abendgebets war vorüber, und die Händler, Reisenden, Soldaten, Abenteurer, Bettler oder einfach nur die Anwohner des quirligen Potro-Viertels aßen und tranken in den Gasthöfen und Wirtshäusern oder waren auf den Straßen in Gespräche vertieft, und in der Bordellgasse herrschte ein einziges Kommen und Gehen. Hernando wollte Hamid besuchen, aber er traf ihn nicht an, also schlenderte er allein weiter durch die Straßen.

»Junge!« Hernando war so in seine Gedanken versunken, dass er nicht aufmerkte. »He, du da!«

Als Hernando eine Hand auf seiner Schulter spürte, drehte er sich ruckartig um und sah in das Gesicht eines schmächtigen Mannes. Am Anfang konnte er kaum etwas erkennen, schließlich drang nur wenig Licht aus den Gasthöfen und Wirtshäusern auf die Straße, und die Zähne des Fremden waren so schwarz wie die Nacht um sie herum … Da erinnerte sich Hernando: Das war einer der Viehhändler, die bei der Calahorra-Festung mit Maultieren handelten. Hernando holte dort immer Mist für die Gerberei. Sie hatten begonnen, sich zu grüßen, wenn Hernando zwischen dessen Tieren nach Dung suchte.

»Willst du dir zwei Blancas verdienen?«, fragte der Mann.

»Was muss ich dafür tun?« Hernandos Tonfall verriet, dass er zu fast allem bereit wäre.

»Komm mit.«

Sie gingen durch die Calle de Badanas zum Guadalquivir. Der Mann sagte kein Wort, er stellte sich nicht einmal vor, und Hernando ging schweigend hinter ihm her.

Zwei Blancas waren zwar ein Hungerlohn, aber so viel bekam er für zwei volle Tage Plackerei in der Gerberei. Am Ufer angekommen, schaute sich sein Begleiter nervös um.

»Kannst du rudern?«, fragte der Mann und zeigte auf ein schäbiges kleines Boot, das versteckt am Ufer lag.

»Nein«, gab Hernando zu, »aber ich kann …«

»Egal. Steig ein«, forderte er ihn auf. »Dann rudere ich. Und du kannst lenzen.«

Er sollte das Wasser aus dem Kahn schöpfen? Hernando wurde nachdenklich, als er ins Boot stieg. Sobald er die Planken betrat, wurden seine Füße nass.

»Vorsicht«, warnte ihn der Viehhändler, »der Kahn verkraftet nicht so viel Geschaukel.«

»Ich …«

Er konnte nicht schwimmen!

»Was hast du erwartet? Eine Galeere des Königs?«

Der junge Mann sah auf das schwarze Wasser des Guadalquivir.

»Wohin fahren wir?«, fragte Hernando, als sie vom Ufer abstießen.

»Heilige Jungfrau! Nach Sevilla, wenn es beliebt. Dort legen wir dann erst mal einen Zwischenhalt ein und rudern dann gemütlich auf die andere Seite der Meerenge zu dem Freudenhaus, in das ich jeden Sonntag gehe. Halt den Mund, und tu endlich, was ich dir sage!«

Der Guadalquivir sah ruhig aus. Das versuchte sich Hernando zumindest einzureden.

»Und, wie viele Frauen gibt es in diesem Freudenhaus?«, fragte er im Spaß, als er endlich auf dem modrigen Holzbrett zu sitzen kam, das wohl in besseren Zeiten eine der beiden Ruderbänke gewesen war. Der Maultierhändler steuerte das andere Ufer an.

»Glaub mir, es gibt genug für uns beide«, sagte der Mann und lachte leise. »Da, rechts von dir, ist der Topf.« Hernando tastete im Dunkeln, dann begann er, mit dem kleinen Gefäß Wasser aus dem Kahn zu schöpfen. Der Mann ruderte mit Bedacht und versuchte, keine Geräusche zu machen. Dabei sah er immer wieder beunruhigt zur römischen Brücke und zu den Wachen. »Es gibt dort Huren aus aller Herren Länder«, sagte er leise. »Auch gefangene Christinnen, wunderschön und wahre Meisterinnen der Liebeskunst.«

Sie sinnierten weiter über die sagenhaften Frauen des imaginären Bordells, bis sie am anderen Ufer von einem Mann in Empfang genommen wurden. Es war so dunkel, dass Hernando dessen Gesichtszüge kaum erkennen konnte. Alles musste jetzt schnell gehen, in Windeseile tauschte ein Geldbeutel den Besitzer, und die beiden Männer luden ein Fass in den Kahn. Sie flüsterten einen Abschiedsgruß, und das Boot sackte bedrohlich in die Tiefe, sobald der Händler wieder hineingestiegen war.

»Jetzt hast du alle Hände voll zu tun«, verkündete der Mann. »Denn wenn du jetzt nicht mit aller Kraft … Kannst du eigentlich schwimmen?«

Die Hälfte des Rückwegs sprachen sie kein Wort mehr. Hernando spürte an seinen Füßen, wie immer mehr Wasser ins Boot drang. Der Topf war einfach zu klein! Er bekam Angst, vor allem, als der Mann ohne jede Rücksicht immer heftiger ruderte.

»Du musst schneller lenzen!«, zischte der Händler.

»Du musst schneller rudern«, drängte Hernando.

Schließlich erreichten sie das andere Ufer. Hernando war durchnässt, und der Kahn stand voll Wasser, es drang durch alle Ritzen der vom Holzwurm zerfressenen Planken.

Gemeinsam hievten sie das Fass heraus, dann zogen sie das Boot an Land.

»Es wird noch viele Überfahrten geben«, stellte der Maultierhändler in Aussicht, als sie den Kahn am Ufer versteckten. »Sie heißt übrigens die *Müde Jungfrau*.«

»*Müde Jungfrau*?«, fragte Hernando verwirrt.

»*Jungfrau*, damit die Heilige Jungfrau mir wohlgesinnt ist, wenn ich sie einmal anrufen muss. Man weiß ja nie.« Der Mann zerrte am Boot, bis es endlich etwas höher lag. »Und *müde* … Na ja. Du hast ja gesehen, sie kommt immer etwas lahm zurück«, sagte er und lachte. »Wie heißt du eigentlich?«, fragte er noch und verbarg den Kahn unter Zweigen. Hernando antwortete, und der Mann stellte sich als »Juan« vor.

»Jetzt haben wir …«

»Was ist mit meinem Geld?«, unterbrach ihn Hernando.

»Später. Wir müssen bis zum Morgen abwarten. Dann sind nicht mehr so viele Leute unterwegs, und wir können das Fass wegbringen, ohne groß Aufsehen zu erregen.«

Sie warteten, bis rund um die Plaza del Potro kaum mehr Stimmen zu hören waren. Hernando fror. Juan verriet ihm endlich, dass sie Wein geladen hatten.

»Du könntest einen ordentlichen Schluck davon vertragen«, sagte der Maultierhändler, als er Hernando vor Kälte zittern sah. »Aber hier können wir es nicht aufmachen.«

Er erklärte ihm, dass in Córdoba kein Wein aus anderen Orten eingeführt werden durfte und dass Wein stark besteuert wurde. »Mit diesem Fass macht der Wirt ein gutes Geschäft …«

»Ja, ich verstehe, zwei Blanca-Münzen!«, scherzte Hernando.

»Kommt dir das zu wenig vor? Du bist schlau und mutig. Du kannst mehr verdienen, wenn du dazulernst und dich anstrengst.«

Als im Potro-Viertel endlich Ruhe eingekehrt war, tauchte der Gastwirt auf. Juan und der Mann begrüßten sich. Die beiden waren gleich groß, der eine dünn, der andere etwas rundlich. Sie hüllten das Fass in eine Decke und machten sich gemeinsam auf: vorneweg der Gastwirt, hintendrein die beiden anderen mit dem Weinfass. Beim Gasthof in der Calle del Potro angekommen, hievten sie es in einen Geheimkeller. Danach wärmte sich Hernando in der Wirtsstube an der Glut im Kamin, und Juan gab ihm das Geld … und ein Glas Wein.

»Das wird dir guttun«, ermunterte er ihn, als er Hernandos Zögern bemerkte.

Er wollte gerade einen Schluck trinken, da fielen ihm Fatimas Worte ein: »Es ist unsere Pflicht! Ohne unsere Gesetze sind wir nichts!«

Hernando lehnte dankend ab und schob den Becher von sich.

»Jetzt trink schon, Maure«, rief ihm der Wirt zu, der gerade die restlichen Tische abräumte. »Der Wein ist ein Geschenk Gottes.«

Hernando sah fragend zu Juan, der nur die Augenbrauen hochzog.

»Dieser Wein hier ist genau genommen kein Geschenk eures Gottes«, erwiderte Hernando. »Den haben wir gerade …«

»Ketzer!« Der Wirt ließ von den Tischen ab und kam wutschnaubend auf Hernando zu.

»Ich habe dir doch gesagt, dass er mutig ist, León«, lenkte Juan ein. Er hielt den Wirt zurück. »Aber ich behaupte nicht mehr, dass er schlau ist«, fügte er lachend hinzu.

»Ist es so wichtig, dass ich Wein trinke?«, fragte Hernando schließlich.

»Ja, in meinem Wirtshaus ist mir das wichtig«, brummte der Wirt, den Juan immer noch festhielt.

»In dem Fall«, sagte Hernando und hob den Becher zu einem Trinkspruch, »trinke ich auf dich.«

Wenn man euch zwingt, Wein zu trinken, so trinkt ihn, allerdings nicht mit der Absicht, ihn zu genießen. Hernando dachte an das Fatwa des Muftis von Oran, als er einen tiefen Schluck nahm. Danach stieß er noch einige Male mit Juan und León an, der sich inzwischen beruhigt hatte und ihm sogar noch die Essensreste des Tages über der Glut erhitzte.

Im Morgengrauen ging er vom Wirtshaus geradewegs zur Gerberei und begegnete dabei einigen Christen auf ihrem Weg zur Frühmesse. Er war leicht angetrunken, aber er hatte etwas Interessantes erfahren. Als die beiden Männer gehört hatten, dass er in Vicente Seguras Gerberei arbeitete, tauschten sie vielsagende Blicke aus, lachten und rissen schmutzige Witze über die Frau des Meisters.

»Geh mit deinem Wissen sorgfältig um«, riet ihm Juan. »Sei nicht so dumm wie bei León.«

In der Calle de Badanas wurde er plötzlich langsamer. Das da vorne war doch ... Ja! Das war Fatima! Neben der Tür zur Gerberei, die die Lehrlinge und die Gesellen immer benutzten, stand Fatima.

»Was machst du hier?«, fragte Hernando besorgt. »Was sagt Ibrahim dazu? Hat er dir erlaubt, hierher ...?«

»Er ist bei der Arbeit«, unterbrach Fatima ihn. »Deine Mutter wird mich nicht verraten. Was ist los?«, fragte sie mit ernster Miene. »Du bist heute Nacht nicht nach Hause gekommen. Die Nachbarn wollten dich schon beim Richter anschwärzen.«

»Warte, hier, nimm das.« Hernando gab ihr die zwei Münzen. »Das habe ich verdient. Versteck es. Es ist für uns beide.«

Ja, warum eigentlich nicht? Vielleicht könnte er Fatima seinem Stiefvater abkaufen. Wenn er genügend Geld zusammenbekäme, wäre sie bald frei.

»Woher hast du das Geld? Bist du betrunken?« Fatima zog die Stirn kraus.

»Nein. Ja. Also ...«

»Du kommst zu spät, Maure«, mahnte ihn im Vorbeigehen der kräftige, kahle Geselle, der immer die Häute verteilte.

Warum sollte er vorsichtig sein? Er fühlte sich zu allem in der Lage! Außerdem, vielleicht bot sich ihm nie wieder eine so günstige Gelegenheit: Er war mit dem Gesellen allein, von dem seine Schmugglergefährten behauptet hatten, dass er sich etwas zu gut mit der Gattin des Meisters verstehe.

»Ich muss noch etwas mit meiner Frau besprechen«, sagte er zu dem Gesellen.

Der Mann blieb auf der Stelle stehen und drehte sich zu ihm um. Fatima wurde blass und drückte sich an die Wand.

»Na und? Das ist kein Grund, hier Arbeitszeit zu vergeuden«, brüllte er plötzlich.

»Aber auf jeden Fall ein besserer, als die Gattin des Meisters zu besuchen, wenn der gerade nicht in der Gerberei ist.«

Der fassungslose Gesichtsausdruck des Gesellen bestätigte ihm, dass die nächtlichen Scherze seiner Kumpane der Wahrheit entsprachen. Der Mann fuhr nur noch hilflos mit den Händen in der Luft herum und stotterte.

»Ich … Du … Du riskierst hier gerade … einiges …«, brachte er schließlich hervor.

»Ich und viele andere, mein ganzes Volk, wir haben schon viel mehr riskiert, und wir haben alles verloren. Das Ergebnis dieses kleinen Spiels hier ist mir herzlich egal.«

»Und was ist mit deiner Frau?«, fragte der Geselle mit Blick auf Fatima. »Ist sie dir auch egal?«

»Wir geben einander Sicherheit.« Hernando strich der überraschten Fatima zärtlich übers Gesicht. »Wenn mir etwas zustoßen sollte, würde der Gerber sicherlich erfahren, dass …« Hernando und der Geselle starrten sich eine Weile schweigend an. »Aber vielleicht ist das alles auch reines Geschwätz, auf das man nichts geben sollte. Hm? Warum sollte man die Ehre eines angesehenen Meisters und vor allem die seiner Gattin anzweifeln?«

Der Mann überlegte einige Augenblicke: die Ehre und der Ruf – die wichtigsten Güter für jeden Spanier. Wie viele Landsleute ließen wegen einer simplen Ehrensache ihr Leben! Und wenn der Meister …

»Ja, nur Gerede«, sagte er schließlich. »Beeil dich jetzt.«

»He!« Der Mann blieb stehen. »Wie steht es um Eure Höflichkeit? Wollt ihr Euch nicht von meiner Gattin verabschieden?«

Der Geselle war entrüstet, aber er gab wieder nach.

»Señora«, murmelte er und verschwand wütend in der Gerberei.

»Warum musstest du ihn so erniedrigen?«, warf Fatima Hernando vor, sobald sie wieder allein waren.

Hernando sah in ihre großen, schwarzen Mandelaugen.

»Ich werde alle Christen dazu bringen, dir zu Füßen zu liegen«, versprach er und führte einen Finger an ihre Lippen, damit sie nicht widersprechen konnte.

28

Hernando hatte die Lebensweise der Menschen in Córdoba schnell durchschaut und hinter die schöne Fassade des Christentums geblickt, mit seinen Geistlichen und Gottesdiensten, seinen Prozessionen und Rosenkranzgebeten, seinen Laienschwestern und Bruderschaften, die in den Straßen um Almosen bettelten. Die frommen Menschen der Stadt gingen alle ihren religiösen Pflichten nach und unterstützten großzügig die Hospitäler und Klöster, sie setzten die Kirche in ihren Testamenten als Alleinerbin ein oder hinterließen ein Vermögen, mit dem die christlichen Gefangenen von den Barbaresken freigekauft werden sollten. Sobald sie aber der Kirche gegenüber ihre Pflicht erfüllt hatten, entsprachen ihre Interessen und ihre Lebensführung absolut nicht den religiösen Vorschriften. Sogar die Priester lebten trotz aller Beschlüsse des Konzils von Trient, so sie keine Konkubine hatten, zumindest mit einer Sklavin unter einem Dach – eine Sklavin zu schwängern war schließlich keine Sünde. Hernando hatte einmal gehört, wie jemand sagte, es sei so, als würde ein Hengst eine Eselstute decken, die dann einen Maulesel gebar. Der Nachkomme würde den Stand seiner Mutter erben und als Sklave zur Welt kommen. Und erst die Bemühungen der Kirchenbehörden, wollüstige Beichtväter davon abzuhalten, Frauen zum Beischlaf zu zwingen, führten dazu, dass Geistliche und Sünder in den Beichtstühlen durch Gitter getrennt wurden. Doch nicht einmal die Vertreter dieser Behörden waren ein Vorbild, was Keuschheit und Sittsamkeit anging. Und selbst der Dekan Don Juan Fernández de Córdoba, ein Geistlicher mit adeligem Stammbaum, hatte den Überblick über die von ihm gezeugten Kinder längst verloren.

Bei den übrigen Bewohnern Córdobas verhielt es sich nicht viel anders. Hinter der makellosen Oberfläche des christlichen Ehesakraments verbarg sich eine Welt der Ausschweifungen, und aufsehenerregende Skandale waren ebenso an der Tagesordnung wie das blutige Ende der entlarvten Ehebrecher. Die Mehrzahl der Nonnen war von ihren Familien aus rein wirtschaftlichen Gründen in die Obhut der Kirche gegeben worden – der Familienbesitz wurde weniger belastet, wenn man eine Tochter ins Kloster steckte, anstatt sie mit einer Mitgift ausstatten zu müssen –, so war es nicht verwunderlich, dass diesen jungen Frauen meist jegliche echte religiöse Berufung fehlte. Sie lagen mit den Klerikern fast in einer Art Wettstreit und ließen sich von jungen Männern verführen, für die wiederum die Eroberung einer so teuren Trophäe ein besonders großer Erfolg war, mit dem man prahlen konnte.

Für Morisken wie Hernando, die die steinige Erde im Königreich Granada mit der Hacke zu einem fruchtbaren Land gemacht hatten, waren die Bewohner von Córdoba einfach nur faul, verschwenderisch und missraten: Vor allem körperliche Arbeit war verpönt! Die Ehre, die alle spanischen Christen ungeachtet ihres gesellschaftlichen Standes durchdrang, hinderte sie daran! Jemandes Ehre zu verletzen glich einem Todesurteil.

Nur wenige Tage vor den Festivitäten anlässlich des Sieges von Lepanto hatte Hernando das selbst miterlebt. Eines Nachmittags schlenderte er durch die enge Calle de Armas, da kam ihm ein junger, hochmütiger Hidalgo – ein Mitglied des niederen Adels ohne Einkommen – mit bortenbesetztem Hut, schwarzem Umhang und Degen im Gürtel entgegen. Plötzlich stürzte der Mann, und Hernando konnte sich ein Grinsen nicht verkneifen, als er ihm wieder aufhelfen wollte. Der junge Mann schlug die helfende Hand wütend aus.

»Was grinst du so dämlich?«, zischte der Hidalgo, als er wieder aufrecht stand.

»Entschuldigt, ich …«

Der junge Hidalgo führte die Hand zum Degen. Nach seinem Sturz hatte er versucht, das Sägemehl wieder aufzusammeln, mit dem er seiner Hose mehr Würde verliehen hatte. Eingebildeter Schwachkopf! Vielleicht sollte er ihm eine Lektion erteilen.

»Ich … ich habe mich gerade … gefragt … wie Ihr heißt«, gab Hernando absichtlich stammelnd von sich und sah zu Boden.

»Stinkender Mistkerl, was geht dich mein Name an?«

Eingebildeter Angeber! Womit könnte er ihn nur von seinem hohen Ross holen? Die spitzen Samtschuhe des Hidalgos sagten ihm, dass dieser junge Mann durchaus Geld hatte. Er betrachtete die edle Hose, den feinen Saum des Umhangs, den wohl eine Bedienstete sorgsam ausgebessert hatte.

»Also …«

»Jetzt sag schon!«

»Mir schien … Ich glaube, ich habe letzte Nacht in einem Wirtshaus an der Plaza de la Corredera gehört, wie man schlecht über Euch geredet hat.«

»Sprich weiter!«

»Exzellenz, ich kann mich irren. Also, ich habe gehört … Nein, es geht nicht. Entschuldigt meine Kühnheit, aber ich muss darauf bestehen zu erfahren, wie Euer Name lautet.«

Der junge Mann überlegte einen Augenblick. Hernando auch: Was tat er da gerade?

»Don Nicolás Ramírez de Barros«, gab der junge Mann schließlich stolz von sich, »Hidalgo mit Stammbaum.«

»Ja, genau«, bestätigte Hernando. »Man sprach dort über Eure Exzellenz: Don Nicolás Ramírez. Ich kann mich genau daran erinnern, dass …«

»Was hat man über mich gesagt?«

»Es waren zwei Männer …« Hernando überlegte, was er noch sagen könnte, doch der junge Edelmann kam ihm zuvor.

»Wer waren diese Männer?«

»Die beiden waren auffällig gekleidet. Sie sprachen über Eure Exzellenz.« Er tat so, als wagte er nicht weiterzusprechen. Jetzt gab es kein Zurück mehr.

»Was haben sie gesagt?«

Was können zwei Männer schon über einen Hidalgo gesagt haben? Ja, natürlich, ein Hidalgo mit Stammbaum. Damit hatte der eitle Bursche soeben seinen wunden Punkt preisgegeben.

»Dass Ihr nicht von reinem Blut seid«, antwortete Hernando.

Der junge Mann umklammerte wütend den Griff seines Degens.

»Beim heiligen Jakobus!«, rief er mit hochrotem Kopf, »mein Blut ist rein! Bis in die Zeiten der Römer. Mein Familienname lässt sich auf Quintus Varus zurückführen. Sag mir sofort, wer diese infame Beleidigung ausgesprochen hat!«

»Hm … Das … weiß ich nicht«, stammelte Hernando – diesmal unabsichtlich. War er zu weit gegangen? Der junge Mann bebte vor Zorn. »Ich kannte die Männer ja nicht. Wie Eure Exzellenz verstehen wird, habe ich für gewöhnlich keinen Umgang mit solchen Personen.«

»Würdest du sie wiedererkennen?«

Wie sollte er nur zwei Männer wiedererkennen, die er gerade eben erfunden hatte? Vielleicht sollte er ihm antworten, dass er sie in der Dunkelheit …

»Würdest du sie wiedererkennen?«, fragte der Hidalgo abermals, machte einen Schritt auf ihn zu und schüttelte ihn an den Schultern.

»Natürlich«, antwortete Hernando und machte einen Schritt zurück.

»Dann begleite mich zur Plaza de la Corredera!«

»Nein.«

»Wie bitte?« Der Edelmann rückte drohend näher, und Hernando wich wieder zurück.

»Ich kann nicht. Man wartet auf mich.« Welche Zunftwerkstätten lagen am weitesten vom Potro-Viertel entfernt? Wo arbeiteten die Handwerker, bei denen der Mann ihn nie finden würde, falls er nach ihm suchen sollte? »Ich habe eine Verabredung im Töpferviertel. Ich muss doch für meine Familie sorgen. Wenn ich nicht zur Arbeit gehe, bezahlt mich der Meister nicht. Ich habe Frau und Kinder und versuche sie im christlichen Glauben zu erziehen …« Treffer! Der Hidalgo begann unbeholfen in seiner Hosentasche zu wühlen, bis er einen kleinen Beutel gefunden hatte. Für Fatima! »Ein Junge ist krank, und der andere …«

»Halt den Mund! Wie viel zahlt dir dein Meister?«, fragte der Hidalgo und griff nach den Münzen im Geldbeutel.

»Vier Reales«, log Hernando.

»Hier sind zwei Reales«, bot er ihm an.

»Ich kann nicht. Meine Kinder …«

»Dann drei.«

»Es tut mir so leid, Exzellenz.«

Der Hidalgo legte ihm eine Vier-Reales-Münze auf die Hand.

»Los!«, befahl er ihm.

Von der Ermita de la Consolación bis zur Plaza de la Corredera musste man nur die Plaza de las Cañas queren. Der Hidalgo schritt voraus, er war angespannt und umklammerte den Degen. Er fluchte vor sich hin und schwor denjenigen Rache, die seine Familienehre befleckt hatten. Hernando spürte die Münze in seiner Hand. Eine Vier-Reales-Münze!

»Vielleicht sind sie heute Abend gar nicht dort«, überlegte er laut.

»Bete darum, dass sie da sind«, sagte der junge Edelmann nur.

Sie betraten den Platz von der Südseite. Hernando sah sich um, es gab hier drei Wirtshäuser: das Mesón de la Romana, neben dem sie gerade standen, das Mesón de los Leones an der Calle del Toril sowie das Mesón del Carbón in der Nähe des Hospital de Nuestra Señora de los Ángeles. Noch schien die Nachmittagssonne, doch die Abenddämmerung kündigte sich bereits an. Auf dem weitläufigen Platz waren um diese Tageszeit viele Menschen unterwegs, und in den Gaststuben herrschte ein einziges Kommen und Gehen.

»Also?«, fragte der Hidalgo.

Hernando atmete tief durch. Sollte er besser wegrennen? Als hätte er seine Gedanken erraten, packte der Hidalgo Hernando am Arm und schleifte ihn in das Mesón de la Romana. Beim Betreten des Wirtshauses stießen sie aus Versehen mit einem Mann zusammen. Der Hidalgo wartete immer noch auf eine Antwort.

»Nein. Hier sind sie nicht«, sagte Hernando, als einige Gäste ihre Gespräche unterbrachen und ihn anstarrten, als er seinen Blick durch die Gaststube schweifen ließ.

Im Mesón de los Leones sagte er zum Leidwesen des Hidalgos das Gleiche. Die Männer könnten ja auch sonst wo sein, dachte er in dem Moment, als sie schließlich das Mesón del Carbón betraten. Warum sollten sie gerade jetzt hier sein? Aber was würde dann aus den vier Reales? Was würde der Hidalgo tun? Bestimmt würde er die Sache nicht auf sich beruhen lassen. Schließlich ging es um seine Ehre und um den Ruf seiner Familie! Polterndes Gelächter riss ihn aus seinen Gedanken. An einem der Tische saß ein bärtiger Mann in der bunten Uniform der Tercios. Er hielt sein Weinglas hoch und erzählte grölend von seinen Heldentaten. Er war offensichtlich betrunken.

»Der ist einer von ihnen«, sagte Hernando und wartete darauf, dass Don Nicolás ihn endlich aus den Augen ließ.

Aber der Hidalgo umklammerte seinen Arm nur noch kräftiger, als bereitete er sich auf den bevorstehenden Kampf vor.

»Ihr da!«, rief Don Nicolás.

Sofort verstummten alle Gespräche. Einige Gäste in der Nähe sprangen auf und stießen dabei die Stühle zur Seite. Hernando spürte, wie seine Knie weich wurden.

»Wir konntet Ihr es wagen, den Namen derer von Varus in den Schmutz zu ziehen?«, schrie der Hidalgo wütend.

Der Soldat stand schwankend auf und griff nach seinem Degen.

»Wie könnt Ihr es wagen, Señor, die Stimme gegen mich zu erheben?«, rief er. »Schließlich bin ich ein Fahnenträger der spanischen Tercios auf Sizilien, ein Hidalgo aus dem Baskenland!« Hernando duckte sich instinktiv, als er diese Worte vernahm. Hilfe, noch ein Hidalgo! »Wenn Euer Stammbaum rein ist, was ich bezweifle, habt Ihr das nicht nötig.«

»Ihr stellt meine Ahnen infrage?«, kreischte Don Nicolás.

»Ich habe es Euch doch gesagt«, flüsterte Hernando ihm zu. »Genau das habe ich gehört, er bezweifelt, dass …« Aber Don Nicolás beachtete ihn schon nicht mehr.

»Ihr selbst befleckt den Namen Eurer Familie mit Eurem unehrenhaften Verhalten«, rief der Fahnenträger.

»Ich fordere Genugtuung«, schrie Don Nicolás.

»Die werdet Ihr bekommen!«

Beide Hidalgos zückten ihre Waffen. Spätestens jetzt standen die restlichen Schankgäste auf und machten den beiden Edelleuten Platz.

Hernando fehlten die Worte. Ein Duell! Er öffnete seine verschwitzte Hand, sah lächelnd auf das Geldstück und verließ das Wirtshaus. Hinter ihm begann das metallische Klirren der aufeinanderprallenden Degen. Dummköpfe, diese Christen!

Inzwischen hatte Hernando zahlreiche Fahrten mit der *Müden Jungfrau* zum anderen Guadalquivir-Ufer hinter sich. Er und Juan wurden Freunde, und sie rissen bei ihren nächtlichen Gesprächen immer noch ihre Witze über die exotischen Frauen des Barbareskenbordells auf der anderen Seite der Meerenge.

Diese Freundschaft brachte Hernando inzwischen weit mehr ein als die zwei Blanca-Münzen, die ihm der Maultierhändler bei ihrer ersten Überfahrt gezahlt hatte: Hernando wurde endlich an den Einkünften aus dem Weinschmuggel beteiligt. Allmählich wurde das Potro-Viertel mit seinen Bewohnern – Abenteurer, Gauner und Ganoven – zu seinem zweiten Zuhause. Er arbeitete nach wie vor in der Gerberei, schließlich brauchte er vor dem Richter und dem Pfarrer von San Nicolás eine Arbeitsstelle, aber sein eigentliches Leben spielte sich rund um die Plaza del Potro ab.

Während einige Jungen aus den Pfarrbezirken San Lorenzo oder Santa María für ihn die Häute vom Schlachthof holten, ging Hernando zur Calahorra-Festung. Er hatte dort immer etwas mit Juan und den anderen Händlern zu besprechen. Beim Gedanken daran, wie er sich von dieser leidigen Schlepperei befreit hatte, musste er jedes Mal lächeln. Als er das erste Mal vom Schlachthof entlang der Stadtmauer Richtung Gerberei gegangen war, hatte er gesehen, wie einige Jungen aus den umliegenden Stadtvierteln sich auf dem Patrouillenweg der Wachen Steinschlachten lieferten. Dabei hatte es schon viele Verletzte und sogar Tote gegeben, vor allem wenn jemand unverhofft in den Steinhagel geriet. Der Rat der Stadt hatte deshalb die Steinschlachten verboten, aber die Jungen dachten nicht daran, ihr Vergnügen aufzugeben, und überlisteten die Wachen. Als Hernando zum ersten Mal aus Versehen zwischen die Fronten geraten war, hatte er die von den Kindern geworfenen Steine mit den Tierhäuten abgewehrt. Ein andermal hatte er beobachtet, wie sie sich auf ihre nächste Schlacht vorbereiteten. Er musste dabei an seine Wurfübungen in den Alpujarras denken. Er war besser als sie. Wer sollte ihn schon schlagen können? Eine Blanca-Münze war der Einsatz, ein Holzpfosten das Ziel: Wenn die Burschen verloren, mussten sie seine Häute in die Gerberei tragen, wenn sie hingegen gewannen, konnten sie die Münze behalten. Hernando verlor nur selten, und während die jungen Burschen ihren Teil der Abmachung erfüllten, ging er hinter der Calahorra-Festung zu den Viehhändlern am Campo de la Verdad, wo er umherstreifte und vorgab, den Mist der Maultiere zu holen. Plötzlich zeigte einer der Pferdehändler auf diesen verdreckten, stinkenden Morisken, packte ihn am Schopf und setzte ihn auf einen Gaul, um den Käufer davon zu überzeugen, dass das Pferd zahm war und nicht bockte. Hernando tat so, als wäre ihm angst und bange und als hätte er noch nie auf einem Pferd gesessen. Der Händler sang indessen ein Loblied auf das brave Tier, das selbst völlig unerfahrene Reiter im Sattel behielt. Sobald das Tier verkauft und der Käufer verschwunden war, erhielt Hernando sein Geld.

Ein andermal half er einem Edelmann mitten in der Nacht, über die Mauer des Nonnenklosters Santa Cruz zu klettern. Er sollte auf der anderen Seite warten, um ihm auf dem Rückweg einen Strick zuzuwerfen. Während er in der Dunkelheit wartete, hörte er das Paar zuerst flüstern und später lustvoll stöhnen.

Außerdem arbeitete er für die Betreiber von geheimen Spelunken. Dort lernte er auch Palomero kennen, einen nur etwas älteren Mann, der als Lockvogel Interessenten für Karten- oder Würfelspiele anwarb. Palomero hatte ein untrügliches Gespür dafür, welcher Fremde hinter dem Rücken des Gesetzes sein Geld verwetten wollte, und bald half Hernando ihm dabei. Seine Aufgabe bestand vor allem darin, andere Lockvögel in der Gegend um die Plaza del Potro von jedem potenziellen Spieler fernzuhalten, den Palomero entdeckt hatte. Hernando stellte den konkurrierenden Kundenwerbern ein Bein, schubste sie oder ließ sich andere Finten einfallen. Wie nicht anders zu erwarten, geriet Hernando dabei in so manchen Streit, manchmal kam es auch zu Schlägereien, aber all das festigte nur seine Freundschaft mit Palomero, und er bekam von ihm sogar meist mehr Geld als vereinbart. Sie schwatzten miteinander, sie lachten zusammen, teilten ihr Essen, und Hernando ließ sich stets aufs Neue von Palomero verblüffen.

Einmal behauptete er, endlich den Trick durchschaut zu haben, mit dem Mariscal – einer der Spelunkenbetreiber – nicht nur unbedarfte Spieler, sondern auch die erfahrensten Falschspieler und Zinker ausnahm.

»Er wackelt nur mit dem rechten Ohrläppchen«, berichtete er voller Bewunderung. »Sein Gesicht ist vollkommen regungslos, nicht einmal die Ohrmuschel bewegt sich, nur das Ohrläppchen! Es ist ein abgekartetes Spiel: Sobald er das Zeichen gibt, weiß einer seiner Komplizen, welche Karten Mariscal hat, und wettet – und gewinnt. Sieh her, ist es so richtig?«

Hernando prustete vor Lachen angesichts der wilden Grimassen seines Freundes – dessen Ohrläppchen sich aber kein bisschen bewegte.

»Nein, tut mir leid.«

Hernando hatte Glück. Die Geschäfte liefen gut, und er verhandelte bereits mit Juan über die erste Rate für ein Maultier. Der Viehhändler machte ihm einen guten Preis. Hernando wollte das Maultier bei Ibrahim gegen Fatima eintauschen. Sosehr er seinen Stiefsohn auch hasste, dieses Angebot würde er ihm nicht ausschlagen können, außerdem hatte Ibrahims Interesse an seiner zweiten Frau in letzter Zeit deutlich nachgelassen. Fatima fastete eisern, blieb hager und dürr, was bei Ibrahim – der zudem von der Feldarbeit völlig erschöpft nach Hause kam – keine Begierde weckte. Aischa wiederum tat das Ihre, um ihn von der jungen Frau abzulenken. Ihr war nicht entgangen, dass Fatimas tiefschwarze Augen seit Kurzem wieder zu leuchten begonnen hatten und dass ihre Lebenslust langsam zurückzukehren schien.

Hernando hatte versucht, Fatima von seinem Plan zu überzeugen.

»Bestimmt ist er damit einverstanden!«, ermutigte er sie. »Du siehst doch, wie schlecht gelaunt er im Morgengrauen aufsteht und wie erschöpft er abends vom Feld nach Hause kommt. Er hasst diese Arbeit. Ibrahim braucht das Reisen, die Weite. Glaub mir.«

Tatsächlich konnte nichts die düstere Stimmung des Maultiertreibers aufhellen, die nun zu seinem ohnehin schon übellaunigen und aufbrausenden Temperament hinzukam.

»Aber er hasst dich – abgrundtief«, entgegnete Fatima. Außerdem war ihr in den letzten Tagen aufgefallen, dass Ibrahim sie wieder zusehends lüstern anzustarren begann. Doch sie verheimlichte ihre Befürchtungen vor dem zuversichtlichen Hernando.

»Ich denke, er ist sich immer noch selbst der Nächste«, entgegnete er. »Als meine Mutter mit mir schwanger war, nahm er mich für ein Maultier in Kauf. Jetzt geht es ihm doch viel schlechter als damals, warum sollte er nicht zustimmen?«

Sie wollten nach einem ihrer gemeinsamen Spaziergänge gerade in die Sackgasse einbiegen, in der sich ihr heruntergekommenes Haus befand, als sie einen jungen Mann an der Straßenecke stehen sahen. Hernando kannte ihn. Er bewohnte mit seiner Familie eines der Zimmer im oberen Stock… Wie hieß er noch? Hernando wollte ihn ansprechen, aber der junge Mann führte nur einen Finger an die Lippen und bedeutete ihm weiterzugehen. Was hatte der Bursche nur?

Als sie am Haus angekommen waren, hörte Hernando leise Stimmen, die ein traditionelles Moriskenlied sangen. Er ging durch das Tor in den Patio und stellte zu seiner Überraschung fest, dass sich alle Hausbewohner dort versammelt hatten. Hernando konnte auch Hamid und einige fremde Männer und Frauen unter den Anwesenden ausmachen. Die einen flüsterten miteinander, die anderen summten das Lied, das Hernando schon auf der Straße vor dem Haus gehört hatte. In einem Winkel des Patios betete ein Mann – vermutlich gen Mekka. Jetzt ging Hernando endlich auf, warum der junge Mann an der Straßenecke Wache hielt: Es war den Morisken verboten, sich zu versammeln, geschweige denn zu beten.

»Wehe, wenn sie euch entdecken …«, setzte Hernando an.

»Ibn Hamid, komm zu uns!«, unterbrach ihn der Alfaquí, der sofort auf ihn zutrat.

Hernando war sprachlos. Hamids Tonfalls war sehr schroff gewesen.

»Ich … also … Es tut mir leid. Du hast recht. Ich wollte sagen, wenn sie *uns* entdecken.« Hamid nickte. »Was machst du hier?«

»Mein Dienstherr hat mir freigegeben.«

Hernando hatte den Überblick sowohl über den christlichen als auch über den muslimischen Kalender längst verloren. War heute ein Feiertag? Und wohin war Fatima plötzlich verschwunden?

»Es tut mir leid, Hamid, aber was wird hier gefeiert?«, fragte er verwirrt und ließ seinen Blick über die vielen Menschen wandern. Da sah er Fatima am anderen Ende des Patios. An ihrem Hals schimmerte der goldene Anhänger – die verbotene Fatimahand. Als Hernando ihr zulächelte, erwiderte sie sein Lächeln zunächst, blickte dann aber traurig zu Boden. Was war hier los? Er hielt besorgt nach Ibrahim Ausschau und entdeckte ihn etwas abseits – er sah müde und erschöpft aus. »Was … was feiern wir denn nun?«, fragte er den Alfaquí noch einmal, diesmal mit belegter Stimme.

»Wir haben unseren ersten Glaubensbruder aus der Sklaverei befreit«, antwortete Hamid feierlich und zeigte auf einen Mann mit Brandzeichen im Gesicht. Hernando sah zu dem Morisken, der gemeinsam mit seiner Frau die Glückwünsche der Anwesenden entgegennahm.

»Das ist seine Ehefrau«, erklärte Hamid. »Sie erfuhr, dass er als Sklave im Haus eines Händlers in Córdoba lebte und …« Hamid legte eine Pause ein.

»Und?«, fragte Hernando abwesend. Was war nur mit Fatima los? Er versuchte, sie auf sich aufmerksam zu machen, doch sie sah nicht mehr zu ihm herüber.

»Er gehört wieder zur Gemeinschaft.«

»Das ist schön.«

»Zu seinen Brüdern.«

»Aha.«

»Alle haben sich an seinem Freikauf beteiligt. Alle Morisken von Córdoba! Alle. Selbst ich habe ein wenig…« Hernando sah Hamid fragend an. »Fatima war besonders großzügig.«

Hernando spürte einen Stich im Herzen und schüttelte langsam den Kopf, als wollte er die soeben gehörten Worte vertreiben. Nein! Er musste sich mit einer Hand an der Mauer festhalten.

»Das Geld!«, flüsterte er. »Mit dem Geld wollten wir ihre Freiheit kaufen und…«

»Und deine eigene?«, vermutete Hamid.

»Ja«, erwiderte Hernando ernst und richtete sich wieder auf. »Unsere Freiheit!«

Er sah erneut zu Fatima hinüber. Sie stand mit erhobenem Haupt da und hielt seinem verzweifelten Blick stand. Fatima hatte dem Alfaquí alles erzählt und alles gegeben. Hernando wusste nicht, was er davon halten sollte.

Warum? Hernandos Lippen formten die vorwurfsvolle Frage, Fatima lächelte.

Hamid antwortete an ihrer Stelle.

»Weil du dich von deinem Volk entfernt hast, Ibn Hamid.« Jeder Muskel in Hernandos Körper spannte sich an. »Wir alle versuchen, uns heimlich zu versammeln, zu beten, unseren Glauben am Leben zu halten oder unseren Glaubensbrüdern in Not zu helfen, nur du ziehst als kleiner Gauner durch die Straßen von Córdoba.« Hamid hielt inne. Hernando entgegnete nichts, Fatimas schwarze Mandelaugen hielten ihn in ihrem Bann. »Es schmerzt mich, dich – meinen Sohn – so ehrlos zu sehen.«

Hernando begann am ganzen Leib zu zittern.

»Musste Fatima deshalb auf ihre Freiheit verzichten?«

»Sie vertraut auf Gottes Barmherzigkeit. Und du solltest das Gleiche tun. Komm zu uns, komm zu deinem Volk. Eure heutigen Fesseln sind unsere ewigen Gesetze, und nur Gott ist dazu berufen, sie uns aufzuerlegen und uns davon zu befreien. Als mir Fatima das Geld gab und mir alles erklärte, bat ich sie, auf Gott zu vertrauen und die Hoffnung nicht aufzugeben. Dann sagte sie, dass ein einziger Satz genügen würde, damit du ihre Entscheidung verstehst.«

Hernando löste seinen Blick von Fatima und schaute in die sorgenvollen Augen des Mannes, der ihm alles beigebracht hatte, was er wusste. Erst jetzt verstand Hernando den Satz wirklich. Der Alfaquí schloss die Augen und flüsterte: »Tod verheißt ewige Hoffnung.«

29

»Verstoß mich! Bring mich um! Um Gottes willen, ich sterbe lieber, als mich dir noch einmal hinzugeben.« In der Dunkelheit des Zimmers war Ibrahims Zorn nach Fatimas Abweisung deutlich zu spüren. Aischa kauerte in einer Ecke. Fatimas Worte lösten bei ihr gemischte Gefühle aus: Einerseits war sie über Ibrahims heftige Reaktion erschrocken, andererseits war sie stolz auf Fatimas Entschlossenheit. Das junge Ehepaar mit dem Säugling hielt den Atem an. Hernando war unterwegs. Ibrahim schlug mehrmals mit den Fäusten gegen die Wand, fluchte und schimpfte. Aischa befürchtete, die Schläge könnten bald Fatima treffen.

»Du wirst niemals frei sein. Da kann dein kleiner Nazarener noch so viel Geld herbeischaffen«, brüllte Ibrahim. »Hörst du?« Fatima hielt Ibrahims Wutausbruch stand, ohne ein einziges Wort zu erwidern. »Für wen hältst du dich eigentlich? Ich bin dein Ehemann! Wenn ich will …« In dem Moment fürchtete Fatima, er werde sich auf der Stelle brutal an ihr vergehen, aber Ibrahim beherrschte sich. »Ach was! Du bist ja nur noch Haut und Knochen!«, schnaubte er verächtlich und ging zu Aischa.

Es verstrich eine Weile, bis Fatima wieder ruhig atmen konnte. Nach der Übergabe all ihrer Ersparnisse für den Freikauf des Moriskensklaven konnte sie mit dem Rückhalt der Gemeinschaft rechnen, und das verlieh ihr eine gewisse Sicherheit. Nach Hamids Worten hatte Hernando noch einmal zu ihr herübergesehen: Sie lächelte ihn zuversichtlich an und blickte zum Himmel, er tat es ihr gleich. Er hatte sie verstanden.

Ganz Córdoba wusste nun von ihrer großzügigen Tat! Auch Ibrahim hatte Hamid über das Geld ausgefragt, und der Gelehrte hatte ihm ohne jegliche Umschweife geantwortet. Fatima wusste, dass die anderen Morisken sie schützen würden … und das wusste auch Ibrahim. Zudem konnte er sie nicht mehr mit dem kleinen Humam erpressen, und er konnte auch Aischa nicht mehr so misshandeln wie damals in den Alpujarras. Denn Ibrahim wollte unbedingt einen weiteren Nachkommen. Was war ein Muslim schon ohne Kinder? Musa und Aquil waren immer noch wie vom Erdboden verschluckt, obwohl alle Morisken nach ihnen Ausschau hielten.

Zur gleichen Zeit betrat Hernando ein baufälliges Gebäude in der Calle de los Moriscos im Viertel Santa Marina. Warum sollte er nicht in Gott vertrauen? Wenn Fatima und Hamid das taten … Zudem hatte Fatima ihm versichert, dass Ibrahim sie nicht anfassen werde. Bei Gott, er betete darum!

Hernando wollte seine Fähigkeiten und Verbindungen fortan vor allem für seine Glaubensbrüder nutzen. Die Gemeinschaft nahm ihn im Gegenzug warmherzig und dankbar wieder in ihrer Mitte auf, und auch Fatima war wieder von Wärme und echter Zuneigung erfüllt. Noch vor Kurzem, als er ihr das Geld für das Maultier gegeben hatte, gegen das er sie tauschen wollte, hatte sie das Geld zwar angenommen und versteckt, aber sie war dabei immer unzufrieden und voller Zweifel gewesen – fast so, als würde er sie dazu zwingen. Nun strahlte sie, wenn Hernando ihr von seinen neuesten Plänen für einen Glaubensbruder berichtete. Es gab viel zu tun, hatte ihm Hamid damals nach dem Fest in einem langen Gespräch versichert.

Córdoba, die einstige Stadt der Kalifen, hatte sich zu einem Sammelpunkt für Morisken entwickelt, selbst wenn ihre Lebensbedingungen hier kaum besser waren als anderswo in Spanien. Überall wurden sie schamlos ausgebeutet, überall raubte ihnen der Hass der Christen die Luft zum Atmen. Doch die ruhmreiche Vergangenheit und der Aufschwung, den diese große Stadt momentan erlebte, zog selbst zwei

Jahre nach ihrer offiziellen Ausweisung immer noch zahlreiche Vertriebene an.

Eine königliche Verordnung verbot es den Morisken, die in Spanien geblieben waren, ihren Wohnort zu verlassen – es sei denn, sie verfügten über eine entsprechende, in der Regel befristete Erlaubnis. Dutzende Morisken verschafften sich nun unter den sonderbarsten Vorwänden dieses Dokument, um damit nach Córdoba zu gelangen. Sobald die Frist jedoch abgelaufen war, fehlte ihnen ein anderes wichtiges Dokument, das ihren Aufenthalt in Córdoba legitimierte und das jeder in Córdoba ansässige Moriske vorweisen musste.

In Absprache mit Hamid und zwei alten Männern, die die Führung der Gemeinde übernommen hatten, kümmerte sich Hernando um diese Neuankömmlinge. Sobald die Frist ihrer Reiseerlaubnis abgelaufen war, blieben ihnen zwei Möglichkeiten, um an das Dokument zu kommen, das sie als offizielle Bewohner von Córdoba auswies: die Heirat mit einer Moriskin, die in Córdoba registriert war, oder die Verhaftung durch die Behörden samt drei- bis vierwöchiger Gefängnisstrafe. Der Rat der Stadt zeigte sich also durchaus gnädig – tat dies aber nicht ohne Hintergedanken: Ihm war schnell klar geworden, dass der Zustrom von Morisken Córdoba guttat. Sie waren billige Arbeitskräfte und sicherten den Hausbesitzern hohe Mieteinkünfte.

Da nicht alle Moriskinnen in Córdoba auf eine Heirat mit einem fremden Flüchtling erpicht waren, landeten die meisten Männer erst einmal im königlichen Gefängnis – einem gewöhnlichen Verwaltungsgebäude, das an einen Kerkermeister verpachtet wurde. Die Stadtverwaltung stellte neben den Räumlichkeiten nur die nötige Anzahl an Fußfesseln und Ketten für die Gefangenen zur Verfügung. Ihr Essen mussten die Sträflinge selbst bezahlen, und auch die Schlafstatt wurde vermietet. Wer es sich leisten konnte, zahlte gern für ein eigenes Bett. Arme und Bedürftige waren dagegen auf die Nächstenliebe der Bevölkerung angewiesen. Diese Nächstenliebe erreichte aber selten jene gotteslästerlichen Neuchristen, die während des Aufstandes so viele Gräueltaten begangen hatten.

Hernandos Aufgabe bestand nun darin zu entscheiden, wann eine

Verhaftung und wann eine Heirat sinnvoll war, und er sorgte dafür, dass der Kerkermeister sein Geld erhielt und die Mitglieder der Gemeinde den Gefangenen Essen brachten. Seine Streifzüge rund um die Plaza del Potro hatte er zwar nicht ganz aufgegeben, doch mittlerweile begab er sich dorthin, um Informationen zu beschaffen. Wann würde das nächste Haus eines Morisken kontrolliert werden? Welcher Büttel war für die Festnahme eines Glaubensbruders an welchem Ort geeignet? Wer besaß Moriskensklaven, und wie viel hatte er für sie bezahlt? Wie lange brauchte der Rat der Stadt, um diese oder jene Person einzubürgern? Jeder Hinweis war wichtig, und zuweilen setzte Hernando etwas von dem wenigen Geld ein, das ihm die Alten der Gemeinde gaben, und bezahlte damit die eine oder andere Gefälligkeit. Die Befreiung der Morisken, die während des Alpujarras-Krieges versklavt worden waren, war mittlerweile das Hauptziel der Gemeinde. Aber die Christen, die diese Männer oder Frauen billig gekauft hatten, spekulierten nun mit dem Interesse der Morisken an ihren Glaubensbrüdern und trieben die Preise für den Freikauf in unverschämte Höhen. Jeder Besitzer von Moriskensklaven in Córdoba wurde so mehr oder weniger zu einem kleinen Sklavenhändler, der auf mögliche Nebeneinkünfte aus war. Vor allem Männer verkauften sich gut, Sklavinnen wurden oft zurückgehalten, da ihre Kinder den Stand der Mutter erbten. Eine Moriskin zu schwängern bedeutete also, den Profit noch zu steigern.

Es gab viel zu tun, und Hernando zögerte, sich weiter auf die Fahrten mit der *Müden Jungfrau* einzulassen. Doch Juan bestand darauf, wie bisher mit ihm zu arbeiten. Und was sollte an dem schnell und leicht verdienten Geld schon schlecht sein? Der Maultierhändler bot ihm sogar eine höhere Beteiligung an.

»Mein neuer Begleiter«, beschwerte er sich und zwinkerte ihm verschmitzt zu, »kennt einfach das märchenhafte Freudenhaus auf der anderen Seite der Meerenge nicht.«

Als Hernando eines Tages durch die Calle de los Marmolejos zur Plaza del Salvador unterwegs war, entschied er, die nächtlichen Ausflüge doch ganz einzustellen. Auf der Rückseite des Klosters San Pablo waren einige Steinbänke in die Mauer eingelassen, und die Barmherzigen Brüder brachten dort für gewöhnlich die Toten hin, die auf dem Feld gestorben waren. Hernando hatte es sich zur Gewohnheit gemacht, anhand der Kleidung oder Hautfarbe der Leichname abzuschätzen, ob unter ihnen auch Morisken waren. Wenn er meinte, einen Glaubensbruder ausgemacht zu haben, berichtete er den alten Männern der Gemeinde davon. Diese setzten sich dann mit den Oberhäuptern der anderen Gemeinden in Verbindung, um herauszufinden, ob jemand einen Angehörigen verloren hatte. Die Steinbänke dienten aber auch ganz anderen Zwecken: Hier wurde beschlagnahmte Ware zu günstigen Preisen verkauft, hier boten Handlanger ihre Dienste an, hier wurden Betrüger dem öffentlichen Spott ausgesetzt – aber vor allem floss hier reichlich geschmuggelter Wein. An jenem Tag standen ein Wachmann und ein Büttel vor einem beschlagnahmten Weinfass. Sie waren von einigen jungen Männern umringt, die miteinander scherzten und darauf warteten, dass der Büttel das Fass anstach – beschlagnahmter Wein durfte im Gegensatz zu anderen Waren nicht weiterverkauft werden. Hernando konnte seine Augen nicht von dem Fass abwenden: Es kam ihm irgendwie bekannt vor. Hatte er nicht einige solcher Fässer auf der *Müden Jungfrau* … Ihm zog es den Magen zusammen. Am Abend traf er León nicht in seinem Wirtshaus im Potro-Viertel an.

»Sie haben ihn festgenommen«, erklärte ihm einige Tage später Juan bei seinen Maultieren auf dem Campo de la Verdad. »Sie haben das Geheimversteck auf Anhieb gefunden. Aber ich sage dir, sie gingen dabei so zielsicher darauf zu, dass ich denke, jemand hat León verraten.«

30

Plaza de la Corredera, Frühjahr 1573

Am ersten Märzsonntag galoppierten fünfzehn wilde Stiere und einige Kühe im Morgengrauen über die römische Brücke auf Córdoba zu. Hinter ihnen ritten die Viehhüter, die die Tiere mit langen Lanzen von den Weiden bis hierher getrieben hatten. Auf der anderen Seite der Brücke warteten trotz der frühen Morgenstunde bereits zahlreiche Schaulustige in Festlaune auf die nahenden Stiere. Die Stierhatz würde zunächst am Ufer entlanggehen und dann quer durch die Stadt bis zur Calle del Toril neben der Plaza de la Corredera führen, wo die Stiere bis zum Nachmittag eingeschlossen wurden.

»Wir brauchen unbedingt Mist«, hatte der Geselle Hernando am Vortag noch gewarnt. Er arbeitete nach wie vor in der Gerberei, doch seine neuen Verpflichtungen gingen langsam aber sicher zuungunsten der Dungvorräte für die Lohgruben, und obwohl ihn der Geselle immer wieder entschuldigte, war der Mangel nicht mehr tragbar. »Morgen gibt es eine Stierhatz und einen Stierkampf. Dabei wird in der ganzen Stadt jede Menge Mist anfallen: auf der Strecke, die die Herde zurücklegt, und auf der Plaza de la Corredera, wo die Pferde der Adligen bereitstehen.«

»Aber Sonntag ist doch Feiertag. Da darf man nicht arbeiten.«

»Das kann schon sein, aber wenn du morgen nicht arbeitest, hast du am Montag keine Arbeit mehr. Verstanden? Ja, der Meister hat sich beschwert. Ich kann nichts dafür!«, hatte er noch schnell hinzugefügt, als er Hernandos bedrohliche Miene sah, »aber wenn du willst, stehen wir am Ende beide ohne Arbeit da.«

»Aber die Diener der Adligen werden mich nicht zu den Tieren lassen.«

»Ich kenne einige von ihnen, und ich werde auch dort sein. Aber du musst zuerst den Mist von der Stierhatz holen.«

Also wartete Hernando mit seinem riesigen Korb in der Menschenmenge am anderen Brückenkopf hinter einer Bretterwand, die man hier eigens hatte errichten lassen, damit die Stiere nicht direkt in die Stadt liefen, sondern zunächst am Ufer entlanggetrieben werden konnten. Auf Höhe der Calle de Arhonas hatte man eine weitere Palisade aufgebaut, damit die Stiere vom Ufer weg in die Stadtmitte laufen würden. Von hier an waren alle Straßen bis zur Calle del Toril mit hohen Holzwänden versperrt, und es gab für die Stiere nur einen Ausweg: auf die Plaza de la Corredera.

Hernando ließ sich von der Aufregung der anderen Zuschauer anstecken, als sie den Lärm der nahenden Stiere und der Viehhüter vernahmen.

»Sie kommen! Gleich sind sie da!«, riefen die Leute.

Das Getöse der Stiere beim Überqueren der alten Steinbrücke vermischte sich mit dem Jubel der Menschen. Einige junge Männer sprangen über die Absperrungen und liefen vor der Herde her, andere hielten Speere oder ausgediente Umhänge bereit, um die Tiere von ihrem Kurs abzubringen. Zuerst stürmten die Kühe und dann die Wettkampfstiere an Hernando vorbei: Sie rasten unter lautem Brüllen vor den Viehhütern her. Die Kurve hinter der Brücke war scharf und abschüssig, und einige Stiere krachten gegen die Holzwand. Ein Stier taumelte und rutschte über die Erde, während die folgenden Tiere über ihn hinwegdonnerten. Ein junger Mann sprang hinzu und hielt einen bunten Mantel vor das gewaltige, am Boden liegende Tier, aber der Stier kam erstaunlich schnell wieder auf die Beine, griff an, nahm den jungen Mann auf die Hörner und schlitzte ihm dabei den Oberschenkel auf. Hernando sah, dass auch andere Männer, die über die Absperrung gesprungen waren und vor den Stieren herliefen, zwischen die Hörner der imposanten Tiere gerieten. Doch immer wenn ein Stier stehen bleiben und zustoßen wollte, hieben ihm die Viehhüter mit ihren Lanzen gegen die Rippen und zwangen ihn weiterzurennen.

Nur wenige Sekunden lang herrschte ein ohrenbetäubendes Getöse aus Schreien, Rufen und donnernden Hufen, dann waren Kühe, Stiere, Menschen und Pferde hinter einer gewaltigen Staubwolke verschwunden. Hernando hatte völlig vergessen, warum er eigentlich hier war, er hatte nur noch Augen für die verletzten Menschen, die die Tiere zurückgelassen hatten: Der junge Mann mit dem Mantel blutete stark zwischen den Beinen, überall gab es Verletzte, einige hinkten oder krümmten sich vor Schmerz, andere lagen bewegungsunfähig da. Als ihm endlich wieder einfiel, warum er eigentlich hier war, hatten mehrere Frauen und Kinder schon allen zertrampelten Mist eingesammelt. In Córdoba war Viehmist dank der unzähligen Gärten und blühenden Patios ein hoch geschätztes Gut. Kein einziger Kuhfladen lag mehr auf der Straße. Hernando sah in seinen leeren Korb und schüttelte verärgert den Kopf. Dann überwand er die Absperrung und näherte sich dem verletzten jungen Mann, der von einigen Frauen umringt am Boden lag, um ihm zu helfen.

»Verschwinde! Du dreckiger Maure!«, keifte ihn eine alte, schwarz gekleidete Frau an.

»Der Mann ist jetzt wahrscheinlich tot«, berichtete Hernando Hamid nach dem Gottesdienst. Fatima und Aischa standen in ihrer Nähe, und Ibrahim unterhielt sich etwas abseits mit einigen anderen Morisken.

»Ja, viele lassen dabei ihr Leben.«

»Aber warum …«

»Es ist der Kampf – der Wettstreit zwischen Mensch und Tier«, antwortete Hamid. Hernando verzog das Gesicht. »Bei uns war das früher auch sehr beliebt. Die großen Stierkämpfe am Hof von Granada waren berühmt. Kein Alfaquí hätte es je gewagt, sie zu verbieten. Erst jetzt droht der Papst den Christen mit der Exkommunikation. Wer bei einem Stierkampf stirbt, stirbt in Sünde, und Geistliche, die dabei zusehen, müssen ihren Habit ablegen.«

Hernando erinnerte sich an die vielen Priester, die aus den Häusern am Ufer gestürmt waren, nachdem die Stiere vorübergezogen waren. Sie waren also zwischen den Verletzten umhergelaufen, um deren Seele zu retten.

»Aber warum machen dann alle mit?«

Hamid lächelte.

»Die Spanier lieben ihre Stierkämpfe. Die Adligen lieben die Stierkämpfe. Das einfache Volk liebt die Stierkämpfe. Das ist wohl eines der wenigen Themen der Christenheit, bei dem der König und der Papst uneins sind.«

Die durchweg adeligen Stierkämpfer dieser Stadt stellten die Familien Aguayo, Hoz, Bocanegra sowie natürlich die Familie Fernández de Córdoba und deren Zweig der Aguilar. Córdoba war aristokratisch, und noch bevor sie überhaupt ein Tier zu Gesicht bekamen, überboten sich die Adligen gegenseitig in einem Wettstreit um prunkvolles Auftreten und Extravaganz.

Nach den traditionellen Festessen in den Adelspalästen präsentierten sie ihre Cuadrillas – ihre Mannschaften für den Stierkampf –, die in elegante Livreen gekleidet waren. Innerhalb einer Cuadrilla, die aus dreißig, vierzig oder gar sechzig Bediensteten bestehen konnte, gab es immer zwei Lakaien: Nur diese begleiteten ihren Herrn auf den Kampfplatz – zu Fuß. Die Bewohner von Córdoba fanden sich vor den Palästen ein, um den illustren Zug der berittenen Adligen zu bejubeln, die von ihren Familienangehörigen und ihrer gesamten – mit Speisen, Wein und Sesseln beladenen – Cuadrilla eskortiert wurden.

Auch auf der Plaza de la Corredera hatte man zahlreiche Vorbereitungen getroffen: An der Nordseite waren Absperrungen vor den Häuserfronten errichtet. Die Balkone, die mit edlen Behängen und Tüchern festlich geschmückt waren, vermietete der Rat der Stadt an prunkvoll gekleidete Adlige und reiche Händler. Dazwischen waren aber auch einige Geistliche und Mitglieder des Domkapitels auszumachen, die die päpstliche Bulle missachteten. Im Süden hatte man eine große Holztribüne hinter einer eigens für diesen Tag hochgezogenen weißen Mauer errichtet, die dem Corregidor – als Vertreter des Königs und Präsident der Wettkämpfe – gemeinsam mit anderen hochrangigen Adligen eine gute Sicht auf das Spektakel garantierte. An der Ost- und Westseite des Platzes standen Holzwände, hinter denen sich die zahlreichen Zuschauer vor den Stieren in Sicherheit bringen konnten.

Hernando ging zur nahe gelegenen Plaza de las Cañas. Hier waren die Bediensteten der Adligen mit den Ersatzpferden für die Stierkämpfer und mit den Reittieren der Familienangehörigen versammelt. Man konnte die begeisterten Rufe des Publikums hören, sobald die Adligen zu Pferde und mit jeweils zwei Lakaien an ihrer Seite Einzug in die Arena hielten. Hernando musste an Hamids Worte denken, als er sah, dass alle Kämpfer nach Maurenart gekleidet waren: enge Marlotas, weite Umhänge, die sie über die linke Schulter warfen, und die typischen Kappen – nur im Gürtel steckte anstatt eines Krummsäbels ein Degen. Die Stierkämpfer ritten auf Maurenart, und ihre Kleidung war farblich auf die ihrer Cuadrillas abgestimmt. Der Geselle aus der Gerberei erwartete Hernando bereits an der Plaza de las Cañas. Dank seiner Hilfe kam Hernando mit seinem großen Korb an den Bütteln vorbei, die das einfache Volk davon abhielten, sich unter die Bediensteten der Edelleute zu mischen, und musste schnell feststellen, dass er auch hier nicht der Einzige war, der Mist sammeln wollte.

An diesem Märznachmittag würden acht Adlige am Stierkampf teilnehmen, und der Corregidor überreichte dem Büttel der Plaza de la Corredera feierlich den Schlüssel zum Stierzwinger. Es ging los. Vier Edelleute verließen den Platz, und die anderen vier gingen in Position. Ihre Pferde tänzelten nervös auf der Stelle und schnaubten. Als der Büttel das Holztor zur Calle del Toril mit dem Stierzwinger öffnete, herrschte eine angespannte Stille. Als plötzlich ein großer schwarzer Stier auf den Platz stürmte und von den Picadores sofort angegriffen wurde, brach die Menschenmenge in wilden Jubel aus, und als das Tier nach diesem ersten Ansturm stehen blieb, stürmten mehr als hundert Männer den Platz. Die Mutigsten kamen dem imposanten Tier ganz nah und wichen ihm erst aus, wenn er sich in ihre Richtung warf. Einige waren zu langsam, und der Stier nahm sie auf die Hörner, trampelte über sie hinweg oder wirbelte sie wie Puppen durch die Luft. Und während sich das Volk vergnügte, verharrten die vier Adligen an ihren Plätzen und hielten ihre Pferde zurück. Sie beobachteten den Stier und schätzten ab, ob er bereits wild genug für einen Kampf war.

Dann gab Don Diego López de Haro – der ganz in Grün gekleidete Marquis von Carpio – das Zeichen. Sogleich lief einer seiner beiden Lakaien zu den Männern, die das Tier in dem Moment reizten, und nötigte sie beiseitezutreten. Der Raum zwischen Stier und Reiter wurde frei, und der Marquis forderte den Stier heraus.

»Toro!«

Der mächtige Stier blickte auf. Plötzlich herrschte auf dem Platz absolute Stille, alle warteten auf den bevorstehenden Angriff. Genau in dem Moment brachte der zweite Lakai seinem Herrn eine kurze, massive Eschenlanze, die drei Handbreit vor der Eisenspitze eingeschnitten und mit Wachs bedeckt war, damit sie beim Stoß leichter brach. Das Pferd des Marquis wurde unruhig, brach plötzlich aus und kam erst wenige Schritte neben dem Stier wieder zum Stehen. Sofort ertönten Pfiffe und Protestrufe. Der Lakai mit der Lanze folgte seinem Herrn.

»Toro! He! Toro!«

Der Stier reagierte sofort, drehte sich zu Don Diego, und seine schwarze Masse schob sich kraftvoll in Richtung Pferd und Reiter. Da griff der Marquis zur Lanze, und der Lakai entwischte genau in dem Moment, in dem der Stier das Pferd erreichte. Don Diego stieß die Lanze eine Handbreit in den Widerrist des Stieres, wo sie sofort brach, ohne weiter in den wuchtigen Leib zu dringen. Beim trockenen Krachen des Holzes brach ohrenbetäubender Jubel los, und der gesamte Platz schien zu beben, aber der stark blutende Stier wollte trotz seiner tödlichen Verletzungen das Pferd erneut angreifen. Don Diego zückte seinen schweren Degen und stieß ihn dem Stier genau zwischen die Hörner. Man konnte hören, wie der Schädelknochen des Tiers zersplitterte, und der Stier fiel auf der Stelle tot um.

Der stolze Grande ritt über den Platz, klopfte seinem Pferd den Hals und ließ sich von den Zuschauern feiern. Inzwischen stürzten sich einige Männer auf den Kadaver des Tiers. Sie stritten mit ihren Messern in der Hand um den Schwanz, die Hoden und andere Körperteile des mächtigen Stiers, bevor er weggeschafft wurde und der Wettkampf weitergehen konnte.

Etwas abseits auf der Plaza de las Cañas versuchte Hernando sich aufgrund der Schreie und der stillen Momente den Verlauf des Stierkampfs vorzustellen, während er den Mist einsammelte.

»Heute Nachmittag darfst du nicht versagen«, hatte ihn der Geselle gewarnt. »Du musst den Korb vollbekommen, damit wir heute Abend zumindest die obere Schicht der Grube bedecken können.«

Zum Glück hatte er keine Angst vor Pferden. Es war eine Sache, den Dung von der Straße aufzusammeln, nachdem die Tiere durchgeritten waren, und eine andere, es in dem Moment zu tun, in dem sich das Tier entleerte. Die Pferde an der Plaza de las Cañas waren ohnehin nervös: Sie wussten, was sie erwartete. Hernandos Konkurrenten im Wettlauf um die kostbaren Exkremente waren den Umgang mit solchen Rassepferden nicht gewohnt, und sobald Hernando sah, dass ein Tier sich entleerte und ein anderer dorthin lief, stürmte er auf das Pferd zu und erschreckte es. Meistens wichen die anderen den bedrohlichen Hufen ängstlich aus, und Hernando stürzte sich auf die Pferdeäpfel. Die Diener der Adligen, die heute als Reitknechte fungierten, fanden an dem Wettstreit der Mistsammler ein großes Vergnügen und gaben Hernando Zeichen, wenn ein Pferd wieder so weit war.

Als die Zuschauer den Einzug des siebten der insgesamt fünfzehn Stiere bejubelten, war Hernandos Korb endlich voll. Da er sonntags die Gerberei nicht betreten durfte, schickte er einen Boten zum Gesellen, und dieser holte den Mist ab.

»Es ist noch genug Zeit. Such noch mehr Dung«, sagte der Kahlkopf nur und nahm den Korb entgegen.

Hernando schnaubte wütend, als sich der Geselle einfach umdrehte und Richtung Gerberei davoneilte. Er nutzte die Gelegenheit und schlich sich an den Dienern der Cuadrillas vorbei, bis er zur weißen Mauer am südlichen Rand des Platzes kam – dem Zugang für die Adligen. Er blieb neben einem jungen Diener stehen, der ihn noch vor wenigen Minuten während seines Kampfes um den Dung angefeuert hatte. Der Stierkampf verlief ohne große Zwischenfälle. Hernando lehnte sich an die Absperrung, die zugleich als Tor diente, als ein rötlicher Stier über den Platz stürmte, dessen Fell fast die gleiche Farbe wie das Pferd hatte, das Aben Humeya ihm einst geschenkt hatte. Hernando konnte das wendige Reittier einen Augenblick lang förmlich unter sich spüren – er fühlte sich wie ein edler Muslim in den Alpujarras, der als freier Mann durch die Berge ritt und vom Sieg träumte … Aber der plötzliche Lärm auf dem Platz holte ihn in die Wirklichkeit zurück. Die Leute pfiffen. Der Stier trabte gemächlich über den Platz, reckte ein wenig seine Hörner und flüchtete, sobald ihn jemand angriff. Einer der Adligen reizte ihn, und der Stier tat zunächst ein paar zaghafte Schritte nach vorn, blieb dann aber wieder stehen – um zu fliehen.

»Was ist los?«, fragte Hernando den jungen Diener.

»Der ist zahm«, antwortete dieser knapp, ohne den Blick von dem Tier zu wenden. »Mit so einem Stier kämpfen die Adligen nicht.«

Und so war es. Die vier Adligen auf dem Platz zogen sich zurück, und sofort füllte sich die Arena mit Zuschauern, die den zahmen Stier verfolgten und drangsalierten. Sie reizten ihn mit ihren Capas, und als einer der bunten Mäntel an seinen Hörnern hängen blieb, konnte der zahme Stier nichts mehr sehen und blieb stehen. Da stürmten einige Männer auf ihn zu und rammten ihre Dolche und Messer brutal in den massiven Körper des panisch aufbrüllenden Tieres. Andere stürzten sich auf seine Beine und schnitten die Sprunggelenke durch. Als es einem Mann schließlich gelang, die Sehne am linken Bein mit einer Sichel zu durchtrennen, ging der Stier schließlich zu Boden. Dann stachen die Männer so lange auf ihn ein, bis er endlich tot war.

Da rannte auch schon der nächste Kampfstier auf den Platz: ein eher kleines, aber offenbar äußerst wendiges schwarzes Tier mit weißen Flecken.

»Weg da, du Dummkopf!«

Hernando war so in den Anblick dieses Stieres vertieft, dass er zuerst nicht bemerkt hatte, dass die Diener und die übrigen Männer der

Cuadrilla beiseitegetreten waren. Er reagierte sofort und machte einem fettleibigen Adligen Platz, dessen enge Marlota über dem Wanst bedenklich spannte. Ihm folgten missmutig seine beiden Lakaien zu Fuß. Hernando hörte, wie sich die Adligen hinter ihm über den fetten Edelmann lustig machten.

»Das ist der Graf von Espiel«, flüsterte der junge Diener so leise, als fürchtete er, der Adlige könnte ihn trotz der Entfernung und des Tumultes hören. »Er ist für den Stierkampf absolut ungeeignet, aber er besteht jedes Mal darauf teilzunehmen.«

»Aber warum?«, flüsterte Hernando zurück.

»Vielleicht aus Stolz? Oder wegen seiner Ehre? Wer weiß?«

Sobald der fette Graf auf dem Platz war, schrie einer der Lakaien die Männer in der Arena an, den Stier in Ruhe zu lassen, damit sein Herr mit dem Kampf beginnen könne. Die Leute folgten der Aufforderung und verzichteten verärgert auf den Spaß, den ihnen die anderen Adligen üblicherweise gönnten, und sie pfiffen missmutig, als der Graf von Espiel den Stier zwar reizte, dann aber zuließ, dass sein Pferd nach links auswich, um den bevorstehenden Angriff besser abwehren zu können. Hernando sah zu den übrigen Adligen, denen das Lächeln vergangen war. Einige von ihnen schüttelten nur den Kopf. Trotz der vorteilhaften Ausgangsposition des Pferdes versagte der Graf auf ganzer Linie: Der Stier riss genau in dem Moment seinen Kopf hoch, als der Graf mit der Lanze angreifen wollte. So bohrte er die Waffe mit aller Kraft in die Schnauze des Stieres, bevor sie ihm aus der Hand glitt. Der Graf fluchte daraufhin lieber ausgiebig, statt sein Pferd sofort von dem flinken Stier wegzubewegen – und konnte den nun folgenden Angriff des Stieres deshalb nicht mehr abwehren.

Er gab dem Pferd zwar im letzten Moment noch die Sporen, aber der Stier hatte seine zwei gewaltigen Hörner schon in den Bauch des Tieres gebohrt. Der Graf fiel zu Boden, doch das Pferd konnte sich nicht befreien. Der flinke Stier tat einige Sätze nach vorn und schlitzte den Pferdeleib dabei mit einer Geschwindigkeit auf, als wäre sein Fell nur ein dünnes Stück Stoff. Die verzweifelten Todesschreie des Pferdes erfüllten die Plaza de la Corredera und fuhren den Zuschauern durch

Mark und Bein. Der Stier senkte den Kopf und machte sich wütend über sein Opfer her, immer wieder rammte er die Hörner in das Pferd und schleifte es weiter über den Platz. Er ließ sich dabei von keinem der Manöver der herbeieilenden Reiter ablenken. Mit einem heftigen Krachen wurde das Pferd vom Stier gegen die Absperrung geschleudert, hinter der Hernando stand. Er bekam etwas von dem umherspritzenden Blut ab, als der Stier das Pferd am Boden hin und her warf und die Eingeweide langsam hervortraten.

Plötzlich stand der Graf von Espiel mit seinem Degen vor dem Stier und dem toten Pferd.

»Toro!«, rief er und hielt die Waffe mit beiden Händen in die Höhe.

Der Stier nahm die Herausforderung an und hob seinen mit Blut besudelten Kopf. In dem Moment verpasste ihm der Adlige einen überraschend kräftigen Hieb in den Nacken. Die Waffe aus wertvollem Toledostahl fuhr durch den muskulösen Stiernacken, und das Tier sackte leblos neben das inzwischen tote Pferd.

Da der Stierkämpfer ein Graf war – immerhin ein spanischer Grande –, zollten ihm seinesgleichen schleppend Beifall. Als der Graf von Espiel aber seinen blutigen Degen zum Zeichen seines Sieges nach oben riss, brach auf der Plaza de la Corredera tosender Applaus aus, den der Graf stolz entgegennahm.

»Ein Pferd!«, schrie er.

Hernando und die Umstehenden mussten wieder zur Seite treten, damit der Lakai zur Plaza de la Paja laufen und ein frisches Ersatzpferd holen konnte.

»Wozu braucht er denn jetzt noch ein Pferd?«, fragte Hernando.

»Die Adligen«, antwortete der Diener, »müssen den Platz nach dem Stierkampf auf dem Rücken eines Pferdes verlassen. Sie können nicht einfach zu Fuß weggehen. Wenn ein Pferd beim Kampf stirbt, bringt man ihnen ein neues. Das passiert dem Grafen übrigens nicht zum ersten Mal«, sagte er noch, als der Lakai gerade einen hochgewachsenen dunkelbraunen Zuchthengst herbeiführte.

»Ein Pferd! Sofort!«, brüllte der Graf.

Hernando und der Diener halfen, die Absperrung weit genug für das stolze Reittier zu öffnen, aber sobald der Hengst die toten Tiere vor sich sah und die ausgedehnte Blutlache um sie herum roch, bäumte er sich auf und riss sich vom Lakaien los. Ein Diener versuchte, die Zügel zu fassen zu bekommen, aber das Tier war nicht zu bändigen. Es wieherte wie von Sinnen und stellte sich auf die Hinterbeine, streifte dabei die Köpfe der Diener und schlug immer wieder heftig aus. Zwei Männer kamen durch Hufschläge in die Magengrube zu Fall, einen dritten erwischte es am Kopf. Der Graf forderte lautstark nach einem Pferd, aber das Gedränge an der Absperrung und die hektischen Bewegungen der Diener, die das Tier einfangen wollten, machten es nur noch wilder. Einige Adlige, die auf ihren Stierkampf warteten, kamen hinzu – allerdings nicht, um zu helfen. Vielmehr grinsten sie hämisch, als sie die verzweifelten Rufe des Grafen hörten.

In dem Moment stellte sich der Hengst genau vor Hernando und dem jungen Diener wieder auf die Hinterbeine und tänzelte mit den Vorderhufen in der Luft. Hernando sprang zur Seite, als er die panischen, vorquellenden Augen des Pferdes sah. Doch der junge Diener war zu langsam, und an seiner Stirn klaffte plötzlich eine blutende Platzwunde – ein Huf hatte ihn erwischt. Der Hengst würde sie tottrampeln! Er brachte die Vorderhufe gerade wieder auf die Erde und wollte sich erneut aufbäumen, als Hernando sich auf den Pferdekopf stürzte und die Augen des Pferdes mit seinem Körper verdeckte. Er biss dem Tier kräftig ins Ohr, drehte das andere brutal nach hinten und spürte die heiße Dunstwolke des schmerzerfüllten Wieherns an seinem Bauch, als das Tier unter seinem Gewicht schließlich den Kopf senkte. Schnell riss Hernando den Schädel des Pferdes so heftig zur Seite, dass es zu Fall kam. Am Boden angekommen, fixierte Hernando Hals und Kopf des Pferdes mit den Knien – das Ohr immer noch zwischen den Zähnen.

»Bleibt stehen!«, befahl jemand den Dienern des Grafen, die zu dem Pferd eilten.

Hernando ließ nun von dem einen Ohr ab, aber das andere hielt er nach wie vor fest nach hinten gedreht. Dann begann er, leise einige Suren zu rezitieren, um das Tier zu beruhigen. Dabei hielt er die Lippen dicht an das leicht blutende Ohr des Pferdes. So verharrte er eine geraume Weile, und beim melodischen Klang der Suren begann das Pferd allmählich wieder regelmäßig zu atmen.

»Ich packe jetzt seinen Kopf in eine Decke, ja?« Das war die gleiche Stimme, die zuvor die Diener aufgehalten hatte. Hernando konnte nur ein Sporenpaar aus Silber neben sich am Boden erkennen. »Pass auf, dass er nicht gleich wieder aufspringt.«

Hernando hörte den Mann mit den Silbersporen leise fluchen, während er mit der Decke hantierte.

»Eitler Geck! Er hat einen so wunderschönen Hengst überhaupt nicht verdient.« Hernando verlagerte sein Gewicht und spürte, wie sich die Decke zwischen ihn und den Pferdekopf schob. »Dummkopf! Von wegen spanischer Grande!«, murmelte der Mann, als die Decke endlich an ihrem Platz war. »Und jetzt musst du dafür sorgen, dass er ganz langsam aufsteht. Zuerst wird er den Kopf anheben, dann die Beine ausstrecken. Und genau dann musst du ihm die Decke unter den Kiefer schieben und die Enden verknoten, damit er sie nicht abwirft. Kannst du das? Traust du dir das zu?«

»Ja.«

»Gut. Also: jetzt«, sagte der Mann.

Der Hengst war vermutlich erschöpft, jedenfalls stand er sehr viel langsamer auf, als Hernando erwartet hatte, sodass er ihm ohne weitere Gegenwehr die Enden der Decke unter dem Kiefer zusammenbinden konnte. Als das Pferd stand und unter der Decke nichts sehen konnte, wurde es ganz ruhig. Einer der Diener des Grafen wollte das Pferd am Zügel fassen, aber eine Hand fuhr dazwischen.

»Finger weg!« Hernando drehte sich endlich nach der Stimme um. Neben ihm stand der Grande Don Diego López de Haro, der tapfere Marquis von Carpio – königlicher Oberstallmeister von Philipp II. und Veinticuatro von Córdoba. »Wollt ihr vielleicht, dass der Hengst noch einmal bockt«, sagte der Marquis von Carpio an die Diener gerichtet. »Ihr versteht überhaupt nichts von Pferden, genau wie euer…« Er sprach nicht weiter, sondern schüttelte nur den Kopf. »Euch darf man wirklich nur Esel und Maultiere anvertrauen! He, du da, bring das Pferd lieber selbst zum Grafen!« Hernando hörte zwar, wie verächtlich der Grande das letzte Wort aussprach, aber er konnte nicht mehr sehen, wie der Oberstallmeister die Augen zusammenkniff und die rechte Hand nachdenklich ans Kinn führte. Er war neugierig, was Hernando machen würde, wenn der Hengst das Blut auf dem Platz roch und abermals in Panik geraten würde. Was er auch tat! Das Pferd wieherte auf und machte Anstalten kehrtzumachen, aber in dem Moment zog Hernando kräftig am Zaumzeug und versetzte ihm einen Tritt in den Bauch. Der Hengst zitterte, aber er gehorchte und folgte Hernando auf die Plaza de la Corredera. Don Diego beobachtete die Szene und konnte sich ein Lächeln nicht verkneifen.

»Wie kannst du es wagen, mein Pferd zu treten? Mein Zuchthengst ist mehr wert als dein Leben! Haltet ihn!«, brüllte der Graf von Espiel, und seine beiden Diener rannten zu Hernando. Einer riss ihm die Zügel aus der Hand, und der andere packte ihn am Arm.

Die Menschenmenge brach in Gejohle aus – endlich tat sich wieder etwas in der Arena. Sobald Hernando den festen Griff des Mannes spürte, ließ er den Hengst los und schrie kurz auf. Das Pferd erschrak, vollzog eine Kehrtwendung und riss dabei die beiden Diener um. Hernando nutzte die plötzliche Verwirrung und lief davon. Er sprang über eine der Tierleichen und rannte in Richtung der Plaza de la Paja. Als er an Don Diego vorbeikam, trieb dieser seine Lakaien mit einer Handbewegung an, ihm sofort zu folgen. Auf der Plaza de la Paja warf sich ein Büttel auf den von zwei Lakaien verfolgten Hernando – und hielt ihn fest. Etwas abgeschlagen folgten auch einige Diener des Grafen von Espiel.

»Was zum …?«, setzte der Büttel an.

»Lasst ihn los!«, forderte der eine Lakai und riss Hernando aus den Händen des Büttels.

»Diese Ganoven hier müsst ihr festnehmen!«, rief der andere Lakai und deutete auf die Diener des Grafen von Espiel. »Sie wollen den Mann hier umbringen!«

Der Vorwurf allein reichte, dass die am Platz wachhabenden Büttel sich den Bediensteten des Grafen von Espiel in den Weg stellten, und

Hernando konnte mit den beiden Lakaien des Oberstallmeisters ungehindert in Richtung der Plaza del Potro weiterziehen.

Inzwischen ritt der Graf von Espiel mit stolzgeschwellter Brust unter dem tosenden Applaus des Publikums über die Plaza de la Corredera.

»Schafft die Kadaver weg«, befahl Don Diego den Cuadrillas, die das Schauspiel von der Bretterwand aus beobachteten, und zeigte auf die Tierleichen. »Sonst schafft es dieser Schwachkopf nie, vom Platz zu reiten«, murmelte er belustigt zu den beiden Adligen, die neben ihm standen, »und wir sind noch die halbe Nacht hier.«

31

Nur wenige Tage vor den Stierkämpfen war Fatima zusammen mit Jalil – Benito für die Christen – auf dem Weg zum Gefängnis. Er war einer der beiden alten Männer, die zusammen mit Hamid der Moriskengemeinde in Córdoba vorstanden. Wie so oft brachten die beiden Essen für die Gefangenen und sprachen dabei über Hernando und seine Taten für die Gemeinde.

»Er ist ein guter Mann«, stellte Jalil fest. »Er ist jung, gesund und kräftig. Er sollte bald heiraten und eine Familie gründen.«

Fatima senkte den Blick und verlangsamte ihre Schritte.

»Es gibt eine Zukunft für euch beide«, flüsterte Jalil, der Fatimas Situation sehr wohl kannte.

»Was willst du damit sagen?« Fatima blieb stehen.

»Hat Aischa ihr Kind schon bekommen?«, fragte Jalil statt einer Antwort und forderte sie mit einer Geste auf weiterzugehen.

»Ja«, sagte Fatima. »Sie hat einen kräftigen Jungen zur Welt gebracht.« Ihre Stimme klang traurig. Córdoba hatte ihr Humam genommen und Aischa einen Sohn geschenkt. Jalil nickte.

»Du bist noch jung und stark. Das beweist du uns Tag für Tag. Du musst in Gott vertrauen.« Jalil schwieg eine Weile, ehe er weitersprach. »Als du Ibrahim geheiratet hast, war er da schon ein armer Mann?«

»Nein. Damals war er der Stellvertreter von Ibn Abbuh, dem König von al-Andalus. Er hatte alles, was er wollte. Bei meiner Hochzeit in Laujar ritt ich auf dem kostbarsten weißen Maultier der ganzen Alpujarras«, flüsterte sie, als eine Gruppe Passanten in Richtung Kathedrale verschwunden war.

Jalil nickte zufrieden. Dann blieb er vor dem Gefängnis stehen, wo bereits einige Angehörige der Gefangenen warteten.

»Wer sorgt für deinen Unterhalt?«, fragte Jalil.

»Das kann ich nicht genau sagen«, antwortete Fatima. »Ibrahim und Hernando geben Aischa ihren Lohn, damit sie das Geld für die Familie verwaltet.«

»Hernando gibt Aischa sein Geld?«, fragte Jalil nach.

»Ja, natürlich. Es ist zwar nur wenig, aber ohne ihn kämen wir nicht über die Runden. Ibrahim beschwert sich schon die ganze Zeit darüber.«

»Und jetzt, mit dem neuen Kind, denke ich, wird es noch schwieriger, nicht wahr?«

»Ja, und für Ibrahim gibt es nichts Wichtigeres als seinen neugeborenen Sohn. Seit langer Zeit hat er zum ersten Mal wieder gelächelt!« Fatima überlegte, ob Ibrahim überhaupt schon einmal aufrichtig gelächelt hatte. Eigentlich kannte sie nur sein spöttisches Grinsen. »Wenn er nicht über seinen kleinen Jungen spricht«, berichtete sie, »dann jammert er eigentlich nur über seinen Hungerlohn und die Feldarbeit.«

Jalil nickte wieder und lächelte.

»Ein Ehemann«, setzte er dann zu einer Erklärung an, »muss für den Unterhalt seiner Ehefrau aufkommen, für Essen und Trinken, für Kleidung, für Schuhe …« Der alte Mann blickte auf Fatimas Füße, die in eingerissenen, löchrigen Lederpantoffeln steckten, deren Korksohle nahezu abgelaufen war. »Außerdem muss er für eine angemessene Unterkunft sorgen. Wenn er das nicht kann, steht es der Ehefrau frei, die Scheidung zu verlangen.« Die junge Frau atmete tief ein, schloss die Augen und umklammerte das Brot für die Gefangenen. »Das ist nach unseren Gesetzen nur dann nicht möglich, wenn sie vor ihrer Heirat von seiner Armut wusste.«

»Wie bekomme ich meine Scheidung?«, platzte Fatima hoffnungsvoll heraus.

»Du musst zu einem Kadi gehen. Erkennt der Richter deine Gründe an, wird er Ibrahim eine Frist setzen, damit er seine Versäumnisse wiedergutmachen kann. Wenn ihm dies innerhalb von zwei Monaten gelingt, kann er zu dir zurückkommen. Wenn die Zeit aber ungenutzt verstreicht, verliert Ibrahim alle Rechte an dir, und du kannst eine Ehe mit einem anderen Mann eingehen.«

»Wer ist unser Richter?«

Der alte Mann überlegte.

»Hm. Eigentlich haben wir hier keinen echten Kadi. Ich würde allerdings sagen, dass Hamid oder Karim oder ich darüber bestimmen können.«

»Aber wenn wir keinen echten Kadi haben, wird Ibrahim sich weigern …«

»Nein. Ibrahim kann sich nicht nur dann auf unsere Gesetze berufen, wenn es ihm passt, und sie einfach ablehnen, wenn sie für ihn unangenehm sind. Er hat zwei Frauen, und das ist sein gutes Recht. Aber er muss sie auch versorgen können. Glaub mir, die Gemeinde ist auf deiner Seite, und mit ihr all unsere Sitten und Gesetze. Ibrahim kann nichts dagegen machen, weder bei uns noch bei den Christen. Schließlich bist du für sie mit Hernando verheiratet, oder?«

Fatima überlegte. Ja, aber was würde aus Aischa, wenn sie sich scheiden ließ? Und was, wenn … Jalil schwieg, überließ Fatima ganz ihren Gedanken und Gefühlen und bedeutete ihr schließlich weiterzugehen. Hernando hatte ganze Arbeit geleistet: Einer der Gefängniswärter stand schon bereit, um ihre mitgebrachten Speisen für die inhaftierten Morisken entgegenzunehmen. Fatima gab ihm gedankenverloren das Brot, ein paar Zwiebeln und ein Stück Käse. Dann trat sie wieder auf die Straße. Andererseits zeigte Ibrahim sich derzeit recht zufrieden mit seinem neuen Sohn. Aber wie lange würde dieser Zustand anhalten? Vielleicht bekam er ja noch mehr Kinder! Und wenn er die Kinder mit ihr wollte? Wenn er sie wieder … ? Als Ehemann war es sein gutes Recht.

»Jalil, ich will mich scheiden lassen«, sagte Fatima ernst.

Der alte Mann nickte und blieb stehen. Sie waren an der imposanten Puerta del Perdón angelangt – dem Eingang der Mezquita.

»In dieser Moschee musst du dem Kadi dein Anliegen vortragen.« Er zeigte auf das Gebäude und räusperte sich. »Fatima aus Terque, ich frage dich: Warum willst du dich von deinem Ehemann scheiden lassen?«

»Weil mein Ehemann, Ibrahim aus Juviles, nicht in der Lage ist, mich angemessen zu versorgen.«

Nachdem die Lakaien von Don Diego López de Haro mit Hernando gesprochen hatten und er erleichtert feststellte, dass ihn die Diener des Grafen von Espiel nicht mehr verfolgten, suchte der junge Mann das Gespräch mit Hamid. Sonntags war die Bordellgasse geschlossen, und der Alfaquí konnte sich auf der Calle del Potro frei bewegen. Alle Christen in Córdoba, der Bordellaufseher eingeschlossen, sowie die Mehrheit der Morisken waren auf der Plaza de la Corredera beim Stierkampf.

»Sie wollen, dass ich im königlichen Marstall von Córdoba arbeite«, berichtete der junge Mann nach ihrer Begrüßung. »Ich soll mich um die Pferde des Königs kümmern. Sie haben dort Hunderte Tiere. Sie züchten sie, und sie reiten sie zu, und sie brauchen Leute, die gut mit Pferden umgehen können.« Dann schilderte er Hamid den Vorfall mit dem Zuchthengst des Grafen. »Anscheinend ist Don Diego dabei auf mich aufmerksam geworden.«

»Ja, ich habe vom Marstall des Königs gehört«, bestätigte der Alfaquí. »Seit einigen Jahren lässt König Philipp dort eine neue Pferderasse züchten. Die Christen haben für die schweren, trägen Kriegspferde in Zeiten des Friedens keine Verwendung mehr. Nun ja, Spanien führt zwar noch einige Kriege in fernen Ländern, aber hier herrscht momentan Frieden. Du musst wissen, dass der Vater des Königs, Kaiser Karl, das Hofzeremoniell der Herzöge von Burgund übernommen hat und dass die Adligen kostbare Pferde brauchen, mit denen sie bei Ausritten, Festen, Turnieren oder Stierkämpfen protzen können. Deshalb will der spanische König hier in Córdoba das perfekte Pferd züchten. Der Neubau neben dem königlichen Alcázar beherbergt riesige Stallungen. Herzlichen Glückwunsch übrigens zu dem Angebot«, schloss der Gelehrte.

»Ich weiß nicht.« Hernando verzog das Gesicht. »Mir geht es doch gut. Ich kann machen, was ich will, und ich kann mich frei in der ganzen Stadt bewegen. Nur der Lohn ...« Don Diegos Lakaien hatten ihm zwanzig Reales im Monat und eine Unterkunft angeboten! »Wenn ich das Angebot annehme, kann ich mich nicht mehr um unsere Glaubensbrüder kümmern.«

»Tu es, mein Sohn«, sagte Hamid ruhig. »Es ist für uns sehr wichtig, dass wir gut bezahlte Arbeit bekommen, die mit Verantwortung verbunden ist. Jemand anderer wird deine bisherigen Aufgaben übernehmen. Und glaub bloß nicht, du könntest nichts mehr für uns tun! Je mehr unserer Brüder als Handwerker oder Händler arbeiten und nicht mehr als Handlanger auf dem Feld, desto mehr Geld können sie für unsere Sache verdienen. Jeder von uns ist so viel wertvoller als einer von diesen christlichen Ausbeutern. Lass diese Gelegenheit nicht verstreichen. Arbeite hart! Und führe das fort, was wir in den Alpujarras gemeinsam begonnen haben. Du musst wieder mehr lesen und schreiben – und mehr lernen! In ganz Spanien gibt es Männer, die sich darauf vorbereiten, dass wir ... wir Alten eines Tages nicht mehr da sein werden. Aber jemand muss dann unsere Aufgabe übernehmen. Wir dürfen nicht zulassen, dass unser Glaube in Vergessenheit gerät!« Hamid legte Hernando mitten auf der menschenleeren Calle del Potro die Hände auf die Schultern. »Wir dürfen nicht zulassen, dass sie uns noch einmal besiegen und dass unsere Kinder die Religion ihrer Vorfahren nicht mehr kennen!« Hamid sprach mit belegter Stimme. Hernando sah ihm tief in die Augen, die sich nun mit Tränen füllten. »Es gibt keinen Gott, außer Gott, und Mohammed ist der Gesandte Gottes. Er weiß, dass jeder Mensch wissen muss, dass es keinen Gott außer Gott gibt«, begann Hamid feierlich, als wäre ihr Glaubensbekenntnis ein Siegeslied.

Eine Träne rann über die Wange des alten Gelehrten.

»Er weiß«, setzte Hernando ein, »dass jeder Mensch wissen muss, dass es keinen Gott außer Gott gibt. Er schuf alle Dinge, die es auf der Welt gibt, das Große und das Kleine, den Thron und den Schemel, den Himmel und die Erde ...«

Als Hernando endete, umarmten sich die beiden Männer.

»Mein Sohn«, flüsterte Hamid, dessen Gesicht nun an Hernandos Schulter ruhte.

»Aber es gibt noch ein Problem«, wandte Hernando nach einiger Zeit ein. »Man hat mir eine Unterkunft angeboten. Fatima … Für die Christen ist sie meine Ehefrau, deshalb muss sie mit mir zusammenleben. Aber das ist unmöglich.«

»Nicht unbedingt.« Hamid löste sich aus der Umarmung. »Fatima hat vor ein paar Tagen die Scheidung von Ibrahim verlangt.«

»Davon hat sie mir nichts erzählt!«

»Wir haben im Ältestenrat darüber gesprochen, und wir haben sie darum gebeten, so lange nichts zu sagen, bis wir alles in die Wege geleitet haben – damit Ibrahim nichts davon erfährt.«

»Kann sie sich denn scheiden lassen?«, fragte Hernando erstaunt.

»Wenn das, was sie behauptet, wahr ist, kann sie es. Heute, als ganz Córdoba beim Stierkampf war, haben wir beschlossen, alles vorzubereiten. Wenn das Urteil zu Fatimas Gunsten ausfällt und Ibrahim nicht innerhalb von zwei Monaten genügend Geld auftreibt, um sie angemessen zu versorgen, ist sie frei.«

Fatima hatte von Jalil erfahren, dass der Ältestenrat am Sonntag des großen Stierkampfes zusammentreten würde, um über ihre Scheidung zu befinden. Hamid hatte Hernando gebeten, sich an diesem Abend nicht in der Wohnung der Familie aufzuhalten und die Nacht woanders zu verbringen.

Als Ibrahim am Nachmittag mit den Nachbarn aus dem Haus ging, um dem Spektakel beizuwohnen, blieben Fatima und Aischa mit dem Säugling zu Hause.

Der Junge hieß Gaspar, nach einem der beiden Altchristen, die der Pfarrer von San Nicolás vorschriftsgemäß als Taufpaten ausgewählt hatte. Weder Aischa noch Ibrahim hatten sich Gedanken über einen christlichen Vornamen gemacht und stimmten dem Vorschlag des Pfarrers zu. Sie hatten längst entschieden, ihren Sohn Shamir zu nennen.

Die Taufe kostete drei Maravedíes für den Pfarrer, einen Kuchen für den Sakristan und einige Eier als Geschenk für die beiden Paten, zudem das weiße Taufgewand aus Leinen, das in den Besitz der Kirche überging. Ibrahim hatte sich für diese Ausgaben Geld leihen müssen. Bevor die Taufzeremonie begann, vergewisserte sich der Pfarrer, dass Shamir nicht beschnitten war, und nach der Taufe säuberte Aischa dem Kleinen zu Hause den Kopf gründlich mit warmem Wasser, um ihn von der Salbung der Taufe zu reinigen.

Einige Nächte vor der christlichen Taufe hatte bereits eine andere Zeremonie stattgefunden: Sie hatten den Jungen gewaschen, in frische Kleider gehüllt und ihm Gebete ins Ohr geflüstert. Anschließend hatten sie ihn in Richtung der Qibla gehalten.

An diesem Sonntagnachmittag im März saßen die beiden Frauen im Patio zusammen. Fatima wiegte Shamir seit geraumer Zeit sanft hin und her. Sie sang ihm vor, lächelte ihn an und streichelte ihn. Aischa ließ sie gewähren.

»Was ist los mit dir?«, fragte Aischa schließlich, um das Schweigen zu brechen.

Fatima gab keine Antwort. Sie presste die Lippen zusammen, aber Aischa entging ihr plötzlich einsetzendes Zittern nicht.

»Mir kannst du es sagen, Fatima«, versuchte sie es noch einmal.

»Ich will mich von Ibrahim scheiden lassen«, gestand sie endlich.

Aischa atmete tief durch.

Die Blicke der beiden Frauen trafen sich. Plötzlich begann Aischa hemmungslos zu weinen, und auch Fatima wurde von ihren Gefühlen überwältigt.

»Endlich …« Aischa versuchte gegen die Tränen anzukämpfen. »Endlich werdet ihr flüchten. Ihr hättet das schon längst tun sollen, damals als Ibn Umayya starb.«

»Aber was geschieht jetzt?«

»Du wirst endlich glücklich sein!«

»Ich will damit sagen …«

»Ich weiß, was du sagen willst, meine Liebe. Mach dir um mich keine Sorgen.«

»Aber …«

Aischa streckte die Hand aus und legte ihre Finger sanft an die Lippen der jungen Frau.

»Fatima, ich freue mich für euch. Gott hat mich auf die Probe gestellt, und nach all dem Unglück hat er mich jetzt mit Shamir belohnt. Auch du hast genug gelitten und hast es verdient, wieder glücklich zu sein. Wir dürfen Gottes Willen nicht infrage stellen. Also genieße das, was Allah dir zugestanden hat.«

Aber was wird Ibrahim sagen? Fatima dachte mit Schrecken an den jähzornigen Maultiertreiber.

Am Sonntagabend besuchten die drei alten Männer Ibrahim in der Calle de Mucho Trigo.

Ibrahim stieß tausend Flüche aus, als ihm der Ältestenrat die Scheidungsabsichten seiner zweiten Frau mitteilte. Aischa und Fatima waren in eine Ecke des Zimmers geflüchtet.

»Was gibt euch das Recht, über meine Frau zu entscheiden?«

»Wir drei leiten diese Gemeinde«, erwiderte Jalil ruhig.

»Wer sagt das?«

»Im Moment diese drei hier«, stellte Karim – Mateo für die Christen – fest, und er zeigte zur Tür hinter sich.

Wie verabredet kamen auf einmal drei kräftige junge Morisken ins Zimmer und stellten sich hinter die alten Männer.

»Ibrahim, so weit muss es nicht kommen«, gab sich Hamid versöhnlich. »Du weißt genau, dass wir drei derzeit die Gemeinde leiten. Niemand hat uns gewählt, aber du sollst die Weisen ehren und die Alten achten. Das sind unsere Gesetze.«

»Was habt ihr vor?«

»Deine zweite Frau«, begann Jalil, »hat sich bei uns darüber beschwert, dass du sie nicht angemessen versorgst …«

»Wer kann das in dieser Stadt schon?«, schrie Ibrahim dazwischen. »Wenn ich noch meine Maultiere hätte … Die Christen beuten uns aus! Sie zahlen Hungerlöhne …«

»Ibrahim«, sprach Hamid ihn ruhig an, »sag nichts, solange du nicht weißt, wozu deine Aussagen führen können. Nach Fatimas Gesuch müssen wir ein Verfahren einleiten, und das haben wir getan. Wir sind hier, damit du Gelegenheit hast, deine Gründe vorzubringen, und damit wir die Zeugen anhören, die du benennst. Erst dann werden wir ein Urteil fällen.«

»Ha! Ich weiß genau, wie das aussehen wird. Du hast schon einmal ein Urteil gefällt! Erinnerst du dich? Damals in der Kirche von Juviles! Du wirst immer auf der Seite des Nazareners stehen!«

»Ich werde nicht selbst urteilen. Kein Richter kann ein Urteil fällen, wenn er um Dinge weiß, die sich vor dem Verfahren ereignet haben. Sei unbesorgt.«

»Ibrahim aus Juviles«, vermittelte Jalil, »deine zweite Frau Fatima hat sich darüber beklagt, dass du sie nicht richtig versorgst. Was kannst du mir dazu sagen?«

»Was ich dir dazu sagen kann? Dir?«, polterte Ibrahim los. »Einem Feigling aus dem Albaicín? Ihr habt eure Glaubensbrüder in den Alpujarras damals im Stich gelassen und verraten …«

»Ich habe dich nach deiner Frau gefragt«, entgegnete Jalil ruhig.

»Sag mal, hast du eine Frau? Kannst du sie ausreichend versorgen? Kann irgendjemand in dieser Stadt seine Frau angemessen über die Runden bringen?«

»Willst du damit sagen, dass du dazu nicht in der Lage bist?«, fragte Karim.

»Ich will damit sagen«, begann Ibrahim und suchte nach den geeigneten Worten, »dass niemand in Córdoba dazu fähig ist. Niemand!«

»Ist das alles, was du vorzubringen hast?«, fragte Jalil.

»Ja, ihr alle kennt unsere Lage. Was soll dieses Theater?«

Jalil und Karim berieten sich in Ruhe in einer Zimmerecke. Aischa suchte Fatimas Hand.

»Ibrahim aus Juviles«, begann Jalil schließlich die Urteilsverkündung, »wir alle kennen das Elend, das unser Volk leidet. Wir leiden darunter genauso wie du, und wir wissen, dass es allen schwerfällt, nicht nur für ihre Frauen zu sorgen, sondern noch dazu die Kinder zu kleiden und zu ernähren. Es stimmt, auch ich kann meiner Frau nicht den gleichen Wohlstand bieten wie in Granada. Dennoch gibt es in ganz Córdoba keinen einzigen Glaubensbruder, der wie du zwei Frauen hat. Du sagst selbst, dass niemand in dieser Stadt für seine Ehefrau sorgen kann. Aber wie soll sich jemand dann gleich um zwei Frauen kümmern können? Wir geben dir eine Frist von zwei Monaten, um dem Ältestenrat zu beweisen, dass du deine beiden Frauen ausreichend versorgen kannst. Wenn dir das nach Ablauf der Frist nicht gelingt und Fatima darauf besteht, wird sie von dir geschieden.«

Ibrahim erstarrte, als er das Urteil vernahm: Nur seine zusammengekniffenen Augen verrieten etwas von dem gewaltigen Zorn, der ihn innerlich zerriss. Da Hamid wusste, dass Ibrahim imstande war, Fatima eher umzubringen, als sie zurückzugeben, hatte er die beiden alten Männer vorab darum gebeten, ihr Urteil um einen Zusatz zu erweitern.

»In Anbetracht der besonderen Umstände – die Geburt deines Sohnes und dein geringer Lohn – erwarten wir nicht, dass du während der Wartezeit deine zweite Frau weiterhin versorgst. Davon sprechen wir dich frei. Fatima wird bis zum Ablauf der Frist in unserer Obhut leben.«

»Verdammter Hund!«, zischte Ibrahim in Richtung des Alfaquí.

»Fatima, komm mit uns«, forderte Jalil die junge Frau auf.

In dem Moment löste Aischa ihre Finger aus Fatimas nervöser Umklammerung. Die Handflächen der beiden Frauen waren kalt und verschwitzt. Fatima strich Aischa zum Abschied zärtlich über die Wange, als suche sie ein letztes Mal die Berührung ihrer Gefährtin, dann ging sie zu den alten Männern.

32

Hernando begab sich am frühen Morgen zum königlichen Marstall, dem Neubau auf dem Gelände des Alcázar de los Reyes Cristianos – dem ehemaligen Palast der christlichen Könige und jetzigen Sitz der Inquisition in Córdoba. Wie die übrigen Morisken umging Hernando wenn möglich das Stadtviertel San Bartolomé. Nicht nur, dass das Inquisitionsgericht und der Bischofspalast mit all den Geistlichen und Gehilfen der Inquisition das Straßenbild prägten, anders als in anderen Pfarrbezirken war hier zudem kein einziger freier Moriske registriert. Außerdem wurden hier auf königliches Geheiß nur besonders mutige, stolze und kräftige Männer angesiedelt, die zudem gute Armbrustschützen sein mussten – als eine Art städtische Miliz, die sich in ständiger Bereitschaft zur Verteidigung der Stadtmauer befand.

In der Nacht hatte Hernando Unterschlupf bei einem Wollkämmerer gefunden, dem er nach der Flucht in die Stadt der Kalifen eine Ehefrau vermittelt hatte – der Mann war mit Hernandos Hilfe dem Gefängnis entgangen. Die Eheleute bedankten sich mit einem festlichen Abendessen. Gegen Ende gesellte sich auch Karim zu ihnen. Fatima hatte er bei seiner Ehefrau gelassen, denn sie und Hernando durften sich während der zweimonatigen Frist, die man Ibrahim gewährt hatte, nicht sehen.

Aber was waren schon zwei Monate? Hernando lächelte noch am nächsten Morgen auf seinem Weg zum Marstall. Sein Glück wäre vollkommen … wenn er sich nicht solche Sorgen um Aischa machen müsste. Hernando hatte Karim am Vorabend noch nach Aischa gefragt, und

Karim hatte versucht, ihn zu beruhigen. Seine Mutter sehe der Situation gefasst entgegen, zudem stehe die Gemeinschaft auf ihrer Seite.

»Sieh zu, dass du so weitermachst«, hatte ihn der alte Mann bestärkt. »Hamid hat mir von deiner neuen Arbeit bei Don Diego und den Pferden erzählt. Wir brauchen Leute wie dich. Fang mit deiner Arbeit im Marstall an! Lern etwas dazu! Wir kümmern uns um alles andere.«

Karim hatte sich im Dunkel der kühlen Märznacht mit einem aufmunternden »Wir vertrauen dir!« verabschiedet ... Sie zählten auf ihn. Aber bei was? Hatten sie etwa eine neue Aufgabe für ihn?

Hernando spazierte über den Campo Real, dessen Boden wie immer mit Abfällen bedeckt war, und sah zum majestätischen Alcázar hinauf – die ehemalige Residenz der Katholischen Könige in Córdoba. Beim Anblick der vier Ecktürme der zinnenbewehrten Festungsmauern erstarrte er vor Ehrfurcht. Genau dort, hinter dem Alcázar, lag der königliche Marstall. Schon von Weitem nahm Hernando den Geruch der Pferde wahr. Dann hörte er die Rufe der Reitknechte und das Wiehern der Tiere. Er blieb am imposanten Eingangstor stehen.

Es stand offen, und die Geräusche und Gerüche wurden noch intensiver. Niemand bewachte den Eingang, und so ging Hernando nach kurzem Zögern hinein. Links von ihm öffnete sich ein Gebäudeflügel mit einem langen, breiten Mittelgang, an dessen Seiten sich zwischen Säulen die Pferdeboxen befanden.

Hernando bog in den Mittelgang und schnalzte einmal laut mit der Zunge, damit die beiden an massiven Metallringen festgebundenen Pferde zu seiner Rechten aufhörten, sich gegenseitig in die Hälse zu beißen.

»Das machen sie immer«, sagte plötzlich jemand hinter ihm. Hernando drehte sich um und zuckte zusammen, als der Mann, der ihn angesprochen hatte, laut mit der Zunge schnalzte. »Suchst du jemanden?«

Der Mann vor ihm wirkte groß und drahtig. Er war gut, aber nicht übertrieben gekleidet: Reitstiefel bis über die Knie, enge Hosen und ein helles Wams. Der Mann musterte ihn von Kopf bis Fuß und sah ihn wohlwollend an. Wie oft hatte Hernando das bislang in Córdoba erlebt? Er lächelte zurück.

»Ja«, antwortete er. »Ich suche den Lakaien von Don Diego … López?«

»De Haro«, ergänzte der Mann freundlich. »Wer bist du?«

»Hernando.«

»Hernando, und weiter?«

»Ruiz. Hernando Ruiz.«

»Also, Hernando Ruiz. Don Diego hat viele Lakaien, welchen von ihnen suchst du?«

Hernando zuckte mit der Schulter.

»Gestern, beim Stierkampf …«

»Ach, jetzt weiß ich Bescheid«, unterbrach ihn der Mann. »Du hast dem Grafen von Espiel den Hengst auf die Plaza de la Corredera gebracht, oder? Irgendwie kam mir dein Gesicht gleich bekannt vor«, sagte er noch, als Hernando nickte. »Du hättest dem Grafen nicht helfen sollen. Ich hätte ihn lieber zu Fuß vom Platz gehen sehen. Es ist kein Sieg, wenn der Stier das Pferd tötet, nur weil der Reiter vollkommen unfähig ist. Es war ein edles Tier«, murmelte er vor sich hin. »Eigentlich müsste ihm der König das Reiten verbieten, zumindest wenn ein Stier in der Nähe ist … oder eine Frau. Gut, aber jetzt weiß ich, wen du suchst. Komm mit.«

Sie verließen die Stallungen und gelangten in einen riesigen Innenhof. Hier waren drei Männer gerade dabei, die Pferde einzureiten: Zwei saßen auf stolzen Tieren, während der dritte – in dem Hernando Don Diegos Lakaien wiedererkannte – ein zweijähriges Pferd zwang, im Kreis um ihn herumzutraben. Es sollte dabei immer den Abstand einhalten, den der Führstrick zuließ.

»Das ist der, den du suchst«, sagte der Mann und zeigte auf den Lakaien. Hernando nickte. »José Velasco. Ich bin übrigens Rodrigo García.«

Hernando zögerte etwas, als er Rodrigos ausgestreckte Hand sah. Er war es nicht gewöhnt, dass Christen ihm die Hand reichten.

»Ich … ich bin Moriske«, sagte er schnell.

»Das weiß ich«, erwiderte dieser unbeeindruckt. »José hat es mir heute Morgen erzählt. Aber hier sind wir alle nur Reiter, Stallknechte, Schmiede, Zaumzeugmacher und so weiter. Die Pferde sind unsere Religion. Aber hüte dich davor, so etwas im Beisein eines Geistlichen oder gar eines Inquisitors zu sagen.«

Hernando gab Rodrigo die Hand und spürte, dass dessen Händedruck herzlich gemeint war.

Das im Kreis laufende Pferd war ins Schwitzen geraten, und José Velasco führte es zu einer Steinbank. Dann stellte er sich auf die Bank, und mithilfe eines Stallburschen, der das Tier hielt, saß er vorsichtig auf. Die anderen beiden Reiter unterbrachen ihre Arbeit.

»Das ist das erste Mal«, flüsterte Rodrigo so leise zu Hernando, als könnte ein normaler Tonfall ein Unglück heraufbeschwören.

Velasco hielt in der einen Hand eine lange Gerte, in der anderen lagen sowohl die Zügel als auch der Führstrick. Er wartete einige Sekunden ab, um zu sehen, wie das Jungtier reagierte, aber als es sich nicht rührte und angespannt auf der Stelle stehen blieb, sah er sich gezwungen, es sanft anzutreiben. Zuerst schnalzte er mit der Zunge, aber als es sich immer noch nicht bewegte, führte er die Hacken seiner sporenlosen Reitstiefel so weit nach hinten, dass er die Flanken des Pferdes streifte. In dem Moment wieherte das Tier jäh auf und buckelte kurz. Velasco konnte den Stoß geschickt abfangen, und das junge Pferd kam sofort wieder zum Stehen.

»Ja«, stellte Rodrigo fest. »Es ist gut erzogen.«

Und genauso war es. Beim zweiten Versuch war das Tier zwar immer noch scheu, aber es bockte nicht mehr. Velasco lenkte es nur über den sanften Zug am Führstrick und ohne jeden Schlag. Er musste ihm höchstens die Gerte neben den Kopf halten, um es in eine Richtung zu leiten. Dabei sprach er ruhig mit dem Tier und klopfte ihm den Hals.

Die etwa einhundert reinrassigen spanischen Pferde im königlichen Marstall waren vollkommene Tiere, auserwählte Nachkommen der etwa sechshundert Zuchtstuten, die unter Stein- und Korkeichen in der Umgebung von Córdoba weideten. Hamid hatte Hernando erklärt, dass der König die Zucht einer neuen Pferderasse 1567 in Auftrag gegeben hatte. Hierfür hatte er die besten eintausendzweihundert Stuten aus seinem gesamten Hoheitsgebiet erworben, aber nur die wenigsten Zuchtstuten konnten die gewünschten Qualitätskriterien erfüllen, und die Herde wurde halbiert. Außerdem wies der König an, die Erträge der Salinen für dieses Projekt aufzuwenden, also auch für den Bau des königlichen Marstalls in Córdoba und die Pacht oder den Kauf von Weidegebieten für die Stuten. Mit der Gesamtleitung des Vorhabens betraute er den Granden Don Diego López de Haro.

Die neue spanische Pferderasse sollte einen kleinen Kopf, wache Augen und einen biegsamen Hals haben, der am Nacken leicht gewölbt und am Ansatz zur Mähne kräftig war. Mähne und Schweif sollten lang und dicht sein, der Rücken kurz und wendig. Das Wichtigste an diesen wertvollen Pferden war aber ihre Anmut. Sie sollten in ihrer Bewegung graziös sein und die muskulösen Beine beim Galopp mit einer Eleganz und Leichtigkeit fliegen lassen, als würde keiner der Hufe die glühende andalusische Erde auch nur berühren. Die spanischen Pferde sollten stolz und edel sein – und vor allem sollten sie der Welt ihre Schönheit auch zeigen wollen.

In seinen sechs Jahren als Oberster Pferdezüchter suchte Don Diego López de Haro auf den Weidegebieten außerhalb von Córdoba nur die Fohlen aus, die all diesen hohen Anforderungen entsprachen. Der königliche Marstall setzte für die Weiterzucht nur auf vollendete Tiere. Immerhin beanspruchte der König für sie die Bezeichnung »spanische Rasse«.

José Velasco beauftragte Hernando mit der Versorgung der Jungtiere. Im März wurden die Einjährigen von den Weiden in die Stallungen der Stadt geholt und ersetzten die mittlerweile gezähmten Pferde, die zur Übergabe an König Philipp nach Madrid und zum königlichen Marstall von El Escorial gebracht wurden. Kein einziges Pferd der spanischen Rasse, das Don Diego für vollendet hielt, durfte verkauft werden. Sie waren allein für den König bestimmt – für seine Privatställe oder als Geschenke an andere Monarchen, Adlige oder Kirchenfürsten.

Bei ihrer Ankunft im Marstall waren die Jungtiere zunächst noch wild. Es gab viel zu tun, bis sie mit zwei Jahren an den Sattel gewöhnt und zum ersten Mal geritten wurden. Sie mussten zunächst ihre Scheu vor den Menschen verlieren, damit man sie putzen, aufzäumen und notfalls auch heilen konnte, und es dauerte einige Zeit, bis sie sich mit ihrem neuen Leben im Stall abgefunden hatten, wo sie an Eisenringen festgebunden waren und mit anderen Pferden auf engstem Raum beieinanderstanden. Sie mussten lernen, aus der Futterkrippe zu fressen und aus dem Trog zu trinken, sie mussten auf den Zug am Führstrick reagieren und das Sattelgewicht ertragen lernen, damit man schließlich auf ihnen reiten konnte. Für die jungen Pferde, die bislang auf den Weiden in Freiheit gelebt hatten, waren das alles neue Erfahrungen.

Hernando träumte davon, eines dieser großartigen Pferde selbst zu reiten, wurde aber schnell auf den Boden der Tatsachen zurückgeholt, als man ihm seine Aufgaben erklärte. Dafür ging für ihn aber ein anderer Traum in Erfüllung: Über den Stallungen im königlichen Marstall lagen die Räumlichkeiten für die Angestellten, und Hernando bekam eine großzügige Unterkunft mit zwei Zimmern zugewiesen. Lediglich die Küche musste er sich mit zwei anderen Familien teilen. Noch nie in seinem Leben hatte er so viel Platz für sich gehabt! Weder in Juviles und erst recht nicht in Córdoba. Hernando ging in diesen zwei Zimmern auf und ab. Das Mobiliar war einfach, zweckmäßig und in gutem Zustand. Es gab einen Tisch mit vier Stühlen, ein Bett mit Laken und Decke, eine kleine Kommode mit einer großen Wasserschüssel – endlich konnte er sich waschen! – und sogar eine Truhe. Er lächelte und ging zum großen Fenster mit Blick auf den Innenhof des Marstalls. Er sah, wie Rodrigo dort gerade einen Grauschimmel die gleiche Übung immer wiederholen ließ. Die Silbersporen des Reiters blitzten in der Märzsonne auf, als er sie dem Pferd in die Flanken stieß.

»Und wo ist eigentlich deine Frau?«, fragte der Verwalter, der Hernando durch die Zimmer geführt hatte. »In deinen Papieren steht, dass du verheiratet bist.«

Hernando hatte mit dieser Frage gerechnet.

»Sie kümmert sich im Moment um einen kranken Verwandten«, war seine Antwort. »Sie kann den armen Mann nicht im Stich lassen.«

»Aber ihr müsst euch«, riet ihm der Verwalter, »auf jeden Fall im Pfarrbezirk San Bartolomé als Einwohner registrieren lassen. Ich hoffe, dass es für deine Frau kein Problem ist, den armen Kranken wenigstens für diese kurze Zeit allein zu lassen.«

Diese Auflage traf Hernando unvorbereitet. Das könnte in der Tat ein Problem werden, denn noch war Fatima nicht seine Frau. Karim blieb unnachgiebig: Sie mussten die zweimonatige Frist abwarten, ohne sich zu sehen. Hernando verscheuchte schnell den Gedanken daran, was geschehen würde, wenn es Ibrahim doch gelang, ausreichend Geld aufzutreiben.

Es war spät geworden, also konnte er nicht einfach so in die Stadt zurückkehren. Ibrahim legte sich eine Ausrede zurecht, die er nachher am Stadttor vorbringen könnte. Während es langsam immer dunkler wurde, kauerte er im Gebüsch und beobachtete den Weg, der von der Venta de los Romanos durch die Puerta de Sevilla in die Stadt führte. Nur wenige und vor allem ausnahmslos bewaffnete Händlergruppen waren um diese Uhrzeit noch unterwegs. Ibrahim hatte sich von einem Morisken, der zusammen mit ihm auf dem Feld arbeitete, einen Faustdolch ausgeliehen.

»Aber pass gut darauf auf!«, hatte ihn der Mann gewarnt. »Wenn du damit erwischt wirst, nehmen sie dich fest und beschlagnahmen außerdem noch meinen Dolch.«

Die Waffe war leicht zu verstecken, und in der großen Menschenmenge, die am frühen Abend nach der Feldarbeit immer zurück nach Córdoba strömte, hatte er sie unbemerkt bis hierher schmuggeln können. Aber jetzt – nachts, allein und bewaffnet – vor dem Stadttor in der Dunkelheit zu hocken, war mehr als riskant.

Eine Händlergruppe nach der anderen zog an seinem Versteck vorbei. Er musste sich eingestehen, dass er es mit so vielen bewaffneten Männern kaum allein aufnehmen konnte.

»Den nächsten Unbewaffneten nehme ich mir vor«, sprach er sich Mut zu.

Er wollte sich gerade zwei Frauen, die mit ihren Gemüsekörben nach Córdoba eilten, in den Weg stellen, als er sah, dass sie an ihren Handgelenken und Knöcheln nicht einmal Schmuck aus Eisen trugen. Was sollte er schon mit einem Korb Gemüse anfangen?

Von den zwei Monaten, die ihm der Ältestenrat als Frist zugestanden hatte, war bereits mehr als die Hälfte verstrichen. Ibrahim hatte abgesehen von seinem Hungerlohn keinen einzigen Real verdient. Zudem musste er immer noch einen Teil der Schulden für Shamirs Taufe abbezahlen. Der Nazarener würde Fatima bekommen. Doch nicht einmal dieser quälende Gedanke flößte ihm den nötigen Mut ein, um ein halbes Duzend Christen zu überfallen.

Ibrahim wusste von Hernandos beruflichem Aufstieg. Aischa hatte ihm davon erzählt, und als sie merkte, dass ihr Mann nicht gewalttätig wurde, sondern sich vielmehr zurückzog, erschrak sie angesichts der Tragweite der Geschehnisse: Ibrahim würde Fatima verlieren. Wie demütigend musste es für ihn sein! Ibrahim, der ehemalige Stellvertreter von Aben Aboo! Und seinem Stiefsohn, den er immer verachtet hatte, ging es bestens – er hatte eine gut bezahlte Arbeit und nahm ihm zu allem Überfluss auch noch seine kostbare Fatima weg.

»Bitte doch die Monfíes in der Sierra Morena um Geld«, riet ihm am nächsten Morgen der befreundete Moriske, als Ibrahim ihm die Waffe zurückgab. »Die brauchen immer Männer, die sie über die Karawanen auf dem Laufenden halten, oder über die Santa Hermandad. Sie brauchen Spitzel und Kundschafter. Den Faustdolch habe ich übrigens von ihnen.«

»Und wo finde ich diese Monfíes?«, fragte Ibrahim nach. »Die Sierra Morena ist groß.«

»Glaub mir, wenn du erst einmal in den Bergen bist, werden sie dich finden«, antwortete der Mann. »Aber pass auf, dass ihnen nicht die Männer der Santa Hermandad zuvorkommen.«

Die Santa Hermandad von Córdoba bestand normalerweise aus zwei Bütteln und Einheiten mit je zwölf Männern. Sie ahndete solche Vergehen, die außerhalb der Stadtgrenzen begangen wurden: auf dem Land, in den Bergen und in Orten mit weniger als fünfzig Einwohnern. Sie war für ihre brutalen Schnellverfahren bekannt, und momentan verfolgte sie Aufständische wie Sobahet, der die Christen nach wie vor in Angst und Schrecken versetzte. Sobahet war ein besonders gewalttätiger Monfí-Anführer aus Valencia, der mit seinen Männern die Sierra Morena und die Gebiete im Norden von Córdoba unsicher machte. Ihm schlossen sich vor allem verzweifelte Sklaven oder Männer an, die vor ihrem Lehnsherrn geflohen waren.

Diese Aufständischen in den Bergen könnten Ibrahims letzte Rettung sein.

Am nächsten Morgen machten sich Ibrahim und Aischa mit Shamir auf den Weg. Sie kamen am Friedhof der Kirche Santa Marina vorbei, ließen den Malmuerta-Turm – ein Gefängnis ausschließlich für Adlige – links liegen und verließen die Stadt durch die Puerta del Colodro, das Stadttor in Richtung der Sierra Morena im Norden von Córdoba.

Ibrahim hatte Aischa befohlen, genügend Proviant und wärmende Kleidung für den anstrengenden Fußmarsch mitzunehmen. Sein Tonfall war so schneidend, dass sie gar nicht erst nach den Gründen gefragt hatte. Sie passierten die Puerta del Colodro zusammen mit den zahlreichen Arbeitern, die auf dem Weg zu den Feldern oder in den Schlachthof waren, und folgten dem Camino de las Ventas – dem Weg nach Adamuz, einem Ort nördlich von Montoro. In der Nähe von Montoro stießen sie auf vier aufgespießte Köpfe mit abgeschnittenen Zungen. Die Aufständischen konnten nicht weit sein.

Der Camino de las Ventas, der Weg der Gasthöfe, führte von Córdoba aus durch die Sierra Morena bis nach Toledo. Am Wegrand lagen zahlreiche Gasthöfe und Schenken, und Ibrahim zog es deshalb vor, abseits dieser wichtigen Handelsroute oder sogar querfeldein zu reisen. Dennoch hatten sie schon bald ihre erste Begegnung mit der

Santa Hermandad. Kurz vor Alcolea war an einem Pfosten der bereits verweste und von Pfeilen durchbohrte Leichnam eines Mannes angebunden – er diente den Aasfressern als Speise und sollte die Bewohner immer daran erinnern, wie ein Todesurteil der Santa Hermandad aussah! Ibrahim beherzigte diese Warnungen und zwang Aischa, einen noch unwegsameren Pfad zu nehmen. Statt dem Weg über die Ausläufer der Sierra Morena zu folgen, ging es nun direkt in die Berge. Der ehemalige Maultiertreiber fand sich mühelos zwischen Korkeichen und Schluchten und auf den kleinen Bergpfaden zurecht, die sonst nur Ziegenhirten und Ortskundige benutzten.

Ibrahim und Aischa, die mit dem Säugling auf dem Rücken schweigend hinter ihrem Ehemann ging, brauchten den ganzen Tag für den Weg bis Adamuz. Sie schlugen ihr Nachtlager unter freiem Himmel auf, verborgen vor Reisenden und der Santa Hermandad.

»Warum fliehen wir aus Córdoba?«, fragte Aischa irgendwann und reichte Ibrahim einen Kanten Brot. »Wohin gehen wir?«

»Wir sind nicht auf der Flucht«, antwortete ihr Mann.

Damit war das Gespräch beendet, und Aischa kümmerte sich um ihr Kind. Sie wagten weder ein Feuer zu entfachen noch einzuschlafen. Sie lauschten angespannt dem entfernten Heulen der Wölfe, dem nahen Grunzen von Wildschweinen und anderen Geräuschen – wahrscheinlich Bären. Aischa drückte Shamir ängstlich an sich. Ibrahim hingegen schien glücklich: Er betrachtete den Mond, ließ den Blick über die schroffe Landschaft schweifen und erinnerte sich an das Leben, das er vor seiner Vertreibung geführt hatte.

Im Morgengrauen waren sie plötzlich von Aufständischen umringt. Die Monfíes waren auf dem Camino de las Ventas unterwegs und spähten jeden Reisenden aus, der nicht für Schutz gesorgt hatte. Die Männer, immer auf der Hut vor Einheiten der Santa Hermandad, hatten die kleine Familie bereits am Vortag entdeckt, ihr aber keine weitere Beachtung geschenkt: Ein Mann und eine Frau mit Kleinkind und ohne Gepäck waren keine interessante Beute. Dennoch wollten sie wissen, was die drei in den Bergen verloren hatten.

»Wer seid ihr, und was macht ihr hier?«

Ibrahim und Aischa frühstückten gerade. Sie hatten die Männer nicht einmal kommen hören. Plötzlich standen die Aufständischen mit Schwertern und Dolchen bewaffnet vor ihnen.

»Ich bin Ibrahim aus Juviles.« Der Monfí nickte, er kannte den Ort. »Das sind mein Sohn und meine Frau. Ich bin hier, um Sobahet zu treffen.«

Aischa sah ihren Mann überrascht an. Was hatte Ibrahim vor? Plötzlich hatte sie eine fürchterliche Vorahnung, ihr Magen zog sich zusammen. Shamir spürte die Beklemmung seiner Mutter und begann zu weinen.

»Warum möchtest du Sobahet treffen?«, fragte der andere Monfí.

»Das ist meine Sache.«

Sofort griffen die beiden Männer zu ihren Waffen.

»In den Bergen ist das durchaus auch unsere Sache«, erwiderte einer der beiden. »Es steht dir nicht zu, Forderungen …«

»Ich möchte ihm meine Dienste anbieten«, sagte Ibrahim schnell.

»Und was ist mit deiner Frau und dem Kind?«

Shamir begann zu brüllen.

»Sorg endlich dafür, dass er das Maul hält, Weib!«, herrschte Ibrahim seine Frau an.

Die Monfíes tauschten fragende Blicke aus und zuckten kurz mit den Schultern.

»Folgt uns!«

Sie stiegen gemeinsam über die Bergpfade. Aischa folgte ihnen und versuchte, Shamir zu beruhigen. Ibrahim wollte dem Monfí seine Dienste anbieten. Natürlich, er brauchte Geld, um Fatima wiederzubekommen. Aber warum hatte er sie beide mitgenommen? Wozu brauchte er den kleinen Shamir? Aischa zitterte. Ihre Beine versagten. Sie fiel mit dem Jungen auf den felsigen Boden, stand wieder auf und schleppte sich weiter. Keiner der Männer half ihr, und Shamir weinte ununterbrochen.

Sie erreichten eine kleine Lichtung, in der die Aufständischen ihr Lager aufgeschlagen hatten. Allerdings gab es weder Zelte noch Hütten –

nur Decken, die um ein Feuer herum ausgebreitet waren. Ein großer Mann mit buschigen Augenbrauen und einem struppigen schwarzen Vollbart lehnte an einem Baum und hörte sich die Erklärungen der beiden Sklaven an. Es war Sobahet. Er musterte Ibrahim aus der Ferne, dann ließ er ihn zu sich kommen.

Etwa ein halbes Dutzend Männer räumte das Lager auf. Sie alle hatten Brandzeichen im Gesicht und waren in Lumpen gekleidet. Einige beobachteten die Neuankömmlinge verstohlen, andere verschlangen Aischa mit lüsternen Blicken.

»Sag sofort, was du von mir willst, sonst …«, drohte der Anführer, noch bevor Ibrahim am Baum angelangt war.

»Ich brauche Geld«, antwortete Ibrahim ohne Umschweife.

Sobahet grinste.

»Alle Morisken brauchen Geld.«

»Aber wie viele Morisken fliehen aus Córdoba in die Sierra Morena, um nach dir zu suchen?«

Der Monfí dachte nach.

»Die Christen haben eine hohe Belohnung auf mich und meine Männer ausgesetzt. Wer sagt mir, dass du kein Verräter bist?«

»Hier hast du meine Frau und meinen Jungen«, sagte Ibrahim und zeigte zu Aischa. »Ich gebe sie dir als Pfand.«

»Und was haben wir davon?«, fragte Sobahet.

»Ich bin Maultiertreiber, habe am Aufstand teilgenommen und war Stellvertreter von Ibn Abbuh. Ich kenne mich mit Tieren aus, ich brauche nur einen Blick auf ihr Zaumzeug oder ihre Packtaschen zu werfen, und dann weiß ich, was sie geladen haben oder ob ihnen etwas fehlt. Egal, wie gefährlich die Gegend ist, ich komme bei Tag und bei Nacht mit einer Maultierkolonne …«

»Wir haben schon einen Maultiertreiber, meinen Stellvertreter und Vertrauensmann«, unterbrach Sobahet ihn. Ibrahim sah zu den Sklaven. »Nein. Es ist keiner von ihnen. Er kommt noch. Wir haben uns durchaus überlegt, ob wir uns ein paar Tiere beschaffen, aber wir müssen uns so schnell fortbewegen, dass die lahmen Maultiere unsere Streifzüge nur behindern würden.«

»Mit guten Lasttieren bin ich genauso schnell wie deine Männer, auch in Gegenden, die sonst kein Mensch betritt. Schaff dir Maultiere an, und du vergrößerst deinen Gewinn.«

»Nein.« Der Monfí winkte ab, um das Gespräch zu beenden.

»Lass es mich beweisen!«, beharrte Ibrahim. »Du gehst dabei kein Risiko ein!«

»Doch, wenn wir dir unsere Beute überlassen, tun wir das durchaus. Was ist, wenn du mit deinen Maultieren zurückfällst? Dann müssten wir auf dich warten und unser Leben aufs Spiel setzen … oder dir vertrauen.«

»Ich werde euch nicht enttäuschen.«

»Das habe ich schon zu oft gehört«, sagte Sobahet und verzog das Gesicht.

»Ich könnte euch auch als Spitzel …«

»Ich habe schon genug Kundschafter in Córdoba. Ich erfahre alles, ich weiß von jeder Karawane, die auf dem Camino de las Ventas unterwegs ist. Wenn du dich meinem Trupp anschließen willst, werde ich dich auf die Probe stellen, wie alle anderen auch. Das ist alles, was ich dir anbieten kann.« In dem Moment tauchte eine weitere Gruppe Aufständischer zwischen den Bäumen auf. »Los, wir ziehen weiter«, rief Sobahet. »Überleg es dir, und komm mit uns, wenn du willst. Aber ohne deine Frau und deinen Sohn.«

»Was hat diese Hure hier verloren?«, brüllte einer der soeben angekommenen Männer.

Ubaid! Aischa stand wie gelähmt vor dem Maultiertreiber aus Narila, der gerade die Lichtung betreten hatte. In der plötzlichen Stille nach dieser Beleidigung sah Ubaid zu Ibrahim.

Die beiden Maultiertreiber warfen sich hasserfüllte Blicke zu.

»Jetzt fehlt nur noch der dreckige Nazarener, und meine kühnsten Träume sind erfüllt«, höhnte der Einarmige. »Das ist der Mann, von dem ich dir so oft erzählt habe. Das ist der Mann, der mir die Hand abgehackt hat.«

»Dann gehört er dir. Er und seine Familie«, murmelte Sobahet mit Blick auf Aischa und das Kind. »Aber beeil dich. Wir müssen los.«

»Schade, dass der Nazarener nicht da ist. Hackt ihm die Hand ab«, befahl Ubaid. »Ihm und seinem Jungen. Damit seine Nachkommen sich für immer daran erinnern, warum Ubaid aus Narila ›der Einarmige‹ genannt wird.«

Sogleich packten zwei Männer Ibrahim. Aischa schrie auf und umklammerte Shamir, als die Männer auf sie zukamen. Der Junge brüllte wieder, und während sich Aischa schützend über den Kleinen auf die Erde warf, zwangen zwei Aufständische Ibrahim in die Knie. Er schrie und fluchte, versuchte um sich zu schlagen. Da packten sie seinen Arm, drückten die rechte Hand auf den Boden und ein Dritter holte mit seinem Schwert aus – und durchtrennte das Handgelenk. Dann schleiften sie Ibrahim, der entgeistert seiner abgehackten Hand nachsah, sofort zum Lagerfeuer und pressten den Armstumpf in die Glut, um die Wunde zu schließen. Ibrahims Schmerzensschreie, Aischas Jammern und Shamirs Weinen wurden zu einem einzigen Aufschrei, als die Männer der Mutter das Kind entrissen.

Aischa stürzte ihnen nach und warf sich Ubaid zu Füßen.

»Ich bin die Mutter des Nazareners!«, schrie sie »Überleg doch, was Hernando am meisten wehtun würde! Bring mich um, bitte, aber lass meinen Kleinen am Leben! Es ist doch nicht seine Schuld!«

Die Monfíes, die das Kind hielten, blieben stehen und sahen Ubaid fragend an. Der Maultiertreiber von Narila zögerte einen Augenblick.

»Einverstanden. Lasst den Jungen am Leben und tötet sie. Und du«, sagte er zu Ibrahim, der sich vor Schmerzen auf der Erde krümmte, »du wirst dem Nazarener ihren Kopf überbringen. Dann kannst du ihm auch ausrichten, dass ich hier gern das erledigen würde, was ich in den Alpujarras schon hätte tun sollen.«

Ubaid wandte sich von der flehenden Frau am Boden ab. Er beauftragte einen der Sklaven, sie umzubringen, und der Monfí kam mit einem großen Schwert auf sie zu.

»Es gibt keinen Gott außer Gott, und Mohammed ist der Gesandte Gottes«, rezitierte Aischa mit geschlossenen Augen.

Als der Sklave das Glaubensbekenntnis hörte, senkte er das Schwert. Ubaid führte die Finger seiner linken Hand nervös an den Nasenrücken. Sobahet blickte fragend zu ihnen. Sogar Shamir war plötzlich ruhig. Dann sah sich der Sklave Hilfe suchend um. Sie waren doch keine Mörder! Sie waren Färber, Händler oder Silberschmiede aus Granada. Sie hatten sich den Aufständischen in den Bergen angeschlossen, um der Sklaverei zu entrinnen und weil sie die ungerechte Behandlung nicht länger ertrugen. Kämpfen? Ja. Christen töten? Ja! Aber eine Muslimin, die sich für ihren Sohn opferte …

Sobahet und Ubaid sahen sich an. Der Blick des Anführers schien zu besagen, dass man das nicht von den Männern verlangen konnte.

»Ach was, nimm deinen Jungen und deinen Mann, und verschwinde. Du bist frei. Ich lasse dir dein Leben, aber deinen anderen Sohn werde ich eines Tages umbringen.«

Aischa öffnete die Augen. Sie sah keinen der Männer an, stand zitternd auf und ging zu dem Mann, der Shamir auf dem Arm hatte. Der überreichte ihr wortlos das Kind. Dann trat sie zu Ibrahim, der zusammengesunken neben der Glut hockte. Sie blickte ihn kalt an und spuckte ihm vor die Füße.

»Verdammter Hund!«

In Tränen aufgelöst verließ sie die Lichtung – auch wenn sie nicht wusste, wohin sie gehen sollte.

»Zeig ihr, wie sie zum Camino de las Ventas kommt«, befahl Sobahet einem seiner Männer, als Aischa auf die unwegsamen Pfade in die Berge zusteuerte.

33

Hernando übergab Rodrigo einen prächtigen Dreijährigen mit auffälligen dunkelbraunen Flecken auf dem ansonsten schneeweißen Fell. Sobald die Pferde eingeritten waren und sich an die Enge des königlichen Marstalls gewöhnt hatten, wurden sie an andere Umgebungen herangeführt: Sie mussten das freie Feld kennenlernen, durch Flüsse waten und über Bachläufe springen, auf engen Wegen galoppieren und beim geringsten Zug am Zügel stehen bleiben. Auch die Stadt war vollkommen neu für sie: Sie mussten neben einer Schmiede stehen und den Lärm der donnernden Schläge auf das Eisen ertragen. Sie mussten durch Menschenmengen traben und durften weder vor flatternden Fahnen noch vor den frei herumlaufenden Hunden, Hühnern und Schweinen erschrecken. Sie mussten laute Musik und Fanfarenstöße aushalten. Was würde aus dem Tier, ganz zu schweigen von seinem Bereiter, wenn der König oder einer seiner Familienangehörigen, Bekannten oder Hausgeistlichen vom Pferd fiel, nur weil es beim hohen Klang der Pikkoloflöten, dem Donnern der Pauken einer Militärparade oder bei den Jubelrufen der Untertanen erschrak und sich aufbäumte?

An diesem Morgen brachen Rodrigo auf dem Gescheckten und Hernando zu Fuß in die Innenstadt auf, um das hitzige Jungtier all den neuen Reizen auszusetzen.

»Ich habe gesehen, wie du im Stall arbeitest und wie du mit den Pferden umgehst. Und ich muss sagen: Es gefällt mir«, sagte der Reiter, ehe er den Fuß in den Steigbügel setzte. »Heute werde ich sehen, ob du wirklich dieses besondere Gespür hast, von dem Don Diego gesprochen hat. Das Tier ist noch sehr jung, es wird immer wieder erschrecken. Dann musst du eingreifen und für die jeweilige Situation den richtigen Umgang mit dem Pferd herausfinden. Hast du verstanden, was ich meine?«

Hernando hielt eine lange, biegsame Gerte in der Hand und nickte.

»Wenn es mich abwirft«, erklärte Rodrigo weiter und machte es sich im Sattel bequem, »was bei diesen ersten Ausritten in die Stadt nicht selten vorkommt, kümmerst du dich um das Pferd. Was auch immer geschieht, egal, ob ich gegen eine Mauer geschleudert werde, das Pferd eine alte Frau niedertrampelt oder ein ganzes Geschäft zerstört, du musst verhindern, dass es flüchtet. Das Pferd darf keinen Schaden nehmen. Und noch etwas: Niemand, wirklich niemand – kein Corregidor, Büttel, Richter, Jurado oder Veinticuatro von Córdoba – hat das Recht, über die Pferde des Königs oder das Personal des königlichen Marstalls zu bestimmen. Deine Aufgabe besteht einzig und allein darin, dieses Pferd zu beschützen. Auch wenn mir etwas zustößt, bringst du das Tier unversehrt in den Stall zurück – egal, was passiert oder was man dir befehlen will.«

Hernando trat neben dem Reiter aus den Stallungen. Sobald das Tier einen Huf vor den Marstall gesetzt hatte, gab ihm Rodrigo kräftig die Sporen, damit es gar nicht erst über die vielen Menschen, die über den Campo Real gingen, und die unbekannten Gebäude staunen konnte. Das Jungtier sprang ins Freie, und Hernando hinterher. Ein aufregender Morgen begann. Der Reiter jagte den Gescheckten im Galopp durch die engen Gassen, preschte durch Menschenmengen und suchte Orte und Situationen, die das Tier besonders überraschen könnten. Hernando immer hinterdrein. Rodrigos Erfahrung und Mut machten das Einschreiten seines Helfers fast unnötig.

Nur einmal musste Hernando eingreifen. Rodrigo ließ das Pferd zu einem der vielen Schweine traben, die durch die Straßen liefen. Der imposante Eber ging sofort auf das Pferd los und zeigte seine Hauer. Im gleichen Moment machte der Gescheckte erschrocken kehrt, bäumte sich auf und warf seinen Reiter ab. Aber bevor das Pferd vor dem Schwein flüchten konnte, schlug Hernando ihm mit der Gerte auf die Flanken und zwang es, so lange vor dem Eber stehen zu bleiben, bis Rodrigo im Sattel saß und die Führung übernehmen konnte.

Als sie wieder beim Marstall angekommen waren, war Hernando genauso verschwitzt und außer Atem wie das junge Pferd.

»Gut gemacht«, lobte Rodrigo beide und lachte. Er saß ab und übergab Hernando das Pferd. »Morgen machen wir den nächsten Ausflug.«

Hernando führte den Gescheckten am Zügel zu den Ställen und übergab ihn dort einem Stallburschen. Er wollte gerade weitergehen, als ihn ein Schmied, den er schon öfter im Marstall gesehen hatte, zu sich rief.

»He, du da, hilf mir. Halt das!«, forderte er ihn auf. Der Schmied, ein Mann mit sehr dunkler Haut, kontrollierte gerade die Hufe eines der Pferde und deutete auf einen der Hinterläufe, den Hernando halten sollte. Der Schmied kratzte den Huf mit einem Messer aus. »Ich habe eine Nachricht für dich«, flüsterte er, ohne seine Arbeit zu unterbrechen. »Man hat deine Mutter ins Gefängnis gebracht.« Hernando hätte vor Schreck beinah den Hinterlauf losgelassen. Das Tier wurde unruhig.

»Woher … woher weißt du das? Was ist passiert?«, flüsterte Hernando.

»Die alten Männer schicken mich.« Am ehrfürchtigen Tonfall, mit dem er vom Ältestenrat sprach, erkannte Hernando, dass der Mann ein Glaubensbruder war. »Die Santa Hermandad hat sie auf dem Camino de las Ventas festgenommen, als sie mit dem Kleinen nach Córdoba zurückkehrte. Sie hatte keine Erlaubnis, die Stadt zu verlassen, und nun sitzt sie zur Strafe sechzig Tage im Gefängnis.«

»Aber was hat sie denn auf dem Camino de las Ventas verloren?«

»Dein Stiefvater ist verschwunden. Deine Mutter hat vor dem Büttel angegeben, dass ihr Mann sie zwang, mit dem Kind aus Córdoba zu flüchten. Sie konnte ihn aber überlisten und zurückkehren. Sie haben mir gesagt, dass es ihr gut geht und dass du dir keine Sorgen machen musst. Sie haben ihr eine Decke besorgt und Kleidung für den Jungen. Außerdem bringen sie ihr zu essen.«

»Und meine …? Weißt du etwas von Fatima?« Wenn Ibrahim geflohen war …

»Fatima ist immer noch bei Karim«, antwortete der Schmied so selbstverständlich, als würde er ihre Geschichte kennen.

Ibrahim war geflohen und hatte Fatima in Córdoba zurückgelassen! Wie viel Zeit blieb noch, bis die Frist verstrichen war? Zwei Wochen? Drei?

»Wer bist du?«, fragte Hernando neugierig, als der Schmied fertig war und ihm bedeutete, das Pferdebein wieder abzusetzen.

»Ich heiße Jerónimo Carvajal«, antwortete der Mann und stand auf.

»Woher kommst du? Wann…?«

Statt einer Antwort führte der Schmied nur eine Hand an den Rücken und verzog das Gesicht vor Schmerzen.

»Die Arbeit hier bringt mich noch um. Komm mit.«

Er packte sein Werkzeug zusammen und ging mit Hernando zum Ausgang der Stallungen. Sie passierten die Eingangshalle mit der kleinen Schreibstube des Marstalls, wo sie den Adjutanten des Oberstallmeisters und einen Schreiber antrafen.

»Ramón«, rief Jerónimo dem Adjutanten zu, »ich brauche noch Material. Ich nehme den Neuen mit.«

Ramón, der neben dem Schreiber stand, nickte abwesend und hob nicht einmal den Blick von dem Schriftstück. Schließlich gelangten Jerónimo und Hernando auf die Straße.

»Ich komme aus Oran, und eigentlich heiße ich Abbas«, kam Jerónimo Hernandos Fragen zuvor, sobald sie den Marstall hinter sich gelassen hatten. »Ich kam nach Córdoba, um in den Ställen eines Adligen zu arbeiten. Danach hat mich Don Diego für den Marstall in Dienst genommen.«

Sie kamen am Bischofspalast vorbei und gingen an der Rückseite der Mezquita entlang. Hernando betrachtete Abbas genau: Seine afrikanische Herkunft erkannte man an der Hautfarbe, sie war dunkler als die der spanischen Morisken, die man auch mit Christen verwechseln konnte. Er war etwas größer als Hernando und hatte einen gedrungenen Brustkorb und kräftige Arme, eben die Statur eines Schmiedes, der gewöhnlich auf dem Amboss hämmerte und Pferde beschlug. Sein pechschwarzes Haar war noch dicht, seine Augen dunkel, und seine etwas knollige Nase war vielleicht einmal gebrochen worden.

»Was werden wir einkaufen?«, fragte Hernando.

»Nichts. Aber wenn sie dich im Stall danach fragen, dann sag ihnen, dass wir Material gesucht haben, ich aber nichts gefunden habe.«

Sie waren mittlerweile an der Ecke der Calle del Sol angekommen, die bis zur Puerta del Perdón um die Mezquita führte.

»Könnten wir dann vielleicht …?«, begann Hernando.

»Du meinst das Gefängnis?«, fragte Abbas zurück.

»Ja. Ich würde gern meine Mutter besuchen. Ich kenne den Kerkermeister«, beschwichtigte er den Schmied, der ihn zweifelnd ansah. »Das geht in Ordnung. Ich muss unbedingt mit ihr reden.«

Abbas gab schließlich nach, und sie bogen in die Calle del Sol ein.

»Ich muss dir aber noch etwas anderes sagen«, flüsterte er. »Ich verstehe, dass du deine Mutter sehen willst, aber beeile dich.«

»Worüber willst du mit mir sprechen?«

»Später«, erwiderte Abbas.

Hernando mischte sich unter die Besucher, die im Gefängnis ein und aus gingen, bis er auf den Gefängniswärter stieß. Abbas wartete draußen. Hernando begrüßte den Wärter und fragte nach dem Kerkermeister, der sogleich im Innenhof erschien.

Der dicke und ohnehin ungepflegte Kerkermeister stank heute nach Fäkalien. Hernando wollte gerade zur Seite treten, als ihm der Mann seine völlig verkotete rechte Hand reichte.

»Ist wieder einer in die Latrine geflüchtet?«, fragte Hernando anstelle eines Grußes. Er holte tief Luft und gab seinem Gegenüber die Hand.

»Ja«, bestätigte der Kerkermeister. »Er ist zur Galeere verurteilt, und jetzt hat er sich schon zum dritten Mal in der Scheiße gewälzt, damit wir ihn nicht wegschicken.« Das war eine bekannte Strategie der Gefangenen, die aus der Haft ihrer eigentlichen Strafe zugeführt werden sollten. Sie versteckten sich in den Latrinen und wälzten sich dort am Boden in den Exkrementen. So wollte sie kein Büttel anfassen, aber vermutlich waren drei Mal zu viel, und in dem Fall kam der Kerker-

meister persönlich, um den Häftling seiner Galeerenstrafe zuzuführen.
»Ich dachte, du würdest nicht mehr kommen«, sagte der Kerkermeister und beendete endlich den Händedruck.

»Das stimmt auch, mein Herr. Aber diesmal bin ich in eigener Sache hier.« Die Augen seines Gegenübers blitzten neugierig auf. »Die Santa Hermandad hat eine Frau und ihr Kind verhaftet.« Der Kerkermeister tat so, als müsste er überlegen. »Sie heißt Aischa, also, María Ruiz.«

»Ich weiß nicht«, begann der Mann und rieb Daumen und Zeigefinger aneinander, um die übliche Bezahlung einzufordern.

»Mein Freund«, widersprach Hernando, »die Frau ist meine Mutter.«

»Deine Mutter? Und was hatte deine Mutter auf dem Camino de las Ventas verloren?«

»Wie ich sehe, könnt Ihr Euch an sie erinnern. Das wüsste ich übrigens auch gern: Ja, was hat sie dort gemacht? Und seid unbesorgt, ich werde mich erkenntlich zeigen.«

»Warte hier.«

Der Mann ging zu einer der Zellen. Da führten die übel gelaunten, fluchenden Büttel den von Kopf bis Fuß mit Kot verschmierten Galeerensträfling heraus. Der Sträfling lachte, die Gefangenen aus den Zellen jubelten ihm zu, und die Besucher im Innenhof traten angeekelt zur Seite. Hernando sah ihnen nach, bis sie das Gebäude verlassen hatten, und als er wieder in den Hof blickte, stand Aischa vor ihm. Shamir war in der Obhut einer anderen Gefangenen.

»Mutter …«

»Hernando«, flüsterte Aischa gerührt.

»Können wir einen Moment allein sein?«, fragte Hernando den Kerkermeister.

Der Mann führte sie in einen kleinen, fensterlosen Raum neben der Wachstube, der als Lager genutzt wurde.

»Was hast du …?«, fragte er, sobald sich die Tür hinter ihnen geschlossen hatte.

»Komm her, mein Sohn«, unterbrach ihn Aischa.

Er betrachtete seine Mutter, die ihm mit offenen Armen gegenüberstand, als wagte sie es nicht, bei ihm Zuflucht zu suchen. Noch nie hatte sie diese Bitte geäußert! Eine Sekunde lang erinnerte Hernando sich an Juviles und daran, wie sie dort jegliche Liebesbeweise aus Angst vor Ibrahim unterdrücken musste, und jetzt … Er nahm sie in die Arme. Aischa wiegte ihn und summte eines der alten Lieder aus seiner Kindheit, dabei versagte ihr immer wieder die Stimme.

»Was hast du auf dem Camino de las Ventas gemacht, Mutter?«, fragte er mit belegter Stimme.

Aischa berichtete ihm von der Flucht in die Berge und von ihrer Begegnung mit den Aufständischen und mit Ubaid, davon, wie der Monfí seinem Stiefvater die Hand abhackte und wie er ihr und Shamir das Leben schenkte.

»Ich habe ihn angespuckt und beleidigt«, gestand sie zitternd. Sie konnte es immer noch nicht fassen, dass sie ihren Ehemann in diesem Zustand in der Sierra Morena im Stich gelassen hatte.

Hernando hätte am liebsten laut losgelacht. Dieser elende Ibrahim! Endlich hatte sich seine Mutter gegen ihn aufgelehnt. Aber etwas in seinem Inneren hielt ihn davon ab.

»Er hat sein Schicksal selbst gewählt«, sagte er nur.

Aischa zitterte und nickte fast unmerklich.

»Ubaid will dich umbringen«, warnte sie ihren Sohn. »Er ist gefährlich. Er ist der Stellvertreter eines der Monfí-Anführer in den Bergen und …«

»Mach dir keine Sorgen, Mutter«, unterbrach er sie nicht sonderlich überzeugt. »Er wird niemals nach Córdoba kommen. Du darfst jetzt nur an dich und an den Jungen denken. Wie behandeln sie euch hier?«

»Niemand belästigt uns … und wir haben zu essen.«

Abbas akzeptierte Hernandos Schweigen, als sie wieder nebeneinander gingen. Der Abschied im Gefängnis hatte sich hingezogen: Aischa schluchzte und schien ihren Sohn bei sich behalten zu wollen, und er wollte sie dort nicht zurücklassen.

Aischa spürte die bebenden Lippen ihres Sohnes und bemerkte seinen unruhigen Atem, aber bevor ihn die Tränen übermannten, forderte sie ihn auf zu gehen. Hernando rief nach dem Kerkermeister und versprach ihm Geld und Gefälligkeiten dafür, dass er sie gut behandelte und versorgte. Dann verließ er das Gefängnisgebäude und sah immer wieder zu der Tür, hinter der seine Mutter verschwunden war.

»Worüber wolltest du vorher mit mir reden?«, fragte er Abbas, als er sich von der Begegnung einigermaßen erholt hatte.

»Geht es deiner Mutter gut?«, fragte dieser zurück. Hernando nickte. »Hat man sie ausgepeitscht?«

»Nein … Nicht dass ich wüsste.«

»Dann hat sie eine milde Strafe erhalten.«

Aischa hatte ihn fest umarmt, überlegte Hernando, und sie hatte nicht über Schmerzen geklagt. Sie hatten sie wohl nicht ausgepeitscht, oder?

»Später musst du mir berichten, was geschehen ist, vor allem, was mit deinem Stiefvater passiert ist«, sprach Abbas weiter. »Wir müssen das wissen.«

»Wir?«, fragte Hernando erstaunt.

»Ja. Ein geflohener Glaubensbruder … betrifft die gesamte Gemeinde. Die Christen werden Fragen stellen.«

»Aber niemand wird etwas verraten«, meinte Hernando.

Sie streiften durch die verwinkelten Gassen der Medina.

»Mach dir nichts vor, Hernando. Auch bei uns gibt es Verräter.«

Hernando blieb stehen und runzelte entsetzt die Stirn.

»Ja!«, beharrte Abbas. »Es gibt auch muslimische Verräter. Und der Ältestenrat hat dich auserwählt …«

»Wer bist du? Woher weißt du das alles?«

Abbas seufzte. Dann gingen sie weiter.

»Da ich im Marstall arbeite, konnte ich dir so schnell von deiner Mutter berichten, aber sie wollen auch, dass ich dir noch etwas vorschlage.« Abbas legte eine Pause ein. »Alle Moriskengemeinden in Spanien sind organisiert. Alle haben ihren Mufti und ihren Alfaquí. Valencia, Aragonien, Katalonien, Toledo und Kastilien … Überall gibt es Gemeinden mit festen Hierarchien und Ämtern, manche haben sogar einen König! Sie tauschen sich mit ihren Glaubensbrüdern aus, oder sie bauen eine neue Gemeinde auf, wie hier in Córdoba.«

»Aber ich …!«

»Hör zu! Du darfst niemandem vertrauen. Es gibt nicht nur Verräter. Viele unserer Glaubensbrüder gestehen unter Folter, obwohl sie es nicht wollen. Wir beide können über alles reden, und ich werde versuchen, alle deine Fragen zu beantworten, aber du musst mir schwören, dass du niemandem davon erzählst, auch wenn du unseren Vorschlag nicht annimmst.« Ihre Schritte hatten sie in die Calle del Reloj geführt. »Schwörst du das?«

»Ja«, versicherte Hernando. »Aber wie weiß ich, dass ich dir vertrauen kann?«

Abbas lächelte.

»Du lernst schnell! Vertraust du Hamid, dem Sklaven aus der Hurengasse?«

»Ihm vertraue ich mehr als mir selbst«, antwortete Hernando.

Sie spazierten zur Bordellgasse, wo Hamid gerade beschäftigt war und nicht zu ihnen kommen konnte. Als er die beiden sah, machte er aber vom Tor aus eine zustimmende Geste, die Hernando sofort verstand: Der Schmied war absolut vertrauenswürdig.

In der Nacht sperrte sich Hernando in sein Zimmer ein. Er überprüfte mehrmals, ob die Tür tatsächlich von innen verriegelt war, setzte sich auf den Fußboden und ließ seine Finger über den Einband eines abgegriffenen Korans gleiten. Dann schlug er das göttliche Werk auf und blätterte darin.

»Es steht mir nicht an, über deine Stärken und deine Fehler zu befinden«, hatte Abbas an diesem Morgen gesagt, »aber es gibt etwas, was für unsere Glaubensbrüder sehr wichtig ist: Du kannst lesen und schreiben. Das sind Kenntnisse, die die meisten von uns nicht haben.«

Bücher, die in Arabisch geschrieben waren oder die vom Islam handelten, waren strengstens verboten, und wer so ein Buch bei sich trug, landete in den dunkelsten Verliesen der Inquisition. Abbas, der mit seiner Familie ebenfalls im Geschoss über den Stallungen lebte, wirkte jedoch unbesorgt, als er ihm mit größter Vorsicht das Koranexemplar überreichte.

»Es sind viele Bücher in Umlauf«, berichtete er. »Wir haben Übersetzungen und Aufsätze des berühmten Kadis Iyad über die Wunder des Propheten, aber auch einfache Handschriften mit Versen oder Prophezeiungen auf Arabisch – oder auf Spanisch in arabischer Schrift. Wir verstecken sie, um unsere Gesetze und unseren Glauben zu bewahren. Denk daran, jedes Buch ist äußerst kostbar. Kardinal Cisneros, der die Katholischen Könige dazu brachte, die Friedensverträge mit den Muslimen zu brechen, verbrannte in Granada mehr als achtzigtausend unserer Schriften. Du musst das göttliche Werk also als das behandeln, was es ist: der Schatz unseres Volkes.«

Der Schatz unseres Volkes! Hernando wurde schon wieder zum Hüter eines Schatzes.

Er würde viel lesen und noch mehr lernen müssen. Und er sollte schreiben. Er sollte das Wissen weitergeben und den Geist der Muslime wach- und am Leben halten. Hernando nahm die Aufgabe an.

Abbas hatte ihn auf ihrem Heimweg in ein Wirtshaus eingeladen. Zu Hernandos Überraschung bestellte er zwei Gläser Wein, mit denen sie vor den Augen der anderen Gäste anstießen.

»Du musst christlicher sein als jeder Christ, und zugleich musst du muslimischer sein als jeder Einzelne von uns«, flüsterte er.

Es war still. Durch das Fenster drangen nur die leisen Geräusche der etwa einhundert Pferde unter seinem Zimmer. Einige scharrten unruhig, andere wieherten leise oder schnaubten.

Er schlug den Koran zu und versteckte ihn in der Truhe. Er musste möglichst bald einen sichereren Platz dafür finden, dachte er, als er das Buch in dem ansonsten leeren Holzkasten liegen sah. Hoffentlich würde Fatima ihn bald mit ihren Habseligkeiten und Kleidern auffüllen – und vielleicht auch denen eines Kindes. Hernando verschloss die Truhe. Fatima! Er wäre ohnehin auf den Vorschlag des Ältestenrates eingegangen, aber als Abbas ihm gesagt hatte, dass sie auch auf Fatima zählten, zögerte er keinen Augenblick mehr.

»Unsere Frauen geben unser Wissen an unsere Kinder weiter«, hatte ihm der Schmied erklärt. »Ihre Bildung hängt von den Frauen ab, und sie übernehmen diese Aufgabe mit Stolz und voller Hoffnung. Außerdem vermeiden wir so die Anklagen durch die Inquisition. Wann hätte ein Kind schon die eigene Mutter denunziert? Und niemand verdächtigt eine Frau, die mit anderen Frauen zusammensitzt und schwatzt.«

34

Die zweimonatige Wartezeit endete an einem Mittwoch, aber Karim bat Hernando, Fatima erst nach dem Gottesdienst am Sonntag abzuholen. Nach islamischem Recht waren sie noch nicht verheiratet, und die Hochzeit, die heimlich stattfinden sollte, stellte den jungen Mann vor ein neues Problem: Er hatte nicht genug Geld, und ohne Brautgabe konnte es keine Eheschließung geben. Der Großteil seines Lohns war in die Taschen des Kerkermeisters gewandert, und der Rest reichte gerade für seine alltäglichen Ausgaben. Wieso hatte er nicht an die dafür nötige Vierteldublone gedacht?

»Ein Ring ist völlig ausreichend«, hatte Hamid ihn zu beruhigen versucht.

»Aber nicht einmal dafür habe ich Geld«, hatte Hernando geklagt. Er kannte die Preise der Silberschmiede in Córdoba.

»Dann nimm einen Ring aus Eisen.«

Als Hernando am Sonntag die Kirche San Bartolomé nach dem Gottesdienst verließ, machte er sich zur Calle de los Moriscos im Viertel Santa Marina auf. Unterwegs strich er immer wieder über den wunderschönen Ring, den ihm Abbas aus Eisenresten geschmiedet hatte. Er fuhr mit dem Finger über die filigranen Ornamente und lächelte.

Als Hernando schließlich an der Calle de los Moriscos ankam, sah er zwei junge Morisken an der Straßenecke stehen, die in ein Gespräch vertieft schienen: Es waren Wachen, die ihre Glaubensbrüder warnen würden, sobald sich ein Geistlicher oder ein Jurado näherte. Sie grüßten Hernando fröhlich, und ein dritter Moriske, der wie aus dem Nichts auftauchte, begleitete ihn zu Karims Haus.

Jalil, Karim und Hamid begrüßten ihn im Inneren des kleinen, alten Wohnhauses herzlich, aber Hernando musste an seine Mutter denken: Bei seinem zweiten Besuch im Gefängnis hatte ihn Aischa gebeten, nicht wiederzukommen.

»Du hast bei den Christen gute Arbeit gefunden«, hatte sie gesagt. »Es ist besser, wenn niemand sieht, dass du mich hier im Kerker besuchst – sonst bringen sie dich noch mit deinem flüchtigen Stiefvater in Verbindung.«

Zu gern hätte er seine Mutter an diesem besonderen Tag dabeigehabt! Hamid lächelte Hernando an und führte ihn zu Fatima. Als er seine Braut nun vor sich sah, verschlug es ihm den Atem. Sie war in eine schneeweiße Leinentunika gekleidet, die ihren dunklen Teint betonte und ihre schwarzen Mandelaugen noch stärker funkeln ließ. Die Frauen hatten kleine Blüten in ihr langes, lockiges Haar geflochten und es mit einem hauchdünnen weißen Tuch mit aufwendigen Seidenstickereien – ein Geschenk von Karims Frau – bedeckt. An ihrer Brust schimmerte das verbotene goldene Schmuckstück. Fatima war mit ihren fast siebzehn Jahren eine umwerfend schöne Frau.

Hernando reichte ihr seine Hand, und Fatima schloss sie lächelnd in ihre. Er spürte ihre Entschlossenheit. Sie standen einander gegenüber und verloren sich in den Augen des anderen. Niemand störte den Zauber dieses so lange herbeigesehnten Augenblicks. »Ich liebe dich«, sagte Hernando schließlich. Fatima lächelte.

»Ich liebe dich, Ibn Hamid.«

Karims Frau mahnte zur Eile. Sie sollten so bald wie möglich mit der Zeremonie beginnen.

Hamid trat zu den beiden und sprach die Hochzeitsformeln. Der Alfaquí wirkte um Jahre gealtert, seine Stimme bebte, und er musste sich wiederholt räuspern, damit man ihn verstehen konnte. Als Hernando Fatima den schlichten Eisenring reichte, nahm sie ihn mit zitternden Fingern an und lächelte. Es gab keine Musik und keine Tänze, nicht einmal ein Festmahl. Die beiden beschränkten sich darauf, leise in Richtung der Qibla zu beten, und verließen dann gemeinsam die Calle de los Moriscos. Fatima hatte den Blütenschmuck abgelegt und die weiße Tunika gegen Alltagskleider eingetauscht. Nur das weiße Tuch trug sie noch. Beim Anblick des kleinen Bündels mit ihren wenigen Habseligkeiten dachte Hernando an die riesige Truhe.

Die goldene Fatimahand versteckten sie im Koran, den sie wiederum in das weiße Tuch wickelten. Dann folgten sie einem alten Brauch und legten ein kleines Mandelgebäck unter die Matratze. Als Fatima lächelnd in den beiden Zimmern auf und ab ging und sich überall umsah, malte sie sich ihre Zukunft in ihrem neuen Heim aus. Schließlich blieb sie vor der Waschschüssel stehen und tauchte ihre Fingerkuppen in das klare Wasser.

»Lass mich bis zum Einbruch der Dunkelheit allein, Ibn Hamid. Ich möchte mich für dich zurechtmachen.«

Hernando konnte ihr Gesicht zwar nicht sehen, aber ihre sanfte, sinnliche Stimme versprach ihm alles, wonach er sich sehnte.

Er unterdrückte sein aufflackerndes Verlangen und gehorchte.

Die Stallungen waren sonntags immer menschenleer, nur ein Stallbursche hielt Wache und lungerte im Vorhof herum. Hernando schlenderte durch die Ställe und klopfte hier und da einem Pferd auf die Flanke. Wie würde sich Fatima für ihn zurechtmachen? Die weiße Tunika ihrer ersten Liebesnacht in Ugíjar gab es nicht mehr. Allein die Erinnerung an ihre festen, üppigen Brüste, die sich im Kerzenlicht durch den dünnen Seidenstoff abzeichneten, erregte ihn.

Er hatte es nicht kommen sehen. Eines der ungezähmten Jungpferde, das erst vor Kurzem in den Marstall gekommen war, traf mit einem Huf seine Wade. Hernando spürte einen stechenden Schmerz und fasste sich ans Bein. Zum Glück war das Tier noch nicht beschlagen und der Schmerz ließ allmählich nach. Dummkopf! Wie konnte er nur ein Pferd tätscheln, das noch nicht an den Umgang mit Menschen gewöhnt war? Der Einjährige hieß Saeta – »Pfeil« –, und sein hitziger Charakter würde Hernando sicherlich noch viel Arbeit bescheren.

Saeta zerrte wild am Halfterstrick, mit dem er an der Stallmauer angebunden war. Hernando blieb neben dem Tier stehen und wartete geduldig, bis es sich etwas beruhigt hatte. Saeta sah ihn nicht an, spitzte aber die Ohren, als Hernando anfing, leise mit ihm zu reden – so wie damals mit seiner Alten in den Bergen von Juviles. So verbrachten sie einige Zeit. Das Pferd blieb aber angespannt und hielt den Kopf hartnäckig nach vorn gerichtet.

»Glaub mir, wir werden uns gut verstehen. Du wirst mich mögen«, prophezeite Hernando, als er erkannte, dass das Tier noch nicht so weit war. »Von ganzem Herzen.«

»Ja, da sind wir uns sicher.«

Hernando drehte sich überrascht um. Don Diego López de Haro und José Velasco standen vor ihm. Der Adlige trug eine schillernde grüne Hose, die bis zu den Waden reichte, darunter Strümpfe und Samtschuhe, ein eng anliegendes schwarzes Wams mit Hals- und Armkrause und darüber einen Umhang – und einen Degen am Gürtel. Neben ihm stand sein Lakai José, etwas weiter hinten der wachhabende Stallknecht. Wie lange hatten sie ihm schon zugehört? Hoffentlich hatte er nichts … O nein, er hatte Arabisch gesprochen!

»Hat er dich schwer erwischt?«, fragte Don Diego und zeigte auf Hernandos Wade. Sie hatten also von Anfang an zugehört!

»Nein, Hoheit«, stammelte er.

Don Diego kam auf ihn zu und legte ihm eine Hand auf die Schulter. Hernando fühlte sich unwohl. Er hatte auch einige Suren rezitiert!

»Weißt du, warum er Saeta heißt?« Der königliche Oberstallmeister wartete gar nicht erst auf eine Antwort. »Er ist schnell und hart wie ein Pfeil, aber auch biegsam und graziös, und wenn er galoppiert, sieht es aus, als würde er durch die Luft fliegen. Ich setze große Hoffnungen in ihn. Pass gut auf ihn auf. Gib ihm alles, was er braucht. Und wo hast du eigentlich gelernt, wie man mit Pferden umgeht?«

Hernando zögerte. Durfte er die Wahrheit sagen?

»In der Sierra Nevada«, wich er aus.

Don Diego neigte den Kopf zur Seite, diese Erklärung reichte ihm nicht.

»In den Bergen hatten nur die Aufständischen Pferde«, sagte er nüchtern.

»Bei Ibn … bei Aben Humeya«, gab Hernando schließlich zu. »Ich habe die Pferde von Aben Humeya versorgt.«

Don Diego nickte, seine rechte Hand lag immer noch schwer auf Hernandos Schulter.

»Don Fernando de Válor y de Córdoba, nicht wahr?«, murmelte er. »Er soll sich in der Stunde seines Todes zum Christentum bekannt haben. Don Juan de Austria ließ seine Leiche in den Bergen exhumieren und erwies ihm in Guadix mit einem christlichen Begräbnis die letzte Ehre.« Der Adlige überlegte eine Weile. »Du kannst jetzt gehen. Heute ist Sonntag, komm morgen wieder.«

Hernando sah aus dem Fenster: Die Sonne ging endlich unter. Fatima! Er verbeugte sich linkisch und eilte aus dem Stall.

Don Diego stand noch immer bei dem kostbaren Pferd und überlegte.

»Die meisten Menschen reagieren mit roher Gewalt, wenn ein Pferd ausschlägt oder sich wehrt«, sagte er schließlich. »Sie schlagen und bestrafen die Tiere – was sie aber nur noch widerspenstiger macht. Und dieser Junge hier … Er reagiert mit Sanftmut und Geduld. Er will das Herz des Tieres gewinnen. José, pass mir gut auf ihn auf. Er weiß, was er macht.«

Hernando eilte die Treppen zu den Unterkünften hoch und klopfte an die Tür.

»Du musst noch warten!«

»Aber es ist doch schon fast dunkel!«, hörte er sich antworten.

»Also musst du noch warten!«

Er ging eine Weile im Gang auf und ab. Was sollte er jetzt machen? Sollte er noch einmal klopfen? Er war sich nicht sicher. Schließlich entschied er, sich auf den Boden gegenüber der Tür zu setzen. Und wenn ihn hier jemand sah? Was sollte er dann sagen? Wenn einer seiner Nachbarn …? Wenn der Oberstallmeister! Nein, Don Diego hielt sich nur in den Stallungen auf! Hatte er vorhin verstanden, was er dem jungen Pferd zugeflüstert hatte? Es war verboten, Arabisch zu sprechen. Hernando wusste, dass die Morisken beim Rat der Stadt Córdoba ein Gesuch vorgebracht hatten, in dem sie darlegten, wie schwer es vielen von ihnen fiel, die einzige Sprache, die sie beherrschten, nicht sprechen zu dürfen. Sie baten um Aufschub des Verbotes, damit diejenigen, die noch Mühe damit hatten, Spanisch lernen konnten. Ihr Gesuch wurde abgelehnt, und Arabischsprechen wurde nach wie vor mit Gefängnis und anderen Strafen geahndet. Was erwartete ihn jetzt, da er nicht einfach nur Arabisch gesprochen, sondern den Koran auf Arabisch rezitiert hatte? Andererseits hatte Don Diego nichts gesagt. Waren die Pferde hier vielleicht doch die einzige Religion?

Ein zaghaftes Klopfen an der Zimmertür riss ihn aus seinen Gedanken. Es klopfte noch einmal. Fatima gab ihm das Zeichen.

Hernando stand auf und öffnete vorsichtig die Tür.

Er blieb wie vom Donner gerührt stehen.

»Mach die Tür zu!«, sagte Fatima. Sie lächelte.

Benommen folgte er ihrer Aufforderung.

Fatima stand nackt vor ihm. Die Dämmerung und das flackernde Kerzenlicht umspielten sanft ihre Silhouette. Ihre Brüste waren mit Henna-Mustern verziert, die wie lodernde Flammen bis an die goldene Fatimahand an ihrer Halskette reichten. Ihre Mandelaugen waren dunkel geschminkt und funkelten ihn verführerisch an. Der betörende Duft von Orangenblüten umfing Hernando, während er den zarten und zugleich so sinnlichen Körper seiner Frau betrachtete. Sie standen sich schweigend gegenüber, nur der immer schneller werdende Atem ihrer Begierde durchbrach die Stille.

»Komm«, flüsterte sie.

Hernando ging langsam auf sie zu. Er streckte die Hand nach ihr aus und fuhr zärtlich die Henna-Zeichnungen auf ihren Brüsten nach. Er umspielte sanft ihre Brutwarzen, die zwischen seinen Fingerspitzen hart wurden. Sie stöhnte. Er wollte sie an sich heranziehen, doch sie löste sich von ihm und führte ihn zur Wasserschüssel. Dann begann sie ihn langsam auszuziehen und zu waschen. Hernando setzte sich und gab sich dem wohligen Schauder hin, sobald ihre feuchten Hände über seinen Rücken, seine Schultern, seine Arme, seinen Bauch, zwischen seine Beine glitten …

»Ich liebe dich … Ich bin dein … Nimm mich … Ich begehre dich … Führe mich ins Paradies«, hauchte sie.

Schließlich kniete sie sich vor ihn und küsste ihn.

»Du bist so wunderschön«, flüsterte Hernando. »Wie sehr habe ich diesen Moment …!«

Fatima ließ ihn nicht ausreden. Sie schlang ihre Beine um seine Hüften und bewegte sich behutsam hin und her, bis ihre Scheide auf seinen erigierten Penis traf. Ihr beider Keuchen verschmolz zu einem einzigen Stöhnen, als sie sich nach hinten beugte und er tief in sie eindrang. Hernando hielt ihren Rücken, sein Körper war angespannt, seine Haut glänzte, und sie glitt auf der Suche nach der größten Befriedigung auf und ab. Fatima gab den Rhythmus vor: Sie folgte dabei seinem Stöhnen und Keuchen, dann hielt sie inne und saugte an seinem Ohrläppchen, küsste seinen Hals, sprach leise auf ihn ein, um seine Begierde zu besänftigen – nur um ihre rhythmischen Bewegungen dann wieder zu beschleunigen. Den Höhepunkt erreichten sie gemeinsam.

Hernando heulte vor Lust auf, Fatima erlag ihrer Ekstase und schrie laut auf.

»Ins Bett, Liebster, bring mich ins Bett«, bat sie ihn, als er aus ihr gleiten und sie aufheben wollte. »Nein, so. Bring mich so ins Bett!« Sie schlang ihre Beine fester um seine Hüften. »So, ineinander«, flehte sie. »Ich liebe dich.« Sie zog an seinen Haaren, während er sie zum Schlafgemach trug. »Bleib in mir … Liebe mich … Ich will dich in mir spüren!«

Ineinander verschlungen gelangten sie zum Bett, sie küssten sich sanft, liebkosten sich, bis Fatima fühlte, dass Hernandos Begierde von Neuem erwachte. Sie liebten sich mit einer Lust, als wäre es das erste Mal. Später stand sie auf und bereitete Limonade und Trockenfrüchte vor, die sie ihm ans Bett brachte. Und während Hernando aß, glitt ihre Zungenspitze über seinen ganzen Körper, sie bewegte sich geschmeidig wie eine Katze, bis er auf ihr Spiel einging und sie mit seiner Zungenspitze zu erhaschen suchte, während sie sich lachend im Bett wälzte.

35

8. Dezember 1573,
Mariä Empfängnis

Die Eheschließung lag inzwischen sieben Monate zurück. Aischa war nach ihrer sechzigtägigen Gefängnisstrafe freigekommen, und der Verwalter des Marstalls gestattete Hernando, dass sie mit Shamir zu ihnen in die Unterkünfte über den Stallungen zog. Fatima war im fünften Monat schwanger, und Saeta gewöhnte sich langsam an Hernando und seine Fürsorge. Hernando sprach allerdings nie wieder Arabisch mit ihm. Noch in ihrer Hochzeitsnacht hatte Hernando Fatima von dem Vorfall mit dem jungen Pferd und Don Diego erzählt.

»Christ bleibt Christ!«, hatte sie ihm in einem Tonfall beschieden, der sich deutlich von dem ihrer Liebesschwüre unterschied. Die Behauptung, die einzige Religion seien die Pferde, machte sie eher misstrauisch. »Christen! Du darfst ihnen niemals trauen, Liebster. Pferde hin oder her, sie hassen uns. Verstehst du? Und ich liebe dich …« Dann hatte sie sich wieder voll und ganz ihrem Ehemann gewidmet.

Hernando arbeitete von Sonnenaufgang bis Sonnenuntergang. Zweimal am Tag übte er mit den Pferden am Führstrick, und er legte ihnen einen immer kräftigeren, mit Honig bestrichenen Stock ins Maul, um sie auf das Trensengebiss vorzubereiten, das sie eines Tages in ihrem Maul tragen würden. Sandsäcke auf den Pferderücken sollten die Tiere an das Gewicht eines Reiters gewöhnen. Im Stall kratzte er ihnen die Hufe aus und bereitete sie auf den Moment vor, in dem sie zum ersten Mal beschlagen würden. Saeta war das erste der neuen Pferde, das im Innenhof einen Sandsack auf dem Rücken und einen recht dicken Stock im Maul zuließ. Zudem baten immer mehr Bereiter Hernando darum, sie bei einem Ausritt in die Stadt zu begleiten.

Hernando ging in seiner Arbeit auf, und die Tiere strotzten vor Gesundheit. Zur Überraschung der Stallburschen schlug er vor, das übliche Futter zu ergänzen: Der hitzige Saeta sollte einen Brei aus gekochten Bohnen oder Kichererbsen mit Kleie und bei der Fütterung am Abend noch eine Handvoll Salz fressen. Für ein anderes, recht scheues Pferd ließ er einen Brei aus Weizen oder Roggen kochen, dem außer Kleie und Salz noch Olivenöl zugesetzt wurde. Hernandos Vorschläge stießen im Marstall zunächst auf Argwohn, aber Don Diego ging davon aus, dass sie zumindest keinen Schaden anrichten würden – und ließ Hernando seinen Willen. Die Ergebnisse konnten sich sehen lassen: Saeta wurde ruhiger, ohne jedoch sein Feuer zu verlieren, und das scheue Tier wurde mutiger. Reiter, Reitknechte, Stallburschen, Schmiede und Sattler schätzten Hernando, und der Verwalter erfüllte ihm fast jeden Wunsch – so konnte Aischa dank seiner Empfehlung in der Werkstatt eines Webers beim Seidenspinnen aushelfen.

Für diesen 8. Dezember 1573, den Tag der Unbefleckten Empfängnis Mariä, hatten die Inquisitoren ein Ketzergericht in der Kathedrale von Córdoba angesetzt. Hernando und Fatima sahen mit Sorge, wie allein die Ankündigung unter der Bevölkerung für Aufruhr sorgte. Selbst das Personal des Marstalls ließ sich davon anstecken. Bereits in den beiden Jahren zuvor hatte man an diesem Tag das Ketzergericht abgehalten. Im Vorjahr war die fromme wie makabre Schaulust der Bewohner Córdobas auf brutale Weise gestillt worden: Beim Autodafé wurden nach einem langen Prozess samt Folter insgesamt sieben Hexen verurteilt – unter ihnen auch die berühmte Leonor Rodríguez aus Montilla, genannt La Camacha. Sie leistete die Abschwörung einiger leichterer Vergehen, wurde aber dennoch zu hundert Peitschenhieben in Córdoba und weiteren hundert in Montilla verurteilt. Zudem durfte sie ihren Heimatort zehn Jahre lang nicht betreten und musste ihre Schuld zwei Jahre lang in einem Siechenhaus in Córdoba abarbeiten. In den Tagen vor dem Autodafé waren die Morisken darauf bedacht, ihren Nachbarn möglichst wenig aufzufallen. Schließlich hatte diese Hexe gestanden, ihre teuflischen Künste von einer Maurin aus Granada erlernt zu haben! Abbas hatte Hernando am Abend vor dem großen Ereignis noch einen Besuch abgestattet.

»Wir müssen morgen in die Kathedrale gehen und beim Ketzergericht dabei sein«, sagte er nach der Begrüßung.

Hernando und Fatima sahen sich entsetzt an.

»Wirklich?«, fragte der junge Mann. »Warum?«

»Einige der Angeklagten sind Muslime.«

Trotz seiner afrikanischen Herkunft hatte Abbas ein gutes Verhältnis zu den Inquisitoren. Er selbst hatte die Regeln, die er Hernando beigebracht hatte, absolut verinnerlicht. Vor seinen unbarmherzigen Nachbarn im Alcázar war er der christlichste aller Christen, und sein vorbildhaftes Verhalten führte dazu, dass ausgerechnet er als gelungenes Beispiel für die erfolgreiche Bekehrung eines gebürtigen Anhängers der Sekte Mohammeds herhalten musste. Durch seinen Beruf fiel es ihm leicht, das Vertrauen der geizigen Inquisitoren und ihrer Gehilfen zu erschleichen: hier ein lockeres Schloss repariert, dort eine zerbrochene schmiedeeiserne Verzierung erneuert – von den Gitterstäben der Karzer ganz zu schweigen! All diese kleinen Mängel wurden dem geschickten Schmied des königlichen Marstalls gemeldet, der die Reparaturen – vorgeblich aus Frömmigkeit – selbstverständlich kostenlos ausführte.

»Aber warum sollen wir dabei zusehen, wie unsere Glaubensbrüder und -schwestern verurteilt werden?«, fragte Hernando verständnislos.

»Als Beweis unserer Ergebenheit und Hochachtung gegenüber dem Heiligen Inquisitionsgericht«, leierte der Schmied herunter und verzog das Gesicht. »Glaub mir, bitte, wir müssen uns dort blicken lassen. Außerdem möchte ich, dass du jemanden kennenlernst. Und – das ist der Hauptgrund – wir müssen vor Ort erfahren, für was genau wir verurteilt werden und welche Strafen darauf ausgesetzt sind. Wir müssen unseren Glaubensbrüdern in Algier berichten, wie die Inquisition mit den Muslimen in Spanien umgeht.«

Fatima und Hernando blickten gleichzeitig auf.

»Warum das?«, fragte der junge Mann.

»Für jede Verurteilung in Spanien rächen sich die Türken in Algier an einem Christen in ihren Gefängnissen. Ja, darum geht es«, bekräftigte er, als er Hernandos zweifelnden Gesichtsausdruck bemerkte. »Die Christen wissen das. Das hält die Inquisition zwar nicht davon ab, Ketzereien zu ahnden, aber es beeinflusst die Härte der Strafen. Ich habe selbst mitbekommen, wie sich die Christen darüber unterhalten haben. Wir schicken unsere Berichte nach Algier, und sie bekommen von befreiten Christen oder den Mercedarier-Mönchen, die die Gefangenen freikaufen, neue Informationen. Das war schon immer so. Da in Córdoba bis zur Ankunft der vertriebenen Morisken aus Granada lange keine Muslime lebten, müssen wir unsere Gemeinschaft jetzt so organisieren, wie das in den anderen Königreichen seit Jahren üblich ist.«

»Aber wie gelangen unsere Berichte nach Algier?«

»Tag für Tag sind unzählige Muslime als Maultiertreiber in den Gebieten der spanischen Krone unterwegs! Und es gibt immer wieder Gläubige, die es schaffen, zu den Barbaresken zu reisen. Wir dürfen zwar nicht an die Küste, aber die Wachen der Christen lassen sich leicht überlisten. Wir versorgen die Maultiertreiber mit den Informationen über die Strafen der Inquisition, und die übermitteln sie an die Aufständischen, Sklaven und Flüchtlinge, die über das Meer fliehen, die sie wiederum …«

»Gehört der Monfí Ubaid auch dazu?«, entfuhr es Hernando. Ihm war Aischas Bericht über ihre Begegnung in den Bergen wieder eingefallen.

»Meinst du den Einarmigen?« Abbas runzelte die Stirn.

»Ja. Er hat geschworen, mich umzubringen.«

Fatima blickte überrascht zu Hernando. Er hatte ihr nichts von dem Vorfall auf dem Camino de las Ventas erzählt und sich mit Aischa darauf verständigt, dass sie nur von Ibrahims Flucht sprachen und davon, dass Aischa mit dem Kleinen entwischen konnte.

Hernando nahm Fatimas Hand und nickte.

»Aber was macht Ubaid hier? Wann hast du von ihm gehört?«, fragte Fatima beunruhigt. Sie wusste sehr wohl, dass der Einarmige Hernando bis aufs Blut hasste.

»Dieser Monfí und seine Männer sind für uns sehr wertvoll«, fuhr Abbas dazwischen. »Aber wir sind für sie noch wertvoller. Ohne die Hilfe unserer Glaubensbrüder auf dem Land könnten sie sich nicht verstecken und würden nicht überleben. Aber warum hat er geschworen, dich umzubringen?«

Hernando erzählte Abbas die Geschichte. Er berichtete von den Drohungen des Maultiertreibers aus Narila, aber den wahren Grund für Ubaids Bestrafung – nämlich dass er selbst das kleine Goldkreuz im Sattelzeug von Ubaids Maultier versteckt hatte – verschwieg er.

»Ich verstehe«, sagte Abbas. »Deshalb hat er deinem Stiefvater die Hand abgehackt. Wir konnten einfach nicht begreifen, wie er einem Glaubensbruder gegenüber so brutal sein konnte. Jetzt ist mir auch klar, warum Hamid weder Sobahet noch dem Einarmigen traut.«

Fatima sah Hernando vorwurfsvoll an.

»Wir dachten, es wäre sicherer für dich, wenn du nichts davon erfährst«, redete er sich heraus. »Aber woher weißt du das alles?«, fragte er den Schmied.

»Ich habe dir doch gesagt, dass wir uns hin und wieder sehen.« Abbas führte seine Hand nachdenklich zum Kinn. »Ich werde versuchen, diese Angelegenheit zu regeln. Wir werden von ihm verlangen, dass er dich in Frieden lässt. Das schwöre ich dir.«

»Wenn ihr so viel über die Aufständischen in den Bergen wisst«, fragte Fatima besorgt, »kennt ihr dann auch Ibrahims Pläne?«

»Es geht ihm mittlerweile wieder besser«, erwiderte Abbas. »Soviel ich weiß, wollte er sich mit einigen anderen Männern zu den Barbaresken absetzen.«

Und so war es. Aber nicht einmal die Männer, denen sich Ibrahim auf seiner Flucht angeschlossen hatte, kannten seine wahren Beweggründe. Als Ibrahim am Fuße der Sierra Morena einen letzten Blick auf die Landschaft um Córdoba warf, vergaß er für einen Moment den stechenden Schmerz in seinem Armstumpf. Stattdessen stieg in ihm eine unbändige Wut auf: Nun musste er also auch noch das Wichtigste und Kostbarste in seinem elenden Leben aufgeben – Fatima. Er stellte sich vor, wie seine Frau, die ihm der Ältestenrat weggenommen hatte, in den Armen des Nazareners lag, wie sie sich ihm hingab, ihm ihren Körper schenkte und vielleicht schon ein neues Leben in sich trug …

»Ich schwöre: Eines Tages komme ich zurück und finde dich und nehme dich mit!«, murmelte Ibrahim erbost.

Es war ein kalter, sonniger Wintermorgen. Hernando verlangsamte seinen Schritt, als er den weitläufigen Innenhof der Mezquita durch die Puerta del Perdón – die Pforte der Gnade – betrat. Fatima bemerkte sein Zögern und blickte zu Abbas, der nur wenige Schritte vor ihnen ging. Eine große Menschenmenge drängte sich mit ihnen in den Innenhof, begleitet vom eisernen Klang der Kirchenglocken des zum Glockenturm umgebauten ehemaligen Minaretts.

Hernando lebte seit drei Jahren in Córdoba und war schon Dutzende Male an diesem beeindruckenden Sakralbau der Mauren vorbeigekommen. Meistens starrte er dabei zu Boden, nur manchmal hatte er einen kurzen, bewundernden Blick auf die massiven Außenmauern gewagt: Sie schützten die einstige Gebetsstätte der Kalifen und der unzähligen Gläubigen, die Córdoba zu jenem mächtigen Leuchtturm gemacht hatten, dessen Licht des wahren Glaubens einst im ganzen christlichen Westen zu sehen war.

Bislang hatte Hernando sich nicht in diese ehemalige Hauptmoschee der Mauren hineingewagt. Denn in der Mezquita gab es inzwischen mehr als zweihundert katholische Geistliche – die Mitglieder des Domkapitels gar nicht mit eingerechnet –, und jeden Tag wurden in den zahlreichen neu errichteten Kapellen mehr als dreißig Messen abgehalten.

Durch die Puerta del Perdón mit ihren spitz zulaufenden Hufeisenbogen waren Hernando, Fatima und Abbas vom Strom der Menschen mitgerissen worden, die dem eigentlichen Eingang zur Kathedrale entgegenstrebten. Dazwischen lag der weitläufige Innenhof mit seinen alten Zypressen, Palmen und Orangenbäumen sowie einigen Brunnen.

Der Schmied konnte die Gedanken des jungen Mannes lesen, presste die Lippen zusammen und bedeutete ihm weiterzugehen. Fatima klammerte sich an Hernandos Arm.

Dieser große, rechteckige Innenhof war an drei Seiten von Bogengängen umschlossen, an der vierten Seite im Süden sah man hinter einer mit spitzen Zinnen besetzten Mauer die neue, noch im Bau befindliche Kathedrale aus der sich an den Innenhof anschließenden muslimischen Gebetshalle emporragen.

Im Schatten der alten Bäume erschauerten die drei Morisken beim Anblick der unzähligen Bußgewänder, die an den Mauern des Innenhofs hingen – ein deutlicher und öffentlicher Hinweis darauf, dass die Inquisition der Christen jegliche Gotteslästerung erkannte und ahndete. In maurischer Zeit hatte die Anlage für die rituellen Waschungen der Gläubigen gedient, mit zwei Räumen für die Frauen und zwei für die Männer. Kalif al-Hakam hatte sie an der Ost- und der Westseite errichten lassen. Damals war die große islamische Gebetshalle zum Hof hin offen, die Südfront wurde erst von den Christen zugemauert und mit einer weiteren Pforte – der Puerta de las Palmas – versehen.

Durch diesen Zugang gelangten Abbas, Fatima und Hernando schließlich ins Innere dieses einzigartigen Bauwerks. Ihre Augen mussten sich erst an das dämmrige Licht der Kandelaber an den niedrigen Decken gewöhnen, doch was sie dann vor sich sahen, verschlug ihnen den Atem: Vor ihnen öffnete sich ein Raum mit tausend Säulen, die durch kunstvoll übereinander liegende Doppelbogen miteinander verbunden waren – ein hypnotisierendes Farbenspiel aus roten Ziegeln und ockerfarbenem Stein! Der berühmte maurische Säulenwald der Mezquita von Córdoba!

»Es gibt keinen Gott außer Gott, und Mohammed ist der Gesandte

Gottes«, flüsterte Fatima auf einmal, als würde sie von einer fremden, geheimnisvollen Macht zu diesen Worten gezwungen.

»Bis du verrückt geworden?«, zischte Abbas und drehte sich beunruhigt zu ihr um.

»Ja«, antwortete Fatima und schritt benommen ins Innere der Gebetshalle. In Gedanken versunken, strich sie über ihren gewölbten Bauch.

Abbas warf Hernando einen flehenden Blick zu.

»Denk an unser Kind!«, bat dieser flüsternd, als er Fatima eingeholt hatte und ihre Hand nahm. Sie schien wieder zu sich zu kommen. »Ich schwöre dir, dass wir eines Tages an dieser heiligen Stätte zu dem einzigen Gott beten werden. Ich schwöre es bei Allah«, flüsterte Hernando. Fatima schloss die Augen.

»Ibn Hamid«, sagte sie ohne jede Vorsicht, doch die Menschenmenge strömte unbeeindruckt an ihnen vorbei. Alle plauderten aufgeregt über das bevorstehende große Ereignis. »Denke immer an diesen Schwur, und halt dich daran, was auch geschehen mag.«

Abbas atmete erleichtert auf, als Fatima sich bei ihrem Mann einhakte.

Sie konnten die Kathedrale kaum betreten. Zu viele Menschen hielten sich bereits im Inneren des neuen Bauwerks der Christen auf, das von gewaltigen Pfeilern und Säulen im gotischen Stil gestützt wurde. Die Kathedrale war im Herzen der einstigen Hauptmoschee errichtet worden und ragte weit über das Dach der Gebetshalle hinaus, ganz so wie die Christen es sich für ihre Gotteshäuser wünschten. Dieses neue, beeindruckende Bauwerk, das selbst nach jahrelanger Arbeit noch nicht ganz fertiggestellt war, würde die kleinere Kirche ersetzen, die bereits in dem Teil der Mezquita erbaut worden war, um den Abd ar-Rahman II. – der vierte Emir von Córdoba – die Moschee einst erweitert hatte. Der Bau der neuen Capilla Mayor war beim Rat der Stadt Córdoba zunächst auf Ablehnung gestoßen, denn einige Ratsherren hatten befürchtet, der Neubau könne die zahlreichen kleineren Kapellen oder Altäre in der Mezquita zerstören. Im Kampf gegen das Domkapitel hatten die Veinticuatros gemeinsam mit den Jurados ein Edikt erlassen, durch das jeder Bauarbeiter, der sich am Bau der neuen Kathedrale beteiligte, mit der Todesstrafe rechnen musste. Kaiser Karl V. hatte schließlich den Streit beendet und den Bau der neuen Kathedrale genehmigt.

Unter dem Jubel der Schaulustigen begann nun der Einzug der Richter des Inquisitionsgerichts, der Domherren sowie der Stadträte und der Angeklagten. Hernando bestaunte immer noch dieses christliche Bauwerk, das von dem beige-roten Säulenwald umgeben war und Tausende Menschen in sich aufnehmen konnte. Den Raum zwischen der äußersten Säulenreihe und der Außenmauer der Gebetshalle hatten die christlichen Adligen und Pfründenbesitzer für Kapellen zu Ehren ihrer Heiligen und Märtyrer genutzt. Altäre, Christusfiguren und Gemälde mit religiösen Motiven waren hier aber nicht nur Ausdruck der Frömmigkeit, sondern eine Zurschaustellung der Macht der Adelshäuser, die diese Kapellen errichten ließen und großzügig ausschmückten. Wo man auch hinsah, entdeckte man die Wappen der Adligen und Kirchenfürsten: auf Wänden, Säulen und Grabplatten, auf Gemälden, Lampen, Türknäufen, Stühlen … sowie auf den Feldbannern und Helmen der Adligen aus Kastilien, Polen, Böhmen oder den deutschen Landen, die überall aus Dankbarkeit für die im Namen der Christenheit errungenen Siege hingen.

Ein Muslim unter Christen! Das war Hernandos Gedanke, als Orgelspiel und Chorgesang den Einzug des Bischofs, des Inquisitors und des Corregidors der Stadt Córdoba ankündigten.

Hernando blickte zur Decke der Kathedrale: Die Christen suchten in ihren Bauten die Annäherung an Gott und errichteten sie, so hoch es ihre Technik zuließ. Die Basis war breit und gedrungen, die Höhen waren schmal. Aber die Moschee von Córdoba war ein Wunder der islamischen Architektur, das Ergebnis einer gewagten Konstruktion, in der die Macht Gottes zu den Gläubigen herabstieg. Im Gegensatz zu den christlichen Bauten lag in der Moschee das Gewicht, der Schwerpunkt, auf den vielen schlanken Säulen – eine aufsehenerregende, öffentliche Herausforderung der Logik.

Warum hatten die Christen dieses architektonische Meisterwerk der verhassten Mauren nicht wie all die anderen Moscheen der Stadt einfach dem Erdboden gleich gemacht? Das Domkapitel und die Adligen von Córdoba gehörten zu den reichsten in ganz Spanien. Sie hätten eine gigantische Kathedrale wie die in Granada oder in Sevilla in Auftrag geben können. Stattdessen ließen sie zu, dass der muslimische Glaube in Form dieser Säulen, der niedrigen Decken und der Raumaufteilung überlebte ... die Seele der Mezquita.

Wie so viele andere bekamen Hernando, Fatima und Abbas nichts von dem Autodafé zu sehen. Nur die Zuschauer in den ersten Reihen hinter den Richtern und Bütteln, die die Ehrengäste beschützten, konnten das Spektakel aus der Nähe betrachten. Wohl aber bekamen sie die öffentliche Verlesung der Anklageschriften und Urteile mit, bei denen die Vergehen und die verhängten Strafen kurz aufgeführt wurden. Neunundzwanzig der dreiundvierzig Angeklagten waren Morisken. Die anwesenden Christen lauschten der öffentlichen Verlesung, um dann das Urteil – mit dem die Vorführung jedes einzelnen Angeklagten endete – zu bejubeln oder ihrem Unmut mit Pfiffen Luft zu machen.

Zweihundert Peitschenhiebe und drei Jahre Galeere wegen Bigamie für einen Mann aus Andújar. Eine hohe Geldstrafe und den Pranger für einen Mann, der daran festhielt, dass es keine Sünde sei, mit einer Frau Beischlaf zu halten, wenn er dafür bezahlte. Eine niedrige Geldstrafe und das Büßerhemd für einige Männer und Frauen wegen Gotteslästerung oder wegen übler, skandalöser und ketzerischer Äußerungen oder weil sie die Wirksamkeit der Exkommunikation angezweifelt hatten. Konfiskation von Hab und Gut, Peitsche und lebenslange Galeere für zwei französische Anhänger der Sekte Luthers ...

»Elvira Bolat!«, rief der Notar. »Neuchristin aus Terque ...«

»Elvira!«, entfuhr es Fatima. Ein Mann und eine Frau, die vor ihnen standen, drehten sich überrascht um: zuerst zu ihr, dann zu Hernando, dem Fatima gerade etwas erklären wollte. »Ich kenne Elvira. Sie ist meine Freundin ...«

Abbas bekreuzigte sich schnell.

»Weib!«, herrschte Hernando seine Ehefrau an und machte wie der Schmied das Kreuzzeichen. »Hüte dich vor solchen Freundschaften aus deiner Kindheit. Sie sind schändlich. Bitte die Heilige Jungfrau lieber darum, dass der Herr diese Frau auf den rechten Weg führe.«

Der Mann, der sich zu ihnen umgedreht hatte, nickte als Zeichen seiner Zustimmung, dann lauschte er mit seiner Frau wieder der Verlesung der Anklageschrift und dem Urteil.

Geldstrafe, Bußgewand und einhundert Peitschenhiebe – fünfzig in Córdoba und fünfzig in Écija, wo Elvira jetzt lebte – »wegen maurischer Umtriebe«. Die anderen angeklagten Morisken bekamen ganz ähnliche Strafen: Bußgewand, Peitschenhiebe und Geldstrafe.

Der nächste Angeklagte war ein Sklave, der mehrfach versucht hatte, in die Barbareskenstaaten zu fliehen und zudem an seiner Zugehörigkeit zur Sekte Mohammeds festhielt. Das Volk jubelte und klatschte, denn die Leute wussten, dass sie jetzt etwas geboten bekommen würden: Die Verbrennung des unverbesserlichen Sklaven!

»Damit steht das Urteil fest.«

Die Mitglieder des Tribunals beendeten die Sitzung, und die Angeklagten wurden der weltlichen Gewalt übergeben, die das Urteil vollstrecken sollte. Noch bevor der letzte Satz verhallt war, eilten die Schaulustigen davon. Sie mussten die ganze Stadt durchqueren, um das Spektakel am Scheiterhaufen auf dem Campo del Marrubial im Osten vor der Stadtmauer miterleben zu können. Männer und Frauen – ganz gleich, ob jung oder alt – stießen um sich, lachten und schwatzten.

»Müssen wir uns jetzt auch noch mit ansehen, wie sie einen von uns verbrennen?«, sagte Hernando angewidert. Im allgemeinen Durcheinander wagte er, Abbas direkt anzusprechen.

»Nein. Wir werden in der Bibliothek erwartet«, antwortete er knapp. »Außerdem: Dieser Mann wird sterben und dabei vor Hunderten aufgebrachten, blutrünstigen und rachsüchtigen Christen für die wahre Religion einstehen.« Der Schmied schwieg eine Weile und ließ seinen Blick über die zahllosen Säulen schweifen. »Lasst uns gehen!«

Die Bibliothek der Kathedrale mit ihren Abertausenden Schriftstücken und Büchern – darunter Handschriften, die mehr als achthundert Jahre alt waren – befand sich in einer großen Kapelle im südöstlichen Teil des Bauwerks. Ein altes, kunstvoll geschmiedetes Eisengitter trennte diesen Bereich ab. Doch das schmiedeeiserne Tor stand offen.

»Ist deine Frau in der Lage, hier zu warten, ohne eine Dummheit zu begehen?«, fragte Abbas.

Fatima wollte dem Schmied widersprechen, doch Hernando hielt sie zurück.

»Ja«, antwortete er nur.

»Kann sie begreifen, dass von unserer Verschwiegenheit das Leben vieler Männer und Frauen abhängt?«

»Ja, das kann sie«, sagte Hernando, und Fatima nickte beschämt.

»Gut, dann gehen wir.«

Die beiden Männer gingen durch das schmiedeeiserne Tor und gelangten in die Bibliothek. Vor ihnen türmten sich Hunderte Pergamentrollen und in Leder gebundene Bücher in großen Regalen, dazwischen konnten sie einige Lesepulte ausmachen. Zwischen zwei der Pulte diskutierten gerade fünf Geistliche, und als der Schmied sie entdeckte, wollte er schon kehrtmachen und gehen, doch es war zu spät: Einer der Geistlichen hatte ihn bemerkt und rief die beiden Morisken zu sich. Abbas konnte seine massigen Hände gerade noch zum Gebet falten und senkte ehrfürchtig den Kopf. Hernando tat es ihm gleich, und in dieser Haltung näherten sie sich den Männern.

»Was wollt ihr hier?«, fragte der Geistliche verärgert, der sie zu sich gerufen hatte.

»Ich kenne den Mann, Don Salvador«, lenkte der älteste der Geistlichen ein, ein gedrungener Kahlkopf mit einer überraschend freundlichen Stimme. »Er ist ein guter Christ und arbeitet mit der Inquisition zusammen.«

»Guten Tag, Don Julián«, grüßte Abbas.

Auch Hernando stammelte einen Gruß.

»Guten Tag, Jerónimo«, hieß ihn der Geistliche willkommen. »Was führt dich zu uns?«

Einer der Männer ging zu einem der Regale und nahm ein Buch heraus. Don Salvador beäugte die Neuankömmlinge misstrauisch, und die übrigen Männer warteten mit offensichtlicher Gleichgültigkeit, als Abbas sie auf einmal aufmerken ließen.

»Vor einiger Zeit…« Abbas räusperte sich. »Vor einiger Zeit, als die Morisken aus Granada zu uns kamen, habt Ihr mich gebeten, unter ihnen einen rechtschaffenen Neuchristen zu suchen, der Arabisch lesen und schreiben kann. Ich habe nun einen solchen Schriftkundigen gefunden. Das ist Hernando.« Mit diesen Worten stellte der Schmied seinen Begleiter vor und nötigte ihn, einen Schritt vorzutreten.

Arabisch schreiben! Ein Schriftkundiger! War Abbas nun vollkommen verrückt geworden? Ja, Hamid hatte ihm Arabisch lesen und schreiben beigebracht, die Sprache, die alle Gläubigen miteinander verband. Aber ihn damit dem Bibliothekar der Kathedrale als einen Arabischkundigen vorzustellen…

»Gut, sehr gut!«, lobte Don Julián.

»Ist er nicht ein bisschen zu jung, um Arabisch schreiben zu können?«, sagte Don Salvador misstrauisch.

Hernando spürte, wie Abbas unruhig wurde. Hatte er mit dieser Frage etwa nicht gerechnet? War er darauf nicht vorbereitet? Hernando war Don Salvadors feindseliger Tonfall nicht entgangen.

»Ihr habt vollkommen recht, Vater«, antwortete Hernando bescheiden. »Ich fürchte, mein Freund schätzt meine geringen Kenntnisse zu hoch ein.«

Don Salvador blickte auf, direkt in Hernandos strahlend blaue Augen. Er zögerte.

»Selbst wenn deine Kenntnisse nur gering sein sollten… Wo hast du Arabisch gelernt?«, fragte Don Salvador nun etwas freundlicher.

»In den Alpujarras. Beim Pfarrer in Juviles, bei Don Martín – Gott hab ihn selig. Er lehrte mich alles, was er wusste.«

Unter keinen Umständen würde er über Hamid sprechen, und was den armen Don Martín anging… Ihm schoss plötzlich das Bild seiner Mutter in den Kopf, wie sie sich mit dem Faustdolch in der Hand auf den Pfarrer gestürzt hatte. Aber die Mitglieder des Domkapitels von Córdoba hatten bestimmt nichts über das Schicksal irgendeines Dorfpfarrers in den Alpujarras gehört.

»Und wieso konnte dieser Pfarrer Arabisch?«, fragte der jüngste der Geistlichen irritiert.

Don Julián wollte gerade antworten, als Don Salvador ihm zuvorkam.

»Das ist nicht ungewöhnlich«, erklärte er. »Vor einigen Jahren erkannte der König, dass es nützlich ist, wenn die Priester Arabisch können. Denn nur so lassen sich diese Ketzer missionieren. Viele Morisken sprechen kaum Spanisch, vor allem in den Königreichen Valencia und Granada. Man muss Arabisch können, um zu erfahren, was sie denken. Gut, mein Junge, dann beweise uns dein Wissen, auch wenn es noch so gering ist. Vater«, fügte er an Don Julián gerichtet hinzu, »reicht mir das Traktat, das uns jüngst in die Hände gefallen ist.«

Don Julián zögerte. Hernando spürte, wie ihm das Blut in den Adern gefror. Er vermied es, Abbas anzusehen, und blickte stattdessen zu Fatima, die ihn aus einiger Entfernung mit einem dezenten Lächeln ermutigte. Da erst begriff er: Warum eigentlich nicht? Was verstanden diese Geistlichen schon von Arabisch? Immerhin brauchten sie einen Übersetzer.

Er nahm das abgegriffene Papier in die Hand und begann zu lesen. Es war in Hocharabisch verfasst. Hamid hatte ihm immer wieder die Unterschiede zwischen Hocharabisch und jenem Arabisch erklärt, das sie hier in al-Andalus sprachen und das im Laufe der Jahrhunderte so viele Veränderungen erfahren hatte. Aber was stand in dieser Handschrift?

»Hier neben dem Datum steht ›Tunis‹«, stellte er fest, während er versuchte, den Inhalt des Schreibens zu erfassen. »Es geht um die Heilige Dreifaltigkeit«, sagte er noch, als er die ersten Schriftzeichen erkannte. »Im Namen Allahs, des gerechten Richters«, improvisierte er, während er vorgab abzulesen, »des Feinfühligen, der Kenntnis von allem hat, des Beschützers, der alle Dinge besorgt und überwacht, im Namen des Schöpfers …«

»Schon gut, schon gut«, unterbrach ihn Don Salvador verärgert und machte eine abschätzige Handbewegung. »Diese Blasphemien kannst du dir sparen. Was steht da über das Dogma der Dreifaltigkeit?«

Hernando versuchte die Schriftzeichen zu entziffern. Der ewige Zwist zwischen Muslimen und Christen war ihm sehr wohl bekannt. Gott ist einzig. Wie konnten die Christen behaupten, dass es Vater, Sohn und den Heiligen Geist in einem Gott gibt? Er bekreuzigte sich mit ernster Miene und legte die Handschrift zurück auf das Pult.

»Vater, ist es wirklich Euer Wunsch, dass ich hier«, Hernando zeigte bei diesen Worten auf die Kathedrale, »an diesem heiligen Ort vorlese, was da geschrieben steht? Heute Morgen wurden einige Männer wegen viel geringerer Vergehen verurteilt.«

»Das ist wahr«, gab Don Salvador zu. »Don Julián, fertigt mir einen Bericht über den Inhalt dieses Schriftstücks an.« Hernando hörte Abbas erleichtert ausatmen. »Wo arbeitest du, mein Sohn?«

»Im königlichen Marstall.«

»Don Julián, sprecht mit Don Diego López de Haro. Bittet den Oberstallmeister um Erlaubnis, dass uns der junge Mann Arabisch lehrt und uns bei den Schriften hilft. Aber er soll seine Arbeit bei den Pferden des Königs nicht vernachlässigen. Bestellt ihm den Dank des Bischofs und des Domkapitels.«

»Das werde ich tun, Vater.«

»Ihr könnt gehen.« Mit diesen Worten entließ Don Salvador Hernando und Abbas.

Fatima empfing ihren Mann am schmiedeeisernen Tor mit einem Lächeln.

»Gut gemacht«, flüsterte sie.

»Sei still!«, mahnte Abbas.

Sie wollten die Mezquita durch die westliche Puerta de San Miguel verlassen. Dabei kamen sie an der Capilla de San Pedro vorbei – der letzten Ruhestätte von Don Alonso Fernández de Montemayor, des Statthalters von König Heinrich II. von Kastilien. Abbas blieb am schmiedeeisernen Gitter vor der Kapelle stehen.

»Hier wird der heilige Petrus verehrt«, sagte er und kniete andächtig nieder. Mit einem Handzeichen forderte er Hernando und Fatima auf, es ihm gleichzutun. Sie schauten ihn erstaunt an. »Diese Kapelle wurde im Vorraum des Mihrab aus der Zeit von al-Hakam II. errichtet«, fügte Abbas flüsternd hinzu. Hernando lief ein Schauer über den Rücken. Sie befanden sich also in der alten Maqsura – dem Bereich, den nur der Kalif und sein Hofstaat betreten durften. »Der Mihrab selbst«, flüsterte Abbas, »wird als Sakristei genutzt, und der König hat verboten, hier Christen zu beerdigen.« Die sterblichen Überreste von Don Alonso befanden sich – im Unterschied zu den übrigen Grablegungen – nicht unter den Steinplatten am Boden, sondern in einem einfachen weißen Sarkophag im hinteren Teil der Kapelle.

»Allahu akbar!«, sprach Fatima leise.

Sie knieten ehrfürchtig an diesem heiligen Ort. Plötzlich konnten sie sich lebhaft vorstellen, wie hier aus dem Koran vorgetragen wurde – aus jenem kostbaren Exemplar, erschaffen durch die Hand des Kalifen Uthman ibn Affan. Es war mit Gold, Perlen und Edelsteinen besetzt und so schwer, dass es nur von zwei Männern getragen werden konnte.

Für die Maqsura hatte der Kalif die harmonische Vereinigung unterschiedlichster Architekturstile gewünscht – und ein Werk von überragender Schönheit geschaffen. Der Zugang zur Gebetsnische lag unter einer prachtvollen Kuppel im armenischen Stil. Auch Byzanz war vertreten: bunte Mosaikarbeiten, deren Material die Handwerker eigens aus der Hauptstadt des Orients mitgebracht hatten. Es gab in Gold und Marmor verewigte Koranverse, ineinander verschlungene Arabesken, griechisch-römische Ornamente, sogar christliche Einflüsse. Das Zusammenspiel all dieser so verschiedenen Elemente machte diesen Ort, an dem nun die Capilla de San Pedro stand, zu einem der schönsten Orte der Welt.

Die drei Morisken beteten schweigend und verließen die Mezquita dann durch die Puerta de San Miguel. Sie gelangten auf die Calle de los Arquillos mit dem Bischofspalast, der auf dem Gelände des ehemaligen Alcázar der Kalifen von Córdoba errichtet worden war. Sie liefen unter der Brücke hindurch, die den ehemaligen Kalifenpalast mit der Mezquita verband, und gingen in Richtung Marstall.

»Ich kann diese Schriftstücke nicht übersetzen«, sagte Hernando leise. »Sie sind auf Hocharabisch. Ich kann diesem Priester doch kein Hocharabisch beibringen.«

Abbas ging einfach weiter. Er war misstrauisch. Fatimas impulsives und unvorsichtiges Verhalten hatte ihn verärgert. Aber die Gemeinschaft vertraute ihr, sagte er sich. Außerdem, so musste er zugeben, hatte er selbst ihnen die christliche Kapelle gezeigt, die den Mihrab vor den Augen aller verbarg, und sie dort zu allem Überfluss auch noch zum Gebet aufgefordert. Fühlten sie in ihrem Innersten nicht alle das Gleiche?

»Keine Sorge!«, sagte der Schmied schließlich, als sie schon fast an den Stallungen angekommen waren. »Don Julián wird dich Hocharabisch lehren, die Sprache unseres heiligen Buches.«

Hernando blieb abrupt stehen.

»Ja«, bestätigte Abbas, »Don Julián ist ein Glaubensbruder, und in ganz Córdoba findest du keinen Mann, der gebildeter ist als er.«

36

Etwa zur gleichen Zeit, als Aischa wieder aus dem Gefängnis kam, setzte sich Ibrahim zusammen mit zwei Sklaven von Sobahet und seinen Aufständischen ab. Dass ihn seine Frau zum Abschied im Monfí-Lager angespuckt hatte, schmerzte ihn mindestens genauso stark wie sein Armstumpf. Kurz nachdem Aischa zwischen den Bäumen verschwunden war, waren Sobahet und seine Männer aufgebrochen, und Ibrahim musste sich zu Fuß hinter ihnen herschleppen. In seinem Zustand konnte er weder allein in den Bergen bleiben noch nach Córdoba zurückkehren, also folgte er den Monfíes wie ein räudiger Hund – immer in einem gewissen Abstand. Sobahet ließ ihn schweigend gewähren, Ubaid hingegen verhöhnte ihn und warf ihm Essensreste vor die Füße. Als Ibrahim nach einigen Tagen erfuhr, dass zwei der ehemaligen Sklaven vorhatten, an die valencianische Küste zu gelangen, um zu den Barbaresken überzusetzen, schloss er sich ihnen an. Unterwegs fanden sie Unterschlupf in den Häusern anderer Morisken, und das Essen stahlen sie sich auf kleinen Märkten. Immer wieder entkamen sie nur knapp den Streifen der Santa Hermandad. Zunächst orientierten sich die drei gen Osten, Richtung Albacete, dann schlugen sie den Weg nach Xátiva ein, und von dort wollten sie im Königreich Valencia die Küstenorte zwischen Cullera und Gandía erreichen, in denen viele Morisken lebten.

Trotz der zahlreichen Kontrollen gelang es den Morisken immer wieder, von diesem Küstenstreifen aus zu den Barbareskenstaaten überzusetzen. Die Korsaren, die im Königreich Valencia auf Kaperfahrten und Raubzügen unterwegs waren, halfen ihnen dabei. Es war absurd. Die Spanier machten den zwangsbekehrten Neuchristen das Leben auf der Iberischen Halbinsel zur Hölle, aber gleichzeitig hinderten sie sie daran, in islamische Länder zu fliehen. Die Adligen und Großgrundbesitzer wollten um keinen Preis die billigen Arbeitskräfte verlieren, und die Kirche bestand ihrerseits auf der Rettung dieser Seelen. Aber auch die Morisken hatten großes Interesse an der Rettung ihrer Seelen … und zwar dort, wo Mohammed gepriesen wurde. Also halfen die Glaubensbrüder im Königreich Valencia allen, die das Land verlassen wollten, das ihnen acht Jahrhunderte lang gehört hatte, um zu den Barbaresken zu gelangen.

Zusammen mit einigen anderen Morisken gelang Ibrahim und seinen beiden Gefährten schließlich ihr Vorhaben. An einem frühen Septembermorgen plünderten etwa fünfzig Korsaren die Häuser der Christen um Cullera. Die Piraten hielten dabei an ihrer üblichen Vorgehensweise fest: Drei Galeoten hatten im Schutz der Nacht in einiger Entfernung von Cullera geankert, und die Besatzung war an Land gegangen. Im Morgengrauen hatten sie sich ihrem Ziel zu Fuß genähert. Anders als beim Angriff durch eine ganze Flotte von Kaperschiffen setzten diese Landüberfälle auf Überraschung und Schnelligkeit. Die Plünderungen mussten besonders zügig durchgeführt werden, noch ehe die betroffene Stadt und die umliegenden Ortschaften Sturm läuten konnten – denn die Korsaren wollten an Land keine großen Kämpfe austragen. Später sammelten die Galeoten die Korsaren und ihre Beute an einem vereinbarten Treffpunkt wieder ein.

In der Nacht vor dem Überfall auf Cullera war eine Vorhut der Piraten an Land gegangen, um von den ortsansässigen Morisken nützliche Informationen für ihren Raubzug zu bekommen. Dabei war Ibrahim zu ihnen gestoßen und hatte sich mit den beiden Sklaven und einigen anderen Morisken den Korsaren angeschlossen. Zwei ortskundige Männer zeigten den Piraten den Weg nach Cullera.

»Gib mir ein Schwert, ich will mitkämpfen«, bat der ehemalige Maultiertreiber den Anführer, als sie am Strand ankamen, an dem sich die Korsaren bis zum Morgengrauen verstecken wollten. Die Galeoten waren außer Sichtweite auf hoher See geblieben.

»Du bist Moriske, und dir fehlt eine Hand!«, wehrte ihn der Korsar ab. »Lass mich bloß in Ruhe!«

Ibrahim kochte innerlich vor Wut, riss sich jedoch zusammen und ging zu den anderen Morisken, die etwas abseits im Sand saßen.

»Was glotzt du so dämlich?«, herrschte er einen der Sklaven aus Ubaids Trupp an und trat ihm ins Gesicht. Schließlich forderte ihn ein mürrischer Korsar auf, sich gefälligst zu den anderen zu setzen und endlich das Maul zu halten.

Der Korsarenangriff auf Cullera dauerte nur wenige Minuten: Sie überraschten die Bauern auf den Feldern und nahmen neunzehn Gefangene. Anstatt ihre Ausbeute noch zu vergrößern, indem sie die Flüchtigen verfolgten und gefangen nahmen, eilten sie schnell zu den bereits in der Nähe von Cullera vor Anker liegenden Galeoten. Weder die Wachen und Büttel in der Stadt noch aus den umliegenden Ortschaften hatten auch nur den Hauch einer Chance: Noch bevor sie den Angriff als solchen wahrgenommen hatten, waren die Piraten schon wieder auf den Galeoten und stachen mit den Gefangenen und den flüchtenden Morisken an Bord in See.

Und sobald sie außerhalb der Reichweite der Kanonen waren, hissten die drei Galeoten die Parlamentärsflagge. Die Valencianer wussten, was diese weiße Fahne bedeutete: Damit signalisierten die Korsarenkapitäne ihre Bereitschaft für Verhandlungen über den Freikauf der Gefangenen. An diesem Morgen wurden fünfzehn Gefangene freigekauft, die übrigen vier würden später auf den Sklavenmärkten von Algier landen.

Die Überfahrt auf die andere Seite der Meerenge dauerte zwei Tage. Die See lag ruhig vor ihnen, und die Ruderer der Galeoten mussten sich anstrengen, um trotz der Windstille vorwärtszukommen. Doch kein Mitglied der Besatzung – ausschließlich Türken und christliche Renegaten – wollte etwas mit den Morisken zu tun haben, und sie teilten sie nicht einmal zur Arbeit an den Ruderbänken ein.

Ibrahim hatte also ausreichend Gelegenheit, sich an Bord umzusehen. Der Kapitän stand am Bug. Wie so viele christliche Renegaten hatte er langes blondes Haar, das ihm bis über die Schultern fiel. Ibrahim spuckte ins Wasser. Die Piraten nahmen die spanischen Morisken – dieses für sie so verabscheuungswürdige menschliche Frachtgut – nur auf, damit die moriskischen Küstenbewohner ihnen weiterhin bei ihren Beutefahrten halfen.

Die kleine Flotte lief schließlich im Hafen von Algier ein. Beim Anblick der mächtigen Stadtmauer entschied Ibrahim, diese Piratenhochburg so schnell wie möglich wieder zu verlassen. Er streifte einige Tage ziellos durch die Gassen und hielt sich dabei immer von den anderen Morisken aus al-Andalus fern. Er wollte nicht wie sie in einem der unzähligen Obstgärten oder auf einem der Weizenfelder vor der Stadt für einen Hungerlohn arbeiten. Als er im Suk schließlich eine Karawane ausmachen konnte, die gerade nach Fez aufbrach, wollte er sich ihr anschließen. Er war am Verhungern!

»Ich bin Maultiertreiber und …«, setzte er gerade an, als der Araber im Beduinengewand den Kopf schüttelte und abschätzig auf seinen Armstumpf deutete.

Ibrahim wollte ihm sein Können beweisen und ging zu einem der im Schatten ruhenden Kamele. Es war das erste Mal, dass er Kamele sah, und ihre Höcker waren sogar jetzt noch höher als der Rücken jedes Maultiers, das er je durch die Alpujarras geführt hatte.

Er fuhr mit der Hand über den Kopf des Tieres, das von der Berührung allerdings vollkommen unbeeindruckt blieb. Der Karawanenführer beobachtete neugierig, was Ibrahim vorhatte. Das Tier sollte aufstehen. Ibrahim zog mit der linken Hand am Strick, doch das Kamel bewegte den Kopf kein Stück. Dann riss er nach der einen und nach der anderen Seite. Seine Maultiere hatte er so immer überlisten können, wenn sie nicht vorwärtsgehen wollten – aber das störrische Tier hier regte sich nicht. Ibrahim merkte, dass sich einige Menschen um den Araber versammelt hatten, die das Schauspiel belustigt beobachteten. Er wusste, welche Schmach ihn erwartete, wenn er das Tier nicht dazu brachte, aufzustehen. Er zog kräftig am Strick. Als er noch einmal ziehen wollte, schnellte das Kamel plötzlich vor und biss ihn in den Bauch. Er erschrak, strauchelte und fiel zu Boden. Die Zuschauer lachten und applaudierten begeistert. Natürlich! Alle hatten gewusst, dass ihn das Tier beißen würde. Ibrahim hatte den Männern den Rücken zugekehrt. Er wollte gerade aufstehen und weggehen, da ebbte das Gelächter schlagartig ab, und nur ein helles, kindliches Kichern war noch zu hören. Sollte er nachsehen, woher dieses unbedarfte wie merkwürdige Gekicher kam? Schließlich überwand er seine Hemmung, in die höhnischen Gesichter der anderen Männer zu sehen, und erblickte einen etwa achtjährigen Jungen, der in seinen edlen grünen Seidengewändern wie ein kleiner Fürst aussah. Der Mann neben dem Jungen war mindestens genauso prächtig gekleidet. Er trug erstaunlich massiven Schmuck und einen großen Krummsäbel, an dessen Scheide unzählige Edelsteine in der Sonne funkelten. Hinter ihm standen drei Frauen in schwarzen Tuniken und schwarzen Umhängen. Um ihre Handgelenke und Fesseln klirrten zahlreiche Silberreifen. Sie waren verschleiert, und nur die dunklen Augen waren durch kleine Sehschlitze zu erkennen. Ibrahim starrte den Jungen an. Er war doch am Verhungern!

Der Mann mit dem kostbaren Krummsäbel legte dem Kind die Hand auf die Schulter. Der Junge hatte inzwischen aufgehört zu lachen und starrte Ibrahim erwartungsvoll an. Vielleicht war das seine letzte Chance! Ibrahim zwinkerte dem Jungen zu, machte einen Schritt zurück und trat mitten in einen der vielen Kamelfladen. Dann rutschte er absichtlich aus und ließ sich wild grimassierend auf den Hintern fallen. Der Junge kicherte wieder, und Ibrahim sah, dass auch die Lippen des vornehmen Mannes ein Lächeln umspielte. Ibrahim blieb hilflos am Boden liegen und zappelte wild herum. Wie kann ich den Jungen und seinen Vater nur weiter unterhalten? Er hatte sich noch nie absichtlich zum Narren gemacht, aber jetzt hatte er keine andere Wahl. Er musste diese Stadt unbedingt verlassen. Er hatte nicht all die Strapazen der langen Reise auf sich genommen, nur um hier als einfacher und von allen verachteter Landarbeiter zu enden – mochte es auch noch so viele Moscheen geben, in denen er sein Leid beklagen konnte! Er richtete sich ungeschickt auf und humpelte wild gestikulierend zu einem der ruhenden Kamele. Das nicht abbrechende glückliche Kinderlachen ermutigte ihn dabei. Er hüpfte auf den Höcker des Tiers, nur um sich wie ein nasser Sack auf der anderen Seite hinunterfallen zu lassen. Inzwischen lachte nicht mehr nur der Junge: Alle Anwesenden hatten ihren Spaß. Er versuchte noch einmal – natürlich erfolglos – aufzusitzen, und schließlich hüpfte er aufgeregt um das Kamel herum.

Als endlich auch der vornehme Mann mit dem Krummsäbel in Gelächter ausbrach, ging Ibrahim zu ihm und machte eine tiefe Verbeugung. Der Junge hatte vor Lachen Freudentränen in den Augen. Der Mann nickte zustimmend und schenkte ihm ein Goldstück. Da erst spürte Ibrahim die stechenden Schmerzen dort, wo das Kamel ihn gebissen hatte.

Sie gestatteten ihm, den Sohn des reichen Händlers Umar ibn Sawan nach Fez zu begleiten. Die Karawane bestand aus etwa fünfzig Kamelen, allesamt schwer mit kostbarer Ware beladen. Umar hatte zu ihrer Sicherheit eigens bewaffnete Begleiter angeheuert. Die Reise sollte zunächst von Algier nach Tlemcen und von dort nach Fez führen – jener prächtigen, reichen Stadt im Herzen des Königreichs Marokko. Unterwegs erkannte Ibrahim seinen Fehler im Umgang mit dem Kamel: Die Treiber behandelten ihre Tiere überraschend liebevoll und behutsam. Sie strichen ihnen nur mit einer einfachen Rute über die Knie oder den Hals, damit sie aufstanden oder sich hinlegten, und statt auf sie einzuprügeln, um sie auf den langen Tagesmärschen anzutreiben, sangen sie ihnen Lieder vor! Und zur großen Überraschung des Maultiertreibers aus den Alpujarras reagierten die Wüstentiere auf den Gesang und hielten das Tempo. Umar und sein Sohn Jusuf begleiteten die Karawane auf kleinen Wüstenpferden. Seine drei Frauen reisten in kleinen Sänften, die sich im Takt der Kamelschritte wiegten.

Ibrahim hatte sich mit dem Goldstück des Händlers ein Paar alte Schuhe und einen Turban gekauft und ging zwischen den Kamelen, Tierpflegern, Sklaven, Dienern und Wachen zu Fuß. Inzwischen lachte die gesamte Karawane über ihn. Er war ununterbrochen dem Spott, den Späßen, aber auch den Hieben seiner Mitreisenden ausgesetzt. Der Maultiertreiber wiederum reagierte auf ihre Scherze mit übertriebenen Stürzen, grotesken Verrenkungen oder einfach nur einem Lächeln, aber er ließ zu, dass man sich andauernd über ihn lustig machte. Er entdeckte, dass die Mitreisenden vor Begeisterung jauchzten, wenn er sich auf allen vieren vorwärtsbewegte und dabei seinen Armstumpf mit dem Turban verbarg. Was seine Zuschauer jedoch nicht wussten: Sobald er mit dem Stumpf den Boden berührte, durchzuckte ihn ein stechender Schmerz. Sie lachten, wenn er ohne ersichtlichen Grund um ein Kamel oder einen Menschen herumwirbelte und dabei wie ein Verrückter jaulte. Der kleine Jusuf, immer in Begleitung seines Vaters, saß auf seinem Pferd und kam aus dem Kichern kaum heraus.

Dummköpfe! Konnten sie nicht den Zorn in seinen Augen sehen? Jedes Mal, wenn es Ibrahim gelungen war, die Leute zum Lachen zu bringen, spürte er eine unbändige Wut in sich aufsteigen, die ihn innerlich zu verbrennen schien. Sein hasserfüllter Blick konnte ihnen doch nicht entgehen! Er ging zwischen den Kameltreibern auf und ab und beobachtete die beiden prächtigen Reiter, die die Karawane im Galopp begleiteten: Der Händler und sein Sohn ritten unentwegt vor und zurück. Dabei schwatzten sie und lachten und erteilten unaufhörlich Befehle, denen die übrigen Männer mit gesenktem Haupt gehorchten. Er bestaunte die kostbaren Behänge der Sänften, und abends, wenn er den kleinen Jusuf genügend unterhalten hatte, blickte er neidisch zu den großen Zelten hinüber, die der Händler mit seiner Familie bewohnte. Sie waren mit weichen Stoffen und bequemen Kissen ausgelegt und mit allem nur erdenklichen Hausrat aus Kupfer oder Eisen ausgestattet. Selbst in den prächtigsten Herrenhäusern von al-Andalus hatte Ibrahim niemals einen derartigen Prunk gesehen. Wenn sich Umar, Jusuf und die Frauen nachts zurückzogen, schlief Ibrahim neben den Zelten auf der Erde.

Nur wenige Tagesreisen von Tlemcen entfernt fasste er schließlich einen Entschluss. Er hatte gehört, wie die Leute darüber sprachen, dass es auf der Strecke zwischen Tlemcen und Fez – in der Wüste von Angad – nicht selten vorkam, dass arabische Trupps die Karawanen überfielen. Ibrahim hatte die Erniedrigungen, die Schläge und die derben Späße seiner Mitreisenden endgültig satt! Er war es außerdem leid, zu

Fuß durch die Wüste zu gehen, und er hasste die Kamele, die sich zum eintönigen Singsang ihrer Treiber bewegten!

Alle sahen in ihm nur einen harmlosen Irren – und hielten es daher nicht für nötig, ihn zu überwachen. Es war für Ibrahim somit ein Leichtes, in der Nacht, in der sie nur wenige Meilen vor Tlemcen ihr Lager aufgeschlagen hatten, in Umars Zelt zu schleichen. Er kroch unter einer Zeltplane hindurch und fand Vater und Sohn im Schlaf. Er lauschte dem regelmäßigen Atem der beiden und wartete, bis sich seine Augen an das matte Licht gewöhnten, das ein Lagerfeuer außerhalb des Zeltes spendete, an dem drei Wachen dösten. Er ließ seinen Blick über die teuren Seidenstoffe und Wandbehänge gleiten, über die kostbaren Gewänder des Händlers und seines Sohnes … Neben Umar lag eine Schatulle mit Einlegearbeiten aus Edelsteinen. Ibrahim hielt sich dicht am Boden, damit man von außen keinen Schatten erkennen konnte. Bei Umar angekommen, nahm er das Kästchen an sich, musste es aber sofort wieder abstellen, damit er zuerst den kostbaren Krummsäbel des Händlers an sich nehmen konnte. Er schnallte sich die Waffe vorsichtig um, griff nach der Schatulle und schlich aus dem Zelt. Da wurde ihm plötzlich klar, dass es nur noch zwei Möglichkeiten für ihn gab: die Flucht oder den sicheren Tod. Wenn sie ihn entdeckten … Er verbarg das Schatzkästchen in seinem Turban, band diesen am Gürtel fest und schlich zwischen den Kamelen und den Schlafenden vorbei. Er bewegte sich sehr langsam, da er jedes Geräusch unbedingt vermeiden musste – vor allem das metallische Klimpern in der Schatulle, das selbst durch den dichten Turbanstoff zu hören war. Schließlich gelangte er zum Zelt mit den Waren, die die Kamele tagsüber transportierten. Auch hier hatte der Schlaf die Wachposten übermannt. Eines der Lagerfeuer war noch nicht erloschen. Ibrahim schlich hin, zog einen Schuh aus und legte ein Stück glühendes Holz hinein. Dann warf er beides zwischen einige Ballen der kostbaren Seidenstoffe. Er wartete das Ergebnis gar nicht erst ab, sondern begab sich direkt zu den beiden Pferden.

Er streichelte die Tiere, damit sie sich beruhigten. Einige Männer der Karawane schliefen ganz in der Nähe. Als Ibrahim das Gefühl hatte, die Pferde würden ihn gewähren lassen, band er beide vorsichtig los und zäumte Umars Pferd auf. Dann ging er in die Hocke und wartete ab. Schon bald würde jemand Alarm schlagen. Ibrahim stellte sich Umars Krummsäbel an seinem Hals vor, die sichere Strafe für den soeben begangenen Diebstahl. Da ertönte der erste Schrei, dann der zweite und der dritte. Trotz der Dunkelheit konnte man erkennen, dass eine dichte Rauchwolke aus dem Zelt mit den Waren aufstieg, und plötzlich schnellte eine gewaltige fauchende Stichflamme in die Höhe. Die Männer sprangen entsetzt auf, und das ganze Lager versank innerhalb von wenigen Sekunden in Chaos. Ibrahim musste sich vom Anblick der in die Nacht ragenden tiefroten Feuerzungen losreißen.

»He! Du! Was machst du da bei den Pferden?«, rief ihm ein Pferdeknecht zu, der zu den Tieren eilte.

Ibrahim erwachte aus seiner Starre und versuchte den jungen Mann mit einer seiner komischen Grimassen zu überraschen. Der Mann blieb erstaunt stehen, da zückte Ibrahim den Krummsäbel und stieß ihn tief in die Brust des Pferdeknechts. Nie wieder würde er für irgendjemanden den Narren geben, schwor sich Ibrahim und saß mit einem Satz auf.

Und während die Leute damit beschäftigt waren, das Feuer zu löschen, ritt Ibrahim in gestrecktem Galopp gen Norden. Jusufs Pferd folgte ihm ganz von selbst. Bald verschwanden Pferde und Reiter in der Dunkelheit der Nacht.

Nach einigen Tagesritten erreichte Ibrahim Ende Oktober 1574 die Stadt Tetuan. Unterwegs hatte er die großen Handelsrouten vermieden und sich von seinem Instinkt und seiner Erfahrung als Maultiertreiber leiten lassen. Er war immer Richtung Norden geritten und hatte sich bei der geringsten Gefahr sofort versteckt. Doch seine Befürchtungen waren unnötig gewesen, Umar hatte ihn nicht verfolgt – obwohl nicht nur die beiden Pferde wertvoll waren, sondern auch der Inhalt der Schatulle ein kleines Vermögen darstellte: Edelsteine sowie Goldstücke in den unterschiedlichsten Währungen.

Die Stadt Tetuan lag am Fuß des Djebel Dera im Tal des Martil. Zum Mittelmeer waren es knapp sechs und zur Meerenge von Gibraltar nur etwa achtzehn Meilen. Die Medina innerhalb der Stadtmauern war von den spanischen Muslimen, die nach der Kapitulation aus Granada geflüchtet waren, neu aufgebaut und besiedelt worden.

Ibrahim verbarg die Pferde und das Geld in den Bergen und betrat die Stadt durch das Bab Mqabar in der Nähe des Friedhofs. Er sah aus wie ein verwirrter Bettler und führte nur einige wenige Geldstücke mit sich. Plötzlich hatte er das Gefühl, wieder in al-Andalus zu sein. Die Atmosphäre, die Art, wie die Leute sprachen und sich kleideten, die Ähnlichkeit der Stadt mit dem Albaicín von Granada oder den Orten in den Alpujarras – all das gab Ibrahim die Gewissheit: Hier wollte er leben. Er hielt einen Straßenjungen mit schmutzigen Kleidern und munteren, großen Augen an und fragte ihn, ob er ihn durch die Stadt führen könne. Zur Überraschung der Händler im Suk und des Burschen erstand Ibrahim teure Gewänder und gab plötzlich eine stattliche Erscheinung ab. Auch für Nasi, so hieß der kleine Gauner, kaufte er neue Kleidung. Danach kehrte er mit dem verwunderten Jungen zu dem Versteck in den Bergen zurück, wusch sich in einem Bach und zwang Nasi, es ihm gleichzutun. Seinem Pferd legte Ibrahim eine Matte als Sattel auf, Jusufs Pferd belud er mit den neu erworbenen Gewändern. Nasi, mittlerweile mit einem Turban ausgestattet, führte dieses Pferd an einem Strick, und man hätte beinahe annehmen können, er sei schon immer Ibrahims Diener gewesen. Der Bursche ließ sich sofort auf den Handel ein, als er hörte, dass er von nun an täglich zu essen bekommen sollte.

»Aber wenn du nur ein Sterbenswörtchen über mich erzählst, schneide ich dir die Kehle durch«, drohte Ibrahim und zeigte auf den Krummsäbel.

Nasi schien die Waffe nicht sonderlich zu beeindrucken, aber seine Antwort klang überzeugend:

»Ich schwöre es, bei Allah.«

Sie mieteten ein ansehnliches, einstöckiges Haus mit Garten.

Am Ende des 16. Jahrhunderts, also zu der Zeit, als Ibrahim sich in der Stadt niederließ, brachen viele Piraten von Tetuan aus zu ihren Kaperfahrten an der spanischen Küste auf. Dabei lag dieses noch junge Piratennest mit den alten Korsarenhochburgen der Barbaresken im direkten Wettstreit: mit Algier, Tunis, Cherchell, Vélez, El Araish und Salé. Aber die gewaltigen Rundschiffe aus Frankreich, England und den Niederlanden, die das Mittelmeer befuhren, hatte die Reeder von Algier veranlasst, ihre schlanken, leichten Galeoten und Galeeren durch große Rundsegler zu ersetzen, die mit schweren Kanonen bewaffnet waren. So konnten sie die neuen Schiffe des Gegners nicht nur erreichen, sondern auch besiegen. Die algerischen Korsaren konnten nun sogar die großen Häfen jenseits der Meerenge ansteuern: in Portugal, Frankreich, England und sogar Island. Die kleineren Kaperfahrten nach Spanien mit den Blitzangriffen auf die Küstenorte wurden für diese bedeutenden Korsarenstädte bald zu einer vernachlässigbaren Nebenbeschäftigung.

In dieser Situation ließ sich Ibrahim in Tetuan nieder und war bald Besitzer von drei kleinen Fusten mit jeweils zwölf Ruderbänken. Den Kapitänen seiner Schiffe stellte er nur eine Bedingung: Er würde die Beutezüge persönlich befehligen. Auch wenn er kaum etwas von der Seefahrt verstand, so kannte er die Küsten von Granada, Málaga und Almería besser als jeder Pirat.

Zu Beginn der Schifffahrtszeit im März 1575 landete der ehemalige Maultiertreiber aus den Alpujarras als Anführer einer stattlichen Einheit in der Nähe von Mojácar an der spanischen Küste. Keiner der Wächter in den neun Verteidigungstürmen an der Küste zwischen Vera und Mojácar bemerkte ihre Schiffe und läutete Sturm.

»Die meisten Wachposten wurden abgezogen, und viele Türme sind zerstört«, erklärte der Kapitän und lachte. »In den meisten Türmen sitzt hier und da vielleicht ein alter Mann, der aber lieber seinen Garten bestellt, als sich um etwas zu kümmern, wofür König Philipp ihn nicht einmal bezahlt.«

Das entsprach der Wahrheit. Die Korsaren mochten noch so viele Kaperfahrten nach Spanien unternehmen, das Verteidigungssystem der Christen – mit ihren Wachen und Kundschaftern an den Küsten, die die Städte und die Truppen benachrichtigen sollten – brach langsam, aber sicher in sich zusammen.

Ibrahim landete mit seinen knapp fünfzig Männern an der Küste in der Nähe von Mojácar. Einige blieben bei den Schiffen, doch die meisten beteiligten sich am Beutezug. Ibrahim hielt einen Moment lang inne und beobachtete, wie seine Mannschaft landeinwärts stürmte. Spanien! Er atmete tief ein. Er war wieder in Spanien! Und er befehligte ein kleines, schlagkräftiges Heer. Er war Herr über diese Piraten! Er bezahlte sie! Er hatte es …

»Worauf wartest du?«, drängte der Hauptmann eines Trupps. »Wir haben nicht viel Zeit!«

Sie trafen zunächst auf einige Männer und Frauen bei der Feldarbeit, die sofort das Weite suchten, als sie die Korsaren entdeckten. Seinen Männern gelang es dennoch, mehrere von ihnen gefangen zu nehmen.

Kurz darauf trafen sie sich alle am Strand wieder. Sie hatten fünfzehn Gefangene gemacht, besonders wertvoll waren drei junge, gesunde und üppige Frauen aus Galicien. Sie gehörten zu jenen spanischen Christen, mit denen man das Königreich nach der Vertreibung der Morisken neu zu besiedeln versuchte. Ibrahim würde für sie einen guten Preis auf dem Sklavenmarkt von Tetuan erzielen können.

Während seine Männer an Bord gingen, warf Ibrahim einen letzten Blick auf sein al-Andalus. Am Horizont konnte er die Sierra Nevada ausmachen, mit ihren verschneiten Gipfeln, ihren klaren Flüssen, ihren tiefen Wäldern und …

»Verdammter Nazarener! Ich lebe noch!«, schrie er. »Fatima, ich schwöre bei Allah: Eines Tages komme ich wieder und hole, was mir gehört!«

37

Córdoba, Oktober 1578

Hernando gab Corretón die Sporen und genoss die kühle Luft, die ihm entgegenwehte. Das dumpfe Trommeln der Hufe auf dem feuchten Grund konnte die Flüche von José Velasco und Rodrigo García nicht übertönen. Die beiden versuchten ihn mit ihren Pferden einzuholen. Sie waren auf der Weide der Stuten und Fohlen angekommen, und Hernando hatte sie zu einem Wettrennen herausgefordert.

»Mit Corretón schlage ich jeden!« Die erfahrenen Bereiter hatten sich ungläubig angesehen. »Wer als Letzter bei den Korkeichen ist«, Hernando zeigte auf einige Bäume am anderen Ende der Weide, »gibt eine Runde Wein aus.«

Hernando jagte auf Corretón dahin und baute den Vorsprung zu seinen Verfolgern immer weiter aus. Er war in Festtagsstimmung. Bevor sie aus der Stadt geritten waren, hatten die Glocken aller Kirchen Córdobas geläutet. Der Grund: Don Juan de Austria war an Typhus gestorben. Der Henker der Alpujarras hatte seine letzten Stunden in einer einfachen Hütte zugebracht.

Corretón galoppierte wie der Wind, und Hernando jubelte. Er schrie, so laut er konnte. Er schrie zu Ehren der vielen Frauen und Kinder aus Galera, die der christliche Oberbefehlshaber hatte hinrichten lassen.

Weniger als eine Meile vor dem Eichenhain überholte ihn zunächst Rodrigo und dann auch noch José. Hernando gelangte als Letzter zu den beiden Reitern, die ihre Pferde am Ziel langsam auslaufen ließen.

»Auf dich!«, lachte Rodrigo.

»Corretón ist viel jünger als eure Pferde«, verteidigte Hernando sein Reitpferd.

»Das hätte dir früher einfallen müssen!«, ermahnte ihn Don Diegos Lakai. »Oder machst du jetzt etwa einen Rückzieher?«

»Ich habe mich einfach in der Entfernung verschätzt.«

Rodrigo ritt zu ihm und klopfte ihm auf die Schulter.

»Wettschulden sind Ehrenschulden.«

Mittlerweile schnauften die Pferde wieder ruhiger, und die Männer wollten gerade den Heimritt antreten, als Rodrigo sie auf etwas aufmerksam machte.

»Kommt her!«, rief er und zeigte zum Dickicht.

Aus dem Gestrüpp ragten die Hinterläufe einer Stute. Die Männer ritten näher und stiegen ab. José und Rodrigo begutachteten den Kadaver, während sich Hernando um ihre Pferde kümmerte.

»Es ist zwar nur eines der älteren Tiere«, berichtete José nachdenklich, als die beiden zu Hernando zurückkehrten und aufsaßen, »aber die Fohlen waren großartig. Wir beide reiten nach Córdoba zurück. Du suchst den Pferdehirten«, wandte er sich an Hernando, »und sagst ihm, dass hier eine tote Stute liegt. Zeig sie ihm, und sobald er sie gehäutet hat, nimmst du das Fell und zeigst es dem Verwalter im Marstall, damit er das Tier aus seinen Büchern streichen kann. Und beeil dich. Wenn sich erst die Aasfresser über den Kadaver hermachen, ist vom Brandzeichen des Königs bald nichts mehr zu sehen!«

Denn ohne das Zeichen mit der Krone im Fell konnte man dem Verwalter den Tod der Stute nicht beweisen, und die Pferdehirten hätten ein Problem.

Das Fell mit dem gut sichtbaren Brandzeichen stank genauso fürchterlich wie die Häute, die Hernando vor mehr als sieben Jahren vom Schlachthof in die Gerberei von Vicente Segura getragen hatte. Was für eine Wende hatte sein Leben seither genommen!

Die Suche nach dem Pferdehirten, die Rückkehr zum Eichenhain und das Abziehen des Kadavers hatten den ganzen Nachmittag in Anspruch genommen. Als er mit allem fertig war, umspielte die Abendsonne bereits die Silhouette von Córdoba: Über der Mezquita, dem Alcázar, der Calahorra-Festung, den Glockentürmen der Kirchen und den Dächern der Wohnhäuser lag ein rötlicher Schimmer. Hier draußen auf den Feldern herrschte absolute Ruhe. Hernando betrachtete die leuchtende Stadt vor sich, und Corretón bewegte sich ganz ruhig, als spürte auch er die Magie des Augenblicks. Hernando seufzte. Das Pferd drehte überrascht seine Ohren nach hinten, und der Reiter klopfte ihm den Hals.

Vor etwa eineinhalb Jahren hatte Alsonso – ein junger Bereiter – draußen auf den Pferdeweiden einen Unfall gehabt. Er war an einen wütenden Stier geraten, der sein Pferd tottrampelte und den Mann mit den Hörnern zwischen den Beinen verletzte. Die anderen Reiter hatten den verletzten Alonso sofort zum königlichen Marstall gebracht. Er blutete stark. Als endlich der Chirurg kam und den jungen Mann untersuchte, stellte er fest, dass er Alonsos Glied an der Eichel operieren musste. Aber Alonso forderte, dass zunächst ein Amtsschreiber hinzugezogen werden musste: Der sollte von Amts wegen feststellen, dass er nicht beschnitten war. Hernando musste diesen Beamten holen. Er rannte los und befürchtete, Alonso könnte in der Zwischenzeit verbluten. Was für ein Wahnsinn! Aber niemand schien seine Sorge zu teilen: Für alle Beteiligten – den Chirurgen eingeschlossen – war Alonsos Forderung mehr als einleuchtend! Wichtiger als das eigene Überleben war, nicht als Jude oder Muslim zu gelten! Und zu Hernandos Überraschung überwand der Beamte seine gewöhnliche Trägheit, als er das Anliegen hörte. Er eilte mit Hernando zu den Stallungen. Dort angekommen, folgte er höchst interessiert den Ausführungen des Chirurgen, der die Wunde zwischen den Beinen des Verletzten untersuchte. Er überzeugte sich davon, dass Alonso nicht beschnitten war, und vermerkte, dass nach Angaben des Chirurgen aus medizinischen Gründen ein operativer Eingriff notwendig war, bei dem die Vorhaut des

Reiters eingeschnitten werden musste. Anschließend gab der Schreiber dem Patienten das Dokument, der trotz seiner fürchterlichen Schmerzen danach griff, als hinge sein Leben davon ab … oder seine Ehre.

»Ich fürchte, Alonso wird nie wieder reiten können«, sagte Don Diego zu seinem Lakaien, als er das Dokument in seiner Funktion als Zeuge unterschrieb. »Kannst du reiten?«, fragte er Hernando plötzlich, der immer noch neben dem Schreiber stand.

»Ja«, antwortete er und versuchte seine Freude zu unterdrücken. Auf diese Frage hatte er schon so lange gewartet.

Don Diego überzeugte sich davon, dass Hernando die Wahrheit sagte, indem er ihn ein vierjähriges Pferd reiten ließ, das bald dem König übergeben werden sollte. Sobald Hernando die Kraft des Tieres unter sich spürte, fielen ihm Aben Humeyas Ratschläge wieder ein: Sitz aufrecht und gerade! Vor allem aber musst du stolz sein! Und zugleich behutsam! Deine Beine geben die Befehle! Tanze mit deinem Pferd! Und Hernando tanzte mit dem Pferd und forderte es zu all den Bewegungen heraus, die er bei den erfahrenen Reitern beobachtet hatte. Wie oft hatte er sehnsüchtig zugesehen, wie sie im Innenhof oder in der überdachten Reithalle trainierten. Hernando war selbst überrascht, wie gut das Pferd reagierte. Es tänzelte leichtfüßig über den Boden – ein wahres Prachtexemplar der spanischen Rasse.

»Es ist erstaunlich. Er zeigt beim Reiten den gleichen untrüglichen Instinkt, das gleiche perfekte Gespür im Umgang mit dem Tier wie sonst mit den Einjährigen«, stellte Diego gegenüber José und Rodrigo überrascht fest. »Zeigt ihm, was ihr könnt. Bringt ihm alles bei.«

Und das taten die beiden Bereiter.

Don Julián wiederum lehrte Hernando in der Bibliothek die heilige Sprache, bis er sie in Wort und Schrift beherrschte. Abends ging Hernando nach getaner Arbeit regelmäßig in die Mezquita, wenn das Kommen und Gehen der Geistlichen und der Gläubigen abnahm. Meistens kam er erst nach der Abendmesse in das Gotteshaus, manchmal sogar noch später, wenn die Tore bereits geschlossen waren. Don Julián war der letzte Moriske, der es nach der Vertreibung oder Zwangsbekehrung geschafft hatte, unter dem Deckmantel eines christlichen Geistlichen heimlich in die großartige Moschee von Córdoba zu gelangen.

»Seit König Ferdinand Córdoba erobert hat und die Moschee den Christen in die Hände fiel«, erklärte Don Julián mit sanfter Stimme, als die beiden allein in der Bibliothek über einigen Schriftstücken saßen, »hat es immer einen Muslim im Priestergewand gegeben. Unsere Aufgabe besteht nicht nur darin, an diesem heiligen Ort zu beten, es geht vor allem darum, zu erfahren, wie die Kirche denkt und was sie beabsichtigt, und darum, unsere Glaubensbrüder darüber in Kenntnis zu setzen. Das kann nur gelingen, wenn sich jemand von uns in den Kreisen des Klerus bewegt oder mit dem Domkapitel zu tun hat.«

»Aber ich will kein Priester werden!«, protestierte Hernando.

»Das musst du auch nicht. Leider ist es mittlerweile ohnehin fast unmöglich, Muslime in den christlichen Klerus einzuschleusen. Die Gutachten über die Reinheit der Blutlinie sind nur schwer zu fälschen, und die Verfahren, die man für ein Amt im Domkapitel durchlaufen muss, sind mit der Zeit sehr kompliziert geworden.«

Hernando hatte von diesen Gutachten bereits gehört. Darin bestätigten die Behörden die von einer Person angeführten Daten, dass es unter ihren Vorfahren keinen Muslim oder Juden gab. Ein makelloser Stammbaum wurde in Spanien zu einer unumgänglichen Voraussetzung nicht nur für jedes kirchliche, sondern auch für jedes weltliche Amt.

»Mittlerweile wird jeder Stammbaum genauestens erforscht«, der Gelehrte schüttelte verbittert den Kopf, »die Eltern, die Großeltern und die anderen Verwandten, ihre Wohnorte, ihre Ämter, ihr Lebenswandel … Ich bezweifle, dass wir nach meinem Ableben diese List weiter verfolgen können – vorausgesetzt, man enttarnt mich nicht schon vorher. Deshalb ist es für uns umso wichtiger, die Prozesse und Schutzmechanismen zu verbessern, die nicht von unserem Eingebundensein in die Kirche abhängen.«

Seit Hernando mit Don Julián zusammenarbeitete, hatte er immer wieder Gelegenheit gehabt, die Vorgehensweisen und Mittelsmänner der Morisken kennenzulernen. Der Rat der Gemeinschaft – bestehend aus Jalil, Karim und Hamid sowie Don Julián, Abbas und inzwischen auch Hernando – steuerte sie und baute sie aus, wo es nur ging. Doch es wurde immer riskanter, alle sechs Mitglieder an einen Tisch zu versammeln, und Hernando übernahm in den Fällen, die eine gemeinsame Entscheidung aller Beteiligten erforderten, immer öfter die Rolle des Boten. Der Amtsschreiber des Marstalls hatte ihm eine Sondererlaubnis ausgestellt, die ihm eine große Bewegungsfreiheit zugestand: Er sollte ja zu jeder Tages- und Nachtzeit in die Kathedrale gehen können.

Im Jahr 1573, kurz nachdem Hernando begonnen hatte, mit dem christlichen Bibliothekar zusammenzuarbeiten, erhielten die Mitglieder der muslimischen Gemeinde in Córdoba von den Monfíes und Maultiertreibern Nachrichten über einen geplanten Aufstand im Königreich Aragonien. Die dort ansässigen Morisken hatten Kontakt zu französischen Hugenotten aufgenommen und ihnen sowohl militärische als auch finanzielle Unterstützung zugesichert, wenn sie in Aragonien einmarschierten. Als die Männer in Córdoba davon erfuhren, wollten viele von ihnen sofort nach Aragonien ziehen und sich dort am Aufstand gegen die Christen beteiligen. Der Rat der Gemeinschaft bat die Glaubensbrüder in und um Córdoba jedoch, noch abzuwarten. Zwei Jahre später wurde der Franzose, der anfangs zwischen Hugenotten und Morisken vermittelt hatte, von der Inquisition festgenommen und legte unter Folter ein umfangreiches Geständnis ab, woraufhin der Vizekönig von Aragonien, der Graf von Sástago, den Inquisitoren befahl, willkürlich ausgewählte Morisken im ganzen Königreich festzunehmen und zu foltern, um Genaueres über diese Pläne und Informationskanäle der Morisken zu erfahren.

Im Dezember 1576 kursierten unter den Morisken Abschriften eines Schreibens des Sultans. Er versprach den Morisken darin, mit drei Flotten zeitgleich in Barcelona, Denia und Cartagena zu landen. Im Mai des Folgejahres fiel der spanischen Inquisition ein Brief des

Beylerbeys von Algier in die Hände, in dem dieser ankündigte, dass die Flotte des Sultans frühestens im August komme und dass gleichzeitig eine Invasion von Frankreich aus vorbereitet werde. Er forderte die Morisken auf, bis dahin die Herrschaft in den Bergen wieder an sich zu reißen. Doch der Sommer verstrich, und selbst im Oktober 1578 hatten die Morisken weder Schiffe noch bewaffnete Männer aus Algier zu Gesicht bekommen.

»Unsere Glaubensbrüder handeln nur in ihrem eigenen Interesse«, sagte Karim eines Tages, als es dem Rat gelungen war, sich mit Ausnahme von Don Julián nach dem Gottesdienst in Jalils Haus einzufinden. Sie saßen auf Matten am Boden, während jüngere Männer in der Calle de los Moriscos Wache hielten. Abbas wollte widersprechen, aber Karim kam ihm zuvor. »Abbas, beim Aufstand in den Alpujarras schickten sie uns Korsaren und ein paar Verbrecher, während die versprochenen Truppen Tunis angriffen und der Sultan Zypern überfiel …«

»Und vor Kurzem hat der Sultan ein Abkommen mit König Philipp darüber geschlossen, dass die türkische Flotte nicht die Mittelmeerhäfen angreift«, unterbrach ihn Hernando. Die drei alten Männer sahen ihn verblüfft an, und Abbas schnaufte ungläubig. »Unser treuer Freund« – nicht einmal in dieser verschwiegenen Runde wagten sie, den Geistlichen beim Namen zu nennen – »hat davon erfahren. Es ist ein Geheimabkommen. Der König wollte keine offizielle Gesandtschaft schicken. Ein Adliger aus Mailand hat in Konstantinopel als Sklave verkleidet die Friedensverhandlungen für ihn geführt. König Philipp wollte nicht, dass sich die Franzosen in seine Verhandlungen einmischen, aber er wollte auch nicht, dass ihn die Christen für einen Verräter halten, wenn er mit den Ketzern verhandelt. Das ist der Stand der Dinge. Die Türken haben ihre Streitkräfte nach Persien entsandt, wo sie gerade Krieg führen – sie sind genauso an diesem Friedensabkommen interessiert wie die Christen.«

»Das bedeutet also …«, begann Karim.

»Dass alle Versprechen reine Lügen sind«, beendete Hamid den Satz.

Hernandos Magen zog sich unwillkürlich zusammen, als er die Worte des Alfaquí hörte. Jeder der Männer bedachte für sich die Tragweite dieser Feststellung.

»Niemand darf davon wissen«, sagte Karim schließlich.

»Wozu soll das gut sein?«, fragte Hernando.

»Wir dürfen ihnen nicht die Hoffnung nehmen«, stellte Jalil fest und schloss sich der Meinung seines Gefährten an. Auch Hamid nickte. »Hoffnung ist das Einzige, was uns noch bleibt. Wenn unsere Leute von den Türken, den Algeriern und den Korsaren sprechen, dann bekommen sie leuchtende, feurige Augen. Aber … was können wir schon ohne ihre Unterstützung ausrichten? Sollen wir den Aufstand etwa allein wagen? Wir haben keine Waffen, und die Christen überwachen jeden einzelnen unserer Schritte. Wenn wir eine erneute Niederlage erleiden, sind wir endgültig vernichtet! Wenn wir unseren Brüdern aber die Aussicht auf die Hilfe des Sultans nehmen, verzweifeln sie. Wir müssen die Illusion aufrechterhalten: Wir Muslime werden wieder in al-Andalus herrschen!«

»Ja. Gott, der Macht verleiht und der erniedrigt«, sprach Hernando und sah bei seinen Worten zu Hamid, »wird uns beschützen.«

»Gott bringt vom Weg ab, wen Er will«, begann der Alfaquí auf einmal in singendem Tonfall – wie damals bei ihren Gebeten in den Alpujarras, »und führt auf den geraden Weg, wen Er will. O Mohammed, möge deine Seele nicht über sein Schicksal in Betrübnis geraten. Allah ist der Allweise.«

Dann herrschte Stille.

»Also, machen wir weiter wie bisher und akzeptieren die leeren Versprechen der Türken.« Jalil zerstörte den magischen Moment nach Hamids Worten. »Aber wir müssen auch verhindern, dass unsere Männer diesen trügerischen Hoffnungen erliegen.«

Damit wurde ihre Sitzung beendet, und Abbas half Hamid beim Aufstehen. Zu ihrer Sicherheit hatten sie es sich zur Gewohnheit gemacht, ihre Versammlungsorte einer nach dem anderen zu verlassen und dazwischen eine gewisse Wartezeit verstreichen zu lassen. Hamid humpelte langsam zur Tür. Er schien in den letzten Wochen um Jahre gealtert.

»Stütz dich auf mich«, schlug ihm Hernando vor und bot ihm seinen Arm an.

»Wir dürfen nicht zusammen …«

»Ein Sohn ist seinem Vater immer verpflichtet. Das ist unser Gesetz.«

Hamid gab nach. Er zwang sich zu einem Lächeln und nahm den angebotenen Arm an. Das Brandzeichen auf seiner Wange war von vielen kleinen Falten durchzogen.

»Mit der Zeit wird es besser«, sagte er auf der Straße.

»Ja«, meinte Hernando.

»Nicht einmal die Sklaverei kann den Tod besiegen«, antwortete Hamid erschöpft.

Dann verabschiedete er sich mit einer kaum wahrnehmbaren Geste von einem der Wachposten in der Calle de los Moriscos. Hamid kam nur langsam voran, aber er wollte sich die Schmerzen beim Gehen nicht anmerken lassen. Der Himmel lag grau und schwer über der Stadt. Sie gingen um die Kirche Santa Marina herum und gelangten über die Calle del Aceituno und die Calle de Arhonas ins Potro-Viertel.

Wie im Vorjahr setzte die Dürre Córdoba auch im Oktober 1578 zu, und in der Stadt, die kein Abwassersystem besaß, stieg aus den schlammigen schwarzen Gruben ein ekelerregender Gestank auf.

»Wie geht es deiner Familie?«, erkundigte sich Hamid.

»Uns geht es wirklich gut, danke der Nachfrage«, antwortete Hernando eifrig. In den fünf Jahren ihrer Ehe hatten Fatima und er zwei Kinder bekommen. »Der kleine Francisco« – ihr Erstgeborener, der seinen Namen zu Ehren Hamids trug, ohne muslimischen Namen als Zusatz, aus Angst, die Kinder könnten sich aus Versehen verraten – »ist gesund und kräftig. Inés ist einfach entzückend. Sie sieht ihrer Mutter von Tag zu Tag ähnlicher.«

»Wenn sie auch noch Fatimas starken Charakter hat«, sagte der Alfaquí, »wird aus ihr eine großartige Frau. Und Aischa? Wie geht es ihr? Hat sie …?«

»Nein«, kam ihm Hernando zuvor, »nein, sie hat es noch nicht überwunden.«

Sie hatten schon oft über Aischa gesprochen. Als sie aus dem Gefängnis gekommen war, musste sie sich an ihre neue Situation nach Ibrahims Flucht erst noch gewöhnen und hinnehmen, dass sie niemals wieder einen Mann haben würde. Hernando versuchte ihr zu erklären, dass jede Ehefrau nach dem Gesetz beim Rat der Gemeinde die Scheidung fordern könne, wenn ihr Ehemann vier Jahre lang verschwunden bleibe und die Frau nichts über seinen Verbleib wisse.

»Aber ich müsste auch den Bischof um Erlaubnis bitten«, erwiderte Aischa. »Eine neue Ehe wäre für die Christen nicht gültig. Ibrahim ist erklärtermaßen ein Flüchtling, jedenfalls habe ich das damals bei meiner Verhaftung so gesagt, ohne an die Folgen zu denken. Der Bischof würde mir niemals … Außerdem, ich muss auch nicht noch einmal heiraten.«

Aischa entschied, dass Shamir nie die Wahrheit über seinen Vater erfahren sollte. Also erfand sie eine Geschichte, die sie ihm erzählen wollte, sobald er in das Alter käme, in dem er Fragen stellen würde. In dieser Geschichte war er der Sohn eines Helden, der beim Aufstand der Morisken in den Alpujarras ums Leben gekommen war. Außerdem hatte Aischa es sich zur Lebensaufgabe gemacht, den Rest ihrer Familie wieder zusammenzuführen. Sie wollte ihre beiden Söhne wiederfinden, die ihr die Christen weggenommen hatten. Sie beriet sich mit ihrem Erstgeborenen.

»Du bist jetzt das Familienoberhaupt«, sagte sie. »Du verdienst gut, und wir haben zwei Zimmer für die ganze Familie. Uns geht es besser als den meisten anderen Morisken. Außerdem arbeitest du auch noch in der Kathedrale« – im Gegensatz zu Fatima kannte seine Mutter nicht die ganze Wahrheit über seine Arbeit in der Bibliothek –, »jetzt kann wirklich niemand mehr behaupten, dass deine Brüder bei uns nicht im christlichen Glauben erzogen würden. Sie sind schließlich deine Geschwister. Sie sind meine Söhne! Ich will die beiden wieder bei mir haben, so wie dich und Shamir!«

Ibrahims Söhne, dachte Hernando und schwieg. Doch er musste nur die Tränen in den Augen seiner Mutter sehen, und schon versprach er, alles Menschenmögliche zu unternehmen, um die beiden Jungen zu finden und zurückzuholen. Musa musste mittlerweile dreizehn Jahre alt sein und Aquil ungefähr sechzehn. Hernando erzählte Fatima von seinem Vorhaben, besprach sich mit Don Julián und erhielt schließlich ein von Don Salvador unterzeichnetes Empfehlungsschreiben, das ihn als nützliches Mitglied der christlichen Gemeinde auswies. Hernando stellte bei dieser Gelegenheit überrascht fest, dass der misstrauische Geistliche der Kantor der Kathedrale war. Seine Aufgabe bestand unter anderem darin, sich um die Chorbücher zu kümmern, die an die Betstühle gekettet waren. Wenn sie beschädigt waren, musste er sie restaurieren lassen oder notfalls neue Bücher beschaffen. Don Salvador fragte immer wieder nach Hernandos Fortschritten bei der Übersetzerarbeit oder forderte dessen Kenntnisse der arabischen Sprache heraus, indem er nach diesem oder jenem christlichen Begriff auf Arabisch fragte. Meist überprüfte er dabei – mal verdeckt, mal ganz offen – Abbas' Behauptung, dass Hernando ein guter Christ sei. Der Kantor der Kathedrale gab sich mit Hernandos Antworten zufrieden, zugleich bat der junge Moriske den Kantor immer wieder demütig und wissbegierig um Rat oder um Erklärungen. Dank der Unterstützung durch die Domherren gelang es Hernando schließlich, dass der Rat der Stadt ihm die Namen der Familien nannte, die seine Brüder zu Christen erziehen sollten. Doch als Hernando den Töpfer und den Bäcker aufsuchte, bei dem seine Brüder damals untergekommen waren, behaupteten die beiden frommen Christen, die dreckigen Heidenkinder seien geflohen. Als Beweis legten sie ihm die Anzeigen vor, die sie beim Rat der Stadt erstattet hatten. Hamid vermutete aber, dass sie – wie viele andere Christen – die Jungen einfach verkauft hatten. Schließlich wurden in allen spanischen Königreichen Kinder auf Sklavenmärkten versteigert, selbst wenn sie das von König Philipp dafür festgelegte Alter noch nicht erreicht hatten. Einige der versklavten Kinder reichten zwar später eine Klage ein, um ihre Freiheit wiederzuerlangen, aber die Verfahren waren langwierig und kostspielig. Im Fall von Aischas Söhnen ließ sich kaum etwas ausrichten, da weder bekannt war, wohin man sie gebracht noch an wen man sie verkauft hatte.

Aischa hatte diese Nachricht in tiefe Verzweiflung gestürzt. Ihre beiden Töchter waren in Juviles ermordet worden, und ihre Söhne hatte man in Córdoba als Sklaven verkauft! Nicht einmal der kleine Shamir konnte ihren Schmerz lindern.

»Nein, sie wird es so schnell nicht überwinden«, wiederholte Hernando traurig. Er begleitete Hamid gerade zurück zur Bordellgasse. »Und wie geht es dir?«, wagte er schließlich zu fragen, als sie nur noch wenige Schritte vor dem Holztor entfernt waren.

»Gut… hm… gut«, stammelte Hamid.

»Was ist los?«, fragte Hernando nach. Er blieb stehen. Er glaubte dem Alfaquí nicht.

»Junge, ich werde alt. Das ist alles.«

»Francisco!«

Hernando drehte sich bei dem vorwurfsvollen Schrei sofort um. Am Tor zur Bordellgasse stand eine große Frau mit fettigem Haar. Sie war völlig verschwitzt und hatte die Ärmel hochgekrempelt. »Wo hast du so lange gesteckt? Es gibt viel zu tun. Rein mit dir!«

Hamid wollte durch das Tor gehen, aber Hernando hielt ihn zurück.

»Wer ist das?«, fragte er.

»Jetzt mach schon, dämlicher Maure!«, keifte die Frau.

»Niemand… Sie ist die neue Sklavin, die sich um die Mädchen kümmert«, gestand Hamid schließlich.

»Heißt das…?«

»Junge, ich muss jetzt gehen. Friede sei mit dir.«

Hamid humpelte, ohne sich noch einmal umzusehen, davon. Die Frau stemmte die Hände in die Hüften und blickte ihm missmutig entgegen. Hernando sah, wie Hamid sich langsam voranschleppte. Als der Alfaquí an der Frau vorbeischlich, stieß diese ihn in den Rücken.

»Los, Alter, beeil dich!«, schimpfte sie.

Hamid strauchelte und wäre beinahe zu Boden gefallen.

Hernando hielt den Atem an. Er blieb stehen, bis sich das Tor zur Bordellgasse hinter der Frau schloss. Er meinte, dahinter noch weitere Schreie und Beschimpfungen zu hören. Eine neue Sklavin…

Einige Männer, die durch die Calle del Potro spazierten, rempelten ihn im Vorbeigehen an.

Was sollte nun aus Hamid werden? Hernando lief wütend und ohne Ziel durch die Straßen. Seit wann lebte er schon unter diesen Bedingungen? Wieso hatte er es nicht bemerkt? Wieso hatte er die tiefere Bedeutung des Schmerzes und des inneren Rückzugs nicht wahrgenommen, die sein … Vater zeigte? Hatte ihn sein eigenes Glück so geblendet, dass er das Leid der anderen nicht mehr sah?

»Selbstsüchtiger Dummkopf!«

Der Ausruf überraschte einen der Wirte der Plaza del Potro, wohin Hernando unverhofft geraten war. Der Mann betrachtete den Neuankömmling einige Augenblicke lang: Er war gut gekleidet, trug Reitstiefel, und war wohl nur eine der vielen kuriosen Persönlichkeiten, die in dem bunten Viertel unterwegs waren.

»Wie wäre es mit einem Glas Wein?«, schlug der Wirt vor. »Wein heilt jedes Leid.«

Hernando drehte sich überrascht zu dem Mann um. Leid? Ihm fehlte es doch an nichts, er war zufrieden, ja stolz! Fatima verehrte ihn und er sie. Sie konnten immer miteinander reden, und sie liebten sich, wann immer sich die Gelegenheit ergab, und sie leisteten ihren Beitrag für die Gemeinschaft. Ihre Kinder waren gesund und munter. Nur Hamid … Ein Glas Wein, warum eigentlich nicht?

Der Wirt füllte das Glas ein zweites Mal, nachdem Hernando das erste in einem Zug geleert hatte.

»Francisco? Du meinst den alten Mauren aus der Freudengasse, oder?«

Hernando nickte betrübt.

»Ja, der … alte Maure.«

»Der steht zum Verkauf. Der Aufseher versucht ihn schon seit einiger Zeit loszuwerden. Er bietet ihn jedem an, der durch das Viertel kommt.«

Warum hatte Hamid ihm nichts gesagt? Warum hatte er zugelassen, dass sein Sohn glücklich und zufrieden neben seiner Ehefrau schlief und Gott für alles Erreichte dankte, während der Aufseher ihn schnellstmöglich loswerden wollte?

»Aber niemand will ihn.« Der Wirt prustete vor Lachen und schenkte ihm Wein nach. »Er taugt zu nichts mehr!«

Hernando hielt plötzlich inne und nahm keinen weiteren Schluck zu sich. Was hatte der Mann da gerade gesagt? Er sprach immerhin über seinen Lehrmeister! Hamid hat mich gelehrt … Wie oft begann er ein Gespräch mit seinen Kindern mit diesem Satz. Sie waren zwar noch klein, aber er freute sich immer, wenn er ihnen etwas über Hamid erzählen konnte. In diesen Momenten nahm Fatima zärtlich seine Hand, und seine Mutter dachte an das kleine Bergdorf in den Alpujarras. Die Kinder sahen ihn mit großen Augen an und lauschten gebannt seinen Worten. Vielleicht verstanden sie noch nicht, was er ihnen eigentlich sagen wollte, aber Hamid war immer bei ihnen – in den Augenblicken größter Vertrautheit und in den glücklichen Momenten, wenn seine Familie gesund und ohne Not vereint war. Und nun sollte Hamid nichts mehr wert sein? Wie konnte er nur so blind sein?

»Warum fragst du?«, erkundigte sich der Wirt überrascht. »Du interessierst dich doch wohl nicht etwa für den Alten?«

Hernando holte ein Geldstück hervor, legte es wortlos auf den Tisch und wollte gerade hinausgehen, als …

»Wie viel will der Aufseher für den Sklaven?«

Der Mann zuckte mit den Schultern.

»Einen lächerlichen Betrag«, antwortete er und machte eine abwertende Handbewegung.

»Er hat uns darum gebeten. Er hat uns darum gebeten, dir nichts zu sagen.« Das war Abbas' einzige Erklärung.

Hernando war nach seinem Gespräch mit dem Gastwirt direkt in die Schmiede gegangen.

»Warum nur?«, rief Hernando verzweifelt. Abbas bat ihn, leiser zu sprechen. »Aber die Gemeinde befreit doch nach wie vor Sklaven«, flüsterte er. »Ich selbst leiste dafür meinen Beitrag. Warum kauft man ihn nicht frei? Man hat mir gesagt, dass sie nur einen … lächerlichen Betrag für ihn verlangen. Hast du das gehört? Einen lächerlichen Betrag. Für einen heiligen Mann!«

»Er will es so … Er will, dass die jungen Leute freigekauft werden.

Und übrigens ist es nur ein lächerlicher Betrag, wenn der Aufseher ihn an einen Christen verkauft. Sobald er mitbekommt, dass wir ihn haben wollen, steigt der Preis. Du weißt doch genau, wie es ist: Für jeden Glaubensbruder haben wir jedes Mal viel mehr bezahlt als den üblichen Kaufpreis.«

»Aber es ist nur Geld! Er hat sein ganzes Leben unserer Gemeinschaft gewidmet. Wenn es jemand verdient hat, freigekauft zu werden, dann ist es Hamid.«

»Du hast ja recht«, gestand Abbas. »Aber wir müssen seine Entscheidung respektieren. Er will nicht, dass wir für ihn Geld ausgeben.«

»Aber ...«

»Hamid weiß, was er tut. Er ist ein weiser Mann.«

Hernando verabschiedete sich nicht einmal vom Schmied. Er konnte das nicht zulassen! Manche Christen schenkten ihren Sklaven die Freiheit, wenn sie sie nicht mehr brauchen konnten. Aber der Bordellaufseher würde das sicherlich nicht machen, dieser geizige Mann würde Hamid behalten, bis ihm jemand Geld für den Alten bot. Und der neue Besitzer würde ihn arbeiten lassen, damit er sich auch auszahlte ... vielleicht weit weg von Córdoba. So ein Schicksal hatte der Alfaquí am Ende seiner Tage nicht verdient. Und er selbst verdiente es auch nicht, dachte Hernando, als er die Treppen zu den Unterkünften hochstieg. Er brauchte Hamid! Er musste ihn einfach hin und wieder sehen und sich mit ihm bereden. Er brauchte seinen Rat, vor allem aber brauchte er die Gewissheit, dass er da war. Er brauchte Hamid als Vater.

Er erzählte Fatima die Neuigkeiten, und sie hörte ihm aufmerksam zu. Als er geendet hatte, lächelte sie ihn an und streichelte seine Wange.

»Befreie ihn«, flüsterte sie. »Was auch immer sein Preis sein mag. Du verdienst gut. Und wir kommen schon zurecht.«

Hernando machte sich sofort auf den Weg. Man hatte seinen Lohn erhöht, inzwischen waren es drei Dukaten im Monat sowie zehn Zentner guter Weizen im Jahr. Er verdiente zwar weniger als die erfahrenen Bereiter oder als Abbas in der Schmiede, doch für ihn und seine Familie war das ein mehr als großzügig bemessener Lohn. Zudem sparte Fatima so eisern, als könnte ihr Wohlstand jeden Moment zu Ende sein.

An den Feiertagen war der Campo de la Verdad ein beliebtes Ziel für die Bewohner der Stadt. Sie spazierten am Ufer des Guadalquivir entlang, betrachteten die drei Mühlen und die römische Brücke. Obwohl es Sonntag war, strömten die Menschen zu den Viehhändlern, die dort ihre Pferde und Maultiere präsentierten.

Da entdeckte Hernando seinen alten Freund Juan. Er ging gebückt und wirkte noch kleiner als sonst. Beim Lächeln sah man, dass ihm inzwischen noch mehr Zähne fehlten als früher.

»Ach, der Moriskenreiter!«, begrüßte er Hernando. »Da staunst du, oder? Ja, ich habe schon davon gehört. Du bist hier inzwischen eine Art Berühmtheit.«

Das hatte Hernando nicht erwartet. Was wussten die Leute noch über ihn?

»Es kommt nicht oft vor, dass ein junger Moriske Bereiter im königlichen Marstall wird … und auch noch in der Kathedrale arbeitet. Einige der Händler, mit denen du damals zusammengearbeitet hast«, erklärte Juan und zwinkerte ihm verschmitzt zu, »werben mit deinem Namen, um Käufer anzulocken. ›Dieses Pferd hat Hernando, der Bereiter des Königs, persönlich zugeritten!‹ Ich habe auch schon überlegt zu sagen, dass du auf meinen Maultieren gesessen hast … und sie immer sofort zahm waren.«

Die beiden lachten.

»Wie geht es dir, Juan?«

»Es geht. Die *Müde Jungfrau* hat das Zeitliche gesegnet«, flüsterte er. »Wie es sich für eine echte Dame gehört, ist sie langsam und würdevoll von uns … nun ja, untergegangen. Zum Glück in der Nähe des Ufers, und wir konnten die Fässer retten.«

»Hast du weitergemacht, nachdem …?«

»Sieh dir dieses prächtige Maultier an«, lenkte Juan ab. Hernando begutachtete das Tier. Es wirkte gesund, war kräftig und gut gebaut. Wo lag der Makel? »Möchte der königliche Stallmeister zur Abwechslung mal ein ordentliches Tier kaufen?«

»Willst du dir zwei Blancas verdienen?«, fragte Hernando wie damals der Maultierhändler zu Beginn ihrer Freundschaft.

Juan führte argwöhnisch eine Hand zum Kinn und ließ das faulige Zahnfleisch sehen.

»Ich werde langsam alt«, beteuerte er. »Ich kann nicht mehr so laufen wie …«

»Was ist eigentlich aus dem Freudenhaus der Barbaresken geworden? Kannst du auch nicht mehr …«

»Willst du mich beleidigen? Jeder spanische Mann, der etwas auf sich hält, würde alles dafür geben, sein Leben während eines Rittes auf einem dieser Prachtweiber auszuhauchen!«

Hernando und der Maultierhändler saßen bei einem Krug Wein in einem Wirtshaus in der Nähe der Kathedrale.

»Er ist mein Vater«, sagte Hernando.

»Also wenn das so ist, will ich nichts dafür haben«, bot der Maultierhändler an. »Aber für deine Zweifel an meiner Männlichkeit wirst du mir büßen. Du wirst schon sehen, wie ich das Mädchen …«

»Du kannst mir viel erzählen. Wie weiß ich denn, dass du nicht einfach wie ein holder Knabe im Schoß einer dieser Frauen schlummerst? Schließlich werde ich nicht dabei sein«, spann Hernando den Scherz weiter.

»Junger Mann, ich mache dir einen Vorschlag: Stell dich auf der Plaza del Potro neben den Brunnen, und du wirst selbst auf die Entfernung und trotz des Lärms in der Gasse das Luststöhnen …«

»Wie soll ich denn wissen, welche …?«

»Du wirst hören, wie sie meinen Namen ruft!«

Sie lachten. Hernando dachte an die alten Zeiten und daran, wie die *Müde Jungfrau* immer mit Wasser vollgelaufen war. Schon damals war Juan klein und schmächtig gewesen, aber sie hatten das Ufer immer erreicht!

»Da bin ich mir sicher. Aber der Aufseher darf auf keinen Fall vermuten, dass du an dem Sklaven interessiert bist. Er will ihn loswerden, egal, zu welchem Preis. Und selbstverständlich darf er auch nicht erfahren, dass Morisken hinter der ganzen Sache stecken. Und mein Vater … mein Vater darf auch nichts davon mitbekommen.« Der Maultierhändler runzelte die Stirn. »Er will nicht, dass wir unsere Ersparnisse für einen alten Mann ausgeben. Aber ich kann das einfach nicht zulassen. Verstehst du?«

»Ja, natürlich verstehe ich dich. Keine Sorge. Mir wird schon etwas einfallen.« Juan hob das Weinglas. »Auf die alten Zeiten!«

Schon am nächsten Abend ging Juan in die Bordellgasse und zeigte seinen prall gefüllten Lederbeutel herum, mit dem ihn Hernando ausgestattet hatte. Er prahlte damit, an diesem Tag das beste Geschäft seines Lebens abgeschlossen zu haben. Der Aufseher beglückwünschte ihn, machte einige anzügliche Späße und sang ein Loblied auf die Frauen, die hier ihre Dienste anboten. Einige standen erwartungsvoll in den Türen ihrer kleinen Häuser und stellten sich zur Schau, bis sich der Maultierhändler endlich für eine junge, füllige, eher dunkelhäutige Frau entschied.

Hernando seinerseits entschuldigte sich für diesen Abend bei Don Julián und schlenderte auf der belebten Plaza del Potro umher. Angesichts der Schreie, Scherze, Wettgebote und selbst der Prügeleien wurde ihm sogar etwas wehmütig ums Herz. Wie üblich waren hier Vagabunden, Falschspieler, Abenteurer, Soldaten ohne Hauptmann oder Hauptleute ohne Soldaten unterwegs. Zwielichtige Gestalten strömten auf diesen Platz, als wäre er ein helles Licht in der Nacht und sie die Motten. Und nun hatte Hernando einer dieser Gestalten Hamids Schicksal in die Hand gelegt.

»Kannst du diesem Maultierhändler wirklich trauen?«, hatte ihn Fatima noch gefragt, als sie ihm die fünfzehn Golddukaten übergab, die sie in einem Beutel neben dem Koran in der Truhe aufbewahrte.

Vertrauen? Was hieß schon Vertrauen? Er hatte seit einigen Jahren nicht mehr mit Juan zusammengearbeitet.

»Ja«, lautete seine entschiedene Antwort. Er vertraute diesem gerissenen Gauner mehr als jedem anderen Christen in Córdoba. Gemeinsam hatten sie gefährliche Situationen überstanden, spannende Momente durchlebt und die andauernde Ungewissheit, doch entdeckt zu werden, zusammen durchlitten. Dies war ein festes Band.

Während Hernando sich die Zeit auf der Plaza del Potro vertrieb, genoss Juan die Lust, die ihm die junge üppige Ángela bereitete. Endlich befriedigt, verschüttete er absichtlich einen Krug Wein.

»Dann sollen sie eben frische Wäsche und neuen Wein bringen! Und dann geht's gleich weiter!«, grölte er wie ein Betrunkener.

»Hast du denn noch nicht genug?«, fragte die Dirne verwundert.

»Hör mal, Mädchen, ich bestimme hier, wann wir aufhören! Und mach dir mal wegen des Geldes keine Sorgen.«

Ángela ging zur Tür.

»Tomasa!«, rief sie in einem völlig anderen Ton als im Umgang mit ihren Freiern. »Saubere Tücher!«

Hernando hatte dem Maultierhändler gesagt, dass Hamid durch eine Frau ersetzt worden war – aber nicht, dass Tomasa Juan um einen Kopf überragte und vermutlich doppelt so viel wog. Als dieses Riesenweib mit der Wechselwäsche in der Tür stand, erschrak Juan. Er kam sich in seiner Unterwäsche plötzlich nur mehr lächerlich vor.

Eigentlich wollte er diese Frau bedrohen, damit sie Hernandos Vater zu Hilfe rief, denn für den zweiten Teil seines Planes brauchte er den Alten. Aber als er die kräftigen Oberarme der Frau sah, war er plötzlich eingeschüchtert. Vermutlich schmerzte eine Ohrfeige dieser Gigantin mehr als jeder Tritt eines Maultiers.

Tomasa bückte sich, um die fleckigen Tücher abzuziehen, und wandte ihm ihr monströses Hinterteil zu. Jetzt, ja, jetzt! Wenn sie das Bett erst einmal gemacht hatte …

Für Hernando!

Er biss die wenigen verbliebenen Zähne zusammen und fasste der Riesin zwischen die Pobacken.

»Ja! Zwei Weiber auf einmal!«, rief er. »Santiago! Auf sie!«

Ángela brach in schallendes Gelächter aus. Tomasa drehte sich um und wollte dem lüsternen Maultierhändler eine Ohrfeige verpassen, aber Juan hatte damit gerechnet und wich ihrem Schlag aus. Dann stürzte er sich auf sie und presste sein schmales Gesicht zwischen ihre großen Brüste. Er kam sich vor wie eine Zecke: Er umklammerte Tomasa mit Armen und Beinen, aber er konnte diese wuchtige Gestalt gar nicht ganz umfassen. Ángela lachte und kicherte ununterbrochen, und Tomasa versuchte vergeblich, dieses Biest loszuwerden, das da an ihrem Körper klebte und mit dem Mund zwischen ihren Brüsten hin und her fuhr. Schließlich fand Juan eine der Brustwarzen und biss lustvoll hinein. Sein neuer Plan begann ihm richtig Spaß zu machen.

Der Biss hatte gerade noch gefehlt! Tomasa stieß den Maultierhändler mit einer derartigen Wucht zurück, dass er an die gegenüberliegende Wand geschleudert wurde. Die Frau schrie vor Schmerzen und versuchte, das verrutschte Unterkleid wieder zurechtzurücken, das Juan bei seiner brutalen Suche nach der Brustwarze beinahe zerrissen hätte.

»Meine Hübsche! Meine Süße!«, rief Juan völlig außer Atem.

Mittlerweile drängten sich einige Huren in der Tür und lachten. Tomasa war feuerrot angelaufen und sah erst zu Juan und dann zu den Frauen.

Der Maultierhändler unternahm den allerletzten Versuch und ging wieder auf Tomasa zu, dabei leckte er sich lüstern über die Lippen. Die Frau runzelte die Stirn.

»Jetzt reicht's! Ich habe doch gewusst, dass es eines Tages so weit kommt, wenn eine Frau die Mädchen bedient«, konnte man vor der Tür hören. Juan entfuhr ein Seufzer, als er endlich den Aufseher entdeckte. »Raus hier!«, schrie dieser Tomasa an. »Sag Francisco, dass er sich um das Bett hier kümmern soll.«

Hamid hatte den Aufruhr mitbekommen und war schon in der Nähe. Die anderen Dirnen waren längst wieder abgezogen, als der alte Mann in das Zimmer humpelte. Nun waren sie nur noch zu dritt.

»Ein Maure?«, grölte der Maultierhändler und glotzte Hamid an. »Wie könnt ihr es wagen, einen Mauren zu schicken, um die Laken zu wechseln, in denen ein Christ liegt?«, schrie er Ángela an. »Hau ab und hol den Aufseher!«

Das Mädchen eilte davon. Nun kam der schwierigste Teil, dachte Juan. Er hatte noch fünfzehn Dukaten – zweifellos Hernandos ganzes Vermögen. Juan wollte weder dessen Hoffnung zerstören noch den Glanz in seinen blauen Augen auslöschen, aber auf dem Sklavenmarkt brachten Männer, die über fünfzig Jahre alt waren, trotz ihrer geringen Leistungsfähigkeit immer noch zweiunddreißig Dukaten ein. Wie hoch war wohl der lächerliche Betrag, von dem Hernando gesprochen hatte?

Hamid staunte, als der Maultierhändler nach dem ganzen Aufstand nun nachdenklich und still war. Er stand vor ihm und schien ihn gar nicht zu bemerken. Er wollte um ihn herumgehen, um das Bett zu machen, aber Juan hielt ihn an.

»Lass das«, sagte er sanft. Eigentlich war es gleichgültig, ob dieser alte Mann Verdacht schöpfte. »Bleib stehen und rühr dich nicht vom Fleck. Verstanden?«

»Aber warum soll ich …?«, setzte Hamid an, als Ángela mit dem Aufseher zurückkam.

»Ein Maure?«, kreischte Juan. »Hat er mir doch tatsächlich einen Mauren geschickt!« Der Maultierhändler klopfte unaufhörlich gegen Hamids Brust. »Und eben hat mich dieser Ketzer auch noch beleidigt! Er hat mich einen verdammten Christenhund genannt und einen dummen Bilderverehrer!«

Hamid hob entsetzt die Hände.

»Aber ich habe nicht …«, setzte er zu seiner Verteidigung an.

»Niemand nennt mich einen verdammten Christenhund!« Juan verpasste ihm eine Ohrfeige.

»Lass ihn«, bat der Aufseher und stellte sich zwischen die beiden Männer.

»Gib ihm die Peitsche!«, forderte Juan. »Ich will selbst sehen, wie du ihn bestrafst. Gib ihm auf der Stelle die Peitsche!«

Er konnte ihn doch nicht auspeitschen, überlegte der Aufseher. Der arme Francisco würde noch vor dem dritten Peitschenhieb tot umfallen.

»Nein, versteh doch …«, wehrte er ab.

»Dann gehe ich zur Inquisition«, drohte Juan. »Du hast hier einen Mauren, der Christen beleidigt und Gott lästert«, sagte er noch und raffte seine Kleider zusammen. »Die Inquisition wird schon wissen, was sie mit ihm macht!«

Hamid blieb ruhig neben dem Aufseher stehen, der zusah, wie sich der wütende Freier anzog und leise vor sich hin schimpfte. Wenn dieser Maultierhändler ihn bei der Inquisition anklagte, würde Francisco keine fünfzehn Tage im Gefängnis überstehen. Er würde nicht einmal das nächste Autodafé erleben, also würde er keinen einzigen Real für diesen Sklaven erhalten.

»Verzeih ihm«, bat er Juan. »Klag ihn nicht an. Bis jetzt hat er sich immer ordentlich benommen.«

»Wenn ich mit eigenen Augen sehen könnte, wie du ihn bestrafst, wäre das auch nicht nötig. Immerhin gehört er dir. Ja, wenn dieser Ketzersklave mir gehören wurde, ja, dann würde …«

»Ich verkaufe ihn dir!«, bot der Aufseher freudig an.

»Aber was soll ich denn mit ihm anfangen? Er ist alt … und behindert … und dann beschimpft er mich auch noch. Bist du verrückt?«

»Er hat dich also beleidigt?«, versuchte ihn der Aufseher zu provozieren. »Was hast du denn davon, wenn die Inquisition ihn bestraft? Er wird seine Tat bereuen, wie all die anderen Feiglinge, er wird sich mit der Kirche aussöhnen, und dann werden sie ihn höchstens zum Büßerhemd verurteilen. Du siehst doch, wie alt er ist.«

Juan zog die Stirn in Falten, als müsste er nachdenken.

»Ja, wenn er mir gehören würde«, murmelte er vor sich hin, »müsste er den ganzen Tag den Mist der Maultiere einsammeln.«

»Fünfzehn Dukaten«, lautete das Angebot des Aufsehers.

»Bist du verrückt geworden?«

Fünf Dukaten. Am Ende zahlte der Maultierhändler fünf Dukaten, und in diesen Betrag waren Ángelas Dienste bereits mit eingerechnet. Juan entschied, nicht länger zu warten: Im Beisein von zwei Freiern als Zeugen zahlte er den Betrag und verließ sofort die Bordellgasse. Er hatte mit dem Aufseher vereinbart, dass sie den Kaufvertrag gleich am nächsten Morgen bei einem Notar aufsetzen würden. Hamid humpelte gefasst hinter ihm her.

Hernando starrte gedankenverloren vor sich hin, während er dem Bericht über die Belagerung und Einnahme der Stadt Haarlem zuhörte. Ein Kriegsversehrter der Tercios in Flandern hatte vor fünf Jahren daran teilgenommen und erzählte am Tisch vor der Schenke einigen neugierigen Gästen davon, die ihm dafür gern ein Glas Wein ausgaben. Der fast völlig blinde Soldat trug immer noch stolz die Fetzen, mit denen er unter dem Befehl von Don Fadrique de Toledo, dem Sohn des Herzogs von Alba, gekämpft hatte. Er berichtete von der unnachgiebigen Belagerung der Stadt, bei der die Tercios zahlreiche Verluste hinnehmen mussten. Der Kommandant wollte schon fast von seinem Plan, die Stadt einzunehmen, ablassen, da erhielt Don Fadrique ein Schreiben seines Vaters.

»Der Herzog von Alba drohte ihm«, erzählte der Soldat, »wenn Don Fadrique das Feld räume, ohne die Festung einzunehmen, wäre er nicht mehr sein Sohn. Aber wenn er bei der Belagerung den Tod fände, würde er selbst, der kranke, bettlägerige Herzog, ihn als Befehlshaber ersetzen.« Die Männer, die sich um den Kriegsversehrten scharten, lauschten gebannt seinen Worten, während um sie herum das übliche Treiben der Plaza del Potro weiterging. »Und falls beide Männer scheitern sollten, würde sich seine Mutter höchstpersönlich aus Spanien aufmachen und den Mut und die Ausdauer aufbringen, die ihrem Sohn und ihrem Ehemann fehlten.«

Durch die Gruppe der Zuhörer ging ein Raunen, der eine oder andere Schankgast klatschte begeistert. Der Soldat nutzte den Moment, sein Glas zu leeren. Er wartete geduldig, dass es wieder gefüllt wurde, und berichtete dann von der blutigen Einnahme der Stadt. Hernando bemerkte, wie ihn jemand im Vorbeigehen an der Schulter berührte.

Er drehte sich um und sah Hamid, der mit gesenktem Kopf hinter dem Maultierhändler herschlurfte. Juan hatte es geschafft! Ein freudiger Schauder lief ihm über den Rücken, er war wie gelähmt, sprachlos beobachtete er, wie die beiden langsam über den Platz gingen.

»Auf Befehl seines Vaters«, rief der Soldat gerade, »ließ Don Fadrique mehr als zweitausendfünfhundert Wallonen, Franzosen und Engländer hinrichten.«

»Ketzer!«

»Verdammte Lutheraner!«

Hernando nahm die Beschimpfungen nicht wahr, er hatte nur noch Ohren für das seit seiner Kindheit so vertraute Geräusch von Hamids schlurfenden Schritten. Er führte schnell eine Hand an die Augen, um die Tränen abzuwischen. Die beiden Gestalten gingen einfach weiter – ungeachtet der Leute, des Krachs, der Streitereien und der Scherze, ungeachtet der ganzen Welt. Ein schmächtiger, gebeugter Maultierhändler ohne Zähne, ein Schelm und Gauner. Ein Retter. Und hinter ihm ein lahmer, vom Leben erschöpfter alter Sklave. Ein heiliger Mann. Hernando wurde von vielen Gefühlen übermannt. Er ballte die Fäuste und zuckte kaum merkbar mit den Armen, aber er beherrschte die Anspannung seines Körpers. Er bemerkte, wie langsam der Alfaquí vorwärtskam.

Niemand sonst schien die beiden Männer zu beachten, die gerade in der Calle de Armas verschwanden, und seine Tischnachbarn lauschten nach wie vor den Berichten des Kriegsversehrten.

»Sie waren uns den Sold von zwanzig Monaten schuldig! Und verboten uns trotzdem, Haarlem zu plündern! Das Geld, das die Stadt bezahlte, um vor unseren Plünderungen verschont zu bleiben, behielt der König für sich!«, schrie der Blinde empört und schlug mit der Faust auf den Tisch, sodass sein Glas Wein umfiel. Wütend verteidigte er die Meuterei der Tercios nach der Einnahme von Haarlem. »Und zur Strafe haben sie uns Kranken und Kriegsversehrten nicht einmal den Rückstand bezahlt!«

Was gingen ihn schon dieser Blinde und das Schicksal der Soldaten an, die für den katholischen König Philipp in den Niederlanden einen weiteren Religionskrieg führten? Hernando stand auf und ging so unauffällig wie möglich über den Platz.

Die beiden warteten in der Calle de Armas bereits auf ihn. Das Licht der Kerzen zu Füßen einer lebensgroßen Marienfigur tauchte die Männer in ein warmes Licht. Die Straße war menschenleer. Juan sah Hernando kommen, Hamid nicht: Er blickte zu Boden.

Hernando stellte sich vor ihn und nahm die Hände des Gelehrten in seine. Er brachte kein Wort heraus. Ohne den Blick zu heben, betrachtete der Alfaquí zunächst die Hände, die seine hielten, und dann die Reitstiefel, die Hernando trug, seit man ihn zum Bereiter im königlichen Marstall befördert hatte.

»Hamid ibn Hamid«, flüsterte er, als er seinen Blick endlich hob.

»Du bist frei«, stammelte Hernando. Bevor der Alfaquí auch nur ein Wort sagen konnte, nahm er seinen Sohn in die Arme und brach in Tränen aus. »Du bist frei.«

Am nächsten Morgen ließen Juan und der Aufseher den Vertrag über den Verkauf des Sklaven Francisco von einem Notar aufsetzen. Hamid befand sich längst bei Fatima in der Unterkunft im Marstall. Der Aufseher verkaufte ihn nicht einfach als einen gesunden Mann, nein, wie bei einem einfachen Stück Vieh führte er dem Notar jeden einzelnen körperlichen Makel des alten Mannes auf. Juan erklärte daraufhin seinen Verzicht, den Verkäufer wegen aktueller oder zukünftiger Mängel des Sklaven zu belangen. Dann schlossen der Käufer und der Verkäufer den Handel vor zwei Zeugen ab, und der Notar unterzeichnete den Kaufvertrag.

Kurz darauf ließ Juan einen anderen Notar vor zwei anderen Zeugen einen Vertrag über die Freilassung seines Sklaven Francisco aufsetzen. Er schenkte ihm die Freiheit und verzichtete auf jegliche Ansprüche, die er von Rechts wegen auf seinen freigelassenen Sklaven hatte. Hernando küsste die Freilassungsurkunde, nachdem Juan die Schreibstube des Notars verlassen hatte. Er wollte seinen Freund mit einer Goldkrone belohnen, aber der Maultierhändler wies die Münze zurück.

»Ich sag dir eines, mein Freund«, begann er, »als wir damals über die Frauen der Barbaresken fantasierten, haben wir uns gewaltig getäuscht! Keine von ihnen kann einen so großartigen Hintern haben wie den, den ich gestern berühren, aber nicht genießen durfte. Und du hattest recht«, sagte er noch und legte Hernando eine Hand auf die Schulter, »ich bin alt geworden.«

»Nicht doch. Du hast gestern …«, versuchte Hernando ihn zu beruhigen. Aber Juan winkte nur lächelnd ab.

»Du weißt, wo du mich findest«, sagte der Maultierhändler noch zum Abschied.

Hernando blickte ihm nach. Und während Juan sich immer weiter entfernte, hatte Hernando den Eindruck, dass der schmächtige Maultiertreiber etwas aufrechter ging als sonst.

38

Rosen, Zitronen und Orangenblüten, Lilien und Levkojen, ein einziges Blumenmeer! Der kleine Patio des neuen Hauses, in dem Hernando seit Kurzem mit seiner Familie lebte, lud in den lauen Mainächten des Jahres 1579 dazu ein, die Ruhe zu genießen und sich den betörenden Düften der Blumen hinzugeben. Der einfache Steinbrunnen mit seinem stets klaren, sauberen Wasser machte dieses kleine Paradies zu einer idyllischen Oase mitten in der belebten Medina mit ihren verwinkelten Gassen und Straßen. Wie so viele Häuser war es im Lauf der Zeit der Kirche vermacht worden und befand sich nun im Besitz des Domkapitels – und Hernando hatte einen guten Mietpreis aushandeln können.

Dieses Haus war typisch für Córdoba. Es wies all die Vorteile auf, die schon die römischen Häuser hatten und an denen sich später auch die Muslime für ihre Bauten orientierten: ruhige Innenhöfe mit viel Wasser und duftenden Blumen, von der Außenwelt abgeschiedene Ruhepunkte. Die Grenzmauer zum Nachbarhaus schloss eine Seite des rechteckigen Patios ab, die drei übrigen Seiten waren überdachte Flure, von denen die einzelnen Räume abgingen. Im Obergeschoss verlief eine Galerie mit Holzgeländern. Die schwere Haustür schloss an einen luftigen Vorraum, dessen Wände halb mit bunten Kacheln bedeckt waren. Zum Patio hin war der Raum mit einem Gitter verschlossen. Im Erdgeschoss befanden sich neben der Küche und einem größeren Wohnraum die Latrine und ein weiteres, wenn auch nur sehr kleines Zimmer. Im Obergeschoss gelangte man von der offenen Galerie in vier weitere Zimmer.

Hernando hatte mit der Idee eines eigenen Hauses geliebäugelt, seit man ihm den Lohn erhöht hatte und Hamid bei ihnen eingezogen war. Der Alfaquí hatte seine erkaufte Freiheit schließlich akzeptiert und sich in Hernandos Obhut begeben. Anders als Aischa, die weiterhin in einer Seidenspinnerei arbeitete, hatte sich Hamid am liebsten in die leer stehenden Zimmer über den Stallungen zurückgezogen. Er genoss die Ruhe an diesem Ort, an dem Pferde die einzige Religion waren. Er betete, sinnierte oder las im Koran. Außerdem übernahm er den Unterricht von Francisco, Inés und Shamir.

Aber es gab noch einen Grund für den Umzug: Hernando und Fatima wünschten sich ein weiteres Kind, fühlten sich aber durch die ständige Anwesenheit der anderen Familienmitglieder in ihrer Zweisamkeit gestört. Nun, sie schliefen durchaus noch miteinander, aber stets unter Decken versteckt. Sie liebkosten sich äußerst zurückhaltend und unterdrückten ihre Lustschreie. Beide verzehrten sich danach, sich dem anderen endlich wieder ganz hingeben zu können. Sie unterließen all die aufregenden Berührungen, das Spiel ihrer Zungen und die tausend verschiedenen Stellungen, die sie früher ungehemmt genossen hatten, und führten nur noch die Bewegungen aus, die sie unter den Tüchern verbergen konnten. Doch Fatima wurde nicht schwanger.

Hernando fand schließlich das Haus in der Calle de los Barberos und mietete es. Aischa, Hernando, Fatima und die Kinder zogen in das Obergeschoss. Hamid richtete sich zu Fatimas Beruhigung in dem winzigen Zimmer im Erdgeschoss ein.

Von der Calle de los Barberos aus konnte man den Glockenturm am Eingang der Mezquita sehen: das ehemalige Minarett, das die übrigen Gebäude der Stadt stolz überragte. Hamid berechnete die Qibla und markierte in seinem Zimmer die Gebetsrichtung mit einer kaum wahrnehmbaren Kerbe.

»Wer die arabische Sprache vergisst, vergisst unsere Gesetze«, erinnerte Don Julián Hernando eines Tages, als sie zu zweit in der Bibliothek saßen. Dieser Leitspruch der Morisken galt bereits während des

Krieges in den Alpujarras und war mittlerweile für die vielen, über alle spanischen Königreiche verstreuten Gemeinden zu einer obersten Maxime geworden. Sie widersetzten sich damit dem Bestreben der Christen, die den Morisken die arabische Sprache in ihrem Alltag verbieten wollten.

Vor allem die städtischen Verwaltungen, die Kirche und die Inquisition beharrten auf dem königlichen Verbot der arabischen Sprache. Die Reaktion der Morisken ließ nicht lange auf sich warten: Sie trieben insgeheim den Bau von Medressen voran, an denen unterrichtet werden konnte, und sie versorgten die Muslime mit Abschriften des verbotenen heiligen Buches.

»Endlich! Sie sind eingetroffen«, berichtete ihm Don Julián eines Abends und legte ein leeres Blatt Papier vor Hernando auf den Schreibtisch. Es war spät, und sie waren allein in der Bibliothek. Die Geistlichen bezahlten Hernando gut, und Hernando gab dieses Geld direkt an seine Glaubensbrüder weiter – etwa für die Befreiung von Moriskensklaven. Um nichts in der Welt hätte er sich zu Lasten seiner Glaubensbrüder bereichern wollen.

Hernando strich mit den Fingerkuppen über das Papier: Es war rau und uneben, sehr grob, zudem verriet kein Wasserzeichen seine Herkunft.

»Es sind noch viel mehr Blätter eingetroffen«, sagte der Geistliche, während Hernando ein Blatt aufhob, das etwas länger und breiter war als die anderen. »Dieses Papier kommt von unseren Glaubensbrüdern in der Gegend von Xátiva. Sie haben es heimlich in ihren Häusern hergestellt.«

Seit fast vier Jahrhunderten wurde in Xátiva nach islamischer Technik Papier geschöpft. Die christlichen Könige gestanden der Moriskengemeinschaft von Xátiva gewisse Privilegien zu und stellten dieses Gewerbe unter ihren Schutz. Viele von ihnen schöpften zudem heimlich aus alten Kleidern und Stoffen in Heimarbeit Papier. Und diese häuslichen Betriebe versorgten die Moriskengemeinden in ganz Spanien.

»Wie hast du es beschaffen können?«, fragte Hernando.

»Über Karim.«

»Und was ist mit dem Brückenzoll?«

Don Julián zwinkerte ihm zu.

»Es ist überraschend einfach, einige Blätter Papier unter den Sätteln der Maultiere oder Pferde zu verstecken.«

Hernando nickte und fuhr mit den Fingerkuppen erneut über das raue Blatt.

Nach einer kurzen Lehrzeit bei Don Julián hatte Hernando damit begonnen, Koranabschriften anzufertigen. Er verfasste sie auf Hocharabisch, wobei Lesbarkeit und Schnelligkeit wichtiger waren als ästhetische Ansprüche der Kalligraphen. Außerdem schrieb er zwischen die Zeilen mit den hocharabischen Suren immer noch seine spanische Übersetzung in arabischer Schrift, damit auch wirklich alle Leser sie verstehen konnten. Sie versteckten die Blätter mit den Abschriften zwischen den Büchern in der Bibliothek der Kathedrale, und Karim ließ die daraus hergestellten Buchexemplare über Mittelsmänner im ganzen Königreich Córdoba verteilen.

Während Hernando die verbotenen Abschriften des Korans anfertigte, vermittelte Fatima den Moriskenfrauen in Córdoba ihre Kultur mündlich, damit diese ihre Kenntnisse an ihre Kinder und Ehemänner weitergeben konnten. Unter der geduldigen Anleitung von Hernando und Hamid hatte sie einige Suren, Passagen aus der Sunna und die bekanntesten Weissagungen für die Morisken auswendig gelernt.

Jeden Tag ging sie zunächst einkaufen, danach traf sie sich mit anderen Frauen, um bei einer Limonade vermeintlich harmlose Gespräche zu führen.

»Wir Frauen sind dazu berufen, die Gesetze unseres Volkes an unsere Kinder weiterzugeben«, spornte Fatima die Frauen nicht zum ersten Mal an. »Wir dürfen nicht zulassen, dass wir sie vergessen. Unsere Männer arbeiten den ganzen Tag und kommen abends erschöpft nach

Hause, wenn die Kinder schon schlafen. Außerdem würde ein Kind niemals seine eigene Mutter bei den Christen verraten.«

Dann brachte sie den aufmerksamen Frauen eine Sure bei, und ihre Zuhörerinnen wiederholten die Rezitation. Danach erklärte sie ihnen die Passage so, wie Hamid es ihr erklärt hatte.

Fatima hatte jeden Tag andere Zuhörerinnen. Und immer wenn sie eine Passage aus dem Koran besprochen hatten, baten die Frauen sie, eine der bekannten Weissagungen für die Morisken zu rezitieren.

Diese Worte, die ihrem Volk galten, den Muslimen von al-Andalus, waren ihre große Hoffnung. Sie verhießen ihnen die Rückkehr ihrer Traditionen, ihrer Kultur und ihrer Gesetze – sie versprachen den Sieg! Bei Fatimas Worten blitzten Sehnsucht und Hoffnung in den Augen der Frauen auf.

»Wir müssen kämpfen«, forderte sie ihre Gefährtinnen auf. »Wir dürfen nicht aufgeben! Gott steht uns bei! Die Verheißungen werden sich erfüllen!«

An einem lauen Frühlingsabend kam Hernando müde nach Hause. Sie hatten soeben die Abreise von mehr als vierzig Pferden zum Hafen von Cartagena vorbereitet. Die Tiere sollten auf einem Schiff nach Genua und dann weiter nach Österreich gebracht werden. König Philipp wollte diese wunderbaren Pferde verschenken: an seinen Neffen, den Kaiser, an die Erzherzöge, den Herzog von Savoyen und den Herzog von Mantua. Auf Geheiß des Königs wurden zunächst die Tiere ausgewählt, die für seinen persönlichen Bedarf und den des Prinzen nach Madrid gebracht werden sollten, und dann wurden die Exemplare ausgesucht, die man verschenken wollte. Don Diego verbrachte den ganzen Tag in den Stallungen. Er traf eine Auswahl, überlegte es sich anders und änderte seine Meinung am Ende wieder. Bei seinen Entscheidungen ließ er sich von den Bereitern beraten.

»Ich weiß nicht, ob er zur Zucht taugt«, sagte Hernando verunsichert, als er einen imposanten fünfjährigen Hengst vor sich hatte, einen stolzen Grauschimmel mit elegantem Lauf. Der Oberstallmeister hatte ihn bereits für die Überfahrt nach Österreich bestimmt.

»Natürlich!«, antwortete Don Diego, ohne sich umzudrehen. »Am Wiener Hof gibt es großartige Reiter und noch bessere Züchter. Dieser Hengst wird ganz sicher viele Nachkommen haben, auf die sie stolz sein können.«

Auf seinem Heimweg zweifelte Hernando noch immer an den getroffenen Entscheidungen. Zu Hause angekommen, musste er feststellen, dass die Tür verriegelt war. Im Monat Mai und zudem zu dieser Tageszeit waren Haustür und Gitter zum Patio für gewöhnlich unverschlossen. War etwas passiert? Er schlug kräftig gegen das Holz – immer wieder. Erst als Fatima lächelnd die Tür öffnete, beruhigte er sich wieder.

»Was ist los?«, wollte er von ihr wissen, als sie die Tür hinter ihm verriegelte.

Fatima führte nur einen Finger an die Lippen. Dann begleitete sie ihn in den Patio. Offensichtlich hatte Hamid Hernandos Forderungen und Wünsche, was den Ort des Unterrichts für die Kinder anging, über Bord geworfen. Er sollte sie in den Zimmern hinter verschlossenen Türen unterrichten, damit niemand sie Arabisch sprechen hörte. Hamid hatte zwar die Haustür abgeschlossen, aber seine Schüler saßen auf einfachen Matten auf dem Boden im Patio. Der Alfaquí brachte ihnen gerade das Rechnen bei.

Hernando wollte sich schon bei seiner Frau beschweren, als Fatima wieder nur einen Finger an die Lippen führte. Er schwieg.

»Hamid sagt«, erklärte sie ihm später, »dass das Wasser die Quelle allen Lebens ist. Er sagt, die Kinder lernen nichts in einem geschlossenen Raum, während das Wasser draußen plätschert. Sie brauchen den Duft der Blumen und den Umgang mit der Natur, damit sich ihre Sinne öffnen und sie das Wissen leichter aufnehmen können.«

Hernando seufzte. Die drei Kinder beobachteten ihn die ganze Zeit und lächelten glücklich. Hamid sah ihn nur verstohlen von der Seite an – wie ein großer Junge, der gerade bei einem Streich erwischt wurde.

»Hamid hat recht«, gab Hernando nach. »Wir sollten ihnen das

Paradies nicht verwehren.« Er nahm Fatimas Hand. Hamid war ganz in seinem Element, und dieser kleine Anflug von Ungehorsam erfreute Hernando insgeheim.

Er begrüßte Shamir und seine Kinder auf Arabisch, doch dann forderten ihn die Kinder auf, nur noch zu flüstern. Er setzte sich zu ihnen auf die Matte und wandte sich an den Alfaquí.

»Salam aleikum«, grüßte er und senkte den Kopf.

»Aleikum salam, Ibn Hamid«, war die Antwort des Gelehrten. Während Aischa und Fatima das Abendessen zubereiteten, blieb Hernando im Patio. Er hörte Hamids Erklärungen und stellte bei den Kindern Fortschritte fest. Shamir erinnerte ihn an Ibrahim: Er war genauso widerspenstig und schlau, aber im Gegensatz zu seinem Vater ging er mit den jüngeren Kindern sehr herzlich um. Francisco – sein eigener Erstgeborener – war ein liebenswürdiger und kluger Junge, der jedoch leicht zu durchschauen war. Seine blauen Augen und seine Offenheit verrieten immer seine geheimsten Pläne. Francisco konnte einfach nicht lügen. Man sah ihm die kleinen Unwahrheiten jedes Mal an, und Hernando musste ihn deswegen immer wieder ermahnen. Nun saß er konzentriert da und starrte auf eine Wachstafel. Offensichtlich kam er beim Rechnen nicht weiter. Manchmal, so wie jetzt, wenn er zu sehr in eine Aufgabe vertieft war, ragte seine Zungenspitze ein kleines Stück aus seinem Mund heraus, und man musste ihn daran erinnern, nicht auf seine Zunge zu beißen: Hernando tippte schnell darauf, und sie verschwand augenblicklich. Nun beobachtete Hernando Inés, dabei bemerkte er, dass Hamid das Gleiche tat, als könnte er seine Gedanken lesen. Sie ähnelte Fatima so sehr… Sie war so wunderschön! Das Mädchen konzentrierte sich ganz auf das Schreiben der Ziffern, und ihre großen schwarzen Augen schienen die Tafel fast zu durchbohren. Inés war von Natur aus neugierig und stellte immer Fragen. Über die Antworten dachte sie immer genau nach und stellte dann – manchmal sofort, manchmal erst nach einigen Tagen – eine sich daran anschließende weitere Frage. Ihre Ideen waren stets durchdacht. Inés besaß in allem, was sie tat, eine elegante Langsamkeit, die ihr eine ganz besondere Ausstrahlung verlieh.

Hernando nickte als Zeichen der Zustimmung und lächelte nun Hamid an. Ja, dies war sein kleines Paradies: Die Tür zur Straße schirmte sie vor fremden Gefahren ab, das Plätschern des Wassers im Brunnen wirkte beruhigend, der Duft der Blumen war in der warmen Dämmerung besonders betörend, und die frische Abendbrise belebte die Sinne. Und trotzdem war es die gleiche Situation wie vor Jahren, als der Alfaquí den kleinen Jungen in seiner erbärmlichen Hütte irgendwo in den Ausläufern der Sierra Nevada unterrichtete. Es war ein langer Weg gewesen: das Aufwachsen ohne Vater, der Krieg, das Dasein als Sklave eines Korsaren, die Vertreibung in ein fremdes Gebiet, wo sie nur Hass und Unglück erlebten, die Armut, die harte Arbeit in der Gerberei, die Zeit der Wirrungen und die reumütige Rückkehr in ihre Gemeinschaft, das Glück der Anstellung im Marstall und die Entwicklung zum bedeutendsten Mitglied ihrer Gemeinde und jetzt … Die beiden Männer ließen zugleich ihre Blicke auf den drei Kindern ruhen, und Hernando wurde von einem Schauder der Zufriedenheit erfasst: Dies waren seine Kinder!

Da rief Aischa zum Abendessen.

Hernando half dem Alfaquí beim Aufstehen. Hamid stützte sich auf den jungen Mann. Auf ihrem gemächlichen Gang durch den Patio, den die Kinder in wenigen Schritten durcheilten, blieben sie an dem kleinen Brunnen stehen.

»Kannst du dich an das Wasser in den Bergen erinnern?«, fragte der Alfaquí.

»Ja, ich träume immer noch davon.«

Wenn Hamid ihnen den wahren Glauben näherbrachte, so bemühte Hernando sich, den Kindern den Katechismus der Christen beizubringen, damit sie sonntags in der Kathedrale oder bei den wöchentlichen Kontrollbesuchen des Pfarrers von Santa María ihre gelungene Missionierung bezeugen konnten. Der Jurado und der Superintendent hatten ihre Kontrollen etwas vernachlässigt, vermutlich weil Hernando aufgrund seiner Anstellung beim königlichen Marstall nun einer anderen Gerichtsbarkeit unterlag. Nur der immer tadellos im schwarzen Habit und mit Barett bekleidete Don Álvaro – der Dompfründenbesitzer, der der Pfarrei vorstand – stattete ihnen nach wie vor jede Woche einen Besuch ab, als wäre Hernando ein ganz normaler Neuchrist. Doch alle vermuteten, dass sein vorrangiges Interesse vor allem dem vorzüglichen Wein und dem schmackhaften Gebäck galt, mit dem er bei seinen ausgiebigen Besuchen verwöhnt wurde. Jedenfalls pflegte Don Álvaro in einem Stuhl unter der Galerie zu sitzen und bei Wein und Gebäck die Kinder abzufragen. Woche für Woche ließ er sich die Gebete und die Glaubensgrundsätze aufsagen, die man ihnen beigebracht hatte. Dabei verfolgte die gesamte Familie gespannt das Schauspiel, immer in Angst, dass einem der Kinder ein arabischer Satz oder Begriff herausrutschen könnte.

Sobald sich die Gelegenheit bot, ergriff Hernando die Initiative und setzte sich zu dem Geistlichen und versuchte ihn mit einem Gespräch abzulenken, am liebsten über die andere große Ketzerbewegung, die das spanische Reich derzeit bedrohte und die ihn tatsächlich interessierte: der Lutheranismus.

Hamid wiederum täuschte immer das eine oder andere Unwohlsein vor und zog sich auf sein Zimmerchen zurück, sobald Don Álvaro über die Türschwelle trat. Hernando war davon überzeugt, dass es für ihn eine Art persönliche Herausforderung war, in Anwesenheit des christlichen Geistlichen heimlich in seinem Zimmer zu beten.

»Wir machen das aus Nächstenliebe«, rechtfertigte sich Hernando vor Don Álvaro, wenn die Rede auf diesen unsichtbaren Hamid kam, der laut Kirchenregister mit ihnen im Haus lebte. »Hamid ist ein alter, kranker Mann aus unserem Dorf in den Alpujarras. Als guter Christ konnte ich nicht zulassen, dass er einfach auf der Straße krepiert. Er leidet derzeit unter Rückfallfieber, möchtet Ihr ihn sehen?«

Der Geistliche nahm einen Schluck Wein und bewunderte das in der Frühlingsbrise leicht wogende Blumenmeer im Patio. Er schüttelte zu Hernandos Erleichterung den Kopf. Warum sollte er sich einem alten Mann, der noch dazu fieberte, auch nur nähern?

Nachdem Don Álvaro die Kinder wieder einmal abgefragt hatte, unterhielten sich Hernando und der Geistliche ungestört unter der Galerie, während Aischa und Fatima von der anderen Seite des Patios aus dafür sorgten, dass immer ausreichend Wein und Gebäck bereitstanden. Erst vor Kurzem war Hernando und Don Julián eine spanische Übersetzung der *Institutio Christianae religionis* von Jean Calvin in die Hände gefallen, eine Veröffentlichung aus England. Viele spanische Schriften der Protestanten, die heimlich in den Königreichen Philipps II. kursierten, stammten aus England, Holland oder Dänemark. Der König und die Inquisition wollten den katholischen Glauben um jeden Preis rein und makellos halten und jeden ketzerischen Einfluss im Keim ersticken.

Die Kritik am Papst und am Ablasshandel, die Behauptung, dass jeder Gläubige die Heilige Schrift unabhängig von seiner Stellung innerhalb der Kirche auslegen dürfe, und die kritische Haltung zur Vorherbestimmung waren Gemeinsamkeiten der beiden Religionen, die gegen die Angriffe der katholischen Kirche zu kämpfen hatten. Hernando diskutierte darüber sowohl mit Don Julián als auch mit Don Álvaro.

»Du darfst dabei aber eines nie vergessen«, sagte der Geistliche. »Die Protestanten sind letztendlich immer noch Christen. Die konvertierten protestantischen Morisken hingegen wollen keineswegs nur eine Reform, sie wollen die Zerstörung des Christentums. Die synkretistischen Positionen des lutherischen und des muslimischen Glaubens, die wir derzeit in einigen Streitschriften erkennen können, führen nur dazu, dass das eigentliche Ziel der Moriskengemeinschaft geschwächt wird.«

Sobald Don Álvaro das Haus wieder verließ und genug gegen die Lutheraner und ihre Angriffe auf den Lebenswandel des katholischen Klerus gewettert hatte, kam Hamid entrüstet aus seinem Zimmerchen und schüttete unverzüglich die Weinreste in den Ausguss.

»Aber der Wein hat Geld gekostet!«, rief Hernando, ließ ihn jedoch gewähren und unterdrückte ein Lächeln.

Er hieß Azirat und brachte eine der größten Veränderungen in Hernandos Leben mit sich.

Bereits unter Kaiser Karl V. war die spanische Monarchie bankrott. Seit fünf Jahren war das Königreich im Prinzip zahlungsunfähig. Nicht einmal die Unmengen Silber und Gold aus der Neuen Welt reichten, um die spanischen Streitkräfte zu bezahlen. Dazu kamen noch die exorbitanten Kosten für das aufwendige Hofzeremoniell. Das Gold floss aus Spanien genauso schnell wieder ab, wie es hereingekommen war. Die Hidalgos, der Klerus und zahlreiche Städte kamen ihren Steuerzahlungen nicht nach, und die gesamte Steuerlast musste von der einfachen Landbevölkerung getragen werden, die so nur noch mehr verarmte.

1580 spitzte sich die wirtschaftliche Lage weiter zu: Der portugiesische König Sebastian I. war bei dem Versuch, Marokko zu erobern, in Alcazarquivir gestorben. Nun machte sein Onkel König Philipp II. von Spanien Erbansprüche auf den portugiesischen Thron geltend. Nicht nur Brasilien und die Handelsrouten nach Ostindien waren fest in portugiesischer Hand, Portugal kontrollierte zudem die gesamte afrikanische Küste von Tanger bis nach Mogadischu. Durch die Verbindung mit Portugal würde Spanien zum größten Weltreich der Geschichte. Aber das portugiesische Volk lehnte sich gegen ihn auf, und der spanische König führte unter dem Befehl des mittlerweile zweiundsechzigjährigen Herzogs von Alba einen Feldzug in dem benachbarten Königreich.

Die Auswirkungen all dieser enormen Ausgaben machten sich auch im königlichen Marstall bemerkbar. Philipp II. bedachte nach wie vor seine Günstlinge, verschiedene ausländische Herrscher und vor allem sich selbst mit Prachtexemplaren der neuen spanischen Rasse, aber der Mangel an Geldmitteln war deutlich zu spüren. Im Marstall war es mittlerweile üblich, nicht gezahlte Löhne der Bereiter, Stallknechte und des gesamten Personals mit Jungtieren auszugleichen, die für die Weiterzucht nicht in Betracht kamen.

Hernando hatte Azirat als Ersatz für einen Teil des ausstehenden Lohns erhalten.

Wegen seines glänzenden feuerroten Fells kam er für die Zucht der neuen spanischen Rasse nicht infrage. Er war Hernando wegen seiner eleganten Bewegungen, seines Ungestüms und seiner Schnelligkeit vom ersten Moment an aufgefallen, als sie auf der Pferdeweide die Jungtiere beschlugen und im Register verzeichneten. Das Tier sollte eigentlich den Namen Andarín – der »Wanderer« – erhalten, doch Hernando hatte schon längst einen anderen Namen für ihn ausgesucht.

»Ich werde ihn ›Azirat‹ nennen«, sagte er zu Abbas.

Abbas runzelte die Stirn. Er wusste, was sein Gefährte mit diesem arabischen Namen ausdrücken wollte. Hernando nickte. Sirat war die lange und schmale Brücke im Jenseits. Sie überspannte die Hölle, und die Gottesfürchtigen eilten darüber ins Paradies, während die anderen ins Höllenfeuer stürzten.

»Es bringt Unglück, wenn man den Namen eines Pferdes ändert«, warnte ihn der Schmied. »Und wenn es rauskommt, kann man zum Tode verurteilt werden.«

»Na und? Dann würde Azirat mich schnell wie der Blitz über die Brücke bringen«, schlug er den Rat seines Freundes in den Wind. »Er würde darüber hinwegjagen, ohne abzustürzen und ohne sie zu zerstören. Es wäre, als würden seine Hufe den Boden nicht einmal berühren … als würde er fliegen!«

Hernando war mit seinen sechsundzwanzig Jahren ein Familienoberhaupt und ein hochgeachtetes und einflussreiches Mitglied der Moriskengemeinde. Er war immer von anderen Menschen umgeben, und er war auch immer für die anderen da. Azirat erlaubte ihm einige Momente der Freiheit, wie er sie noch nie erlebt hatte, und wann immer er konnte, zäumte er das Pferd auf und ritt mit ihm hinaus ins Freie. Hernando genoss die Ruhe und hing seinen Gedanken nach. Manchmal ritt er auch zu den Weiden, auf denen zwischen Korkeichen die Stiere grasten, und kämpfte mit ihnen, ohne sie tatsächlich zu verletzen. Reiter und Pferd spielten nur mit diesen gefährlichen Tieren, deren Hörner Azirats Flanken niemals erreichten.

Hernandos Ausritte führten ihn allerdings nie in den Norden von Córdoba, in die Sierra Morena, wo Ubaid und die Aufständischen lebten. Abbas hatte ihm zwar versichert, dass ihm der Maultiertreiber aus Narila nichts anhaben werde, weil sie ihm eine entsprechende Botschaft übermittelt hätten, aber Hernando traute dem Frieden nicht.

Sonntags ritt er mit Francisco und Shamir aus. Francisco saß vor ihm, Shamir umklammerte seinen Rücken. Die beiden wuchsen wie Brüder auf, und wenn keine Gefahr bestand, überließ er ihnen sogar die Zügel. An einem dieser Tage ritt er mit den Jungen gerade über die römische Brücke, als Francisco plötzlich unruhig wurde.

»Vater!«, rief Francisco. »Sieh mal, da steht Juan, der Maultierhändler.«

Juan winkte ihnen aus einiger Entfernung zu. An jedem Sonntag, an dem Hernando am Campo de la Verdad vorbeikam, schien Juan ihm immer schneller gealtert. Mittlerweile waren ihm nicht einmal mehr die paar Zähne geblieben, mit denen er der dicken Tomasa in der Bordellgasse in die Brustwarze gebissen hatte.

»Ihr könnt absteigen, Kinder«, forderte Juan die Jungen mit belegter Stimme auf, als sie bei ihm angekommen waren. Hernando war erstaunt, aber der Maultierhändler bedeutete ihm, nicht nachzufragen. »Geht nur zu den Mulis. Sie vermissen euch schon.«

Francisco und Shamir rannten zu den Maultieren. Juan bewegte die Lippen über dem Zahnfleisch und sah Hernando ernst an.

»Hör mal, es gibt bei euch jemanden, einen Neuchristen, der fragt hier die Leute aus, der hört sich überall um …« Hernando wartete, bis Juan sich vergewissert hatte, dass ihnen niemand zuhörte. »Er interessiert sich für den Schmuggel von Papier.«

»Kennst du ihn?«

»Ich weiß es nicht. Mich hat er noch nicht angesprochen. Aber ich habe gehört, dass er nach einem Maultiertreiber sucht.«

Hernando griff in seinen Beutel und gab ihm ein paar Münzen. Diesmal lehnte Juan nicht ab.

»Läuft es nicht so gut?«, fragte Hernando.

»Viel bleibt am Ende des Tages nicht übrig. Und was die kleinen Gaunereien nebenher angeht: Heute könnte ich nicht einmal mehr die Riemen der *Müden Jungfrau* packen!«

»Wenn du etwas brauchst, kannst du immer auf mich zählen.«

»Kümmere dich besser um dich selbst, mein Freund. Dieser Moriske und vermutlich auch die Inquisition sind hinter euch her. Sie wissen von dem geschmuggelten Papier.«

»Woher willst du wissen, dass …?«

»Ich bin vielleicht alt und schwach, aber ich bin kein Idiot, Hernando. Weder die Kirche noch die Notare, noch die Amtsschreiber brauchen so viel geschmuggeltes Papier. Ich habe gehört, dass das Papier keine besondere Qualität hat und aus der Gegend von Valencia kommt. Der Maultiertreiber, den dieser Moriske sucht, soll auch von dort kommen. Also wenn du mich fragst, ist es sicherlich nicht das Papier, das die Hidalgos für ihre Schriftstücke oder die Geistlichen für ihre Bücher brauchen.«

Hernando atmete tief durch.

»Kinder!«, rief er und stieg auf sein Pferd. »Wir müssen los.« Er hob zuerst Shamir und dann Francisco zu sich auf den Sattel. »Danke, mein Freund. Wenn du noch mehr hörst …«, flüsterte er Juan zu. Der Maultierhändler antwortete mit einem breiten, zahnlosen Lächeln.

Im königlichen Marstall angekommen, berichtete Hernando die schlechten Neuigkeiten sofort Abbas, während die Jungen dem Stallknecht beim Abzäumen des Pferdes halfen. Dann eilte er in die Calle de los Barberos.

»Ich will in diesem Haus kein einziges Stück Papier mehr sehen«, sagte er Fatima, seiner Mutter und Hamid. Er sah dem Alfaquí tief in die Augen und deutete mit dem Zeigefinger nach oben. Ohne dass die Kinder im Patio etwas von der Aufregung mitbekamen, begaben sie sich gemeinsam in einen der Räume im oberen Stockwerk, wo Hernando aufgeregt von Juans Andeutungen berichtete. Der Gelehrte setzte zu einer Antwort an, aber Hernando ließ ihn nicht zu Wort kommen.

»Hamid, nicht ein einziges Blatt! Hast du gehört? Wir dürfen kein Risiko eingehen, es geht um unsere Familie, um die Kinder«, sagte er noch. »Und es geht um uns alle.«

Schließlich stellte Fatima die erste Frage.

»Was ist mit dem Koran?« Sie bewahrten immer noch das Exemplar auf, das Abbas ihm damals gegeben hatte.

Hernando überlegte kurz.

»Verbrenn ihn!« Die drei erschraken. »Ja, verbrenn ihn!«, wiederholte Hernando. »Gott wird uns dafür nicht richten. Wir dienen ihm, aber ihm ist auch nicht damit geholfen, wenn man uns festnimmt.«

»Warum versteckst du den Koran nicht irgendwo außerhalb des Hauses?«, schlug Aischa vor.

»Verbrennt ihn! Und schafft danach die Asche weg. Von jetzt an … Nein, erst wenn ihr alles verbrannt habt«, verbesserte er sich, »möchte ich, dass die Haustüre immer geöffnet ist. Der Unterricht der Kinder fällt aus, bis wir sehen, wie es weitergeht. Und du, Fatima, versteck bitte deinen Anhänger so, dass ihn niemand findet. Außerdem will ich in diesem Haus keine Kerben mehr sehen, die nach Mekka zeigen.«

»Aber die kann ich nicht entfernen«, wandte Hamid ein.

»Dann mach noch mehr Kerben, überall in deinem Zimmer. Bestimmt kannst du dir merken, welche die richtige ist. Ich muss jetzt in die Moschee … Und wir müssen auch noch Karim und Jalil warnen, vor allem Karim.« Hernando beobachtete die drei Erwachsenen. Konnte er sich darauf verlassen, dass sie seine Anweisungen befolgten? Konnte er sich darauf verlassen, dass sie das Koranexemplar, in dem sie so viele Nächte gelesen hatten, tatsächlich verbrannten und nicht nur versteckten? »Kommst du einen Augenblick mit mir?«, sagte er zu Fatima und reichte ihr die Hand.

Sie verließen das Zimmer und lehnten sich an das Geländer der Galerie. Unten spielten die Kinder am Brunnen. Sie lachten, liefen herum und versuchten sich zu fangen. Fatima und Hernando verharrten und beobachteten schweigend ihr kindliches Treiben, bis Inés ihre Anwesenheit bemerkte und aus ihren großen schwarzen Mandelaugen zu ihnen hochsah. Dann unterbrachen Francisco und Shamir ihr Spiel, als spürten auch sie die Bedeutung des Moments. Einen Augenblick lang drang mit der frischen Luft und dem Blumenduft ein Hauch von Lebendigkeit, von unbeschwerter Fröhlichkeit und kindlicher Unschuld vom Patio zur Galerie herauf.

»Wir haben Hunger und Elend überstanden«, sagte er und brach den Zauber des Augenblicks. »Wir haben es so weit geschafft. Wir dürfen jetzt nicht versagen.« Hernando richtete sich auf. Er musste ihnen vertrauen! »Bringt bitte das Haus in Ordnung«, trug er Fatima und Aischa auf. »Vater«, sagte er zu Hamid, »ich verlasse mich auf dich.«

Er erreichte die Kathedrale, noch ehe die Abendmesse zu Ende war. Orgelklänge und der Gesang der Jesuitennovizen schwebten durch den Säulenwald der Gebetshalle.

Der schwere, süßliche Weihrauchgeruch schlug Hernando entgegen: Nach dem frischen Duft der Blumen im Patio erinnerte ihn die drückend schwüle Luft schlagartig daran, warum er hier war. Um nicht aufzufallen, setzte er sich zu den Gläubigen, die dem Gottesdienst beiwohnten. Danach wandte er sich sofort an einen Pförtner, damit er Don Julián suchte und ihm sagte, dass er auf ihn warte.

Hernando stand vor dem Gitter der Bibliothek, deren Umbau vor Kurzem begonnen hatte. Nach dem Tod von Bischof Fray Bernardo de Fresneda hatte das Domkapitel während der Vakanz beschlossen, die Bibliothek zu einer prächtigen neuen Tabernakelkapelle umzubauen. Ein Teil der Buchbestände wurde bereits in der Bibliothek im Bischofspalast zwischengelagert. Bis zur Fertigstellung der neuen Bibliothek neben der Puerta de San Miguel sollten die übrigen Bände in der alten Bibliothek bleiben.

»Ich verstehe«, versuchte Don Julián Hernando zu beruhigen, nachdem er dessen aufgeregten Bericht vernommen hatte. »Gleich morgen früh werde ich anordnen, dass unsere Bücher und Papiere in den Bischofspalast gebracht werden.«

»In den Bischofspalast?«, fragte Hernando erstaunt.

»Wohin denn sonst?«, fragte Don Julián zurück und schmunzelte. »Dort ist seine Privatbibliothek. Sie enthält Hunderte Bücher und Handschriften. Mach dir deswegen keine Sorgen, ich werde unsere Sachen gut verstecken. So viele Bücher Fray Martín de Córdoba auch lesen mag, er wird niemals bis zu unseren Büchern vordringen. Außerdem können wir so unsere Arbeit fortsetzen, sobald sich die Lage wieder etwas beruhigt hat.«

Hernando überlegte, ob er sein eigenes Koranexemplar auch in der Bibliothek des Bischofs verstecken sollte.

»Es ist durchaus möglich, dass ich bei mir zu Hause noch einen Koran habe und den einen oder anderen Mondkalender.«

»Bring mir die Sachen …« Don Julián unterbrach sich und begrüßte zwei Pfründenbesitzer, die an ihnen vorbeigingen. Hernando senkte den Kopf und flüsterte andächtig vor sich hin. »Bring mir die Sachen noch vor dem ersten Gebet«, sagte Don Julián, sobald die Geistlichen außer Hörweite waren, »dann werde ich mich darum kümmern.«

Hernando betrachtete den alten Bibliothekar genau: Diese Selbstsicherheit, war sie echt oder nur gespielt? Don Julián schien seine Gedanken lesen zu können.

»Nervosität führt nur zu Fehlern«, erklärte er ihm. »Wir müssen diese Schwierigkeit meistern und dann unsere Arbeit fortsetzen. Hast du wirklich geglaubt, dass wir es immer so einfach haben werden?«

»Ja, schon …«, gab Hernando nach einigen Momenten des Zögerns zu. In der Tat war ihm in letzter Zeit alles sehr einfach erschienen. Als er anfangs in die Kathedrale gekommen war, war er immer angespannt gewesen und erschrak beim geringsten Geräusch, aber danach hatte er sich allmählich …

»Zu viel Vertrauen ist kein guter Ratgeber. Wir müssen immer auf der Hut sein. Wir müssen diesen Verräter finden, bevor er uns findet. Karim könnte etwas über diesen Maultiertreiber aus Valencia wissen. Wir müssen ihn treffen und herausfinden, wer ihn ausgefragt hat.«

Karim hatte immer für alles gesorgt. Die anderen boten ihm ihre Hilfe an, aber der alte Mann lehnte sie ab, und sie mussten ihm recht geben. Es reichte, wenn einer von ihnen das Risiko einging, war die Meinung des alten Mannes. Karim kümmerte sich sowohl um die Papierbeschaffung als auch um die Absprachen mit den Morisken in Valencia und den Maultiertreibern. Er veranlasste, dass das Papier zu Hernando und Don Julián gelangte, und danach gingen die Schriftstücke wieder an ihn, damit er sie mithilfe einer Presse zu Hause binden und anschließend die Bücher im Gebiet von Córdoba vertreiben konnte. Abgesehen von einigen sporadischen Versammlungen, die kaum etwas bewiesen, konnte niemand die anderen Mitglieder des Rates mit den Abschriften und dem Verkauf der Koranexemplare in Verbindung bringen.

Sie verließen die Kathedrale durch die Puerta de San Miguel. Mittlerweile war es tiefe Nacht. Wie fast alle Geistlichen in Córdoba wohnte auch Don Julián im Pfarrbezirk Santa María, in der Calle de Deanes – ganz in der Nähe von Hernando. An dem kleinen Platz, an dem die Calle de Deanes und die Calle de Manriques aufeinandertrafen, trat ihnen eine große dunkle Gestalt in den Weg. Sofort griff Hernando zum Messer an seinem Gürtel.

»Ich bin's, Abbas. Die Gehilfen der Inquisition haben Karim verhaftet«, berichtete der Schmied. »Sie haben sein ganzes Haus auf den Kopf gestellt und dabei ein paar Koranexemplare und andere Schriftstücke gefunden. Sie haben alles beschlagnahmt: die Bücher, die Presse, die Messer, die Hammer und Zangen. Einfach alles!«

39

Cristóbal Escandalet war vor ein paar Jahren gemeinsam mit seiner Frau und seinen drei Kindern aus Mérida nach Córdoba gekommen. Der Bäcker bot in den Straßen der Stadt das traditionelle frittierte Gebäck der Morisken an: gefüllt oder in Honig getaucht, länglich oder rund. Hamid fand heraus, dass der Mann auf engstem Raum mit vier weiteren Familien in einem Haus im Pfarrbezirk San Lorenzo im äußersten Westen der Stadt lebte.

Er verfolgte ihn nun schon seit einigen Tagen. Hamid beobachtete, wie er mit den Leuten sprach und wie er sie behandelte. Er sah, wie es ihm gelang, mit seiner übertriebenen Fröhlichkeit und einer gewissen Gerissenheit Kunden für sich zu gewinnen, Altchristen ebenso wie Neuchristen. Er war etwa dreißig Jahre alt, nicht besonders groß und immer in Bewegung. Die Dinge, die er zum Frittieren brauchte, trug er immer bei sich. Hamid stellte fest, dass die Pfanne hell glänzte und auch die Spritztüte, aus der der Teig kam, neu war.

»Der Lohn für den Verrat an Karim!«, flüsterte er zornig und beobachtete aus der Ferne, wie Cristóbal am Markttag beim Cruz del Rastro, in der Nähe des Guadalquivir-Ufers, seine Backwaren anpries. Eine Frau, die gerade an Hamid vorbeiging, drehte sich erstaunt nach dem wütenden Alten um. Hamid hielt ihrem Blick stand, und die Frau setzte ihren Weg schnell fort. Dann konzentrierte sich der Alfaquí wieder auf Cristóbal. Man musste ihm die Kehle durchschneiden! Als Alfaquí wäre das durchaus seine Aufgabe! So wurde ein Muslim bestraft, der von seinen Gesetzen abgefallen war: Immerhin hatte Cristóbal seine Glaubensbrüder verraten. Aber wie sollte ein lahmer, altersschwacher Mann ohne Waffen das Todesurteil an diesem Verräter vollstrecken?

Karims Festnahme und sein Aufenthalt im Inquisitionsgefängnis im Alcázar erschütterte die gesamte Gemeinschaft der Morisken in Córdoba. Tagelang gab es für sie kein anderes Gesprächsthema, und einige versuchten herauszufinden, wer unter ihnen der Verräter war. Viele wussten von Karims Aktivitäten: die Wachen, die um das Haus postiert wurden, wenn der Rat zusammentrat, die Gläubigen, die bei ihm den Koran, Mondkalender und Abschriften der Weissagungen sowie anderer Texte kauften, die Morisken, die ihre Arbeit auf den Feldern vor der Stadt dazu nutzten, die Bücher aus Córdoba herauszuschaffen, damit sie in den übrigen Moriskengemeinden des Königreichs verbreitet werden konnten. Schnell machte sich Misstrauen unter den Morisken breit, und viele mussten ihre Unschuld gegen argwöhnische Blicke oder direkte Beschuldigungen verteidigen. Um unter den Gläubigen nicht noch mehr Unruhe zu stiften, entschied der Rat der Gemeinde, nicht bekanntzugeben, dass der Verräter tatsächlich ein Moriske gewesen war. Aber der Rat kam bei seinen Ermittlungen nicht voran: Karim saß unerreichbar im Gefängnis der Inquisition, und seine alte, durch die Geschehnisse tief erschütterte Frau wusste von nichts. Das hatte sie Abbas unter Tränen gesagt, als der Schmied sie besuchte, nachdem die Gehilfen der Inquisition das wenige Hab und Gut von Karim beschlagnahmt hatten.

Verrat war das schändlichste und größte Verbrechen, das ein Moriske begehen konnte. Seit der Regierungszeit Kaiser Karls V. hatte die spanische Inquisition immer wieder Gnadenerlasse verfasst. Sowohl dem Monarchen als auch den Kirchenfürsten waren die Schwierigkeiten bewusst, die die Zwangsbekehrung mit sich brachte – noch dazu eines ganzen Volkes. Der Mangel an Geistlichen, die nicht nur geeignet, sondern auch bereit dazu waren, diese Aufgabe zu übernehmen, war offensichtlich. Die Kirche wusste auch, dass die Anzahl der Rückfälligen, die zwangsläufig auf dem Scheiterhaufen landeten, inzwischen so hoch war, dass diese Strafe ihre abschreckende Wirkung auf die Morisken verlor. Deshalb wollten sie vor allem jene Morisken für sich gewinnen, die ihre Sünden bekannten und sich mit der Kirche aussöhnten, selbst wenn sie dies nur heimlich taten – ohne das Wissen ihrer Glaubensbrüder. Diese Gnade würde laut Erlass sogar mehrfach Rückfälligen zuteil, unterlag dann aber einer Bedingung: Sie mussten ihre Glaubensbrüder verraten, die ketzerisch tätig waren. Doch keiner der Gnadenerlasse hatte bisher gefruchtet: Die Morisken verrieten einander nicht.

Hernandos Vermutungen waren richtig, Fatima und Hamid hatten weder den Koran noch die übrigen Schriftstücke dem Feuer übergeben: Sie hatten sie einfach im Patio vergraben.

»Dummköpfe!«, schimpfte er, als er ihnen endlich die Wahrheit entlocken konnte. »Die Inquisition hätte sie dort sofort gefunden.«

Nach einer schlaflosen Nacht, in der er immer wieder glaubte, die Schritte der Inquisitionsknechte vor seinem Haus zu hören, verbrannte er noch vor dem Morgengrauen alle verbotenen Schriften außer dem Koran. Das edle Buch versteckte er in seiner zusammengefalteten Marlota, die er über seinem rechten Arm trug, und nahm es mit zur Kathedrale, wo er sich, wie von Don Julián vorgeschlagen, noch vor dem ersten Gebet einfand.

Er ging die Calle de los Barberos und die Calle de Deanes entlang, bis er an der Puerta del Perdón vor der Mezquita stand. Es war kalt, aber er hielt den in der Marlota versteckten Koran fest an den Körper gepresst. Er zitterte. Vor Kälte? Erst als er durch den großen Torbogen trat, begriff er, dass nicht die Kälte seinen Körper zum Beben brachte. Was tat er da eigentlich? Er hatte nicht einmal darüber nachgedacht: So als wäre es das Selbstverständlichste der Welt, hatte er nach dem Buch gegriffen, um es Don Julián zu geben. Inmitten all der Geistlichen, die über den Innenhof zum frühmorgendlichen Gebet strebten, hielt er einen Koran unter dem Arm. Außer dem Bischof, der die Kathedrale stets über die alte Brücke betrat, die die Mezquita mit seinem Palast verband, strömten alle anderen durch die Puerta del Perdón in den Innenhof: die Domherren in ihren prächtigen Gewändern und mehr als hundert Kanoniker und Kapläne, dazu die Organisten und die übrigen Musiker, die Chorknaben, die Sakristane, die Wächter… Hernando sah sich auf einmal von Geistlichen und den anderen Mitarbeitern der Kathedrale umringt. Einige plauderten, die meisten gingen wortlos vorbei, sie wirkten unausgeschlafen und mürrisch. Hernando stockte der Atem. Er befand sich in einem der bedeutendsten christlichen Gotteshäuser ganz Andalusiens und hielt einen Koran in seinen Händen! Er blieb stehen, und die drei Chorknaben hinter ihm mussten ausweichen. Er drückte die Marlota, die das verbotene Buch verbarg, noch fester an seinen Körper und versuchte gelassen zu wirken. Bedeckte die Marlota das Buch auch vollständig? Er sah, wie einige Männer in schwarzen Gewändern und mit Biretten auf dem Kopf vor ihm stehen blieben. Nein, er musste umkehren, sofort, er würde den Koran schon irgendwoanders…

»He, du!« Hernando hörte den Ruf hinter sich, vertraute aber darauf, nicht gemeint zu sein. »Ja, du! Halt!« Eiskalter Schweiß lief ihm über den Rücken. Die Puerta del Perdón war doch nur noch wenige… »Halt, stehen bleiben!«

Zwei Pförtner versperrten Hernando den Weg.

»Hast du nicht gehört, dass dich der Inquisitor ruft?« Hernando stammelte eine Entschuldigung und blickte durch das Tor hindurch auf die Straße. Er könnte loslaufen und flüchten. Tausend Gedanken schossen ihm durch den Kopf. Fliehen? Bestimmt hatten sie ihn erkannt, und noch ehe er bei Fatima und den Kinder angekommen… »Ja, bist du taub? Hinter dir!«, rief einer der Pförtner.

Hernando drehte sich um. Ein hagerer, hochgewachsener Mann stand da und wartete auf ihn. Hernando wusste, dass im Domkapitel immer ein Sitz für einen Vertreter der Inquisition reserviert war. Er zögerte. Er hörte den Atem der Pförtner im Rücken, aber der Inquisitor war allein.

Hernando atmete tief durch und ging mit gesenktem Blick auf den Mann zu.

»Vater«, sagte er zum Gruß. »Verzeiht mir, niemals durfte ich davon ausgehen, dass Euer Hochwürden mit meiner Wenigkeit sprechen möchte, einem einfachen …«

Der Inquisitor unterbrach ihn mit einer Handbewegung und hielt ihm seine schlaffen, dürren Finger entgegen, damit er den angemessenen Kniefall vollzog. Ohne zu zögern, griff Hernando nach der Hand des Geistlichen und fing mit der linken Hand gerade noch rechtzeitig die Marlota samt Koran auf. Er presste beides an seine Brust, während er den eingeforderten Kniefall vollzog und gleichzeitig überprüfte, ob auch ja nichts vom Buch zu sehen war. Der Inquisitor forderte ihn auf, sich wieder zu erheben, und musterte ihn von Kopf bis Fuß. Hernando presste den Koran immer noch mit der linken Hand an seine Brust – die göttliche Offenbarung! Natürlich! Hier beim Mihrab der Mezquita musste dieses Buch aufbewahrt werden, als Rettung gegen all die christlichen Geistlichen, die sich mit ihren Gesängen und Bildern des Bauwerks bemächtigten! Hitze wallte in seinem Herzen auf, direkt neben dem Buch, und ergriff seinen ganzen Körper. Er richtete sich wieder auf und fühlte sich stark: Er vertraute in Gott und sein Wort.

»Gestern«, sagte der Inquisitor mit schneidend kalter Stimme, »haben wir einen Ketzer verhaftet, der Abschriften von Texten anfertigte, die die Doktrin unserer Heiligen Mutter Kirche diffamieren. Er band sie zu Büchern und verkaufte sie. Für sein sofortiges Geständnis darf er nicht auf Gnade hoffen. Wegen der Schwere des Verbrechens und wegen der gebotenen Eile, um seine Komplizen noch vor ihrer Flucht festzunehmen, werden wir gleich heute mit den Verhören beginnen. Die Bücher, die wir bei ihm konfisziert haben, sind in einem Arabisch verfasst, das unserem Übersetzer nicht geläufig ist. Das Domkapitel hält viel von deinem Können. Deshalb findest du dich heute um neun Uhr beim Tribunal ein und übersetzt alle Schriftstücke.«

Hernandos eben entfachter Mut war wie weggeblasen. Seine Entschlossenheit war in dem Moment dahin, als er an Karim dachte und daran, wie er beim Verhör und vielleicht sogar bei seiner Folter … die Texte übersetzen musste, die er selbst verfasst hatte!

»Ich…«, setzte er zu einer Ausrede an. »Ich… ich muss im königlichen Marstall arbeiten.«

»Der Verfolgung der Ketzerei und der Verteidigung der Christenheit ist jedwede andere Tätigkeit unterzuordnen!«, antwortete der Inquisitor in scharfem Tonfall.

Der Geistliche drehte sich um und ging fast lautlos durch das kleine Tor in Richtung Kathedrale.

»Um neun Uhr«, waren seine letzten Worte.

Hernando eilte sofort nach Hause, sein Kopf war leer, und er wollte auch nicht nachdenken, er flüsterte nur einige Suren vor sich hin und drückte den Koran an die Brust.

Der Alcázar, der Sitz des Inquisitionsgerichts, war die von König Alfonso XI. in den Anlagen des ehemaligen Kalifenpalastes errichtete Festung von Córdoba. Da die Gelder, die das Tribunal für den Unterhalt des Gebäudes erhielt, zum größten Teil in die Taschen der Inquisitoren floss, war das einst so stolze Anwesen inzwischen fast vollkommen heruntergewirtschaftet. An die ehemals kostbar ausgestatteten Prunksäle, Schreibstuben und Archive schlossen sich jetzt schmutzige Taubenschläge, Hühnerleitern und Ställe an. Es gab sogar eine Wäscherei, und die Bediensteten handelten ohne jegliche Scham mit Eiern, Tieren und gereinigten Stoffen. Wegen der unhygienischen Zustände im Alcázar, der modrigen Gefängniszellen und der beiden Teiche mit ihrem fauligen Wasser hieß es bei den Bewohnern Córdobas bald, dass jeder, der in die Festung kam, sofort krank würde und innerhalb kürzester Zeit starb.

Hernando fand sich zur vereinbarten Zeit am massiven Torre del León – dem Löwentor – ein.

»Du musst den Eingang auf der anderen Seite nehmen«, rief ihm einer der übel gelaunten Stoffverkäufer zu. »Geh über den Friedhof zur Puerta del Palo, drüben beim Wachturm am Fluss.«

Durch die Puerta del Palo gelangte Hernando in einen mit Pappeln und Orangenbäumen bepflanzten Patio. Die beiden Pförtner behandelten ihn, als wäre er der Angeklagte, und fragten ihn so lange aus, bis einer von ihnen genug hatte und auf eine kleine Tür in der Mauer wies. Kaum hatte er den sonnigen Patio verlassen, spürte Hernando, wie sein Körper von einer ungesunden Feuchtigkeit umhüllt wurde. Er ging den klammen, düsteren Gang zum Gerichtssaal entlang. Auf der linken Seite lagen in unregelmäßigen Abständen die Zellen. Er wusste, dass hier die Gefangenen einsaßen, doch zu seiner Verwunderung herrschte eine bedrückende Stille, und das einzige Geräusch, das er ausmachen konnte, war das seiner eigenen Schritte.

Er betrat den Gerichtssaal, in dem bereits die Inquisitoren an Tischen saßen – darunter auch der hagere Mann, der Hernando in der Kathedrale angesprochen hatte, der Ankläger sowie der Notar. Hernando musste einen Eid ablegen und versprechen, dass er über alle Vorgänge in der Sala del Secreto – im Saal der Geheimnisse – Stillschweigen bewahren würde. Dann nahm er neben dem Notar an einem Tisch Platz, der etwas niedriger war als die anderen. Vor ihm lagen drei unsauber verarbeitete Koranexemplare sowie einige lose Schriftstücke, die Karim noch nicht zu Büchern gebunden hatte. Während die Inquisitoren mit der Verhandlung begannen, starrte Hernando vor sich auf den Tisch: Er erkannte jedes einzelne Exemplar des göttlichen Buches wieder. Ein Blick genügte, und er konnte sich genau daran erinnern, wann er es angefertigt hatte. Ihm fielen all die Schwierigkeiten ein, die bei jedem der Exemplare aufgetreten waren: seine Schreibfehler, das Kürzen des Schreibrohrs, die Tinte, die ihnen plötzlich ausgegangen war. Er erinnerte sich auch an Don Juliáns Bemerkungen und Kommentare und an ihre Ängste, wenn plötzlich ungewohnte Geräusche zu ihnen drangen, und an ihre Scherze, wenn sich die Situation als ungefährlich erwiesen hatte. Vor allem aber dachte er an die Sehnsüchte und Hoffnungen eines ganzen Volkes, die in jedem einzelnen Buchstaben steckten, verewigt auf diesem minderwertigen Papier, das trotz so vieler Hindernisse und Gefahren aus Xátiva zu ihnen gelangt war.

Hernando zuckte zusammen, als Karim in den Gerichtssaal geführt wurde. Er wirkte schwach, und seine Kleider waren nur mehr Lumpen.

Was ging dem alten Mann wohl gerade durch den Kopf? Hielt er ihn für den Verräter? Hernando hielt den Atem an. Doch ein einziger, kurzer Blickkontakt mit Karim reichte aus, und Hernando wusste, dass der alte Mann es besser wusste.

»Ich vergebe dir!«, rief Karim, sobald er in der Mitte des Saales angelangt war. Er sprach niemanden direkt an und unterbrach mit seinem Ausruf die Verlesung der Anklageschrift.

Die Inquisitoren waren verwirrt.

»Du hast hier nichts zu vergeben, Ketzer!«, herrschte ihn einer der Inquisitoren an.

Hernando nahm die Beschimpfungen und Flüche der anderen Männer nicht mehr wahr. Diese Worte galten ihm. Ich vergebe dir! Karim hatte dabei niemanden angesehen und doch nur einem vergeben. Ich vergebe dir! Noch an diesem Morgen hatte er sich mit dem Koran an seiner Brust so gefestigt gefühlt, und dann so verzweifelt, als er erfuhr, dass er bei Karims Prozess anwesend sein musste. Fatima, Aischa und ein niedergeschlagener Hamid hatten ihn zu Hause mit Fragen bestürmt, von denen er keine einzige beantworten konnte. Er hatte den Koran verbrennen wollen! Und nun verzieh ihm Karim und übernahm allein die Verantwortung für all ihre Taten.

Den ganzen Morgen zeigte sich Karim beim Verhör unerschütterlich.

»Die gesamte Christenheit!«, war seine Antwort auf die Frage, ob er Feinde habe. »Die Christen, die sich nicht an den Friedensvertrag halten, den Eure Könige unterzeichneten. Die Christen, die uns beleidigen, die uns schlagen – und die uns hassen. Die Christen, die uns unsere Schutzbriefe abnehmen, um uns zu verhaften. Die Christen, die uns daran hindern, unsere Gesetze zu befolgen.«

Danach übersetzte Hernando mit zitternder Stimme Passagen aus dem Koran. Der alte Mann legte ein umfassendes Geständnis ab: Er selbst habe Papier und Tinte beschafft und die Schriften verfasst. Er allein trage für alles die Verantwortung!

»Verurteilt mich, bringt mich auf den Scheiterhaufen«, sagte er herausfordernd und deutete mit dem Zeigefinger auf alle Anwesenden. »Ich werde mich mit eurer Kirche niemals aussöhnen.«

Hernando konnte seine Tränen zwar zurückhalten, nicht aber sein Zittern unterdrücken.

»Vermaledeiter Ketzer!«, schrie einer der Inquisitoren. »Hältst du uns für Dummköpfe? Wir wissen, dass du das unmöglich allein machen konntest. Wir wollen wissen, wer dir geholfen hat und wer die anderen Bücher hat.«

»Ich habe euch gesagt, dass es sonst niemanden gibt«, versicherte Karim.

Hernando sah den alten Mann an: Karim stand aufrecht, mitten in diesem großen Saal, dem Tribunal ausgeliefert. Ein großartiger Geist in einem kleinen Körper. Es war die Wahrheit, es gab sonst niemanden. Aber um den Propheten und den einzigen Gott zu verteidigen, genügte dieser eine.

»Natürlich gibt es Hintermänner«, stellte der Domherr nüchtern fest. »Und du wirst uns alle Namen sagen.« Diese abschließenden Worte hingen noch in der Luft, als der Inquisitor die Fortsetzung der Verhandlung für den nächsten Tag festlegte.

Hernando ging an diesem Nachmittag nicht zum Marstall. Nachdem die Gefängniswärter Karim abgeführt und die Inquisitoren sich erhoben hatten, wollte Hernando sich für die Sitzung am nächsten Tag entschuldigen. Er habe einen Teil der Schriftstücke bereits übersetzt, und die Koranexemplare enthielten zwischen den Zeilen mit dem arabischen Text zusätzlich den mit arabischen Schriftzeichen geschriebenen spanischen Text.

»Genau deshalb kommst du morgen wieder«, widersprach ihm der hagere Inquisitor. »Wir wissen schließlich nicht, ob diese Texte korrekt übersetzt wurden oder Teil einer Verwirrungsstrategie sind.«

Und dann entließ er Hernando mit einer abfälligen Handbewegung.

Hernando sperrte sich zu Hause in sein Zimmer ein und verbrachte den Rest des Tages damit, in Richtung der Qibla zu beten, bis er erschöpft einschlief.

Niemand störte ihn.

Am nächsten Tag wurde die Verhandlung nicht im Gerichtssaal fortgesetzt. Hernando wurde einige Treppen hinabgeführt, bis er in die fensterlosen Gewölbe unter dem Alcázar gelangte, in denen sich die Inquisitoren bereits eingefunden hatten. Sie flüsterten miteinander und standen zu Hernandos Entsetzen um eine massive Folterbank herum, daneben die grausamen Werkzeuge aus Eisen, mit denen man die Angeklagten fesseln, ihre Haut abziehen und verstümmeln konnte.

Die schwüle Luft in dem Raum war unerträglich klebrig, und Hernando musste angesichts der grauenhaften Folterwerkzeuge einen Brechreiz unterdrücken.

»Setz dich und warte ab«, forderte ihn der hagere Inquisitor auf und deutete zu einem Tisch, auf dem die Koranexemplare und die Akten des Notars lagen, der wiederum mit den Inquisitoren, dem Arzt und dem Scharfrichter in ein Gespräch vertieft war.

»Er ist alt«, hörte er einen Inquisitor sagen. »Wir müssen vorsichtig sein.«

»Keine Sorge«, versicherte der Scharfrichter, ein muskulöser Kahlkopf. »Ich weiß, was ich tue.«

Hernando musste seinen Blick von den Männern abwenden. Auf dem Tisch lagen die Akten des Notars. »Mateo Hernández, maurischer Neuchrist«, hatte der Notar der Inquisition mit sauberer Handschrift auf die erste Seite geschrieben, darunter Datum, Ort und die Anklagepunkte des Verfahrens sowie die Namen der anwesenden Inquisitoren. Am Ende dieser ersten Seite stand:

Zu Córdoba, den dreiundzwanzigsten Januar des Jahres eintausendfünfhundertachtzig des Herrn, erschien vor dem Lizentiaten Juan de la Portilla, dem Inquisitor des Tribunals von Córdoba, im Saal der Heiligen

Inquisition, um ketzerische Taten anzuzeigen, das Subjekt, das seinen Namen mit…

Damit endete die letzte Zeile der Seite. Hernando beobachtete die Inquisitoren: Sie warteten auf den Angeklagten und plauderten. Am 23. Januar war der Verräter beim Inquisitor erschienen. Wer war dieses Subjekt? Das konnte doch nur… Plötzlich wurde es ruhig, und zwei Gefängniswärter brachten Karim in die Folterkammer. Genau in dem Moment, in dem die Aufmerksamkeit aller Inquisitoren auf den Angeklagten gerichtet war, blätterte Hernando um. Ein kurzer Blick genügte: *Cristóbal Escandalet*. Mit geballten Fäusten wartete Hernando, dass der Notar sich zu ihm setzte.

»Cristóbal Escandalet«, flüsterte Hernando immer wieder vor sich hin, als wollte er sich den Namen ins Gedächtnis einbrennen. Das war also der Verräter!

Karim beharrte auf seiner Aussage, dass ihm niemand geholfen habe. Seine feste Stimme, die Hernando zum Zuhören zwang, stand in krassem Gegensatz zu seinem erschöpften Aussehen, vor allem, als sie ihm das Hemd vom Leib rissen und sein unbehaarter, schlaffer Rücken zum Vorschein kam.

»Beginnt mit dem Verhör«, ordnete Don Juan de la Portilla an, der neben den anderen Inquisitoren stand, und der Notar zog seine ersten Federstriche über das Papier.

Sie legten den Angeklagten mit dem Bauch nach unten auf die Folterbank und fesselten ihm die Hände auf dem Rücken. Dann banden sie seine Daumen an einem dünnen Seil fest, das über eine Winde an der Decke lief. Karim weigerte sich, die Fragen des Inquisitors zu beantworten, und der Scharfrichter begann, die Winde zu drehen.

Karim presste sein Gesicht gegen die Folterbank. Er schrie nicht, sondern gab nur ein unterdrücktes Grunzen von sich, das Hernando den Verstand raubte.

»Wer hat dir geholfen?«, rief der hagere Inquisitor immer wieder und geriet langsam in Rage. Karim schwieg.

Als der Scharfrichter den Kopf schüttelte und die Inquisitoren ihr

Vorhaben aufgaben, wurde der alte Mann endlich losgebunden. Seine Daumen waren aus den Gelenken gerissen und hinter die Handrücken gedreht. Sein Gesicht war zu einer Grimasse des Schmerzes verzerrt, seine Atmung ein einziges Röcheln, sein Blick matt und wässrig, Blut rann ihm über die Unterlippe: Ohne den eisernen Griff des Scharfrichters hätte er nicht mehr aufrecht stehen können. Der Arzt untersuchte Karims ausgerenkte Daumen lustlos und unkonzentriert. Hernando konnte in den Augen seines Freundes das ganze Leid erkennen, das der alte Mann bislang verborgen hielt.

»Es geht ihm gut«, stellte der Arzt fest. Doch dann ging er zum Lizentiaten Portilla und flüsterte ihm etwas ins Ohr. Der Notar notierte: »Dem Angeklagten geht es gut.«

»Die Befragung wird morgen fortgesetzt«, entschied der Inquisitor.

»Du musst etwas essen«, flüsterte Fatima sanft, als sie den Raum betrat, in dem Hernando ununterbrochen betete, seit er nach Hause gekommen war. Mitternacht war verstrichen.

»Karim isst auch nichts«, war seine einzige Antwort.

Fatima ging zu ihrem Mann, der mit nacktem Oberkörper am Boden kniete. Arme und Brust waren mit Kratzern und Schürfwunden übersät. Er hatte sich mit einer solchen Kraft gesäubert und abgerieben, als wollte er sich die Haut vom Leibe reißen, um den Kerkergestank loswerden, der sich in jeder Pore seines Körper festgesetzt hatte.

»Es ist kalt, du musst etwas anziehen.«

»Lass mich!« Fatima stellte die Schale mit Essen und das Glas Wasser in eine Ecke. »Sag Hamid, dass er kommen soll«, fügte er hinzu, ohne sie anzusehen.

Der Alfaquí war kurz darauf bei ihm.

»Salam …« Hamid sprach seinen Gruß nicht zu Ende, als er Hernando vor sich sah, der sich nicht einmal zu ihm umdrehte. »Du darfst dich nicht selbst bestrafen«, flüsterte der alte Mann.

»Der Verräter heißt Cristóbal Escandalet«, teilte ihm Hernando mit. »Sag es Abbas. Er wird wissen, was zu tun ist.«

Am liebsten hätte er ihn eigenhändig umgebracht, ihn langsam erwürgt oder ihm die gleichen Schmerzen zugefügt, die Karim ertragen musste. Und während seines Todeskampfes würde er ihm in die Augen blicken. Aber er musste dem Tribunal weiter zur Verfügung stehen, also entschied er, dass Abbas sich um den Verräter kümmern solle. Je früher, desto besser.

»Die Strafe für jemanden, der unser Volk verrät, steht fest. Abbas weiß bestimmt, was zu tun ist. Aber meine größte Sorge ist …« Hamid sprach nicht weiter. Er wartete Hernandos Reaktion ab, der sich aber schon wieder seinem Gebet widmete. »Aber meine große Sorge ist, dass du nicht weißt, was du zu tun hast.«

»Wie meinst du das?«, fragte Hernando.

»Karim opfert sich für …«

»Er schützt mich«, fuhr Hernando dazwischen. Er hatte dem Gelehrten immer noch den Rücken zugewandt.

»Sei nicht so hochmütig, Ibn Hamid. Er beschützt uns alle. Du … Du bist einer von vielen. Er beschützt deine Frau, und er beschützt die Mütter, die Fatima die Offenbarung lehrt. Er beschützt diese Mütter, die ihr Wissen an ihre Kinder weitergeben. Er beschützt die Kleinen, die heimlich lernen und immer darauf achten müssen, ihr Wissen nur innerhalb ihrer Familien einzusetzen. Er beschützt uns alle.«

Hamid sah, dass Hernando am ganzen Körper zitterte.

»Mein Leben liegt in seiner Hand«, sagte er endlich und drehte sich zu Hamid um. Der Alfaquí befürchtete, sein Schüler könnte jeden Moment zusammenbrechen. Also ging er zu ihm und kniete sich schwerfällig neben ihn. »Vielleicht hast du recht. Er beschützt uns alle … Aber du kannst dir nicht vorstellen, wie es ist, wenn ich diesen alten, müden und von den Folterqualen zermürbten Körper bei den Verhören sehe. Wie viel kann ein Mann aushalten? Ich habe Angst, Hamid. Ich habe große Angst. Ich zittere unentwegt. Ich kann weder meine Knie noch meine Hände beherrschen. Ich habe Angst, dass ich mich noch selbst verrate.«

Der Alfaquí lächelte traurig.

»Unsere Kraft liegt nicht in unserem Körper, Ibn Hamid. Unsere

Kraft liegt in unserem Geist. Du musst Vertrauen haben. Karim wird dich nicht verraten. Denn damit würde er sein ganzes Volk verraten.«

Die beiden sahen sich an.

»Hast du schon gebetet?«, fragte der Alfaquí nach einer Weile. Hernando meinte, das Echo seiner Worte in der alten Hütte in Juviles zu hören. Er biss sich auf die Unterlippen und wartete auf den nächsten Satz: »Das Nachtgebet ist das einzige Gebet, das wir in Sicherheit verrichten können, weil die Christen dann schlafen.« Hernando schnürte es bei diesen ihm so vertrauten Worten die Kehle zu, und er kämpfte mit einer Antwort. Doch Hamid kam ihm zuvor. »Wie viele Kämpfe haben wir seither gemeinsam ausgefochten, mein Sohn?«

Doch Hamid gab die Nachricht nicht an Abbas weiter. Der Schmied war noch jung und kräftig und durfte keineswegs sein Leben riskieren. Auch Don Julián musste immer im Verborgenen handeln, er konnte sich kaum unter den Morisken blicken lassen. Karims Ende war nahe, entweder würde er bald unter den Folterqualen sterben, oder er würde als Ketzer auf dem Scheiterhaufen verbrannt werden. Jalil war so alt wie Karim. Und er selbst … Er hatte das Gefühl, dass auch sein eigenes Leben bald zu Ende ging. Aber wie sollte er den Verräter töten? Der alte Mann beobachtete den Morisken, der am Cruz del Rastro sorglos sein Gebäck feilbot.

Nach zwei Tagen unaufhörlicher Qualen hatten sie Karim auf der Folterbank schließlich auch die Arme ausgerenkt, aber der alte Mann schwieg. So eisern, wie Hernando auf sein Fasten und Beten beharrte. Fatima und Aischa waren tief beunruhigt, und selbst die Kinder spürten, dass etwas Schreckliches bevorstand.

»Trinkt er das Wasser, das du ihm bringst?«, fragte Hamid Fatima.

»Ja.«

»Dann wird er es durchstehen.«

Hamid sah Cristóbal mit seinem Verkaufsstand zu einer besonders belebten Stelle des Marktes ziehen. Er folgte ihm mit seinem Blick, bis der Bäcker in der Nähe eines Messerschmiedes stehen blieb.

Cristóbal pries mit fröhlicher Stimme seine Ware an. Er ließ den Teig in die Pfanne gleiten, sodass das Öl zischte, schnitt die fertigen Teigkringel auseinander und verkaufte sie an die Passanten. Die Messer! Aber selbst wenn er dem Schmied eines entreißen und dem Bäcker einen Messerstich versetzen könnte, der Abstand zwischen Cristóbal und dem Stand des Messerschmiedes war zu groß. Bestimmt würde er durch die Schreie des Schmiedes auf ihn aufmerksam. Außerdem musste er ihn köpfen.

»Allahu akbar!«, flüsterte er leise.

Cristóbal sah den alten Mann mit der finsteren Miene auf sich zukommen. Er runzelte besorgt die Stirn. Doch als der Alfaquí bei ihm angekommen war, musste er lächeln.

»He, Alterchen, möchtest du auch etwas haben?« Hamid machte eine abwehrende Handbewegung. »Was willst du dann von mir?«

In dem Moment griff Hamid mit beiden Händen nach der Pfanne. Die umstehenden Leute hörten das Zischen, als seine Finger die glühende Pfanne berührten. Der Alfaquí zuckte nicht einmal mit der Wimper. Einige Passanten konnten gerade noch zur Seite springen, als Hamid dem überraschten Cristóbal das siedende Öl ins Gesicht schüttete. Der Bäcker heulte auf und führte seine Hände zum Gesicht, ehe er auf die Erde fiel und sich vor Schmerzen krümmte. Der Geruch nach versengter Haut hing in der Luft. Mit der Pfanne in den Händen ging der Alfaquí zum Stand des Messerschmiedes. Die Leute machten ihm Platz, und auch der Schmied trat zur Seite, als er den verrückten Alten direkt auf sich zukommen sah, der ihm womöglich das restliche heiße Öl ins Gesicht schleudern wollte. Da warf Hamid die Pfanne auf den Boden, nahm sich ein großes Messer und ging damit zurück zum jammernden Bäcker.

Die Schaulustigen hielten den Atem an.

Hamid kniete sich neben Cristóbal, der mit dem Rücken auf der Erde lag und sein Gesicht hinter den Händen verbarg. Er heulte und schrie. Hamid durchtrennte ihm zunächst mit festen Hieben die Unterarme, und der Bäcker brüllte so entsetzt auf, dass es den Leuten durch Mark und Bein ging. Dann fuhr der Alfaquí mit dem Messer in den Hals des Verräters. Der Schnitt ging tief, er war mit sicherer Hand und der geballten Kraft eines betrogenen Volkes ausgeführt. Hamid stand auf – blutüberströmt. Er hielt immer noch das große Messer in der Hand, als plötzlich ein Büttel mit gezücktem Schwert vor ihm stand.

»Verdammte Ungläubige!«, schrie Hamid, und all die Verbitterung, die er im Laufe seines Lebens unterdrückt hatte, brach aus ihm heraus.

Der Büttel stieß Hamid seine Waffe in den Bauch.

Die Alpujarras, die schneebedeckten Gipfel der Sierra Nevada, die klaren Flüsse und die felsigen Schluchten, die kleinen fruchtbaren Terrassenfelder in den Bergen, die Arbeit auf dem eigenen Stück Land, die nächtlichen Gebete … Hamid sah alles ganz deutlich vor sich … Er fühlte keinen Schmerz … Hernando, sein Sohn! … Aischa, Fatima, die Kinder … Er fühlte noch immer keinen Schmerz, als der Büttel die Waffe wieder aus seinem Körper zog. Das Blut pulsierte aus seinen Eingeweiden, und Hamid blickte an sich herunter. Es war das Blut, das Tausende Muslime vergossen hatten und vergießen würden, um ihre Gesetze zu verteidigen.

Der Büttel blieb vor ihm stehen, er ging fest davon aus, dass dieser Alte auf der Stelle zusammenbrechen würde. Die Leute beobachteten die Szene gebannt.

»Es gibt keinen Gott außer Gott, und Mohammed ist der Gesandte Gottes«, sprach Hamid erhaben.

Sie durften ihn nicht festnehmen. Sie durften nicht erfahren, wer er war. Er durfte seine Familie keinesfalls gefährden. Er hielt das Messer in die Luft und hinkte langsam zum Fluss hinter dem Cruz del Rastro. Die Leute machten ihm den Weg frei, und der Büttel ging langsam hinter ihm her. Der Alte musste doch zusammenbrechen! Hamid hinterließ eine rote Blutspur. Alle blieben vom Anblick des Alten überwältigt stehen, der feierlich zum Ufer schritt.

»Nein!«, schrie der Büttel, als er Hamids Absicht endlich erkannte.

Aber in dem Moment ließ sich der Alfaquí auch schon in den Guadalquivir fallen und verschwand in seinem Wasser.

Hernando konnte keinen weiteren Kummer verkraften. Er kam gerade vom Alcázar nach Hause, wo die Folter nur eine einzige sinnlose Qual gewesen war: Der alte Mann hatte die Namen seiner Mittäter für sich behalten, und selbst der Scharfrichter wagte es schließlich, die Inquisitoren auf die Sinnlosigkeit ihres Unterfangens hinzuweisen.

»Mach weiter!«, rief ihm der Lizentiat Portilla dennoch zu.

Sie zwangen Hernando, dem Gräuel beizuwohnen. Als er die Folterkammer betreten hatte, in der die Inquisitoren Karim unaufhörlich quälten, um die Namen seiner Komplizen aus ihm herauszupressen, hatte ihn wieder die schiere Panik ergriffen. Es war schließlich sein Name, den der alte Mann hartnäckig für sich behielt! Er roch sein Blut und seinen Urin, er sah die vor Schmerz verkrampften Muskeln zucken, er hörte sein mattes Röcheln, das noch grausamer klang als jeder Schmerzensschrei, und er vernahm sein Schluchzen und Stöhnen in den kurzen Unterbrechungen seiner Qualen. Doch Karims Sieg über die Inquisitoren machte ihn zugleich auch stolz und stark. Der alte Mann verteidigte trotz aller Brutalität noch immer ihr Volk und ihre Gesetze! Doch sofort beschlich ihn wieder ein unerträgliches Schuldgefühl. Und zuweilen schauderte ihn beim Gedanken daran, dass Karim nachgeben und mit dem Finger auf ihn zeigen könnte: Er! Er ist derjenige, den ihr sucht! Er selbst könnte der Nächste sein. Und niemand, wirklich niemand konnte dem alten Mann einen Vorwurf machen, wenn er diesen andauernden Qualen nicht mehr trotzen könnte und das preisgäbe, was sie von ihm forderten. Es war ein quälendes Wechselbad der Gefühle: Stolz, Schuld, Angst zerrten an ihm, als wäre er eine Marionette. Dann eine weitere Frage, ein erneuter Zug am Seil, ein Schrei …

Kaum zu Hause angekommen, berichtete ihm ein junger Mann, den Jalil geschickt hatte, von Hamid. Fatima und Aischa saßen am Boden und weinten, die Kinder fest in die Arme geschlossen.

Er konnte einfach keinen weiteren Schmerz mehr ertragen!

»Sag, dieser Bäcker«, brachte Hernando mit belegter Stimme heraus, »hieß er Cristóbal Escandalet?«

»Ja.«

Hernando schüttelte langsam den Kopf. Hatte Hamid etwa gar nicht mit Abbas geredet?

»Dieser Mann war ein Spitzel und Verräter«, bestätigte er dem jungen Mann. »Er war es, der Karim bei der Inquisition angezeigt hat. Alle Glaubensbrüder sollen wissen, warum unser weiser Alfaquí so gehandelt hat! Er hat ihn gerichtet, er hat sein Urteil gesprochen, und er hat es selbst vollstreckt. Auch die Familie des Bäckers soll das erfahren!«

Hernando zog sich in sein Zimmer zurück und weinte, er wollte beten und fasten. Wer würde nun das Zimmerchen im Erdgeschoss bewohnen? Wer würde sich nun vor den Kerben verbeugen, die die Qibla anzeigten? Hamid hatte sie ihm gezeigt, stolz auf seine Tat. Hamid, der Alfaquí, von dem er alles gelernt hatte und dessen Namen er trug: Hamid ibn Hamid, Sohn des Hamid!

Ein Schleier aus Tränen trübte seinen Blick. Dann erschütterte sein Schrei das gesamte Viertel Santa María.

»Vater!«

Die Büttel schleppten Karim herbei, sein Kopf hing schlaff nach vorne, und seine Füße schleiften über den Boden, als sie ihn den Inquisitoren vorführen wollten.

Sie versuchten, ihn aufrecht vor den Lizentiaten Portilla zu stellen, und der Scharfrichter packte Karims schütteres graues Haar und riss seinen Kopf nach oben, damit man sein Gesicht sah. Der Inquisitor schnaubte wütend. Er gab sich geschlagen.

Hernando betrachtete Karim: Seine violett unterlaufenen Augen waren eingefallen und schienen bereits hinter die Wände dieses Verlieses zu sehen. Vielleicht erblickten sie den nahenden Tod, vielleicht sahen sie das Paradies. Gab es jemanden, der das Paradies mehr verdient hätte als dieser rechtschaffene Gläubige? Da bewegten sich Karims aufgesprungene Lippen.

»Ruhe!«, forderte der Inquisitor.

Karims Stammeln klang wie ein fernes Rauschen, in seinem Delirium sprach er Arabisch.

»Was sagt er?«, brüllte der Inquisitor Hernando an.

Hernando spitzte die Ohren, er wusste, dass ihn der Lizentiat Portilla genau beobachtete.

»Er ruft nach seiner Frau.« Hernando meinte den Namen Amina gehört zu haben. »Ana«, log er schnell, »anscheinend heißt sie Ana.«

Karim flüsterte unaufhörlich vor sich hin.

»Wieso braucht er so viele Worte, um nach seiner Frau zu rufen?«, fragte der Inquisitor misstrauisch.

»Er zitiert Gedichte«, erklärte Hernando dem Notar. Ihm war, als hörte er die alten Gedichte – Verse, die in die Wände der Alhambra von Granada eingemeißelt waren. »Sie gleicht der Gattin in reizender Erhabenheit ... sie zeigt sich dem Gatten in verführerischer Schönheit«, zitierte er weiter.

»Frag ihn nach seinen Komplizen. Vielleicht ist jetzt der richtige Zeitpunkt.«

»Wer sind deine Komplizen?«, fragte Hernando, ohne Karim anzusehen.

»Auf Arabisch, Dummkopf!«

»Wer sind ...«, begann er die Frage auf Arabisch, doch dann hielt er plötzlich inne. Außer Karim verstand hier niemand ihre Sprache! »Gott hat Gerechtigkeit walten lassen«, berichtete er ihm nun auf Arabisch. »Der Verräter unseres Volkes wurde nach den Vorschriften unseres Rechts bestraft. Hamid aus Juviles hat dies übernommen. Du wirst den heiligen Alfaquí im Paradies wiedersehen.«

Portilla wurde misstrauisch, der Wortschwall des jungen Morisken schien ihm eindeutig zu lang. In dem Moment leuchteten die Augen des alten Mannes kaum wahrnehmbar auf, und seine Lippen verzogen sich zu einer Grimasse, die ein Lächeln werden sollte. Dann atmete er aus, ein letztes Mal.

»Beim nächsten Autodafé wird er *in effigie* verbrannt«, urteilte der Inquisitor. »Was hast du noch zu ihm gesagt?«, fragte er Hernando.

»Dass er ein guter Christ sein soll«, antwortete er, ohne mit der Wimper zu zucken. »Dass er gestehen soll, was Ihr wissen wollt, und dass er sich mit der Kirche aussöhnen soll, um die Gnade Unseres Herrn und das ewige Seelenheil …«

Der Lizentiat strich sich über die hohe Stirn.

»Schon gut«, war sein einziger Kommentar.

40

Córdoba, 1581

Bei der portugiesischen Ständeversammlung am 15. April 1581 wurde Philipp II. von Spanien der Treueid geschworen. Damit wurden die beiden Königreiche auf der Iberia unter einer Krone vereinigt. Der König erhielt neben der Macht über die Herrschaftsgebiete auf der Halbinsel zudem auch die alleinige Kontrolle über den Handel mit der Neuen Welt, die seit 1494 durch den Vertrag von Tordesillas zwischen Spanien und Portugal aufgeteilt war.

In Portugal wurde auch zum ersten Mal über eine systematische Ausmerzung der spanischen Morisken beraten. Der König, der Graf von Chinchón und der genesende Herzog von Alba, der keinen Hauch von Altersmilde zeigte, erörterten die Möglichkeit, alle Morisken vorgeblich in die Barbareskenstaaten zu verschiffen, die Schiffe aber zu durchlöchern, damit auf hoher See alle ertranken.

Zum Glück – oder vielleicht auch nur, weil die Armada anderweitig beschäftigt war – kam es jedoch nicht zu dieser geplanten wie perfiden Vernichtung eines gesamten Volkes.

Im Sommer 1581 traf der König eine Entscheidung, die Hernando direkt betreffen sollte. Die Hitze hatte die Felder um Córdoba ausgedörrt: Die Stuten fanden auf ihren Weiden kein Gras mehr, das Geld für das teure Getreide war knapp, und selbst das Bistum Córdoba sah sich gezwungen, Weizen aus dem Ausland zu importieren. Deshalb beauftragte der König seinen Oberstallmeister Don Diego López de Haro und den Grafen von Olivares damit, die Stutenherde zur Weide nach

Lomo del Grullo zu bringen, ein königliches Jagdgebiet südwestlich von Sevilla.

Seit Karims Foltertod und Hamids Rache für den Verrat an der Moriskengemeinschaft war etwa ein Jahr vergangen. Für Hernando war diese Zeit eine Phase der stetigen Buße gewesen. Die Erinnerung an Karims hartnäckiges Schweigen in der Folterkammer des Alcázar und das nagende Schuldgefühl wollte er durch Fasten und Beten vertreiben.

»Sein Tod stand von Anfang an fest«, versuchte Fatima ihn zu trösten. Der Zustand ihres Mannes machte ihr Sorgen: Er war abgemagert, seine blauen Augen hatten ihren Glanz verloren und waren tief in die Augenhöhlen eingesunken. »Er hätte sich niemals mit der Kirche ausgesöhnt. Der Scheiterhaufen war ihm ohnehin sicher.«

»Vielleicht«, dachte Hernando laut, »vielleicht aber auch nicht. Wir werden es niemals wissen. Ich weiß nur, dass er qualvoll starb, um meinen Namen geheim zu halten. Ich habe es miterlebt.«

»Nicht nur deinen Namen, Hernando! Karim verschwieg die Namen aller, die an den einzigen Gott glauben.«

Aber die Worte seiner Frau überzeugten Hernando nicht.

»Gib ihm Zeit, Fatima«, riet Aischa immer wieder.

Don Diego teilte Hernando mit, dass er die Stutenherde begleiten und bei ihr bleiben solle, bis sie wieder nach Córdoba zurückkommen könne. Fatima und Aischa hofften insgeheim, die Reise nach Sevilla werde ihn aus seiner Trauer reißen, für die es keinerlei Trost zu geben schien.

Anfang August wurden etwa vierhundert Stuten, die einjährigen Jungtiere und die neuen Fohlen zu den fruchtbaren Weidegebieten im Schwemmland am Unterlauf des Guadalquivir getrieben. Lomo del Grullo lag weit von Córdoba entfernt. Sie mussten zunächst über Écija und Carmona nach Sevilla gelangen, und sobald sie den Fluss überquert hatten, begaben sie sich nach Villamanrique, ein Dorf mitten im königlichen Jagdgebiet. Normalerweise war diese Strecke in vier oder fünf Tagen zu bewältigen, aber Hernando und seine Begleiter mussten bald feststellen, dass sie mindestens doppelt so lange brauchen würden. Don Diego hatte zur Unterstützung der Pferdehirten zusätzliche Männer verpflichtet, die die große Herde zusammenhalten sollten. Denn anders als die Schafhirten, die ihre Herden regelmäßig auf der nahe gelegenen Cañada Real – dem königlichen Triftweg – von den Sommerweiden in Kastilien zu den Winterweiden im Süden führten, waren die Pferde und ihre Begleiter derart lange Strecken nicht gewohnt. Und als wäre dies eine vergnügliche Wallfahrt, schloss sich ihnen zudem eine Gruppe Adliger aus Córdoba an. Sie wollten ihrem König einen Gefallen erweisen, dabei behinderten sie nur die Arbeit der Pferdepfleger und Reiter.

Fatima und Aischa hatten die Lage richtig eingeschätzt: Hernando hatte so viel zu tun, dass er seine Sorgen vergessen konnte. Er galoppierte auf Azirat hin und her, um die Tiere, die sich von der Herde entfernt hatten, wieder einzufangen, oder sorgte mit den anderen Helfern dafür, dass die Herde geschlossen eine schmale oder unübersichtliche Stelle passierte. Das glänzende rote Fell von Azirat war weithin sichtbar, und sein eleganter Lauf sorgte unterwegs für viel Bewunderung.

»Was ist das für ein Pferd?«, fragte ein fettleibiger Adliger, der bequem auf einem großen Prunkledersattel mit glänzenden Silberverzierungen saß, seine Begleiter. Es war der Graf von Espiel. Er ritt mit den anderen Adligen in einiger Entfernung hinter der Herde her, um nicht den Staubwolken ausgesetzt zu sein, die die Tiere auf dem ausgetrockneten Weg aufwirbelten.

»So rot wie das Fell ist, kann es nur eines der Tiere sein, das sie nicht für die Weiterzucht verwenden können«, vermutete einer der Befragten. »Eigentlich schade«, stellte er angesichts der geschickten Bewegungen des Reiters und seines Pferdes fest.

»Und wer ist der Reiter?«, fragte der Graf.

»Ein Moriske«, erklärte der andere. »Ich habe Don Diego über ihn sprechen hören. Er setzt großes Vertrauen in sein Können und …«

»Ein Moriske«, wiederholte der fette Adlige, ohne den Erklärungen seiner Begleiter weitere Beachtung zu schenken.

Die drei Männer beobachteten, wie Hernando an die Spitze der Herde galoppierte. Der Graf von Espiel runzelte die Stirn. Woher kannte er nur dieses Gesicht?

Der König hatte den Zug mit einigen Vollmachten ausgestattet, damit die Reiter unterwegs die Unterstützung der Corregidores und der Dorfbewohner erhielten. Am Ende jeder Tagesstrecke mussten sie einen geeigneten Ort finden, um die große Herde zu sammeln und weiden zu lassen, und sie mussten ausreichend Getreide und Heu beschaffen, wenn die Weiden zu wenig Futter hergaben. Die adeligen Begleiter hingegen genossen in den nahe gelegenen Dörfern die Annehmlichkeiten einer Übernachtung unter einem festen Dach.

Abends versorgte Hernando zunächst Azirat, dann aß er den Eintopf, den der Koch auf dem Feuer zubereitete, und plauderte ein wenig mit den anderen Männern. Anschließend schlief er erschöpft ein. Nur wenn er nachts unter den Korkeichen Wache hielt, kam die Erinnerung an all die Vorfälle wieder, die für ihn das letzte Jahr bestimmt hatten.

In diesen Momenten der Stille fand Hernando schließlich seinen Frieden. Diese beschaulichen Stunden waren so anders als das hektische Treiben am Tag, mit all den wiehernden und schnaubenden Pferden, die ausschlugen und bissen, und der gewaltigen Staubwolke, die die Sicht behinderte. Nachts konnte er das unermessliche Firmament mit den leuchtenden Sternen betrachten. Dieser Himmel war anders als der, den er von seinem Haus in Córdoba aus sehen konnte. Hier, in der weiten Landschaft, fühlte er sich fast wie in den Alpujarras. Hamid! Der Alfaquí hatte sich für sie geopfert. Bei der Erinnerung an den alten Gelehrten schnürte es ihm die Kehle zu. Er dachte auch an Karim, ließ zu, dass die furchtbaren Szenen, die er in der Folterkammer der Inquisition miterlebt hatte, in seiner Erinnerung zu neuem Leben erwachten. Ein ums andere Mal dachte er an die Qualen des alten Mannes, er spürte sie mit jeder Faser seines Körpers, als befände er sich erneut im Alcázar. Das schmerzverzerrte Gesicht, die ausgerenkten Gliedmaßen, die unterdrückten Schreie des Alten, all das erlebte Hernando immer aufs Neue. In der Einsamkeit der Nacht gab es keine Ablenkung von den leidvollen Gedanken, also lernte er allmählich, diesen Schmerz anzunehmen.

Als Hernando eines Nachts den Himmel betrachtete, entdeckte er eine Sternschnuppe. Und dann noch eine … und noch eine, und ihm war plötzlich, als würden die beiden alten Männer vom Paradies aus zu ihm heruntersehen und mit ihm reden.

Auch Ibrahim sah diese Sternschnuppen, aber seine Deutung war eine ganz andere. Vor fast sieben Jahren hatte er seine erste eigene kleine Flotte für Kaperfahrten zusammengestellt. Die ersten Küstenangriffe hatte er noch persönlich befehligt, aber nachdem die lokalen Milizen ihn zum wiederholten Male fast festgenommen hätten, entschied er, das Kommando über die Schiffe Nasi zu übertragen. Aus dem kleinen Gauner war ein kräftiger junger Mann geworden, der seinem Herrn in Sachen Brutalität und Grausamkeit in nichts nachstand. Ibrahim beschränkte sich nunmehr darauf, sein Geld zu investieren, seine Geschäfte mit eiserner Hand zu führen und üppige Gewinne einzustreichen.

Gemeinsam mit Nasi bezog er in der Medina von Tetuan einen kleinen Palast, in dem er von zahlreichen Frauen umgeben ein luxuriöses Leben führte. Er suchte nach einer standesgemäßen Ehefrau und heiratete schließlich die Tochter eines Scheichs der Stadt, die ihm zwei Töchter schenkte. Bei den Verhandlungen vor der Eheschließung hatte er der Familie der Braut klar zu verstehen gegeben, dass sie nur seine zweite Frau sein würde. Er sagte ihnen, dass seine erste Frau noch in Spanien festgehalten und eines Tages wieder ihren Platz an seiner Seite einnehmen werde.

Je reicher, angesehener und mächtiger der frühere Maultiertreiber aus den Alpujarras wurde, desto mehr schmerzte ihn die Erinnerung an die erniedrigende Abreise aus Córdoba. Sein Armstumpf war ein ewiges Andenken, vor allem in den heißen nordafrikanischen Sommernächten, in denen ihn der stechende Schmerz schweißgebadet aus dem Schlaf riss. Je größer sein Einfluss wurde, desto nagender wurde sein Zorn. Was nutzten ihm all die Sklaven, wenn er seine eigene Unterdrückung in Córdoba nicht vergessen konnte? Was hatte er hier und jetzt von all seinem Besitz, wenn man ihm dort seine Frau weggenommen hatte, weil er sie nicht angemessen versorgen konnte? Und jedes Mal, wenn er einen seiner Männer als Dieb überführte und ihm zur Strafe die Hand abhackte, sah er sich immer nur daran erinnert, wie er in der Sierra Morena von den Aufständischen umringt war und wie sie seinen Arm festhielten, damit der Krummsäbel jene Hand abtrennen konnte, mit der er einst Ubaids Strafe vollzogen hatte.

Dieses ansonsten sorgenlose und angenehme Leben führte bei Ibrahim dazu, dass er von seiner Vergangenheit besessen war. Er horchte jeden gefangenen Christen und geflüchteten Morisken über die Lage in Córdoba aus, über den einarmigen Monfí in der Sierra Morena, über den Morisken Hernando aus Juviles, der »Nazarener« genannt wurde, und über Aischa, vor allem aber über Fatima. Die Erinnerung an ihre schwarzen Mandelaugen steigerte die ohnehin schon krankhafte Neugierde des Maultiertreibers. Jeder in Tetuan kannte den reichen Korsaren, der auch noch die kleinste Nachricht aus Córdoba äußerst großzügig belohnte, und so erfuhr Ibrahim von Sobahets Tod und davon, dass sein Stellvertreter Ubaid seinen Platz eingenommen hatte.

»Wart Ihr schon einmal in Córdoba?«

Ibrahim hatte die höfliche Begrüßung der beiden Kapuzinermönche unterbrochen, die Sklaven freikaufen wollten. Was interessierten ihn schon Formalitäten?

Die Mönche sahen sich überrascht an. Sie hatten sich in der prächtigen Empfangshalle von Ibrahims Palast eingefunden und standen vor ihrem Gastgeber, der bequem auf kostbaren Seidenkissen lag. Nasi saß neben ihm.

»Ja, Exzellenz«, antwortete Fray Silvestre. »Ich war mehrere Jahre in Córdoba.«

Ibrahim lächelte zufrieden und forderte die Kapuziner auf, sich zu ihm zu setzen. Fray Enrique tauschte mit seinem Mitbruder einen verschwörerischen Blick aus: Sie mussten unbedingt die Gunst des bedeutenden Korsaren von Tetuan gewinnen, um einen möglichst geringen Preis für den Freikauf der versklavten christlichen Seelen aushandeln zu können.

In Algier beschäftigten sich vor allem die Karmeliter mit dem Freikauf von Sklaven, in Tetuan war es der Kapuzinerorden. Fray Silvestre und Fray Enrique hatten bereits beim Gouverneur vorgesprochen, der in der Kasbah residierte. Wie üblich hatte die hiesige Obrigkeit die Genehmigungen und komplizierten Absprachen für die Mission der Ordensbrüder missachtet. Stattdessen hatte der Gouverneur für seine Sklaven nicht nur einen viel zu hohen Preis gefordert, sondern auch verlangt, dass sie mehr Sklaven als vereinbart freikauften. Insofern galt es, die Gelegenheit zu nutzen, wenn ein so bedeutender Mann wie dieser Korsarenanführer sie dazu aufforderte, Platz zu nehmen. Sie führten das Geld für den Freikauf der Sklaven mit sich. Die Familienangehörigen der Gefangenen hatten es ihnen persönlich anvertraut, außerdem wurden in allen spanischen Königreichen unaufhörlich Spenden dafür gesammelt, und viele fromme Christen bedachten sie zur Rettung der Seelen mit ihren Vermächtnissen. Aber alles Geld der Welt reichte nicht aus, um die vielen eingesperrten Christen aus den unterirdischen Kalkgängen von Tetuan zu befreien. Gleich neben der Kasbah war ein Zugang zu diesem schier unendlichen Labyrinth, das sich unter der gesamten Stadt erstreckte.

Die Kapuziner hatten die Gefangenen in den Verliesen besucht und wären beinahe ohnmächtig geworden: Nackte, verdreckte, kranke Menschen drängten sich dort. Es gab weder frische Luft noch Tageslicht. Dort unten verharrten die Christen bis zu ihrem Freikauf oder ihrem Tod.

»Ja, erzählt von Córdoba, berichtet mir alles, was Ihr wisst!«, ermunterte Ibrahim die Mönche und riss sie aus ihren traurigen Erinnerungen.

Fray Silvestre hatte von Hernando gehört, dem Morisken, den Don Diego im königlichen Marstall angestellt hatte und der sonntags immer mit zwei Jungen auf einem prächtigen Fuchs durch die Straßen von Córdoba ritt. Man hatte ihm auch erzählt, dass er dem Domkapitel wertvolle Dienste leistete. Über seine Familie oder seine Frau wusste der Mönch jedoch nichts. Und natürlich konnte er dem Korsaren auch etwas über den blutrünstigen Monfí erzählen, den alle nur den »Einarmigen« nannten und der nach Sobahets Tod in der Sierra Morena zu einer Art Monarch aufgestiegen war. Die Kapuziner bemühten sich bei ihren Ausführungen, nicht auf Ibrahims Armstumpf zu starren. Keiner der beiden Ordensbrüder wagte es, den bedeutenden Korsaren nach dem Grund für seine Neugier an diesen Männern zu fragen. Sie ließen sich die Limonade, die Datteln und das Gebäck schmecken, bevor sie mit den Verhandlungen über den Freikauf der Sklaven beginnen wollten, die Ibrahim zu ihrer Enttäuschung dann dem jungen Nasi überließ.

Ibrahim setzte nun alles daran, die Hindernisse zu beseitigen, die ihn bislang an seiner Rache gehindert hatten. Die Lösung seiner Probleme fiel ihm in der Gestalt der jungen, schönen Doña Catalina und ihres Knaben Daniel in die Hände. Catalina war die Gattin von Don José de Guzmán, dem Marquis von Casabermeja, einem wohlhabenden Großgrundbesitzer aus Málaga. Ibrahims Männer hatten Mutter und Kind samt Gefolge bei einem ihrer Raubzüge in der Nähe von Marbella gefangen genommen.

Doña Catalina und ihr Sohn waren eine wertvolle Beute. Der Korsar nahm die beiden Adligen bei ihrer Rückkehr auch sofort in seinem Palast auf und ließ ihnen sämtliche Annehmlichkeiten zukommen, bis die Unterhändler des Marquis anreisten. Der Grande wartete natürlich nicht ab, bis eine Rettungsmission der religiösen Orden ausreichend Geldmittel beisammen und vom Gouverneur in Tetuan sowie von Philipp II. die komplizierten Genehmigungen eingeholt hatte. Der König zeigte sich alles andere als begeistert, wenn Geld in die Taschen seiner muslimischen Feinde floss, auch wenn er letztlich immer wieder nachgeben musste. Sobald die adeligen Familien erfuhren, wo sich ihre Angehörigen aufhielten – wofür die Korsaren meist selbst sorgten –, wurde zügig mit Verhandlungen über den Freikauf begonnen.

Bei Doña Catalina und ihrem Sohn war es nicht anders, und sehr bald erhielt Ibrahim Besuch von Samuel. Er hatte mit diesem angesehenen jüdischen Händler schon zahlreiche Geschäfte abgewickelt.

»Ich will kein Geld«, unterbrach Ibrahim ihn, sobald Samuel mit den Verhandlungen beginnen wollte. »Ich will, dass der Marquis dafür sorgt, dass ich meine Familie zurückbekomme und dass ich an zwei Männern aus den Alpujarras Rache üben kann.«

Die letzte Sternschnuppe funkelte am Himmel über Córdoba, und Ibrahim grinste bei der Erinnerung an Samuels überraschten Gesichtsausdruck, als er seine Bedingungen für die Freilassung von Doña Catalina und ihrem Kind gestellt hatte.

»Wenn es dem Marquis nicht gelingt, Samuel«, hatte er abschließend gesagt, »werde ich Mutter und Sohn umbringen.«

Ibrahim stand auf dem Balkon seines Zimmers in der Venta Montón de la Tierra, einem Gasthof am Camino de las Ventas, nur wenige Meilen vor Córdoba entfernt. Vor acht Jahren war er schon einmal hier gewesen, damals als er mit Aischa und Shamir in den Bergen nach Sobahet suchte und ihm seine Hilfe anbieten wollte. Ubaid! Er strich bedächtig über den Griff des Krummsäbels an seinem Gürtel. Inzwischen hatte er gelernt, die Waffe mit der Linken zu führen. Vor der Zimmertür stand ein Lakai des Adligen Wache, damit niemand ihn störte, während er den weiteren Lauf der Dinge abwartete. Der quadratische Patio des Gasthofs war vom warmen Licht der Fackeln an den Mauern erleuchtet. Der Marquis hatte ein kleines Heer zusammengestellt, und die Männer lungerten im Patio herum. Den Wirt hatte er mit einem Batzen Geld bedacht. Damit erkaufte er sich nicht nur dessen Schweigen, sondern auch, dass der Gasthof für andere Reisende geschlossen war.

Ibrahim blickte in den Nachthimmel. Seit Jahren hatte er von diesem Moment geträumt. Nun stieß er wiederholt gegen das Holzgeländer, auf das er sich mit der linken Faust stützte, und die Soldaten im Patio sahen zu ihm herauf.

Nasi hatte noch bei ihrer Landung an der Küste von Málaga vor vier Tagen versucht, ihn von seinem Vorhaben abzubringen.

»Warum Córdoba? Der Marquis kann sie doch einfach hierherbringen, selbst Ubaid. Die Reise nach Córdoba ist gefährlich …«

»Ich will alles von Anfang an miterleben«, war Ibrahims knappe Antwort gewesen.

Der Marquis, ein hochmütiger Mann, dessen Erscheinung seinem Stand alle Ehre machte, verstand Ibrahims Motive genauso wenig. Der Adlige hatte Garantien dafür gefordert, dass sich der Korsar an sein Versprechen hielt, sobald er seinen Teil der Abmachung eingelöst hatte, und zur Überraschung des Marquis stellte Ibrahim diese Garantie höchstpersönlich dar.

»Wenn ich nicht zurückkehre, werter Christ«, drohte er ihm, »kannst du dir die Qualen deiner Frau und deines Sohnes vor ihrem Tod nicht in deinen wildesten Albträumen vorstellen.«

Er hatte mit Nasi alles besprochen.

»Falls ich nicht wiederkomme, erben meine Frau und meine Töchter das, was ihnen unseren Gesetzen nach zusteht«, erklärte er seinem jungen Korsarenanführer zum Abschied. »Aber das Geschäft gehört dir.«

Ibrahim riskierte sein Leben, er wusste, wenn etwas schiefging … Aber er wollte unbedingt dabei sein und vor allem ihre Gesichter sehen: Ubaids, Fatimas, Aischas und vor allem das des Nazareners. Nur so wäre seine Rache vollkommen.

Im Schutz der Dunkelheit begaben sich sieben Männer, die das absolute Vertrauen des Marquis von Casabermeja genossen, zur Puerta de Almodóvar in der Stadtmauer im Westen von Córdoba. Zuvor hatten sie überprüft, ob die Informationen über den Wohnsitz der Familie korrekt waren. Sie hatten Hernando zwar nicht gesehen, aber einige Altchristen in der Nachbarschaft bestätigten, dass dort der Moriskenreiter des königlichen Marstalls wohnte. Außerdem hatten die Männer des Marquis die Büttel und Wachen bestochen, damit man sie unbehelligt durch die Puerta de Almodóvar ließ. Das Tor wurde aufgestoßen, und der vermummte Marquis betrat zusammen mit zwei ebenso vermummten Lakaien und sieben Getreuen die Stadt. Vor den Stadtmauern hielten sich zwei weitere Männer des Marquis mit den Pferden versteckt. Die zehn Männer gingen schweigend die menschenleere Calle de Almanzor bis zur Calle de los Barberos hinunter, wo einer der Männer Posten bezog. Der Marquis bekreuzigte sich vor dem Gemälde der Schmerzensreichen Mutter an der Fassade des letzten Wohnhauses in der Calle de Almanzor und befahl, die Kerzen unter dem Bild zu löschen, die einzige Lichtquelle in der Straße. Während die Lakaien noch mit den Kerzen beschäftigt waren, gingen die übrigen Männer bereits zum Wohnhaus mit der verriegelten, massiven Holztür. Der Wachposten an der Kreuzung ließ einen leisen Pfiff hören: Die Luft war rein. Um diese Uhrzeit war kein Mensch unterwegs, und nur wenige Geräusche störten die nächtliche Ruhe.

»Los!«, befahl der Marquis.

Im Mondschein, der die verwinkelten Gassen Córdobas etwas erhellte, legte einer der Männer seinen Umhang ab und kletterte mithilfe von zwei anderen Männern mit erstaunlicher Geschicklichkeit an der Mauer zu einem Balkon im ersten Stockwerk hoch. Oben angekommen, ließ er ein Seil herab, an dem seine beiden Helfer ihm folgten.

Der vermummte Adlige und seine Männer zückten ihre Degen, sie machten sich für den Kampf bereit, sobald sie ihre drei Gefährten auf dem kleinen Balkon von Hernandos Wohnhaus sahen.

»Jetzt!«, rief der Marquis.

Zwei kräftige Fußtritte gegen den Fensterladen ließen ihn sofort zersplittern. Augenblicklich waren aus dem Haus die ersten Schreie zu hören, und die Männer stiegen in Fatimas Schlafzimmer ein. Unten brachen die Männer die verriegelte Tür auf, während im Haus weitere Schreie und das Weinen der Kinder zu hören waren. Die Männer drangen in das Haus ein und überwältigten schließlich die beiden Frauen und die Kinder.

Plötzlich kam Bewegung in die Nachbarhäuser. Auf einem Balkon in der Nähe leuchtete eine Laterne auf.

»Im Namen des einarmigen Ubaid aus der Sierra Morena«, rief einer der Wachposten unten auf der Straße, »löscht die Lichter und bleibt in euren Häusern!«

»Im Namen von Ubaid, dem Anführer der Monfíes, schließt eure

Türen und Fenster, wenn euch euer Leben lieb ist!«, befahl der andere Wachposten, der in der Straße patrouillierte.

Der Marquis von Casabermeja blieb ruhig vor dem Wohnhaus stehen. Kurz darauf schleiften seine Männer Aischa, Fatima und die Kinder im Nachtgewand auf die Straße.

»Sonst ist niemand im Haus«, berichtete einer der Männer. »Der Reiter ist nicht da.«

»Was wollt ihr von uns?«, rief Fatima.

Der Mann, der sie am Arm festhielt, holte aus und schlug ihr ins Gesicht, während der andere Aischa den Mund zuhielt, damit sie nicht schrie. Fatima war entsetzt, sie warf einen letzten Blick auf ihr Zuhause. Dann sah sie zu den schluchzenden Kindern. Zwei Männer hielten Francisco und Inés fest, ein anderer zog Shamir, der sich vergeblich mit Fußtritten wehrte, hinter sich her. Inés, Francisco … Was sollte nur aus ihnen werden? Sie versuchte sich noch einmal mit aller Kraft aus dem eisernen Griff ihres Entführers zu befreien. Als sie schließlich erschöpft aufgab, drang aus ihrer heiseren Kehle ein zorniger, verzweifelter Schrei, den der Mann sofort mit seiner Pranke erstickte.

»Ibn Hamid!«, flüsterte Fatima, in Tränen aufgelöst. »Ibn Hamid!«

»Weg hier!«, befahl der Adlige.

Während sich die Nachbarn in der Calle de los Barberos kurze Zeit später vor der aufgebrochenen Tür drängten und nicht wussten, ob sie nun hineingehen sollten oder nicht, galoppierte der Marquis mit seinen Männern bereits durch die Puerta de Almodóvar in Richtung Gasthof.

Aber die Entführung der Familie war nur ein Teil der Abmachung zwischen Samuel und Ibrahim. Der andere Teil bestand darin, den einarmigen Monfí aus der Sierra Morena an Ibrahim auszuliefern. Der Überfall auf ein von Morisken bewohntes Haus in Córdoba war für den Marquis von Casabermeja ein relativ leichtes Unterfangen gewesen. Dafür brauchte er nur einige treue Männer und hie und da eine Goldmünze fallen zu lassen. Den Leuten waren ein paar vermaledeite

Mauren doch vollkommen egal. Die Gefangennahme des Monfí war um einiges schwieriger: Erst galt es, ihn und seine Bande in der Sierra Morena aufzuspüren, dann sie einzukreisen, und sie würden sich bestimmt nicht kampflos ergeben. Es hatte einige Tage gedauert, bis der Marquis von seinen Männern die Nachricht erhielt, dass sie den Einarmigen aufgespürt hatten. Erst daraufhin wagte er den Überfall auf Hernandos Wohnhaus in Córdoba. Alles musste gleichzeitig stattfinden, denn der Korsar wollte sich keine Sekunde länger als notwendig in spanischem Hoheitsgebiet aufhalten.

Für Ubaids Gefangennahme hatte der Marquis einige Banditen aus valencianischem Gebiet angeworben. Ihr Anführer war ein verarmter Baron, dessen Landbesitz an die Ländereien des Marquis grenzte. Er war nicht der einzige Adlige, der mit Banditen Geschäfte machte. Tatsächlich unterhielten einige Edelleute und Lehnsherren private Kleinheere und setzten diese gedungenen Verbrecher bei Plünderungen ein oder um wichtige Händel zu ihren Gunsten zu entscheiden, ohne die langsame und teure Justiz in Anspruch zu nehmen.

Der Verwalter der Ländereien des Marquis in Valencia unterhielt beste Beziehungen zum Baron von Solans, der ein kleines Heer von etwa fünfzig Banditen anführte, die in einer halb verfallenen Burg faulenzten und allzu gern das Angebot des Verwalters annahmen, gegen Geld eine Bande Monfíes auszuschalten. Der Marquis wünschte keine Zeugen, also sollten sie nur den Einarmigen in die Venta Montón de la Tierra schaffen und die übrigen Männer umbringen.

Der Baron von Solans hatte sich eine Finte einfallen lassen, um die Aufständischen in der Sierra Morena zu täuschen: Er schickte Ubaid eine Botschaft mit dem Angebot, sich mit ihm zu verbünden. Er stellte ihm in Aussicht, dass sie gemeinsam weitaus größere Überfälle in der Gegend der reichen Stadt Toledo verüben könnten. Als sich die beiden Parteien daraufhin in den Bergen trafen, kam es zu einem ungleichen Kampf: der Baron mit seinen fünfzig bis an die Zähne bewaffneten Verbrechern gegen Ubaid mit seinem Dutzend geflohener Moriskensklaven.

Als er den Lärm der Männer unten im Patio hörte, eilte Ibrahim sofort wieder auf den Balkon. Er kam gerade noch rechtzeitig, um zu sehen, wie sich die Tore des Gasthofs öffneten und mehrere Reiter hereinkamen. Er umklammerte mit den Fingern seiner linken Hand die Holzbrüstung, als er im flackernden Fackellicht die Gestalten der zwei Frauen ausmachen konnte. Die Männer ließen sie von den Pferden fallen, sobald sich die Tore hinter ihnen geschlossen hatten. Fatima kroch auf allen vieren am Boden und sackte beim Versuch sich aufzurichten immer wieder zusammen, ehe sie zwischen den Reitern die Kinder entdeckte, deren Schreie trotz des Aufruhrs der Pferde deutlich zu vernehmen waren. Ibrahim überblickte das Schauspiel im Hof. Er kniff die Augen zusammen und lehnte sich über die Brüstung.

»Wo ist der Nazarener?«, rief er in den Patio. »Verdammt, wo ist dieser Hurensohn?«

Beim Klang seiner Stimme schlug Aischa die Hände vorm Gesicht zusammen. Ihr gellender Schrei übertönte das Klappern der Hufe, das Schnauben der Tiere und die Befehle der Reiter. Fatima stand sehr langsam auf, sie zitterte, ihr gesamter Körper war angespannt. Dann hob sie langsam den Blick, als wollte sie sich Zeit lassen, die Stimme zuzuordnen, die ihr gerade in den Ohren dröhnte. Da entdeckte sie Ibrahim. Er grinste überlegen. Fatima zog ihr Nachtgewand instinktiv zurecht, sie war sich auf einmal ihrer Nacktheit bewusst. Die Reiter, die schon abgesessen hatten und neben Fatima standen, lachten laut auf.

»Weib, zieh dir etwas an!«, schimpfte der Korsar. »Und ihr da, glotzt nicht so lüstern, das ist meine Frau, verstanden!« Fatima schossen Tränen in die Augen. Seine Frau!

»Wo ist der Nazarener, Marquis?«

Der Adlige saß auf seinem Pferd. Sein Gesicht war noch immer unter einer großen Kapuze versteckt. Einer seiner Lakaien antwortete für ihn.

»Sonst war niemand im Haus.«

»So war das nicht vereinbart«, brummte der Korsar.

Einige Sekunden lang war nur noch das Weinen der Kinder zu hören.

»Dann gibt es eben keine Vereinbarung«, entgegnete ihm der Marquis selbstbewusst.

Ibrahim ging nicht auf die Herausforderung ein. Er beobachtete Fatima, die verzweifelt unten im Hof stand. Ibrahim überfiel ein lustvoller Schauder. Dann sah er zu dem Adligen: Wenn die Vereinbarung aufgehoben wurde, war ihm der Tod sicher.

»Was ist mit dem Einarmigen?«, fragte er in einem Tonfall, der zu verstehen gab, dass er über Hernandos Fehlen hinwegsehen würde.

Genau in dem Moment wurde der Türklopfer einige Male fest gegen das alte Holztor des Gasthofes geschlagen. Der Verwalter des Marquis hatte seinen Männern klare Anweisungen gegeben: »Haltet euch mit dem Monfí bereit. Versteckt euch in der Nähe, und sobald ihr seht, dass mein Herr den Gasthof betritt, eilt ihr herbei.«

Der Baron aus Valencia schritt vorneweg, dahinter schleiften zwei seiner Gefolgsleute den gefesselten Ubaid in den Patio. Der verarmte Adlige – ein alter, aber zäher Mann – hielt nach dem Marquis von Casabermeja Ausschau, und ohne Zögern wandte er sich an die vermummte Gestalt zu Pferde.

»Da habt Ihr ihn, Marquis«, sagte er, packte Ubaid am Schopf und zwang ihn vor dem Pferd des Adligen in die Knie.

»Ich danke Euch, Señor«, erwiderte der Marquis von Casabermeja.

Daraufhin überreichte einer der beiden Lakaien dem Baron einen Lederbeutel, den dieser aufband, öffnete und die Goldmünzen darin zählte.

»Ich habe zu danken, Hoheit«, erwiderte der valencianische Baron zufrieden. »Ich hoffe, dass wir uns bei meinem nächsten Besuch Eurer Ländereien in Valencia treffen und zusammen auf die Jagd gehen können.«

»Seid mir jederzeit willkommen.« Der Marquis begleitete seine Worte mit einer angedeuteten Verbeugung.

Der Baron bedeutete seinen beiden Männern, zum Tor zu gehen.

»Gott sei mit Euch«, wünschte der Marquis zum Abschied. Der Baron reagierte auf diese Worte mit der Art Verbeugung, die sich gegenüber einem höherrangigen Adligen geziemte, und ging zum Ausgang.

Bevor er das Tor erreichte, blickte der Marquis zum Balkon hoch, auf dem kurz zuvor noch Ibrahim gestanden hatte. Aber der Korsar war längst nach unten in den Patio geeilt, um Fatima ein Bettlaken, das er in seinem Zimmer vorgefunden hatte, über das Nachtgewand zu werfen. Dann schnaubte er abfällig und ging auf den Maultiertreiber aus Narila zu.

»Komm ihm ja nicht nahe«, drohte ihm der Lakai, der den Baron bezahlt hatte, und führte die Hand zu seinem Degen. Einige der übrigen Männer zückten ebenfalls sofort ihre Waffen, als sie das Verhalten des Bediensteten wahrnahmen.

»Was zum …?«, wollte sich Ibrahim beschweren.

»Du hast der neuen Abmachung noch nicht zugestimmt«, unterbrach ihn der Lakai.

»Ja, ja. Einverstanden«, gab der Korsar sofort nach und schob den Mann zur Seite.

Ubaid kniete noch immer starr vor dem Pferd des Marquis. Als er aber Ibrahims Stimme so dicht hinter sich hörte, drehte er sich um … und bekam einen Fußtritt ins Gesicht.

»Du Hund! Du widerlicher Hurensohn!«

Erst jetzt erkannten Aischa und Fatima den Mann, der da im flackernden Schein der Fackeln vor ihnen am Boden lag.

»Ubaid!«

Ibrahim hatte sich mit voller Hingabe tausend verschiedene Arten überlegt, wie er den Maultiertreiber aus Narila langsam und grausam umbringen könnte. Aber die verächtliche Grimasse mit dem blutigen Mund irritierte ihn plötzlich dermaßen, dass er alle Qualen, die er sich für ihn ausgemalt hatte, sofort vergaß. Ibrahim bebte vor Zorn, schwang den Krummsäbel und stieß ihn tief in den Oberkörper des Monfí. Während sich die Männer im Patio von diesem Verrückten entfernten, blieb der Marquis ruhig auf seinem Pferd sitzen. Ibrahim fluchte und ließ seine ganze Wut ein ums andere Mal mit seinem Krummsäbel an dem am Boden kauernden Mann aus. Er hieb Ubaid in die Beine, in den Brustkorb, in die Arme und schließlich in den Kopf.

»Er ist tot«, stellte der Marquis nüchtern fest, als Ibrahim innehielt, um Luft zu holen. »Er ist tot!«, schrie er, als der Korsar erneut zum Schlag ausholen wollte.

Ibrahim keuchte, er zitterte am ganzen Leib und ließ schließlich seine Waffe sinken. Er betrachtete den zerschundenen Leib vor sich. Dann kniete er nieder und begann mit seinem Armstumpf in der Fleischmasse zu wühlen. Die Männer, die im Krieg so viele Gräuel miterlebt hatten, wandten den Blick angewidert ab. Ibrahim ließ den Krummsäbel fallen, griff nach seinem Dolch und hieb wie von Sinnen auf den Monfí ein. Dann fuhr er damit in Ubaids Leichnam herum, bis er das Herz freigelegt hatte und vor sich in die Luft hielt: Das Organ schien noch immer zu pochen. Da spuckte er darauf und warf es auf den Boden.

»Wir brechen gleich am Morgen auf«, sagte Ibrahim zum Marquis, als er sich wieder erhob, blutbesudelt.

Der Adlige nickte kurz. Dann ging Ibrahim auf Fatima zu und packte sie am Arm, schließlich war bislang nur ein Teil seiner Träume in Erfüllung gegangen. Er warf einen hasserfüllten Blick auf Aischa.

»Weib!«, herrschte er sie an. Aischa sah erschrocken auf. »Sag deinem Sohn, dem dreckigen Nazarener, dass ich in Tetuan auf ihn warte. Wenn er seine Kinder wiederhaben will, muss er sie sich holen.«

Dann riss der Korsar Fatima mit sich fort. Als sich die Blicke der beiden Frauen kreuzten, schienen Fatimas Augen nur eins zu flehen: Tu es nicht! Sag ihm nichts!

In dieser Nacht wagte es niemand, Ibrahim zu stören. Er hatte sich mit Fatima in seinem Zimmer im oberen Stockwerk des Gasthofs eingeschlossen.

41

Als Ibrahim, der Marquis und die übrigen Männer nur noch als Silhouetten in der Ferne zu sehen waren, verließ auch Aischa den Gasthof. Ubaids Leiche hatten die Lakaien des Marquis unweit der Schenke versteckt, um jede Spur zu verwischen. Aischa hatte die ganze Nacht im Patio des Gasthofs in einer Ecke gekauert, sie hatte versucht, Shamir und ihre Enkel zu trösten, und musste dabei selbst ununterbrochen gegen die Tränen ankämpfen. Sie wusste, dass ihr der Verlust eines weiteren Kindes bevorstand … Welche Prüfungen hatte Gott noch für sie vorgesehen?

In der Früh war Ibrahim zufrieden aus seinem Zimmer stolziert, hinter ihm Fatima, die von Kopf bis Fuß in ein Laken gehüllt war. Nur noch ihre schwarzen, müden Augen konnte man sehen.

Im Hof drängten sich die Männer des Marquis, die die schnaubenden Pferde aufzäumten.

»Du also bist Shamir?«, fragte Ibrahim seinen Sohn. Aischa hörte in der Frage ihres Ehemanns durchaus väterliche Gefühle mitschwingen. Der Junge senkte den Blick, ließ aber zu, dass der Korsar ihm über den Kopf strich. Shamir wusste nicht, wer dieser Mann war: Aischa und Fatima hatten stets erzählt, dass sein Vater beim Kampf in den Alpujarras ums Leben gekommen war. »Weißt du, wer ich bin?«

Der Junge schüttelte den Kopf, und Ibrahim durchbohrte Aischa mit seinem Blick.

»Verdammtes Weib!«, brüllte er in ihre Richtung. »Du hast Glück, dass du die Botschaft überbringen musst. Ich würde dich sonst auf der Stelle umbringen.«

Dann fasste er Shamir am Kinn und hob sein Gesicht, bis ihm der Junge in die Augen sehen musste.

»Junge, hör mir gut zu: Ich bin dein Vater, und du bist mein einziger männlicher Nachkomme.« Bei diesen Worten wurde der kleine Francisco neugierig und näherte sich Shamir. »Hau bloß ab!«, schnauzte Ibrahim den Jungen an und stieß ihn mit seinem Armstumpf zu Boden.

»Nicht schlagen!«, flehte Shamir und wollte sich aus dem Griff seines Vaters befreien. Er warf sich immer wieder gegen Ibrahim, der angesichts der leichten Stöße gegen seinen Bauch lauthals zu lachen begann.

Er ließ Shamir eine Zeit lang gewähren, dann versetzte er ihm eine heftige Ohrfeige, und der Junge stürzte neben Francisco zu Boden.

»Du gefällst mir«, stellte Ibrahim belustigt fest. »Aber wenn du den Sohn des Nazareners verteidigen willst«, drohte er mit Blick auf Francisco, »dann wirst du es bereuen. Und das Mädchen«, sagte er mit Blick auf Inés, »wird meinen beiden Töchtern als Sklavin dienen. Sobald der Nazarener in Tetuan auftaucht …«

Aischa schleppte sich nach Córdoba zurück, Ibrahims Drohung ging ihr den ganzen Weg über nicht aus dem Sinn: Sobald der Nazarener in Tetuan auftaucht … Auch Fatima war bei diesen Worten zusammengezuckt. Die Blicke der beiden Frauen hatten sich getroffen, vermutlich zum letzten Mal in ihrem Leben. Aischa sah darin das gleiche Flehen wie in der Nacht zuvor: Sag ihm nichts! Er wird ihn umbringen!

Er wird ihn umbringen! Mit dieser Gewissheit betrat Aischa nun Córdoba durch die Puerta del Colodro. Aber anders als damals, als sie nach der Flucht in die Berge genau diesen Weg mit Shamir auf den Armen zurückgelegt hatte, gelang es ihr diesmal, den Blicken der Büttel zu entgehen. Irgendwie schaffte sie es, wie ein Gespenst mit blutigen Füßen und nur im Nachtgewand, durch das Stadttor zu huschen. Sie schlich in die Calle de los Barberos. Der Anblick der aus den Angeln gebrochenen Haustür und des offen stehenden Gitters zum Patio schmerzten sie. Als ein Fensterladen am Nachbarhaus lautstark zugeschlagen wurde, obwohl es helllichter Tag war, war sie augenblicklich wach. Sie sah eine Nachbarin, die gerade auf die Straße gehen wollte, in ihr Haus zurückweichen. Aischa betrat verwundert den Patio und verstand sofort: In der vergangenen Nacht hatten ihre christlichen Nachbarn das gesamte Haus geplündert. Alles war verschwunden, selbst die Blumentöpfe! Dann sah sie zu der Stelle im Hof, an der sie ihre Ersparnisse versteckt hatten. Die Steinplatten darüber waren zwar gelockert, aber die angrenzenden Platten lagen unangetastet an ihrem Platz. Hernando hatte mit seiner Vorsicht also recht behalten, dachte Aischa mit einem traurigen Lächeln. Er hatte einige Platten so gelockert, dass jedem Betrachter diese Stelle sofort auffallen musste. Und genau daneben, unter einer fest verfugten Stelle, hatte er den Koran und die Fatimahand versteckt.

»Wenn uns jemand berauben will«, hatte er damals gesagt, »wird er das Geld finden. Aber er wird nicht damit rechnen, dass unter den anderen Steinen ein zweiter Schatz verborgen liegt, der eigentliche Schatz.«

Doch Hernando hatte dabei immer nur an die Inquisition oder an die Büttel gedacht, nicht an seine Nachbarn.

»Was ist geschehen, Aischa? Wo sind Fatima und die Kinder?«

Aischa sah Abbas im Eingang stehen.

»Ich weiß nicht …«, stotterte sie und öffnete die Arme.

»Die Leute sagen, Ubaid und seine Männer …«

Aischa hörte dem Schmied nicht weiter zu. Sag ihm nichts! Er wird ihn umbringen! Wieder hatte sie Fatimas flehenden Blick vor Augen. Man hatte ihr die Töchter, die beiden Söhne und jetzt auch noch Shamir weggenommen. Ihr blieb nur mehr Hernando, dieser Junge mit den strahlend blauen Augen. Sollte sie das Leben ihres einzigen verbliebenen Kindes aufs Spiel setzen? Fatima würde es ihr nie verzeihen. Außerdem war die Lage hoffnungslos: In der Nacht hatte Aischa im Gasthof gehört, wie die Männer des Marquis über Ibrahim sprachen. So hatte sie erfahren, dass er inzwischen einer der mächtigsten Korsaren von Tetuan war, dass er in einem befestigten Palast lebte und dass er eine eigene Streitmacht befehligte. Er würde niemals zulassen, dass Hernando sich Fatima näherte! Es wäre Selbstmord!

»Sie haben alle umgebracht«, schluchzte sie. »Ubaid und seine Männer haben alle getötet! Meinen Shamir, Fatima und Francisco … und sogar die kleine Inés!«

Aischa sackte in sich zusammen und ließ ihrem Kummer freien Lauf. Sie musste weder die Tränen noch ihre Verzweiflung vortäuschen. Vielleicht … Vielleicht wäre es tatsächlich besser gewesen, sie wären alle gestorben. Beim Gedanken an Shamir zerriss es ihr das Herz, und sie heulte laut auf.

Abbas musste sich an der Mauer abstützen. Er rang nach Atem. Er hatte Hernando versichert, dass der Monfí sie nicht belästigen würde, und er hatte ihm versprochen, sich während seiner Abwesenheit um die Familie zu kümmern.

Während Aischa und Abbas in Gedanken versunken dastanden, war im Patio einige Augenblicke nichts außer dem leisen Plätschern des Brunnens zu hören.

Abbas folgte Hernando auf dem Weg, den die Stutenherde zum königlichen Jagdgebiet Lomo del Grullo genommen hatte: Écija, Carmona, Fuentes, Sevilla und schließlich Villamanrique. Er zwang sich weiterzugehen. Er zwang sich, ein Bein vor das andere zu setzen, und er beobachtete verzweifelt, wie ihn seine Füße einem Ziel näher brachten, das er gar nicht erreichen wollte. Was sollte er Hernando sagen? Wie sollte er ihm beibringen, dass Ubaid seine Frau und seine Kinder getötet hatte? Wie sollte er ihm gestehen, dass er sein Versprechen nicht gehalten hatte?

Zunächst hatte Abbas versucht, selbst mit dem einarmigen Monfí in Verbindung zu treten, während er auf die Erlaubnis des königlichen Oberstallmeisters wartete, Richtung Lomo del Grullo aufbrechen zu dürfen. Er wollte die Hintergründe erfahren, er wollte ihn sogar töten, aber die üblichen Wege, mit den Aufständischen in den

Bergen Kontakt aufzunehmen, blieben diesmal erfolglos: Der Einarmige und seine Bande schienen wie vom Erdboden verschluckt. Warum bloß hatte er Fatima und die Kinder entführt und umgebracht?

»Warum hat er das gemacht?«, fragte sich auch Don Diego, als er dem Schmied den Geleitbrief überreichte, damit er sich auf den Weg nach Sevilla machen konnte. »Ich dachte, er sei auch ein Moriske, oder?«

»Hernando und Ubaid hatten schon früher in den Alpujarras Streit miteinander«, berichtete Abbas dem Oberstallmeister.

»Aber deshalb bringt man doch nicht gleich eine wehrlose Frau und drei unschuldige Kinder um!«, entgegnete der Grande und hielt das Dokument in seinen Händen. »Heilige Jungfrau!«

Abbas zuckte nur mit den Achseln. Don Diego hatte vollkommen recht. Es ergab alles keinen Sinn, und Aischa weigerte sich über den Vorfall zu sprechen. Er konnte also nicht einmal nach den Leichen suchen, um sie angemessen zu bestatten. Sobald der Schmied Hernandos Mutter nach den Geschehnissen fragte, kam von ihr immer wieder nur ein »irgendwo in den Bergen«.

Und nun war Abbas unterwegs, Schritt für Schritt kam er unter der gleißenden Sonne Andalusiens voran, er hatte Bauchschmerzen vor Zorn, vor Wut kam ihm die Galle hoch, und Tränen standen ihm in den Augen, während er darüber grübelte, wie er seinem Freund mitteilen sollte, dass der Einarmige seine Gattin und die beiden Kinder »irgendwo in den Bergen« der Sierra Morena brutal ermordet hatte.

Alle Sätze, die er sich im Voraus zurechtgelegt hatte, waren wie weggeblasen, als er vor Hernando stand, dessen Worte plötzlich wie aus weiter Entfernung zu kommen schienen, als trüge sie der Wind von irgendwo herüber.

»Was ist los?«

»Ubaid …«, flüsterte Abbas.

»Was ist mit Ubaid?« Hernando starrte den Schmied mit seinen blauen Augen an, deren Glanz mit einem Schlag völlig erloschen war. »Was ist passiert? Was ist mit meiner Familie? Sag schon!«

»Er hat sie umgebracht«, brachte Abbas schließlich hervor. Er konnte seinem Freund nicht in die Augen sehen. »Er hat alle umgebracht … außer deiner Mutter.«

Hernando verschlug es die Sprache. Einige Augenblicke lang stand er regungslos da, er war wie betäubt, sein Verstand wollte das Gesagte nicht aufnehmen. Dann führte er ganz langsam die Hände vors Gesicht und schrie.

»Fatima! Die Kinder!«

»Verdammter Hurensohn«, fuhr er Abbas an. Er schlug auf den Schmied ein, der zu Boden fiel. Dann stürzte er sich auf ihn.

»Du hast versprochen, dass sie sicher sind. Du solltest auf sie aufpassen! Ich habe dich gebeten, dich um meine Familie zu kümmern!«

Hernando prügelte weiter auf Abbas ein, der sich gegen die Schläge nicht einmal zur Wehr setzte.

Das Letzte, was der Schmied noch mitbekam, ehe er bewusstlos wurde, war, dass andere Männer den brüllenden und wild um sich schlagenden Hernando von ihm wegzogen.

Einige Meilen vor Córdoba weigerte sich Azirat in dem rasenden Tempo weiterzugaloppieren, in dem sie seit Lomo del Grullo geritten waren. Wütend stieß Hernando dem Pferd immer wieder die Sporen in die Flanken, aber das Pferd war nicht mehr in der Lage, auch nur einen Huf vor den anderen zu setzen. Es wurde immer langsamer und blieb schließlich ganz stehen.

»Los! Schneller!«, rief Hernando. Er gab dem Tier wieder die Sporen und beugte sich weit nach vorn. Azirat schwankte. »Du sollst weitergaloppieren!«, schluchzte Hernando. Das Tier ging mitten auf dem Weg in die Knie. »Um Gottes willen! Nein!«

Hernando saß ab. Azirat war mit Schaum bedeckt, seine Flanken bluteten, die Nüstern waren unnatürlich aufgerissen. Hernando legte seine Hand auf das Herz des Pferdes: Es fühlte sich an, als würde es jeden Augenblick explodieren.

»Was habe ich nur getan? Du darfst jetzt nicht auch noch sterben!«

Der Tod! Beim Anblick des erschöpften Tieres fiel endlich der gehetzte Wahn von Hernando ab, in den er sich geflüchtet hatte. Ein unendlicher Kummer übermannte ihn. Er weinte hemmungslos, er brachte Azirat dazu, sich mühsam aufzurichten, und zwang ihn dann, im Schritt weiterzugehen. Das Pferd schwankte wie betrunken von einer Seite zur anderen. Hernando entdeckte einen Bachlauf neben dem Weg. Er ließ das Pferd nicht selbst trinken, sondern formte mit seinen Händen eine Schale, schöpfte ein wenig Wasser und bot es dem Tier an, aber Azirat konnte nicht einmal mehr das kühle Nass aufnehmen. Hernando befreite das Pferd von Sattel und Steigbügeln und zäumte es vollständig ab, dann tauchte er seine Marlota ins Wasser und rieb dem Tier damit vorsichtig über den Leib. Bei den blutigen Striemen in den Flanken, die er selbst mit den Sporen gerissen hatte, musste Hernando an Ubaids brutalen Umgang mit den Tieren denken. Er rieb Azirat noch einige Male ab, dann zwang er ihn, im Schritt weiterzugehen, und schöpfte immer wieder Wasser für ihn. Nach einigen Stunden reckte Azirat den Hals. Nun konnte er selbst im Bach trinken. Hernando ließ das Pferd seinen Durst stillen. Er setzte sich daneben, führte die Hände zum Gesicht und überließ sich hilflos seinem Kummer.

Die Nacht verbrachten sie im Freien, am Ufer des Baches. Azirat graste, während Hernando unaufhörlich weinte. Er sah Fatima, Francisco und Inés vor sich, sie tanzten. Er hörte ihre Stimmen und ihr unschuldiges Lachen. Er heulte verzweifelt auf, als er ihren Geruch wahrnahm und meinte, ihre warmen Körper neben sich zu spüren. Er versuchte, die grausamen Bilder von Ubaids unsäglicher Gräueltat zu verdrängen, dabei tauchte immer wieder jene schon fast vergessene Erinnerung auf, wie er Gonzalicos Herz triumphierend in die Höhe gestreckt und es dann Isabel und ihm vor die Füße geworfen hatte.

Am nächsten Tag ging er zu Fuß neben Azirat her. Andere Reisende wussten bei ihrem Anblick nicht, ob der Mann das Pferd zog oder ob das Pferd ein menschliches Wrack hinter sich herschleifte.

Erst im Morgengrauen des dritten Tages wagte er, wieder aufzusitzen. Azirat schien sich inzwischen ein wenig erholt zu haben, und nach zwei weiteren Tagen erreichten sie schließlich die Calahorra-Festung und passierten die römische Brücke.

»Warum willst du das wissen?«, schrie Aischa ihren Sohn noch in der Nacht seiner Rückkehr an, als die Trauergäste gegangen und sie endlich allein waren. »Ich habe es mit eigenen Augen gesehen! Ich habe mit eigenen Augen mit ansehen müssen, wie alle starben! Soll ich dir jetzt auch noch die Einzelheiten berichten? Ich konnte entkommen oder vielleicht … vielleicht wollten sie mich ja auch gar nicht umbringen. Dann bin ich die ganze Nacht durch die Berge geirrt, bis ich auf einen Weg kam, der zurück nach Córdoba führte. Das ist die ganze Geschichte.« Aischa ließ sich erschöpft in einen Stuhl sinken. Den ganzen Tag über hatte sie diese Lüge schon so oft erzählen müssen. Sollte sie ihrem Sohn nicht doch die Wahrheit sagen? Bei jeder Nachfrage der Trauergäste, bei jeder Beileidsbekundung, bei jedem stillen Händedruck hatte sie sein unfassbar trauriges Gesicht gesehen. Nein! Sie musste schweigen. Bestimmt würde Hernando sofort nach Tetuan eilen. Sie kannte ihren Sohn. Und dann würde sie auch noch ihr letztes Kind verlieren …

»Warum ich das wissen will?«, murmelte Hernando, der mit geballten Fäusten auf der Galerie hin und her ging. »Mutter, ich muss es wissen! Ich muss sie bestatten! Ich muss den verdammten Mörder finden und …!«

Aischa hörte aus seinen Worten den rasenden Zorn heraus. Noch nie zuvor hatte sie ihn so erlebt! Nicht einmal damals in den Alpujarras! Sie wollte etwas sagen, aber sie schwieg entsetzt, als sie bemerkte, wie sich Hernando mit abwesendem Blick die Haut am Handrücken aufkratzte.

»Ich schwöre, dass ich ihn umbringen werde. Ich schwöre es«, beendete ihr Sohn den angefangenen Satz, während Blut über seine Hände lief.

Sobald er zu Hause alles geregelt hatte, ritt er auf Azirats Rücken aus Córdoba hinaus. Er verabschiedete sich von seiner Mutter, die noch immer hartnäckig schwieg.

»Wohin reitest du?«, fragte Aischa.

»Mutter, ich werde das tun, was jeder Mann tun muss: Ich werde mich an Ubaid rächen, und ich werde die Leichen meiner Familie finden.«

»Aber …«

Hernando ließ sie nicht ausreden. Dann ging er zu Jalil, und der alte Mann versprach, Waffen für ihn zu besorgen: ein kräftiges Schwert, einen scharfen Dolch sowie eine Arkebuse, die man ihm heimlich auf dem Camino de las Ventas übergeben würde.

»Möge Allah dir beistehen, Ibn Hamid«, verabschiedete sich der alte Mann von ihm und stand dabei so aufrecht, wie es sein gebrechlicher Körper zuließ.

Dann begab sich Hernando zum königlichen Marstall. Er musste mit dem Verwalter sprechen. Während er die Gründe für seine Abwesenheit vorbrachte, betrachtete der Mann hinter dem Schreibtisch den Bereiter: Hernando war abgemagert, und tiefe Augenringe zeugten von schlaflosen Nächten, in denen er gegen die Wände gehämmert und Rache geschworen hatte.

»Ja, geh«, sagte der Verwalter. »Sieh zu, dass du den Mörder deiner Familie findest.«

»Ubaid!«

Der Wutschrei durchbrach die sommerliche Morgenruhe und hallte in den Bergen wider.

»Ubaid!«, brüllte Hernando immer wieder. Er befand sich auf einem der höchsten Gipfel der Sierra Morena. Alle, die sich in den Büschen und Sträuchern verborgen halten mochten, sollten ihn sehen. Aber statt einer Antwort hörte er nur die erschrockenen Wildtiere flüchten und die Flügelschläge der aufgescheuchten Vögel. »Du abscheuliches Ungeheuer! Komm zu mir! Ich bringe dich um! Ich hacke dir auch noch die andere Hand ab, ich schlage dich entzwei, und dann werde ich deine Eingeweide den Aasgeiern zum Fraß vorwerfen!«

Seine wütenden Schreie verloren sich in der Weite der Sierra Morena. Dann kehrte wieder Ruhe ein. Hernando sackte auf dem Sattel zusammen. Wie sollte er den einarmigen Monfí nur aufspüren? Irgendwann musste Ubaid doch etwas gegen diese Beleidigungen unternehmen! Er zückte sein Schwert und reckte es gen Himmel. »Du feiges Schwein! Du verfluchter Mörder!«

Nach diesem ersten Tag, an dem er ergebnislos auf eine Antwort von Ubaid gewartet hatte, trieb Hernando seinen Hengst wieder die Abhänge hinunter. Bis zum Sonnenuntergang durchsuchte er das dichte Unterholz, er querte Gebirgsbäche und ritt dann wieder bergauf, um Ubaid erneut herauszufordern. Er suchte in den Gasthöfen nach ihm, und er befragte die Reisenden. Doch niemand konnte ihm etwas über den Aufenthaltsort des einarmigen Monfí berichten.

Kurz bevor er Córdoba erreichte, versteckte Hernando die Waffen hinter einem Busch, um die Stadt unbehelligt durch die Puerta del Colodro betreten zu können. Er brachte Azirat in die Stallungen, aber bevor er nach Hause ging, begab er sich noch zu den Steinbänken des Klosters San Pablo, um nachzusehen, ob vielleicht die Barmherzigen Brüder die Leichen seiner Familienangehörigen gefunden hatten. Als er sich zwischen den Schaulustigen hindurchkämpfte, näherte er sich den verwesenden Leichnamen mit gemischten Gefühlen: Einerseits betete er darum, seine Familie zu finden und begraben zu können, andererseits hoffte er, sie nicht dem Gelächter und den Scherzen der Raufbolde ausgesetzt zwischen den Bütteln und dem Diebesgut zu entdecken.

»Ich werde sie finden! Ich schwöre, dass ich sie finden werde!«

Das waren seine einzigen Worte an seine Mutter, als er wieder zu Hause war. Dann sperrte er sich in sein Zimmer ein. Fatimas Duft, der noch immer den Raum erfüllte, quälte ihn.

Am nächsten Tag brach Hernando bereits vor Sonnenaufgang in die Berge auf. Er wollte das Tageslicht voll nutzen! Aber am Abend musste er unverrichteter Dinge nach Córdoba zurückkehren. Auch am nächsten und am übernächsten Tag erging es ihm nicht anders, und auch an keinem der darauffolgenden Tage.

Aischa beobachtete mit Sorge, wie ihr Sohn jeden Tag erschöpfter und unglücklicher als am Vortag nach Hause kam. Und es schnürte ihr die Kehle zu, wenn sie in der Stille der Nacht ihren Sohn im angrenzenden Zimmer weinen hörte. Wieder überlegte sie, ihm doch die Wahrheit zu sagen, und sei es nur, um ihn einmal zum Lächeln zu bringen. Aber sie konnte sich einfach nicht dazu durchringen. Sie selbst hatte den Verlust von fünf Kindern verkraften müssen. Jeden Tag starben Hunderte Kinder, und was Fatima anging… Bestimmt würde er wieder eine Frau finden.

Doch Hernando ritt weiterhin jeden Tag in die Sierra. Er sagte nichts mehr, verstummte, schwor nicht einmal mehr Rache!

»Er wird es verkraften«, sprach Aischa sich täglich Mut zu. »Er hat eine gute Arbeit. Er ist ein angesehener Mann. Er ist der beste Bereiter im königlichen Marstall. Abbas sagt das, alle Welt bestätigt das. Es gibt viele junge Frauen, die nur zu gern so einen Mann heiraten würden. Eines Tages wird er wieder glücklich sein.«

Doch irgendwann begriff Aischa, dass ihr Sohn nicht aufhören würde, seine tote Familie zu suchen. Aischa spürte eine unerträgliche Beklemmung: Sie hatte ihn nicht nur belogen, sondern zudem zugelassen, dass er sich all die Zeit derart quälte. Sollte sie doch… Wie würde Hernando auf die Wahrheit reagieren? Er war ein Mann, und noch dazu war er ein Mann im Wahn. Was sollte sie tun? Bei der Vorstellung, wie sehr Hernando sie hassen könnte, erschienen ihr Ibrahims Prügel im Rückblick geradezu milde. Hernando war ihr Sohn! Er war das einzige Kind, das ihr geblieben war! Sie konnte es sich nicht mit ihm verderben!

Die bleierne Hitze lähmte noch immer das Land. Aischa verließ Córdoba frühmorgens durch die Puerta del Colodro. In der Hand hielt sie ein Bündel. Sie machte sich zu Fuß auf den Weg zum Gasthof Montón de la Tierra, und beim Anblick der Venta überwältigte sie die Verzweiflung. Was, wenn es ihr nicht gelänge? Was, wenn … Dann würde sie sich das Leben nehmen.

Aischa versuchte sich an die schreckliche Nacht im Patio des Gasthauses zu erinnern. Nachdem Ibrahim seine Wut an dem Monfí ausgelassen hatte und mit Fatima in seinem Zimmer verschwunden war, hatten die Soldaten das Gasthaus mit Ubaids Leiche verlassen. Aischa versuchte sich zu konzentrieren, aber immer wieder drängte sich Fatimas flehender Blick in ihre Erinnerung, mit dem sie sie bat, Hernando nichts von all dem zu erzählen.

Aischa blieb am Wegrand stehen, sie führte die Hände zum Gesicht und begann zu weinen. Hernando! Shamir! Fatima und die Kinder!

Es dauerte eine Weile, bis sie sich wieder beruhigt hatte. Dies war ihre einzige und letzte Chance.

»Die Männer des Marquis!«, flüsterte sie.

Sie waren nach kurzer Zeit in den Gasthof zurückgekehrt. Aischa meinte sich daran zu erinnern, dass sie weder Spaten noch andere Werkzeuge mitgenommen hatten. Ubaids Leiche konnte also nicht allzu tief vergraben sein. Sie blickte sich suchend um. Wo hatten sie ihn wohl begraben? Sie versuchte sich wieder in diese fürchterliche Nacht zurückzuversetzen. Dann sah sie zur glühenden Sonne hinauf.

»Seid ihr sicher, dass ihn niemand finden wird?« Diese Worte des Lakaien klangen in ihren Ohren, als stünden die Männer hier vor ihr. »Ihr wisst ja, Seine Hoheit wünscht, dass die Leiche verschwindet. Niemand darf erfahren, dass nicht der Monfí den Überfall …«

»Keine Sorge«, hatten die Soldaten sorglos geantwortet. »Dort, wo wir ihn hingelegt haben …«

Hingelegt! Sie hatten »hingelegt« gesagt! Aischa ging mit rasendem Herzen um den Gasthof herum und suchte zwischen dem Gestrüpp nach Ubaids Leiche. Sie wühlte den ein oder anderen Haufen trockener Erde auf und grub mit dem kleinen Spaten aus ihrem Bündel in einer scheinbar frischen Anhäufung herum, die ihr wie ein Grabhügel vorkam. Die Sonne hatte ihren Zenit überschritten, und die Hitze lag schwer über dem ausgedörrten Land. Aischa war schweißgebadet. Da entdeckte sie einen ausgetrockneten Bewässerungskanal.

Sie folgte seinem Lauf, und nach wenigen Augenblicken sah sie in einiger Entfernung, dort wo der Graben einen anderen kreuzte, einen Steinhaufen. Konnte es sein, dass …? Sie eilte sofort hin, kniete nieder, schob einige Steine hastig beiseite, und als sie ein wenig in der Erde darunter stocherte, wurde sie beim plötzlich aufsteigenden Gestank fast ohnmächtig. Sie hatte den Monfí gefunden!

Aischa wischte sich den Schweiß von der Stirn, richtete sich auf und blickte um sich. Um diese Zeit war niemand in der sengenden Hitze unterwegs. Kurz darauf hatte sie Ubaids Leiche freigelegt: Das Herz, das Ibrahim ihm herausgerissen hatte, lag in der Bauchhöhe obenauf. Bei diesem Anblick musste Aischa erneut gegen einen Würgreiz ankämpfen. Dann holte sie Fatimas weißes Tuch – das Hochzeitsgeschenk von Karims Frau – aus ihrem Bündel, küsste es zärtlich und rieb es über die trockene Erde. Sie hatte es am Tag nach der Entführung im Haus gefunden. Ihre christlichen Nachbarn hatten dieses scheinbar so wertlose Stück Stoff unter den Scherben eines Blumentopfes zurückgelassen. Aischa hatte es gefunden und an sich genommen, um es Hernando zu geben, doch dann hatte sie es sich anders überlegt: Sie wollte ihren Sohn nicht in noch tiefere Trauer stürzen. Sie kniete neben Ubaids sterblichen Überresten und band ihm das Tuch um den Hals. Dann stand sie auf und sah sich noch einmal um: Die Stille der Mittagsglut wurde nur durch das Surren der Insekten gestört, die über dem verwesenden Körper des Aufständischen schwirrten. Nun kam der wichtigste Teil ihres Planes: Der Camino de las Ventas war ganz in der Nähe. Sie packte die Leiche und zog sie fort. Aischa brauchte für die kurze Strecke zum Camino überraschend lange. Sie musste immer wieder stehen bleiben, ausruhen und sich vor allem vergewissern, dass sie niemand beobachtete. Aber schließlich hatte sie es geschafft. Mit einer letzten Kraftanstrengung zerrte sie Ubaids Leiche an den Wegrand des Camino de las Ventas. Beim Anblick des weißen Tuchs brach sie in einen heftigen Weinkrampf aus. Dann verbarg sie sich hinter einigen Bäumen und wartete darauf, dass jemand die Leiche fand. Erst jetzt spürte sie die schmerzhaften Stiche im ganzen Körper. Als die glühende Hitze am späten Nachmittag etwas nachließ, sah

Aischa eine Gruppe Händler neben Ubaid haltmachen. Da verließ sie geduckt ihr Versteck und ging zurück nach Córdoba.

»Jemand soll die Leiche des einarmigen Monfí aus der Sierra auf dem Camino de las Ventas in der Nähe vom Gasthof Montón de la Tierra gefunden haben«, sprach sie einen der Wachposten an der Puerta del Colodro an. »Wisst Ihr schon mehr darüber?«

Für den Mann war es unter seiner Würde, einer Moriskin zu antworten. Aischa lächelte jedoch, als er sogleich zu seinem Vorgesetzten eilte. Nur wenig später machte sich ein Trupp Soldaten im gestreckten Galopp zu dem Gasthof auf.

Als Hernando abends von seiner ergebnislosen Suche aus der Sierra zurückkam, sah er eine große Menschenmenge vor der Puerta del Colodro stehen, darunter ungewöhnlich viele Wachen, Soldaten und sogar einige vornehm gekleidete Adlige. War das der Corregidor, der da geschäftig auf und ab ging?

Hernando bahnte sich mit Azirat einen Weg durch die Schaulustigen. Über die Köpfe der Menschenmenge hinweg konnte er eine männliche Leiche sehen, die an einen Pfosten gebunden war. So richtete die Santa Hermandad die Verbrecher, die sie außerhalb der Städte aufgriff. Ein Schauder fuhr ihm durch Mark und Bein. Dem Leichnam … fehlte eine Hand. Es war Ubaid!

Hernando achtete nicht weiter auf die Leute, die rätselten, ob dies nun der gefürchtete Monfí aus der Sierra Morena sei oder nicht, er hatte nur noch Augen für den toten Maultiertreiber aus Narila.

»He! Wo willst du mit deinem Pferd hin?« Ein Soldat stellte sich ihm in den Weg.

Hernando saß ab und übergab dem Soldaten die Zügel, der sie verblüfft entgegennahm. Er drängte sich zwischen den Adligen und Händlern hindurch zu Ubaids Leiche. Die Santa Hermandad hatte den Toten mit mehreren Speeren durchbohrt.

Plötzlich traten die Leute beiseite. Don Diego López de Haro kam mit herrischem Schritt auf Hernando zu.

»Ist das der Monfí?«, fragte ihn der Grande. »Du hast ihn doch gekannt. Ist das der Mörder deiner Familie?«

Hernando nickte.

Ein Raunen ging durch die Menge.

»Der wird keine Verbrechen mehr begehen«, versicherte der Oberbüttel der Santa Hermandad.

Hernando sagte kein Wort, er starrte nur auf das weiße Tuch, das um den Hals des Aufständischen gebunden war.

»Geh nach Hause, Junge«, sagte der königliche Oberstallmeister. »Ruh dich aus.«

»Das Tuch«, stammelte Hernando. »Es gehörte meiner Frau.«

Der Oberbüttel der Santa Hermandad beugte sich über die Leiche, knotete vorsichtig das Tuch auf und überreichte es Hernando.

Selbst durch den Dreck hindurch konnte Hernando den weichen, vertrauten Stoff fühlen. Er hielt sich das Tuch vors Gesicht und brach in Tränen aus. Es war ein befreites Weinen. Ubaid war tot, wenn auch nicht durch seine eigene Hand, und innerlich dankte er dem unbekannten Rächer von ganzem Herzen, der das Leben dieses Scheusals beendet hatte.

Aischa hatte sich in der Menschenmenge versteckt und ihren Sohn beobachtet.

»Ich werde mich um dich kümmern«, schluchzte sie, als sie ihren Sohn mit dem Pferd durch die Puerta del Colodro gehen sah.

Von nun an ließ Hernando sich umsorgen. Die Besessenheit der letzten Tage wich nun Trauer und Melancholie. Wozu sollte er nach so vielen Tagen noch die Leichname seiner Liebsten suchen? Wenn die Banditen sie irgendwo in den Bergen zurückgelassen hatten, waren sie längst den Aasfressern zum Opfer gefallen. Das hatte er auf seinen Ritten durch die Wälder der Sierra immer wieder gesehen: Unzählige dieser Tiere lagen auf der Lauer, nichts wurde verschmäht.

Wenige Tage nach dem Fund von Ubaids sterblichen Überresten forderte Don Diego Hernando auf, seine Arbeit wiederaufzunehmen.

Die Stutenherde befand sich zwar immer noch bei Sevilla, aber mit den Jungtieren im Marstall gab es genug Arbeit. Nach einigen Tagen stellte Aischa zufrieden fest, dass Hernandos Lebensgeister durch die Arbeit mit den Tieren langsam zurückkehrten. Sie schöpfte Hoffnung. Doch sie ahnte nicht, wie weit ihre Wunschvorstellung und die Wirklichkeit auseinanderklafften.

42

»Du musst dein Pferd dem Grafen von Espiel überlassen«, sagte Don Diego López de Haro eines Morgens, als er den Marstall betrat. »Der König hat es ihm geschenkt.«

Hernando blickte erschrocken auf.

»Aber … Ich … Azirat …« Hernando fehlten die Worte.

»Ich weiß, wie viel dir dieses Pferd bedeutet, und ich weiß auch, dass es eines der großartigsten Tiere ist, das unsere Zuchtstuten je hervorgebracht haben – abgesehen von seiner Fellfarbe. Du kannst dir natürlich ein anderes Tier aussuchen, ich biete dir sogar an, dass du dir eines der Zuchttiere nimmst, solange es keines von denen ist, die für den König persönlich bestimmt sind …«

»Ich will das Pferd behalten! Ich will Azirat behalten! Er gehört mir!«

Sofort bereute er seine Worte. Don Diego war gereizt, er zog die Augenbrauen hoch und ließ einige Augenblicke verstreichen, ehe er antwortete.

»Das Pferd gehört dir nicht, und es wird dir niemals gehören. Außerdem ist hier absolut nicht von Belang, was du jetzt oder in Zukunft willst. Die Abmachung war klar. Du hast immer gewusst, dass der König es jederzeit für sich beanspruchen kann, und der Graf hat sich ausdrücklich dieses Tier gewünscht.«

»Aber das Pferd wird bei ihm sterben. Der Graf kann nicht reiten, und von Stierkampf versteht er auch nichts!«

Don Diego war sich dessen sehr wohl bewusst. Hernando hatte mit eigenen Augen gesehen, wie sich der Oberstallmeister immer wieder über den Grafen von Espiel lustig gemacht hatte, der bei seinen Ausritten meistens in seinem gepolsterten Prunksattel saß und…

»Es steht dir nicht an, die Reitkünste eines Aristokraten zu beurteilen«, erwiderte Don Diego ungewöhnlich schroff. »In einem einzigen seiner Reitstiefel steckt mehr Ehre und Ergebenheit gegenüber der spanischen Krone, als deine Gemeinschaft jemals erbringen kann. Ich warne dich. Hüte deine Zunge!«

Hernando ließ die Arme sinken und beruhigte sich allmählich.

»Darf ich?«, stammelte er, doch worum sollte er den Granden bitten? »Dürfte ich wenigstens ein letztes Mal mit ihm ausreiten?« Don Diego zögerte. »Vielleicht… Ich weiß nicht… Vielleicht habe ich mir diesen letzten Gefallen verdient, Hoheit. Es wäre nur ein letzter Ausritt. Ihr versteht mich, Ihr seid selbst ein vorzüglicher Reiter. Und Ihr wisst, wie hart es das Schicksal in letzter Zeit mit mir…«

Es bringt Unglück, wenn man den Namen eines Pferdes ändert. Abbas hatte mit seiner Warnung recht behalten! Hernando dachte seit dem Vorfall in Lomo del Grullo nur ungern an den Schmied. Sie begegneten sich zwar durchaus in den Stallungen, sprachen aber kein Wort mehr miteinander, sie grüßten einander nicht einmal. Er konnte ihm einfach nicht verzeihen!

Hernando hob sich auf Azirats Rücken, und das Pferd wurde nervös, als sich sein Reiter abrupt im Sattel einrichtete. Er war wütend! Azirat schüttelte sich und schnaubte. Don Diego stand auf dem großen offenen Platz im Marstall und beobachtete aufmerksam die Szene. Er legte seine Hand ans Kinn und bedachte seine Entscheidung. Aber Hernando ließ ihm keine Zeit, er galoppierte einfach los. Als er am Oberstallmeister vorbeiritt, senkte er ehrfürchtig den Kopf.

Für welche Sünden musste er büßen? Warum hielt Gott diese Strafen für ihn bereit? Innerhalb von etwas mehr als einem Jahr hatte er fast alle seine Lieben verloren: zuerst Hamid, dann Karim und schließlich Fatima und die Kinder… Hernando trocknete seine Tränen mit dem Ärmel der Marlota. Abbas hatte sein Versprechen nicht gehalten! Und jetzt nahmen sie ihm auch noch Azirat!

Der Graf von Espiel hatte erreicht, dass ihm der König ausgerechnet dieses Pferd schenkte. Und dem Adligen war es nicht einmal schwergefallen. Noch in Sevilla hatte er sich von der Stutenherde auf ihrem Weg ins Schwemmland getrennt und seinen Sekretär mit dem Gesuch zum König geschickt. Er bat um die Gnade, genau dieses vollkommene Pferd zu erhalten, das so stolz tänzelte und galoppierte. Der König erfüllte dem Aristokraten seinen Wunsch, der ihn ja lediglich um ein Tier bat, das wegen seiner feuerroten Fellfarbe für die Weiterzucht ungeeignet war.

Hernando erinnerte sich noch gut an seine erste Begegnung mit dem Grafen beim Stierkampf auf der Plaza de la Corredera, als der Grande den Kampfstier so ungeschickt mit der Lanze getroffen hatte, dass dieser das Pferd auf die Hörner nehmen konnte. Er hatte den Grafen später noch bei anderen Stierkämpfen erlebt, und meistens fanden seine Pferde dabei dasselbe fatale Schicksal.

Azirat spürte die Beine seines Reiters zittern, er wurde unruhig und wollte zurück.

Hernando hatte ihn auch bei einem Turnier auf der Plaza de la Corredera gesehen. Während die meisten Adligen zum Klang der Pauken und Trompeten schnell und geschickt vorgingen und mit ihren Lederschilden die an sich harmlosen Lanzen abwehrten, tat sich der Graf bei diesem Scheinkampf von Anfang an schwer. Das gemeine Volk pfiff die Cuadrilla des Grafen aus, als sie sich weiter in die gegnerische Platzhälfte begab, als es die Regeln der Ritterlichkeit und der Höflichkeit zuließen.

Warum wollte der Graf ausgerechnet Azirat? Der Fuchs war doch gar kein Zuchtpferd. Seinetwegen? Wegen des Vorfalls beim Stierkampf auf der Plaza de la Corredera? Aber das war inzwischen acht Jahre her. Andererseits galt der Graf als grausam und rachsüchtig. Ausgerechnet er sollte nun sein Pferd bekommen!

Es war ein milder Herbsttag. Er könnte fliehen! Aber wohin? Und was würde aus seiner Mutter? Nun hatten sie nur noch einander. Die letzte halbe Meile legte er ziellos in einem gemäßigten Tempo zurück, da bemerkte er, dass Azirat angespannt war: Rechts von ihnen weideten wilde Stiere. Anscheinend wollte er wie so oft mit ihnen spielen.

Hernando nahm die Zügel an, senkte die Hacken und drückte die Knie zusammen, um fester im Sattel zu sitzen. Er ritt auf die Weide und fühlte sich fast wie im Himmel. Er rief in die Natur, er lachte, und sein Pferd tänzelte vor dem Kampfstier. Bei seinen Ausweichmanövern streifte Hernando übermütig die Hörner mit den Fingern. Azirat war schnell und wendig, er reagierte auf jede feinste Zügelhilfe oder den Druck seiner Schenkel und seiner Bewegungen. Azirat war einzigartig! Und genau dieses Prachtexemplar sollte dem miserabelsten und hochmütigsten Reiter ganz Andalusiens in die Hände fallen.

Plötzlich blieb Azirat stehen, er ging vor einem gewaltigen schwarzen Stier in Position. Der Kampfstier senkte den Kopf.

Hernando glaubte das Pfeifen und Gejohle der Menschen beim peinlichen Auftritt des Grafen von Espiel auf der Plaza de la Corredera zu hören.

Das Pferd tänzelte auf der Stelle, um seinen Feind zu reizen. Merkwürdig, dachte Hernando. Er konnte den beschleunigten Atem seines Pferdes unter sich spüren. Was … Da stürmte der wütende Stier auch schon auf sie zu. Hernando nahm die Zügel an und verstärkte den Druck auf Azirats Flanken, damit sich das Pferd auf den Angriff vorbereitete. Aber das Tier reagierte nicht.

Plötzlich dröhnte statt der Schmähungen nun tosender Beifall in seinen Ohren.

Als er die wütenden Augen des schwarzen Kampfstieres erblickte, lockerte er die Zügel und ließ Azirat selbst über sein Schicksal entscheiden. Da stellte sich das Pferd auf die Hinterläufe und schlug mit den Vorderhufen in die Luft, es präsentierte den Stierhörnern seinen Brustkorb.

Der Stoß war sofort tödlich, und Hernando landete einige Schritte entfernt am Boden. Der Kampfstier schlitzte das Pferd mit seinen Hörnern keineswegs weiter auf, sondern zog sich nach dem tödlichen Stoß zurück. Alzirat hatte entschieden, dem Angriff nicht auszuweichen.

Später versicherte José Velasco, den Don Diego beauftragt hatte, dem Morisken bei seinem letzten Ausritt zu folgen, hoch und heilig, dass sich das Pferd selbst – als wäre es sein eigener Wunsch gewesen – seinem sicheren Tod übergeben habe.

Aber die Berichte des Lakaien – Fantasien nach Meinung derjenigen, die seiner Geschichte lauschten – reichten nicht. Der verletzte Hernando wurde festgenommen und eingesperrt. Don Diego López de Haro sah sein Vertrauen missbraucht. Zu diesem Unbehagen des Oberstallmeisters gesellte sich noch die Sorge um die absehbar heftige Reaktion des Grafen von Espiel, sobald er von dem Tod seines Pferdes erfahren würde.

»Wir haben dir Gelegenheit geboten, Erfolg zu haben, und du hast sie mit Füßen getreten«, tadelte der Oberstallmeister Hernando vor allen Angestellten des Marstalls, nachdem José Velasco mit Hernando auf seinem Pferd von den Stierweiden in den Marstall zurückgekehrt war. »Ich kann nichts mehr für dich tun. Jetzt bist du in den Händen der Justiz und des Grafen von Espiel. Immerhin gehört ihm das Pferd, das du zugrunde gerichtet hast.«

Aber Hernando hörte gar nicht hin. Er reagierte auf keinen von Don Diegos Vorwürfen. Er war immer noch in diesem magischen Moment gefangen, in dem Azirat seinen Willen durchgesetzt und sein Schicksal selbst entschieden hatte.

»Schafft ihn ins Gefängnis«, trug der Grande seinen Lakaien auf. »Das ist ein Befehl von Don Diego López de Haro, dem Oberstallmeister Seiner Majestät König Philipp II.«

Gefängnis! Vielleicht wäre er am besten mit Azirat auf der Weide gestorben, dachte Hernando auf seinem Weg über den Campo Real zum Alcázar. Es gab für ihn keinen Grund mehr zu leben. José Velasco und mehrere andere Männer aus dem Marstall eskortierten ihn. Hernando humpelte, er hatte Schmerzen und ging an Josés Arm. Der

Lakai war immer noch hin- und hergerissen. Er hatte es mit eigenen Augen gesehen! Sie gingen unter der Brücke der Mezquita hindurch und dann weiter die Calle de los Arquillos hinauf.

Nur Gott allein konnte Azirats Schritte gelenkt haben, so wie er auch die Schritte der Gläubigen lenkt, schlussfolgerte Hernando. Aber wozu das Opfer? Was wollte Gott ihm sagen?

José Velasco zupfte Hernando am Ärmel der Marlota, als dieser in Gedanken versunken stehen blieb.

Worin bestand die göttliche Botschaft?

»Geh weiter!«, befahl ihm einer der Männer und stieß ihn von hinten an. Der Hieb hätte ihn beinahe zu Boden geworfen.

José Velasco ließ Hernandos Arm los und sah ihn an.

»Jetzt mach mir das Ganze nicht noch schwerer«, bat er.

Da entdeckte Hernando die Puerta de los Deanes, die auf den Hof der Mezquita führte, sie war nur noch wenige Schritte von ihnen entfernt. José Velasco folgte seinem Blick.

»Tu es nicht, Hernando«, bat ihn der Lakai.

Doch trotz der Schmerzen im ganzen Körper rannte Hernando los, auf das Kirchenportal zu.

Er passierte die Puerta de los Deanes genau in dem Moment, als sich die drei Männer auf ihn stürzten. Hernando schrie und trat um sich, aber seine Gliedmaßen gehorchten ihm nicht mehr. Unter den neugierigen Blicken der Passanten gelang es José Velasco, den Morisken festzuhalten, während seine Begleiter aus dem Marstall ihn an Knöcheln und Handgelenken packten und wieder auf die Straße schleifen wollten.

»Ruf es doch!«, drängte ihn ein Mann, der den Vorfall beobachtete.

»Was?«, rief Hernando verwundert.

»Jetzt sag es schon!«, forderte ihn ein anderer Mann auf.

Was sollte er sagen?

»Schutz der Kirche«, hörte er eine Frauenstimme rufen.

»Schutz der Kirche! Ich erbitte den Schutz der Kirche!«, rief Hernando schnell. Natürlich! Wie oft hatte er diesen Ruf schon gehört, wenn er sich zum Arbeiten in der Bibliothek der Kathedrale aufhielt.

Noch in der Puerta de los Deanes zögerten die Männer einen Augenblick, aber dann wollten sie den Morisken schnell aus dem Kirchenbereich zerren.

»Was macht ihr da?« Ein Geistlicher stellte sich ihnen in den Weg. »Habt ihr nicht gehört, dass dieser Mann in der Kirche Zuflucht gesucht hat? Lasst den Mann los, oder ihr werdet auf der Stelle exkommuniziert!« Hernando spürte, wie der Druck an seinen Händen und Füßen nachließ.

»Dieser Mann …«, versuchte José Velasco zu erklären.

»Die Immunität und den Schutz eines heiligen Ortes zu verletzen ist ein Sakrileg!«, belehrte ihn der Geistliche schroff.

Der Lakai gab den übrigen Männern vom Marstall das Zeichen, Hernando loszulassen.

»Du wirst in der Kathedrale nicht lange Zuflucht finden«, warnte ihn José Velasco. Er bangte bereits vor der Strafe, die ihm der Oberstallmeister auferlegen würde, weil er die Flucht seines Gefangenen nicht verhindert hatte. »Innerhalb der nächsten dreißig Tage werden sie dich wieder rauswerfen.«

»Das bestimmt der Provisor«, beschied ihm der Geistliche.

José und seine Männer waren irritiert und runzelten die Stirn.

»Und du«, sagte er dann zu Hernando, »suchst jetzt den Vikar auf und berichtest ihm, welche Gründe dich dazu veranlassen, dich in die Obhut der Kirche zu begeben.«

43

Einige Schaulustige klatschten dem Priester Beifall, während Hernando sich mit schmerzverzerrtem Gesicht wieder aufzurichten versuchte. Eigentlich hatte er sich schon nach seinem Sturz von Azirat kaum mehr bewegen können, aber jetzt, nach der Rangelei mit José und seinen Bewachern und dem gewaltigen Stoß, als sie ihn zu Boden gerissen hatten, sah er sich zu keiner Bewegung mehr fähig.

Ein blond gelockter Mann mit blauen Augen half ihm auf.

»Ruhe«, rief der erste Geistliche. »Wer hier für Aufruhr sorgt, verliert das Recht auf den Schutz der Kirche und wird aus dem Gotteshaus verwiesen.«

Sofort ebbte der Applaus ab, aber die Scherze und Späße über die Männer des königlichen Oberstallmeisters und ihre Machtlosigkeit im Geltungsbereich der Kirche brachen wieder los, sobald der Geistliche außer Hörweite war.

»Ich heiße Pérez«, begrüßte der blonde Mann Hernando und reichte ihm die Hand.

»Aber wir nennen ihn hier nur ›Buceador‹«, stellte ein anderer Mann fest, der zu ihnen gekommen war und trotz der Oktoberkälte mit nacktem Oberkörper herumlief.

»Ich bin Hernando«, stellte sich der Neuzugang vor und fragte sich, wie Buceador – also »Taucher« – zu seinem Namen gekommen war.

»Pedro«, sagte der Mann mit dem nackten Oberkörper.

»Kommt, wir gehen zum Vikar«, forderte Pérez ihn auf.

»Danke, aber du brauchst mich nicht zu begleiten«, erwiderte Hernando.

»Keine Sorge«, beruhigte ihn der Blonde. »Wir haben ohnehin nichts zu tun: Wir dürfen nicht einmal Karten spielen. Und wie du gerade selbst festgestellt hast, dürfen wir auch nicht Beifall spenden.« Hernando versuchte mit seinem Begleiter Schritt zu halten, doch seine Schmerzen waren so heftig, dass er taumelte. Pérez wartete auf ihn, und schließlich betraten sie gemeinsam die Gebetshalle.

»Er hat sich mit dem Vikar gestritten«, erklärte ihm Pérez und deutete auf Pedro, der im Hof geblieben war. »Er hat Probleme wegen eines sehr kostbaren Halsbandes«, fügte er noch hinzu, als sie durch den Säulenwald schritten. »Aber er rückt nicht mit den Einzelheiten raus. Anscheinend wollte er auch dem Vikar die Sache nicht erklären.«

Die Sakristei lag, wie Hernando sich sehr wohl erinnerte, an der Südwand der Kathedrale neben der Schatzkammer, in einer Kapelle zwischen dem Mihrab und der ehemaligen Bibliothek, deren Umbau zur Tabernakelkapelle immer noch nicht abgeschlossen war. Pérez wunderte sich, wie freundlich der Vikar Don Juan den neuen Schützling behandelte, nachdem sie an der Tür um Einlass gebeten hatten.

»Der Graf von Espiel ist ein gefährlicher Feind«, stellte Don Juan fest, als Hernando seine Geschichte beendet hatte. Pérez hörte aufmerksam zu, während der Vikar in seinen Akten Notizen machte. »Ich werde dem Provisor die Fakten zukommen lassen, damit er über deine Situation entscheidet. Ich hoffe, dir in Bälde mehr darüber sagen zu können. Und das mit deiner Familie tut mir sehr leid«, sagte er noch zum Abschied.

»Woher kennt er dich?«, fragte Pérez, sobald sie die Sakristei verlassen hatten. »Ist er ein Freund von dir? Wie …«

»Lass uns zur Bibliothek gehen«, vertröstete Hernando ihn.

Don Julián nahm gerade die letzten Bände aus den Regalen der Tabernakelkapelle. Die neu gebaute Bibliothek neben der Puerta de San Miguel war etwas kleiner, und einige Bücher und Schriftrollen mussten in die Privatbibliothek des Bischofs überführt werden – wo die Abschriften des Korans und der arabischen Prophezeiungen versteckt waren.

»Dürfen wir eintreten?«, fragte Hernando durch das Gitter, das die

Gerüste und die Bauarbeiter vom Gebetssaal der ehemaligen Moschee abgrenzte.

»Du kennst den Bibliothekar?«, flüsterte Pérez erstaunt, als Don Julián sie überaus freundlich begrüßte. Sein Lächeln erstarb allerdings, als er von Fatimas Schicksal und dem ihrer Kinder erfuhr.

Sie schritten gemeinsam durch die unzähligen Säulen, Pérez hinterdrein, und Hernando musste Don Julián – wie zuvor Don Juan – seine Geschichte erzählen.

»Der Graf von Espiel! Das ist nicht gut«, seufzte Don Julián. »Aber der Provisor wird auf deiner Seite sein: Die Espiels waren eines jener Adelshäuser, die sich am heftigsten der neuen Kathedrale widersetzten, bevor Kaiser Karl schließlich ihren Bau genehmigte. Und in dem Neubau hatten die Espiels keine eigene Kapelle mehr. Später verärgerten sie das Domkapitel, als sie den Bau einer anderen Kirche finanzierten, für den sie den Hochaltar stifteten. Seither sind die Beziehungen zwischen dem Grafen und dem Bischof mehr als angespannt.«

»Ist das gut, wenn der Provisor auf meiner Seite ist?«

»Natürlich. Als Kirchenrichter entscheidet er darüber, ob dein Fall dem Kirchenrecht und den Beschlüssen des Konzils entspricht. Zunächst: Du bist kein Mörder und auch kein Wegelagerer. Nach allem, was du bislang erzählt hast, kannst du wegen deines Vergehens um den Schutz der Kirche bitten. Aber es gibt einen noch wichtigeren Umstand: Der kirchliche Schutz vor der Justiz ist befristet, ansonsten würden unsere Gotteshäuser zu Verwahrstätten für Verbrecher. Hier in Córdoba gilt eine Frist von dreißig Tagen. Man geht davon aus, dass der Schutzsuchende in diesem Zeitraum die Konsequenzen seines Vergehens klären kann. Aber so, wie ich den Grafen von Espiel einschätze, wirst du das in dieser Zeit nicht schaffen.« Hernando nickte betrübt. »Der Graf wird keinen Deut nachgeben. Es wird mindestens zu einer körperlichen Züchtigung kommen. Denn meistens endet die Zuflucht in den Bereich der Kirche so: Die Kirche verlangt von der weltlichen Justiz, dass sie den Verbrecher wohlwollend behandelt, und wenn so ein Pakt vereinbart wird, liefert sie ihn aus. Und hier kommt der Einfluss des Provisors ins Spiel, denn wenn diese Vereinbarung nicht getroffen wird, kann der Aufenthalt unendlich verlängert werden.«

»Aber was hat der Graf davon, wenn er sich nicht mit der Kirche einigt? Er kann mich doch nicht aus der Kathedrale schleifen, und außerdem erhält er keine Wiedergutmachung für mein Vergehen …«

»Die meisten Christen«, erwiderte Don Julián, »wagen es nicht, gegen die Schutzsuchenden in der Kirche vorzugehen. Da gebe ich dir recht. Die Drohung, diejenigen sofort zu exkommunizieren, die die Kirche als Zufluchtsort nicht achten, schüchtert sie in ihren frommen Überzeugungen ausreichend ein.« Hernando fasste sich an den schmerzenden Rücken und dachte daran, wie schnell ihn José Velasco und die anderen bei dem Wort »Exkommunikation« auf den Boden hatten fallen lassen. »Aber der Graf von Espiel kann, wie viele bedeutende Familien, andere Leute in seinem Namen handeln lassen, damit er selbst nicht exkommuniziert wird. Merk dir eines: Du darfst niemandem vertrauen. Sobald der Graf mitbekommt, dass du hier Zuflucht gefunden hast, wird er alles daransetzen, dir das Leben schwerzumachen. Er wird seine Leute an den Kirchenportalen postieren, damit dir kein Essen gebracht wird und damit dich niemand besucht. Du darfst keinem vertrauen, der dich im Innenhof anspricht, und nicht einmal hier drin kannst du sicher sein. Sie könnten dich entführen und in einem Verlies auf den Ländereien des Grafen verschwinden lassen. Für immer.«

»Soll ich etwa den Rest meines Lebens hier verbringen«, flüsterte Hernando, »wenn sie mich nicht entführen?«

Don Julián blieb stehen, er drehte sich zu Pérez um und bedeutete ihm mit einer Geste, sich etwas zu entfernen.

»Das heißt«, flüsterte Don Julián, nachdem er überprüft hatte, dass Pérez tatsächlich zwei Säulen entfernt stehen geblieben war, »dass nun vielleicht der Zeitpunkt gekommen ist, an dem du zu den Barbaresken fliehen musst.«

»Aber was wird dann aus meiner Mutter?«

»Sie kann mit dir fliehen.« Die beiden Männer sahen sich in die Augen. »Ich werde deine Reise vorbereiten«, stellte Don Julián fest, als Hernando auch nach einigen Augenblicken nicht widersprochen hatte.

»Wenn du meine Flucht vorbereitest, denk bitte daran, dass ich noch in die Alpujarras muss, zum Kastell von Lanjarón.«

»Wegen der Waffe?«

»Ja«, sagte Hernando und ließ seinen Blick über den scheinbar endlosen Säulenwald schweifen. »Dort liegt der Krummsäbel von Mohammed vergraben.«

»Das ist zwar gewagt, aber ich denke, es wird möglich sein«, sagte der Geistliche. »Trotz des Verbotes und trotz der neuerlichen Deportationen im Königreich Granada kehren viele Morisken dorthin zurück.« Don Julián lächelte. »Ach, dieses unvergleichliche Abendrot in Granada! Also, von dort aus könnt ihr an die Küste von Málaga oder Almería reisen und dann ein Schiff nach Vélez, Tetuan, El Araish oder Salé nehmen.«

Kurz nach Einbruch der Dunkelheit verließ Hernando die Gebetshalle und begab sich in den Innenhof. Don Julián hatte ihm versprochen, ihre Flucht vorzubereiten und sich beim Provisor für ihn einzusetzen. Im Hof erwartete ihn Aischa, die Don Julián hatte benachrichtigen lassen.

»Wir fliehen zu den Barbaresken«, flüsterte Hernando seiner Mutter zu, nachdem er ihr alles erzählt hatte. In der Dunkelheit konnte er nicht erkennen, dass Aischa erstarrte.

»Ich bin zu alt für solche Abenteuer«, gab sie vor.

»Mutter, ich bin jetzt sechsundzwanzig Jahre alt. Bei meiner Geburt warst du ein Mädchen von vierzehn Jahren. Du bist nicht zu alt! Zuerst fliehen wir nach Granada, und von dort aus wird es uns schon gelingen, mit einer Fuste nach Tetuan überzusetzen.«

»Aber …«

»Wir haben keine andere Wahl! Oder willst du, dass ich dem Grafen in die Hände falle? Wir müssen ohnehin erst noch abwarten, dass die Männer des Grafen nachlässig werden und mich nicht mehr so scharf bewachen. Dann musst du bereit sein.«

Trotz der Aufregung über die Nachricht hatte Aischa in der Eile etwas zu essen mitgebracht: Brot, ein Stück Lammfleisch und Obst. Wasser spendeten die Brunnen im Innenhof genug. Als Aischa sich schließlich von ihrem Sohn verabschiedete, ging gerade das Abendgebet zu Ende. Sie war sehr bedrückt durch das große Tor geschlichen, und Hernando wunderte sich, warum sie der Fluchtplan alles andere als aufzuheitern schien. Die Pförtner verschlossen die Zugänge zur Gebetshalle, und alle Leute, die in der Kirche Asyl gefunden hatten oder auch nur herumstreiften, ließen sich in dem weitläufigen Innenhof nieder. Mit Ausnahme der Bereiche um die Puerta del Perdón, den Glockenturm und dem Gebäudeabschnitt, der dem Konsistorium des Erzdiakons vorbehalten war, durften sich die Schützlinge der Kirche in den offenen Bogengängen zum Hof aufhalten und dort Unterschlupf vor den kalten Nächten suchen.

»War das deine Mutter?«

Hernando drehte sich um. Vor ihm stand Pérez. Angesichts der überraschenden Kontakte des Neuankömmlings zu führenden Kirchenmännern hatte er entschieden, ihn in seine Bande aufzunehmen – womöglich könnte er ihnen nützlich sein.

»Ja.«

»Komm zu uns. Wir haben noch ein wenig Wein.«

Hernando nickte und folgte Pérez über den Hof.

»Weshalb nennen dich alle ›Buceador‹?« Hernando hatte schon den ganzen Tag über den Spitznamen nachgedacht.

»Weil ich ein Taucher bin«, antwortete der blonde Mann und grinste. »Genau. Ich arbeite – nein«, verbesserte er sich, »ich habe für einen baskischen Kapitän gearbeitet, der vom König die Genehmigung hat, versunkene Schiffe und ihre Schätze vor der spanischen Küste zu bergen. Aber wir hatten Streit wegen ein paar Goldmünzen, die ich weit weg von einem Wrack vor Cádiz gefunden habe«, sagte er und schnalzte mit der Zunge. »Ich bin abgehauen und habe es gerade noch hierhergeschafft, bevor mich seine Leute erwischt haben.«

Nun erklärte ihm Pérez mit vielen Worten und nicht weniger Gesten, wie dieser seltsame Bronzeapparat funktionierte, mit dem die Taucher auf den Meeresboden gelangten, um die Schätze zu heben. Doch Hernando hatte das Prinzip noch immer nicht begriffen, als sie bei dem Säulengang angekommen waren.

»Mach dir nichts draus«, beruhigte ihn ein Fremder. Er hatte eine gebrochene Nase inmitten der sonst geraden Gesichtszüge und trug ein rotes Tuch um den Kopf gebunden. »Bis jetzt hat keiner von uns verstanden, was es mit diesem Bronzeding auf sich hat. Wahrscheinlich ist alles nur ein Lügenmärchen. Ich bin übrigens Luis.«

Pérez trat mit dem Fuß nach ihm, aber Luis wich ihm geschickt aus.

Im matten Licht der Fackeln an den Wänden der Säulengänge saßen weitere sechs Männer am Boden. Sie ließen eine Lederflasche mit Wein kreisen und teilten die Speisen untereinander auf, die ihnen ihre Angehörigen und Freunde gebracht hatten.

»Herzlich willkommen im Gang der Kinder. Ich bin Juan«, begrüßte ihn ein blonder Mann mit glattem Haar und machte neben sich Platz.

In dem Säulengang saßen noch weitere Männer in Grüppchen zusammen.

»Gang der Kinder?«, fragte Hernando erstaunt und setzte sich.

»Weißt du«, setzte Juan zu einer Erklärung an. Er war eigentlich Chirurg, hatte aber versucht, sein Einkommen als Arzt durch ein paar undurchsichtige Geschäfte aufzubessern, und musste schließlich vor der Justiz flüchten, nachdem ihn einige Witwen angeklagt hatten. »Früher wurden hier am Tor die Findelkinder abgelegt. Und genau hier«, er deutete auf den Säulengang, »schliefen sie in ihren Wiegen, bis eines Nachts eine Schweineherde eindrang und einige Säuglinge auffraß. Da ließ der fromme Dekan der Kathedrale ein Findelhaus bauen und überließ diesen Säulengang den Menschen, die in der Kirche Schutz suchen. Deshalb heißt dieser Gang hier nach den Kindern.«

Unwillkürlich musste Hernando an Francisco und Inés denken. Ein eisiger Schmerz durchzuckte ihn. Wie sehr hatte sich sein Leben doch verändert! Nun noch seine Verhaftung … Er spürte auf einmal, dass ihn alle Männer anstarrten.

»Hernando, komm, trink einen Schluck«, forderte ihn Pedro auf, der trotz der kühlen Nacht seinen Oberkörper immer noch nicht bedeckt hatte.

Hernando wies die Flasche zurück. Die Büßerhemden an den Wänden schienen im flackernden Licht der Fackeln zu tanzen. Die Hunderte weißer Hemden boten ein makabres Schauspiel.

»Dann gib mir den Wein!« Mesa, der Mann neben ihm, ein dunkler, eher orientalischer Typ, nahm ihm die Lederflasche aus der Hand und hielt sie gierig an seinen Mund. Niemand hinderte ihn daran, die Flasche fast ganz auszutrinken.

»Es geht das Gerücht um, dass sie ihn ausweisen und der weltlichen Justiz übergeben«, entschuldigte ein anderer Mann Mesas Verhalten, den alle nur den »Franzosen« nannten. »Wir wissen nicht warum, aber die Pfaffen hassen ihn. Dabei hat er nur eine Aufenthaltserlaubnis geklaut, um arbeiten zu können … Vermutlich ist er der Nächste, den sie rauswerfen.«

»Eines Tages müssen wir alle gehen. Also erfreuen wir uns unserer Tage, die wir hier zusammen verbringen«, sagte ein Waffenhändler, der erst kürzlich aus der Neuen Welt nach Spanien zurückgekehrt war und nun Probleme hatte, weil eine Ladung Arkebusen unter seiner Aufsicht verschwunden war.

»Nein …«, wollte Pérez gerade widersprechen.

Plötzlich rief jemand quer über den gesamten Hof nach Hernando.

Im Fackellicht konnte man neben der Puerta de Santa Catalina die Umrisse eines Mannes erkennen, der die Hände in die Hüften gestemmt hielt.

»Ruhig! Bleib sitzen!«, befahl der Chirurg, als Hernando aufstehen wollte.

»Wo ist der Mistkerl Hernando?«, rief der Mann am Tor noch einmal.

»Was soll das?«, rief Pérez zurück und stand auf. Alle kannten den Buceador. »Wenn du weiter so rumschreist, kommen noch die Pfaffen angerannt. Was soll mit diesem Hernando sein?«

»In den Straßen ringsum stehen die Männer des Grafen von Espiel. Sie suchen den Mann. Sie haben damit gedroht, uns alle festzunehmen und vor den Richter zu zerren, sobald wir hinausgehen … Es sei denn, wir übergeben ihnen diesen Morisken.«

Auch wenn sie damit ihr Kirchenasyl aufs Spiel setzten, wagten die meisten Hofbewohner Ausflüge in das nächtliche Córdoba. Die Plaza del Potro und die Spelunken mit den Karten- und Würfelspielen und den verbotenen Wetten waren nicht weit. Dort lockten Wein, Weib und Kampf. Die Büttel und Richter konnten nachts keine ständige Wache um die Kathedrale aufstellen, außerdem wurden die Verbrecher nach Absprachen zwischen der Kirche und der Justiz ohnehin nach und nach ausgeliefert. Warum sollten sie also wegen eines Haufens Raufbolde auf ihren Schlaf verzichten? Aber wenn nun der Graf diese Wachen bezahlte und damit verhinderte, dass die Schützlinge das Nachtleben genießen konnten, war das ein Problem. Einige Hofbewohner aus den übrigen Säulengängen scharten sich um den Mann bei der Puerta de Santa Catalina.

»Anscheinend bist du noch übler dran als ich«, stellte Mesa fest und verzog das Gesicht nach dem nächsten Schluck Wein. »Dabei bist du ja noch nicht mal einen Tag bei uns.«

Hernando wusste nicht, wie er reagieren sollte.

»Halt erst mal still!«, mahnte ihn Pérez.

»Wo ist dieser Hernando?«, rief ein Mann. »Wir müssen ihn den Soldaten des Grafen übergeben!«

Immer mehr Hofbewohner begaben sich zur Puerta de Santa Catalina.

»Dummköpfe!«, rief Luis zurück. »Was geht es dich an, wo er ist? Seht alle her, ich bin Hernando!«

»Und ich bin Hernando!«, stimmte der Chirurg sofort ein, als er die Absichten seines Gefährten durchschaut hatte.

»Und ich bin auch Hernando!«, behauptete Pérez. »Wenn wir ihnen in die Hände spielen, ist es heute dieser Hernando, und morgen kann es jeden von uns treffen. Dich«, sagte er noch und zeigte auf einen in der Nähe stehenden Mann, »oder dich. Wir alle werden von jemandem gejagt. Vielleicht hat unser Verfolger nicht die Mittel des Grafen. Aber wenn die erst einmal spitzkriegen, dass wir uns gegenseitig ausliefern … Außerdem ist es nach wie vor ein Sakrileg, den Schutz der Kirche zu missachten, ganz gleich, wer es tut. Wenn wir diesen Hernando ausliefern, wirft uns der Bischof morgen allesamt hinaus! Seine Exzellenz wäre mehr als zufrieden, wenn wir alle von hier verschwunden wären.«

»Vielleicht hast du ja Glück …«, meinte Mesa zu Hernando in dem Moment, als alle Anwesenden nachzudenken und zu zweifeln schienen.

»Aber so kommen wir nicht auf die Straße raus«, beschwerte sich jemand. Ein Raunen ging durch die Menge, einige Männer fluchten. »Wir geben den Soldaten des Grafen, was sie wollen! Der Bischof muss es ja nicht mitbekommen.«

»… oder auch nicht«, bemerkte Mesa und griff wieder zur Weinflasche.

»Nein. Wir können ihn nicht ausliefern«, stellte Luis entschieden fest und wandte sich an alle Anwesenden. »Aber wenn ihr unbedingt auf die Straße wollt, dann geht doch einfach in großen Gruppen und gleichzeitig durch verschiedene Ausgänge, um sie zu verwirren. Und zeigt ihnen ruhig eure Messer und Dolche.«

»Jeder von uns nimmt es mit drei von ihnen auf!«, prahlte jemand.

Wieder ging ein Raunen durch die Menge, diesmal war es allgemeine Zustimmung. Eine Gruppe fand sich mit gezückten Waffen an der Puerta de Santa Catalina ein. Einige Männer schauten hinaus und stellten fest, dass die Soldaten des Grafen tatsächlich erschraken, als sie den Haufen Verbrecher aus dem Hof kommen sahen. Sie ließen sie unbehelligt ihrer Wege ziehen, als sie den gesuchten Morisken nicht entdecken konnten. Die Nachricht machte schnell die Runde, und sogleich bildete sich eine neue Gruppe, die zur Puerta de los Deanes hinauseilte.

»Anscheinend hattest du doch Glück«, sagte Mesa und lächelte, als sich die Männer ihrer Runde wieder setzten.

»Ich danke euch …«, begann Hernando.

»Morgen«, unterbrach ihn der Chirurg sofort, »legst du beim Bibliothekar ein gutes Wort für Mesa ein.«

Hernando betrachtete den Dokumentendieb, der ihn aus seinen vom Weingenuss halb geschlossenen Augen fragend ansah.

»Fortuna ist launisch«, spaßte Hernando.

Obwohl die Verbrecher um ihn herum eine gewisse Sicherheit boten, fand Hernando in der Nacht kaum Schlaf. Er zuckte jedes Mal zusammen, wenn jemand zu nahe an ihm vorbeiging. Er war immer noch in Gefahr, und er wusste, dass die meisten Menschen, die hier ein und aus gingen und sich die Zeit mit Raufereien und Späßen vertrieben, trotz des Sakrilegs und der drohenden Exkommunikation gern bereit waren, ihn für ein paar Goldmünzen von diesem heiligen Ort fortzuschleifen.

Nur ein einziger Gedanke konnte seine Ängste lindern, und daran klammerte er sich, um nicht über sein Elend nachdenken zu müssen: die Flucht zu den Barbaresken!

Das Glockenläuten zum Morgenlob weckte die Schlafenden im Hof. Auch Hernando reckte und streckte sich wie die meisten seiner Gefährten, bevor die unzähligen Geistlichen, Musiker und Kantoren mit dem übrigen kirchlichen Personal in die Kathedrale strömten. Er blickte erstaunt zu seinen Kumpanen, die immer noch faul herumlagen.

»Steht ihr nicht auf?«, fragte er den Chirurgen, der neben ihm lagerte.

»Wir beginnen den Tag niemals auf Geheiß der Glöckner. Warte ab, du wirst schon sehen. He, ich wette eine Blanca-Münze!«, rief er den anderen Männern zu.

»Einverstanden!« Mit diesen Worten nahm Pérez die Wette an.

»Ich setze zwei Blancas dagegen!«, lachte Luis.

»Ich bin dabei!«, scherzte Mesa.

»Sieh hin«, sagte der Chirurg. Er zeigte auf einen Mann, der drei oder vier Schritte von ihnen entfernt zwischen den Orangenbäumen stand. Der Kahlkopf kniff die Augen zusammen und unterdrückte ein Lächeln, er presste seine Lippen zusammen, zwischen denen ein Schneidezahn herausragte. Er stand ganz ruhig da und balancierte eine flache Marmorplatte auf dem Kopf.

»Was macht er da?«

»Du meinst Palacio? Warte ab, du wirst schon sehen.«

Zusammen mit der Menschenmenge gelangten auch einige Schweine und Hunde in den Hof. Sie liefen den Geistlichen nach oder leckten den Boden ab, auf dem sich noch Spuren vom Abendessen befanden. Hernando bemerkte, wie einer der Hunde den Schwanz einzog und weglief, sobald er diesen kuriosen Palacio erblickte.

»Warum …?«

»Ruhe!«, unterbrach ihn Pérez. »Es gibt immer einen, der ihn noch nicht kennt.«

Er sah in dem Moment wieder zu dem Alten rüber, als ein bunt gescheckter Jagdhund an den Schuhen und den zerlumpten roten Strümpfen des Mannes schnüffelte. Der Hund lief aufgeregt hin und her, bis er die geeignete Position fand, um ein Hinterbein zu heben und Palacio ans Bein zu pinkeln. Aber der Mann berechnete genau den Abstand zu dem Tier und neigte den Kopf so, dass die Platte dem Hund auf den Rücken knallte. Dieser jaulte laut auf und rannte weg. Palacio sprach kein einziges Wort, er lächelte seinem geneigten Publikum erhaben zu und bleckte seinen einzigen Schneidezahn.

»Bravo!«, riefen Mesa und der Chirurg gleichzeitig und hielten die Handflächen auf.

»Macht er das immer?«, fragte Hernando.

»Ja, jeden Tag! Immer zur gleichen Zeit«, antwortete Pérez. »Einmal musste er vor dem wütenden Besitzer eines Hundes flüchten. Seither wetten wir immer, ob der Hundebesitzer erscheint oder nicht, und dafür setzen wir zehn zu eins«, sagte er lachend.[1]

Die folgende Nacht verbrachte Hernando nicht im Innenhof.

»Noch gestern Abend, vermutlich kurz nachdem er seine Männer

1 Mit Bewunderung und Dank dem Meister des Romans Miguel de Cervantes gewidmet, von dem ich den »Verrückten aus Córdoba« geliehen habe, eine Figur aus der Vorrede zum zweiten Teil des *Don Quijote von der Mancha.* (Anmerkung des Autors)

hierhergeschickt hat, hat der Graf um eine Audienz beim Bischof gebeten«, berichtete Don Julián nach dem Morgengebet, als Hernando ihm die Vorfälle der Nacht geschildert hatte. »Der Graf muss völlig außer sich gewesen sein. Ich denke zwar, der Bischof wird ihn nicht empfangen, aber der Graf wird alles in seiner Macht Stehende unternehmen, um dich gefangen zu nehmen – und wenn er seinen gesamten Hofstaat losschicken muss, um dich zu entführen. Da bin ich mir sicher.«

»Don Julián, für ihn war das doch nur irgendein Pferd. Das Tier war nicht einmal für die Weiterzucht geeignet! Warum der ganze Aufruhr?«

»Täusch dich nicht: Es geht hier nicht um irgendein Pferd, es geht um seine Ehre! Ein Moriske hat seinen Namen befleckt und seine Ansprüche missachtet! Denk daran: Für einen Adligen gibt es keinen gröberen Affront.«

Die Ehre! Hernando fiel plötzlich die Begebenheit mit dem Hidalgo ein, der damit geprahlt hatte, vom Römer Varus abzustammen, und dann nur wegen des Verdachts, jemand könnte seinen Stammbaum anzweifeln, sein Leben riskierte ... Sogleich erinnerte er sich auch an die Geldstücke, die er von dem Einfaltspinsel erhalten und dann an Fatima weitergegeben hatte. Fatima!

»Du weißt ja«, riss ihn Don Julián aus seinen Gedanken, »dass ich nicht nur Bibliothekar bin, sondern auch der Kaplan der Capilla de San Bernabé. Sie ist eine der drei kleinen Kapellen hinter dem Hauptschiff. Noch heute Abend gebe ich dir die Schlüssel, und wenn die Pförtner die Leute vor die Tür setzen und das Gotteshaus schließen, dann versteckst du dich in dem Schrank, der dort eingebaut ist. Du solltest vorsichtshalber etwas warten, bevor du wieder herauskommst und dir einen bequemeren Schlafplatz suchst. Und vergiss nicht: Nachts sind immer noch Wächter unterwegs, vor allem in der Nähe der Schatzkammer.«

»Das können wir nicht riskieren. Wenn sie mich ...«

»Ich bin ein alter Mann, aber du kannst noch viel für uns erreichen – und sei es bei den Barbaresken. Ja, du hast viele Schicksalsschläge hinnehmen müssen – Gott allein weiß, warum –, aber die Hoffnung unseres Volkes ruht auf Menschen wie dir.«

Die Männer, die den Innenhof bewohnten, würden sich wegen seiner nächtlichen Abwesenheit schon keine Sorgen machen, versuchte ihn der Geistliche zu überzeugen. Hernando sprach mit Don Julián noch über Mesa, den Dokumentendieb, und der Bibliothekar versprach, sich für ihn einzusetzen.

Der Graf von Espiel verstärkte unterdessen die Präsenz seiner Soldaten in den Straßen, und seine Schergen nahmen Aischa von nun an regelmäßig das Essen für Hernando weg. Gleichzeitig versuchte Don Julián mit Abbas' Hilfe – der den Geistlichen bat, Hernando nichts von seiner Beteiligung zu erzählen –, die Flucht in die Barbareskenstaaten vorzubereiten. Aber auch der Graf, der genau wusste, dass dies die einzige Rettung für Hernando darstellte, war hier nicht untätig: Er stattete seine Spitzel mit Geld aus, damit sie all jene Personen bestachen oder bedrohten, die ihm bei der Flucht behilflich sein könnten.

Hernando konnte zwar die Pförtner leicht täuschen, die die Gläubigen nach der Abendmesse aus der Kathedrale trieben, aber niemals vergaß er sein wild pochendes Herz, seine verschwitzten Hände und seinen zitternden Körper, der den Schlüsselbund zum Klimpern brachte. Dieses Klirren kam ihm in der nächtlichen Kathedrale wie ein gewaltiges Getöse vor. Don Julián wiederum hatte das Schloss und die Türscharniere des mächtigen schmiedeeisernen Gitters der Capilla de San Bernabé geölt.

»Ihr müsst das Gotteshaus verlassen!«, hörte er die Pförtner mit lauter Stimme sagen, nachdem er die Gittertür hinter sich abgeschlossen hatte.

Links neben ihm lag hinter einem kostbaren Wandbehang der Schrank versteckt, von dem Don Julián gesprochen hatte.

Hernando war von den Lichtreflexen auf dem weißen Marmor dieser Kapelle beeindruckt, die von den Ölkandelabern an der Decke der Kathedrale und den Tausenden Kerzen herrührten, die in den Kapellen und vor den Altären flackerten. Er war schon oft an dieser Kapelle vorbeigegangen, aber erst jetzt erkannte er ihre Einzigartigkeit.

Er strich mit den Fingern über den kalten Marmor des Altars und des Altaraufsatzes, mit dem die gesamte Frontseite dieser dem heiligen Barnabas geweihten Kapelle gestaltet war. Die in weißem Stein verewigten Szenen stammten von einem französischen Meister und schienen in ihrer Zurückgenommenheit einen stillen Kampf mit den verschwenderischen Farben, dem vergoldeten Stuck und den apokalyptischen Gemälden der übrigen Bereiche der Kathedrale auszufechten.

Hernando atmete tief durch. Er versuchte die erhabene Schönheit dieses Ortes in sich aufzunehmen, da hörte er plötzlich die beiden Pförtner kommen. Sie hatten die Eingänge zur Gebetshalle verriegelt und wollten nun noch einmal die Eisengitter der Kapellen kontrollieren. Er hörte sie lachen und schwatzen und konnte gerade noch rechtzeitig in den Schrank hinter dem Wandbehang gleiten, bevor die Pförtner diese Kapelle erreichten.

Die erste Nacht verbrachte er in seinem Versteck. Erschöpft kauerte er am Schrankboden und fiel in einen tiefen Schlaf.

Am nächsten Tag wurde er vom frühmorgendlichen Treiben in der Kathedrale geweckt und konnte unentdeckt aus dem kleinen Schrank schlüpfen: Das Morgengebet wurde im Hauptschiff abgehalten, auf dessen Rückseite sich die Kapelle befand. Er befestigte die Schlüssel mit einem rostigen Draht so an der untersten Eisenstange des Gitters, dass sie für niemanden sichtbar waren.

Auch in den folgenden Nächten verließ er, aus Furcht, entdeckt zu werden, den Schrank nicht. Er schlief in der Hocke oder döste ein wenig im Stehen. Manchmal schlief er gar nicht und trauerte um Fatima und die Kinder, um Hamid und um all die anderen Lieben, die er verloren hatte. Er hatte ja den ganzen Tag Zeit, um wieder zu Kräften zu kommen.

Eines Morgens sah er, wie sie Mesa aus dem Hof brachten. Der Dokumentendieb wurde also doch der Justiz übergeben, deren Büttel ihn bereits auf der Straße vor der Puerta del Perdón erwarteten. Aischa hatte inzwischen einige treue Glaubensbrüder gebeten, Hernando zu versorgen, und so brachte ihm jeden Tag ein anderer Moriske etwas zu essen. Auch Aischa war inzwischen ganz auf die Hilfe der Gemeinschaft angewiesen: Das Domkapitel hatte ihr das schöne Haus mit dem Patio in der Calle de los Barberos gekündigt, weil sie die Miete nicht mehr bezahlen konnte, doch sie fand Unterschlupf bei anderen Morisken.

»Um die ausstehende Miete zu kassieren, haben sie alles behalten, was uns unsere Glaubensbrüder nach der Plünderung gegeben haben«, jammerte sie. »Sogar die Strohsäcke und die Töpfe…«

Hernando hörte nicht weiter hin, er spürte nur, wie das letzte Band zu seinem vorherigen Leben durchtrennt wurde – zu dem Ort, an dem er ein glückliches Leben geführt hatte.

»Was ist mit dem Koran?«, unterbrach er sie plötzlich. Aischa drehte sich erschrocken nach links und rechts um, um sich zu vergewissern, dass ihnen niemand zuhörte.

»Den habe ich Jalil gegeben.« Aischa schwieg einige Augenblicke. »Aber das hier habe ich ihm nicht gegeben.«

Da ließ sie die goldene Fatimahand durch ihre Finger gleiten, den kleinen Anhänger, den seine Frau immer getragen hatte. Hernando strich zärtlich über das Schmuckstück, doch bei der Berührung kam ihm das Metall erschreckend kalt vor.

In dieser Nacht küsste er die Fatimahand unzählige Male und weinte bitterlich. Auf einmal hatte er Fatimas bezaubernden Duft wieder in der Nase, und ihre sanften Worte hallten in seinen Ohren wider. Fatimas Worte, die sie genau hier, in der Gebetsstätte der Gläubigen, gesagt hatte.

»Denke immer an diesen Schwur, und halt dich daran, was auch geschehen mag«, hatte Fatima ihn gebeten.

Er hatte ihr damals geschworen, dass sie eines Tages an dieser heiligen Stätte zu dem einzigen Gott beten würden. Jetzt klammerte er sich an den Goldschmuck in seinen Händen. Was auch geschehen mag! Er küsste die kleine goldene Hand noch einmal und schmeckte die salzigen Tränen, die seine Hände und das Schmuckstück benetzten. Er hatte es geschworen… und nun war Fatima tot. Er musste sein Versprechen erfüllen!

Hernando verließ sein Versteck.

»Was auch geschehen mag!«, flüsterte er immer wieder vor sich hin.

Im Gotteshaus war es still, nur aus der Schatzkammer an der Südmauer, in der außer dem Kirchenschatz auch die Reliquien und Gegenstände für die Gottesdienste aufbewahrt wurden, drangen Stimmen. Rechts daneben lag die Hauptsakristei, daneben die Capilla de la Santa Cena mit dem Tabernakel, und wiederum daneben lag die dem heiligen Petrus geweihte Kapelle vor dem fantastischen Mihrab aus der Zeit von al-Hakim II., der nun entweiht war und als Sakristei diente.

Hernando ging um das Hauptschiff der Kathedrale herum, sein Herz raste, und er lauschte immer wieder nervös zum Eingang der Schatzkammer, aus der nach wie vor die Stimmen der Wächter drangen. Er ging um die Rückseite der Capilla de Villaviciosa herum, bis er nur wenige Säulen vom Mihrab – diesem heiligen Ort – entfernt war. Auf einmal fühlte er sich im Schutz der tausend Säulen, die zu Ehren Allahs errichtet worden waren, erstaunlich ruhig, und statt der beunruhigenden Stimmen der Wächter vernahm er nur noch ein Geräusch: den Nachhall der Gebete aller Gläubigen, die jahrhundertelang mit einer einzigen Stimme an genau diesem Ort gebetet hatten. Er war erschüttert.

Er hatte nichts, womit er sich waschen konnte, weder sauberes Wasser noch Sand. Also zog er die Schuhe aus und befeuchtete die Hände mit seinen Tränen. Dann fuhr er sich über das Gesicht, die Arme, den Kopf und schließlich über die Füße bis zu den Knöcheln.

Gänzlich losgelöst von allem kniete er nieder, zum Gebet.

Von nun an wusch Hernando sich – noch bevor die Tore der Gebetshalle geschlossen wurden und vor den Blicken anderer versteckt – vorschriftsgemäß mit dem Wasser aus den Brunnen im Hof. Nachts versank er im Gotteshaus ins Gebet und versuchte, sich auf diesem Weg Fatima und seinen Kindern zu nähern.

Von seinen Kumpanen der ersten Nacht verschwand einer nach dem anderen, nur Palacio vollzog jeden Morgen das gleiche Ritual.

Mal mit mehr, mal mit weniger Glück zielte er mit der Marmorplatte nach den armen Hunden, die an seinen Schuhen und Strümpfen schnupperten.

Und während der Kirchenrichter über sein Gesuch befand und Don Julián ohne Erfolg versuchte, die Hindernisse zu überwinden, die die stetige Überwachung und die zahlreichen Finten des Grafen von Espiel für den Fluchtplan bedeuteten, lebte Hernando nur noch für die Momente, in denen er sich in Richtung der Qibla verbeugte. Er konnte an diesem Ort, den die Christen so brutal entweiht hatten, immer noch den Herzschlag des wahren Glaubens spüren.

Nacht für Nacht bemächtigte er sich auf seine Weise des Gotteshauses. Das hier war seine Mezquita – seine Moschee! Das hier war seine Gebetsstätte und die aller Gläubigen, und niemand würde sie ihm streitig machen.

»He! Platz da!«

Hinter den drei Trägern des Amtsstabes schritten mehr als ein halbes Dutzend bewaffnete Lakaien in roten Goldbrokatlivreen und farbigen Schlitzhosen durch die Puerta del Perdón in den Innenhof. Es war ein fast winterlicher Morgen, man beging Allerheiligen.

Der Bischof von Córdoba – prächtig gekleidet und von den Mitgliedern des Domkapitels umgeben – stand erwartungsvoll vor der Puerta de las Palmas.

»Heute, noch vor dem Hochamt«, hatte Don Julián Hernando angesichts der Menschenansammlung in der Mezquita berichtet, »wird Don Alfonso de Córdoba, der Herzog von Monterreal, die Kathedrale besuchen. Er ist gerade aus Portugal zurückgekehrt und wird seinen Vorfahren die Ehre erweisen.« Hernando zuckte nur mit den Schultern. »Schon gut«, gab der Geistliche zu, »es geht uns nichts an, aber ich rate dir eines: Halte dich während seines Aufenthalts nicht in der Kathedrale auf. Der Herzog ist ein spanischer Grande, er gehört zum Haus der Fernández de Córdoba und ist ein Nachfahre des Gran Capitán der Katholischen Könige. Seinen Lakaien behagt es keinesfalls, wenn das gemeine Volk ihm zu nahe kommt. Es fehlte noch, dass du dich schon wieder mit einem Aristokraten anlegst!«

»Zur Seite!«, rief einer der Lakaien des Herzogs und stieß eine alte Frau brutal zu Boden.

»Mistkerl!«, entfuhr es Hernando. Während er ihr aufhalf, bemerkte er, dass plötzlich alle Leute von ihm abgerückt waren und schwiegen. Noch halb gebeugt drehte sich Hernando um.

»Was hast du da eben gesagt?«, fuhr ihn der Lakai an und baute sich vor ihm auf.

Hernando hielt seinem herausfordernden Blick stand, er stützte immer noch die alte Frau.

»Er war das nicht«, behauptete die Frau. »Ich … Es ist mir so herausgerutscht. Verzeiht!«

Hernando bebte vor Zorn, als er das bösartige Lächeln sah, mit dem der Lakai auf die Entschuldigung der alten Frau reagierte.

»Mistkerl!«, murmelte er, als sich der Lakai zufriedengab und weitergehen wollte. »Ich habe ›Mistkerl‹ gesagt«, wiederholte er herausfordernd und richtete sich auf.

Der Lakai drehte sich auf der Stelle um und zückte seinen Dolch. Da wandten sich auch die letzten Leute von Hernando ab, und einige der Lakaien kehrten wieder zurück. Inzwischen war das gesamte Gefolge des Herzogs durch die Puerta del Perdón in den Innenhof gelangt.

»Steck deine Waffe wieder ein!«, schalt ein Geistlicher, der die Szene beobachtete, den Lakaien. »Das ist ein heiliger Ort!«

»Was ist hier los?«, erkundigte sich einer der Begleiter des Herzogs. Der Lakai richtete weiterhin seinen Dolch auf Hernando, der inzwischen von zwei anderen Männern festgehalten wurde. Schließlich sah sich sogar der Herzog, der von einem Diener mit erhobenem Stoßdegen begleitet wurde, genötigt, stehen zu bleiben. Umgeben von Hofmeister, Kanzler, Sekretär und Kaplan, war der Aristokrat kaum zu sehen. Hernando konnte nur seine prächtigen Gewänder erkennen. Hinter dem Herzog standen einige Frauen, die ebenfalls festliche Kleider trugen.

»Dieser Mensch hat einen Diener Seiner Hoheit beleidigt«, berichtete ein Büttel aus dem Gefolge des Adligen.

»Steck deinen Dolch ein«, mahnte der herzogliche Kaplan, der sich der Gruppe näherte. Er gestikulierte wild in der Luft herum, um die Zierschnur seines grünen Hutes beiseitezuschieben, die vor seinen Augen tanzte. »Ist das wahr?«, fragte der Geistliche Hernando.

»Ja, und ich bitte um den Schutz der Kirche«, antwortete Hernando überheblich. Auf eine Feindschaft mehr oder weniger kam es nun auch nicht mehr an – und sei es ein weiterer Angehöriger der spanischen Aristokratie.

»Du kannst dich hier nicht auf den Gottesfrieden berufen«, stellte der Kaplan bedächtig fest. »Wenn man an einer heiligen Stätte ein Vergehen begeht, gilt er nicht.«

Hernando taumelte, ihm sackten die Knie weg. Die Lakaien, die ihn festhielten, zogen ihn hoch.

»Bringt ihn zum Bischof«, wies der Büttel sie an, während der Kaplan sich umdrehte, um wieder seinen Platz im Gefolge des Herzogs einzunehmen. »Seine Exzellenz wird über diesen Verbrecher bestimmen.«

Wenn sie ihn jetzt aus der Kathedrale brachten, würde ihn erst der Herzog bestrafen – und dann der Graf von Espiel. Hernando ließ sich fallen, als wäre er ohnmächtig geworden, und in dem Moment, in dem sich die Lakaien bückten, um ihn besser packen zu können, entwischte er ihnen und lief zu dem Mann, den er für den Herzog hielt.

»Erbarmen! Habt Erbarmen!«, flehte er und warf sich ihm vor die Füße, um seine Samtschuhe zu küssen. »Bei Gott und der Heiligen Jungfrau ...«

Einige Männer stürzten sich auf Hernando, hoben ihn wieder auf die Beine und schafften ihn aus dem Weg, damit der Herzog seine Schritte nicht verlangsamen musste.

»Bei den Nägeln des Kreuzes Christi!«, schrie er, während er wild um sich schlug und sich zwischen den Lakaien am Boden wälzte. »Bei den Nägeln des Kreuzes Christi!«

Die Überraschung stand dem Herzog bei diesem Ausruf ins Gesicht geschrieben, und zum ersten Mal interessierte er sich für den ungehobelten Menschen, der so viel Unruhe verursachte. Hernando sah hoch, und sein Blick kreuzte sich mit dem des Herzogs.

»Aufhören! Lasst ihn sofort los!«, befahl Don Alfonso seinen Männern. »Ich habe gesagt, dass ihr ihn loslassen sollt!«

Hernando stand verdreckt und in Lumpen vor dem mächtigen Herzog von Monterreal. Sie starrten einander an. Sprachlos. Denn keiner der beiden brauchte ein weiteres Wort: Der Grande und der Moriske erinnerten sich gleichzeitig an den Korsarenanführer Barrax und sein Zelt im Feldlager in der Nähe von Ugíjar, das Aben Aboo nach der vernichtenden Niederlage von Serón aufgeschlagen hatte.

»Was ist aus der Alten geworden?«, fragte Hernando.

Einer der Büttel hielt diese Frage für eine Unverschämtheit und wollte den Unruhestifter gerade ohrfeigen, doch Don Alfonso hinderte ihn mit einer herrischen Geste daran. Er konnte seinen Blick nicht von Hernando abwenden.

»Die Alte. Sie hat ihre Pflicht getan, wie du es versprochen hast.« Der Kanzler und der Sekretär waren entsetzt darüber, wie warmherzig ihr Herr diesen Störenfried behandelte. Die Mitglieder des Gefolges begannen leise miteinander zu flüstern.

»Sie hat mich bis in die Nähe von Juviles getragen. Auf dem Weg dorthin stießen wir auf Soldaten von Don Juan de Austria. Leider weiß ich nicht, was aus dem guten Tier geworden ist. Ich war bewusstlos, kurz vor dem Tod. Man brachte mich zunächst nach Granada und dann nach Sevilla, wo ich schließlich kuriert wurde.«

»Ich wusste, dass auf die Alte Verlass ist«, stellte Hernando fest.

Beide Männer lächelten.

Die Personen im Gefolge redeten aufgeregt durcheinander.

»Hast du deine Frau und deine Mutter wiedergefunden?«, erkundigte sich der Aristokrat. Sein Hofstaat und das allgemeine Entsetzen waren ihm gleichgültig.

»Ja.« Hernandos Antwort glich einem Seufzer. Ja, er hatte Fatima wiedergefunden, und dann für immer verloren …

»Ihr sollt alle wissen«, verkündete der Aristokrat mit feierlicher Stimme, »dass ich mein Leben allein diesem Mann verdanke, den sie den ›Nazarener‹ nennen. Von heute an wird er sich meiner Gunst, meiner tiefen Freundschaft und meiner ewigen Dankbarkeit sicher sein können.«

III

Im Namen des Glaubens

Und obwohl ich unschuldig war in der Welt, da die Menschen mich »Gott« und »Gottes Sohn« nannten, hat Gott, damit ich am Tag des Gerichtes nicht von den Dämonen verspottet werde, es so gewollt, dass ich von den Menschen in dieser Welt verspottet werde durch den Tod des Judas, indem er alle Menschen glauben machte, dass ich am Kreuz gestorben sei. Und dieser Spott wird andauern bis zur Ankunft Mahomets, Gottes Gesandten, der, wenn er kommen wird, diese Täuschung jenen klarmachen wird, die an Gottes Gesetze glauben.

Barnabas-Evangelium

44

Córdoba, 1584

Hernando verfolgte die Bauarbeiten in der Kathedrale zur Umgestaltung der ehemaligen Bibliothek in die Capilla del Sagrario. Mittlerweile waren sämtliche Schriften umgelagert, und die Maler und Handwerker gingen ihrer Beschäftigung nach. Der Ort übte auf ihn noch immer eine magische Anziehungskraft aus, und er kam oft hierher. Abgesehen von Ausritten und Lesestunden in der reich bestückten Bibliothek im Palast des Herzogs von Monterreal, seinem neuen Wohnsitz, hatte er nichts zu tun. Der Herzog hatte Hernandos Probleme mit dem Grafen von Espiel durch einen Vertrag gelöst, dessen Einzelheiten Hernando niemals mitgeteilt wurden. Als wäre er ein spanischer Hidalgo, verbot der Herzog ihm, irgendeine Tätigkeit auszuüben. Er stellte ihm monatlich einen so großzügigen Geldbetrag zur Verfügung, dass Hernando gar nicht wusste, wie er ihn ausgeben sollte. Aber es wäre eine Beleidigung der Familie des Don Alfonso de Córdoba gewesen, wenn einer ihrer Schützlinge sich zu irgendeiner Tätigkeit erniedrigt hätte!

Doch trotz der Achtung, die der Herzog Hernando entgegenbrachte, blieb der junge Moriske vom gesellschaftlichen Leben und den Vergnügungen ausgeschlossen, mit denen sich die anderen Hidalgos ihre freie Zeit vertrieben. Der Herzog war mit seinen eigenen Angelegenheiten und Verpflichtungen bei Hofe beschäftigt, ganz abgesehen von den Aufgaben auf seinen weitläufigen, ertragreichen Besitztümern, die ihn zwangen, sich über längere Zeiträume von Córdoba zu entfernen.

Hernando hatte dem Herzog zwar das Leben gerettet, aber er war nun einmal ein Moriske, den die hochmütige cordobesische Gesellschaft der Christen nur zähneknirschend duldete.

Mit seinen Glaubensbrüdern erging es ihm nicht viel anders. Die Nachricht davon, dass er den Herzog im Alpujarras-Krieg befreit hatte, und das Gerede über dessen Gunstbeweise machten in der Gemeinschaft die Runde. In der Hoffnung, man würde Verständnis für ihn aufbringen und dieser längst vergangenen Begebenheit keine größere Bedeutung beimessen, hatte sich Hernando in die Obhut des Aristokraten begeben. Aber er brauchte sich nicht lange umzuhören, um zu erfahren, dass seine Geschichte in aller Munde war. Zu allem Überfluss nannten ihn die Morisken plötzlich wieder bei seinem verhassten Spitznamen, der ihn seit seiner Kindheit verfolgte: Er war wieder der Nazarener.

»Sie wollen dein Geld nicht. Sie wollen keinem Christen etwas schuldig sein«, teilte ihm Aischa eines Tages mit, als er ihr einen größeren Betrag für den Freikauf der Sklaven geben wollte.

Hernando gab seiner Mutter regelmäßig Geld, damit sie nicht in Armut leben musste. Inzwischen wohnte sie gemeinsam mit einigen anderen Moriskenfamilien in einem kleinen Stadthaus.

Hernando suchte Abbas auf, der als einziges Mitglied des Rates der Gemeinschaft jene verheerende Pestepidemie überlebt hatte, die vor zwei Jahren über die Stadt hereingebrochen war. Der Schwarze Tod hatte zehntausend Opfer gefordert: ein Fünftel der gesamten Bevölkerung – unter ihnen auch Jalil und Don Julián. Hernando traf Abbas im königlichen Marstall an.

»Warum nehmt ihr meine Hilfe nicht an?«, fragte er. Ihre frühere Freundschaft war seit der Nachricht vom Mord an seiner Familie und Hernandos Gewaltausbruch gegenüber dem Schmied nie wiederaufgeblüht. »Fatima und ich waren die Ersten, die für die Befreiung der Sklaven Geld gegeben haben, und wir haben mehr dazu beigetragen als jedes andere Mitglied der Gemeinschaft. Hast du das schon vergessen?«

Abbas tat eine Weile so, als wäre er ausschließlich mit seinen Werkzeugen beschäftigt.

»Die Leute wollen keine Geschenke von einem Nazarener«, war sein einziger Kommentar.

»Aber du weißt, dass das nicht stimmt. Du weißt genau, dass ich kein Christ bin. Der Herzog und ich haben uns damals zusammengetan, um vor einem blutrünstigen Korsaren zu fliehen, einem ehemaligen Christen, der …«

»Ich will deine Entschuldigungen nicht hören«, unterbrach ihn Abbas, der unbeirrt weiterarbeitete. »Es gibt viele Dinge, von denen wir wissen, dass sie nicht stimmen, aber … Wir alle haben unserem König die Treue geschworen. Unser Volk wurde erniedrigt, weil wir den Krieg verloren haben. Auch du hast unserer Sache die Treue geschworen, und trotzdem hast du einem Christen geholfen. Damit hast du den Schwur gebrochen. Wie kannst du dir da anmaßen, so hart über jemanden zu urteilen, der sein Versprechen nicht halten konnte?«

Nach diesen Worten stand der Schmied auf und starrte Hernando wütend an. Warum verurteilst du mich immer noch?, fragten seine Augen. Ich konnte den Tod deiner Frau nicht verhindern, schienen sie zu sagen.

Hernando schwieg. Sein Blick fiel auf den Amboss, auf dem die Hufeisen geschmiedet wurden. Fatima, Francisco, Inés und Shamir waren tot. Seine ganze Familie! Wie sollte er ihm jemals verzeihen?

»Ich habe niemandem Schaden zugefügt«, antwortete Hernando.

»Ach, nein? Du hast einem Granden das Leben und die Freiheit geschenkt! Wie kannst du da behaupten, dass du niemandem geschadet hast? Diese Adligen bestimmen den Kriegsverlauf, jeder Einzelne von ihnen. Nimm dir Córdoba als Beispiel«, führte Abbas mit erhobener Stimme aus. »Diese heilige Stadt wurde von den Christen zurückerobert, weil ein einziger – hörst du! – ein einziger Adliger, nämlich Don Lorenzo Suárez Gallinato, unseren König Aben Hut davon überzeugen konnte, dass sein riesiges Heer in Écija stand. Das sind nur wenige Meilen von hier! Er brachte Aben Hut dazu, seine Unterstützung nach Valencia zu schicken, anstatt Córdoba zu Hilfe zu eilen.« Abbas schnaubte. »Ein einziger Adliger entschied über das Schicksal der größten muslimischen Stadt des Westens. Willst du immer noch behaupten, dass du niemandem geschadet hast?«

Sie verabschiedeten sich nicht einmal voneinander.

Hernando hatte einige Tage mit den Vorwürfen des Schmiedes gehadert. Er versuchte sich einzureden, dass Barrax Don Alfonso nur gefangen genommen hatte, um sich durch das Lösegeld persönlich zu bereichern. Die Freilassung des Herzogs hatte bestimmt keinen Einfluss auf den Ausgang des Alpujarras-Krieges gehabt. In dieser Zeit besuchte er oft die ehemalige Bibliothek der Kathedrale, die so viele Erinnerungen in ihm weckte. Hier in der zukünftigen Capilla del Sagrario kam er zur Ruhe, während er beobachtete, wie Cesare Arbasia – ein italienischer Künstler, den das Domkapitel mit der Ausgestaltung der neuen Tabernakelkapelle beauftragt hatte – die Wände und Doppelbogen vom Fußboden bis zur Kuppel bemalte.

Hernando und der fünfundvierzigjährige, ernste, nervöse und zugleich intelligente Mann aus Italien schlossen mit der Zeit Freundschaft. Dem Maler war dieser Moriske aufgefallen, der immer makellos und wie am herzoglichen Hofe vorgeschrieben gekleidet war und ihm stundenlang bei der Arbeit zusah.

»Die Motive sind für dich nicht so wichtig, oder?«, hatte er ihn eines Tages gefragt. »Du hast die Bilder noch nie als solche betrachtet – also aus religiöser Ehrfurcht. Du interessierst dich eher für die Technik der Malerei.«

Und so war es. Hernando faszinierte die Methode, die dieser Italiener anwandte, um die Capilla del Sagrario zu gestalten. Sie war so anders als die der hiesigen Künstler. Er malte *al fresco*.

Der Italiener verputzte den Teil der Wand, den er bemalen wollte, mit einer zähen Mischung aus grobem Sand und Kalk, die er dann sorgfältig glatt strich, um sie anschließend mit Marmorpulver und noch mehr Kalk zu bearbeiten. Solange diese Schicht noch frisch und feucht war, konnte er seine Farben auftragen. Deshalb kam es nicht selten vor, dass italienische Ausrufe und Flüche durch die Kathedrale tönten, wenn der Künstler bemerkte, dass der Kalkputz trocknete, bevor sein Tagwerk beendet war.

Der Maler wusste, dass Hernando ein Neuchrist war, aber er vermutete, dass er nach wie vor Mohammeds Glauben anhing. Der Moriske hatte keine Bedenken, sich dem Italiener anzuvertrauen. Er war davon überzeugt, dass auch Arbasia ein Geheimnis hatte: Er verhielt sich zwar wie ein Christ, er malte Gott, die Heilige Jungfrau, die Märtyrer von Córdoba und die Engel, aber sein Verhalten und seine Äußerungen unterschieden sich von denen der frommen Spanier.

»Der große Meister Leonardo da Vinci hat gesagt, dass die Gläubigen Gott lieber in den Bildern finden, als über das Göttliche in den Schriften zu lesen«, erläuterte der italienische Maler eines Tages.

»Wer ist Leonardo da Vinci?«

»Ein Bruder im Geiste, den ich sehr verehre«, antwortete Arbasia.

»Ich halte mich lieber an das geschriebene Wort«, bekannte Hernando. »Ich werde Gott niemals in einfachen Bildern finden.«

»Nicht alle Bilder sind einfach, mein Freund. Viele Bilder zeigen etwas, was die Bücher verbergen.«

Mit dieser rätselhaften Feststellung des Italieners endete ihr Gespräch an dem Tag.

Der Palast des Herzogs von Monterreal lag im Stadtviertel Santo Domingo, im Norden der Mezquita. Das Hauptgebäude stammte aus dem 14. Jahrhundert, und ein ehemaliges Minarett bezeugte auch hier die frühere Blüte des Kalifats. Das Gebäude bestand aus zwei Stockwerken mit sehr hohen Decken und war im Laufe der Jahre durch die zahlreichen Anbauten zu einem verwinkelten Labyrinth herangewachsen. Es gab zwei große Gärten und zehn Innenhöfe, die die einzelnen Gebäudeteile miteinander verbanden. Das Innere des Palastes zeugte vom Reichtum des Aristokraten: schwere Möbel, große Skulpturen, kostbare Wandteppiche und Ölgemälde, so weit das Auge reichte, reichlich Silber- und Goldbesteck, Lederarbeiten und bestickte Seidenstoffe. Es gab zahlreiche Schlafgemächer mit Latrinen, eine Küche, diverse Lager und Vorratskammern, eine Hauskapelle, eine Bibliothek, ein Audienzzimmer mit Vorzimmer, Diensträume für die Verwaltung, Stallungen sowie großzügige Säle für Festlichkeiten und Empfänge.

1584 war Hernando dreißig und der Herzog neununddreißig Jahre alt. Aus seiner ersten Ehe hatte der Herzog einen sechzehnjährigen Sohn, aus der zweiten – vor acht Jahren mit Doña Lucía, einer kastilischen Adligen – geschlossenen Verbindung gab es zwei Mädchen im Alter von sechs und vier Jahren sowie den kleinen, zweijährigen Sohn. Fernando, den Erstgeborenen, hatte man nach Madrid an den Hof geschickt, Doña Lucía und ihre drei Kinder hingegen lebten in dem Palast in Córdoba. Zudem wohnten elf Hidalgos aller Altersgruppen im Palast – mittellose Angehörige der weit verzweigten Familie, die Don Alfonso de Córdoba in seiner Funktion als Majoratsherr aufgenommen hatte und nun versorgte.

Der Hofstaat, der ebenfalls auf Kosten des Herzogs lebte, war eine bunte Mischung aus hochmütigen Hidalgos und zurückhaltenden Verwandten wie dem schweigsamen Don Esteban, einem kriegsversehrten Feldwebel der Tercios, den Don Alfonso wegen seiner Situation als »verschämter Armer« in den Palast geholt hatte.

Die »verschämten Armen« waren mittellose Männer und Frauen, die von der auf Ehre erpichten spanischen Gesellschaft zwar akzeptiert wurden, deren Status es jedoch weder zuließ zu arbeiten noch öffentlich zu betteln. Man gründete eigene Bruderschaften, um sich ihrer Bedürfnisse anzunehmen, und erforschte ihre Herkunft und ihren Stand. Wenn ihre Situation für die anderen Adligen tatsächlich beschämend war, erbaten die Bruderschaften in Haussammlungen Almosen für diese Bedürftigen. Bei einem seiner Aufenthalte in der Stadt hatte Don Alfonso de Córdoba den Vorsitz einer der Bruderschaften übernommen und so von dem entfernten Verwandten erfahren. Schon am nächsten Tag hatte er ihm seine Gastfreundschaft angeboten.

Nachdem Hernando den ganzen Nachmittag Arbasia bei der Arbeit zugesehen hatte, war er nun auf dem Rückweg zum Palast. Die kurze Strecke von der Mezquita zum Viertel Santo Domingo legte er in aller Gemächlichkeit zurück, machte mal hier, mal dort halt und vertrieb sich die Zeit, als wollte er den Palast so spät wie möglich betreten. Nur äußerst selten – wenn sich der Herzog in Córdoba aufhielt und Hernando an seiner Seite haben wollte – gelang es ihm, sich in diesem wunderschönen, ruhigen Anwesen wohlzufühlen. Sobald Don Alfonso aber außer Haus war, litt der Moriske unter den subtilen Demütigungen der anderen Palastbewohner und hatte schon oft mit dem Gedanken gespielt, den herrschaftlichen Palast einfach wieder zu verlassen.

Aber er war zu keiner Entscheidung fähig. Sein Herz war leer, er hatte seine Willensstärke eingebüßt, und nach all den Schicksalsschlägen blieb ihm einfach keine Kraft mehr, sich dem Leben zu stellen. In den Nächten suchten ihn Albträume heim, in denen Ubaid seine Familie wieder und wieder umbrachte, ohne dass er ihn aufhalten konnte. Später wichen diese furchtbaren Traumbilder erfreulicheren Erinnerungen an glückliche Tage: Fatima, die ihn anlächelte, Inés, die ihn in der Haustür erwartete, Francisco, der in die Niederschrift der Ziffern vertieft war, die ihm Hamid mit sanfter Stimme diktierte. Hernando fand in diesen Erinnerungen endlich etwas Frieden, und die Tage wurden für ihn zu einer langen Abfolge von Stunden, deren Ende er herbeisehnte. Nur in den Nachtstunden konnte er seine Lieben wiedersehen, auch wenn es bloß im Traum war.

Hernando brauchte eine Beschäftigung, damit die Tage schneller zu Ende gingen – eine Aufgabe. Seine Arbeit im königlichen Marstall hatte er nach dem Vorfall mit Azirat verloren. Sollte er wieder in der Gerberei arbeiten? Als er eines Tages gegenüber Don Alfonso angedeutet hatte, dass er sich doch in dessen Stallungen als Bereiter betätigen könne, hatte der Herzog ihm eine eindeutige Antwort gegeben.

»Du willst doch wohl nicht, dass die Leute denken, ich sei meinem Lebensretter gegenüber nicht großzügig!«

Er hatte mit dem Herzog im Audienzzimmer des Palastes gesessen, während im Vorzimmer zahlreiche Bittsteller warteten.

»Dir fehlt es doch an nichts, oder?«, hatte er gefragt, ohne den Blick von den Dokumenten vor sich abzuwenden. »Behandelt man dich nicht gut?«

Wie hätte er dem Herzog sagen sollen, dass seine eigene Gattin ihn ganz besonders demütigte? Don Alfonso de Córdobas Dankbarkeit war vollkommen aufrichtig, das wusste Hernando, aber Doña Lucía …

»Also?«, hatte der Herzog hinter seinem Schreibtisch sitzend gefragt.

»Doch. Natürlich. Es war nur so ein Gedanke«, hatte sich Hernando entschuldigt.

Was auch immer geschehen mochte, nie und nimmer würde er in die Gerberei zurückkehren, sagte er sich an diesem Tag, als er endlich am Palast ankam. Der Pförtner ließ ihn ein wenig zu lange warten, ehe er das Tor öffnete. Er gewährte dem Morisken wortlos Einlass – allerdings ohne die Verbeugung, mit der er die Hidalgos begrüßte. Hernando gab ihm im Eingang seinen Umhang.

»Gott sei mit dir«, sagte er zu dem Bediensteten, der das Kleidungsstück entgegennahm, ohne seinen Besitzer auch nur eines Blickes zu würdigen.

Hernando unterdrückte einen Seufzer und stellte sich der unendlichen Weite des Palastes: Von diesem bis zu jenem Moment, in dem er sich in die menschenleere Bibliothek zurückziehen konnte, würde er wieder einer langen Abfolge kleiner Erniedrigungen ausgesetzt sein.

Hernando beobachtete das geschäftige Treiben der Diener in den Gängen. Sie sprachen kein Wort, sondern eilten nur hin und her. Bald wurde das Abendessen serviert. Mehr als hundert Bedienstete kümmerten sich um das Wohl des Herzogpaares, ihrer Familienangehörigen und der übrigen Palastbewohner.

Hernando hatte gelernt, das Personal zu unterscheiden. Der Kaplan, der Kammerherr, der Sekretär, der Leibdiener des Herzogs und die Zofe der Herzogin standen an der Spitze der Hofämter, gefolgt vom Hausdiener, Stallmeister, Kämmerer und Schatzmeister. Zudem gab es den Wirtschafter, den Koch, den Mundschenk, den Festordner, einen Verantwortlichen für das Silber und einen für die täglichen Einkäufe sowie den Schreiber, die Kinderfrauen und die Hauslehrer. Das übrige

Personal bestand aus Freien und Sklaven, unter denen es viele Morisken gab. Und schließlich gab es noch ein halbes Dutzend Knaben, die dem Herzog als Pagen dienten.

Doña Lucía hatte angeordnet, dass Hernando umgehend in höfischen Umgangsformen unterwiesen werden solle. Im Hofzeremoniell nahmen vor allem die Tischmanieren einen besonders hohen Stellenwert ein. Anlass für diese Entscheidung der Herzogin war die erste Mahlzeit, die Hernando mit dem herzoglichen Paar, dem Kaplan und den elf Hidalgos eingenommen hatte. Hernando hatte neben dem Hausherrn gesessen und sich plötzlich mit Gabeln, Messern und Löffeln in den unterschiedlichsten Größen und Formen konfrontiert gesehen, zudem mit flachen und tiefen Tellern sowie kleinen Schüsseln, edlen Kristallgläsern und einfachen Trinkgefäßen aus Glas, mit Salzstreuern, Servietten sowie einer Wasserschale, die ihm ein Page reichte. Vor den spöttischen Blicken der Hidalgos und des Kaplans wollte Hernando diese Schale gerade an die Lippen führen und daraus trinken, als er verwirrt bemerkte, wie ihm der Herzog zuzwinkerte und sich in seiner Schale die Hände wusch.

Doña Lucía war keineswegs bereit, solch fehlende Manieren an ihrem Tisch zu entschuldigen. Nach dieser Mahlzeit wurde der Moriske in ein kleines Privatgemach beordert, wo ihn das herzogliche Paar erwartete. Don Alfonso saß in einem Sessel und blickte verlegen zu Boden, anscheinend hatte er sich dem Willen seiner Gattin fügen müssen. Doña Lucía stand neben ihrem Ehemann und erwartete Hernando bereits.

»Hernando, es ist unmöglich …!« Der Herzog räusperte sich, und Doña Lucía sprach in einem freundlicheren Tonfall weiter. »Hernando … Es wäre für den Herzog und mich eine große Freude, wenn du dich mit den hiesigen Umgangsformen und Tischsitten vertraut machen würdest.«

Für diese Aufgabe wiesen sie ihm den schon betagten Hidalgo Don Sancho zu, einen geckenhaften Cousin des Herzogs, der diese Aufgabe nur widerwillig übernahm. Fast ein ganzes Jahr lang erhielt Hernando Unterricht von Don Sancho: im Umgang mit dem Besteck, im öffentlichen Auftreten, im Einhalten von Kleidungsvorschriften.

Hernando ließ den täglichen Unterricht bei Don Sancho widerstandslos über sich ergehen. Zu der Zeit hatte ihn seine Melancholie schon so gleichgültig werden lassen, dass er über diese Behandlung, die ihn in den Stand eines Kindes zurückversetzte, nicht einmal nachdachte. Er gehorchte. Schließlich schlug ihm der Hidalgo eines Tages höchst erfreut vor, nun zum Tanzunterricht überzugehen.

»Und Schritt«, krähte Don Sancho laut, während er affektiert durch den Saal stolzierte, in dem sie die höfischen Tänze einstudierten. »Floreta … und Sprung … Encaje … und die Campanela«, dozierte Don Sancho und hüpfte hölzern hin und her, um sich dann im Kreis zu drehen. »Und jetzt die Kapriole.« Hernando verließ wortlos den Saal.

»Quatropeado«, hörte er den Hidalgo hinter sich trällern, »Giradas …«

Noch am selben Tag gab Doña Lucía endlich nach und erklärte Hernandos Lehrzeit für beendet. Aber auch die neu errungenen Manieren änderten nichts an der Ablehnung und der stillen Verachtung, die Hernando entgegengebracht wurde, sobald Don Alfonso nicht zugegen war.

An jenem Freitagabend, an dem Hernando Arbasia gestanden hatte, dass er Gott nicht in seinen Bildern finden konnte, wurde im Palast frisch gefangener Fisch gereicht. Hernando beteiligte sich nicht weiter an den Unterhaltungen, und die Tischgesellschaft schenkte Hernando ihrerseits ebenfalls keinerlei Beachtung. Er sehnte sich nach der Bibliothek.

Als Arbasia Leonardo da Vinci zitiert und davon gesprochen hatte, dass man Gott in den Bildern finden könne, hatte Hernando ihn an ein früheres Gespräch mit Don Julián erinnert.

»Trag vor! Dein Herr ist edelmütig wie niemand auf der Welt, er, der den Gebrauch des Schreibrohrs gelehrt hat.«

»Was bedeuten diese Suren?«, hatte Hernando damals gefragt.

»Diese Verse handeln von der Beziehung zwischen den Gläubigen und Gott durch die Schrift. Wir müssen die Offenbarung ehren. Mithilfe der Schrift können wir die Offenbarung – das Wort Gottes – sichtbar machen. Alle großen Kalligraphen haben dazu beigetragen, das Wort Gottes in Schönheit darzulegen. Die Gläubigen müssen die Offenbarung an den Gebetsstätten geschrieben vorfinden, damit sie sich immer daran erinnern und sie vor Augen haben, und je schöner die Schrift ist, desto besser.«

Damals, als sie die Koranabschriften anfertigten, hatte ihm Don Julián von den verschiedenen Schreibstilen erzählt. Er sprach vor allem von der eckigen Kufi-Schrift, die die Umayyaden in Córdoba verwendet hatten, aber auch vom kursiven Nasch-Duktus der Nasriden in Granada. Doch so gern sie sich auch über besondere Schriftzüge oder die kunstvolle Perfektion unterhielten, die einige herausragende Kalligraphen erreicht hatten, stand die Schönheit für ihre eigenen Abschriften niemals im Vordergrund. Sie mussten für die Gemeinschaft so viele Koranexemplare wie möglich anfertigen, und hierfür galt das Gebot der Schnelligkeit.

Als Hernando an diesem Abend die Bibliothek betrat und die Dochte der Öllampen kürzte, hatte er nur eines im Sinn: Er wollte zu Feder und Papier greifen und sich Gott nähern, so wie Arbasia dies mit seinen Bildern tat. Er hatte die erste Sure schon deutlich vor Augen: Die senkrechten Schwünge der geradlinigen Buchstaben wollte er zu einem Kreis verlängern und die Vokalzeichen in Schwarz, Rot oder Grün ausführen. Ob es in der Bibliothek wohl Tinte in verschiedenen Farben gab? Weder der Sekretär noch der Schreiber benutzten sie für ihre Arbeit, das wusste Hernando. Dann musste er sie eben selbst kaufen. Nur wo?

Hernando setzte sich an einen Schreibtisch – umgeben von wertvollen Büchern in kunstvoll geschreinerten Regalen aus Edelhölzern. Natürlich hatte er keine farbige Tinte gefunden. Er betrachtete die Schreibfedern, das Tintenfass und die Blätter vor sich. Dann würde er erst einmal üben, entschied er. Er tauchte eine Feder ein und zog mit plötzlich anwachsendem Vergnügen einen Strich: Alif, der erste Buchstabe des arabischen Alphabets, lang und sinnlich gebogen, wie der menschliche Körper und wie es bereits vor sehr langer Zeit festgelegt worden war.

Plötzlich drang Gelächter aus dem Patio in den Lesesaal. Hernando erschrak. Fast hätte er das Tintenfass umgestoßen. Was hatten die Leute dort zu suchen? Er nahm das Papier, faltete es und steckte es unter sein Hemd. Sein Herz raste. Da hörte er, wie sich das Lachen langsam entfernte und immer leiser wurde. Damit hatte er nicht gerechnet, dachte Hernando, während sich sein Herzschlag wieder beruhigte. Er sollte sich in der Bibliothek eines christlichen Herzogs lieber nicht mit arabischer Kalligraphie befassen! Jederzeit konnte irgendein Hidalgo oder Diener eintreten! Vielleicht sollte er sich lieber in seinem Schlafzimmer einschließen und dort schreiben. Doch er verwarf diesen Gedanken sofort. Seit zwei Jahren suchte er nun schon regelmäßig nach dem gemeinsamen Abendessen die Bibliothek auf, während die übrigen Palastbewohner lasen oder sangen und darauf warteten, dass Doña Lucía sich in ihre Privatgemächer zurückzog, damit sie den Palast verlassen und den Vergnügungen nachgehen konnten, die ihnen das nächtliche Córdoba bot. Wenn er auf einmal seine Gewohnheiten änderte, würde man bestimmt misstrauisch. Außerdem, wo sollte er das Schreibzeug und die Blätter aufbewahren? Die Diener – und vielleicht nicht nur sie – durchsuchten immer wieder seine wenigen Habseligkeiten. Das war ihm von Anfang an aufgefallen, selbst die Truhe, die er immer verschlossen hielt, war durchwühlt. Jemand hatte offensichtlich einen Zweitschlüssel. Nur seinen wichtigsten Schatz – die goldene Fatimahand – hatte er vom ersten Tag an in der Falte eines bunten Wandteppichs versteckt. Der kleine Anhänger war dort sicher. Aber eine Schreibfeder, ein Tintenfass und Papier?

Hernando ließ den Blick durch die geräumige Bibliothek schweifen. Wo konnte er nur … Sein Blick fiel auf eine Tür am anderen Ende des Raums, die in ein Bücherregal eingelassen war und in das ehemalige Minarett führte. Er hatte es schon einmal aus Neugierde betreten, war dort aber nur von einem einzigen, schmerzhaften Wunsch übermannt worden: den Ruf des Muezzins zu hören.

Hernando zog das zerknitterte Papier unter seinem Hemd hervor und betrachtete das Alif. Dieser Buchstabe unterschied sich deutlich von allen anderen, die er jemals geschrieben hatte: Dieses Alif zeugte von einer einzigartigen Hingabe. Dies war der erste Buchstabe, bei dem er versucht hatte, sich Gott durch die Schrift zu nähern, so wie Arbasia es in seinen heiligen Bildern tat.

Er stand auf, nahm einen Leuchter und ging prüfend durch die Bibliothek.

Schließlich stand er an den unteren Treppenstufen des Minaretts. Es war ein schlichter, schmaler quadratischer Turm, in dem um einen Mittelpfeiler herum eine Treppe nach oben führte. Offenbar kam hier nur selten jemand vorbei, überall lag Staub. Hernando stieg die Treppe hoch – immer mit einer Hand am Mittelpfeiler. Einige Steine waren locker. Vielleicht könnte er… Geduldig tastete er einen Stein nach dem anderen ab. Plötzlich, etwa auf halber Höhe des Minaretts, gab einer der Ziegel etwas nach. Hernando führte den Leuchter näher heran: Nicht nur ein einzelner Stein, nein, eine ganze Reihe schien hier lose. Was war das? Eine kleine Geheimtür, die unter dem Druck seiner Hand sofort nachgab! Dahinter befand sich ein Hohlraum.

Er leuchtete mit zitternden Händen hinein und entdeckte eine alte kleine Truhe: Mehr passte auch gar nicht in diese enge Nische. Die Truhe war mit Leder bezogen und mit Eisenbändern beschlagen. Sie glich keiner der Schatullen im Palast… Hernando zog das kleine Kästchen heraus, kniete sich auf eine Treppenstufe und stellte den Leuchter neben sich: Der Lederbezug war überraschend kunstvoll gearbeitet, und zwischen verschiedenen Pflanzenornamenten entdeckte er… ein Alif. Es konnte nur ein Alif sein!

Er wischte den Staub ab und musste husten. Dann hielt er die freigelegten Ornamente noch näher an den Leuchter und fuhr mit den Fingerkuppen über die abgegriffenen Schriftzeichen.

»Muhammad… Abi Amir.« Al-Mansur! Hernando erstarrte. Das Kästchen stammte aus der Zeit des Umayyaden-Herrschers al-Mansur! Hernando überlegte, wie er das Kästchen öffnen könne.

Er betrachtete das Schloss, das zwei Eisenbänder miteinander verband, die quer über die kleine Truhe liefen. Er strich ehrfürchtig mit den Fingern darüber. Da löste sich – mit einem leisen Reißen – auf einmal erst das eine, dann das andere Eisenband vom Lederbezug. Hernando hielt verblüfft Schloss und Eisenbänder in der Hand. Er zögerte einen Augenblick. Dann hob er den Deckel der kleinen Truhe feierlich an.

Als er hineinblickte, sah er darin mehrere arabische Bücher.

45

Cesare Arbasia lebte allein in einem Haus in der Nähe der Mezquita. Er hatte Hernando zum Abendessen eingeladen und ausschließlich Speisen zubereiten lassen, die weder Speck noch Steckrüben und Karotten enthielten, die Muslime als Schweinefutter verachteten.

»Den Hammel konnte ich leider nicht nach euren Gesetzen schlachten lassen«, entschuldigte sich der Maler, während sie auf der Galerie über dem gepflegten Patio bei einem Becher Limonade beisammensaßen.

»Wir müssen schon seit Längerem auf unsere Speisevorschriften verzichten. Aber wir halten uns an die Taqiyya. Gott wird dafür Verständnis haben. Nur noch unsere Glaubensbrüder, die in abgelegenen Bauernhöfen leben, können manchmal unseren Schlachtritus ausüben.«

Die beiden Männer sahen sich an und schwiegen. Es war ein lauer Frühlingsabend, und der Duft der Blumen stieg zu ihnen empor. Hernando nahm einen Schluck Limonade und ließ sich von dem Gerüchen bezaubern, die ihn so sehr an einen anderen Patio erinnerten … und an das Lachen seiner Kinder.

An diesem Morgen war ihm auf dem Fresko mit dem heiligen Abendmahl, das Arbasia in der Capilla del Sagrario zuletzt gemalt hatte, ein Gesicht aufgefallen. Hernando hatte seinen Blick nicht von jener Figur abwenden können, die links vom Herrn saß und von diesem umarmt wurde. Diese Gestalt sah aus wie … eine Frau!

»Ich muss mit dir reden«, hatte er nur gesagt und die weibliche Gestalt weiterhin verwundert betrachtet.

»Einverstanden. Aber nicht hier«, hatte der Maler nur geantwortet und ihn erstmalig zu sich nach Hause eingeladen.

Das Wasser plätscherte im Brunnen, und sie plauderten eine Weile über belanglose Dinge, bis der Meister schließlich die Initiative ergriff.

»Worüber wolltest du mit mir sprechen? Geht es um das Fresko?«

»Ja. Ich dachte immer, beim letzten Abendmahl seien nur die zwölf Jünger dabei gewesen. Wer ist diese Frau, die Jesus umarmt?«

»Das ist der heilige Johannes.«

»Aber …«

»Glaub mir, es ist der heilige Johannes.«

»Also gut, wenn du das sagst«, gab Hernando nach. »Ich wollte ohnehin etwas anderes mit dir besprechen: Vor etwa einem Monat habe ich im ehemaligen Minarett des Palastes einige alte Abschriften gefunden – zusammen mit einem Schreiben des Kopisten. Sie stammen aus der Zeit von al-Mansur, der damals für den noch minderjährigen Hisham II. die Geschicke des Kalifats lenkte und der als der größte Heerführer gilt, den Córdoba je gesehen hat. Er griff Barcelona an und kam bis nach Santiago de Compostela, wo er die Glocken der Kathedrale raubte und von versklavten Christen nach Córdoba bringen ließ. Die Leuchter in der Moschee sind aus dem eingeschmolzenen Metall dieser Glocken. Ich habe in den letzten zwei Jahren viel über diese Zeit gelesen.«

Arbasia hörte seinem Gast aufmerksam zu und nahm nur hin und wieder einen Schluck Limonade.

»Al-Mansur war ein religiöser Fanatiker, der immer wieder brutal gegen die Vertreter der Künste und Wissenschaften vorging. Dabei war al-Hakam II. – Hishams Vater – einer der gebildetsten Kalifen Córdobas gewesen: Er hatte es sich zum Ziel gesetzt, das gesamte Wissen der Menschheit in Córdoba zu versammeln. Er schickte seine Gesandten in die entlegensten Winkel der Welt, damit sie dort alle nur erdenklichen Bücher und wissenschaftlichen Abhandlungen erstanden. In seiner Bibliothek gab es mehr als vierhunderttausend Schriften. Kannst du dir das vorstellen? Vierhunderttausend! Das sind mehr Bücher, als die Bibliothek von Alexandria je besaß.«

Hernando machte eine Pause, um einen Schluck zu trinken und um zu sehen, welchen Eindruck seine Worte bei dem italienischen Meister hinterlassen hatten. Arbasia nickte bedächtig, als versuchte er, sich diese überwältigende Ansammlung von Wissen vorzustellen.

»Al-Mansur befahl«, sprach Hernando weiter, »dass mit Ausnahme der Bücher über Medizin und Mathematik alle Schriften verbrannt werden sollten, die nichts mit der Offenbarung zu tun haben: Bücher über Astrologie, Musik, Logik, Philosophie, Poesie… Tausende Bücher, die ein einzigartiges Wissen bargen, wurden in Córdoba verbrannt!«

»Was für ein Frevel!«, flüsterte der italienische Meister entsetzt.

»In dem Schreiben berichtet der Kopist von dieser Verbrennung und von seinem Bemühen, der Nachwelt das Wissen aus einigen dieser Bücher zu erhalten, die er – anders als al-Mansur – für bewahrenswert hielt. Allerdings konnte er in der Eile nur fehlerhafte Abschriften davon anfertigen.«

»Vierhunderttausend!«, seufzte Arbasia.

Die beiden sagten eine Weile nichts, bis Arbasia seinen Gast aufforderte weiterzusprechen.

»Seither habe ich jede Nacht in diesen Abschriften gelesen und sie in den großen christlichen Folianten der Bibliothek versteckt. Darunter sind auch wunderbare Gedichtsammlungen und Traktate«, Hernando beugte sich vor und senkte die Stimme. »Es gibt auch eine alte Abschrift des Evangeliums, das dem Jünger Barnabas zugeschrieben wird.«

Bei der Nennung dieses Namens richtete sich der Maler auf.

»Die Gelehrten, die al-Mansur mit der Auswahl der zu verbrennenden Schriften betraut hatte, waren fest davon überzeugt, dass es sich um ein rein christliches Evangelium handle. Aber dieser Barnabas-Text – so der Kopist –, der lange vor dem Koran und noch dazu von einem Jünger Christi verfasst wurde, bestätigt den Islam. Der Kopist hielt dieses Barnabas-Evangelium für so bedeutend, dass er nicht nur eine Abschrift anfertigte, sondern sogar das Original vor dem Feuer rettete. Er schreibt zwar, dass er es in Córdoba verstecken wollte, aber nicht, ob ihm sein Vorhaben auch gelungen ist.«

»Was steht in dem Evangelium?«

»Im Großen und Ganzen sagt es, dass Jesus kein Gottessohn war, sondern ein Mensch – ein Prophet.« Hernando meinte, bei seinem Gegenüber ein Zeichen der Zustimmung zu erkennen. »Und dass nicht Jesus, sondern Judas gekreuzigt wurde. Dort steht auch, dass Jesus nicht der Messias ist und dass sowohl die Ankunft des wahren Propheten als auch die Offenbarung noch bevorstehe. Außerdem wird die Notwendigkeit der Waschungen und der Beschneidung dargelegt. Diesen Text hat jemand verfasst, der Jesus kannte und seine Taten miterlebte. Aber im Gegensatz zu den anderen Evangelien bestätigt er die Glaubensvorstellungen meines Volkes.«

Die beiden Männer schwiegen. Eine Dienerin wollte gerade einen frischen Krug Limonade bringen, aber Arbasia bedeutete ihr, sich wieder zurückzuziehen.

»Es ist bekannt, dass die Päpste die Evangelien manipuliert haben«, sagte Hernando noch.

Er erwartete, dass Arbasia auf seine letzten Worte reagierte, aber sein Gastgeber blieb ruhig – vielleicht etwas zu ruhig.

»Warum erzählst du mir das alles?«, fragte er nach einer Weile barsch. »Wieso denkst du …?«

»Heute«, unterbrach ihn Hernando, »habe ich in dem Jesus, den du gemalt hast, einen gewöhnlichen Sterblichen gesehen – ein menschliches Wesen, das eine … das jemanden zärtlich umarmt. Dieser Mensch wirkt liebenswürdig, er scheint sogar zu lächeln. Das ist nicht der ewige und allmächtige Sohn Gottes, der leidende, schmerzvolle und blutende Jesus Christus, den man überall in der Kathedrale findet.«

Arbasia gab keine Antwort. Er führte eine Hand zum Kinn und dachte nach. Hernando respektierte sein Schweigen.

»Du bist Muslim«, sagte er schließlich, »und ich bin Christ.«

»Aber …«

Der Meister bedeutete ihm, nicht weiterzusprechen.

»Es ist schwer zu sagen, wer im Besitz der Wahrheit ist. Ihr? Wir? Die Juden? Oder vielleicht die Lutheraner? Sie haben sich von der kirchlichen Doktrin abgewandt. Haben sie deshalb recht? Es gibt viele

Christen, die die offizielle Lehre der Kirche nicht akzeptieren.« Arbasia hielt einen Moment inne. »Fest steht nur, dass wir alle an einen einzigen Gott glauben: den Gott Abrahams. Die Muslime sind in diese Gebiete hier eingefallen, weil andere Christen – die Arianer, die mittlerweile selbst zu Ketzern erklärt wurden – sie gerufen haben. Es gab auch in Nordafrika Anhänger des Arius, aber die kastilischen Arianer haben erst viel später begriffen, dass die Araber, die ihnen zu Hilfe kamen, in Wirklichkeit Muslime waren. Verstehst du? Der Arianismus, der nur eine Variante des Christentums ist, und der Islam waren sich sehr ähnlich. Für die kastilischen Arianer war der Islam eine Religion, die Gemeinsamkeiten mit ihrer Religion aufwies: Beide leugnen die Göttlichkeit von Jesus Christus. Aus diesem Grund konnten die Reiche der Hispania auch innerhalb von nur drei Jahren erobert werden. Es gibt nur einen einzigen Gott, Hernando, und zwar Abrahams Gott. Doch jeder sieht in ihm etwas anderes. Und … es ist besser, wenn wir das nicht weiter vertiefen. Die Inquisition …«

»Aber wenn jene Christen, die Jesus Christus wirklich kannten, behaupten, dass er nicht Gottes Sohn war …«, versuchte Hernando nachzufassen.

»Wir sind nur Menschen. Wir stellen Unterschiede fest, wir interpretieren, wir wählen aus. Gott ist immer der Gleiche. Ich denke, das leugnet niemand. Und jetzt lass uns essen«, sagte er noch und stand hastig auf. »Der Hammel ist bestimmt schon fertig.«

Während des Abendessens wich Arbasia jedem Gespräch über seine Malerei in der Capilla del Sagrario und über das Barnabas-Evangelium aus. Hernando bedrängte seinen Gastgeber nicht weiter.

»Mögen dich Glück und Weisheit stets begleiten«, verabschiedete sich der Maler von seinem Gast an der Haustür.

Als Hernando im Palast ankam, fragte er sich immer noch, was er mit diesem Evangelium nur anstellen solle. Er hätte Abbas gern um Rat gefragt, doch von Aischa wusste er, dass sich der Schmied inzwischen mit gewaltbereiten Männern umgab, die er gegen die Christen aufhetzte. Der neue Rat der Gemeinde hatte den geheimen Plan, das offenbarte Wort unter die Muslime zu bringen, längst aufgegeben und setzte stattdessen auf den Kampf. In ganz Córdoba machten Gerüchte über Revolten und Aufstände die Runde, was die Feindseligkeiten zwischen Altchristen und Neuchristen nur verschärfte. Der letzte Versuch lag etwa ein Jahr zurück, und die Inquisition hatte sofort einen genauen Bericht angefordert. Dabei war es um eine Verschwörung zwischen den Türken und dem König von Navarra gegangen. Der Hugenotte – und Erzfeind Philipps II. – wollte mithilfe der Morisken in Spanien einfallen.

Hernando wusste, dass Abbas und seine Anhänger ihn nicht mit offenen Armen empfangen würden. Und was sollten solche Männer auch mit dem Evangelium anfangen? Sie konnten weder lesen noch schreiben, und vermutlich würden sie ähnlich reagieren wie al-Mansur: Das Evangelium mochte die Lehren des Korans noch so sehr untermauern, für sie war es bestimmt schon allein deshalb Ketzerei, weil es von einem Christen stammte. Außerdem war es nur eine Abschrift. Und ihm trauten sie auch nicht mehr. Vielleicht hatte der Schreiber des Kalifen das Original damals ja tatsächlich vor den Flammen retten können …

Hernando atmete tief durch: Seine einzige Gewissheit war, dass sich die Situation seines Volkes durch Gewalt nicht verbessern würde. In der Vergangenheit hatten ihre Aufstände nur dazu geführt, dass die Christen ihrem tiefen Hass freien Lauf gelassen hatten. Es musste eine andere Möglichkeit geben, die beiden Völker zu einem friedfertigen Zusammenleben zu bewegen.

Acht Tage nach dem Abend bei Arbasia wurde Hernando zum Herzog gerufen, der auf dem Weg von Madrid nach Sevilla in Córdoba Station machte. Hernando erhielt die Mitteilung im herzoglichen Marstall, als er gerade auf Volador – der Dahinfliegende – ausreiten wollte. Der prächtige Grauschimmel war ein Geschenk des Herzogs und trug das königliche Brandzeichen der neuen spanischen Rasse. Don Alfonso hatte Hernando – da er vom Vorfall mit Azirat erfahren hatte – wieder und wieder versichert, dass dieses Pferd für immer sein Eigentum bleiben würde, was auch geschehen mochte. Als Nachweis hatte Hernando ein Dokument erhalten, das der Palastsekretär aufgesetzt und der Herzog von Monterreal persönlich unterzeichnet hatte.

Hernando überließ Volador dem Stallburschen und stiefelte dem Pagen hinterher, der ihm die Nachricht des Granden übermittelt hatte. Als sie im Vorzimmer des Herzogs ankamen, warteten dort bereits zahlreiche Menschen darauf, vom Aristokraten empfangen zu werden. Hernando wurde auf dem Weg ins Audienzzimmer von den wütenden Blicken der Wartenden – darunter Geistliche, ein Veinticuatro, zwei Jurados und drei Hidalgos – durchbohrt: Dem Morisken wurde offensichtlich eine Vorzugsbehandlung zuteil.

»Hernando!« Der Herzog erhob sich hinter seinem Schreibtisch und hielt Hernando erfreut die Hand entgegen.

Der Sekretär und der Schreiber zogen die Augenbrauen hoch.

»Don Alfonso«, sagte Hernando zur Begrüßung und drückte die angebotene Hand herzlich.

Sie nahmen am anderen Ende des Raumes in bequemen Ledersesseln Platz. Der Herzog erkundigte sich nach Hernandos Befinden, und der Moriske beantwortete erfreut seine Fragen. Die Zeit verstrich, doch die vor dem Audienzzimmer wartenden Bittsteller schienen den Aristokraten nicht weiter zu interessieren. Besonders leidenschaftlich erörterte Don Alfonso die Bestände seiner Bibliothek, bis er abrupt das Gesprächsthema wechselte.

»Ich hätte auch gern so viel Zeit für die Lektüre«, meinte der Adlige auf einmal wehmütig. »Genieß deine Stunden in der Bibliothek, denn bald wirst du dafür keine Zeit mehr haben.« Dem Herzog entging Hernandos überraschter Gesichtsausdruck nicht. »Keine Sorge, du kannst so viele Bücher mitnehmen, wie du willst. Silvestre!«, rief er den Sekretär herbei. »Bring mir den Geleitbrief für Hernando.« Als er das Dokument in Händen hielt, wandte er sich wieder an Hernando. »Obwohl ich – wie du weißt – die Ehre habe, dem Staatsrat Seiner Majestät anzugehören, möchte ich mit dir über ein Problem des Finanzrats sprechen. Den Beamten dieser Rätekammer gelingt es einfach nicht, die vom König benötigten Mittel zu beschaffen, weshalb der König jedes Mal an ihnen herummäkelt, wenn sie ihm die erwünschten Gelder verweigern. Die Alpujarras!«, wechselte Don Alfonso erneut das Thema und überreichte Hernando das Dokument. »Du hast mich doch um eine Aufgabe gebeten, oder?«, fragte er und lächelte. »Die Alpujarras gehören fast vollständig der Krone, und Seine Majestät ist außer sich, weil sie nicht den erhofften Ertrag einbringen. Dabei hat der König die neuen Siedler sogar von den Verkaufssteuern befreit. Trotzdem lassen die Abgaben an die Krone, die der Finanzrat eintreibt, mehr als zu wünschen übrig. Seine Majestät ist darüber äußerst erzürnt. Da kam mir die Idee, dass du – als Ortskundiger – vielleicht einige Nachforschungen anstellen könntest, die Seine Majestät dann mit dem Bericht des Finanzrates sowie mit dem Bericht der Institution in Granada, die die Neuansiedlung betreibt, vergleichen kann. Dem König gefiel der Vorschlag sofort. Er würde den Beamten des Finanzrats nur zu gern eine Lektion erteilen.«

»Die Alpujarras!«, flüsterte Hernando. Er saß unbehaglich aufrecht im Sessel und strich nervös über das Dokument, das ihm Silvestre soeben überreicht hatte. Don Alfonso schlug ihm tatsächlich gerade eine Reise in seine Heimat vor!

»Nach der Vertreibung der Neuchristen aus den Alpujarras schickte der König zahlreiche Beamte nach Galicien, Asturien, Burgos und León, um Männer und Frauen zu finden, mit denen das Gebiet wieder besiedelt werden konnte. Die neuen Bewohner erhielten Häuser, Felder und Vieh. Zwar ist diese Neuansiedlung noch nicht in allen Dörfern und Städten der Alpujarras erfolgreich durchgeführt, aber … diese Leute erwirtschaften einfach nicht das, was man erwartet hatte. Es ist erschütternd. Wenn du demnächst in das Gebiet reist, wirst du das übrigens als mein persönlicher Gesandter tun. Der König darf niemals erwähnt werden, verstehst du? Seine Majestät möchte um keinen Preis, dass die Vertreter der Krone in den Alpujarras das Gefühl bekommen, er könnte ihnen misstrauen.«

»Und dann?«, fragte Hernando.

»Die Neusiedler genießen unter anderem das Privileg, dass sie ihre Stuten ohne königliche Zustimmung decken lassen dürfen. Wir gehen davon aus, dass in all den Jahren der Pferdebestand dort erheblich angewachsen ist. Deine offizielle Aufgabe besteht nun darin – das besagt zumindest dieser Geleitbrief –, dass du geeignete Zuchtstuten für meine Stallungen suchst. Schließlich wissen alle, dass du dich mit Pferden auskennst. Selbstverständlich wird dich kein einziges Tier überzeugen. Aber falls du wider Erwarten doch eine brauchbare Stute sehen solltest«, sagte der Herzog und lächelte, »solltest du sie sofort kaufen.«

Hernando überlegte einige Augenblicke: Eine Reise in die Alpujarras! Ihm trat plötzlich kalter Schweiß auf die Stirn.

»Es gibt dort bestimmt noch Christen, die den Krieg miterlebt haben. Ich kann mir nicht vorstellen, dass sie einen Neuchristen …?«

»Keine Sorge! Niemand wird es wagen, einen Gesandten des Herzogs von Monterreal auch nur anzufassen!«, erwiderte Don Alfonso. Hernandos zweifelnder Blick veranlasste ihn jedoch, seine Behauptung noch einmal zu überdenken. »Hernando, du bist Christ. Du weißt, wie man betet. Du hast mit mir gebetet, erinnerst du dich? Wir haben zusammen zur Heiligen Jungfrau gebetet. Ich gehe davon aus, dass auch einige deiner alten Freunde deine Gottesfürchtigkeit bestätigen können, falls sie jemand in Zweifel zieht.«

Hernando bemerkte, wie Silvestre in Erwartung seiner Antwort hinter Don Alfonso einen Schritt vortrat.

Mit welchen Christen war er in Juviles schon befreundet gewesen? Mit dem Sakristan? Wohl kaum. Und sonst? Ihm fiel niemand ein.

»Du hast dort doch Freunde, oder?«, fragte Silvestre.

Don Alfonso sah seinem Sekretär die Einmischung nach.

»Ich habe dem König bereits versprochen, dass diese Nachforschungen in den Alpujarras durchgeführt werden«, stellte der Adlige fest.

»Ja… natürlich«, stammelte Hernando. »Natürlich habe ich dort Freunde.«

»Und wie heißen sie, wenn man fragen darf?«, wollte der Sekretär wissen.

Hernando sah Silvestre überrascht an. Er schien die Wahrheit zu ahnen, und wahrscheinlich hatte er sich diesen Moment schon lange herbeigesehnt: den Augenblick, in dem der wahre Glaube jenes Mannes aufgedeckt würde, dem der Herzog so viele Gunstbeweise erbrachte. Gerade erst hatte er diesem Morisken auch noch den prächtigen Grauschimmel geschenkt!

»Na, wie heißen sie?«, fragte Silvestre angesichts Hernandos Zögerns.

»Der Marquis von Los Vélez«, behauptete Hernando mit fester Stimme.

Don Alfonso richtete sich in seinem Sessel auf, Silvestre trat einen Schritt zurück.

»Don Luis Fajardo?«, fragte der Herzog erstaunt. »Was hattest du denn mit Don Luis zu tun?«

»Ich habe damals einer jungen Christin das Leben gerettet«, erklärte Hernando. »Sie hieß Isabel. Ich übergab sie dem Marquis und seinem Sohn Don Diego vor den Stadttoren von Berja. Und Isabel war nicht die Einzige, der ich das Leben gerettet habe«, log er und blickte herausfordernd zu Silvestre, dem die Mundwinkel nach unten fielen. Der Herzog hörte ihm aufmerksam zu. »Aber ich musste dabei immer als Moriske auftreten. Einige haben von meinen Taten erfahren, die meisten nicht. Isabel hat mich kennengelernt. Und Ihr könnt den Marquis von Los Vélez und seinen Sohn nach der Begebenheit befragen.«

»Du sprichst anscheinend vom zweiten Marquis von Los Vélez, von des Teufels Eisenhaupt, der in den Alpujarras kämpfte. Er ist kurz darauf gestorben«, berichtete ihm der Herzog. »Der jetzige Marquis heißt auch Luis.« Hernando seufzte. »Keine Sorge«, beruhigte ihn Don Alfonso, als hätte er den Grund für Hernandos Seufzer verstanden. »Wir werden deine Geschichte bestätigen können. Don Diego – der Sohn des alten Marquis, der ihn in Berja begleitete – ist Ritter des Santiago-Ordens. Er ist ein entfernter Verwandter von mir. Seine Mutter war eine geborene Fernandez de Córdoba.« Der Herzog schwieg einen Moment. »Ich bewundere dich für das, was du in diesem fürchterlichen Krieg geleistet hast«, sagte er dann. »Und ich bin mir sicher, dass alle, die in diesem Haus wohnen, diese Bewunderung teilen – nicht wahr, Silvestre?«

Don Alfonso sah seinen Sekretär nicht einmal an, aber Silvestre begriff sofort, dass der Herzog kein weiteres Geflüster über den befreundeten Morisken dulden würde.

»Selbstverständlich, Hoheit«, antwortete der Sekretär.

»Dann setz dich mit Don Diego Fajardo de Córdoba in Verbindung, und erkundige dich nach dieser Christin. Ich glaube dir, Hernando«, bekräftigte er an seinen Retter gewandt. »Ich brauche keine Bestätigung für diese Geschichte, aber ich will, dass du bei deiner Reise durch die Alpujarras als der empfangen wirst, der du bist: als ein Christ, der für andere Christen sein Leben riskiert hat. Die Interessen des Königs dürfen keinesfalls durch den Argwohn der dort ansässigen Altchristen gefährdet werden.«

Der Herzog erklärte diese Audienz damit für beendet.

»Machen wir mit den Bittstellern weiter«, ordnete Don Alfonso an. Sofort hastete ein Page vom Schreibtisch herbei, um den Kammerherrn zu benachrichtigen.

»Das ist nicht nötig«, sagte der Herzog.

Der Page blieb stehen und sah verwundert zum Sekretär. Silvestre bedeutete ihm, wieder zu der kleinen Sitzbank zurückzugehen, die in einer dunklen Ecke stand und auf der ein weiterer Page saß. Der Herzog hielt sich nicht an das Zeremoniell, sondern begleitete Hernando persönlich bis zur Tür. Er öffnete sie, umarmte Hernando vor den Augen aller Anwesenden und verabschiedete sich mit zwei Wangenküssen von ihm. Viele der Besucher, die bei der Ankunft des Morisken ihre Verachtung nicht verhehlt hatten, senkten nun den Blick, als Hernando durch das Vorzimmer zurück zu den Stallungen ging.

Obwohl der Sohn des Marquis von Los Vélez die Nachricht noch nicht bestätigt hatte, war Hernandos Rettung von Isabel und anderer Christen während des Aufstandes in aller Munde. Die Anzahl der Geretteten wuchs in demselben Maße, wie sich das Gerücht in ganz Córdoba verbreitete – sowohl bei den Christen als auch bei seinen Glaubensbrüdern. Die Moriskensklaven des Herzogs erzählten Abbas und den übrigen Mitgliedern des Ältestenrates davon, die darin nur die Bestätigung all ihrer Anschuldigungen sahen, die sie dem Verräter ohnehin bereits vorwarfen.

»Wie konntest du nur?«, schrie Aischa ihn bei seinem nächsten Besuch an. Sie spazierten am Guadalquivir entlang zur Martos-Mühle, ganz in der Nähe der Gerbereien und der Stelle, von wo aus er vor Jahren die Überfahrten mit der *Müden Jungfrau* unternommen hatte. Der Rat der Stadt hatte aus diesem Uferstreifen inzwischen einen Ort der Erholung für die Bewohner von Córdoba gemacht.

»Du hast uns alle betrogen! Du hast dein Volk betrogen! Du hast sogar Hamid betrogen!«

»Mutter, Isabel war ein unschuldiges Mädchen. Sie wollten sie als Sklavin verkaufen! Du darfst diesem Geschwätz nicht glauben …«

»Deine Schwestern waren auch unschuldige Mädchen! Kannst du dich überhaupt noch an sie erinnern? Deine Schwestern wurden mit mehr als tausend anderen Frauen auf dem Dorfplatz von Juviles ermordet. Hernando, mehr als eintausend Frauen fanden dort den Tod! Und die Überlebenden wurden in Granada auf der Plaza de Bib-Rambla versteigert. Tausende unserer armen Glaubensbrüder wurden hingerichtet oder versklavt! Hamid war ein Sklave! Hast du das etwa vergessen?«

»Wie sollte ich das vergessen!«

»Und Aquil und Musa«, sprach seine Mutter wütend weiter. »Was ist aus ihnen geworden? Kaum waren wir hier in dieser verdammten Stadt angekommen, da haben sie uns deine Brüder weggenommen und als Sklaven verkauft. Hernando, sie waren auch nur Kinder! Niemand hat sie gerettet! Sie waren genauso unschuldig wie diese … wie diese Isabel.« Sie gingen schweigend weiter. »Ich verstehe das alles einfach nicht«, sagte Aischa schließlich mit müder Stimme. Mittlerweile waren sie auf der Höhe des Mühlrades angekommen. »Das mit diesem Adligen ist mir schon schwer genug gefallen, aber jetzt auch noch diese Geschichte … Sohn, du hast dein Volk verraten!« Aischa blickte Hernando mit eiskalten Augen an. Sie zeigte eine Entschiedenheit, die er noch nie zuvor an seiner Mutter gesehen hatte. »Du magst das Familienoberhaupt sein … das Oberhaupt einer Familie, die es gar nicht mehr gibt. Und du magst der Einzige sein, der mir in dieser Welt noch geblieben ist, aber ich will dich trotzdem nicht mehr sehen. Ich will nichts mehr mit dir zu tun haben.«

»Mutter!«, erschrak Hernando.

Aischa drehte sich um und kehrte allein ins Santiago-Viertel zurück.

46

Hernando konnte sich noch lebhaft an jeden einzelnen Augenblick erinnern – wie er vierzehn Jahre zuvor, erschöpft und in Lumpen gehüllt, zusammen mit Tausenden anderen Morisken auf genau diesem Weg nach Córdoba gezogen war. Als wäre es gestern gewesen, spürte er wieder das Gewicht der geschwächten Alten, die er damals tragen musste, und hörte die Klagen der Kranken, der Mütter und ihrer Kinder.

Recht schroff wies er seine Begleiter an, in der Abtei von Alcalá la Real zu übernachten, deren Kirche nach all den Jahren immer noch nicht fertiggestellt war.

»Wir könnten noch ein Stück weiterreiten«, beschwerte sich Don Sancho. »Es ist Frühjahr und somit länger hell.«

»Das weiß ich«, antwortete Hernando, der angespannt und sehr aufrecht auf Volador saß. »Aber wir machen trotzdem hier Halt.«

Der Herzog hatte Don Sancho zu Hernandos Begleiter auserkoren – jenen Hidalgo, der noch bis vor Kurzem sein Lehrmeister gewesen war. Dabei hätte sich Hernando am liebsten allein auf den Weg gemacht. Don Sancho verzog übellaunig das Gesicht, und die vier bewaffneten Diener, die sie begleiteten und für die Maultierkolonne mit dem Gepäck zuständig waren, tauschten missmutige Blicke aus.

Die kleine Gesandtschaft bezog ihre Zimmer in der Abtei, und noch vor Sonnenuntergang befahl Hernando, Volador wieder aufzuzäumen. Unter den neugierigen Blicken der Bewohner ließ er die Festung und die Abteikirche hinter sich, ritt die Anhöhe hinab, und schon bald erstreckten sich die weitläufigen Anbaugebiete vor ihm. In der Ferne konnte er die Gipfel der Sierra Nevada ausmachen. Als er aufs freie Feld kam, gab er Volador die Sporen. Das Pferd bäumte sich erfreut auf, als wäre es für den Galopp dankbar, den ihm sein Reiter nach den eintönigen Tagesstrecken zugestand, in denen es sein Tempo an das der gemächlichen Maultiere anpassen musste.

Hernando erkannte die Stelle sofort wieder, wo sie während ihrer Vertreibung nach Córdoba übernachtet hatten. Doch den kleinen Bewässerungsgraben, an dem seine Mutter Humams Leichnam damals gewaschen hatte, konnte er nicht auf Anhieb finden. Also ritt Hernando über die Felder, den Blick starr auf die Kanäle gerichtet. Sie hatten das Grab des Säuglings nicht richtig kennzeichnen können. Aber zumindest hatten sie den Jungen in jungfräulicher Erde begraben, auch wenn er anstatt in ein Leichentuch nur in Fatimas trauriges Schweigen und Aischas monotone Litanei gehüllt war.

Schließlich meinte Hernando jenes Rinnsal entdeckt zu haben, das noch genauso verlief wie damals. Das war er ihr schuldig. Das war er Fatima schuldig – und seinen eigenen Kindern, die er nicht hatte begraben können. Und das war er sich selbst schuldig. Das Grab dieses Säuglings war die letzte Verbindung zu seiner Frau und seinen Kindern, die wie Humam aus Fatimas Leib gekommen waren. Hernando stieg ab und blieb vor dem kleinen Steinhaufen stehen, den der Lauf der Zeit nicht verändert hatte. Er war sich sicher, dass hier die sterblichen Überreste von Fatimas Sohn ruhten. Er blickte sich nach allen Seiten um: Niemand war zu sehen. Er band Volador am Buschwerk fest und ging zum Bewässerungskanal, um sich in aller Ruhe zu waschen. Von der untergehenden Sonne war nur mehr ein rötlicher Schimmer am Horizont zu sehen. Da legte Hernando seinen Umhang auf die trockene Erde und kniete nieder. Doch als er mit dem Gebet beginnen wollte, schnürte es ihm die Kehle zu, und er brach in Tränen aus. Er schluchzte und konnte die Suren nur mühsam rezitieren.

Dann stand er auf und zog unter seinen Gewändern ein mit Safrantinte geschriebenes Schriftstück hervor: den Totenbrief für den Verstorbenen.

Er begrub das Blatt dort, wo er das Köpfchen des Jungen vermutete.

»Bei deinem Tod konnten wir dir diesen Brief nicht mitgeben«, flüsterte er. »Gott wird das verstehen. Erlaube mir, dass ich darin die Gebete für deine Mutter einschließe – und für deine Geschwister, die du nicht mehr kennenlernen konntest.«

Seit Lanjarón, wo Hernando beim Anblick des verfallenen Kastells an den dort in der Erde ruhenden Säbel des Propheten denken musste, wirkten alle Ortschaften entvölkert. Es waren zu wenige Menschen aus Galicien und Kastilien gekommen, um das Gebiet nach der Vertreibung der Morisken wiederzubesiedeln. Ein Viertel der Dörfer blieb unbewohnt. Auf seinem Ritt durch das Tal – die Bergriesen der Sierra Nevada zu seiner Linken und die Gipfel der Sierra Contraviesa zu seiner Rechten – spürte Hernando ein unbeschreibliches Freiheitsgefühl, das lediglich durch den Anblick der baufälligen oder verriegelten Häuser getrübt wurde.

Trotz des allgegenwärtigen Verfalls erinnerte sich Hernando mit Freude an jeden Baum, jedes Tier, jeden Bachlauf und an jeden Felsbrocken. Er ließ seinen Blick unaufhörlich über die ihm so vertraute Landschaft schweifen, während Don Sancho und die Diener nur jammerten und ihre Verachtung für die Armut der Gegend und ihre Bewohner kundtaten.

Seit der Herzog mit Hernando über dessen Mission gesprochen hatte, waren zwei Monate vergangen.

Bei seiner letzten Abreise hatte er Fatima einfach das Haus überlassen und Abbas gebeten, sich um seine Familie zu kümmern. Diesmal hatte Hernando mit Juan Marco gesprochen, dem hochmütigen Webermeister, für den Aischa arbeitete. Dieser Weber, der in seiner Werkstatt kostbaren Samt, Satin und Damast fertigen ließ, war ein selbstgefälliger Mann, der sich für etwas Besseres hielt als die übrigen Meister seiner Zunft.

»Gib ihr mehr Lohn«, forderte Hernando ihn an jenem Abend auf, nachdem seine Mutter die Werkstatt längst verlassen hatte. Seit ihrem Streit nahm Aischa keine Hilfe ihres Sohnes mehr an.

»Warum sollte ich das tun?«, knurrte der Meister. »Die Gesellen sagen, dass man ihr nur Hilfsarbeiten geben kann.«

»Ich bitte dich darum. Außerdem soll es dich nichts kosten«, sagte Hernando und legte dem Meister drei Goldstücke in die Hand.

»Du hast leicht reden! Wenn ich der einen mehr Geld gebe, fallen alle anderen gleich wie die Wölfinnen über mich her.«

Hernando seufzte.

»Außer ihr wird niemand davon erfahren. Wenn du mir diesen Gefallen erweist, werde ich mich beim Herzog persönlich dafür einsetzen, dass man sich für deine Stoffe interessiert«, sagte Hernando und blickte dem Mann tief in die Augen.

Diesem Handel konnte der Weber nicht widerstehen.

»Einverstanden, aber … warum?«

»Das geht dich nichts an«, fuhr ihn Hernando an. »Sorge einfach dafür, dass du dich an deinen Teil der Abmachung hältst.«

Mit diesen Worten verließ er schnellen Schrittes die Werkstatt. Vor seiner Abreise musste er noch sein zweites wichtiges Problem lösen.

Kurz nach der Dämmerung klopfte er bei Arbasia an die Haustür. Das Dienstmädchen öffnete ihm und ließ ihn im Vorraum warten.

»Warum kommst du zu mir, Hernando? Es ist spät«, fragte Cesare Arbasia.

»Entschuldige, Meister, aber ich muss abreisen, und ich fürchte, ich kann nur noch einem einzigen Menschen in ganz Córdoba vertrauen.«

Hernando hielt dem Italiener eine Lederrolle hin, in der die Blätter des Barnabas-Evangeliums versteckt waren. Arbasia erriet den Inhalt und machte keinerlei Anstalten, sie an sich zu nehmen.

»Du bringst mich in Gefahr«, stellte der Künstler fest. »Was, wenn die Inquisition das Evangelium bei mir findet?«

»Du arbeitest im Auftrag des Bischofs und des Domkapitels. Niemand wird dich belästigen.«

»Warum versteckst du es nicht einfach dort, wo du es gefunden hast? Es war all die Jahre …«

»Darum geht es nicht. Gewiss, es gibt viele Verstecke. Aber ich möchte, dass das Evangelium nicht wieder verloren geht – für den Fall, dass mir etwas zustößt. Ich bin mir sicher, dass du weißt, was zu tun ist, wenn es so weit kommen sollte.«

»Was ist mit deinen Glaubensbrüdern?«

»Ich traue ihnen nicht. Nicht mehr«, musste Hernando zugeben.

»Sie trauen dir offenbar auch nicht mehr. Ich habe gehört …«

»Ich weiß einfach nicht mehr, was ich machen soll, Cesare. Ich habe beim Kampf für unsere Gesetze und unsere Religion mein Leben riskiert. Jemand hat mir einmal gesagt, ich solle christlicher sein als jeder Christ, und heute verachtet mich dieser Mann – weil ich seinen Rat befolge. Die gesamte Gemeinde verachtet mich! Sie halten mich für einen Verräter, selbst meine Mutter hält mich für einen Verräter!« Hernando musste tief Luft holen, ehe er weitersprechen konnte. »Aber das ist nicht alles. Ich fürchte, inzwischen sehen meine Glaubensbrüder nur noch einen Weg aus unserer Unterdrückung: Gewalt.«

Da seufzte der Italiener und griff nach dem Evangelium.

»Du darfst von deinen Glaubensbrüdern keinen Dank erwarten«, riet ihm Cesare Arbasia. »Das wäre reiner Hochmut. Du musst deine Anerkennung bei Gott suchen. Kämpfe weiter für deine Überzeugungen, und denke immer daran: Der einzig richtige Weg führt über das Wort und die Erkenntnis, niemals über Gewalt.« Arbasia schwieg eine Weile, ehe er sich von Hernando verabschiedete.

»Friede sei mit dir, Hernando.«

»Danke, Meister. Friede sei mit dir.«

In Ugíjar war der Oberrichter der Alpujarras über Hernandos bevorstehende Ankunft unterrichtet worden. Zugleich hatte man ihn gebeten, das Mädchen Isabel – mittlerweile eine Frau – ausfindig zu machen.

Hernando kam mit seinen Begleitern am Kirchplatz an. Auch an Ugíjar war die Vertreibung der Morisken nicht spurlos vorübergegangen: Es gab zahlreiche verfallene oder unbewohnte Häuser. Die Kirche hingegen war restauriert worden. Hoch zu Ross ließ Hernando seinen Blick über die Stadt schweifen. Was hatte er hier nicht alles erlebt! Er erinnerte sich an das Gedränge in den Straßen, an Aben Humeyas Soldaten. Er hatte den Suk wieder vor Augen und die Janitscharen und die Türken, die er hier zum ersten Mal gesehen hatte. Fatima, Isabel, Ubaid, Salah und seine Familie, Barrax und …

»Willkommen!«

Hernando zuckte zusammen. Er war so in seine Erinnerungen vertieft, dass er das kleine Empfangskomitee samt Oberrichter an der Spitze gar nicht bemerkt hatte. Der derbe, kleine Mann stand von zwei Bütteln eskortiert vor ihm. Hernando und Don Sancho saßen ab. Der Oberrichter wandte sich instinktiv an den Hidalgo, der ihm sogleich deutlich zu verstehen gab, dass er sich an den anderen Reiter zu wenden hatte.

»Ich heiße Euch«, sprach er nun an Hernando gewandt weiter, »im Namen des Corregidors von Granada willkommen.«

»Danke«, erwiderte Hernando und drückte die Hand, die ihm der Oberrichter feierlich entgegenstreckte.

»Der Herzog von Monterreal hat Euren Aufenthalt beim Corregidor angekündigt. Wir haben für Euch eine Unterkunft vorbereitet.«

Inzwischen umringten einige neugierige Bewohner die illustre Gruppe. Da Hernando diese offizielle Begrüßung unangenehm war, wollte er umgehend aufbrechen. Er machte einen Schritt auf sein Pferd zu, aber die Begrüßungsrede war noch nicht zu Ende.

»Außerdem begrüße ich Euch im Namen Seiner Exzellenz Don Ponce de Hervás, Richter am Obergericht von Granada.« Hernando blickte den Oberrichter der Alpujarras fragend an. »Ihr müsst wissen«, erläuterte dieser sofort, »Don Ponce ist der Gemahl von Doña Isabel – des Mädchens, das Ihr damals so mutig vor der Versklavung durch die Ketzer gerettet habt. Der Richter, seine Gemahlin und seine gesamte Familie möchten sich gern persönlich bei Euch bedanken. Deshalb hat Don Ponce meine Wenigkeit damit beauftragt, Euch auszurichten, dass Ihr nach Beendigung Eurer Mission von Seiner Exzellenz in Granada als Gast erwartet werdet.«

Hernando lächelte. Isabel war also noch am Leben. Genau hier, an dieser Stelle, hatte er sie an einem Strick durch die Scharen der interessierten Käufer gezogen und deren Angebote abgewehrt. Mehr als dreihundert Dukaten hatte ihm der Janitschar damals geboten.

»Was darf ich ihm in Eurem Namen ausrichten?«, erkundigte sich der Oberrichter.

»Wem?«, fragte Hernando, der noch immer seinen Erinnerungen nachhing.

»Don Ponce. Er erwartet eine Antwort. Was soll ich ihm sagen?«

»Ja, sagt ihm, dass ich seine Einladung gern annehme.«

Der Herzog behielt recht: Die Stuten in den Alpujarras waren für die Zucht ungeeignet. Die Tiere wirkten nicht sonderlich elegant: Sie hatten gedrungene Leiber, kurze Hälse und massive Köpfe. Hernando ritt auf Volador durch die Weiler und Dörfer der Alpujarras und hielt vorgeblich nach tauglichen Tieren Ausschau. Sein Pferd rief bei den einfachen Dörflern große Bewunderung hervor, und niemand entlarvte ihn als einen jener Morisken, die sich vor vierzehn Jahren am Aufstand beteiligt hatten. Hernando war im Stil der kastilischen Edelleute gekleidet, und weder seine blauen Augen noch seine Hautfarbe – die nicht selten sogar heller war als die der Altchristen in den Alpujarras – erweckten auch nur den geringsten Verdacht.

Auf einem seiner Streifzüge kam Hernando auch nach Juviles. In dem Dorf, in dem er seine ersten Lebensjahre verbracht hatte, lebten inzwischen nur mehr etwa vierzig Männer und Frauen. Angesichts der Häuser, der Kirche und des Dorfplatzes folgte er dem Vogt, der ihm vier seiner eigenen Pferde anbieten wollte – mit gemischten Gefühlen. Bei ihrem Gang über den Platz schloss Hernando kurz die Augen. Sofort hörte er die donnernden Arkebusenschüsse und die verzweifelten Schreie der Frauen, sogleich hatte er den beißenden Geruch von Schießpulver, Blut und Angstschweiß in der Nase. Eintausend Frauen hatte man allein auf diesem Platz umgebracht! Hernando musste tief Luft holen … In jener Nacht hatte er Fatima zum ersten Mal gesehen, in jener Nacht waren seine beiden Stiefschwestern gestorben. In jener Nacht war er für seine Mutter zum

Helden geworden – eine Mutter, die jetzt nur noch Verachtung für ihren Sohn empfand.

Als ihn der Mann aus dem Dorf hinausführte und auf das einstige Haus der Familie Ruiz – sein Elternhaus – zuging, begriff Hernando, dass der Vogt den ehemaligen Maultierstall nun für seine Pferde nutzte. Je näher sie dem Stall kamen, desto deutlicher meinte er das Geräusch der unregelmäßig klappernden Hufe zu hören, das die bevorstehende Ankunft der Maultierkolonne ankündigte. Sogleich ergriff ihn die Panik von damals. Ibrahim … Was war wohl aus ihm geworden? Hoffentlich war er längst tot!

Hernando begutachtete die vier Pferde des Vogtes und täuschte dabei zunächst größeres Interesse vor, um sich in Ruhe umsehen zu können. In einer Ecke entdeckte er tatsächlich den Amboss, auf dem er einst Hufeisen repariert hatte. Das Wohnhaus selbst war unbewohnt und diente als Lager. Der Vogt berichtete ihm außerdem stolz, dass er mit seiner Frau darin Seidenraupen züchtete.

»In den Zimmern im Obergeschoss war alles bestens vorbereitet. An den Wänden hingen sogar schon die Zuchthürden für die Seidenkokons«, erklärte er. »So konnte ich die Arbeit dieser Ketzer bestens nutzen!«, sagte er vergnügt und lachte.

Doch seine Stimmung schlug um, als Hernando ihm zu verstehen gab, dass er keines der Tiere kaufen werde.

»Ihr werdet hier in den Bergen keine besseren Stuten finden«, meinte er vorwurfsvoll und spuckte auf den Boden.

»Es tut mir leid«, erwiderte Hernando. »Aber deine Gäule sind für den Marstall des Herzogs von Monterreal nicht gut genug.« Bei der bloßen Erwähnung des Aristokraten wurde der Mann unruhig – ihm wurde schlagartig klar, dass er gerade den Herzog persönlich beleidigt hatte.

Träge, faul und bequem: Anders konnte Hernando die neuen Siedler nicht bezeichnen, die sich auf dem Grund und Boden breitgemacht hatten, der einst seinem Volk gehörte. Er ließ den Vogt samt Klepper und Kokons hinter sich und ritt in die Berge. Die so vertraute Umgebung bot einen trostlosen Anblick: All die kleinen fruchtbaren Terrassenfelder, die die Morisken den Bergen in jahrelanger Arbeit mit ihren Hacken abgerungen hatten, lagen nun von Unkraut überwuchert vor ihm. Die niedrigen Steinmauern, die sich den Berghang hinaufzogen und die kleinen Felder vor Erosion schützten, waren an vielen Stellen eingefallen, und das Erdreich bahnte sich seinen Weg durch die entstandenen Lücken. Die Kanäle und Gräben, die einst Felder und Gemüsegärten mit Wasser versorgt hatten, waren in sich zusammengefallen, und das kostbare Nass – dieser Quell des Lebens – bahnte sich seinen eigenen Weg durch dieses unkultivierte Land.

Unbrauchbar für die Landwirtschaft und unfähig für die Viehzucht, war Hernandos einzige Schlussfolgerung. Jeder der neuen Siedler besaß dreimal so viel Land wie damals die Morisken, und dennoch waren sie am Verhungern – und um Ausreden für diesen allgegenwärtigen Verfall nicht verlegen.

»Die Felder gehören dem König«, erklärte ihm ein beleibter Galicier in einer Schenke. »Sie unterstehen dem Corregidor von Granada. Genau wie die Weiden hoch oben in den Bergen, wo das Vieh im Sommer Gras und ein paar Sträucher findet. Weil das Land für die Allgemeinheit da ist, schicken nun auch viele bedeutende Familien aus der Stadt, die mit dem Corregidor befreundet sind, ihre Herden zum Weiden in die Alpujarras. Und die lassen ihre Tiere auch die Ernte auf den Feldern und die Maulbeerbäume leer fressen! Aber das Schlimmste ist: Wenn sie ihre Tiere wieder abholen oder auf eine andere Weide bringen, schicken sie bewaffnete Männer, die die besten aussuchen und mitnehmen, selbst wenn sie ihnen nicht gehören.«

»Exzellenz, sie plündern uns aus!«, rief ein Mann. »Und der Oberrichter in Ugíjar unternimmt nichts dagegen!«

Hernando hörte ihnen gar nicht zu. Wehmütig erinnerte er sich daran, wie er als Junge die Herden zusammenführen musste, die sie zuvor geteilt hatten, um die Abgaben zu umgehen.

»Wird Eure Exzellenz uns helfen?«, fragte der Galicier und wollte Hernando am Arm packen. Ein alter Mann hielt ihn jedoch zurück.

»Ich bin hier, um Pferde zu kaufen«, erwiderte Hernando schroff. Was wussten diese Christen schon von Plünderungen und der Missachtung von Gesetzen? Außerdem waren sie sogar von den Verkaufssteuern befreit. Was wollten sie eigentlich noch? Leute, macht euch lieber an die Arbeit!

Hernando war sich sicher, die Ursachen für die spärlichen Einnahmen des Königs gefunden zu haben, und offensichtlich gab es in den Alpujarras keine einzige geeignete Stute für Don Alfonsos Stallungen. Dennoch entschied Hernando, seinen Aufenthalt noch ein wenig zu verlängern. Allein Don Sanchos Missmut darüber, noch mehr Zeit in diesem kleinen verfallenen Haus in einem Dorf mitten in den Bergen zubringen zu müssen, verschaffte ihm eine gewisse Genugtuung. Der Oberrichter, der Abt von Ugíjar und sechs weitere Geistliche waren die einzigen Personen, mit denen der Hidalgo eine halbwegs gepflegte Konversation führen konnte.

Hernando verließ Ugíjar gleich nach der Frühmesse. Auf seinem Weg kam er an Salahs Haus vorbei, in dem nun eine christliche Familie wohnte. Von dort aus begab er sich an all die Orte, die er während des Aufstandes kennengelernt hatte. Er prüfte die Bedingungen für den Handel vor Ort und versuchte im Gespräch herauszufinden, warum diese einst so reiche Gegend, die früher so viele Morisken und ihre Familien versorgen konnte, nun brachlag. Manchmal verbrachte Hernando die Nacht weit weg von Ugíjar. Einmal ritt er sogar zum verfallenen Kastell von Lanjarón, wagte aber nicht, die Waffe des Propheten auszugraben. Was sollte er damit anfangen? Stattdessen kniete er in der Einsamkeit nieder und betete.

Inzwischen zeigte sich der alte, an das höfische Leben gewöhnte Don Sancho vom Aufenthalt in dem Bergdorf so gelangweilt, dass er Hernando eines Tages bat, ihn bei seinen Ausritten begleiten zu dürfen.

»Seid Ihr Euch sicher?«, fragte Hernando. »Denkt daran: Dort, wo ich in den Bergen reite, gibt es wirklich nur noch Felsen und …«

»Zweifelst du etwa an meinen Reitkünsten?«

Am nächsten Morgen brachen sie früh auf. Der Hidalgo hatte sich herausgeputzt, als ginge es auf eine königliche Jagdpartie. Hernando hatte von einer Pferdeherde gehört, die in der Nähe vom Ragua-Pass weidete, und er nahm den Weg Richtung Válor, um von dort aus über schmale Pfade noch höher in die Berge zu gelangen.

»Ich weiß, welche Mission du hier eigentlich verfolgst«, rief ihm der Hidalgo vom anderen Ufer des Baches zu, über den Volador problemlos hinweggesprungen war. Don Sancho trieb sein Pferd gerade ebenfalls über den Bachlauf. Hernando musste zugeben, dass sich der alte Hidalgo weitaus besser im Sattel hielt, als er ihm zugetraut hätte. »Ich glaube nicht, dass wir dort hinaufreiten müssen, um herauszufinden, warum der König so wenige Abgaben erhält.«

»Ihr kennt die Felder dort oben und wisst, was darauf angebaut wird?«, fragte Hernando statt einer Antwort. Don Sancho schüttelte den Kopf. »Oder habt Ihr nur Angst?«

Der Hidalgo zog die Augenbrauen zusammen, schnalzte mit der Zunge, und schon setzte sich sein Pferd in Bewegung.

Es war Ende Mai, die Frühlingssonne schien, und es wehte eine warme Brise. Don Sancho ritt hinter Hernando her. Sie überwanden Schluchten, folgten Bachläufen und bezwangen alle nur erdenklichen Hindernisse der Natur. Beide Männer waren ganz auf ihren Ritt konzentriert. Nur das schwere Atmen der Tiere und die gelegentlichen Rufe, mit denen die Reiter ihre Pferde anspornten, waren während ihres ansonsten stillen Wettstreits zu hören. Plötzlich stand Hernando vor einer steilen, fast senkrechten Felswand. Er überlegte nicht lange: Er stellte sich in die Steigbügel und hielt sich mit einer Hand an Voladors Mähne fest. Dann gab er ihm kräftig die Sporen. Das Pferd nahm den Anstieg in Angriff, und Hernando presste seinen Körper an Voladors Hals, der plötzlich in den Himmel zu ragen schien.

Das Pferd hielt keine Sekunde inne. Es hätte sich an dieser steilen Felswand auch gar nicht in einer normalen Geschwindigkeit bewegen können. Kleine Felsbrocken stürzten immer wieder in die Tiefe. Da trat Volador plötzlich ins Leere und rutschte ein kleines Stück den Hang hinab. Erst als das Pferd aufgeregt wieherte, erkannte Hernando die Gefahr, in der sie sich befanden: Wenn Volador nicht mehr hochkäme oder sich auch nur einen Deut zur Seite neigte, würden sie beide unvermeidlich ins Bodenlose stürzen.

»Hoch!«, rief er und stieß dem Tier die Sporen fast in die Kruppe. »Mach schon!«

Volador stellte sich auf die Hinterhufe und sprang nach oben. Hernando flog beinahe aus dem Sattel.

»Du bringst dich noch um!«, rief Don Sancho am Fuß der Steilwand.

»Allahu akbar«, flüsterte Hernando Volador ins Ohr. Immer wieder krachten lose Felsbrocken nach unten, immer wieder brachen die Hufe des wild schnaubenden Pferdes weg. »Allahu akbar!«, feuerte er Volador bei jedem Sprung, mit dem sich das Pferd nach oben kämpfte, immer lauter an.

Das letzte Stück musste Volador fast klettern. Da sprang Hernando aus dem Sattel und gelangte geschickt vor das Tier, um es die letzten Schritte an den Zügeln hochzuziehen. Pferd und Reiter waren vollkommen verschwitzt, als sie schließlich die Felskante überwunden hatten und sich auf der kleinen Anhöhe zu Boden sinken ließen. Beide zitterten am ganzen Leib und rangen erschöpft nach Atem. Vor ihnen erstreckte sich ein leicht im Wind wogendes Meer aus Frühlingsblumen. Sie hatten es geschafft.

Hernando drehte sich keuchend um und blickte über den Abgrund in die Tiefe. Er bekam kaum Luft und konnte sein Zittern nicht kontrollieren.

»Jetzt komme ich!«, rief Don Sancho, als er Hernando sah. Er musste es dem Morisken unbedingt beweisen. »Santiago!«

»Nein!«, rief Hernando und richtete sich auf. Don Sancho hielt inne. »Das ist Wahnsinn!«

Der Hidalgo zwang sein Pferd, ein paar Schritte zurückzuweichen, um besser zu Hernando hinaufsehen zu können.

»Ich bin ein Hidalgo!«, sprach sich Don Sancho Mut zu.

Das ist Selbstmord, dachte Hernando nur. Und er wäre zu allem Überfluss auch noch schuld an dem Unglück. Immerhin hatte er ihn zu diesem Wettstreit angestiftet.

»Bei Gott und der Heiligen Jungfrau! Ein spanischer Edelmann kommt dort genauso gut hinauf wie ein …!«

»Ihr schon«, unterbrach Hernando Don Sancho, bevor er ihn als Morisken bezeichnen konnte. »Aber nicht Euer Pferd!«

Der Hidalgo zögerte einen Moment und begutachtete noch einmal die steile Felswand. Das Tier wurde unruhig. Schließlich tätschelte der Adlige missmutig sein Pferd, nahm seinen Hut ab und befolgte zähneknirschend Hernandos Rat.

»Ihr reitet wirklich vorzüglich«, sagte Hernando anerkennend, als er den Felsen umrundet hatte und wieder zu Don Sancho stieß. Volador schwitzte und zeigte dort, wo ihn die Sporen getroffen hatten, blutige Striemen.

»Ich weiß«, antwortete der Hidalgo und versuchte seine Erleichterung zu verbergen, seine Reitkünste nicht beweisen zu müssen.

»Lasst uns nach Ugíjar zurückkehren«, schlug Hernando vor. Er war stolz, den Hidalgo bei diesem Wettstreit besiegt zu haben.

In der Nacht verkündete Hernando seinen Begleitern, dass sie am nächsten Morgen Richtung Granada aufbrechen würden.

»Anscheinend«, erzählte ihm Don Sancho unterwegs, »wurde Doña Isabel damals vom Marquis von Los Vélez aufgenommen.«

Die beiden ritten vor den Dienern mit der Maultierkolonne.

»Woher wisst Ihr das?«

»Der Abt von Ugíjar hat es mir erzählt, während du in den Bergen unterwegs warst.« Hernando zog die Augenbrauen hoch, als würde er nicht verstehen. »Ja, wirklich«, bestätigte Don Sancho. »Doña Isabel kam als Gesellschafterin für die Mädchen ins Haus des Marquis. Die Familie schloss sie bald so ins Herz, dass des Teufels Eisenhaupt sie sogar mit einer beachtlichen Mitgift ausstattete. Dann ehelichte sie einen Juristen, der mithilfe der Los Vélez aufstieg und dem es aufgrund der Beziehungen eines anderen Fajardo de Córdoba – einem Richter in Sevilla – gelang, selbst Richter am Obergericht in Granada zu werden.«

»Ist der Posten denn so wichtig?«

Don Sancho pfiff vor seiner Antwort durch die Zähne.

»Das Obergericht in Granada ist neben dem Obergericht in Valladolid das wichtigste Gericht. Ihnen übergeordnet – und das auch nur bei speziellen Belangen – ist lediglich der Rat von Kastilien. Ja, dieser Richterposten ist ein wichtiges Amt. Don Ponce de Hervás ist Richter in einer zivilrechtlichen Kammer. Sämtliche Streitfälle in Andalusien landen bei ihm oder bei einem seiner Kollegen. Das bringt sehr viel Macht… und Geld.«

»Werden die Richter gut bezahlt?«

»Sei nicht naiv. Weißt du, was der Herzog von Alba über die Rechtspflege in diesem Land gesagt hat?« Hernando drehte sich im Sattel zu Don Sancho um. »Bei Gericht geht es nicht anders zu als beim Metzger: kein Rechtsstreit ohne Geschacher – und fast alle Beamten sind käuflich. Hernando, ich warne dich: Fang niemals einen Rechtsstreit mit einem reichen Mann an.«

»Hat der Herzog das gesagt?«

»Dieser Rat kommt von mir.«

Die Nacht verbrachten sie in Padul, nicht weit von Granada entfernt, denn sie wollten bei ihren Gastgebern nicht zu einer unangemessenen Zeit eintreffen.

Am nächsten Morgen zeigte sich Don Sancho überrascht, dass Hernando darauf bestand, noch vor ihrem Aufbruch in die Kirche zu gehen. Was er nicht wusste: Dort hatten Hernando und Fatima die christliche Ehe geschlossen, nachdem er sich im Feldlager des Don Juan de Austria ergeben hatte. Fatima… Die Kirche war zu dieser frühen Stunde leer und kalt – wie Hernandos Herz. Er kniete an einer der Gebetsbänke nieder und schloss die Augen.

»Tod verheißt ewige Hoffnung«, flüsterte er immer wieder.

Dieser Satz verfolgte ihn, er schien seit dem Tag, als Fatima ihn zum ersten Mal ausgesprochen hatte, sein Schicksal zu bestimmen. Gott, warum? Warum musste Fatima…? Hernando wischte sich die Tränen aus dem Gesicht, bevor er aufstand und zurück zu Don Sancho ging. Bis zu ihrer Ankunft in Granada sprach er kein einziges Wort.

Am späten Vormittag ritten sie durch die Puerta del Rastro. Die Stadt der Alhambra empfing sie mit einem düsteren Omen: Ein Totenkopf steckte in einem rostigen Eisenkäfig am Bogen des Stadttors. Einige Bauern und Händler, die das Tor ebenfalls passieren wollten, beschwerten sich, als Hernando stehen blieb und den Strom der Menschen zum Stocken brachte, um die Inschrift über dem Käfig zu lesen:

Dieses Haupt gehört dem elenden Hund Aben Aboo,
der mit seinem Tod den Krieg beendete.

»Hast du ihn gekannt?«, flüsterte Don Sancho, während sich die Leute missmutig an der Maultierkolonne und dem edel gekleideten Reiterpaar vorbeidrückten.

Ibn Abbuh? Dieser kastrierte Schuft hatte ihn damals als Sklave an Barrax verkauft und seinem Stiefvater Fatimas Hand versprochen. Hernando spuckte aus.

»Offensichtlich«, stellte der Hidalgo fest und ritt hinter Hernando her, der unter dem Totenschädel des Königs von al-Andalus hindurchtrabte.

Sie folgten dem Lauf des Darro, der durch die Stadt floss, bis sie an der turbulenten Plaza Nueva ankamen, wo der Fluss in der Erde verschwand, um hinter der Kirche Santa Ana wieder aufzutauchen. Rechts ging es hinauf zur Alhambra, die erhaben über Granada thronte, links befand sich ein großes palastartiges Gebäude, dessen Bau noch nicht ganz fertiggestellt war.

»Wie finden wir Don Ponce?«, fragte Hernando den Hidalgo.

»Nichts leichter als das«, antwortete Don Sancho und sprach einen bewaffneten Büttel an, der vor der Baustelle postiert war. »Wir suchen den Wohnsitz von Don Ponce de Hervás«, sagte er in einem herrischen Ton.

»In diesem Moment hält sich Seine Exzellenz hier im königlichen Obergericht auf.« Der Mann deutete auf den Neubau, vor dem er Wache stand. »Soll ich einen Boten schicken?«

»Wir wollen ihn nicht belästigen«, gab Don Sancho zur Antwort. »Wir möchten nur zu seinem Haus gelangen.«

Der Büttel rief zwei Jungen herbei, die auf dem Platz spielten.

»Kennt ihr das Haus von Don Ponce de Hervás im Albaicín?«, fragte er sie.

Wenig später folgten Hernando, Don Sancho und die Diener mit den Maultieren den beiden Jungen durch das labyrinthische Gassengewirr des Albaicín-Viertels. Viele der kleinen Häuser, die einst Morisken gehört hatten, waren verriegelt oder aufgegeben, und wie in Córdoba standen anstelle der alten Moscheen nun neue Kirchen, Klöster oder Hospitäler. Zunächst ging es in engen Serpentinen steil bergauf, dann führte sie ein kurzer, nicht ganz so abschüssiger Weg direkt vor den Carmen des Richters. Die für das Stadtviertel typische Villa lag inmitten einer prächtigen, von Mauern umgebenen Gartenanlage am Hang. Sie saßen ab, überließen die Pferde den Dienern, und Hernando drückte jedem der beiden Jungen ein Geldstück in die Hand, während Don Sancho mit einem Türklopfer in Form eines Löwenkopfes an das doppelflügelige Tor pochte.

Ein Pförtner in Livree nahm sie in Empfang, und sobald er Hernandos Namen vernahm, erhellte sich seine Miene, und er eilte los, um seine Herrschaft über die Ankunft der erwarteten Gäste zu benachrichtigen. Hernando und Don Sancho lehnten derweil an einer der Balustraden, die die lang gestreckten, schmalen Zier- und Nutzgärten umzäunten, die unterhalb des Anwesens terrassenförmig den Hang hinab angelegt waren und an den nächsten Carmen oder eines der ehemaligen Wohnhäuser der Morisken grenzten. Die beiden Männer standen gebannt da: Sie waren umhüllt vom Duft der Frühlingsblumen und der blühenden Obstbäume, lauschten dem friedlichen Plätschern der zahllosen Brunnen, und auf der anderen Uferseite des Darro erhob sich in einiger Entfernung die mächtige Alhambra.

Plötzlich hörten sie eine zaghafte Stimme hinter sich.

»Hernando…«

Hernando zögerte. Wie sah das Mädchen mit dem hellblonden Haar und den ängstlichen braunen Augen wohl heute aus? Dann drehte er sich langsam um: Das helle Haar war zu einem kunstvollen Knoten gebunden und bildete einen scharfen Kontrast zum schwarzen Kleid der schönen Frau, deren Augen trotz der Tränen leuchteten.

»Friede sei mit dir, Isabel.«

Die Frau biss sich auf die Unterlippe und nickte. Sie konnte sich nur zu gut an ihren Abschied in Berja erinnern, bevor ihr Retter in gestrecktem Galopp davongeritten war. Isabel hielt einen Säugling im Arm, und neben ihr standen zwei Jungen, von denen sich der jüngere am Rock der Mutter festhielt. Den älteren – ein etwa sechsjähriger Junge – schob sie sanft an, damit er vortrat.

»Das ist mein Sohn Gonzalico«, stellte sie ihn vor, während der Junge dem fremden Mann schüchtern seine rechte Hand reichte.

Hernando machte einen Schritt auf ihn zu und kniete sich vor ihn.

»Hat dir deine Mutter von deinem Onkel Gonzalico erzählt?« Der Junge nickte. »Er war ein tapferer Junge.« Hernando spürte einen Kloß im Hals, und er musste sich räuspern, ehe er weitersprechen konnte. »Bist du auch so mutig wie dein Onkel?«

Gonzalico drehte sich zu seiner Mutter um, die zur Bestätigung lächelte.

»Ja, das ist er«, beteuerte sie.

»Sollen wir einmal zusammen ausreiten? Mein Pferd stammt aus dem königlichen Marstall, aus dem Stall von König Philipp. Der beste in ganz Andalusien.«

Der Junge riss die Augen weit auf. Nun löste sich auch sein Bruder vom Rockzipfel der Mutter.

»Das ist Ponce«, stellte Isabel den jüngeren Sohn vor.

»Wie heißt es?«, fragte Gonzalico.

»Wie mein Pferd heißt? Volador. Wenn man auf ihm reitet, ist es so, als würde man fliegen. Wollt ihr auf ihm fliegen?«

Die beiden Kinder nickten.

Hernando fuhr ihnen über den Schopf und richtete sich schließlich auf.

»Das ist mein Begleiter, Don Sancho«, sagte er dann und zeigte auf den Hidalgo. Don Sancho trat vor und beugte sich über die Hand, die ihm Isabel reichte.

Hernando beobachtete Isabel, die freundlich auf Don Sanchos höfliches Geplauder einging. Aus dem verängstigten Mädchen von damals war eine wunderschöne Frau geworden. Sie lächelte vergnügt und bewegte sich anmutig – ihr war bewusst, dass Hernando sie beobachtete. Als sich Hernandos und Isabels Blick für einen Moment trafen, überfielen ihn plötzlich tausend Erinnerungen.

Hernando erschauderte. Um diese fast schon vergessenen Bilder wieder loszuwerden, fragte er Isabel schnell, wie es ihr im Lauf der letzten Jahre ergangen war.

47

Aus Dankbarkeit gegenüber Hernando änderte Don Ponce de Hervás sein ansonsten wortkarges und reserviertes Verhalten in einem Maße, das sogar die Bediensteten überraschte. Der Richter war recht füllig und ganz in Schwarz gekleidet. Er hatte ein rundliches Gesicht und war fast einen Kopf kleiner als seine Gemahlin, die er sichtlich verehrte. Seinem Gast wies er ein Schlafzimmer im Obergeschoss zu, direkt neben den Gemächern der Eheleute. Dieser Raum führte auf einen großen Balkon über den Gärten, von dem aus man auf die erhabene Alhambra blicken konnte. Don Sancho wurde auf demselben Stockwerk untergebracht, allerdings im Trakt mit den Kinderzimmern, am anderen Ende des langen Korridors, der sich durch das gesamte Anwesen wand.

In den folgenden Tagen ließ sich Don Ponce durch Hernandos Anwesenheit nicht in seinem gewohnten Tagesablauf stören. Er stürzte sich in seine Arbeit am Obergericht, als könnte er nur in der gewissenhaften Ausübung seines Amtes die Anerkennung finden, die ihm neben dem bezaubernden Schützling eines spanischen Granden nicht vergönnt war. Seine Gemahlin stellte den Richter immer in den Schatten – ganz gleich, ob sie eine dezente Handbewegung machte, etwas sagte oder nur lächelte. Don Sancho wiederum bat seine Gastgeber um Dispens, um sich in der Stadt bei Verwandten und Bekannten umzusehen, während Hernando die Tage gemeinsam mit Isabel und ihren Kindern im Carmen verbrachte.

Mit Don Ponces Erlaubnis konnte Hernando in den ersten Tagen den Schreibtisch des Richters im Erdgeschoss benutzen, um für den

Herzog einen umfassenden Bericht über seine Nachforschungen aufzusetzen.

»Man könnte in Ugíjar einen Seidenmarkt einrichten«, schlug er darin vor. »So müssten die Ortsansässigen ihre Seide nicht im weit entfernten Granada verkaufen, wozu sie derzeit anscheinend gezwungen sind. Sie könnten sich somit die Kosten für die Reise in die Stadt sparen, zudem würde diese Maßnahme nicht die Webereien in Granada betreffen, denn diese beziehen ihre Seide außer aus den Alpujarras noch aus anderen Gebieten.« Dann ließ er sich über die Faulheit der Bewohner und die Probleme aus, die ihm bei seinen Streifzügen durch die Alpujarras aufgefallen waren.

Da hörte er Kinderlachen. Hernando stand auf und ging zu der Terrassentür, bei der einer der beiden Flügel offen stand, damit eine frische Brise aus dem Garten hereinwehte: Die großzügige Anlage war auf dieser Seite vom Erdgeschoss aus zugänglich. Hernando lehnte sich an den Türrahmen. In der Mitte des weitläufigen Gartens erstreckte sich ein langes Wasserbecken, das von zahlreichen Springbrunnen gespeist wurde. Einige zu dieser Jahreszeit dicht belaubte Weinspaliere bildeten zwei angenehm kühlende Bogengänge und führten zu beiden Seiten des Beckens zu einem Gartenhäuschen. Unter den Dächern aus Weinblättern standen Bänke, von denen aus sich das fröhliche Spiel der Wasserspeier am Beckenrand beobachten ließ.

Auf einer dieser Bänke saß Isabel. Auf ihrem Schoß ruhte eine Stickarbeit, während sie glücklich zu ihren Söhnen blickte, die neben der Kinderfrau hin und her liefen. Ein Sonnenstrahl, der durch das Weinlaub fiel, erhellte ihre Gestalt im schattigen Laubtunnel. Wie immer trug sie ein schwarzes Kleid. Ihr hellblondes Haar, das ihm vor Jahren in dem dunklen Raum in Ugíjar aufgefallen war und das sie vor der Sklaverei gerettet hatte, betonte ihr weiches, liebliches Gesicht mit den vollen Lippen. Sein Blick glitt über ihren langen Hals und ihre wohlgeformten Brüste, die in das dunkle Gewand gezwängt waren, über ihre schmale Taille und ihre breiten Hüften, über den Körper einer jungen Frau, die drei Kinder zur Welt gebracht hatte. Das Sonnenlicht fiel auf ihre ausgestreckte Hand, als Isabel Gonzalico warnte, nicht zu nah ans

Wasser zu gehen. Hernando folgte fasziniert der Bewegung dieser hellen, schmalen Hand. Als er wieder in Isabels Gesicht blickte, durchströmte ihn plötzlich eine unangenehme Wärme: Ihre braunen Augen waren direkt auf ihn gerichtet. Sein Atem beschleunigte sich, als er bemerkte, dass sich Isabels Brust unter dem verstärkten Mieder schnell hob und senkte. Was ging hier vor? Verwirrt hielt er ihrem Blick einige Sekunden lang stand. Er war fest davon überzeugt, dass sie ihre Aufmerksamkeit sofort wieder den Jungen oder ihrer Handarbeit zuwenden würde, aber sie gab nicht nach. In dem Moment, in dem er spürte, wie ihm diese Wärme zwischen die Beine fuhr, verließ er schlagartig das Zimmer, suchte nach einem Diener und wies ihn an, Volador aufzäumen zu lassen.

Eine Woche später gaben Don Ponce und seine Gemahlin eine Gesellschaft zu Ehren ihres Gastes. In den sieben Tagen vor dem großen Ereignis saß Hernando jeden Morgen mit dem Rücken zur Terrassentür und versuchte, konzentriert an dem Bericht für den Herzog weiterzuarbeiten und sich nicht vom Kinderlachen aus dem Garten ablenken zu lassen.

Ein jährlicher Freimarkt, auf dem die Bewohner der Alpujarras ihre Waren verkaufen könnten … Bessere Straßen … Ordnung des Rechtswesens im gesamten Gebiet … Hernando unterdrückte das Verlangen, sich nach dem Garten und Isabel umzusehen. Er führte jede einzelne Idee weiter aus, mit der sich der Handel in dem Gebiet fördern und somit die Einkünfte für die Krone steigern lassen würden. Allerdings kam er nur langsam voran. Er fühlte sich erschöpft und konnte nicht gut schlafen. Nachts drang jedes noch so leise Geräusch aus dem Schlafgemach von Isabel in sein Zimmer. Ohne es zu wollen, ertappte er sich dabei, wie er angestrengt lauschte und den Atem anhielt, um das Geflüster auf der anderen Seite der Wand zu hören. Er meinte sogar das Ächzen des Bettes – bestimmt ein Bett mit Baldachin – zu hören, wenn Isabel sich umdrehte. Denn es konnte nur sie sein. In keinem einzigen Moment seiner qualvollen Nächte ordnete er auch nur eines dieser Geräusche dem Richter zu. Zuweilen dachte er an Fatima, aber nach nur wenigen Augenblicken stellte er fest, dass er sich wieder auf das benachbarte Zimmer konzentrierte. Tagsüber versuchte er Isabel aus dem Weg zu gehen – dabei fühlte er sich zugleich beschämt und unbehaglich.

Noch am Morgen des Tages, an dem die Abendgesellschaft stattfinden sollte, konnte er einen Schlussstrich unter den Bericht ziehen, und in einem Begleitschreiben unterrichtete er den Herzog über seinen Aufenthalt bei Don Ponce de Hervás und dessen Gemahlin Doña Isabel. Mangels eines eigenen Siegels bat er den Richter, das Schriftstück zu verschließen, und da laut Don Ponce ohnehin ein Bote nach Madrid aufbrechen sollte, beauftragte er einen Diener mit der Weitergabe des Schreibens.

Das Fest sollte kurz vor Einbruch der Dunkelheit beginnen. Hernando und Don Sancho wurden auf Kosten ihres Gastgebers und dem Prunk des gesellschaftlichen Ereignisses entsprechend, neu eingekleidet. Der Hidalgo und Hernando leisteten der Bitte von Don Ponce Folge und standen am Eingang des Carmen, wo sie den Gästen vorgestellt werden sollten. Don Sancho konnte seine Aufregung nicht verbergen.

»Ach, hättest du doch tanzen gelernt«, warf er Hernando vor und überprüfte eitel sein Gewand.

»Und nun die Campanela«, äffte Hernando den Hidalgo nach und wagte einen affektierten Sprung.

»Die Kunst des höfischen …«, begann Don Sancho ernsthaft.

Leiser Applaus unterbrach die Ausführungen des Hidalgos.

»Kannst du tanzen?«

Hernando drehte sich um und sah Isabel auf sich zukommen, die noch immer belustigt Beifall klatschte. Statt ihres üblichen schwarzen Gewandes trug die junge Frau ein zweiteiliges Abendkleid aus dunkelgrünem Satin, der mit Stoffen in verschiedenen Grüntönen unterlegt war. Das verstärkte Mieder mit Halskrause, die den Hals bis zum Kinn verdeckte, lief spitz auf den Reifrock zu, der in der Taille ansetzte. Es zwängte ihre Brüste sogar noch mehr als sonst ein und verbarg die üppigen weiblichen Formen, die an den anderen Tagen noch zu ahnen waren. Ihre Wangen hatte sie mit roter Farbe betont, ihre Augen leuchteten und waren mit einer Antimonmischung umrandet. Eine kostbare Perlenkette vollendete ihre edle Erscheinung. Don Sancho wandte den Blick schnell ab und brummte sich selbst einen Tadel zu – seine Aufmerksamkeit für ihre Gastgeberin hatte die Grenzen der Höflichkeit überschritten. Dann kniff er Hernando in den Unterarm, um den Morisken auf sein ungebührliches Verhalten hinzuweisen, aber dieser bekam nicht einmal den Mund wieder zu: Er konnte seinen Blick einfach nicht von der eleganten Erscheinung vor ihnen abwenden.

»Kannst du tanzen?«, fragte Isabel noch einmal. Sie stand nun neben ihm.

»Nein«, brachte er verwirrt hervor. Er war vom Duft des Parfums betört, das diese bezaubernde Gestalt umgab.

»Ja, Hernando hat sich geweigert, tanzen zu lernen«, platzte der Hidalgo hervor, im Bemühen, dem Moment seinen Zauber zu nehmen. Ihm waren die argwöhnischen Blicke der Diener nicht entgangen, die in bunte Livreen gekleidet die Gäste erwarteten.

Isabel senkte bei Don Sanchos Einmischung leicht den Kopf und lächelte mild. Sie stand nur noch einen Schritt von Hernando entfernt.

»Das ist sehr bedauerlich«, flüsterte die Frau. »Bestimmt wäre es für viele Damen ein Vergnügen, wenn du sie heute Abend zu einem Tanz auffordern würdest.«

»Don Ponce!«, rief der Hidalgo verzückt. Isabel drehte sich beunruhigt um. »Ach, ich dachte, ich hätte den Richter gesehen«, entschuldigte sich Don Sancho, als er Isabels fragenden Blick bemerkte.

»Entschuldigt bitte«, erwiderte Isabel leicht verwirrt. »Ich muss vor der Ankunft unserer Gäste noch einige Dinge erledigen.«

»Du kannst eine Dame unmöglich derart unverhohlen anstarren!«, schalt ihn Don Sancho, als Isabel einige Schritte entfernt war. »Sie ist immerhin die Gemahlin des Richters!«

Hernando reagierte mit einer unbeholfenen Geste. Auf was hoffte er eigentlich? Er wusste es nicht. Er wusste nur, dass er sich zum ersten Mal seit Jahren wieder verzaubert fühlte.

Hernando und Don Sancho absolvierten die Begrüßungszeremonie an der Seite des Richters und seiner Gemahlin und ließen die Vorstellung der mehr als einhundert Gäste über sich ergehen, die der Einladung des reichen und bedeutenden Juristen von Granada gefolgt waren: Kollegen, Domherren, Inquisitoren, Priester und Mönche, der Corregidor von Granada und einige Veinticuatros, Notare, Vertreter der verschiedensten Ritterorden, hochrangige Adlige sowie Hidalgos. Hernando nahm die Glückwünsche und Dankesbekundungen all dieser Menschen geduldig entgegen. Don Sancho wich ihm dabei keinen Moment von der Seite und versuchte vergeblich, selbst mit diesen einflussreichen Gästen ins Gespräch zu kommen. Hernando entging die wachsende Verzweiflung des Hidalgos nicht.

»Ich möchte Euch Don Sancho de Córdoba vorstellen, den Cousin des Herzogs von Monterreal«, sagte er zu einem Mann, den man ihm als den Pfarrer von San José vorgestellt hatte.

Der Geistliche begrüßte den Hidalgo mit einer angedeuteten Kopfbewegung, doch damit war sein Interesse an Don Sancho schon wieder verflogen, und der Mann wandte sich erneut Hernando zu.

»Ich schätze mich überaus glücklich, den Mann kennenzulernen, der Doña Isabel aus den Fängen der Ketzer befreit hat. Ich habe auch von Euren anderen Heldentaten gehört, beispielsweise wie Ihr Don Alfonso de Córdoba und viele andere Christen gerettet habt.« Hernando versuchte seine Überraschung zu verbergen. »Doña Isabel«, sprach der Pfarrer weiter, während die Hausherrin aufmerksam zu ihm herübersah, »ist eine meiner frömmsten, nein, vielleicht sogar die frömmste Gläubige in unserer Pfarrei. Wir alle sind so beglückt, dass Ihr ihre Seele für Unseren Herrn gerettet habt.«

Hernando blickte zu seiner Gastgeberin, die das Lob demütig annahm.

»Ich habe unlängst mit einigen Domherren gesprochen«, fuhr der Geistliche fort, »und wir möchten Euch einen Vorschlag unterbreiten. Ich gehe davon aus, dass der Dekan – der meines Wissens heute Abend mit Euch am selben Tisch sitzen wird – Euch noch davon berichten wird.«

Nach den Worten des Pfarrers von San José konnte sich Hernando nicht mehr auf die nun eintreffenden Gäste konzentrieren. Welchen Vorschlag wollten ihm die Domherren unterbreiten?

Seine Neugierde sollte bald gestillt werden. Tatsächlich bekam Hernando einen Ehrenplatz an der langen Haupttafel zugewiesen, die in einem der Laubengänge im Garten aufgestellt war – zwischen Don Ponce und dem Corregidor von Granada. Ihm gegenüber saßen Juan de Fonseca, der Dekan der Kathedrale, sowie zwei Veinticuatros: ein Marquis und ein Graf. Die anderen Gäste waren ihrem Rang entsprechend platziert. Eine ähnliche Tafel stand auf der anderen Seite des Wasserbeckens. Dort konnte Hernando Don Sancho erkennen, der angeregt mit seinen Tischnachbarn plauderte. Im gesamten Carmen standen außer den beiden langen Ehrentischen noch zahlreiche weitere Tische in den kleineren Ziergärten. Dort speisten Männer, die entsprechend den Vorschriften des tridentinischen Konzils zumeist in Schwarz gekleidet waren, oder Frauen, die sich in Prunk und Schönheit gegenseitig zu übertreffen suchten. Im Gartenhäuschen am Ende der Laubengänge hatten Musiker Platz genommen, die mit Posaune, Horn, Schalmei, zwei Flöten, einer kleinen Trommel und einer Vihuela die sternenklare Nacht mit ihrer Musik erfüllten.

Schon beim ersten Gericht – gefüllte Rebhühner und Kapaune – wurde Hernando mit zahlreichen Fragen über die Gefangenschaft und Flucht von Don Alfonso de Córdoba förmlich belagert, aber auch mit eher vorsichtigen über die Gemahlin des Richters.

»Ich habe gehört«, beteiligte sich einer der beiden Veinticuatros am Gespräch, während er genüsslich an einem Rebhuhnflügel nagte, »dass Ihr nicht nur den Herzog und Doña Isabel, sondern auch noch andere Christen befreit habt.«

Die Frage blieb unbeantwortet, da genau in diesem Moment die Saiten der Vihuela erklangen und eine traurige Melodie spielten, bevor die anderen Instrumente wieder einsetzten. Der Klang erinnerte Hernando an die Lautenspieler bei den Festen der Morisken.

»Könnt Ihr Euch an die Namen erinnern?«, erkundigte sich der Corregidor.

»Ja, aber nicht an alle«, log Hernando. Er hatte auf diese Frage gewartet, seit er von den Gerüchten über seine vermeintliche Rettung weiterer Christen gehört hatte.

Der Veinticuatro ließ von seinem Rebhuhnflügel ab, und es herrschte plötzlich ein unangenehmes Schweigen.

»Nennt uns doch einige Personen«, bedrängte ihn der Dekan der Kathedrale.

»Ich möchte lieber keine Namen nennen.« Mit einem Mal waren die fragenden Blicke aller Tischgäste auf ihn gerichtet. Hernando räusperte sich, ehe er zu einer Erklärung ansetzte. »Einige mussten Familienangehörige und Freunde zurücklassen. Viele haben bei ihrer Flucht bitterlich geweint: Sie waren zwischen Schuldgefühlen und der Angst ums eigene Überleben hin- und hergerissen. Ich erinnere mich an einen Mann, der nach seiner Befreiung schon in Sicherheit war, dann aber doch lieber zu seinen Kindern zurückging, um mit ihnen zusammen hingerichtet zu werden.« Die Anwesenden machten betretene Gesichter oder schlossen nachdenklich die Augen. »Ich darf ihre Namen nicht preisgeben«, behauptete Hernando hartnäckig. »Niemandem ist damit geholfen. Kriege bringen die Menschen dazu, ihre Prinzipien über Bord zu werfen und sich allein von ihren Gefühlen leiten zu lassen.«

Alle schwiegen und hingen zu den traurigen Klängen der Vihuela ihren Gedanken nach. Es dauerte eine geraume Weile, bis sich die Stimmung am Tisch wieder etwas aufhellte.

»Euer Schweigen ist in der Tat angebracht«, stellte Dekan Fonseca unvermittelt fest, »und Bescheidenheit ist eine wertvolle Tugend. Aber ich hoffe doch, dass Euer Schweigen nicht für diese Ketzer gilt, die so viel christliches Blut vergossen haben und so viele Sakrilegien begingen.« Hernando riss seine blauen Augen weit auf. »Das Erzbistum Granada lässt gerade die Geschichte der Märtyrer in den Alpujarras erforschen. Wir verfügen über Dutzende Berichte von Witwen, die bei den Gräueltaten ihre Ehemänner und Kinder verloren haben. Aber wir gehen davon aus, dass Ihr – der Ihr als aufrechter Christ unter all den Morisken die Tragödie erlebt habt – für uns unersetzlich seid und dass Ihr uns unermesslich wertvolle Hinweise geben könnt. Kurz und gut: Wir brauchen Eure Hilfe bei der Untersuchung der Geschichte der Märtyrer. Was ist genau geschehen? Wann? Wo? Wie? Wer gab die Anweisungen? Wer hat sie …?«

»Granada muss diese Märtyrer von Rom anerkennen lassen«, unterbrach der Corregidor die Ausführungen des Dekans. »Seit fast einhundert Jahren – seit die Stadt von den Katholischen Königen wiedererobert wurde – suchen wir nun schon nach den sterblichen Überresten des Stadtpatrons, des heiligen Caecilius. Aber sämtliche Bemühungen führten bislang ins Leere. Unsere Stadt muss aber den gleichen Rang wie die übrigen Bistümer in Spanien einnehmen: Santiago, Toledo, Tarragona … Granada war die letzte Stadt, die den Mauren entrissen werden konnte, aber ihr fehlt ein christliches Vorbild, wie es der Apostel Jakobus für Santiago de Compostela oder der heilige Ildephonsus für Toledo sind. Diese beispielhaften Christen bilden die Grundlage für den Ruhm dieser Städte. Ohne Heilige, ohne Märtyrer, ohne christliche Geschichte steht eine Stadt mit leeren Händen da.«

»Aber Ihr wisst, dass ich in Córdoba lebe«, wollte Hernando sich herausreden.

»Darin sehen wir keinen Widerspruch«, sagte der Dekan in einem so entschiedenen Tonfall, als wollte er hiermit allen anderen Einwänden zuvorkommen. »Ihr könntet diese Nachforschungen dennoch anstellen. Das Erzbistum würde Euch mit dem entsprechenden Geleitbrief und mit ausreichend Geld für Eure Reisen ausstatten.«

Hernando konnte dem nichts entgegnen. Er blickte Hilfe suchend zu seinem Gastgeber.

»Da ich bereits ahnte, dass Ihr Euch einer so heiligen und gerechten Sache nicht verschließen würdet, als ich vom Interesse der Kirche in Granada an Eurer Mitarbeit erfuhr«, stellte Don Ponce zufrieden fest und klopfte seinem Gast auf die Schulter, »bat ich den Herzog von Monterreal in einem Schreiben um seine Zustimmung – obwohl ich schon damals wusste, dass dies gar nicht nötig sein würde.«

Jemand hob sein Weinglas, und die Tischgäste stießen auf Hernando an.

Das Abendessen ging zu Ende, und die Musiker brachten ihre Instrumente in den Hauptsaal, aus dem man zuvor sämtliche Möbel geräumt hatte. Einige Gäste spazierten noch durch die weitläufige Gartenanlage oder fanden sich plaudernd auf der großen Terrasse ein, die vom Hauptsaal aus über den Darro ragte: Von dort aus hatten sie einen atemberaubenden Blick auf die Alhambra, und unter ihnen lag der Albaicín. Andere Gäste bereiteten sich auf das Tanzvergnügen vor. Hernando sah Don Sancho zufrieden lächelnd durch den großen Prunksaal schlendern und beneidete den Hidalgo um seine Sorglosigkeit. Der Auftrag des Erzbischofs hatte ihm gerade noch gefehlt! Selbst seine Mutter hatte sich schon von ihm abgewandt, und jetzt sollte er auch noch seine Glaubensbrüder an die Kirche verraten!

Die Musik setzte ein, und Hernando beobachtete die Gäste. Sie bildeten Kreise oder Reihen, tanzten paarweise oder in Formationen, bewegten sich aufeinander zu, schritten wieder auseinander und warfen sich kokette Blicke zu. Da entdeckte er Isabel, die sich mit äußerster Eleganz bewegte und – Hernando erstarrte – sich zuweilen verstohlen nach ihm umsah.

Auch jetzt musste er noch zahlreiche Gäste begrüßen, die auf ihn zukamen und ihn mit ihren Fragen überhäuften.

Sein ganzes Leben war immer gleich verlaufen, dachte er, während eine Dame in einem blauen Kleid auf ihn einsprach. Sein ganzes Leben lang war er dem Streit zwischen Christen und Muslimen machtlos ausgeliefert gewesen. Er war der Sohn eines christlichen Geistlichen, der eine Moriskin geschändet hatte. Als Junge wollten ihn die Muslime in Juviles umbringen, weil sie ihn für einen Christen hielten, und nur wenig später ernannte ihn König Aben Humeya zum Hüter des Schatzes seiner Glaubensbrüder. Kurz darauf wurde er als Christ versklavt, und er sah sich gezwungen, seine Religion zu verleugnen, um nicht als Gespiele des Korsarenanführers Barrax zu enden. In Córdoba arbeitete er als Christ getarnt für das Domkapitel und fertigte dabei unzählige Abschriften des Korans an, die Inquisition forderte von ihm, Karims Folter und Tod mit anzusehen, und jetzt – da er dieses merkwürdige, verblüffende Barnabas-Evangelium gefunden hatte – stellte sich ihm schon wieder die Kirche in den Weg und nötigte ihn zu einer erneuten Zusammenarbeit. Dabei wusste er genau, wer sein Gott war: der Einzige, der Barmherzige … Was würde Hamid nur über ihn und seine Lage denken?

»Es tut mir leid, ich kann nicht tanzen«, entgegnete er ohne nachzudenken auf den fragenden Blick der Dame, der er offensichtlich eine Antwort schuldig war.

Die Frau drehte ihm beleidigt den Rücken zu. Offensichtlich war das nicht die passende Antwort gewesen.

Es wurde noch bis tief in die Nacht getanzt. Don Sancho stand verschwitzt auf der Terrasse, als die Musiker auf Geheiß von Don Ponce ihr Spiel einstellten. Nun war also auch dieser Teil der Festivität zu Ende.

»Und zum krönenden Abschluss«, rief der Richter, »lade ich alle ein, sich das Feuerwerk anzusehen, das wir zu Ehren des Retters von Doña Isabel vorbereitet haben. Ich bitte alle Gäste auf die Terrassen und in die Gärten.«

Don Ponce nahm seine Frau bei der Hand und ging mit ihr zu Hernando.

»Begleitet uns doch bitte«, forderte der Hausherr seinen Ehrengast auf.

Sie fanden einen Platz an der Balustrade, die die große Terrasse vor dem Hauptsaal einfasste. Isabel blieb hinter Hernando stehen. Dann gab jemand vom Haus aus ein Lichtzeichen, und auf einmal wurden die roten Mauern der Alhambra von einem gelben Feuer erleuchtet. Die anderen Gäste, die sich hinter ihnen drängten, ergingen sich in Lobpreisungen und Jauchzern, als plötzlich Feuerkugeln durch den Sternenhimmel zischten. Ein farbiger Blitz nach dem anderen jagte durch den Nachthimmel, und alle Anwesenden schoben sich ohne böse Absicht zur Balustrade vor, um einen noch besseren Blick auf das Spektakel erhaschen zu können. Zwischen all dem aufgeregten Drängen und Schieben spürte Hernando plötzlich Isabels warmen Körper an seinem Rücken. Das Dröhnen des explodierenden Schießpulvers vermischte sich mit Isabels warmen Atem, den sie ihm ins Ohr hauchte. Sie stand einfach da, weder suchte sie den Körperkontakt, noch vermied sie ihn. Während die Gäste verzückt das Feuerwerk bestaunten, nahm niemand Isabels dezente Bewegung wahr – nur Hernando spürte die leichte Berührung ihrer beider Hände. Er blickte sich vorsichtig um. Isabel lächelte schüchtern. Da nahm er zärtlich ihre Hand. In dem Gewirr der Gäste, die eng auf der Terrasse gedrängt standen, schlossen sich ihre Finger um seine. Sie rückten noch näher aneinander und spürten den Körper des anderen, bis ein gewaltiger Knall das Feuerwerk beendete. Die Zuschauer jubelten und applaudierten begeistert.

48

»Was ist damals in Juviles wirklich passiert?«

Hernando stand vor dem Notar des Domkapitels von Granada in dessen Dienstzimmer in der Nähe des Archivs der Kathedrale.

Hernando hatte schon am Morgen nach dem Fest der Bitte des Dekans Folge leisten müssen. Er war in Begleitung eines Dieners durch den Albaicín bis zur Calle de San Juan geritten. An der Ermita San Gregorio vorbei ging es zur Calle de la Cárcel direkt neben der Kathedrale, die sich wie die Kathedrale in Córdoba noch im Bau befand. Aber anders als in Córdoba wurde der neue christliche Sakralbau hier nicht auf – beziehungsweise in – der ehemaligen Hauptmoschee errichtet, sondern zunächst neben ihr: Man hatte das muslimische Gotteshaus, in dem sich bereits mehrere Kapellen und Diensträume befanden, kurzerhand zur Sakristei umgewidmet. Später würde die Moschee dann in die gerade neu entstehende große Kathedrale eingegliedert – beziehungsweise überbaut – werden. Hernando saß ab und spazierte durch die ehemals wichtigste Gebetsstätte der Muslime von Granada – ein Bauwerk mit niedriger Holzdecke, das von den beeindruckenden weißen Steinsäulen in fünf Joche geteilt wurde. Ein Geistlicher begleitete ihn ins Dienstzimmer des Notars.

Was war damals in Juviles wirklich passiert? Hernando überlegte, während der Notar mit der Schreibfeder in der Hand auf eine Antwort wartete. Sollte er etwa erzählen, wie seine Mutter so lange mit dem Faustdolch auf den Dorfpfarrer eingestochen hatte, bis dieser nur mehr ein blutiger Haufen Fleisch und Knochen war?

»Es ist sehr schmerzlich, von Juviles und den fürchterlichen Vorgängen zu berichten, die ich dort mit ansehen musste. Meine Erinnerungen sind zudem etwas verschwommen.« Der Notar sah von seinen Papieren auf und warf Hernando einen kritischen Blick zu. »Vielleicht… vielleicht sollte ich besser in Ruhe darüber nachdenken und meine Gedanken ordnen. Ich könnte sie dann selbst niederschreiben und Euch zukommen lassen.«

»Ihr könnt schreiben?«, erkundigte sich der Notar überrascht.

»Ja. Der Sakristan von Juviles hat mich Lesen und Schreiben gelehrt.«

Was wohl aus Andrés geworden war? Seit seiner Ankunft in Córdoba hatte er nichts mehr von dem Mann gehört, der…

»Es betrübt mich, Euch mitteilen zu müssen, dass Andrés erst kürzlich verstorben ist«, stellte der Notar fest, als hätte er Hernandos Gedanken erraten. »Wir wussten, dass er inzwischen in Córdoba lebte, und wir haben ihn gesucht, damit auch er Zeugnis über…«

Hernando atmete erleichtert auf, aber sogleich rutschte er unruhig im harten Holzsessel vor dem Schreibtisch des Notars hin und her. Eigentlich war es jetzt an der Zeit, mit diesem Theater aufzuhören! Er war Muslim! Er glaubte an den einzigen Gott und an Mohammeds Mission als Prophet! Der Notar schlug die Akte auf dem Tisch zu.

»Ich habe reichlich zu tun«, entschuldigte er sich. »Ihr würdet mir einen großen Dienst erweisen und kostbare Zeit ersparen, wenn Ihr Eure Erlebnisse selbst zu Papier bringen könntet.«

Und viel Arbeit, dachte Hernando, als der Mann aufstand und ihm zum Abschied die Hand reichte.

Draußen schien die Sonne, und die ganze Stadt war ein einziges buntes Treiben. Hernando saß wieder auf Volador auf und überlegte, den Diener einfach heimzuschicken und sich allein in der Stadt umzusehen. Er könnte eine Schenke aufsuchen und in Ruhe über alles nachdenken. In der Nacht, als die Gäste den Carmen verlassen hatten, war er mit seinen Gedanken nur bei Isabel gewesen. Die Wärme ihres Körpers und die Berührung ihrer Finger hatten ihn aufgewühlt. Volador tänzelte ungeduldig auf der Stelle, auch der Diener erwartete missmutig die nächste Anweisung.

Juviles! Da fiel ihm plötzlich alles wieder ein: Die Christen, die nackt und mit gefesselten Händen auf dem Feld ihren Tod erwarteten, die Morisken – darunter seine Mutter –, die dem Pfarrer und dem Pfründenbesitzer nach dem Leben trachteten. Viele hatten damals dank der Barmherzigkeit des Monfí-Anführers El Zaguer überlebt, der Farrax' Befehle missachtet und dem Gemetzel Einhalt geboten hatte. Was hatten diese Menschen wohl berichtet? Alle hatten gesehen, mit welcher Brutalität Aischa über den Pfarrer hergefallen war und wie sie mit dem blutigen Faustdolch in Händen schließlich »Allahu akbar!« gerufen hatte. Seine Mutter war die Mörderin von Don Martín! Wussten sie, dass er ihr Sohn war? Vermutlich nicht. Wahrscheinlich brachten sie Aischa mit Ibrahim in Verbindung, mit dem Maultiertreiber, aber nicht mit einem vierzehnjährigen Jungen. Aber …

»Es geht zurück zum Albaicín«, wies er den Diener an und ritt einfach los.

Hernando traf Don Sancho beim Frühstück an.

»Guten Tag«, begrüßte er den Hidalgo.

»Wie ich sehe, bist du beizeiten aufgestanden«, stellte Don Sancho fest. Hernando setzte sich zu ihm und berichtete ihm von der Bitte des Dekans und von seinem Besuch beim Notar der Kathedrale am frühen Morgen. Don Sancho hörte schweigend zu. »Auch ich habe einen neuen Auftrag für dich. Gestern Abend saß ich beim Essen neben Don Pedro de Granada Venegas«, berichtete er stolz. Hernando zog die Stirn in Falten. Was wollten diese Christen denn noch von ihm? »Die Granada Venegas«, fuhr Don Sancho fort, »halten in ihrem Palast in der Casa de los Tiros regelmäßig Gesprächsrunden ab. Don Pedro war so großzügig, uns einzuladen.«

»Ich kann nicht. Ich habe viel zu tun«, entschuldigte sich Hernando. »Geht doch einfach ohne mich.«

»Aber man hat uns beide … Also, ich glaube, eigentlich interessiert sich Don Pedro ausnahmslos für dich«, musste der Hidalgo zugeben. Hernando seufzte. »Das sind sehr angesehene Leute«, erklärte ihm Don Sancho. »Don Pedro ist der Lehnsherr von Campotéjar und der Vogt des Generalife. Man könnte die Lebensumstände seiner Familie mit deiner Situation vergleichen. Auch sie sind Muslime, die zum Christentum konvertiert sind. Vielleicht möchte er dich deshalb unbedingt kennenlernen. Sein Großvater, der Nachfahre eines Maurenfürsten, hat bei der Rückeroberung von Granada der Christenheit große Dienste erwiesen und sich später dem Kaiser zur Verfügung gestellt. Sein Vater unterstützte König Philipp beim Krieg in den Alpujarras und verlor dabei fast sein gesamtes Vermögen. Später hat ihm der König als Ausgleich für seine hohen finanziellen Verluste eine Pension von vierhundert Dukaten zugebilligt. Du kannst einen Aristokraten, der mit den wichtigsten spanischen Adelshäusern versippt ist, nicht mit deiner Abwesenheit kränken. Mein Cousin Don Alfonso wäre erzürnt, wenn er nur davon erführe.«

»Ja, ja, ich sehe schon, wenn Ihr mir sogar mit einer möglichen Verstimmung des Herzogs droht, müssen diese Treffen für Euch sehr wichtig sein«, erwiderte Hernando. »Wir reden noch darüber, Don Sancho.« Hernando entzog sich dem Gespräch, indem er einfach vom Tisch aufstand.

»Aber …«

»Später, Don Sancho, später«, vertröstete er den Hidalgo.

Hernando wollte sich in sein Schlafzimmer zurückziehen. Isabel, Juviles, die Domherren von Granada und jetzt auch noch diese Einladung eines konvertierten, ehemals muslimischen Adligen, der sich im Alpujarras-Krieg auf die Seite der Christen geschlagen hatte … Es war zum Verrücktwerden! Er musste vergessen, er musste zur Ruhe kommen, am liebsten hätte er sich für den Rest des Morgens in seinem Zimmer eingeschlossen und gebetet. Er ging gerade in dem Moment an Isabels Schlafgemach vorbei, als die Zofe das Zimmer verließ. Das Mädchen grüßte, und Hernando drehte sich zu ihr um. Durch die halb offene Tür sah er, wie Isabel sich nach vorn beugte und den Rock ihres schwarzen Kleides glatt strich. Noch mit der Hand am

Knauf zögerte die Zofe einen Augenblick, die Tür zu schließen. Die Sonne schien durch das große Fenster und durchflutete den Raum mit Licht. Isabel sah unvermittelt auf und durchbohrte Hernando mit ihrem Blick.

»Guten … Tag«, stammelte Hernando, ohne sich eindeutig an eine der beiden Frauen zu richten. Eine Hitzewelle schoss durch seinen Körper.

Die Zofe lächelte verschämt und senkte den Kopf, Isabel konnte nicht mehr antworten, die Tür war bereits geschlossen. Hernando ging in sein Zimmer, immer in Gedanken an Isabels warmen Körper, der sich an ihn schmiegte. Verwirrt ließ er den Blick durch den Raum schweifen: das gemachte, große Himmelbett, die Truhe mit den Einlegearbeiten, die Wandteppiche mit den biblischen Motiven, der Tisch mit dem Waschgeschirr, daneben die sorgfältig gefalteten Leinenhandtücher. Die offene, doppelflügelige Tür führte auf einen großen Balkon, der auch vom Schlafgemach des Richters und dessen Gemahlin aus zugänglich war und einen atemberaubenden Blick auf die Alhambra bot.

Die Alhambra! Unglücklich, wer so etwas verlor! Beim Anblick der roten Festung fiel ihm der Satz ein, den seinerzeit Kaiser Karl gesagt haben soll. Jemand hatte dem Monarchen die Worte überbracht, mit denen Aischa – die Mutter des letzten muslimischen Königs von Granada – ihrem Sohn Boabdil vorgeworfen hatte, die Stadt den verhassten Katholischen Königen zu überlassen: Weine wie eine Frau über das, für dessen Verteidigung du als Mann keinen Mut hattest.

»Die Mutter des Königs hatte recht«, soll der Kaiser geantwortet haben, »an seiner Stelle hätte ich lieber die Alhambra zu meinem Grab gemacht, als ohne Königreich in den Alpujarras zu leben.«

Hernando bewunderte gedankenverloren die Schönheit der roten Festung, als er plötzlich bemerkte, dass Isabel aus ihrem Schlafgemach zu der niedrigen Steinbalustrade getreten war, die den Balkon abschloss. Auch sie schien sich der Bewunderung des großartigen Alcázar der Nasriden hinzugeben. Hernando konnte von seinem Zimmer aus sehen, dass Isabels hellblondes Haar in einem strengen Knoten zusammengefasst war. Er betrachtete ihren schlanken Hals und ließ seinen Blick über ihren wohlgeformten Körper wandern.

Hernando machte ein paar Schritte zur Tür. Isabel drehte sich bei dem Geräusch zu ihm um, ihre Augen leuchteten.

»Es ist schwer, sich für eine der beiden Schönheiten zu entscheiden«, sprach Hernando sie an.

Isabel ging auf ihn zu und blieb so nah vor ihm stehen, dass sich ihr Atem vermischte. Dann suchten ihre leicht zitternden Finger seine Hände.

»Aber du kannst nur eine von beiden besitzen«, hauchte sie.

»Isabel«, flüsterte Hernando.

»Tausende Nächte habe ich von dem Tag geträumt, an dem ich mit dir fortgeritten bin.« Sie führte seine Hand an ihre Taille. »Und tausende Nächte erschauerte ich, wie damals, als mich deine Hand das erste Mal berührte.«

Isabel beugte sich vor und küsste ihn. Hernando schloss die Augen. Es war ein langer, inniger Kuss. Ihre Lippen lösten sich, und Hernando führte Isabel in sein Schlafgemach. Er schloss die Balkontür und vergewisserte sich, dass auch die Zimmertür verriegelt war.

Dann küssten sie sich, wieder und wieder. Hernando strich mit seinen Händen über ihren Rücken. Isabels Hände lagen ruhig auf Hernandos Hüften, obwohl ihre Küsse und ihr immer schneller werdender Atem ihre Leidenschaft verrieten. Hernando versuchte indes vergeblich, die kleinen Haken an der Rückseite ihres Oberteils zu lösen.

Schließlich drehte sich Isabel um und wandte ihm ihren Rücken zu, damit er das Kleid aufknöpfen konnte.

Während sich Hernando mit zitternden Fingern langsam voranarbeitete, entledigte sich Isabel ihrer Ärmel, die an das Mieder geknöpft waren. Endlich gab das verstärkte Oberteil nach und befreite ihre Brüste von dem ständigen Druck. Da machte sich Hernando auch schon an den Haken ihres Rocks zu schaffen. Endlich glitt das gesamte Obergewand zu Boden, und Hernando suchte mit den Händen ihre Brüste, während er ihren Hals und Nacken küsste. Isabel wollte sich ihm wieder entziehen, doch Hernando zog sie fest an sich. Er seufzte ihr ins Ohr, und seine Hand glitt ihren Bauch hinab: Das dünne Unterkleid reichte ihr bis knapp übers Gesäß. Unbeholfen lockerte er die letzten Knoten.

»Nein …«, hauchte Isabel, als sie Hernandos Finger zwischen ihren feuchten Schenkeln spürte. Er hielt inne, und Isabel löste sich zitternd aus seiner Umarmung. Mit geröteten Wangen drehte sie sich zu ihm um. »Nein …«, wisperte sie noch einmal.

War er womöglich zu weit gegangen?

Da küsste Isabel ihn sanft, ging zum Bett und legte sich auf die weichen Kissen. Hernando blieb am Fußende stehen und beobachtete, wie sich Isabels Brüste unter dem dünnen Kleidchen hoben und senkten.

»Nimm mich«, forderte sie ihn auf und spreizte ihre Beine.

Nimm mich? Einfach so? Wollte sie das Unterkleid etwa anbehalten? Er hatte sie noch nicht einmal nackt gesehen. Er hatte sie noch nicht einmal zärtlich liebkost. So konnte er ihre Lust doch nicht entfesseln! Er ging zu ihr und legte sich neben sie aufs Bett. Er wollte ihr das Unterkleid ausziehen, um ihre dunkel behaarte Scham zu entdecken, die sich darunter abzeichnete, aber Isabel setzte sich auf und griff nach seiner Hand.

»Nimm mich!«, forderte sie ihn hastig auf.

Hernando stand auf und zog sich aus. Wenn sie dazu nicht in der Lage war … er war es. Schließlich stand er nackt neben dem Bett, doch Isabel sah ihn zu seiner Verwunderung nicht einmal an. Sie seufzte nur und spreizte die Beine ein wenig weiter. Das Unterkleid rutschte ihr dabei bis zum Ansatz ihrer Schenkel hoch.

Hernando betrachtete Isabel neugierig. Sie begehrte ihn, das war offensichtlich. Sie keuchte und wälzte sich unruhig auf dem Bett, in der Erwartung, dass er sie nähme, aber warum … Sünde! Natürlich! Die Liebe zu genießen war eine Sünde!

Schlagartig hatte er Fatima vor Augen, seine nackte, eingeölte und mit Henna bemalte Frau, die immer die lustvollste Stellung für beide suchte, die sich zwischen seinen Beinen bewegte und dabei ohne Scham seine Hände leitete. Fatima!

Isabels Stöhnen brachte ihn in die Wirklichkeit zurück. Diese Christen! Er legte sich auf sie und spürte den dünnen Stoff zwischen ihren Körpern. Als Hernando sich langsam und rhythmisch in ihr bewegte, hielt sie seinen Rücken ängstlich umklammert und wagte immer noch nicht, ihn anzusehen. Hernando sehnte sich danach, dass sich ihre Fingernägel in seine Haut gruben.

»Genieß es«, flüsterte er ihr ins Ohr.

Isabel biss sich auf die Unterlippe und schloss die Augen. Hernando machte weiter, wieder und wieder versuchte er das unterdrückte Stöhnen dieser Frau zu deuten.

»Mach dich frei!«, bat er sie, während das Licht, das in sein Schlafzimmer drang, ihre Körper umspielte. »Führe mich ... Fühle mich ... Spüre dich ... Spüre deinen Körper ... Lass dich gehen, meine Liebe ... Um Gottes willen, genieße es!« Hernando kam zum Höhepunkt, während er Isabel unablässig anflehte, sich ihrer Lust hinzugeben, er blieb auf ihr liegen und keuchte. Ob sie ein zweites Mal ...?

Die Antwort wurde ihm in Form einer unruhigen, ruckartigen Bewegung vermittelt. Hernando befreite Isabel von seinem Gewicht und stützte sich auf seine Hände. Er suchte nach ihren Lippen, die seinen Kuss leidenschaftslos erwiderten. Dann stand er auf, die Frau hinter ihm tat das Gleiche, vermied es dabei aber, ihn anzusehen.

»Es gibt keinen Grund, sich zu schämen«, versuchte er Isabel zu beruhigen und fasste sie am Kinn. Aber sie weigerte sich, den Blick zu heben, und flüchtete nur im Unterkleid über den Balkon in ihr eigenes Schlafgemach.

Hernando schnalzte mit der Zunge und kniete nieder, um den Kleiderhaufen am Fußende des Betts einzusammeln. Ja, Isabel begehrte ihn, das stand zweifellos fest, dachte er, während er sich ankleidete, aber sie war von Schuld, Sünde und Scham beherrscht.

»Eine Frau ist eine Frucht, die ihren Duft nur freigibt, wenn man sie sanft reibt.« Hernando erinnerte sich an Fatima und ihre liebliche Stimme, an seine Frau, die sich von Büchern über die Liebeskunst anleiten ließ. »Wie Basilikum oder Amber, der sein Aroma für sich behält, bis er erwärmt wird. Wenn du eine Frau nicht mit Liebkosungen und Küssen erregst, wenn du nicht an ihren Lippen saugst und aus ihrem Mund trinkst, wenn du nicht an ihren Schenkeln leckst und über ihre Brüste streichst, wirst du nicht das erleben, was du dir wünschst: Lust.« Zwischen diesem Wissen und dem der frommen Christinnen lagen Welten!

Auf der anderen Seite der Meerenge, die Spanien und die Barbareskenstaaten voneinander trennte, konnte Fatima nicht einschlafen. Sie wälzte sich im Dämmerlicht unruhig in ihrem Schlafgemach. Ibrahim hatte den luxuriösen Palast im andalusischen Stil bauen lassen – mitten in der Medina von Tetuan, ganz in der Nähe der öffentlichen Bäder, der Kasbah und der Moschee. Fatima hörte den Atem des Mannes neben sich, den sie abgrundtief hasste. Ibrahim rief bei ihr nichts als Ekel hervor. Wie in jeder Nacht hatte er seine Wollust an ihr befriedigt, wie in jeder Nacht hatte Fatima auf ihrem Bett gekauert, damit er seinen Armstumpf zwischen ihre Brüste schieben und so seine ständigen Schmerzen lindern konnte. Wie in jeder Nacht waren die Klagen der gefangenen Christen in den unterirdischen Verliesen der Medina das Echo der tausend Fragen ohne Antwort, die Fatima durch den Kopf gingen. Was war aus Ibn Hamid geworden? War er noch am Leben? Warum hatte er sie nicht gesucht?

In den drei Jahren, die sie nun schon in Ibrahims Gefangenschaft lebte, hatte sie niemals die Hoffnung aufgegeben, dass der Mann, den sie liebte, eines Tages kommen und sie retten würde. Aber mit der Zeit begriff Fatima, dass Aischa ihrem stummen Flehen von damals gefolgt sein musste. Was hatte sie ihrem Sohn wohl gesagt, um ihn von der Suche abzuhalten? Vermutlich, dass sie tot waren. Denn sonst … in jedem anderen Fall hätte Ibn Hamid um sie gekämpft! Aber selbst wenn Aischa ihrem Sohn vom Tod seiner Lieben berichtet hatte, warum hatte er sich dann nicht an Ibrahim gerächt? In der Nachtruhe des Palastes tauchten wieder einmal die Rufe der Männer des Marquis aus ihrer Erinnerung auf:

»Im Namen von Ubaid, dem Anführer der Monfíes, schließt eure Türen und Fenster, wenn euch euer Leben lieb ist!«

Die Leute in Córdoba mussten davon ausgehen, dass Ubaid sie entführt und umgebracht hatte, und wenn Aischa schwieg… So musste es sein! Sonst hätte Hernando Himmel und Erde in Bewegung gesetzt, um sie zu rächen.

»Er ist und bleibt ein Feigling«, urteilte Ibrahim immer wieder über Hernando. »Wenn er sich nicht bald nach Tetuan wagt, um seine Familie wiederzubekommen, dann schicke ich ihm meine Leute auf den Hals, die ihn umbringen.«

Fatima hütete sich jedoch davor, Ibrahim an den Kopf zu werfen, dass sie selbst Aischa darum gebeten hatte, ihrem Sohn nichts von der Entführung zu verraten.

»Wenn du ihn verschonst, dann wirst du mich besitzen«, schlug sie ihm eines Nachts vor, nachdem er sie wie ein Tier genommen hatte. »Ich werde mich dir hingeben, als wäre ich tatsächlich deine Frau. Wenn nicht, bringe ich mich um.«

»Und was ist mit deinen Kindern?«

»Sie sind in Gottes Hand«

Der Korsarenanführer überlegte.

»Einverstanden«, sagte er schließlich.

»Schwöre es bei Allah!«

»Ich schwöre es beim Allmächtigen«, beteuerte er, ohne auch nur einen Gedanken daran zu verschwenden, sein Versprechen zu halten.

»Ibrahim«, Fatima sprach mit fester Stimme, »dein Grinsen und deine Laune werden mir verraten, ob du dein Wort hältst oder nicht.«

Von dem Tag an hielt sich Fatima an ihren Teil der Abmachung und führte Ibrahims Begierde Nacht für Nacht zum Höhepunkt. Sie schenkte ihm zwei Töchter, und der Korsarenanführer schlief nie wieder mit seiner zweiten Frau, die abgeschieden in einem Seitenflügel des Palastes lebte. Shamir und Francisco – der Junge trug inzwischen den muslimischen Namen Abdul, und beide waren gleich nach ihrer Ankunft in Tetuan beschnitten worden – bereiteten sich darauf vor, eines Tages unter Nasis Kommando in See zu stechen. Der junge Mann übernahm bei den Geschäften des Korsaren immer mehr Verantwortung, so als wäre er Ibrahims wahrer Erbe, während dieser nur noch in die Breite ging und davon besessen war, die angehäuften Reichtümer aus seinen Raubzügen und Geschäften wieder und wieder nachzuzählen. Für Nasi war es ein Leichtes gewesen, den Platz einzunehmen, der eigentlich dem leiblichen Sohn des Korsarenanführers zugestanden hätte, denn Shamir weigerte sich nach wie vor, in Ibrahim den Vater anzuerkennen, den er nie hatte. Anfangs war er sehr verschreckt gewesen und hatte seine Mutter schrecklich vermisst. Er hatte Ibrahim seine Zuneigung verweigert und Zuflucht bei Fatima und Abdul gesucht. Aischa hatte ihm doch immer gesagt, dass sein Vater in den Alpujarras als Held umgekommen war! Ibrahim reagierte auf diese Abweisung mit der ihm eigenen Brutalität. Er riss Fatima den Jungen aus den Armen und prügelte auf ihn ein, und er verfluchte ihn, wenn er ihm entwischte. Abdul, der ebenso geschlagen wurde, war Shamirs treuer Gefährte im Unglück. Der kleinen Inés – nun Maryam – widerfuhr genau das Schicksal, das ihr Ibrahim bereits im Gasthof Montón de la Tierra vorhergesagt hatte: Sie musste seiner zweiten Frau dienen. Fatima hatte Ibrahim erst nach der Geburt ihrer ersten gemeinsamen Tochter in einer leidenschaftlichen Nacht überzeugen können: Wer, wenn nicht Maryam – die Halbschwester – könnte sich besser um Nushaima kümmern?

Ibrahims laute Schnarchgeräusche vermischten sich mit den Klagelauten aus dem Untergrund und rissen Fatima aus ihren Gedanken. Sie unterdrückte das Bedürfnis, sich zu bewegen, aufzustehen oder Ibrahims Armstumpf zur Seite zu schieben. Sie war eine Gefangene … in einem goldenen Käfig. Sie war nur eine von Ibrahims vielen Sklavinnen. Nie zuvor hatte sie mit Sklaven unter einem Dach gelebt, mit diesen Männern und Frauen, die gehorchten, die immer bereitstanden, um ihrem Herrn auch nur den geringsten Wunsch von den Augen abzulesen. Fatima hatte festgestellt, dass ihre Blicke leer waren, als hätte man ihnen ihre Seele und ihre Gefühle geraubt, sie schienen nur mehr aus Gehorsam und Unterwerfung zu bestehen.

Ibrahims neuer Palast befand sich direkt über den verwinkelten unterirdischen Kalkhöhlen des Dersa, des Bergrückens, an den sich die Stadt Tetuan lehnte. Tagsüber – wenn sie in Begleitung der Sklaven

Einkäufe erledigte und zu einem der drei Stadttore ging, vor denen sich die Bauern der Umgebung einfanden, um ihre Erzeugnisse feilzubieten – sah Fatima die Gefangenen, die unter Peitschenhieben zur Arbeit angetrieben wurden: barfuß, an den Knöcheln gefesselt und nur in grobe Wollsäcke gehüllt. Etwa viertausend Christen standen der Stadt immer zur Verfügung.

Nur von Sklaven und Gefangenen umgeben, begriff sie bald, dass ihr die Spaziergänge durch die Stadt keinen Trost bieten würden.

In dieser Piratenhochburg gab es keinen Ort, der ihrer verwundeten Seele auch nur für einen Augenblick Ruhe schenkte. Gott schien sie vergessen zu haben. Nur auf einigen Plätzen der Stadt, dort, wo drei oder mehrere Straßen zusammenstießen, fand sie etwas Zerstreuung: Hier gab es Gaukler, die zum Klang der Laute sangen, Geschichten erzählten oder den Neugierigen kleine Zettel mit merkwürdigen Botschaften verkauften, die sie von allem Übel befreien sollten. Hier waren auch die Schlangenbeschwörer, die ihre Tiere um den Hals trugen und zugleich versuchten, putzige Äffchen zum Tanzen zu bringen.

Aber nachts, wenn Fatima wieder Ibrahims Armstumpf zwischen ihren Brüsten spürte, hörte sie klar und deutlich die Wehlaute und Klagerufe der gefangenen Christen, die durch die vergitterten Löcher aus dem Gefängnis emporstiegen.

»Ich schwöre: Eines Tages werde ich frei sein«, flüsterte sie. »Eines Tages werden wir wieder zusammen sein, Ibn Hamid.«

49

Schließlich gab Hernando dem hartnäckigen Drängen von Don Sancho nach und begab sich mit ihm zur Casa de los Tiros, dem Palast der Familie Granada Venegas, in dem die Gesprächskreise abgehalten wurden. An einem Juniabend nahmen die beiden in der Dämmerung ihre Pferde und ritten den Albaicín hinunter. Ihr Ziel war das ehemalige Judenviertel Realejo, das die Katholischen Könige nach der Vertreibung der Juden in Besitz genommen hatten und das sich unterhalb der Alhambra am Darro-Ufer erstreckte. Gegenüber der Casa de los Tiros stand ein Franziskanerkloster samt Kirche, daneben befanden sich weitere Paläste und Herrenhäuser – viele davon auf den ehemaligen Grundstücken der Juden.

Auf ihrem Weg ließ sich Hernando auf kein Gespräch mit dem geselligen Hidalgo ein. In den vorausgegangenen Tagen hatte er versucht, sein Versprechen einzulösen und für den Notar des Domkapitels einen Bericht über die Ereignisse in Juviles während des Aufstandes niederzuschreiben. Doch er fand einfach nicht die passenden Worte für die fürchterlichen Übergriffe seiner Glaubensbrüder, zudem flogen seine Gedanken immer wieder zu Isabel und vermischten sich mit seinen Erinnerungen an den Tag, an dem seine Mutter Don Martín erdolcht hatte.

»Ich will nicht zusehen, wenn sie sterben«, hatte er zu Hamid gesagt, als die gefesselten, nackten Christen auf das Feld vor dem Ort getrieben wurden. »Warum müssen sie sterben?«

»Mir gefällt das auch nicht«, hatte der Alfaquí geantwortet. »Aber wir müssen mitgehen. Sie haben uns damals gezwungen, Christen zu werden. Und jetzt wollten sie den einzigen Gott nicht anerkennen. Sie haben sich für den Tod entschieden.«

Wie sollte er Hamids Worte in einen Bericht für das Erzbistum fassen? Und was Isabel anging: Anscheinend hatte sie die Scham überwunden, die sie so schnell aus seinem Schlafzimmer getrieben hatte, denn nun bewegte sie sich mit einer beinahe übertriebenen Ungezwungenheit durch den gesamten Carmen. Hernando wusste dennoch nicht, wie er sich ihr gegenüber verhalten sollte: Mal hielt sie seinem Blick stand, mal sah sie eilig zur Seite. Isabels junge Zofe hingegen wandte ihren Blick kein einziges Mal ab, sie nahm sich sogar heraus, ihn frech anzulächeln.

Am Morgen des Tages, an dem er zum Gesprächskreis eingeladen war, hatte er Isabel auf dem Balkon angetroffen, und obwohl sie nur schweigend dastanden, fühlten sie sich sofort wieder zueinander hingezogen.

»Du musst lernen, deinen Körper zu genießen«, flüsterte er und bemerkte, wie sie bei seinen Worten zusammenzuckte und errötete.

Isabel schwieg und ließ sich zum zweiten Mal in Hernandos Schlafzimmer führen.

Am liebsten hätte er ihr davon erzählt, wie sie sich Gott durch die fleischliche Lust annähern konnte, aber er versuchte nur, ihr Befriedigung zu verschaffen und sie in dem Moment, in dem sie ihren ganzen Körper anspannte und ihr erfülltes Stöhnen unterdrückte, nicht abzulenken. Diesmal ließ Isabel sich von ihm auch die Brüste streicheln – ohne sie allerdings zu entblößen. Sie wandte ihm den Rücken zu und biss sich auf die Unterlippe, als er ihre harten Brustwarzen streichelte. Aber sie war wie vor dem Teufel geflüchtet und hatte ihre Kleider wieder bei ihm liegen lassen, als Hernando seine Hand zwischen ihre Beine gleiten ließ.

»Wir sind da!« Der Hidalgo riss Hernando aus seinen Gedanken.

Vor ihnen erhob sich ein quadratischer Festungsturm mit Zinnen. Die Fassade zierten zwei Balkone sowie einige in Stein gehauene Figuren der antiken Mythologie. Hinter dem Turm schloss sich das eigentliche Herrenhaus mit zahlreichen Sälen an, die sich auf einen Patio hin öffneten, dessen Säulen nasridische Kapitelle trugen. Sie überließen ihre Pferde den Bediensteten und wurden von einem Diener über enge Treppen in einen großen Saal im zweiten Stockwerk des Palastes geführt.

»Dieser Saal wird auch das ›Goldene Zimmer‹ genannt«, flüsterte Don Sancho, während der Diener ihnen die doppelflügelige Tür öffnete.

Als sie den Raum betraten, begriff Hernando sofort, warum dem so war: Die von der kunstvollen, in Gold- und Grüntönen bemalten Mudéjar-Holzdecke reflektierten Sonnenstrahlen durchfluteten den Saal und tauchten ihn in ein warmes goldenes Licht.

»Willkommen!« Don Pedro de Granada löste sich aus einer Gruppe debattierender Männer und eilte auf Hernando zu. »Wir wurden einander bei der Abendgesellschaft im Hause des Richters Don Ponce bereits vorgestellt, hatten dann aber leider keine Gelegenheit, uns näher kennenzulernen. Ich heiße Euch in meinem Haus herzlich willkommen.«

Hernando reichte dem Adligen die Hand, der sie vielleicht etwas länger als angemessen drückte, und nutzte die Zeit, sich sein Gegenüber genauer anzusehen. Don Pedro de Granada war ein schlanker Mann mit breiter Stirn, klugen Augen und einem gepflegten schwarzen Vollbart. Hernando lächelte und versuchte, sich seine Vorbehalte nicht anmerken zu lassen – immerhin hatten Don Pedro und seine Vorfahren der wahren Religion abgeschworen und sich auf die Seite der Christen geschlagen.

Nachdem der Lehnsherr von Campotéjar auch Don Sancho begrüßt hatte, führte er sie in die Runde der im Goldenen Zimmer versammelten Männer ein: darunter der Mediziner und Dichter Luis Barahona de Soto, der Anwalt und Berichterstatter beim Obergericht Joan de Faría sowie der Dichter Gonzalo Mateo de Berrío. Hernando fühlte sich fehl am Platz. Warum hatte er nur Don Sanchos Drängen nachgegeben? Worüber sollte er mit diesen fremden Gelehrten sprechen?

In einer Ecke plauderten zwei Männer bei einem Glas Wein angeregt miteinander. Don Pedro führte die Neuankömmlinge zu ihnen.

»Darf ich bekannt machen, das ist Don Miguel de Luna, Arzt und Übersetzer«, stellte er den einen Mann vor.

Hernando begrüßte den Mediziner.

»Und das ist Don Alonso del Castillo«, sagte sein Gastgeber und deutete auf den anderen, überaus eleganten Mann. »Er ist ebenfalls Mediziner und darüber hinaus amtlicher Übersetzer aus dem Arabischen, zunächst für die Inquisition in Granada und nun im Dienste Seiner Majestät.«

Der Übersetzer gab ihm die Hand und sah ihm direkt in die Augen. Hernando hielt dem Blick stand und erwiderte ihn mit einem festen Händedruck.

»Ich wollte Euch kennenlernen.« Hernando war verblüfft. Don Alonso sprach Arabisch und erhöhte den Druck seiner Hand spürbar. »Ich habe von Euren Heldentaten in den Alpujarras gehört.«

»Ach, man sollte nicht so viel Aufhebens darum machen«, antwortete Hernando auf Spanisch. »Darf ich vorstellen: Don Sancho, aus Córdoba«, sagte er schnell und deutete auf den Hidalgo, nachdem er seine Hand aus dem Griff des Übersetzers befreit hatte.

»Cousin von Don Alfonso de Córdoba, dem Herzog von Monterreal«, prahlte Don Sancho wie immer, wenn er jemanden begrüßte.

»Don Sancho«, mischte sich nun Don Pedro de Granada ein, »ich glaube, ich habe Euch noch gar nicht dem Marquis vorgestellt.« Allein bei der Erwähnung dieses Adelstitels wuchs der Hidalgo um einige Fingerbreit. »Bitte, erweist mir doch die Ehre.«

Hernando wollte seinem Gefährten und dem Gastgeber gerade folgen, als Don Alonso ihn am Unterarm zurückhielt. Don Miguel wandte sich ihm ebenfalls zu, und die drei Männer bildeten in einer Ecke im Goldenen Zimmer eine kleine Runde.

»Ich habe gehört«, fuhr der Übersetzer – diesmal auf Spanisch – fort, »dass Ihr für das Bistum eine Untersuchung über die Märtyrer in den Alpujarras vorbereitet.«

»So ist es.«

»Und dass Ihr im königlichen Marstall als Bereiter beschäftigt wart«, setzte Don Miguel ein.

Hernando wurde nervös.

»Das trifft zu«, bestätigte er schroff.

»In Córdoba«, sagte der Übersetzer und hielt ihn weiterhin am Arm fest, »habt Ihr in der Kathedrale als Übersetzer …«

»Meine Herren«, unterbrach ihn Hernando und riss sich los, »habt Ihr mich etwa nur eingeladen, um mich zu verhören?«

Keiner der beiden Männer ging auf seinen Einwand ein.

»In der Kathedrale von Córdoba, in der Bibliothek«, sprach Don Alonso einfach weiter und packte Hernando schon wieder am Unterarm, als wollte er ihn keineswegs entwischen lassen, »habt Ihr mit einem Geistlichen zusammengearbeitet … mit Don Julián.«

Hernando verzog das Gesicht und löste sich erneut aus dem Griff des Übersetzers. Die drei Männer schwiegen eine Weile. Schließlich ergriff Don Miguel das Wort.

»Wir wissen von Don Julián, dem Bibliothekar des Domkapitels von Córdoba.«

Hernando zitterte. Die übrigen Männer im Saal waren in ihre Unterhaltungen vertieft, einige standen, andere saßen in kostbaren Sesseln um niedrige Tische mit Einlegearbeiten, auf denen Wein und Gebäck bereitstanden.

»Seht«, schaltete sich Don Alonso ein, »Miguel und ich haben ebenso wie Don Pedro de Granada muslimische Vorfahren. Während des Krieges in den Alpujarras war ich zunächst für den Marquis von Mondéjar und später für Don Juan de Austria als Übersetzer tätig, bis mich König Philipp in die Klosterbibliothek von El Escorial berief, damit ich mich dort mit den arabischen Büchern und Handschriften beschäftige. Ich sollte sie übersetzen und inventarisieren … Außerdem beauftragte mich Seine Majestät damit, neue arabische Bücher zu erwerben. In der Gegend von Córdoba wurde ich fündig, es gab dort Koranexemplare, die für die königliche Bibliothek jedoch nicht von Interesse waren, sowie Abschriften von Weissagungen und Mondkalendern.«

Der Übersetzer legte eine Pause ein. Was hatten diese beiden Männer vor? Alle arbeiteten mit den Christen zusammen! Immerhin hatten ihre Vorfahren Granada den Katholischen Königen überlassen, und sie gaben selbst zu, dass sie beim Krieg in den Alpujarras die Christen unterstützt hatten. Sie waren Adlige, sie waren Gelehrte, sie waren Ärzte oder Dichter, die sich wie Don Pedro de Granada für die Verbreitung des Christentums einsetzten. Don Alonso del Castillo arbeitete sogar für die Inquisition! War diese Einladung etwa nur ein Vorwand, um ihm die Maske vom Gesicht zu reißen?

»Ich habe diese Schriften nicht erstanden.« Diese abrupte Feststellung des Übersetzers versetzte Hernando in absolute Alarmbereitschaft. »Sie waren auf einfachem, frisch geschöpftem Papier geschrieben, zwischen den Zeilen mit dem arabischen Text stand zusätzlich die spanische Übersetzung in arabischer Schrift, als wenn …«

»Warum erzählt Ihr mir das alles?«, unterbrach ihn Hernando entrüstet.

»Was erzählt Ihr meinem Gast?«

Hernando drehte sich um, und Don Pedro de Granada stand direkt vor ihm.

»Wir haben ihm gerade Alonsos Arbeit für die Bibliothek des Königs erklärt«, erläuterte Don Miguel. »Außerdem haben wir ihm von unserer Bekanntschaft mit Don Julián berichtet, dem Bibliothekar der Kathedrale von Córdoba.«

»Ein guter Mann«, stellte der Adlige fest. »Dieser Mann stürzte sich in seine Aufgabe für die Verteidigung des …«

Der Lehnsherr von Campotéjar sprach den Satz nicht zu Ende. Hernando spürte die Blicke der drei Männer auf sich gerichtet. Was wollte dieser Aristokrat sagen? Schließlich war Don Julián ein Muslim unter dem Deckmantel eines Priestergewandes gewesen.

»Ja«, log er. »Er war ein guter Christ.«

Don Pedro de Granada, Don Miguel de Luna und Don Alonso del Castillo sahen einander an. Der Adlige nickte Castillo zu, als gäbe er ihm sein Einverständnis. Der Übersetzer vergewisserte sich, dass niemand sie hören konnte, ehe er sprach.

»Don Julián erzählte mir, dass Ihr diese Koranabschriften angefertigt habt«, sagte er leise, »um sie in Córdoba in Umlauf zu bringen …«

»Ich habe niemals …«, leugnete Hernando.

»Er sagte mir auch«, sprach Castillo unbeirrt weiter und erhöhte den Druck auf Hernandos Unterarm, »dass Ihr das Vertrauen des Rates der Gemeinde genossen habt – Karim, Jalil und … Wer war noch einmal der dritte Mann? Ja, und Hamid, der Alfaquí aus Juviles.«

Hernando fühlte sich von den drei Männern in die Enge getrieben, er wusste nicht mehr, was er tun, was er sagen und wohin er noch blicken sollte.

»Hamid«, übernahm nun Don Pedro das Wort, »war ein Nachfahre der Nasriden. Wir waren gewissermaßen miteinander verwandt. Seine Familie wählte zusammen mit König Boabdil die Verbannung in den Alpujarras, aber anders als der König wollte sie später nicht zu den Barbaresken flüchten.«

Hernando schob Castillos Arm entschieden zur Seite.

»Meine Herren«, setzte er an und wollte sich von den drei Männern entfernen, »ich verstehe Eure Absichten nicht, aber …«

»Hört zu«, unterbrach ihn Castillo und trat zur Seite, als wollte er Hernando nicht weiter nötigen. »Denkt Ihr wirklich, Don Julián hätte Euch ohne Weiteres denunziert und solchen Verrätern – für die Ihr uns haltet – all das erzählt, was wir Euch gerade gesagt haben?«

Hernando blieb abrupt stehen. Don Julián? Unzählige Bilder und Erinnerungen schossen ihm durch den Kopf. Der Bibliothekar hätte ihn niemals verraten. Nicht einmal unter Folter, genau wie Karim! Nicht einmal die Inquisition hätte dem alten Mann seinen Namen entlocken können: Hernando Ruiz aus Juviles! Echte Muslime verrieten einander nicht.

»Denkt darüber nach«, hörte er Luna sagen.

»Ich weiß noch viel mehr über Euch«, bemerkte Castillo. »Don Julián hat Euch sehr geschätzt und hoch geachtet.«

Warum hatte der Geistliche mit diesen Männern über ihn geredet? Wenn er es tatsächlich getan hatte, konnte das nur bedeuten, dass diese drei Männer für die gleiche Sache kämpften wie er selbst. Aber … kämpfte er überhaupt noch?

»Ich habe nichts mehr damit zu tun«, stellte er mit matter Stimme fest. »Die Gemeinschaft in Córdoba hat mich ausgeschlossen, als sie von der Hilfe erfuhr, die ich den Christen im Krieg …«

»Wir spielen doch alle das gleiche Spiel«, unterbrach ihn Don Pedro. »Ich an erster Stelle«, sagte er und zeigte auf eine große Truhe hinter Luna, der zur Seite trat, damit man das Möbelstück besser betrachten konnte. »Seht Ihr das Wappen? Das ist das Wappen der Familie Granada Venegas. Dieses Wappen hat die christlichen Könige im Kampf gegen unser Volk begleitet. Versteht Ihr den Leitspruch?«

»Lagaleblila«, las Hernando mit lauter Stimme. »Was soll das …?« Als er die Bedeutung erfasste, sprach er nicht weiter.

La ghaliba illa llah! Es gibt keinen Sieger außer Gott! Das war der Leitspruch der Nasriden! Dieser Schriftzug zierte die gesamte Alhambra zu Preis und Ehre des einzigen Gottes: Allah!

»Die Ältestenräte der Gemeinschaften interessieren uns nicht«, stellte Castillo fest. »Letzten Endes setzen alle auf den bewaffneten Kampf oder die Konversion zum wahren Glauben. Alle hoffen auf Unterstützung durch die Türken, die Barbaresken und sogar durch die Franzosen. Wir sehen darin keine Lösung. Niemand wird uns helfen, und wenn es doch dazu kommen sollte, würden uns die Christen sofort umbringen. Wir wären die ersten Opfer. Das Zusammenleben wird von Tag zu Tag schwerer. Die Morisken in Valencia und in Aragonien sind stets zu Aufständen bereit, doch unsere Glaubensbrüder in Granada sind nur ein Volk ohne Land! Erst vor sechs Monaten wurden wieder etwa viertausendfünfhundert von ihnen aus Granada ausgewiesen, die heimlich in ihre ehemalige Heimat zurückgekehrt waren. Die Stimmen nach der endgültigen Vertreibung aller Morisken aus Spanien werden immer lauter, und es gibt Rufe nach noch viel grausameren und blutrünstigeren Maßnahmen. Wenn wir so weitermachen …«

»Ich weiß«, unterbrach ihn Hernando, »dass wir im Fall einer bewaffneten Auseinandersetzung unterliegen werden. Uns bleibt also nur die Konversion.«

»Nein!«, wandte Castillo mit entschiedener Stimme ein. »Es gibt noch eine andere Möglichkeit.«

»Wir müssen zurück nach Córdoba! Sofort!«

Don Sancho polterte in das Arbeitszimmer, wo Hernando gerade zum wiederholten Male versuchte, die Ereignisse in Juviles zu Papier zu bringen. Erst vor ein paar Tagen hatte er die Akten nach einer erneuten Lektüre des Geschriebenen zerrissen. Er hob den Blick und beobachtete den Hidalgo, der mit wutverzerrtem Gesicht auf ihn zustürzte.

»Warum? Was ist passiert?«, fragte er besorgt.

»Was passiert ist!«, keifte Don Sancho. »Sag du es mir! Die gesamte Dienerschaft zerreißt sich das Maul über dich. Du hast die Ehre eines Richters des königlichen Obergerichts von Granada befleckt! Wenn Don Ponce davon erfährt … Wie konntest du nur … Das Gerücht wird sich wie ein Lauffeuer in der ganzen Stadt verbreiten. Ich will überhaupt nicht darüber nachdenken! Die Ehre eines Richters!« Don Sancho fuhr sich durch sein schütteres Haar. »Wir müssen weg von hier! Wir müssen zurück nach Córdoba! Und zwar sofort!«

»Was erzählt man sich denn?«, fragte Hernando gelassen, um Zeit zu gewinnen.

»Das solltest du am allerbesten wissen: Es geht um Isabel!«

Der Hidalgo stolzierte entrüstet vor dem Schreibtisch auf und ab.

»Ich sehe, Ihr seid sehr aufgebracht, aber ich verstehe den Grund nicht. Isabel und ich haben nichts Böses getan«, versuchte er ihn zu überzeugen. »Ich habe niemandes Ehre befleckt. Don Sancho, bitte, nehmt doch Platz.«

Don Sancho blieb stehen und stützte sich mit geballten Fäusten auf den Schreibtisch. Er durchbohrte Hernando mit seinem Blick.

»Sie sagt da aber etwas anderes«, log er.

»Wie bitte? Ihr habt mit Isabel gesprochen?«, brachte Hernando entsetzt hervor.

»Ja. Gerade eben.«

»Was hat sie Euch erzählt?« Allein sein Tonfall zeigte, dass seine Selbstsicherheit nur vorgetäuscht war.

»Alles!«, brach es aus Don Sancho heraus. Er atmete tief durch und zwang sich, in einer gemäßigten Lautstärke weiterzusprechen. »Allein ihr Gesichtsausdruck sprach Bände. Ihre Verwirrung war Geständnis genug. Sie stand kurz vor einer Ohnmacht!«

»Wie soll eine fromme Christin denn auch reagieren, wenn ihr Ehebruch zur Last legt wird!«, verteidigte sich Hernando.

Don Sancho knallte die Faust auf den Tisch.

»Jetzt spar dir deine Scherze! Ich weiß alles! Stell dir vor, eine der Zofen wollte einen Moriskensklaven dazu bringen, ihr die Lust zu verschaffen, mit der du anscheinend die Hausherrin beglückst. Sie wollte auch … nach Maurenart genommen werden.«

Hernando konnte sich ein Grinsen kaum verkneifen. Es hatte ihn noch einige Tage und flüchtige Begegnungen mit Isabel gekostet, bis sie sich seinen Liebkosungen endlich hingegeben hatte.

»Lüstling!«, schimpfte der Hidalgo, dem Hernandos Gesichtsausdruck nicht entgangen war. »Du hast nicht nur die Unschuld einer Frau ausgenutzt, die sich dir vermutlich aus reiner Dankbarkeit hingegeben hat. Du hast aus ihr auch noch eine obszöne und schamlose Dirne gemacht, die mit allen Vorschriften der Heiligen Mutter Kirche bricht!«

»Don Sancho …«, versuchte Hernando den aufgebrachten Höfling zu beruhigen.

»Verstehst du nicht?«, unterbrach ihn der Hidalgo. »Der Richter wird dich umbringen. Eigenhändig!«

Hernando konnte die wärmenden Sonnenstrahlen auf seinem Rücken spüren, die aus dem Garten durch die Tür drangen.

»Was denkst du?«, fragte Don Sancho.

Dass dies nicht der rechte Zeitpunkt war aufzugeben, hätte er ihm am liebsten geantwortet. Dass Isabels Blicke immer leidenschaftlicher wurden und ihr Seufzen der Lust immer tiefer, wenn er sie streichelte und küsste. Dass Isabel bei jeder ihrer Begegnungen ein wenig weiterging und nach und nach die Schuldgefühle, die Vorurteile und die christlichen Lehren hinter sich ließ. Dass diese Frau kurz davor war, eine Befriedigung zu erleben, die sie sich zuvor nicht einmal hätte erträumen können. Und dass vielleicht auch er durch seine lustvolle Erfahrung mit Isabel den Himmel berühren könnte, wie damals mit

Fatima. Hernando spürte, wie sein Glied steif wurde. Er hatte die begehrenswerte, sinnliche Isabel vor Augen, die erwartungsvoll die Berührungen durch seine Finger und seine Zunge verfolgte und begierig war, die Welt neu zu entdecken.

»Ich denke«, erwiderte er dem Hidalgo, »dass ich jetzt nicht nach Córdoba zurückkehren kann. Ihr wisst: Das Bistum erwartet meinen Bericht, und Eure Freunde in der Casa de los Tiros rechnen mit meinen Besuchen.«

»Und du weißt genau«, brüllte Don Sancho, »dass das Gesetz vorsieht, dass Don Ponce, nachdem er dich umgebracht hat, auch seine Frau töten muss!«

»Vielleicht begeht er keine der beiden Dummheiten.«

Der Hidalgo und der Moriske blickten sich über dem Schreibtisch hinweg herausfordernd an.

»Ich werde meinem Cousin von diesem Vorfall berichten«, drohte der Hidalgo.

»Wollt Ihr wirklich die Tugend einer Dame in Zweifel ziehen?«

»Ich hoffe, diese Frau ist es wert, dass du dein Leben für sie riskierst!«, keifte Don Sancho und stürmte aus dem Arbeitszimmer.

Was war sein Leben eigentlich wert? Sein einziger Besitz war das kostbare Pferd. Aber wohin sollte er damit reiten? Er hatte weder ein Zuhause noch jemanden, der auf ihn wartete. Nicht einmal seine eigene Mutter wollte ihn sehen! Der Herzog verbot ihm zu arbeiten, aber er schickte ihn im Interesse genau des Königs auf eine Mission, der sein Volk erniedrigt und aus Granada vertrieben hatte. Er war auf den Vorschlag des Bistums eingegangen. Er solle mit seinem Bericht über die Märtyrer weitermachen, hatte ihn Castillo bei einem der Gesprächskreise gebeten. Sie sollten christlicher sein als die Christen, hatte er ihm empfohlen. Genau diesen Rat hatte ihm schon Abbas erteilt! Aber was war das Leben eines Menschen wert, der stets vorgab, etwas zu sein, was er nicht war? Was war sein eigentliches Ziel? Sollte sein Leben dank der Großzügigkeit des Herzogs weiter in so ruhigen Bahnen verlaufen?

Don Pedro, Castillo und Luna hatten ihm ihren Plan dargelegt, nachdem sie ihn besser kennengelernt hatten. Sie wollten die Christen von der Güte der Muslime in Spanien überzeugen, damit sie ihre Meinung über sie von Grund auf änderten. Luna schrieb gerade an seinem Buch *Die wahre Geschichte von König Roderich*. Ausgehend von Erzählungen einer erfundenen arabischen Handschrift aus der Bibliothek des Escorial stellte er darin die Eroberung Spaniens durch die Muslime aus den Barbareskenstaaten als eine Befreiung der Christen dar, die unter der Tyrannei ihrer westgotischen Könige litten. Immerhin hatte es nach dieser Eroberung achthundert Jahre lang Frieden und ein gütliches Zusammenleben der beiden Religionen gegeben.

»Warum ist diese friedliche Koexistenz heute nicht mehr möglich?« Luna hatte die Frage in den Raum gestellt, ohne tatsächlich mit einer Antwort zu rechnen.

»Wir müssen die Vorurteile abbauen, die die Christen gegenüber den Muslimen hegen«, meinte Don Pedro. »Die Christen, allen voran die Geistlichen und die Verfasser von Hetzschriften, verbreiten die Lüge, dass wir überdurchschnittlich fruchtbar seien – weil unsere Frauen schon als Mädchen heiraten und so viele Kinder gebären. Aber das stimmt nicht! Sie bekommen genauso viele Kinder wie die Christinnen! Sie behaupten, unsere Frauen seien Ehebrecherinnen und hätten wahllos Verkehr. Deshalb wachse die Anzahl der Neuchristen ungehörig an – die noch dazu alles Gold, Silber und sonstige Reichtümer anhäufen und somit das Reich ruinieren. Völlig falsch! Angeblich sind wir Perverse und Mörder. Es heißt auch, dass wir insgeheim Gottes Namen lästern. Das sind alles Lügen! Aber das einfache Volk glaubt sie, weil sie überall zu hören sind: Sie werden in Predigten herumposaunt und in Hetzschriften verbreitet. Wir müssen mit den gleichen Waffen kämpfen und die Christen vom Gegenteil überzeugen.«

»Ja«, ergänzte Castillo, »wenn irgendein Barbareske über die Meerenge nach Spanien kommt und zum Christentum übertritt, wird er hier mit offenen Armen empfangen. Niemand hegt gegen diese neuen Christen Verdacht. Aber den Moriskenfamilien, die nun schon seit einem Jahrhundert getauft sind, begegnet man immer nur mit Misstrauen. Wir müssen diese in der christlichen Gesellschaft so fest verwurzelten Vorstellungen ändern. Und für diesen Kampf brauchen wir Menschen wie dich: kluge Köpfe, die lesen und schreiben können.«

Das war der rote Faden, der durch sein ansonsten so verworrenes Leben führte. In Juviles hatten ihm die Dorfbewohner als Kind ihre Waren und das Vieh anvertraut, um der Zehntabgabe zu entgehen – weil er rechnen und schreiben konnte. In Córdoba war es nicht anders gewesen. Wozu würde es diesmal führen? Die Christen auf diesem Weg zu überzeugen erschien ihm ein ebenso aussichtsloses Unterfangen, wie sie durch einen erneuten bewaffneten Aufstand besiegen zu wollen.

Es ließ die Feder auf das leere Blatt Papier sinken.

»Ja, Don Sancho«, flüsterte er, »es lohnt sich, ein so absurdes Leben zu verlieren, und sei es für einen einzigen Moment der erfüllten Lust mit einer Frau wie ihr.«

Aber von nun an musste er auf der Hut sein.

An dem Abend zog sich Don Ponce de Hervás wie üblich nach dem Essen in sein Arbeitszimmer zurück. Einen Moment später klopfte es vorsichtig an seiner Tür: Ein Diener erhoffte sich ein wenig Geld für eine wichtige Information. Der Richter hörte sich das Gestammel des Mannes mit der gleichen Miene an, mit der er auch Ausführungen von Prozessparteien im Obergericht ertrug: unerschütterlich.

»Bist du sicher, dass das die Wahrheit ist?«, fragte er schließlich.

»Nein, Exzellenz. Ich kenne nur das Gerede in der Küche, in den Gärten, in den Unterkünften der Dienerschaft und in Euren Stallungen. Ich kann nichts mit Sicherheit sagen und nichts beweisen, Exzellenz. Aber ich dachte, es könnte Euch interessieren.«

Don Ponce entließ den Mann mit etwas Geld und dem Auftrag, ihn weiterhin auf dem Laufenden zu halten. Dann strich er mit steifen Fingern das Schriftstück glatt, an dem er gerade saß – starr vor Wut. Er zitterte und saß auf genau dem Stuhl, auf dem Hernando einige Stunden zuvor entschieden hatte, sein Leben für die Lust mit Isabel aufs Spiel zu setzen. Aber gewohnt, durchdachte Entscheidungen zu treffen, unterdrückte der Richter seinen Zorn und den Drang, einfach aufzustehen, seine Frau zu erschlagen und danach ihren Liebhaber umzubringen.

Im Haus herrschte nächtliche Ruhe, während sich der Richter immer noch mit der Vorstellung quälte, wie Isabel in den Armen des Morisken lag. Sie kopulieren nicht einfach so, hatte ihm der Diener berichtet, sie seien auf der Suche nach Lust. Der Diener hatte geduckt vor dem Richter gestanden, sich bei seinen Aussagen gewunden und die bleichen Finger ineinander verschlungen.

»Hure!«, flüsterte Don Ponce in die Dunkelheit hinein.

Seine Ehefrau benahm sich wie eine gewöhnliche Dirne im Freudenhaus! Er wusste, wovon der Diener gesprochen hatte: Es ging hier um die verbotene sinnliche Lust, die er selbst immer wieder im Bordell suchte. Noch stundenlang zermarterte er sich den Kopf. Er sah Isabel vor sich: eine obszöne, grell geschminkte und stark parfümierte Frau, die ihren Körper diesem verdammten Schurken hingab, der ihn mit Küssen und Liebkosungen bedeckte. Im Hurenhaus hatte er wegen der Ähnlichkeit mit Isabel ein blondes Mädchen für den Zweck gewählt, und nun erlebte ausgerechnet ein Moriske genau die Lust mit seiner Gattin, die er nicht mit ihr erfuhr. Der Richter war kurz davor, beide auf der Stelle umzubringen.

Doch im Morgengrauen, als die kühle Nachtluft aus dem Garten Don Ponces verschwitzten Körper kühlte, entschied er sich gegen die drastische Maßnahme. Wenn er Isabel tötete, würde er nicht nur die beträchtliche Mitgift verlieren, mit der die Familie Los Vélez seine Frau ausgestattet hatte, weitaus schlimmer wäre, dass er dann auch seinen Einfluss im Umfeld des Monarchen und in den diversen Rätekammern einbüßen würde. Darauf konnte und wollte er wahrlich nicht verzichten. Unter dem Schutz eines so mächtigen Adelshauses wie der Los Vélez zu stehen war eine große Gunst. Die Ehre als Banner ins Feld zu führen, das konnten sich nur die sehr Reichen, die sehr Armen oder die Unvernünftigen erlauben, und der Richter zählte zu keiner dieser drei Kategorien. Isabel als Schützling des Marquis von Los Vélez des Ehebruchs zu bezichtigen, erschien ihm ein zu gewagtes, wenn nicht gar unsittliches Vorhaben. Doch den andauernden Ehebruch, noch dazu in seinem eigenen Haus, durfte er keinesfalls dulden! Dieser verdammte Mistkerl! Er hatte diesen Morisken wie einen Hidalgo behandelt, er hatte ihm zu Ehren eine Abendgesellschaft mit Tanz und Musik gegeben … Und jetzt konnte er sich nicht einmal an ihm rächen, ohne dass diese – an sich gesetzestreue – Tat zu peinlichen Kommentaren führte. Der Moriske war für alle ein Held! Er galt als der Christenretter! Und noch dazu war er ein Günstling des Herzogs von Monterreal …

Als die ersten Sonnenstrahlen auf seinen Schreibtisch fielen, stand die Entscheidung des Richters fest: Er behauptete, Isabel leide an Fieber, und verbannte seine Frau auf ihr Zimmer, bis noch am selben Morgen in höchster Eile eine Cousine von Don Ponce in Erscheinung trat: Doña Ángela, eine strenge, sauertöpfische Witwe, die Isabels Bewachung übernahm, kurz nachdem sie die Türschwelle des Carmen überschritten hatte.

Nach einer Unterredung mit dem Richter machte sich Doña Ángela sofort an die Arbeit, und Isabels junge Zofe verschwand noch am selben Tag – später erzählte jemand, man habe sie des Diebstahls bezichtigt und in die Kerker des Obergerichts geworfen. Am Nachmittag ließ die Witwe jenes Dienstmädchen, das den Moriskensklaven zum Beischlaf »nach Maurenart« aufgefordert hatte, unter dem Vorwand auspeitschen, es habe ihr nicht die gebührende Achtung entgegengebracht. Bei einem anderen Diener wies sie an, einen Teil seines Lohnes einzubehalten, weil er angeblich nicht zu ihrer Zufriedenheit arbeitete.

Innerhalb eines einzigen Tages hatten sämtliche Bedienstete die eindeutige Botschaft des Richters und seiner Cousine verstanden, konnten aber nichts dagegen unternehmen. Wenn sie nicht ausdrücklich gekündigt wurden, durften sie ohne Don Ponces Einverständnis den Carmen laut Gesetz nicht verlassen, um in einem anderen Haushalt zu arbeiten. Bei Zuwiderhandlung gab es zwanzig Tage Gefängnis und ein Jahr Verbannung. Sollte jemand ohne die Zustimmung des Richters gehen, konnte er nur in ein anderes spanisches Reich ziehen oder sich als Tagelöhner verdingen. Aber da es im Haus des Richters nie an Essen mangelte …

Selbst Don Sancho und Hernando entging der allgemeine Aufruhr nicht, allerdings sorgte Doña Ángela auch persönlich dafür, dass ihr strenges Regiment publik wurde, und noch am Abend ihrer Ankunft, kurz vor Sonnenuntergang, zwang sie Isabel, ihr Schlafgemach zu verlassen. Die junge Frau musste in Begleitung der Witwe – wie sie ganz in Schwarz gekleidet – vor aller Augen durch die Gartenanlagen des Carmen spazieren. Hernando sollte mit eigenen Augen sehen, dass er sich der Geliebten nie wieder nähern können würde.

Don Sancho begriff, dass ihrem Gastgeber die Liebschaft zu Ohren gekommen sein musste. Er lief Don Ponce einige Male im Haus über den Weg, aber der Richter erwiderte nicht einmal seinen Gruß, sondern wandte sein Gesicht ab. Don Sancho eilte geradewegs zu Hernando.

»Morgen früh sind wir hier weg! Keine Widerrede!«, herrschte er ihn an. Hernando wirkte nachdenklich. »Verstehst du denn immer noch nicht? Aus Respekt … oder aus Liebe zu dieser Frau musst du dich von ihr trennen. Du kannst sie unmöglich noch einmal treffen! Begreif es doch endlich! Der Richter hat von der Sache Wind bekommen und seine Konsequenzen gezogen.« Der Hidalgo schwieg einen Augenblick. »Auch wenn dir dein Leben egal ist, bedenke wenigstens, dass du auch Isabels Leben zerstörst, wenn du so weitermachst.«

Hernando musste zugeben, dass er dem Redeschwall seines Begleiters innerlich zustimmte. Außerdem: Wie sollte er sich ihr jetzt noch nähern? Das Bild der ganz in Schwarz gekleideten Isabel, die mit gesenktem Haupt neben der hochmütigen und bedrohlichen Doña Ángela durch die Gärten gegangen war, hatte ihn überzeugt. Wenn der Richter tatsächlich längst wusste … Es wäre Wahnsinn!

»Einverstanden«, gab Hernando nach. »Wir brechen morgen auf.«

Am Abend packte er seine Habseligkeiten für die Abreise zusammen. Darunter befanden sich auch die Kleider, mit denen Don Ponce ihn für das Fest ausgestattet hatte. Hernando dachte an die Nacht, in der er sie getragen hatte, an Isabel … Es war eine Dummheit, versuchte er sich einzureden. Wer gab ihm das Recht, das Leben dieser Frau zu vernichten? Ja, er spürte durchaus, dass sie ihn begehrte, ihre Leidenschaft hatte sich von Tag zu Tag gesteigert, aber vielleicht traf auch die Einschätzung des Hidalgos zu, und er hatte die Lage einer Frau ausgenutzt, die ihm einfach nur dankbar war. Hernando sah sich um. Hatte er etwas vergessen? Was sollte er mit diesen prachtvollen Kleidungsstücken anfangen? Er nahm sie und warf sie in eine Ecke. Nein, er hatte Isabels Dankbarkeit nicht missbraucht, wie ihm Don Sancho vorwarf. Sie selbst hatte sich während des Feuerwerks an seinen Rücken geschmiegt und seine Hand berührt. Aber all diese Überlegungen waren müßig. Er würde nach Córdoba zurückkehren.

Hernando ließ sich in einen Stuhl fallen und blickte durch die geöffnete Tür zur Alhambra hinüber – betrachtete das Spiel der Lichter und Schatten, das die Fackeln und der Mond auf ihren Mauern aufführten. Mitternacht war vorbei. Im Carmen herrschte Ruhe, der Albaicín lag in tiefer Ruhe, ganz Granada schien in Ruhe zu verharren. Eine leichte Brise wehte kühle Nachtluft herein und ließ ihn die brütende Hitze des Tages vergessen. Hernando hing seinen Gedanken nach, er schloss die Augen und atmete tief durch.

»Dies wäre das erste Mal, dass uns der Mond dabei zusieht.«

Hernando erschrak. Schön und sinnlich stand Isabel im Nachthemd auf dem Balkon, hinter ihr thronte die großartige Alhambra.

»Isabel… Was machst du hier?« Hernando stand auf. »Was ist mit deinem Mann?«

»Ich kann ihn von meinem Schlafzimmer aus schnarchen hören. Und Doña Ángela hat sich schon vor einiger Zeit zurückgezogen.«

Noch beim Sprechen ließ Isabel ihr Nachtgewand über die Schultern zu Boden gleiten. Nun stand sie nackt vor ihm und sah ihm stolz ins Gesicht. Mit kühnem Blick forderte sie ihren Betrachter auf, sich an ihr zu ergötzen.

Hernando war wie gelähmt. Selbst der Mond schien diesen wunderbaren Körper mit seinem silbernen Schein zu umspielen!

»Isabel«, flüsterte Hernando. Er konnte seinen Blick nicht von ihr abwenden, von ihrem Hals, ihren Brüsten, ihrem Bauch, ihren Hüften und von ihrer…

»Du reist morgen ab«, flüsterte sie. »Ponce hat es mir gesagt. Uns bleibt nur diese letzte Nacht.«

Hernando ging zu Isabel und führte sie in sein Schlafgemach. Er hob ihr Nachtgewand auf und schloss die Türen zum Balkon. Dann ging er wieder zu ihr und wollte etwas sagen, aber sie führte bloß einen Finger an seine Lippen und bat ihn zu schweigen. Dann küsste sie ihn zärtlich. Er wollte sie umarmen, doch Isabel schob seine Hände weg.

»Lass mich«, bat sie ihn.

Ihnen blieb nur diese Nacht! Sie knöpfte sein Gewand auf. Heute wollte sie ihn berühren. Sie wollte endlich die Lust verspüren, die ihr Hernando die ganze Zeit versprochen hatte! Sie war selbst überrascht, mit welcher Sicherheit ihre Hände über Hernandos Schultern strichen und sein Hemd über den Rücken zogen. Dann küsste sie seine Brust und glitt mit ihren Händen zu seinen Hosen. Sie zögerte einen Moment, dann kniete sie vor ihm.

Hernando seufzte.

Isabel lernte Hernandos Körper kennen, mit ihrem Mund, mit ihrer Zunge… Sie begaben sich zum Bett. Nur das matte Licht eines Leuchters erhellte die Umrisse des Mannes und der Frau, die sich etwas zuflüsterten, die sich in aller Ruhe küssten, liebkosten und reizten. Isabel forderte ihn schließlich auf, in sie einzudringen, als wäre sie nun endlich bereit – als hätte sie jetzt erst den rätselhaften Sinn all seiner Worte verstanden: Sie wurden zu einem einzigen Körper. Isabels unterdrücktes Stöhnen klang immer gewaltiger. Hernando versuchte, es mit einem langen Kuss zu ersticken. Er stieß immer tiefer in sie, bis er in ihrem Inneren, durch den Kuss gemildert, den kehligen Aufschrei dieser Frau in Ekstase vernahm, einen Laut, den er nie in ihr vermutet hätte und der nun mit seinem eigenen Höhepunkt verschmolz. Sie blieben eine lange Weile liegen, sprachlos, befriedigt, ein Körper über dem anderen, ohne auseinanderzugleiten oder miteinander zu sprechen.

»Ich muss morgen abreisen«, sagte Hernando schließlich.

»Ich weiß«, antwortete sie nur.

Wieder schwiegen sie, bis Isabel sanft den Kopf schüttelte und die Verschlingung ihrer Körper löste.

»Isabel …«

»Lass mich«, bat sie. »Ich muss zurück. Du bist zweimal in mein Leben getreten, und du hast mich zweimal gerettet.« Isabel richtete sich auf und streichelte Hernandos Gesicht. »Ich muss gehen.«

»Aber …«

Sie bedeutete ihm mit einer Geste, nicht weiterzusprechen.

»Gott behüte dich«, flüsterte sie und unterdrückte ihre Tränen.

Dann ging sie, ohne sich umzudrehen.

Hernando blieb auf dem Bett liegen und starrte zu der kunstvoll gearbeiteten Holzdecke hinauf. Erst nach einer Weile stand er auf und ging auf den Balkon, wo er die Alhambra bestaunte. Warum behielt er Isabel nicht bei sich? Warum lief er ihr nicht hinterher und schwor ihr ewiges Glück? Entgegen Don Sanchos Warnungen und trotz der Gefahr hatte er sein Leben für diese Frau riskiert. Aus Liebe? Er war sich nicht sicher. Nach geraumer Zeit schien ihm die sagenhafte rote Festung über dem Darro die Antwort zu geben. Dort, in den Gärten des Generalife, wollte er mit Fatima tanzen. Mit Fatima! Nein, er empfand für Isabel keine Liebe! Die Erinnerung an die schwarzen Mandelaugen seiner Frau führte ihn in ihre Liebesnächte zurück: Wo war die Befriedigung, wo war das vollkommene Glück, wo waren die tausend stillen Versprechen, mit denen ihr Liebesspiel immer geendet hatte?

Hernando nutzte die wenigen Stunden bis zum Morgengrauen für letzte Reisevorbereitungen. Zur Verblüffung des Stallburschen, der noch nicht einmal den Mist beseitigt hatte, erschien er zu früher Stunde in den Stallungen.

»Zäume Volador für mich auf«, befahl er dem Burschen. »Danach machst du Don Sanchos Pferd und die Maultiere reisefertig. Wir brechen am Morgen auf.«

Er ging in die Küche, wo er die Dienerschaft beim Frühstück antraf, die sich vor Müdigkeit dehnte und reckte. Er nahm ein Stück trockenes Brot und biss hinein.

»Gib Don Sancho Bescheid«, wies er einen der Diener aus Córdoba an, »wir reiten zurück. Haltet euch bereit. Ich muss nur noch einmal zur Kathedrale.«

Er ritt den Albaicín hinunter. Granada erwachte zu neuem Leben, und die Leute kamen allmählich aus ihren Häusern. Hernando saß aufrecht im Sattel, er ließ sich durch nichts und niemanden ablenken. Im Dienstzimmer des Notars traf er um diese Uhrzeit nur den missmutigen Geistlichen an, der dem Juristen für gewöhnlich bei seiner Arbeit half. Hernando benötigte einen Geleitbrief für seine Reisen durch die verschiedenen Königreiche, um sich frei bewegen zu können.

»Richtet dem Notar aus«, trug er dem Geistlichen nach einer kühlen Begrüßung auf, »dass ich nach Córdoba zurückkehren muss. Es fällt mir schwer, meine Arbeit hier in Granada durchzuführen. Die Stadt ist zu eng mit den Ereignissen verstrickt, von denen ich berichten soll. Ich werde ihm sowohl meinen Bericht persönlich übermitteln als auch die Hinweise, die den Dekan und den Erzbischof interessieren könnten. Sagt ihm außerdem, dass ich als Moriske den Geleitbrief des Bistums benötige, damit ich ungehindert reisen kann. Man möge mir das Dokument nach Córdoba, in den Palast des Herzogs von Monterreal schicken.«

»Aber eine Genehmigung …«, wollte der Geistliche gerade einwenden.

»Genau. Davon spreche ich. Ohne eine Genehmigung wird es keinen Bericht geben. Habt Ihr verstanden? Ich bitte Euch ja nicht um Geld für meine Arbeit.«

»Aber …«

»Habe ich mich vielleicht nicht deutlich genug ausgedrückt?«

Nun musste er vor ihrer Abreise nur noch eine Sache erledigen. Inzwischen waren überall in Granada Menschen auf den Straßen unterwegs. Besonders um die Alcaicería neben dem großen Areal, auf dem die neue Kathedrale gebaut wurde, sah man zahlreiche Passanten, die sich für die Stoffe der Händler interessierten. Don Pedro de Granada dürfte inzwischen wach sein.

Der Adlige empfing ihn im Speisesaal, er frühstückte allein und ließ sich eine Kapaunbrust munden.

»Was verschafft mir die Ehre zu dieser frühen Stunde? Setz dich«, lud er ihn mit einer Geste an den reich gedeckten Tisch ein.

»Danke, Don Pedro. Aber ich habe keinen Appetit.« Hernando leistete dem Aristokraten dennoch Gesellschaft und setzte sich. »Ich reise nach Córdoba zurück, aber vorher muss ich unter vier Augen mit dir sprechen.« Hernando machte eine Kopfbewegung zu den zwei Dienern, die das Frühstück anreichten. Don Pedro schickte sie weg.

»Nun sag schon.«

»Ich muss dich um einen Gefallen bitten. Ich hatte eine Auseinandersetzung mit dem Richter.«

»Der Richter ist mit allen Wassern gewaschen«, stellte Don Pedro fest und ließ von den Speisen ab.

»Ich muss befürchten, dass er sich an mir rächen wird.«

»Ist der Vorfall so gravierend?« Hernando nickte. »Da hast du dir einen schlechten Feind ausgesucht, mein Freund«, urteilte der Adlige.

»Es wäre mir lieb, wenn du dich umhörst und mir berichtest, was er tut oder was er über mich sagt. Er könnte mich beim Domkapitel anschwärzen.«

Der Lehnsherr von Campotéjar stützte die Ellbogen auf den Tisch und ließ sein Kinn auf die verschränkten Hände sinken.

»Ich werde tun, was in meiner Macht steht. Mach dir keine Sorgen«, versprach er. »Sollte ich vielleicht wissen, worum es geht?«

»Du kannst dir vorstellen, was passiert, wenn man mit einer Schönheit wie der Gemahlin des Richters unter einem Dach zusammenlebt.«

Der Fausthieb auf den Tisch donnerte durch das ganze Speisezimmer und brachte ein paar Gläser zum Umfallen. Don Pedro schlug noch einmal auf den Tisch und brach in schallendes Gelächter aus. Die Diener stürzten erschrocken herbei, aber der Hausherr schickte sie unter lautem Lachen wieder weg.

»Aber diese Frau ist doch so uneinnehmbar wie die Alhambra! Wie viele Männer haben schon erfolglos versucht, sie zu erobern! Ich selbst…«

»Ich bitte dich um absolutes Stillschweigen«, versuchte Hernando den Adligen zu beruhigen und zweifelte zugleich, ob es richtig war, Don Pedro von seiner Liebschaft zu erzählen.

»Selbstverständlich! Endlich hat es jemand Don Ponce gezeigt«, sprach der Aristokrat und lachte wieder auf, »und zwar so, dass es ihn besonders schmerzt. Weißt du, woher das Vermögen des Richters stammt? Es kommt aus der Zeit, als die Notare die alten Prozesse gegen die Morisken wieder aufrollten und von ihnen Nachweise über den Besitz des Landes einforderten, das ihren Vorfahren seit Jahrhunderten gehörte. Sein Vater war damals Notar beim Obergericht, und wie viele andere hat er sich dabei schamlos bereichert. Geld hat er also genug. Aber nun wollte er über seine Frau – immerhin ein Schützling der Familie Los Vélez – auch noch mehr Macht erlangen. So ein Skandal käme ihm mehr als ungelegen.«

»Bringe ich dich damit nicht in Verlegenheit?«

Don Pedro grinste.

»Jeder von uns steckt doch in irgendwelchen Verlegenheiten, nicht wahr?«

»Ja.«

»Bleibst du mit uns in Verbindung?«

»Selbstverständlich.«

50

Wollt Ihr noch mehr Reliquien haben? Dann nehmt eine Handvoll Erde, presst sie aus, und schon sprudelt das Blut der Märtyrer.

Papst Pius IV. an Pedro Guerrero, den Erzbischof von Granada, der Reliquien für seine Stadt einforderte

Sollte Hernando bei seiner Rückkehr aus Granada je die Hoffnung gehegt haben, die Gemeinschaft in Córdoba würde ihre harte Haltung ihm gegenüber aufgeben, verflog diese sofort: Aufgrund des Schreibens von Don Ponce an Don Alfonso war ihm die Nachricht über seine Mitarbeit an den Nachforschungen über die christlichen Märtyrer in den Alpujarras bereits vorausgeeilt. Die Bitte des Erzbistums wurde im Kreis der Familienangehörigen von Don Alfonso ausgiebig diskutiert, und über die Moriskensklaven im herzoglichen Palast kam sie bald auch Abbas zu Ohren.

Nur wenige Tage nach seiner Ankunft war Aischa auf Hernandos hartnäckiges Drängen hin schließlich zu einem Gespräch mit ihm bereit. Aischa wirkte um Jahre gealtert.

»Du bist das Familienoberhaupt«, machte sie ihm in einem teilnahmslosen Tonfall deutlich, als Hernando zur Weberei kam. »Ob es mir gefällt oder nicht, unser Gesetz verlangt von mir Gehorsam dir gegenüber.«

Die zwei gingen nicht weit von der Werkstatt entfernt in der Straße auf und ab.

»Mutter«, flehte Hernando, »ich will keinen Gehorsam.«

»Du hast dafür gesorgt, dass ich mehr Lohn bekomme, nicht wahr? Der Meister wollte mir nichts Näheres dazu sagen.« Aischa zeigte zum Eingang der Werkstatt. Hernando drehte sich um und erblickte den Webermeister, der ihn aus einiger Entfernung grüßte. Er blieb zwar in der Tür stehen, erweckte aber den Eindruck, als wollte auch er mit ihm sprechen.

»Warum können wir nicht wieder ...?«

»Du arbeitest inzwischen für den Erzbischof von Granada«, unterbrach ihn Aischa. »Stimmt das?« Hernando zögerte. Wie hatte sie das so schnell erfahren? »Man sagt, dass du jetzt deine Glaubensbrüder aus den Alpujarras verrätst ...«

»Nein«, protestierte er mit hochrotem Gesicht.

»Arbeitest du für die Pfaffen oder nicht?«

»Ja, schon, aber es ist nicht das, wonach es aussieht.« Don Pedro und die beiden Übersetzer hatten ihm absolute Geheimhaltung über das neue Projekt abverlangt, und er hatte dies bei Allah geschworen. »Mutter, glaub mir«, bat er sie.

»Wieso sollte ich dir glauben? Niemand glaubt dir mehr!«

Die beiden schwiegen. Hernando wollte sie umarmen. Er streckte eine Hand aus, aber Aischa wich zurück.

»Was willst du noch?«

Sollte er sich ihr doch anvertrauen?

»Niemals darfst du einer Frau davon erzählen!«, hatte ihn Don Pedro fast angeschrien, als er laut darüber nachgedacht hatte, sich seiner Mutter zu offenbaren. »Frauen schwatzen. Auch deine Mutter.« Dann hatte er ihn gezwungen, sein Stillschweigen zu beschwören.

»Friede sei mit dir, Mutter«, sagte Hernando zum Abschied.

Als er Aischa sehr langsam die Straße hinabgehen sah, schnürte es ihm die Kehle zu. Dann räusperte er sich und ging zum Webermeister, der ihn nach den üblichen Höflichkeitsfloskeln aufforderte, sein Wort zu halten: Der Herzog solle endlich Stoff bei ihm kaufen.

»Ich habe versprochen, dafür zu sorgen, dass sich der Herzog für deine Ware interessiert«, antwortete Hernando ihm. »Ob er sie nun tatsächlich kauft oder nicht, liegt nicht an mir.«

»Wenn sie erst einmal zu mir kommen und meine Stoffe sehen, werden sie sie besitzen wollen«, meinte der Weber und zeigte stolz in seine Ladenwerkstatt.

Hernando überflog die ausgelegten Posten: Der Meister führte eine vorbildliche Werkstatt. Die offenen Fenster waren weder durch Sonnendächer noch Planen verdeckt, das Licht strömte herein, sodass die Käufer die Ware deutlich sehen konnten. Die Ballen mit Samt, Satin oder Damast wurden den Passanten ohne jede Werbung oder sonstige Finten präsentiert.

»Da bin ich mir sicher«, bestätigte Hernando. »Ich danke dir für alles, was du für meine Mutter getan hast. Sobald der Herzog sieht, dass …«

»Dein Herr«, unterbrach ihn der Weber, »ist wohl erst wieder in einigen Monaten in Córdoba.«

»Er ist nicht mein Herr.«

»Sprich mit der Herzogin!« Der Meister zog die Augenbrauen hoch. »Wir haben eine Abmachung. Ich habe meinen Teil erfüllt. Nun bist du an der Reihe.«

»Ich werde mich darum kümmern.«

Natürlich würde er sein Versprechen halten, sagte er sich, sobald er dem Weber den Rücken zugekehrt hatte. Seine Mutter würde von ihm keinen Real annehmen. Er konnte einfach nicht zulassen, dass sie in Armut lebte, während er so großzügige Zuwendungen erhielt. Ihre Unterstützung war das Einzige, was ihn noch mit ihr verband, selbst wenn sie ihn verabscheute. Eines Tages könnte er ihr die Wahrheit gestehen, sagte er sich, während er an den Steinbänken beim Kloster San Pablo vorbeiging. Eine Kinderschar stand um den Leichnam einer jungen Frau herum, den die Barmherzigen Brüder in den Feldern vor Córdoba gefunden hatten. Mit offenen Mündern bestaunten sie die Frauenleiche. Hernando seufzte.

Fatima war vor Kurzem schon einmal und vor allem mit einer ungeahnten Kraft wieder in seine Erinnerung getreten. Vor ein paar Tagen, nach ihrer Abreise aus Granada, hatte Hernando angehalten und sich umgedreht, um aus der Ferne die Stadt der Nasriden in Ruhe zu betrachten. Er ließ Isabel hinter sich. Doch die Wolken über den Bergen, aus deren wunderlichen Formen und Farben die Alten ihre Weissagungen schöpften, zeigten ihm nun Fatimas Gesicht.

Jemand, wohl Don Sancho, räusperte sich hinter ihm – vielleicht damit er die Heimreise fortsetzte. Neuerdings verhielt sich der Hidalgo ihm gegenüber äußerst distanziert und wortkarg. Hernando ließ sich nicht beirren, er starrte auf eine Wolke, die ihm ein Lächeln zu schenken schien.

»Reitet schon vor. Ich hole Euch schon ein«, sagte er.

Inzwischen waren drei Jahre vergangen, seit Ubaid Fatima und die Kinder umgebracht hatte. Drei Jahre! Hernando weinte nicht mehr, denn weder Tränen noch Schmerz konnten die Erinnerung an das fröhliche Lachen seiner Frau, die sanften Worte seiner Tochter und die freimütigen blauen Augen seines Sohnes trüben. Er sah zu der Wolke hinauf und verfolgte ihren Lauf am Himmel, bis sie mit einer anderen Wolke verschmolz.

Der Kammerherr des Herzogs von Monterreal hieß José Caro und war etwa vierzig Jahre alt, zehn Jahre älter als Hernando. Er war ein hochmütiger Mann, aber bei seinen Aufgaben überaus gewissenhaft, wie es sich für eine Person ziemte, die Don Alfonso bereits als Page gedient hatte. Der Kammerherr, über dem in der Hierarchie der Hofämter nur noch der Kaplan und der Sekretär standen, kümmerte sich um die Garderobe sowie alle privaten Angelegenheiten des Herzogs, zudem um die Einrichtung und Haushaltung des Palastes. Also war José Caro der Mann, den Hernando für die Stoffe des Webers interessieren musste, aber in den drei Jahren, die er nun schon im Palast lebte, hatte er mit ihm kaum ein Dutzend Worte gewechselt.

Hernando traf den Kammerherrn an einem Nachmittag in einem der Säle an. Er trug wie üblich seine makellose Livree und überwachte einen Tischlermeister, der eine Anrichte ausbesserte. Neben ihm stand ein junges Hausmädchen, das die Hobelspäne mit Schaufel und Besen auffing, noch ehe sie auf den Fußboden fielen.

Hernando blieb in der Tür stehen »Es ist wichtig für mich, dass Ihr zum Laden von Meister Juan Marco geht …«, wollte er sagen. »Es ist wichtig für mich …« Nein! »Ich würde mich freuen, wenn …« »Ich bitte Euch …« Warum? Was sollte er dem Kammerherrn antworten, wenn er den Grund wissen wollte? »Weil ich ein Freund des Herzogs bin«, könnte er ihm antworten, »schließlich habe ich ihm das Leben gerettet.« Nein. Don Sancho hatte ihm einiges beigebracht, aber in keiner seiner Lektionen war es darum gegangen, wie man sich mit dieser Autorität an die Dienerschaft wandte, die ihnen angeboren schien. Hernando überlegte, den Hidalgo als Mittler einzusetzen, aber seit ihrer Auseinandersetzung wegen Isabel hatten sie kein Wort mehr miteinander gesprochen.

Plötzlich fühlte er sich beobachtet. Der Kammerherr fixierte ihn mit seinem Blick.

»Guten Tag, José«, grüßte er den Kammerherrn mit einer Miene, die ein Lächeln andeuten sollte.

Das Mädchen hörte auf zu kehren und drehte sich verwundert um. José senkte kurz sein Haupt, und das Mädchen widmete sich wieder den Abfällen der Tischlerarbeit.

Die Überraschung, die dem Mädchen immer noch ins Gesicht geschrieben stand, brachte ihn durcheinander, und Hernando ließ von seinem Vorhaben ab. Nun rächte sich, dass er in den letzten drei Jahren im Palast kaum Kontakte gepflegt hatte. Er machte kehrt und schlenderte eine Weile durch die Patios des Palastes, bis er das Mädchen wiederentdeckte.

»Komm her«, bat er sie. Hernando wühlte in seinem Geldbeutel. »Hier, nimm.« Er gab dem Mädchen eine Zwei-Reales-Münze. »Ich will, dass du den Kammerherrn überwachst und mir Bescheid sagst, wenn er nachts den Palast verlässt. Hast du mich verstanden?«

»Ja, Don Hernando.«

»Geht er nachts weg?«

»Nur, wenn Seine Hoheit nicht im Haus ist.«

»Gut. Wenn du den Auftrag erfüllst, gebe ich dir noch mehr Geld. Du findest mich nach dem Abendessen immer in der Bibliothek.«

Das Mädchen nickte, offensichtlich kannte sie seinen Tagesablauf.

Hernando ritt jeden Tag aus. Er achtete darauf, noch vor den Hidalgos aufzustehen, die für gewöhnlich erst am späten Vormittag frühstückten, vor allem aber ging es ihm darum, Doña Lucía aus dem Weg zu gehen. Don Sancho musste der Herzogin von seinem Liebesabenteuer mit Isabel berichtet haben, denn anders konnte er sich den offenen Hass, der ihrer üblichen Verachtung inzwischen gewichen war, nicht erklären. Bei den wenigen Gelegenheiten, bei denen sie sich überhaupt im Palast begegneten, wandte Doña Lucía ihr Gesicht immer ostentativ ab, und bei den Mahlzeiten wurde Hernando am äußersten Ende der Tafel platziert. Die Hidalgos hingegen hatten ihren Spaß, wenn dieser Moriske mühsam über den halben Tisch langen musste, um etwas von den Speisen abzubekommen.

Auch deswegen pflegte er ausgiebig zu frühstücken und dann aus Córdoba hinauszureiten, er wollte wenigstens den Morgen genießen und sich in der freien Natur verlieren. Meistens verbrachte er seine Zeit auf den Stierweiden, aber er hielt Abstand zu den Tieren, reizte sie nicht und kämpfte nicht mit ihnen. Die Erinnerung an Azirat verfolgte ihn immer noch. Er ging auch nicht zu den Stierkämpfen der Adligen auf der Plaza de la Corredera. Gelegentlich begegnete er bei seinen Ausflügen den Bereitern aus dem königlichen Marstall und beobachtete sie mit einer gewissen Wehmut bei ihrer Arbeit mit den neuen Fohlen.

Mittlerweile zog er sich bereits nach dem Mittagessen in die Bibliothek zurück. Er hatte viel zu tun. Er musste das Barnabas-Evangelium abschreiben, das er bei Arbasia wieder abgeholt hatte. Er ging davon aus, dass er seine Entdeckung eines Tages mit jemandem teilen musste, und war nicht dazu bereit, die arabische Kopie auszuhändigen. Er las darin, aber erst beim Schreiben erfasste er die Tragweite dieses Evangeliums. Bereits bei der Verkündigung der Geburt Jesu spricht der Engel Gabriel hier nicht von einem göttlichen Wesen, sondern von einem Propheten, der den Weg zeigen wird. Den Weg wohin? Hernando hielt bei seiner Arbeit inne. Den Weg zu wem? Zum wahren Propheten. Wie die Muslime sollten sich Jesus und seine Mutter von Wein und starken Getränken und jeder unreinen Speise fernhalten. Und die Engel verkündeten den Hirten nicht die Geburt des Erlösers, sondern die Geburt eines Propheten des Herrn. Anders als die Berichte der späteren Evangelisten behauptete Barnabas, der Jesus Christus kannte, dieser habe sich niemals selbst als Gott oder Gottessohn – geschweige denn als Messias – bezeichnet. Er habe sich als Gesandten Gottes gesehen, der die Ankunft des wahrhaften Propheten verkündete – die Ankunft Mohammeds.

Außerdem musste Hernando den Bericht über die Vorfälle in Juviles ausarbeiten – das Erzbistum von Granada hatte ihm die auf seinen Namen ausgestellte Sondererlaubnis zukommen lassen und ihn somit an sein Versprechen erinnert. Doch anders als seine Mutter, Abbas und dessen Anhänger dachten, war Hernando keineswegs bereit, sein Volk zu denunzieren. Er schrieb über den Monfí El Zaguer, der die Hinrichtung aller Christen im Dorf verhindert hatte. Zudem wies er darauf hin, dass dieses vermeintliche Gemetzel in Juviles sich nicht von den vielen anderen unterschied, bei denen christliche Soldaten mehr als eintausend Moriskinnen und ihre Kinder umgebracht hatten. Er erinnerte sich schmerzlich daran, wie er unter den donnernden Salven der Arkebusen in der Dunkelheit auf dem Dorfplatz verzweifelt seine Mutter und seine Stiefgeschwister gesucht und dabei zufällig Fatima und ihren kleinen Humam gerettet hatte.

Und dann gab es noch seine Arbeit für Castillo. Er und Hernando nutzten das weit verzweigte Netz der Maultiertreiber, die noch immer auf der Seite der Morisken waren, für einen regen Austausch über Miguel de Lunas Buch über Roderich, den letzten König der Westgoten in Spanien. Hernando trug mit Berichten über das Zusammenleben von Christen und Muslimen zur Zeit des Kalifats in Córdoba dazu bei. Das Buch sollte beweisen, dass während der Herrschaft der Muslime die sogenannten Mozaraber nicht nur ihr Stück Land behalten konnten, sondern zudem im Rahmen einer gewissen Toleranz ihre christliche Religion ausüben durften. Hernando fand heraus, dass die Mozaraber ihre Gotteshäuser, ihre Kirchenhierarchie und sogar ihr Rechtswesen bewahren konnten. Wie viele Moscheen standen dagegen jetzt noch im Land von König Boabdil? Die Mozaraber hatte man nicht zur Konversion gezwungen, die Mauren schon.

Er fand Hinweise auf die Kirchen San Acisclo, San Zoilo, San Fausto, San Cipriano, San Ginés und Santa Eulalia. All diese christlichen Gotteshäuser in Córdoba waren während der Herrschaft der Muslime erhalten geblieben. Hinweise auf die Unterdrückung der Mozaraber während der Schreckensherrschaft von al-Mansur vermied er – diese Christen hatten zumindest noch an ihrem Glauben festhalten können.

Wenn ihn diese Arbeit ermüdete und er sich erholen wollte, widmete er sich der Schrift. Die Abhandlung über die Schreibstile, die er zusammen mit dem Evangelium in der kleinen Truhe gefunden hatte, stammte von keinem Geringeren als Ibn Muqla, dem großen Kalligraphen der Kalifen von Bagdad. Hernando suchte nun bei jedem Strich mit dem Schreibrohr nach Vollendung und gelangte dadurch zu einer tiefen Spiritualität, die nur mit der Versenkung im Gebet vergleichbar war.

»Diese Abbilder des heiligen Wortes sind reine Gotteslästerung«, warf er sich eines Tages in der Ruhe der Bibliothek selbst vor. Er litt unter den Mängeln und dem fehlenden Zauber seiner Schriftzeichen. Bei seinen Koranabschriften hatte er das Gefühl, er würde die Buchstaben nur dahinkritzeln, anstatt sie kunstvoll zu zeichnen.

Er musste Schreibrohre besorgen und lernen, sie nach Ibn Muqlas Angaben zu bearbeiten: Man musste das Rohr kürzen, sorgfältig die Schreibkante bearbeiten und schließlich die Spitze leicht nach rechts anschrägen. Mit den Federkielen, die die Christen verwendeten, konnte man Gott nicht gebührend dienen. Er würde hoffentlich genügend Röhricht finden.

Seine Arbeit wurde immer umfangreicher, und er musste immer öfter in das Minarett gehen, um die Blätter zu verstecken. Aus Furcht, entdeckt zu werden, betrat er den Turm meist erst im Schutz der Dunkelheit. Hernando wusste, dass die kleinste Unachtsamkeit fatale Folgen haben würde. Kurz nachdem er auf das Versteck im Turm gestoßen war, hatte er die Fatimahand aus der Falte im Wandteppich geholt und sie in der kleinen Truhe verborgen.

Seine kalligraphischen Versuche hingegen warf er sofort wieder ins Feuer, damit er möglichst wenig Spuren hinterließ. Nur den Bericht für das Domkapitel in Granada ließ er offen sichtbar liegen. Anscheinend wurde er auch bald gelesen, denn der Kaplan des Hauses schloss sich eines Morgens seinem bisher einsamen Frühstück an und horchte Hernando über seine Meinung zu den Märtyrern in den Alpujarras aus.

»Wie kannst du es wagen, das unglückliche Missverständnis, das auf dem Dorfplatz in Juviles zum Tod von ein paar Moriskinnen führte, mit den geplanten und niederträchtigen Morden an den Christen zu vergleichen?«, fragte ihn der Geistliche eines Tages aufgebracht.

»Wie ich sehe, stöbert Ihr in meinen persönlichen Aufzeichnungen.« Hernando frühstückte seelenruhig weiter. Er sah den Kaplan nicht einmal an.

»Gott zu dienen erforderte alle möglichen Anstrengungen. Der Marquis von Mondéjar hat diese Mörder bestraft«, bekräftigte der Geistliche. »Sie sind längst verurteilt.«

»El Zaguer tat sich dort eher hervor als der Marquis«, entgegnete Hernando. »Er verhinderte, dass in Juviles noch mehr Christen umgebracht wurden.«

»Aber es hat Tote gegeben«, stellte der Geistliche fest.

»Sollen wir nun vielleicht die Opfer gegeneinander aufrechnen?«, fragte Hernando frech.

»Das steht dir nicht zu.«

»Euch aber auch nicht«, erwiderte Hernando. »Das liegt einzig und allein im Ermessen des Erzbischofs.«

Eines Abends wollte er gerade seine Arbeit an dem Bericht abschließen, als das Hausmädchen ihren Kopf in die Bibliothek steckte.

»Der Kammerherr hat den Palast gerade verlassen«, verkündete die junge Frau.

Hernando legte die Blätter zusammen, stand vom Schreibtisch auf und suchte nach dem versprochenen Geld.

»Bring bitte diese Papiere in mein Schlafzimmer«, bat er sie, übergab ihr den Bericht und die Münze. »Danke«, fügte er noch hinzu und warf ihr ein schüchternes Lächeln zu. Hernando fiel ihr hübsches Gesicht erst jetzt auf. »Weißt du, was er für gewöhnlich macht oder wohin er geht?«

»Man sagt, dass er gern Karten spielt.«

»Ich danke dir.«

Hernando eilte zur Tür. Im Patio hörte er, dass einer der Hidalgos den übrigen Anwesenden im bevorzugten Saal der Herzogin mit lauter Stimme vorlas. Hernando lief schnell weiter und gelangte im Schutz der Bogengänge hinaus in die frische Herbstnacht. Er nahm sich nicht einmal die Zeit, seinen Umhang zu holen, da er die Spur des Kammerherrn in der dunklen Nacht keineswegs verlieren wollte. Ob es die Spelunken noch gab, für die er vor mehr als zehn Jahren die unbedarften Spieler angelockt hatte, die man ausnehmen konnte? Auf jeden Fall musste sich der Kammerherr zum Kartenspielen in die Viertel um die Plaza de la Corredera oder die Plaza del Potro begeben. Also musste er entweder die Puerta del Salvador oder die Puerta de Corbache durch die alte arabische Stadtmauer nehmen, die die Medina von der Ajerquía trennte. Hernando entschied sich für die Puerta del Salvador. Er hatte Glück und konnte bald die Umrisse des Kammerherrn erkennen, der unter einem Torbogen von Bettlern angesprochen wurde. Eine Kerze in einer Nische spendete genügend Licht, um José Caro erkennen zu können, der von den Bettlern festgehalten wurde. Hernando griff nach einer Münze, und als der Kammerherr sich von den Wegelagerern befreien konnte und auf die Puerta del Salvador zusteuerte, ging er selbst zu dem Torbogen.

Nun stürzten sich die Bettler auf Hernando. Dieser hielt die vorbereitete Münze hoch und warf sie hinter sich. Vier Männer stürzten sich auf das Geldstück, und Hernando konnte mühelos an zwei anderen Männern vorbeiziehen, die noch mehr Geld forderten.

José Caros Ziel war offensichtlich das Potro-Viertel. Wohin hätte er auch sonst zum Kartenspielen gehen sollen? Er folgte ihm in einem gewissen Abstand, horchte auf seine Schritte in der Dunkelheit oder sah seine Gestalt an einem mit Kerzen beleuchteten Altar vorbeihuschen. Im Gedränge um die Plaza del Potro hätte er den Mann beinahe aus den Augen verloren. Wie lange war er nicht mehr hier gewesen? Hernando blieb stehen und versuchte, den Kammerherrn in der Menschenmenge auszumachen. Er ging einen Schritt vor, doch ein junger Bursche stellte sich ihm in den Weg.

»Sucht Eure Exzellenz ein Lokal, wo Ihr schnelles Geld machen könnt? Ich kann Euch die beste …«

Hernando lächelte.

»Siehst du den Mann dort?«, unterbrach er den Jungen und deutete auf den Kammerherrn, der soeben abbog und Richtung Calle de Badanas weiterging. Der Junge nickte. »Wenn du mir sagst, wohin er geht, bezahle ich dich dafür.«

»Wie viel?«

»Los, er entwischt dir noch«, spornte Hernando ihn an.

Der Junge rannte los, und Hernando gab sich wehmütig seinen Erinnerungen hin: Die Bordellgasse und Hamid, der Maultierhändler Juan, die erschöpfte Fatima, die die Suppe ausspuckte, die Aischa ihr einflößte, die Zeit, in der er einst selbst die Spielwilligen in die Spelunken lotste …

»Er ist in das Lokal von Pablo Coca gegangen.« Die Worte des jungen Burschen rissen ihn aus seinen Gedanken. »Aber ich kenne einen viel besseren Laden. Denn bei Pablo wird nicht sauber gespielt.«

»Ach, gibt es neuerdings Spieltische, an denen es mit rechten Dingen zugeht?«, fragte Hernando belustigt. Der Name Pablo Coca sagte ihm nichts. Die Spelunke hatte es damals, als er sich in diesem Viertel herumtrieb, noch nicht gegeben.

»Aber selbstverständlich. Wenn Ihr wollt, bringe ich Euch …«

»Gib dir keine Mühe. Wir gehen jetzt zu diesem Pablo Coca.«

»Wir?«, fragte der Junge erstaunt.

»Du musst mir zeigen, wo das ist. Dann bekommst du dein Geld.«

Sie warteten einen Moment, damit ihre Begegnung wie ein zufälliges Treffen aussah, dann bezahlte er den jungen Burschen, der ihn auf einen düsteren, engen Eingang hinwies. Hernando zeigte den Türstehern ein paar Goldmünzen und ging in das Lokal, das sich als überraschend geräumig erwies. Es war im Hinterraum der Werkstatt eines Bürstenmachers versteckt. Etwa fünfzig Männer beugten sich über die vielen Holztische oder liefen dazwischen hin und her: Unter den Anwesenden, die sich für die Karten und Würfelspiele interessierten, waren jede Menge Falschspieler, Zinker, Kiebitze und Bankhalter. Allein der Lärm in dieser Spielhölle hätte den Corregidor aus seinem warmen Bett geworfen.

Hernando sah sich im Lokal um und entdeckte schließlich den Kammerherrn. Er saß an einem Spieltisch – hinter ihm standen einige Kiebitze. War José nun ein eiskalter Falschspieler oder nur ein harmloser Glücksritter, den man ein paarmal gewinnen ließ, um ihn dann umso heftiger zu schröpfen? Eine Magd bot ihm etwas zu trinken an, und Hernando griff zu. Pablo Coca spendierte dem neuen Gast, der offensichtlich mit Goldmünzen kam, ein Glas Wein: Sollte er vor dem Spiel ruhig etwas trinken … Hernando wanderte zwischen den Tischen umher: An einigen wurde gewürfelt, aber an den meisten spielte man Karten. Er gelangte schließlich zu dem Tisch, an dem José Caro saß, und blieb auf der gegenüberliegenden Seite stehen. Hier spielten sie Einundzwanzig. Hernando erkannte schnell, dass José Caro nur ausgenommen wurde. Hinter dem Kammerherrn hatte sich ein Kiebitz postiert, dessen Wams und Gürtel mit polierten Metallplättchen verziert waren. Der Gauner, der sich gegenübersetzte und den Part des Bankhalters übernahm, überprüfte andauernd die Spiegelungen auf Wams und Gürtel seines Kumpanen, die José Caros Blatt verrieten. Hernando schüttelte kaum merklich den Kopf: Fast alle Mitspieler an dem Tisch schienen unter einer Decke zu stecken, alle sollten später ihren Anteil kassieren, wenn sie dem Betrüger halfen! Der Kammerherr legte seine Karten auf den Tisch, ein Ass und eine Bildkarte: Einundzwanzig! Er machte zum Einstieg einen ordentlichen Gewinn, er sollte offensichtlich Vertrauen gewinnen.

»Dich bekommt man ja überhaupt nicht mehr zu sehen.« Hernando versuchte sich an den Mann zu erinnern, der ihn ansprach. »Du bist einfach abgetaucht. Ich dachte schon, dir sei etwas zugestoßen. Aber so, wie du aussiehst, wohl nur Gutes. Kommst hier wie ein Edelmann hereinspaziert und klimperst mit Goldmünzen.«

»Palomero!«

Einige der Kartenspieler am Tisch, darunter auch der Kammerherr, blickten überrascht zu dem Neuen, der den Hausherrn soeben als Lockvogel bezeichnet hatte. Pablo verzog das Gesicht, und Hernando begriff sofort, dass der Spitzname aus alten Zeiten hier fehl am Platz war.

»Die Bude gehört mir«, flüsterte er. »Ich muss auf meinen Ruf achten.«

»Du bist also Pablo Coca«, murmelte Hernando vor sich hin. Er hatte damals nie den tatsächlichen Namen des jungen Mannes erfahren, der damals auch noch den gerissensten Spieler um sein Geld brachte. Am Tisch wagten die Spieler ihre nächsten Einsätze. José Caro sah misstrauisch zu seinem unverhofften Mitspieler. »Dein Laden läuft prächtig«, meinte Hernando noch, »dafür zahlst du bestimmt reichlich Schmiergelder an die Richter und Büttel, nicht wahr?«

»Es ist wie immer«, sagte Pablo und lachte. »Komm, stell das billige Gesöff weg, lass uns einen ordentlichen Wein trinken.«

Hernando begleitete ihn nach hinten in einen abgetrennten Bereich. Dort saß – beschützt von zwei mürrisch dreinblickenden, bewaffneten Burschen – hinter einem groben Holztisch ein Mann, der Berechnungen anstellte und Geld zählte. Pablo schenkte Wein in zwei Gläser, und sie stießen an.

»Was führt dich hierher?«

»Der Spieler, der gerade Einundzwanzig spielt, muss mir einen Dienst erweisen und …«, gestand Hernando freimütig.

»Meinst du den Kammerherrn des Herzogs?«, unterbrach ihn Pablo. »Das ist wirklich einer von denen, die sich beschuppen lassen. Wenn du nicht bald mit ihm redest, hat er seinen letzten Real verloren und vermutlich keine Lust mehr, irgendwelche Gefallen zu tun.«

Hernando blickte zum Tisch hinüber, an dem der Kammerherr dem Bankhalter gerade seinen Wetteinsatz zahlte. Ein anderer suchte Streit und ging mit den Fäusten gegen einen dritten Spieler los. Sofort waren zwei Männer da, die die beiden Streithähne zur Seite zogen und dafür sorgten, dass sie sich beruhigten.

Hernando wollte gar nicht darüber nachdenken, wie weit er sich gerade von seiner Religion entfernte: Er trank, noch dazu in einer Spielhölle … Warum war es nur so schwer, seinem Glauben treu zu bleiben?

»Wenn du willst, dass er gute Laune bekommt, lass ihn erst ein wenig verlieren. Die anderen haben dich mit mir zusammen gesehen. Wenn du dich setzt, werde ich die Falschspieler austauschen, und du kannst machen, was du willst. Kannst du tricksen? Verdienst du dir so deinen Lebensunterhalt?«

»Nein. Ich kann nur das, was mir ein guter Freund vor vielen Jahren einmal gezeigt hat.« Hernando zwinkerte Pablo zu. »Aber da hat sich wohl nicht viel geändert, oder? Ansonsten … soll der Zufall entscheiden.«

»Dummkopf«, urteilte Pablo.

Sie plauderten noch eine Weile, und Hernando berichtete aus seinem Leben. Dann gingen sie zu dem Spieltisch, an dem der Kammerherr saß. José Caro war bereits fast blank. Pablo gab dem Spieler, der rechts von José saß, ein Zeichen. Hernando nahm dessen Platz ein. Der Kammerherr wollte auch aufstehen, aber Hernando legte ihm eine Hand auf den Arm, damit er sitzen blieb.

»Von nun an spielst du nur noch gegen den Zufall«, flüsterte er ihm ins Ohr.

Einige Spieler standen auf, andere kamen neu hinzu.

»Was willst du damit sagen?«, fragte der Kammerherr verblüfft, während um sie herum die Stühle gerückt wurden. »Ich habe genau aufgepasst, hier wird nicht gemogelt.«

»Ich will dich nicht beleidigen. Ich will damit nur sagen, dass es hier anders zugeht als bei der Herzogin. Und, setz dich nie vor einen Mann, der Spiegel an sich trägt.« Hernando deutete mit seinem Kinn auf den Mann mit dem verzierten Wams, der nun etwas weiter hinten stand und seinen Anteil vom siegreichen Falschspiel einstrich. Die anderen Beteiligten an dem abgekarteten Spiel warteten noch auf ihren Anteil.

Der Kammerherr wollte schon mit der Faust auf den Tisch schlagen, doch Hernando hielt ihn davon ab.

»Damit erreichst du jetzt nichts. Das Spiel ist vorbei.«

»Was willst du? Warum hilfst du mir?«

»Ich möchte, dass du dir die Stoffe von Meister Juan Marco ansiehst. Kennst du seine Werkstatt?« Der Kammerherr nickte und wollte etwas darüber sagen, aber Hernando sprach weiter. »Du musst dort nichts kaufen. Ich möchte nur, dass du dich einmal in seinem Geschäft umsiehst.«

Inzwischen hatte eine neue Runde mit neun anderen Spielern begonnen. Einer nahm die Karten auf und wollte geben, aber Hernando störte ihn dabei.

»Neues Blatt«, forderte er.

Pablo hielt die Karten schon bereit. Hernando nahm das alte Blatt an sich, das der Geber missmutig auf den Tisch geworfen hatte, und händigte es dem Kammerherrn aus.

»Behalte es. Später zeige ich dir ein paar Kniffe.«

Der Austausch der Karten entmutigte den Mann, der gerade verteilen wollte, sowie einen weiteren Zinker. Beide standen vom Tisch auf. Dann spielten sie im Beisein von Pablo Coca Einundzwanzig: Jeder erhielt zwei Karten und spielte gegen den Bankhalter. Wer am nächsten an einundzwanzig Punkte kam, gewann die Bank, solange er mehr Punkte zusammenbrachte als der Bankhalter oder wenn der Bankhalter über einundzwanzig Punkte hatte. Dabei brachte das Ass je nach Belieben elf oder einen Zähler, die Bildkarten immer je zehn Punkte und die übrigen Karten ihren jeweiligen Zählwert. Nun war der Spielverlauf ein anderer, und der Kammerherr erholte sich von seinen Verlusten. Er lud Hernando, der weder nennenswert verlor noch aufsehenerregend kassierte, sogar zu einem Glas Wein ein.

Irgendwann wusste Hernando nicht, wie hoch er setzen sollte. Allmählich langweilten ihn die Karten. Er ertastete sein verbliebenes Geld und sah zum Bankhalter. Pablo stand aufrecht und ernst hinter dem Falschspieler und überwachte das Spiel. Aber auf einmal bewegte sich kaum merklich sein rechtes Ohrläppchen. Hernando ließ sich sein Erstaunen nicht anmerken und setzte einen hohen Betrag. Er gewann. Insgeheim musste er über Palomero lächeln, offensichtlich hatte er wieder Blut geleckt.

»Ich sehe, dass du es schließlich doch noch von Mariscal gelernt hast«, stellte Hernando fest, als sie sich von Pablo Coca verabschiedeten. Er selbst hatte satte Gewinne gemacht, während der Kammerherr einer Pleite gerade noch entronnen war.

»Was ist mit diesem Mariscal?«, wollte José Caro wissen.

Die beiden alten Freunde tauschten vielsagende Blicke aus, aber keiner von ihnen gab eine Antwort. Hernando erinnerte sich wehmütig an die verrückten Grimassen, die der junge Palomero damals gezogen hatte, wenn er seinem großen Vorbild nacheiferte, und gab ihm die Hand. Auch der Kammerherr reichte seine Hand zum Abschied und ging ein paar Schritte voraus.

»Ich weiß nicht, ob das Geld hier ehrlich gewonnen wurde«, sagte Hernando zu Pablo und wog den Beutel in seiner Hand.

»Mach dir keine Sorgen. Alle haben die ein oder andere Finte auf Lager. Und eigentlich bist du genauso harmlos wie dein Gefährte, du merkst es nicht einmal. Die Zeiten ändern sich, und die Tricks werden immer komplizierter.«

»Hier sollte ich besser nicht …« Hernando drehte sich zu José Caro um, der weiter vorn auf ihn wartete. »Ich gebe dir deinen Anteil ein anderes Mal.«

»Das hoffe ich doch. Du weißt ja, das ist unser ungeschriebenes Gesetz. Komm immer zu uns, wenn du willst. Mariscal und sein Mitspieler sind vor einiger Zeit gestorben und haben ihr Geheimnis mit ins Grab genommen. Nun kennen nur noch wir beide den Kniff mit dem Ohr. Ich habe bislang niemanden darin eingeweiht und ihn auch sonst nie eingesetzt. Sonst hätte ich keinen eigenen Laden bekommen. Niemand kann uns dabei auf die Schliche kommen. Mein Gott, was hat es mich gekostet, diesen Trick zu lernen«, seufzte er und winkte dem wartenden Kammerherrn zu.

Sie tauschten noch ein paar Abschiedsworte, dann holte Hernando den Kammerherrn ein und ging mit ihm in Richtung Palast.

»Und, gehst du zu dem Weber?«, fragte Hernando, als sie über die Plaza del Potro liefen, auf dem trotz der späten Stunde noch zahlreiche Passanten unterwegs waren.

»Ja, sobald du mich in die Tricks beim Kartenspiel einweihst.«

51

Córdoba, 1587

In diesem Jahr ließ die englische Königin Elizabeth Tudor die Hinrichtung ihrer Widersacherin in Schottland zu, der Katholikin Maria Stuart. Darüber empört und von der Verteidigung des wahren Glaubens beseelt, beauftragte Philipp II. Don Álvaro de Bazán – den Marquis von Santa Cruz – damit, die große Flotte in Cádiz zusammenzuziehen und darauf vorzubereiten, England zu erobern und die protestantischen Ketzer zu unterwerfen. Doch der kühne englische Freibeuter Sir Francis Drake befehligte eine Blitzaktion in der Bucht von Cádiz, bei der etwa sechsunddreißig spanische Schiffe sanken oder verbrannten, und kaperte danach noch weitere Barkassen und Karavellen mit Ladungen für den spanischen König. Doch Philipp II. ließ sich dadurch nicht von seinem Vorhaben abbringen.

Die Kunde von der »großes und größtes Glück habenden« Armada, mit der König Philipp auf Wunsch Gottes die Ketzer angreifen wollte, fachte die religiöse Inbrunst bei Volk und Adel in Spanien weiter an, die immer begierig darauf waren, im Namen des Allmächtigen einen Erzfeind wie die Engländer zu besiegen – die sich zudem mit den Protestanten der Niederlande gegen Spanien verbündet hatten.

Don Alfonso de Córdoba und sein Erstgeborener – der mittlerweile zwanzigjährige Fernando – sollten sich gemeinsam mit dem Marquis von Santa Cruz für den neuen Kreuzzug einschiffen.

Doch während die Vorbereitungen für den Krieg mit England noch in vollem Gange waren, gelangten bereits neue beunruhigende Nachrichten zu ihnen. Seit der Ständeversammlung in Portugal vor sechs Jahren, bei der Philipp II. die Möglichkeit erörtert hatte, alle Morisken auf hoher See zu ertränken, waren kurz darauf gleich mehrere Berichte verfasst worden, die sämtlich die lebenslange Galeere für die verhassten Neuchristen empfahlen. In diesem Jahr meldete sich nun eine der maßgeblichen Stimmen im Königreich Valencia zu Wort: der Bischof von Segorbe, Don Martín de Salvatierra. Mit Unterstützung einiger Gleichgesinnter unterbreitete er dem Staatsrat einen Vorschlag, der seiner Ansicht nach die einzige Lösung darstellte: die Kastration aller männlichen Morisken, egal, welchen Alters.

Hernando stockte der Atem, und ein Schmerz zog ihm durch die Hoden. Er hatte soeben den Brief von Alonso del Castillo aus El Escorial zu Ende gelesen, mit dem ihn dieser über den Bericht von Bischof Salvatierra in Kenntnis setzte.

»Verdammte Hunde!«, fluchte er in die einsame Stille der herzoglichen Bibliothek hinein.

Wären die Christen tatsächlich in der Lage, eines Tages einen so fürchterlichen Plan auszuführen? Castillo hatte in dem Brief genau diese Frage mit einem klaren Ja beantwortet. Vor nur fünfzehn Jahren hatte sich Philipp II., der Verteidiger des Katholizismus in Frankreich, über die Nachricht von der Bartholomäusnacht begeistert gezeigt, bei der die Katholiken in Frankreich mehr als dreißigtausend Hugenotten umgebracht hatten. Wenn König Philipp, so Castillo in seinem Schreiben, schon bei einem Konflikt unter Christen öffentlich seine Freude und Zufriedenheit über die Hinrichtung von Tausenden Menschen zeigte – die zwar keine Katholiken, aber immerhin Christen waren –, wie konnte man von ihm dann Barmherzigkeit für einen Haufen Mauren erwarten? Hatte der spanische Monarch nicht selbst überlegt, sie alle auf hoher See ersaufen zu lassen? Würde dieser katholische König Einspruch erheben, wenn sich das Volk aufmachte und alle männlichen Morisken kastrierte?

Hernando las den Brief noch einmal, eher er ihn wütend zerknüllte. Dann warf er ihn wie alle anderen Schreiben des Übersetzers ins Feuer. Das war doch Wahnsinn! Kastration! Wie konnte ein Bischof – ein hochrangiger Vertreter genau der Religion, die sich als so barmherzig und gütig darstellte – eine derartige Brutalität auch nur aussprechen? In diesen Momenten erschien ihm seine Arbeit für Luna und Castillo in jeder Hinsicht sinnlos.

Plötzlich überschlugen sich die Ereignisse! Bis Luna seinen Lobpreis auf die muslimischen Eroberer fertigstellen würde, die notwendige Druckerlaubnis erhielte und seine Schriften endlich den Christen vorlägen, hätte man sein Volk längst ausgelöscht. Hatten Abbas und seine Anhänger mit ihrem bewaffneten Aufstand etwa doch recht?

Hernando stand vom Schreibtisch auf und ging aufgewühlt in der Bibliothek auf und ab. Er fluchte unaufhörlich vor sich hin. Zu gern hätte er sich mit Cesare Arbasia besprochen, aber der italienische Meister weilte inzwischen in Viso, wo er im Auftrag von Don Álvaro de Bazán – dem Marquis von Santa Cruz – in dessen Palast malte. Der Künstler hatte sein großartiges Werk in der Capilla del Sagrario in der Kathedrale beendet – und für Hernando blieb die Gestalt, die beim heiligen Abendmahl Jesus umarmte, rätselhaft.

»Kämpfe für deine Sache, Hernando!« Mit diesen Worten hatte ihn der Meister bei ihrem Abschied ermutigt.

Aber wie sollte man gegen diesen unheilvollen Vorschlag des Bischofs vorgehen?

»Verdammte Heuchler!«, rief er in die einsame Bibliothek.

Heuchler! Genau als solchen hatte Arbasia den spanischen Monarchen bezeichnet.

»Euer ach so frommer König ist nichts anderes als ein Heuchler. Nur wenige Menschen wissen«, hatte er freimütig berichtet, »dass König Philipp eine Serie erotischer Gemälde besitzt, die er beim großen Meister Tizian höchstpersönlich in Auftrag gegeben hat. Ich hatte in Venedig Gelegenheit, eines davon betrachten zu können. Auf dem Gemälde klammert sich die nackte Venus wollüstig an Adonis, und es gibt noch andere Bilder, die Tizian für den christlichen Monarchen anfertigte, auf denen nackte Göttinnen in verschiedenen Positionen zu sehen sind. ›Damit Eure Freude bei ihrem Anblick noch größer ist‹, hatte der Meister dem König geschrieben. Niemals würde sich eine brave Christin so auf ihren Gemahl stürzen wie diese Venus.« Hernando erinnerte sich plötzlich an Isabel. »Woran denkst du?«, fragte der Maler, als er ihn so in Gedanken vertieft sah.

»Ich dachte nur an die Christinnen«, entschuldigte er sich, »an ihre Situation.«

»Aber ihr habt doch auch keine große Meinung von den Frauen. Sie sind eure Gefangenen, die nichts allein tun dürfen. Sagte das nicht euer Prophet?«

»Schon«, fuhr Hernando nach einer Weile fort, »doch beide Religionen weisen den Frauen einen besonderen Platz zu. Darin ähneln wir uns. Selbst bei der Jungfrau Maria gibt es Gemeinsamkeiten: Christen und Muslime, wir alle verehren sie in ähnlicher Weise. Aber anscheinend hilft es nicht, bei dieser einen Frau einer Meinung zu sein, selbst wenn sie die Mutter von Jesus ist …«

Hernando blieb mitten in der Palastbibliothek abrupt stehen. Natürlich! Die Jungfrau Maria! Ja, sie stellte tatsächlich ein Bindeglied zwischen Christen und Muslimen dar. Warum mühte sich Luna damit ab, die Güte der arabischen Eroberer im Umgang mit den Christen zu beweisen? Es gab doch ein viel besseres Argument! Das Barnabas-Evangelium stimmte schließlich darin mit den von den Päpsten manipulierten und von den Christen als echt betrachteten Evangelien überein. Warum vermittelte man nicht mithilfe der einzigen Gestalt, über die sich alle einig zu sein schienen, zwischen den beiden Religionen? Ganz Spanien erlebte schließlich derzeit eine Phase der Marienverehrung, die schon an Fanatismus grenzte. Beständig wurde Rom aufgefordert, die Unbefleckte Empfängnis von Maria zum Dogma zu erklären. Nicht einmal Gott – der Gott beider Religionen: der Gott Abrahams – führte zu einem versöhnlichen Miteinander. Die Christen hatten ihn mit ihrer Lehre von der Heiligen Dreifaltigkeit abgewertet.

Hernando konnte sich einige Tage kaum auf seine Arbeit konzentrieren. Den Bericht über die Gräueltaten in Juviles hatte er längst nach Granada gesandt, und zu seiner Überraschung – denn er ging davon aus, dass man nach der Lektüre des Berichts auf seine Zusammenarbeit verzichten werde – lag ihm nun die Bitte des Domkapitels vor, die Ereignisse von Cuxurio zusammenzufassen, dem Ort, wo Ubaid Gonzalicos Herz herausgerissen hatte. Wie ließen sich solche Grausamkeiten entschuldigen? Dort hatte kein Moriskenführer die Bluttat verhindert. Hernando legte seine Abschrift des Barnabas-Evangeliums sowie die Notizen für Luna zur Seite und wandte sich seinen kalligraphischen Übungen zu. Er hatte geeignetes Röhricht gefunden, aus dem er die Schreibrohre fertigen konnte. Wie es Ibn Muqla empfahl, schrägte er die Spitze leicht nach rechts an, aber noch fiel es ihm schwer, genau den Punkt zu finden, an dem er den Schnitt ansetzen musste. Immer wenn er Volador morgens zwischen den Korkeichen auf den Weiden vor der Stadt grasen ließ, lehnte er sich an einen Baum und kürzte die Rohre, die er später in der Bibliothek ausprobieren wollte.

Aber auch die Kalligraphie konnte heute seine Sehnsüchte nicht stillen. Er war nicht in der Verfassung, sich Gott über die Schrift anzunähern. Seit dem Tag, an dem sich die Figur der Maryam als Lösung des Problems angeboten hatte, überfielen ihn Zweifel. Wie sollte er vorgehen? Und hatte er überhaupt recht? Wie sollte er den Christen das Thema überhaupt darlegen? Vor allem aber: Wie sollte er sein Vorhaben allein durchführen?

Seit dem Abend, an dem er dem Kammerherrn zu Pablo Cocas Spelunke gefolgt war, ging Hernando gelegentlich wieder Karten spielen, allein oder in Begleitung von José Caro. Dieser hatte Wort gehalten und inzwischen das Geschäft des Meisterwebers aufgesucht. Zuvor hatte Hernando ihm einige Tricks der Zinker gezeigt: Sie markierten die Karten mit schwarzer Farbe, sie machten kleine Zeichen darauf, oder aber sie spielten mit einem zusätzlichen Blatt in einem kaum merklich anderen Format. Hernando wusste, dass ihm seine Religion das Spiel verbot, aber er musste ohnehin andauernd Gebote missachten …

Eines Abends nahm sich Hernando vor, die übrigen Buchstaben dem Maß des Alifs anzugleichen, das er bereits geschrieben hatte. Hierfür zeichnete er einen Kreis um diesen ersten Buchstaben des arabischen

Alphabets und bemühte sich, die übrigen Buchstaben anzupassen. Nach nicht einmal einer halben Stunde musste er jedoch feststellen, dass er, sosehr er sich auch bemühte, einfach kein Ba mit einer waagerechten Krümmung zustande brachte, das in seinen Proportionen zum Idealkreis des Alifs passte.

Er zerriss die Blätter, stand auf und beschloss, Karten spielen zu gehen – auch wenn er an diesem Abend mit Verlieren dran war. Er hatte nun schon an zwei Abenden in Folge Verluste gemacht, aber Pablo hatte ihm verkündet, dass er noch einige Nächte mit leeren Händen nach Hause gehen müsse.

»Du darfst nicht immer gewinnen«, hatte er ihn gewarnt. »Vermutlich durchschaut niemand unsere Finte, aber alle werden denken, dass etwas faul ist, wenn du immer kassierst. Und dann werden sie mich mit dir in Verbindung bringen – auch wenn ich immer von Tisch zu Tisch gehe. Sie wissen genau, dass du mein Freund bist. Also lass dir das Geld einfach aus den Taschen ziehen.«

Pablo legte die Tage fest, an denen Hernando Gewinne machte – die immer weit über seinen Verlusten lagen. Zudem empfand Hernando bei seinem Aufenthalt in der Spelunke einfach Vergnügen. So viel er auch über die abgekarteten Spiele wusste, er war und blieb ein leichtes Opfer, das sinnlos seinen Wetteinsatz verlor, außer in dem Moment, in dem sich Pablos Ohrläppchen bewegte. Nach dem Kartenspielen ging er in die Bordellgasse und vergnügte sich mit einer jungen, üppigen Rothaarigen, die seine Begierde befriedigte.

Bevor er an diesem Abend den Palast Richtung Plaza del Potro verließ, fragte er nach dem Kammerherrn. Besonders in den Nächten, in denen er verlieren musste, hatte er ihn gern an seiner Seite, zudem konnte er so wenigstens mit einem ihm bekannten Menschen ein paar Worte wechseln. Der Herzog befand sich bei Hofe, wo er den Angriff auf England mit vorbereitete, und José Caro eilte herbei.

»Du hast ja miserable Laune«, bestätigte ihm der Kammerherr, nachdem sie eine Weile schweigend nebeneinander hergegangen waren.

»Tut mir leid«, entschuldigte sich Hernando.

Ihre Stiefel hallten durch die dunklen, menschenleeren Straßen im Viertel Santo Domingo. Sie gingen mit polternden Schritten voran, der Kammerherr ließ die Metallplättchen an seinem Degen klirren – etwaige Wegelagerer sollten durchaus hören, dass hier zwei kräftige, bewaffnete Männer unterwegs waren. Hernando verstieß sogar gegen die Vorschrift, die Morisken das Führen von Waffen verbot, und trug unter seiner Marlota einen einfachen Faustdolch.

Ja, um seine Laune war es schlecht bestellt. Die Idee, mittels der Jungfrau Maria die beiden Glaubensgemeinschaften einander anzunähern, ging ihm nicht aus dem Kopf. Aber er wusste nicht, wie er sein Vorhaben verwirklichen sollte. Und mit wem hätte er sich hier in Córdoba schon darüber austauschen können? Am Ende der Straße stand einer der vielen Altäre, und der Schein der Kerzen erhellte die Nacht. Tagsüber zogen die vielen Altarbilder, Gebetsnischen und Heiligendarstellungen in der Stadt die Bitten und Gebete der ehrfürchtigen Christen an, und nachts schienen sie im Dunkeln wie Leuchtfeuer den Weg zu weisen.

Hernando blieb vor der Darstellung der Jungfrau vom Berge Karmel stehen.

»Heilige Maria«, flüsterte José Caro.

»Sie wurde nicht vom Satan berührt«, wisperte Hernando, ohne nachzudenken.

»Genau«, bestätigte der Kammerherr und bekreuzigte sich, »rein und unbefleckt, ohne Sünde.«

Sie setzten ihren Weg fort. Hernando war in Gedanken vertieft. Was würde dieser Christ sagen, wenn er wüsste, dass die Vorstellung von der Unbefleckten Empfängnis aus den Hadithen stammte, der Sammlung von Aussprüchen und Anordnungen des Propheten? Oder dass dieses Dogma, um dessen Anerkennung sie so sehr rangen, alter islamischer Tradition entsprach? Oder dass auch der Prophet gesagt hatte, dass die Jungfrau makellos sei? Und dass auch Mohammed Maryam verehrte?

»Du wirst die Herrin der Frauen der Welten sein«, hatte Mohammed seiner Tochter Fatima verkündet, als er spürte, dass seine letzte Stunde nahte, »nach Maryam.«

Hernando verlangsamte seine Schritte. Das war die Lösung! So könnten sie die Religionen einander annähern, um den Respekt zu erfahren, den Don Pedro und seine Freunde für die Morisken forderten.

In den Tagen und Wochen, in denen Hernando diese Gedanken nun schon hin und her wälzte, hatte er von einer weiteren Verschwörung der Morisken in Sevilla, Córdoba und Écija erfahren: Um die unzureichende Verteidigung von Sevilla auszunutzen, hatten sie versucht, die Stadt in der Nacht vor Peter und Paul zu überfallen. Die Anführer wurden in einem Schnellverfahren hingerichtet. Zwar befand sich Abbas glücklicherweise nicht darunter, dafür aber einige andere Männer aus Córdoba. Immer diese Waffengewalt! Damit brachten sie die Christen und ihren König doch nur noch mehr gegen sich auf. Immerhin wollten sie inzwischen sogar alle Morisken kastrieren! Hatten die Gemeinschaft und der Rat denn überhaupt nichts begriffen!

Hernando hatte eine Idee: Granada suchte händeringend nach Märtyrern und Reliquien, um aus der Stadt eine Wiege der Christenheit zu machen und sich mit den großen Wallfahrtsstätten Spaniens messen zu können: Toledo, Santiago de Compostela, Sevilla … Dann sollten sie diese auch bekommen! In einem ausführlichen Schreiben unterbreitete er Don Alonso del Castillo seinen Vorschlag.

Wir glauben an den gleichen Gott, an den Gott Abrahams. Ihr Jesus Christus ist für uns Gottes Wort und Gottes Geist. So steht es in vielen Suren im Koran. Mohammed sagt, dass Isa ein Gesandter Gottes ist. Wissen die Christen das?

Sie halten uns für dumme, unwissende Esel. Bislang hat sich keiner von ihnen für unsere eigentlichen Glaubensgrundsätze interessiert, und die Polemiker, sowohl auf unserer als auch auf ihrer Seite, vertiefen in ihren Streitschriften und Traktaten eher die trennenden denn die gemeinsamen Punkte. Wir alle wissen, dass die Päpste die göttliche Wesenheit von Jesus dreihundert Jahre nach seinem Tod verändert haben. Er selbst, Isa, hat sich niemals Gott oder Gottessohn genannt, er hat nichts anderes getan als wir: Er hat die Existenz eines einmaligen und einzigen Gottes verteidigt. Doch wenn die Päpste die göttliche

Wesenheit von Jesus auch verfälscht haben, so widerfuhr seiner Mutter nicht das gleiche Schicksal. Vielleicht geriet sie in den Hintergrund, weil sie eine Frau war, und man beachtete sie nicht weiter. Selbst heute noch widersetzen sich die Päpste dem Flehen des Volkes, die Unbefleckte Empfängnis zum Dogma zu erheben. Es ist also Maryam, in der unsere beiden Religionen nach wie vor übereinstimmen, und vielleicht gelingt es uns, über sie unsere beiden Gemeinschaften einander anzunähern. Jeglicher Streit um Maryam betrifft nur ihren Stammbaum, nicht ihre Stellung. Wenn die Priester und das gemeine Volk, die uns derzeit für Ketzer halten, begreifen, dass wir ihre Mutter Gottes genauso verehren wie sie, überdenken sie vielleicht ihr Verhalten uns gegenüber. Die Marienverehrung ist im einfachen Volk weit verbreitet. Und wie sollten sie die Menschen hassen, die dieses Gefühl mit ihnen teilen! Vielleicht ist das der Grundstein für das gegenseitige Verständnis, nach dem wir so eifrig streben.

Dann erst enthüllte Hernando dem Übersetzer aus Granada die Existenz der Kopie des Barnabas-Evangeliums wie eine Neuigkeit.

Bestimmt wird man eine Schrift wie dieses Evangelium sogleich als apokryph, ketzerisch und den Grundsätzen der Heiligen Mutter Kirche widersprechend bewerten. Lasst uns damit beginnen, die Christen von unseren Glaubensgrundsätzen zu überzeugen. Lasst uns die Christen auf die Kenntnis dieses Evangeliums vorbereiten, damit wir es ihnen eines Tages zeigen können. Lasst uns zumindest erste Zweifel säen, um eine gütigere und barmherzigere Behandlung erfahren zu können.

Die Antwort des Übersetzers ließ nicht lange auf sich warten. An einem Morgen kam es vor den Stadttoren von Córdoba zu einem Treffen mit dem Maultiertreiber, der extra deswegen von El Escorial gekommen war und Hernando ein Schriftstück überreichte. Dieser galoppierte daraufhin zu den Stierweiden und suchte sich eine abgelegene Stelle. Dann saß er ab und studierte Castillos Antwort.

Im Namen von Allah, dem Barmherzigen und Gnädigen, der den geraden Weg zeigt. Viele unserer Glaubensbrüder haben im Widerstreit mit den Christen vergessen, was du schreibst. Aber du hast recht: Mit Gottes Hilfe kann dies ein geeigneter Weg sein, um die einen den anderen anzunähern und Frieden zwischen den beiden Völkern zu stiften. Ich bin begierig, dieses Evangelium selbst zu lesen, von dem du schreibst. In einem Dekret von Papst Gelasius über »erlaubte und nicht erlaubte Schriften« bezieht sich die Kirche bereits darauf: Dort wird ein Barnabas-Evangelium als apokryph eingestuft. Ich stimme mit dir überein, dass die reine Kenntnis dieses Evangeliums, ohne jede Vorbereitung, zu nichts führen wird. Ich halte Granada für den geeigneten Ort. Beginne dort. Gib ihnen eindeutige Beweise für diese christliche Tradition, die sie so verzweifelt suchen, und pflanze das Saatkorn, das uns eines Tages zur Wahrheit führen wird. Gewiss, die Heilige Jungfrau ist bedeutend, aber vergiss darüber nicht den heiligen Caecilius. Er war der erste Bischof von Granada und starb vermutlich unter Kaiser Nero den Märtyrertod. Der heilige Caecilius und sein Bruder, der heilige Ctesiphon, waren Araber. Denk daran, unsere göttliche Sprache zu verwenden: Mögen die Christen ihre Vergangenheit über die arabische Sprache finden, aber werde nie eindeutig, formuliere deine Schriften so, dass sie verschiedene Deutungen zulassen. Ich erinnere dich daran, dass in der ersten Zeit der arabischen Schrift weder Vokale noch Punkte verwendet wurden. Wenn du so weit bist, lass es mich wissen. Friede sei mit dir. Möge Gott dich leiten.

Hernando zerriss den Brief und saß auf Volador auf. Am Himmel zogen sich dunkle Gewitterwolken zusammen. Wie sollte er sein Vorhaben in die Tat umsetzen? Gut, im Laufe seines Lebens hatte er immer wieder Menschen getäuscht. Als junger Mann hatte er kleine Gaunereien begangen, um mit dem Geld Fatima gegen ein Maultier zu tauschen, und mittlerweile, wenn Pablo mit dem Ohrläppchen wackelte und er seine Wette setzte … Aber ein ganzes Königreich an der Nase herumzuführen! Und obendrein die katholische Kirche! Plötzlich fiel ein eiskalter, durchdringender Regen vom Himmel. Hernando ritt im

Schritt weiter. Er machte sich bewusst, dass er ein wichtiges Spiel begann – ganz allein. Ein Spiel, bei dem er seinen Verstand einsetzen musste. Hier ging es nicht bloß um ein vergnügliches Kartenblatt und irgendwelche Finten. Schach! Dies war wie eine riskante Partie Schach, bei der er selbst an der einen Seite des Brettes saß und die gesamte Christenheit an der anderen.

An diesem Abend ließ er sich im Palast entschuldigen. Er musste unbedingt allein sein. Im Innenhof der Mezquita sah es aus wie immer: Hunderte Büßerhemden mit den Namen und Vergehen der von der Inquisition Bestraften hingen an den Wänden der Säulengänge. Einige Verbrecher, die hier den Fängen der Justiz entkommen waren, stromerten ungeachtet des Regens über den Hof. Andere suchten Schutz in den Säulengängen. Hernando dachte an seine ehemaligen Gefährten. Auch zahlreiche Geistliche waren unter den Kirchgängern zu erkennen. Hernando betrat die Gebetshalle und ging zur Kathedrale. Als er am Eisengitter der Kapelle des heiligen Barnabas ankam, blieb er stehen. Er bückte sich, als wäre ihm etwas auf den Boden gefallen: Die Schlüssel zur Kapelle befanden sich noch immer dort, wo er sie zuletzt versteckt hatte – unter der Gitterstange.

»Barnabas!«, flüsterte Hernando.

Es ging um das Evangelium dieses Heiligen! Musste er auf ein noch eindeutigeres Zeichen für sein Vorhaben warten? Er nahm die Schlüssel und fragte sich, ob man womöglich in der Zwischenzeit das Schloss ausgewechselt hatte. Doch das konnte er erst ausprobieren, wenn die Pförtner abends alle Türen und Tore geschlossen hatten. Jetzt musste er warten. Er saß einige Zeit einfach nur da und ließ beim Anblick von Arbasias Werk in der neuen Tabernakelkapelle seinen Gedanken freien Lauf. Dabei wanderte sein Blick immer wieder zu jener rätselhaften Gestalt, die sich beim heiligen Abendmahl an Jesus schmiegte.

Dann war es so weit: Die Schlüssel öffneten tatsächlich den Zugang zur Kapelle des heiligen Barnabas, und er glitt lautlos in den altbekannten Schrank.

Gegen Morgen, als die Kathedrale noch menschenleer war und die Wächter in der abgelegenen Schatzkammer beisammensaßen, entlud sich ein tosendes Unwetter über Córdoba. Immer wieder erleuchteten Blitze die Gebetshalle und warfen ihr flackerndes Licht auf einen Mann, der vor dem Mihrab der großartigsten Moschee des Westens kniete – auf einen Mann, der in Gedanken versunken war und einen Plan schmiedete, mit dem es ihm womöglich gelingen konnte, die beiden Religionen endlich einander anzunähern.

52

Granada, März 1588

Hernando bezog auf Einladung von Don Pedro de Granada ein Zimmer in der Casa de los Tiros. Unter dem Vorwand, die Domherren zu treffen und mit ihnen über seinen Bericht zu sprechen, war er nach Granada aufgebrochen und hatte erneut die unheilvolle Strecke zurückgelegt, die bei der Vertreibung der Morisken aus Córdoba so viele Todesopfer gefordert hatte. In der warmen Märzsonne waren die Felder zu neuem Leben erwacht, und Hernando hatte am Grab des kleinen Humam – für ihn die Grabstätte seiner gesamten Familie – gebetet.

In Granada erwarteten ihn Miguel de Luna und Don Alonso del Castillo, der eigens aus El Escorial angereist war. Als sie sich im Goldenen Zimmer eingeschlossen hatten, zeigte Hernando ihnen eine kleine, mit Teer abgedichtete Bleitruhe. Er öffnete sie und holte feierlich ein Leinentuch, eine kleine Tafel mit dem Bildnis der Jungfrau Maria, einen Knochen und ein Stück Pergament hervor. Die vier Männer betrachteten die Gegenstände und schwiegen.

»Im Minarett am Palast des Herzogs«, begann Hernando, »habe ich ein altes Pergament gefunden. Es stammt vermutlich aus der Zeit der Kalifen«, fuhr er mit einem Lächeln zu Luna fort. »Ich habe nur den beschriebenen Teil abgetrennt, und schon hatte ich ein unbeschriftetes Stück, auf dem ich ein kleines Rätsel für die Christenheit verfasst habe.« Dann entfaltete er das Pergament und hielt es an den oberen Ecken fest. »Es ist ein großes Schachbrett.«

In der Mitte befanden sich zwei Tabellen. Die obere enthielt achtundvierzig Spalten und neunundzwanzig Reihen – in jedem Kästchen stand ein arabischer Buchstabe. In der unteren mit fünfzehn Spalten und zehn Reihen war in jedem der etwas größeren Kästchen ein arabisches Wort zu lesen. Luna und Castillo stellten zufrieden fest, dass weder die Buchstaben noch die Worte verräterische Vokale oder Punkte aufwiesen. Sie prüften das Pergament sorgfältig.

»Prophezeiung des Apostel Johannes«, las Castillo den arabischen Text laut vor. »Über die Zerstörung und das Gericht der Völker und über die Verfolgungen, die danach weitergehen werden, bis zum Tag, der in dem außerordentlichen Evangelium bestimmt ist. Übermittelt durch den Gelehrten und heiligen Glaubensdiener Dionysios Areopagita.« Der Übersetzer richtete sich auf. »Großartig!«, rief er begeistert. »Was steht noch dort?«, fragte er dann mit Blick auf die Zeilen an den Rändern des Pergaments.

»Wenn man die Buchstaben und Worte miteinander in Verbindung setzt, kann man scheinbar eine Prophezeiung herauslesen, die Dionysios, der Bischof von Athen, dem heiligen Caecilius übermittelt und die dieser aus dem Griechischen übersetzt hat. Darin wird die Ankunft des Islam vorausgesagt, die Abspaltung der Protestanten und all das übrige Leid, das das Christentum schwächen wird, wie der Zerfall in viele Sekten. Aber aus dem Osten wird ein König kommen, der die Welt beherrschen wird, der eine einzige Religion einführen und all diejenigen bestrafen wird, die lasterhaft lebten.«

»Grandios!«, rief Don Pedro de Granada und klatschte in die Hände.

»Was ist das für eine Unterschrift, dort unten auf dem Pergament?«, wollte Luna wissen.

»Das Dokument ist vom heiligen Caecilius unterzeichnet, dem Bischof von Granada.«

»Und was ist das?«, erkundigte sich Castillo und blickte auf die übrigen Gegenstände auf dem Tisch.

»Nach dem, was hier steht, ist es das Tuch der Jungfrau Maria«, erklärte Hernando und zeigte auf den dreieckigen Leinenstoff, »mit dem sie Jesus auf dem Kreuzweg die Tränen trocknete. Das ist ein Täfelchen der Jungfrau, und das ein Knochen des heiligen Stephanus.«

»Schade!«, entfuhr es Pedro. »Das sind immer noch nicht die Reliquien des heiligen Caecilius, nach denen die Christen so fieberhaft suchen.«

»Aber überlegt doch: Der heilige Caecilius konnte nicht gleichzeitig das Pergament beschreiben und seine eigenen Knochen beisteuern, oder?«, entgegnete Hernando und lächelte verschmitzt.

»Das ist ein ganz einfaches Tuch«, stellte Castillo fest, der das Stück Stoff ertastete. Hernando nickte. »Darf man erfahren, wie du an die Sachen gekommen bist?«

»Das Täfelchen habe ich mir aus Votivgaben … ausgeliehen, die an einem Altar zu Ehren der Jungfrau in Córdoba lagen. Dann habe ich es in Stoff gewickelt und auf den Pferdeweiden in einen Graben mit Mist gelegt, damit es alt aussieht.«

»Gute Idee«, lobte Luna.

»Ja, mit der gerbenden Wirkung von Mist kenne ich mich aus«, erklärte Hernando. »Aber was den Knochen und das Tuch angeht … Ich habe einige Männer von der Plaza del Potro bezahlt, damit sie ein paar Leichen aus den Armengräbern am Campo de la Merced ausgraben, bis sich ein Tuch fand und ein sauberer Knochen …«

»Würden sie dich wiedererkennen?«, unterbrach ihn Castillo.

»Nein. Die Übergabe fand nachts statt, und ich war vermummt. Sie dachten, ich bräuchte die Dinge für irgendeine Hexerei. Niemand kann diese Sachen mit unserem Plan in Verbindung bringen. Ich habe einen ganzen Haufen Knochen bekommen!«

»Aber was machen wir jetzt?«, fragte Don Pedro.

»Jetzt«, antwortete Castillo, »müssen wir einen Weg finden, wie wir den Christen unsere erste Botschaft zukommen lassen. Ich gehe davon aus, dass dies nur der Anfang ist, nicht wahr?« Hernando nickte. »Wir müssen abwarten, wie die Kirche darauf reagiert, dass ihr verehrter Bischof und Stadtpatron von Granada Arabisch schreibt …«

»Und wie sie mit den Prophezeiungen umgehen«, ergänzte Hernando.

»Sie werden die Weissagungen nach ihren eigenen Bedürfnissen auslegen. Das kannst du mir glauben.«

»Aber du hast mir doch selbst empfohlen, uneindeutig zu bleiben«, klagte Hernando.

»Ja. Das ist unumgänglich. Es geht darum, Zweifel zu säen. Bestimmt wird jemand die Prophezeiungen zugunsten der Kirche deuten, aber es wird auch Leute geben, die sie anders verstehen. Wir in Granada lieben Streitgespräche. Hier braucht nur einer etwas zu sagen, und schon widerspricht ihm ein anderer – und sei es nur, um auf sich aufmerksam zu machen. Ich bin absolut sicher, dass man Miguel und mich darum bitten wird, das Pergament zu übersetzen. Wir werden das durchaus in unserem Sinne tun. Wenn wir zu präzis sind und eine zu eindeutige Botschaft zugunsten des Islam aussenden, würde man die Schrift sofort als Ketzerei einstufen, und eine Diskussion käme erst gar nicht zustande. Aber es gibt viele Leute, die Arabisch können. Diese Botschaft, das Evangelium, das du entdeckt hast… Hast du es mitgebracht? Ich würde es gern lesen.«

»Nein, es tut mir leid«, entschuldigte sich Hernando. »Ich bin mit meiner Abschrift immer noch nicht fertig und möchte die Kopie so lange nicht gefährden.«

»Gut gemacht. Also, diese Botschaft – diese Wahrheit – muss genau dann auftauchen, wenn wir bereits genügend Zweifel gesät haben. Wir müssen das Erscheinen sehr sorgfältig vorbereiten. Aber wir wissen immer noch nicht, was wir damit machen.« Castillo zeigte auf die Gegenstände auf dem Tisch. »Wo können wir die Sachen so verstecken, dass die Christen sie auch finden?«

»Sie reißen gerade den alten Turm ab, die Torre Turpiana«, warf Don Pedro ein.

»Ja, das Minarett der früheren Hauptmoschee wäre ein geeigneter Ort«, stimmte Luna zu.

»Gut. Fragt sich nur noch, wann«, spann Castillo die Idee weiter.

»Morgen ist der Tag der Verkündigung Mariä durch den Erzengel Gabriel«, schlug Hernando vor und lächelte.

Die vier Männer sahen sich an. Ja, Gabriel war Djibril, der wichtigste Engel für die Muslime. Der Engel, der dem Propheten die Offenbarung übermittelte.

»Gott leitet uns. Das steht fest«, beglückwünschte sich Don Pedro.

Castillo suchte nach einem Schreibgerät. Dann bat er Hernando um Erlaubnis, der sie ihm mit einem Kopfnicken gab. Castillo schrieb noch einige lateinische und spanische Sätze auf das Pergament, unter anderem die Anordnung, es oben in der Torre Turpiana zu verstecken.

Die anderen Männer sahen schweigend zu.

»Noch ein paar Rätsel mehr für die Christen«, verkündete er, als er die Feder absetzte und über die Tinte blies, damit sie trocknete. »Morgen Nacht gehen wir zum Turm.«

Der Morgen war sonnig und kündigte die kommende Wärme an. Hernando stand zeitig auf und spazierte in den Straßen um die Kirche San José im Albaicín umher. Der Glockenturm dieses Gotteshauses war einst das Minarett der Moschee der Almoraviden gewesen. Aber anders als bei der Torre Turpiana hatte man die Moschee ganz zerstört und nur das Minarett verschont. Am Vorabend hatte er sich noch bei Don Pedro unter vier Augen über Don Ponce de Hervás erkundigt. Er wollte erfahren, ob seine Liebschaft mit Isabel ein Nachspiel hatte.

»Nein, keineswegs«, hatte ihn der Adlige beschwichtigt. »Ich habe dir ja gesagt, dass der Richter keinerlei Interesse an einem Skandal hat. Du kannst unbesorgt sein.«

Hernando ergötzte sich an der Architektur des Turmes: Unten war das Mauerwerk aus hellen Quadern, oben aus versetzten Ziegeln erbaut. Der große Durchbruch im offenkundig islamischen Hufeisenbogen, der fast über die gesamte Breite der Mauer ging, zog ihn in Bann. Er versuchte, sich in die Vergangenheit zurückzuversetzen, als die Muslime von diesem Minarett aus zum Gebet gerufen wurden. Beinahe hätte er die beiden Frauen übersehen, die mit den übrigen Gottesdienstbesuchern aus der Kirche kamen. Doch die Sonne ließ selbst unter dem zarten schwarzen Spitzentuch, das ihren Kopf bedeckte und ihr Gesicht einrahmte, Isabels hellblondes Haar aufleuchten. Hernando stockte bei ihrem Anblick der Atem: Isabel schritt stolz und unnahbar dahin. Doña Ángela wich nicht von ihrer Seite und sah sich mürrisch um. Keine der beiden Frauen beachtete ihn. Sie liefen wortlos nebeneinander her. Hernando blickte den beiden Frauen nach, die in Richtung Carmen gingen. Bereits am Vorabend hatte der Anblick der erleuchteten Alhambra in Hernando die Flügel der wiedererwachten Leidenschaft schlagen lassen. Er ließ Isabel nicht aus den Augen und folgte den beiden Frauen im Strom der übrigen Kirchgänger des Pfarrbezirks in einem gewissen Abstand. Was konnte er machen? Doña Ángela gestattete ihm gewiss nicht, auch nur ein Wort mit Isabel zu wechseln, und wenn die Frauen erst beim Carmen angekommen waren, konnte er sie nicht mehr ansprechen. Da fiel sein Blick auf vier Burschen, die auf der Straße herumlungerten. Geistesgegenwärtig zückte er ein Geldstück und hielt es ihnen vor die Nase. Schon standen die Kerle bereit.

»Seht ihr die zwei Frauen dort?«, fragte Hernando leise. »Ich will, dass ihr hinter ihnen herlauft und dann die kleinere Frau ein wenig anrempelt. Danach lenkt ihr sie eine Weile ab. Aber die andere fasst ihr mir nicht an, verstanden?«

Die vier Burschen nickten, und sobald der Älteste die Münze an sich gerissen hatte, rannten sie los. Hernando eilte ebenfalls die Straße hinab. Er wich den ihm entgegenströmenden Männern und Frauen aus und überlegte, ob er womöglich zu weit gegangen war. Immerhin war die Cousine des Richters eine ältere Dame…

Ein Aufschrei gellte durch die Gasse, als Doña Ángela der Länge nach zu Boden fiel. Hernando schüttelte den Kopf. Nun gab es kein Zurück! Die Burschen mussten sich für Doña Ángela gar nichts mehr einfallen lassen: Sofort umringten zahlreiche Fußgänger die beiden Frauen, während die Jungen unter Beschimpfungen und Schlägen flüchteten. Hernando näherte sich der Gruppe. Zwei Männer versuchten Doña Ángela aufzuhelfen, andere sahen nur zu, und einige Männer gestikulierten wild hinter den Jungen her. Isabel beugte sich über Doña Ángela. Während die beiden Männer die Gestürzte unter den Achseln fassten, schien Isabel zu spüren, dass sie beobachtet wurde. Sie richtete sich auf und sah sich um. Da erblickte sie Hernando, der ihr direkt gegenüberstand.

Sie warfen sich durchdringende Blicke zu. Isabels Augen leuchteten. Hernando überlegte, ihr zuzulächeln, ihr einen Luftkuss zu schicken, um die Gruppe herumzugehen, sie am Arm zu packen und mitzunehmen oder einfach hinauszurufen, dass er sie begehrte. Aber er tat nichts von all dem. Sie auch nicht. Sie starrten einander an, bis Doña Ángela wieder ohne Hilfe stehen konnte. Hernando sah, wie eine Frau Sand vom Gewand der Cousine klopfte, während diese hochmütig die Hilfe abwies, als wollte sie schnellstmöglich weitergehen. Als Hernando wieder zu Isabel blickte, standen Tränen in ihren Augen, und ihr Kinn bebte. Hernando machte einen Schritt auf sie zu, doch Isabel biss sich auf die Unterlippe und schüttelte kaum merklich den Kopf. Ihr Gesichtsausdruck ging Hernando durch Mark und Bein. Dann setzten die beiden in Begleitung der hilfsbereiten Frau ihren Weg fort: Die Cousine hinkte ein wenig und klagte, Isabel kämpfte mit ihren Tränen.

Hernando wartete einige Augenblicke, bis sich die Leute in alle Richtungen verstreuten, und folgte den Frauen. Nach wenigen Schritten drehte sich Isabel nach ihm um.

»Doña Ángela, geht schon voran«, bat sie ihre Begleiterin und forderte die Frau, die Doña Ángela stützte, mit einer Geste auf, diese zu geleiten. »Ich glaube, bei all dem Aufruhr hat sich eine kostbare Nadel vom Tuch gelöst. Ich hole Euch gleich wieder ein.«

Hernando hätte zu gern auch nur einen Hauch von Wiedersehensfreude in Isabels Augen entdeckt, doch als sie neben ihm stand, sah er nur, wie sie noch immer mit ihren Tränen rang.

»Hernando, was machst du hier?«, wisperte sie.

»Ich wollte dich sehen. Ich wollte mit dir sprechen, dich fühlen …«

»Es darf nicht sein …« Isabel sprach mit belegter Stimme. »Bitte, halte dich aus meinem Leben fern … Um Gottes willen, sag nichts!«, bat sie ihn, als Hernando ihr etwas ins Ohr flüstern wollte. »Ich musste erst krank werden, um dich zu vergessen. Ich will nicht noch einmal leiden. Lass mich, bitte, ich flehe dich an.«

Isabel gab ihm keine Gelegenheit mehr zu antworten. Sie kehrte ihm den Rücken und eilte Doña Ángela hinterher.

Isabels Ablehnung ging ihm den gesamten Tag nicht mehr aus dem Kopf. Am Abend begab er sich mit Don Pedro, Castillo und Luna zur Puerta de los Jelices der Alcaicería, von der aus man das Gelände überblicken konnte, auf dem die neue Kathedrale entstand. Hinter ihnen lagen die engen Gassen der Seidenwarenbörse mit den etwa zweihundert Ladengeschäften. Nachts war es hier menschenleer: Die zehn Tore der Alcaicería waren verschlossen, und nur ein Aufseher bewachte die Geschäfte und das Zollgebäude, in dem tagsüber die Steuern entrichtet wurden.

Gegenüber der Puerta de los Jelices erhob sich die Torre Turpiana, jenes Minarett der ehemaligen Hauptmoschee von Granada. Die Moschee wurde schon seit längerer Zeit zu einem christlichen Gotteshaus umgebaut, und den hohen quadratischen Turm hatte man übergangsweise zum Glockenturm umgewidmet. Im Januar war nun endlich der mächtige Glockenturm der neu entstehenden Kathedrale fertig geworden, und die somit unnötige Torre Turpiana stand den weiteren baulichen Veränderungen nur im Weg.

Von der Puerta de los Jelices aus konnten die vier Männer das gesamte Areal überblicken, auf dem die neue Kathedrale entstand: ein gigantisches Manifest des christlichen Glaubens, das von den Fackeln der Wächter und der angrenzenden Gebäude erhellt wurde. Links sahen sie das Königliche Kolleg sowie das Kolleg Santa Catalina. Rechts von ihnen erhoben sich bereits die fertiggestellte Rotunde, der Chorumgang sowie der Glockenturm der neuen Kathedrale in den Nachthimmel. Nur wenige Schritte vor ihnen lag die zur Sakristei umgewidmete alte Moschee mit ihrem Minarett – dem Torre Turpiana. Der Turm wurde derzeit tagsüber sorgfältig abgetragen, Stein für Stein, von oben nach unten, um die Quader weiterzuverwenden und etwaige Schäden am benachbarten Dach der Moschee zu vermeiden. Sie betrachteten den Turm. Dabei konnten sie in der Ferne die Gespräche und das Lachen der Wächter vernehmen.

»Sie dürfen uns nicht sehen!«, flüsterte Castillo. »Niemand darf uns später mit dem Fund der Truhe in Verbindung bringen.«

»Hier sind einfach zu viele Wachen«, wandte Don Pedro entmutigt ein. »Es ist unmöglich, nicht bemerkt zu werden.«

Die Männer schwiegen. Hernando hielt die kleine Truhe unter seinem Umhang verborgen. Er atmete das Aroma ein, das aus dem Gassengewirr der Alcaicería hinter ihnen strömte. Dabei erinnerte er sich an den Geruch, wenn die Kokons der Seidenraupen gekocht und die Fäden gesponnen wurden – damals in den Alpujarras.

Sie musste erst krank werden, um ihn zu vergessen, hatte Isabel gesagt. Hernando stellte sich vor, wie sie in Don Ponces Armen …

»Hernando!«, flüsterte ihm Castillo ins Ohr. »Was sollen wir machen?«

Was sollten sie machen? Hernando wäre am liebsten einfach losgerannt und auf den Balkon des Carmen des Richters geklettert, um sich in Isabels Schlafgemach zu schleichen und …

Der Übersetzer fasste ihn an der Schulter.

»Was sollen wir machen, Hernando? Hier sind zu viele Leute«, sagte er.

Hernando blickte auf den Platz vor ihnen. Ein Adliger und zwei Gelehrte! Welche Heldentaten konnte man von so einem Gespann schon erwarten!

»Ja«, musste Hernando zugeben. »Aber nicht bei der Torre Turpiana. Der alte Turm ist für sie unwichtig. Sie sind für die Sicherheit der Neubauten zuständig.« Hernando überlegte einen Augenblick. »Ich habe eine Idee. Geht um die Moschee herum, und auf der anderen Seite, noch hinter der Calle de la Cárcel, verhüllt ihr eure Gesichter und täuscht einen Streit vor. Sobald ich eure Degen und Schreie höre, gehe ich in den Turm.«

Die drei Männer nahmen Hernandos Vorschlag erleichtert an und eilten über die Plaza de Bib-Rambla zur Calle de la Cárcel. Sobald er allein war, musste Hernando wieder an Isabel denken. Würde er nie wieder mit ihr sprechen können? Und wollte er sie überhaupt wiedersehen? Oder waren seine Gefühle nur eine Illusion – hervorgerufen durch den Anblick der fantastischen Alhambra? Hernando schloss die Augen und seufzte.

Schreie holten ihn in die Wirklichkeit zurück.

»Santiago!«, gellte es durch die Nacht.

Hernando überlegte keine Sekunde. In wenigen Sätzen war er an der Fassade und schob sich im Schutz der Dunkelheit dicht an der Mauer entlang. Der Turm war vom Platz aus nicht zugänglich. Anscheinend gab es eine Tür in der Moschee. In der Nähe der Kopfseite des Gotteshauses leuchteten einige Feuer. Die Wächter standen um die Flammen und horchten auf die Schreie und das Degenklirren aus der Calle de la Cárcel. Hernando schlich weiter, und plötzlich entdeckte er eine Tür. Er stieg die enge Treppe hinauf, bis er – oben angekommen – wieder die nächtliche Brise um sich spürte. Don Pedro und seine Gefährten lieferten sich immer noch heftige Wortgefechte, aber Hernando achtete nicht weiter auf sie. Von hier aus konnte er die Alhambra sehen und die ganze Stadt überblicken. Wie oft hatte der Muezzin die Gläubigen von diesem Minarett aus zum Gebet gerufen!

»Allahu akbar!«, flüsterte er in den Nachthimmel.

Im Mondlicht suchte er nach einem Quader, der schon gelöst war, um zur Wiederverwendung hinabbefördert zu werden. Schließlich fand er eine lose Steinplatte, schob diese zur Seite und legte die kleine Truhe in die Lücke dahinter. Die Steinplatte rückte er wieder davor. Dann stieg er die Stufen hinunter und eilte zur Alcaicería. Schließlich ging er gemächlich über die Plaza de Bib-Rambla zur Calle de la Cárcel, um die Auseinandersetzung der vermeintlichen Streithähne zu schlichten.

53

Anfang Mai 1588, nur wenige Tage bevor die Armada von Lissabon aus in See stach, um England zu erobern, schrieb Philipp II. dem Erzbischof von Granada: Er bedankte sich für das Geschenk – den Teil des Schleiers der Heiligen Jungfrau, den man ihm nach El Escorial gesandt hatte – und beglückwünschte sich im Namen seiner Königreiche für den Fund der so wertvollen Reliquien. Kurz nachdem Bauarbeiter beim Abriss der Torre Turpiana die kleine Truhe gefunden hatten – und darin das Pergament des heiligen Caecilius, den Schleier der Maria und zudem die Reliquie des heiligen Stephanus –, lag ganz Granada im christlichen Freudentaumel. Endlich hatten sie die so ersehnten Zeugnisse des heiligen Caecilius. Die Bestätigung, dass Granada vor der Ankunft der Muslime genauso christlich gewesen war wie die übrigen bedeutenden Städte im spanischen Reich, entfachte in der Bevölkerung eine religiöse Inbrunst und einen Mystizismus, dem die Kirche keineswegs entgegenwirkte. Seitdem berichteten viele fromme Menschen davon, mysteriöse Feuer und Erscheinungen gesehen oder Wunder und seltsame Phänomene erlebt zu haben. Die Kathedrale von Granada hatte nun ihre Reliquien, und der Glaube des Volkes musste sich nicht mehr nur auf das reine Wort stützen!

Aischa war überrascht. Einer der beiden Moriskenbettler der Stadt, der gerade eben noch die Passanten in der Calle de la Feria um Almosen gebeten hatte, schloss sofort seine zitternde, dreckige Hand, als sie ihm eine Blanca-Münze geben wollte. Die Frau behielt das Geldstück zwischen den Fingern, da spuckte der Mann vor ihr aus und kehrte ihr den Rücken. Sogleich war sie von christlichen Bettlern umringt, die die Münze haben wollten. Das Gesetz des Propheten verpflichtete sie, ein Almosen zu geben, aber von Christen war dabei nicht die Rede. Als sie verstört sah, wie genau der Mann, der ihre Blanca-Münze verschmäht hatte, nun wieder um eine milde Gabe bat, ließ sie das Geldstück in eine der geöffneten Hände fallen, die sie unerbittlich bedrängten.

Nicht einmal bei den Bettlern erfuhr sie Achtung! Aischa schleppte sich in Richtung der Webstube von Juan Marcos. Die Nazarenerin! Seit sich in Córdoba die Nachricht verbreitet hatte, dass Hernando seine Glaubensbrüder verriet und für Nachforschungen über die Verbrechen in den Alpujarras mit den Christen zusammenarbeitete, wurde auch sie mit diesem Namen verspottet.

Die wirtschaftliche Lage der aus Granada vertriebenen Morisken hatte sich in den letzten Jahren ein wenig verbessert: Ihr Fleiß hatte ihnen zu einem gewissen Wohlstand verholfen. Viele Morisken, die anfangs zu Hungerlöhnen gearbeitet hatten, besaßen inzwischen eigene Geschäfte. Die meisten verbesserten zudem ihr Auskommen, indem sie außerhalb der Stadtmauern am Guadalquivir kleine Parzellen mit Obst und Gemüse bestellten. Mittlerweile war es so weit gekommen, dass die Zünfte der Stadt, wie in anderen Orten auch, bei den Behörden Petitionen einreichten: Nach ihren Wünschen sollten die Neuchristen sich nicht mehr dem Handel oder einem Handwerk widmen dürfen, sondern nur noch als Lohnempfänger beschäftigt werden. Diese Gesuche trafen jedoch beim Rat der Stadt auf kein positives Echo, da dieser mit der entstandenen Wettbewerbssituation nur zufrieden sein konnte. Alles zusammengenommen führte dazu, dass sich die ohnehin angespannte Lage zwischen Altchristen und Morisken noch weiter zuspitzte.

Aischa zählte mittlerweile siebenundvierzig Jahre, und sie fühlte sich alt und allein – vor allem allein. Der einzige Sohn, der ihr geblieben war, erwies sich als Verräter an seinen Glaubensbrüdern. Was wohl aus ihren anderen Kindern geworden war? Shamir … Fatima und die Kinder … Wie es der jungen Frau wohl mit Ibrahim ergangen war?

Verging sich Ibrahim an Fatima? Mussten Shamir und Francisco auf einer Galeere rudern und wurden ausgepeitscht? Musa und Aquil … Alle wussten, dass die Kinder, die man den Altchristen nach dem Aufstand übergeben hatte, nicht nur zwangsbekehrt, sondern später versklavt wurden. Lebten ihre beiden Söhne noch? Aischa führte ihre Hände vors Gesicht und fing den Tränenstrom auf.

Ja, sie erhielt einen guten Lohn, sagte sie sich, als sie die lichtdurchflutete Werkstatt des Meisters betrat. Doch alle schienen zu wissen, dass Hernando für diese Vorzugsbehandlung gesorgt hatte. Und seitdem sie in dem Haus, das sie mit anderen Familien teilte, hörte, wie man sie hinter ihrem Rücken als Nazarenerin beschimpfte, konnte sie mit dem Geld kaum etwas anfangen. Niemand sprach mehr mit ihr. Zuerst verschwand etwas von ihrem Essen. Sie sagte nichts. Dann fand sie in der Nische, in der sie ihre Lebensmittel aufbewahrte, plötzlich nur noch vertrocknetes Hirsebrot. Sie sagte wieder nichts, sondern kaufte weiterhin Lebensmittel, die die anderen aufaßen. Eines Tages hatte sich in ihrem Zimmer eine Familie mit drei Kindern eingerichtet. Sie sagte immer noch nichts, und zahlte weiterhin die Miete, als lebte sie allein dort. Eines Abends lagen ihre Siebensachen schließlich in einem Haufen hinter der Haustür. Seither schlief sie zusammengekauert zwischen der Tür und dem Patio.

Im Hinterraum der Werkstatt, in der an vier Webstühlen Taft gewebt wurde, begab sich Aischa an ihren Arbeitsplatz. In den Körben vor ihr lagen die bereits gefärbten Seidenfäden nach Farben geordnet: Es gab darunter verschiedene Blau- und Grüntöne, aber auch Gold, das berühmte spanische Rot sowie das kostbare Karmesinrot, das nicht mit Brasilholz, sondern vorschriftsgemäß mit Koschenille gefärbt war – dem Farbstoff der Schildläuse, die in Kermeseichen lebten. Aischa musste das Garn aufwickeln, die Enden entwirren und dann den Schussfaden vorbereiten. Dafür musste sie es der Länge nach sortieren, aufspulen und dann um die Eisenspindel wickeln. Sie nahm einen Schemel, strich sich über ihre schmerzende Nierengegend und setzte sich dann vor einen der Körbe. Warum hatte der Allmächtige sie verlassen?

Auf der anderen Seite der Meerenge saß Fatima im prachtvollen Palast in der Medina von Tetuan und diktierte einem jüdischen Kaufmann einen Brief. Sie hatte ihm eine beträchtliche Summe in Aussicht gestellt, wenn er ihn auf Arabisch schrieb, ihn über einen Mittelsmann nach Córdoba gelangen ließ und eine Antwort mitbrachte.

»Geliebter Mann«, begann sie, und ihre Stimme zitterte leicht. »Der Frieden und die Güte des Barmherzigen, der mit Wahrheit urteilt, seien mit dir.«

Fatima hielt inne. Was sollte sie dem Mann berichten, den sie seit sieben Jahren nicht mehr gesehen hatte? Wie sollte sie beginnen? Sie hatte das Schreiben zwar im Geiste vorbereitet, sie hatte zwischen Erinnerungen, Tränen und Freuden darüber nachgedacht. Aber jetzt, wo es darauf ankam, brachte sie kein Wort heraus. Der alte Jude zeigte Geduld, er blickte vom Papier auf und betrachtete diese Frau: Sie war schön und stolz, sie war hart und kalt, sie legte eine Strenge an den Tag, die nur jetzt, in diesem Moment des Zweifels, von ihr abzufallen schien. Fatima ging im Raum auf und ab, schritt durch die Bogengänge in den Patio und kehrte sprachlos wieder. Sie führte ihre mit Ringen geschmückten Finger an die Lippen, um die Hände dann vor der Brust zu falten oder aber weit zu öffnen, als könnte sie damit ihre unterbrochene Rede wieder in Fluss bringen.

»Bitte«, ergriff schließlich der Kaufmann, der hier nur als Schreiber tätig war, das Wort, »kann ich Euch behilflich sein? Was wollt Ihr den Mann wissen lassen?«

Fatima betrachtete den Juden aus ihren eisig schimmernden Augen. Für das, was sie sagen wollte, reichte ein Brief nicht aus, hätte sie gern erwidert. Dabei wollte sie Hernando nur eine einfache Nachricht zukommen lassen: Ibrahim war tot, und sie wünschte sich, dass er zu ihr nach Tetuan käme. Ihrem Glück stand nichts mehr im Wege, und sie wartete auf ihn. Aber, hatte er inzwischen womöglich eine andere Frau? Vielleicht war er glücklich. Immerhin waren sieben Jahre vergangen …

Sieben Jahre absoluter Unterwerfung! Fatima stellte sich vor den alten Juden.

»Es war ein Schrei«, flüsterte sie. Der Mann wollte gerade das Schreibrohr ins Tintenfass tauchen, aber Fatima hielt ihn zurück. »Nein. Es war ein Schrei, der mich geweckt und ins Leben zurückgerufen hat.«

Der alte Mann legte das Schreibrohr auf das Papier und lehnte sich im Stuhl zurück. Er ermutigte sie, mit der Geschichte fortzufahren, die sie offensichtlich erzählen wollte. Er wusste von Ibrahims Tod. Ganz Tetuan hatte von der Ermordung des Korsaren erfahren.

»Ich habe nur die Worte ›widerlicher Hund‹ gehört!«, sprach Fatima weiter. »Shamir beschimpfte Nasi. Durch die Beleidigung begriff ich, dass dieser sechzehnjährige Junge zum Mann geworden war und dass ihn die Kaperfahrten, die Überfälle auf christliche Schiffe und die Raubzüge an der andalusischen Küste abgehärtet hatten. Es geschah genau hier, im Patio«, erläuterte sie. In der Mitte des Innenhofs war ein wunderbarer Brunnen in den Fußboden eingelassen, der Wasserspeier befand sich im Zentrum eines kreisförmigen Mosaiks aus winzigen bunten Steinen, die ein geometrisches Muster ergaben. »Ich sah, wie Nasi, der zehn Jahre älter war als er, bei der Beleidigung seinen Krummsäbel zog. Der Korsar, der in Tetuan wegen seiner Grausamkeit gefürchtet war, drohte mit seiner Waffe. Ich habe am ganzen Leib gezittert. Wie immer, seit ich diese fürchterliche Stadt betreten habe, fühlte ich mich machtlos. Mein kleiner Abdul mit seinen zornigen blauen Augen stand neben Shamir. Der Widerschein des Sonnenlichts auf der Klinge, die Nasi gegen die beiden Jungen schwang, blendete mich, und ich dachte, ich würde ohnmächtig.« Fatima schwieg. Sie war in ihre Erinnerungen an dieses Erlebnis versunken. Der Jude sagte kein Wort. Plötzlich blickte die Hausherrin zu ihm. »Weißt du was, Ephraim? Gott ist groß. Shamir und Abdul wichen ein paar Schritte zurück, aber nicht um zu fliehen, wie ich gehofft hatte, sondern um ihre Waffen zu zücken. Als wären sie eine einzige Person, Seite an Seite, ohne einen Hauch von Angst in den Augen, griffen die beiden nach den Waffen. Shamir befahl Abdul, sich zurückzuziehen und ihn allein zu lassen, und mein Junge hielt ihm mit einer Bewegung, die sie anscheinend schon Tausende Male vollzogen hatten, den Rücken frei. ›Du räudiger

Hund!‹, hat Shamir Nasi noch einmal beschimpft und den Krummsäbel gegen ihn gerichtet. ›Du Schwein‹, hat er geflucht. Blind vor Wut griff Nasi an und stürzte sich auf den Jungen, aber Shamir glitt geschmeidig wie eine Katze zur Seite. Er schlug gegen Nasis Waffe und wehrte den Angriff ab. Ich erinnere mich … ich erinnere mich, dass beim Aufeinandertreffen der Klingen die Säulen im Patio bebten. Auf dieses Zeichen hin löste sich mein kleiner Abdul vom Rücken seines Gefährten und hieb gegen Nasis Krummsäbel, der hilflos zusehen musste, wie ihm die Waffe aus der Hand fiel. Keinen Moment später standen die Jungen wieder in Position und lächelten. Wirklich, sie lächelten! Als läge ihnen die Welt zu Füßen. ›Du bist zwar ein Schwein, aber wenn du nicht wie ein Schwein sterben willst, dann nimm deine Waffe und versuche, wie ein echter Gläubiger zu kämpfen‹, hat Shamir den Piraten herausgefordert.«

Fatima schwieg und sah zum Innenhof mit den Säulengängen. Sie hatte den Kampf genau vor Augen.

»Bitte, sprecht weiter«, forderte der Kaufmann sie auf, als sie längere Zeit schwieg.

Fatima lächelte wehmütig.

»Das Getöse hat meinen Mann alarmiert«, berichtete sie. »Ibrahim schleppte sich in den Patio, er wollte dem Kampf Einhalt gebieten und Shamir und Abdul ohrfeigen. ›Wie könnt ihr es wagen, meinen Stellvertreter in meinem eigenen Haus anzugreifen?‹, hat er sie angebrüllt. ›Verdammtes Pack‹, hat er gegeifert, dann spuckte er ihnen vor die Füße. Aber ich hatte die Welt gesehen, die sich vor den Füßen meines Sohnes und von Shamir auftat, diese Welt, der sie stolz und zuversichtlich zulächelten, wie richtige Männer … Mit der neuen Stärke dieser Jungen habe auch ich meine eigene Selbstachtung zurückerlangt. Und eines Abends, als die vier Männer beim Essen um den niedrigen Tisch saßen, drang ich ins Speisezimmer ein und entließ die Diener und Sklaven. Ich erinnere mich noch genau an Ibrahims überraschtes Gesicht. Er konnte nicht ahnen, was ihm bevorstand. ›Ich muss mit euch über eine dringende Angelegenheit sprechen‹, habe ich nur gesagt. Dann holte ich zwei Dolche aus meinen Kleidern hervor. Einen warf ich Shamir zu, den anderen behielt ich selbst. Nasi sprang sofort auf, aber Ibrahim kam nicht hoch, und noch ehe sein Stellvertreter zu mir gelangen konnte, stieß ich ihm den Dolch in die Brust.« Fatima blickte herausfordernd zu dem alten Kaufmann. Sie zeigte keine Gefühle, ihr Tonfall klang unbeteiligt. »Shamir brauchte ein wenig, bis er verstand, was geschah, aber dann stellte er sich vor Nasi und bedrohte ihn mit dem Dolch. Auch Abdul stürzte sich auf ihn.«

Fatima schwieg eine Weile. Der alte Jude beobachtete sie still: Welches Geheimnis verbarg sich noch hinter diesen schönen schwarzen Augen? Dann sprach sie flüsternd weiter.

»Mein Mann war nicht sofort tot. Ich bin schwach, und ich habe keine Erfahrung mit Waffen. Aber zumindest hatte er so große Schmerzen, dass er sich nicht mehr verteidigen konnte. Ich stieß ihm den Dolch in den Mund, damit er aufhörte zu schreien, und dann hieb ich in den Armstumpf und drang mit der Waffe bis zum Ellbogen. Es dauerte eine ganze Weile, bis er verblutete. Er brauchte wirklich lange … Er flehte. Ich musste an mein eigenes Elend denken, während ich zusah, wie das Leben aus ihm strömte. Ich ließ ihn nicht aus den Augen, bis er tot war. Er ist verblutet. Wie ein Schwein.«

»Mutter! Was hast du getan!«

Abdul starrte zu Ibrahim, der nahezu reglos dalag und seine linke Hand zur Brust führte. Blut sprudelte aus der Wunde.

Fatima reagierte nicht. Mit einer knappen Geste bedeutete sie den Männern zu schweigen, während Ibrahim auf den prächtigen Seidenteppichen einen langsamen, qualvollen Tod starb.

»Shamir«, sagte sie schließlich mit entschiedener Stimme, als ihr verhasster Mann endlich tot war, »von nun an bist du für die Familie verantwortlich. Alles gehört jetzt dir.«

Der junge Mann, der hinter Nasi stand und dem Stellvertreter seines Vaters den Dolch an den Nacken hielt, konnte den Blick nicht von seinem Vater abwenden. Abdul wiederum hielt den Atem an und blickte verängstigt zwischen Ibrahim und Shamir hin und her.

»Er war kein guter Mensch«, fällte Fatima ihr Urteil. »Er hat das Leben deiner Mutter zerstört und mein Leben. Er hat eure Leben …«

Bei der Erwähnung von Aischa erwachte der junge Mann aus seiner Erstarrung.

»Was machen wir jetzt?«, fragte er und drückte die Klinge fester gegen Nasis Nacken, als stünde dem Stellvertreter das gleiche Schicksal bevor wie dessen Herrn.

»Ihr beide«, sagte Fatima zu Shamir und Abdul, »nehmt jetzt Ibrahims Schätze und versteckt euch damit im Hafen. Haltet alle Männer und Schiffe bereit. Dort wartet ihr auf meine Anweisungen. Und du«, sagte sie an Nasi gerichtet, »begibst dich auf der Stelle zum Gouverneur Muhammad al-Naqsis. Du berichtest ihm, dass von nun an Shamir, der Sohn des Korsaren Ibrahim aus Juviles, das Familienoberhaupt ist. Weiter sagst du ihm, dass Shamir ihm Treue schwört und ihm all seine Schiffe und Männer zur Verfügung stellt.«

»Und wenn er ablehnt?«, murrte der junge Mann.

»Dann bring ihn um!«, sagte Fatima hierauf und kehrte Nasi den Rücken zu.

Da hörte sie, wie der Dolch in Nasis Nacken glitt. Sie erwartete, das Flehen des nun ehemaligen Stellvertreters zu hören, aber Shamir gab ihm dazu keine Gelegenheit. Fatima drehte sich genau in dem Moment um, in dem der Körper des enthaupteten Nasi zu Boden sackte.

»Er war kein guter Mensch«, sagte Shamir bloß.

»Einverstanden«, stellte Fatima fest. »Aber das ändert nichts. Tut, was ich euch aufgetragen habe.«

Im Morgengrauen versteckten sich Shamir und Abdul mit allem Gold, Schmuck und Dokumenten aus Ibrahims Schatzkammer im Hafen. Fatima hatte zwei Sklaven angewiesen, die Leichname zu waschen und das Speisezimmer zu reinigen. Noch in derselben Nacht suchte sie Ibrahims zweite Frau auf, die abgeschieden in einem anderen Flügel des Palastes lebte. Sie berichtete ihr ohne weitere Einzelheiten vom Tod ihres Gatten und stellte eindeutig klar, dass von nun an Shamir die Geschicke der Familie lenkte. Die Frau senkte den Blick und sagte nichts. Sie wusste, dass sie von der Gunst des jungen Mannes abhängig war, der Fatima wie seine eigene Mutter liebte.

Am nächsten Morgen begab sich Fatima zum Sitz des Gouverneurs Muhammad al-Naqsis. Im 16. Jahrhundert hatte Tetuan zu Fez gehört, das später von Marokko erobert wurde. Nach einer gewissen Zeit der Unabhängigkeit wurde die Stadt wieder eingenommen, aber die Hauptmacht war schwach, und selbst bis in Ibrahims Palast waren die Gerüchte gedrungen, dass die Familie al-Naqsis die Unabhängigkeit der Stadt anstrebte. Ibrahim missfiel die Vorstellung, dass seine Konkurrenten die Kontrolle über die Stadt erlangen könnten. Nun wurde Fatima, obwohl sie eine Frau war, vom Gouverneur persönlich empfangen. Es hatte wegen der Aufteilung von Beuteschätzen immer wieder Streit zwischen der Familie al-Naqsis und Ibrahim gegeben, insofern war der Besuch der Gattin seines Widersachers für Muhammad al-Naqsis ein besonderes Ereignis, das seine Neugierde weckte.

»Was ist mit Ibrahim?«, erkundigte sich der Gouverneur, nachdem Fatima ihm in Shamirs Namen Treue geschworen hatte.

»Er ist tot.«

Der Gouverneur musterte Fatima von Kopf bis Fuß und verbarg seine Bewunderung nicht. Vor ihm stand die schönste und jetzt auch reichste Frau von ganz Tetuan.

»Was ist mit seinem Stellvertreter?«, wollte er wissen und gab vor, sich mit der knappen Auskunft zufriedenzugeben.

»Er ist ebenfalls tot«, antwortete Fatima, ohne den Blick vom Boden zu heben, wie es sich für eine unterwürfige Muslimin geziemte.

Die beiden Männer waren also tot. Sollte das alles sein? Hatte diese beeindruckende Frau etwas mit den Todesfällen zu tun?

Mit seinem Blick drückte der Mann Fatima gegenüber aber lediglich seine Hochachtung aus. Der Gouverneur zog es vor, keine weiteren Fragen zu stellen, sondern nur die Hilfe anzunehmen, die ihm die großzügige Witwe offensichtlich anbot, damit er die Unabhängigkeit der Stadt erreichte.

Am nächsten Tag hörte sich Fatima von den Klageweibern, die alle einfache Kleidung trugen und sich die Gesichter mit Ruß geschwärzt hatten, die Sprüche und Trauergesänge zu Ehren der Toten an. Nach jedem Lied, nach jedem Satz schrien die Frauen, sie schlugen sich auf die Brust und die Wangen, bis sie bluteten, und rauften sich die Haare. Die rituelle Totenklage dauerte sieben Tage.

Der alte Jude sah auf, sein Blick kreuzte sich mit dem Fatimas. Beide wussten, dass das Geständnis, das sie gerade abgelegt hatte, niemals wiederholt werden würde. Der Kaufmann hatte das Gebot »Sehen, hören und schweigen« bereits vor Jahren verinnerlicht.

»Bitte«, flüsterte der Jude nur und deutete auf das immer noch leere Blatt vor sich.

Fatima seufzte. Ja … Nun war sie so weit. Mit fester Stimme diktierte sie jetzt dem Kaufmann ihren Brief an Hernando.

»Geliebter Mann. Der Frieden und die Güte des Barmherzigen, der mit Wahrheit urteilt, seien mit dir …«

54

Gott der Allmächtige blies, und die Armada flog nach allen Winden

Münzinschrift von Elisabeth I. von England

Nach einem zweimonatigen Aufenthalt im Hafen von La Coruña und trotz mannigfacher Friedensgespräche und Verhandlungen brach die große spanische Armada schließlich zur Eroberung von England auf. Wegen des überraschenden Todes des Marquis von Santa Cruz hatte der Herzog von Medina Sidonia kurzfristig den Oberbefehl über die Armada übernommen.

Don Alfonso de Córdoba und sein Erstgeborener stachen in Begleitung von zwanzig Dienern, darunter auch der Kammerherr José Caro, auf einem der Schiffe in See.

Doch die Nachrichten, die Spanien erreichten, entsprachen nicht den Erwartungen an die Barmherzigkeit des Gottes, für den die Flotte in den Krieg zog. Die Schiffe sollten in Dünkirchen die Tercios des Herzogs von Parma an Bord nehmen und zusammen mit ihnen England überfallen. Aber als sie in Calais vor Anker gingen – nicht weit von den Truppen des Herzogs entfernt –, mussten die Spanier feststellen, dass die mit England verbündeten Niederländer die Bucht von Dünkirchen blockierten: Der Herzog konnte mit seinen Soldaten nicht zur Armada gelangen. Lord Howard, der englische Flottenadmiral, nutzte die einmalige Gelegenheit, die ihm die untätig vor Anker liegende Armada bot, und bereitete einen besonderen Angriff vor:

In der Nacht des 7. August 1588 beobachteten die Spanier, wie acht unbemannte englische Schiffe bei Flut und mit Rückenwind auf sie zusteuerten – sie brannten lichterloh. Zwar konnten die Spanier zwei der so gefürchteten und gefährlichen Brander mit langen Stangen ablenken, doch sechs weitere gelangten zwischen die spanischen Schiffe und setzten sie in Brand, bevor sie schließlich selbst Opfer der Flammen wurden. Die spanischen Kapitäne sahen sich gezwungen, die Ankerketten zu kappen und ihre Positionen aufzugeben, um in aller Eile aus dem Feuerinferno zu fliehen. Damit gaben sie ihre halbmondförmige Formation auf und waren den nun folgenden Attacken der Engländer schutzlos ausgeliefert. Es kam zu blutigen Kämpfen, bei denen die Spanier vom stürmischen Wind immer weiter Richtung Norden getrieben wurden. Der Herzog von Medina Sidonia versuchte sein Bestes, um die Armada zurück an die flandrische Küste zu bringen, doch die Wetterbedingungen ließen dies nicht zu. Indessen beobachteten die Engländer die weiteren Manöver des Feindes.

Einige Tage später ließ der spanische Admiral sämtliche Tiere über Bord gehen. Es herrschten mehr als prekäre Bedingungen: Das mitgeführte Trinkwasser war brackig, die Lebensmittel halb verdorben, die Schiffe waren schwer beschädigt, und täglich starben Mitglieder der Besatzung an Typhus oder Skorbut. Unter diesen Bedingungen musste die Armada um Schottland herumsegeln und dann an der irischen Küste entlang Kurs auf Spanien nehmen.

Am 21. September machte das Flaggschiff des Herzogs von Medina Sidonia zusammen mit acht Galeonen endlich im Hafen von Santander fest. Das Schiff wurde nur noch von drei dicken Trossen zusammengehalten, und der Admiral rang in seiner Kajüte mit dem Tod. Von den ursprünglich einhundertdreißig Schiffen der großen Armada trafen nur fünfunddreißig – und das meist als halbe Wracks – in verschiedenen spanischen Häfen ein. Einige wurden bei der Schlacht im Ärmelkanal versenkt, die meisten gingen jedoch vor Irland verloren, wo schwere Stürme wüteten, die die Schiffbrüchigen über die gesamte irische Küste verteilten. Einige Männer blieben für immer verschollen. Wenige Tage später brach ein Kurier mit der Nachricht nach Córdoba auf, dass das Schiff mit Don Alfonso und seinem Sohn an Bord bislang keinen Hafen angelaufen habe.

Nach Erhalt der Nachricht verfügte Doña Lucía, dass alle Palastbewohner – ganz gleich, ob Hidalgo, Diener oder Sklave, und somit auch Hernando – täglich an den drei Messen teilnehmen mussten, die der Hauskaplan in der Palastkapelle abhielt. Den restlichen Tag wurde die allgemeine Stille nur vom leisen Raunen gebrochen, wenn die Hidalgos gemeinsam mit der Herzogin in einem der schwach erleuchteten Säle den Rosenkranz beteten. Es galt ein striktes Fasten, jede Lektüre wurde verboten, Tanz und Musik ohnehin, und niemand wagte es, den Palast zu verlassen, es sei denn für den Kirchgang oder für eine der unzähligen Bittprozessionen, die seit der Kunde über das Unglück der Armada in jedem Winkel von Spanien veranstaltet wurden.

»Maria, mater gratiae, mater misericordiae …«

Alle knieten hinter der Herzogin und wiederholten das Rosenkranzgebet. Auch Hernando flüsterte die endlose Litanei, aber die stolzen, hochmütigen Höflinge ringsum beteten laut und mit voller Inbrunst. Er konnte die Unruhe und Sorge in ihren Gesichtern erkennen: Ihre Zukunft hing von Don Alfonso und seiner Großzügigkeit ab, und wenn der Herzog starb …

»Ich denke, Ihr müsst Euch keine allzu großen Sorgen machen, Cousine«, sagte eines Tages Don Sancho beim Essen. Auf dem Tisch standen nur Schwarzbrot und Fisch. »Wenn Euer Gemahl und sein Erstgeborener an der irischen Küste gefangen genommen wurden, werden ihnen die Häscher bestimmt nichts antun. Die beiden Männer bedeuten für die Engländer schließlich ein besonders hohes Lösegeld. Niemand wird sie belästigen. Habt Vertrauen zu Gott. Man wird sie gut behandeln, bis das Lösegeld eintrifft. Das ist das Gesetz der Ehre, das ist das Kriegsrecht.«

Doch die Hoffnung, die in den Augen der Herzogin nach den Worten des alten Hidalgos kurz aufgeflackert war, verschwand im gleichen Maße, wie immer mehr schlechte Nachrichten die Halbinsel erreichten. Sir William FitzWilliam, dem Vertreter der englischen Krone in Irland, standen nur siebenhundertfünfzig Soldaten zur Verfügung, um die besetzte Insel gegen die Iren zu verteidigen, die immer noch für ihre Freiheit kämpften. Ihm kam die Ankunft so vieler feindlicher Soldaten wahrlich mehr als ungelegen, und sein Befehl war eindeutig: Jeder Spanier, der auf irischem Gebiet angetroffen wurde, sollte – unabhängig seines Standes – festgenommen und hingerichtet werden.

Die Kundschafter Philipps II. und die Soldaten, die mithilfe der Iren über Schottland fliehen konnten, berichteten ausführlich über die Massaker an den schiffbrüchigen Spaniern. Die Engländer brachten – ohne Mitleid und Achtung von geltendem Recht – sogar diejenigen um, die sich ergaben.

Da trat zu Hernandos Sorge um den Mann, den er als wahren Freund ansah, auch die Angst um seine eigene Zukunft. Seine Beziehung zur Herzogin hatte nach seiner Liebschaft mit Isabel ohnehin einen Tiefpunkt erreicht. Wie Don Sancho sprach auch Doña Lucía noch immer kein Wort mit ihm und würdigte ihn keines Blickes. Hernando kam sich im Palast inzwischen nur mehr wie eine Art Ballast des Mannes vor, über dessen Schicksal nichts bekannt war. Unter anderen Umständen hätte er seine eigene Lage vielleicht weniger bedauert, aber nach dem spektakulären Fund in der Torre Turpiana konnte und wollte er weder auf die Gunst des Herzogs und den Zugang zu dessen Bibliothek verzichten noch auf die Möglichkeit, sich dort ganz der Sache der Morisken widmen zu können. So unerfreulich sich sein Leben im herzoglichen Palast inzwischen auch gestaltete, so erfreulich waren die Nachrichten aus Granada. Die Domherren hatten Luna und Castillo tatsächlich mit der Übersetzung des Pergaments beauftragt. Außerdem konnte sich Hernando im Palast immer noch der Kalligraphie widmen. Mittlerweile hatte er eine wahre Meisterschaft darin erreicht, die Schreibrohre mit der perfekten Abschrägung nach rechts zu versehen. Als stünde seine Hand in Gottes Dienst, gelangen ihm auf dem Papier inzwischen so ebenmäßige Buchstaben, wie er es sich nie hätte vorstellen können.

Im September 1588, als ganz Spanien die Niederlage der Unbesiegbaren Armada beweinte, traf ein junger Jude aus Tetuan in Córdoba ein. Der Mann führte gefälschte Dokumente bei sich, die ihn als Ölhändler aus Málaga auswiesen.

Als er die Calahorra-Festung hinter sich gelassen hatte und über die römische Brücke ging, bestaunte der junge Mann den großen – wenn auch noch lange nicht fertiggestellten – Neubau, der sich jenseits des Stadttores vor ihm auftat. Er musste an die Worte seines Vaters denken.

»Du wirst dann die großartige Moschee vor dir haben, in der die Christen ihre Kathedrale errichten«, hatte dieser ihm vor der Abreise erklärt, als er ihm Fatimas Anweisungen mit auf den Weg gab. Der alte Mann hatte Spanisch mit ihm gesprochen, um ihn wieder an die Sprache zu gewöhnen, mit der sie in Tetuan sonst nur ihre Geschäfte mit den Christen abwickelten. Und jetzt war er hier!

Ephraim – der junge Mann trug den gleichen Namen wie sein Vater – verlangsamte seinen Schritt angesichts der gewaltigen Konstruktion, die aus dem niedrigen Dach der Moschee emporragte. Die Bogen für das Gewölbe der Kuppel, die das Gotteshaus krönen sollten, standen bereits.

In Tetuan hatte ihm sein Vater mit zitternder Stimme den Weg vom Glockenturm der Kathedrale zu jener Straße genau beschrieben, in der Hernandos Wohnhaus stehen sollte und die an ihrem oberen Ende Calle de Almanzor hieß.

»Vater, was ist los?«, hatte der junge Ephraim besorgt gefragt, als er den kummervollen Gesichtsausdruck seines Vaters bemerkte.

Der alte Mann räusperte sich, ehe er weitersprach.

»Die Straßen, durch die du gehen musst«, erläuterte er mit fester Stimme, »liegen im ehemaligen Judenviertel von Córdoba. Aus dem Stadtteil haben uns die Christen vor nicht einmal einem Jahrhundert vertrieben.«

Die Stimme des alten Mannes drohte bei seinen letzten Worten zu versagen. Bei Fatimas Beschreibung der Straße mit dem Patio-Haus hatte er den Worten der Witwe geduldig gelauscht und sich daran erinnert, wie oft ihm sein Großvater die Anordnung der Sackgassen in ihrem Viertel in Córdoba beschrieben hatte. Und nun sollte sein Sohn in dieser Stadt einen so wichtigen Auftrag erfüllen.

»Ephraim, dort liegen deine Wurzeln. Wenn du da bist, atme die Luft tief ein, und bring mir etwas davon mit!«

Die Frau, die dem jungen Juden nun im Patio-Haus öffnete, gab ihm keine Auskunft über Hernando Ruiz, den Neuchristen aus Juviles, dem er den unter seinem Hemd verborgenen Brief aushändigen sollte. Nein, sie setzte ihn geradewegs wieder vor die Tür, als der junge Mann darauf bestand, dass in dem Wohnhaus früher eine Moriskenfamilie gelebt haben musste.

»Kein Ketzer hat dieses Haus je betreten!«, keifte ihn die Frau an und knallte ihm die Tür vor der Nase zu.

»Wenn du ihn aus irgendeinem Grund nicht persönlich antreffen solltest«, hatte ihn sein Vater in Tetuan angewiesen, »dann begibst du dich zum königlichen Marstall. Die Auftraggeberin sagt, dass man dir dort bestimmt Auskunft geben wird.«

Also erkundigte sich Ephraim nach dem Weg und gelangte über den Alcázar zu den Stallungen des Königs.

»Ich habe keine Ahnung, von wem du sprichst«, antwortete ihm der erstbeste Stallbursche, den er antraf, »aber wenn dieser Hernando ein Neuchrist ist, fragst du am besten in der Schmiede nach. Jerónimo weiß bestimmt etwas. Der Schmied arbeitet schon seit Jahren hier.«

Ephraim ließ den Vorraum und die eigentlichen Stallungen hinter sich und stand bald vor der zentralen Reithalle, wo die Bereiter gerade mit den jungen Pferden arbeiteten. Die Tiere sahen hier so anders aus als die kleinen Araberpferde zu Hause. Doch der Stallbursche forderte ihn auf weiterzugehen. Warum sollte dieser Jerónimo etwas über den Verbleib eines Neuchristen wissen? Die Antwort fand er in den arabischen Gesichtszügen des dunkelhäutigen Schmiedes, der ihn mit einem freundlichen Lächeln empfing, das sogleich erlosch, als er den Grund des Besuchs erfuhr.

»Was willst du von Hernando?«, knurrte der Schmied.

Ephraim zögerte kurz.

»Kennst du ihn?«, fragte er dann mit entschiedener Stimme.

Diesmal ließ sich der Schmied mit seiner Antwort Zeit.

»Ja«, gab er schließlich zu.

»Weißt du, wo ich ihn finden kann?«

Jerónimo näherte sich dem jungen Mann.

»Warum?«

»Das ist meine Sache. Ich frage dich nur, wo ich diesen Hernando antreffe. Wenn du es mir nicht sagen kannst, will ich dich nicht weiter belästigen und suche woanders weiter.«

»Ich weiß nichts über diesen Mann.«

»Danke«, verabschiedete sich Ephraim mit dem untrüglichen Gefühl, dass der Schmied ihn anlog. Aber warum?

Abbas wollte keineswegs Hinweise auf Hernando geben, trotzdem musste er selbst unbedingt die Absichten des Besuchers erfahren.

»Ich weiß, wo du seine Mutter finden kannst«, stellte er ihm in Aussicht.

Ephraim blieb stehen.

»Fatima, meine Auftraggeberin, wünscht, dass der Brief Hernando persönlich übergeben wird, oder seiner Mutter. Sie heißt Aischa. Niemand sonst darf diesen Brief in die Hände bekommen«, hatte ihm sein Vater in Tetuan noch mit auf den Weg gegeben.

Ephraim fragte sich, was dieser Familie nur zugestoßen war, als er in einer schmalen Gasse im Santiago-Viertel am anderen Ende der Stadt vor Aischas Haustür stand. Der Jude erkundigte sich bei den Frauen, die mit Pflanzen und Blumentöpfen im Patio hantierten, nach Aischa, erntete jedoch nur abschätzige Blicke. Ephraim war kräftig, vermutlich nicht so stark wie der Schmied im Marstall, aber gewiss stärker als der Nachbar, der auf die Rufe der Frauen hin in den Innenhof eilte. Ephraim war erschöpft. Er war in Ceuta an Bord eines portugiesischen Schiffes gegangen, das ihn nach Sevilla gebracht hatte, er hatte die lange Strecke vom Hafen von Sevilla bis nach Córdoba zurückgelegt, und nun lief er in dieser Stadt von einem Ort zum anderen, um Hernando Ruiz oder dessen Mutter zu finden. Dabei riskierte er, dass irgendein Streit zu seiner Verhaftung führte, bei der er nicht nur als Jude entlarvt würde, sondern zudem seine Dokumente als Fälschungen entdeckt würden.

»Warum suchst du Aischa?«, fragte ihn der junge Moriske verächtlich.

Jetzt reichte es! Ephraim vergaß jedwede Vorsichtsmaßnahme und führte seine Hand zum Dolch an seinem Gürtel. Mit den Augen verfolgte der junge Mann die Handbewegung des Fremden.

»Das geht dich nichts an!«, entgegnete ihm Ephraim statt einer Antwort. »Lebt sie hier?« Sein Widersacher zögerte. »Lebt sie hier oder nicht!«

Ja, sie lebte hier. Genau dort, hinter Ephraim schlief sie im Vorraum zwischen Haustür und Patio. Der junge Jude blickte zu der Decke, auf die der Hausbewohner deutete. Da sich Aischa zu dieser Tageszeit noch in der Werkstatt des Webers befand, wartete Ephraim in der Sackgasse, in der das Haus lag, bis ihm irgendwann eine innere Stimme sagt, dass die gebeugte Frau, die langsam und in viel zu weiten Kleidern auf ihn zukam und den Blick starr auf den Boden gerichtet hielt, die Person war, nach der er suchte.

»Aischa?«, fragte er, als sie an ihm vorbeischlurfte. Sie nickte, und er konnte ihre traurigen Augen in den tief verschatteten Augenhöhlen sehen. »Friede sei mit dir, Aischa.«

Die Höflichkeit des Fremden schien sie zu überraschen. Auf den jungen Juden wirkte sie wie ein wehrloses, verwundetes Tier. Was war diesen Leuten nur zugestoßen?

»Ich heiße Ephraim und komme aus Tetuan«, flüsterte er ihr zu.

Aischa reagierte sofort mit einer nicht geahnten Energie.

»Pst. Sei still!«, warnte sie ihn und deutete auf den Patio in ihrem Wohnhaus.

Ephraim sah sich um und stellte fest, dass mehrere Nachbarn sie argwöhnisch beäugten. Aischa sagte kein Wort, sondern ging einfach Richtung Fluss. Ephraim folgte ihr und musste dabei seine Schritte an den schleppenden Gang dieser erschöpften Frau anpassen.

»Ich komme aus …«, setzte er in reichlicher Entfernung vom Wohnhaus noch einmal an, doch Aischa machte nur eine abwehrende Handbewegung.

Sie erreichten den Guadalquivir durch die Puerta de Martos und erblickten auf der anderen Uferseite die Mühle des Calatrava-Ordens.

»Hast du Nachrichten von Fatima?«, fragte Aischa mit belegter Stimme.

»Ja, ich habe …«

»Weißt du auch etwas über meinen Sohn Shamir?«, unterbrach sie Ephraim und nötigte ihn stehen zu bleiben.

Ephraim meinte, ein leichtes Funkeln in den eben noch so ausdruckslosen Augen gesehen zu haben.

»Ja.« Vor seiner Abreise hatte ihn sein Vater über die Verhältnisse in der Familie aufgeklärt. »Ich weiß allerdings nicht viel. Hier habe ich einen Brief von Fatima für dich. Er ist eigentlich an deinen Sohn Hernando gerichtet. Aber er ist auch für dich.«

Ephraim griff in seine Kleider.

»Ich kann nicht lesen«, entschuldigte sich Aischa.

Der junge Mann behielt den Brief in der Hand.

»Dann gib ihn deinem Sohn, damit er ihn dir vorliest«, schlug der Jude vor und wollte ihr den Brief aushändigen.

Aischa lächelte traurig. Sie konnte ihrem Sohn doch jetzt unmöglich erklären, dass sie ihn einst getäuscht hatte und Fatima, Francisco und Inés noch lebten.

»Liest du ihn mir vor?«

Ephraim war unschlüssig.

»An Hernando persönlich oder an seine Mutter«, waren die Worte seines Vaters gewesen.

Im Hintergrund hörte er das unaufhörliche Getöse der Mühlsteine, die mit dem Wasser des Guadalquivir das Korn mahlten.

»Einverstanden«, gab er schließlich nach und brach das Siegel. »Geliebter Mann. Der Frieden und die Güte des Barmherzigen, der mit Wahrheit urteilt, seien mit dir …«

Die Sonne schickte ihre letzten Strahlen und umfing die beiden Gestalten am Ufer. Ephraim konzentrierte sich vollends auf die Zeilen auf dem Papier, und so entging ihm Aischas Lächeln an der Stelle, an der Fatima berichtete, wie Ibrahim wie ein Schwein verblutet war. Der junge Mann musste sich mehrfach räuspern, während er den Bericht der Ermordung in der ihm wohlbekannten Handschrift seines Vaters vorlas. Weiter hieß es dort:

Dein Sohn ist wohlauf. Durch die Erfahrung der Kaperfahrten gegen die Christen ist aus ihm ein kluger, kräftiger Mann geworden.

Wie geht es deiner Mutter? Ich hoffe, dass die Kraft und der Mut, mit denen sie mich immer unterstützte, auch ihr geholfen haben, alle Proben zu bestehen, vor die Gott uns gestellt hat. Richte ihr bitte aus, dass Shamir nach dem Tod seines verdammten Vaters das Oberhaupt unserer Familie und zudem reich und mächtig ist. Diese beiden stolzen Männer fahren nun im Namen des einzigen Gottes, des Wahrhaften, des Mächtigen und Starken, der das Leben schenkt und das Leben nimmt, über die Meere; sie kämpfen gegen die Christen und fügen diesen Menschen Schaden zu, die uns so viel Leid bereitet haben. Inés ist ein gesundes Mädchen. Geliebter Ehemann, ich weiß nicht, was dir deine Mutter über die Entführung von Francisco, Inés und deine Dienerin, die ich bin, berichtet hat, doch ich gehe davon aus, dass sie dir erzählt hat, dass wir gestorben sind. Denn ich bin davon überzeugt, dass du ansonsten längst zu uns gekommen wärest. Die Jungen haben niemals davon erfahren und noch lange auf deine Ankunft gewartet. Ich wusste nicht, was ich ihnen sagen sollte, also dachte ich, diese Hoffnung könnte ihnen auf diesem ohnehin so schwierigen und grausamen Weg helfen. Inzwischen ist es dafür zu spät. Du selbst kannst es ihnen sagen, und sie werden dir gewiss verzeihen, so wie ich davon ausgehe, dass du deiner Mutter vergibst. Ich habe sie darum gebeten, damit du uns nicht dorthin folgst, wo Ibrahim mit seinen Männern nur darauf wartete, dich umzubringen.

Aischa schluchzte, und Ephraim unterbrach sein Vorlesen. Er vermied es, der Frau ins Gesicht zu sehen, die so vom Kummer überwältigt war.

»Lies weiter«, bat Aischa ihn mit zitternder Stimme.

Hernando, wir müssen so viele Nächte nachholen. Glaub mir, Tetuan ist unser Paradies. Hier können wir glücklich sein. Hier können wir unseren wahren Glauben leben und müssen uns vor nichts und niemandem verstecken. Allerdings weiß ich nicht, ob du inzwischen noch einmal geheiratet hast. Ich mache dir keinen Vorwurf, es wäre nur verständlich. Dann komme einfach mit deiner neuen Gattin und, so du welche hast, mit deinen Kindern hierher. Ich bin davon überzeugt, dass deine Gattin eine gute Muslimin ist, also wird sie Verständnis für diese Situation aufbringen. Bring auch Aischa mit, denn Shamir braucht seine Mutter. Wir alle brauchen euch! Möge Gott den Überbringer dieser Nachricht beschützen und dich bei Gesundheit antreffen, möge er dich in meine und die Arme deiner Kinder zurückführen.

Aischa sagte sehr lange Zeit nichts, ihr Blick verlor sich über dem mittlerweile fast schwarzen Wasser des Guadalquivir.

»Der Brief ist zu Ende«, sagt Ephraim schließlich.

»Erwartet sie eine Antwort?« Aischas Frage klang wie eine Drohung.

»Ja«, stammelte Ephraim angesichts des düsteren Tonfalls. »Ja, so trug man es mir auf.«

»Ich kann nicht schreiben …«

»Aber dein Sohn …«

»Mein Sohn …«, erwiderte Aischa vorwurfsvoll. »Merke dir gut, was ich dir jetzt sage, und übermittle es Fatima genau so: Den Mann, den sie geliebt hat, gibt es nicht mehr. Hernando hat sich vom wahren Glauben losgesagt und sein Volk verraten. Niemand von uns spricht mehr mit ihm. Niemand hat noch Achtung vor ihm. Sein christliches Blut hat gesiegt. Er hat in den Alpujarras den Christen geholfen und mehreren von ihnen das Leben gerettet. Jetzt wohnt er in Córdoba im Palast eines Herzogs und führt das Leben eines faulen Christen. Außerdem arbeitet er für den Bischof von Granada und preist die christlichen Märtyrer der Alpujarras. Er schreibt Loblieder auf genau die Menschen, die uns bestohlen haben, für die wir nur Abschaum waren und … die uns geschändet haben.«

Aischa schwieg. Ephraim entgingen ihr Zorn und ihre Trauer nicht, und auch nicht die Tränen, die sich hinter ihren Augenlidern sammelten.

»Hernando ist nicht mehr mein Sohn, und er verdient weder deine noch die Wertschätzung seiner Kinder«, flüsterte sie. »Das sagt dir Aischa, die Frau, die ihn nach der Schändung empfing, die ihn unter ihrem Herzen trug und ihn unter Schmerzen gebar … unter vielen Schmerzen. Fatima, meine geliebte Fatima, der Friede sei mit dir und den Deinen.« Aischa griff nach dem Schreiben, das der junge Mann noch immer in Händen hielt, und zerriss es in viele Stücke. Dann ging sie ans Ufer und ließ die Papierfetzen ins Wasser fallen.

»Hast du mich verstanden?«, fragte sie den Juden, ohne sich umzudrehen.

»Ja.« Ephraim schluckte. »Und du, was machst du jetzt? Hier steht …«

»Ich habe keine Kraft mehr. Es kann nicht Gottes Absicht sein, dass ich mich auf einen so langen Weg mache. Kehre in dein Land zurück, und berichte Fatima, was ich dir gesagt habe. Möge Gott dich behüten.«

Dann machte sie kehrt und ging mit schleppenden Schritten davon. Es war derselbe Weg, den sie einst mit Hernando zurückgelegt hatte, und er führte sie an dem Fluss entlang, der Hamid verschlungen hatte.

Einige Tage vor dem 18. Oktober, dem Tag des Evangelisten Lukas, hatten die Büttel überall in Córdoba die Aufrufe zur großen Bittprozession für die Armada angeschlagen. Es gab keine neuen Nachrichten, und es fehlten immer noch siebzig Schiffe! Zugleich waren öffentliche Ausrufer durch die Straßen gezogen und hatten an besonders belebten Plätzen die wichtige Bekanntmachung verlesen: Die gesamte Bevölkerung war dazu aufgerufen, nach der Beichte und dem Abendmahl an der Prozession teilzunehmen, und zwar ausgestattet mit einem Kreuz oder einem Bußinstrument. Der Zug sollte eine Stunde nach Mittag an den Toren der Kathedrale beginnen.

Im Palast des Herzogs von Monterreal stand Doña Lucía mit ihren

Töchtern und ihrem Sohn schon bereit: Sie trugen schwarze Kleidung und hielten eine Kerze in der Hand. Die Hidalgos und Hernando – selbstverständlich ebenfalls in Schwarz – sollten die Prozession mit Fackeln begleiten. Man hatte sich im bevorzugten Saal von Doña Lucía eingefunden, um dort das Läuten der Kirchenglocken in der ganzen Stadt abzuwarten. Der Bischof hatte sogar das Läuten der Glocken der Konvente in den nahe gelegenen Dörfern und der Klausen in den Bergen angeordnet. Die verhärmte Doña Lucía saß – umringt von ihren Kindern – da, betete leise vor sich hin und ließ die Perlen des Rosenkranzes durch ihre Finger gleiten. Die übrigen Anwesenden warteten angespannt. Da erschien Don Esteban: Er ging barfuß, trug außer Hosen keine Bekleidung und schulterte ein mächtiges Holzkreuz. In diesem Aufzug näherte er sich der Herzogin und begrüßte sie mit einer leichten Verbeugung. Der alte Feldwebel hatte einen überraschend muskulösen Oberkörper, über den viele Narben verliefen. Doña Lucía begrüßte den Kriegsversehrten mit zusammengepressten Lippen, ihre Augen wurden plötzlich feucht. Sofort machte sich ein anderer Hidalgo auf, um sich ein mindestens ebenso imposantes Kreuz zu besorgen. Die übrigen Männer sahen einander an und folgten ihm dann einer nach dem anderen.

»Jetzt hast du Gelegenheit, dich Gott zu empfehlen und Don Alfonso noch einmal zu retten.« Das waren seit langer Zeit die ersten Worte, die Don Sancho an Hernando richtete. »Oder ist dir sein Tod gleichgültig?«

Wünschte er den Tod des Herzogs herbei? Nein. Hernando dachte an die Tage in Barrax' Zelt und an ihre Flucht durch die Schlucht. Ja, der Herzog war ein Christ, aber er war auch ein Freund. Vielleicht war dieser Aristokrat sogar der einzige Mensch in ganz Córdoba, auf den er sich verlassen konnte. Hernando entschied, es dem Hidalgo nachzutun und für Don Alfonso Buße zu leisten. Es war doch alles gleichgültig. Seine Glaubensbrüder hielten ihn ohnehin schon für einen Verräter.

»Aber wo bekommen wir denn jetzt noch ein Holzkreuz her?«, hörte er einen der Hidalgos die Diener fragen. »Wir haben keine Zeit, um …«

»Wir können uns doch Schwerter oder Eisenstangen oder Holzbalken an den Rücken und die Arme binden. Dann ist unser Körper das Kreuz«, schlug der Hidalgo neben Hernando vor.

»Wir könnten auch eine Peitsche nehmen«, warf ein anderer ein, »oder eine Geißel.«

Im Palast des Herzogs herrschte wahrlich kein Mangel an Schwertern. Doch Hernando fiel sofort das große alte Holzkreuz ein, das in einer Ecke der Stallungen hing. Ein Reitknecht hatte ihm einmal erklärt, wie das Kreuz dorthin gelangt war: Der Herzog hatte das einfache Holzkreuz mit der großartigen Christusfigur aus Bronze, das in der Palastkapelle über dem Altar hing, durch ein reich verziertes Kreuz aus edlem kubanischem Mahagoni ersetzen lassen. Das alte Kreuz wurde dann – ohne Christusfigur – in den Stall gestellt.

Es war ein sonniger, aber kalter Tag. Zum Klang der Glocken aller Kirchen der Stadt und der Umgebung begann die große Prozession an der Puerta de Santa Catalina der Mezquita von Córdoba. Sie zog zunächst Richtung Fluss und dann unter der Brücke zwischen der Mezquita und dem Bischofspalast hindurch. Der Bischof spendete den Gläubigen vom Balkon aus seinen Segen. Der Corregidor der Stadt und der Großmeister der Kathedrale führten den Zug der Gläubigen an, gefolgt von den Veinticuatros und Jurados mit ihren Bannern. Hinter den Domherren und den übrigen Geistlichen und Pfründenbesitzern wurde die Christusskulptur aus der Capilla del Santo Cristo del Punto der Kathedrale auf einem Holzgestell getragen. Mönche führten die Heiligenfiguren aus ihren Klöstern auf ganz ähnlichen Holzkonstruktionen, viele von ihnen mit Baldachinen, mit sich. Dahinter warteten mehr als zweitausend Menschen mit brennenden Kerzen oder Fackeln, angeführt von Doña Lucía und ihren Kindern, die von Adligen getröstet wurden, die die Nähe der herzoglichen Familie suchten.

Dahinter wiederum hatten sich weitere eintausend Büßer eingefunden. Hernando trug das schwere Holzkreuz auf dem Rücken und beobachtete die Menschenmenge, ehe sie losmarschierte. Fast alle liefen barfuß wie er und trugen nur Beinkleider. Einige Büßer führten Geißeln an Beinen und Hüften mit sich, mehrere Männer hatten ihre nackten Oberkörper mit Dorngestrüpp oder Brennnesseln bedeckt, einige trugen Stricke um den Hals und wurden von anderen Büßern gezogen. Hernando hörte das Raunen der Betenden, aber innerlich fühlte er eine beunruhigende Leere. Was würden seine Glaubensbrüder denken, wenn sie ihn so sähen? Vermutlich würden sie ihn in diesem Gedränge gar nicht erst erkennen. Aber, so sagte er sich immer wieder, ihre Meinung war inzwischen ohnehin bedeutungslos.

Die Bittprozession zog sich langsam durch die Stadt und kam dabei an möglichst vielen Kirchen und Klöstern vorbei. Die Zuschauer am Straßenrand fielen bei ihrem Anblick auf die Knie. Wenn eines der Gotteshäuser am Weg groß genug war, schritt der Zug unter den Gesängen des jeweiligen Kirchenchores durch das Gebäude. Es hatten sich inzwischen so viele Teilnehmer eingefunden, dass der Anfang mit den Obrigkeiten dem Ende mit den Büßern einige Stunden voraus war. Bei weniger geräumigen Kirchen säumten die Bewohner des Pfarrbezirks mit Heiligenbildern den Platz vor ihrer Kirche und stimmten das Miserere an.

Inzwischen hatte der Umzug, der laut Bekanntmachung bis in den Abend dauern sollte, bereits eine beachtliche Strecke zurückgelegt. Hernando hielt das Gewicht des wuchtigen Kreuzes allmählich nicht mehr aus. Warum hatte er sich nicht auf ein Kreuz aus zwei Schwertern oder zwei Balken beschränkt? Warum, zum Teufel noch mal, lief er sich hier die Füße wund, tappte durch Schlammpfützen und sang christliche Fürbitten?

»Ave Maria, gratia plena, Dominus tecum …«, murmelte Hernando im Einklang mit den Menschen ringsum. Das Ave-Maria, das Vaterunser und das Glaubensbekenntnis, das Salve-Regina oder das Miserere … Die Gebete und Gesänge nahmen kein Ende. Was hatte er hier zu suchen? Abertausende Kerzen und Fackeln, Weihrauch, Segnungen, Bilder und Heiligenfiguren, Männer und Frauen, die in mystischer Verzückung auf Knien den Himmel anriefen, Flagellanten mit blutigen Rücken. Hernando fühlte sich fehl am Platz … Er war schließlich Muslim!

Die frommen Christen von Córdoba hatte man durch die öffentlichen Bekanntmachungen und Ausrufe zur Teilnahme an der Bittprozession aufgefordert, den Morisken hingegen kam eine andere Aufgabe zu: Sie mussten der Prozession zusehen. Schon Tage vor dem Ereignis hatten Pfarrer, Sakristane und Vikare, Jurados und Büttel die Verzeichnisse der registrierten Neuchristen an sich genommen und waren von Haus zu Haus gegangen, und wie sonst nur sonntags fanden sie sich am Lukastag schon frühmorgens an den Kirchentüren ein und überprüften anhand ihrer Register, dass auch keiner der Neuchristen bei der Beichte und dem Abendmahl fehlte. Niemand durfte zu Hause bleiben, alle mussten sich bei der Prozession einfinden und für die Schiffe der Unbesiegbaren Armada beten. Ganz Spanien flehte mit einer einzigen Stimme um ihre Heimkehr!

»Worauf wartest du, Alte?« Der Bäcker schüttelte Aischa, die im Vorraum ruhte, ihren Nachbarn aber keines Blickes würdigte. Was gingen sie diese verdammten Schiffe an! »Es ist eine Prozession der Nazarener«, schrie er, als er bemerkte, dass Aischa sich auf dem blanken Boden unter ihrer Decke verkroch. »Deinesgleichen! Die Richter überprüfen, ob wir hingehen. Willst du etwa, dass Unglück über das ganze Haus kommt? Steh endlich auf!«

Zwei der Morisken, die schon auf der Straße warteten, kehrten bei den lauten Worten wieder ins Haus zurück.

»Was ist los?«, fragte einer von ihnen.

»Sie will einfach nicht aufstehen.«

»Wenn sie nicht zur Beichte geht, kontrollieren die Richter das Haus und verdächtigen auch die übrigen Bewohner. Dann kommen sie jeden Tag – nicht nur alle zwei Wochen.«

»Das sage ich doch«, stellte der Bäcker fest.

»Verdammte Nazarenerin«, drohte ihr der dritte Mann und kniete neben Aischa, »entweder kommst du jetzt freiwillig mit oder …«

Schließlich schleiften sie Aischa zur Kirche des heiligen Jakobus. Der Sakristan strich ihren Namen in seiner Liste durch und trat angeekelt zur Seite.

»Sie ist krank«, behaupteten die Männer.

Es gelang ihnen nicht, Aischa zur Beichte zu bewegen, und sie wagten erst recht nicht, sie zum Altar zu führen, damit sie den verhassten Kuchen äße. Doch der Zulauf der Gläubigen war so gewaltig und die Schlangen vor den Beichtstühlen so lang, dass niemandem Aischas stiller Widerstand auffiel. Dem Richter genügte, dass sie in der Kirche war. Dann mussten sich alle Morisken aus dem Santiago-Pfarrbezirk zwischen der Kirche und dem nahe gelegenen Kloster Santa Clara an der Calle del Sol entlang aufstellen. Aischa stand zwar bei ihren Nachbarn, war aber gänzlich in sich versunken. Nun galt es, die vielen Stunden abzuwarten, bis die Bittprozession auf ihrem Rückweg zur Kathedrale auch durch das Santiago-Viertel kam.

Aischa sprach mit niemandem. Seit Tagen verhielt sie sich so, selbst in der Werkstatt ließ sie stillschweigend die Rügen des Meisters Juan Marco über sich ergehen, wenn sie die Seidenfäden falsch aufgespult oder die Farben oder Garnlängen verwechselt hatte. Bei der Arbeit dachte sie ohne Unterlass an Fatima und Shamir. Fatima hatte es geschafft! Sie hatte Ibrahims Erniedrigungen all die Jahre standgehalten. Fatimas Willensstärke und Beharrlichkeit hatten ihr eine Rache ermöglicht, auf die Aischa nicht einmal im Traum gekommen wäre. Fatima sprach in ihrem Brief von einem Paradies. Fatima lebte in einem Paradies. Was war im Vergleich dazu aus ihrem eigenen Leben geworden? Sie war alt, krank und allein. Aischa hatte das Gefühl, dass ihre Nachbarn sie am liebsten loswerden würden. Sie aßen ihr das Hirsebrot, den Kuchen und das Mandelgebäck weg, doch keiner von ihnen bot ihr im Gegenzug etwas von ihren Speisen an. Noch dazu hatte sie inzwischen ohnehin Mühe beim Essen. Nicht nur das Haar fiel ihr büschelweise aus, ihr fehlten auch mehrere Zähne, und die harten Brotkanten, die die Nachbarn nach dem Abendessen übrig ließen, musste sie erst zerkleinern. Für welche Sünden bestrafte Gott sie so hart? Der eine Sohn verriet seine muslimischen Brüder, und der andere lebte weit weg in

Tetuan. Und ihre anderen Kinder waren ermordet oder versklavt worden. Gott! Warum? Warum nahm er nicht auch sie zu sich? Sie wollte sterben! Sie spürte den Tod jede Nacht neben sich, wenn sie auf dem kalten, harten Boden im Vorraum lag, aber er nahm sie nie mit. Gott wollte sie nicht aus ihrem Elend erlösen.

Als die Christusfigur aus der Kathedrale an ihr vorübergetragen wurde, schmerzten sie die Beine schon seit Stunden. Die Morisken ringsum fielen auf die Knie. Jemand zog sie am Rockzipfel, doch sie gab nicht nach. Sie blieb stumm stehen. Schließlich kamen die Büßer durch die Straße. Sie hatten sich inzwischen mit Peitschen und Geißeln die Oberkörper blutig gerissen – für die gläubigen Christen am Straßenrand der Beweis ihrer inbrünstigen Frömmigkeit. Ergriffen stimmten sie am Straßenrand in die Wehlaute und Schmerzensschreie der Prozessionsteilnehmer ein. Die Nonnen im Kloster Santa Cruz sangen ihr düsteres Miserere und mussten immer lauter werden, um den zunehmenden Lärm auf der Straße zu übertönen.

»Miserere mei Deus secundum magnam misericordiam tuam«, klang es durch die Calle del Sol, und Abertausende schlossen sich dem Bußgesang an.

Aischa zeigte keinerlei Interesse am Zug dieser Elendigen. Da erkannte sie in der Menge der Büßer plötzlich einen jungen Mann mit einem gewaltigen Holzkreuz über der nackten Schulter. Sein Rücken war blutüberströmt und das Gesicht von den Qualen verzerrt. Nein! Es war ihr eigener Sohn! Sein Anblick erinnerte sie an die unzähligen Christusdarstellungen, die allerorts in den Kirchen und an den Straßenaltären der Stadt Córdoba zu sehen waren.

»Nein!«, schrie sie. Der Bäcker drehte sich zu ihr um und blickte in ihre vor Zorn blitzenden Augen. »Nein!«, schrie sie wieder. Ein anderer Moriske wollte sie zum Schweigen bringen. »Allahu akbar, Ibn Hamid!«, kreischte sie wütend und riss sich mit aller Kraft vom inzwischen panischen Glaubensbruder los. Ein Büttel eilte auf Aischa zu.

»Et secundum multitudinem miserationum tuarum, dele iniquitatem meam«, klagten die Nonnen vom Kloster Santa Cruz.

»Hernando, hör mich an! Fatima lebt! Und die Kinder! Komm zurück! Es gibt keinen anderen Gott außer Gott, und Mohammed ist der Ges…«

Sie konnte das muslimische Glaubensbekenntnis nicht zu Ende sprechen. Der Büttel stürzte sich auf sie und brachte sie mit einem schweren Fausthieb zum Schweigen, bei dem sie weitere Zähne einbüßte.

Hernando war halb wahnsinnig vor Schmerz, und zwischen Wehlauten und gequälten Schreien wiederholte er die düstere Litanei, die ihn nun schon den ganzen Tag umgab.

»Amplius lava me ab iniquitate mea…«

Er war nur mehr mit der Pein seiner schweren Last beschäftigt. Den Streit am Straßenrand bemerkte er nicht. Er sah nicht, wie sich die Menschen um seine Mutter drängten.

55

Ende Oktober wandte sich König Philipp an alle Bischöfe seines Reiches: Er bedankte sich für die Bittgebete und Prozessionen, forderte die Würdenträger jedoch zugleich auf, davon abzulassen. Er hielt es für ausgeschlossen, dass – zehn Wochen nachdem die Armada in den Atlantischen Ozean abgetrieben war – noch ein einziges Schiff zurückkäme. Einige Tage später schrieb der Monarch in einem Brief an die Gemahlin des Herzogs von Monterreal, seines Cousins, dass die Engländer Don Alfonso de Córdoba und seinen Erstgeborenen, die vor der irischen Küste gestrandet waren, zu seinem großen Bedauern getötet hatten.

Zwei spanische Seeleute, die zunächst mithilfe irischer Rebellen der Hinrichtung entgehen und dann über Schottland nach Flandern fliehen konnten, hatten so präzise von der Tötung des Herzogs und seines Sohnes berichtet, dass kein Zweifel möglich schien. Offensichtlich hatte eine Patrouille der Engländer den Herzog und seine Männer festgenommen, als sie nach ihrem Schiffbruch durch irisches Gebiet irrten. Ohne auf Don Alfonsos Einwände einzugehen, der beim Sheriff seinen Stand als Grande geltend machen wollte, zwangen die Engländer alle Spanier, sich auszuziehen, und erhängten sie wie gewöhnliche Verbrecher.

Als der Sekretär Don Silvestre eines Morgens – nach einer Audienz bei Doña Lucía – auch allen Hidalgos das Schreiben verlas, hielt sich Hernando nicht im Palast auf. Seit zwei Tagen sprach er immer wieder beim Inquisitionsgericht im Alcázar vor, um vom Gerichtsschreiber, dem Notar oder dem Inquisitor persönlich empfangen zu werden.

Er hatte erst nach zehn Tagen von der Verhaftung seiner Mutter erfahren. Der Webermeister Juan Marco hatte ihn durch einen Lehrling davon in Kenntnis gesetzt und ihm das Geld zurückgegeben, da Aischa nicht mehr bei der Arbeit erschienen war. Der Lehrling, selbst noch ein Kind, berichtete erzürnt von dem Vorfall.

»Deine Mutter hat bei der Prozession den Gott der Ketzer angerufen, genau als die Büßer vorüberzogen.« Hernando glitten die Münzen aus der Hand und klimperten über den Fußboden. Sie hatte ihn erkannt! »Sie ist eine gottverdammte Ketzerin. Dafür verdient sie den Scheiterhaufen!«

Doch alles, was Hernando bei der Inquisition erreichen konnte, war, dass sie sein Geld für Aischas Mahlzeiten annahmen. Dabei konnte er nicht ahnen, dass seine Mutter entschieden hatte, die spärlichen und ekelerregenden Speisen, die ihr die Gefängniswärter in die Zelle warfen, nicht eines Blickes zu würdigen.

Don Esteban fiel als Erster auf die Knie, als Don Silvestre die Verlesung des königlichen Schreibens beendet hatte. Die übrigen Hidalgos folgten seinem Beispiel, und jeder begann für sich mit einem Gebet. Schließlich beendete der Kaplan das Durcheinander.

»Wie sollte Christus unser Flehen denn auch erhören, wenn zugleich die Mutter des Mannes, dem Don Alfonso seine Güte und Freundschaft schenkte, den falschen Gott der Sekte Mohammeds anrief?«

Doña Lucía, die still in einem Sessel kauerte, hob bei diesen Worten plötzlich den Blick. Ihr Kinn bebte.

»Eine Bittprozession führt doch zu nichts, wenn dabei Gott gelästert wird!«

Die Herzogin sah zu dem Hidalgo, der soeben diesen Vorwurf geäußert hatte, und drückte durch ein Nicken ihre Zustimmung aus, da ging ein weiterer Hidalgo zum Angriff auf Hernando über.

»Mutter und Sohn haben sich zweifellos abgesprochen. Ich habe selbst gesehen, wie der Moriske seiner Mutter ein Zeichen …«

Das war für die Anwesenden das Signal.

»Ketzer!«

»Er hat Gott gelästert!«

»Er ist der Grund, warum der Allmächtige uns seine Gnade verweigert.«

Doña Lucía kniff die Augen zusammen. Sie würde nicht zulassen, dass der Sohn einer Ketzerin, die noch dazu die Bittprozession beleidigt hatte, weiterhin im Palast lebte und die Gunst ihres Mannes genoss – der sie ihm nicht mehr gewähren konnte!

Als Hernando am Abend, noch nichts von Don Alfonsos Tod ahnend, bedrückt vom Inquisitionsgericht heimkehrte, fing ihn der Sekretär schon am Palasttor ab.

»Du musst morgen früh den Palast verlassen«, verkündete ihm Don Silvestre. »Das ist eine Anweisung der Herzogin. Du bist es nicht wert, mit ihr unter einem Dach zu wohnen. Seine Hoheit, der Herzog von Monterreal, und sein Sohn sind bei der Verteidigung der Sache der Katholiken ums Leben gekommen.«

Hernando schloss die Augen. Plötzlich war er wieder am Bach in den Alpujarras. Er sah den Funkenschlag und hörte das metallische Klirren, als der verletzte Don Alfonso mit einem Hieb seines Schwertes die Fußfesseln sprengte. Mit seinem Tod befreite ihn der Herzog nun noch einmal: diesmal von den Fesseln der Untergebenheit, die er selbst nicht zu sprengen gewagt hatte.

»Bitte übermittelt der Herzogin mein tief empfundenes Beileid«, sagte er nur.

»Ich denke nicht, dass das angebracht ist«, hielt ihm der Sekretär säuerlich entgegen.

»Ihr irrt Euch«, erwiderte Hernando. »Womöglich ist es die einzige aufrichtige Anteilnahme, die sie in diesem Haus erfährt.«

»Was willst du damit sagen?«

Hernando atmete tief durch.

»Was darf ich mitnehmen und was nicht?«, fragte er dann.

»Du kannst deine Kleider behalten. Die Herzogin will sie nicht mehr im Palast sehen. Das Pferd ...«

»Das Pferd, der Sattel und das Zaumzeug gehören mir. Niemand hat darüber zu bestimmen«, beschied ihm Hernando. »Und was meine Schreibsachen angeht …«

»Was für Schreibsachen?«, fragte der Sekretär hämisch.

Hernando seufzte verärgert. Wollten sie ihn etwa bis zum bitteren Ende demütigen?

»Sie sind Euch wohlbekannt«, erwiderte er. »Ich spreche von den Schriften, die ich für den Erzbischof von Granada anfertige.«

»Einverstanden. Die gehören dir.«

Hernando war über den Tod von Don Alfonso zutiefst erschüttert. Er hatte tatsächlich auf die baldige Rückkehr seines Freundes gehofft, der so viel für ihn getan hatte. Gerade jetzt hätte er seine Hilfe bitter nötig. Er hatte den Namen des Adligen im Alcázar zwar unzählige Male erwähnt, um endlich vorgelassen zu werden, aber bei der Inquisition schien sich niemand dafür zu interessieren.

Bestimmt kontrollierte Silvestre ihn bei seinem Auszug aus dem Palast. Also musste er sich für die wichtigsten Dinge entscheiden. Hernando eilte sogleich zum Versteck im ehemaligen Minarett. Er nahm die Fatimahand und betrachtete den goldenen Anhänger eine Weile lang. Er erinnerte sich daran, wie das Schmuckstück zwischen den Brüsten seiner Frau geschimmert hatte und jeder ihrer Bewegungen gefolgt war: Seit Fatimas Tod kam ihm der Anhänger kälter vor, genau wie sein Leben. Dann wandte er sich den Büchern zu: Er würde nur das alte arabische Barnabas-Evangelium mitnehmen, alles andere, selbst seine eigene Abschrift des Evangeliums und Ibn Muqlas Abhandlung über die Schreibstile wollte er vernichten. Er konnte keinesfalls riskieren, dass man das Traktat bei ihm fand, außerdem kannte er es ohnehin auswendig. Die kunstvollen Buchstaben und die Zeichnungen mit den vollkommenen Proportionen erschienen vor seinen Augen, wann immer er das Schreibrohr dem Papier näherte. Zuletzt ging er in sein Gemach. Dort öffnete er die Truhe, um seine Ersparnisse an sich zu nehmen. Hernando suchte zwischen seinen wenigen persönlichen Gegenständen. Der Beutel fehlte.

»Diese gierigen Christenhunde!«, flüsterte er.

Wie damals in den Alpujarras hatten sie zuallererst die Beute an sich gerissen. Nun blieben ihm nur die wenigen Münzen, die er bei sich führte. Er verfluchte sich, seine Ersparnisse nicht in Sicherheit gebracht zu haben, und schnürte seine Kleider zu einem Bündel. Die Seiten des Evangeliums legte er unauffällig zwischen seine Niederschriften über die Märtyrer. Die Fatimahand würde er am Körper verborgen tragen. Dann wusch er sich für das Gebet. Er stand mitten im Zimmer und überlegte. Wie sollte es nun weitergehen?

»Ich brauche Geld.«

Pablo Coca zuckte bei Hernandos Worten nicht einmal mit der Wimper. Die Spieler hatten die Spelunke inzwischen verlassen, nur die schwarze Sklavin aus Guinea säuberte noch den Raum und brachte die Tische für den nächsten Tag in Ordnung.

»Wir alle brauchen Geld, mein Freund«, war schließlich seine Antwort. »Aber was ist passiert?«

Hernando sah in Pablo noch immer den jungen Burschen von damals, der sein Gesicht zu aberwitzigen Grimassen verzog, um mit dem Ohrläppchen wackeln zu können wie Mariscal, sein großes Vorbild. Er entschied, ihm zu vertrauen, und schilderte ihm seine neue Lage. Wie er am Morgen bei seinem Auszug aus dem Palast die Kontrolle des Sekretärs umgangen hatte, behielt er allerdings für sich.

»Und was ist das?«, hatte ihn Don Silvestre argwöhnisch gefragt und auf die Blätter gezeigt, die Hernando in der rechten Hand hielt. Mitten im Patio und vor den Augen aller Diener wühlte der herzogliche Sekretär im Bündel mit den Kleidern, als wäre der Moriske ein gemeiner Dieb.

»Das ist mein Bericht für das Domkapitel von Granada.« Der Sekretär gab ihm mit einer Geste zu verstehen, dass er ihm die Papiere aushändigen solle. »Don Silvestre, der Bericht ist geheim«, mahnte Hernando. »Darin stehen vertrauliche Dinge, die nur die Kirche in Granada etwas angehen. Wenn der Erzbischof erfährt, dass Ihr …«

»Einverstanden!«, lenkte Silvestre sofort ein.

»Und, willst du mich jetzt auch noch ausziehen?«, spottete Hernando. Die Fatimahand hatte er in seinen Beinkleidern versteckt. »Würde dir das gefallen?«, provozierte er den Sekretär und öffnete verführerisch die Arme. Silvester wurde rot. »Keine Sorge, ich bin als armer Mann in den Palast gekommen, und genauso werde ich ihn wieder verlassen.« Hernando grinste hämisch. War der Sekretär der Dieb?

Der Stallbursche weigerte sich, Volador für Hernando aufzuzäumen. Aus seinem Gesicht sprach der gesamte Groll der letzten Jahre, in denen er diesem Morisken hatte dienen müssen. Also tat Hernando es selbst, nur um sein Pferd kurz darauf im Hof der Posada del Potro wieder abzuzäumen, wo er Unterkunft suchte. Von den zahlreichen Gasthöfen rings um den Platz entschied er sich für diese Posada, weil ihn der Wirt dort nicht kannte. Volador, der doppelt so groß war wie jeder Esel oder jedes Maultier im Patio der Herberge und noch dazu das Brandzeichen des königlichen Marstalls trug, sowie Hernandos erlesene Kleidung sorgten dafür, dass man ihm das beste Zimmer zuwies, das er mit niemandem teilen musste. Wie ein reicher Mann zahlte er im Voraus, auch wenn er dabei feststellen musste, dass ihm nur noch ein paar wenige Zwei-Reales-Münzen blieben. Er setzte sich in seinem Zimmer an den Tisch und schrieb – auf leeren Blättern, die er aus dem Palast mitgenommen hatte – einen langen Brief an Don Pedro de Granada Venegas, in dem er ihm seine Situation schilderte und von der Verhaftung seiner Mutter berichtete. Abschließend bat er ihn inständig um Hilfe, denn in dieser miserablen Lage, so seine Worte, könne er kaum etwas für seine Glaubensbrüder ausrichten. Er gab den Brief einem Maultiertreiber, der im selben Gasthof Quartier machte und ohnehin nach Granada unterwegs war. Dafür hatte sich sein Geldbeutel allerdings weiter geleert.

»Aber das meiste Geld«, erklärte er Pablo Coca, »habe ich dem Kerkermeister der Inquisition gegeben, um das Essen für meine Mutter zu bezahlen. Und jetzt …«

»Heute Abend kannst du ein wenig gewinnen«, versuchte Pablo ihn aufzumuntern. Hernando verzog das Gesicht. »Damit kommst du zumindest über die Runden«, bekräftigte Pablo. »Wenigstens hast du damit genug für deine Unterkunft.«

»Palomero«, sprach Hernando ihn mit seinem Spitznamen aus der Jugendzeit an, »ich brauche viel Geld, verstehst du? Ich muss in nächster Zeit einige Gefälligkeiten im Alcázar bezahlen.«

»Bei der Inquisition wirst du mit Geld wenig ausrichten. Weißt du, einmal haben sie Don Alonso de Aguilar festgenommen, einen Verwandten des Marquis von Priego! Glaub mir, die Angelegenheit ließ sich mit keinem Geld der Welt klären – Don Alonso kam erst nach dem Verfahren frei. Das Adelshaus hat sich sogar mit den Erzbischöfen …«

»Aber meine Mutter ist doch nur eine unbedeutende alte Frau, Pablo.«

Pablo Coca überlegte. Er ließ seinen Finger auf dem Becherrand kreisen. Die beiden saßen vor einem Krug Wein, den ihnen die schwarze Sklavin gebracht hatte.

»Manchmal ruft man mich, damit ich eine größere Spielerrunde veranstalte«, gestand er schließlich zögerlich. »Mir gefällt das Ganze eigentlich gar nicht. Manchmal gebe ich nach und mache mit, aber … An diesen Abenden kommt alles, was Rang und Namen hat: Adlige, Amtsschreiber, Büttel, Jurados, Söhne aus den angesehensten Familien und sogar Pfaffen! Es geht dabei um viel Geld. Sie machen wahnwitzige Wetteinsätze, betrügen und ziehen sofort den Degen, wenn man ihnen ihre plumpen Finten und harmlosen Tricks vorwirft. Sie tun so, als könnten sie mit der Ehre, auf die sie so viel geben, selbst ein gezinktes Blatt noch rechtfertigen.«

»Aber warum bitten sie dich dann um Hilfe?«

»Sie brauchen immer einen von uns. Erstens ist es unter ihrer Würde, selbst Glücksspiele auszurichten, und zweitens erlaubt das Gesetz nur Spiele, bei denen man um eine Mahlzeit wettet oder der Einsatz unter zwei Reales liegt. Wusstest du, dass bis vor ein paar Jahren jeder, der sein Geld bei einem illegalen Spiel verloren hat, innerhalb von acht Tagen alles zurückfordern konnte? Aber diese Zeiten sind jetzt zum Glück vorbei. Verlust ist Verlust, und wenn heute jemand so ein Spiel zur Anzeige bringt, landen alle im Gefängnis. Und die Sieger müssen eine hohe Strafe zahlen: das Doppelte ihres Gewinns. Den

Betrag teilen sich dann der König, der Richter und der Mann, der die Anzeige erstattet hat. Allerdings ist allen klar, dass ihr Leben, wenn sie so etwas verpfeifen, nichts mehr wert ist. Jeder, der eine Spielhölle betreibt – egal, ob in Córdoba, Sevilla, Toledo oder wohin auch immer derjenige flüchtet –, ist dazu aufgerufen, den Verräter zu töten, auch wenn er den betreffenden Abend gar nicht selbst ausgerichtet hat. Das ist unser Gesetz, und wir haben unsere Mittel, es auch durchzusetzen. Niemand zweifelt daran, und wer ein echter Spieler ist … wird eines Tages wieder an einem unserer Tische landen.«

»Aber würdest du diese Herrschaften, von denen du eben gesprochen hast, nicht gern selbst ausnehmen?«, fragte Hernando, nachdem er über Pablos Worte nachgedacht hatte.

Coca lächelte.

»Natürlich! Aber dabei würde ich meinen Laden aufs Spiel setzen. Sie können uns erwischen. Und selbst wenn niemand das verbotene Spiel zur Anzeige bringt, so kann mir doch jeder Büttel, der dabei verloren hat, andauernd Steine in den Weg legen. Ein beleidigter Veinticuatro wäre mein Ruin. Wenn ich mit meiner Spelunke auffliege, werde ich zur Strafe für zwei Jahre verbannt. Und wenn man hier jemanden beim Würfelspielen erwischt, ist die Strafe noch höher: Dann wird der gesamte Besitz beschlagnahmt, und es gibt einhundertfünfzig Peitschenhiebe und fünf Jahre Galeere obendrauf. Und bei mir wird gewürfelt, und ich verdiene ganz gut daran.«

»Sie müssen nicht erfahren, dass wir zusammenspielen. Wenn ich gewinne, dann verlierst du, und den Gewinn teilen wir später. Palomero, du hast dir so viel Mühe gegeben, Mariscals Trick zu lernen. Es wäre ein Jammer, wenn du ihn jetzt nicht anwendest. Denk doch, wie viele Hoffnungen wir uns damals gemacht haben!«

»Manchmal fließt Blut«, wandte Pablo zögerlich ein.

»Aber wir wollen ihr Geld.«

»Willst du jetzt vielleicht vom Kartenspielen leben? Irgendwann werden sie uns so oder so in Verbindung bringen. Du kannst an meinen Spieltischen nicht immer als Gewinner aufstehen.«

»Ich will doch gar kein Falschspieler werden. Sobald ich das Problem mit meiner Mutter gelöst habe, verschwinde ich aus der Stadt. Dann gehen wir … nach Granada.«

Pablo Coca nahm einen kräftigen Schluck Wein.

»Ich werde darüber nachdenken«, sagte er schließlich.

Pablo Coca hielt sein Versprechen, und Hernando machte an diesem ersten Abend einen beruhigenden Gewinn. Er kehrte zur Posada del Potro zurück. Ehe er hoch auf sein Zimmer ging, sah er vorsichtshalber bei Volador vorbei. Das Pferd war an einer Krippe festgebunden und schlief. Im Stall nächtigten auch die Maultiertreiber sowie die Reisenden, die sich kein Zimmer leisten konnten. Volador spürte seine Anwesenheit und schnaubte leise. Hernando ging zu ihm.

»Aber was machst du denn hier?«, rief er überrascht, als er einen Jungen bemerkte, der dicht neben Voladors Hufen wie ein Knäuel im Stroh schlief.

Der Junge, der kaum älter als zwölf Jahre war, riss die braunen Augen weit auf, blieb aber liegen.

»Ich passe auf Euer Pferd auf, Señor«, antwortete er mit einer für sein Alter überraschenden Ernsthaftigkeit.

»Aber es könnte dich treten, während du schläfst.« Hernando reichte ihm die Hand, um ihm aufzuhelfen.

Der Junge nahm die angebotene Hand nicht.

»Nein, Señor, das wird er nicht. Volador … Ich habe gehört, dass Ihr das Pferd bei Eurer Ankunft so genannt habt«, erklärte er, »Volador ist ein gutes Tier, und wir sind Freunde. Er wird mich nicht treten. Ich passe für Euch auf ihn auf.«

Als hätte er die Worte des Kindes verstanden, senkte Volador den Kopf und fuhr mit den Nüstern über das wirre, schmutzige Haar des Jungen. Die Szene war so ergreifend und stand in einem derartigen Gegensatz zu den Rufen, Drohungen, Finten, Wetteinsätzen und der Habgier in der Spielhölle, dass Hernando zögerte.

»Los, komm. Volador könnte dir wehtun«, sagte Hernando. »Auch Pferde schlafen, und womöglich tritt er dich aus Versehen.«

Doch er sprach nicht weiter. Der Junge machte ein trauriges Gesicht und versuchte sich aufzurichten. Er griff an eines der Pferdebeine, als wollte er daran hochklettern. Hernando sah, dass die Beine des Jungen verkrüppelt waren. Er beugte sich vor, um ihn aufzuheben.

»Mein Gott! Was ist denn mit dir passiert?«

Der Junge stand endlich aufrecht vor ihm, hielt sich aber immer noch an Hernandos Arm fest.

»Das Stehen fällt mir schwer.« Beim Lächeln ließ der Junge seine abgebrochenen Zähne und einige Zahnlücken erkennen. »Wenn Ihr mir die Stöcke dort reicht, dann könnte ich …«

»Aber was ist mit deinen Beinen?«, fragte Hernando.

Der Junge machte einen ungeschickten Schritt auf Hernando zu.

»Mein Vater hat sie dem Teufel verkauft«, flüsterte er.

»Was soll das heißen?«

»Bei meinem großen Bruder waren die Arme und die Hände verkrüppelt. Bei mir die Beine. José hat mir erzählt, dass mein Vater mir kurz nach der Geburt meine Beine gebrochen hat und ich viel weinen musste. Danach wusste keiner, ob ich überlebe. Wir Geschwister sind alle Krüppel. Ich kann mich noch daran erinnern, wie meine Eltern meiner kleinen Schwester mit einer glühenden Eisenstange in die Augen gefahren sind, damit sie blind wird. Zwei Monate nach ihrer Geburt. Sie musste auch viel weinen«, erinnerte sich der Junge. »Bei einem Krüppel sind die Leute großzügiger.« Hernando bekam eine Gänsehaut. »Aber der König hat verboten, dass die Erwachsenen mit Kindern betteln, die älter als fünf Jahre alt sind. Die Jurados und die Pfarrer nehmen einem sonst die Bettelerlaubnis weg. Meine Eltern haben mich noch ein bisschen länger mitgenommen, weil ich so klein war, aber als ich sieben war, haben sie mich allein gelassen.«

Hernando brachte keinen Laut hervor. Seine Kehle war trocken. Er hatte durchaus von diesem brutalen Vorgehen der Bettler gehört, aber noch nie hatte er eines dieser Unglückskinder kennengelernt. Der Junge klang so traurig … Hernando hätte ihn am liebsten umarmt. Seit wann hatte er kein Kind mehr umarmt? Hernando räusperte sich.

»Bist du dir sicher, dass Volador dich nicht treten wird?«, fragte er nur.

Beim Lächeln kamen wieder die abgebrochenen Zähne zum Vorschein.

»Bestimmt. Fragt ihn doch selbst.«

Hernando kniete neben dem Pferd nieder und strich Volador über den Kopf. Dann half er dem Kind, eine bequeme Schlafstellung zu finden.

»Wie heißt du?«, fragte er, als der Junge sich wieder auf dem Stroh zusammenrollte und die Augen schloss.

»Miguel.«

»Pass gut auf ihn auf, Miguel.«

In der Nacht fand Hernando keinen Schlaf. Nach dem Brief an Don Pedro in Granada besaß er nur noch ein leeres Blatt, ein Schreibrohr und ein wenig Tinte. Er setzte sich an den wackeligen Holztisch, und im flackernden Licht der Kerze schrieb er sich seinen Zorn von der Seele. Seine Mutter, Miguel, die Spielhölle, dieses düstere, dreckige Zimmer, die Geräusche und der Lärm der anderen Gäste … Das Schreibrohr flog über das Blatt und hinterließ die vollkommensten Buchstaben, die er je zu Papier gebracht hatte. Ohne nachzudenken, schrieb er das Glaubensbekenntnis: *Es gibt keinen Gott außer Gott, und Mohammed ist der Gesandte Gottes.* Dann hatte er Hamid vor Augen. Er hatte ihn damals in der Kirche in Juviles ihr Gebet sprechen lassen, zum Beweis dafür, dass er kein Christ war. Was wäre gewesen, wenn er schon damals gestorben wäre? *Er weiß, dass jeder Mensch wissen muss, dass es keinen Gott gibt außer Gott …* Dann wäre ihm ein hartes Schicksal erspart geblieben, dachte er und tauchte sein Schreibgerät wieder in die Tinte.

Am nächsten Morgen waren weder Volador noch Miguel im Stall der Posada zu sehen. Auf Hernandos Schreie hin eilte der Wirt herbei.

»Sie sind schon hinaus«, beruhigte dieser seinen Gast. »Der Junge hat gesagt, dass Ihr ihm die Erlaubnis gegeben habt. Und einer der Maultierhändler, der auch im Stall schlief, hat bestätigt, dass Ihr dem Jungen Euer Pferd anvertraut habt.«

Hernando rannte in Panik zur Plaza del Potro. Sollte ihn der kleine Krüppel betrogen haben? Was, wenn man ihm nun auch noch Volador wegnahm? Doch als er auf der Straße vor der Posada angekommen war, blieb er stehen: Da war Miguel, der Junge mit den krummen Beinen, er stützte sich auf eine seiner Krücken und beobachtete, wie das Pferd aus dem Wasserbecken am Platz trank. Den Brunnen zierte seit einigen Jahren die Skulptur eines bockenden Fohlens. Voladors Fell schimmerte in der noch schwachen Sonne. Der Junge musste das Pferd gestriegelt haben.

»Er hatte Durst«, erklärte der Junge, als Hernando zum Brunnen gelangte.

Das Pferd drehte den Kopf zur Seite und geiferte das Wasser über Miguels Kopf. Der Junge hielt ihn mit dem Ende seiner Krücke ein wenig auf Abstand. Hernando beobachtete die Szene: Die beiden verstanden sich. Miguel schien zu ahnen, was er gerade dachte.

»Die Menschen gehen mir aus dem Weg, aber die Tiere lieben mich«, sagte er.

Hernando atmete tief durch.

»Ich habe noch zu tun«, sagte er und gab Miguel eine Münze, die der Junge mit aufgerissenen Augen entgegennahm. »Pass mir gut auf Volador auf.«

Hernando schlug den Weg zum Inquisitionsgefängnis über die Calle del Potro ein. Er blickte nur kurz zurück und beobachtete, wie der Junge und das Pferd sich vergnügten, indem Miguel das Tier mit Wasser bespritzte. Die beiden schienen alles um sich herum vergessen zu haben. Hernando wollte sich gerade wieder umdrehen, als er sah, wie Miguel in Richtung Stall aufbrach. Der Junge nahm den Führstrick des Tieres nicht in die Hände, sondern legte ihn sich einfach nur auf die Schultern, und das Pferd trottete ergeben hinterher, wie ein Hündchen. Dabei war Volador ein spanisches Rassepferd, ein feuriges, stolzes Tier! Hernando schüttelte ungläubig den Kopf und ging weiter.

Als er den Alcázar erreichte, war er in Gedanken noch ganz bei Miguels ungelenken Bewegungen und Voladors Gefügigkeit. Insofern war er mehr als überrascht, als der Wärter – der es ihm bislang verwehrt hatte, seine Mutter zu besuchen – die Goldmünze diesmal wortlos entgegennahm, die Hernando wie immer aus seinem Beutel zog. Er hatte sie beim Einundzwanzigspiel mit einem Ass und einem König gewonnen, was seine Mitspieler, die gegen sein Blatt gesetzt hatten, zu mehr als einem Fluch veranlasst hatte.

Hernando folgte dem Wärter erstaunt in einen großen Patio mit einem Brunnen und Orangenbäumen, der ohne die Wehklagen aus den Karzern ringsum sicherlich eine friedliche Atmosphäre verbreitet hätte. Hernando lauschte. War darunter auch die Stimme seiner Mutter? Der Wärter deutete auf eine Zelle am anderen Ende des Innenhofs, und Hernando schritt durch die Tür in der massiven, dicken Mauer. Nein. Aus dieser ekelerregenden, schmutzigen Zelle drang kein einziger Laut.

»Mutter!«

Hernando kniete neben dem reglosen Menschenbündel auf dem Erdboden. Mit zitternden Händen suchte er zwischen den Lumpen nach Aischas Gesicht. Die Frau, die ihm das Leben geschenkt hatte, war kaum wiederzuerkennen. Sie sah verhärmt aus, die Haut hing ihr von Hals und Wangen, die Augenhöhlen wirkten noch tiefer und dunkler, und die Lippen waren trocken und rissig. Ihre Haare waren ein einziges dreckiges, verfilztes Gewirr.

»Was habt ihr mit ihr angestellt?«, murmelte er. Der Gefängniswärter gab keine Antwort, sondern blieb im Türrahmen stehen. »Sie ist doch nur eine alte Frau.« Der Mann trat nervös von einem Bein aufs andere. »Mutter«, sagte Hernando noch einmal und hielt Aischas Gesicht zwischen seinen Handflächen. Er führte seine Lippen an ihre, um sie zu küssen, doch Aischa rührte sich nicht. Ihr Blick war starr. Einen Moment lang glaubte Hernando, sie sei tot. Er schüttelte sie ein wenig, und so kam immerhin ein wenig Leben in sie.

»Sie ist verrückt«, meinte der Wärter. »Sie will nichts essen, und sie trinkt auch kaum. Sie sagt nichts, und sie klagt nicht. So verbringt sie den ganzen Tag.«

»Was habt ihr mit ihr angestellt?«, fragte Hernando noch einmal und versuchte ein wenig eingetrocknete Erde von Aischas Stirn zu wischen.

»Nichts.« Hernando blickte den Wärter prüfend an. »Wirklich!«, versicherte der Mann. »Sie hat nicht geredet, und das Gericht hält die Aussage des Büttels für ausreichend, um sie zu verurteilen. Sie wurde noch nicht einmal gefoltert – denn das hätte sie wahrscheinlich nicht überlebt. Es würde keinen von uns wundern, wenn sie noch diese Nacht …«

Hernando verharrte mit dem reglosen Körper im Arm und kehrte dem Mann den Rücken. Was wollte er damit sagen?

»Vermutlich stirbt sie noch diese Nacht«, sagte der Wärter schließlich. »Das hat der Arzt dem Gericht gesagt. Niemand würde sich darum kümmern. Niemand würde das überprüfen. Ich selbst würde es bestätigen und sie dann begraben.«

Ach, darum ging es. Deshalb durfte er Aischa diesmal besuchen.

»Wie viel?«, sagte Hernando ruhig.

»Fünfzig Dukaten.«

Fünfzig Dukaten! Er biss sich auf die Zunge.

»So viel habe ich nicht«, sagte er.

»Wenn das so ist …« Der Wärter drehte sich weg.

»Aber ich habe ein Pferd«, flüsterte Hernando und suchte in Aischas matten Augen nach einer Regung.

»Was hast du gesagt?«

»Ich habe ein gutes Pferd«, sagte Hernando, nun etwas lauter. »Es trägt das Brandzeichen der königlichen Rasse. Es ist viel mehr wert als fünfzig Dukaten.«

Sie verabredeten sich noch für denselben Abend. Hernando würde Volador gegen Aischa eintauschen. Er war nur ein Tier. Seine Mutter sollte nicht hier, sondern in seinen Armen sterben, und er wollte sie selbst bestatten. Vielleicht ließ Gott sie in ihrer letzten Stunde noch einmal die Augen öffnen, und dann wäre er bei ihr. Er musste ihr beistehen! Aischa durfte nicht sterben, ohne dass sie sich ausgesöhnt hatten.

Miguel saß neben Volador auf dem Boden.

»Es tut mir leid«, begann Hernando. Er kniete nieder und fuhr dem Jungen durch das zerzauste Haar. »Ich werde das Pferd heute Nacht verkaufen.« Warum entschuldigte er sich eigentlich? Das war doch nur ein bettelarmer Krüppel, der …

»Nein«, entgegnete Miguel.

»Was heißt hier Nein?« Hernando wusste nicht, ob er belustigt oder verärgert sein sollte.

In dem Moment blickte Miguel zu Hernando auf, der sich inzwischen wieder erhoben hatte und nun neben Volador stand.

»Señor, bislang habe ich Pferde, Katzen, Vögel und sogar einen Affen versorgt. Ich weiß immer, ob sie wieder zurückkommen, und ich habe es im Gefühl, ob ich sie zum letzten Mal sehe. Volador wird morgen wieder bei mir sein«, stellte er mit kindlichem Ernst fest. »Ich weiß es.«

Hernando blickte auf die verkrüppelten Beine, die auf dem Stroh ruhten.

»Ich werde nicht mit dir darüber streiten. Vielleicht hast du recht. Aber ich fürchte trotzdem, dass du ihn nicht wiedersehen wirst.«

Beim Abendläuten holte Hernando Volador aus dem Stall und machte sich mit ihm in Richtung Mezquita auf. Sie hatten sich auf dem Campo Real verabredet, neben dem Alcázar. Hernando wollte nicht reiten. Er ging, ohne sich umzusehen, und führte sein Pferd am Strick. Etwas abgeschlagen hüpfte Miguel hinter ihnen her. Am Campo angekommen, begab sich Hernando zu einer der Straßenecken, die wie der ganze Platz voller Müllhaufen war. Dort – ohne Altäre, deren Kerzen die finstere Nacht erhellten – sollte die Übergabe stattfinden. Miguel blieb einige Schritte entfernt stehen. Hernando versuchte, sich in der Dunkelheit zurechtzufinden, er hoffte, den Gefängniswärter mitsamt seiner Mutter erspähen zu können. Er achtete nicht weiter auf die merkwürdige Haltung des Jungen, der ungelenk dastand und sich auf nur eine der beiden Krücken stützte. Die andere hielt er mit der rechten Hand über seinem Kopf. Volador war nervös: Er schnaubte und schien sogar ausschlagen zu wollen.

»Ganz ruhig«, versuchte Hernando das Tier zu besänftigen, »sei still, beruhige dich, mein Guter.«

Das Pferd spürte anscheinend, dass der Abschied bevorstand. Genau in dem Augenblick quiekte eine riesige Ratte laut auf und huschte zwischen den Beinen von Hernando und Volador davon. Ihr folgte erst eine und dann noch eine Ratte. Hernando sprang auf. Das Pferd erschrak, buckelte, riss sich vom Strick los und galoppierte auf und davon. Miguel konnte das Gleichgewicht kaum halten und versuchte mit den Krücken die Ratten zu verscheuchen.

Voladors entsetztes Wiehern war bis in den königlichen Marstall neben dem Alcázar zu hören. Nun schraken die Pferde darin auf und wurden unruhig. Sofort eilte der Pförtner des Marstalls mit zwei Reitknechten auf die Straße vor dem Campo Real, wo sie in der Dunkelheit einen prächtigen Grauschimmel entdeckten, der herrenlos über den Platz galoppierte.

»Ein Pferd ist ausgerissen!«, rief einer der Reitknechte.

Der Pförtner wollte schon widersprechen, da sah er im Licht der Fackeln an der Fassade des Inquisitionsgerichts das königliche Brandzeichen im Fell. Doch, das war zweifellos ein Pferd aus dem Marstall.

»Ihm nach!«, schrie er.

Auch Hernando rannte hinter Volador her. Wie sollte er bei dem ganzen Aufstand nur seine Mutter befreien? Bei dem Aufruhr würde der Gefängniswärter ihre Verabredung bestimmt nicht einhalten. Miguel stand inzwischen etwas abseits vom Rattennest. Ruhig und fasziniert bewunderte er die Kraft und die Eleganz der Bewegungen des Pferdes. Er verfluchte seine eigenen, so nutzlosen Beine, die ihn gerade noch aufrecht hielten.

»Er wird wiederkommen«, flüsterte er. Aus dem Marstall stürmten immer mehr Männer, ebenso wie aus dem Alcázar. Sie kamen aus dem Tor, unter dem die Gefängniswärter tagsüber die gewaschenen Stoffe verkauften. Hernando blieb verwirrt stehen, als ein halbes Dutzend Männer Volador schließlich gegen die Fassade des Alcázar drängte und dort umzingelte.

So eingekesselt, ließ sich das schnaubende Pferd am Strick führen.

»Das Pferd gehört mir!«

Hernando lief zu den Männern hinüber und verfluchte innerlich die Rattenplage. Wieso hatte er nicht daran gedacht, als ihm der Gefängniswärter genau diesen Ort für die Übergabe seiner Mutter vorschlug?

Die Männer aus dem Marstall stellten sehr bald fest, dass dies Pferd entgegen den äußeren Anzeichen nicht aus dem Besitz des Königs stammte.

»Du musst besser auf dein Pferd aufpassen«, schalt ihn ein Bereiter. »Es könnte in der Dunkelheit noch zu Schaden kommen.«

Hernando schwieg lieber, er streckte nur die Hand aus, um den Strick entgegenzunehmen. Was wussten diese Männer schon?

»Du kommst doch jeden Tag wegen der Irren, oder?«, fragte ihn dann einer der Wärter vom Inquisitionsgefängnis.

Hernando zog die Augenbrauen hoch, gab aber keine Antwort. Wie oft hatte er diesen Mann um Erlaubnis gebeten, seine Mutter zu besuchen, während dieser, anstatt seine Pflicht zu tun, mit dem Stoffverkauf am Campo Real beschäftigt war und sich seine Bitten missmutig angehört hatte, um sie ihm dann abzuschlagen.

»Es war längst überfällig, dass du zu ihr kommst«, meinte dann ein anderer Wärter. »Ein paar Tage länger, und du hättest sie nur noch als Tote angetroffen.«

Voladors Strick glitt Hernando aus der Hand, aber bevor er zu Boden fiel, wurde er von einer Holzstange aufgefangen. Hernando drehte sich zu Miguel um, der ihn mit seinen abgebrochenen Zähnen anlächelte und den Strick über die Krücke in seine Hand schob. Hatte der Wärter soeben gesagt, es sei längst überfällig, dass er seine Mutter besuchte? Was hatte das alles zu bedeuten?

»Was? Warum …?«, stammelte er. »Was ist mit dem Urteil? Und mit dem Autodafé?«

»Das Gericht hat schon vor ein paar Tagen im Audienzsaal ein kurzes Einzelverfahren gegen sie abgehalten und sie zum Büßerhemd verurteilt. Außerdem muss sie ein Jahr lang jeden Tag zum Gottesdienst gehen. In ihrem Zustand kann sie die Strafe aber wohl kaum antreten. Außerdem will niemand, dass so eine Verrückte ein Gotteshaus auch nur betritt«, schimpfte einer der Wärter. »Deshalb gab es das Einzelverfahren. Der Arzt hat bestätigt, dass deine Mutter nicht bis zum nächsten großen Autodafé durchhalten würde. Aber das Gericht wollte sie unbedingt verurteilen, bevor sie stirbt. Sie ist wahnsinnig! Jetzt nimm sie endlich mit!«

»Gebt sie mir!«, brachte Hernando nur heraus, als er endlich begriff, dass der andere Wärter ihn nur hatte betrügen wollen.

Kurz darauf ging er den Weg zur Posada del Potro zurück, diesmal mit seiner Mutter in den Armen.

»Mein Gott, sie ist so federleicht!«, rief Hernando in den sternenklaren Himmel, als sie an der Außenfassade der Mezquita vorbeikamen, hinter der der Mihrab lag.

Hinter ihnen hüpfte Miguel, Voladors Führstrick lag wieder nur locker über seiner Schulter. Das Pferd folgte ihm friedlich, als wollte es den Jungen nicht überholen.

56

Der Trauergottesdienst für den Herzog von Monterreal und seinen Erstgeborenen war ebenso feierlich wie traurig, da ihre Leichname nicht christlich bestattet werden konnten. Der Bischof schmähte in der Kathedrale den Namen des Sheriffs von Clare, Boetius Clancy, der für den Tod von Don Alfonso und dessen Sohn an der irischen Westküste verantwortlich war. Er flehte Gott an, diesen Schurken niemals aus dem Fegefeuer zu lassen. Er verkündete höchst erzürnt, dass er von diesem Tag an alle sieben Jahre den Allmächtigen in gegebener Form daran erinnern werde.

Hernando hatte immer noch keine Antwort von Don Pedro de Granada Venegas, und angesichts des Gesundheitszustands seiner Mutter wagte er nicht, mitten im Winter die lange Reise nach Granada anzutreten. Alle gingen davon aus, dass sie bald sterben werde. Er gab der Frau und der Tochter des Gastwirts in der Posada ein wenig Geld, damit sie seine Mutter wuschen und in saubere Kleider hüllten.

»Sie ist nur noch Haut und Knochen«, stellte die Wirtin fest, als sie aus dem Zimmer ging. »Sie macht es nicht mehr lange.«

Hernando ging jeden Abend Karten spielen, mal mit mehr, mal mit weniger Erfolg – ganz wie von Pablo Coca gefordert. Tagsüber versuchte er, Aischa eine Regung zu entlocken, aber seine Mutter verharrte starr auf dem Bett: Ihre Pupillen waren verdreht, sie bewegte sich nicht und nahm keine Speise zu sich. Die bedrückende Stille wurde nur von ihrem pfeifenden Atem gebrochen. Hernando sprach sanft auf sie ein, befeuchtete immer wieder ihre trockenen Lippen mit Hühnerbrühe, damit sie wenigstens ein wenig Nahrung aufnahm. Flüsternd berichtete er ihr von seiner Arbeit für die Gemeinschaft, davon, wie er das Pergament in der Torre Turpiana versteckt hatte.

»Mutter, es ist in Arabisch verfasst, und die Christen verehren nun den Schleier der Jungfrau Maria und den Knochen des heiligen Stephanus!«

Warum hatte er ihr das alles nicht schon längst gesagt? Warum hatte er seinen Schwur nicht gebrochen? Hätte ihm Gott dann auch noch vorgeworfen, das Leben seiner Mutter gerettet zu haben? Aber er hätte nie gedacht, dass … Es war allein seine Schuld! Er hatte sie im Stich gelassen, als er ein Leben voller Annehmlichkeiten vorzog, als Parasit im Palast eines christlichen Herzogs.

Doch die Tage verstrichen, und Aischas Zustand blieb unverändert. Hernando weinte neben seiner Mutter und verfluchte sich.

»Lasst mich es versuchen, Señor«, schlug Miguel eines Morgens vor.

Der Junge hatte unten an der Treppe mit einer Tasse Brühe gewartet und nicht gewagt heraufzukommen. Nun zog er sich am Treppengeländer entlang und hielt dabei die beiden Krücken in einer Hand. Hernando brachte die Tasse nach oben.

»Stellt die Brühe hier hin, Señor, hier neben das Bett.«

Hernando folgte der Aufforderung und zog sich zur Tür zurück. Miguel setzte sich neben Aischa, und während er ihr die heiße Flüssigkeit einflößte, sprach er auf sie ein, wie auf Volador. Er sprach mit ihr wie mit den Vögeln, mit denen er angeblich zusammengelebt hatte. Hernando beobachtete das Kind mit den verkrüppelten Beinen, das wusste, wann die Tiere gingen und wann sie wiederkamen, doch seine Mutter verharrte leblos neben ihm. Hernando hörte, wie Miguel ihr allerlei Geschichten erzählte, die er mit Lachen und tausenden Gesten ausschmückte. Wie konnte ein Krüppel, dem das Leben alles verwehrt hatte, so viel Zuversicht aufbringen? Worum ging es gerade? Um einen Elefanten! Miguel verfolgte in seiner Geschichte einen Elefanten … und zwar auf einem Schiff auf dem Guadalquivir! Der Junge winkelte für den Rüssel des Dickhäuters seinen Unterarm an und fuchtelte vor Aischas stierem Blick mit seinen Händen in der Luft herum. Wie war dieser verkrüppelte Junge auf die Geschichte mit dem Elefanten gekommen? Hernando seufzte und verließ das Zimmer mit Miguels Lachen im Ohr – inzwischen war der Elefant auf der Höhe des Albolafia-Wasserrades im Guadalquivir untergegangen. Zum ersten Mal seit Tagen sattelte er Volador und ritt zu den Weiden vor der Stadt, wo er das Pferd zu einem frenetischen Galopp antrieb.

»Ihr zahlt für diesen Wechsel bei der Bank mit einem Abschlag von sechs auf tausend dem Hernando Ruiz, Neuchrist aus Juviles, ansässig zu Córdoba, die Summe von einhundert Dukaten aus, in Münzen zu …«

Hernando betrachtete den Wechsel, den ihm ein Maultiertreiber in der Posada del Potro auf Kosten und Geheiß von Don Pedro de Granada Venegas aushändigte. Einhundert Dukaten waren ein stattlicher Betrag. Er dürfe sie jetzt nicht im Stich lassen, mahnte ihn der Adlige in seinem Begleitschreiben. Das Pergament in der Torre Turpiana hatte sich als ein hervorragender erster Schritt erwiesen. Luna und Castillo übersetzten gerade das Schachbrettmuster mit den Buchstaben und Wörtern nach ihrem Gutdünken, aber ihr eigentliches Ziel war es, das Barnabas-Evangelium auftauchen zu lassen und zu versuchen, die beiden Religionen über die Gestalt der Maria einander näherzubringen. Denn nach wie vor gelangten düstere Berichte mit immer brutaleren Vorschlägen zum König, so Don Pedro. Alonso Gutiérrez in Sevilla hatte die Idee geäußert, die Morisken in geschlossenen Gemeinschaften von jeweils höchstens zweihundert Familien zusammenzubringen und von einem christlichen Aufseher überwachen zu lassen, der sogar ihre Hochzeiten kontrollieren sollte. Ein anderer Vorschlag lautete, ihre Gesichter zu markieren, damit man sie überall wiedererkennen konnte. Ihnen besondere Steuern aufzuerlegen, klang vergleichsweise harmlos. Weiter hieß es in dem Brief:

Aber es gibt noch bösartigere Empfehlungen. Ein besonders grausamer und unnachgiebiger Dominikanermönch mit Namen Bleda geht noch viel weiter. Er beruft sich auf die Lehrmeinungen der Kirchen-

väter und hält es moralisch für vertretbar, wenn der König nach Lust und Laune über das Leben aller Morisken bestimme, wenn er sie töten oder als Sklaven in andere Länder verkaufen lasse; er schlägt vor, sie auf Galeeren zu verbannen. Damit, so der Mönch, ließe sich ein anderes Problem lösen; die kirchliche Obrigkeit schickt viele Geistliche wegen ihrer Vergehen auf die Ruderbänke der Galeeren, um das Geld für ihre Speisung im Gefängnis zu sparen. Die Morisken könnten nun diese Geistlichen auf den Schiffen ergänzen. Diese Kirche, die sich so barmherzig gibt, will Tausende Menschen ermorden oder versklaven. Wir müssen unbedingt an unserem Plan festhalten. Alle diese Vorschläge gelangen auch zu unseren Gemeinschaften und heizen dort die Stimmung an, und es entsteht ein Teufelskreis: Je mehr solcher Berichte verfasst werden, desto mehr Rebellionen werden angezettelt, und je mehr Verschwörungen entdeckt werden, desto mehr Anlass haben die Christen, ihre blutrünstigen Pläne umzusetzen. Andererseits gilt es, die Folgen der Niederlage der großen Armada nicht zu unterschätzen. England erlebt dadurch eine neue Stärke, und seine Hilfe für die Aufständischen in Flandern wird noch zunehmen; in Frankreich befindet sich die Heilige Liga, die der spanische König unterstützt und bezahlt, nach dem Fiasko in ernsthaften Schwierigkeiten. Das wird alles auf uns zurückfallen, Hernando, daran besteht kein Zweifel. In dem Maße, in dem die Spanier ihre Macht in Europa einbüßen, werden hierzulande Kräfte frei, um noch härter gegen die Morisken vorzugehen. Die Umstände sind für uns derzeit also überaus widrig. Halte mich über deine Situation auf dem Laufenden; du sollst wissen, dass du auf mich zählen kannst. Wir brauchen dich.

Hernando verbrannte Don Pedros Brief und verließ die Posada. Bei einem Büttel erkundigte er sich nach Don Antonio Morales, auf dessen Bank Don Pedros Bankier in Granada den Wechsel ausgestellt hatte. Das Kontor von Antonio Morales lag in der Nähe des Kornmarktes, und Hernando, der für diese Gelegenheit seine besten Kleider angezogen hatte, wurde von dem Bankier persönlich empfangen. Don Antonio zog den in dem Dokument genannten Abschlag ab und eröffnete ihm ein Konto über den Betrag von neunzig Dukaten. Den restlichen Betrag händigte er ihm in sieben Goldkronen, einigen Acht-Reales-Münzen und anderem Kleingeld aus.

Hernando kehrte zur Posada zurück, wo er den Gastwirt großzügig entlohnte und auf diese Weise den Argwohn des Mannes erstickte, der inzwischen von seinem Status als Moriske und Falschspieler Wind bekommen hatte. Die Anwesenheit einer von der Inquisition bestraften Frau im Gasthof machte die Sache nicht besser.

»Ich weiß nicht, ob Ihr die Erlaubnis habt, in diesem Viertel zu wohnen«, hatte der Wirt ein paar Tage zuvor angedeutet. »Ihr müsst das verstehen. Wenn der Büttel kommt … Ihr Neuchristen braucht vom Pfarrer eine Genehmigung, wenn Ihr in ein anderes Stadtviertel umzieht.«

Hernando beruhigte den Mann, indem er ihm den Schutzbrief des Erzbischofs von Granada zeigte.

»Wenn ich mich damit in den spanischen Reichen frei bewegen kann«, stellte er fest, »dann gilt das auch für diese Stadt, oder?«

»Aber die Frau …«, wandte der Gastwirt ein.

»Diese Frau gehört zu mir. Sie ist meine Mutter.«

Hernandos Tonfall war hart, aber er milderte seine Worte gleich mit ein paar Münzen ab.

Er war sich dennoch darüber im Klaren, dass diese Situation nicht ewig andauern konnte. Ja, Don Pedro hatte ihm Geld zukommen lassen, aber er bat ihn auch, weiter für ihr Vorhaben zu arbeiten, und in der Posada war das einfach nicht möglich. Aischa belegte das Bett, ihr Zustand war seit der Freilassung aus dem Verlies der Inquisition unverändert. Hernando schlief auf dem Boden. Miguel bemühte sich Tag für Tag fürsorglich um sie. Er redete ihr gut zu und erzählte ihr Geschichten. Und er lachte, tatsächlich, er lachte viel. Und zwischendurch bat er die Frau und die Tochter des Gastwirtes, Aischa zu waschen oder umzubetten, damit sie sich nicht wund lag.

»Hat sie inzwischen etwas gegessen?«, fragte Hernando ihn eines Tages.

»Sie muss nichts essen, Señor«, antwortete der Junge. »Ich gebe ihr immer noch Hühnerbrühe. Das ist im Moment völlig ausreichend. Sie wird schon essen, wenn sie will.«

Hernando war unsicher. Er wagte nicht, Miguel zu fragen, ob dieses zarte Wesen wiederkäme oder für immer ging, aber anscheinend wusste der Junge, der auf seinen Krücken vor ihm stand, was ihm gerade durch den Kopf ging.

Miguel lächelte, sagte aber nichts.

Hernando hatte durchaus begriffen, dass er angesichts Aischas gesundheitlichen Zustandes Córdoba nicht verlassen konnte. Aber er könnte ein Haus mieten und Arbeit suchen. Er kannte sich gut mit Pferden aus. Vielleicht würde ein Adliger ihn als Bereiter oder Stallmeister anstellen oder, wenn es nicht anders ging, als Reitknecht. Warum nicht? Und wenn ihm das nicht glückte: Er konnte rechnen und schreiben. Bestimmt gab es jemanden, für den seine Dienste nützlich sein könnten. Abends würde er dann an der Abschrift des Evangeliums weiterarbeiten, das er nach wie vor zwischen den übrigen Papieren versteckt hielt, für die sich hier, anders als im herzoglichen Palast, niemand heimlich zu interessieren schien. In der Posada konnte niemand lesen.

In Gedanken versunken war er in Pablo Cocas Laden gelandet. Die schwarze Sklavin trat zur Seite, um ihn vorbeizulassen. Vielleicht wusste Pablo ja von einer Unterkunft, die er mieten könnte …

»Sieh mal einer an, wer da kommt!«, begrüßte ihn der Spelunkenbesitzer, der die Gewinne der vergangenen Nacht zählte. »Ich wollte ohnehin gerade nach dir Ausschau halten.«

Hernando setzte sich zu Pablo Coca an den Tisch.

»Weißt du von irgendeinem Haus, das ich mieten könnte? Die Miete darf aber nicht zu hoch sein«, sagte er ohne Umschweife. Coca zog die Augenbrauen hoch. »Und warum wolltest du nach mir Ausschau halten?«, fragte er, als ihm klar wurde, dass er auf Pablo Cocas Begrüßung gar nicht eingegangen war.

»Warte.«

Coca schloss seine Abrechnung ab und entließ die Sklavin. Als sie allein waren, sprach er seinen Besucher vertrauensvoll an. »Heute Abend findet ein großes Spiel statt«, verkündete er.

Hernando zögerte.

»Hast du kein Interesse?«, fragte Coca überrascht.

»Nun ja… Ich glaube schon. Ich…« Hernando wusste nicht, ob er Pablo von den einhundert Dukaten erzählen sollte, die er soeben von Don Pedro erhalten hatte. Ja, er war derjenige gewesen, der auf eine Partie bestanden hatte, aber jetzt… Die einhundert Dukaten boten ihm eine gewisse Sicherheit, die ihm zuvor gefehlt hatte. Mit dem Geld konnte er die Pflege seiner Mutter bezahlen, ein Haus mieten… Er konnte doch nicht die Dukaten aufs Spiel setzen, die ihm sein Gönner geschickt hatte, damit er weiter für die Sache der Morisken arbeitete… »Ich habe einhundert Dukaten«, gestand er schließlich. »Ein Bekannter hat sie mir geliehen.«

»Dein Geld interessiert mich nicht«, war Pablos überraschende Antwort.

»Aber…«

»Ich kenne dich. In diesem Geschäft lernt man viel über die Menschen. Ich kann ihre Reaktionen fast hundert Meilen gegen den Wind riechen. Du bist zu mir gekommen und wolltest hier spielen, weil du kein Geld hattest. Jetzt hast du Geld, das du verwetten könntest, und tust es nicht. Was sagt mir das? Du bist einfach kein Zocker.« Coca bückte sich und hob etwas auf, was zu seinen Füßen lag: zwei Beutel voller Münzen, die er auf den Tisch krachen ließ. »Hier ist unser Geld«, sagte er dann. »Ehrlich gesagt, unter normalen Umständen würde ich mich niemals mit dir zusammentun, aber du bist nun mal der Einzige, der mein Geheimnis kennt und je kennen wird. Du bist der Einzige, mit dem ich das machen kann, und womöglich bist du sogar der Einzige, mit dem mich eine Freundschaft verbindet. Und heute Abend will ich sie schröpfen. Heute will ich viel Geld gewinnen. Je mehr, desto besser. Das muss heute unser Spiel werden.«

»Aber das Geld hier«, rief Hernando erstaunt. »Das ist doch ein Vermögen!«

»Ja, schon. Vergiss alles, was du hier gesehen hast. Das heute Abend ist eine andere Welt. Wenn du da anfängst, in kleinen Münzen zu zählen, fliegst du sofort auf… und ich mit dir. Hier geht es um richtige

Goldmünzen. Da wechseln ganze Vermögen den Besitzer. Du musst dir einfach vorstellen, dass ein goldener Escudo dort genauso viel wert ist wie eine einfache Blanca-Münze hier. Schaffst du das?«

»Ja.«

»Es ist riskant. Aber das Wichtigste ist: Niemand darf erfahren, dass wir befreundet sind.«

Die Partie fand im Privathaus eines reichen Tuchhändlers statt, der sich nach außen hin hochmütig und besserwisserisch gab, aber zauderte, wenn es um seinen Einsatz ging.

Am späten Abend legte Hernando die kurze Strecke von der Posada del Potro zum Haus des Händlers in der Calle de la Feria mit einer gewissen Nervosität zurück. Er hielt den prall gefüllten Lederbeutel fest umklammert und überdachte noch einmal Pablos Anweisungen. Sie mussten voreinander zu sitzen kommen, damit Hernando sein Ohrläppchen sehen konnte. Hernando sollte immer große Beträge wetten, selbst wenn Pablo ihm kein Zeichen gab. Er durfte keineswegs nur dann größere Summen setzen, wenn sie scheinbar eine Glückssträhne hatten.

»Du darfst mit mir nur so viel reden wie mit den anderen«, hatte Pablo ihn gewarnt. »Und du musst mich immer genauso ansehen, wie die übrigen Spieler auch: So, als würdest du versuchen, aus meinem Gesichtsausdruck etwas über mein Blatt zu erfahren. Denk daran: Ich spiele nicht für mich, sondern für dich. Und wenn wir Glück haben, benutzen sie sogar unsere Karten, und ich kann sie wiedererkennen. Sonst kann ich dir nur mit meinem Blatt helfen. Du musst immer mit absoluter Entschlossenheit spielen, aber du darfst die anderen Spieler nie für Dummköpfe halten. Sie wissen genau, was sie tun, und normalerweise verwenden sie die gleichen Tricks wie an allen Spieltischen. Aber denk daran, es gilt ein oberstes Gebot: Die Ehre bringt diese Leute sehr schnell dazu, den Degen zu zücken. Diese Spiele sind strengstens verboten, insofern gilt das Gesetz des Schweigens. Falls also einer verletzt oder gar getötet wird …«

Ein Diener führte Hernando in einen hell erleuchteten Saal, der mit Wandteppichen, Ledertapeten und polierten Holzmöbeln prunkvoll ausgestattet war. Es gab sogar ein großformatiges Ölgemälde. Zu dem Zeitpunkt hielten sich in dem Raum acht Männer auf, die paarweise zusammenstanden und sich unterhielten. Pablo war auch anwesend.

»Meine Herren«, Pablo bat in seiner Funktion als Veranstalter die vier Männer, die neben der Tür standen, durch die sein Gefährte soeben hereinkam, um Aufmerksamkeit, »hiermit stelle ich Euch Hernando Ruiz vor.«

Ein großer, kräftiger Mann, der mit seiner edlen Kleidung seine Gäste übertrumpfte, reichte ihm als Erster die Hand.

»Juan Serna«, stellte Pablo vor, »unser Gastgeber.«

»Und, habt Ihr genügend Geld bei Euch, Señor Ruiz?«, erkundigte sich der Händler zu ihrer Begrüßung spöttisch.

»Ja …«, stotterte Hernando unter dem Gelächter von einigen Männern, die auf ihn zukamen.

»Hernando Ruiz?«, fragte in dem Moment ein alter Mann mit gebeugten Schultern, der ganz in Schwarz gekleidet war.

»Melchor Parra«, stellte Pablo den Mann vor, »Notar …«

Der alte Mann bedeutete dem Spelunkenbesitzer mit einer herrischen Geste zu schweigen.

»Hernando Ruiz«, fragte er noch einmal, »der Neuchrist aus Juviles?«

Hernando vermied es, Pablo anzusehen. Wieso wusste dieser Alte, dass er Moriske war? Würden sie ihn dennoch bei ihrer Partie zulassen?

»Du bist Neuchrist?«, fragte dann ein Spieler aus der Runde der Männer, die ihn gerade begrüßen wollten.

»Ja«, bestätigte Hernando mit lauter Stimme, »ich bin Hernando Ruiz, Neuchrist aus Juviles.«

Pablo wollte sich einmischen, aber der Händler machte sein Recht als Hausherr geltend.

»Hast du Geld?«, fragte er noch einmal, als würde ihn die Tatsache, dass sein Gast Moriske war, nicht weiter interessieren.

»Das kannst du mir glauben, Juan«, platzte der alte Notar heraus, als Hernando gerade seinen Geldbeutel vorzeigen wollte. »Er hat gerade eine Erbschaft des Herzogs von Monterreal gemacht, Gott hab ihn selig. Ich habe persönlich das Testament eröffnet und verlesen, einige Tage vor den Trauerfeierlichkeiten. Don Alfonso de Córdoba hat darin ein Vermächtnis über seinen Besitz unabhängig vom Majoratsgut festgesetzt. ›Für meinen Freund Hernando Ruiz, Neuchrist aus Juviles, dem ich mein Leben verdanke‹, steht darin. Ich habe es genau vor Augen. Willst du dein Erbe vielleicht gleich wieder verspielen?«, fragte er zynisch.

An dem Abend konnte sich Hernando kaum auf die Partie konzentrieren. Eine Erbschaft! Was hatte es mit diesem Vermächtnis auf sich? Doch der Notar verriet ihm nicht mehr darüber, und es ergab sich keine Gelegenheit für ein Gespräch unter vier Augen. Denn mit seiner Ankunft forderte Juan Serna die Männer sofort auf, das Spiel zu beginnen. Pablo Coca saß besorgt am Tisch. Hernando schien nicht ganz bei der Sache zu sein und hatte vergessen, sich einen Platz ihm gegenüber zu suchen. Er selbst musste es nun einrichten, dass sie doch noch wie geplant am Tisch saßen. Doch mit jeder gespielten Runde konnte Pablo Coca sich mehr entspannen: Hernando wirkte zwar insgesamt abgelenkt, machte aber hohe Einsätze, verlor manche Runde und trieb jedes Mal, wenn er das Ohrläppchen seines Komplizen wackeln sah, die anderen Spieler in die Pleite. Die Partie zog sich über die ganze Nacht hin, ohne dass jemand Verdacht schöpfte, die beiden könnten ein abgekartetes Spiel treiben. Sie nahmen alle schamlos aus. Serna verlor haushoch, ebenso wie der Notar. Der Gastgeber händigte Hernando fast fünfhundert Dukaten in Goldmünzen aus und forderte dann mit vorgeblicher Höflichkeit Revanche. Die übrigen Spieler, darunter auch Pablo, mussten nicht ganz so stattliche, aber keineswegs unbedeutende Geldbeträge an ihn zahlen. Ein junger eitler Adelsspross, der an dem Abend den unerschütterlichen Hernando – der in Gedanken immer noch bei der unverhofften Erbschaft war – sogar beschimpft hatte, schluckte seinen Stolz am Ende hinunter und legte schließlich seinen Degen mit einem edelsteinbesetzten Goldgriff sowie seinen Siegelring mit dem Familienwappen auf den Tisch.

»Unterschreibe hier, dass sie mir gehören«, forderte Hernando, als er sah, dass der gedemütigte junge Geck einfach aufstehen wollte.

Auch der alte Notar sah sich gezwungen, einen Schuldschein zu Hernandos Gunsten zu unterschreiben, denn das Geld, das er in seinem Beutel mitführte, reichte nicht, und man hatte ihm in der Nacht Kredit gewährt. Die Hände des alten Mannes zitterten. Er verfluchte das kleine Vermögen, das er soeben verspielt hatte, und bat um eine Frist. Hernando zögerte. Er wusste, dass Schuldscheine für Glücksspiele nicht legal waren und kein Richter sie vollstrecken würde. Aber Pablo gab ihm ein kaum wahrnehmbares Zeichen, damit er zustimmte. Er würde das Geld erhalten, der Notar würde zahlen.

Schließlich verließen die Gäste das Haus in der Calle de la Feria. Die Sonne stand bereits am Himmel, und auf den Straßen herrschte geschäftiges Treiben. Hernando folgte dem Notar. Als Sieger der Nacht wurde er diskret von zwei bewaffneten Männern aus der Spelunke bewacht, die Pablo in weiser Voraussicht auf satte Gewinne vor der Haustür des Händlers postiert hatte. In der Nähe der Plaza del Salvador holte Hernando schließlich den alten Mann ein.

»Heute Nacht hattet ihr kein Glück, Don Melchor«, meinte er, und passte seine Schritte dem Tempo des bedrückten Notars an. Der alte Mann murmelte unverständliche Worte vor sich hin. »Ihr habt da von einem Vermächtnis gesprochen.«

»Da musst du dich mit der Herzogin und mit den Testamentsvollstreckern auseinandersetzen, die Don Alfonso, Friede sei mit ihm, bestimmt hat«, beschied ihm der Notar kurz angebunden.

Hernando packte ihn am Unterarm und zwang ihn stehen zu bleiben.

Einige Frauen, die ihren Weg kreuzten, beobachteten erstaunt das merkwürdige Paar, ehe sie schwatzend weiterzogen. Pablo Cocas bewaffnete Männer kamen näher.

»Don Melchor, ich mache Euch einen Vorschlag: Ihr regelt die Sache mit meinem Vermächtnis, und zwar bald! Habt Ihr verstanden? Ansonsten warte ich die Gnadenfrist nicht ab, um die Ihr mich gebeten habt. Wenn Ihr jedoch auf meine Bitte eingeht, gebe ich Euch Euer Papier zurück… und zwar ohne Eure Zahlung.«

57

Doch obwohl sich der Verfasser dieser Geschichte mit Wissbegier und Eifer auf die Suche nach den Begebnissen von Don Quijotes dritter Fahrt machte, fand er kein einziges Zeugnis darüber, zumindest nicht aus zuverlässiger Quelle. Im Gedächtnis der Mancha ist nur überliefert, dass Don Quijote sich bei seiner dritten Fahrt nach Saragossa wandte, wo er an dem berühmten Lanzenstechen teilnahm, das in jener Stadt abgehalten wird, wobei ihm Dinge begegneten, die seiner Tapferkeit und Geistesgröße Ehre machten. Nichts weiter erfuhr er dort über Hinfahrt und Ende des Ritters, noch hätte er jemals etwas darüber erfahren, hätte ihm das Glück nicht einen alten Arzt über den Weg geführt, in dessen Besitz sich eine Bleischatulle befand, die, wie er sagte, beim Wiederaufbau einer alten zerstörten Wallfahrtskapelle in den Fundamenten zum Vorschein gekommen war. Die Schatulle enthielt einige Pergamentrollen in gotischer Schrift, jedoch mit spanischen Versen, die viele seiner Heldentaten priesen, Zeugnis ablegten von der Schönheit der Dulcinea von Toboso, von Rocinantes Knochengestell, von Sancho Panzas Treue und sogar von Don Quijotes Begräbnis, einschließlich verschiedener Grabschriften und Lobreden auf sein Leben und Streben.

MIGUEL DE CERVANTES SAAVEDRA,
Don Quijote von der Mancha, Erster Teil, 52. Kapitel

Ein Patio-Haus im Pfarrbezirk Santa María in der Nähe der Kathedrale, ein kleiner Bauernhof mit einigem bewässerten Ackerland in der Nähe des Ortes Palma del Río, der jährlich etwa vierhundert Dukaten einbrachte, sowie fünfhundert Granatapfelbäume und die gleiche Anzahl Walnussbäume, außerdem von den Pächtern jeden Winter drei Zentner Oliven sowie jede Woche eine je nach Jahreszeit festgelegte Menge Obst und Gemüse. Das war das Erbe, das Don Alfonso de Córdoba dem Mann zugedacht hatte, dem er sein Leben verdankte. Zudem gab es andere Vermächtnisse wie die Mitgift für mittellose Mädchen im heiratsfähigen Alter oder Geld für den Freikauf von christlichen Gefangenen. Melchor Parra und die Testamentsvollstrecker des Herzogs überschrieben Hernando das Erbe ohne weitere Zwischenfälle, und der Notar übermittelte ihm zudem mit einem gewissen Sarkasmus die neidischen Worte und Beleidigungen, die er im Palast gehört hatte. Die Schmähungen kamen allesamt aus den Mündern der Höflinge, die nicht einmal eine Blanca-Münze erbten – und das waren alle.

»Anscheinend bist du keinem dort sonderlich sympathisch«, meinte der Notar und verhehlte seine Befriedigung nicht, während der Erbe die Besitztitel unterzeichnete.

Hernando schwieg. Nach den geleisteten Unterschriften stellte er sich vor den alten Mann und suchte nach dem Schuldschein. Dann händigte er diesen im Beisein der Testamentsvollstrecker dem Notar aus.

»Das beruht auf Gegenseitigkeit, Don Melchor.«

Nachdem er mit Pablo abgerechnet hatte, der zudem den Degen und den Siegelring des jungen Adligen an sich nahm, dem Notar die Schuld erlassen und die Rückzahlung der einhundert Dukaten an Don Pedro de Granada Venegas angewiesen hatte, besaß Hernando immer noch genug für sein Auskommen, bis er in sein neues Haus ziehen und die Erträge erhalten würde.

Da nahm sein Leben eine unerwartete Wende.

»Das Haus ist noch vermietet, Señor«, klagte Miguel. Die beiden standen vor dem Patio-Haus in der Calle Espaldas de Santa Clara, nachdem Hernando den Jungen angewiesen hatte, alles vorzubereiten, damit er mit seiner Mutter und Volador das neue Haus beziehen konnte. »Ihr müsst warten, bis der Mietvertrag abläuft.«

»Nein«, entgegnete ihm Hernando. »Gefällt es dir?« Miguel pfiff beim Anblick des ansehnlichen Gebäudes anerkennend durch seine schadhaften Zähne. »Also, wir machen Folgendes: Ich begebe mich wieder in die Posada, und du gehst hinein und fragst nach der Herrin des Hauses. Nach der Señora, Miguel, hast du mich verstanden?«

»Sie werden mich nicht zu ihr vorlassen. Sie werden glauben, dass ich nur ein Bettler bin.«

»Versuch es. Sag ihnen, dass du der Diener des neuen Hausbesitzers bist.« Bei diesen Worten verlor Miguel mit seinen Krücken fast das Gleichgewicht und drehte sich abrupt zu Hernando um. »So ist es. Ich denke, weder meine Mutter noch mein Pferd könnten je einen besseren Diener als dich bekommen. Versuch es. Ich bin überzeugt, dass du es schaffst.«

»Und wenn es mir gelingt?«

»Dann sagst du der Hausherrin, dass sie von nun an die Miete an den neuen Hausbesitzer zahlen muss: an den Neuchristen Hernando Ruiz aus Juviles. Sie muss unbedingt erfahren, dass ich Moriske bin und ein Vertriebener aus den Alpujarras, einer von den Männern, die bei dem Aufstand zu den Waffen gegriffen haben. Sie muss begreifen, dass ich trotz allem ihr neuer Hausbesitzer bin. Wenn nötig, erzählst du ihr die ganze Geschichte noch einmal von vorn.«

Die Mieter, eine wohlhabende Seidenhändlerfamilie, brauchten keine Woche, um das Haus zu räumen, sobald der herzogliche Sekretär bestätigt hatte, dass die Miete tatsächlich ab sofort an Hernando abzuführen sei. Welcher rechtschaffene, reinblütige Altchrist konnte es zulassen, dass er im Haus eines Morisken wohnte?

Strahlendes Sonnenlicht durchflutete den Innenhof. Der Duft der Blumen und das unaufhörlich plätschernde Wasser im Brunnen schienen Aischa gutzutun. Einige Tage nach ihrem Einzug – als Miguel der

Kranken gerade wieder eine seiner Geschichten erzählte und ihr Blüten in den Schoß legte – beobachtete Hernando, wie seine Mutter eine Hand leicht bewegte. Auf einmal hatte er Fatimas Worte im Ohr, als er die Kinder eines Tages bei ihrem Unterricht mit dem Alfaquí in ihrem Patio angetroffen hatte.

»Hamid sagt, dass das Wasser die Quelle allen Lebens ist.«

Die Quelle allen Lebens! Sollte seine Mutter hier womöglich wieder gesunden können? Hernando näherte sich hoffnungsvoll dem sonderbaren Paar. Miguel schilderte gerade fröhlich die Geschichte von einem verhexten Haus.

»Die Wände schwankten wie das Schilf im Wind …«

Hernando lächelte ihm zu und betrachtete dann seine Mutter, die auf einem Stuhl neben dem Brunnen kauerte.

»Sie geht von Euch, Señor«, hörte er den Jungen sagen.

Hernando hielt inne.

»Wie bitte? Aber sie sieht doch schon viel besser aus!«

»Sie geht, Señor. Ich weiß es.«

Sie sahen sich einige Augenblicke lang schweigend an, dann schloss Miguel die Augen, als bestätigte er damit seine Vorahnung. Ganz sacht schüttelte er den Kopf, als würde er Hernandos Kummer teilen, dann fuhr er mit seiner Geschichte fort.

»Señora María, die Wand vom Schlafzimmer, in dem das Mädchen schlief, verschwand wie von Zauberhand. Könnt Ihr Euch das vorstellen? Eine riesige Lücke tat sich …«

Hernando hörte nicht weiter hin, er hockte vor seiner Mutter und streichelte ihr Knie. Sollte Miguel tatsächlich ihren Tod vorhersagen können? Aischa schien auf die Berührung ihres Sohnes zu reagieren und bewegte wieder eine Hand.

»Mutter«, flüsterte Hernando. »Miguel, lass uns einen Moment allein.«

Der Junge humpelte zum Stall, und Hernando legte Aischas kraftlose Finger zwischen seine Hände.

»Hörst du mich, Mutter? Kannst du mich verstehen?«, schluchzte er und drückte ihre schlaffe Hand. »Es tut mir so leid. Es ist meine

Schuld. Hätte ich dir doch nur alles erzählt! Dann wäre es nie so weit gekommen. Mutter, ich habe niemals aufgehört, für unseren Glauben zu kämpfen.«

Dann schilderte er ihr, was er bislang erreicht hatte und mit welchem Auftrag er derzeit beschäftigt war. Er berichtete ihr von all den Plänen für die Gemeinschaft! Doch Aischa regte sich nicht. Hernando verbarg sein Gesicht in ihrem Schoß und weinte hemmungslos.

Es vergingen noch weitere vier Tage, bis sich die Vorahnung des Jungen erfüllte.

In diesen vier langen Tagen wich Hernando nicht von der Seite seiner Mutter und erzählte ihr ein ums andere Mal von seinen Taten, während neben ihm Aischas Leben langsam zu Ende ging und sie eines Morgens schließlich friedlich mit dem Atmen aufhörte.

Hernando wollte weder für das christliche Begräbnis noch für den Trauergottesdienst bezahlen. Miguel verzog das Gesicht, als er seinen Herrn mit dem Pfarrer von Santa María sprechen hörte, den dieser absichtlich erst nach Aischas Ableben benachrichtigt hatte, damit er ihr die Letzte Ölung geben und sie aus dem Verzeichnis der Morisken in der Pfarrei streichen konnte.

»Pater, sie war zwar meine Mutter, aber sie war verhext«, versuchte Hernando sich vor dem Geistlichen zu rechtfertigen, dem er dennoch das Geld für die Dienste gab, die dieser nicht zu leisten brauchte. »So lautete das Urteil der Inquisition.«

»Ich weiß«, erwiderte der Priester.

»Ich kann es dir nicht erklären«, entschuldigte er sich später bei Miguel, der den Worten entsetzt gelauscht hatte.

»›Verhext‹ sagt Ihr, Señor?«, kreischte der Junge und wäre beinahe umgefallen. »Aber selbst in ihrem Schweigen litt Eure Mutter mehr als ich damals, wenn man mich zum Betteln benutzte. Sie hat ein ordentliches Begräbnis …«

»Miguel, ich weiß sehr wohl, was meine Mutter verdient hat«, wies ihn Hernando zurecht.

Wenn er dafür bezahlt hätte, Aischa auf dem Friedhof des Sprengels zu begraben, hätte er es nicht geschafft. Doch mit ihrer Bestattung in einem Armengrab am Campo de la Merced, wo sonst kaum jemand unterwegs war, könnte es ihm gelingen. Wer hielt schon Wache bei den Leichen, deren Angehörige nicht bereit waren, für ein ordentliches christliches Begräbnis zu sorgen?

»Geh nach Hause«, befahl er Miguel, nachdem die Totengräber die Leiche ohne jeden Respekt in die Grube gestoßen hatten.

»Und was werdet Ihr nun tun, Señor?«

»Ich befehle dir, dass du jetzt nach Hause gehst.«

Hernando machte sich auf die Suche nach Abbas und fragte im Marstall nach ihm. Man ließ ihn ein, und kurz darauf betrat er die Schmiede. Seit ihrer letzten Begegnung – damals, als die Gemeinschaft sich geweigert hatte, sein Almosen anzunehmen – ging es Abbas offensichtlich schlechter. Dem Schmied wiederum entging nicht, dass auch der Nazarener sichtlich gealtert war.

»Ich glaube kaum, dass dir jemand helfen will«, versicherte ihm Abbas abweisend, nachdem ihm Hernando sein Anliegen geschildert hatte.

»Wenn du sie darum bittest, werden sie es tun. Ich werde gut dafür bezahlen.«

»Schon wieder das Geld! Das ist das Einzige, was dich interessiert.« Abbas warf ihm einen abschätzigen Blick zu.

»Du irrst dich gewaltig, aber ich habe nicht die Absicht, mich mit dir zu streiten. Meine Mutter war eine gute Muslimin, das weißt du sehr wohl. Tu es für sie. Wenn du es nicht machst, muss ich mir auf der Plaza del Potro ein paar betrunkene Christen suchen, und dann riskieren wir alle, dass man erfährt, wie wir unsere Toten bestatten, und dass die Inquisition nachforscht. Dir ist klar, dass die Priester imstande sind, den gesamten Friedhof umzugraben, oder?«

Noch in der Nacht begleiteten ihn zwei kräftige junge Männer und eine ältere Frau. Niemand wollte Hernandos Geld, und sie sprachen auch kein Wort mit ihm. Durch eine unscheinbare Öffnung in der Stadtmauer gelangten sie zum Campo de la Merced. Im Mondschein gruben die beiden jungen Morisken auf dem menschenleeren Friedhof Aischas Leichnam an der Stelle aus, die ihnen Hernando wies, und übergaben ihn der alten Frau. Dann begannen sie, in der jungfräulichen Erde eine lange, schmale Grube in halber Mannstiefe auszuheben.

Die alte Frau war auf ihre Aufgabe vorbereitet: Sie entkleidete die Leiche und wusch sie. Dann rieb sie sie mit feuchten Weinblättern ab.

»Herr! Verzeih ihr und nimm dich ihrer an!«, betete sie immer wieder.

»Amen«, sprach Hernando. Er stand mit dem Rücken zu ihr, seine Tränen ließen den Blick auf die Stadt Córdoba verschwimmen. Ihre Religion erlaubte es nur denjenigen, die die Leiche wuschen, diese zu betrachten, und Hernando hätte nicht gewagt, dagegen zu verstoßen.

»Herr, verzeih mir!«, flehte die alte Frau, weil sie die Leiche berührt hatte. »Junge, hast du das Leinen dabei?«

Ohne sich umzudrehen, übergab er ihr die weißen Tücher, in die sie den schmächtigen toten Körper hüllte. Die jungen Männer wollten Aischas Leichnam einfach so begraben, als das Erdloch tief genug war, aber Hernando hinderte sie daran.

»Was ist mit dem Totengebet?«, forderte er sie auf.

»Was für ein Gebet?«, fragte einer der beiden.

Die Männer mochten etwa zwanzig Jahre alt sein. Sie waren bereits in Córdoba auf die Welt gekommen. Sie hatten keinen Unterricht von einem Alfaquí erhalten, sie wussten nichts über das offenbarte Wort oder die Gebete. Stattdessen füllten sie ihre Seelen mit dem blinden Hass gegen die Christen. Vermutlich kannten sie nur das Glaubensbekenntnis.

»Lasst den Leichnam neben dem Grab liegen, und wenn ihr wollt, könnt ihr gehen.«

Dann hob Hernando im Mondlicht seine Arme zum Himmel und begann das lange Totengebet.

»Gott ist groß. Lob sei Gott, der Leben und Tod schenkt. Lob sei Gott, der die Toten auferstehen lässt. Sein ist die Herrlichkeit, sein ist der Ruhm, sein ist die Herrschaft…«

Die jungen Männer und die alte Frau blieben ruhig hinter ihm stehen, während er das Gebet sprach.

»Ist das der Mann, den alle nur den ›Nazarener‹ nennen?«, flüsterte einer der jungen Männer dem anderen zu.

Hernando beendete das Gebet. Sie betteten Aischa so in die Grube, dass sie zur Qibla ausgerichtet lag. Bevor sie sie mit Steinen bedeckten, über die sie wiederum Erde schichteten, damit diese Stelle nicht weiter auffiel, legte er den Totenbrief zwischen die Leinentücher. Er hatte ihn am Abend mit Safrantinte geschrieben, in inniger Verbindung mit Allah waren ihm Buchstaben von höchster Vollendung gelungen.

»Was machst du da?«

»Frag deinen Alfaquí«, erwiderte Hernando schroff. »Ihr könnt gehen. Danke.«

Die beiden jungen Männer und die alte Frau brummten einen Abschiedsgruß, Hernando blieb allein am Fuß des Grabes stehen. Das Leben seiner Mutter war hart gewesen. In seinem Gedächtnis zogen einzelne Begebenheiten vorüber, aber nicht so wahllos und unvermittelt wie sonst, sondern in einer langsamen Abfolge. So stand er eine geraume Weile, mal brach er in Tränen aus, mal musste er wehmütig lächeln. Nun hat sie endlich ihren Frieden gefunden, beruhigte er sich, ehe er in die Stadt zurückkehrte.

Auf seinem Rückweg, schon hinter der Stadtmauer, hörte er einen dumpfen, ihm wohlbekannten Ton. Hernando blieb mitten auf der Straße stehen.

»Du brauchst dich nicht zu verstecken«, sagte er in die dunkle Nacht hinein. »Komm zu mir, Miguel.«

Der Junge folgte seiner Aufforderung nicht.

»Ich habe dich gehört«, versicherte Hernando. »Los, mach schon.«

»Señor.« Hernando versuchte, die Stimme zu orten. Sie klang traurig. »Als ich Euer Diener wurde, habt Ihr gesagt, dass Ihr mich für Eure Mutter und für Euer Pferd braucht. Señora María Ruiz ist gestorben, und das Pferd … Ich kann Volador doch nicht einmal aufzäumen.«

Hernando spürte, wie ihm heiß und kalt wurde.

»Glaubst du wirklich, ich könnte dich vor die Tür setzen, nur weil meine Mutter tot ist?«

Eine Weile herrschte absolute Stille, bis sie vom Klappern der Krücken durchbrochen wurde. Miguel hüpfte durch die Dunkelheit zu ihm.

»Nein, Señor, das glaube ich nicht.«

»Mein Pferd mag dich, das weiß ich, und das sehe ich. Und was meine Mutter angeht…«

Hernando versagte die Stimme.

»Ihr habt sie sehr gemocht, nicht wahr?«

»Ja, sehr«, seufzte Hernando. »Aber sie hat mich nicht…«

»Sie starb im Trost, Señor«, versicherte ihm Miguel. »Sie starb in Frieden. Sie hat Eure Worte gehört, seid deswegen unbesorgt.«

Hernando versuchte im Dunkeln Miguels Gesichtsausdruck zu erkennen. Was sagte der Junge da?

»Was meinst du damit?«, wollte er wissen.

»Sie hat Eure Worte sehr wohl verstanden, und sie hat gewusst, dass Ihr Euer Volk nicht verraten habt.« Miguel senkte beim Sprechen den Blick zu Boden, er wagte nicht aufzusehen.

»Woher willst du das wissen?«

»Ihr müsst mir verzeihen.« Nun richtete der Junge seine ernsten Augen auf Hernando. »Ich bin nur ein kleiner Bettler. In unserem Leben geht es immer nur darum, dass wir etwas hören, dass wir etwas mitbekommen, in den Gassen, hinter den Straßenecken…«

Hernando schüttelte den Kopf.

»Aber ich bin treu«, beteuerte Miguel sogleich. »Ich würde Euch nie verraten, das würde ich bei einem Menschen wie Euch wirklich niemals tun! Ich schwöre es, und wenn man mir auch noch die Arme bräche!«

Hernando war sprachlos. Woher wollte der Junge denn wissen, dass Aischa in Frieden starb?

»Ich habe mir oft gewünscht, dass ich sterbe«, sagte Miguel, als erriete er Hernandos Gedanken. »Ich war oft einsam und krank und habe an den Türen der Menschen gebettelt. Meistens sind mir die

Leute voller Verachtung aus dem Weg gegangen. Ich habe auch in so einem Zustand wie Señora María gelebt und dabei viele Seelen kennengelernt, die ebenfalls vor der Tür des Todes standen. Die einen haben Glück und gehen hindurch, die anderen müssen noch warten und leiden. Sie wusste es. Sie hörte Euch. Das versichere ich Euch. Ich habe es gefühlt.«

Hernando fehlten immer noch die Worte. Irgendetwas an diesem Jungen weckte sein Vertrauen – er glaubte ihm. Oder war es nur sein eigener Wunsch, dass seine Mutter in Frieden verstorben war? Hernando seufzte.

»Komm, wir gehen jetzt nach Hause, Miguel.«

»Ich habe das überprüft.« Ephraim hob die Stimme, um deutlich zu werden. Er hatte Fatima gleich nach seiner Rückkehr in Tetuan Aischas Botschaft ausgerichtet, und die Palastherrin seufzte nur ungläubig. Der alte Jude, der seinem Sohn zur Seite stand, packte den jungen Mann am Arm, damit er sich beruhigte. »Ich habe das überprüft«, sagte Ephraim noch einmal, diesmal etwas ruhiger. Fatima war aufgebracht und ging im kostbar ausgestatteten Saal, der zum Patio führte, auf und ab. »Nach dem Gespräch mit Aischa suchte mich der Schmied aus dem Marstall auf …«

»Abbas?«, entfuhr es Fatima.

»Ein gewisser Jerónimo. Er hatte mir zuvor gesagt, wo die alte Frau wohnt. Anscheinend war er mir gefolgt und hatte abgewartet, bis mein Besuch bei ihr zu Ende war, um mich dann auf dem Weg mit Fragen zu bestürmen …«

»Hast du ihm von mir erzählt?«, unterbrach ihn Fatima.

»Nein. Ich habe ihm nur das gesagt, was ich mir für den Fall ausgedacht hatte, dass die Sache schiefgeht: Dass ich als Zahlung für eine Ladung Öl ein prächtiges, reinrassiges Araberpferd erhalten habe und dass ich Hernando damit beauftragen wolle, es zu zähmen.«

»Und dann?«

»Er hat mir nicht geglaubt. Er wollte unbedingt von mir wissen, was das für ein Brief war, den Aischa zerrissen und in den Guadalquivir geworfen hatte. Aber ich habe nichts verraten. Das versichere ich Euch.«

»Was hat Abbas gesagt?«, fragte Fatima und blieb angespannt vor dem jungen Juden stehen. Ephraim hatte Aischas Zustand genau beschrieben. Er hatte von ihrer Hinfälligkeit berichtet und davon, wie sie sich altersschwach durch die Straßen schleppte. Vielleicht … vielleicht war Aischa inzwischen verrückt geworden. Aber Abbas konnte nicht gelogen haben! Er war Hernandos Freund! Die beiden Männer hatten Seite an Seite gearbeitet, gemeinsam hatten sie für die Gemeinschaft ihr Leben riskiert. Nein, Abbas nicht. Abbas konnte nicht gelogen haben.

Ephraim zögerte.

»Dieser Jerónimo – oder Abbas, wie Ihr ihn nennt – hat alles bestätigt, was mir die Mutter berichtete. An dem Abend lud mich der Schmied in das Haus eines Freundes ein – ein gewisser Cosme. Die Morisken von Córdoba achten diesen Mann. Die beiden wiederholten, was Aischa mir bereits gesagt hatte. Nach Eurem Tod, denn sie halten Euch und Eure Kinder für tot …« Fatima seufzte und nickte. »Also, nicht einmal ein Jahr nach dem Vorfall zog Euer Gemahl in den Palast des Herzogs von Monterreal. Die beiden Männer schäumten vor Wut über den Nazarener.«

Der alte Jude wurde unruhig, als er seinen Sohn diesen Spottnamen sagen hörte, doch Fatima zuckte nicht mit der Wimper. Ihr Gesichtsausdruck blieb versteinert.

»Alle Morisken hassen ihn wegen seiner Taten und wegen seines Verrats. Selbst die Nachbarn dieses Cosme haben es mir bestätigt. Es tut mir leid!«, sagte der jungen Mann dann nach einer Pause.

Während der langen Zeit, in der der Jude von Tetuan nach Córdoba und wieder zurück gereist war, waren Fatima Tausende Gedanken durch den Kopf gegangen: Hernando, der ein neues Leben angefangen hatte und sich weigerte, die ehemalige Hauptstadt der Kalifen zu verlassen. Sie hätte es verstanden! Dann stellte sie sich vor, dass er gestorben sein könnte. Die Nachrichten von der grausamen Pestepidemie, die vor sechs Jahren große Teile der Bevölkerung von Córdoba dahingerafft hatte, waren bis nach Tetuan gedrungen. Vielleicht wollte er auch einfach seine Arbeit als Bereiter im königlichen Marstall nicht aufgeben, die ihm so viel Befriedigung verschaffte. Oder vielleicht benötigten ihn die Glaubensbrüder vor Ort, im Gebiet der Christen, und er musste weiter Abschriften des Korans, der Mondkalender und der Weissagungen anfertigen… Das hätte sie alles verstanden! Aber sie wäre niemals auf die Idee gekommen, dass Hernando seine Leute und ihre Religion verraten könnte. Sie selbst hatte doch damals auf ihre eigene Freiheit verzichtet, damit der Moriskensklave mit Hernandos Geld freigekauft werden konnte!

»Und du bist dir sicher?« Fatima zögerte. Sie hatten doch so lange zusammengelebt, Hernando hätte sein Tun doch unmöglich all die Jahre vor ihr geheim halten können! Ja, Hernando hatte ihr von seiner Flucht aus Barrax' Zelt im Feldlager zusammen mit dem christlichen Adligen berichtet. Aber wie hatte er – nach den Opfern, die sie selbst gebracht hatte, um mit ihm die Ehe einzugehen – die ganze Wahrheit verschweigen können? »Du sagst, dass er in den Alpujarras vielen Christen das Leben gerettet hat?«

»Ja. Zwei Fälle sind bekannt. Er half dem Herzog, der ihn später in seinem Palast in Córdoba aufnahm, und dann gibt es noch die Gattin eines Richters vom Obergericht in Granada. Aber die Leute reden von viel mehr geretteten Christen.«

Da konnte Fatima ihre Wut und ihre Enttäuschung nicht mehr unterdrücken. Plötzlich waren nur mehr ihre Schreie und Flüche zu hören. Außer sich vor Zorn rannte sie in den Patio, dort streckte sie die Arme zum Himmel und gab vor Kummer und Wut einen gellenden Schrei von sich. Der alte Jude machte seinem Sohn ein Zeichen und verließ mit ihm den Palast.

Einige Tage später rief Fatima Shamir und ihren Sohn Abdul zu sich. Sie berichtete ihnen, was sie über Hernando erfahren hatte.

»So ein Mistkerl!«, brummte Abdul nur, als seine Mutter fertig war.

Dann zogen sich die beiden jungen Männer zurück. Ihre Gesichter waren ernst, und sie traten entschieden auf, die Metallplättchen ihrer

Krummsäbel klirrten bei jedem Schritt. Ja, sie waren richtige Korsaren, dachte Fatima, sie waren Grausamkeiten gewohnt.

Von dem Tag an kümmerte sich Fatima persönlich und mit eiserner Hand um den Handel und die Mehrung des Vermögens der Familie. Shamir und Abdul gingen weiterhin auf Kaperfahrten. Fatima ließ sich durch nichts und niemanden von ihrer Aufgabe ablenken – nur nachts, wenn sie allein war, dachte sie mit einer Mischung aus Zorn und Gram an Ibn Hamid. Mithilfe einer stattlichen Mitgift verheiratete sie ihre Tochter mit einem Sprössling der Familie Naqsis, die Tetuan inzwischen beherrschte. Auch für Abdul und Shamir suchte sie geeignete Frauen aus. Das Bündnis, das sie nach Ibrahims Tod mit der Familie Naqsis eingegangen war, erwies sich als äußerst ertragreich, und ihre Situation als Frau hinderte sie keineswegs daran, unter den Geschäftsleuten in der Piratenhochburg eine herausragende Stellung einzunehmen. Sie war nicht die erste Frau, die in Tetuan etwas zu sagen hatte: Nicht umsonst war die erste Gouverneurin der Stadt nach der Eroberung durch die Muslime eine einäugige Frau gewesen, deren Andenken Achtung und Bewunderung erfuhr. So wie diese Frau wurde Fatima verehrt wie auch gefürchtet, und so wie diese Frau war auch Fatima auf sich allein gestellt.

IV

Im Namen unseres Herrn

Ich sage euch, die Araber sind eines der erhabensten Völker, und ihre Sprache ist eine der erhabensten Sprachen. Gott wählte sie aus, um sein Gesetz in der letzten Zeit auf sie zu stützen […] Wie mir Jesus sagte, der schon über den Söhnen Israels Vorrang hatte, wird jenen von ihnen, die ihm untreu waren […], niemals die Herrschaft gegeben. Aber die Araber und ihre Sprache werden zu Gott und zu seinem rechten Gesetz zurückkehren, und zu seinem ruhmreichen Evangelium und zu seiner heiligen Kirche in der Zeit, die da kommen wird.

Die Geschichte der Wahrheit des Evangeliums
(Die Bleibücher von Sacromonte,
herausgegeben von Miguel José Hagerty)

58

Córdoba, im Januar 1595

Der Morgen war kalt und grau, und Hernando verbreitete seit dem Aufstehen eine ebenso düstere Stimmung wie der Himmel über dem Patio. Miguel machte sich Sorgen um seinen Herrn und Freund: Hernando wirkte fahrig, mürrisch und wie von einer ungewohnten Rastlosigkeit getrieben. Dabei ritt sein Herr seit einiger Zeit regelmäßig am frühen Morgen aus und zog sich dann in aller Ruhe in die Bibliothek im Obergeschoss zurück, in der die zahlreichen Bücher, Papiere und Schriften noch größere Haufen bildeten als das Herbstlaub im Innenhof.

Die wachsende Unruhe, die Miguel an seinem Herrn in diesen Tagen bemerkte, rührte daher, dass Hernando – mittlerweile einundvierzig Jahre alt – nach sieben langen Jahren endlich kurz vor dem Höhepunkt seiner Arbeit stand. Sieben Jahre unermüdlichen Forschens und Nachdenkens. Sieben Jahre, die er seiner Mission des friedlichen Miteinanders der beiden großen Religionen gewidmet hatte. Er wollte die Einstellung der Christen zu seinem von ihnen so verachteten Volk, das acht Jahrhunderte lang die spanischen Reiche beherrscht hatte, radikal verändern. Hernando hatte sogar Latein gelernt, um bestimmte Texte lesen zu können. Von den Spieltischen hielt er sich gänzlich fern, und das Hurenhaus besuchte er nur noch selten.

»Ja! Die sieben apostolischen Männer!«, hatte er vor einigen Tagen unvermittelt im Patio ausgerufen und damit Miguel überrascht, der mit den Abgrenzungen der Beete beschäftigt war, in denen im Frühling die Blumen blühen sollten. »Wenn ich diese Legende als Ausgangspunkt nehme, dann passt alles zusammen, sogar die Geschichte vom heiligen Caecilius, die mir Castillo berichtet hat!«

Der Junge, der von Hernandos Bestrebungen wusste, seit dieser sie Aischa kurz vor ihrem Tod offenbart hatte, stand den Plänen seines Herrn und Freundes gleichgültig bis skeptisch gegenüber.

»Señor«, hatte er ihm bei einem ihrer Gespräche entgegengehalten, »welchem Gott kann ich denn noch vertrauen? Egal, ob es der eine oder der andere ist, Gott lässt zu, dass Kindern die Beine gebrochen werden, damit sie mehr Geld einbringen!«

Dennoch hatte Hernando in Miguel einen Gesprächspartner gefunden, mit dem er sich über seine täglichen Zweifel oder Erfolge austauschen konnte. Und er musste mit jemandem über seine Arbeit reden – denn seine Mitstreiter Don Miguel de Luna, Don Alonso del Castillo und Don Pedro de Granada Venegas waren zu weit weg.

»Und wer sind diese sieben apostolischen Männer?«, fragte Miguel angesichts des freudigen Ausrufes seines Herrn gelangweilt, nur um ihm einen Gefallen zu erweisen. Ihm war heute nicht nach einem Streitgespräch zumute.

»Es gibt eine Legende«, erklärte Hernando aufgeregt, »nach der Petrus und Paulus sieben Apostel zum Missionieren nach Spanien schickten: Torquatus, Ctesiphon, Indaletius, Secundus, Euphrasius, Caecilius und Hesychius. Von vier dieser Missionare fand man Reliquien, die heute an verschiedenen Orten verehrt werden. Aber, weißt du was?«

Hernando legte eine Pause ein.

»Was denn, Señor?«, erwiderte Miguel halbherzig.

»Zu den drei apostolischen Männern, die noch gefunden werden müssen, gehört der heilige Caecilius, von dem man mit Sicherheit annimmt, dass er der erste Bischof von Granada war. Ich muss nur diese Legende verwenden und die Knochen des heiligen Caecilius in Granada auftauchen lassen. Das würde auch mit dem Pergament aus der Torre Turpiana zusammenpassen! Ich könnte …«

»Señor«, unterbrach ihn Miguel, »die Bischöfe behaupten aber, dass Jakobus das Christentum zu uns gebracht hat. Das weiß sogar ich, und bei Euren sieben apostolischen Männern war der heilige Jakobus nicht dabei.«

»Das stimmt«, gab Hernando zu. »Aber ich weiß schon, was ich deswegen mache: Ich werde die beiden Legenden einfach miteinander verbinden!«

Plötzlich rannte er die Treppen hoch, als wollte er seinen Worten sofort Taten folgen lassen. Miguel blieb allein im Patio zurück.

»Ja, ja, ich werde die beiden Legenden einfach miteinander verbinden«, äffte er Hernando verbittert nach und wandte sich wieder der Einfassung zu, aus der ein Rosenbeet werden sollte. Wie oft hatte er diesen Satz schon gehört! »Ich kenne auch etwas, das einfach miteinander verbunden werden sollte«, sagte er leise, dabei hätte er am liebsten laut geschrien, »und zwar die gebrochenen Knochen meiner verdammten Beine!«

An diesem kalten, grauen Januarmorgen hörte Miguel im Hof, wie Hernando María – die Moriskin, die ihnen den Haushalt besorgte – schalt, und er musste plötzlich wieder an seine eigenen zornigen Worte denken. Seine verdammten Beine! Er betrachtete das Beet, an dem er noch immer arbeitete und dessen blühende Rosenstöcke im Vorjahr den Patio mit ihrem verführerischen Duft erfüllt hatten. Er konnte sich des Gefühls nicht erwehren, dass sich die Natur über ihn lustig machte. Warum gelangte alles immer wieder zu solcher Schönheit – alles, außer seinen Beinen? Sein Leben lang war ihm sein Dasein als Krüppel noch nie so verhasst gewesen wie im letzten Monat. Da hatte er zum ersten Mal bemerkt, wie seine Nachbarin Rafaela ihre unschuldigen Augen verschämt auf seine verformten Beine richtete. Die junge Frau war unbeholfen und musste immer wieder verlegen auf seine verwachsenen Gliedmaßen starren. Dann stammelte sie etwas, errötete und blickte ihm ins Gesicht.

Er hatte sie schon seit einiger Zeit im Nachbarhaus ein und aus gehen sehen, aber erst vor ein paar Wochen war sie ihm aufgefallen. Die Straßen von Córdoba lagen in abendlicher Ruhe da, und er war in den Stall gegangen, um nach dem neuen jungen Pferd zu sehen, das Toribio vom Bauernhof in die Stadt gebracht hatte. Als Volador vor fünf Jahren unübersehbar zu altern begonnen hatte, ließ Hernando den kleinen Hof in Palma del Río wieder bewirtschaften, damit der Hengst dort ein paar der ausgesonderten Stuten decken konnte, die er vom königlichen Marstall gekauft hatte. Dort hatte er auch Toribio getroffen, den Reiter, den er anstellte und der sich seither mit mehr oder weniger Geschick um die Fohlen kümmerte. Sobald sie alt genug waren, ließ Hernando sie zum Patio-Haus in der Stadt bringen.

An dem Abend wollte Miguel überprüfen, ob sich Estudiante – »Student« – schon im Stall eingelebt hatte. Er stammte wie César – das andere Jungpferd in Córdoba – von Volador und einer feuerroten Stute ab. Hernando war wegen der neuen Tiere besorgt und schickte Miguel zu allen Tages- und Nachtzeiten in den Stall, denn die beiden jungen Pferde waren offensichtlich noch nicht an die Futterkrippe gewöhnt. Sie waren schreckhaft und widerspenstig, und beim Reiten wurde schnell klar, dass ihre Sattelgewöhnung brutal und ungeschickt erfolgt sein musste. Toribio besaß einfach kein Feingefühl. Deshalb kümmerte sich Hernando in den Morgenstunden nun selbst um die Pferde. Miguel bemerkte, dass sein Herr seither wieder mehr Appetit hatte und dass mit den Ausritten allmählich auch Hernandos bleiche Gesichtsfarbe, die er den vielen Stunden in der Bibliothek verdankte, einer ländlichen Bräune wich.

Als Miguel an jenem Abend nach Estudiante gesehen hatte, machte er auf seinen Krücken kehrt und wollte schon ins Haus zurückgehen, als ihn plötzlich ein unterdrücktes Schluchzen innehalten ließ. Weinte sein Herr? Er lauschte und blickte zur Bibliothek hinauf, in der Hernando immer noch arbeitete. Das Licht der Öllampe drang durch das Fenster, das auf die Galerie über dem Patio zeigte. Aber nein, das Weinen kam von der anderen Seite, von dort, wo der Stall an den Patio des Nachbarhauses des Jurados Don Martín Ulloa grenzte. Miguel beschloss, das Geräusch nicht weiter zu beachten, doch die traurigen Seufzer erinnerten ihn plötzlich an seine Geschwister: Aus Furcht vor Schlägen hatten sie nachts immer genauso unterdrückt geschluchzt, damit ihre Eltern sie nicht hörten. Miguel näherte sich der Stallmauer. Dort jammerte jemand ganz erbärmlich. Das Weinen war jetzt deutlich zu hören, es war herzzerreißend, wie damals das Wimmern seiner Geschwister … und sein eigenes.

»Was ist mit dir?« Er vermutete, dass die helle, gequälte Stimme einem Mädchen gehörte.

Miguel erhielt keine Antwort. Er hörte nur, wie jemand die Nase hochzog und sich bemühte, ein Stöhnen zu unterdrücken, aus dem zu Miguels Leidwesen erneut ein unaufhaltsames Schluchzen wurde.

»Weine nicht«, wollte Miguel dem Mädchen auf der anderen Mauerseite gut zureden. Vergeblich.

Er sah zum sternenklaren Himmel über Córdoba hinauf. Wie alt seine blinde Schwester inzwischen wohl sein mochte? Als er sie das letzte Mal gesehen hatte, war sie fünf oder sechs Jahre alt gewesen. Alt genug, um festzustellen, dass ihr Leben ein anderes war als das der Kinder, die lachend durch die Straßen lärmten. Miguel wisperte dem Mädchen auf der anderen Seite die gleichen Worte zu, mit denen er seine Schwester damals zu trösten versucht hatte – in der Dunkelheit der feuchten, ekelerregenden Absteige, die sie sich mit ihren Eltern teilen mussten.

»Sei nicht traurig. Weißt du was? Es war einmal ein blindes Mädchen«, begann er seine Erzählung und erinnerte sich wehmütig an die allererste Geschichte, die er für seine kleine Schwester erfunden hatte. »Es streckte die Arme aus und sprang in die Höhe, um den wunderbaren Sternenhimmel zu berühren. Alle sagten, er befinde sich über ihren Köpfen, doch sie konnte ihn nicht sehen …«

So verging der erste Abend an der Mauer, dem weitere folgten: Miguel erzählte seine Geschichten, und das Mädchen auf der anderen Seite ließ sich von seiner Stimme in Bann ziehen und vergaß für diese Zeit ihr Unglück.

»Du bist der …«, flüsterte sie eines Abends.

»… der Krüppel«, bestätigte Miguel und seufzte.

Einige Tage später trafen sie sich. Miguel lud sie ein, sich die jungen Pferde anzusehen. Er hatte ihr bereits unzählige Geschichten über die beiden Tiere erzählt. Rafaela schlich heimlich durch eine kleine, selten benutzte Tür aus dem Nachbarhaus in die Gasse, die am Stalltor vor Hernandos Wohnhaus endete. Miguel biss sich nervös auf die Unterlippe und erwartete sie auf seine Krücken gestützt. Rafaela war etwa sechzehn Jahre alt. Ihr langes Haar fiel ihr in leichten Locken über die Schultern, sie hatte sanfte Augen, schmale Lippen und eine zierliche Nase. In dieser Nacht offenbarte sie ihm endlich den Grund für ihren Kummer: Ihr Vater, der Jurado Don Martín Ulloa, war nicht wohlhabend genug, um seine beiden Töchter mit einer angemessenen Mitgift auszustatten und gleichzeitig für die hohen Ausgaben seiner beiden eitlen Söhne aufzukommen.

»Sie halten sich für Hidalgos«, sagte Rafaela wütend, »dabei sind sie nur die Söhne eines Nadelmachers, dessen Vater sich das Amt eines Jurados erschlichen hat. Trotzdem tun mein Vater, meine Geschwister und sogar meine Mutter so, als wären sie adelig zur Welt gekommen.«

Deshalb hatte Don Martín entschieden, seine Erstgeborene – die scheue, zurückhaltende Rafaela, die ohnehin keine gute Partie machen würde – ins Kloster zu geben. So konnte er ihre jüngere, hübschere Schwester besser verheiraten. Doch der Jurado verfügte nicht einmal über die nötige Summe, um Rafaelas Eintritt ins Kloster zu bezahlen. Die junge Frau befürchtete, sie werde im Orden deshalb selbst keine Nonne werden, sondern lediglich in den Dienst einer wohlhabenden Nonne kommen: der einzige Ausweg für eine unverheiratete fromme Christin aus einfachen Verhältnissen.

»Ich habe gehört, wie mein Vater und meine Geschwister darüber gesprochen haben. Meine Mutter war auch dabei, aber sie hat kein Wort zu dem Geschacher gesagt. Wenn nur einer von ihnen mit der Geldverschwendung aufhören würde … und mich behandeln sie seither wie eine Pestkranke!«

Miguel bemerkte sehr wohl, wie sich die sonst so widerspenstigen jungen Pferde von Rafaela streicheln ließen und begierig ihrem sanften

Flüstern lauschten. Plötzlich fehlten ihm zum ersten Mal die Worte, um wie gewohnt seine Geschichten zu erzählen. Er sehnte sich nur noch nach ihrer Nähe und ihrer Umarmung – doch wie sollte er sie mit seinen hässlichen, verkrüppelten Beinen für sich gewinnen? Als er wieder allein war, fand er keinen Schlaf. Was konnte er für diese unglückliche junge Frau tun, die ein besseres Schicksal verdient hatte?

59

Und die Engel sprachen: »Maryam! Gott hat dich auserwählt und gereinigt und erwählt vor den Frauen der Welten.«

Der Koran, 3,42

An einem Morgen im Januar 1595 sattelte Hernando im Stall Estudiante.

»Ich reite nach Granada«, teilte er Miguel mit.

»Señor, wäre César dafür nicht besser geeignet?«, schlug dieser vor. »Er hat mehr …«

»Nein«, unterbrach ihn Hernando. »Estudiante ist ein hervorragendes Pferd, und unsere Reise wird ihm guttun. Unterwegs habe ich viel Zeit. Ich kann ihm noch etwas beibringen und mich auf der langen Strecke damit ablenken.«

»Wie lange wirst du weg sein?«

Hernando hielt das Halfter in der Hand und wollte Estudiante gerade das Zaumzeug anlegen. Er blickte zu Miguel und lächelte.

»Du weißt doch sonst immer, ob und wann die Tiere und die Menschen zurückkehren«, entgegnete er.

Miguel hatte mit dieser Antwort schon gerechnet.

»Señor, mein Gefühl dafür versagt bei dir. Aber es gibt hier viel zu tun, es stehen einige Entscheidungen an, die Pacht muss eingezogen werden, ich muss wissen …«

»Und du musst dich mit deiner nächtlichen Besucherin treffen«, überraschte ihn Hernando. Miguel errötete. »Ich habe wirklich nichts dagegen, aber hüte dich vor ihrem Vater: Wenn er davon erfährt, hängt er dich noch am nächsten Baum auf. Ich würde dich bei meiner Rückkehr aber gern gesund und munter antreffen.«

»Das Mädchen hat großen Kummer, Señor.«

In dem Moment legte Hernando dem Pferd gerade das Zaumzeug an, und Estudiante kaute unaufhörlich auf der Trense herum.

»Dieser verdammte Toribio wird niemals den Trick mit den Honigstöcken verstehen«, klagte er. »Welchen Kummer? Was ist mit dem Mädchen?«

Miguel schwieg.

»Miguel«, sagte Hernando, »ich kann mich jetzt nicht darum kümmern, aber ich verspreche dir, dass wir darüber reden, sobald ich zurück bin.«

Miguel nickte wortlos.

»Hast du die … diese Sache fertiggeschrieben, Señor?«

»Ja. Ich konnte sie abschließen. Jetzt liegt es in Gottes Hand, wie es weitergeht.«

Hernando brach nicht nach Granada auf. Er ritt nicht über die römische Brücke, sondern schlug nach der Puerta del Colodro den Weg nach Almansa ein, der über Albacete zur Mittelmeerküste führte. In Almansa würde er gen Norden nach Jarafuel reiten.

Estudiante gab sich störrisch und scheute. Hernando ließ das Pferd gewähren und duldete die schreckhaften Bewegungen und das andauernde, heftige Kauen auf der Trense. Später, als sie die belebten Wege in der Nähe von Córdoba hinter sich gelassen und die Kreuzung mit dem Camino de las Ventas Richtung Toledo passiert hatten, gab er ihm endlich die Sporen. Das Pferd fiel sofort in einen gestreckten Galopp – und ein wilder Ritt begann. Doch schon nach ein paar Meilen reichte es: Trotz der winterlichen Kälte schwitzte das Pferd und schnaubte heftig, aber es hatte sich seinem Reiter endlich gefügt. Nun ging es im ruhigen Schritt weiter.

Die Strecke nach Almansa war weit und beschwerlich, doch das hatte Hernando schon vor ein paar Monaten feststellen können, bei einer Reise wegen seiner Arbeit über die Märtyrer. Der neue Erzbischof Don Pedro de Castro hatte, wie schon sein Vorgänger, Hernando mit Berichten über die christlichen Märtyrer – die Blutzeugen – aus dieser Gegend beauftragt.

Castillo hatte ihm empfohlen, sich nach Jarafuel zu begeben. Der Ort lag wie Teresa und Cofrentes im westlichen Teil des Königreichs Valencia, in einem fruchtbaren Tal, dessen Flüsse in den großen Júcar mündeten und hinter dem sich ein massives Felsplateau erhob, der Muela de Cortes. Für Hernandos Mission war aber vor allem eines wichtig: Die Mehrheit der Bewohner dieser Orte waren Morisken.

»Ich habe kein altes Pergament mehr«, hatte er bei seiner letzten Reise nach Granada geklagt, als er wieder mit Don Pedro, Luna und Castillo im Goldenen Zimmer zusammentraf. »Derzeit schreibe ich auf normalem Papier, aber …«

»Wir sollten besser kein Pergament mehr verwenden«, wandte Luna ein. Der Übersetzer hatte soeben den ersten Teil seines Werkes *Die wahre Geschichte von König Roderich* veröffentlicht und damit für bissige Kommentare seitens der Gelehrten in ganz Spanien gesorgt. Zum Leidwesen des Verfassers hatte sich ausgerechnet ein Neuchrist, der Jesuit Ignacio de las Casas, an die Spitze der Leute gestellt, die sich negativ über die vorteilhafte Darstellung der arabischen Themen in seinem Buch äußerten. »Einige Gelehrte haben das Pergament aus der Torre Turpiana als Fälschung bezeichnet, da es – so ihr Argument – nicht alt sei und …«

»Alt ist es!«, unterbrach ihn Hernando und lächelte verschmitzt. »Zumindest stammt es aus der Zeit von al-Mansur.«

»Schon, aber es war nicht alt genug«, entgegnete Castillo. »Wir müssen ein anderes Material verwenden – weder Papier noch Pergament. Vielleicht Gold, Silber oder Kupfer …«

»Blei«, schlug Don Pedro vor. »Viele Silberschmiede arbeiten heute noch mit Blei.«

»Und schon die Griechen haben auf Bleiplatten geschrieben«, ergänzte Luna. »Das Metall eignet sich hervorragend. Niemand wird sagen können, ob es alt oder neu ist, vor allem wenn wir es wieder mit Mist behandeln, wie unser Freund es schon mit den Sachen für die Torre Turpiana getan hat.«

Hernando schloss sich dem Schmunzeln seiner Gefährten an.

»In Jarafuel, im Königreich Valencia«, begann Castillo, »gibt es einen Silberschmied. Er fertigt noch immer heimlich den traditionellen Schmuck der Morisken an – trotz des Verbotes. Ich kenne auch den Alfaquí des Dorfes. Wir können den beiden vertrauen. Binilit schmiedet nach wie vor Fatimahände, aber auch die Medaillons mit dem Mond und den Koranzitaten für die Neugeborenen. Und er macht Schmuckstücke, wie sie unsere Frauen vor der Eroberung durch die Christen trugen: Armreife, Armbänder und Halsketten, in die er Suren und traditionelle Ornamente graviert. Ich gehe davon aus, dass er in der Lage ist, diese Schriften auf Bleiplatten zu übertragen.«

»Einige sind auf Lateinisch«, erläuterte Hernando nun. »Und für die arabischen Texte habe ich mir eine besondere Schrift mit schönen, spitzen Buchstaben ausgedacht. Als Grundlage dafür diente der Stern im Siegel des Salomon, das Symbol der Einheit.«

»Ich versichere dir«, beteuerte Castillo, »Meister Binilit kann jede Schrift, die man ihm vorlegt, in Blei ziselieren.«

Bei seinem Besuch in Jarafuel hatte sich Hernando von Binilits Künsten selbst überzeugen können. Als er im Dorf ankam, hatte er zunächst Munir aufgesucht, den Alfaquí der Moriskengemeinde, einen für das wichtige Amt erstaunlich jungen Mann, der ihn zu der winzigen Werkstatt des alten Meisters führte. Dort war Binilit gerade mit einer Fatimahand beschäftigt, ein Geschenk für eine Hochzeit: Er legte ein dünnes Silberblech in eine Eisenmodel und darüber eine ebenso schmale Bleiplatte, auf die er mit präzisen Schlägen hämmerte, bis das glatte, flache Schmuckstück entstand, in das er geometrische Muster ziselierte. Der Alfaquí erklärte dem Schmied seine Rolle in Hernandos Plan.

»Dein Beitrag muss geheim bleiben, aber von ihm kann die Zukunft unseres Volkes abhängen«, sagte Munir zum Abschluss.

Binilit nickte und ließ zum ersten Mal von seinem Werk ab.

Hernando nutzte die Gelegenheit, um die Arbeit des Silberschmiedes zu bewundern. Der Meister forderte ihn auf, die Fatimahand näher anzusehen. Hernando fiel auf, dass sie dem Schmuckstück erstaunlich ähnlich sah, das er so sorgsam zu Hause in seiner Bibliothek versteckt hielt. Er versuchte, das Gewicht abzuschätzen. Womöglich war dieser Anhänger etwas leichter. Hernando ertastete mit den Fingerspitzen die noch unvollendeten, ins Metall getriebenen Reliefs. Für welche junge Frau dieses verbotene Schmuckstück wohl bestimmt war? Über wessen Schicksal würde diese Fatimahand wachen? Als er an sein eigenes, ereignisreiches Leben mit Fatima dachte, musste er wehmütig lächeln.

»Gefällt sie dir?« Binilit holte ihn in die Wirklichkeit zurück.

»Ja, sie ist wunderschön.«

Die Männer schwiegen eine Weile.

»Jetzt lass mich endlich deine Schriften sehen«, forderte ihn der alte Schmied schließlich auf.

Hernando legte die Fatimahand zurück auf den Arbeitstisch und überreichte ihm die Blätter. Der Meister studierte sie genau – zunächst noch etwas unbeteiligt, sobald er aber das Siegel des Salomon entdeckt, sich mit den sonderbar spitzen arabischen Buchstaben befasst und wahllos den ein oder anderen Satz entziffert hatte, kniff er die Augen zusammen und versenkte sich schließlich in die Schriften. Dem Silberschmied war schnell klar: Vor ihm lag eine besondere Herausforderung.

»Es sind insgesamt zweiundzwanzig Texte«, erläuterte Hernando. »Einige bestehen nur aus einem Blatt, andere sind länger.«

Binilit betrachtete die Schriften, legte die einzelnen Blätter auf den kleinen Arbeitstisch und ging im Geiste ihren Gesamtumfang durch. Er überlegte bereits, wie er diesen außergewöhnlichen Schreibstil auf die Bleiplatten übertragen könnte. Bei einigen Blättern stutzte er: Er konnte sie nicht lesen. Die Schriftzeichen darauf waren weder lateinische noch die eigentümlichen arabischen Buchstaben, die sich Hernando ausgedacht hatte.

»Was ist das?«, fragte er.

»Ich nenne es das ›Stumme Buch‹. Es ergibt keinen Sinn. Wie du siehst, sind diese Schriftzeichen wirklich nicht zu entziffern. Es hat mich einiges an Mühe gekostet, Buchstaben ohne jeden Sinn zu erfinden. Übrigens, hier ist noch ein Text.« Hernando suchte zwischen den Blättern. »Hier, in dieser *Geschichte der Wahrheit des Evangeliums* wird verkündet, dass die Aussage des Stummen Buches in ferner Zukunft offenbart wird. Die beiden Schriften beziehen sich aufeinander«, erklärte Hernando. Er überlegte, ob er den beiden Männern auch erzählen sollte, dass es dabei um das Barnabas-Evangelium ging, entschied sich aber dagegen. »Doch das wird erst dann eintreten, wenn die Christen bereit dafür sind, die wahre Botschaft – ohne die Verfälschungen ihrer Päpste – zu erhalten, nämlich den Beweis, dass es nur einen einzigen Gott gibt.«

Während Binilit seine Zustimmung flüsterte, hing Hernando der Idee nach, die ihn bei seiner Arbeit geleitet hatte. Die Schriften stellten ein vielschichtiges Rätsel dar, das um eine einzige Hauptfigur kreiste: die Jungfrau Maria. Die einzelnen Teile führten unweigerlich auf ein Ziel zu: das Stumme Buch, das in einer unverständlichen Sprache geschrieben war, vor der alle, die sich damit beschäftigten, kapitulieren würden. Aber wie er Binilit soeben erklärt hatte, kündigte eine der Schriften die Ankunft eines Textes an, der das Geheimnis lüften würde. Dieser Text war das Barnabas-Evangelium, das er so gut versteckt hielt. Sobald die Bleibücher akzeptiert würden, und damit auch dieses rätselhafte Stumme Buch, würde das Barnabas-Evangelium mit seiner geistigen Nähe zum Islam als die alleinige, über jeden Zweifel erhabene Wahrheit erscheinen.

»Einverstanden«, sagte der Silberschmied und riss Hernando aus seinen Gedanken. »Ich werde euch benachrichtigen, wenn ich so weit bin.«

Hernando griff zu seinem Beutel, um Binilit zu entlohnen, doch der Meister legte seine Hand auf Hernandos Schulter.

»Ich nehme für meine Arbeit nur, was ich für mein einfaches Leben brauche. Ich bin ein alter, bescheidener Mann. Ich möchte, dass die Muslime weiterhin den Schmuck ihrer Vorfahren tragen können. Also, bezahl mich erst, wenn die Christen das offenbarte Wort akzeptiert haben.«

Bei seiner zweiten Reise nach Jarafuel schloss sich Hernando unterwegs Händlern und Maultierkolonnen an, die er in den Gasthöfen traf, in denen er übernachtete. Die Strecke hielt aber nicht nur so unliebsame Überraschungen wie Wegelagerer bereit, sondern auch viele andere Begegnungen: mit Mönchen, die zwischen den Klöstern unterwegs waren, mit Gauklern, die von Dorf zu Dorf zogen, mit Ausländern, Zigeunern, Schelmen und unzähligen Bettlern, die man aus den Städten gejagt hatte und die nun auf den besonders frequentierten Strecken Reisende und Pilger um Almosen baten.

Am dritten Tag machte Hernando in Almansa halt. Dort musste er die breite, alte Römerstraße und somit auch die Händler mit ihren Maultierkolonnen verlassen, um die nächsten Meilen auf schmalen Pfaden allein zurückzulegen – und das wollte er lieber bei Tageslicht tun.

Am nächsten Tag ritt Hernando im Schritt auf einem einsamen Weg durch das fruchtbare, von Bergen umschlossene Tal. Das Kastell von Ayora thronte auf einem steilen Felsen vor ihm. Außer Estudiantes Hufklappern war nichts zu hören. Doch auf einmal stellte das Pferd die Ohren auf und weigerte sich weiterzugehen. Hernando sah sich um. Er konnte nirgendwo eine verdächtige Bewegung erkennen und trieb seinen Fuchs wieder an. Der ging nur zögerlich weiter und bewegte die aufgestellten Ohren unruhig hin und her. Plötzlich tat Estudiante einen Satz nach vorn und preschte im Galopp los. Hernando hielt sich an seinem Hals fest. Da sah er sie plötzlich: Nur wenige Schritte vor ihnen tauchten von beiden Seiten bewaffnete Männer auf, die ihre Gesichter vermummt hatten. Ein Bandit, mit einem alten Schwert bewaffnet, baute sich herausfordernd mitten im Weg vor ihnen auf. Hernando schrie und gab Estudiante kräftig die Sporen. Den Blick immer auf das rostige Schwert gerichtet, brachte Hernando den wilden Galopp seines Pferdes genau auf der Höhe des Angreifers unter Kontrolle, um dann mit dem Pferd über ihn hinwegzustürmen – genau in dem Moment, als dieser mit seinem Schwert ausholen wollte. Estudiante reagierte so geschickt, als ginge es darum, den Hörnern eines Stieres auszuweichen, und der Bandit stürzte auf die Erde. Dann ließ Hernando dem jungen Pferd wieder freien Lauf und duckte sich, um zwei Arkebusenschüssen auszuweichen. Die Kugeln zischten dicht an seinem Kopf vorbei.

»Volador wäre stolz auf dich!«, rief er seinem Pferd zu und blickte zum Kastell von Ayora auf, das sich nun direkt über ihren Köpfen erhob.

Hernando gelangte ohne weitere Zwischenfälle nach Jarafuel. Dort suchte er wieder den jungen Alfaquí auf und ging mit ihm zu Binilits Werkstatt. Estudiante banden sie im kleinen Garten hinter Munirs Haus fest.

»Bist du allein?«, fragte ihn der Gelehrte auf dem Weg zum Silberschmied.

»Ja, und bei Ayora hatte ich deshalb eine üble Begegnung, die beinahe …«

»Das meinte ich nicht«, unterbrach ihn der Alfaquí. »Aber ich werde dafür sorgen, dass dich auf dem Rückweg jemand bis nach Almansa begleitet. Vielleicht mache ich das sogar selbst. Nein, ich frage dich, weil ich nicht weiß, wie du allein die ganzen Platten befördern willst, die Binilit vorbereitet hat. Der Meister hat großartige Arbeit geleistet.«

Hernando hatte nicht bedacht, dass Blei eine ganz andere Last darstellte als Papier. Er hatte aus Córdoba nur ein paar Packtaschen mitgenommen und diese hinten am Sattel festgebunden. In Binilits Werkstatt angekommen, entfuhr ihm ein anerkennender Pfiff, als er vor dem Werk des Silberschmieds stand: Vor ihm lagen einhundert oder zweihundert Bleiplatten … Vielleicht sogar noch mehr! Sie waren in einer Ecke der Werkstatt gestapelt. Diese Menge konnte er unmöglich in den einfachen Quersäcken befördern.

Er griff nach einer der Platten: *Über die Grundlagen der Kirche*. Er wog sie in seiner Hand und begutachtete die Arbeit des Silberschmieds.

Ein Meisterwerk! Binilit hatte seine spitzen Schriftzeichen genauestens in das Metall übertragen.

»Maria ist nicht von Sünde befleckt«, stellte Munir fest. Hernando drehte sich überrascht um. »Ich habe einige Tage hier verbracht«, erklärte der junge Mann, »und gelesen ... Eigentlich habe ich die meiste Zeit versucht, deine Schriften zu deuten. Du hast die Punkte und die Selbstlaute ausgelassen.«

»Die Zeichen wurden damals noch nicht geschrieben.« Der Alfaquí wollte etwas entgegnen, aber Hernando war noch nicht fertig. Auch Binilit hörte aufmerksam zu. »Außerdem muss unsere Botschaft unbestimmt bleiben. Sonst lehnen die Christen die Bücher sofort ab.«

»Aber die Bezüge zu Maria sind doch eindeutig«, meinte Munir.

»Mit Maryam gibt es auch kein Problem. Die Christen werden die Beteiligung der Jungfrau akzeptieren«, erklärte Hernando mit Entschiedenheit. »Die Figur der Maria ist vermutlich das einzige Bindeglied zwischen beiden Religionen, das noch nicht beschädigt worden ist. Außerdem fordert ganz Spanien lauthals, Marias Unbefleckte Empfängnis endlich als Dogma anzuerkennen. Diese Schriften unterstützen die Vorstellung, also werden die Christen sie auch verwenden. Du wirst bemerkt haben, dass Maryam die wichtigste Figur in all meinen Texten ist. Sie ist im Besitz der göttlichen Botschaft, die sie Jakobus und den übrigen Aposteln nach Isas Tod übermittelt. Sie überträgt Jakobus die Aufgabe, das Christentum nach Spanien zu bringen, und sie ist es, die ihm das unverständliche Stumme Buch überreicht, das sich offenbaren wird, sobald die Christen begreifen, dass ihre Päpste Gottes Wort verfälscht haben. Und das wird durch einen König der Araber geschehen.«

»Was haben wir davon, wenn die Christen die Botschaft nicht verstehen?«, gab der Silberschmied zu bedenken. »Sie könnten sie zu ihren Zwecken auslegen.«

»Das werden sie ohnehin tun. Daran besteht kein Zweifel«, bestätigte Hernando die Befürchtungen des Meisters.

Binilit zeigte auf die Bleiplatten, als fühlte er sich um seine Arbeit betrogen.

»Aber darum geht es doch, Binilit«, versuchte Hernando den Silberschmied zu beruhigen. »Wenn die Christen diese Bücher nach ihrem Dafürhalten deuten, dann müssen sie anerkennen, dass sowohl der heilige Caecilius, also der Schutzheilige von Granada, als auch sein Bruder, der heilige Ctesiphon, Araber waren. Die beiden kamen mit Jakobus hierher, um Spanien zu missionieren. Der Stadtpatron von Granada war ein Araber! Natürlich werden sie es versuchen, aber sie können nicht die einen Texte nach ihrem Gutdünken verwenden und die anderen leugnen, die ihnen nicht passen. Außerdem werden sie es anerkennen müssen, wenn die Jungfrau Maria sagt, dass Arabisch die erhabenste aller Sprachen ist. Um sich den Gehalt dieser Bücher anzueignen, müssen sie diesen Gedanken und noch viele andere, die hier aufgeführt sind, billigen. Es ist wirklich ein vielversprechender Weg für die Annäherung der beiden Völker. Vielleicht können wir damit erreichen, dass das Verbot unserer Sprache aufgehoben wird. Zudem, wenn der heilige Caecilius ein Araber war, wie kann man dann diesen Hass gegen unser Volk gutheißen?« Munir nickte nachdenklich. »Viele werden danach ihre Schriften und Meinungen berichtigen müssen. Die Christen und die Muslime glauben schließlich an denselben Gott! Das ist eine Tatsache, die das einfache Volk nicht weiß und die die Priester absichtlich verschweigen, wenn sie mit Verachtung über den Propheten sprechen. Binilit, das hier ist nach dem Fund in der Torre Turpiana nur ein weiterer Schritt. Und es ist nicht der letzte. Wenn der wahre Gehalt des Stummen Buches bekannt wird – dieses Evangelium, das die Päpste nicht verfälscht haben –, dann müssen die mehrdeutigen Aspekte in den Texten, beispielsweise die verschiedenen Äußerungen zum Islam und über Isas Wesen, unserem Glauben gemäß gedeutet werden.«

»Aber wie kann denn der Inhalt eines unlesbaren Buches bekannt werden?«, hakte der alte Meister nach.

»Es wird sich niemals ganz entschlüsseln lassen«, erläuterte Hernando seine Strategie. »Für unsere Zwecke ist es ausreichend, dass es zunächst überhaupt als das Evangelium der Jungfrau anerkannt wird. Wenn die Christen die Bleibücher akzeptieren, müssen sie auch die darin verkündete Ankunft des Königs der Araber akzeptieren, der das wahrhafte Evangelium bekanntmachen wird, die Schrift, die kein Papst oder Evangelist fälschen konnte. Niemand wird dann noch behaupten können, dass die Aussagen im Evangelium im Widerspruch zu dem Stummen Buch stehen … Und damit schließt sich der Kreis: Das Stumme Buch beziehungsweise das Evangelium der Jungfrau, das rätselhaft bleibt, wird seine Lösung in dem Evangelium aus einem arabischen Land finden. Niemand kann Letzteres anzweifeln, ohne das Erstere infrage zu stellen, das doch bereits akzeptiert sein wird.«

Und dann wird niemand mehr am Barnabas-Evangelium zweifeln können, sagte er zu sich.

Hernando konnte die Nacht im Haus von Munir verbringen, wo er zudem die seltene Gelegenheit nutzte, mit einem Alfaquí zu beten. Danach ergab sich zwischen den beiden Männern ein langes Gespräch, das bis in die frühen Morgenstunden dauerte. In diesem entlegenen Winkel des Königreichs Valencia konnten sie ihren Glauben ausüben. Die Lehnsherren interessierten sich nur für die Erträge, die die Morisken für sie erwirtschafteten, deshalb tolerierten sie ihre Lebensform, zumal es keine Priester gab, die in der Lage gewesen wären, sie tatsächlich zum Christentum zu bekehren.

Am Morgen begleitete ihn Munir persönlich mit zwei jungen Männern bis nach Almansa, wo sie in der Dämmerung eintrafen. Hernando fand in der Stadt eine Unterkunft und hielt nach Begleitung für seine Weiterreise nach Granada Ausschau. Die drei anderen Morisken besaßen keine Geleitbriefe, die ihnen gestatteten, ihren Wohnort zu verlassen, also trotzten sie der winterlichen Kälte in einem Versteck im Freien.

»Möge dich der, der den geraden Weg weist, behüten«, sagte der Alfaquí zum Abschied.

Hernando erreichte nach vier Tagen Granada. In seinen Packtaschen steckten mehr als zwanzig Platten, die er aus dem Stapel in Binilits Werkstatt sorgfältig ausgewählt hatte. Seine Entscheidung war auf zwei Schriften gefallen, *Über die Grundlagen der Kirche* und *Über das Wesen Gottes.* Außerdem hatte er mehrere Platten mit dem Bericht über die Märtyrertode einiger Schüler des Jakobus – darunter der heilige Caecilius – mitgenommen. Darin hatte Hernando den Bezug zum Fund in der Torre Turpiana hergestellt. Mit dieser List versuchte er, dem Pergament die Glaubwürdigkeit zu verleihen, die einige Gelehrte ihm immer noch absprachen.

Vor seiner Abreise hatte er dem Silberschmied zugesagt, dass er oder seine Freunde aus Granada demnächst die restlichen Platten abholen würden. Um von seinem gefährlichen Gepäck abzulenken, prahlte er bei seinen Tagesstrecken vor den Mitreisenden mit seiner Tätigkeit für das Erzbistum Granada. Er zeigte ihnen seinen Geleitbrief, der ihm Freizügigkeit zugestand, aber auch die Berichte über die grausamen Verbrechen an den Christen. Wer würde es wagen, sein Gepäck zu durchwühlen, wenn es um Schriften über die Märtyrer in den Alpujarras ging?

Dennoch ließ er seine Habseligkeiten nicht aus den Augen, und nachts bettete er seinen Kopf auf die Packtaschen.

In Huéscar, wo er am Samstagabend in der Dämmerung eintraf, verlor er einen ganzen Reisetag. Denn am Sonntag besuchte er zunächst den Gottesdienst und musste dann lange darauf warten, dass ihm der örtliche Pfarrer endlich die Erfüllung seiner religiösen Pflichten bestätigte. Diesen Nachweis würde er bei seiner Rückkehr nach Córdoba dem Pfarrer von Santa María vorlegen müssen. Beim Warten in der Kirche traf er auf drei Franziskaner-Barfüßer, die ebenfalls nach Granada wollten.

»Ihr könnt sicherlich nachvollziehen, dass diese Berichte vertraulich sind«, rechtfertigte er sich, als er von seinen Schriften über die Märtyrer berichtete und die Mönche diese einsehen wollten. »Ohne die Erlaubnis des Erzbischofs darf sie niemand lesen.«

So konnte Hernando die letzte Wegstrecke in der Gesellschaft der Franziskaner zurücklegen. Trotz der bitteren Kälte trugen sie nur einfache Leinenkutten, die als Zeichen ihrer Bescheidenheit braun wie die Erde waren. Sie zeigten ihm eine Sondergenehmigung ihres Ordensprovinzials, in der stand, dass sie unterwegs nicht barfuß, sondern in Hanfschuhen gehen durften. In den zwei Tagen, die er mit ihnen zusammen reiste, überraschte ihn die Bedürfnislosigkeit und extreme Armut der Mönche, die die Begegnung mit anderen Reisenden nutzten, um Almosen zu erbetteln. Hernando bewunderte ihre Genügsamkeit bei den Speisen und ihre demütige Einstellung zum Leben, die sie veranlasste, auf der eisigen Erde zu schlafen.

In Granada verabschiedete er sich von den Mönchen, sobald sie die Puerta de Guadix nördlich des Albaicín erreichten. Von dort aus ritt er zum Darro hinunter in Richtung der Plaza Nueva und der Casa de los Tiros. Zu seiner Rechten lagen die vom Winternebel eingehüllten Wohnhäuser und Gartenanlagen des Albaicín. Wie war es Isabel wohl ergangen? Ihre letzte Begegnung lag nun bereits mehr als sieben Jahre zurück.

Hernando trieb Estudiante an. Sieben Jahre! Ja, im Hurenhaus gab es diese Rothaarige und manchmal auch eine andere Dirne, aber die letzte Nacht mit Isabel konnte er einfach nicht vergessen: Da hatten sie beinahe den Himmel berührt. Er meinte, im Dunst den Carmen des Richters entdecken zu können, der über dem Darro-Ufer lag. Bei diesem Anblick übermannte ihn plötzlich ein Schwächeanfall, und er musste sich auf Estudiante stützen. Ja, er hatte hart für seinen Gott gearbeitet. Aber was hatte er selbst davon? Nur Erinnerungen. An die sinnliche, schöne Isabel und an seine Lieben, die allesamt gestorben waren: seine Mutter, Hamid … Fatima und die Kinder. Jetzt kreiste sein Leben nur noch um einen einzigen Traum: die Versöhnung der beiden verfeindeten Religionen und den Beweis für die Überlegenheit des Propheten. Wozu? Für wen? Von wem erwartete er Dank? Von seinen Glaubensbrüdern, die ihn verstoßen hatten? Wohl kaum! Aber nach dem Fund des Pergaments in der Torre Turpiana war nun der zweite Schritt getan. Und jetzt? Was geschah, wenn all seine Anstrengungen ins Leere liefen? Fatima! In seiner Erinnerung erschienen die schwarzen Mandelaugen der jungen Frau, ihre Entschiedenheit, der goldene Anhänger, der zwischen ihren Brüsten funkelte, die Liebesnächte mit ihr. Hernando ließ seinen Tränen freien Lauf, als er in Gedanken zu dem Patio in Córdoba zurückkehrte, wo Francisco und Inés fröhlich spielten oder von Hamid unterrichtet wurden. Wie sie lachten oder ihren Lehrer gespannt und glücklich ansahen!

»Heute bin ich allein, ich habe sie alle verloren«, flüsterte er mit belegter Stimme.

In der Zwischenzeit traf sich zu Hause in Córdoba Miguel nach wie vor jeden Abend mit Rafaela, doch seine Geschichten kreisten nicht mehr um irgendwelche Fantasiegestalten, sondern nur mehr um einen einzigen Helden: Hernando, seinen Herrn, den gut aussehenden Hausbesitzer. Rafaela lauschte dem jungen Mann mit den verkrüppelten Beinen beeindruckt. Hernando war ein Held, Hernando hatte im Krieg mehreren Mädchen das Leben gerettet, Hernando war in Kämpfe verwickelt gewesen und hatte zahllose Gefahren überwunden. Rafaela war den Tränen nahe, als Miguel ihr vom Tod der Gattin und der Kinder bei dem Überfall der brutalen Banditen berichtete … Und er lächelte traurig, als er bemerkte, dass die junge Frau mit jeder Geschichte, die er ihr erzählte, tiefer in Hernandos Bann gezogen wurde.

60

Hernando hatte entschieden, in Granada lediglich die Bleitafeln zu übergeben und sich danach nicht länger als nötig in der Stadt aufzuhalten. Nach sieben intensiven Jahren, die er den Nachforschungen und der Niederschrift gewidmet hatte, überfielen ihn genau in dem Moment Zweifel am Sinn seiner Arbeit, als er Don Pedro, Luna und Castillo in der Casa de los Tiros das Ergebnis übergab.

Die drei Männer griffen nach den Platten und reichten sie einander feierlich weiter, zuweilen vertieften sie sich dabei in die Lektüre. Hernando ließ seine treuen Gefährten sein Werk in aller Ruhe betrachten. Er stellte sich an eines der Fenster im Goldenen Zimmer und blickte auf das Franziskanerkloster gegenüber des Palastes der Granada Venegas. War alles nur ein Hirngespinst? Das ganze Land wurde von Legenden, Mythen und Fabeln beherrscht. Er selbst hatte sie alle gelesen und erforscht, er selbst hatte unzählige Abschriften von Prophezeiungen angefertigt, und das alles drang in die frommen Gemüter eines ungebildeten Volkes, das sich – ganz gleich, ob christlich oder muslimisch – allzu gern diesen Wundern und Hexereien hingab.

Erst ein paar Tage zuvor hatte er in Jarafuel beim Anblick des Muela de Cortes mit Munir ein Gespräch über die Zukunft der Morisken geführt. Dabei hatte ihm der Alfaquí von einer Prophezeiung berichtet, die in der Gegend sehr bekannt war. Die Dörfler glaubten fest daran, dass eines Tages der Maurenritter al-Fatimi kommen und sie befreien werde, der sich angeblich seit der Zeit von Jakob I. von Aragonien, dem Eroberer, – also seit mehr als dreihundert Jahren – hinter dem Bergplateau versteckt hielt.

»Die Leute können sich nur nicht darüber einigen«, hatte der junge Mann geklagt, »ob der Maurenritter grün gekleidet ist oder ob sein Pferd ein grünes Fell hat. Manche sagen sogar, beide – also Pferd und Ritter – seien grün.«

Diese Einfaltspinsel erwarteten doch tatsächlich Hilfe von einem dreihundert Jahre alten grünen Ritter!

Hernando sah zu seinen Mitstreitern hinüber, die die Platten noch immer sorgfältig studierten. Er schüttelte den Kopf, als er wieder aus dem Fenster blickte. Die Bleibücher waren etwas anderes. Das waren keine bloßen Weissagungen und Märchen. Diese Texte sollten in der religiösen Welt auf Widerhall stoßen und die Fundamente der christlichen Kirche erschüttern. Bischöfe, Priester, Mönche und Gelehrte – belesene, kluge Männer – sollten sich auf den Inhalt stürzen. Gewiss würde der Aufschrei bis nach Rom zu hören sein! So weit hatte er während seiner jahrelangen Arbeit gar nicht gedacht. Da hatte er nur seine Vorstellungskraft bemüht und Traditionen und Sagen um die Jungfrau Maria mit Heiligenlegenden und Apostelgeschichten verknüpft. Dabei hatte er, ohne sich eindeutig festzulegen, einfach zwischen den beiden Religionen laviert und zudem hier und da kleine Schwindeleien eingearbeitet. Gott hatte ihn nicht erleuchtet! Ihn, Hernando Ruiz, den Lehrling eines einfachen Maultiertreibers aus einem abgelegenen Dorf in den Alpujarras … Besserwisser! Wichtigtuer! Er dachte über den Inhalt seiner Schriften nach, und auf einmal kam ihm sein Werk nur noch unfertig, simpel, oberflächlich und voller Fehler vor.

»Großartig!«

Hernando wandte sich überrascht um.

Don Pedro, Luna und Castillo lächelten ihm zu. Großartig! Castillo hatte ihm dieses Lob ausgesprochen. Warum nur konnte er ihre Begeisterung nicht teilen? Hernando bat sie darum, die restlichen Exemplare bei Binilit abzuholen. Zudem schlug er ihnen vor, den nächsten Platten Knochen und Asche beizugeben. Und sie sollten dem Domkapitel in seinem Namen seine Berichte über die Märtyrer übergeben.

Zu seinem Leidwesen sprach ihn Castillo kurz darauf schon wieder auf seine Abschrift des Barnabas-Evangeliums an. Hernando entgegnete, dass er sie bei seinem Rauswurf aus dem Palast des Herzogs von Monterreal vernichtet habe und seither keine Zeit dafür aufbringen konnte. Das Evangelium war ihm weniger wichtig vorgekommen, und die Nachforschungen und die Arbeiten für die Bleibücher hatten seine gesamte Zeit in Anspruch genommen.

»Warum nehmen wir nicht die vorhandene Kopie? Wir müssen dieses Evangelium nach Konstantinopel schicken. Schließlich ist der Sultan derjenige, der es offenbaren wird«, schlug Don Pedro in einem Ton vor, als wäre dies von besonderer Dringlichkeit.

Luna besänftigte den Adligen.

»Da werden noch einige Jahre ins Land gehen, bis dies nötig ist. Und du, Hernando, bewahre es so lange lieber an einem sicheren Ort auf.«

»Ja, ich halte es auch nicht für sinnvoll, uns jetzt schon davon zu trennen«, stimmte Hernando ihm zu. »Ich denke, wir sollten das erst tun, wenn wir erfahren, dass der Sultan tatsächlich bereit ist, unseren Plan zu unterstützen. Bis jetzt haben sich die Türken nicht gerade als zuverlässige Retter in der Not hervorgetan.«

Während die anderen darüber beratschlagten, wie und wann sie die Bleibücher der Christenheit zukommen lassen könnten, verkündete Hernando ihnen seine Heimreise nach Córdoba.

»Du wirkst so nachdenklich«, stellte Castillo fest. »Du machst den Eindruck, als würdest du unsere Hoffnungen nicht teilen. Sieh doch, all das«, fügte der Übersetzer hinzu und zeigte auf die Platten, »ist dein Werk – das Ergebnis deiner jahrelangen Arbeit. Was ist mit dir los?«

Hernando hatte darauf keine Antwort. Er sah nachdenklich von einem zum anderen.

»Ich werde von Zweifeln geplagt. Ich muss… Ich weiß nicht. Ich weiß nicht, was ich muss. Vielleicht ist es besser, wenn ich mich nicht in eure Arbeit einmische…«

»Unsere Arbeit?«, platzte Don Pedro heraus. »Aber du bist doch der Verfasser!«

Hernando bat ihn mit einer Geste zu schweigen.

»Ja. Gewiss. Ich leugne das ja auch nicht. Ich habe nur das Gefühl, dass ich euch derzeit keine große Hilfe bin.«

»Du bist erschöpft«, stellte Luna fest. Hernando blickte ihn mit seinen blauen Augen eindringlich an. »Ja, du bist ausgelaugt. Du hast sehr lange Zeit sehr hart gearbeitet. Ruh dich aus. Das wird dir guttun. Wir kümmern uns um alles Weitere.«

»Meine Mutter ist über diesem Vorhaben gestorben«, bemerkte Hernando dann zur Überraschung der Anwesenden. Don Pedro, Luna und Castillo sahen, wie sich sein Gesicht beim Versuch verzerrte, in ihrem Beisein nicht in Tränen auszubrechen. Der Lehnsherr von Campotéjar sah zu Boden, die beiden Übersetzer warfen einander fragende Blicke zu. »Sie konnte es nicht verkraften, dass ihr Sohn zu den Christen übergelaufen ist, und ich hatte geschworen, unseren Plan nicht zu verraten.« Hernando atmete tief ein, bevor er mit zitternder Stimme weitersprach. »Werte Freunde, das ist bislang leider das einzige Ergebnis der Bleibücher.«

Hernando schnalzte mit der Zunge, um Estudiante auf dem Rückweg nach Córdoba anzuspornen. Er war im Morgengrauen in Granada aufgebrochen. Bei seinem Ritt durch die Vega von Granada stellte er sich immer wieder in die Steigbügel und drehte sich wehmütig zu den weißen Gipfeln der Sierra Nevada um. Es war eiskalt. Die höher gelegenen Dörfer in den Alpujarras waren bestimmt schon vom Schnee bedeckt. Juviles. Dort hatte er seine Kindheit verbracht, mit seiner Mutter … und Hamid. Er schüttelte den Kopf und duckte sich schnell, als ein sehr niedrig fliegender Schwarm Drosseln fast sein Gesicht gestreift hätte. Er sah die Vögel wieder aufsteigen, als wollten sie die Berggipfel erreichen, aber plötzlich änderten alle gleichzeitig ihre Flugrichtung und stürzten sich auf die Saatfelder. Er machte es sich wieder im Sattel bequem und legte die Zügel locker ab, rieb seine Hände kräftig aneinander und versuchte, sie mit seinem Atem zu wärmen. In der fruchtbaren Aue konnte er einzelne Häuser und Gehöfte ausmachen, hier und da arbeiteten Menschen auf den Feldern. Hernando blickte zum

Horizont und atmete tief durch, es lag noch ein langer, einsamer Ritt vor ihm. Das rhythmische Trommeln von Estudiantes Hufen auf dem gefrorenen Boden war seine einzige Begleitung.

Miguel brauchte seinen Herrn nur anzusehen, um dessen Kummer und Bedrückung zu erkennen. Er hatte Hernandos Heimkehr sehnsüchtig erwartet, um mit ihm – wie vor der Abreise versprochen – über Rafaela zu reden. Aber angesichts dieser Gemütsverfassung wagte er es nicht, und an den folgenden Tagen versuchte er Hernando wenigstens für die Vorfälle zu interessieren, die sich während seiner Abwesenheit im Haus, auf seinem Ackerland und im kleinen Bauernhof zugetragen hatten. So war es beispielsweise zu einem Streit mit Toribio gekommen.

»Er ist mit einem der Jungpferde fürchterlich brutal umgegangen«, rief Miguel zornig. »Und es gab gar keinen Grund dafür. Er hat ihm einfach so die Sporen in die Flanken gejagt, und das Pferd konnte überhaupt nicht verstehen, was Toribio von ihm wollte.«

Aber nicht einmal dieser Zwischenfall konnte Hernandos Interesse wecken. Trotz seiner Ausritte und der sporadischen Ausflüge ins Hurenhaus konnte man sehen, dass er ununterbrochen litt.

»Señor«, schnaufte Miguel eines Tages und hüpfte auf der Galerie über dem Patio zu ihm, »kennst du die Geschichte von der Katze, die reiten wollte?« Hernando blieb stehen. Auch das Klacken der Krücken hinter seinem Rücken hörte auf. »Es war einmal eine graue Katze, und …«

»Ich kenne die Geschichte«, unterbrach ihn Hernando. »Du hast damit meine Mutter in der Posada del Potro unterhalten. Dabei geht es um einen edlen Ritter, den die bösen Hexen in eine Katze verwandelt haben und der sich von dem Fluch nur befreien konnte, wenn es ihm gelang, ein Kriegspferd zu reiten und zu lenken. Aber ich kann mich nicht mehr an das Ende erinnern, vermutlich habe ich nicht richtig zugehört.«

»Vielleicht sollte ich dir dann lieber von dem Ritter erzählen, der in einem Turm eingesperrt lebte und immer einsam …« Miguel sprach den Satz absichtlich nicht zu Ende.

Hernando schnaubte. Die beiden sagten einige Augenblicke lang nichts.

»Miguel, ich glaube, diese Geschichte interessiert mich nicht.«

»Das mag schon sein, aber vielleicht solltest du sie dir dennoch anhören … Der Ritter …«

Hernando machte eine herrische Handbewegung.

»Was willst du mir eigentlich sagen?«, fragte er ihn ernst.

»Es ist nicht gut, dass du allein bist«, erwiderte Miguel laut und deutlich. »Du hast dein Werk beendet. Was hast du jetzt vor? Willst du etwa den ganzen Tag im Zimmer zwischen deinen Papierbergen zubringen? Warum verheiratest du dich nicht noch einmal? Hättest du nicht gern wieder Kinder um dich?«

Hernando gab keine Antwort.

Miguel drehte sich verärgert um und humpelte auf seinen Krücken davon.

Hernando suchte – wieder einmal – Zuflucht in seiner Bibliothek. In der Ruhe dieses Raumes betrachtete er die fast dreißig Bände, die er in den letzten Jahren seiner Arbeit für die Bleibücher gekauft hatte. Sie standen ordentlich aufgereiht in Bücherregalen. Er griff nach einem Band, um darin zu lesen, doch schon nach kurzer Zeit fühlte er sich ermattet. Dann unternahm er einen Versuch, sich der Kalligraphie zu widmen, aber das Schreibrohr kratzte nur unbeholfen auf dem Papier. Anscheinend brach seine geistige Verbindung zu Gott in dem Moment ab, in dem er seinen Lobpreis schreiben wollte. Hernando griff behutsam zu dem letzen Schreibrohr, das er zugeschnitten hatte, und überprüfte die gelungene, schräge Spitze … Da hatte er eine Eingebung: die Verbindung zu Gott! Er hieb mit der Faust auf den Schreibtisch. Darum ging es!

Am nächsten Morgen begab sich Hernando zur Mezquita. Zuvor hatte er zu Hause die rituelle Waschung vorgenommen. War er seinem

Gott untreu geworden? Er hatte ganze sieben Jahre mit seinen Schriften über die Jungfrau, den Apostel Jakobus und unzählige christliche Heilige und Märtyrer zugebracht. Seine Absicht war redlich, aber sollte diese Arbeit womöglich seine eigenen Glaubensgrundsätze und seine klaren Überzeugungen untergraben haben? Er spürte das Verlangen, sich zum Mihrab zu begeben und zu beten – und sei es still und ohne die Niederwerfung. Wenn die Taquiyya ihnen zugestand, ihren Glauben zu verbergen, ohne dass dies bedeutete, dass sie sündigten oder abtrünnig wurden, sollte es wohl möglich sein, in der Moschee heimlich zu beten. Dort hinter dem Sarkophag des Statthalters Don Alfonso Fernández de Montemayor befand sich eine der großartigsten Gebetsstätten, die die Anhänger des Propheten je errichtet hatten. Hernando betrat den Innenhof der Mezquita durch die Puerta del Perdón. Wie immer waren die Wände der Säulengänge mit den Büßerhemden der Verurteilten der Inquisition bedeckt. Die Männer, die dort vor der weltlichen Justiz Zuflucht gefunden hatten, drängten sich vor der Kälte des bleigrauen Morgens in den Gängen um den Hof. Der zauberhafte Säulenwald der Mezquita verschaffte Hernando augenblicklich etwas innere Ruhe. Priester und Gläubige eilten hin und her, hier und dort wurden in Seitenkapellen Gottesdienste und Messen abgehalten. Die Bauarbeiten am Kreuzgang und am Chorumgang ruhten seit einigen Jahren, man wartete mit dem Innenausbau und der Ausstattung bis zur Fertigstellung der Kuppel. Die Christen legten ihrem Gott gegenüber ein nachlässiges Verhalten an den Tag. Die Bischöfe und Könige lebten lieber in Saus und Braus und verprassten das Geld für ihre Ausschweifungen, statt damit ihre Kirchen auszustatten.

Oh, ihr, die ihr glaubt, meinte er bei seiner Ankunft am Mihrab durch den Gipsputz lesen zu können, mit dem die Christen Allahs Wort verdecken wollten. Die kufischen Inschriften auf dem Kranzgesims vor dem heiligen Ort enthielten den Beginn einiger Verse der fünften Sure. Hernando rezitierte stumm weiter: Wenn ihr euch zum Gebet aufstellt …

Nun, beim Beten, wurde ihm alles klar, so als wollte Gott seine Hingabe belohnen: Die Wahrheit, die Offenbarung, war hier in den edlen, harten Marmor gemeißelt und lag unter einem simplen Gipsputz, der bei der leichtesten Berührung zerfiel! Die einzige Wahrheit, die Vorrangstellung des Islam, war bloß hinter den Worten und Machenschaften der Päpste und der christlichen Geistlichen versteckt. Mit dem Fund des Stummen Buches käme diese Wahrheit genauso plötzlich ans Licht, wie wenn der brüchige Gipsputz plötzlich abfiele, der das offenbarte Wort im Mihrab der Moschee von Córdoba verbarg. Dann lenkte er den Blick auf jene Doppelbogen, die sich über die einfachen Bogen spannten, die sich ihrerseits auf schlanke Marmorsäulen stützten: Die Macht Gottes erreichte die Gläubigen unmittelbar, anders als bei den Christen, die stets auf die Sicherheit fester Fundamente angewiesen waren. Die Kraft des göttlichen Willens berührte auch so einfache Gläubige wie ihn! Beglückt über diese wunderbare Gewissheit, füllte er seine Lungen und unterdrückte zugleich die Rufe, mit denen er zum einzigen Gott beten wollte, er presste die Lippen zusammen, damit nicht einmal ein Flüstern zu vernehmen war.

An ebendiesem Tag gingen zwei Schatzsucher am Berg Valparaíso vor Granada ihrer Arbeit nach. Wie viele andere im Königreich waren auch sie auf den wertvollen Besitz aus, den die Morisken bei ihrer Vertreibung in der Eile zurückgelassen hatten. In einer Höhle oberhalb vom Albaicín entdeckten sie eine merkwürdige, für ihre Zwecke unbrauchbare Bleiplatte mit einer kaum entzifferbaren lateinischen Inschrift.

Der Fund, der für die beiden beutegierigen Männer wertlos war, gelangte in die Hände der Kirche. Diese übergab ihn einem Jesuiten, der zu dem Schluss kam, dass dies ein wahrhaftiger Schatz war: Die Inschrift besagte, dass die hier bestattete Asche dem Märtyrer Mesitón gehörte, der unter Kaiser Nero hingerichtet worden war und dessen sterbliche Überreste niemals entdeckt worden waren. Erzbischof Don Pedro de Castro befahl, die gesamte Asche sofort einzusammeln und die Höhle genauestens zu durchsuchen. Noch im März desselben Jahres wurde eine zweite Bleiplatte gefunden, die von der Grablegung des heiligen Hesychius berichtete, sowie mehrere verbrannte menschliche Knochen. Vor Ende des Monats tauchten die Platten mit den Schriften *Über die Grundlagen der Kirche* und *Über das Wesen Gottes* auf. Am 30. April, inmitten der Karwoche, in der die fromme Bevölkerung von Granada voll Inbrunst den Kreuzweg Christi am eigenen Leib nachvollzog, stieß ein Mädchen namens Isabel auf eine Platte, die das Martyrium des heiligen Caecilius belegte, des Patrons von Granada und ersten Bischofs der Stadt. Neben der Platte fanden sich die so ersehnten und gesuchten Reliquien des Heiligen.

Ganz Granada fiel in einen einzigen religiösen Freudentaumel.

Miguel bemerkte an Hernando nach dessen Besuch in der Mezquita eine erfreuliche Veränderung. Sein Herr lächelte wieder, und seine blauen Augen hatten das gewohnte Strahlen. Miguel musste unbedingt mit ihm sprechen, denn Rafaelas Lage spitzte sich immer weiter zu: Ihr Vater stand kurz davor, mit einem der zahlreichen Klöster der Stadt einen Vertrag über ihre Aufnahme abzuschließen.

Eines Nachmittags schleppte sich Miguel nach dem Essen mühsam die Treppe zur Bibliothek im ersten Stockwerk hinauf, wo er seinen Herrn und Freund in kalligraphische Übungen vertieft antraf.

»Señor, ich möchte schon seit einiger Zeit mit dir reden.« Miguel war an der Tür stehen geblieben, für ihn glich dieser Raum einem Heiligtum. Er wartete, bis Hernando zu ihm aufsah.

»Ist etwas passiert?«

Miguel räusperte sich und humpelte ins Zimmer.

»Kannst du dich noch an das Mädchen erinnern, von dem ich dir erzählt habe, bevor du nach Granada gereist bist?«

Hernando seufzte. Er hatte sein Versprechen an Miguel schlicht vergessen. Er wusste weder, was Miguels Anliegen sein könnte, noch, warum ihm dieses Nachbarmädchen so wichtig war, aber der besorgte Gesichtsausdruck seines Freundes, aus dem die gewohnte Fröhlichkeit gewichen war, zeigte ihm, dass es um etwas Ernstes ging.

»Komm und setz dich zu mir«, forderte er ihn freundlich auf. »Ich habe das Gefühl, dass dies eine längere Geschichte wird … Also, was ist mit der Nachbarin?«, fragte er, während Miguel auf den Krücken näher kam und sich dann auf einen Stuhl sacken ließ.

»Sie heißt Rafaela«, begann Miguel. »Sie ist verzweifelt, Señor. Ihr Vater, der Jurado, will sie ins Kloster stecken.«

Hernando zuckte die Achseln.

»Viele Töchter von Christen werden Nonnen.«

»Aber sie will das nicht«, erwiderte Miguel. »Der Jurado möchte dem Kloster kein Geld geben, und das bedeutet für Rafaela, dass sie dort nur die Dienerin einer reichen Nonne sein wird.«

»Was habe ich damit zu tun? Ich sehe keine Möglichkeit …«

»Du kannst sie heiraten!«, schlug Miguel vor, ohne ihn anzusehen.

»Wie bitte?« Hernando wusste nicht, ob er lachen oder sich ärgern sollte. Doch als er bemerkte, dass Miguel mit den Tränen kämpfte, entschied er sich für keines von beidem.

»Doch, das ist eine gute Lösung, Señor! Du bist einsam, und sie muss heiraten, wenn sie nicht in ein Kloster gesperrt werden will … Damit wäre allen geholfen.«

Hernando verschlug es die Sprache. Miguel konnte diesen Vorschlag unmöglich ernst meinen! Doch dann begriff er, dass genau dies der Fall war.

»Miguel«, sagte er behutsam, »du verstehst besser als jeder andere, dass dies für mich keine einfache Sache ist.« Der Junge hielt seinem Blick stand, während Hernando noch nach Worten suchte. »Angenommen, ich würde mich dazu bereit erklären, ein Mädchen zu heiraten, das ich nicht einmal kenne. Meinst du, der hochmütige Jurado würde all dem zustimmen? Denkst du wirklich, er würde seine Tochter einem Morisken zur Frau geben?« Miguel wollte gerade antworten, doch Hernando ließ ihn nicht zu Wort kommen. »Warte …«

Plötzlich wusste er, was mit Miguel los war. Hernando war so mit seiner Arbeit und seinen eigenen Sorgen befasst gewesen, dass ihm die Veränderung des Jungen gar nicht aufgefallen war.

»Ich glaube, wir haben ein Problem, das noch viel schwerwiegender ist.«

Hernando sah forschend in die Augen des Menschen, der sich als Einziger sein Freund nennen durfte, und ließ eine Weile verstreichen.

»Miguel, du hast dich in das Mädchen verliebt, nicht wahr?«

Der junge Mann wich Hernandos Blick nur für einen kurzen Moment aus.

»Ich weiß es nicht. Ich weiß nicht, was es bedeutet, jemanden zu lieben. Rafaela ... Ja, sie mag meine Geschichten! Sobald sie in den Stall kommt, hört sie auf zu weinen und vergisst ihre Sorgen. Sie ist freundlich und unschuldig.« Hernando entging nicht, dass Miguel fast die Stimme versagte. »Sie ist ... feinfühlig. Sie ist schön. Sie ...«

»Du liebst sie«, stellte Hernando leise, aber mit Gewissheit fest. »Wie stellst du dir das vor? Wie sollen wir denn unter einem Dach zusammenleben? Ich kann schwerlich die Frau heiraten, von der ich weiß, dass du in sie verliebt bist. Wir würden uns doch den ganzen Tag begegnen. Und in den Nächten, woran würdest du da denken?«

»Du verstehst das nicht«, flüsterte Miguel. »Ich denke überhaupt nichts. Ich begehre nicht. Ich kann eine Frau nicht wie ein richtiger Ehemann lieben. Ich habe niemals Achtung erfahren. Ich bin nur Abschaum! Mein Leben ist nichts wert.« Hernando wollte etwas entgegnen, aber diesmal ließ Miguel ihn nicht zu Wort kommen. »Alles, was ich bisher wollte, war ein Knochen zum Abnagen und dazu ein Kanten Brot. Aber jetzt will ich etwas anderes, Señor. Zum ersten Mal in meinem elendigen Leben habe ich das Gefühl, dass ein Wunsch tatsächlich in Erfüllung gehen könnte, mit deiner Hilfe. Verstehst du? In den neunzehn Jahren, die ich lebe, habe ich so etwas noch nie erlebt. Niemals! Ja, du bist gekommen und hast mich aufgenommen. Das war mein großes Glück! Aber jetzt spreche ich von meinen Sehnsüchten und Wünschen: Ich will diesem Mädchen helfen!«

»Und Rafaela? Liebt sie dich?«

Miguel sah auf und verzog das Gesicht zu einem bitteren Lächeln.

»Ich bin ein Diener und Krüppel. Rafaela liebt dich.«

»Was sagst du da?« Hernando stand vom Stuhl auf.

»Ich habe ihr viel von dir erzählt. Ich denke, dass sie dich liebt, zumindest bewundert sie dich sehr. Schließlich bist du in meinen Geschichten der Edelmann, der Damen rettet, der wilde Tiere zähmt, der Schlangen beschwört …«

»Bist du nun vollends verrückt geworden?« Hernando riss seine blauen Augen weit auf.

»Ja, Señor«, antwortete Miguel mit hochrotem Gesicht. »Seit einiger Zeit schon lebe ich mit dieser Verrücktheit.«

Noch am selben Abend humpelte Miguel erneut zur Bibliothek hinauf, wo Hernando endlich, den Bitten seiner Gefährten in Granada folgend, mit einer neuen Abschrift des Barnabas-Evangeliums begonnen hatte. Wenn Don Pedro und seine Freunde darauf bestanden, die Kopie weiterzugeben, die er in seiner Bibliothek aufbewahrte, musste er unbedingt noch eine Abschrift anfertigen. Bei ihrer letzten Begegnung hatte er die drei Männer davon überzeugen können, dass die Zeit für die Bekanntgabe des Evangeliums noch nicht reif sei, aber das würde ihm beim nächsten Mal vielleicht nicht noch einmal gelingen. Hernando konnte nicht umhin, dem Sultan gegenüber Zweifel zu hegen. Sollte der Osmane tatsächlich bereit sein, den Morisken diesmal zu helfen? Andererseits ging es hier nur darum, das angekündigte Evangelium bekanntzugeben, und nicht darum, eine ganze Flotte in die Herrschaftsgebiete des spanischen Königs zu schicken. Er sollte nur zu dem König der Könige werden, den die Jungfrau Maria vorhersagte, und die Lügen der Päpste aufdecken.

»Señor«, riss ihn der Junge aus seinen Gedanken, »ich möchte, dass du Rafaela kennenlernst.«

»Aber, Miguel, ich …«, wollte Hernando einwenden.

»Bitte, komm mit.« Miguels Tonfall war so drängend, dass Hernando sich nicht weigern konnte. Außerdem verspürte er eine gewisse Neugierde.

Rafaela wartete neben Estudiante. Sie glitt mit den Fingern der einen Hand durch die lange, dichte Mähne des Pferdes, während sie mit der anderen dessen Nüstern kraulte. Es war nicht besonders hell, und nur eine Lampe beleuchtete den Stall. Hernando sah das schmächtige Mädchen, das ihn mit gesenktem Kopf scheu empfing. Miguel hielt sich absichtlich im Hintergrund, das Paar sollte ungestört sein. Hernando zögerte. Warum war er so nervös? Was hatte Miguel ihr noch erzählt, abgesehen davon, dass er ihn zum Helden seiner Geschichten gemacht hatte? Er näherte sich Rafaela, die nach wie vor den Blick aufs Stroh richtete. Das Mädchen trug eine Schürze über dem Leibrock, darüber einen alten Überwurf, der bis zu den Schuhen reichte, und darüber ein offenes Wams mit Ärmeln. Alles war grau – alles hing an ihr herunter, als fänden die Kleider an ihrem schmalen Körper keinen Halt. Was hatte Miguel ihr wohl versprochen? Vielleicht … hatte er ihr sogar schon versprochen, dass er sie heiraten würde, um sie vor dem Kloster zu bewahren.

Auf einmal bereute Hernando, überhaupt in den Stall gekommen zu sein. Er drehte sich um und ging zur Tür, aber dort stieß er auf Miguel, der sich ihm auf seinen Krücken in den Weg stellte.

»Señor, ich bitte dich«, flehte der junge Mann.

Hernando gab nach und kehrte wieder zu Rafaela zurück. Sie stand vor ihm, und ihre braunen Augen verrieten selbst in dem Dämmerlicht ihren Kummer.

»Ich …«, versuchte er seinen Fluchtversuch zu entschuldigen.

»Ich danke Euch von ganzem Herzen für das, was Ihr für mich tun wollt«, unterbrach ihn Rafaela.

Hernando war bestürzt. Die sanfte Stimme des Mädchens erschütterte ihn. Miguel hatte doch wohl nicht etwa …? Hernando wandte sich dem Krüppel zu, aber Rafaela sprach weiter.

»Ich weiß, dass ich nichts wert bin – meine Eltern und Geschwister erinnern mich jeden Tag daran –, aber ich bin gesund.« Wie zur Bestätigung lächelte sie und ließ dabei ihre strahlend weißen Zähne sehen. »Ich bin noch nie krank gewesen, und meine Familie ist sehr fruchtbar. Ich bin eine gute, fromme Christin, und ich verspreche Euch, die beste Gattin zu sein, die Ihr in ganz Córdoba finden könnt. Und ich werde Euch reichlich dafür entschädigen, dass mein Vater keine Mitgift beisteuert.«

Hernando verschlug es die Sprache. Dieses ernste und zugleich verletzliche Mädchen weckte in ihm zärtliche Gefühle. Ihre traurigen braunen Augen drückten einen Schmerz und eine Ergebenheit aus, die selbst Estudiante zu spüren schien, der sich neben Rafaela merkwürdig still verhielt. Nur Miguels aufgeregter Atem hinter ihm störte die Atmosphäre.

»Aber ich bin Neuchrist.«

»Ich weiß, dass Euer Herz rein und großzügig ist«, behauptete Rafaela unbeirrt. »Miguel hat es mir erzählt.«

»Dein Vater … wird nicht zulassen, dass …«, stammelte Hernando.

»Miguel hat eine Lösung.«

Da wandte er den Kopf Miguel zu. Er lächelte! Dabei ließ er seine Zahnlücken sehen, die sich so sehr von Rafaelas ebenmäßigen Zahnreihen unterschieden. Hernando sah zwischen den beiden hin und her. Was sollte das für eine Lösung sein?

»Aber es ist doch nichts Gesetzwidriges?«

»Nein.«

»Und nichts, das gegen das Kirchenrecht verstößt?«

»Auch nicht.«

Wieso sollte der Jurado der Heirat seiner Tochter mit einem Morisken zustimmen, dessen Mutter zudem von der Inquisition verurteilt worden war? Es war einfach unvorstellbar. Ihr Vater würde die Hochzeit sicherlich um jeden Preis verhindern. Hernando konnte sich also unbesorgt auf Miguels Plan einlassen, dann würde immerhin nicht er dessen hehre Absichten zunichtemachen.

»Ich bin müde«, gab er vor. »Lass uns morgen weiterreden, Miguel. Gute Nacht, Rafaela.«

»Warte noch, Señor«, bat Miguel, als Hernando an ihm vorbeigehen wollte.

»Was willst du noch, Miguel?«, fragte er mit matter Stimme.

»Du musst es dir selbst ansehen. Ich stehle dir nur noch ein klein wenig von deiner Zeit.« Hernando seufzte und nickte. »Komm mit, dafür müssen wir nach oben gehen.«

»Was ist mit Rafaela?«, protestierte Hernando, als Miguel gerade den

Stall verlassen wollte. »Sie kann nicht mit zu uns kommen. Schließlich ist sie unverheiratet. Mädchen, geh wieder zu deiner Familie«, forderte Hernando sie auf.

»Aber sie kann jetzt noch nicht nach Hause gehen«, hörte er Miguel hinter sich sagen. »Jetzt ist es zu gefährlich.«

»Was heißt das?«

»Sie muss hier auf uns warten, bei den Pferden.«

Miguel war schon im Patio.

Hernando sah zu Rafaela, die ihm als Antwort ein Lächeln schenkte. Dann eilte er hinter dem jungen Mann her. Warum konnte das Mädchen nicht nach Hause gehen? Was sollte daran gefährlich sein? Miguel klammerte sich an das Treppengeländer und zog sich mühselig zum Obergeschoss hinauf. Hernando holte ihn auf den letzten Stufen ein.

»Was ist los, Miguel?«

»Pst. Sei still«, bat ihn der Junge. »Niemand darf uns hören. Du wirst gleich sehen.«

Oben auf der Galerie eilten sie bis zu der Stelle, von der aus man auf die Gasse blicken konnte, die zum Stall führte.

»Ich glaube, es dauert nicht mehr lange, Señor. Es ist immer um diese Zeit«, flüsterte Miguel. »Und ich gratuliere dir, Señor. Du bekommst die beste Frau von ganz Córdoba. Ach was, von Córdoba? Die beste Frau von ganz Spanien!«

Hernando schüttelte nur den Kopf.

»Miguel …«

»Da sind sie!«, unterbrach ihn der Junge. »Sei ruhig.«

Hernando reckte den Kopf vor und sah in der Dunkelheit, wie zwei Gestalten vor der kleinen Tür haltmachten, durch die Rafaela immer huschte. Hernando begriff, warum das Mädchen den Stall jetzt nicht verlassen konnte. Ein Mann öffnete vom Patio des Nachbarhauses aus die kleine Tür und beleuchtete mit einer Laterne die Gesichter von zwei Frauen, die auf den Mann zugingen, in dem Hernando Don Martín Ulloa erkannte. Die Frauen überreichten dem Jurado etwas und wurden sogleich wieder von der Dunkelheit verschluckt. Don Martín verschloss die Tür, und damit verschwand auch der Schein der Laterne.

Hernando sah seinen Freund fragend an.

»Und? War das alles?«

»Vor zwei Wochen«, erwiderte Miguel, »als du gerade in Granada warst, wären wir beinahe diesen Frauen und Rafaelas Vater begegnet. Seither habe ich Abend für Abend nachsehen müssen, ob die Luft rein ist, bevor Rafaela wieder nach Hause gehen konnte.«

»Was hat das alles zu bedeuten, Miguel?«

»Diese Frauen sind Bettlerinnen, es sind aber nur zwei von vielen, die hierherkommen. Eines Abends habe ich eine von ihnen erkannt: Angustias. Ich habe mich auf den Straßen umgehört und mich dann … unter meine Leute gemischt. Ich habe übrigens keine einzige Münze erbetteln können, nicht einmal Falschgeld.« Miguel schmunzelte in die Dunkelheit. »Ich bin einfach aus der Übung …«

»Jetzt mach es kurz, Miguel«, unterbrach ihn Hernando.

»Ich habe mich also umgehört, und die beiden Frauen, die du heute Abend gesehen hast, heißen María und Lorenza. Lorenza ist die kleinere der beiden und …«

»Miguel!«

»Sie leihen sich Kinder zum Betteln.« Es herrschte einen Moment lang Schweigen, bevor Hernando die Sprache wiederfand.

»Vom Jurado?«, fragte er verblüfft.

»Ja. Das ist ein gutes Geschäft. Der Jurado ist Mitglied der Bruderschaft, die sich um die Findelkinder kümmert und darüber entscheidet, wo sie aufgezogen werden. Die Kinder kommen in Córdoba zu Ammen, wenn sie noch Säuglinge sind, oder zu anderen Frauen, die ihnen zu essen geben. Die verleihen dann die Kinder an die Frauen, die du soeben gesehen hast, zum Betteln. Viele der Kinder sterben …« Miguels Stimme versagte mitten im Satz.

»Aber was hat der Jurado damit zu tun?«

»Mehr, als du denkst«, erwiderte der Junge. »Die Statuten der Bruderschaft legen fest, dass ein Aufsichtsbeamter regelmäßig überprüft, ob die Kinder noch bei den Personen wohnen, die dafür bezahlt werden, und ob sie noch am Leben sind. Don Martín und der Aufsichtsbeamte sind Komplizen. Der eine überlässt die Kinder den Frauen, die ihm genehm sind, und der andere drückt beide Augen zu. Jede Woche bezahlen die Bettlerinnen dem Jurado und dem Aufsichtsbeamten ihren Anteil. Rafaela hat mir erzählt, dass ihr Vater das Geld benötigt, um im Rat der Stadt den Veinticuatros ebenbürtig zu sein. Ich könnte dir jetzt noch die Namen der Kinder nennen, die zuletzt übergeben wurden, die Namen der Frauen, die sie versorgen sollen, sowie die Namen der Bettlerinnen, die inzwischen mit ihnen durch die Straßen ziehen.«

Hernando kniff die Augen zu düsteren Schlitzen zusammen.

»Du sagst, dass viele dieser Kinder sterben?«

»So ist das Geschäft, Señor. Ich selbst kenne es leider nur zu gut. Es gibt Kinder, die erregen das Mitleid noch der hartherzigsten Passanten. Andere Kinder hingegen taugen dafür gar nicht. Mit dicken, gut genährten Kindern erhält man kein Almosen. Deshalb sind diese Kinder alle klapperdürr. Ja, Señor, sie sterben vor Hunger oder an einem Rattenbiss oder beim geringsten Fieber. Und nichts davon steht in den Akten der Bruderschaft.«

Hernando blickte zum bedeckten, dunklen Himmel hinauf.

»Du willst, dass ich den Jurado mit dieser Sache erpresse, damit er mir Rafaelas Hand gewährt, nicht wahr?«

»Ja, Señor.«

61

Don Martín Ulloa – der Nadelmacher, der das Jurado-Amt von seinem Vater geerbt hatte – weigerte sich, Hernando zu empfangen. Eine alte, dicke Moriskensklavin übermittelte ihm die Nachricht ihres Herrn: beim ersten Mal nur unhöflich, beim zweiten Mal übel gelaunt, und beim dritten Mal ließ sie ihrer Wut freien Lauf.

»Richte deinem Herrn aus«, erwiderte Hernando übertrieben deutlich, wohl wissend, dass seine Worte hinter der Tür belauscht wurden, »dass mich Angustias und ihre Freundinnen schicken. Hast du mich verstanden! Ich komme im Auftrag von Angustias! Richte ihm aus, dass ich ihn morgen wegen einer Sache, die ihn betrifft, bei mir erwarte. Das ist seine letzte Gelegenheit, sonst gehe ich zum Corregidor oder zum Bischof. Ich bin sein Nachbar, falls ihm das entgangen sein sollte«, fügte er spöttisch hinzu.

In der Einsamkeit seiner Bibliothek dachte Hernando unaufhörlich über die eine Frage nach: Wollte er Rafaela heiraten?

»Du bist allein! Du brauchst eine Frau an deiner Seite, die sich um dich kümmert, die dich liebt und die dich mit der Wärme einer Familie umgibt!«, hatte ihm Miguel am Morgen nach dem Treffen im Stall entgegengeschleudert. Hernando hatte sein Bedauern darüber ausgedrückt, dass für Rafaelas Problem eine andere Lösung gefunden werden müsse. Dass die Sache mit den Findelkindern angezeigt werden musste, stand für ihn hingegen außer Frage. »Willst du es denn nicht begreifen?«, hatte Miguel nur erwidert. »Du versteckst dich seit Jahren hinter deinen Büchern und deinem Schreibkram. Was ist mit Kindern? Wer soll einmal deinen Besitz erben? Möchtest du keine neue Familie gründen? Du wirst alt! Willst du deinen Lebensabend allein verbringen?«

»Ich habe dich.«

»Nein.« Zwischen den beiden entstand ein betretenes Schweigen. »Ich habe viel darüber nachgedacht. Wenn du Rafaela nicht heiratest und vor dem Kloster bewahrst, gehe ich wieder auf die Straße.«

»Es ist ungerecht, dass du mich jetzt auch noch erpresst«, entgegnete Hernando, der inzwischen sehr ernst geworden war.

»Nein, das ist sehr wohl gerecht«, bekräftigte Miguel. Er war sich über die Tragweite seiner Worte durchaus im Klaren. »Ich habe dir gesagt, dass die Rettung des Mädchens mein einziger Wunsch ist. Um Himmels willen, wenn ich nur könnte, wenn ich selbst die Gelegenheit hätte, würde ich dich nicht um deine Hilfe bitten. Du kannst dich weigern, sie zu heiraten. Das muss ich dann hinnehmen. Aber ich könnte mit dir nicht mehr unter einem Dach leben, wenn du mir deine Hilfe verweigerst.«

»Du verlangst von mir, dass ich sie heirate!«

»Ja, und? Die Leute, die du als deine Glaubensbrüder bezeichnest, wollen nichts mehr mit dir zu tun haben. Willst du etwa irgendeine andere Christin zur Frau nehmen? Was spricht gegen Rafaela? Du wirst mit ihr eine gute Frau haben, die sich um dich kümmert, die dich versorgt und die dir auch noch Kinder schenken wird. Du bist ein reicher Mann. Du besitzt ein Haus, du beziehst Einkünfte, du hast den Bauernhof mit den Pferden und dem Land. Warum willst du nicht heiraten?«

»Miguel, ich bin Muslim«, wandte Hernando ein.

»Und? In Córdoba gibt es viele Ehen zwischen Morisken und Christinnen. Dann kannst du deine eigenen Kinder im Sinne der beiden Religionen erziehen, die du doch ohnehin zusammenbringen möchtest! Für wen hast du all deine Arbeit geleistet? Für die Leute, die dich ablehnen und beschimpfen? Wie stellst du dir deine Zukunft vor? Nimm Rafaela zur Frau und sei glücklich!«

Sei glücklich! Diese beiden Worte waren ihm den ganzen Tag durch den Kopf gegangen, ehe er sich aufraffen konnte, an der Tür des Jurados zu klopfen. Hatte er jemals sein Glück gesucht? Ja, mit Fatima und den Kindern war er glücklich gewesen. Wie lange war das her! Vierzehn Jahre lag ihre Ermordung nun schon zurück. Und was war inzwischen aus ihm geworden? Ein einsamer Mann. Die Trauer, die ihn bei seiner Reise nach Granada befallen hatte, als er zum anderen Ufer mit dem Carmen gesehen hatte, in dem Isabel lebte, stieg wieder in ihm auf. Miguel hatte recht. Für wen quälte er sich so? Sei glücklich! Warum eigentlich nicht? Rafaela war offensichtlich eine gute Frau. Miguel himmelte sie an. Und wenn Miguel bei ihm auszog? Dann verließ ihn der letzte Freund, den er noch hatte …

Er vergab sich doch nichts mit einer Eheschließung. Er malte sich aus, wie lärmende Kinder fröhlich durch das Haus rannten und ihn bei seiner Arbeit in der Bibliothek aufheiterten. Er stellte sich vor, wie er, auf das Geländer der Galerie gestützt, ihre Spiele unten im Patio beobachtete, so wie damals mit Francisco und Inés. Ja, vierzehn Jahre waren eine lange Zeit! Er war selbst überrascht, dass er bei dem Gedanken keine Schuldgefühle hatte: Rafaela war so anders als Fatima … Von Liebe konnte nicht die Rede sein, doch nur wenige Ehen wurden aus Zuneigung geschlossen. Es ging auch nicht um Leidenschaft, sondern um eine Möglichkeit, der trüben Einsamkeit zu entgehen, die ihn so oft übermannte. Er sah die Kinder vor sich, und auf einmal spürte er eine unbeschreibliche innere Ruhe.

»Was willst du, verdammter Maure?«

Don Martín Ulloa hatte nicht einmal den nächsten Tag abgewartet. Noch am selben Abend suchte er Hernando auf. Der bemerkte sofort den Degen in Don Martíns Gürtel. Miguel hielt sich hinter dem Stalltor verborgen und lauschte.

»Setzt Euch«, bat Hernando seinen Nachbarn.

»Auf den Stuhl eines Ketzers? Ich setze mich mit keinem Mauren an einen Tisch.«

»Dann nehmt Abstand von dem Mauren, der Euch so zur Last fällt.« Der Jurado folgte der Aufforderung sofort und trat einige Schritte zurück. Hernando blieb auf seinem Stuhl sitzen. »Ich halte um die Hand Eurer Tochter Rafaela an.«

Der Jurado war ein fülliger, alter Mann mit hochmütigem Auftreten. Das Grau seiner wenigen verbliebenen Haare und das Weiß seines dichten Vollbartes bildeten einen deutlichen Kontrast zu der aufsteigenden Zornesröte auf seinem Gesicht. Don Martín brummte zunächst einen unverständlichen Fluch, brach dann aber in schallendes Gelächter aus, ehe er sich in weiteren Beschimpfungen erging.

Miguel streckte besorgt den Kopf durchs Tor.

»Die Hand meiner Tochter! Wie kannst du es wagen, ihren Namen auch nur auszusprechen? Dein dreckiges Maul befleckt ihre Ehre und …«

»Eure Ehre«, fiel ihm Hernando mit bedrohlichem Tonfall ins Wort, »wird für immer beschmutzt sein, wenn der Rat der Stadt von Euren Machenschaften mit den Findelkindern erfährt. Eure Ehre, die Ehre Eurer Gemahlin, die Ehre Eurer Kinder, die Ehre Eurer Enkel …« Der Jurado griff zu seiner Waffe. »Don Martín, haltet Ihr mich für einen Dummkopf? Es waren die Mauren, die Ihr so hasst, die diese Stadt, in der wir beide leben, zu einer großartigen Blüte gebracht haben, und das war beileibe kein Zufall.« Hernando redete trotz des halb gezogenen Degens des Jurados mit ruhiger Stimme weiter. »Derzeit liegt einem Notar ein versiegeltes Schreiben vor«, log er, »in dem genauestens aufgeführt ist, was Ihr mit den Findelkindern anstellt. Darin sind sowohl die Namen der Kinder als auch die der übrigen Beteiligten genannt. Falls mir etwas zustoßen sollte, wird dieses Schriftstück sofort der Justiz übergeben.« Hernando konnte in den Augen seines Gegenübers erste Zweifel sehen. »Wenn Ihr mich umbringt, ist Eure Zukunft nichts mehr wert. Erinnert Ihr Euch an Elvira?«, sprach er weiter, um seine Drohungen zu untermauern. Der Jurado schüttelte den Kopf. »Ihr selbst habt dieses Mädchen als Neugeborenes der Amme Juana Chueca übergeben. An Juana Chueca könnt Ihr Euch sehr wohl erinnern, nicht wahr? Elvira wurde Angustias zum Betteln mitgegeben.

Das Mädchen ist vor etwa einem halben Jahr verstorben, aber ihr Tod ist in den Akten der Bruderschaft nicht vermerkt.«

»Das ist Sache des Aufsichtsbeamten«, hielt ihm Don Martín entgegen.

»Meint Ihr wirklich, der Aufsichtsbeamte würde die gesamte Schuld allein auf sich nehmen? Denkt Ihr tatsächlich, die Frauen und die Bettlerinnen würden Eure Beteiligung daran verschweigen? Glaubt Ihr, sie würden nichts über das Geld sagen, das sie Euch jeden Abend übergeben?« Hernando konnte die wachsende Angst in den Augen des Jurados erkennen. »Ihr habt eine Tochter, die Ihr loswerden wollt, indem Ihr sie ohne Mitgift ins Kloster schickt. Lohnt es sich, Eure Ehre und die Eurer ganzen Familie wegen dieser Tochter aufs Spiel zu setzen?«

»Woher kennst du meine Tochter?«, wollte der Jurado wissen und warf Hernando einen argwöhnischen Blick zu. »Wann hast du sie gesehen?«

»Ich kenne sie nicht, aber ich habe von ihr gehört. Wir sind schließlich Nachbarn, Don Martín. Bedenkt meinen Vorschlag: Ihr bekommt mein Schweigen für die Tochter, die Euch zur Last fällt … und für Euer Ehrenwort, dass Eure Geschäfte mit den Kindern ein Ende haben. Ich schwöre Euch, dass ich darüber wachen werde! Gewiss, ich bin ein Neuchrist, aber ich arbeite für den Erzbischof von Granada. Hier, bitte.« Hernando überreichte Don Martín den Geleitbrief des Erzbistums, als dieser seinen Degen wieder zurück in die Scheide steckte. Doch der Jurado konnte nicht lesen, weshalb er nur einen Blick auf das Siegel des Domkapitels auf dem Dokument warf. »Damit habt Ihr eine Entschuldigung bei Euresgleichen. Ihr wisst, dass ich unter dem Schutz des Herzogs von Monterreal gestanden habe.«

»Ich weiß auch, dass sie dich aus dem Palast geworfen haben«, murmelte Don Martín spöttisch.

»Der Herzog hätte das niemals zugelassen«, erwiderte Hernando. »Er verdankte mir sein Leben. Denkt darüber nach, Don Martín. Spätestens morgen Abend erwarte ich Eure Antwort. Ansonsten …«

»Willst du mir etwa drohen?« Der Jurado trat einen Schritt zurück. Sein erstaunter Gesichtsausdruck sprach Bände.

»Merkt Ihr das erst jetzt? Das tue ich, seitdem Ihr mein Haus betreten habt«, antwortete Hernando und lächelte.

»Was ist, wenn meine Tochter nicht einwilligt?«, flüsterte der Jurado zähneknirschend.

»Sorgt zu Eurem eigenen Wohl und dem Eurer Kinder dafür, dass sie ihr Einverständnis gibt.«

Hernando beendete die Unterredung und geleitete den Jurado hinaus. Bei seiner Rückkehr in den Patio stand Miguel vor dem Stalltor. Tränen liefen über sein Gesicht. Mit den Händen an den Krücken konnte er sie weder trocknen noch aufhalten, aber er versuchte es auch gar nicht. Hernando bemerkte erst jetzt, dass er den verkrüppelten jungen Mann zum ersten Mal weinen sah.

Die Hochzeit fand Ende April statt. Hernando hatte von Miguel erfahren, dass Rafaela sich aus einem Geistesblitz heraus zunächst dem Vorschlag ihres Vaters, einen Morisken zu heiraten, verweigert hatte.

»Lieber gehe ich ins Kloster!«, hatte sie ihm entgegengeschleudert.

Da der Jurado wegen seiner Geschäfte mit den Findelkindern um seine Ehre und seine gesellschaftliche Stellung bangte, brachte ihn der Widerstand der Tochter in höchste Verzweiflung, und unter Schreien und Drohungen zwang er ihr schließlich scheinbar seinen Willen auf.

Die Eheschließung erfolgte ohne jegliche Feier oder sonstige Umstände – in Abwesenheit der beleidigten Geschwister der Braut und ohne Mitgift. Nach der Heimkehr vom Traugottesdienst begriff Hernando die Tragweite seiner Entscheidung. Rafaela betrat ihr zukünftiges neues Zuhause mit gesenktem Haupt und wagte kaum zu sprechen. Zwischen den Eheleuten lag eine gespannte Stille. Hernando beobachtete Rafaela: Sie zitterte … Was sollte er nur mit diesem verängstigten Mädchen anfangen, das noch dazu fünfundzwanzig Jahre jünger war als er? Zu seiner großen Überraschung verspürte er zudem selbst eine gewisse Furcht. Seit wie langer Zeit beschränkten sich seine Liebesabenteuer auf die jungen Dirnen in der Bordellgasse? Mit einem Seufzer geleitete er sie zu ihrem Schlafgemach, das neben seinem eigenen lag. Rafaela betrat es und errötete, sie murmelte so leise etwas vor sich hin, dass er ihre Worte nicht verstehen konnte. Hernando blickte auf die Hände seiner Gattin: Die Haut war aufgerissen, so kräftig hatte sie ihre Hände gerieben.

Dann zog er sich in die Bibliothek zurück.

Am Tag nach der Hochzeit suchte ihn Miguel auf. Mit hochrotem Gesicht verkündete ihm dieser in einem immer wieder unterbrochenen Redefluss seine Absicht, das Haus in Córdoba zu verlassen und in Hernandos kleinen Bauernhof auf dem Land zu ziehen. Er gab vor, dort Toribio und dessen Arbeit mit den Zuchtstuten und den Fohlen besser überwachen zu können. Beide kannten jedoch den wahren Grund, der den Jungen zu diesem Schritt veranlasste: Er zog sich zurück, damit Hernando und Rafaela ungestört sein konnten. Sein Herr hatte Wort gehalten und geheiratet, und Miguel wollte nicht, dass seine Anwesenheit im Haus das Zusammenleben des frisch vermählten Ehepaares einschränkte.

Miguel war nicht von seinem Entschluss abzubringen, also mussten Hernando und seine Frau ihn ziehen lassen. Als sie nach seiner Verabschiedung wieder ins Haus traten, fühlte Hernando sich merkwürdig allein. Er aß mit Rafaela zu Mittag, doch außer ein paar Höflichkeitsfloskeln sprachen sie dabei kein Wort. Danach ging er wieder in die Bibliothek. Von seinem Arbeitsplatz aus hörte er, wie Rafaela im ganzen Haus beschäftigt war und die Zimmer putzte. Manchmal glaubte er sogar, sie summte ein Lied, aber die Melodie brach immer wieder ab, als wollte sie keinen Lärm verursachen.

So verstrichen die ersten Wochen. Hernando gewöhnte sich an Rafaelas Anwesenheit, und seine Frau fühlte sich in ihrem neuen Zuhause von Tag zu Tag wohler. Sie begleitete María zum Markt, sie kochte für ihn. Nie störte sie ihn, wenn er sich in die Bibliothek einsperrte, nie fragte sie, was er dort trieb. Mit dem Sommer war etwas Farbe auf Rafaelas bleiche Wangen gekommen, und aus dem schüchternen, unterdrückten Summen waren allmählich fröhliche Lieder geworden, die durch das ganze Haus schallten.

»Warum hat dieses Pferd eine andere Trense als das hier?« Rafaela überraschte Hernando eines Tages im Stall.

Bislang hatte sie den Stall gemieden, wenn Hernando seine Ausritte vorbereitete. Rafaela zeigte auf die Zaumzeuge, die an der Wand hingen.

Normalerweise verhielt sich Hernando ihr gegenüber eher wortkarg, aber bei der Gelegenheit gab er ihr wie von selbst eine ausführliche Antwort.

»Das hängt vom Pferd ab«, setzte er an. »Bei manchen ist das Maul schwarz, bei einigen weiß und bei anderen rot. Die besten Tiere haben ein schwarzes, das ist am natürlichsten, wie bei diesem hier.« Hernando zog mit aller Kraft den Gurt fest. »Diese Tiere brauchen eine weiche Trense, mit kurzen Zügeln und einem Mundstück, das …« Hernando hielt einen Moment mit seinen Ausführungen inne, er stand mit dem Rücken zu Rafaela. »Bei diesen Trensen muss der Sitz schräg sein …« Dann drehte er sich zu seiner Frau um. »Und das Mundstück muss groß und rund sein«, beendete er seine Ausführungen und sah ihr in die Augen. »Warum interessiert dich das?«

Sie blieben eine Weile schweigend voreinander stehen. Schließlich machte Hernando den ersten Schritt. Er berührte sanft Rafaelas Schultern, beugte sich zu ihr herunter und küsste sie. Ein wohliger Schauder erfasste sie von Kopf bis Fuß.

Noch am selben Abend beobachtete Hernando seine Frau beim Essen. Rafaela wirkte heiter und erzählte von einer lustigen Begebenheit, die sie auf dem Weg zum Markt erlebt hatte. Ihre schmalen Lippen zeigten ein Lächeln und ließen ihre perlweißen Zähne aufblitzen. Ihre Stimme klang weich und natürlich. Hernando bemerkte erstaunt, wie er zum ersten Mal herzlich mit ihr lachte.

Nach dem Abendessen begaben sie sich gemeinsam in den Patio. Es war eine sternenklare Nacht, und die Rosen verströmten ihren betörenden Duft. Beide betrachteten das Funkeln am Firmament.

»Willst du keine Kinder mit mir haben?«

Hernando sah sie erstaunt an.

»Und du, wünschst du dir das?«

Rafaela schien mit ihrer Frage von ihrem Mut verlassen worden zu sein.

»Ja«, flüsterte sie mit gesenktem Kopf.

Schweigend stiegen sie zu den Schlafzimmern im Obergeschoss hinauf: Rafaelas Schüchternheit übertrug sich auf Hernando. Er war sehr vorsichtig, immer bemüht, ihr nicht wehzutun. Er verzichtete auf die Lust, die er mit Fatima und Isabel gesucht hatte. Rafaela lag in ihrem langen Gewand auf dem Bett, und zeigte ihm nicht ihren nackten Körper.

Eineinhalb Jahre später wurde ihre Verbindung mit der Geburt ihres ersten Kindes gesegnet: Sie nannten den Jungen Juan.

62

Im Jahr 1600 hielt Don Pedro de Granada Venegas die Anwesenheit von Hernando in seiner Stadt für erforderlich. Er sah den Zeitpunkt für gekommen, dem Sultan das Barnabas-Evangelium zu übersenden, denn die Bleiplatten, die Don Pedro, Luna und Castillo seit dem ersten Fund so versteckt hatten, dass die Christen sie in den Höhlen des Valparaíso-Berges – der inzwischen nur mehr »Sacromonte«, also »Heiliger Berg« genannt wurde – auch immer fanden, hatten die gewünschte Wirkung erzielt.

Erzbischof Don Pedro de Castro setzte sich sowohl über die kritischen Stimmen hinweg, die jene neben den Bleibüchern vorgefundenen Knochen und Aschereste für Fälschungen hielten, als auch über die Forderungen aus Rom, angesichts der Funde Vorsicht walten zu lassen, und bewertete sie als authentisch. Granada besaß nun die Reliquien seines Stadtpatrons, des heiligen Caecilius, sowie der anderen Märtyrer, die den Apostel Jakobus nach Spanien begleitet hatten. Granada konnte sich von der Last befreien, eine Stadt der Mauren zu sein, und war den anderen christlichen Städten in Spanien endlich ebenbürtig! Granada war nun mindestens so christlich – wenn nicht noch christlicher – wie Santiago de Compostela, Toledo, Tarragona oder Sevilla.

Der Erzbischof von Granada verfügte sehr wohl über die Autorität und die Legitimation, die Reliquien als authentisch einzustufen, aber die Beurteilung der Bleibücher und die Anerkennung der darin vorgebrachten Doktrin oblag ausschließlich dem Papst, weshalb der Heilige Stuhl forderte, dass man die Platten nach Rom sandte. Don Pedro de

Castro weigerte sich jedoch und hielt sie unter dem Vorwand zurück, die Übersetzung, die man Luna und Castillo übertragen hatte, erweise sich als überaus aufwendig.

Als Hernando in Granada eintraf, galten die Reliquien als authentisch, während die Bleibücher immer noch geprüft wurden. Doch diese Kompetenzstreitigkeiten schienen weder die religiöse Inbrunst der Bevölkerung von Granada noch die des neuen Königs Philipp III. dämpfen zu können, der zwei Jahre zuvor zum Herrscher bestimmt worden war und für das neue, so überaus christliche Granada größte Begeisterung zeigte.

Hernando ritt in Begleitung von Don Pedro de Granada Venegas zum Sacromonte, Castillo und Luna ließen sich entschuldigen. Die beiden Männer zu Pferde wurden dabei von einigen Lakaien begleitet. Sie folgten dem Lauf des Darro, bogen bei der Puerta de Guadix ab und erklommen dann den Heiligen Berg. Hernando war das letzte Mal vor drei Jahren in Granada gewesen, als er den Gefährten die so herbeigesehnte Abschrift des Barnabas-Evangeliums überbracht hatte. Inzwischen hatte die Entdeckung der Bleibücher das Interesse des Domkapitels von den Märtyrern in den Alpujarras abgelenkt, und die Domherren beauftragten Hernando nicht weiter mit Berichten darüber.

»Seitdem die erste Bleiplatte aufgetaucht ist«, stellte Don Pedro fest, »haben sich die Wunder und Erscheinungen gehäuft. Viele Menschen in Granada, darunter sämtliche Nonnen eines Klosters, haben vor dem Erzbischof bezeugt, über dem Berg merkwürdige Lichter gesehen zu haben. Sie wollen sogar himmlische Prozessionen zu den Höhlen miterlebt haben, die von heiligen Feuern beleuchtet wurden. Kannst du dir das vorstellen? Ein ganzes Nonnenkloster!« Hernando konnte nur noch den Kopf schütteln. »Glaubst du mir nicht?«, fragte Don Pedro. »Dann hör mir gut zu. Es kommt noch besser: Ein todkrankes Mädchen betete in der Höhle und wurde gesund. Die Tochter eines Beamten vom Obergericht, die seit vier Jahren bettlägerig war, wurde auf einer Trage liegend bis in die Höhlen gebracht und spazierte nach kurzer Zeit munter wieder heraus. Dutzende Menschen haben das in den

Akten zur Anerkennung der Reliquie bezeugt. Selbst der Bischof von Yucatán ist aus Amerika angereist, um die Märtyrer um Heilung seiner Flechte zu bitten! Er zelebrierte eine Messe, danach vermischte er Erde aus den Höhlen mit Weihwasser, trug die Paste auf die betroffenen Hautstellen auf und war sofort geheilt. Ein Bischof! Die Leute berichten von noch viel mehr Heilungen und Wundern am Sacromonte.«

»Aber Don Pedro …«, warf Hernando spöttisch ein.

»Sieh mal«, unterbrach ihn der Lehnsherr von Campotéjar. Inzwischen hatten sie fast die Höhleneingänge erreicht. »Das ist das Ergebnis deiner Arbeit.«

Ein Wald aus mehr als eintausend Kreuzen stand vor dem Eingang in das verzweigte Höhlensystem. Dort versammelten sich zahllose Wallfahrer um die winzigen Kapellen und die Wohnhäuser der Kapläne. Die beiden Männer hielten die Pferde an, Hernandos Fuchs tänzelte unruhig auf der Stelle. Hernando ließ den Blick über den Hügel schweifen und betrachtete die Kreuze und die gläubigen Christen, die davor knieten. Zumeist waren es einfache Holzkreuze, aber einige große Kreuze waren aufwendig aus Stein gemeißelt und standen auf mächtigen Sockeln.

»Das Ergebnis meiner Arbeit«, flüsterte Hernando ergriffen.

Bei der Übergabe der ersten Bleitafeln an seine Gefährten in Granada hatte er noch am Sinn seiner Anstrengungen gezweifelt, aber die Leichtgläubigkeit der Menschen überwog bei Weitem die Irrtümer, die er beim Verfassen der Bücher begangen haben konnte.

»Beeindruckend«, stellte er voll Bewunderung fest.

»Die meisten Kirchen der Stadt haben hier eigene Kreuze errichtet«, erklärte Don Pedro. »Die Klöster haben ihnen nachgeeifert, ebenso der Rat der Stadt, die Beiräte, die Zünfte und die Bruderschaften – seien es die Wachszieher, Schmiede, Weber oder Zimmerer – und natürlich das Obergericht und die Notare, alle haben sie Kreuze aufgestellt. Zum Klang der Pauken und Flöten kommen sie in Prozessionen hier herauf, und die Ehrenwachen, die sie begleiten, stimmen das Te-Deum an. Andauernd finden Wallfahrten zum Sacromonte statt.«

Hernando schüttelte erneut den Kopf.

»Ich kann es nicht fassen.«

»Allerdings habe ich erfahren«, fuhr Don Pedro fort, »dass Alonso bei der Übertragung der Texte auf den Bleiplatten an seine Grenzen stößt.«

Hernando war erstaunt. Welche Probleme sollten dem erfahrenen Übersetzer entstanden sein?

»Der Erzbischof kontrolliert seine Arbeit höchstpersönlich«, erklärte Don Pedro, »und sobald ein zweideutiger Satz muslimischen Glaubensgrundsätzen zu entsprechen scheint, korrigiert er ihn nach seinem Dafürhalten. Dieser Mann strebt danach, aus Granada eine Stadt zu machen, die noch heiliger ist als Rom. Und trotzdem, wenn der Sultan erst einmal das Barnabas-Evangelium bekanntmacht, wird über allem die Wahrheit leuchten: Dann werden alle«, sagte der Adlige und zeigte auf die Frömmler vor ihnen auf dem Hügel, »gezwungen sein, ihre Irrtümer einzugestehen.«

»Der Sultan?«, fragte Hernando. »Ich glaube nicht, dass jetzt der richtige Zeitpunkt dafür ist, dem Türken das Evangelium zu schicken«, setzte er sogleich nach. Don Pedro sah ihn verwundert an. »Nein«, bekräftigte Hernando, »die Türken haben immer noch nichts für uns getan …«

»Aber das Barnabas-Evangelium«, unterbrach ihn Don Pedro, »betrifft nicht mehr nur uns Morisken in al-Andalus, sondern alle Muslime.«

Hernando ging nicht weiter auf den Einwand des Aristokraten ein.

»Die Türken haben seit Jahren keine Flotte mehr zusammengestellt, um die Christen im Mittelmeer anzugreifen. Sie kümmern sich nur noch um ihre eigenen Interessen im Osten. Manche meinen sogar, dass der neue spanische König deswegen in der Lage ist, Algier anzugreifen, und dafür bereits Vorbereitungen trifft.«

»Du hast doch damals selbst vorgeschlagen, das Evangelium zum Sultan zu schicken.«

»Ja, schon«, musste Hernando zugeben. »Aber jetzt denke ich, dass wir vorsichtiger vorgehen müssen. Du sagst doch, dass die Bleibücher immer noch nicht übersetzt sind, oder?« Don Pedro nickte.

»Die Stellen, die sich auf das Stumme Buch beziehen, besagen nur, dass die Offenbarung durch einen König der Araber geschehen wird. Gewiss, damals dachte ich an den Türken, aber der Sultan kehrt uns hartnäckig den Rücken. Es gibt doch noch andere Herrscher, die genauso bedeutend oder sogar noch mächtiger sind als der Osmane: In Persien regiert Abbas I., und in Indien ist Akbar der Große an der Macht. Dort sind die Jesuiten tätig, und ich habe erfahren, dass Akbar, obwohl er selbst ein überzeugter Muslim ist, die Religionen in den Reichen miteinander versöhnen will. Vielleicht ist dieser Herrscher eher geeignet, das Barnabas-Evangelium der Allgemeinheit vorzustellen.«

Don Pedro überlegte eine Weile, ehe er seine Meinung äußerte.

»Wir werden abwarten, bis die endgültige Übersetzung der Bleibücher vorliegt«, schlug er vor. »Erst dann entscheiden wir, wem wir das Evangelium zukommen lassen.«

Hernando wollte gerade zustimmen, als ihnen einer der Lakaien bedeutete, dass sie nun in die Höhlen hineingehen konnten. Die Menschen wichen zur Seite, als sie Hernando in Begleitung des Lehnsherrn von Campotéjar und Vogtes des Generalife sahen. Ein Geistlicher begleitete sie und leuchtete mit einer Fackel die engen, niedrigen Gänge aus, die in mehrere, unterschiedlich große Höhlen mündeten. Sie beteten mit vorgetäuschter Ehrfurcht vor den Altären, die man an den Fundstellen der Überreste von Märtyrern errichtet hatte. Der Geistliche – ein von einem übertriebenen Mystizismus durchdrungener junger Mann – erklärte dem Begleiter des angesehenen Aristokraten den Inhalt der Bleibücher. Don Pedro beobachtete dabei aus den Augenwinkeln Hernandos Reaktion. Er kannte sie doch in- und auswendig. Sie waren schließlich sein Werk!

»Die Bücher und die Schriften, die später gefunden wurden, sind noch viel komplexer als die ersten Platten, die von den Qualen der Heiligen berichten. Sie werden noch übersetzt«, sagte der Geistliche, als sie zu einer kleinen, fast kreisrunden Höhle gelangten. »Übrigens«, fügte er noch hinzu, als gerade ein Mann nach seinem Gebet vor dem Altar aufstand, »ich möchte Euch mit jemandem bekannt machen, der ebenfalls aus Córdoba stammt und auf der Durchreise ist: Das ist der Mediziner Don Martín Fernández de Molina.«

»Hernando Ruiz«, stellte sich Hernando vor und drückte dem Arzt die Hand.

Don Martín schloss sich der kleinen Gruppe an. Sie beendeten gemeinsam den Rundgang durch die Höhlen und kehrten in die Stadt zurück. Hernando ritt den beiden Männern im leichten Schritt voraus. Er hing seinen Gedanken nach und staunte darüber, was aus den sieben Jahren harter Arbeit entstanden war. Würden sie ihr Ziel erreichen? Würde es zu einer Annäherung oder sogar Versöhnung zwischen Christen und Muslimen kommen? Derzeit schienen die Christen diesen Ort für sich allein in Anspruch zu nehmen...

Bei ihrem Ritt am Darro entlang sah Hernando zu dem Carmen hinauf, in dem Isabel lebte. Don Pedro hatte sich jeglichen Kommentars über die Frau des Richters enthalten. Was war wohl aus ihr geworden? Es überraschte Hernando, dass seine Erinnerungen so verschwommen waren. In seinem Inneren wünschte er ihr Glück und verwarf schnell den Gedanken, erneut mit ihr in Kontakt zu treten. Erst als er bemerkte, dass Don Martín vor der Casa de los Tiros absaß, stellte er fest, dass er große Teile des Gesprächs zwischen dem Arzt und Don Pedro versäumt hatte.

»Don Martín wird mit uns speisen«, erklärte der Adlige, während sich die Lakaien um die Pferde kümmerten. »Er möchte unbedingt Don Miguel de Luna und Don Alonso del Castillo kennenlernen. Ich habe ihm gesagt, dass sie nicht nur Übersetzer, sondern auch Mediziner sind. Don Martín ist der Meinung, dass derzeit die Pest in Granada grassiert.«

Während des Essens im Palast des Aristokraten gab Don Martín zu verstehen, dass er sich im Auftrag des Rates der Stadt Córdoba hier aufhielt, um den Gerüchten über eine Pestepidemie in Granada nachzugehen. Alle großen spanischen Städte versuchten, die Heimsuchung durch den Schwarzen Tod so lange zu leugnen, bis die Toten haufenweise auf den Straßen lagen. Ein offizielles Eingeständnis führe zur sofortigen Isolierung einer Stadt und damit zur Lähmung jeglicher

Handelsbeziehungen. Deshalb schickten die Räte der Städte vorsichtshalber Ärzte ihres Vertrauens aus, damit sie die Gerüchte auf ihren Wahrheitsgehalt überprüften.

»Der Präsident des Obergerichts«, erläuterte Don Martín während des Essens, »hat mir zwar gestattet, Nachforschungen anzustellen, aber er hat zugleich behauptet, dass von einer Pestepidemie keine Rede sein könne.«

Luna und Castillo seufzten.

»Der Rat der Stadt organisiert abends Festlichkeiten und Tanzveranstaltungen, um die Leute abzulenken«, merkte Castillo an. »Dabei hat man in der Tat schon vor einiger Zeit damit begonnen, Maßnahmen gegen die Pest zu ergreifen.«

»Ich weiß, aber das sind keine vorbeugenden, sondern bereits eindämmende Maßnahmen«, sagte der Mediziner aus Córdoba. »Ich habe selbst gesehen, dass Pestkranke auf Stühlen unter Baldachinen aus der Stadt getragen wurden und dass Soldatentrupps die Stadtviertel kontrollieren. Ich habe das Hospital besucht, und die Ärzte dort sprechen von nichts anderem als der Pest.«

»Es wird nicht mehr lange dauern«, prophezeite Luna, »und sie werden auch hier die Epidemie offiziell anerkennen müssen.«

Hernando lauschte bestürzt den Worten der Mediziner.

»Wäre es nicht besser, sofort zu handeln?«, fragte er. »Was bringt es, die Tatsachen zu leugnen? Alle werden dadurch geschädigt, denn die Pest macht keinen Unterschied zwischen einem Lehnsherrn und einem Tagelöhner.«

»Ihr habt recht«, bestätigte Don Martín, »allerdings ist man bislang davon ausgegangen, dass die Krankheit über die Luft übertragen wird. Mittlerweile überwiegen aber die Lehrmeinungen, die behaupten, dass die Ansteckung auch über die Kleidung und den persönlichen Kontakt erfolgt. Wichtig ist also, die Luft zu reinigen und dafür in der ganzen Stadt aromatische Kräuter zu verbrennen. Aber es gilt auch, für größte Sauberkeit zu sorgen und die Leute dazu aufzurufen, in ihren Wohnhäusern zu bleiben, anstatt große Feiern zu veranstalten. Und es ist auch richtig, die betroffenen Häuser zumauern zu lassen, sowie jeden, der die Symptome zeigt, zusammen mit seinen Familienangehörigen zu isolieren. Solange solche Maßnahmen nicht getroffen werden, kann sich die Pest ungehindert ausbreiten, und es wird zu einer verheerenden Epidemie kommen.«

»Aber warum auch die …«, versuchte Hernando einzuwenden.

»Am allerwichtigsten ist es jedoch«, unterbrach ihn Don Martín, während Luna und Castillo nickten, die bereits im Voraus wussten, was ihr Kollege aus Córdoba vorschlagen würde, »die Stadt abzuriegeln, damit sich die Krankheit nicht noch weiter ausbreiten kann.«

Kurz darauf erlag Granada der Pest, und im Folgejahr – im Frühjahr 1601 – wurde auch Córdoba von ihr heimgesucht. Trotz des umfassenden Berichts, den der Mediziner Don Martín Fernández de Molina über den nachlässigen Umgang der Behörden von Granada mit der Krankheit vorgelegt hatte, machte es der Rat Córdobas nicht anders: Zwar wurden öffentliche Versteigerungen untersagt, der Handel von Altkleidern verboten und die Betten der Kranken vor den Toren der Stadt verbrannt, doch die acht Mediziner im Dienst der Stadt unterzeichneten eine offizielle Erklärung, mit der sie bestätigten, dass Córdoba weder von der Pest noch von einer anderen ansteckenden Krankheit betroffen sei.

Hernando hatte inzwischen einen Sohn, den vierjährigen Juan, und eine Tochter, die zweijährige Rosa, und er liebte die beiden Kinder sehr, die sein Leben so verändert hatten. Sei glücklich! Abend für Abend dachte er an Miguels Aufforderung, wenn er die schlafenden Kinder beobachtete. Allein der Gedanke daran, auch diese Familie zu verlieren, versetzte ihn in Angst und Schrecken, und nach seiner Ankunft in Córdoba befüllte er sofort die Vorratskammern seines Hauses, damit sie es im Notfall mehrere Monate nicht verlassen mussten. Sobald er erfuhr, dass die Pest bereits die nahe gelegene Ortschaft Écija erreicht hatte, forderte er auch Miguel auf, zu ihnen in die Stadt zu kommen. Dieser weigerte sich zunächst und führte an, dass er bei den Pferden und dem Gehöft unentbehrlich sei, aber schließlich beugte er sich, als Hernando ihn persönlich aufsuchte und nötigte, zu ihnen nach Córdoba zu ziehen.

»Aber es gibt hier so viel zu tun, Señor«, bekräftigte der verkrüppelte Mann und zeigte auf die Stuten und die Fohlen.

Hernando schüttelte den Kopf. Ja, Miguel hatte wirklich ganze Arbeit geleistet: Volador war zwar bereits vor einigen Jahren gestorben, doch es war ihm gelungen, die Zucht trotzdem fortzuführen. Miguel hatte außerdem erreicht, dass die Fohlen auf den Märkten inzwischen hohe Preise erzielten.

Hernando kannte den eigentlichen Grund für das Zögern seines Freundes und legte sich für die gemeinsame Zeit in ihrem Haus Rafaela gegenüber eine gewisse Zurückhaltung auf. Inzwischen lebte das Ehepaar in trauter Zweisamkeit zusammen und war sich mit den Jahren immer nähergekommen. Hernando fand in seiner Frau eine sanftmütige, verschwiegene Gefährtin, und Rafaela hatte mit ihm einen aufmerksamen, liebenswürdigen Mann, der sie niemals bedrängte und weitaus kultivierter war als ihr Vater oder ihre Brüder. Zudem erlebte sie in der Geburt der beiden Kinder ihre höchste Erfüllung. Rafaela, seit den Schwangerschaften mit rundlicheren Formen gesegnet, erfüllte jedes von Miguels Versprechen: Sie erwies sich als eine gute Ehefrau und eine wunderbare Mutter.

Die nun folgende Zeit verbrachten sie ausschließlich hinter den verschlossenen Türen des Hauses in Córdoba, in dessen Patio ununterbrochen aromatische Kräuter verbrannt wurden. Sie verließen ihr Haus nur sonntags für den unumgänglichen Kirchgang. Bei diesen Gelegenheiten verfluchte Hernando insgeheim die Geistlichen, die nach wie vor darauf bestanden, die Menschen scharenweise zu Gottesdiensten oder Bittprozessionen zu versammeln, und stellte erschüttert die Konsequenzen der Epidemie für die Stadt fest: Die Läden waren geschlossen, das Handelsleben kam zum Erliegen. Überall, sei es an den Straßenaltären oder vor den Kirchen und Klöstern, prasselten Feuer mit würzigen Kräutern zur Reinigung der Luft. Häuser waren verriegelt und trugen das Pestzeichen. Straßen, in denen die Krankheit gewütet hatte, waren zugemauert. Zahlreiche Familien wurden der Stadt verwiesen, während ihre erkrankten Angehörigen im Hospital San Lázaro dahinsiechten. Frauen, die noch gesund waren und bisher ein unbescholtenes Leben geführt hatten, denen es jedoch die Ehre verbot, auf den Straßen zu betteln, boten ebendort ihren Körper an, um Geld zu verdienen und so ihre Ehemänner und Kinder zu ernähren.

»Das ist absurd!«, flüsterte Hernando zu Miguel, als sie an einem Sonntag einer solchen Frau über den Weg liefen. »Sie dürfen sich prostituieren, aber Betteln ist ihnen verboten. Wie können ihre Männer das Geld nur annehmen?«

»Wegen der Ehre«, antwortete ihm der verkrüppelte Mann. »Die Bruderschaften, die sich früher um die Armen gekümmert haben, sind jetzt nicht mehr tätig.«

»Bei der wahrhaften Religion«, stellte Hernando fest und sprach nun noch leiser weiter, »ist es keine Schmach, ein Almosen anzunehmen. Wir Muslime tragen Verantwortung für das Wohl aller Mitglieder unserer Gemeinschaft. ›Verrichtet das Gebet und gebt das Almosen‹, heißt es im Koran.«

Nicht nur die Kirche trotzte der Krankheit mit der Versammlung ihrer Gläubigen in den Gotteshäusern. Der Rat der Stadt ließ sich von der bedrückten Stimmung der Bewohner und trotz all der Warnungen nicht davon abbringen, auf dem Höhepunkt der Epidemie auf der Plaza de la Corredera Stierkämpfe abzuhalten.

Miguel widmete sich in diesen Monaten der Zurückgezogenheit vor allem den Kindern. Er vermied es, Rafaela direkt anzusehen, die sich ihrerseits taktvoll zurückhielt. An den langen, müßigen Abenden besann er sich wieder auf seine alten Geschichten und brachte den kleinen Juan mit seinen wilden Gesten zum Lachen.

»Kannst du mir nicht Rechnen beibringen?«, bat Miguel seinen Herrn, der sich fast nur noch in seiner Bibliothek aufhielt, eines Tages.

Die Arbeit an den Bleibüchern hatte in Hernando einen unendlichen Wissensdurst geweckt, den er nun mit der Lektüre von Abhandlungen über die unterschiedlichsten Themen zu stillen suchte.

Hernando verstand Miguels eigentliche Bitte und erklärte sich zum Unterricht bereit, weshalb sich nun beide Männer tagsüber in die Bibliothek zurückzogen und mit Ziffern, Additionen und Subtraktionen beschäftigten. So hatten sie für sich einen Weg gefunden, ihr Leben in der Abgeschiedenheit weiterzuführen, während draußen die Epidemie wütete und immer mehr Menschen dahinraffte.

Auch der Jurado Don Martín Ulloa war unter den Opfern. Die Jurados der Gemeindebezirke waren dazu aufgefordert worden, die Häuser zu kontrollieren, Pestkranke gegebenenfalls ins Hospital San Lázaro zu schicken und deren Familienangehörige der Stadt zu verweisen. Der Jurado war deshalb auch immer wieder bei Hernando und Rafaela erschienen und hatte in Begleitung eines Mediziners die umfassenden – wie unnützen – Untersuchungen machen lassen. Nicht selten hatte er den Mediziner dazu angehalten, dabei noch gründlicher vorzugehen als bei den anderen Bewohnern des Viertels. Seine Angst vor Hernando war verschwunden, und seine Machenschaften mit den Findelkindern hatten ohnehin schon längst ein Ende gefunden. Aber wer hätte sich um derartige Angelegenheiten jetzt noch gekümmert? Der Jurado machte bei diesen Besuchen keinen Hehl daraus, dass er mit vollem Eifer nach einem Anzeichen der Krankheit bei seiner eigenen Tochter suchte – und sei es auch noch so gering.

Hernando war deshalb mehr als überrascht, als eines Tages nicht der Jurado vor dem Haus stand, sondern dessen Gemahlin Doña Catalina, noch dazu in Begleitung von Rafaelas jüngerem Bruder.

»Lass uns rein!«, rief die Frau hochmütig.

Hernando musterte sie von Kopf bis Fuß. Doña Catalina zitterte.

»Nein. Ich bin verpflichtet, Euren Gemahl einzulassen, nicht Euch.«

»Ich befehle dir …!«

»Ich werde Eure Tochter benachrichtigen«, beschwichtigte Hernando sie. Er wusste, nur ein außergewöhnlicher Vorfall konnte diese Frau dazu verleiten, sich so zu erniedrigen, dass sie an seiner Tür klopfte.

Vom Vorraum aus lauschten Hernando und Miguel dem Gespräch zwischen Rafaela und ihrer Mutter.

»Sie werden uns aus Córdoba vertreiben«, schluchzte Doña Catalina, nachdem sie ihrer Tochter die Nachricht überbracht hatte, dass ihr Vater sich mit der Krankheit angesteckt hatte. »Was sollen wir nur machen? Wohin sollen wir gehen? Die Pest wütet auch in der Umgebung. Bitte, gib uns Zuflucht in deinem Heim. Unser Haus wird versperrt bleiben. Niemand wird davon erfahren. Dein älterer Bruder Gil wird der neue Jurado des Pfarrbezirks sein, wie es ihm zusteht. Er wird nicht verraten, dass wir uns bei dir aufhalten.«

Hernando und Miguel sahen einander verdutzt an. Schließlich brach Rafaelas Stimme das betretene Schweigen.

»Ihr habt uns in all den Jahren kein einziges Mal besucht, Mutter. Nicht einmal Eure Enkel hab Ihr sehen wollen. Und jetzt wollt Ihr plötzlich bei uns wohnen?« Die Frau gab keine Antwort. Rafaela sprach jedoch laut und entschieden weiter. »Ich frage mich nur, warum Ihr Gil nicht darum bittet. Ich bin davon überzeugt, dass Ihr Euch bei ihm zu Hause viel wohler fühlen werdet.«

»Bei allen Heiligen!«, flehte die Frau. »Was soll das? Ich bin schließlich deine Mutter! Hab Mitleid!«

»Oder habt Ihr ihn bereits darum gebeten?«, sprach Rafaela unbeirrt weiter. Doña Catalina schwieg. »Natürlich, Mutter. Jetzt verstehe ich. Ihr kommt nur zu uns, weil Ihr keine andere Wahl habt. Sagt schon, hat mein Bruder Angst vor einer Ansteckung?«

Doña Catalina stammelte ein paar zusammenhanglose Worte.

»Meint Ihr wirklich, dass ich die Gesundheit meiner Familie aufs Spiel setze?«

»Deine Familie?« Die Frau auf der anderen Seite der Tür schnaubte verächtlich. »Ein Moriske …«

»Verschwindet!«, schrie Rafaela ihre Mutter an, vermutlich zum ersten Mal in ihrem Leben.

Hernando seufzte erleichtert. Miguel lächelte beruhigt. Dann erschien Rafaela: Sie ging mit erhobenem Haupt wortlos zum Patio, während von der Straße noch das Flehen und Jammern ihrer Mutter zu hören waren.

Hernando und seine Familie überlebten die Pestepidemie. Viele Bewohner kehrten entkräftet nach Córdoba zurück, als der Rat der Stadt die Krankheit für gebannt erklärte und die dreizehn Stadttore wieder öffnen ließ. So auch Doña Catalina, diese allerdings schwer gezeichnet von ihrem Hass auf Hernando und Rafaela.

Während die Überlebenden ihre Häuser wieder aufsperrten, packte Miguel seine Sachen und zog nach einem schnellen Abschied ohne große Worte wieder auf das Gehöft mit den Pferden.

Mehr als sechstausend Menschen waren der Epidemie zum Opfer gefallen.

63

Auf dem Weg nach Toga, Königreich Valencia, 1604

Die Reise nach Toga – ein kleiner Ort nördlich von Segorbe, in einem abgelegenen Tal hinter der Sierra del Espadán – führte Hernando zunächst nach Jarafuel. Er hatte für diese Unternehmung einen vierjährigen Fuchs ausgewählt, der seiner roten Fellfarbe alle Ehre machte: Das feurige spanische Rassepferd trabte fast nur, anstatt im Schritt zu gehen, und Hernando musste andauernd die Zügel annehmen. Das kräftige Tier hielt das stolze Haupt hoch erhoben und die Ohren aufgerichtet. Es schnaubte beim Anblick der umherschwirrenden Schmetterlinge, erschrak beim geringsten Mückenschwarm und war die ganze Strecke über äußerst angespannt.

Als Hernando in Jarafuel auf den Alfaquí Munir traf, schien er in den neun Jahren, die seit ihrer letzten Begegnung verstrichen waren, stark gealtert. Das Leben in den Bergen von Valencia war hart, vor allem für einen Mann, der ihren Glauben lebendig halten wollte, welcher auch hier immer brutaler verfolgt wurde. Die beiden Männer umarmten einander zur Begrüßung. Bei dem einfachen Abendessen, das ihnen die Frau des Gelehrten reichte, saßen sie auf schlichten Matten am Boden und unterhielten sich über die bevorstehende Versammlung in Toga. Der Ort lag mehrere Tagesreisen von Jarafuel entfernt und war – wie die meisten Siedlungen dieser Gegend – größtenteils von Morisken bewohnt. Dort sollte über eine neue Rebellion verhandelt werden, den ersten ernsthaften Versuch zum Widerstand seit dem Aufstand in den Alpujarras. Es hieß, dass auch Heinrich IV. von Frankreich und – bis zu ihrem überraschenden Tod – sogar die englische Königin Elisabeth I. an den Planungen beteiligt waren.

Seit drei Jahren wurde diese Revolte nun schon vorbereitet, und Don Pedro de Granada Venegas, Don Alonso del Castillo und Don Miguel de Luna hatten Hernando gebeten, gemeinsam mit Munir an den Beratungen teilzunehmen, die alle bisherigen geführten Verhandlungen zusammenführen sollten. Die drei Männer sahen den Erfolg der Bleibücher in Gefahr: Es schien nur noch eine Frage der Zeit, bis die Platten als authentisch eingestuft würden, und eine neue Rebellion würde all ihre Bemühungen mit einem Schlag zunichtemachen.

Der Alfaquí von Jarafuel konnte Hernandos Argumente durchaus nachvollziehen.

»Aber«, hielt er dagegen, »der Fund der Bleibücher liegt nun fast zehn Jahre zurück, und du musst zugeben, dass damit nichts erreicht wurde. Solange der Papst ihren Inhalt nicht anerkennt, sind sie wertlos. So ist es nun mal. Aber die Situation für unsere Glaubensbrüder hat sich inzwischen in allen spanischen Reichen erheblich verschlechtert. Fray Bleda besteht nach wie vor darauf, uns völlig zu vernichten, mit welchen Mitteln auch immer. Die Ansichten dieses Dominikaners sind so radikal, dass ihm der Generalinquisitor verboten hat, sich weiterhin über uns zu äußern. Stell dir vor, der Generalinquisitor! Aber dieser Mönch begibt sich nach wie vor nach Rom, und der Papst empfängt ihn. Aber davon einmal ganz abgesehen: Für uns ist Juan de Ribera, der Erzbischof von Valencia, viel wichtiger.«

Munir legte eine Pause ein, die Sorge stand ihm ins Gesicht geschrieben.

»Bis vor Kurzem«, fuhr der Alfaquí fort, »war Ribera noch der Meinung, er müsse unser Volk um jeden Preis bekehren. Er war von dieser Mission so überzeugt, dass er jene Priester, die sich darum kümmern sollten, sogar aus seiner Privatschatulle bezahlte. Dieser Umstand kam uns bisher sehr zugute, denn die Geistlichen, die seinem Aufruf folgten, sind allesamt ungehobelte Banditen: Sie sind schon zufrieden, wenn wir uns jeden Sonntag in der Kirche den Kuchen in den Mund schieben. Im ganzen Cofrentes-Tal gibt es nur eine einzige Kirche, und zwar hier in Jarafuel. Und das ist nicht einmal eine echte Kirche, sondern unsere alte Moschee! Riberas Bemühungen sind also ergebnislos geblieben, obwohl er so viel Geld dafür ausgegeben hat. Nun hat er seine Meinung radikal geändert und dem König einen neuen Bericht vorgelegt. Darin schlägt er vor, alle Morisken zu versklaven, auf Galeeren zu verbannen oder nach Amerika in die Bergwerke zu schicken. Er behauptet, Gott werde diese Entscheidung zweifellos begrüßen – also könnte der König sie ruhigen Gewissens treffen. Das waren seine Worte.«

Hernando schüttelte den Kopf. Munir nickte bedächtig, bevor er weitersprach.

»Dieser Mönch beunruhigt mich nicht sonderlich: So wie Fray Bleda denken viele. Aber Juan de Ribera bereitet mir große Sorgen. Er ist nicht nur der Erzbischof von Valencia, sondern zudem der Lateinische Patriarch von Antiochia und der Generalkapitän des Königreichs Valencia. Dieser Mann hat einen großen Einfluss auf den König und den Herzog von Lerma.« Der Alfaquí legte eine längere Pause ein, als müsste er seine nächsten Worte erst überdenken. »Hernando, du weißt, dass ich euren Plan mit den Bleiplatten befürwortet habe, aber ich verstehe auch das Volk. Die Leute befürchten, dass der König und der Staatsrat eines Tages tatsächlich die drastischen Maßnahmen in die Tat umsetzen, von denen bislang immer nur die Rede ist, und dann bleibt uns nur noch ein Ausweg: Krieg.«

»Ich habe seit den Aufständen in den Alpujarras von vielen solcher Pläne gehört – aber alle sind gescheitert.« Hernando wollte nicht von seiner Meinung abrücken. Wünschte sich der Alfaquí wirklich einen weiteren Krieg mit noch mehr Toten? Hatten sie denn nicht genug gelitten? »Was ist neu an diesem Plan?«

»Alles«, erwiderte Munir entschieden. »Wir haben den Franzosen versprochen …« Als er bemerkte, dass Hernando die Augenbrauen hob, bestätigte der Gelehrte dessen Vermutung. »Ja, ich gehöre auch dazu, ich unterstütze die Sache. Es wird ein heiliger Krieg«, erklärte er feierlich. »Wir haben den Franzosen versprochen, wenn sie dieses Königreich überfallen, helfen wir ihnen mit einem Heer von achtzigtausend Muslimen und übergeben ihnen drei Städte, darunter Valencia.«

»Vertrauen euch die Franzosen?«

»Das werden sie. Als Garantie für unser Versprechen erhalten sie einhundertzwanzigtausend Dukaten.«

»Einhundertzwanzigtausend Dukaten!«, rief Hernando.

»So ist es.«

»Das ist eine gewaltige Summe. Wie … ? Wer bezahlt diesen Betrag?«

Hernando erinnerte sich an die großen Schwierigkeiten seiner Gemeinschaft damit, die Sondersteuern aufzubringen, mit denen die christlichen Könige die Morisken belegt hatten. Und seit der Niederlage der Großen Armada zwang man sie – »gnadenhalber«, wie es in den Dokumenten hieß –, zweihunderttausend Dukaten zu zahlen. Der gleiche Betrag wurde ihnen nach den Plünderungen der Engländer in der Bucht von Cádiz abverlangt, ganz abgesehen von den vielen anderen Sonderabgaben, die die Christen ständig von ihnen forderten. Wie sollten sie da auch noch diese riesengroße Summe aufbringen?

»Die anderen zahlen«, antwortete der Alfaquí verschmitzt. Er verstand die Zweifel seines Gefährten nur zu gut.

»Welche anderen?«, fragte Hernando erstaunt.

»Die Christen. König Philipp. Trotz der Schätze, die aus Amerika kommen, und trotz der Abgaben, die die Steuerpflichtigen leisten, ist die Staatskasse leer. Schon Philipp II. musste des Öfteren mit seinen Zahlungen aussetzen, und sein Sohn wird auch bald so weit sein.«

»Aber was hat das damit zu tun? Wenn der König selbst kein Geld hat, wie soll er dann diese einhundertzwanzigtausend Dukaten bezahlen? Wenn man davon ausgeht, dass … Ach, das ist doch absurd!«

»Lass es mich dir erklären«, sagte Munir. »Die Finanzkrise hat Philipp II. dazu gebracht, den Silbergehalt der Münzen zu senken.«

Hernando nickte.

»Stimmt, die Leute haben sich beschwert«, erinnerte er sich, »sie waren gezwungen, ihre alten Münzen mit einem hohen Silberanteil im

Verhältnis eins zu eins gegen die neuen Münzen mit einem viel niedrigeren Silberanteil zu tauschen.«

»Genau. Die königliche Finanzverwaltung zog die alten Münzen ein und erzielte mit dieser List große Gewinne, aber die Räte hatten nicht vorhergesehen, was die Maßnahme für das Vertrauen der Bevölkerung in ihre Währung bedeutete – vor allem für das viele Kleingeld, das am meisten im Umlauf ist. Vor zwei Jahren entschied Philipp III., dass das Münzgeld überhaupt kein Silber mehr enthalten, sondern nur noch aus Kupfer bestehen solle. Diese neuen Münzen tragen nicht einmal mehr das Prägezeichen der Münzanstalt, die sie gefertigt hat … und auch wir sind es bald müde, so viele, eigentlich wertlose Münzen zu prägen …«, bekannte Munir und schmunzelte. »Binilit ist verstorben, und der Lehrling in seiner Werkstatt stellt keinen traditionellen maurischen Schmuck mehr her. Er und viele andere sind nur noch mit dem Anfertigen von Falschgeld beschäftigt. Mittlerweile muss das Kleingeld nicht einmal mehr aus Kupfer sein. Man verwendet sogar Bleimünzen oder einfache Nagelköpfe, die auf beiden Seiten eine Prägung aufweisen, die nur mehr entfernt an eine Burg oder einen Löwen erinnert. Für vierzig falsche Kupfermünzen geben uns die Christen bis zu zehn Silberreales. Man geht davon aus, dass allein im Königreich Valencia Falschgeld im Wert von mehreren hunderttausend Dukaten im Umlauf ist.«

»Aber stellen die Christen nicht selbst Falschgeld her?«, fragte Hernando, der die Antwort bereits ahnte.

»Nein, einerseits aus Angst vor den Strafen, andererseits haben sie keine geheimen Werkstätten – wie wir.« Munir lächelte. »Vor allem aber, weil sie faul sind. Dann müssten sie ja arbeiten, und wie du weißt, kann sich dafür nicht einmal der ärmste Christ begeistern.«

»Aber warum nehmen die Leute und vor allem die Händler dieses Geld an, wenn sie wissen, dass es falsch ist?«, fragte Hernando, da ihm einfiel, dass auch Rafaela immer das Kleingeld überprüfte, mit dem sie einkaufen ging, obwohl es in Córdoba weniger Falschgeld gab als in Valencia.

»Es ist ihnen egal«, meinte der Alfaquí. »Das ist ja genau das, was ich dir gerade gesagt habe: Schon als der König den Silbergehalt der

Münzen gesenkt hat, haben sie ihr Vertrauen in das Geld verloren. Und seit das Falschgeld im Umlauf ist, wollen alle davon profitieren – wenn der König es macht, tun sie es eben auch. Es ist ein neues Tauschsystem. Das einzige Problem dabei sind die steigenden Preise, aber das betrifft uns weniger als die Christen. Wir sind nicht so kaufwütig wie sie, wir haben nicht so große Bedürfnisse.«

»Und so habt ihr die einhundertzwanzigtausend Dukaten zusammenbekommen?« Hernando kam aus dem Staunen nicht mehr heraus.

»Ja, zumindest einen Großteil«, stellte der Alfaquí mit Genugtuung fest. »Den Rest haben wir aus den Barbareskenstaaten erhalten, von unseren Glaubensbrüdern, die sich mit der Zeit dort angesiedelt haben und die mit uns die Hoffnung teilen, eines Tages das Land zurückzuerobern, das uns gehört.«

Sie hatten sich die einfache Mahlzeit munden lassen. Der Gelehrte stand auf und lud Hernando ein, mit ihm in den Nutzgarten hinter dem Haus zu gehen, der im Mondlicht einen spektakulären Blick auf das Felsplateau des Muela de Cortes bot.

»Aber«, sagte der Alfaquí, »erzähl mir von dir. Du kennst nun mein Ziel: kämpfen und siegen … oder sterben für unseren Gott. Ich weiß, dass dir das nicht gefällt.« Er lehnte sich an die Brüstung, die den Garten zum Abhang hin begrenzte. Unter ihnen lag das Tal, vor ihnen der Muela de Cortes. »Was hat sich in deinem Leben ereignet, seit wir uns das letzte Mal gesehen haben?«

Hernando blickte zum Himmel hinauf und atmete die kalte Winterluft ein. Dann berichtete er von den Ereignissen seit der Übergabe der ersten Bleiplatten an die Gefährten in Granada und seiner Rückkehr nach Córdoba.

»Du hast eine Christin geheiratet?«, unterbrach ihn Munir, als die Rede auf Rafaela kam.

Die Frage enthielt keinen Vorwurf.

»Munir, ich bin glücklich. Ich habe wieder eine Familie und zwei wunderbare Kinder«, antwortete Hernando. »Ich habe alles, was ich brauche. Ich kann ausreiten und die Jungtiere zureiten. Meine Pferde erzielen gute Preise. Ansonsten beschäftige ich mich mit Kalligraphie oder sitze über meinen Büchern. Ich denke sogar, dass erst der Seelenfrieden, den mir meine neue Familie gibt, es mir gestattet, Gott in dem Moment nahezukommen, in dem ich das Schreibrohr in die Tinte tauche und dann über das Papier führe. Die Buchstaben fließen wie von selbst, noch dazu mit einer Vollkommenheit, die ich zuvor nur selten erreicht habe. Derzeit arbeite ich an einer Koranabschrift, die wunderschön sein wird. Die Schriftzüge stehen in vollkommenen Proportionen zueinander, und es ist ein Genuss für mich, die Punkte farbig zu gestalten. Und ich gehe zum Beten in die Moschee. Weißt du was? Wenn ich vor dem Mihrab der Kalifen meine Gebete flüstere, erlebe ich etwas, das in gewisser Weise dem Schauspiel ähnelt, das uns diese sternenklare Nacht bietet. Wie bei den Sternen hier sehe ich dort das Gold und den Marmor glänzen, mit dem dieser heilige Ort errichtet wurde. Ja, ich habe eine Christin geheiratet. Meine Ehefrau … Rafaela ist eine liebevolle, gute und zurückhaltende Frau, und sie ist eine großartige Mutter.«

Bei diesen Worten blickte Hernando zum Sternenhimmel empor. Er hatte Rafaela vor Augen. Aus dem schmächtigen, scheuen Mädchen war eine schöne Frau geworden: Mit den Geburten ihrer Kinder waren ihre Brüste üppiger und ihre Hüften breiter geworden. Munir ahnte, was in Hernando vorging. Er wollte ihn in seinen Gedanken an die Frau, die offenbar sein Herz gewonnen hatte, nicht stören.

»Außerdem sind da noch unsere Kinder«, fügte Hernando hinzu und lächelte. »Sie sind mein Ein und Alles, Munir. Ich hatte vierzehn Jahre lang kein Kinderlachen mehr gehört oder die Berührung einer kleinen Hand gespürt, die Schutz sucht. Ich habe diese aufrichtigen Augen vermisst und diese Momente, wenn sie sich nicht trauen oder nicht wissen, wie sie etwas sagen sollen. Allein ihr Mienenspiel ist reine Poesie.«

Hernando hing einen Moment seinen Gedanken nach.

»Unser Leid war groß, als unser drittes Kind starb. Der Junge hatte noch nicht einmal laufen gelernt. Ich habe ja bereits zwei Kinder verloren, aber bei diesem Jungen musste ich mit ansehen, wie er vor meinen Augen sein Leben aushauchte, ohne dass ich etwas dagegen unternehmen hätte können. Ich spürte eine unendliche Leere in mir: Warum nahm Gott dieses unschuldige Wesen von dieser Welt? Warum bestrafte er mich schon wieder so hart? Für mich war es nicht das erste Kind, das mir grausam entrissen wurde, aber für Rafaela … Sie war am Boden zerstört, und ich musste meine letzten Kräfte aufbringen, um ihr über diese schwere Zeit hinwegzuhelfen. Rafaela war danach lange nicht in anderen Umständen. Aber nun hat Allah uns gesegnet: Wir erwarten wieder ein Kind!«

Hernandos Blick verlor sich erneut in den Sternen. Rafaela und er hatten das leidvolle Sterben des Kleinen miterlebt, und jeder für sich hatte still seinen Gott angerufen. Sie beide waren nicht von der Seite des Jungen gewichen, bis er seinen letzten Atemzug getan hatte. Sie hatten ihn gemeinsam beweint und ihn dann gemeinsam in tiefster Verzweiflung nach dem christlichen Ritus begraben. Aufeinander gestützt waren sie gemeinsam in ihr Haus zurückgekehrt. Sobald sie dort allein waren, war Rafaela, die bereits in Tränen aufgelöst war, vollends zusammengebrochen. Es hatte lange gedauert, bis er wieder ihr Lächeln entdecken und ihren Gesang im Haus hören konnte. Hernando dachte voll Trauer an diese düsteren Monate, aber auch mit Stolz: Gemeinsam hatten sie das Leid überwunden, und ihre Verbundenheit – die anfangs noch auf einem schwachen Fundament gegründet war – hatte dabei an Stärke und Tiefe gewonnen. Nur zwei Dinge blieben unverändert: Rafaela achtete nach wie vor Hernandos Arbeit in der Bibliothek, obwohl sie wusste, dass er dort Arabisch schrieb, und Hernando respektierte im Gegenzug die Überzeugungen seiner Gattin, und obwohl sie sich für ein gemeinsames Schlafgemach entschieden hatten, versuchte er niemals, sie zu drängen, wenn sie miteinander schliefen. So erstaunte ihn die Entdeckung einer anderen Art der Lust: eine Lust, die der zärtlichen Liebe entströmte, mit der sie ihn abends empfing, eine stille, ruhige und leidenschaftslose Liebe, jenseits von fleischlichen Genüssen, so als wollte sie sich durch nichts und niemanden die Schönheit ihrer Verbundenheit zerstören lassen.

»Nun sag, erziehst du die Kinder im wahren Glauben? Weiß deine Frau, dass du Muslim bist?«, wollte Munir wissen.

»Ja«, antwortete Hernando. »Miguel, der diese Ehe ausgeheckt hat, hat es ihr von Anfang an gesagt. Rafaela spricht nicht viel, aber wir verstehen uns auch ohne Worte. Wenn ich in der Moschee in Córdoba vor dem Mihrab bete, bleibt sie an meiner Seite. Sie weiß, dass ich zu dem einzigen Gott bete. Und was die Kinder angeht: Unser Erstgeborener ist erst sieben Jahre alt. In dem Alter können Kinder noch nicht lügen. Es wäre gefährlich, wenn sie sich in der Öffentlichkeit verrieten. Für ihren Unterricht kommt ein Hauslehrer zu uns. Ich begnüge mich derzeit damit, ihnen Begebenheiten und Legenden unseres Volkes zu erzählen.«

»Wäre Rafaela denn einverstanden, wenn es so weit ist?«, fragte Munir.

Hernando seufzte.

»Ich glaube, nein, ich bin mir sicher, dass wir ein stillschweigendes Abkommen getroffen haben. Sie spricht mit den Kindern ihre Gebete, und ich erzähle ihnen Geschichten vom Propheten. Ich würde gern …«, begann er, sprach seinen Wunsch aber nicht aus. Er wusste nicht, ob der Alfaquí ihn verstehen würde: Seine Kinder sollten mit beiden Kulturen groß werden, in gegenseitiger Achtung und Vorurteilslosigkeit. »Ich bin davon überzeugt, dass sie das tun wird.«

»Also ist sie eine gute Frau.«

Sie setzten ihr Gespräch noch lange fort und nutzten die kurzen Augenblicke des Schweigens, um den unendlichen Sternenhimmel über ihnen zu betrachten.

1604, drei Tage vor Weihnachten, trafen sich achtundsechzig Vertreter von Moriskengemeinden aus den Königreichen Valencia und Aragonien auf einer Waldlichtung über dem Mijares-Ufer, in der Nähe von Toga. Zu dem Treffen hatten sich auch einige Barbaresken sowie der Franzose Panissault eingefunden. Dieser Adlige war ein Gesandter des Herzogs von La Force, des Marschalls von König Heinrich IV. von Frankreich. Es wurde bereits dunkel, als Hernando mit Munir in Toga eintraf. Der Alfaquí vertrat die Morisken aus dem Cofrentes-Tal. Um keinen Verdacht zu erregen, hatte Hernando sein Pferd in Jarafuel gelassen und den Rest des Weges auf einem Maultier zurückgelegt.

Lagerfeuer erhellten die Waldlichtung. Die Unruhe der Männer, die rastlos zwischen den Feuern hin und her gingen, war deutlich zu spüren. Doch als Hernando sich mit den Moriskenanführern unterhielt, merkte er, dass sie fest dazu entschlossen waren, ihre Pläne für den neuen Aufstand voranzutreiben und einen Krieg auf Leben und Tod zu führen. Munir hatte Hernando unterwegs zudem berichtet, dass zwar keiner mehr mit den Türken rechnete, die Morisken aber noch immer auf die Unterstützung durch die Barbaresken von der anderen Seite der Meerenge hofften. Dabei stand der Augenblick, in dem der König der Araber die Kopie des Barnabas-Evangeliums erhalten sollte, um es bekanntzugeben, kurz bevor. So lautete zumindest der Gegenvorschlag von Don Pedro, Luna und Castillo, den Hernando den hier versammelten Männern vortrug. Diese waren jedoch nicht dazu bereit, noch länger zu warten. Hernando gab sich geschlagen. Sollte der ganze Aufwand mit den Bleiplatten etwa umsonst gewesen sein?

Er setzte sich neben Munir auf den Boden. Vor ihnen stand nun der sich als Kaufmann ausgebende französische Adlige Panissault, daneben Miguel Alamín, der Moriske, der seit zwei Jahren die geheimen Verhandlungen mit den Franzosen geführt hatte, die nun in dieser Versammlung gipfelten.

Welches war der richtige Weg? Wer hatte recht? Hernando war noch ganz in seine Gedanken vertieft, als Miguel Alamín den Franzosen endlich vorstellte. Die Gespräche konnten beginnen, und schon nach kurzer Zeit hatten sich zwei ungleiche Lager gebildet: Auf der einen Seite stand Hernando und mit ihm – wenn auch nicht anwesend – lediglich ein Adliger aus Granada und zwei Mediziner, die zugleich als Übersetzer tätig waren. Auf der anderen Seite standen die Vertreter der Moriskengemeinschaften aus den Königreichen Valencia und Aragonien, die allesamt den Krieg befürworteten. Krieg! Hernando dachte an seine Kindheit zurück, an die Aufstände in den Alpujarras, an die ersehnte Hilfe, die niemals eintraf, und an die so schmerzliche und demütigende Niederlage. Wie würde Hamid ihr Vorhaben beurteilen?

Und Fatima, was hätte sie zu all dem gesagt? Hernando konnte den Männern, die leidenschaftlich den Plan verteidigten, zu den Waffen zu greifen, ihre Beweggründe nicht verdenken. Aber eine innere Stimme gab Hernando zu verstehen, dass dies nicht die Lösung war. War er vielleicht einfach alt geworden? Hatte ihn sein beschauliches Leben zu weich werden lassen? Aber eine Stimme in seinem Inneren wiederholte hartnäckig, dass Gewalt sie niemals zum Erfolg führen werde.

»Die Inquisition löscht uns noch alle aus«, hörte er einen Mann hinter sich rufen.

Ja, gewiss. Munir hatte es ihm auf ihrem langen Weg nach Toga erklärt. Es galt zwar weniger für Córdoba, aber hier, in diesem Gebiet voller Morisken, gab es so viele Sünden, die ein Neuchrist theoretisch begehen konnte, dass die Inquisition gleich im Voraus kassierte: Jede Moriskengemeinde war gezwungen, jährlich einen bestimmten Betrag an die Inquisition zu entrichten.

»Und die Lehnsherrn sind nicht anders!«, rief ein anderer Mann.

»Sie wollen uns umbringen!«

»Sie wollen uns kastrieren!«

»Sie wollen uns zu Sklaven machen!«

Die Stimmung heizte sich immer mehr auf.

Hernando senkte den Blick. Die Männer hatten ja recht. Alles, was sie sagten, stimmte! Die Lage, in der sich sein Volk befand, war mehr als gefährlich, und die Zukunft … Welche Zukunft würde ihre Kinder erwarten? Und er, Hernando Ruiz aus Juviles, verkroch sich in seine Bibliothek und führte ein bequemes, abgesichertes Leben … und redete sich ein, er könne mit seinen Bleibüchern die Fundamente der Christenheit erschüttern.

Sorgenvoll beobachtete er, wie die Männer in hitzigen Diskussionen große Pläne schmiedeten: Am Gründonnerstag 1605 sollten die Morisken in Valencia mit dem Aufstand beginnen. Sie wollten ein Zeichen setzen und zunächst die Kirchen in Brand setzen. Gleichzeitig sollte Heinrich IV. eine Flotte in den Hafen von Grao entsenden. Die Moriskenanführer würden in der Zwischenzeit ihre Leute mit Waffen versorgen. Aber was, wenn der französische König sein Wort brach? Dann stünden die Morisken wieder einmal allein da und wären der Wut der Christen machtlos ausgeliefert. Zudem legten sie ihr Schicksal in die Hände eines christlichen Königs. Gewiss, Heinrich IV. war ein Feind der Spanier, aber er war ein Christ! Wie viele der Männer, die hier so hitzig stritten, hatten den Krieg in den Alpujarras selbst miterlebt? Hernando wollte sich zu Wort melden, aber es war aussichtslos – selbst Munir reckte den Arm gen Himmel und forderte den heiligen Krieg.

»Allahu akbar!«

Dann wurde ein neuer König der Morisken gekürt: Luis Asquer aus Alaquás. Der neue Monarch erhielt sogleich einen leuchtend roten Umhang. Mit dem Schwert in der Hand machte er sich für den traditionellen Amtseid bereit. Die Männer jubelten und umringten begeistert ihren neuen Anführer. Hernando stand etwas abseits und sah die Hoffnung in den Augen seiner Glaubensbrüder. Die Entscheidung war gefallen … Ein Krieg war unvermeidbar. Er entfernte sich immer weiter von den Hochrufen und dem Trubel und dachte daran, wie oft er damals in den Alpujarras genau diese Rufe gehört hatte. Er selbst war damals …

Da traf ihn ein kräftiger Schlag im Nacken. Hernando sackte in sich zusammen. In seiner Verwirrung spürte er nur, dass mehrere Männer ihn an den Armen packten und von der Lichtung mit den Lagerfeuern wegschleiften. Zwischen den Bäumen angekommen, ließen sie ihn auf die Erde fallen. Mit dröhnendem Kopf und verschwommener Sicht meinte er, vor sich drei oder auch vier Männer zu sehen. Sie sprachen Arabisch.

»Was … was wollt ihr?«, stammelte Hernando, ebenfalls auf Arabisch. »Wer …?«

Hernando versuchte sich aufzurichten, wurde aber von einem Fuß auf seiner Brust daran gehindert. Gegen den matten Feuerschein zeichneten sich die Umrisse von vier Männern ab, doch ihre Gesichter waren im Dunkeln nicht zu erkennen.

»Was wollt ihr?«, fragte er erneut.

»Einen verdammten Abtrünnigen und Verräter umbringen«, gab der Mann, der ihn am Boden hielt, zur Antwort.

Die Drohung donnerte durch die finstere Nacht. Hernando bemühte sich, wieder klar zu denken. Da spürte er plötzlich die kalte Spitze einer Säbelklinge an seinem Hals. Warum wollten sie ihn töten? Waren es Männer aus Córdoba? Er selbst war bei der Versammlung niemandem aus der Stadt begegnet, aber … Das eisige Metall schob sich langsam über seinen Adamsapfel.

»Ich bin weder ein Abtrünniger noch ein Verräter«, verteidigte er sich jetzt mit fester Stimme. »Wer so etwas sagt …«

»… kennt dich nur zu gut!«

Der Druck der Säbelspitze auf seinen Hals nahm zu.

»Fragt Munir!«, stammelte Hernando. »Fragt den Alfaquí von Jarafuel! Er wird euch bestätigen, dass …«

»Glaub mir, wir brauchen ihm nur zu erzählen, was wir über dich wissen, dann wird er dich auf der Stelle selbst umbringen wollen. Aber das ist unsere Aufgabe. Unsere Rache.«

»Was für eine Rache?«, warf er ein. »Was habe ich getan? Wenn ihr mich beschuldigt, ein Verräter zu sein, dann soll unser König über mich urteilen.«

Nun kniete sich einer der Männer neben ihn und beugte sich zu ihm herunter, bis sein Gesicht nur noch eine Handbreit von seinem entfernt war. Hernando spürte den heißen Atem dieses Mannes.

»Ibn Hamid«, flüsterte er hasserfüllt. Hernando erschauderte, als er seinen arabischen Namen hörte. Stammten die Männer etwa aus den Alpujarras? Was hatte das alles zu bedeuten? »Das hat dir schon immer gefallen, wenn man dich so genannt hat, nicht wahr?«

»So heiße ich«, erwiderte Hernando nur.

»Der Name des Mannes, der sein eigenes Volk verraten hat!«

»Ich habe es nie verraten. Wie kommst du dazu, so etwas zu behaupten?«

Der Mann gab einem seiner Begleiter ein Zeichen, woraufhin dieser zur Lichtung eilte und mit einem brennenden Kienspan zurückkam.

»Sieh mich an, Ibn Hamid. Ich will, dass du weißt, wer dir den Tod bringt. Sieh mich an … Vater.«

Im Schein des Lichtes sah Hernando in zwei große und vor Wut funkelnde blaue Augen. Diese Gesichtszüge …

»Mein Gott! Das kann nicht sein!«, flüsterte Hernando. Alles um ihn herum begann sich zu drehen, und tausend Erinnerungsfetzen blitzten vor seinem inneren Auge auf. So viele Jahre waren inzwischen vergangen. »Francisco!«

»Ich heiße Abdul«, erwiderte sein Sohn eiskalt. Dann blickte er zu dem Mann, dessen Klinge an Hernandos Kehle ruhte. »Und das ist Shamir, falls du dich noch an ihn erinnerst.«

Shamir! Hernando versuchte die Gesichtszüge seines Stiefbruders zu erkennen, doch er war ganz in Dunkelheit gehüllt. Eine Woge des Glücks durchströmte seinen Körper. Francisco lebte! Und Shamir! Wie waren sie Ubaid entkommen? Aischa hatte doch geschworen, mit eigenen Augen gesehen zu haben, wie der Maultiertreiber aus Narila seine Familie in den Bergen umgebracht hatte.

»Ich dachte, ihr seid tot! Aber ihr lebt!«, rief er. »Ich habe wochenlang nach euch gesucht! Ich bin durch die gesamte Sierra geritten, um eure Leichen zu finden. Und die von Inés … und Fatima.«

»Elender Feigling!«, fuhr ihn Shamir an.

»Wir haben jahrelang darauf gewartet, dass du uns rettest«, zischte Abdul hasserfüllt. »Keinen Finger hast du gerührt, nicht für meine Mutter, nicht für deine Tochter und nicht für deinen Stiefbruder. Und auch nicht für mich!«

Hernando spürte, wie ihm die Luft wegblieb. Was warf ihm sein Sohn da vor? Dass seine Mutter auf ihn gewartet hatte? Seine Mutter? Fatima!

»Fatima lebt?«, keuchte er.

»Ja, Vater«, antwortete Abdul. »Sie lebt. Wir alle leben. Wir alle haben Ibrahims brutalen Hass überlebt. Aber sie hat am meisten gelitten! Du hast deine Familie im Stich gelassen und dein Volk verraten. Mieses Schwein! Der Fettsack Ibrahim hat für das, was er uns angetan hat, bereits bezahlt, das kannst du mir glauben! Und jetzt bist du an der Reihe!«

Ibrahim! Hernando schloss die Augen. Ibrahim! Das war sein Werk!

Die Rache seines Stiefvaters. Ibrahim hatte Fatima und die Kinder an sich gerissen! Die Menschen, die Hernando über alles liebte. Warum war er nicht schon früher darauf gekommen? Aber … Er hatte Fatimas weißes Tuch am Hals von Ubaids Leichnam doch mit eigenen Augen gesehen. Wie war das möglich? Steckten Ibrahim und Ubaid dahinter? Gemeinsam? Wohl kaum! Da verstand er plötzlich: Aischa hatte ihn angelogen. Der Gedanke war unerträglich. Warum?

Hernando kauerte auf der kalten Erde, mit Shamirs Waffe auf seine Kehle gerichtet und einem mordlüsternen Francisco neben sich. Er spürte, wie sein Herz raste, als würde es jeden Moment explodieren. O Gott! Fatima lebte! Er wollte weinen, vor Freude und vor Schmerz, aber seine Augen verweigerten ihm jede Träne. Er umklammerte sich wegen der Zuckungen, die plötzlich durch seinen ganzen Körper fuhren. Er hatte doch geglaubt, dass Ubaid seine gesamte Familie ermordet hatte!

»Fatima«, jammerte er.

»Er muss sterben«, urteilte Shamir kalt.

»Tod verheißt ewige Hoffnung«, erwiderte Hernando, ohne nachzudenken.

Abdul zog seinen Dolch, nur wenige Schritte entfernt, während die Morisken auf der Lichtung der Krönung ihres Königs in ehrfürchtigem Schweigen beiwohnten.

»Ich schwöre, dass ich für den einzigen Gott sterben werde!«, hörte man den neuen König genau in dem Moment rufen, in dem Abdul Hernando am Schopf packte, damit seine Kehle freilag.

Fatima! Da sah er seine wunderschöne Frau vor sich.

»Nein!« Hernando bäumte sich auf. »Ich werde nicht sterben, bevor ich nicht mit deiner Mutter gesprochen habe! Ich habe geglaubt, ihr seid tot! Gott allein weiß, wie sehr ich deshalb gelitten habe. Fatima soll entscheiden, ob sie mir verzeiht oder ob sie mich bestrafen will, nicht du. Wenn ich sterben soll, dann nur durch ihren Willen.«

Wütend stieß er seinen Sohn zur Seite und griff zugleich nach dem Krummsäbel an seinem Hals. Die Klinge schnitt ihm in die Hand.

»Denkt ihr, ich will fliehen?«, rief Hernando verächtlich. »Soll ich mit euch kämpfen?« Er öffnete die Arme, um zu zeigen, dass er keine Waffen mit sich führte. »Ich will zu Fatima. Ich will, dass sie über mich urteilt und mich tötet, wenn sie glaubt, dass ich auch nur einen Moment auf sie und auf euch hätte verzichten können, wenn ich gewusst hätte, dass ihr noch am Leben seid.«

Shamir beugte sich zu Abdul herunter und sah ihn fragend an. Nun konnte Hernando seinen Stiefbruder zum ersten Mal genauer betrachten und entdeckte sofort Ibrahims Gesichtszüge. Abdul nickte schließlich: Fatima hatte es verdient, ihre Rache selbst auszuüben, wie bei Ibrahim.

In dem Moment endete die Krönungszeremonie, und die Morisken auf der Lichtung stießen begeisterte Rufe aus.

Die meisten Vertreter der Morisken kehrten noch in dieser Nacht in ihre Dörfer zurück. Sie gaben dem Franzosen Panissault das Versprechen mit auf seine Rückreise, dass man ihm in Pau – der Stadt im französischen Béarn, deren Gouverneur der Herzog von La Force war – die einhundertzwanzigtausend Dukaten übergeben werde. In der allgemeinen Aufbruchsstimmung fiel Munir Hernandos Fehlen zunächst nicht auf, aber irgendwann machte er sich doch Sorgen und begann, ihn zu suchen. Er begab sich zu den Bäumen, an denen sie die Maultiere angebunden hatten: Die beiden Tiere standen noch an Ort und Stelle.

Wo konnte Hernando nur sein? Er war wohl kaum ohne ein Wort des Abschieds und ohne Maultier losgezogen. Zudem stand sein Pferd noch in Jarafuel. Munir befragte mehrere Morisken, aber keiner konnte ihm weiterhelfen. Da eilte plötzlich ein Barbareske an ihm vorbei.

»Hör mal«, rief Munir dem Mann zu, »kennst du einen Hernando Ruiz aus Córdoba? Hast du ihn vielleicht gesehen?«

Der Mann reagierte zunächst auf den Zuruf des Gelehrten, als er aber den Namen des Gesuchten hörte, stammelte er nur etwas vor sich hin und hastete weiter.

Was hatte das zu bedeuten? Munir sah dem Mann hinterher. Der drehte sich seinerseits um, und als er feststellte, dass ihm der Alfaquí nachschaute, beschleunigte er seine Schritte. Munir zögerte keine Sekunde und setzte ihm nach. Hatte der Mann etwas zu verbergen? Was war mit Hernando geschehen?

Zu weiteren Fragen kam er gar nicht erst. Bei den Bäumen angekommen, traten ihm mehrere Männer in den Weg und hielten ihn fest, einer von ihnen bedrohte ihn sogar mit einem Dolch.

»Nur eine falsche Bewegung, und du bist tot«, warnte ihn Abdul. »Was willst du?«

»Ich suche Hernando Ruiz«, erwiderte Munir und versuchte an den Männern vorbei in den Wald zu spähen.

»Wir kennen keinen Hernando Ruiz«, begann Abdul.

»Aber«, sagte der Alfaquí, »wer ist dann der Mann, den ihr dort zwischen den Bäumen versteckt haltet?«

Selbst in der vom Mond nur schwach erhellten Dunkelheit waren inmitten einer Gruppe von vier Barbaresken, die alle nur einfaches und für Schiffe geeignetes Schuhwerk trugen, eindeutig Hernandos schwere Reitstiefel zu erkennen. Abdul drehte sich zu der Stelle um, zu der Munir zeigte.

»Meinst du den da?«, brummte er hämisch, als er einsehen musste, dass er die Anwesenheit seines Vaters nicht mehr leugnen konnte, der offensichtlich nicht zu der Gruppe der Barbaresken gehörte. »Meinst du den Abtrünnigen, der unseren Glauben und unser Volk verraten hat?«

Munir konnte nicht anders, er musste laut loslachen.

»Das soll ein Abtrünniger sein? Du weißt ja gar nicht, was du da sagst.« Abdul kniff die Augenbrauen zusammen, und in seinen blauen Augen konnte man erste Zweifel erkennen. »In ganz Spanien gibt es nur wenige Männer, die ihr Leben lang so hart und aufopferungsvoll für unseren Glauben gekämpft haben.«

Abdul zögerte. Da löste sich Shamir aus der Gruppe und trat näher.

»Was fällt dir ein, so etwas zu behaupten?«, fauchte er.

Jetzt konnte der Gelehrte Hernando besser sehen: Sein Freund kniete am Boden und wirkte niedergeschmettert, er hielt den abwesenden Blick gesenkt. Nicht einmal diese Unterredung schien ihn aus seiner Versunkenheit reißen zu können.

»Ich bin Munir«, stellte er sich vor. Was war nur mit Hernando los? »Ich bin der Alfaquí von Jarafuel und vom Cofrentes-Tal.«

»Wir wissen«, platzte Shamir heraus, »dass dieser Mann mit Christen zusammenarbeitet und dass er Morisken verraten hat. Er hat den Tod verdient.«

Hernando verharrte immer noch reglos.

»Ihr habt keine Ahnung, nicht wahr?«, fragte Munir. »Woher kommt ihr? Aus Algier? Aus Tetuan?«

»Wir sind aus Tetuan«, antwortete Abdul jetzt in einem Tonfall, der einem Alfaquí gegenüber eher angemessen war, »die anderen ...«

Munir nutzte die Unschlüssigkeit des Barbaresken, um sich aus dem eisernen Griff des Mannes zu befreien, der ihn immer noch festhielt.

»Ihr kommt also aus den Barbareskenstaaten, wo ihr unbehelligt und unbesorgt als Muslime leben könnt.« Der Alfaquí schloss die Augen und schüttelte den Kopf. »Ich selbst nehme jeden Sonntag das Abendmahl. Ich bekenne meine christlichen Sünden, damit ich den Geleitbrief erhalte, mit dem ich mich frei bewegen kann. Des Öfteren bin ich gezwungen, Schweinefleisch zu essen und Wein zu trinken. Bin ich deswegen ein Abtrünniger? Alle Morisken, die ihr heute Nacht hier gesehen habt, kuschen vor den Anordnungen der Christen! Wie sollten wir sonst überleben und unseren Glauben ausüben können? Hernando hat mindestens genauso viel für den einzigen Gott getan wie wir alle. Ihr könnt mir glauben, ihr kennt diesen Mann nicht.«

»Wir kennen ihn sehr wohl. Er ist mein Vater«, sagte daraufhin Abdul.

»Er ist mein Stiefbruder«, ergänzte Shamir.

Munir stutzte kurz, versuchte dann aber, die beiden jungen Barbaresken von Hernandos heimlichen Arbeiten für die Gemeinschaft zu überzeugen. Er berichtete ihnen von dessen jahrelanger Arbeit an den Schriften für die Bleibücher, von der Torre Turpiana, dem Sacromonte und von Don Pedro de Granada Venegas, Don Alonso del Castillo und Don Miguel de Luna, vom Barnabas-Evangelium und von ihrem Plan.

Er erklärte ihnen, dass Hernando immer davon ausgegangen war, dass Ubaid seine Familie ermordet habe.

»Seine Mutter wusste nichts von all dem«, erwiderte er, als Abdul ihn mit Aischas Antwort auf Fatimas Brief konfrontierte. »Hernando musste seine Arbeit geheim halten … sogar vor seiner eigenen Mutter. Für sie und für alle anderen Muslime war ihr Sohn ein Verräter, ein Christ. Hernando nahm es hin. Und er hielt euch für tot. Ihr müsst mir glauben. Er hat niemals von dem Brief erfahren.«

Er erzählte ihnen auch, dass Hernando, obwohl er mit einer Christin verheiratet war, vermutlich als einziger Moriske regelmäßig in die Moschee von Córdoba zum Beten ging.

»Er hat deiner Mutter geschworen, vor dem Mihrab in Córdoba zu beten«, sagte er dann zu Abdul, als er merkte, dass die Erwähnung von Hernandos christlicher Frau die Rachegelüste dieser Piraten erneut anstachelte.

Einige Augenblicke lang waren nur die Rufe und Abschiedsgrüße auf der Lichtung zu vernehmen. Munir beobachtete Abdul und Shamir. Hatte er die beiden überzeugen können?

»Er hat im Alpujarras-Krieg mehreren Christen geholfen«, stieß Abdul nun hervor. Sein Gesicht war versteinert, seine blauen Augen eiskalt.

»Er hat nur versucht, der Sklaverei zu entgehen, und dabei hat er einem Christen geholfen, das stimmt, aber …«, versuchte der Alfaquí zu erklären.

»Dann hat er für die Christen in Granada gearbeitet«, führte Abdul an, »und dabei seine Glaubensbrüder verraten, die sich am Aufstand beteiligten.«

»Und was ist mit den vielen anderen Christen, denen er das Leben gerettet hat?«, warf Shamir ein. Munir erschrak – davon wusste er nichts. »Ja, er hat noch weitere Christen gerettet. Hat er dir das nicht erzählt? Er ist und bleibt ein Schwein! Hörst du mich?«, rief er in Hernandos Richtung. »Feigling!«

»Verräter!«, tat Abdul es ihm nach.

»Wenn er dachte, dass Ubaid uns umgebracht hat, warum hat er ihn nicht bis in die Hölle verfolgt?«, spann Shamir die Anschuldigungen weiter. »Hat er etwas unternommen, um den angeblichen Mord an seiner Familie zu rächen? Nein, er hat lieber ein sorgloses Leben im Palast eines christlichen Herzogs geführt!«

»Wenn er versucht hätte, sich zu rächen, wie es sich für einen rechtschaffenen Muslim gehört«, schrie Abdul, »dann hätte er vielleicht herausgefunden, dass nicht Ubaid, sondern Ibrahim der Übeltäter war.«

Nur wenige Schritte entfernt prasselten diese Worte wie heftige Schläge auf Hernando ein. Er hatte nicht einmal mehr die Kraft zu erklären, dass er Ubaids Leichnam mit eigenen Augen gesehen hatte und dass beim Anblick des Toten seine Rachegelüste erloschen waren. Welchen Sinn hatte das noch? Er hörte die Flüche der beiden Männer, die ihrem geballten Hass nun freien Lauf ließen. Warum? Warum hatte Aischa ihn angelogen? Warum hatte sie ihn so leiden lassen, obwohl sie die Wahrheit kannte? Er erinnerte sich an ihre Tränen und an ihr schmerzverzerrtes Gesicht, als sie ihm Ubaids Untat ins Gesicht geschrien hatte. Mutter, warum?

Doch der nächste Vorwurf seines Sohnes riss ihn aus seinen Gedanken.

»Jetzt hat er auch noch eine Christin geheiratet! Du widerst mich an, du räudiger Hund!«, schimpfte Abdul und spie seinem Vater vor die Füße.

Munir wurde Zeuge dieser Beleidigung. Er blickte zu Hernando, der trotz dieser Ungeheuerlichkeit nach wie vor reglos blieb. Selbst in der Dunkelheit war zu erkennen, wie er von der Last der Schuld und der Ereignisse überwältigt in sich zusammensackte.

»Aber die Bleibücher …«, setzte der Alfaquí wieder an. Er hatte Mitleid mit seinem Freund.

»Ach, diese Bleiplatten«, unterbrach ihn Shamir. »Was sind die paar Buchstaben schon wert? Was haben sie euch genutzt?« Munir wollte ihm nicht auch noch recht geben müssen und presste die Lippen fest zusammen. »Nichts! Das sind doch bloß Spielereien für die Reichen, für diese Adligen, die uns verraten und die jetzt nur ihre eigene Haut retten wollen. Keiner unserer Glaubensbrüder, kein Einziger aus dem einfachen Volk, keiner von denen, die nach wie vor an den einzigen Gott glauben und die sich für ihr Gebet in ihren Häusern oder auf den Feldern verstecken müssen, hat davon einen Nutzen! Er muss sterben.«

»Ja«, schloss sich Abdul an, »er muss sterben.«

Das Urteil übertönte klar und deutlich den nachlassenden Lärm auf der Lichtung. Munir fuhr es durch Mark und Bein, als er die tief verwurzelte Grausamkeit der Korsaren begriff. Er verstand, dass sie daran gewohnt waren, über Leben und Tod von Menschen zu entscheiden.

»Halt!«, schrie der Alfaquí in dem verzweifelten Versuch, seinem Freund das Leben zu retten. »Dieser Mann ist mit mir nach Toga gekommen. Ich bin für ihn verantwortlich und gebe ihm Geleit.«

»Er wird sterben«, sagte Abdul.

»Habt ihr denn nicht begriffen, dass er ohnehin am Ende ist?«, entgegnete Munir und zeigte traurig auf Hernando.

»Ach, Tausende solcher wertloser Christen tummeln sich in den Verliesen von Tetuan. Behalte dein Mitleid für dich. Wir nehmen ihn mit«, bekräftigte Shamir. »Los, auf!«, wies er die anderen Barbaresken an.

Munir sammelte seine letzten Kräfte. Er atmete tief durch, bevor er begann, und als er endlich sprach, klang seine Stimme sicher und entschlossen – und übertönte die Angst, die ihn innerlich zerfraß.

»Ich verbiete es euch.«

Abdul griff zum Krummsäbel, als hätte man ihn beleidigt, offenbar war er Widerspruch nicht gewohnt.

»Ich bin Munir, der Alfaquí von Jarafuel und des gesamten Cofrentes-Tales. Tausende Muslime folgen meinen Worten. Nach unseren Gesetzen bekleide ich hier den zweithöchsten Rang und kann in Rechtsangelegenheiten urteilen. Dieser Mann bleibt hier.«

»Was ist, wenn wir nicht gehorchen?«, fragte Shamir.

»Dann gelangt ihr niemals zu euren Schiffen, es sei denn, ihr bringt auch mich um. Das schwöre ich euch.«

Die Korsaren und die Barbaresken blickten sich fragend an. Hernando kniete immer noch auf der Erde, er hielt den Kopf gesenkt und war ganz in seine Gedanken vertieft.

»Ibrahim hat für seine Verbrechen mit dem Tod bezahlt«, sagte Shamir, »und auch dieser elendige Verräter wird seiner Strafe nicht entgehen.«

»Ihr müsst die Weisen und die Alten ehren«, hielt ihm der Alfaquí beharrlich entgegen.

Bei diesen Worten sah einer der Barbaresken verschämt zu Boden. Abdul begriff, dass seine Männer sich an die Gesetze halten würden, und auch er würde niemals einen Alfaquí verletzen.

Hernando blickte plötzlich erstaunt auf. Was hatte Shamir soeben gesagt? Ibrahim war tot? Der Korsar näherte sich seinem Vater. Mit seinen blauen Augen durchbohrte er Hernando, der ihn seinerseits zweifelnd anstarrte.

»Ja«, sagte Abdul, »meine Mutter hat ihn umgebracht: In einem ihrer Finger steckt mehr Kraft und Mut als in deinem ganzen Körper. Du widerlicher Feigling!«

Daraufhin versetzte einer der Barbaresken Hernando einen heftigen Schlag mit dem Kolben seiner Arkebuse. Er fiel zu Boden, wo die anderen Männer wütend auf ihn eintraten, ohne dass er sich im Geringsten zu Wehr setzte.

»Um Gottes willen, hört auf!«, flehte Munir.

»Bei genau diesem Gott, den der Alfaquí anruft«, keuchte Abdul und bedeutete den Männern mit einer Geste, von Hernando abzulassen, »bei Allah schwöre ich dir, Nazarener, dass ich dich töten werde, wenn du mir noch einmal über den Weg läufst. Vergiss das niemals! Du dreckiger Hund!«

Ibrahim! Fatima erkannte in Shamirs wilden Drohungen ihren Peiniger wieder. Sein Sohn war nur viel mächtiger als der einfache Maultiertreiber aus den Alpujarras – und klüger … Fatima war erschüttert, die gleiche zornige Stimme zu hören, die gleichen Gesten zu sehen, die gleichen Wutausbrüche mitzuerleben.

Sofort nach ihrer Rückkehr aus Toga hatten Abdul und Shamir sie im Palast aufgesucht. Die beiden jungen Männer wirkten ernst und düster, aber sie weigerten sich, ihr den Grund dafür zu verraten. Fatima wusste von ihrer Mission in Toga. Sie selbst hatte unter den Barbaresken einen ansehnlichen Geldbetrag für diesen neuen Aufstand zusammengetragen. Sie hörte den Berichten der beiden jungen Männer interessiert zu, aber etwas irritierte sie.

»Abdul«, sagte sie und legte eine Hand auf seinen kräftigen Arm, »was ist mit dir?«

Abdul schüttelte nur den Kopf und brummte etwas in sich hinein.

»Mich kannst du nicht täuschen. Ich bin deine Mutter.«

Abdul und Shamir tauschten kurze Blicke aus. Fatima schwieg erwartungsvoll.

»Wir haben den Nazarener gesehen«, sagte Shamir schließlich. »Der verdammte Verräter war auch in Toga.«

Fatima verschlug es den Atem.

»Ibn Hamid?« Beim Aussprechen dieses Namens spürte sie einen brennenden Schmerz in der Brust und führte eine ihrer mit Ringen und Armreifen geschmückten Hände ans Herz.

»Du darfst ihn nicht so nennen!«, wies Abdul sie zurecht. »Das hat er nicht verdient. Er ist ein Christ – und ein Verräter! Er hat sich am Ende davongeschlichen wie der räudige Hund, der er ist.«

Fatima sah entsetzt auf.

»Was …? Was habt ihr ihm angetan?«

»Wir hätten ihn töten sollen«, rief Shamir. »Ich schwöre, dass wir das nachholen, wenn wir ihn noch einmal sehen!«

»Nein!« Fatimas Stimme war nur ein heiseres Krächzen. »Das verbiete ich euch!«

Abdul sah verwundert zu seiner Mutter. Shamir ging einen Schritt auf sie zu.

»Wartet … Was, was hat er in Toga gemacht? Ihr müsst mir alles erzählen!«, forderte Fatima die beiden Männer auf.

Und das taten sie. Hasserfüllt berichteten sie ihr vom Nazarener, sie erzählten von der nächtlichen Begegnung, und sie gaben Munirs Worte wieder, die diesem verdammten Verräter das Leben gerettet hatten. Fatima lauschte den Ausführungen aufmerksam, zog aber ihre eigenen Schlüsse daraus. Ibn Hamid war bei der Versammlung der Anführer der Rebellion gewesen und hatte viele Jahre seines Lebens für diese Bleitafeln geopfert. Das konnte nur bedeuten, dass er nicht von seinem Glauben abgefallen war. Ihre Miene hellte sich immer mehr auf. Wenn das stimmte … dann war Ibn Hamid immer noch ein Gläubiger! Doch da drangen ihr Shamirs Worte wie Nadelstiche ins Herz.

»Außerdem musst du wissen, dass er geheiratet hat … eine Christin! Du bist also frei, Fatima … und noch bist du eine schöne Frau.«

»Für wen hältst du dich eigentlich! Meinst du wirklich, du könntest mir sagen, was ich zu tun und zu lassen habe? Ich werde niemals wieder heiraten!«, schrie sie.

Shamir spürte den Schmerz, der hinter diesen Worten lauerte. Da erwachte plötzlich Ibrahims Dämon in ihm. Der junge Mann stürzte auf sie zu – und baute sich bedrohlich vor ihr auf.

»Du wirst ihn niemals wiedersehen, Fatima! Ich werde ihn eigenhändig umbringen, wenn ich erfahre, dass es eine Verbindung zwischen euch gibt. Ich werde ihm das Herz herausreißen! Hast du mich verstanden?«

Doch das war noch lange nicht das Ende seines Wutausbruchs. Er kam gerade erst in Fahrt und brüllte weiter. Sie war doch nur eine Frau! Eine Frau hatte zu gehorchen! Der Palast gehörte ihm, ebenso die Sklaven, die teuren Möbel, das Essen, selbst die Luft, die sie atmete. Wie sollte er ihr eine Beziehung mit diesem verdammten Hund gestatten – mit diesem Feigling, der sie damals nicht vor Ibrahim beschützen konnte? Außerdem würden sie den Respekt ihrer Männer verlieren. Alle wussten inzwischen von dem Schwur des Korsaren, den sie in Toga geleistet hatten. Die Barbaresken hatten jedem davon erzählt, der es hören wollte.

Fatima blieb aufrecht stehen, wie in der Nacht als sie Ibrahim in Córdoba verkündet hatte, dass sie sich ihm nie wieder hingeben werde. Von Abdul erhoffte sie sich keine Hilfe, sie sah ihn nicht einmal an, sie wollte ihren Sohn nicht mit seinem Gefährten entzweien, der letztendlich der Herr über all ihren Besitz war.

»Denke daran, was ich dir gerade gesagt habe … Mach keine

Dummheiten«, brummte Shamir noch. Dann drehte er sich um und verließ den Raum.

Da erst suchte Fatima in den blauen Augen ihres Sohns nach einem Anflug von Verständnis und Unterstützung, doch Abduls Blick war kalt und seine Miene so versteinert wie die des anderen Korsaren. Sie sah ihm enttäuscht hinterher, als auch er hinaus stürmte. Erst als sie allein war, ließ sie zu, dass sich ihre Augen mit Tränen füllten.

64

In Valencia wurden viele Morisken aufgrund gewisser Briefe ins Gefängnis gesteckt, die uns der König von England unlängst hat zukommen lassen. Sie waren zwischen den Papieren der verblichenen Königin gefunden worden und von Morisken verfasst. Darin bitten sie um Unterstützung für ihren bevorstehenden Aufstand, und sie versprechen, unsere Stadt zu plündern, wenn sie mit ihrer Flotte käme. Viele von ihnen hat man unter Folter verhört, um herauszufinden, worum es bei diesem Handel ging, und nach wie vor werden weitere bestraft, um für die anderen ein Exempel zu statuieren.

LUIS CABRERA DE CÓRDOBA
Bericht über die Vorfälle am spanischen Hofe

Nach dem Tod von Elisabeth I. von England hatten Spanien und England im August 1604 ein Friedensabkommen geschlossen. Neben anderen Zusagen versprach Philipp III. darin, von seinem Plan abzusehen, auf der Insel einen katholischen König zu installieren. Vielleicht ließ Jakob I. deswegen und als Zeichen der Dankbarkeit nur wenige Monate nach der Vertragsunterzeichnung dem spanischen König einige Dokumente zukommen, die man in den Akten seiner Vorgängerin gefunden hatte. Darunter waren auch Papiere über die geheimen Pläne der valencianischen Morisken, sich mithilfe der Engländer und Franzosen gegen den katholischen König zu erheben und die spanischen Reiche für den Islam zurückzuerobern.

Der Vizekönig von Valencia und die Inquisition machten sich ans Werk, sobald der Staatsrat die Pläne für den Aufstand bekanntgegeben hatte.

Zahllose Morisken wurden festgenommen und gefoltert, bis sie die Verschwörung schließlich unter großen Qualen verrieten. Viele von ihnen wurden nach den in Valencia geltenden Gesetzen hingerichtet. Die Verurteilten wurden dabei gefragt, ob sie im christlichen oder im muslimischen Glauben sterben wollten. Wenn sie sich für das Christentum entschieden, wurden sie auf dem Marktplatz erhängt, wenn sie jedoch an ihrem Glauben festhielten, wurden sie zur Rambla außerhalb der Stadtmauern geführt und dort – gemäß der göttlichen Strafe, die das 5. Buch Mose für Götzendiener vorsieht – vom Volk gesteinigt. Anschließend wurden ihre Leichen einfach verbrannt.

Bis auf einige wenige Ausnahmen entschieden sich die meisten Morisken für den schnellen Tod. Da sie aber nicht als Christen sterben wollten, flehten sie genau in dem Moment, in dem die Schlinge zugezogen wurde, Allah an. Diese Strategie war bald so verbreitet, dass das schaulustige Volk bereits mit Steinen ausgerüstet zu den Hinrichtungen kam, um die Verurteilten am Galgen zu steinigen, sobald sie Allah anriefen. Die Familienangehörigen der Morisken wiederum sammelten die Steine auf und bewahrten sie zum Gedenken an die Hinrichtung.

Hernando erfuhr erst drei Monate nach seiner Rückkehr aus Toga, dass der Aufstand in Valencia vereitelt worden war. In dieser Zeit hatte es ohnehin nur eine Sache gegeben, die ihm in seiner andauernden Verzweiflung ein wenig Trost spenden konnte: sein Brief an Fatima.

Munir und er hatten den ganzen Weg von Toga nach Jarafuel fast kein Wort miteinander gewechselt. Statt der sieben Tage brauchten sie für den Rückweg nur vier. Munir hüllte sich in undurchdringliches Schweigen und legte nur die allernotwendigsten Pausen ein.

»Lass uns haltmachen … Lass uns essen … Lass uns den Tieren zu trinken geben … «

Hernando fügte sich allen Anweisungen seines Weggefährten. Warum nur hatte Munir ihm das Leben gerettet?

In Jarafuel ließ ihn der Alfaquí vor der Haustür warten und bat ihn nicht herein. Gleich darauf führte er Hernandos Pferd herbei.

»Außer dem Herzog«, setzte Hernando zu einer Erklärung an, »habe ich nur ein kleines Mädchen gerettet. Alles andere ist…«

»Das geht mich nichts an«, unterbrach ihn Munir schroff.

Hernando sah ihm ins Gesicht. Der Alfaquí warf ihm einen harten Blick zu, in den sich zuletzt aber doch noch ein Hauch von Mitleid schlich.

»Ja, Hernando, ich habe dir das Leben gerettet, aber es obliegt Gott, dich zu richten.«

Auf der Strecke nach Córdoba vermied Hernando die Begleitung von Mönchen, Händlern, Gauklern oder Pilgern. Er reiste allein und hing seinen Gedanken nach. Die Schuld lastete zentnerschwer auf seinen Schultern, und es gab Momente, in denen er meinte, die Last nicht mehr ertragen zu können. Je näher er Córdoba kam, desto größer wurde sein Kummer: Was sollte er Rafaela nur sagen? Dass seine Ehe mit ihr ungültig war? Dass seine erste Frau noch lebte?

Er zögerte seine Heimkehr hinaus. Ihm graute vor dem Gedanken, Rafaela jemals wieder in die Augen sehen zu müssen. Und er hatte Angst davor, wieder allein zu sein, wenn er ihr die Wahrheit gestand. Als er schließlich durch die Haustür ging, wagte er nicht, sie anzusehen.

Er beobachtete, wie das Lächeln aus Rafaelas Gesicht verschwand, als sie ihn begrüßte. Seine schwangere Frau blieb wie angewurzelt stehen, als sie die Blutergüsse und Schrammen entdeckte, die von den Fußtritten der Barbaresken stammten.

»Was ist passiert?« Rafaela wollte das zerschlagene Gesicht ihres Mannes berühren. »Wer…?«

»Es ist nichts«, sagte er und schob die Hand seiner Frau weg. »Ich bin vom Pferd gefallen.«

»Aber, wie …?«

Hernando kehrte ihr den Rücken zu und ließ die Frage unbeantwortet. Er ging zum Stall und zäumte das Pferd ab, dann durchquerte er den Patio in Richtung Treppe.

»Ich werde in der Bibliothek essen«, wies er seine Frau an, als er wieder an ihr vorbeiging.

Dort verbrachte er auch die Nacht. Die erste von vielen.

So verstrichen die Tage. Hernando legte die Koranabschrift beiseite und widmete sich nur mehr seinem Brief an Fatima. Er brauchte lange, bis er ein halbwegs befriedigendes Ergebnis zustande brachte. Denn sobald er auch nur versuchte, sich auf das Schreiben zu konzentrieren, lösten sich seine Worte und Gedanken in Schuldgefühle und Trauer auf. Immer wieder missfielen ihm seine Entwürfe, und er zerriss das Papier. Schließlich berichtete er Fatima von Rafaela, von seinen beiden Kindern und von der neuen Schwangerschaft. *Ich wusste es nicht! Ich wusste nicht, dass du noch lebst*, schrieb er mit zitternder Hand. Als er seinen Brief schließlich beendet hatte, entschied er, Munir zu bitten, ihn Fatima zu übermitteln – trotz ihres unterkühlten Abschieds. Der Alfaquí war ein heiliger Mann, er würde ihm helfen. Zudem brachen die meisten Morisken von Valencia aus zu den Barbareskenstaaten auf. Er brauchte Munirs Hilfe! Hernando schrieb noch einen weiteren Brief, in dem er den Alfaquí um diesen Gefallen bat.

Als Miguel sich wieder einmal in Córdoba aufhielt, rief er ihn zu sich. Er musste Hernando einen Maultiertreiber vermitteln, dem man vertrauen konnte. Die Morisken in Córdoba behandelten ihn nach wie vor wie einen Aussätzigen, und er hatte längst alle Kontakte zu den Maultiertreibern verloren. Miguel hatte wegen der Käufe und Verkäufe, die er im Zusammenhang mit den Pferden tätigen musste, viel mit ihnen zu tun.

»Dieser Brief muss so schnell wie möglich nach Jarafuel«, wies er Miguel mit einem unnötig schroffen Tonfall vom Schreibtisch aus an. Der junge Mann stand auf seine Krücken gestützt vor dem Tisch und überlegte, was wohl in seinen Herrn gefahren war. Zuvor hatte ihm Rafaela ihre Sorgen anvertraut. »Worauf wartest du noch?«

»Ich kenne da eine Geschichte über einen Kurier, der schlechte Nachrichten überbringt«, antwortete Miguel. »Soll ich sie dir erzählen?«

»Mir ist nicht nach Geschichten zumute, Miguel.«

Das Klacken der Krücken auf den Holzbohlen der Galerie schmerzte in Hernandos Ohren. Und jetzt? Er strich über die bereits vollendeten Seiten seiner Koranabschrift. Aber er war nicht in der Stimmung, daran weiterzuarbeiten. Er blickte aus dem Fenster und summte bedrückt einige Suren vor sich hin.

»Es kommt mir so vor, als hätte er mit allem abgeschlossen«, sagte Rafaela und sah Miguel aus ihren verweinten Augen an.

»Gib ihn nicht auf«, ermutigte er sie. »Kämpfe um ihn und um dich.«

Rafaela hatte Hernando tagelang nicht zu Gesicht bekommen. Sie überlegte, ihm das Essen in die Bibliothek zu bringen und ihn einfach anzusprechen. Doch noch bevor es dazu kam, gab Hernando ihr die Anweisung, ihm das Essen vor die Tür zu stellen. Zudem hatte er um eine Schüssel mit sauberem Wasser für seine rituellen Waschungen gebeten, die er nach dem Gebrauch auf die Galerie zurückstellte. Rafaela achtete den ganzen Tag auf jedes mögliche Türgeräusch, um ihm sofort frisches Wasser zu bringen. Fünfmal am Tag.

Was war nur mit ihm los? Sie schleppte sich keuchend die Treppe hinauf. Diese Schwangerschaft machte ihr weit mehr zu schaffen als die vorausgegangenen. Als sie an der Bibliothek vorbeikam, fiel ihr auf, dass die Tür offen stand.

Hernando saß hinter seinem Schreibtisch. Er folgte mit einem Finger den Buchstaben im Koran, während er auf Arabisch die Suren intonierte – allem entrückt. Rafaela blieb stehen und wagte nicht, diesen magischen Moment zu stören. Als Hernando schließlich ihre Anwesenheit spürte und sich zu ihr umdrehte, sah er sie im Türrahmen stehen. Ihr Gesicht war verheult, und sie umklammerte mit beiden Händen den gewölbten Bauch.

»Warum behandelst du mich so? Sag mir doch, was mit dir los ist«, flüsterte Rafaela. Dann versagte ihr die Stimme.

Hernando nickte.

»Vor mehr als zwanzig Jahren …«, setzte er an. Doch warum sollte er mit ihr darüber sprechen? Er hatte ihr nie selbst von Fatima und seinen Kindern erzählt. Seine Frau wusste nur durch Miguel von ihnen. »Du hast recht«, räumte er schließlich ein. »Das hast du nicht verdient. Es tut mir leid. Die Vergangenheit hat mich eingeholt.«

Diese Worte endlich ausgesprochen zu haben, war für Hernando eine große Befreiung. Sein Brief an Fatima lag bereits in Miguels Händen. Wer konnte wissen, wozu er führen und wie Fatima darauf antworten würde – wenn sie überhaupt antwortete? Rafaela trocknete sich die Tränen mit dem Handrücken, während sie mit der anderen Hand ihren Bauch stützte.

Beim Anblick seiner schwangeren, verzweifelten Frau begriff Hernando endlich: Ja, er hatte bei Fatima versagt, und von dieser Schuld würde er niemals befreit … Aber den gleichen Fehler würde er kein zweites Mal begehen.

Hernando stand langsam auf, ging um den Schreibtisch herum zu seiner Frau und verschmolz mit ihr in einer innigen Umarmung.

Trotz seiner Bemühungen, seine Sorgen vor Rafaela zu verbergen, musste Hernando unentwegt an die Worte seines Sohnes denken. Rafaela wandte sich wieder ihren alltäglichen Arbeiten zu, als hätte es die Tage seiner abweisenden Zurückgezogenheit nie gegeben. Hernando suchte Trost bei seinen Kindern und schöpfte so Hoffnung für die Zukunft.

Eines Tages ritt er sogar zum Campo de la Merced und spazierte über den düsteren Friedhof zum Grab seiner Mutter. Dort unterhielt er sich im Stillen mit Aischa.

Warum hatte sie ihm das angetan?

Er versuchte, eine Antwort zu finden. Die Zeit verstrich, Hernando spielte tausend Möglichkeiten durch, bis er schließlich auf eine

Antwort stieß, die nichts mit Aischas Beweggründen zu tun hatte: Sie lebten. Fatima lebte. Francisco und Shamir ebenso, Inés vermutlich auch. Wäre ihm ihr Tod etwa lieber, nur weil er dadurch sein Leid lindern könnte? Hernando fühlte sich unwürdig. Bis jetzt hatte er immer nur an sich gedacht, an seine eigene Schuld und an seine Feigheit, die ihm Francisco so erbittert vorgeworfen hatte. Aber das Wichtigste war doch, dass sie am Leben waren, selbst wenn es so weit weg von ihm war! Dieser Gedanke vermittelte ihm zumindest einen gewissen Trost… Aber er sehnte sich nach Fatimas Verzeihung.

Hernando wartete gespannt auf Neuigkeiten von Munir, doch seine Hoffnungen wurden zunichtegemacht, als ihm der Alfaquí den Brief an Fatima zusammen mit seiner Weigerung, ihn nach Tetuan zu übermitteln, wieder zurückschickte.

Im Palast in Tetuan gab es unterdessen eine Neuerung, die Fatima nicht übersehen konnte: Seit dem Streit mit Shamir und ihrem Sohn gehörten drei imposante, bewaffnete Sklaven aus Nubien zum Palastpersonal.

»Sie sind nur zu Eurer eigenen Sicherheit da, Herrin«, erklärte einer der Diener. »Es sind unruhige Zeiten, und Euer Sohn hat dies angeordnet.«

Zu ihrer eigenen Sicherheit? Zwei der schwarzen Männer verfolgten sie auf Schritt und Tritt. Fatima wollte es wissen: An einem Morgen steuerte sie in Begleitung der beiden Sklavinnen, die ihre Bündel trugen, zielstrebig zum Bab Mqabar im nördlichen Abschnitt der Stadtmauer.

Bevor sie aber durch das Stadttor gehen konnte, stellten sich ihr die beiden Nubier in den Weg.

»Ihr könnt die Stadt nicht verlassen, Herrin«, wies sie einer der beiden zurecht.

»Ich möchte nur zum Friedhof gehen«, gab Fatima vor.

»Dort ist es nicht sicher.«

An einem anderen Tag verließ sie am frühen Morgen ihr Schlafgemach. Sie hatte noch nicht einmal die Hälfte des Korridors zurückgelegt, als aus den Schatten die beeindruckende Gestalt eines der Schwarzen auftauchte.

»Habt Ihr einen Wunsch, Herrin?«

»Wasser.«

»Seid unbesorgt. Ich werde Euch einen Krug bringen lassen. Geht wieder zu Bett.«

Sie war erneut eine Gefangene in ihrem eigenen Haus! Nicht dass sie vorhatte zu fliehen – sie wusste ohnehin nicht, was sie noch tun oder denken sollte. Nachdem sie so lange von Hernandos Verrat überzeugt gewesen war, löste allein die Möglichkeit, dass es anders sein könnte, in ihr wieder die Gefühle aus, die sie jahrelang in den hintersten Winkel ihres Herzens verbannt hatte. Seit Ibrahims Tod führte sie die Geschäfte der Familie. Sie häufte mit der gleichen Härte Reichtümer an, mit der Abdul und Shamir christliche Schiffe überfielen oder die spanische Küste angriffen. Sie entsagte dafür sogar ihren Bedürfnissen als Frau. Aber jetzt waren die alten Gefühle wieder in ihr erwacht, und wenn sich ihr Blick nachts am Horizont verlor – dort, wo die Berge von Granada in den Himmel ragen mussten –, erinnerten leichte Schauder sie daran, dass sie einmal fähig gewesen war, mit ihrem ganzen Sein zu lieben.

An einem Nachmittag kam der junge Ephraim zu Fatima, um mit ihr einige geschäftliche Dinge zu regeln. Er war nach dem Tod seines Vaters zu einem engen Vertrauten der Familie geworden.

»Ich muss dich um einen Gefallen bitten, Ephraim«, sprach sie ihn an, als ihr der Kaufmann gerade einen Warenposten erläutern wollte.

»Ihr müsst wissen, dass Euer Sohn mit mir geredet hat«, flüsterte ihr der kluge Mann zu.

Fatima sah ihn aus ihren schwarzen Mandelaugen eindringlich an.

»Aber ich bin Euer treuer Diener.«

65

Tod verheißt ewige Hoffnung.

»Romanze des Aben Humeya«, Moriskenromanzero

Rafaela begleitete gerade den Hauslehrer zur Tür, der Juan und Rosa täglich unterrichtete, als sie einen Fremden auf sich zukommen sah. Hernando hatte zwar seine Gemütsruhe scheinbar wiedererlangt, aber Rafaela – die kurz vor der Niederkunft stand – geriet bei jedem unerwarteten Ereignis in Panik. Der etwa vierzigjährige Mann, dessen Gewänder offensichtlich unter einer langen Reise gelitten hatten, erkundigte sich höflich, ob dies das Haus von Hernando Ruiz sei. Rafaela bejahte die Frage und schickte Juan los, um seinen Vater zu benachrichtigen. Hernando eilte sofort zur Tür.

»Friede sei mit Euch«, begrüßte er den Fremden in der Annahme, es handle sich um einen Pächter oder einen Interessenten für ein Pferd. »Was wünscht Ihr?«

Ephraim zögerte eine Weile, ehe er sprach. Er war erleichtert, Hernando diesmal anzutreffen.

»Friede sei mit Euch«, grüßte der Jude zurück und sah den Hausherrn eindringlich an.

»Was wünscht Ihr?«, fragte Hernando noch einmal.

»Wäre es möglich, dass wir unter vier Augen miteinander sprechen?«, entgegnete der Mann mit eigenartigem Akzent.

In dem Moment begriff Hernando, dass der Fremde nicht wegen der Pferde hier war.

»Kommt herein.«

Sie ließen den Eingangsbereich hinter sich und durchquerten den Patio in Richtung Treppe. Sie stiegen zur Bibliothek hinauf, und Hernando bemerkte, dass der Fremde dort voll Bewunderung die Bücherreihen betrachtete, die seinen wertvollsten Besitz darstellten.

»Ich beglückwünsche Euch«, sagte der Jude mit Blick auf die Regale und nahm vor dem Schreibtisch Platz. Hernando nickte, und die beiden Männer schwiegen eine Weile. »Fatima schickt mich, Eure Gemahlin.«

Hernando erstarrte.

»Meine Auftraggeberin möchte wissen, wie es Euch geht«, sprach Ephraim weiter. »Viele Gerüchte gelangen nach Tetuan, doch sie weigert sich, sie zu glauben – es sei denn, Ihr selbst bestätigt sie. Außerdem müsst Ihr unbedingt wissen, dass ich vor über fünfzehn Jahren schon einmal hier in Córdoba war und versuchte, Euch zu finden. Damals hatte mich ebenfalls Eure Gemahlin …«

»Wie geht es ihr?«, unterbrach ihn Hernando.

Ihr Gespräch zog sich über den gesamten Tag hin. Hernando erzählte dem Mann ohne irgendwelche Ausflüchte und Auslassungen aus seinem Leben. Er berichtete ihm sogar von seinem Liebesabenteuer mit Isabel! Zum ersten Mal überhaupt sprach er in aller Offenheit darüber. Er rechtfertigte sein Auftreten als Christ, andererseits bekannte er seinen Fehler, es in mancher Hinsicht übertrieben zu haben. Warum hatte er bei jener Prozession unbedingt ein Kreuz schultern müssen?

»Meine Mutter würde noch leben, wenn ich auf dieses Schauspiel verzichtet hätte«, bekannte er mit belegter Stimme.

Dann erläuterte er dem Juden den Plan mit den Bleibüchern.

»Shamir«, stellte er fest, »hat behauptet, dass das einfache Volk keinen Nutzen davon haben wird. Vermutlich hat er sogar recht.«

»Aber vielleicht wird dieses Evangelium, von dem Ihr sprecht, eines Tages doch noch an die Öffentlichkeit gelangen.«

»Vielleicht«, seufzte Hernando, »aber ich weiß nicht, wie lange wir noch so weiterleben können. Wirklich, wir werden behandelt wie Pestkranke. Die Christen hassen uns zutiefst, und kein einziger muslimischer Herrscher hat uns jemals unterstützt. Wir sind ein Volk, das immer Hoffnung am Horizont zu sehen glaubt – eine Flotte der Türken oder aus Algier –, die aber niemals erfüllt wird.«

Ephraim widerstand der Versuchung, sich auf eine Diskussion einzulassen. Wie Pestkranke? Ja, auch seinem Volk war es so ergangen, in Spanien und in allen anderen Reichen Europas. Die Juden hatten aber nicht einmal Anlass zum Horizont zu blicken: Niemand würde ihnen zu Hilfe kommen. Aber er schwieg, sein Auftrag war ein anderer. Fatima hatte ihm genaue Anweisungen erteilt: Er sollte selbst Hernandos Worte und Verhalten beurteilen. Er sollte selbst vor Ort entscheiden ob er dem Mann, der ihn betroffen ansah, ihre Botschaft übermittelte oder ob er unverrichteter Dinge heimreiste. Fatima setzte ihr ganzes Vertrauen in ihn. Und der Jude hatte sich entschieden.

Er übermittelte Hernando Fatimas Botschaft.

»Tod verheißt ewige Hoffnung.«

Ephraim war überrascht, als Hernando seine blauen Augen auf ihn richtete – so wie kurz zuvor dessen Sohn Abdul, der ihn aufgesucht und gewarnt hatte, dass er Fatima unter keinen Umständen dabei helfen dürfe, mit dem »verdammten Verräter« in Verbindung zu treten. Es waren in der Tat die gleichen Augen, aber zwischen ihren Blicken lagen Welten. Die Augen des Korsaren funkelten vor Hass und Verbitterung, bei Hernando hingegen konnte er unendliche Trauer erkennen.

Wie oft hatte Fatima bereits in den Tod vertraut, um Hoffnung zu schöpfen? Und warum jetzt wieder?

»Eure Gattin ist eine Gefangene in ihrem eigenen Haus«, erklärte Ephraim, als könnte er Hernandos Gedanken lesen. »Tag und Nacht passen nubische Wächter auf sie auf.«

»Wegen mir?«, fragte Hernando mit dünner Stimme.

»Ja. Wenn Ihr zu Fatima reist, werden sie Euch umbringen … und sie.«

»Francisco würde seine eigene Mutter umbringen?«

»Abdul? Nein, ich glaube, dazu ist er nicht imstande … Ganz sicher bin ich mir da aber auch nicht«, berichtigte sich Ephraim eingedenk der Drohungen des Korsaren. »Doch da ist noch Shamir … Ehrlich gesagt, ich weiß nicht, wozu er in der Lage ist. Aber Ihr würdet auf jeden Fall großes Unheil über Eure Gemahlin bringen, ganz bestimmt.«

Ephraim erzählte ihm von Fatima, und Hernando begriff endlich, warum seine Mutter damals so gehandelt hatte: Es war Fatimas eigener Wunsch gewesen. Die beiden Frauen hatten ihn vor seinem sicheren Tod bewahren wollen. Nun erfuhr er auch von Ibrahims Ermordung sowie von Ephraims erfolgloser Reise vor Jahren, als er Aischa Fatimas Brief vorgelesen hatte, weil er Hernando nicht finden konnte. Und er hörte von Aischas bitteren Worten und den üblen Beschimpfungen, die Abbas und die anderen Morisken für ihn übrig gehabt hatten. Der Jude sah zur Seite, als er mit seinem Loblied auf Fatima anhub. Er pries ihre Schönheit, ihren Mut und ihre Entschlossenheit. Hernando spürte, dass Ephraims Gefühle für Fatima über bloße Bewunderung hinausgingen, und er verspürte plötzlich eine brennende Eifersucht gegenüber dem Mann, der in ihrer Nähe leben durfte. Dann berichtete Ephraim von Abduls und Shamirs Aktivitäten als Korsaren. Inés, die nun Maryam hieß, ging es gut. Sie war verheiratet und hatte mehrere Kinder. Ephraim lobte Fatimas Klugheit in geschäftlichen Dingen und erzählte von der Bewunderung und der Sehnsucht, die sie unter den männlichen Bewohnern von Tetuan weckte. Er erging sich in Beschreibungen und Erklärungen, während Hernando seinen Erinnerungen nachging und dabei immer wieder wissend nickte und lächelte.

»Meine Auftraggeberin vertraut darauf, dass Ihr Eure Versprechen haltet, die Ihr einst gegeben habt: Dass Ihr alle Christen dazu bringt, ihr zu Füßen zu liegen, dass Ihr in der Moschee von Córdoba zum einzigen Gott betet und dass Ihr in Spanien weiter für Euren Glauben kämpft. Fatimas Glück liegt in Eurer Hand. Sie kann nur in dieser, durch die gegebenen Versprechen hergestellte Verbundenheit der Ideen Ruhe finden, das ist ihr einziger Wunsch. Sie sagt, Gott werde Euch eines Tages ohnehin wieder vereinen – nach dem Tod.«

»Und bis dahin?«, murmelte Hernando.

Ephraim schüttelte den Kopf.

»Sie wird Euer Leben niemals gefährden. Und Ihr dürft auch das ihre nicht gefährden.«

Die Männer schwiegen einen Moment lang.

»Ich habe einen Brief an Fatima geschrieben«, sagte Hernando schließlich. »Aber es ist mir nicht gelungen, ihn an sie zu schicken.«

»Es tut mir leid«, erwiderte Ephraim, »ich kann ihn nicht an mich nehmen … und Eure Gattin darf ihn niemals erhalten. Ich habe diese Reise vorgeblich aus geschäftlichen Gründen angetreten. Wenn Euer Sohn oder Shamir oder die nubischen Wächter mich mit einem Brief an …«

»Aber ich muss ihr doch alles erklären!«, rief Hernando. Er flehte fast darum. »Ich muss ihr doch sagen, was …«

»Das wird geschehen, und zwar durch mich. Wir beide kennen meine Auftraggeberin.« Der Jude schüttelte den Kopf und verbesserte sich. »Ihr kennt sie natürlich besser als ich. Ihr könnt davon ausgehen, dass sie mich in Tetuan jedes einzelne Wort, das Ihr mir gesagt habt, wiederholen lassen wird!« Hernando konnte nicht umhin, beim Gedanken an Fatimas Willensstärke zu lächeln, was Ephraim nicht entging. »Sie wird mich Tausende Male dazu zwingen!«

»Dann tut ihr den Gefallen, und wenn es mehr als tausendmal sein muss. Sagt ihr … Sagt ihr, dass ich sie liebe. Sagt ihr, dass ich niemals aufgehört habe, sie zu lieben. Aber das Leben … Das Schicksal war grausam zu uns. Ich habe mein Leben damit zugebracht, ihren Tod zu beweinen. Ihr müsst sie in meinem Namen um Verzeihung bitten.«

»Warum das?«

»Ich habe wieder geheiratet … Ich habe Kinder.«

Der Jude nickte.

»Sie weiß davon, und sie hat Verständnis dafür. Und denkt daran: Tod verheißt ewige Hoffnung. Sie hat mich gebeten, Euch zuallererst diesen Satz zu sagen.«

Ephraim wurde in Hernandos Haus fürstlich bewirtet. Er verbrachte dort auch die Nacht und trat erst am nächsten Tag die Rückreise an. Hernando hatte Ephraim angewiesen, dass Rafaela unter keinen Umständen den eigentlichen Grund seines Besuchs erfahren dürfe. Also bewies der Jude beim Abendessen nicht nur formvollendete Manieren, sondern auch größte Zurückhaltung. Hinter seiner Höflichkeit verbarg sich jedoch vor allem das Interesse, seiner Auftraggeberin alle möglichen Informationen über Hernandos christliche Gattin zukommen lassen zu können. Wie war diese Frau? Liebte Hernando sie?

Nur kurze Zeit später, als Hernando sich wieder mit der angefangenen Koranabschrift befasste und regelmäßig zum Beten in die Mezquita ging, um dort die Verbundenheit mit Fatima spüren zu können, brachte Rafaela ihr viertes Kind zur Welt. Der Junge wurde – im Beisein der ihnen unbekannten christlichen Paten, die der Pfarrer bestimmt hatte – auf den Namen Lázaro getauft. Anders als die übrigen Kinder seiner Familie hatte der Junge große hellblaue Augen. In seinem Gesicht prangte wieder das Stigma der Schändung eines unschuldigen Moriskenmädchens durch einen christlichen Geistlichen. Das konnte nur ein göttliches Zeichen sein.

»Er wird Muqla heißen, zu Ehren des großen Kalligraphen«, verkündete Hernando seiner Frau und Miguel noch am Tag der Taufe, nachdem er dem Jungen mit warmem Wasser die Salbung abgewischt hatte. »Zu Hause müsst ihr ihn so nennen.«

Rafaela sah zu Boden und nickte.

»Aber ist das nicht zu gefährlich?«, fragte Miguel besorgt.

»Wir leben nur gefährlich, wenn wir uns von Gott abwenden.«

An dem Tag entschied er, seinen Kindern mehr aus dem Geschichtenschatz der Muslime zu erzählen. Er kündigte dem Hauslehrer und unterrichtete Juan und Rosa – die jetzt Amin und Laila hießen – von nun an selbst: den Koran, die Sunna, die Geschichte ihres Volkes, arabische Gedichte, die arabische Sprache, die Kalligraphie und Mathematik. Muqla lag immer in seiner Wiege neben ihnen, zum Einschlafen sang Hernando dem Säugling Suren vor. Amin besaß schon einen Wissensvorsprung, aber das sechsjährige Mädchen litt sehr unter den plötzlichen Veränderungen.

»Meinst du nicht, Rosa sollte erst noch etwas älter werden?«, versuchte Rafaela sich mit ihrem Mann zu beraten.

»Sie heißt jetzt Laila«, berichtigte Hernando sie. »Rafaela, die Frauen sind dazu aufgerufen, den wahren Glauben zu lehren und zu verbreiten. Es gibt sehr viel, was sie noch lernen muss. Wann sonst, wenn nicht jetzt? In dem Alter müssen sie unsere Gesetze kennen. Ich fürchte, ich habe schon zu viele Fehler begangen.«

Rafaela gab sich mit der Antwort nicht zufrieden.

»Gut, ich sehe ein, dass das alles nicht einfach ist«, stellte sie fest. »Aber du bringst unsere Familie in Gefahr. Wenn jemand davon erfährt … Ich mag gar nicht daran denken.«

Hernando sagte eine Weile nichts und sah seine Frau eindringlich an.

»Du hast es gewusst«, sagte er schließlich. »Miguel hat es dir vor unserer Heirat gesagt. Er hat dir gesagt, dass ich ein gläubiger Muslim bin.« Rafaela nickte. »Also hast du bei der Hochzeit gewusst, dass wir unsere Kinder nach den Traditionen beider Kulturen und in beiden Religionen erziehen werden. Ich verlange ja nicht von dir, dass du meinen Glauben teilst, aber meine Kinder …«

»Unsere Kinder«, entgegnete sie schnell.

Rafaela griff nicht mehr in den Unterricht der Kinder ein. Doch abends vor dem Schlafengehen betete sie wie immer mit ihnen, und Hernando ließ sie gewähren.

Er nahm jeden Tag nach dem Unterricht die rituellen Waschungen vor und ging in die Mezquita, um vor dem Mihrab zu beten. Zuweilen stand er schweigend vor der Stelle, an der die heiligen Schriftzüge in Marmor gemeißelt sein mussten, manchmal hielt er sich etwas abseits, wenn er befürchtete, seine längere Anwesenheit an diesem Ort könne verdächtig wirken.

»Fatima, ich bin hier!«, flüsterte er. »Was auch immer geschehen mag.«

Die Mezquita erinnerte ihn immer wieder daran: Die Christen hatten sich endgültig ihrer bemächtigt. Nicht nur die neue Capilla Mayor, die Vierung und der Langhauschor der neuen Kathedrale waren fertiggestellt, sondern auch die Kuppel, die auf den massiven Strebepfeilern thronte, um der ganzen Welt die Großartigkeit dieses Gotteshauses zu beweisen. Selbst den Innenhof mit seinen Bäumen, in dem die Verbrecher Zuflucht vor der weltlichen Justiz fanden, hatte man renoviert. Wie immer hingen die Büßerhemden der Angeklagten der Inquisition an den Wänden der Bogengänge, aber den Hof hatte man inzwischen zu einer gepflegten, beschaulichen Gartenanlage umgestaltet, mit gepflasterten Wegen und zahlreichen Zierbrunnen zwischen den Orangenbäumen – die Bewohner von Córdoba nannten ihn seither den »Orangenhof«.

Klerus, Adel und das einfache Volk, alle waren stolz auf ihre neue Kathedrale, und jedes Mal, wenn Hernando die ehrfürchtigen Gesichter der Christen sah oder ihre selbstgefälligen Kommentare über ihr architektonisches Wunderwerk hörte, fühlte er sich innerlich zerfressen. Die Kathedrale der Ungläubigen, die die bedeutendste islamische Gebetsstätte des Westens entweiht hatte, war nur ein Beispiel für die Ereignisse, die sich auf der gesamten Halbinsel abspielten: Die Christen zermalmten sein Volk, und Hernando musste dagegen ankämpfen, selbst wenn er dabei sich und seine Familie gefährdete.

Zuweilen blieb er am Eingang zur Capilla del Sagrario stehen und bewunderte das heilige Abendmahl von Cesare Arbasia. Dann erinnerte er sich an die Tage, die er dort verbracht hatte – als die Tabernakelkapelle noch eine Bibliothek war, er gemeinsam mit Don Julián die christlichen Geistlichen betrog und insgeheim für seine Glaubensbrüder arbeitete. Was war wohl aus dem italienischen Meister geworden? Hernando betrachtete die Gestalt, die für ihn eine Frau darstellte – die Person neben Jesus Christus. Auch in den Bleibüchern von Sacromonte stand eine Frau im Mittelpunkt: die Heilige Jungfrau. Doch die Sache mit den Funden war ins Stocken geraten und brachte nicht das erwünschte Ergebnis, wie ihn seine Gefährten in Granada wissen ließen.

Wenn er nicht seine Gebete verrichtete oder sein Wissen an die Kinder weitergab, ritt er oft aus. Miguel leistete nach wie vor ganze Arbeit auf dem Gehöft, und die Fohlen, die die Stuten dort warfen, stießen bei den reichen Familien und beim Adel in ganz Andalusien auf immer größere Wertschätzung. Sie konnten sogar einige ausgewählte Exemplare an Höflinge in Madrid verkaufen. Miguel ließ in regelmäßigen Abständen einige junge Pferde nach Córdoba bringen, die das Personal – das er mittlerweile eigenmächtig einstellte – gezähmt hatte. Er entschied sich bei seinen Mitarbeitern ausnahmslos für gute Pferdekenner, für Männer, die er für würdig erachtete, von seinem Herrn zu lernen. Dann ritt Hernando die jungen Tiere selbst zu und machte mit ihnen Ausflüge aufs Land, um ihre Technik noch zu verbessern. Er brachte auch Amin das Reiten bei, der ihn auf Estudiante begleitete. Aus dem einst so wilden Fuchs war inzwischen ein altes und gefügiges Pferd geworden, das zu begreifen schien, dass er mit dem Jungen auf seinem Rücken keine falsche Bewegung machen durfte. Zusammen mit Amin zog es Hernando auch wieder zu den Stierweiden, wo der Junge vor Begeisterung schrie und fröhlich in die Hände klatschte, wenn sein Vater den Hörnern der Kampfstiere auswich. Das traurige Erlebnis mit Azirat hatte er überwunden.

Wenn er die jungen Pferde für ausreichend zugeritten hielt, ließ er sie wieder zu Miguel auf den Hof zurückbringen, damit dieser sie verkaufte. Voll Stolz konnte Hernando immer wieder miterleben, wie sich einige der edlen Pferde aus seiner Zucht bei Stierkämpfen auf der Plaza de la Corredera den Angriffen der Stiere mit mehr oder weniger Glück widersetzten, je nach dem, welcher der vornehmen Herren von Córdoba auf ihren Rücken saß.

Abends zog sich Hernando in seine Bibliothek zurück. Zunächst suchte er immer wieder Befriedigung in der Kalligraphie und der kunstvollen Koranabschrift. Anschließend machte er sich mit schneller Schrift an weitere Korankopien. Wie damals bei seiner Arbeit mit Don Julián schrieb er zwischen die Zeilen mit dem arabischen Text noch seine spanische Übersetzung in arabischer Schrift. Ja, er war wieder auf dem geraden Weg Gottes. Diese Koranexemplare ließ er Munir zukommen, der sie trotz ihres frostigen Abschieds und seiner Weigerung, Fatima den Brief zu übermitteln, nun zum Wohl der Gemeinschaft entgegennahm. Der Alfaquí ließ Miguel dies über den

Maultiertreiber ausrichten, der die ersten Exemplare nach Jarafuel beförderte.

»Ich kämpfe weiter!«, flüsterte Hernando der Hunderte Meilen entfernten Fatima zu. Er war mit sich, mit seiner Umgebung und mit Gott wieder im Reinen. Fatima war für ihn wieder die schöne, stolze Frau, die sie immer gewesen war – und die ihn nun aus der Ferne in seinem Glauben und in seiner Arbeit ermutigte und anspornte.

66

Dem Vizekönig von Katalonien kann man schreiben, dass er, was die Morisken angeht, die nach Frankreich ziehen, befiehlt, sie zu untersuchen, und falls darunter solche sind, die reich und angesehen sind, sollen diese festgenommen und gut verwahrt werden, um ihnen ihre Absichten zu entlocken; bei einfachen Leuten aber sollen sie sich nicht bemerkbar machen und sie ziehen lassen, denn je weniger bleiben, desto besser.

Der Staatsrat in einer Stellungnahme vom 24. Juni 1608

Miguel war inzwischen über dreißig Jahre alt, aber sein Aussehen und seine Behinderung ließen ihn um einiges älter wirken. Ihm fehlten mehrere Zähne, und anders als sein Oberkörper waren seine Beine nicht weiter gewachsen. Im Lauf der Jahre hatten sich an seinen Beinen die Muskeln kaum ausgebildet. So wirkte er auf die Leute immer mehr wie eine groteske Marionette. Dennoch blieb sein Charakter unverändert: Er erzählte weiterhin seine lustigen Geschichten, brachte die Kinder zum Lachen und heiterte Rafaela in den wenigen müßigen Momenten auf, die diese Frau sich gönnte, so als ob Gott – welcher auch immer – seine körperliche Beschränktheit durch eine unerschöpfliche Fantasie ausgeglichen hätte.

Miguel war immer auf dem Laufenden – die neuesten Ereignisse erfuhr er oftmals von den reichen Leuten, die sich den Luxus erlauben konnten, die großartigen Pferde ihres Gestüts zu erwerben. Also war er auch derjenige, der Hernando vom Exodus der reichen Morisken nach Frankreich berichtete.

Im Januar des Jahres 1608 hatte der Staatsrat unter dem Vorsitz des Herzogs von Lerma einstimmig beschlossen, dem König die Vertreibung aller Neuchristen aus Spanien vorzuschlagen. Die Nachricht machte bald die Runde, und die vermögenden Morisken begannen, ihren Besitz zu verkaufen und der drastischen Maßnahme der Ausweisung zuvorzukommen. In die Barbareskenstaaten durften sie sich nicht einschiffen, deshalb richteten alle ihre Blicke auf das benachbarte Königreich Frankreich – ein christliches Land, in das der Grenzübertritt gestattet war.

Auch Hernando erwog an dem Morgen ihres Gesprächs über den Exodus diese Möglichkeit, doch er verwarf sie schnell wieder.

»Mein Zuhause ist hier, Miguel«, bekannte er, und sein Gegenüber seufzte beruhigt. »Es wäre nicht das erste Mal, dass die Vertreibung gefordert wird«, fügte er hinzu. »Lass uns abwarten, ob die Anordnung überhaupt umgesetzt wird. Immerhin sind die Pläne vom Tisch, uns kastrieren, enthaupten, versklaven oder ins Meer werfen zu lassen. Mit unserer Vertreibung müssten die Adligen auf wichtige Einkünfte verzichten. Wer soll dann ihre Ländereien bewirtschaften? Die Christen haben keine Ahnung davon, und erst recht keine Lust dazu.«

König Philipp ging im Verlauf des Jahres 1608 nicht auf den Vorschlag seines Staatsrates ein. Außer Bischof Ribera und einigen anderen Radikalen, die den Tod oder die Versklavung aller Morisken befürworteten, raufte sich die Mehrheit des Klerus allein bei dem Gedanken die Haare, Tausende christliche Seelen könnten in die Länder der Mauren eilen und dort wieder vom Christentum abfallen. Gewiss, ihre Missionierungsversuche waren wieder und wieder gescheitert, dennoch – so das Argument des Komturs von León – schickte man Klosterangehörige und Geistliche sogar bis nach China, um den weit entfernten und unbekannten Völkern die Botschaft von Jesus Christus zu überbringen. Dann konnte man doch nicht aufgeben, die Bewohner der eigenen Reiche zu bekehren!

Neben dem Verbot, in muslimische Lande zu flüchten, galt die Vorschrift, kein Gold oder Silber aus Spanien abzuziehen – auch nicht in ein anderes christliches Königreich –, und so plädierte der Staatsrat dafür, reiche Morisken an der Grenze festzunehmen, womit der Exodus der wohlhabenden Morisken nach Frankreich vorläufig ein Ende nahm. Die Moriskengemeinden in allen spanischen Königreichen lebten in einer beunruhigenden Ungewissheit: Die große Mehrheit der einfachen Leute war sehr mit ihrem Heimatland verwurzelt, und die Vermögenden schmiedeten Pläne, wie sie die Anordnung des Königs umgehen könnten, wenn es denn so weit kommen sollte.

Hernando war die Unsicherheit seiner Glaubensbrüder nicht entgangen. Nach Muqla hatte Rafaela ihm noch einen weiteren prächtigen Sohn – Musa – und später eine Tochter – Salma – geschenkt, deren christliche Namen Luis und Ana waren, allerdings hatte keines dieser Kinder blaue Augen. Hernando musste inzwischen also eine große Familie versorgen, und die Tatsache, dass die reichen Morisken, die stets die sichersten Informationen über die Machenschaften bei Hofe hatten, aus Spanien flüchteten, gab ihm zu denken. Deshalb bereitete er eine Reise nach Granada vor, um herauszufinden, was aus den Bleibüchern geworden war.

Er holte wieder den Geleitbrief hervor, den ihm damals das Erzbistum Granada ausgestellt hatte und den er sorgsam aufbewahrte. Das Interesse an den Märtyrern in den Alpujarras war mit den Funden im Sacromonte erloschen. Inzwischen hatte man so viele Heilige und Märtyrer aus der Frühzeit des Christentums gefunden, dass es nicht mehr lohnend schien, sich um die paar Bauern zu kümmern, die die Morisken vor gerade einmal vierzig Jahren gefoltert haben mochten. Dennoch hätte kein Büttel, kein Vogt und keine Streife der Santa Hermandad es gewagt, das Dokument in Zweifel zu ziehen, das Hernando jederzeit hätte vorlegen können. Zwischen seinen Sachen versteckte er außerdem seine kunstvolle Koranabschrift, die er endlich abgeschlossen hatte, die alte Kopie des Barnabas-Evangeliums und die Fatimahand, deren Gold inzwischen angelaufen war.

In Granada warteten keine guten Nachrichten auf ihn. Die Christen in Córdoba hatten sich endgültig ihrer Moschee bemächtigt, und die Bewohner von Granada hatten das Ihrige mit dem Sacromonte getan. Wie üblich traf sich Hernando mit Don Pedro, Luna und Castillo im Goldenen Zimmer in der Casa de los Tiros.

»Es ist sinnlos, dem Sultan jetzt das Barnabas-Evangelium zukommen zu lassen«, meinte Don Pedro. »Die Kirche muss vorher unbedingt noch die Echtheit der Bücher anerkennen. Das gilt vor allem für die Bleiplatte, die sich auf das Stumme Buch bezieht und die verheißt, dass eines Tages ein großer Herrscher mit einem anderen – lesbaren – Text kommen wird, der die Offenbarung der Jungfrau Maria aus der unleserlichen Schrift bekanntgeben wird.«

»Was ist mit den Reliquien?«, warf Hernando ein.

»Die Partie haben wir gewonnen«, behauptete Castillo, der sichtlich gealtert war. »Die Reliquien gelten als authentisch und werden auch als solche verehrt. Erzbischof Castro hat beschlossen, auf dem Sacromonte eine große Stiftskirche zu errichten, und bereits Ambrosio de Vico mit ihrem Bau beauftragt.«

»Eine Stiftskirche«, klagte Hernando leise, dabei hätte er am liebsten geschrien. »So weit hätte es nicht kommen dürfen. Die Bücher vertreten islamische Grundsätze! Wie kann es sein, dass die Christen an der Stelle eine Stiftskirche bauen, an der die Bleiplatten gefunden wurden, die den einzigen Gott preisen?«

»Der Erzbischof«, erläuterte diesmal Luna, »lässt niemanden die Platten sehen. Obwohl er selbst kein Arabisch kann, beaufsichtigt er höchstpersönlich ihre Übersetzung, und wenn ihm etwas nicht passt, veranlasst er einfach entsprechende Korrekturen oder sucht sich einen anderen Übersetzer. Ich habe es selbst erlebt. Sowohl der Heilige Stuhl als auch der König fordern, dass er die Bücher freigibt, aber er weigert sich. Er behält sie für sich, als wären sie sein Eigentum.«

»In dem Fall«, stellte Hernando betroffen fest, »wird die Wahrheit niemals ans Licht kommen. Für uns wird es jedenfalls zu spät sein«, beharrte er düster. »Entweder vertreiben sie uns – oder sie vernichten uns, noch ehe es dazu kommt.«

Niemand antwortete. Hernando spürte, dass sich seine Gefährten unbehaglich fühlten, sie rutschten nervös auf ihren Stühlen herum und wichen seinem Blick aus. Da begriff er: Ihr gemeinsames Vorhaben war gescheitert. Doch im Gegensatz zu ihm mussten seine Gefährten keine Vertreibung befürchten. Sie waren Adlige oder standen im Dienst des Königs.

Von nun an war er bei ihrem Kampf wieder auf sich allein gestellt.

»Wir können dafür sorgen, dass du mit deiner Familie von der Vertreibung und von den übrigen Maßnahmen gegen unser Volk ausgenommen wirst, wenn es eines Tages dazu kommt«, bot Don Pedro an.

Hernando sah den Lehnsherrn von Campotéjar und Vogt des Generalife verständnislos an.

»Und was ist mit unseren Glaubensbrüdern?«, fragte er mit einem zornigen Unterton. »Was ist mit dem einfachen Volk?«, ergänzte er noch, als er sich an Shamirs Vorhersage erinnerte.

»Wir haben getan, was in unserer Macht steht«, stellte Luna fest. »Oder etwa nicht? Wir haben viel riskiert, vor allem du.«

Hernando sackte auf dem Stuhl zusammen. Gewiss. Er hatte für ihren gemeinsamen Plan sein Leben aufs Spiel gesetzt.

»Im Moment«, sagte der Übersetzer, »hat Gott uns nicht mit Erfolg belohnt. Der Allweise allein weiß, warum.«

Die Männer schwiegen.

»Wenn es zur Vertreibung kommt«, nutzte Don Pedro die Pause, »oder zu einer anderen fürchterlichen Maßnahme, müssen wir in Spanien bleiben. Unser Saatkorn muss immer hier sein, in dem Gebiet, das uns gehört. Nur dann kann es wachsen und sich vermehren und al-Andalus für den Islam zurückerobern.«

Hernando überlegte. Ein ganzes Leben der Hingabe und des Leidens zog an ihm vorbei. Was hatte all das Elend gebracht? Inzwischen zählte er fünfundfünfzig Jahre, und er fühlte sich wie ein alter Mann, wie ein Greis. Aber seine Kinder …

»Wie wollt ihr mich vor der Vertreibung retten?«, fragte er mit matter Stimme.

»Du kannst dir den Adelstitel erstreiten«, war Don Pedros knappe Antwort.

Hernando konnte nur höhnisch lachen.

»Ich soll ein Hidalgo werden? Ich, der Moriske aus Juviles? Ein Mann, dessen Mutter von der Inquisition verurteilt wurde?«

»Wir haben viele mächtige Freunde, Hernando«, besänftigte ihn der Adlige. »Heutzutage kann man alles kaufen, selbst einen Adelsbrief. Die Angaben ganzer Dörfer werden gefälscht. In den Akten der Kirche von Granada stehen hervorragende Einträge über dich. Du hast für den Erzbischof gearbeitet. Im Alpujarras-Krieg hast du viele Christen gerettet! Alle wissen das.«

»Dein Vater war doch ein Geistlicher, nicht wahr?«, warf Castillo ein, wohl wissend, dass er damit ein heikles Thema ansprach. »Der Stand eines Hidalgos wird immer über die väterliche Linie vererbt, niemals über die Mutter.«

Hernando schnaubte und schüttelte den Kopf. Das war doch die Höhe! Dieser widerwärtige Pfarrer, der seine Mutter geschändet hatte, sollte nun seine Familie retten.

»Viele Nachweise der Reinblütigkeit sind gefälscht«, versuchte Luna ihn zu überzeugen. »Alle wissen, dass der Großvater der Teresa von Ávila, die den Orden der Unbeschuhten Karmelitinnen gründete, Jude war. Und nun soll sie seliggesprochen werden! Viele Christen, ganz gleich, welchen Standes, wollten schon immer zu Hidalgos erklärt werden, denn der niedrige Adel zahlt keine Steuern. Derzeit strengen auch viele Morisken solche Verfahren an, um ihrer Vertreibung zu entgehen. Denn solange ein Verfahren anhängig ist, lässt man sie in Frieden, und so ein Rechtsstreit kann sich über Jahre hinziehen.«

»Was ist, wenn sie den Prozess verlieren?«, wollte Hernando wissen.

»Die Zeiten werden sich ändern«, antwortete Castillo.

»Du musst uns vertrauen«, bekräftigte Don Pedro. »Wir werden uns um alles kümmern!«

Vor seiner Abreise aus Granada beauftragte Hernando einen Prozessbevollmächtigten, der sein Gesuch auf Anerkennung als Hidalgo bei der Adelskammer am Obergericht einreichen und somit das Verfahren einleiten sollte.

Doch die Ereignisse überschlugen sich. Die verzweifelten Morisken baten wegen der Gerüchte über die bevorstehende Deportation Mulay Zaidan in Marokko um Hilfe. Fünfzig Abgesandte wurden bei dem Herrscher mit dem Vorschlag vorstellig, Spanien mit Unterstützung der Niederländer zu überfallen, die bereits zugesagt hatten, ausreichend Schiffe für einen Ponton über die Meerenge von Gibraltar zur Verfügung zu stellen. Ihr Angebot ähnelte bisherigen Plänen: Mulay Zaidan sollte nur eine Küstenstadt und deren Hafen besetzen und zwanzigtausend Soldaten beisteuern, die Morisken dagegen würden weitere zweihunderttausend Mann stellen.

Doch der marokkanische Herrscher lachte die Morisken – trotz seiner erbitterten Feindschaft mit den Spaniern – nur aus und schickte die Gesandten wieder weg. Philipp III. war nach all diesen Verschwörungen hingegen keineswegs mehr zum Lachen zumute. Im April 1609 überreichte er deshalb höchstpersönlich dem Staatsrat die Aufforderung, endlich wirksame Maßnahmen gegen die Morisken zu ergreifen, selbst wenn diese darin bestanden, »sie sämtlich zu enthaupten« – so die Worte des Monarchen.

Fünf Monate später wurde in der Stadt Valencia ein Erlass verkündet, der die Vertreibung der Morisken aus diesem Reich anordnete. Damit hatten Bischof Ribera und die anderen Radikalen ihren gnadenlosen Willen durchgesetzt. Dem einzigen Widerstand, mit dem aufseiten der Christen noch zu rechnen war, begegnete man auf besondere Weise: Dem christlichen Adel – der große Einbußen in seinen Ländereien befürchten musste, sobald die billige Arbeitskraft der Morisken verloren ging – versprach man deren gesamten Landbesitz sowie sämtliche Güter, die die Morisken bei ihrer Vertreibung zurücklassen mussten. Diese durften aus Spanien nämlich nur mitnehmen, was sie selbst in die Häfen schleppen konnten, die man ihnen zuwies und in denen sie sich binnen einer Frist von drei Tagen einzufinden hatten.

Flüchtlinge, die bei ihrem Aufbruch ihren Besitz zerstörten, wurden hingerichtet.

Fünfzig Galeeren des Königs, viertausend Soldaten, die Kavallerie aus Kastilien, die Miliz aus Valencia sowie die im Atlantik stationierte Flotte wurden mit der Durchführung und Überwachung der Vertreibung der Morisken aus dem Königreich Valencia betraut.

Diese Anordnung des Königs bedeutete für Hernando und für alle anderen Morisken in den verschiedenen spanischen Reichen einen schweren Rückschlag. Valencia war offensichtlich nur das erste Königreich, danach würden die übrigen an die Reihe kommen.

Hernando hatte die Nachricht kaum verkraftet, da musste er feststellen, dass seinem Haus gegenüber zwei Soldaten postiert waren.

»Das hat der Jurado Don Gil Ulloa so angewiesen«, beschied ihm einer der beiden Soldaten spöttisch, als er ihn nach dem Grund ihrer Anwesenheit befragte.

»Gil Ulloa!«, murmelte er für sich, als er den hämisch grinsenden Soldaten den Rücken zuwandte. Rafaelas Bruder, der von seinem Vater das Jurado-Amt geerbt hatte – ein gefährlicher Feind.

Die Christen in Córdoba begrüßten die Entscheidung des Königs, doch der Rat der Stadt drohte dem jubelnden Volk aus Angst vor Unruhen bei Übergriffen gegen Neuchristen mit Strafen von einhundert Peitschenhieben und vier Jahren Galeere. Morisken hingegen wurden mit einer Strafe von zweihundert Peitschenhieben und sechs Jahren Galeere belegt, wenn sich mehr als drei von ihnen versammelten.

Dass die Morisken ab sofort auch ihre Häuser und ihren Landbesitz nicht mehr veräußern durften, beeinträchtigte Hernandos Interessen jedoch am meisten.

»Keiner nimmt uns mehr Pferde ab«, klagte Miguel eines Tages. »Ich hatte mehrere Verkäufe vereinbart, aber die Käufer haben alle einen Rückzieher gemacht.«

»Sie warten darauf, dass wir ihnen die Tiere später billig überlassen müssen, nicht wahr?«

Miguel nickte.

»Und die Pächter weigern sich, die Pacht abzuliefern«, fügte er bedrückt hinzu.

Miguel wusste, dass diese Einnahmen für die Familie unerlässlich waren. Noch im Vorjahr hatte er Hernando davon überzeugen können, am Gehöft einige Veränderungen vorzunehmen. Sie brauchten größere Ställe und eine neue Scheune. Hernando war seinem Rat gefolgt und hatte einen Großteil seiner Ersparnisse in Baumaßnahmen für das Gestüt gesteckt. Miguel konnte jedoch nicht ahnen, dass Hernando sein übriges Geld für den Rechtsstreit um den Adelsbrief ausgegeben hatte: für das Honorar des Prozessbevollmächtigten und des Rechtsanwaltes in Granada sowie für die zahlreichen Berichte, die der Kammer für Standesangelegenheiten der Hidalgos vorgelegt werden mussten.

»Sie werden schon noch zahlen«, meinte Hernando. »Mich wird man nicht ausweisen. Ich habe ein Gesuch auf Anerkennung als Hidalgo eingereicht, und das Verfahren läuft«, erklärte er dem erstaunten Miguel. »Richte das den Pächtern aus. Wenn sie jetzt nicht zahlen, werden sie später ihr Land verlieren. Sag das auch den Pferdekäufern.« Er hatte diese Worte mit fester Stimme gesprochen, aber plötzlich überwältigte ihn die Erschöpfung. »Ach, Miguel, ich brauche Geld«, flüsterte er matt.

Inzwischen erreichte auch Córdoba die Nachricht, dass die Vertreibung der Morisken aus Valencia bereits im vollen Gange war. Die Moriskenviertel von Valencia verwandelten sich in Suks, und Spekulanten aus anderen spanischen Reichen reisten dorthin, um günstig das Hab und Gut der Morisken zu erbeuten.

Bislang waren die Feindseligkeiten zwischen den Religionsgemeinschaften zumeist nicht an die Oberfläche getreten, die valencianischen Pachtherren hatten ihre Abneigung unterdrückt und ihre arbeitsamen Untergebenen verteidigt, doch nun ließen sie sie – von seltenen Ausnahmen abgesehen – im Stich, und der Hass brach sich mit aller Gewalt Bahn.

Die Strafandrohung des Königs gegen die Personen, die Morisken angriffen oder beraubten, blieb wirkungslos: Die Wege zu den valencianischen Häfen für die endgültige Ausweisung waren bald mit Leichen übersät. Die Morisken waren den Wegelagerern schutzlos ausgeliefert. Lange Kolonnen von Männern und Frauen, Kindern und Alten – einige von ihnen waren krank, alle waren mit ihren letzten Habseligkeiten beladen – traten den Weg ins Exil an. Die Christen knöpften ihnen unterwegs das Geld ab, sobald sie sich in den Schatten der Bäume setzten oder das Wasser aus den Flüssen tranken, die jahrhundertelang ihnen gehört hatten. Viele von ihnen litten Hunger, und einige mussten ihre Kinder verkaufen, um die verbliebenen Familienangehörigen ernähren zu können. Mehr als einhunderttausend Morisken aus Valencia versammelten sich unter schärfster Bewachung in den Häfen von Grao, Denia, Vinaroz und Moncófar.

Hernando sah überrascht auf. Wenn Rafaela in die Bibliothek gestürmt kam, noch dazu ohne anzuklopfen, musste etwas vorgefallen sein. Die wenigen Male, die seine Frau sein Heiligtum betreten hatte, während er an seiner Koranabschrift arbeitete, war es ausnahmslos um wichtige Themen gegangen. Sie trat näher und stellte sich vor den Schreibtisch. Hernando betrachtete sie im Schein der Lampen: Aus dem verschüchterten Mädchen von einst war eine stattliche dreißigjährige Frau geworden. Eine Frau, die – nach ihrem Gesichtsausdruck zu schließen – tief erschrocken war.

»Weißt du etwas über den Erlass zur Vertreibung der Morisken aus Valencia?«, fragte Rafaela.

Hernando zögerte, ehe er antwortete.

»Ja … aber …«, stammelte er. »Ich weiß nur, was alle wissen: Man hat sie aus dem Königreich Valencia vertrieben.«

»Aber du kennst nicht die genauen Bestimmungen, oder?«, fragte sie unerbittlich.

»Meinst du die Regelungen über Geldbesitz?«

Rafaela wurde ungeduldig.

»Nein.«

»Rafaela, worauf willst du hinaus?« Selten hatte er sie so angespannt erlebt.

»Ich habe auf dem Markt gehört, dass der König Sonderregelungen für Mischehen von Altchristen und Neuchristen getroffen hat.« Hernando rutschte auf seinem Stuhl nach vorn. Davon wusste er nichts. Er forderte sie mit einer Geste auf weiterzusprechen. »Moriskinnen, die mit Altchristen verheiratet sind, dürfen in Spanien bleiben, und auch ihre Kinder. Aber die Morisken, deren Frauen Altchristinnen sind, müssen Spanien verlassen … und ihre Kinder mitnehmen, die älter als sechs Jahre sind. Die jüngeren Kinder bleiben hier, bei ihren Müttern.«

Bei den letzten Worten zitterte ihre Stimme.

Hernando stützte die Ellbogen auf den Tisch, verschränkte die Finger und legte seine Stirn hinein. Wenn das Gesetz des Königs auch für ihn galt, bedeutete das, dass sie auch Amin und Laila ausweisen würden. Muqla und die beiden Kleinen könnten bei Rafaela in Spanien leben … Nur, wovon? Seinen Landbesitz und sein Haus würde man konfiszieren, und sein Vermögen …

»Unserer Familie wird das nicht passieren«, behauptete er mit entschiedener Stimme.

Rafaela strömten die Tränen über das Gesicht. Sie zitterte am ganzen Leib und blickte aus ihren feuchten Augen zu ihrem Mann. Hernando spürte, wie sich sein Magen verkrampfte.

»Hab keine Angst«, sagte er zärtlich und stand auf. »Du weißt doch, das Verfahren wegen meiner Anerkennung als Hidalgo ist eingeleitet, und ich habe auch schon erste Dokumente aus Granada erhalten. Ich habe dort wichtige Freunde aus dem Umfeld des Königs, die sich für mich einsetzen. Glaub mir, man wird uns nicht ausweisen.«

Er ging zu ihr und nahm sie in den Arm.

»Heute …«, Rafaela schluchzte, »heute Morgen ist mir auf dem Heimweg mein Bruder Gil begegnet.« Hernando runzelte die Stirn. »Er hat mich ausgelacht. Sein Lachen wurde immer lauter, je schneller ich von ihm wegging …«

»Warum hat er so gelacht?«

»›Dein Mann will ein Hidalgo sein!‹, hat er mir hinterhergerufen. Da habe ich mich umgedreht und ihm vor die Füße gespuckt.« Rafaela ließ ihren Tränen jetzt freien Lauf. Hernando drängte sie weiterzusprechen. »›Dieser Ketzer wird niemals den Adelsbrief erhalten‹, hat er dann noch behauptet.«

Sie wussten also bereits davon! Es war nicht anders zu erwarten gewesen. Miguel hatte es den Pächtern sowie den Adligen gesagt, die Pferde kaufen wollten, und die Nachricht hatte die Runde gemacht.

»Rafaela, auch wenn sie mir nicht sofort den Stand eines Hidalgos zugestehen … Allein der Rechtsstreit zögert die Ausweisung um Jahre hinaus. Du wirst sehen. Es werden wieder andere Zeiten kommen.«

Aber seine Frau war nicht zu trösten. Ihre Klagen erschütterten die nächtliche Stille … Hernando löste sich aus ihrer Umarmung und stellte sich hinter sie, er strich zärtlich über ihr Haar und versuchte, eine Ruhe vorzutäuschen, die seinem tatsächlichen Gemütszustand keineswegs entsprach.

»Beruhige dich doch«, flüsterte er ihr zu, »uns wird nichts geschehen. Wir werden alle zusammenbleiben.«

»Miguel hat so eine Ahnung …«, schluchzte sie.

»Miguels Vorahnungen treten nicht immer ein … Alles wird gut. Sei unbesorgt. Uns wird nichts passieren …«, versuchte er sie zu beruhigen. »Ich bitte dich, die Kinder dürfen dich nicht so sehen.«

Rafaela nickte und atmete tief durch. Nur ungern löste sie sich aus seinen Armen. Sie verspürte eine so ungeheure Angst, die sie nur in der Berührung mit ihrem Mann für wenige Augenblicke vergessen konnte.

Hernando sah, wie sie sich auf dem Weg aus der Bibliothek ihre Tränen trocknete. Ihn überkam eine tiefe Zärtlichkeit. Inzwischen hatte er gelernt, mit Fatima wie auch mit Rafaela zu leben. Die eine fand er in seinen Gebeten in der Mezquita, beim Gestalten der arabischen Buchstaben oder auch wenn Muqla Arabisch sprach und seine großen blauen Augen erwartungsvoll auf ihn richtete. Rafaela hingegen traf er in seinem täglichen Leben, bei all den Gelegenheiten, wenn er sich nach Mitgefühl und Zärtlichkeit sehnte. Sie umgab ihn mit Liebe.

Fatima war hingegen mit der Zeit zu einer Art Himmelslicht geworden, dem er sich in seinen Momenten der Verbundenheit mit Gott und mit seiner Religion zuwandte.

Die Vertreibung der Morisken aus Valencia ging nicht ohne Schwierigkeiten vonstatten. Der Transport der mehr als einhunderttausend Personen machte es notwendig, dass die Schiffe zwischen der spanischen Küste und den Barbareskenstaaten unentwegt hin- und herfuhren. Entgegen der ursprünglichen Frist von drei Tagen verstrichen Monate. Schon bald verbreiteten sich unter den Wartenden erste Nachrichten über die Situation der Neuankömmlinge in ihrer neuen Heimat. Dafür sorgten sowohl die Besatzungen der zurückkehrenden Schiffe als auch die Christen, die sie voll boshafter Freude nur zu gern sofort weitergaben. Die Morisken, die das Glück hatten, direkt in Algier zu landen, wurden in Moscheen verbracht, wo die Männer sich in langen Reihen anstellen mussten, um sich untersuchen und – in vielen Fällen ohne Betäubung – beschneiden zu lassen, nur um danach die Masse der Mittellosen in der Korsarenstadt zu vergrößern, die unter der Herrschaft von Janitscharen stand.

Alle anderen hatten weniger Glück. Es hieß, dass viele Vertriebene aus Valencia von ihren eigenen Glaubensbrüdern umgebracht wurden. Die nordafrikanischen Nomaden- und Berberstämme raubten sie aus und ermordeten diese getauften Männer und Frauen, die sich vom Propheten abgewandt hatten. Selbst in Tetuan und in Ceuta, also in Städten mit vielen Morisken aus Andalusien, wurden die Neuankömmlinge gefoltert und hingerichtet. Hunderten entsetzten und enttäuschten Morisken gelang es irgendwie, zurück nach Spanien zu gelangen, wo sie sich dem erstbesten Christen als Sklaven vor die Füße warfen: Sklaven waren von der Vertreibung ausgenommen.

Die Nachrichten über die grauenhaften Gemetzel der Barbaresken ließen einige der auf die Deportation wartenden Morisken zu den Waffen greifen: Der junge Alfaquí Munir stachelte die Männer im Cofrentes-Tal zum Aufstand an, die sich unter dem Befehl ihres neuen Königs oben auf dem Plateau des Muela de Cortes im Dickicht verschanzten. Angeführt von König Melleni, taten Tausende Männer und Frauen im Laguar-Tal das Gleiche. Aber der Ritter al-Fatimi mit seinem grünen Pferd kam ihnen nicht zu Hilfe, und die erfahrenen Tercios des Königs beendeten ohne größere Probleme den Aufstand. Tausende Menschen wurden hingerichtet, Tausende endeten als Sklaven.

Noch vor Jahresende folgte der Erlass zur Vertreibung der Morisken aus den beiden Kastilien und der Extremadura – ihre Glaubensbrüder in Andalusien konnten sicher sein, dass sie in Kürze ebenfalls an der Reihe sein würden.

An einem bitterkalten, unfreundlichen Januarmorgen im Jahre 1610 saß Hernando in seiner Bibliothek und verbesserte gerade die Buchstaben, die Amin mit einem Stöckchen auf eine Wachstafel kritzelte. Er hatte schon versucht, ihn mit dem Schreibrohr üben zu lassen, aber der Junge kleckste nur Tinte auf das Papier. Deswegen gab er ihm zunächst Wachstafeln, auf denen man das einmal Geschriebene wieder entfernen konnte. Amin war soeben ein schlankes, wohlproportioniertes Alif gelungen. Hernando griff zu der Tafel und lobte sein Werk. Inzwischen kam Muqla näher und sah neidisch zu seinem Bruder.

»Wenn du so weitermachst, kann ich dir schon bald ein Schreibrohr geben.«

Der Junge sah ihn aus großen, hoffnungsvollen Augen an, doch gerade, als er etwas sagen wollte, hämmerte es gegen die Haustür. Der Lärm drang durch den Patio bis hinauf zur Bibliothek. Hernando erstarrte.

»Tür auf für den Rat der Stadt Córdoba!«, rief jemand von der Straße aus.

Hernando bedeutete seinem Sohn mit einer Handbewegung, alles zu verstecken, dann ging er mit dem kleinen Muqla an der Hand Richtung Tür. Bevor er aus der Bibliothek hinausging, drehte er sich noch einmal um und vergewisserte sich, dass Amin den Schreibtisch aufräumte und ein Psalmenbuch obenauf legte. Sie hatten den Notfall mehrfach geprobt.

»Aufmachen!« Weitere Schläge donnerten durch das Haus.

Hernando hielt sich am Geländer der Galerie fest und sah in den Patio. Unten stand eine vollkommen verängstigte Rafaela und sah fragend zu ihm herauf.

»Geh«, rief er ihr zu und rannte dann selbst die Treppe hinunter.

Er kam unten an, als seine Frau gerade den Türriegel zur Seite geschoben hatte. In der Straße standen ein Büttel und mehrere Soldaten, die einen etwa dreißigjährigen, vornehm gekleideten Mann umringten. Dahinter ragte der Kopf des grinsenden Gil Ulloa heraus. Eine Menge Schaulustiger hatte sich ebenfalls eingefunden. Hernando trat vor Rafaela, die ihren Bruder betrachtete. Hernando hingegen versuchte, den Adligen wiederzuerkennen. Diese Gesichtszüge …

»Tür auf für den Rat der Stadt Córdoba«, rief der Büttel noch einmal, obwohl Hernando bereits in der Straße stand, »Tür auf für den Veinticuatro Don Carlos de Córdoba, Herzog von Monterreal!«

Der Sohn von Don Alfonso! Sein Gesicht wies sowohl Ähnlichkeit mit seinem Vater als auch mit Doña Lucía auf. Die Herzogin! Allein beim Gedanken an die Frau und ihren Hass gegen ihn, bekam Hernando weiche Knie. Dieser Besuch verhieß nichts Gutes.

»Bist du Hernando Ruiz, der Neuchrist aus Juviles?«, befragte ihn Don Carlos in dem selbstsicheren und herrischen Tonfall, mit dem die Adligen ihre Umgebung anredeten.

»Ja, der bin ich.« Hernando lächelte traurig. »Das ist Eurer Hoheit sehr wohl bekannt.«

Don Carlos ging auf die Bemerkung nicht ein.

»Auf Anordnung des Präsidenten des königlichen Obergerichts von Granada überreiche ich dir hiermit das Urteil im Prozess über den Adelsbrief. Du hast tatsächlich die Dreistigkeit besessen, bei der Adelskammer ein Gesuch einzureichen.« Ein Schreiber trat vor und überreichte Hernando ein Schriftstück. »Kannst du lesen?«, fragte der Herzog.

Das Schriftstück brannte Hernando zwischen den Fingern. Wieso übernahm es der Herzog persönlich, ihm das Urteil zu überreichen? Er hätte ihn genauso gut zum Rat der Stadt einbestellen können ... Die Neugierigen, deren Zahl immer größer wurde, boten ihm die Antwort: Die Urteilsverkündung sollte unbedingt vor Publikum stattfinden. Aus dem Augenwinkel sah er, dass Rafaela schwankte. Er hatte ihr gesagt, dass sich der Prozess jahrelang hinziehen werde!

»Wenn du nicht lesen kannst«, meinte Don Carlos, »wird der Schreiber das Urteil öffentlich verlesen ...«

»Hoheit, ich habe Eurem Vater einst christliche Bücher vorgelesen«, log Hernando mit lauter Stimme, »während er als Gefangener im Zelt eines Korsarenanführers mit dem Tod kämpfte, kurz bevor ich für seine Rettung mein Leben riskierte.«

Ein Raunen ging durch die Menge der Schaulustigen. Don Carlos de Córdoba hingegen zuckte nicht mit der Wimper.

»Spare dir deinen Hochmut für die Zeit, wenn du bei den Mauren bist«, wies ihn der Herzog zurecht.

Hernando konnte Rafaela gerade noch auffangen, als seine Frau bei den Worten des Granden ohnmächtig wurde. Das Dokument zerknitterte bei der Berührung mit ihrem Körper.

Das Urteil ergeht durch den ehrenwerten Don Ponce de Hervás, Richter am königlichen Obergericht von Granada, seines Zeichens Vorsitzender der Adelskammer. Hernando hatte Rafaela auf einen Stuhl gesetzt, ihr Gesicht mit Wasser benetzt und ihr zu trinken gegeben, aber er konnte nicht abwarten, bis sie sich von ihrem Zusammenbruch erholte. Er musste die Urkunde unbedingt sofort lesen. Don Ponce! Isabels Gatte! Der Richter lehnte sein Gesuch um Aufnahme in das Verzeichnis der Hidalgos von vornherein ab, ohne es überhaupt zu bearbeiten oder zu begutachten. *Der Antragsteller*, so stand in dem Urteil, *hat sich bekanntermaßen wiederholt selbst vor dem Erzbistum Granada öffentlich als Neuchrist bezeichnet. Allein die hinterhältige Verteidigung der Hinrichtungen von frommen Christen in der Ortschaft Juviles in seinem Bericht über die Märtyrer in den Alpujarras sind ein Beweis für seine Zugehö-*

rigkeit zu Mohammeds Sekte. Hernando fiel siedend heiß dieser erste Bericht für den Erzbischof von Granada wieder ein, in dem er tatsächlich versucht hatte, das Gemetzel der Monfíes und der Morisken in den Alpujarras zu rechtfertigen. Mussten denn ausgerechnet jetzt alle seine Feinde gleichzeitig aus der Versenkung auftauchen? Don Ponce, Gil Ulloa und nun auch noch der Erbe des Herzogs von Monterreal, den eine Frau erzogen hatte, die ihn abgrundtief hasste. Fehlte noch jemand? *Die Auflistung der Taten und der Umstände, mit denen der Antragsteller versucht, vor dieser Kammer seinen Stand als Hidalgo zu begründen, stellt nur eine plumpe und ungeschickte Fälschung von Tatsachen dar, die seitens dieses Gerichts nicht die geringste Beachtung verdient.* Die Versprechen von Don Pedro, Luna und Castillo damals in Granada kamen ihm in den Sinn, ihre Erzählungen von gefälschten Akten. Und, was war daraus geworden? Don Ponce de Hervás hatte seine Rache! Er zerknüllte die Urkunde.

»Verdammter Hurensohn!«, fluchte er.

Dann sank er niedergeschlagen auf einen Stuhl. Alle Enttäuschungen der letzten Jahre brachen über ihn herein. Rafaela, auf dem Stuhl neben ihm, streckte ihren Arm aus und legte eine Hand auf sein Bein. Schon die Berührung ließ ihn zusammenfahren. Er blickte auf ihre langen, schmalen Finger, mit der von der Hausarbeit gezeichneten Haut. Er drehte sich zu ihr um. Sie war bleich. Hernando blieb reglos, er war wie gelähmt. Rafaela kniete vor ihm nieder und legte ihren Kopf auf seinen Schoß. So verharrten sie eine Weile: still, mit geschlossenen Augen, als wollten sie sich der übermächtigen Wirklichkeit verweigern.

Es drohte also die baldige Vertreibung. Seit dem Tag der Urteilsübergabe achtete Hernando aufmerksamer auf Rafaela, auf ihre Schritte, ihre Gespräche mit den Kindern, ihr Weinen, wenn sie allein war. Als er sie eines Nachts umarmen wollte, wies sie ihn zurück.

»Lass mich, ich flehe dich an«, bat sie ihn, noch ehe er sie streicheln konnte.

»Rafaela, wir müssen uns jetzt noch näher sein als sonst.«

»Nein, um Gottes willen«, schluchzte sie.

»Aber …«

»Was ist, wenn ich wieder in Umstände komme? Hast du daran nicht gedacht? Wozu wollen wir noch ein Kind?«, murmelte sie verbittert. »Damit sie dich in ein paar Monaten ausweisen und ich hier mit den Kindern allein sitze?«

Hernando blieb nur mehr eine letzte Hoffnung: Er würde nach Granada reisen und mit Don Pedro und seinen Gefährten sprechen, sogar mit dem Erzbischof höchstpersönlich, wenn es denn sein musste.

Am nächsten Morgen teilte er Miguel seinen Entschluss düster und gebeugt mit, der nach dem Urteil des Obergerichts zu ihnen in das Haus in Córdoba gezogen war. Doch Hernando hatte ihn seither keine Geschichte erzählen hören, auch den Kindern nicht, die traurig und schweigsam waren. Miguel öffnete ihm die Torflügel, damit er auf dem flinken, kräftigen Jungpferd hinausreiten konnte. Hernando stellte sich darauf ein, die Strecke nach Granada im Galopp zurückzulegen, selbst wenn das Tier dabei krepierte … Aber er kam nicht einmal aus der Sackgasse hinaus.

»Wohin willst du?« Mit diesen Worten hielt ihn einer von Gils Soldaten auf.

»Nach Granada«, antwortete Hernando ihm von oben herab und nahm die Zügel an. »Zum Erzbischof.«

»Mit welcher Erlaubnis?«

Hernando gab ihm den Geleitbrief. Der Mann begutachtete missmutig das Schriftstück. Er konnte nicht einmal lesen! Hernando hätte ihn am liebsten beschimpft. Stattdessen versuchte er ihm zu erklären, was das für ein Dokument war.

»Das ist die Genehmigung des Erzbistums, die …«

»Sie gilt nicht«, unterbrach ihn der Soldat und riss den Geleitbrief mitten entzwei.

»Was machst du da!« Das war sein letztes Pfand! Hernando spürte, wie ihm das Blut in den Adern gefror. »Verdammter Hund!«

Hernando hetzte aus einem Impuls heraus das Pferd über den Soldaten und saß dann ab, um die Papierfetzen wieder einzusammeln, aber noch bevor seine Füße den Boden berührten, bedrohte ihn ein anderer Soldat mit dem Schwert.

»Wag es ja nicht!«, forderte ihn der Mann heraus.

Hernando zögerte. Der erste Soldat war nach dem Angriff mit dem Pferd wieder hochgekommen und stand neben dem anderen. Er hatte inzwischen ebenfalls die Waffe gezückt. Das Pferd zerrte nervös an den Zügeln. Hernando begriff, dass alles umsonst war.

»Ich … ich wollte … das Papier …«

»Ich habe dir doch gesagt, dass es nichts wert ist. Du darfst Córdoba nicht verlassen.«

Der Soldat trampelte auf den Papierfetzen herum.

»Geh ins Haus zurück«, wies ihn der andere an und drohte mit dem Schwert.

Hernando ging zu Fuß zu seinem Haus zurück, sein Pferd führte er. Im Stalltor, das immer noch offen stand, erwartete ihn Miguel, der die Szene mit angesehen hatte.

Er wollte über einen Brief mit den Gefährten in Granada in Kontakt treten, aber er wusste nicht, wie. Die meisten Maultiertreiber – also die Morisken aus Valencia, Kastilien, aus der Mancha und der Extremadura – hatte man bereits ausgewiesen, und die Maultiertreiber der übrigen Reiche durften ihre Tätigkeit hier nicht ausüben.

»Jedes Mal, wenn ich das Haus verlasse, werde ich gefilzt«, gestand ihm Miguel entrüstet. »Rafaela wird überallhin verfolgt. Es ist einfach unmöglich …«

»Warum treten sie denn nicht mit mir in Verbindung?«, klagte Hernando. Er klang verzweifelt. »Sie müssen doch wissen, dass mein Gesuch abgelehnt wurde.«

»Alle, die zu diesem Haus wollen, müssen zuvor die Kontrollen der Männer des Jurados passieren«, versuchte Miguel ihn zu beschwichtigen. »Jeder Versuch ist zwecklos.«

Andererseits war sich Hernando durchaus darüber im Klaren, dass weder Don Pedro noch einer der beiden Übersetzer es riskieren würden, ihn persönlich aufzusuchen. Er wusste, dass erst im letzten Jahr ein Buch erschienen war – *Alter und Glanz Granadas* –, dessen Autor Francisco Bermúdez de Pedraza ein Loblied auf den Stammbaum der Familie Granada Venegas verfasst hatte. Darin wurde sogar behauptet, diese Familie könne ihren Stammbaum bis zu den Westgoten zurückverfolgen. Eines der bedeutendsten muslimischen Adelshäuser! Was für eine Ironie! Das Buch – das die königliche Zensur problemlos überwinden konnte – versicherte, dass einem Vorfahren von Don Pedro, Sidi Yahyah, nach der Einnahme der Stadt Granada durch die Katholischen Könige Jesus Christus höchstpersönlich in Form eines wundersamen Kreuzes erschienen sei und dass er ihn aufgefordert habe, sich zur Religion seiner westgotischen Vorfahren zu bekennen. Die Granada Venegas wurden ihrem Wappenspruch untreu – dem »la ghaliba illa llah« der Nasriden, ihrem Motto »Es gibt keinen Sieger außer Gott« – und tauschten ihn gegen das überaus christliche »servire Deo regnare est«, also »Gott dienen, heißt herrschen«. Wer würde schon wagen, die Reinblütigkeit einer Familie anzuzweifeln, die wie der heilige Paulus durch die göttliche Hand erwählt worden war?

»Sie haben längst für ihre eigene Rettung gesorgt«, flüsterte er. »Aber so ein einfacher Moriske wie ich bedeutet ihnen nichts.«

Hernandos Geld ging ebenso zur Neige wie die Bestände in der Vorratskammer. Die Pächter brachten nicht die festgelegten Mengen Obst und Gemüse, und Rafaela hatte Probleme, Essen zu beschaffen. Niemand gab ihr Kredit, weder Christen noch Morisken. Die Schwierigkeiten des Alltags und der Hunger ihrer Kinder schienen ihr jedoch plötzlich jene Kräfte zu verleihen, die ihrem Mann zusehends fehlten.

»Verkauf die Pferde zu jedem Preis, den sie dir geben«, ordnete Hernando eines Tages Miguel an, als Muqla vor Hunger weinte.

»Das habe ich bereits versucht«, gestand dieser zu seiner Überraschung. »Niemand kauft sie. Ein Händler meines Vertrauens hat mir versichert, dass ich nicht einmal eine Handvoll Maravedíes für sie bekäme. Der Herzog von Monterreal hat es verboten. Niemand will sich mit einem spanischen Granden anlegen, der noch dazu ein Veinticuatro ist.«

Hernando schüttelte den Kopf.

»Vielleicht trauen sie sich wieder, wenn das alles hier vorbei ist«, versuchte er sich selbst Trost zuzusprechen, »und dann kann Rafaela sie gut verkaufen.«

»Ich glaube nicht«, wandte Miguel ein. Hernando sah ihn verzweifelt an. Was konnte jetzt noch kommen? »Señor, wir können schon seit einiger Zeit nichts mehr bezahlen, weder das Stroh noch die Gerste, weder den Schmied noch den Geschirrmacher, und auch nicht die Löhne der Stallburschen und der Bereiter. Sobald du weg bist, werden die Gläubiger über uns herfallen und eine Frau … ganz allein … Hast du das nicht bedacht?«

Hernando gab keine Antwort. Was sollte er tun? Wie sollten sie dieser aussichtslosen Lage entkommen?

Miguel wandte den Blick ab. Wie hatte sich sein Herr das vorgestellt? Wie, wenn nicht mit Schuldenmachen, hätte er das Gehöft und die Pferde unterhalten sollen? Hernando hatte selbst angeordnet, dass die Pferde aus Córdoba zum Bauernhof geschickt wurden, weil er sie hier nicht mehr füttern konnte.

Sie versuchten, wenigstens die Möbel und Hernandos Bücher billig zu verkaufen. Die Stadt Córdoba war inzwischen ein riesiger Suk: Tausende Moriskenfamilien verhökerten ihr Hab und Gut auf den Straßen, Altchristen fanden Vergnügen daran, bei dem Geschacher den niedrigsten Preis auszuhandeln und sich über die Männer und Frauen lustig zu machen, die mit unterdrücktem Groll hofften, dass irgendjemand in der Menschenmenge ein Möbelstück erstand, das sie selbst vor Jahren mit so viel Hoffnung teuer erworben hatten – oder die Betten, in denen sie von einem besseren Leben geträumt hatten. Kunsthandwerker, Händler, Schuster, Bäcker – sie alle flehten ihre christlichen Konkurrenten an, ihnen ihre Werkzeuge und Maschinen abzukaufen. Doch kein Christ schenkte den Büchern und Möbeln Beachtung, die Hernando vor sein Haus gestellt hatte und die Rafaela mit den Kindern bewachte, damit man sie ihnen zumindest nicht stahl.

Eines Nachts suchte Hernando in seiner Verzweiflung nach Pablo

Coca. Vielleicht könnte er mit Kartenspielen ja etwas Geld verdienen. Aber der Spelunkenbesitzer war inzwischen verstorben.

Da ging Miguel, obwohl er keine Genehmigung dafür hatte, auf die Straße und bettelte um milde Gaben. Die Soldaten, die das Haus und seine Umgebung bewachten, verlachten und verspotteten ihn, wenn er Abend für Abend auf seinen Krücken nach Hause hüpfte, mit einem Bund verfaultem Gemüse als Ausbeute.

Tagsüber versuchte Hernando, eine Audienz beim Bischof, beim Dekan oder bei irgendeinem der Domherren von Córdoba zu erhalten. Der Bischof könnte ihn retten, wenn er seine Zugehörigkeit zur Christengemeinde bestätigte. Er hatte doch jahrelang für das Domkapitel gearbeitet!

Tag für Tag stand er im Patio des Palastes und drängte sich zwischen all den anderen Morisken, die dort in der gleichen Absicht ausharrten. Doch Tag für Tag wurden sie von den Pförtnern abgewiesen.

Hernando wusste, dass kein Geistlicher ihnen die geringste Beachtung schenken würde. Wenn die Würdenträger im Patio an ihnen vorbeizogen, sahen nur wenige sie an, die meisten wichen ihnen hastig aus. Aber was blieb ihm anderes übrig, als wenigstens auf die Barmherzigkeit zu hoffen, die die Christen immer predigten! Er wusste nicht mehr weiter. Es gab keinen Ausweg! Stattdessen häuften sich die Gerüchte über die bevorstehende Vertreibung der Morisken aus Andalusien, und wenn Hernando nicht bald eine Bestätigung der Kirche vorweisen konnte, würde er gemeinsam mit Amin und Laila Spanien verlassen müssen.

Was sollte nur aus seiner Familie werden? Das fragte er sich jeden Abend, wenn er niedergeschmettert nach Hause kam und dieselben Möbel und Bücher ins Haus zurückschleppte, die er am Morgen mit Rafaela auf die Straße getragen hatte.

Die Kinder sehnten seine Rückkehr herbei, als könnte allein seine Anwesenheit all die Sorgen vertreiben, die sie während des öden, langen Tages ohne jeden Verkaufserfolg durchlitten hatten. Und Hernando sah sich gezwungen zu lächeln und Zuversicht zu verbreiten. Dabei musste er ununterbrochen seinen Drang zu weinen unterdrücken. Die Älteren mussten es längst ahnen! Ihnen konnte die Anspannung, die die gesamte Stadt erfasst hatte, nicht entgangen sein, aber sie waren womöglich noch nicht imstande, sich die Folgen der Vertreibung für ihre eigene Familie auszumalen. Dann warteten sie gemeinsam auf die Speisereste, die ihnen Miguel mitbrachte, und erst wenn die Kinder eingeschlafen waren und Miguel sich auf eigenen Wunsch diskret zurückgezogen hatte, konnten Hernando und Rafaela in Ruhe miteinander reden, ohne allerdings ihre tatsächliche Situation in aller Offenheit anzusprechen.

»Morgen werde ich es schaffen«, seufzte Hernando.

»Bestimmt«, bekräftigte Rafaela ihn und nahm seine Hand.

Früh am Morgen schleppten sie die Möbel und Bücher wieder auf die Straße. Die Kinder drängelten sich um ihre Mutter und winkten den beiden Männern zum Abschied hinterher: Miguel ging zum Betteln und Hernando zum Bischofspalast.

»Bei den Nägeln des Kreuzes Christi, so helft mir doch!«

Hernando löste sich aus der Gruppe der wartenden Morisken und kniete im Patio vor dem Dekan der Kathedrale. Der Domherr blieb stehen und blickte ihn von oben herab an. Er erkannte Hernando, dessen Probleme mit dem Rat der Stadt ihm längst bekannt waren.

»Du bist doch derjenige, welcher die Hinrichtungen der Märtyrer in den Alpujarras zu rechtfertigen versuchte, der Sohn einer Ketzerin, nicht wahr?«, sprach ihn der Dekan mit eisiger Stimme an.

Hernando versuchte, sich dem Mann zu nähern, und rutschte auf den Knien mit ausgestreckten Armen auf ihn zu. Der Domherr wich zurück. Sofort stürzten Pförtner herbei.

»Ich …«, brachte er nur noch hervor, bevor ihn die Männer unter den Armen packten und in die Gruppe der Wartenden zurückzogen.

»Warum bittest du nicht deinen falschen Propheten um Hilfe?«, hörte er den Dekan hinter sich rufen. »Warum macht ihr das nicht alle?«, keifte er. »Gottverdammte Ketzer!«

67

Am Sonntag, dem 17. Januar 1610, dem Tag des heiligen Antonius, wurde in der ganzen Stadt der Erlass über die Vertreibung der Morisken aus den Reichen Murcia, Granada, Jaén, Andalusien sowie aus der Kleinstadt Hornachos ausgerufen. Zudem verbot der König, dass die Neuchristen Geld, Gold, Silber, Schmuck oder Wechsel aus seinen Reichen mitnahmen. Sie durften nur das Geld für den Weg bis zu ihrem Zielhafen – Sevilla im Fall der Morisken aus Córdoba – sowie für die Überfahrt mit sich führen. Für die Schiffspassage hatten sie selbst aufzukommen, und wohlhabende Morisken mussten die Reisekosten der ärmeren Glaubensbrüder übernehmen. Die Morisken verkauften ihr Hab und Gut zu Schleuderpreisen und deckten sich mit leichten, für den langen Weg geeigneten Waren ein: Tuche, Seidenstoffe oder Gewürze, allerdings zu Preisen, die weit über den marktüblichen lagen.

Hernandos Familie saß im Esszimmer hungrig vor ein paar Brocken ungesäuertem Brot, von dem Rafaela versuchte, die grüne Schimmelschicht abzukratzen. Hernando setzte an, seinen Kindern ihre Situation zu erklären.

»Kinder …«

Seine Stimme versagte bei dem Gedanken an das, was er ihnen nun mitteilen würde. Er sah zu seinen Kindern: Amin, Laila, Muqla, Musa und Salma. Er sammelte sich und wollte weitersprechen, doch die Anspannung der letzten Monate übermannte ihn, und er konnte nur noch die Hände vors Gesicht halten und hemmungslos weinen. Die Kinder blickten erschrocken zu ihrem Vater. Laila und die kleine Salma brachen ebenfalls in Tränen aus. Da stand Miguel schwerfällig auf und wollte die beiden Kleinen auf ihr Zimmer bringen.

»Nein.« Rafaela hielt ihn zurück. Ihr Gesicht war von ungeheurer Erschöpfung gezeichnet, doch ihre Stimme klang ruhig. »Setzt euch alle hin.« Als Miguel wieder Platz genommen hatte, sprach sie weiter. »Ihr müsst wissen, dass euer Vater, Amin und Laila sehr bald aus Córdoba wegziehen. Und ihr anderen bleibt hier bei mir.«

Rafaela brachte mit letzter Kraft eine Art Lächeln zustande, also lächelte auch Salma, die nichts von all dem verstand.

»Wann kommen sie wieder?«, fragte der kleine Musa.

Hernando nahm die Hände vom Gesicht und sah Rafaela traurig an.

»Also, Kinder, es wird eine sehr lange Reise sein«, antwortete sie. »Euer Vater und eure Geschwister werden an einen Ort reisen, der ganz weit weg liegt.«

»Mutter!« Die verzweifelte Stimme ihres Erstgeborenen brach die Stille nach Rafaelas Worten. »Warum könnt ihr nicht mit uns kommen, Onkel Miguel und die anderen?«

Amin hatte dem Ausrufer in der Straße aufmerksam zugehört, und er begriff sehr wohl, was der Erlass für seine Familie bedeutete. Er wusste, dass man sie aus Spanien auswies und dass dies für sie eine Reise ohne Rückkehr werden würde.

»Denn wenn sie das nicht tun und dem Erlass nicht Folge leisten und noch in den genannten Reichen und Lehen angetroffen werden, ganz gleich in welchem Zustand«, hatte der Ausrufer verkündet, »so stehen darauf als Strafen der Tod und die Beschlagnahmung ihres gesamten Besitzes, und die Strafen ergehen allein aufgrund des Vergehens, ohne Verfahren, ohne Urteil und ohne Anhörung.«

Bei ihrer Heimkehr würde man sie ermorden! Amin hatte richtig verstanden: Jeder Christ durfte sie ohne Gerichtsverfahren und ohne jede weitere Erklärung einfach umbringen.

»Ja! Lasst uns zusammen verreisen«, schlug Musa vor.

Rafaela seufzte. Die Unbedarftheit ihres jüngsten Sohnes zerriss ihr das Herz. Sie sah Hilfe suchend zu ihrem Mann, aber Hernando schwieg und wirkte abwesend, so als wäre er bereits fort.

»Es ist der Wille Gottes«, sagte Rafaela schließlich.

»Aber der König …«, widersprach Laila.

»Nein, Kinder.« Alle Blicke richteten sich nun auf Hernando. »Gott will es so, eure Mutter hat recht.«

Rafaela schenkte ihm ein dankbares Lächeln.

»Es ist der Wille Gottes, dass sich unsere Familie trennt«, sprach er weiter, als er sich wieder gefasst hatte. »Ihr Kleinen bleibt bei eurer Mutter und Onkel Miguel hier in Córdoba. Die Größeren reisen mit mir in die Barbareskenstaaten. Lasst uns alle beten«, bei den Worten sah Hernando zu Rafaela, »lasst uns alle zu Abrahams Gott beten, zu dem Gott, der uns eint. Mögen seine Güte und Barmherzigkeit uns eines Tages wieder zusammenführen. Betet zur Jungfrau! Bittet in euren Gebeten immer auch Maria um Hilfe!«

Dann bemerkte er, dass Muqlas blaue Augen auf ihm ruhten. Der Junge war erst fünf Jahre alt, dennoch hatte er ihre aussichtslose Lage erkannt.

Am Abend setzte sich Hernando zu Rafaela neben den Brunnen im Patio. Die Nachtluft war eiskalt und der Himmel über ihnen sternenklar. Hernando rief die älteren Geschwister zu sich, um ihnen den Grund für die Trennung der Familie zu erläutern.

»Die Christen erlauben nicht, dass eure Mutter mit uns reist, weil sie Altchristin ist. Und eure Geschwister müssen hierbleiben, weil sie jünger als sechs Jahre sind. Ihr seid alle getauft, aber sie gehen davon aus, dass die älteren Kinder für das Christentum für immer verloren sind. Das ist der Grund für die Trennung.«

»Lasst uns lieber alle zusammen fliehen!«, forderte Amin unter Tränen. »Mutter, komm mit uns. Bitte!«

»Aber das wird der Bruder deiner Mutter, der Jurado, niemals zulassen«, wandte Hernando ein.

»Und warum nicht?«

»Mein Sohn, es gibt Dinge, die kannst du noch nicht verstehen.«

Amin sagte nichts mehr. Er versuchte, seine Tränen zu unterdrücken, immerhin war er der Älteste der Geschwister. Aber in dieser Nacht suchte auch er die Nähe seiner Mutter. Laila saß Rafaela zu Füßen. Hernando betrachtete die drei: Rafaela hielt die Hand ihres Erstgeborenen, zugleich strich sie Laila übers Haar. Dieser Moment war unwiederbringlich. Wie viele solcher Momente waren ihm im Lauf der Jahre entgangen, die er in der Bibliothek zugebracht hatte, um dort für das ersehnte Zusammenleben der Religionen zu kämpfen?

Da fielen ihm plötzlich die alten Wiegenlieder wieder ein, die ihm seine Mutter bei den wenigen Gelegenheiten vorgesungen hatte, in denen sie ihm ihre Liebe offen hatte zeigen können, und er stimmte die ersten Töne an. Amin und Laila sahen überrascht auf. Rafaela versuchte, sich das Beben ihres Kinns nicht anmerken zu lassen. Hernando lächelte seine Kinder liebevoll an. Dann blickte er in den Himmel, lauschte dem Plätschern des Wassers im Brunnen und summte ein Wiegenlied nach dem anderen.

Als die Kinder schließlich in ihren Betten lagen, saßen die beiden schweigend beisammen.

»Ich lasse dir ausreichend Geld zukommen«, versprach Hernando, nachdem sie einige Zeit geschwiegen hatten. Rafaela wollte etwas sagen, aber er bat sie mit einer Geste zu schweigen. »Mein Landbesitz und das Haus fallen an die Krone, du hast den Ausrufer ja selbst gehört. Die Pferde werden gepfändet, um die Schulden zu bezahlen. Sonst haben wir nichts mehr, und du bleibst hier mit den drei Kindern zurück, die du allein ernähren musst.« Diese Tatsache laut auszusprechen machte sie noch wirklicher, fühlbarer und ungeheuerlicher.

Rafaela seufzte schwer. Sie konnte nicht zulassen, dass ihr Mann in diesem Moment zusammenbrach.

»Mach dir um uns keine Sorgen«, flüsterte sie und schmiegte sich an ihn. »Wie willst du mir Geld zukommen lassen? Du musst dich doch selbst mit den beiden Großen durchschlagen. Was wirst du tun? Willst du Pferde zureiten? In deinem Alter?«

»Zweifelst du etwa an meinen Fähigkeiten?« Hernando spannte seine Muskeln an und versuchte, unbeschwert zu klingen. Rafaela zwang sich zu einem Lächeln. »Nein. Ich glaube, ich werde dort keine

Pferde zureiten. Diese kleinen Araberpferde sind vielleicht für die Wüste geeignet, aber sie sind ganz anders als spanische Rassepferde. Ich spreche Hocharabisch, ich kann lesen und schreiben, Rafaela. Das kann ich wirklich sehr gut. Außerdem wird Gott mich führen, da bin ich mir sicher. Der Schreiber genießt bei den Muslimen ein hohes Ansehen.«

Da konnte sie nicht mehr. Den ganzen Tag hatte sie sich vor den Kindern zusammengerissen und ihre eigenen Ängste unterdrückt. Aber jetzt, im Dunkel der Nacht, ließ sie ihrer Verzweiflung freien Lauf.

»Sie bringen alle um, die in den Barbareskenstaaten landen! Und wen sie nicht töten, den schicken sie als Sklaven auf die Felder. Wie kannst du nur glauben, dass …?«

Hernando sah sie eindringlich an, damit sie aufhörte.

»Das gilt nur für die Städte der Korsaren und die Barbareskenstaaten. Ich weiß, dass wir in Marokko willkommen sind. Das ist ein Königreich ohne Kultur, und der Herrscher hat begriffen, dass ihm das Wissen der Andalusier zugutekommt. Ich kann bei Hofe Arbeit finden, und vielleicht kannst du …« Rafaela wurde unruhig. Hernando wusste, was sie dachte. Der Gedanke, auf muslimischem Gebiet leben zu müssen, machte ihr Angst. »Vielleicht kannst auch du eines Tages …«

»Sprich nicht weiter«, unterbrach sie ihn. »Hernando, ich habe nie etwas gegen deine Religion gesagt, selbst nicht, als du unsere Kinder darin unterrichtet hast. Aber du kannst nicht von mir verlangen, dass ich meinen Glauben aufgebe. Du weißt genau, dass ich die Kinder, wenn du nicht mehr da bist, zu Christen erziehen werde.«

»Ja. Ich weiß. Ich bitte dich nur um eines«, sprach Hernando weiter. »Übergib Muqla, wenn er alt genug ist, den Koran, den ich abgeschrieben habe. Ich werde ihn noch an einem sicheren Ort verstecken.«

»Aber bis dahin wird er ein Christ sein, Hernando«, flüsterte seine Frau.

»Er ist und bleibt Muqla, der Junge mit den blauen Augen. Er wird wissen, was zu tun ist. Versprich es mir.«

Rafaela überlegte.
»Versprich es mir. Bitte!«, drängte Hernando.
Rafaela besiegelte ihre Zustimmung mit einem Kuss.

Die beiden hatten begriffen, dass sie nichts mehr ausrichten konnten, und nahmen ihr Schicksal hin. Seither verstrichen die Tage in einer beunruhigenden Harmonie. Hernando ging zwar wie immer in die Mezquita, um dort heimlich zu beten, doch etwas war anders: Längst suchte er hier nicht mehr die Verbundenheit mit Fatima. In seinen Gebeten rief er nun Gott um Hilfe für Rafaela und seine Kinder an, die in Córdoba allein und ohne seinen Schutz zurückbleiben mussten. Er hatte überlegt, mit Amin und Laila nach Tetuan zu gehen. Die Stadt, in der so viele ihrer Landsleute lebten, empfing die Morisken zwar wahrlich nicht mit offenen Armen, doch vielleicht würde Fatima sich ihrer erbarmen. Er stand sogar kurz davor, Ephraim eine Botschaft zu übermitteln. Aber er hatte noch die Warnung des Juden im Ohr. Würden sie nur ihn und Fatima umbringen oder auch seine Kinder? Shamir und Francisco beobachteten die Ankunft der zahllosen Flüchtlinge aus Andalusien sicherlich genau. Allein bei der Vorstellung, die Korsaren könnten seinen Kindern etwas antun, drehte sich ihm der Magen um.

Er ging mit gesenktem Haupt durch die Mezquita. Er wollte seine ihm so teure Koranabschrift in dem Gotteshaus verstecken, in dem das Echo der Gebete der wahren Gläubigen niemals verstummte, mitten im maurischen Säulenwald. Ja, dies war der geeignete Ort, und er war sich sicher, dass Muqla das heilige Buch eines Tages finden würde. Hier musste es sein! Aber wo genau?

»Bist du wahnsinnig?«, rief Miguel, als er von dem Vorhaben erfuhr.

»Nein, das ist kein Wahnsinn«, antwortete Hernando so entschieden, dass Miguel den Plan ernst nehmen musste. »Das wird die beste Geschichte, die du je erzählt hast. Aber dazu brauche ich dich … und Amin.«

»Jetzt willst du auch noch den Jungen mit hineinziehen.«

»Es ist seine Pflicht.«

»Ist dir klar, dass uns die Inquisition allesamt auf den Scheiterhaufen wirft, wenn sie uns erwischen?«

Hernando nickte nur.

Am nächsten Morgen begaben sich die drei zur Mezquita. Hernando hielt ein schweres Brecheisen und einen Hammer unter seiner Kleidung versteckt, Amin drückte die noch nicht gebundenen Blätter des Korans fest an seinen Oberkörper, und Miguel folgte ihnen auf seinen Krücken in Hüpfschritten. Vater und Sohn stellten sich in einiger Entfernung ehrfürchtig vor das schmiedeeiserne Tor der Capilla de San Pedro – den entweihten Mihrab – und gaben vor zu beten. Miguel tat es ihnen bei der Capilla Real und der Capilla de Villaviciosa gleich. Die Zeit verging, und Hernando spürte, wie seine Hand mit den Werkzeugen immer kälter und feuchter wurde. Er starrte die ganze Zeit auf jene Kapelle, vor der er schon so oft gebetet hatte. Direkt vor dem Mihrab teilten hohe Mauern, die bis zu den Kapitellen hinaufreichten und in die an der Frontseite der Kapelle ein schweres Eisengitter eingelassen war, sie vom Rest der Gebetshalle ab. Dahinter befand sich der Sarkophag von Don Alfonso Fernández de Montemayor, des ehemaligen Statthalters von König Heinrich II. von Kastilien. Es war ein großer, schlichter weißer Marmorsarg, bei dem man auf prunkvolle Inschriften, Zeichnungen oder Verzierungen verzichtet hatte. Nur ein steinernes Band, an dessen beiden Enden Drachen zu erkennen waren, lief quer über den Deckel. Durch das Eisengitter hindurch war lediglich die eine Hälfte des Sarges zu sehen, die andere Hälfte lag hinter der Mauer verborgen. Hernando sah immer wieder zu Amin. Der Junge wirkte keineswegs aufgeregt. Er stand stolz und gelassen neben ihm, flüsterte das Vaterunser und betete ein Ave-Maria nach dem anderen. Viele Gläubige, Geistliche und Mönche zogen an ihnen vorbei. Vielleicht war es doch Wahnsinn. Vor so vielen Menschen!

Für Zweifel blieb nun keine Zeit mehr. Wie gewohnt kam der für die Capilla de San Pedro zuständige Geistliche und schloss die in das Gitter eingelassene schmiedeeiserne Tür auf, um den Gottesdienst vorzubereiten. Hernando zögerte. Er sah sich um: Miguel lächelte ihm aufmunternd zu. Da nickte Hernando. Es konnte losgehen.

»Gott!«, schallte es plötzlich durch die Gebetshalle. Alle Leute blickten zu dem verkrüppelten Mann, der auf einmal aufgeregt auf seinen Krücken tanzte. »Da war er! Ich habe ihn gesehen!«

Mehrere Kirchenbesucher drängten sich um Miguel, der einen verzückten Schrei nach dem anderen ausstieß. Hernando hingegen sah abwechselnd zu seinem Freund und dem Geistlichen in der Capilla de San Pedro, der seinerseits erstaunt das Schauspiel verfolgte.

»Sein gütiges Gesicht befand sich hinter einer weißen Taube«, kreischte Miguel, und ein Raunen ging durch die umstehenden Gläubigen.

Hernando musste lächeln. Die Leichtgläubigkeit der Leute war doch immer wieder erstaunlich. Eine Greisin fiel auf die Knie, bekreuzigte sich.

»Ja! Da ist es! Ich sehe es!«, rief sie entzückt.

Nun fielen andere jubilierende Stimmen ein, die Miguel sogar noch übertönten. Die Leute knieten mit dem Rücken zur Capilla de San Pedro und starrten gebannt auf die Kuppel der Capilla Mayor, dorthin, wo Miguel behauptete, eine weiße Taube gesehen zu haben. Jetzt eilte endlich auch der Priester aus der Kapelle, und er war beileibe nicht der einzige Geistliche, der mit flatterndem Talar auf die Menge zulief.

»Jetzt«, flüsterte Hernando seinem Sohn zu.

Gleich darauf schlüpften sie leise durch die offene Gittertür und standen in der Kapelle. Hernando ging zum Kopfteil des Sarkophags des Statthalters, der vor den Blicken der Passanten verborgen hinter der Wand lag. Der Sarkophag war zwar nicht versiegelt, wie er am Vortag befürchtet hatte, doch als er zum Brecheisen griff und es unter den schweren Marmordeckel schieben wollte, erschien ihm sein Vorhaben plötzlich als ein Ding der Unmöglichkeit. Er wickelte schnell die Säume seiner Kleidung um den Griff des Werkzeugs, um den Lärm zu dämpfen. Dann fing er an, das Brecheisen mit dem Hammer zwischen den Deckel und den Sarkophag hineinzutreiben. Marmor bröckelte, doch schließlich konnte er das Eisen zum Spreizen einführen. Er stemmte sich mit seinem ganzen Gewicht darauf. Hinter ihm herrschte nach wie vor große Aufregung. Aber der Deckel war zu schwer, Hernando schaffte es nicht. Da verfluchte er sein Alter: Er war nun sechsundfünfzig Jahre alt, ein Greis, der sich einbildete, die mächtige Abdeckung eines Sarkophags anheben zu können. Amin wartete ruhig neben ihm, die Blätter in der Hand.

»Allahu akbar!«, murmelte Hernando und versuchte es mit aller Kraft erneut, aber der Deckel gab nicht nach. Amin verfolgte aufmerksam die Anstrengungen seines Vaters.

»Allahu akbar«, flüsterte dann auch der Junge.

»Allmächtiger, der du Kraft verleihst«, flehte Hernando, »der du stark und fest bist, hilf uns!«

Und tatsächlich: Der Deckel hob sich einen Fingerbreit.

»Leg sie hinein!«, forderte er seinen Sohn mit vor Anstrengung verzerrtem Gesicht auf.

Amin schob nacheinander kleine Stapel Papier hinein, denn alles auf einmal passte nicht durch den schmalen Spalt.

»Mach weiter!«, keuchte Hernando. »Schnell!«

Es fehlten nur noch wenige Blätter, aber außer Miguels Rufen in seiner scheinbaren Verzückung war plötzlich nichts mehr zu hören. Ihnen lief die Zeit davon!

»O Vater!«, erklang nun eine Stimme in einiger Entfernung.

Hernando hätte beinahe den Deckel hinunterkrachen lassen, und Amin schob keine weiteren Blätter mehr nach: Es war Rafaelas Stimme!

»O Vater!«, konnte man die Stimme wieder hören, jetzt fast am Eingang der Kapelle.

Rafaela kniete vor dem Priester, der zu seiner Kapelle zurückwollte, und umklammerte seine Kleider, um ihn aufzuhalten.

»O Vater! Ich bitte Euch: Bewahrt meinen Mann und meine Kinder vor der Vertreibung!«, rief sie. Hernando nickte Amin zu. Es fehlten nur noch wenige Blätter. Doch die Hände des Jungen zitterten so stark, dass er sie kaum hineinbekam.

»Ich bitte Euch! Sie sind gute Christen«, flehte Rafaela.

»Wovon sprichst du, Weib?« Der Priester schien weitergehen zu wollen, aber Rafaela warf sich ihm zu Füßen und küsste sie.

»Um Gottes willen«, schluchzte sie. »Mein Ehemann! Die Kinder! Vater! Rettet sie! Bitte!«

Die Frau wollte dem Geistlichen unbedingt den Weg versperren, doch dieser befreite sich schließlich mit Gewalt von ihr und betrat seine Kapelle. Rafaela lief verzweifelt hinter ihm her und blieb am Eisengitter stehen.

Sie schloss die Augen.

»Was macht ihr hier?«

Rafaela riss mit bangem Herzen die Augen wieder auf: Hernando und Amin knieten betend vor dem Altar, am Kopfteil des Sarkophags. Mit dem Rücken zum Priester schob Hernando hastig die Werkzeuge wieder unter seine Kleider, während er mit der anderen Hand versuchte, die kleinen und größeren Marmorsplitter unter den Sarkophag zu fegen, die auf den Boden gefallen waren. Amin bemerkte sein Ansinnen und half ihm.

»Was hat das Ganze zu bedeuten?«, fragte der Priester misstrauisch.

»Sie sind gute Christen«, sagte Rafaela hinter ihm.

Hernando stand auf.

»Vater«, sagte er und schob mit dem Fuß den letzten größeren Splitter weg, »wir haben den Herrn um Hilfe angefleht. Wir haben die Ausweisung nicht verdient. Wir, mein Sohn und ich …«

»Das geht mich nichts an«, wies ihn der Priester schroff zurück und überprüfte, ob etwas am Altar fehlte. »Raus hier! Sofort!«, rief er nur noch, als er alles an seinem angestammten Platz vorgefunden hatte.

Die drei gingen mit hängenden Schultern hinaus. Wenige Schritte von der Kapelle entfernt, bemerkte Hernando, dass er am ganzen Leib zitterte. Er kniff die Augen zusammen, holte tief Luft und versuchte, sich zu beherrschen. Dann sah er seiner Frau tief in die Augen.

»Danke«, flüsterte er. »Woher hast du gewusst, was ich vorhatte?«

»Miguel befürchtete, seine Hilfe allein könne nicht ausreichen, und er hat mir geraten, in der Nähe zu bleiben.«

In der Capilla de San Pedro trat der Priester auf den verbliebenen Marmorstaub und verwünschte das dreckige Maurenpack.

Vor der Kapelle stand immer noch eine beeindruckende Ansammlung von Geistlichen und schaulustigen Gläubigen. Einige knieten, andere beteten und bekreuzigten sich unablässig. Sie umringten Miguel, der aus seiner Verzückung eine unendliche Geschichte gestaltete und mangels freier Hände mit dem Kopf zu der Stelle zeigte, an der er erst die Taube und dann das mächtige Feuerschwert gesehen hatte, mit dem Jesus Christus die Ausweisung der Ketzer aus den christlichen Landen feierte. Als er Hernando, Rafaela und Amin weggehen sah, ließ er sich auf den Boden sacken, als fiele er in Ohnmacht. Dann krümmte er sich und setzte sein Schauspiel unter fürchterlichen Zuckungen fort.

Hernando, Rafaela und Amin eilten durch die Gebetshalle in den Orangenhof.

Auch wenn es den Christen gelingen sollte, sie aus Spanien zu vertreiben – also aus jenem Land, über das sie acht Jahrhunderte lang geherrscht hatten –, würde sich von nun an und trotz allem in der ehemaligen Hauptmoschee von Córdoba wieder das offenbarte Wort zu Ehren des einzigen Gottes befinden.

Sobald sie die Puerta del Perdón hinter sich gelassen hatten und wieder auf der Straße waren, blieb Rafaela stehen und wollte etwas sagen.

»Du kennst jetzt das Versteck«, kam ihr Hernando zuvor.

»Wie soll Muqla das Buch da je wieder herausbekommen?«

»Das liegt in Gottes Hand«, sagte er schnell. Dann hakte er sich liebevoll bei ihr ein. »Jetzt ist die Offenbarung dort, wo sie hingehört, bis unser Sohn meine Aufgabe übernimmt.«

Am Nachmittag kehrte auch Miguel nach Hause.

»Als ich in der Sakristei wieder zu mir kam«, erklärte er und zwinkerte ihnen zu, »habe ich gesagt, dass ich mich an nichts mehr erinnern kann.«

»Und dann?«, wollte Hernando wissen.

»Sie sind völlig verrückt geworden. Sie wollten alles noch einmal hören, haben dann aber nicht richtig zugehört. Sie haben andauernd von einem goldenen Schwert geredet. Beinahe hätte ich sie verbessert und gesagt, dass es ein Feuerschwert war. Aber sie haben mir ordentlich Wein zu trinken gegeben, damit ich wieder zu Kräften komme und mich erinnere.«

Als hätte Gott ihr Werk belohnen wollen, tauchte Miguel am nächsten Abend mit einem halben Zicklein, frischem Gemüse, Olivenöl, etwas Gewürzen und Kräutern, Salz und Pfeffer sowie Weißbrot im Haus auf.

»Was …? Wo hast du das alles aufgetrieben?«, fragte Hernando.

Auch Rafaela und die Kinder umringten ihn.

»Anscheinend hat das garstige Schicksal entschieden, uns auch einmal gewogen zu sein«, war Miguels Antwort.

Die Vertriebenen benötigten Transportmittel: sowohl Taschen und Truhen für die Gegenstände, die sie bei ihrem Auszug mitnehmen wollten, als auch Maultiere und Karren für die Frauen, Kinder und Alten. Von den fast viertausend Morisken, die in Spanien als Maultiertreiber unterwegs waren, befanden sich nur noch wenige in der Stadt. Diese warteten ihrerseits auf die Ausweisung und hatten ihre überzähligen Maultiere oder Esel in den meisten Fällen bereits verkauft.

»Selbst für ein einfaches Maultier wird ungeheuer viel Geld bezahlt«, erklärte Miguel und sah Rafaela und den Kindern hinterher, die bereits mit den Speisen in Richtung Küche eilten.

Er hatte beim Betteln gesehen, wie sich mehrere Morisken beim Feilschen um ein simples Maultier gegenseitig in die Höhe getrieben hatten. Da waren ihm sofort die sechzehn Rassepferde in ihrem Stall eingefallen. Es waren große, kräftige Tiere, die viel mehr tragen konnten als ein Esel oder ein Maultier.

»Aber wir haben sie niemals als Lasttiere eingesetzt«, wandte Hernando ein.

»Dann ist es jetzt so weit, Herrgott, dann werden sie jetzt eben Lasttiere!«

»Sie werden bocken«, befürchtete Hernando.

»Ich werde ihnen kein Futter geben. Sie werden einige Tage nur Wasser bekommen, und wenn sie sich dann noch sträuben …«

»Ich weiß nicht.« Hernando versuchte sich seine prächtigen Pferde als Lasttiere vorzustellen, mit Bündeln und zwei oder drei Menschen auf dem Rücken, noch dazu inmitten einer Menschenmasse, die noch viel größer war als jene beim Zug der Vertriebenen nach dem Alpujarras-Krieg. »Ich weiß wirklich nicht.«

»Aber ich. Es ist schon alles vorbereitet. Es gibt Morisken, die bezahlen bis zu sechzig Reales für eine Tagesstrecke. Damit können wir einige Dukaten verdienen und müssten die Tiere nicht einmal verkaufen.«

Hernando klopfte Miguel dankbar auf den Rücken.

»Danke, mein Freund. In letzter Zeit habe ich mich schon zu oft bei dir bedanken müssen.«

»Kannst du dich noch daran erinnern, wie du mich gefunden hast, damals im Stall der Posada del Potro?« Hernando nickte. »Seit dem Tag musst du dich für nichts mehr bei mir bedanken … Aber trotzdem: Ich mag es, wie du das sagst!«, fügte er noch hinzu und lächelte, als er die Rührung in Hernandos Gesicht bemerkte.

68

Nach dem Erlass, der ihre Vertreibung aus Andalusien anordnete, blieb den Morisken in Córdoba kaum ein Monat Zeit, um die einstige Stadt der Kalifen zu verlassen.

Die innere Stärke, die Rafaela in dieser Zeit bewiesen hatte, verschwand genau einen Tag vor Ablauf der von den Behörden festgelegten Frist für die Ausweisung. Da konnte sie nicht mehr und gab sich ganz ihrer Verzweiflung hin. Der Kummer ergriff auch die Kinder. Anders als noch einige Tage zuvor konnte Hernando jetzt nur mehr den Kleinen tröstliche Lügen erzählen: Doch, sie würden wiederkommen, versicherte er ihnen, es sei ja nur eine kurze Reise. Dann ging er ihnen schnell aus dem Weg, damit sie nicht auch noch in seinen Augen die Tränen der Verzweiflung entdeckten. Während Miguel sich zwang, fröhlich mit den Kindern zu spielen und sie mit seinen Geschichten aufzuheitern, überreichte Hernando dem kleinen Muqla die Wachstafel für die Schreibübungen. Für seine fünf Jahre brachte der Junge mit dem Stöckchen bereits ein recht gelungenes Alif zustande – fast so gekonnt wie das seines großen Bruders. Gott, warum nur? Hernando wischte den Buchstaben wieder weg.

Er packte das Bündel und befüllte es mit den Dingen, die er mitnehmen durfte. Zum Schluss holte er aus einem Versteck in einer doppelten Wand die goldene Fatimahand und die alte Abschrift des Barnabas-Evangeliums, die er damals im ehemaligen Minarett am Palast des Herzogs von Monterreal entdeckt hatte. Er verstaute alles in einen schmalen Beutel, den er unter dem Sattel eines der Pferde verstecken wollte, so wie es damals die Maultiertreiber mit dem geschmuggelten

Papier aus Xátiva getan hatten. Bevor er dort auch das Schmuckstück verbarg, führte er es an seine Lippen und küsste es. Doch anders als sonst hielt er es fest zwischen den zitternden Fingern, so als widerstrebte es ihm, das Amulett loszulassen.

In der Nacht lagen die beiden in ihrem Bett, Rafaela mit geröteten Augen. Sie verbrachten die letzten Stunden mit Schweigen, als versuchten sie, alles um sich herum in ihr Gedächtnis aufzunehmen: die Gerüche, das Ächzen der Holzmöbel, das Plätschern des Wassers unten im Patio, die Rufe auf der Straße, das regelmäßige Atmen der Kinder, das sie auch durch die Türen zu vernehmen meinten.

Rafaela schmiegte sich eng an ihren Mann. Sie wollte nicht daran denken, dass dies die letzte Nacht sein sollte, in der sie beisammenlagen, und dass sie fortan allein in dem Bett schlafen würde. Ohne nachzudenken, entschlüpften ihr die Worte.

»Nimm mich«, bat sie ihn.

»Aber …« Hernando strich ihr zärtlich übers Haar.

»Ein letztes Mal«, flüsterte sie.

Hernando drehte sich zu seiner Frau um. Sie saß aufrecht auf dem Bett. Zu seiner Überraschung zog sie das Nachtgewand aus und zeigte ihm ihre Brüste. So nackt wie sie war, legte sie sich hin, ohne jede Scheu.

»Das bin ich. Kein anderer Mann wird mich je so sehen, wie du mich jetzt siehst.«

Hernando suchte ihre Lippen und küsste sie, zunächst zärtlich, doch dann ergriff ihn eine Begierde, die er seit Langem nicht mehr gespürt hatte. Rafaela zog ihn an sich, als wollte sie ihn für immer festhalten.

Sie liebten sich und verharrten bis zum Morgengrauen in ihrer engen Umarmung. Keiner der beiden fand in den Schlaf.

Die Rufe von der Straße und die Schläge gegen ihre Tür ließen sie verstummen. Sie hatten das Frühstück gerade beendet und waren alle in der Küche versammelt, in den Ecken lagen die Bündel. Es war wenig Gepäck für eine so lange Reise, dachte Rafaela. Sie wollte nicht erneut in Tränen ausbrechen. Doch bevor sie sich wieder ihrer Familie zuwandte, hatten sich Amin und Laila bereits auf sie gestürzt und umklammerten ihre Hüfte, damit niemand sie auseinanderbrachte.

Die harschen Worte von der Straße mischten sich mit dem allgemeinen Schluchzen im Haus. Wieder hämmerte es gegen die Tür.

»Im Namen des Königs, Tür auf!«

Nur der kleine Muqla wahrte eine sonderbare Ruhe, seine blauen Augen waren die ganze Zeit über auf seinen Vater gerichtet. Die beiden Kleinen heulten los, und Rafaela konnte sich nicht mehr beherrschen, in die Umarmung mit ihren Kindern versunken, gab sie sich ungehemmt ihren Tränen hin.

»Wir müssen los.« Hernando räusperte sich, bevor er den Satz hervorbrachte. Er hielt Muqlas Blicken nicht mehr stand. Niemand hörte auf seine Worte. »Los!«

Er versuchte, die beiden Älteren von ihrer Mutter zu trennen, was ihm erst gelang, als auch Rafaela ihn dabei unterstützte. Hernando schulterte die kleine Truhe und ein großes Bündel, Amin und Laila nahmen den Rest an sich.

Die enge Gasse vor der Tür bot ein trostloses Bild: Die Milizen, die man unter dem Befehl der jeweiligen Jurados für jeden Pfarrbezirk in Córdoba aufgestellt hatte, gingen auf ihrer Suche nach den registrierten Morisken von Haus zu Haus. Hinter Don Gil Ulloa und den Soldaten, die Hernando vor seinem Haus mit hämischer Miene erwarteten, drängten sich zahllose Morisken mit ihrem Gepäck. Alle warteten darauf, dass Hernando sich mit seinen älteren Kindern einreihte, ehe es weiter zum nächsten Haus ging.

»Hernando Ruiz, Neuchrist aus Juviles, und seine Kinder Juan und Rosa, jeweils älter als sechs Jahre.«

Ein Schreiber begleitete Gil und seine Soldaten mit einem Verzeichnis in der Hand und überprüfte die Namen. Neben ihm stand der Pfarrer von Santa María.

Hernando nickte und passte auf, dass seine Kinder nicht wieder zu ihrer Mutter zurückstürzten, die in der Haustür stehen geblieben war. Amin und Laila blickten unentwegt zu der Menge der Vertriebenen, die schweigend, niedergeschlagen und besiegt hinter den Soldaten stand.

»Los, geht zu den anderen!«, befahl ihnen Gil.

Hernando stand in der Tür, drehte sich ein letztes Mal zu Rafaela um und lächelte sie an. Es war alles gesagt. Er umarmte seine drei Kinder, die er zurücklassen musste, und überhäufte sie zum Abschied mit Küssen.

»Los!«, herrschte ihn der Jurado an.

Hernandos Herz raste, und er biss sich mit geröteten Augen auf die Unterlippe. Für den Abschied von seiner Familie fehlten ihm die Worte. Er wollte gerade dem Jurado gehorchen, da stürmte Rafaela zu ihm, umschlang seinen Hals und küsste ihn ein letztes Mal. Die Truhe und das Bündel fielen auf die Straße, als er ihre Umarmung erwiderte. Der leidenschaftliche Abschiedskuss brachte ihren Bruder Gil innerlich zum Rasen. Die Soldaten in seiner Begleitung beobachteten die Szene und schüttelten abschätzig den Kopf: Die Schwester eines Jurados, eine Altchristin, tauschte mit einem Mauren gierige Küsse. Und noch dazu in aller Öffentlichkeit!

Don Gil Ulloa näherte sich dem Ehepaar und versuchte, die beiden mit Gewalt auseinanderzubringen – erfolglos. Sogleich kamen ihm mehrere Soldaten zu Hilfe. Sie stießen die Kolben ihrer Arkebusen in Hernandos Rücken. Als er sich daraufhin umdrehen wollte, prügelten sie mit aller Wucht auf ihn ein. Rafaela stürzte zu Boden und stöhnte, Amin wollte seinem Vater helfen und trat einen der Soldaten.

Den letzten Fausthieb versetzte Don Gil Ulloa seinem verhassten Schwager persönlich. Seine Männer hielten Hernando dafür fest und stellten ihn vor den Jurado, der Moriske blutete bereits aus der Nase, sein Sohn an der Lippe.

»Verdammter Maurenhund!«, murmelte Don Gil, nachdem er ihm mit aller Kraft ins Gesicht geschlagen hatte.

Rafaela stand wieder aufrecht und wollte ihren Mann beschützen, doch Don Gil verpasste seiner Schwester einen harten Faustschlag, und sie stolperte zur Seite.

»Im Namen des Königs, beschlagnahmt dieses Haus!«, befahl daraufhin der Schreiber.

Hernando war überrascht und wollte protestieren, doch die Soldaten prügelten sofort wieder auf ihn ein und schleiften ihn schließlich zu den wartenden Morisken, die die heftige Auseinandersetzung beobachtet hatten. Amin und Laila schubsten sie hinter ihrem blutenden Vater her. Don Gil gab den Befehl zum Aufbruch, und die Morisken setzten sich in Bewegung. Hernando und seine Kinder griffen nach der Truhe und den Bündeln, während die Kolonne, von den Soldaten eskortiert, an ihrem Haus vorbeimarschierte.

»O Gott! Nein!«, schrie Rafaela, als ihr Mann an ihr vorbeiging. »Hernando, ich liebe dich!«

Noch bevor er ihr antworten konnte, wurde Hernando von der drängenden Masse seiner Glaubensbrüder weitergestoßen. Er versuchte noch, sich umzudrehen, da bogen sie bereits in die nächste Gasse ein. Der verzweifelte Vater mit seinen beiden Kindern wurde von der Menschenmenge einfach mitgerissen.

Am Ende dieses eisigen Februarmorgens wurden die etwa zehntausend Morisken aus Córdoba außerhalb der Stadt auf dem Campo de la Verdad versammelt, auf der anderen Seite der römischen Brücke. Die Milizen patrouillierten um sie herum und überwachten sie. Auch Miguel befand sich dort, mit seinem Maultier und den Pferden, die heillos überladen waren. Er wollte überprüfen, ob sich die Morisken, die ihn vor dem allgemeinen Aufbruch angeheuert hatten, an die Absprachen hielten. Später würde er allein mit den Tieren und dem Geld für die Beförderung wieder von Sevilla zurückkehren.

»Warum nicht?« Fatima sprach die Frage laut aus, schließlich war sie allein im Saal. »Warum eigentlich nicht?«

Ein wohliges Gefühl durchströmte sie bei dem Gedanken. Ephraim, der Überbringer der neuesten Nachrichten aus Córdoba, hatte den Palast längst wieder verlassen. Sobald die ersten vertriebenen Morisken aus Valencia in den Barbareskenstaaten gelandet waren und Fatima somit wusste, was Ibn Hamid bevorstand, hatte sie Ephraim zu sich einbestellt. Der jüdische Kaufmann hatte sofort seine Beziehungen spielen lassen, für die Religion und Herkunft weniger wichtig waren als eine gute Bezahlung, und ihr die gewünschten Neuigkeiten überbracht: Auch der Erlass über die Vertreibung aus Andalusien sei in Kraft, folglich werde auch Hernando bald aus Spanien ausgewiesen werden, und er sei wahrscheinlich schon längst auf dem Weg nach Sevilla. Und er könne nichts dagegen unternehmen. Der Jude hatte auch erfahren, dass Hernando Ruiz sich bei den Obrigkeiten von Córdoba und offenbar auch in Granada, wo sein Gesuch auf Anerkennung als Hidalgo beim Obergericht anhängig war, viele Feinde gemacht hatte. Und die christliche Gattin werde mit den Kindern, die noch nicht sechs Jahre alt waren, in Spanien bleiben müssen.

Sobald Ephraim gegangen war, kam Fatima eine Idee. Sie ließ den Blick durch den prunkvollen Saal schweifen. Die Holzmöbel mit Intarsienarbeiten, die kleinen und großen Kissen aus kostbaren Stoffen, die Säulen, die Teppiche auf dem Marmorfußboden, die Lampen – all das barg auf einmal einen neuen Sinn, der sie zu einer Entscheidung verleitete. Denn schon seit geraumer Zeit hatte sie das Gefühl, in ihren großzügigen Gemächern zu ersticken. Abdul und Shamir hatten vor Kurzem versucht, ein spanisches Handelsschiff zu kapern, das aber nur als Köder gedient hatte, und sie waren von den restlichen, plötzlich auftauchenden Schiffen der Flotte eingekesselt und gefangen genommen worden. Wie hatten sie nur in so eine Falle tappen können? Vielleicht besaßen sie einfach zu viel Selbstvertrauen … Einige ihrer Männer, die entkommen konnten, überbrachten verwirrende und widersprüchliche Nachrichten: Die einen sagten, sie seien tot, die anderen, sie seien nur Gefangene, und einer behauptete sogar, sie hätten sich selbst ins Meer gestürzt. Dann kam jemand mit der Nachricht, sie seien zur Galeere verurteilt worden, aber auch das konnte niemand mit Gewissheit bestätigen. Fatima beweinte das Schicksal ihres Sohnes, auch wenn sie in ihrem tiefsten Inneren längst erkannt hatte, dass seit dem Zusammentreffen der Korsaren mit Ibn Hamid in Toga etwas in ihrer Beziehung zerbrochen war.

Shamirs Witwe hatte nicht lange gezögert und das ansehnliche Vermögen an sich gerissen, das ihr Ehemann hinterließ, und die Richter gaben ihr ohne zu zögern recht. Fatimas Beziehung zu Shamirs Familie beschränkte sich auf wenige Berührungspunkte. Für diese Leute war sie nur die Mutter des christlichen Stiefbruders, und Shamirs Schwiegereltern setzten ihr eine Frist, den Palast zu verlassen. Was sollte sie nun tun? Die Barmherzigkeit von Abduls Gattin oder einer ihrer Töchter in Anspruch nehmen?

Doch es gab noch eine andere Möglichkeit. Der Vorschlag kam von Ephraim, als er von ihrer neuen Situation erfahren hatte. Wenn er schwieg, würde Shamirs Familie niemals von den zahlreichen Investitionen erfahren, die die beiden Korsaren im gesamten Mittelmeerraum getätigt hatten. Fatima könnte sich mit diesem Geld ein neues Leben aufbauen, und Ephraim wollte die Führung und somit den Gewinn aus den Geschäften nicht verlieren, die Shamirs Familie in Zukunft bestimmt jemand anderem anvertrauen würde. Fatima konnte auf diese Weise eine reiche Frau bleiben. Allerdings nicht in Tetuan, denn hier würde sie niemals die Herkunft ihres Vermögens offenlegen können.

Fatima spazierte in dem Saal auf und ab. Ohne Abdul und Shamir war sie zwar allein auf sich gestellt, aber endlich auch frei! Nichts hielt sie mehr in Tetuan. Sie konnte die Stadt für immer verlassen. Zudem sollte nun Ibn Hamid aus Spanien ausgewiesen werden, und seine Gattin musste zurückbleiben. Wer, wenn nicht Gott, konnte ihr eine so eindeutige Botschaft schicken?

Sie ging in den Patio und betrachtete den Wasserspeier. All dies würde sie schon bald nicht mehr sehen müssen. Konstantinopel! Dort könnte sie leben. Ibn Hamid musste inzwischen über fünfzig Jahre alt sein. Wie er jetzt wohl aussah? Da war sie sich plötzlich sicher. Ja! Sie musste ihn wiedersehen! Das Schicksal, das bisher so hart zu ihnen gewesen war, schenkte ihr nun die Hoffnung auf ein Wiedersehen. Und die Frau, die gelitten und getötet, die geliebt und gehasst hatte, wollte sich diese Gelegenheit nicht entgehen lassen.

»Lasst Ephraim kommen!«, rief sie entschlossen zu ihren Sklaven.

Der Jude hatte gesagt, dass die Morisken von Sevilla aus deportiert werden würden. Sie musste unbedingt dort sein, bevor Hernando das Schiff bestieg, das ihn über die Meerenge bringen würde. Sie hatte von den abscheulichen Gräueltaten an Flüchtlingen aus dem Königreich Valencia gehört. Auch Tetuan hieß die Vertriebenen, die es bis in die Korsarenstadt geschafft hatten, wahrlich nicht willkommen. Fatima brauchte aber ein Schiff, mit dem sie anschließend gleich nach Konstantinopel weiterreisen konnten. Und sie benötigte Geleitbriefe, mit denen sie sich in der spanischen Stadt frei bewegen und nach ihm suchen konnte. Aber zuvor musste sie noch ihre Geschäfte regeln und sich verschiedene Gefälligkeiten erkaufen. Ephraim würde sich darum kümmern. Wie immer. Er erreichte stets, was sie wollte… um jeden Preis.

Bis Don Gil Ulloa mit den neuen Anordnungen zurückkehrte, durften sie in dem Haus bleiben. Rafaela saß abwesend in ihrem Zimmer, während ein Notar und ein Büttel eine vollständige Liste über die Gegenstände des Hauses und ihren persönlichen Besitz erstellten.

»Aber der Erlass…«, stammelte Rafaela, als sie sah, wie der Notar sogar in der Truhe wühlte, in der sie ihre Kleidung aufbewahrte, »der Erlass besagt, dass nur die Liegenschaften der Krone zufallen. Alles andere gehört mir.«

»Laut Erlass«, wies der Mann sie schroff zurecht, während der Büttel mit lüsternem Blick einen weißen Spitzenunterrock gegen das Licht hielt, »dürfen die Morisken ihr Hab und Gut mitnehmen. Wenn dein Mann das nicht getan hat, dann…«

»Aber die Kleider gehören mir«, protestierte sie.

»Ich gehe davon aus, dass du diese Ehe ohne Mitgift eingegangen bist, oder?«, hielt ihr der Notar entgegen. Unbeirrt listete er den Unterrock in seinen Akten auf. »Du hast also keinen eigenen Besitz«, stellte er trocken fest. »Der Rat oder ein Richter werden über die Eigentümerschaft entscheiden.«

»Aber sie gehören mir«, versicherte Rafaela mit dünner Stimme.

In dem Moment nahm der Büttel ein zartes, ärmelloses Mieder in die Hand und hielt es in Rafaelas Richtung, als versuchte er sich vorzustellen, wie ihre Brüste darin aussehen mochten.

Die so gedemütigte Frau rannte aus dem Schlafgemach. Das Gelächter des Büttels verfolgte sie bis in den Patio, wo die Kinder warteten.

Wie kann unser Herrgott das nur zulassen? Rafaela lag in dieser Nacht mit den drei Kindern dicht gedrängt im Bett und starrte an die Decke. Keines der Kinder hatte in seinem eigenen Bett schlafen wollen, und auch Rafaela wollte nicht allein sein. Stundenlang streichelte sie ihnen die Rücken und strich über ihre Köpfe. Am Nachmittag hatte sie einen Soldaten, der sich mit dem Büttel im Haus besprach, sagen hören, dass die Kolonne der Ausgewiesenen bereits nach Sevilla aufgebrochen sei. Die Bewohner von Córdoba hatten sie mit wüsten Beschimpfungen und spöttischen Rufen verabschiedet. Sie stellte sich Hernando mit Amin und Laila in der Menge vor. Vielleicht durften ihre Kinder unterwegs hin und wieder bei Miguel auf dem Maultier sitzen. Die Pferde hatten sie an andere Morisken vermietet. Was sollte nur aus Hernando und den Kindern werden? Auf ihren Lippen spürte sie noch den letzten leidenschaftlichen Kuss. Wo war die Barmherzigkeit, von der die Priester und die frommen Christen immer sprachen? Wo waren die Gnade und das Mitleid, die sie die ganze Zeit predigten?

Die kleine Salma zuckte im Schlaf und drohte immer wieder aus dem Bett zu fallen. So gut es ging, richtete Rafaela sich auf und zog ihre jüngste Tochter zu sich.

Welche Zukunft stand diesem Kind bevor? Das Klosterleben, dem sie selbst entgangen war? Der Dienst bei einer reichen Familie? Das Hurenhaus? Und Muqla und Musa? Ihr fiel wieder der lüsterne Blick des Büttels ein. Sie musste darauf gefasst sein, dass die Leute sie schlecht behandeln würden. Sie war nur die Gattin eines Morisken, der sie verlassen hatte. Und ihre Kinder hatten einen Ketzer zum Vater. Ganz Córdoba wusste Bescheid!

Wovon sollten sie leben? Auf Unterstützung durch ihre Geschwister durfte sie nicht hoffen. Konnte sie mit der Hilfe von anderen Christen rechnen?

Sie schluchzte und nahm ihre Kleinen in den Arm. Muqla öffnete schläfrig die blauen Augen.

»Junge, schlaf weiter«, flüsterte sie und wiegte ihn sanft. Bald atmete der Junge wieder regelmäßig, und Rafaela wollte wie sonst auch Trost im Glauben finden, aber die gewohnten Bittgebete gingen ihr nicht über die Lippen. Betet zur Jungfrau! Ihr fiel Hernandos Auftrag wieder ein. Hernando glaubte an Maria. Sie hatte gehört, wie er den Kindern von der Heiligen Jungfrau erzählte und begeistert berichtete, dass Maria das Bindeglied zwischen den beiden bis aufs Blut verfeindeten Religionen war. Der Glaube an ihre Unbefleckte Empfängnis verband Christen und Muslime seit Jahrhunderten miteinander.

»Maria«, wisperte Rafaela in die Nacht.

Während sie das Bittgebet zur Heiligen Jungfrau flüsterte, wies ihr Herz ihr plötzlich den Weg und führte sie zu einer unumstößlichen Entscheidung. Zum ersten Mal seit Wochen konnte sie wieder lächeln, und endlich gaben ihre schweren Augenlider dem drängenden Schlafbedürfnis nach.

Gleich am nächsten Tag verließ Rafaela in der Morgendämmerung mit Salma auf dem Arm das Haus und ging mit Musa und Muqla zwischen den noch müden Feldarbeitern über die römische Brücke. Ihr einziges Gepäck waren ein Korb mit Essen und der Beutel mit dem Geld, das Miguel ihr übergeben hatte, nachdem der gierige Notar gegangen war.

»Mutter, wohin gehen wir?«, wollte Muqla nach einiger Zeit wissen.

»Wir suchen deinen Vater«, antwortete sie gefasst – den Blick auf die gewaltige Strecke gerichtet, die sich vor ihnen auftat.

Rafaela wusste, dass sie mit der Hilfe der Heiligen Jungfrau ihre Familie wieder zusammenbringen konnte, so wie Hernando durch sie die beiden Religionen zusammenführen wollte.

El Arenal in Sevilla war ein riesiges Gelände, das sich zwischen dem Guadalquivir und der mächtigen Stadtmauer bis hin zum Torre del Oro – dem »Goldturm« – erstreckte. Hier war alles angesiedelt, was für das Funktionieren dieses bedeutenden Flusshafens notwendig war. Sevilla war der wichtigste Umschlagplatz für die Flotten aus Amerika, die die Schätze der Eroberer herbeischafften. Seeleute, Kalfaterer, Schiffszimmerer, Stauer, Soldaten … Hunderte Menschen waren hier im Hafen für gewöhnlich mit dem Warenverkehr oder mit der Reparatur und Wartung der Schiffe beschäftigt. Doch im Februar 1610 wurde El Arenal zu einem streng bewachten Gefängnis für Tausende Moriskenfamilien, die mit Sack und Pack auf ihre Deportation in die Barbareskenstaaten warteten. Inmitten der aneinandergedrängten, gedemütigten Menschen streiften Büttel und Soldaten umher. Sie suchten nach Gold und Geldstücken, filzten Männer und Frauen, Alte und Kranke und sogar die Kinder. Anders als die Morisken aus Valencia mussten die Andalusier ihre Schiffspassagen selbst bezahlen, und die Reeder nutzten ihre Notlage aus, indem sie das Doppelte des üblichen Preises verlangten.

Zwischen den zahlreichen, in einigem Abstand vom Ufer vor Anker liegenden Schiffen befand sich auch eine große katalanische Karavelle. Auf ihr stand Fatima an der Reling und beobachtete das Treiben an Land. Wie sollte sie Hernando zwischen all diesen Flüchtlingen nur ausfindig machen? Seit den frühen Morgenstunden beförderten Barkassen ununterbrochen Vertriebene, Waren und Gepäck vom Flussufer zu den Schiffen, die sich auf die Überfahrt zu den Barbareskenstaaten vorbereiteten. Fatima blickte in die verzerrten Gesichter der Morisken auf den Schiffen. Verzweifelte Frauen, denen man die Kinder weggenommen hatte, gebrochene Männer, die nicht nur ihre letzten Hoffnungen aufgeben mussten, sondern auch ihre Häuser und Familien, altersschwache oder kranke Menschen, die von den Barkassen auf die Schiffe gehievt werden mussten. Andere wirkten zu Fatimas Überraschung geradezu glücklich, beinahe so, als hätten sie soeben ihre Freiheit errungen. Doch ihren Ehemann konnte sie auf keinem der Boote entdecken. Während der Überfahrt von Tetuan hatte sich Fatima den verrücktesten Träumen hingegeben. Sie hatte sich ausgemalt, wie Ibn Hamid auf sie zueilte und sie in seine Arme schloss, wie er ihr versicherte, sie niemals vergessen zu haben, und ihr ewige Liebe schwor. Dann holte sie sich selbst immer wieder in die Wirklichkeit zurück. Es war dreißig Jahre her, seit sie … Sie war keine junge Frau mehr, auch wenn sie nach wie vor schön war. Aber hatte sie kein Anrecht auf Glück?

»Sag dem Kapitän, dass mich eine Barkasse ans Ufer bringen soll«, wies Fatima einen der drei Nubier an, die sie dank Ephraims Vermittlung begleiteten. »Sofort!«, schrie sie den Sklaven an, als er zögerte. »Ihr begleitet mich. Nein«, verbesserte sie sich, als sie bedachte, dass drei riesige Schwarze zu viel Aufmerksamkeit erregen könnten, »sag dem Kapitän, dass er vier bewaffnete Seeleute für meine Begleitung abstellen soll.«

Sie musste unbedingt an Land gehen und dort nach Hernando suchen. Sie führte ausreichend Geleitbriefe und Genehmigungen mit sich. Ephraim hatte gute Arbeit geleistet, wie immer. Doch für alle Fälle … Sie tastete nach dem Beutel voller Goldmünzen, den sie unter ihren Kleidern verbarg. Notfalls konnte sie die christlichen Soldaten bestechen, die das Gelände bewachten.

Kurz darauf stieg sie in die Barkasse und kam neben einer Dienerin und den vier katalanischen Seeleuten auf einer Bank zu sitzen.

An Land bahnten ihr die Männer den Weg durch die Menschenmasse, und so durchstreifte Fatima das gesamte Gelände von El Arenal. Dabei erwiderte sie ungerührt die Blicke der Schaulustigen. Wie mochte ihr Ehemann inzwischen wohl aussehen?

Rafaela ließ sich erschöpft auf einen Baumstumpf am Wegesrand sinken und setzte Salma und Musa ab, die die letzte Strecke nur noch geweint hatten, obwohl sie von ihr getragen wurden. Nur der fünfjährige Muqla war schweigend neben seiner Mutter hergegangen, als verstünde er die Bedeutung ihres Marsches.

Seit mehreren Tagen liefen sie nun schon der Kolonne der vertriebenen Morisken aus Córdoba hinterher, die ihnen zwar nur eine halbe Tagesreise voraus war, die sie aber dennoch nicht einholen konnten. Rafaela war am Ende ihrer Kräfte. Ihre Beine und Arme schmerzten, ihre Füße waren wund gelaufen, und im Rücken spürte sie einen stechenden Schmerz. Und die Kleinen hörten einfach nicht auf zu jammern!

So verbrachte sie eine geraume Weile in der beruhigenden Stille der brachliegenden Felder und blickte zum Horizont, dorthin, wo in weiter Ferne Sevilla liegen musste.

»Los, Mutter, lass uns weitergehen«, drängte Muqla schließlich.

Sie schüttelte den Kopf. Das war das Ende!

»Bitte, geh weiter«, forderte der Junge sie auf und zog an ihrem Arm.

Sie machte einen Versuch, doch sobald sie sich erhob, sackte sie in sich zusammen. Sie musste sich wieder setzen.

»Lass uns nur noch ein bisschen rasten«, versuchte sie Muqla zu besänftigen. »Wir gehen gleich weiter.«

Da wurde Rafaela das außergewöhnliche Aussehen ihres Sohnes zum ersten Mal bewusst: Seine hellen blauen Augen sahen sie erwartungsvoll an. Sein Blick war vollkommen klar. Alles Übrige – seine Haare, seine Kleider, seine zerschlissenen Schuhe – vermittelte eher den zerlumpten Eindruck jener Kinder, die in den Straßen von Córdoba bettelten. Aber diese strahlenden Augen … Sollte Hernando recht behalten, der so große Hoffnung in dieses Kind setzte?

»Wir haben schon zu oft gerastet«, beschwerte sich Muqla.

»Ich weiß.« Rafaela breitete die Arme aus. »Ich weiß, mein Herz«, schluchzte sie ihm ins Ohr, als sie ihn umarmte.

Was sollte nur aus ihnen werden?

Plötzlich hörte sie aus einiger Entfernung Lärm. Bald darauf konnten sie die ersten Menschen und Pferde erkennen, die offenbar ebenfalls in ihre Richtung liefen. Es wurden immer mehr. Das waren die Morisken aus Castro del Río, Villafranca, Cañete und all den anderen Orten, die sich ebenfalls im Hafen von Sevilla einfinden mussten. Rafaela trocknete ihre Tränen und vergaß ihre Schmerzen. Sie stand auf, verbarg sich mit ihren Kindern etwas abseits vom Weg, und als die Kolonne schließlich an ihnen vorüberzog und sie keinen Wachsoldaten darunter entdeckte, packte sie die Kleinen und mischte sich einfach unter die Leute. Einige der Flüchtlinge sahen sie verwundert an, sagten aber weiter nichts. Alle waren unterwegs in die Verbannung, auf eine

Familie mehr oder weniger kam es nicht an. Rafaela zückte ihren Geldbeutel und entlohnte einen der Maultiertreiber großzügig, damit sie Salma und Musa zwischen das Gepäck setzen durfte, das eines der Tiere schleppte. Nun konnten sie Sevilla doch noch rechtzeitig erreichen. Allein diese Hoffnung verlieh ihr neue Kräfte. Muqla ging beglückt neben ihr weiter, und sie hielten einander an den Händen.

Bei dem ekelhaften Gestank der Menschen, die hier unter widrigsten Umständen zusammengepfercht waren, verschlug es Fatima den Atem. Dazu kamen die lauten Rufe, der Rauch der Lagerfeuer und der Kochstellen, das Waten im Schlamm, die Kinder, die überall herumsprangen, die Stöße, die sie trotz ihrer Beschützer abbekam, das ewige Hin und Her, das sie immer wieder an Stellen führte, die sie bereits überprüft hatten: So würde sie nie ans Ziel kommen.

Sie fragte einige Soldaten nach Hernando, doch diese glotzten sie bloß an, als wäre sie verrückt, und prusteten los.

»Diese Ketzer sind doch alle gleich! Die haben keine Namen!«, schimpfte ein Soldat.

An der Stadtmauer entdeckte Fatima eine Steinbank und ließ sich erschöpft darauf nieder.

»Ihr macht euch jetzt auf die Suche nach meinem Mann«, befahl sie dreien der Seeleute in ihrer Begleitung. »Er heißt Hernando Ruiz, und er stammt aus Juviles, einem Dorf in den Alpujarras. Er ist mit den Leuten aus Córdoba gekommen. Er hat blaue Augen«, wunderschöne blaue Augen, dachte sie, »und er hat einen Jungen und ein Mädchen bei sich. Ich warte hier auf euch. Wenn ihr ihn findet, werde ich euch großzügig belohnen, euch alle«, sagte sie noch, um den Seemann zu beruhigen, der bei ihr bleiben musste.

Die drei Männer machten sich eilig davon.

Einige Zeit später kam einer der Männer aufgeregt angelaufen.

»Der Mann, den Ihr sucht, Herrin«, keuchte er, »ist dort, bei den Pferden.«

Fatima erhob sich von der Bank.

»Bist du ganz sicher?«

»Ja, ich habe mit ihm gesprochen. Er hat mir bestätigt, dass er Hernando Ruiz aus Juviles ist.«

Fatima erschauerte.

»Hast du ihm gesagt …?« Ihre Stimme bebte. »Hast du ihm gesagt, dass man ihn sucht?«

Der Katalane zögerte.

»Nein«, antwortete er unsicher.

»Bring mich zu ihm!«

Der Seemann führte sie zu einem Mann, der ihnen den Rücken zuwandte und sich mit einem Krüppel unterhielt, der auf Krücken gestützt dastand. Fatimas Hände fingen an zu zittern. Sie blieb stehen und wartete ab, ob er sie bemerken würde: Sie wagte sich keinen weiteren Schritt vor. Der Katalane blieb bei ihr. Was hatte die Frau bloß? Der Seemann deutete in Richtung des Morisken. Miguel, der mit dem Gesicht zu ihnen stand, erkannte schließlich den Mann wieder, der soeben noch mit Hernando gesprochen hatte, und machte seinen Herrn mit einer Kopfbewegung auf ihn aufmerksam.

»Ich glaube, jemand will etwas von dir, Señor.«

Hernando drehte sich um. Sehr langsam, als ahnte er, dass gleich etwas Außergewöhnliches geschehen werde. Zunächst sah er den Seemann, einige Schritte von ihnen entfernt. Aber neben ihm stand eine Frau … Genau in dem Moment lief jemand mit einem großen Bündel auf dem Rücken vorüber und verdeckte die Sicht auf … Dann waren da plötzlich nur mehr diese tiefschwarzen Mandelaugen, deren Blick ihn durchbohrte. Ihm stockte der Atem. Fatima! Er war wie gelähmt. Fatima!

Der kleine Muqla musste seine Mutter zurückhalten. Er zerrte an ihrer Hand, als sie angesichts der Stadtmauer von Sevilla die Schritte beschleunigen wollte. Die Morisken in der Kolonne dagegen hatten ihren ohnehin schleppenden Gang noch weiter verlangsamt. Überall waren tiefe Seufzer und jämmerliche Klagen zu hören. Ein alter Mann, der neben ihnen ging, schüttelte den Kopf und stöhnte leise auf, nur einmal, doch es war, als enthielte dieser Laut all seinen Schmerz.

»Nicht stehen bleiben! Ihr Mistkerle!«, rief ein Soldat den Morisken zu.

»Na los, geht weiter!«, hörte man einen anderen.

Rafaela ließ Muqlas Hand los und strich Musa zärtlich über die Wange.

»Na, mein Kleiner, aufwachen!«, sagte sie sanft.

Der Maultiertreiber sah sie erstaunt an. Dann weckte sie auch Salma.

»Wir sind da«, flüsterte sie dem Mädchen ins Ohr und ließ sich vor dem Mann ihre Freude nicht anmerken.

Die Kleine murmelte ein paar unzusammenhängende Worte und öffnete schlaftrunken die Augen, um sie dann gleich wieder zu schließen. Rafaela hob sie vom Maultier und drückte sie fest an sich.

»Euer Vater wartet auf uns!«, flüsterte sie ihr ins Ohr und versank mit den Lippen im zerzausten Haar des Mädchens.

Fatima schloss für einen Moment die Augen und presste die Lippen zusammen. Dann atmete sie tief durch und ging auf ihn zu, langsam, mit Tränen in den Augen.

Hernando konnte den Blick nicht von Fatima abwenden. Die vergangenen dreißig Jahre hatten ihrer Schönheit nichts anhaben können. Längst verdrängte Erinnerungen stiegen in ihm auf und ließen ihn erschaudern wie einen kleinen Jungen, als sie schließlich vor ihm stand.

Endlich.

Sie sah ihn an, liebkoste mit dem Blick dieses Gesicht, das so anders war als das in ihrer Erinnerung. Die Jahre waren nicht spurlos an ihm vorübergegangen, aber das Blau seiner Augen war noch immer so strahlend wie damals, als sie sich in den Alpujarras in ihn verliebte.

Sie wagte nicht, ihn zu berühren, und kämpfte mit aller Macht gegen den Drang an, ihn zu umarmen und sein Gesicht mit Küssen zu bedecken. Ein Passant stieß sie im Vorübergehen aus Versehen an, und Hernando fing sie auf. Sie spürte seine Hand auf ihrer Haut und atmete tief durch.

Da verschmolzen sie in einer innigen Umarmung. Sie vergaßen alles um sich herum und gaben sich ihren Gefühlen hin. Hernando atmete den Duft von Fatimas Haaren ein und zog sie an sich heran, als wollte er sie nie mehr loslassen.

»Ich habe so lange davon geträumt, dass … «, flüsterte er ihr ins Ohr, doch Fatima ließ ihn nicht weiterreden. Sie blickte zu ihm auf und küsste ihn. Es war ein leidenschaftlicher, sehnsüchtiger Kuss, den er erwiderte, wobei er seine Hände in ihren Nacken schob.

Miguel und die beiden Kinder, die zwischen den Beinen der Pferde hervorgekommen waren, starrten die beiden sprachlos an.

Die Kolonne der Morisken lief an der Stadtmauer entlang und passierte schließlich die Wachlokale, die man an den Zugängen zu El Arenal errichtet hatte. Die Neuankömmlinge verloren sich in der Menge der bereits Wartenden, doch Rafaela blieb stehen, um sich einen Überblick über das Gelände zu verschaffen. Sie wusste, wonach sie Ausschau halten musste. Eine Pferdeherde mit sechzehn Tieren müsste selbst in diesem Durcheinander auszumachen sein. Und Hernando hielt sich mit den Kindern gewiss bei den Pferden auf.

»Bleibt alle dicht bei mir. Lauft nicht davon«, sagte sie zu ihren Kindern und ging schnurstracks auf ein Fuhrwerk zu, das sie in der Nähe entdeckt hatte. Ohne um Erlaubnis zu bitten, stieg sie einfach auf den Kutschbock.

»He! Was machst du da?«, fragte der Kutscher und zog an ihrem Rock.

Doch Rafaela hielt dem Zerren stand, stellte sich auf die Zehenspitzen und spähte über das weitläufige Gelände. Wo waren die sechzehn Pferde?

»Das kann doch nicht so schwer sein«, murmelte Rafaela.

Der Mann wollte nun seinerseits hinaufsteigen, doch Muqla stürzte sich auf ihn und umklammerte sein Bein. Sofort waren sie von Schaulustigen umringt, und der Kutscher versuchte, den Jungen unsanft abzuschütteln.

»Sechzehn Pferde!«, sprach sich Rafaela Mut zu.

Das laute Schimpfen des Mannes, den Muqla mit aller Kraft zurückzuhalten versuchte, war nicht zu überhören.

»Dort!«, rief sie plötzlich freudig.

Die Pferde waren unterhalb des glänzenden Turmes, der sich am anderen Ende des Geländes erhob, deutlich zu erkennen.

Wie ein junges Mädchen hüpfte Rafaela vom Fuhrwerk. Den heftigen Schmerz in ihren Füßen, als sie am Boden aufkam, nahm sie gar nicht mehr wahr.

»Habt tausend Dank, guter Mann«, sagte sie zu dem verdutzten Kutscher. »Muqla, komm, lass den Herrn in Frieden.« Der Junge ließ von seinem Opfer ab und brachte sich vor dessen Fußtritten in Sicherheit. »Los, Kinder, es geht weiter!«

Rafaela bahnte sich ihren Weg durch die Menge der wartenden Morisken. Ein Lächeln umspielte ihre Lippen, während sie Männern und Frauen auswich.

»Kinder, wir haben es gleich geschafft«, sagte sie immer wieder.

Die beiden Kleinen trug sie auf den Armen. Muqla konnte nur mit Mühe Schritt halten.

»Ich will nie wieder ohne dich sein!«, hatte Fatima nach ihrem langen Kuss gerufen. Jetzt schmiegten sie sich aneinander, und für einige Augenblicke waren sie wieder der junge Maultiertreiber und das Mädchen aus den Alpujarras.

»Komm mit mir nach Konstantinopel«, sagte Fatima. »Nimm deine

Kinder mit. Es wird uns an nichts fehlen. Ich habe Geld, Ibn Hamid, viel Geld. Nichts und niemand kann uns aufhalten.«

Hernando hörte, was sie sagte, und sah sie dabei unschlüssig an.

»Deiner anderen Familie lassen wir Geld zukommen«, setzte Fatima hastig hinzu. »Ephraim wird sich darum kümmern. Auch ihnen wird es an nichts fehlen, das schwöre ich dir.« Fatima sprach, ohne nachzudenken, die Worte sprudelten nur so aus ihr heraus.

Amin und Laila sahen sich staunend an. Unwillkürlich suchten sie Miguels Nähe, während sie sprachlos den Worten dieser Fremden lauschten, die soeben ihren Vater geküsst hatte.

»Ich habe ein Schiff. Ich habe die notwendigen Genehmigungen für die Beförderung unserer Glaubensbrüder in die Barbareskenstaaten. Danach fahren wir weiter gen Osten. Und dort ziehen wir in ein großes Haus … Ach was! In einen Palast! Wir werden alles haben, was wir brauchen. Wir können wieder so glücklich sein wie früher, als wäre nichts geschehen, jeden Tag werden wir uns wiederfinden …«

Hernando war überwältigt von seinen Gefühlen, außerstande, auch nur ein Wort hervorzubringen.

»Niemand wird uns je wieder trennen können, niemals«, sagte Fatima immer wieder, als Hernando schließlich zu seinen Kindern blickte.

Was sollte aus ihnen werden? Und Rafaela? Und den Kleinen, die in Córdoba zurückgeblieben waren? Amin und Laila durchbohrten ihn mit ihren Blicken, unzählige Fragen und Anschuldigungen standen ihnen ins Gesicht geschrieben. Wer war diese Frau? Was für ein Leben sollte das sein, so weit weg von ihrer Mutter? Hernando spürte ihre Ablehnung wie tausend feine Nadeln, die sich in sein Fleisch bohrten. Miguel … Miguel sah zu Boden, und seine Beine wirkten noch krummer als sonst. Fatima verstummte und machte einen Schritt zurück. Statt ihrer Freudenrufe waren auf einmal wieder der Lärm und die Klagen der Morisken zu hören, die in El Arenal eingepfercht waren. Die Wirklichkeit kehrte in ihr Bewusstsein zurück. Hernando überlegte. Nur der Allmächtige konnte seine erste Frau hierhergeleitet haben!

Er wollte gerade antworten, da hörte er auf einmal Lailas Stimme.

»Mutter!«, rief seine Tochter und rannte los.

»Lai…!«, begann Hernando. Mutter? Da sah er Amin hinter seiner Schwester herrennen. Er erstarrte: Nur wenige Schritte vor ihm stand Rafaela, umarmte Amin und Laila und überhäufte sie mit Küssen. Die drei jüngeren Geschwister umringten sie. Sie sagten kein Wort, sie blickten nur erwartungsvoll zu ihm.

Rafaela löste sich sanft aus der Umarmung der Kinder und ging auf ihren Mann zu. Sie lächelte. Hernando war zu keiner Reaktion fähig. Seine Frau wunderte sich und überprüfte hastig ihre Kleider. War etwas mit ihrem Aussehen? Ja, sie war schmutzig und ging in Lumpen. Beschämt versuchte sie, zumindest ihren Rock glatt zu streichen.

»Ist das deine christliche Frau?« Hernando hörte aus Fatimas geflüsterten Worten zugleich eine Frage und einen Vorwurf heraus, eine Klage.

Er nickte.

Da erst bemerkte Rafaela die schöne, prächtig gekleidete Frau neben Hernando. Sie ging auf ihren Mann zu, den Blick immer auf die Fremde gerichtet.

»Wer ist diese Frau?«, fragte Rafaela und näherte sich Fatima.

»Hast du ihr etwa nicht von mir erzählt, Hamid ibn Hamid?«, fragte Fatima, die ihrerseits die zerlumpte Gestalt vor ihnen nicht aus den Augen ließ.

Hernando wollte antworten, doch Rafaela kam ihm zuvor. Dabei legte sie die gleiche Kraft an den Tag wie damals, als sie während der Pest ihre Mutter nicht in ihr Haus in Córdoba einließ.

»Ich bin seine Gattin. Und wie kommst du dazu, uns so zu befragen?«

»Weil ich seine erste und einzige Ehefrau bin«, stellte Fatima fest.

Rafaela war verwirrt. Hernandos erste Frau war doch tot. Sie konnte sich noch genau an Miguels herzzerreißende Geschichte erinnern. Sie schloss die Augen und schüttelte den Kopf, als wollte sie diese Behauptung zurückweisen.

»Hernando, sag, dass das nicht wahr ist«, brachte sie dann mit dünner Stimme heraus.

»Es ist wahr. Sag es ihr, Ibn Hamid.« Fatimas Stimme klang herausfordernd.

»Als ich dich geheiratet habe, dachte ich, sie sei tot«, sagte Hernando leise.

Rafaela schüttelte immer noch fassungslos den Kopf.

»Als du mich geheiratet hast!«, schrie sie. »Und danach? Hast du danach von ihr gewusst? Heilige Jungfrau!«, flehte sie.

Sie hatte für Hernando alles riskiert. Sie hatte die lange Strecke zurückgelegt, um ihn zu finden. Ihre Kleider waren nur mehr Fetzen, der Staub der Wege hatte sich überall festgesetzt, ihre Schuhe fielen auseinander, ihre Füße bluteten! Wo kam diese andere Frau auf einmal her? Was wollte sie von Hernando? Um sie herum gab es scharenweise erniedrigte Morisken, die alle einem elenden Schicksal ausgeliefert waren. Was hatte diese Frau inmitten dieser Menschen hier verloren? Rafaela spürte, dass ihre Kräfte schwanden und damit auch die Entschlusskraft, mit der sie sich auf den Weg gemacht hatte, und ihre Unsicherheit wurde eins mit dem Jammern und Klagen um sie herum.

»Es war so anstrengend«, schluchzte sie. »Die Kinder … sie haben die ganze Zeit geweint. Nur Muqla war tapfer. Ich hatte solche Angst, dass wir nicht rechtzeitig ankommen könnten. Und jetzt?«

In dem Moment hob sie einen Arm, und als wäre dies ein Zeichen, suchte Laila ihre körperliche Nähe. »Sie haben uns alles genommen: das Haus, die Möbel, selbst meine Kleider.«

Hernando ging zu Rafaela. Was sollte er ihr sagen? Was sollte er tun?

»Rafaela, ich …«, begann er schließlich.

»Sie kann auch mitkommen«, unterbrach ihn Fatima mit kräftiger Stimme. Was hatte diese Christin hier zu suchen? Fatima war keineswegs bereit, ihre Hoffnungen aufzugeben, selbst wenn das mit sich brachte, dass …

Hernando drehte sich zu Fatima um. Warum zögerte er? Wovon redete diese Frau überhaupt? Wohin sollten sie gehen?

»Was hat das alles zu bedeuten?«, fragte Rafaela verwirrt.

»Wenn du willst«, erwiderte Fatima, »kannst du zusammen mit deinen Kindern mit nach Konstantinopel kommen.«

»Hernando«, Rafaelas Tonfall klang hart. »Ich habe dir mein Leben gewidmet. Ich … ich bin bereit, auf die Glaubensgrundsätze meiner Kirche zu verzichten und deinen Glauben an Maria zu teilen und das Schicksal, das sie für dich bereithält, aber niemals«, murmelte sie, »hast du mich verstanden: Niemals werde ich dich mit einer anderen Frau teilen.«

Dann deutete sie mit dem Zeigefinger auf Fatima.

»Du hast doch gar keine andere Wahl, Christin! Meinst du vielleicht, sie lassen dich mit ihm zu den Barbaresken reisen? Sie werden es dir nicht erlauben. Und sie werden dir die Kinder wegnehmen! Ihr beide wisst das. Ich habe es selbst gesehen: Gnadenlos reißen sie den Müttern ihre kleinen Kinder aus den Armen und …« Fatima führte den Satz nicht zu Ende und schloss die Augen, als sie in Rafaelas Gesicht den Schmerz wiedererkannte, den der Mutter allein die Vorstellung verursachte, ihre Kinder zu verlieren. Sie verstand die Gefühle dieser Christin nur zu gut, sie konnte ihren Kummer mitfühlen, dafür musste sie nur an ihren Erstgeborenen denken, für dessen Tod die Christen die Schuld trugen. Allein die Erinnerung daran brachte sie in Rage. Dies war eine Christin! Sie hatte kein Mitleid verdient. »Ich habe es selbst gesehen! Sobald sie ihre Dokumente überprüfen und feststellen, dass sie keine Moriskin, sondern eine Christin ist, wird man sie verhaften und anklagen, weil sie vom Glauben abgefallen ist, und ihr die Kinder wegnehmen.«

Rafaela schlug die Hände vors Gesicht.

»Hunderte Soldaten bewachen das Gelände«, sagte Fatima noch.

Rafaela schluchzte. Die Welt um sie herum schien über ihr zusammenzubrechen. Die Erschöpfung, die fürchterliche Überraschung, alles kam in diesem Moment zusammen. Sie spürte, wie ihr die Beine wegsackten und ihr die Luft wegblieb. Sie hörte nur noch die Worte dieser Frau, sie wurden immer unverständlicher, sie klangen immer weiter weg.

»Ihr habt keine Wahl. Aus El Arenal führt kein Weg hinaus … Nur ich kann euch helfen …«

Rafaela unterdrückte ein Stöhnen, dann fiel sie in Ohnmacht.

Die Kinder eilten zu ihr, doch Hernando schob sie zur Seite und kniete neben seiner Frau nieder.

»Rafaela!«, rief er, »Rafaela!«

Er sah in seiner Verzweiflung Hilfe suchend um sich. Nur einen Augenblick kreuzten sich dabei Fatimas und sein Blick, aber dieser flüchtige Moment genügte, und Fatima verstand – noch vor Hernando –, dass sie ihn verloren hatte.

»Verlass mich nicht«, flehte Rafaela, noch halb benommen, »lass mich nicht allein, Hernando.«

Fatima, Miguel und die Kinder beobachteten aus einiger Entfernung das Paar am Uferrand, wohin Hernando seine Frau getragen hatte. Rafaelas Gesicht war blass, und ihre Stimme zitterte, sie wagte nicht einmal, ihn anzusehen.

Hernando spürte noch immer Fatimas Berührung auf seiner Haut. Eben erst hatte er sie begehrt, er hatte sogar – einige wenige Augenblicke lang – von dem Leben geträumt, das sie ihm versprach. Doch jetzt … Er betrachtete Rafaela: Tränen rannen über ihre Wangen und mischten sich mit dem Staub auf ihrem Gesicht. Er bemerkte das Beben von Rafaelas Kinn und wie sie ihr Schluchzen unterdrückte, als wollte sie ihm den Eindruck einer harten, entschiedenen Frau vermitteln. Hernando presste die Lippen zusammen. Nein, das war sie nicht: Sie war das Mädchen, das er vor dem Kloster bewahrt hatte und das mit der Zeit sein Herz gewonnen hatte. Sie war seine Ehefrau.

»Ich werde dich niemals verlassen«, hörte er sich selbst sagen.

Er griff behutsam nach ihren Händen und küsste sie. Dann schlang er seine Arme um sie.

»Was sollen wir machen?«, hörte er sie fragen.

»Mach dir keine Sorgen«, flüsterte er.

Längst umringten sie ihre Kinder.

»Ich habe jetzt etwas zu erledigen …«, setzte Hernando an.

Miguel hielt etwas Abstand von der Familie, als Hernando wieder zu Fatima ging.

»Ich bin nach Sevilla gekommen, um dich zu suchen, Hamid ibn Hamid«, empfing sie ihn mit ernster Miene. »Ich dachte, Gott …«

»Gott wird bestimmen.«

»Täusche dich nicht, Gott hat bereits das hier bestimmt«, sagte sie und zeigte auf die Menge, die sich auf dem Gelände von El Arenal drängte.

»Mein Platz ist bei Rafaela und den Kindern«, entgegnete Hernando. Sein entschiedener Tonfall ließ keinen Widerspruch zu.

Fatima zitterte am ganzen Leib. Ihr Gesicht war zu einer schönen Maske versteinert.

»Ich weiß, dass du mich liebst.«

Nach diesen Worten drehte sie sich um und ging davon.

»Warte«, bat Hernando. Er lief zu den Pferden und hastete dann mit einem kleinen Bündel in der Hand zurück. Als er wieder neben ihr stand, wühlte er immer noch darin. »Das gehört dir«, sagte er und überreichte ihr das goldene Amulett. Fatima griff mit zitternden Händen danach. »Und das hier«, Hernando übergab ihr die alte Abschrift des Barnabas-Evangeliums aus der Zeit von al-Mansur, »ist eine sehr wertvolle Schrift. Sie stammt aus alter Zeit, und sie gehört unserem Volk. Ich wollte sie dem Sultan zukommen lassen.« Fatima nahm die Blätter nicht entgegen. »Ich weiß, dass du dich betrogen fühlst. Du hast recht. Es wird schwer sein, von hier zu fliehen. Aber ich werde es versuchen, und wenn mir die Flucht gelingt, werde ich in Spanien weiterhin für den Glauben an den einzigen Gott und für den Frieden zwischen unseren Völkern kämpfen. Du musst mich verstehen: Ich kann mein eigenes Leben riskieren, ich kann auch das Leben meiner Frau und sogar meiner Kinder riskieren, aber ich darf unter keinen Umständen das Erbe unseres Volkes gefährden. Fatima, ich kann diese Schrift nicht behalten, und sie darf niemals den Christen in die Hände fallen. Bitte, bewahre du sie zur ehrenden Erinnerung an unseren Kampf, den Islam lebendig zu halten. Mach damit, was du für richtig hältst. Bitte, nimm sie an dich, für Allah, für den Propheten und für unsere Glaubensbrüder.«

Da streckte Fatima eine Hand nach dem Evangelium aus.

»Du sollst wissen, dass ich dich liebe«, versicherte ihr Hernando nun, »bis in den ...« Einen Moment lang versagte ihm die Stimme, und er flüsterte: »Tod verheißt ewige Hoffnung.«

Aber Fatima hatte sich bereits umgedreht und war gegangen, noch ehe er den Satz beendet hatte.

Erst nachdem Fatima in der Menschenmenge verschwunden war, begriff Hernando, dass sie mit ihrer Warnung recht hatte. Sein Magen zog sich zusammen, als er über den gewaltigen Platz blickte. Tausende Morisken hingen in El Arenal fest. Soldaten und Notare erteilten unaufhörlich Befehle. Vertriebene gingen an Bord der Schiffe. Händler und Hausierer versuchten, von diesen ohnehin schon ruinierten Menschen auch noch die letzte Blanca-Münze zu ergattern. Priester kontrollierten, dass keine jüngeren Kinder auf die Schiffe gelangten ...

»Was machen wir jetzt, Hernando?«, wollte Rafaela wissen. Sie war mehr als erleichtert darüber, dass diese Frau endlich fort war. Nun waren sie wieder zusammen, nun waren sie wieder eine Familie. Die Kinder standen um ihre Eltern herum, neugierig warteten sie ab.

»Ich weiß es nicht.« Hernando konnte seinen Blick nicht von Rafaela und den Kindern abwenden. Beinahe hätte er sie für immer verloren ... »Selbst wenn es dir gelingen sollte, dich als Moriskin auszugeben und an Bord zu kommen, die Kleinen wird man niemals ausreisen lassen. Sie werden uns unsere jüngsten Kinder wegnehmen. Rafaela, wir müssen aus dieser Falle heraus. Wir dürfen keine Zeit verlieren. Es wird Abend.«

Hernando stand unter dem schimmernden Goldturm und betrachtete nachdenklich die Stadtmauer. Zuerst folgte Rafaela seinem Blick, dann auch Miguel. In dieser Richtung gab es keine Rettung: Die Stadtmauer und der Alcázar riegelten das Gelände ab. In einiger Entfernung befand sich die Puerta de Jérez, doch dieses Stadttor wurde ebenso wie die Puerta del Arenal und die Puerta de la Triana von Soldaten bewacht. Der einzige Ausweg war der Guadalquivir. Rafaela und Miguel sahen, dass Hernando den Kopf schüttelte. Der Fluss war keine Lösung! All die Notare und Priester überwachten das Hafenbecken, also durften sie keinesfalls in die Nähe der Schiffe gelangen. Die einzige Möglichkeit zur Flucht bot der Weg, auf dem sie auf das Gelände gelangt waren: die Stelle am anderen Ende von El Arenal, zwischen der Stadtmauer und dem Guadalquivir, auch wenn dieser Zugang ebenfalls scharf bewacht wurde.

»Wartet hier auf mich!«, sagte Hernando nur zu seiner Familie.

Er durchquerte das gesamte Gelände. Am Zugang zu El Arenal befand sich ein Wachposten, die bewaffneten Männer hatten dort in behelfsmäßigen Verschlägen die Kolonnen der Vertriebenen in Empfang genommen. Hernando stellte jedoch fest, dass sich die Soldaten ihre Zeit nun lieber mit Kartenspielen vertrieben oder einfach nur schwatzten. Inzwischen kam niemand mehr an, und kein Moriske wagte es, El Arenal zu verlassen. Die Christen, die sich dort aufhielten, verließen das Gebiet durch die Tore, die in die Stadt führten, nicht durch den offenen Abschnitt zwischen Fluss und Stadtmauer.

Hernando kehrte zu den anderen zurück, als es dunkel wurde. Es war Zeit für das Abendgebet. Hernando sah zum Himmel und bat Gott um Hilfe. Danach besprach er sich mit Rafaela und Miguel, aber auch mit Amin und Laila. Sein Plan war riskant, äußerst riskant.

»Wo sind die Männer, die die Pferde begleitet haben?«, fragte er Miguel.

»In der Stadt. Bis auf den, der auf die Tiere aufpasst.«

»Sag ihm, dass er zu seinen Gefährten gehen soll. Richte ihm aus … richte ihm aus, dass ich meine letzte Nacht gern bei meinen Pferden verbringen möchte, aber allein. Meinst du, er glaubt das?«

»Warum du das willst, wird ihm egal sein. Er wird sich liebend gern in der Stadt vergnügen. Ich habe die Männer schon bezahlt, also haben sie Geld, und in der Stadt ist die Hölle los.«

Sie warteten Miguels Rückkehr ab.

»Erledigt«, bestätigte der Krüppel.

»Gut. Du bist Christ, du kannst hier weg…« Miguel wollte sich beschweren, doch Hernando ließ ihn nicht zu Wort kommen. »Tu, was ich dir sage, Miguel. Du verlässt jetzt El Arenal durch eines der Stadttore, dann begibst du dich bis ans andere Ende der Stadt und gehst dort durch ein anderes Tor hinaus. Außerhalb der Stadtmauern wartest du dann auf uns.«

»Was ist mit ihr?«, fragte Miguel mit Blick auf Rafaela. »Sie ist doch Christin. Sie könnte mit mir…«

»Vergiss die Kinder nicht!«, erinnerte ihn Hernando. »Mit den Kleinen würde sie die Wachen nicht passieren können. Eine Christin hat mit kleinen Kindern in El Arenal nichts verloren. Man würde sie verhaften.«

»Aber…«

»Nun geh schon, Miguel.«

Hernando umarmte seinen Freund, dann half er ihm auf das Maultier. Vielleicht war dies das letzte Mal, dass er ihn sah.

»Friede sei mit dir, Miguel«, sagte er, als dieser davonritt. »Rafaela, wir werden es schaffen. Mit Gottes Hilfe wird es uns gelingen. Kinder, es gibt viel zu tun, und wir haben wenig Zeit«, drängte er Amin und Laila.

Hernando näherte sich seinen Pferden. Nach der anstrengenden Reise hatten fast alle Schrammen oder waren von den schweren Lasten wund gerieben. Hernando nahm Halfter und Stricke an sich.

»Hier, nehmt die, ihr müsst alle Tiere aneinanderbinden: nicht zu fest, aber auch nicht zu locker«, ordnete er seinen Kindern an. Zwei lange Stricke behielt er für sich. »Nein, wartet!« Er hatte nicht bedacht, dass sechzehn aneinandergefesselte Rassepferde kaum zu bändigen waren. »Bindet nur zehn zusammen. Und du«, sagte er zu Rafaela, »ich will, dass du mit den drei Kleinen schon zum anderen Ende des Hafengeländes vorausgehst. Du wirst dafür länger brauchen als wir. Dort bleibst du ganz in der Nähe der Wachen, aber sie dürfen dich nicht sehen oder irgendeinen Verdacht schöpfen. Ich werde dann die Pferde gegen sie hetzen …« Rafaela erschrak. »Liebling, mir fällt nichts Besseres ein. Wenn es so weit ist, passierst du so schnell wie möglich mit den Kindern den Wachposten. Halte dich immer zwischen Flussufer und Stadtmauer, bis die Stadt hinter dir liegt und du auf Miguel triffst.«

»Was ist mit euch?«, fragte sie bestürzt.

»Wir kommen nach. Du kannst dich darauf verlassen«, versicherte ihr Hernando, aber das Zittern in seiner Stimme verriet, dass seine Selbstsicherheit nur vorgetäuscht war.

Hernando gab ihr einen zärtlichen Kuss und drängte sie, den Weg durch El Arenal anzutreten. Rafaela zögerte.

»Wir schaffen das. Wir alle«, bekräftigte Hernando. »Hab Vertrauen zu Gott. Also, geht schon los.«

Es war Muqla, der seine Mutter in Richtung des Ausgangs von El Arenal zog. Hernando sah ihnen noch eine Zeit lang nach. Dann ging er zu seinen großen Kindern und machte sich an die Arbeit mit den Pferden.

»Habt ihr gehört, was ich eurer Mutter gesagt habe?«, fragte er seine Ältesten. Beide nickten. »Also, abgemacht. Jeder von euch geht auf einer Seite der Herde. Ich werde euch von hinten anleiten. Es wird nicht einfach sein, mit den Tieren durch die Menge zu kommen, aber wir müssen es schaffen. Zum Glück sind die meisten Soldaten in der Stadt und feiern, und hier auf dem Gelände sind keine Streifen mehr unterwegs. Niemand wird uns aufhalten. Ihr müsst die Pferde antreiben, mal von hinten und mal von der Seite, damit sie immer weitergehen«, wies er sie an. »Und wenn jemand etwas zu euch sagt, dürft ihr es nicht beachten. Unser einziges Ziel ist es, dieses Gelände zu überqueren, was auch immer geschehen mag. Habt ihr mich verstanden?« Amin und Laila nickten noch einmal. »Wenn wir in der Nähe des Wachpostens am Ausgang sind, bleibt ihr hinter den Tieren, und dann rennt ihr, so schnell ihr könnt, hinaus. Wie eure Mutter. Abgemacht?«

Er wartete ihre Antwort nicht mehr ab. Die Pferde waren bereits in zwei Reihen aneinandergebunden. Die zwei langen Stricke band Hernando abschließend an den Beinen der beiden Tiere fest, die die Herde anführten, und behielt die Enden dieser langen Leinen in der einen Hand. Mit der anderen nahm er ein weiteres Pferd beim Halfter, das nicht an die zehn anderen gebunden war.

»Abgemacht?«, fragte er seine beiden Ältesten noch einmal, und Amin und Laila nickten wieder. Ihr Vater lächelte ihnen ermutigend zu. »Eure Mutter wartet sicherlich schon auf uns! Wir dürfen sie nicht zu lange allein lassen! Los! Macht euch auf den Weg!«

Hernando trieb die Pferde an, und die aneinandergebundenen Tiere setzten sich nur zögerlich in Bewegung.

»Los! Lauft schon, meine Schönen!«

Zunächst kamen die Pferde nicht voran, schließlich waren sie es nicht gewöhnt, sich so eng nebeneinander und noch dazu aneinandergefesselt zu bewegen. Die hinteren Tiere schlugen aus und versuchten sich aufzubäumen, sie bissen einander in die Hälse und wollten nicht vorwärts. Da überfielen Hernando erste Zweifel. Ob er in seinem Alter zu so etwas überhaupt noch in der Lage war?

»Los! Auf!«

»Los!«, hörte er hinter sich.

Amin hatte ein loses Seilende genommen und peitschte damit den hinteren Pferden die Kruppen. Sofort trieb auch Laila die Tiere an, zunächst noch vorsichtig, dann genauso entschlossen wie ihr Bruder.

Ja, seinen Kindern würde es gelingen! Ihre Anfeuerungsrufe brachten ihn zum Lächeln.

Wie ein unaufhaltsames Heer setzten sich endlich alle Tiere in Bewegung. Hernando befürchtete, die Herde nicht kontrollieren zu können, doch seine Kinder liefen geschickt hin und her, bald waren sie hinten, bald an den Flanken. Tüchtig trieben sie die Tiere an und hielten sie tatsächlich zusammen.

»Vorsicht! Aus dem Weg!«, schrie Hernando immer wieder.

Auch die Kinder riefen und warnten die Leute. Die Morisken sprangen entsetzt zur Seite. Die Pferde trampelten über die Gegenstände am Boden und fegten Zelte um. Die Leute beschwerten sich und beschimpften sie. Als die Pferde sogar durch ein kleines Feuer stiegen, begriff Hernando, dass die Tiere inmitten all der Menschen wie blind waren: Unter anderen Umständen hätten sie das nicht getan, nie im Leben hätten sie sich über ein Feuer hinweggesetzt.

»Vorsicht!«

Mit aller Kraft musste er an den langen Stricken in seiner Hand zerren, damit die vorderen Pferde langsamer wurden und eine alte Frau noch rechtzeitig zur Seite springen konnte, um nicht totgetrampelt zu werden.

Plötzlich konnte Hernando in einiger Entfernung den Wachposten sehen, wo die Soldaten verdutzt auf den Aufruhr blickten.

»Es geht los! Flieht!«, rief er seinen Kindern zu.

Hernando musste nicht viel machen. Allein die freie Fläche vor ihnen – zwischen den Hütten der Soldaten und dem Lager der Morisken – ließ die Tiere ihre Schritte beschleunigen und bald in einen wilden Galopp fallen. Hinter ihnen lief Hernando zunächst noch neben dem ungefesselten Pferd her, griff dann aber mit der freien Hand in dessen Mähne und wollte aufspringen, während die Wachsoldaten – noch starr vor Schreck – den immer schneller auf sie zurasenden Pferden entgegenblickten. Beim ersten Versuch gelang es Hernando nicht, seine Muskeln waren noch zu steif, sein rechtes Bein kam nur halb über die Kruppe, aber als er erneut den Boden unter den Füßen spürte, stieß er sich mit aller Kraft ab und saß schließlich auf. Er hielt die Enden der langen Stricke, die an den Beinen der beiden vorderen Pferde festgebunden waren, fest in der Hand und ritt hinter den anderen her, die vergeblich versuchten auseinanderzustürmen. Hernando feuerte sein Pferd an und ritt neben die aneinandergebundenen Tiere. Die Soldaten beobachteten entsetzt, wie eine beeindruckende Walze aus wild schnaufenden Pferdekörpern im Galopp auf sie zudonnerte: eine Herde irrer Tiere. Sie würden jeden Moment über sie hereinbrechen!

»Allahu akbar!«

Hernando hatte seinen Lobpreis zu Gottes Ehren noch nicht einmal beendet, da zog er heftig an den langen Stricken und lenkte sein Pferd von der Herde weg, wohl wissend, was nun geschehen würde: Die beiden vorderen Tiere torkelten, stießen gegeneinander, fielen auf den

Rücken, überschlugen sich – und brachten die ganze, wild wiehernde Herde zu Fall. Im Licht der Fackeln konnte Hernando die Panik in den Gesichtern der Soldaten erkennen, als die Tiere gegeneinanderstießen und gleich darauf auf die Männer und ihre Hütten stürzten.

Im selben Moment ritt Hernando im gestreckten Galopp aus El Arenal hinaus, hinter ihm lag die geschlagene Wachmannschaft.

Er saß ab und rannte zum Gebüsch am Ufer. Das Wiehern der Pferde und die wütenden Rufe der Männer schallten noch immer durch die Nacht.

»Rafaela? Amin?«

Es dauerte einen endlos langen Moment, bis Hernando eine Antwort vernahm.

»Hier.«

In der Dunkelheit hörte er die Stimme seines Erstgeborenen.

»Wo ist deine Mutter?«

»Hier«, antwortete Rafaela in einiger Entfernung.

Beim Klang ihrer Stimme blieb ihm fast das Herz stehen. Sie hatten es geschafft!

69

Sie flüchteten nach Granada, wohl wissend, dass ihnen im Fall ihrer Verhaftung der Tod oder die Sklaverei drohten. Für die Hauptleute der Milizen aus Córdoba konnte nur Hernando der dreiste Flüchtling gewesen sein. Schließlich waren es seine Pferde, und weder sein Name noch der seiner Kinder tauchten auf den Passagierlisten auf. Hernando entschied sich für die Alpujarras als Ziel ihrer Flucht. Dort waren ganze Ortschaften entvölkert. Miguel war, als er El Arenal auf dem Maultier verließ, auf keinerlei Schwierigkeiten gestoßen und konnte sich ihnen jenseits der Stadtmauern wieder anschließen. Die prächtigen Pferde mussten sie allerdings zurücklassen. Aber kam es darauf noch an?

Der Weg von Sevilla in die Alpujarras war lang und beschwerlich. Sie mussten die Hauptstrecken meiden und sich vor den Bewohnern der Dörfer verbergen. Von den winterlichen Feldern stahlen sie etwas für ihre spärlichen Mahlzeiten, oder sie versteckten sich außerhalb der Ortschaften, während Miguel dort um milde Gaben bettelte. Schließlich fanden sie in Viñas Unterschlupf, einem Dorf in der Nähe von Juviles, das nach der Vertreibung seiner Bewohner aufgegeben worden war.

Es war bitterkalt, und die Gipfel der Sierra Nevada waren noch mit Schnee bedeckt, doch sie durften tagsüber kein Feuer machen. Hernando blickte zu den eisigen Bergeshöhen und betrachtete dann seine Kinder. Sie richteten sich in einem verfallenen Haus ein, in dem Rafaela mithilfe der Kinder ohne jegliche Gerätschaften – und mit entsprechend geringem Erfolg – um Sauberkeit und Wärme kämpfte. Hernando und Miguel beobachteten sie dabei: Sie sahen wie Bettler aus.

Die beiden Männer verließen das Haus und traten auf die schmale, gewundene Gasse, die von eingestürzten Ruinen gesäumt war. Rafaela bemerkte ihre Abwesenheit, wies die Kinder an weiterzumachen und folgte ihnen.

Und nun? Sollten sie hier, in diesem Versteck, ihr gesamtes Leben zubringen?

»Miguel, ich muss dich noch einmal um einen Gefallen bitten«, sagte Hernando schnell, ohne seinen Freund anzusehen. Dabei hielt er dem Blick seiner Gattin stand und reichte ihr die Hand.

»Was immer du willst.«

Hernando begleitete Miguel bis kurz vor die Tore von Granada, dann ritt er auf dem Maultier in die Alpujarras zurück. Ein Bettler durfte so ein Tier nicht besitzen. Nach einem längeren Streit mit den Wächtern, die vor seiner scheinbar unendlichen Worttirade schließlich kapitulierten, betrat Miguel die Stadt durch die Puerta del Rastro und begab sich vom Stadttor direkt zur Casa de los Tiros.

Solange Miguel fort war, verbrachte Hernando viel Zeit mit seinen Kindern. Unter anderem versuchte er ihnen beizubringen, wie man Vögel fängt. Er nahm ein kurzes Stück Strick, dröselte die Fäden auseinander, und unter dem aufmerksamen Blick seiner Kinder fertigte er daraus einige kleine Schlingen, die sie gemeinsam an Baumäste hängten. Sie erlegten zwar keine Beute, aber die Kinder hatten etwas zu tun. Hunger brauchten sie zum Glück nicht zu leiden, denn Hernando kannte sich in der Gegend bestens aus, und abgesehen von Fleisch hatten sie endlich wieder genug zu essen.

Als sie nach einer Woche noch immer keine Menschenseele in Viñas gesehen hatten, verkündete Hernando seiner Frau, dass er mit Amin und Muqla für ein paar Tage das Dorf verlassen würde.

»Wohin geht ihr?«

»Ich muss meinen Söhnen etwas zeigen.« Rafaelas Angst war nicht zu übersehen. »Keine Sorge. Niemand wird hierherkommen. Und wenn du doch etwas Merkwürdiges siehst, versteckst du dich mit den

Kindern. Dort, wo wir versucht haben, Vögel zu fangen, sind einige Höhlen. Laila kennt den Ort.«

Das alte Kastell von Lanjarón thronte erhaben auf der Felsenanhöhe. Hernando hatte es so eingerichtet, dass ihr Ausflug bei Vollmond stattfand, der nun silbern am wolkenlosen Sternenhimmel leuchtete. In Begleitung seiner beiden Söhne steuerte er die Bastion im südlichen Bereich der Festung an.

»Es gibt keinen Gott außer Gott, und Mohammed ist der Gesandte Gottes«, flüsterte er in die Nacht.

Dann kniete er nieder und begann zu graben. Schließlich stieß er im gefrorenen Erdreich auf das Gesuchte und zog es an die Oberfläche. Ehrfürchtig schlug er das Tuch zur Seite und präsentierte seinen Söhnen den Krummsäbel aus Mohammeds Besitz.

»Dieser Säbel«, verkündete er feierlich, »ist eine der Waffen, die einst dem Propheten gehörten.«

Er zog den Krummsäbel aus der kostbaren Scheide mit den leise klirrenden Metallplättchen. Hernando erschauerte, als er an der inzwischen von Rost überzogenen Klinge Barrax' Blut erkennen konnte. Der Korsarenanführer! Er hatte gehofft, dass der Säbel im Mondlicht genauso funkeln würde wie vor Jahren, als er die Waffe zum ersten Mal in Hamids Hütte gesehen hatte. Doch den ersehnten Glanz entdeckte er nun in den weit aufgerissenen Augen seiner Söhne. Hernando ließ sich von seinen Erinnerungen davontragen, und noch einmal erschienen vor ihm Fatimas Augen wie Sterne in der Nacht.

»Lange Zeit«, sagte er, »wurde dieser Säbel von Muslimen bewacht. Als wir dieses Gebiet noch beherrschten, wurde er mit Stolz vorgezeigt und mit Mut eingesetzt. Später, in der Zeit der Unterdrückung unseres Volkes, wurde er in der Erwartung eines neuen Sieges versteckt, der eines Tages kommen wird. Ihr dürft nie daran zweifeln. Heute sind wir ihnen so unterlegen wie noch nie, und unsere Glaubensbrüder wurden aus Spanien vertrieben. Aber bis das, was ich vorbereitet habe, Früchte tragen kann, müssen wir uns weiterhin wie Christen verhalten. Wir müssen ihre Sprache sprechen, ihre Speisen essen und ihre Gebete beten, aber ihr dürft den Mut nicht verlieren. Kinder, ich werde es wahrscheinlich selbst nicht mehr erleben, und ihr vermutlich auch nicht, aber eines Tages wird ein Gläubiger kommen und diesen Krummsäbel an sich nehmen und …« In Erinnerung an Hamids Worte von damals zögerte er einen Moment. Was sollte er seinen Söhnen mit auf den Weg geben? Dass mit dieser Waffe die Ungerechtigkeit gerächt werden würde? Doch trotz seines eigenen Grolls wollte er vermeiden, dass seine Kinder mit Hass in ihren Herzen aufwuchsen. »Und er wird diese Waffe erneut ans Licht bringen, als Symbol dafür, dass unser Volk die Freiheit wiedererrungen hat. Ihr dürft nie vergessen, wo sich der Säbel befindet und auf uns wartet, und wenn es in eurem Leben nicht mehr dazu kommt, müsst ihr dieses Wissen an eure Kinder weitergeben, so wie diese es ihren Kindern weitergeben werden. Niemals dürft ihr den Kampf für den einzigen Gott aufgeben. Schwört dies bei Allah!«

»Ich schwöre es«, antwortete Amin feierlich.

»Ich schwöre es«, sprach Muqla ihm nach.

Auf ihrem Rückweg nach Viñas dachte Hernando lange über den Schwur nach, den er seinen Söhnen abgenommen hatte. Er hatte dafür gearbeitet, die beiden Religionen miteinander zu versöhnen. Er wollte erreichen, dass die Christen ihre Anwesenheit hinnahmen und ihnen ihre Lebensweise zugestanden … und dennoch hatte er seine Söhne gegen sie aufgehetzt. Mit welchem Ziel? Hernando war verwirrt. Zu den Bildern der Tausenden unterdrückten Morisken, die sich in El Arenal in Sevilla drängten und wie Vieh behandelt wurden, fügte sich die Erinnerung an den Tag, an dem ihm Hamid den Krummsäbel gegeben hatte. Damals hatten sie für ihr Überleben gekämpft, damals hatten sie ihr Leben für ihre Gesetze und ihre Sitten riskiert. Jetzt erlebten sie die demütigende Ausweisung aus Spanien. Und es blieben nur seine Familie und vermutlich ein paar wenige andere Muslime, die sich in abgelegenen Dörfern versteckt hielten. Wo war das gegenseitige Verständnis, auf das er gesetzt hatte?

Als sie in der Nacht zurückwanderten, legte er seinen Söhnen die Arme um die Schultern und zog sie an sich. Diese beiden Jungen sollten die Flamme der Hoffnung für ihr gedemütigtes Volk bewahren. Gewiss, es war nur ein schwaches Feuer, aber: Jeder Flächenbrand beginnt mit einem winzigen Funkenschlag!

Miguel kehrte nach fast zwanzig Tagen in die Alpujarras zurück. Er saß auf einem neuen Maultier, und Don Pedro de Granada Venegas begleitete ihn. Der Adlige kam allein, ohne Gefolge. Don Pedro bot ihnen an, jederzeit in Campotéjar Zuflucht zu nehmen, auf seinem Lehen an der Grenze zwischen den Reichen Granada und Jaén. Aber sie müssten sich als Christen ausgeben, die aus der Stadt Granada dorthin gezogen waren. Don Pedro würde ihnen gefälschte Dokumente beschaffen, die sie als Bewohner der Stadt Granada und als Altchristen auswiesen. Hernando würde in Zukunft Santiago Pastor heißen und Rafaela den Namen Consolación Almenar annehmen. Niemand würde sich über ihren Umzug wundern. Seit der Vertreibung der Morisken waren ganze Dörfer entvölkert, und ohne Landarbeiter blieben die Felder unbestellt. Das galt nicht nur für das Reich Valencia, sondern auch für die Ländereien der Familie Granada Venegas.

Don Pedro überreichte Hernando zwei Briefe: Ein Schreiben war an den Diener gerichtet, der mit den Angelegenheiten in seinem Lehnsgebiet befasst war. Das andere war ein Empfehlungsschreiben für den Pfarrer von Campotéjar, einen Freund des Adligen. Darin pries er die Frömmigkeit der Neuankömmlinge, die er zudem als seine ergebensten Diener bezeichnete, und garantierte deren Gottesfürchtigkeit. Miguel wurde in den Dokumenten als ein weiterer Familienangehöriger geführt. Wenn sie keine Fehler begingen, würde niemand sie behelligen, versicherte Don Pedro.

»Was ist in der Zwischenzeit mit den Bleibüchern geschehen?«, fragte Hernando Don Pedro unter vier Augen, ehe der Adlige wieder aufsaß, um in die Stadt zurückzureiten.

»Der Erzbischof gibt die Bücher immer noch nicht aus der Hand, und er greift nach wie vor persönlich in die Übersetzung ein. Dabei lässt er auch nicht den kleinsten Hinweis auf islamische Glaubensgrundsätze zu. Auf dem Sacromonte wird eine Stiftskirche gebaut, in der die Reliquien verehrt werden, außerdem noch ein Kolleg für religiöse und juristische Studien. Wir sind gescheitert.«

»Eines Tages wird …«, begann Hernando mit leiser Hoffnung in der Stimme.

Don Pedro sah ihm in die Augen und schüttelte den Kopf.

»Selbst wenn es uns gelingen würde und der Sultan oder ein anderer König der Araber das Barnabas-Evangelium bekanntmachen würde, in Spanien leben keine Muslime mehr. Es wäre bedeutungslos.«

Hernando wollte widersprechen, doch er hielt sich zurück. War es für Don Pedro nicht mehr wichtig, dass die Wahrheit ans Licht kam, ganz unabhängig von den Morisken in Spanien? Immerhin waren die zum Christentum konvertierten muslimischen Adligen der Vertreibung entgangen. Ja, Don Pedro unterstützte ihn und seine Familie, aber glaubte er noch an den einzigen Gott?

»Ich wünsche euch ein langes Leben«, sagte der Adlige zum Abschied. »Wenn ihr Schwierigkeiten habt, dann lasst es mich wissen.«

Nach diesen Worten galoppierte er davon.

Epilog

Es sind viele geblieben, vor allem dort, wo es Erlasse gibt und wo sie Hilfe erhalten …

Der Graf von Salazar an den Herzog von Lerma,
im September 1612

Campotéjar, 1612

Seit jenem Gespräch mit Don Pedro waren zwei Jahre vergangen. Hernando hatte sich mit seiner Familie in dem Gehöft auf dem Lehen der Familie Granada Venega eingelebt, und sie standen als angebliche ehemalige Diener unter dem Schutz des Adligen.

Hernando verfügte hier weder über Bücher, in denen er Zuflucht suchen konnte, noch über Papier und Tinte zum Schreiben. Und er besaß auch keine Pferde mehr. Das wenige Geld, mit dem sie ihr neues Leben bestritten, reichte nicht für derartige Anschaffungen, ganz abgesehen von der Tatsache, dass er sich der Kalligraphie ohnehin nicht widmen konnte. Das Zusammenleben der Familien, die diesen abgelegenen Weiler bewohnten, war so eng und überschaubar, dass den Nachbarn nichts entging: Sie hätten sicherlich bald Verdacht geschöpft. Die Haustüren standen immer offen, und die Frauen beteten gemeinsam den Rosenkranz, ihre raunenden Stimmen ergaben den typischen Klang des Ortes. Nur manchmal, wenn sie allein auf den Feldern waren, griff Hernando zu einem Stöckchen und schrieb arabische Buchstaben ins Erdreich, die Rafaela oder seine Kinder sofort mit den Füßen verwischten. Nur Muqla, der Junge mit den blauen Augen, der sich an seinen christlichen Namen Lázaro immer noch nicht ganz gewöhnt hatte, betrachtete diese Schriftzeichen genau. Er war auch der einzige seiner Söhne, dem Hernando Unterricht im muslimischen Glauben erteilte. Dabei musste er immerzu an den Koran denken, den er beim Mihrab der Mezquita von Córdoba versteckt hatte und den Muqla eines Tages an sich nehmen würde.

Abgesehen davon, versuchte Hernando, Gespräche über religiöse Themen zu vermeiden. Die Leute waren immer noch misstrauisch, und es häuften sich Anzeigen gegen Morisken, denen es gelungen war, der Vertreibung zu entgehen. Gefangen genommene Morisken erwartete der Tod, die Versklavung, die Galeere oder die harte Arbeit in der Mine von Almadén. Hernando durfte kein Risiko eingehen!

Die Unterrichtsstunden für seinen Sohn wollte er dennoch nicht aufgeben. Muqla war anders. Er hatte die gleiche Augenfarbe wie Hernando, das Erbe jenes Christen, der eine Muslimin entehrt hatte. Er trug das Symbol für jenes Unrecht in sich, das die Bewohner der Alpujarras dazu veranlasst hatte, zu den Waffen zu greifen.

Hernando stöhnte. Er ließ den langen Stab auf die Erde sinken und hielt inne. Instinktiv führte er eine Hand an seinen schmerzenden Rücken, als er aber bemerkte, dass Rafaela ihn aus dem Augenwinkel beobachtete, beherrschte er sich.

»Ruh dich ein wenig aus!«, riet ihm seine Gattin zum wiederholten Male und bückte sich erneut nach ein paar Oliven, die sie anschließend in einen großen Korb fallen ließ.

Hernando schüttelte den Kopf, nahm sich dann aber doch Zeit, seine Kinder zu betrachten. Amin – für die Dorfbewohner Juan – kletterte geschickt in den Zweigen eines Ölbaums herum, um die Oliven zu pflücken, die noch am Baum hingen. Genauso hatte er damals als Junge selbst die Früchte des alten, krummen Ölbaumes geerntet, der auf einem der Terrassenfelder bei Juviles stand. Die anderen Kinder lasen derweil die reifen Oliven vom Boden auf, die beim Rütteln mit dem Stab herabgefallen waren. Hernando schob den Stab wieder zwischen die Zweige mit den verbliebenen Früchten. Rafaela beobachtete ihn und seufzte. Sie kannte ihren Mann.

»Sturkopf!«

Hernando lächelte insgeheim und stieß noch einmal in den Baum. Ja, das war er. Aber wie auf die meisten Familien der Gegend warteten auch auf sie noch Dutzende Bäume, die in langen Reihen auf einer schier unendlichen Fläche gepflanzt waren. Und je früher sie die Früchte zur Ölmühle brachten, desto besseres Öl konnte daraus gewonnen werden und desto höher fiel ihr Tageslohn aus.

In der Abenddämmerung kehrten sie erschöpft nach Hause zurück, in ein winziges, baufälliges Gebäude mit zwei Stockwerken, das mit fünf weiteren ebenso windschiefen Häuschen diesen kleinen, abgelegenen Weiler weit weg von Campotéjar bildete.

Im Jahr 1610 war der Erzbischof Pedro de Castro, jener eifrige Hüter der Bleibücher von Sacromonte, vom Bischofsstuhl in Granada nach Sevilla gewechselt. Aber selbst als Erzbischof von Sevilla gab er einen beträchtlichen Teil seines Privatvermögens für die Übersetzung der restlichen Bleiplatten sowie für den Bau der Stiftskirche über den Höhlen aus. Zudem war er ein glühender Verfechter der Lehre von der Unbefleckten Empfängnis, und die Makellosigkeit der Heiligen Jungfrau wurde zum Banner seines Erzbistums.

Seine Vorstellungen und Lehren verbreiteten sich von Sevilla aus über ganz Spanien und erreichten sogar so entlegene und unbedeutende Pfarreien wie die von Campotéjar, wo Hernando und seine Familie an Sonn- und Feiertagen den Gottesdienst besuchten, bei dem sie sich stets frömmer gaben als ihre christlichen Nachbarn.

Hernando und Rafaela lauschten den leidenschaftlichen Predigten über Maria – jene Maryam, die der Prophet als die hervorragendste Frau bezeichnet hatte und der sowohl der Koran als auch die Sunna genau die gleichen Tugenden zuerkannten, die nun auch in den christlichen Kirchen gepriesen wurden. Hernando und Rafaela waren durch diese Gestalt in ihrem Glauben miteinander verbunden. Er mit Hochachtung, sie voll Ehrfurcht. Die Jungfrau Maria bildete das Bindeglied ihrer Religionen. Wie sonst, hatte Rafaela in ihrer nächtlichen Zweisamkeit einmal angemerkt, hätten ein Moriske und eine Christin gemeinsam aus Sevilla fliehen können? Wie, wenn nicht durch Marias Fürsprache, sollte Gott der Ehe zwischen einem Anhänger des Propheten und einer frommen Christin Glück schenken?

In diesen Tagen der Ruhe kam es immer wieder vor, dass Hernando ein kräftiges oder edles Pferd sah, und Rafaela war erschüttert, wenn sie feststellen musste, wie konzentriert ihr Mann das Tier jedes Mal musterte. Würde es zur Zucht taugen? In solchen Momenten fragte sie sich, ob die Entscheidung, mit ihm zu fliehen, wirklich richtig gewesen war oder ob sie ihn damit nur zu einem ebenso nutzlosen wie armseligen Leben verdammt hatte.

Doch gerade an diesen Tagen der erzwungenen Ruhe bewies Hernando ihr auch, dass sie sich damals richtig entschieden hatte: Er spielte und scherzte mit Musa und Salma und küsste und herzte die Kleinen liebevoll. Draußen auf den Feldern versuchte er, ihnen heimlich Ziffern und die Grundrechenarten beizubringen. Doch die Kinder hatten schon bald keine Lust mehr auf den ohnehin zwecklosen Unterricht und wollten lieber Miguel mit seinen Geschichten zuhören. In der nächtlichen Zweisamkeit unterhielten sich die Eheleute über ihre Kinder, über die Zukunft von Amin und Laila, die nun bald erwachsen waren, über die Landarbeit, über das Leben an sich und über vieles mehr, bevor sie in den winzigen Alkoven gingen und sich zärtlich liebten.

An einem der harten Arbeitstage waren sie schon im Morgengrauen aufgestanden, um die Olivenernte zu Ende zu bringen. Rafaela war besorgt, ihr Körper gab erste Hinweise darauf, dass sie wieder schwanger war. Wie sollte sie in dieser Welt der Armut und der schweren körperlichen Arbeit noch ein Kind gebären? Am Vormittag machten sie eine Pause und stärkten sich. Da tauchte auf einmal Román – ein Greis, der den Weiler für gewöhnlich nicht verließ – in der Ferne auf. Er wies zwei Reitern den Weg und deutete mit seinem Stock auf Hernando und seine Familie.

»Don Pedro«, rief Miguel überrascht aus.

»Aber wer ist der andere Mann?«, fragte Rafaela besorgt.

»Hab keine Angst. Don Pedro würde uns niemals Böses wollen«, beschwichtigte Hernando sie, aber auch sein Tonfall klang ein wenig beunruhigt.

Er stand auf und ging den Besuchern einige Schritte entgegen. Das

Lächeln, das die Mundwinkel des Adligen umspielte, ließen Hernandos Sorge schnell verfliegen. Er gab Rafaela ein Zeichen, auch näher zu kommen.

»Guten Tag«, begrüßte Don Pedro sie und saß ab.

»Friede sei mit dir«, grüßte Hernando seinen einstigen Mitstreiter.

Er ließ den Begleiter des Adligen nicht aus den Augen, einen Mann mittleren Alters, der vornehm, aber nicht im spanischen Stil gekleidet war. Sein Vollbart war sorgfältig gestutzt, und sein Blick war durchdringend.

»Willst du deine Ländereien begutachten?« Hernando lächelte und reichte Don Pedro de Granada die Hand.

»Nein«, antwortete dieser und erwiderte kräftig den Händedruck. Sein Lächeln wurde während ihrer Begrüßung noch herzlicher. Rafaela schmiegte sich an ihren Mann, während Miguel versuchte, etwas abseits die Kinder im Zaum zu halten.

»Ich bringe gute Neuigkeiten.«

Don Pedro suchte zwischen seinen Gewändern und zog dann ein Schriftstück hervor, das er Hernando feierlich überreichte.

»Willst du es nicht lesen?«, fragte er, als sein Freund das Dokument ungeöffnet in den Händen behielt.

Hernando betrachtete das Schriftstück: Es war versiegelt. Er prüfte das Siegel: Es trug das königliche Wappen. Er zögerte.

»Jetzt mach es endlich auf!«, drängte Rafaela ihn.

Auch Miguel konnte seine Neugierde nicht unterdrücken und schleppte sich mit den Kindern im Gefolge zu der Gruppe.

»Vater, macht es auf!« Hernando sah zu seinem Erstgeborenen. Er nickte und brach das Siegel.

Dann las er das Dokument mit lauter Stimme vor.

»Don Philipp, König von Gottes Gnaden über Kastilien, León und Aragonien, beider Sizilien, Jerusalem und Portugal, Navarra, Toledo, Valencia, Galicien und Mallorca…«, mit immer leiserer Stimme leierte er die Aufzählung der Titel Philipps III. herunter, »… Erzherzog von Österreich… Herzog von Burgund…« Schließlich las er nur noch schweigend weiter.

Niemand wagte, ihn zu unterbrechen. Rafaela rang aufgeregt die Hände und versuchte, die Worte von den Lippen ihres Mannes abzulesen.

»Der König…«, verkündete Hernando schließlich bewegt, »der König persönlich schließt uns vom Erlass der Vertreibung aus. Er gewährt uns unsere Anerkennung als Altchristen, und er gibt uns den Besitz zurück, der konfisziert wurde.«

Rafaela schluchzte auf, sie musste gleichzeitig lachen und weinen.

»Dein nächstes Kind wird in Córdoba zur Welt kommen«, flüsterte sie ihrem Mann unter Tränen zu.

»Wie kann es sein?«, fragte Hernando den Adligen. Don Pedro bedeutete ihm mit einer Handbewegung, die Angelegenheit unter sich zu bereden. Und als sich die drei Männer kurz darauf entfernten, stellte sich auch Don Pedros Begleiter vor: André de Ronsard, ein Mitglied der französischen Gesandtschaft am spanischen Hof.

»Chevalier de Ronsard hat noch ein weiteres Schreiben für dich.«

Die drei Männer blieben im Schatten eines alten Ölbaumes stehen. Nun zog der Franzose ein Schriftstück aus seinen Gewändern hervor und überreichte es Hernando.

»Es ist von Ahmed I., dem Sultan von Konstantinopel«, erläuterte er. Als Hernando ihm einen fragenden Blick zuwarf, setzte der Franzose zu einer ausführlichen Erklärung an. »Wie Euch bekannt sein dürfte, sind viele Muslime im Zuge der Vertreibung Eures Volkes über die Grenze nach Frankreich geflüchtet. Bedauerlicherweise haben unsere Landsleute sie vielfach ausgeraubt, verprügelt oder sogar getötet. All diese Gewalttaten kamen Sultan Ahmed zu Ohren, der sogleich einen Sondergesandten an den französischen Hof schickte, der für die Deportierten vorsprechen sollte. Agí Ibrahim, so der Name des Gesandten, erreichte sein Ziel, doch noch während er in Frankreich war, erhielt er eine weitere Botschaft des Sultans, die an die französische Gesandtschaft in Spanien weitergeleitet wurde: Es ging darum, dass

Euch und Eurer Familie Vergebung gewährt werden solle ... koste es, was es wolle. Und es hat einiges gekostet, das kann ich Euch versichern.« Hernando befriedigten diese Ausführungen offensichtlich nicht. »Mehr weiß ich leider auch nicht«, entschuldigte sich Ronsard, »man hat mir nur aufgetragen, dass wir uns an Don Pedro de Granada Venegas wenden sollten. Es hieß, dass er über Euer Schicksal Bescheid wisse. Mein Auftrag bestand außerdem darin, Don Pedro zu begleiten, um Euch den Brief des Sultans persönlich auszuhändigen.«

Jetzt öffnete Hernando den Brief des Sultans. Die eleganten, farbig gestalteten arabischen Schriftzeichen wiesen auf die Hand eines wahren Könners hin. Hernando machte sich schweigend an die Lektüre. Fatima war, wie geplant, nach Konstantinopel gereist. Dort hatte sie dem Sultan persönlich das Barnabas-Evangelium überreicht. Ahmed I. beglückwünschte Hernando in dem Brief dafür, dass er den Islam verteidigt hatte, und bedankte sich für die Übermittlung des Evangeliums. Vor allem aber sprach er ihm seinen Dank dafür aus, dass er den Geist des Islam in der Moschee von Córdoba lebendig gehalten hatte, indem er vor dem Mihrab betete.

Der Sultan, so stand ebenfalls in dem Brief, ließ derzeit zu Ehren Allahs und des Propheten in Konstantinopel eine prachtvolle Moschee errichten. Sie würde sechs hohe Minarette und eine gewaltige Kuppel erhalten, und außen sollte sie mit einem Mosaik aus Tausenden blauen und grünen Steinchen verziert werden. Dennoch, so beeindruckend diese Gebetsstätte in Konstantinopel auch sein würde, niemals würde sie die Strahlkraft jener Gebetsstätte erreichen können, die einst den Sieg über die christlichen Reiche im Westen symbolisiert hatte. Weiter hieß es:

> *Es ist mein ausdrücklicher Wunsch und der aller Muslime, dass du weiterhin in den Mauern der bedeutendsten Moschee im Westen den Schöpfer ohnegleichen lobst und preist. Auch wenn es nur im Verborgenen geschehen kann, wünsche ich mir, dass dort weiterhin aus deinem Munde die ewigen Gebete zum einzigen Gott zu hören sein mögen, und wenn du nicht mehr bist, sollen deine Söhne und die Söhne deiner Söhne diese Aufgabe übernehmen. Mögen eure Stimmen beim Gebet eins werden mit*

dem Echo der Stimmen all jener Glaubensbrüder, die dort einst beteten, auf dass Vergangenheit und Gegenwart für immer verbunden bleiben, was mit der Hilfe des Allmächtigen zweifellos geschehen wird.

Unsere Religionsgelehrten halten es für unerlässlich, das Original des Evangeliums zu finden, welches der Kopist zu Zeiten al-Mansurs versteckt haben will. Sei es der Wille Gottes, dass wir es eines Tages entdecken! Wir würden alles dafür geben, denn eine Kopie werden die Christen niemals anerkennen.

Deine Gattin übermittelt dir alle Glückwünsche, und sie ermutigt dich, den Kampf fortzusetzen, den ihr gemeinsam begonnen habt. Wir werden sie behüten, bis der Tod euch einst wieder vereint.

Fatima hatte ihm verziehen.

Da hörte Hernando das Lachen seiner Kinder. Er sah zu ihnen hinüber: Im Spiel liefen sie unter den Olivenbäumen hin und her. Miguel feuerte sie an, und Rafaela hatte sie lächelnd im Blick. Hernando seufzte. Warum war dieses harmonische Zusammenleben nicht auch zwischen zwei Völkern möglich? Sein Blick fiel auf Muqla. Der Junge mit den blauen Augen beteiligte sich nicht am Spiel. Ruhig und ernst blickte er zu seinem Vater herüber. Sie alle waren seine Kinder, aber dieser Junge war der Erbe jenes Geistes, der sich in den acht Jahrhunderten der muslimischen Geschichte in diesem Land ausgebildet hatte. Und dieser Junge war dazu bestimmt, sein Werk fortzusetzen.

Auf einmal bemerkte auch Rafaela die Seelenverwandtschaft zwischen Vater und Sohn, und als ahnte sie, was Hernando beschäftigte, ging sie zu Muqla, stellte sich hinter ihn und legte ihm die Arme über die Schultern. Der Junge suchte die Berührung mit seiner Mutter und verhakte seine Finger mit ihren.

Hernando ließ seinen Blick zärtlich über seine Familie wandern, dann sah er über die Wipfel der Olivenbäume hinweg in den Himmel. Die Sonne stand im Zenit, und einen Moment lang bildeten die Wolken am strahlend blauen Himmel eine mächtige weiße Fatimahand für ihn, die sie alle zu beschützen schien.

Anmerkung des Autors

Die Geschichte der Morisken – von der Eroberung Granadas 1492 durch die Katholischen Könige bis zu ihrer endgültigen Deportation, die sich im Jahr 2009 zum 400. Mal jährt – ist eines der zahlreichen Kapitel der spanischen Geschichte, das von Intoleranz und Fremdenfeindlichkeit bestimmt ist. Andere bekannte Beispiele sind die Angriffe von al-Mansur gegen die Juden und Christen im späten 10. Jahrhundert sowie die Vertreibung der spanischen Juden durch die Katholischen Könige. Bei der Einnahme von Granada waren für die Mauren äußerst großzügige Bedingungen vereinbart worden: Sie durften weiterhin Arabisch sprechen, den Islam praktizieren sowie ihre Sitten bewahren und zudem ihren Besitz und ihre Autoritäten behalten. Doch acht Jahre später befahl Kardinal Cisneros die Zwangsbekehrung der Muslime sowie die Auslöschung ihrer Kultur. Er führte eigens für die inzwischen als »Neuchristen« beziehungsweise »Morisken« bezeichnete Volksgruppe hohe Steuern ein und schaffte ihre Selbstverwaltung ab. Die Morisken wurden zu ausgebeuteten und zugleich verhassten Menschen, und ihre alten Rechte wurden drastisch eingeschränkt.

Der Moriskenaufstand in den Alpujarras – eine Gebirgsgegend im südlichen Andalusien von beeindruckender Schönheit – war die Folge der zunehmenden Verschlechterung ihrer Lebensbedingungen. Wir wissen davon durch die ausführlichen Berichte der Chronisten Luis de Mármol Carvajal (*Historia del rebelión y castigo de los moriscos del Reino de Granada*; 1600) und Diego Hurtado de Mendoza (*Guerra de Granada hecha por el Rey de España Don Felipe II contra los moriscos de aquel reino, sus rebeldes: historia escrita en cuatro libros*; 1627). In diesem Krieg gingen beide Seiten mit äußerster Brutalität vor, auch wenn die Übergriffe der Morisken aufgrund der Parteilichkeit der christlichen Chronisten besser überliefert sind. Einer der wenigen, der versuchte, ihre Exzesse zu erklären, wenn auch nicht zu entschuldigen, war der spanische Gesandte in Paris. In seinem Schreiben aus dem Jahr 1568 an König Philipp II., das hier zu Beginn des zweiten Kapitels zitiert wird, berichtet er von den Beschwerden eines ganzen Dorfes: Die Frauen wurden vom Pfarrer vergewaltigt, und die Kinder trugen das Stigma seiner blauen Augen, wie im Fall des Protagonisten dieses Romans. Aber auch von christlicher Seite kam es zu grausamen Exzessen. Bei den Gemetzeln stellt das Dorf Galera zwar ein Extrem dar, aber die Versklavung der Besiegten und Plünderungen waren an der Tagesordnung. Die Vorfälle, die die Chronisten überliefern, wirken durchaus glaubhaft, wie der Tod von mehr als eintausend Frauen und Kindern auf dem Hauptplatz von Juviles und die öffentliche Versteigerung von ebenso vielen Frauen und Kindern in Granada.

Diese Gräueltaten wurden von Truppen begangen, die aus Soldaten und Anführern bestanden, die nicht zu den regulären Einheiten gehörten und die sich nur persönlich bereichern wollten. Berichte über die Verteilung der Kriegsbeute, über Soldaten, die desertierten, wenn sie genug erbeutet hatten, und über strategielose Einsätze, die nur aus Habgier unternommen wurden, nehmen in den Chroniken einen wichtigen Raum ein.

Darüber hinaus habe ich in meinem Roman versucht, ein Bild der Konflikte und Lebensbedingungen im aufständischen Lager zu zeichnen, bis die Morisken, die – wie zuvor und auch später wieder – von den Algeriern und den Türken ihrem Schicksal überlassen wurden, sich den spanischen Tercios geschlagen geben mussten. Dazu gehören beispielsweise der Konsum von Haschisch, um den Kampfgeist anzustacheln, der wegen seiner Frauengeschichten in Ungnade gefallene Aben Humeya, der Hochmut der Janitscharen, die man aus Algier auf die Iberische Halbinsel schickte, die Korsaren und die Neigung einiger von ihnen zu jungen Männern. Über alle diese Ereignisse wurde von den zeitgenössischen Chronisten berichtet. Auch die in meinem Roman erzählte Episode, der zufolge nach arabischer Überlieferung einige der Waffen des Propheten bis nach al-Andalus gelangten, ist in dem Werk *Mahoma* (1992) von Juan Vernet Ginés wiedergegeben.

Der Alpujarras-Aufstand endete mit der Deportation der Morisken von Granada in andere Königreiche Spaniens. Juan Aranda Doncel weist in seiner Publikation *Los moriscos en tierras de Córdoba* (1984) nach, dass etwa ein Siebtel der vertriebenen Morisken, die wie die Figuren im Roman nach Córdoba gebracht werden sollten, auf dem langen Weg zu Tode kamen.

Die Niederlage, der Zerfall der Moriskengemeinschaften, die diskriminierenden Gesetze, die alle Assimilationsversuche zunichtemachten, brachten aber keine Veränderung im Sinne der Spanier. Dies verdeutlichen viele Memoriale und Urteile der Zeit, die absolut fürchterliche »Endlösungen« vorschlugen. Folglich kam es zu zahlreichen Verschwörungen, die aber alle ergebnislos blieben. Das Scheitern der Verschwörung von Toga, die dieser Roman wiedergibt, war besonders niederschmetternd. Sie scheiterte durch das Bekanntwerden der Dokumente, die der englische König Jakob I. nach dem Tod von Elisabeth I. dem spanischen König Philipp III. übermittelte, und wegen des englisch-spanischen Friedensabkommens. Der Historiker Henry Charles Lea behauptet in seinem Werk *The moriscos of Spain: their conversion and expulsion* (1901), dass die einhundertzwanzigtausend Dukaten, die die Morisken bei dieser Gelegenheit übergeben wollten, um sich die Unterstützung des französischen Königs Heinrich IV. für den Aufstand zu sichern, in Pau tatsächlich bezahlt wurden. Antonio Domínguez Ortiz und Bernard Vincent hingegen widersprechen dem in ihrer *Historia de los Moriscos; vida y tragedia de una minoría* (1978). Zumindest die Zusage dieser Zahlung scheint jedenfalls gesichert. Aus dramaturgischen Gründen habe ich mich in der Fiktion für die erfolgte Zahlung entschieden, die ich als durch die Einkünfte aus der Falschmünzerei ermöglicht darstelle. Die Falschgeldherstellung wurde vor allem im Königreich Valencia betrieben, wo 1613 die Bank dieser Stadt bankrottging und gefälschte Münzen im Wert von mehreren hunderttausend Dukaten aus dem Verkehr gezogen werden mussten. Sofort wurden Morisken des Vergehens bezichtigt. An der Verschwörung von Toga nahmen auch einige Barbaresken teil, aber weder Algier noch das Osmanische Reich unterstützten offenbar die Pläne der Morisken, dafür aber Christen.

Allein das Leiden, das die Kinder der Morisken erdulden mussten, wäre eine vertiefende Studie wert. Hierfür gibt es zahlreiche Hinweise. Besonders bekannt ist die Versklavung von Kindern unter elf Jahren, trotz der königlichen Verfügungen während des Alpujarras-Krieges. Vielfach wurden nach dem Krieg die Kinder vertriebener Morisken an christliche Familien übergeben. Dokumente belegen mehrere Gerichtsverfahren, die genau diese Kinder – nachdem sie das notwendige Alter erreicht hatten – anstrengten, um ihre Freiheit wiederzuerlangen. Des Weiteren kam es zu neuerlichen Versklavungen von Kindern nach den Aufständen in den Bergen von Valencia (im Laguar-Tal und am Muela de Cortes). Und schließlich gibt es Belege dafür, dass Kinder, die jünger als sechs Jahre waren, in Spanien zurückgehalten wurden, als es zu der endgültigen Ausweisung kam. Es gibt Aussagen, dass es einigen Familien trotz dieser Anordnungen gelang, ihre Kinder nach Frankreich zu bringen (das Ausreiseverbot bezog sich auf die Barbareskenstaaten), andere wiederum umgingen den königlichen Befehl, indem sie sich an Bord von Schiffen begaben, die vorgeblich christliche Länder zum Ziel hatten, tatsächlich aber die afrikanische Küste ansteuerten. Mein Roman erzählt davon, dass mehrere hundert Kinder in Sevilla festgehalten wurden. In Valencia wurden etwa eintausend Kinder der Kirche übergeben, und die Gattin des Vizekönigs ließ von ihrer Dienerschaft eine unbekannte Zahl Kinder rauben. Sie kümmerte sich um die Kinder, damit sie nicht dem Satan in die Hände fielen, was nach Meinung der Christen geschehen wäre, wenn man sie ins »Land der Mauren« gebracht hätte.

Die Morisken aus Hornachos – eine kriegerische und eingeschworene Gemeinschaft, die in diesem Ort in der Extremadura die Bevölkerungsmehrheit stellte – ließen sich nach der Ausweisung in der Korsarenhochburg Salé in der Nähe von Rabat nieder, die sie schließlich regierten. Bei Verhandlungen mit dem spanischen König im Jahr 1631 über die Rückkehr in ihren Heimatort ging es den Korsaren auch um die Übergabe der geraubten Kinder. Für jedes Königreich, jeden Ort sind Fälle von Morisken überliefert, denen die jüngeren Kinder geraubt wurden.

Zur Deportation der Morisken aus Spanien kursieren so unterschiedliche Zahlen, dass es zu weit führen würde, hier alle Historiker zu zitieren, die diese nennen. Vielleicht treffen es am besten die Zahlen, die Domínguez und Vincent angeben, die von fast dreihunderttausend Menschen ausgehen. Die meisten Historiker, die sich mit dem Thema befasst haben (Janer, Lea, Domínguez Ortiz und Vincent, Caro Baroja …), verweisen auch auf die Gräueltaten, die den Vertriebenen in den Barbareskenstaaten widerfuhren. Wenn man beispielsweise dem Chronisten Philipps III. folgt, Luis Cabrera de Córdoba, in seinen *Relaciones de las cosas sucedidas en la corte de España desde 1599 hasta 1614* (Drucklegung 1857), so wurde rund ein Drittel der aus Valencia Deportierten dort ermordet: »[Sie] sind so entsetzt über die schlimme Behandlung und das Leid, das die Morisken aus Valencia in den Barbareskenstaaten erleiden mussten, wo mehr als ein Drittel von denen, die dorthin aufbrachen, gestorben sind, dass nur wenige geneigt sind, dorthin auszureisen.« König Philipp hingegen begrüßte die Aktion und beschenkte seinen Günstling – den Herzog von Lerma – anlässlich dessen geplanter Eheschließung mit der Gräfin von Valencia mit einhunderttausend Dukaten aus dem Besitz von Morisken.

Nach der ersten Vertreibung folgte eine Reihe von Erlassen, die auf die Deportation jener Morisken bestanden, die dennoch in Spanien geblieben oder nach Spanien zurückgekehrt waren. Diese Erlasse sprachen zudem von Belohnungen für jedermann, der sie ermordete oder versklavte. Auch wenn sich die Vertreibungserlasse in den einzelnen spanischen Königreichen nicht völlig glichen, so waren die Unterschiede letztlich minimal. Aus dramaturgischen Gründen beziehe ich mich auf den ersten Erlass für das Königreich Valencia.

Ein Fall aus der Stadt Córdoba ist besonders kurios. Auf Beschluss des Rates der Stadt vom 29. Januar 1610 wird der König um Erlaubnis gebeten, dass zwei alte, kinderlose Zaumzeugmacher in der Stadt bleiben dürfen, »zum Wohl, das dadurch geschieht, und für das Reitwesen der Stadt«. Außer diesem Ausnahmegesuch für die beiden alten Morisken, die weiterhin die Pferde versorgen sollten, sind mir keine weiteren bekannt. Ebenso wenig liegt mir die Antwort Seiner Majestät auf dieses Gesuch vor.

1682 deklarierte Papst Innozenz XI. das Pergament aus der Torre Turpiana und die Bleibücher von Sacromonte, die er nach dem Tod von Erzbischof Don Pedro de Castro an sich genommen hatte, offiziell als Fälschungen. Zu den Reliquien, die die Kirche in Granada 1600 für authentisch erklärt hatte und die seither weiterhin verehrt werden, äußerte sich der Vatikan jedoch nicht. Die Situation ähnelt dem Fall, den der Protagonist des Romans erlebt: Die Dokumente, die bestätigten, dass dieser oder jener Knochen oder Ascherest zu einem bestimmten Märtyrer gehört, wurden vom Vatikan zu Fälschungen erklärt. Aber die Reliquien, deren Echtheit auf ebendiesen Dokumenten beruht – wie sollte man sonst einen Ascherest in einer Höhle einem heiligen Caecilius oder einem heiligen Ctesiphon zuordnen können? –, wurden in Absprache mit der Kirche von Granada als authentisch bewertet.

Heute stimmen die meisten Wissenschaftler darin überein, dass die Bleibücher von Sacromonte und das Pergament aus der Torre Turpiana das Werk spanischer Morisken sind. Sie sehen darin den verzweifelten Versuch, die beiden Religionen miteinander zu verschmelzen. Es sollten Gemeinsamkeiten gefunden werden, die den Eindruck, den die Christen von den Muslimen hatten, verändern sollten, jedoch ohne dass diese ihre Glaubensgrundsätze aufgeben müssten.

Man ist sich auch nahezu einig darüber, die Mediziner und offiziellen Arabischübersetzer Alonso del Castillo und Miguel de Luna als Urheber der Bleibücher anzusehen. Letzterer schrieb zumindest *La verdadera historia del rey don Rodrigo* (1589) mit einer beschönigenden Darstellung der arabischen Invasion der Halbinsel und des Zusammenlebens zwischen Christen und Muslimen. Die Beteiligung meines Protagonisten Hernando Ruiz daran ist natürlich fiktiv. Aber nicht die des Adligen Don Pedro de Granada Venegas, der in mehreren Arbeiten zitiert wird und der schließlich seinen Wappenspruch, das ruhmreiche »Lagaleblila« der Nasriden – eigentlich »la ghaliba illa llah«, also »Es gibt keinen Sieger außer Gott« – durch das christliche »servire Deo regnare est« – also »Gott dienen, heißt herrschen« – ersetzte. 1608, kurz vor der Vertreibung, veröffentlichte der Gelehrte Francisco Bermúdez de Pedraza das Buch *Antigüedad y excelencias de Granada*. Hierin preist er die Bekehrung des muslimischen Prinzen und Vorfahren von Don Pedro, Sidi Yahyah, nach der wundersamen Erscheinung eines Kreuzes vor ihm. Es gab viele muslimische Adlige, denen es auf ähnliche Weise gelang, sich in die christliche Gesellschaft zu integrieren.

Luis F. Bernabé Pons stellt in seinen Veröffentlichungen *Los mecanismos de una resistencia: los Libros Plúmbeos del Sacromonte y el Evangelio de Bernabé* (2002) und *El Evangelio de San Bernabé. Un evangelio islámico español* (1995) eine Beziehung zwischen den Bleibüchern und dem Barnabas-Evangelium her. Er bezieht sich dabei auf die 1976 erfolgte Entdeckung einer aus dem 18. Jahrhundert stammenden spanischen Teilabschrift des vorgeblichen Originals, auf die es bereits einige schriftliche Hinweise gab, vor allem in Tunis. Besagte Abschrift wird in der Universität Sydney aufbewahrt. Diese moderne Theorie stellt allerdings die Verschmelzung der christlichen und der islamischen Religion als ausschließliches Ziel der Bleibücher infrage. Der Gedanke liegt nahe, dass die Verfasser des Stummen Buchs – dessen Inhalt dem Prolog und einem anderen, durchaus erschließbaren Text der Bleibücher zufolge von einem König der Araber bekanntgemacht werden sollte – das Erscheinen einer weiteren Schrift beabsichtigten. Allerdings ist nicht bekannt, ob es jemals dazu kam.

Dass diese Schrift nun das Barnabas-Evangelium ist, das beträchtliche Gemeinsamkeiten mit den Bleibüchern aufweist, ist nur eine Hypothese. Keine Hypothese, sondern ausschließliches Produkt der Fantasie des Autors hingegen ist der Bezug zwischen dem Evangelium und dem fiktiven Exemplar, das der Verbrennung der großartigen Bibliothek des Kalifats von Córdoba entging. Diese Zerstörung hatte der im 10. Jahrhundert herrschende al-Mansur angeordnet, und sie ist leider ebenso belegt wie viele andere barbarische Bücherverbrennungen im Lauf der Geschichte der Menschheit, bei denen das Wissen zum Ziel des Hasses von Fanatikern wurde.

Andererseits gibt es auch Arbeiten über die christlichen Märtyrer in den Alpujarras, wenn auch aus späteren Zeiten als im Roman geschildert: Von den ersten weiß man durch Berichte des Erzbischofs Pedro de Castro aus dem Jahr 1600. In den Akten von Ugíjar (1668), die die meisten Gemetzel an Christen in den Alpujarras aufzeichnen, wird ein Junge mit Namen Gonzalico erwähnt, der sein Opfer für Gott als »schön« bezeichnete, bevor er den Märtyrertod starb. Die Gräueltat, ein Herz durch den Rücken herauszureißen, wie im Roman erzählt, wird mehrfach in Chroniken als Beispiel für die Grausamkeit der Morisken gegenüber ihren christlichen Opfern angeführt.

Córdoba ist eine wunderbare Stadt. Sie ist auch das größte städtische Gebiet in Europa, das zu einem Teil des UNESCO-Weltkulturerbes erklärt wurde. An einigen ihrer Stätten kann man die Fantasie auf die Reise schicken und die glanzvolle Epoche des islamischen Kalifats nacherleben. Eine davon ist zweifellos die Mezquita, die Moschee-Kathedrale. Kaiser Karl V. werden folgende Worte beim Anblick des Bauwerks zugeschrieben, dessen Errichtung er selbst genehmigt hatte: »Ich wusste es nicht. Hätte ich es gewusst, hätte ich niemals erlaubt, dass jemand Hand an dieses uralte Bauwerk legt. Ihr habt etwas erschaffen, was es andernorts bereits gibt, und dafür etwas zerstört, was einmalig auf der Welt war.«

Tatsache ist aber auch, dass die Art, wie die Kathedrale in verschiedenen Etappen in die Säulenhalle der alten Moschee integriert wurde, eine nicht zu unterschätzende künstlerische Leistung darstellt. Selbstverständlich wurde dabei das Licht der Moschee gedämpft, ihre Geradlinigkeit gebrochen und ihre Ausstrahlung geschwächt, aber im Großen und Ganzen steht dort nach wie vor der Bau aus der Zeit des Kalifen. Warum wurde diese Moschee nicht wie so viele andere muslimische Gebetsstätten dem Erdboden gleichgemacht, um auf ihrem Boden eine neue christliche Kathedrale zu errichten? Von möglichen Interessen der maßgeblichen Stadträte und des Adels abgesehen, sollte man die Todesdrohung, die der Rat der Stadt gegen diejenigen aussprach, die es wagten, bei dem Neubau der Kathedrale mitzuarbeiten, nicht unterschlagen.

Im Alcázar der christlichen Könige kann man immer noch die Überreste der alten Zellen des Inquisitionsgefängnisses sehen, die einen der Patios umgaben. Daneben befindet sich ein Gebäude, das den Besucher ebenfalls in jene Zeit zurückversetzen könnte: der königliche Marstall, den Philipp II. erbauen ließ, um dort eine neue höfische Pferderasse züchten zu lassen, die auch heute noch der Pferdezucht in Spanien Rang und Adel verleiht.

Die Hand der Fatima (Hamsa) ist die stilisierte Hand der hoch angesehenen Prophetentochter Fatima, die im islamischen Brauchtum als Glück bringender Talisman oder zur Abwehr des bösen Blicks Verwendung findet. Zudem sollen die Finger die fünf Säulen des Islam – die Pfeiler des Glaubens – darstellen: das Glaubensbekenntnis (Schahada), das Ritualgebet, das täglich fünfmal zu beten ist (Salat), die Almosensteuer (Zakat), das Fasten (Saum) im Monat Ramadan sowie die Pilgerfahrt nach Mekka wenigstens einmal im Leben (Haddsch). Hier geht es sicherlich nicht darum, seine tatsächlichen Ursprünge zu betrachten oder gar die Funktion von Talismanen zu diskutieren. Allerdings verweisen mehrere wissenschaftliche Studien darauf, dass nicht nur die Morisken, sondern die gesamte Gesellschaft dieser Epoche Amulette verwendete und an alle möglichen Hexereien und Zauberkünste glaubte. Bereits 1526 erwähnt der

Rat der Capilla Real der Kathedrale von Granada die Fatimahände und verbietet den Silberschmieden, sie anzufertigen, und den Morisken, sie zu besitzen. Ähnliche Anweisungen erließ die Synode von Guadix im Jahr 1554. Es gibt zahlreiche Beispiele für Fatimahände in der islamischen Architektur. Aber im Rahmen dieses Romans ist vielleicht der repräsentativste Beleg die Hand mit den fünf ausgestreckten Fingern, die in den Mittelstein des ersten Bogens der Puerta de la Justicia, des Tors der Gerechtigkeit, gemeißelt ist, das in die Alhambra von Granada führt und aus dem Jahr 1348 stammt. Das erste Symbol, das der Besucher dieses großartigen Bauwerks in Granada vor Augen hat, ist nichts Geringeres als eine Fatimahand.

Ich kann diese Zeilen nicht beenden, ohne all denjenigen meinen Dank auszusprechen, die mich auf die eine oder andere Weise bei der Niederschrift dieses Romans unterstützt und beraten haben. Vor allem ist hier meine Lektorin Ana Liarás zu nennen, deren persönlicher Einsatz sowie Rat und Tat von unschätzbarem Wert waren. Darüber hinaus aber auch allen Mitarbeitern von Random House Mondadori. Mein Dank geht selbstverständlich auch an meine erste Leserin und unermüdliche Gefährtin, an meine Frau, und an meine vier Söhne, die mich hartnäckig daran erinnern, dass es außer der Arbeit noch viele andere Dinge im Leben gibt. Ihnen widme ich dieses Buch zu Ehren aller Kinder, die unter den Problemen dieser Welt, die wir bis heute nicht haben lösen können, leiden mussten und immer noch leiden.

Barcelona, im Dezember 2008

Glossar

AGHA: hoher militärischer oder ziviler Würdenträger in der Staatsverwaltung im Osmanischen Reich

AJERQUÍA: östlich der Medina gelegenes Viertel einer maurischen Stadt

ALBAICÍN: ursprünglich maurisches Stadtviertel auf einem der Hügel von Granada

ALCAICERÍA: mit Toren zu verschließender Markt für kostbare Güter in der Medina, später vor allem der Seidenmarkt

ALCAZABA: maurische Festungsanlage in Spanien

ALCÁZAR: ursprünglich maurische Burg oder Palast in Spanien; später auch Bezeichnung für Residenzen christlicher spanischer Herrscher

ALFAQUÍ: Im Islam ist der Fakih ein niedriger Gelehrter. Bei den Morisken war der Alfaquí nach dem Zerfall der traditionellen Strukturen ein Würdenträger mit politischen, zivilrechtlichen und religiösen Funktionen.

ALLAHU AKBAR: »Gott ist unvergleichlich groß«; im Islam häufig verwendete Formel

AUTODAFÉ: (meistens öffentlicher) Schlussakt von Inquisitionsprozessen in großen Kirchen oder an zentralen Plätzen; fester Bestandteil des Glaubensaktes waren eine Messe mit Predigt, die Verlesung der Urteile sowie zum Schluss die sogenannte Abschwörung, durch die jene Verurteilten, die nicht der weltlichen Justiz für eine Hinrichtung ausgeliefert wurden, wieder Aufnahme in die christliche Gemeinschaft fanden.

BARBARESKENSTAATEN: Bezeichnung für Gebiete in Nordafrika von Marokko bis Ägypten, die zeitweise im Einflussbereich des Osmanischen Reiches standen (u. a. Algier, Tripolis, Tunis, aber auch die Korsarenhochburgen Salé und Rabat)

BEY: Statthalter einer Unterprovinz im Osmanischen Reich, der im Rang über dem Agha und unter dem Pascha und Wesir stand

BEYLERBEY: ranghöchster Provinzgouverneur im Osmanischen Reich

CAMINO DE LAS VENTAS: wichtiger Handels- und Reiseweg zwischen Sevilla und Toledo mit zahlreichen Gasthöfen

CAPA: im Stierkampf das Tuch in Form eines Umhangs, mit dem der Stier gereizt wird

CAPILLA: Kapelle

CAPILLA MAYOR: Hauptkapelle, Hochaltarraum

CAPILLA DEL SAGRARIO: Tabernakelkapelle

CARMEN: von hohen Mauern umgebenes Anwesen mit weitläufiger Gartenanlage im Albaicín von Granada

CORREGIDOR: Richter und Aufseher der Kommunalverwaltung als Vertreter der Krone in den mittleren Städten und Hauptorten der spanischen Reiche

CUADRILLA: Mannschaft des Stierkämpfers

ERMITA: Einsiedelei

FATWA: von einem Mufti erstelltes Gutachten über Fragen des islamischen Rechts oder Kultus

GENERALIFE: Sommerpalast der Nasriden-Sultane von Granada

GRANDE: Angehöriger des spanischen Hochadels (Herzog, Marquis, Graf u. a.)

HADITH: mündliche, später schriftliche Überlieferung von Aussagen, Handlungen und Entscheidungen des Propheten, aber auch Berichte über die Gefährten Mohammeds sowie deren erste Nachfolger

HIDALGO: meist mittelloser Angehöriger des niederen, untitulierten Adels in Spanien

IN EFFIGIE: Verbrennung *in effigie* bezeichnet die symbolische Verbrennung in Abwesenheit eines von der Inquisition Verurteilten z. B. als Strohpuppe.

JURADO: ursprünglich gewähltes Mitglied im Rat der Stadt; später wurde das Amt auch vererbt oder verliehen.

KASBAH: (meistens ausgedehnte) Burganlage als Teil einer arabischen Stadtbefestigung

MARLOTA: kittelartige, längliche Oberbekleidung der Mauren und ihrer Nachfahren

MAQSURA: in der Moschee ein dem Herrscher oder Statthalter mit seinem Gefolge vorbehaltener Raum vor dem Mihrab

MEDINA: das älteste, in der Regel befestigte Viertel arabischer Städte, das das Zentrum des religiösen und wirtschaftlichen Lebens bildete

MEDRESE: islamische Religionsschule bzw. islamische Hochschule für Rechts-, Religions- und Medizinwissenschaften

MIHRAB: Gebetsnische, die die Gebetsrichtung (Qibla) nach Mekka anzeigt

MONFÍ: nach der christlichen Wiedereroberung Spaniens verbannter aufständischer Moriske

MORISKEN: abwertende Bezeichnung für die zwangsgetauften Mauren und deren Nachfahren in Spanien

MOZARABER: im islamischen Spanien tributpflichtig lebende (von der islamisch-arabischen Kultur beeinflusste) christliche Minderheit

MUDEJAREN: unter christlicher Herrschaft tributpflichtig lebende Mauren und deren Nachfahren; ab 1501 als Morisken bezeichnet

MUDEJAR-STIL: Bau- und Dekorationsstil der unter christlicher Herrschaft lebenden muslimischen Künstler und Handwerker im 12. bis 16. Jahrhundert, der spanisch-islamische mit christlichen Stilelementen verbindet

MUDSCHAHIDIN: ursprünglich Gläubige, die sich selbst oder ihr eigenes Vermögen für Gott aufopfern

MUFTI: islamischer Rechtsgelehrter, der in einem Gutachten (Fatwa) religiöse bzw. rechtliche Fragen behandelt

PICADOR: Lanzenreiter im Stierkampf

QIBLA: im Islam die Gebetsrichtung nach Mekka

SANTA HERMANDAD: »Heilige Bruderschaft«; erste straff durchorganisierte polizeiähnliche Einheit in Spanien, die außerhalb von Städten und Dörfern zur Sicherung der Wege Straffällige verfolgte und verurteilte

SANTIAGO: »Heiliger Jakob«; Jakobus der Ältere ist der Schutzpatron von Spanien; Schlachtruf der christlichen Streitkräfte.

SUK: traditionell das Wirtschafts-, Handels- und Produktionszentrum einer arabischen Stadt

SUNNA: Sammlung von überlieferten Aussprüchen und Handlungen Mohammeds und seiner frühen Gefährten; nach dem Koran die zweitwichtigste Quelle für islamische Normen und Werte

TAQUIYYA: Erlaubnis im Islam, bei Zwang oder Lebensgefahr rituelle Pflichten zu missachten und den eigenen Glauben zu verheimlichen

TERCIO: spanisches Infanterie-Regiment im 16. und 17. Jahrhundert

TORO: ausgewachsener Stier

VEGA VON GRANADA: fruchtbare Ebene des Genil und seiner Zuflüsse mit Granada als Zentrum

VEINTICUATRO: adliger Inhaber eines vererbbaren Stadtratsamtes, das mit lukrativen Einkünften verbunden war

VENTA: Gasthof, Schenke

WALI: im islamischen Recht für die Frau zwingend vorgeschriebener Heiratsvormund, der Ehevertrag, Brautpreis und Morgengabe aushandelt